dtv

Eine der heimlichen Sehenswürdigkeiten von Wien ist die Strudlhofstiege im neunten Bezirk. Sie verbindet nicht nur den Alsergrund mit der Währinger Straße, sondern auch die Gegenwart mit der k. u. k. Monarchie. Wer auf ihr in die Tiefe der Jahre hinabsteigt, hat die einzigartige Chance, jenes Österreich wiederzufinden, dessen Wesen ganz immateriell und dessen Aura von unwiderstehlichem Reiz ist. Eingefangen hat den genius loci der Strudlhofstiege Heimito von Doderer in seinem epochalen Großstadtroman, den Hilde Spiel als „non plus ultra österreichischer Lebenshaltung" feierte. Im Mittelpunkt steht der Amtsrat und frühere Major Melzer, bei dem „im Oberstübchen das Licht nicht gerade sehr hell brennt", wie Doderer von seinem „Helden" schreibt. Melzer ist jedoch „nur ein Farbfleck – ein ausgesparter Fleck? – in dem großen Zeitgemälde, das Doderer entwirft. Der Roman schildert im wesentlichen die Jahre knapp vor dem ersten Weltkrieg und bald nach dessen Ende und tut dies in unaufhörlichen Sprüngen über Zeit und Erinnerung hinweg ... Hier ist, wie in einem gewaltigen Spiegel, die letzte mürbe Reife einer jahrhundertealten Kultur eingefangen. Aber der Spiegel maskiert nur eine Tür, die ins Schloß gefallen ist." (Hilde Spiel)

Heimito von Doderer, am 5. September 1896 als Sohn eines Architekten in Weidlingau bei Wien geboren, lebte fast ausschließlich in Wien. 1916 geriet Doderer in russische Gefangenschaft und kehrte erst 1920 zurück. Er studierte Geschichtswissenschaft und schrieb zunächst Fachaufsätze. 1930 erschien sein erster Roman ‚Das Geheimnis des Reichs'. Seit der Veröffentlichung seiner Hauptwerke ‚Die Strudlhofstiege' (1951) und ‚Die Dämonen' (1956) gilt Doderer als einer der bedeutendsten österreichischen Schriftsteller. Er starb am 23. Dezember 1966 in Wien.

Heimito von Doderer

Die Strudlhofstiege

oder
Melzer und die Tiefe der Jahre

Roman

Deutscher Taschenbuch Verlag

Von Heimito von Doderer
sind im Deutschen Taschenbuch Verlag erschienen:
Ein Mord den jeder begeht (10083)
Die Dämonen (10476)
Die Merowinger (11308)
Die Wasserfälle von Slunj (11411)
Tangenten (12014)
Frühe Prosa (12212)

Ungekürzte Ausgabe
September 1966
14. Auflage März 1998
Deutscher Taschenbuch Verlag GmbH & Co. KG,
München
© 1951 C. H. Beck'sche Verlagsbuchhandlung. Die erste Auflage
dieses Werkes ist im Biederstein Verlag erschienen.
Umschlagkonzept: Balk & Brumshagen
Umschlagfoto: Matthias Cremer
Gesamtherstellung: C. H. Beck'sche Buchdruckerei,
Nördlingen
Gedruckt auf säurefreiem, chlorfrei gebleichtem Papier
Printed in Germany · ISBN 3-423-01254-4

Wenn die Blätter auf den Stufen liegen

herbstlich atmet aus den alten Stiegen

was vor Zeiten über sie gegangen.

Mond darin sich zweie dicht umfangen

hielten, leichte Schuh und schwere Tritte,

die bemooste Vase in der Mitte

überdauert Jahre zwischen Kriegen.

Viel ist hingesunken uns zur Trauer

und das Schöne zeigt die kleinste Dauer.

ERSTER TEIL

Als Mary K.s Gatte noch lebte, Oskar hieß er, und sie
selbst noch auf zwei sehr schönen Beinen ging (das rechte hat
ihr, unweit ihrer Wohnung, am 21. September 1925 die
Straßenbahn über dem Knie abgefahren), tauchte ein gewisser Doktor Negria auf, ein junger rumänischer Arzt, der hier
zu Wien an der berühmten Fakultät sich fortbildete und im
Allgemeinen Krankenhaus seine Jahre machte. Solche Rumä-
nen und Bulgaren hat es zu Wien immer gegeben, meist im
Umkreise der Universität oder der Musik-Akademie. Man war
sie gewohnt: ihre Art zu sprechen, die immer mehr mit dem
Österreichischen sich durchsetzte, ihre dicken Haarwirbel
über der Stirn, ihre Gewohnheit, stets in den besten Villen-
vierteln zu wohnen, denn alle diese jungen Herren aus Buka-
rest oder Sofia waren wohlhabend oder hatten wohlhabende
Väter. Sie blieben durchaus Fremde (denen aus der Heimat
andauernd ungeheure Pakete mit ihren nationalen Lecker-
bissen zugingen), nicht so konsolidiert fremd wie die Nord-
deutschen zwar, sondern mehr eine sozusagen hiesige Einrichtung, dennoch eben ‚Balkaneser‘, weil auch bei ihnen sich
das Spezifische ihres Sprechtones nie ganz verlor. Damen in
Wien, welche ein oder zwei Zimmer ihrer Wohnung oder
ihrer Villa zu vermieten gedachten, suchten sich dazu einen
‚bulgarischen oder rumänischen Studenten‘ und wurden dann
von diesen untereinander weiterempfohlen. Denn in den zahlreichen Cafés um die Universität oder um die Kliniken herum
bestand ein connationaler Zusammenhang.

Der Doktor Negria nahm Anstoß an Marys Ehe. Er konnte
nicht glauben, er vermochte es einfach nicht zu glauben, daß
Marys Gattinnentreue zulängliche Grundlagen habe, er
ärgerte sich maßlos über diese Treue, und dieser Ärger war

mindestens gleichzeitig da mit dem ersten Affekte der Begehrlichkeit. (Der Schriftsteller Kajetan von S. hätte hier zweifellos geschrieben „er begehrte sie aus abgründiger Bosheit" – und bei Leuten seiner Art mag es ja solche im Grunde harmlose, auf groteske Manier zurechtfrisierte Dummheiten wirklich geben.) Das Verflixte bei dem Angelhaken, den der Doktor Negria verschluckt hatte, war jedoch, daß jene untadelige Frau keineswegs unbewußt eine treue Frau war. Sie war zu wenig einfältig, ihrem Herzen waren schon in der Mädchenzeit – während welcher sie durchaus als Frau fühlte, schon mit vierzehn – verschiedene Falten bewußt geworden, und so hatte sie sich denn später auf jener Ebene entfaltet und reifend geglättet, welche zuständig wird für alle, die ihre Lebensbahn nicht zwischen fugenlosen Mauern der Unschuld wandeln, eine Straße ohne Ausblick wie die vom alten Athen zum Piräus. Mary ist aber unberührt in die Ehe mit ihrem Oskar getreten. Andererseits, wenn sie hier treu war, so blieb es auch nicht deshalb dabei, weil ein stabiler Gleichgewichtszustand bei ihr entstanden wäre aus einer Art von unwiderruflicher Entscheidung und gewissermaßen Bekehrung zu ihren Aufgaben als Gattin und Mutter, als Mutter eines hübschen Kinderpaares, Mädel und Bub, jenes rötlichblond nach dem Vater, dieser dunkel-tizianrot wie sie selbst.

Zwischen den angedeuteten Grundlinien stellte sich die Sache dem Doktor Negria (nicht der Frau Mary) dar, und die Konstruktion, welche er da einem sich darbietenden Sachverhalt unterschob, stimmte im großen und ganzen. Auf diesem untergezogenen Rost – der aber am unentschiedenen Dahinleben des Gegenstandes durchaus nichts zu ändern vermochte – briet er seinen Ärger.

Es gibt eine Treue, die nichts anderes ist als Habsucht in Bezug auf Qualitäten, Qualitäts-Geiz, der, was er an Besitz-Titeln hat, an sich halten will. Eine solche Treue von gewissermaßen nur meritorischer Natur – aber meritum heißt auch das Verdienst – bildet ein bequemes Stieglein zur Hoffart und man gewöhnt sich daran, gerne da hinauf zu treten wie an einen Fensterplatz im Erker, von wo aus man auf die gewöhnlichen Straßenpassanten herabblicken kann. Eine solche Treue ist nicht stabil im Gleichgewicht und verdient eigentlich nicht ihren Namen, sie meritiert ihn nicht, eben weil sie nur meritorisch ist, aber sie wird unter Umständen sehr schwer aufgegeben, und wenn diese Umstände als unsichtbare Mauern, die aber gleichwohl den Ausblick verengen, als lange Mauern durch die Jahre den Weg begleiten, dann bleibt es beim gedachten meritum.

Das brachte den Doktor Negria auf, und hier zum Durchbruche zu gelangen – er war durchaus immer ein Durch-Brecher – wurde ihm zum Vorsatz, den er ohne jede kritische Erwägung fest in sich einbaute. Eine fordernde, eine postulierende, eine fuchtelnde Natur, ein Interventionist, Einer, der kurz beiseite zu schieben versuchte, was ihn störte und empört als unerhört empfand, was ihn bremsen wollte.

Mit jenem ,Interventionismus' hängt es zusammen, daß der Name des Doktors später in einem nah benachbarten Kreise sozusagen sprichwörtlich oder schlagwörtlich wurde – und so ist es zu jener ,Organisation Negria' gekommen, welche ihre Taten am Ende mit der Aktion gegen den Berliner Auto-Vertreter Helmut Biese gekrönt hat (aber das gehört nun wirklich nicht hierher!), letzteres unter der Leitung Höpfners, eines Reklame-Dichters oder Versifikators, der Mary K.s rumänischen Adorateur übrigens noch persönlich gekannt hat. Und wen hat Höpfner nicht gekannt? Er war ein Adreßbuch, eine komplette geschäftlich-gesellschaftliche Topographie von Wien (eine seiner mit dem Rittmeister von Eulenfeld gemeinsamen Eigenschaften). Zur kritischen Zeit hat der Doktor Negria einmal bei Höpfner oben – mit kurzem Zugriff von Zeit zu Zeit ein Glas Sliwowitz leerend (dazwischen lief er aufgeregt im Zimmer herum) – geäußert: ,,Daß diese Spinne sie eingefangen hat, ist eine für mich unerträgliche Vorstellung.'' Die ,Spinne' war Oskar, Marys Gatte. Manchmal nannte er ihn auch ,Die Zecke Oskar'.

Seine Verbindung mit der Familie K. war auf einem der Tennisplätze im josephinisch-blassen Augarten entstanden und weiterhin durch die Kinderkrankheiten des Mäderls und des Buben eine häuslichere geworden; Negria befand sich am Allgemeinen Krankenhause in einer solchen Abteilung und wollte selbst merkwürdigerweise durchaus nur Kinderarzt werden. Bei seinem berühmten Chef stand der Rumäne in Ansehen und Schätzung, so daß jener sogar einmal zu Frau Mary hinaufkam, um die Kleinen in ihrem Krankenzimmer zu besichtigen. Von da ab erschien Negria dann besuchsweise. Sein Klingeln klang kurz und scharf, als schlüge man eine Scheibe ein oder als würde man aus dem Elf-Meter-Raum einen Fußball hart ins Tor schießen.

Mary war beim Teetisch gesessen, den Blick draußen in der kaum beginnenden Dämmerung eines Nachsommer-Abends. Man sah hier eine Gasse entlang und dann über den Donau-Kanal (der kein Kanal ist, sondern ein erheblicher, breiter und tiefer, rasch fließender Teil des Stromes) hinüber ans andere Ufer. Von der Straße kam das Rufen der Buben beim Spiel bis hier herauf in den dritten Stock, ein allabendliches Geräusch, das durch den ganzen Sommer geleitete, soweit man ihn nicht in Pörtschach oder Millstatt verbracht hatte, ein Geräusch, das am Abend nach der Rückkehr vom Lande einen begrüßte als ein verläßlich dagebliebenes, zur Jahreszeit gehöriges, und das jetzt noch durch Wochen anhielt, denn es blieb warm, wenn auch gemäßigter: das beste Tenniswetter, wie Oskar sagte, der ‚Indianersommer‘. Oskar wird in einer halben Stunde kommen. Sie denkt plötzlich an den Leutnant Melzer. Daß er recht dumm war, wußte sie damals als ganz junges Mädchen genau. Es war in Ischl gewesen, muß der Sommer 1908 oder 1909 gewesen sein, um diese Zeit war irgendeine politische Spannung mit Serbien. Daß der Leutnant Melzer sich aber, mitsamt seiner Dummheit, ihr am Ende entzog, hatte gewissermaßen diese Dummheit und damit ihre eigene Überlegenheit wieder aufgehoben, wenngleich sie gar nicht ahnungslos war in bezug auf die Hintergründe seines Rückzuges und seines Verschwindens in irgendeine Garnison dort in Bosnien unten, wo es noch Bären gab, wie er wiederholt erzählt hatte; er wollte selbst auch auf die Bärenjagd gehen. „Bringen Sie mir dann das Fell, Herr Melzer, von dem Bären, den Sie mir aufgebunden haben." Es waren seitdem nun beiläufig vierzehn Jahre vergangen. Ihr Vater hatte in Ischl gelegentlich geäußert, daß Melzer den Dienst quittieren müsse, wenn er sie heiraten wolle. Aber: er hätte sie doch haben können, damals, ohne Zweifel. Er ist ein sehr, sehr herziger Bursch gewesen, immer ganz gleichmäßig fröhlich und korrekt. Sorgen hat er ja keine gehabt. Später hätte sie ihn betrogen, auch das wußte sie heute. Wegen seiner Gleichmäßigkeit.

Es gab am Ende der Gasse, welche Mary von ihrem Fauteuil aus entlang blicken konnte, einen fixen Autostandplatz. Diese Mietautos pflegten in einer langen Reihe in der Quergasse postiert zu sein, links und rechts hinter der Ecke, so daß linker Hand der vordere, rechter Hand noch der rückwärtige Teil je eines Wagens stets zu sehen waren. Die Polizeivorschrift verlangte damals, daß bei Bedarf immer der erste Wagen in der ganzen Reihe genommen werde; und da sowohl Anfang wie Ende der Kolonne an gewisse Grenzen gebunden blieben, so rückte jene nach, wenn einer abgefahren war; die Wiederkehrenden schlossen dann am Ende an. Das ergab ein von Zeit zu Zeit erfolgendes langsames Überrollen des Fahrdammes durch einen oder mehrere Wagen und zuletzt blieb rechts immer einer stehen, von dem man nicht viel mehr als die Hinterräder noch sehen konnte, während linker Hand ebenfalls ein Wagen um die Ecke hervorkam, aber nur mit dem vorderen Fahrgestell.

Es gehörte dieses gleichmäßige Abfädeln der Wagen dort am Ende der Gasse für Mary zu den Selbstverständlichkeiten und Unbegreiflichkeiten dieser Wohnung hier durch all die Jahre. Es war eine Erscheinung zutiefst verwandt den Tropfen einer Wasserleitung oder den fallenden Perlen eines Rosenkranzes. Und weil die Gasse bis zu dem Standplatz der

Wagen und zum ‚Kanal' hinunter eine beträchtliche Länge hatte, so blieb das Knurren der Motoren bei geschlossenen Fenstern völlig unhörbar. Die Erscheinung war lautlos und das machte ihr Wesen aus; sie war lautlos, völlig gleichmäßig, ruhig; sie war von monumentaler Langweiligkeit und Monotonie; und das machte jetzt auch, in Marys gleitenden Vorstellungen, die Beziehung dieses Bildes zu den Erinnerungen an den Leutnant Melzer aus. Der hatte allerdings doch sehr, sehr lieb lachen können. Das Klingeln des Doktor Negria riß ein paar sprühende Sternchen ins Bild, nicht so ganz unverwandt jenen, die einer sieht, den man aufs Aug' haut. Negria schien heute besonders energisch zu klingeln.

Das Mädchen öffnete vor ihm die Türe, aber er trat nicht ein, sondern er drang ins Zimmer, verbeugte sich tief, küßte die Hand, war dabei schon in Vormarsch und Offensive, und das blieb penetrant, auch angesichts seiner zeremoniösen Gemessenheit der Bewegungen, Handküsse, Kratzfüße. Er sah sich im Zimmer um, musterte alles etwas aufgebracht und hatte lautlos sogleich viele Worte gesprochen oder in fluidischer Art ausgestoßen: Nun also. Alles beim Alten, noch immer. Bei der alten Zecke. Bin neugierig, wie lang Sie so noch werden weiterleben wollen. Sinnlose Existenz das, versäumtes Leben. Vorurteile sind Trägheit, weiter nichts, Trägheit ist eine Sünde gegen das Leben. Ein Gegenstand mit Eigenbeweglichkeit, also ein lebendes Wesen zum Unterschied von einem Ding, darf sich der Trägheit nicht überlassen. Die Zecke glaube ich Ihnen auf gar keinen Fall. Gibt's nicht! Laut hatte er nur, schon die Teetasse in der Hand, mitgeteilt, daß die Zerkowitz-Kinder jetzt die Schafblattern hätten und daß es ihm heute zum ersten Mal gelungen sei, den polnischen Legationsrat dort im Tennisklub (ein Herr von Semski) im Single, allerdings ganz knapp, zu schlagen. Im übrigen sah er aus, der Doktor Negria, wie Homer vom unzuverlässigen Lümmel Ares sagt: prangend von Kraft und Gesundheit.

Es ist natürlich ganz unmöglich, daß die Entflammung, welche sie da hervorgerufen hatte, auf Mary selbst ohne jede

Rückwirkung blieb: mindestens mußte sie ihrer eigenen weiblichen Potenzen noch deutlicher inne werden, und das bedeutete schon die Einladung zu einem Spiel, zur Betätigung frei spielender Kraft. Vor Negria fürchtete sie sich nicht im mindesten, denn sie hielt ihn für im Grunde noch viel dümmer als den Leutnant Melzer der Jugendzeit.

Und sie dachte nicht im entferntesten daran, von diesem schön geebneten oberen Wege abzubiegen, von wo aus man den Blick allezeit hinuntersenken konnte in die Klamm drangvoller Umstände und in des Lebens ungleichmäßig sich durchzwängende Wasser, bald zwischen Blöcken gepreßt hervorschießend, bald wieder einmal in einem tiefen blaugrünen Forellenbecken gesammelt und an dessen Rund in geheimnisvollen Höhlen die überhangende und unterwaschene Wand bespülend. Der Blick dort hinab tat sehr wohl und der Umgang mit einem gleichsam hier herauf gelangten und domestizierten Stückchen solcher Wildheit erhöhte das Behagen, vertrieb zugleich des Behagens Gift, die Langeweile.

Als Negria hörte, daß Oskar in einer halben Stunde kommen werde, klappten seine Augenlider in mißmutiger Zustimmung und damit drückte er ungefähr aus, daß er dies ohnehin angenommen und gar nicht besser erwartet habe. Was sei von ihr schon zu erwarten, eine ganz banale Person!

Aber die Banalität einer Frau hatte den Doktor Negria noch nie ernstlich behindert; und so ging er bald zu neuem Vorstoß über. Er besaß seit einiger Zeit ein Ruderboot, nicht für sportliche Zwecke gebaut, also hinlänglich breit, aber doch ein elegantes hübsches Fahrzeug. Es lag bei der Abzweigung des sogenannten Donaukanales oberhalb der Stadt in Nußdorf. Wenn ein rumänischer oder serbischer Dampfer mit Schleppzügen stromauf kam, dann wußte es Negria, in seiner Sprache oder serbisch redend, leicht zu erreichen, daß ihm ein Tau zugeworfen ward, und so kam er bis Greifenstein und Tulln und noch viel weiter und gondelte sodann wohlgelaunt stromab, nicht ohne vor dem Losmachen des Taus noch ein Päckchen österreichischer Zigaretten mit vielem Dank auf den hohen Bord des Schleppkahns hinaufzuwerfen. Mit der Zeit kam es auf solche Art zu Bekanntschaften mit Schiffsleuten und ein oder dem anderen Dampferkapitän, auch auf dem ‚Kanal‘, den Negria ebenfalls befahren hatte, durchs Herz der Stadt hindurch und bis zum sogenannten ‚Praterspitz‘, wo der Arm unterhalb der Stadt wieder in den Hauptstrom mündet.

Dabei mußte er nun freilich in nächster Nähe von Marys Wohnung vorbeikommen, und so entstand bei ihm der Vorsatz, Frau Mary zu einer Kahnfahrt einzuladen, wobei man vorher in Nußdorf zum Wein gehen konnte, bei einem der verschwiegenen ‚Heurigen‘, die Negria so ziemlich alle schon kannte. Er war sich klar darüber, daß es um einen Titel für ein Rendezvous mit ihr außer Hause ging, welches er ja vor allem anstrebte, zugleich den Boden weiter hinaus vorbereitend durch gelegentliche Bemerkungen bezüglich kleiner Mißstände in seiner schönen Junggesellenwohnung, die eines sachverständigen Auges bedürftig waren (auch ließ er beiläufig einiges fallen über rumänische Bauernstickereien und andere nationale Altertümer, die er besaß, und brachte eine herrliche Arbeit dieser Art Frau Mary zum Geschenke).

Im Vorbeigleiten auf dem ‚Kanal‘ hatte Negria einen bequemen Landungsplatz entdeckt und, das Boot zum Ufer treibend, sogar einen Ring, der ihm erlaubte, sein Schiff mit Kette und Schloß festzumachen. Das war nun in allernächster Nähe jenes Standplatzes der Autotaxis, die dort gleichmäßig den Fahrdamm überrollend durch die Jahre fädelten.

Oskar K. war nach einer halben Stunde gekommen und erfreute sich des anwesenden Gastes in einer stillen und nicht eben durchsichtigen Art. Er gehörte zu jenen Leuten, deren Sein etwas Konkaves, Hohlspiegelartiges an sich hat. Man ist da immer geneigt, Brennpunkte des Geistes zu vermuten, bis nicht das Gegenteil evident wird. Wer viel schweigt, hört und sieht viel, ohne Zweifel. Aber daß solche Zurückhaltung einfach einem erstaunlichen Mangel an Feuer entspringen könne, nimmt zunächst niemand an. Daß stille Wasser tief sind, ist eine Grundüberzeugung, die jeder hat; und mindestens sind diese Wasser unheimlich. Aber man hat sich auch schon aufmerksam über welche gebeugt, die in kaum Handtiefe nur gewöhnliche Kiesel am Grunde sehen ließen. Das Gesicht des Mannes, der sich eben hier am Teetisch niedergelassen hat, gehört einer seltenen Art an, die aber bei jüdischen Männern eher noch gefunden werden kann als bei anderen, wenngleich solch ein Antlitz eine ganz allgemeine physiognomische Möglichkeit verwirklicht. Es ist ein nicht ganz zustande gekommenes Gesicht, oder wenn man so lieber will, der Schau- und Bauplatz höchst unverträglicher Materialien, die sich schon in den Ahnen nicht haben einigen lassen, jetzt aber in Zerknall und Zerfall geraten sind, wie nach einer Explosion. Hiedurch entsteht eine außerordentliche Häßlichkeit, die um so profunder ist als sie nicht an einem Nasenerker, einer Kinnlade, einem verkniffenen Aug' oder sonst an einzelnen Bauteilen sich verhaftet zeigt, sondern demgegenüber sozusagen in zwischendinglicher Schwebe bleibt, ein in der Luft hängendes Band (denn das ist es eben doch!), welches das Disparate nicht bindet und die Dissonanz immerfort stehen läßt. Solch ein Gesicht sieht aus, als trüge dieser Mensch an einer auferlegten Buße für ihm unbekannte Schuld.

Kein Zweifel, daß er hier die Stärke und die Schwäche seiner Position genau erkannte, soweit von Genauigkeit die Rede sein kann, bei den schwebenden und wie Nebel veränderlichen Empfindungen, die man in solchen Sachen hat. Aber seine Frau glaubte Oskar zumindest besser zu verstehen als sie sich selbst verstand. In dieser Ehe waren jetzt noch, bei heranwachsenden Kindern und einer Dauer des Zusammenlebens von bald vierzehn Jahren, die Nächte eine Angel, welche im Dunkel eingepflanzt, jeden hellen Tag um sich schwingen ließ und seinen Kreislauf von sich abhängig hielt. Hier, im Kerngehäuse seiner Lebensumstände, hatte Oskar ein Beben beobachtet, dessen Nachschwingen in helleren, dem Tage angehörenden kleinen Umständen ihm als notwendig und selbstverständlich erschien. Die seit einiger Zeit gesteigerte Hingabe seiner Gattin und die unausbleibliche Wechselwirkung davon auf ihn selbst und auf sie selbst wieder zurück – so daß dem Gott Eros schon von beiden Seiten her gesteigert gespendet ward – legte um die Frau eine knisternde Aura, welche nur einem völlig Stumpfen hätte entgehen können, nie aber demjenigen, dessen Begehrlichkeit ohnehin schon aus ihren Handgelenken, aus den Schläfen, Schultern und dem Rocksaume lange Funken zog, kaum zu verbergende. Freilich, sie wußte das, sie dämpfte es zugleich durch das völlige Fehlenlassen jeder Koketterie und benebelte hundertfach stärker nur durch das Fluidische, das von ihr ausging, und peitschte zugleich eine offene Wunde durch ihre Ehrbarkeit. Eine Wunde, vor welcher sie profund, aus einem ganz gewissen Wissen, jede Achtung weigerte.

Aber sie betonte sonst nichts. Sie schärfte nicht etwa in Negrias Gegenwart die Züge eines besonders guten ehelichen Einvernehmens heraus. Die kleine Gesellschaft am Teetisch wurde durch keinerlei Demonstrationen in Unruhe versetzt. Diese blieben so weit ab, daß man es sogar fertig brachte, sich gut zu unterhalten – Negria unterhielt sich meistens gut mit Oskar, dem ‚Spinnerich‘, der ‚Zecke‘, ohne daß ihm dabei so was wie eine Gesinnungslumperei zum Bewußtsein gekommen wäre. Man kann sagen, daß er diesen Mann verhältnismäßig leicht ertrug, zwar bei Höpfner oben schimpfend, jedoch ohne die wesentlichen Qualen der Eifersucht, womit für uns Marys geringschätzende Anschauungsweise über die Natur der gewissen Wunde nahezu bestätigt erscheint.

Alle diese feinen Spinnenfäden – feiner noch als der Altweibersommer, welcher nun bald die Wangen wieder geisterhaft berühren würde – waren für den Spinnerich manifest und evident, eben weil er ein Spinnerich war. Im Augarten aber, bei den Tennisplätzen, in einer Sonne, die zusammen mit den Wasserdünsten der Donau die Luft milde und milchig erfüllte – so daß man, den Obstgeschmack des Herbstes im Munde, die vergehende Zeit fast sinnlich spüren konnte, weil sie langsamer wurde und nahezu stand – im Augarten gelangte Oskar, am Ende sogar durch wiederholtes Experiment, zu einem Ergebnis am hellichten Tag und in der äußeren Welt, das ihn nahezu so befremdend anrührte wie das Beben der Angel im innersten Kerngehäus seines Lebenskreises. Dabei bezog sich jenes Ergebnis nur auf eine scherzhafte Gepflogenheit zwischen seiner Frau und ihm – hier eigentlich auf das Ausbleiben dieser Gepflogenheit, ja, wie es schien, die Unmöglichkeit, sie wieder zu beleben, obwohl es ein gewohnter Spaß war, den sie schon in ihrer Brautzeit gekannt hatten. Sie pflegten nämlich – und besonders gern nach dem Tennisspiel – zum Scheine miteinander Streit anzufangen, alle Anwesenden dabei irgendwie beteiligend (sei es, daß diese sich einmischten oder in Bestürzung gerieten), um dann unvermittelt Arm in Arm und ganz zärtlich-vergnügt zu entschreiten. Es zeigte sich nun, daß Mary auf dieses Spiel schon seit längerer Zeit durchaus nicht mehr einging.

Freilich, man könnte zu solchen Spielen schon was bemerken. Mindestens dieses: daß sie die Exhibition von etwas Selbstverständlichem darstellten, nämlich der Eintracht zwischen einem Paare.

Die Kinder waren zur Schule gegangen, der Mann ins Geschäft, Mary ins Badezimmer. Während sie unter dem heißen Wasserspiegel in der Wanne lag und gleichgültig ihren Körper betrachtete, dessen Wirkung hier ausblieb, zwischen gekachelten Wänden und vernickelten Hähnen unter dem bläulichen Wasser, wie ein Schuß, den man wohl abfeuern sieht, aber dessen Knall man nicht hört, klopfte es. Mary nahm sich zurück aus dem Gerinnsel ihrer Vorstellungen und viertel oder halben Gedanken und sagte ihrer treuen, stets um sie sorgenden Marie, daß sie nicht hier frühstücken wolle, sondern drinnen am Teetisch.

Gemütlicher war das Wohnzimmer wohl im Winter, wenn der in Form eines Kamines gebaute große Koksofen seine Glut gleichmäßig durch die Glimmerscheiben leuchten ließ. Jetzt blieb eine gewisse Leere fühlbar; der Teetisch stand aber winters und sommers an der selben Stelle. Indessen fühlte man sich jetzt sozusagen weniger eingeschlossen. Marie hatte das Fenster gegen die lange Gasse zum Kanal hinunter zwar zugemacht, damit kein Staub hereinfliege und sich auf die Polituren der Möbel lege; aber draußen lehnte ein warmer Spätsommermorgen an den Scheiben, ein freundliches und gelindes Geöffnetsein allen Umkreises, leicht wasserdunstig und milchig neblig noch von der Morgenfrühe am Kanal her, ein Wetter mit viel Raum, offenem Hohlraum der Erwartung; und in der Mitte solchen Umkreises, der gedämpft die Geräusche städtischen Lebens ausbreitete, saß nun Frau Mary hinter ihrer Teetasse; das war die Hauptsache, denn das übrige Frühstück wurde mit großer Mäßigung dosiert. Nein, sie gehörte nicht zu jenen mit schlechtem Gewissen viel Schlagobers einnehmenden Gestalten in dem großen Café weiter unten am Donaukanal, das den wenigen Lesern einer späterhin noch zu erwähnenden sektionsrätlich Geyrenhoff'schen handschriftlichen Chronik genauer bekannt geworden ist.

Ohne weiteres ist klar, daß die K.'sche Wohnung denselben Grundriß haben mußte, wie die darunter liegende Siebenschein'sche: alle Räume lagen in einer Achse – vier große und ein kleiner Raum, was keinen üblen Prospekt ergab – bis auf das besonders ausgedehnte Schlafzimmer (bei Siebenscheins Gesellschaftsraum) und ein Kabinett von bescheidenen Maßen (unten des Doktors Arbeitszimmer). Die K.'sche Wohnung war also sehr groß ("ist als sehr groß anzusehen" – so hätte der Amtsrat Julius Zihal des Zentral-Tax- und Gebührenbemessungsamtes in dienstpragmatischer Sprache gesagt), denn unten hatte der Doktor Siebenschein ja auch sein Rechtsanwaltsbüro samt Wartezimmer untergebracht; und hier bei

K.s gab es dafür nur um eine Person mehr (seit der Heirat Titi Siebenscheins – bis dahin war man im unteren Stockwerke ja auch zu viert gewesen).

Das möbelhafte polierte Schweigen wurde nur von dem kleinen Geklapper Marys unterbrochen. Was sie wie am Grunde eines flachen Beckens, wie in einer Muschel und gleichsam präsentiert hier sitzen ließ, das war der Umstand, daß sie heute rein gar nichts vor hatte, ein seltener Fall. Der Tag hatte zudem, in beinah tendenziöser Weise vor ihr zurückweichend, noch obendrein Platz gemacht: Oskar sollte mit Geschäftsfreunden in der Stadt zu Mittag essen, und die Kinder waren von Verwandten zum Essen gleich nach der Schule und für den Nachmittag gebeten worden, in eine Villa in Döbling, ein Haus mit hervorragend schönem Park. Es gehörte dem Besitzer einer großen Bierbrauerei. Die K.-Kinder galten als gebildeter Umgang, welchen man den eigenen Buben und Mädeln gern zuführte; und wirklich waren diese beiden Kinder einigermaßen über dem Durchschnitt.

Es blieb nur die Kahnfahrt mit Negria. Mary war für den frühen Nachmittag in Nußdorf mit ihm so gut wie verabredet. Dann würde es allerdings zu spät für das Tennis werden. Oskar seinerseits pflegte jetzt höchstens bis sechs Uhr auf dem Platze zu bleiben, wohin er an Tennistagen im Spätsommer gleich vom Büro aus nach kurzer Nachmittagsruhe sich begab.

Sie hielt sich heute frei. Sie lehnte es lächelnd ab, die Vereinbarung mit Negria für bindend zu halten. Er konnte ebensogut allein fahren: und dann würde er wohl unweigerlich hier am Kanal anlegen oder, ganz seemännisch, ‚festmachen‘, und heraufkommen, um zu sehen, wo sie denn geblieben sei. Er würde an Marie vorbei ins Zimmer eindringen.

Mary lachte.

Eben kamen die Taxis in Bewegung, fädelten nacheinander quer über den Fahrdamm. Der letzte Wagen, der mit den Hinterrädern sichtbar blieb, erzitterte noch ein wenig, und ebenso der erste, von welchem man nur die Vorderräder und die Haube des Kühlers sehen konnte. Damit war die lautlose Bewegung wieder zur Ruhe erstarrt.

Aber all diese glaszart und gespannt wartende Dämonie der ruhenden Umgebung kam Frau Mary unter solchem Namen freilich nicht zum Bewußtsein. Jedoch als Frau besaß sie genug Tiefe, wenn schon nicht des Geistes, so doch des Gewelds, um ihr Exponiertsein zu fühlen in dieser von allen Seiten heranstehenden Gegenwart, gleichsam auf diesem Präsentierteller sitzend, der als hell angestrahltes Scheibchen zwischen den Dunkelheiten des Vergangenen und des Zukünftigen dahin wandelte. Ein Blick auf ihr kleines goldnes Uhrarmband sagte ihr, daß sie schon eine ganz ungewöhnlich lange Zeit hier vor dem fast geleerten Teegeschirr sitze. Marie war wohl noch einmal dies oder jenes einzukaufen gegangen. Es rührte sich nichts, auch sie selbst blieb still. Und nun war eine gute Stunde vergangen, seit sie hier am Frühstückstisch sich niedergelassen und unter anderem an den Leutnant Melzer gedacht hatte.

Etwas von der Sprödigkeit des Lebens war heute in ihr, als ein Wissen und eine Eigenschaft zugleich: wie doch alles so leicht springt, sie wußte es jetzt, das heißt sie hatte es in den Gliedern, dies Heikle, diese Bologneser-Fläschchen-Natur jeder guten Stunde, die da fällt und zu Staub wird. Sie wollte heute nichts anrühren. Ein ihr ganz fremdes Verhalten, sie rührte sonst immer was an oder rückte irgend etwas zurecht.

Und eben jetzt hätte sie das tun sollen. Als die gespannte Stille platzte und mit Geklirr und Geklapper eine neue Situation aus ihr hervorsprang, da erkannte sie es. Ganz gleichzeitig erkannte sie es mit ihrem Aufstehen, das nicht vom Kopfe beschlossen worden war, sondern als eine unvermutete Eigenmächtigkeit ihrer Knie und Beine wie eine Welle von unten her durch ihren Körper lief, welche auf halbem Wege es fertig brachte, die Teekanne aus rotem Ton mitzunehmen, weil sich die Fransen eines Seidentuches, das Mary um die Schultern trug, in dem aus Bambusstäbchen geflochtenen Henkel verhängt hatten, wodurch aber auch die Tasse fiel und das ganze Tablett samt der silbernen Zuckerdose an den Rand der gleichen Möglichkeit geriet. Und, zum Resultat beruhigt, ergab der Tumult: auf dem Teppich lag die Tasse mit der Untertasse, anscheinend unzerbrochen, der Löffel hatte einen weiten Satz seitab getan; auf Marys Kleid war kein Tröpfchen des Teerestes in der Kanne geraten und der dunkel gezogene Tee hatte also keine Gelegenheit gefunden, hier eine nachhaltige Wirkung zu tun: aber er strebte danach, denn an den Fransen von Marys Seidentuch hing jetzt das Gefäß so sehr geneigt, daß die dunkle Flüssigkeit beinah den Rand erreichte. Mary sah das alles. Sie hörte zugleich von draußen, vom Vorzimmer her, den Schlüssel in der Wohnungstüre umdrehen, und so rief sie denn, ohne sich zu rühren und vorgebeugt so gut sie konnte, um ihren seltsamen Umhang von sich abzuhalten: Marie! Marie! Das Herbeieilen erfolgte, ein Erschrecken, ein Lachen, ein vorsichtiges Zugreifen und am Ende ein immerhin merkwürdiges Ergebnis: nichts war zerbrochen, nichts war befleckt, nichts war beschädigt.

Aber die Substanz des Lebens gehorchte diesmal in Mary keineswegs einer scherzhaften Deklaration, unter welcher sie untergebracht werden sollte, sie weigerte sich dessen. Allein das ist der wahre Grund gewesen, warum Mary an diesem Vormittag nicht im schönen Liechtensteinpark spazieren ging, obwohl sie gerade das noch am Frühstückstisch sich gewünscht hatte, angesichts der vielen freien und verfügbaren Zeit. Jetzt indessen – wollte sie das gar nicht mehr riskieren. Hätte sie dies nun so bewußt und in Worten gedacht, sie wäre wahrscheinlich aus vernünftigem Widerspruch doch gegangen. Aber so weit kam es nicht. Sie blieb daheim, nicht aus einer Unlust oder Furchtsamkeit des Geistes, sondern aus einer Hemmung in den Gliedern.

Es war auch schön hier daheim. Ihr gepflegter Haushalt umgab sie und durchdrang sie von allen Seiten. Es war ein vernünftig geleitetes Haus, wo nichts verschwendet und nicht an der falschen Stelle gespart wurde, dort, wo mit geringen Mitteln ein starker Effekt des Behagens erzielt werden kann:

der Fünf-Uhr-Teetisch etwa zeigte immer zweierlei Getränk auf dem hübschen gläsernen Wagen, Kaffee oder Tee, je nachdem, wie eines grad gelaunt war, und ebenso Butter, wie Jam, weißes und schwarzes Gebäck; auf die Sorgfalt der Kinder konnte sich Frau Mary bereits verlassen und so blieb ein schönes Service im Gebrauche. Kam jemand unvermutet, dann stand er unter dem Eindrucke, gastlich erwartet worden zu sein. Man erwäge, ob sich der geringe Aufwand solchermaßen nicht in dem oder jenem Fall reichlich bezahlt machte. (Oskar erwog solche Sachen.)

Es waren kluge Menschen, sie lebten offenen Sinnes nach allen Seiten, darum hörten und sahen sie was, und sie sperrten sich auch nicht gegen Gesehenes und Gehörtes, und es gab nicht (wie in gewissen ganz anderen Familien) verworrene Knäuel der Verstrickung in gehüteten finsteren Ecken. Und Grete Siebenschein kam gerne auf einen Sprung herauf und vertraute sich Mary in vielem an und war für deren Meinung und Rat sehr geöffnet und hörte aufmerksam zu.

Es lag nach alledem nahe, sich an diesem freien Vormittage einmal ruhig ans Klavier zu setzen. Mary hatte unter Gretes Leitung im Laufe des letzten Jahres drei Chopin'sche Etuden und einiges von Schumann studiert.

Da sitzt sie also am Klavier, diese seit heute Morgen eigentlich recht einsame Frau und läßt die silbernen Meditationen erklingen; die Umgebung ordnet sich, es kommt ein System in diese Einsamkeit, von welchem man beinahe glauben könnte, daß es sogar in die chaotische Stadtmasse ringsum auszustrahlen vermöchte, mindestens aber die nahen Dämonen zu bändigen durch die orphische Macht der Töne.

Es ist möglich, jemandem fundamental zu raten. Niemals fast kann ein solcher Rat angenommen werden. Denn einmal so weit gekommen, daß die Lage eines Rates bedarf, ist meistens auch schon das eine oder andere Rad oder Rädchen im Getriebe locker, und der in ihm befangene Mensch starrt gebannt in diese nun ganz bewußt herausgeleuchtete gestörte Apparatur des Lebens, das ihm jetzt von ihr abzuhängen scheint, statt umgekehrt, was eigentlich normal wäre. Daher kann der Rat lediglich mehr in bezug auf den Apparat gegeben werden – nur ein unbefangenes Neu-Herantreten an diesen vermöchte seine bloß relative Wichtigkeit zu enthüllen – und so muß es bei einem kleinen Rat bleiben, einem Rätlein, einem Rätchen in bezug auf die Rädchen, welche sich wie toll drehen, weil sie nun einmal aus dem Ganzen zu sehr herausgelockert worden sind. Ein kleiner Rat, ein Kniff. Dilatorische oder palliative Mittelchen. Mit allerlei Abwechslung, je nach der Situation: als deren Produkte, und nicht als nur eine von den kleinen Wellen aus gleichbleibenden fundamentalen Quellen. Auch der Ratende hat die Richtung verloren; und das Steuer schon gar und längst.

Seit dem Sommer des Jahres 1921 hatte Frau Mary der Grete Siebenschein im Grunde anderes kaum mehr zu bieten. Das heißt also, seit dem Ende von Gretes halber Verlobung mit dem kleinen E. P. und dem Beginne ihres engen Verhältnisses zu René Stangeler. Den ersten kannte Mary, denn Grete hatte ihn ein oder das andere Mal heraufgebracht; den zweiten hatte sie auch schon gesehen, aber eben nur dies, auf der Stiege, auf der Straße neben Grete; zusammengenommen mit dem, was sie von dieser über ihn sonst noch erfuhr und was ihr Gretes nicht selten fast verzweifelte Verfassung sagte, schien er ihr durchaus der geeignete Mann zu sein, um die junge Freundin mit Sicherheit vollkommen unglücklich zu machen.

Immerhin, Grete Siebenschein hatte an dem Punkte, wo wir jetzt halten, nämlich im Nachsommer 1923, das achtundzwanzigste Lebensjahr schon überschritten.

Nein, er gefiel Frau Mary nicht, der ungefähr gleichaltrige René, und sie wünschte auch nicht, ihn kennenzulernen: als hoffte sie hintergründig noch immer, daß diese Verbindung in absehbarer Zeit sich wieder lösen würde, als wollte sie da nicht durch ihre eigene Person eine Klammer mehr noch bilden: genug, daß Stangeler schon unten bei Siebenscheins zeitweise ein und aus ging und daß sich allmählich bereits das Gewicht des Familiären auf Grete und ihren Liebhaber zu legen begann, die beiden gleichsam noch enger aneinander pressend. Nein, er gefiel ihr wirklich nicht! Seine Augen standen etwas schräg und die Backenknochen waren irgendwie magyarisch oder zigeunerisch. Einmal hatte sie ihn unten auf dem Platze vor dem Bahnhof gesehen, offenbar auf Grete wartend: er lümmelte mit dem Rücken gegen den Sockel des Uhrtürmchens, die Beine gekreuzt, die Hände in den Taschen, den Hut im Genicke. So auf offener Straße. Es lag Herausforderung in seiner Haltung. Sie erschien Mary keineswegs nachlässig und natürlich, sondern betont. Und dies war lächerlich, unsolid, wenig Vertrauen erweckend. Ihr eigener Bub, damals ein kleiner Untergymnasiast, hätte sich nicht so hingestellt: jener aber näherte sich den Dreißig. Ein Bursch aus gutem Hause obendrein, wie es hieß. Ein erwachsener Mensch. Ihr Mann war mit achtundzwanzig längst in einer selbständigen Lebensstellung gewesen. Von Stangeler hieß es, daß er noch studiere – allerdings erklärte sich das auch aus dem Militärdienst im Kriege und einer vierjährigen Kriegsgefangenschaft. Danach aber wäre es auch naheliegender gewesen, sogleich etwas Vernünftiges und Brauchbares anzufangen. Nun: Jeder wie er kann (beschränkt im gewöhnlichen Sinne war sie gar nicht, die Frau Mary!), aber sein Verhalten Grete gegenüber hätte von vornherein ein ganz anderes zu sein gehabt: über alles übrige ließe sich ja noch reden – ob jetzt heiraten oder nicht heiraten, oder erst später, ob einen praktischen Beruf ergreifen oder weiterstudieren, und dergleichen.

An allem war der kleine E. P. eigentlich selbst schuld.

Er war es, der Grete mit René Stangeler zusammengeführt hatte, wenigstens von Frau Mary her sah das so aus. Denn was von ihr bei allen diese Sache betreffenden Überlegungen und Vorstellungen nie in Anschlag gebracht worden war und gebracht wurde, etwas, das sie gleichsam nicht mitdachte oder kaum mit dem gehörigen Nachdruck: das war die doch ganz unleugbare Tatsache, daß Grete Siebenschein den kleinen E. P. nie geliebt hatte. Und doch lag gerade dies wie auf der flachen Hand. Ein blinder Fleck für Mary. Hatte sie ihren Oskar geliebt? Ja – nein. Jetzt liebte sie ihn. Es erschien ihr als etwas, das sich ergeben hatte, nicht als eine Grund- und Vorbedingung. In ihrem tiefsten Innern sah sie darin nichts Entscheidendes, worauf man geradezu losgehen konnte, was man direkt ins Auge zu fassen hatte. Kein Bedingnis, sondern ein Bedingtes. Etwas Unselbständiges, das dann wohl hinzukommen würde und überhaupt nur hinzugegeben werden konnte; nie also konnte es den Ausgangspunkt von Handeln und Raison bilden. (So etwa käm's heraus, wenn man ausspräche, was Mary diesbezüglich mit sich führte als ein so sehr Selbstverständliches, daß sie es als ihr eigentümlich nicht mehr erkannte.)

Aber, daß hier von seiten der ganz anders gearteten Grete Siebenschein jene Neigung nicht bestand, die man schlechthin Liebe nennt – Primzahl des Lebens, keiner Analyse bedürftig oder zugänglich – das lag ebenso klar wie der von dem kleinen E. P. gemachte Fehler, welcher damit als gar keiner mehr sich darstellt. Sonst wäre Grete nach dem Kriege nicht von ihm weg über Jahr und Tag ins Ausland gefahren, mochte es auch so geboten wie immer erscheinen. Denn ihr Vater, der Doktor Ferry Siebenschein, gehörte zu jenen Leuten, deren Anständigkeit so weit zu gehen vermag, daß die Familie dabei verhungert. In der ersten Zeit nach dem Kriege, ja, vor 1918 schon, wär's bald an dem gewesen. Es dürfte dieser Fall unter den Inhabern gutgehender Rechtsanwaltskanzleien zu Wien während jener Zeit beinahe einzig dastehend sein. Denn gerade dieser Berufsgruppe vermochten die mit ihrer Tätigkeit unweigerlich verbundenen zahlreichen Beziehungen zu anderen Menschen, ein maßvoller Austausch von Gefälligkeiten, ein an sich harmloser Handel unter der Hand, das Allernötigste immer wieder zu verschaffen, wenn nicht von Monat zu Monat, so doch von Woche zu Woche. In alledem erwies sich unser Doktor, Gretes Vater, als fast monströses Untalent, ja beinah als ein Bock mit unabänder- licher Vorliebe für die Richtung des größten Widerstandes. Grete liebte ihren Vater unter anderem auch deshalb sehr. Die Mutter Siebenschein aber geriet aus allen Zuständen in alle Zustände, nämlich in immer anders geartete, wozu es nicht einmal solcher Zeitverhältnisse bedurft hätte, denn die kleine, bewegliche Dame war von dämonischer Erfindungskraft auf dem Gebiete der Krankheiten, und wenn schon ihre Produk- tivität hier einmal nachließ, dann wurde die Lücke durch die ungewöhnlichsten Zwischenfälle geschlossen: sie brach oder verrenkte sich irgend ein kleines Glied, eine Zehe am linken Fuß oder den Ringfinger der rechten Hand und verstand es damit, auch in den Pausen ihrer eigentlichen Hervorbringun- gen – Schlaflosigkeit, Schüttelfröste, Geschwülste, oder ein- fach, um mit Johann Nestroy zu reden, ,Beklemmung mit Entzündung' – die Aufmerksamkeit der Familie bei ihrer Person zu halten. Daß der Doktor Ferry Siebenschein kein Arzt war, wirkte hier förderlich und ließ jedes neue patho- logische Ereignis in voller Frische auftreten. Ärzte verhalten sich solchem Unwesen gegenüber bekanntlich kalt wie die Eiszapfen; und der Obermedizinalrat Schedik, dessen Patientin Frau Siebenschein allerdings viel später, nämlich 1927 gewor- den ist, pflegte, wenn er ein Mitglied der Familie traf, nicht zu fragen, ,,wie geht's der Mama?'', sondern ganz nebenbei ,,und was fehlt der Mama jetzt?''. Denn freilich, seit deren vorgestriger und letzter Anwesenheit in seinem Ordinations- zimmer konnte immer noch ein ganz neues Krankheitsbild aufgetreten sein. Schedik, der nicht wenige Patienten von solcher Art um sich hatte, behandelte diese mit dem besten Erfolge rein psychologisch fast unter gänzlicher Beiseite- lassung jeder Kur und Rezeptur, ohne daß von diesen Herr- schaften jemals sich jemand die Frage vorgelegt hätte, wo- durch sie eigentlich immer so rasch und so viele Male im Jahr bei dem Obermedizinalrat Schedik von oft ganz verschiedenen hintereinander auftretenden Leiden genasen. Sie hielten ihn für einen außerordentlichen Arzt. Und das war er auch.

Zudem ein hervorragender Schwiegervater: leider des schon genannten Herrn Kajetan von S. Einer von seinen Hochschullehrern, der den Doktor Schedik kannte, hat Kajetan gegenüber nach dessen Ehescheidung beiläufig und nachdenklich bemerkt: „Wissen Sie, Herr von S., auf die Frau ist allenfalls noch zu verzichten; aber der Schwiegervater bedeutet einen unersetzlichen Verlust."

Vom Vater Siebenschein aber, von jener Mutter, von der jüngeren Schwester Titi (welches Häkchen damals schon die Krümmung künftiger Bahn zeigte) trennte sich nicht lange nach dem ersten Weltkriege unsere Grete (ebenholzschwarzen Haars und klassisch geordneter Züge): nicht zuletzt auch, um den Ernährer der Familie zu entlasten, was er gar nicht wollte. Jedoch bildete sicher auch der periodische und pathologische mütterliche Festkalender ein treibendes Motiv: dem als retardierendes ein E. P. mit zu geringem Gewicht entgegenwirkte.

So kam Grete nach Norwegen. Die im Kriege neutral gebliebenen Staaten nahmen junge Österreicherinnen auf.

Sie hat sich redlich durchgebissen dort, und dabei trat zum ersten Mal ihre Persönlichkeit plastischer hervor, zeigte sich das Eigentümliche und Differenzierte ihres Wesens, da es an einer ganz anderen, an einer fremden und verhältnismäßig graden Umwelt sich maß. Sie blieb ihr gewachsen: was umsomehr heißen will, als sie aus einem zerrütteten und verarmten in ein geordnetes und vergleichsweise wohlhabendes Land gekommen war. Eine Deklassiertheit ganz allgemeiner Art drohte dort in der Fremde sozusagen täglich in eine spezielle, persönliche auszuarten; und das um so mehr, als Grete nicht durchgehends und immer so ganz in dem Berufe, dem Stande und Charakter zu bleiben vermochte, unter welchem sie da zunächst aufgetreten oder angetreten war: als Musik-Akademikerin (sie hatte in Wien absolviert). Aber es konnte beim rein Pädagogischen nicht bleiben, die Möglichkeiten hiezu waren so dicht nicht geboten und die Ruhe von Warten und Wahl noch weniger. Grete spielte auch in einem Sporthotel zum Tanzen auf. Freie Station, geringer Lohn. Sie saß hinter dem Klaviere, die Damen und Herren (oder was sie schon gewesen sein mögen) unterhielten sich und tanzten. In nördlichen Ländern, solang' man nicht trinkt, ist die Oberfläche des Benehmens und der Erscheinung gleichmäßig gepflegter, die Rillen und Runzeln, welche die Stände trennen, liegen für den Fremden aus dem Süden nicht sogleich zu Tage, und wenn dazu die Sprache noch nicht oder erst mangelhaft beherrscht wird, so fehlen auch die Orientierungs-Marken des Bildungsmäßigen, das ja sonst, wenn auch kaum greifbar, doch ein international ergossenes Fluidum darstellt, nicht unverwandt der Bratensauce in den Speisewagen der großen Expreß-Züge, die vorlängst zwischen Biarritz und Paris, Bregenz und Wien, Mandschuria und Wladiwostok verdächtige Analogien zeigte, so daß man auf die unsinnige Vorstellung verfallen konnte, sie werde in Röhrensystemen entlang der Strecken geleitet. So auch die Bildung. Spricht man jedoch nur wenige Worte norwegisch, so kann man auf dem Holmenkollen davon keine Probe nehmen. Aber Grete wurde in die Geselligkeit bald hineingezogen; man setzte irgendwen auf ihren Platz am Klavier, der da irgendwas irgendwie spielte (ein weniger heikler Punkt dort, zu jener Zeit jedenfalls noch). Es zeigte sich, daß Grete als Person und unmittelbar mehr zur Wirkung gelangen konnte als durch ihre pianistischen Mittel, die vielleicht bei einem Wiener Walzer zwischendurch einmal zogen, sonst aber in den damals allen Tanz beherrschenden Trotts und Steps verhämmert wurden. Freilich, sie war gut gekleidet. Und auf eine Art, die sich hier doch so ganz noch nicht durchgesetzt hatte, zudem in Einzelheiten wie auch in der Gesamt-Linie vielleicht überhaupt ihrer Vaterstadt verhaftet blieb. Es ist überdies für das ganze Leben eines Menschen ein entscheidender Ton im Eröffnungs-Akkord, wenn er aus einem berühmten Orte stammt, den jeder auf der weiten Welt kennt. Für hübsche Frauen sind da Paris oder Wien von besonderer Bedeutung und müheloser Folien-Wirkung; aber auch für ein Mannsbild kann es nicht gleichgültig sein, ob Paris oder Landes-de-

Bussac, Wien oder Groß-Gerungs, Moskau oder Kansk-Jenisseisk.

Grete Siebenschein wurde in die Geselligkeit hineingezogen, aber nicht ganz ohne ihr Zutun. Zu Oslo (das damals noch nicht lange so genannt wurde), in der Familie eines Zahnarztes, wo sie eine Zeit lang Musikstunden gegeben hatte, war ihr abgeraten worden, sich auf das Engagement in dem Sporthotel einzulassen: es verkehrten dort, so hieß es, nur Jobber, oder Schieber, wie man bei uns zu sagen pflegt. Aber ein Patient des Dentisten stellte ihr die Sache als gewissermaßen aufpulvernde Abwechslung dar. Und Grete hat sich als junge Person eigentlich vor nichts und vor niemand gefürchtet. Sie war mutig und bieder und von allzuviel Phantasie nicht geplagt, die bei den mutigen Menschen meistens schwach ist. Zudem lebte in ihr etwas, das man den Forschungstrieb nennen könnte. Wann immer sie im Auslande war, auch späterhin, hat sie stets viel gesehen, ohne mit ihren eigenen Sympathien und Antipathien dabei Federlesens zu machen. Vielleicht waren diese ebenfalls schwach. Sie paßte sich sogleich an. Sie trug sehr bald kein Körnchen mehr von der Erde des Vaterlandes an den Sohlen. Geringe Vorstellungskraft befördert das Aussetzen des Gedächtnisses. Man hat nicht dahinten im Vergangenen leuchtende und kaum berührte Örter, Altärchen einer sozusagen privaten Religion, kleine Haken im Herzen mit weit zurückreichenden Fäden daran, so daß irgendeine Vorstellungs-Verbindung oder etwas, was man gerade sieht, empfindlichen Zug ausüben kann. Das ist der Objektivität nicht förderlich. Grete war sehr objektiv und nur gelegentlich sentimental: das letztere wußte sie dann und hielt zugleich schützend eine kleine Randkluft von Ironie zwischen sich und ihren Gefühlen offen. Ihre Verfassung war derjenigen einer Dame aus dem achtzehnten Jahrhunderte verwandt – nichts liebte sie mehr als den Esprit und etwas davon eignete ihr selbst – und darum hat sie denn oft auch wirklich so ausgesehen. Ein klares, mitunter fast scharf dreinblickendes Aug', der lange Hals, die fragile Schlankheit einer keineswegs Mageren – fausse maigre nennen das die Franzosen – man wurde nicht selten bei solchem Anblick an jene Gräfin Lieven erinnert, die Frau des russischen Botschafters in London, ‚la maigre Lieven‘ genannt, durch zwei Jahrzehnte die Geliebte des Staatskanzlers Clemens von Metternich; nur war die Gräfin eine Blondine gewesen. René Stangeler, der innerhalb des ganzen Galimathias, den er auf der Universität, von Gier geritten, in sich hineinstudierte, auch der österreichischen Geschichte beflissen war, hat die Lieven selbstverständlich gekannt, ja über sie sogar ein größeres Referat halten müssen. Jedoch er vermied es sorgfältig, Grete jemals von dieser Persönlichkeit etwas zu erzählen, obwohl jene sich gewiß dafür lebhaft interessiert hätte. „Ich wollte sie“ (so hat er sich später einmal dem Kajetan gegenüber geäußert) „auf diesen ihren Archetypus nicht noch geradezu hinweisen.“ Man kann’s verstehen. Er hatt’ es auch so nicht eben leicht.

Nun, wir sagten früher, „man setzte irgendwen auf ihren Platz am Klavier“, und „sie wurde in die Geselligkeit bald hineingezogen“. Am Anfang aber – setzte sie selbst (nämlich jemand anderen ans Klavier) und sie wurde in jene Gesellschaft nicht so sehr hineingezogen, als daß sie selbst in diese eintrat. Damit setzte sie zugleich auch einen sehr bezeichnenden Akt, ganz bewußt, und vollführte eine der vielen Gegenbewegungen vom Deklassiertwerden weg, welche ihre norwegischen Jahre stets begleiteten (ja, zum guten Teil ausfüllten), so wie das Wassertreten unaufhörlich ausgeführt werden muß, wenn man sich stehend und aufrecht oben halten will. Grete ist eigentlich ihr ganzes Leben hindurch mit Wassertreten in diesem Sinne beschäftigt gewesen und auch ihre hochgespannte Empfindlichkeit den Familien-Angehörigen jenes Herrn von und zu René gegenüber erklärt sich zum Teil von daher. Hier im Sporthotel aber ging es zunächst nur darum, das Gesicht zu wahren, mit zu dieser Gesellschaft (oder was es schon gewesen sein mag) zu gehören, nicht aber als Bar-Pianistin und Tappeuse gänzlich hinters Klavier verbannt zu sein. Da man sie alsbald zum Tanzen aufforderte und sie dieses vollendet beherrschte, konnte sie eine zweite gleich anschließende Aufforderung annehmen, eine dritte schon mit dem Hinweis auf das unzulänglich besetzte Klavier ablehnen und sich befriedigt und wirklich leichteren Herzens wieder hinter das Instrument zurückziehen.

Aber, solche dosierte und vernünftige Mittel und Anstalten (unsereiner hätte vielleicht fünf Stunden hinter dem Stutzflügel vor sich hin geblödet und seine Trotts gepaukt ohne sich um wen oder was zu scheren) wurden, wie so oft bei Grete, von Eruptionen ganz anderer Art durchkreuzt. Denn plötzlich, innerhalb weniger Minuten, hatte sie sich bis über beide Ohren verliebt.

Das konnte bei ihr leicht und schnell geschehen, und das erste Eigenschaftswort ist auch im Sinne einer Gewichtsbezeichnung zu verstehen: es fiel nicht schwer auf sie, es fiel sie nur heftig an. Aber die Randkluft blieb offen. Eine gewisse Reserve gesichert. Dieser hintergründige Umstand – man möchte fast sagen: als hätte sie vermöge ihres langen Halses sich immer noch fähig gefühlt, die Lage zu überblicken – ließ Grete sehr weit gehen, bei ungeminderter elementarer Echtheit der Sensationen, welche sie empfand. Es ist derartiges auch während der ersten zwei oder drei Jahre ihrer Verbindung mit dem René Stangeler noch wiederholt vorgekommen, welch letzterer, durch Gretes Anderssein eingeschüchtert und in maßlose Bewunderung versponnen, darüber in theatralisch großzügiger Weise vermeint hat, hinweggehen zu müssen. Aber die Steine, welche er da mühelos zu schlucken vorgab, lagen dann doch unverdaulich im sozusagen psychologischen Magen und am Ende lief seine heroische Geste recht trivial darauf hinaus, daß er Gleiches mit Gleichem vergalt. Zum Unglück für Grete Siebenschein gerade dann, als die bewährte Randkluft sich bei ihr, wenn auch nicht ganz, so doch beinahe schließen wollte.

Jetzt also, wieder hinter dem Klavier, erblickte sie Einen erst recht, den sie schon flüchtig gesehen hatte und von dem sie auch bereits wußte, wer er sei: ein Mann der damals in

Norwegen eine Art kleiner Berühmtheit genoß. Die Norweger sind ein mitunter beinahe hellenisch anmutendes Volk; und wenn auch aus tiefen, alten Schächten nicht selten das auftaucht, was man die nordische Häßlichkeit genannt hat, so erreichen doch Wuchs und Antlitz des Menschen in jenem Lande vielfach und so ganz nebenhin ein bedeutendes und für den Ausländer stupendes Maß der Vollkommenheit. Dieser da war einer von den ganz Kühnen, eine Größe der verschiedensten Sports, obendrein reich, und so hatte er in Paris und London die letzten provinziellen Hilflosigkeiten eines kleinen Landes vollends abgeschliffen. Dies witterte Grete sogleich, und es verengte die Randkluft merklich, besonders als sie nach einer halben Stunde wieder hinter ihrem Klavier hervorkam und nun mit jenem tanzte: der als ein bereister Mann (sogar im Himalaya) und als anerkannte Mitte des Zirkels sich der Ausländerin anzunehmen offenbar für seine Standespflicht hielt. Zudem, sie wirkte wohl exotisch, südlich, mit ihrem blauschwarzen Haar, aber nicht befremdend. Der strenge Bau des Gesichts bei makellos weißer Haut war, über alle Gegensätze der Rassen hinweg, sehr nahe benachbart einer hier vielfach anzutreffenden physiognomischen Artung.

Was nun kam, ist eine Obligat-Stimme, die wir nicht von allen ihren kleinen Anfängen an herunterraspeln wollen. Der Halbgott, welcher sich mit Grete in einem von beiden Teilen recht flüssig gesprochenen Französisch unterhielt, nahm diesen Fall neben anderen kurzerhand auch noch mit, und als die Gesellschaft sich verlaufen hatte, gingen sie zu zweit des nachts spazieren. Der Schnee lag hoch. Ohne weiteres trug unser Fliegerkapitän – das war er im Weltkrieg in englischen Diensten mit Bravour und Auszeichnung gewesen – die Grete Siebenschein streckenweise, entlang der Bahntrasse, welche unmittelbar hinter dem Hotel lief und zum Schutze gegen Schneeverwehungen mit einer Art hölzerner Tunnels eingedeckt war. Wir dürfen annehmen, daß sie sich gerne tragen ließ. Die Unterhaltung wurde bald so lebhaft, daß ihr bißchen Schmuck, welches sie an sich hatte, unvermerkt in den Schnee fiel. Aber weil er einen ganz entschiedenen und harten Widerstand bei ihr fand, ließ er wie abgeschnitten von seinen Deutlichkeiten und bemerkte ihr kurz, daß für solchen Widerstand nur zwei Gründe bestehen könnten: entweder die Unberührtheit (was sie verneinte) oder ein zur Zeit bei ihr herrschender körperlicher Zustand (was sie bejahte). Diese seine Äußerung gefiel der Grete Siebenschein jedoch so gut, daß volle Einigung damit erzielt wurde, bei geringem zeitlichem Aufschub. Plötzlich, als er sie auf den hier tragenden Schnee stellte, bei dem Eingang eines der Tunnels oder Schutzdächer – der schwarze Mund stand wie Samt in dem Weiß und Sternklar der Nacht und verschluckte die schwach glänzenden Bänder der Schienen wie abgeschnitten – vermißte sie ihren Schmuck. Er half ihr suchen, obwohl das im Schnee recht aussichtslos erschien. Aber sie fanden, ganz unnatürlicher Weise, keine dreißig Schritt von Ort und Stelle und schon nach wenigen Minuten alles beieinander schwach glänzend auf der Schneedecke liegen. Dieses Opfer war also nicht angenommen worden, und der Ring des Polykrates kehrte gewissermaßen zurück.

Rauchzimmer und Billardsaal des Hotels hatten eine seitliche Tapeten-Türe, welche auf den Gang beinah genau gegenüber Grete Siebenscheins Zimmer sich öffnete. In jenen Lokalitäten nun, die beinah ausschließlich von Mannsbildern frequentiert wurden, konnte sich Gretes Halbgott auch nachts zu jeder Zeit aufhalten, da hier immer irgendwo ein Gelage oder eine Kartenpartie im Gange war und der reichlich in Erscheinung tretende Pjolter (wir würden das einen Punsch nennen, aber einen für Bären) allem gewissermaßen die Deutlichkeit nahm und jede Vigilanz vernebelte. Durch die Tapetentür, über den Gang und zu ihr hinein. Es mag sein, daß der Kapitän außer diesem der Grete auch sonst noch einiges zugemutet hat. In der dritten Nacht solcher Praktik fand er sie auf und am Tische. Sie wies ihm einen Stuhl. „Wir werden jetzt deutsch reden", sagte sie (auch diese Sprache beherrschte er). „Wir werden jetzt deutsch reden", sagte sie also, und der zwischen ihnen neue Klang veränderte mit einer wahren Übermacht alles, mochte auch der Kapitän das eigentlich Tendenziöse der Redensart gar nicht auffassen, wobei ja deutsch nur so viel wie deutlich heißt; vielleicht verstand er's bloß so, daß sie jetzt dieser Sprache sich bedienen wolle. Er sagte nichts und setzte sich auf den Stuhl. Im Zimmer war es etwas kühl, die Heizung ausgeschaltet, Grete noch vollständig angekleidet, das breite Bett von hellem Birkenholz geschlossen.

„Sie werden", setzte die Siebenschein fort, während ihr Hals sich über die Situation hinaus verlängerte und die Glaskörper ihrer Augen durchsichtiger erschienen, „morgen abend sowohl mit mir tanzen, in der Bar, als auch Konversation machen. Im übrigen aber hier Schluß. Meine Türe gedenke ich versperrt zu halten. Der Stil, in welchem Sie da mit dem Klavierfräulein sich was angefangen haben, ist mir aus Wien nicht bekannt und konveniert keinesfalls. Sollten Sie mich indessen später in Oslo besuchen wollen – ich fahre übermorgen zurück – so habe ich nichts dagegen."

Sie hat ihm dann die Telephon-Nummer jenes früher erwähnten Zahnarztes gegeben. Er ist schweigend gegangen, obwohl's doch immerhin ein starkes Stück war, was sie da gespielt hatte; und er wäre vielleicht berechtigt gewesen ihr etwas zu sagen, im Rückblick etwa auf die Art der Einigung mit ihr bei den Schneetunnels vor ein paar Tagen, wo die glitzernde Nacht und die schwach schimmernden Schienen vom Samte verschluckt worden waren, während unweit davon der Schnee die bescheidentlichen Schmucksachen an seiner Oberfläche gegen den Himmel gehalten hatte – ein Bracelet von Gold und ein Anhänger mit gerissener Kette und ein Ohrgehänge mit Schräubchen, denn Gretes Ohrläppchen waren nicht durchbohrt. Aber der Kapitän sagte nichts, er ging und tat weiterhin, wie ihm geheißen worden war. Nur telephonisch angerufen hat er die Siebenschein in Oslo niemals. Sie hielt für möglich, daß es ihm nicht geglückt sein könnte, denn sie hatte auf dem Zettelchen eine Art Index-Zahl zu notieren vergessen, die damals in Oslo erfordert wurde, um eine Nummer zu erreichen. Jedoch war Grete auch ohne weiteres bereit anzunehmen, der Halbgott habe sich um sie einfach nicht mehr gekümmert; so hat sie selbst gesagt, als sie dem Kajetan von S. (die richtige Adresse!) ihre Geschichte erzählte. Das war acht Jahre später. Stangeler, der diesen Teil von Gretes Biographie genau kannte und überaus hochhielt (!), hat wegen ihrer Schonungslosigkeit sich selbst gegenüber jenen Schmerz empfunden, den sie zu empfinden nicht vermochte. Und Eifersucht dazu (aber in bezug auf Kajetan, den er damals eben kennen gelernt hatte und nur deshalb, weil ihm solches erzählt worden war).

Von einer so beschaffenen Helligkeit des Bewußtseins also waren auch die passioniertesten Affären unserer Siebenschein beschienen, und es wirkt erheiternd, daß sie eben eine derartige innere Haltung späterhin oft ihrem René vorwarf, der sie gar nie fertig gebracht hätte (mangels eines genügend langen Halses), sondern sie nur gelegentlich posierte, um rasch und heroisch irgendeine fallweise Eifersucht hinabzuwürgen, was eine Art Kulthandlung vor den Altären der Grete Siebenschein'schen Eigenpersönlichkeit darstellen wollte. Aber wer immer eine Pose zu lange heraus steckt und vorstreckt, der wird früher oder später einmal an ihr wie an einem Henkel ergriffen und so gleichsam bei einem Wort genommen, das er zwar immerwährend ausgesprochen, nie aber eigentlich gemeint hat. Nützt nichts: er bekommt das Übergewicht nach außen und fällt hinter seinem Worte her in den Tumult der Dinge. Und nach innen kann ihm obendrein gerade das gleiche passieren. Denn solche neue prothetische Gliedmaßen, die sich einer da zulegt, wachsen nach beiden Richtungen: hinaus und herein.

Was aber die Grete angeht, so muß man ihr mindestens dies eine vindicieren: daß sie ein genaues Gegenteil dessen war, was man eine dumme Gans nennt. Gerade dies aber scheint dem Herrn von und zu René, über dessen Haupt man im weiteren Verlaufe der Begebenheiten (um mit Johann Nestroy zu reden) schon bedenklich lange Ohren sich erheben sehen wird, maßlos imponiert zu haben. Es

erhielten von da her die übrigen Siebenschein'schen Bestand-
stücke, Attraktionen, Waffen, gewissermaßen eine Art von
höherer Weihe.

Unter solchen stets erneuerten Gegenbewegungen also, von
denen ein Pröbchen wir hier dargeboten haben, verlief Gretes
Aufenthalt in Norwegen durch Jahr und Tag. Sie erlebte
nicht nur kurze und abrupte, sondern auch länger sich hin-
ziehende Affären. Sie erreichte nicht nur amüsante und fragwürdige Stellungen (wie man gesehen hat), sondern auch
bessere und langweilige.

Dann und wann schrieb sie dem kleinen E. P. Seine Antworten waren sogenannte Viertelkilo-Briefe. Sie hat ihm
späterhin sogar norwegische Kronen geschickt, welche sich
in der damals schon rapide verfallenden österreichischen Währung imposant ausdrückten. Von Haus aus hätt' er's wahrlich
nicht nötig gehabt. Aber der Kleine war mit seiner Familie
zerfallen, wenngleich er noch bei seinen Eltern wohnte (jene
Zerfallenheit mißfiel der Frau Mary K., wie alle Querköpfig-
keiten überhaupt). Das Haus Numero vierundvierzig in der
Wiener Porzellangasse ist (es steht noch) die eine Hälfte
eines Doppelgebäudes, aus zwei ganz gleichen Häusern, die
zusammen ein symmetrisches Gebilde ergeben, eine beängstigende Bau-Art. Der Architekt hat denn auch Miserowsky
geheißen, oder waren es zwei Brüder Miserowsky? Vielleicht
sind sie Zwillinge gewesen, das möchte am passendsten sein.
Der Vater E. P.s – man erinnert sich nur unklar des kleinen,
böhmisch aussehenden glatzköpfigen Herrn – war ein Indu-
strieller und besaß Spinnereien zu Smidary. (E.P. hat übrigens
beide Eltern noch vor seiner Verehelichung, die anfangs 1924
erfolgte, verloren, die Wohnung in der Porzellangasse aber
beibehalten.) Es gab auch einen Bruder, den man aber zu
Wien kaum gekannt hat, er war im väterlichen Werk tätig.
Eben das wollte E. P. nicht sein. Er war mit beiden innerlich
verfeindet, mit dem Vater und mit dem Bruder. Es gehörte
diese Feindschaft und dieses Familien-Problem zu ihm wie
seine blauen Augen, seine tief-bräunliche Haut, seine eben-

solchen Haare oder etwa seine extreme Kaisertreue mitten in der Republik.

Als René Stangeler im Sommer des Jahres 1920 endlich aus der Kriegsgefangenschaft heimgekehrt war, hat ihn E. P. mit einem Telegramm von vierzehn Zeilen Länge begrüßt, welches auf dem Landhause von Stangelers Eltern, wohin sich der Heimgekehrte unverzüglich begeben hatte, einigen Eindruck hervorrief. Es begann mit den Worten: „Wie herrlich ist das, Deine Rückkehr ..." Ab diesem Tage erzählten die Viertelkilo-Briefe nach Norwegen immer teilweise von René So ward der Boden vorbereitet.

Und so ging denn alles rasch, als sie wiederkam, im Frühjahr einundzwanzig. Zwischen ihrer Ankunft in Wien und der Vereinigung mit René Stangeler – welche nach der Artung des kleinen E. P. freilich dessen Bruch mit dem neuen Paare sehr bald nach sich gezogen hat – vergingen eigentlich nur wenige Wochen. Sie haben indessen der Grete Siebenschein genügt, den Kleinen in jeder Hinsicht zu versorgen. Sie hat ihm eine Stellung in einer Großbank verschafft (es war jene, die zehn Jahre später, aber nicht durch die Operationen eines gewissen Levielle umgefallen ist), und das wurde ihr möglich, weil einer der Direktoren mit der Familie Siebenschein befreundet war (der Direktor Altschul, dem Levielle am übelsten von allen mitgespielt hat; seine Frau, eine Gute, Dicke, Blonde, verkehrte, ebenso wie Frau Irma Siebenschein, übrigens in dem gleichen Café, in welches viel später Kajetan von S. den Sektionsrat Geyrenhoff ein oder das andere mal verschleppte, um dort gewisse wohlbeleibte Ehepaare in zensurbedürftiger Weise zu besingen, bei auch sonst unartiger Aufführung). Gleichzeitig mit dieser Stellung – welche den E. P. endlich von seiner Familie ganz unabhängig machte, weshalb er nun ohne Beschwer in der Porzellangasse wohnen blieb – verhalf Grete dem Kleinen indirekt auch zu einer Frau. Die lernte er in einem Büro der Bodencreditanstalt kennen, wo sie stenotypierte. Sie hieß Rosa mit dem Vornamen und wurde später, als sie schon mit E. P. verheiratet war, also ab 1924,

Frau Roserl genannt. Beide blieben in der Bank tätig, was sie nicht unbedingt nötig gehabt hätten. Aber freilich, das Werk zu Smidary hatte der Bruder erhalten, und auch sonst war E. P. bei der Erbschaft nach seinen Eltern nicht eben vorteilhaft weggekommen, ganz abgesehen von der teilweisen Entwertung des Vermögens durch die Kriegsfolgen. In der Hauptsache blieb ihm nur die große eingerichtete Wohnung.

Zu Frau Mary K. ist E. P. nach dem Bruch mit Grete nie mehr gekommen, was verständlich erscheint.

Zum ersten Mal hatten er und Stangeler im Jahre 1915 miteinander gesprochen, in einem niedrigen Hause am Eingang eines slowakischen Dorfes, an welchem Hause man, sommers vom Exerzierplatz kommend, fast immer in schwerem Durste vorüberritt. In der Nähe war ein Wirtshaus-Schild, darauf stand ‚Bor, Sör, Palinka‘ (Bier, Wein und dergleichen) und dann, weiter, kündigte irgendein Werkplatz Rohre von Beton und ähnliche Materialien an, die da auch bildlich dargestellt sich zeigten. Diese zwei Ankündigungen wirkten auf den Durst leidenden Menschen in einer sehr verschiedenen, scharf gesonderten Weise, ganz präzis: die erste zog an, die zweite, mit den Baumaterialien – welche man dahinter in der mittäglichen Sonnenglut gelagert sah oder nur dachte – stieß deutlich ab. E. P. stand am ebenerdigen Fenster. Jenes Wirtshaus besuchten die Zöglinge der Reserve-Offiziers-Schule nie, sie hatten ja auch keine Gelegenheit dazu; denn drinnen im Orte wußten sie, einmal abgesessen, nähere und bessere. E. P. stand am Fenster, weil seine Eskadron um etwa eine halbe Stunde früher einzurücken pflegte als jene, in der René ritt und die nun im Schritt vorüberkam. Stangeler, der am linken Flügel einer Reihe mit Vieren eingeteilt war, dankte für den Gruß und winkte aus dem Sattel. E. P. verzog das Gesicht zu einem kleinen Lächeln.

Das Weiße seiner Augen war nicht ganz rein, in diesem mandelförmigen Schnitt stand eine Trübung, die seltsamerweise ein Element seiner Anmut ausmachte. Der sehr kleine gedrungene Körper, sehnig und muskulös, hatte doch die Neigung zum Speckansatz, er war der geeignete Platz dazu, möchte man sagen, das Fett hätte gut darauf gepaßt, und zwar in einer nicht angenehmen Weise, besonders an Hals und Nacken. E. P. hätte, wäre er wirklich fett gewesen, eine irgendwo in ihm vorhandene wenig sympathische Möglichkeit seiner Physiognomie verwirklicht. Damals war er hiezu allerdings bei weitem zu mager und zu unglücklich, verlassen und anlehnungsbedürftig: eine solche Verfassung schaute ihm aus den Augen. Seine Beine waren etwas zu kurz, er sah zu Pferd mit seiner kleinen Statur eher wie ein Jokey aus, denn wie ein künftiger österreichischer Kavallerie-Offizier, und das hat ihm einmal Schwierigkeiten zugezogen, trotz seines eminent schneidigen Reitens. Es eignete ihm eine skurrile Originalität und ein ebensolcher, sehr bedeutender Charme; die Eitelkeit der kleinen Männer hatte bei ihm in bissige Selbst-Ironie umgeschlagen. Er war grundgut, eine aufgeblätterte, sich mitteilende Seele, aber von nicht selten wild hervorbrechender Leidenschaftlichkeit, und diese gab ihm dann das Ansehen eines erbosten kleinen Eichkaters, der auf seinen Gegner losspringt, um sich zu verbeißen. Er hat einmal in solcher Art die Grete Siebenschein attaquiert: und sie sogar wirklich ins Genick zu beißen versucht – ihrer Schilderung nach.

Die elterliche Wohnung in der Porzellangasse, ansonst typisch für eine ‚Herrschafts-Wohnung' der Achtziger-Jahre, enthielt ein einziges Wohnfach, welches nicht, wie die anderen, eine Welt ohne Mittelpunkt, sondern durchaus um einen solchen zentriert war: E. P.s Zimmer: vor konventionellem Möbelhintergrunde die bunten Einzelheiten und Arabesken eines sehr spezifischen Lebens wie eine Schrift weisend. Es erklang dieser Raum übrigens in einer seltsam hohlen und klagenden Weise wie eine Äolsharfe, wenn unten durch die lange und hier ganz gerade Gasse .ein Straßenbahnzug rasch dahinglitt: denn das eine Ende eines quertragenden starken Kabels, daran die Leitungen hingen, war in der Ecke des

Hauses verankert, dicht beim Zimmer des kleinen E. P. „Wann immer ich später und anderswo diesen Ton in einer Wohnung hörte", so hat René noch im Jahre 1927 zu Kajetan von S. gesagt, als er ihm diese ganzen Sachen erzählte, „ist E. P. in mir aufgestiegen, mit seinem Zimmer, den seltsamen grellfarbenen Puppen darin, mit seinen Büchern, seinen leicht getrübten Augen, seiner Heftigkeit, seiner Güte und seinem Wert."

Der Raum war groß, quadratisch und im ganzen eher dunkel; wie man schon bemerkt hat, lag er im ersten Stockwerk, sonst hätte da keine Aufhänge-Vorrichtung für die Freileitung der Straßenbahn sein können.

Im Vorzimmer der großen Wohnung war ein Telephon-Apparat auffallend tief angebracht, man mußte sich setzen, um zu sprechen: gleichwohl, die Einrichtung war für stehendes Sprechen gedacht, und zwar für jemand ganz überaus Kleinen, nämlich für E. P.s Mutter: so winzig war sie. Man sah sie selten. Jedes in Erscheinung-Treten seiner Angehörigen erzeugte bei E. P. übrigens eine Art von Schauder, den er gar nicht verbarg. Die Mutter ist den Wenigen, welche sie näher gekannt haben, als ein gutes, feines, trauriges Wesen in Erinnerung. Mag sein, daß ihr jüngerer Sohn den Vater haßte, aus der Meinung, die Mutter sei durch jenen unglücklich geworden.

Der Major Melzer hat den E. P. und dessen Frau 1924 kennen gelernt, in einem kleinen Beisl, wo Melzer als Junggeselle dann und wann auch abends zu essen pflegte, unweit der Miserowsky'schen Zwillinge, auf der gleichen Seite, nur etwas weiter gegen die Stadt zu. E. P. und Gattin kamen hierher mit einiger Regelmäßigkeit am Samstagabend, denn Frau Roserl, die ja bis ein Uhr mittags, ebenso wie ihr Mann, noch in der Bodencreditanstalt gesessen war, wollte an diesem einen Abende am Ende der Woche ihrer Hausfrauenpflichten überhoben sein. Die Bekanntschaft mit dem ruhigen und bescheidenen Ehepaar machte sich von Seiten des Majors – damals schon ein Amtsrat in der Generaldirektion der Tabakregie und ebenfalls in der Porzellangasse wohnend – einfach aus Affinität, wenn nicht Sympathie, und bei E. P. und seiner Frau verhielt sich das wohl ebenso. Man war einmal an den gleichen Tisch zu sitzen gekommen; und das übrige ergab sich von selbst. E. P. neigte überhaupt zur Zuneigung, möchte man sagen, noch bevor sich dieser allenfalls ein Gegenstand bot. Nicht lange nach dem ersten Zusammentreffen, es mochten etwa vier oder sechs Wochen inzwischen vergangen sein, ließ er den Major durch seine Frau für Sonntag zu Tisch bitten. Und der Kontakt hier an privater Stätte – noch immer war es das große Speisezimmer mit einem burgartigen eichenen Büffet – gestaltete sich so, daß damit ein dauernder Verkehr begründet wurde. Der Kleine hat vielleicht, wie er meinte, in Melzer, sechs Jahre nach dem Kriege und dem Untergange der Habsburger Monarchie, dasjenige erst richtig beisammen gefunden in allen Stücken, was er sich unter einem k. u. k. Offizier eigentlich immer vorgestellt hatte, ja vielleicht ohne während seiner Militärdienstzeit einer vollen und ganzen Entsprechung jenes inneren Bildes in der äußeren Wirklichkeit je zu begegnen (mit einer einzigen Ausnahme, nämlich der des Jägerhauptmanns Sch., welchen er auch dann und wann und gar nicht selten erwähnte). So überlebte denn hier eine Idee das Ende der Sache selbst und gelangte sechs Jahre nach jenem Ende noch für E. P. zu einer Konkretion. Wenn etwas uns inwärts Bewohnendes plötzlich von dortaußen herankommt, sind wir immer hochbefriedigt (und das sogar auch in schlimmen Fällen, wenigstens durch einen winzigen Augenblick).

Der Major hat erst aus einem Gespräche, das am 22. August 1925 (ein Samstag) am unteren Ende der Strudlhofstiege stattfand – oder eigentlich begann, um späterhin des längeren fortgesetzt zu werden – erfahren, daß E. P. den René von Stangeler gekannt hatte. (Jene ,Strudlhofstiege‘ zu Wien ist eine Treppen-Anlage, welche die Boltzmanngasse – erst in der Republik von 1918 wurde sie nach dem großen Mathematiker benannt – mit der Liechtensteinstraße verbindet und die Mitte dieses Teiles der ‚Strudlhofgasse' darstellt.) Für den Major begann René damals eben interessant zu werden, könnte man wohl sagen, und es überlagerten sich Melzers Erinnerungsbilder, die er von dem Gymnasiasten und dessen Elternhaus bewahrt hatte, jetzt mit einer Art von Verknüpfung, die zwischen ihm und dem nun (wenigstens den Jahren nach) erwachsenen René entstehen wollte. Zugleich durchdrangen einander beide Bilder. Es ist an jenem Abende des 22. August 1925 zwischen E. P. und Melzer viel von René die Rede gewesen; und von eben daher stammte eine zum Teil irrtümliche Auffassung des Majors, an welcher er aber in der Folge durchaus festhielt, weil sie einem ganz unmittelbaren Eindruck ihre Entstehung verdankte.

Melzer vermeinte nämlich, daß René einen übermächtigen Einfluß auf den Kleinen ausgeübt habe, der auch nach dem Bruche zwischen den Beiden fortwirkend durchaus merklich geblieben sei. Merklich mag stimmen: denn er lag an der Oberfläche; in Ausdrucksweisen, Redeformen, ja geradezu in Zitaten. Aber was E. P. seinerseits in Stangeler zurückgelassen hatte, war von einer nachhaltigeren Art: seine Art zu sein nämlich. Sie ist in jenen René tief eingegangen, tiefer noch als das aiolische Getön in dem Eckzimmer, wenn unten die Straßenbahn vorübersauste. Das Abendlich-Rauchige im Wesen des kleinen Mannes, diese Trübung des mandelförmigen Augs, hinter welches ganz dicht sich das Herz gesetzt zu haben schien, um den Schleier dann mit einem Strahl außerordentlicher Wärme zu durchbrechen. Dieses Abendliche, das zu Winterabenden paßte. „Ich komme um die Dämmerung", so hatte er immer zu Grete gesagt, nie eine bestimmte Stunde angegeben. Mit Stangeler gemeinsam aber hat E. P. nur einen einzigen Winter verlebt nach dem Kriege, den von 1920 auf 1921. Im Mai ist dann Grete aus Norwegen gekommen und alles war bald zu Ende, aus lauter vollendeten Tatsachen bestehend, die keine Dämmerung mehr zwischen sich duldeten, sondern hexagonal, kubisch, oder sonstwie kristallisiert, ins Licht des Tages standen („kristallisiertes Menschenvolk" sagt Mephistopheles einmal). Jene Einflüsse also waren's, die tiefer gingen als Redewendungen. Der Ton, der lautlos aiolische, nicht der hörbare. Der Blick.

Und dann gab es außer diesem noch ganz Handgreifliches, feststellbare Spuren und Relikte: man muß die Sachen nur untersuchen! Wohlan denn, untersuchen wir's:

Da war die Gewohnheit des René Stangeler, keine Hosenträger mehr zu verwenden. Seit damals. Ein Beispiel genüge für alle, es ist wahrlich trivial und handhaft genug. Wir hinterlassen unsere Spuren aneinander. Es müssen nicht immer Narben von Säbelduellen sein. Seit damals also besaß er keine mehr (René – Hosenträger). Es ergibt sich hier der wenig komplizierte Schluß, daß dem E. P. mehr Chic eignete als jenem (René), mehr angeborene erste Form, eine sozusagen bessere erste Gesundheit und ein tieferes und ungefährdeteres Wohlbefinden (bei und unter all' seinem Unglücklichsein). René machte ihm das Fortlassen der Hosenträger einfach nach und hat seitdem weder zum Frack, noch zum Nationalkleid mit Lederhose (obwohl sie da eigentlich dazugehören!) welche getragen und überhaupt keine mehr besessen. Die er damals besaß, warf er fort: das eben war eine tendenziöse Handlung, mit welcher er an seiner Person etwas bessern und bauen wollte. Er warf die Hosenträger fort. Er ließ sie nicht etwa im Schrank beiseitehängen (dies alles nach Kajetan von S., dem gegenüber es ausdrücklich erwähnt worden ist).

Das ist zweifellos ein Einfluß, ja ein Eingriff, ein bleibender Ritz in der Wachsplatte: jemandem die Hosenträger abzugewöhnen. Warf Stangeler zehn Jahre später den Rock ab, dann fand sich E. P.s Spur an seinem Oberkörper: keine Narbe von einem Säbelhieb (auch keine Biß-Narbe), sondern es fehlten die Hosenträger. Dies zog nun eine Reihe von Veränderungen in seiner Kleidung und in seinen Gewohnheiten nach sich: er legte den Rock eher ab wie bisher (und hat sich nie mehr vor einer Frau in Hemdsärmeln mit

Hosenträgern präsentiert), er begann die Weste wegzulassen und trug später schon höchst selten eine, er ließ seine Beinkleider im Hüftenschnitt machen, mit Schnallen an den Seiten. Dies ist nur das Gröbste, was man ja ganz einfach mit dem gemeinen Verstande aus dem Wegfallen von Hosenträgern herausfolgern könnte. Aber, zweifelsohne gibt es hier auch Veränderungen in der Art, wie man seinen Oberkörper trägt, wie man atmet; und es gibt auch kaum als Strichmarken, kaum als Ritze in der Platte noch auffindbare Veränderungen, solche, die schon in den Nervenbahnen wieder aufgelöst und anonym geworden sind, Veränderungen im Lebensgefühl – ohne Hosenträger.

Dem Majoren Melzer aber hätte man das verhältnismäßig Epochale einer solchen Beeinflussung schwerlich auseinandersetzen und beibringen können. Denn er hat garniemals welche getragen (Hosenträger), sondern seit jeher einen glatten Leibriemen. Die Leute müssen alles selbst erleben, sonst verstehen sie garnichts.

Bei alledem aber: in dem Weglassen der Hosenträger lag ja eine Art Gesinnung, die jener E. P. aus ihrer Latenz zur Manifestation in diesem Punkte damals bei René erweckt hat.

Es erscheint denkbar, daß Renés Haltung, als er vor dem Franz-Josefs-Bahnhof am Sockel des Uhrtürmchens lümmelte, ohne jenen E. P.'schen Einfluß in irgendeiner Weise anders gewesen wäre. Und vielleicht hätte er Frau Mary K. damit weniger mißfallen. Indessen, er war zu dieser Zeit schon entwöhnt.

Was zieht man zu einer Bootspartie an, fragte sich Frau Mary nach dem Mittagessen, welches heute von der treuen Marie ihr gleichsam mit Sorgfalt angemessen worden war, denn der Speisezettel erforderte ja diesmal keine Rücksicht auf den Hausherrn und den größeren Appetit der Kinder – demnach wenig, aber erlesen: eine Tasse Bouillon, ein Bissen frischer gebratener Gansleber, ein Bries. Mit dem Kaffee nahm Mary noch ein kleines Glas Malaga – zum Essen hatte sie nur Gießhübler getrunken – und eine Zigarette, die einzige des Tages übrigens, nach Tische. Was zieht man also zu einer Bootspartie an?

Sie blies den Rauch auf das Tablett und lachte und mußt' es doch fühlen: sich auf eine Sache einlassen, heißt auch ihren Einzelheiten dienen, was eine Art von, man könnte fast sagen, Demut erfordert, die oft beim Entschluß zu gedachter Sache keineswegs Pate gestanden hat. Aber bei Mary konnte sich die Ironie über der Situation halten, durch einen überraschenden Ausweg, der ihr erlaubte, diese Situation garnicht zu akzeptieren (als hätte sie sich da etwa eingelassen), sondern sie vor sich herzutreiben wie einen Ball – oder, wenn man schon so unangenehm genau sein will – sie immer noch hinauszuschieben, denn: ein Blick auf irgendeinen Millstätter oder Pörtschacher Sommer machte ohne weiteres klar, daß man für eine Partie auf dem Wasser sich weiß zu tragen hatte, wie man denn auch ein Segelboot gar nicht anders als mit Tennis-Schuhen betreten durfte.

Es dauerte nicht allzulange bis sie fertig im Vorzimmer stand, gehüllt in die gleichsam tragende Wolke ihrer gepflegten Macht und in eine neue weiße Flauschjacke über dem Tennis-Hemd, welche Frau Mary ganz vorzüglich kleidete. So stieg sie denn die verhältnismäßig enge Spindel der Stiege hinab, immer um den eingebauten Aufzug herum, trug ihre Preziosität durch den hohen hallenden Torweg an der Portierloge vorbei (dieses Gebäude stammte, wie so viele in Wien, aus der sogenannten Gründerzeit, und der seinerzeitige Erbauer und Eigner, Herr Doro Stein, ein bedeutender Rennstallbesitzer übrigens, hatte auf die Einfahrt für seine Kutsche und eine gewisse sonore Repräsentation Wert gelegt) – an dem herausblickenden und grüßenden Hausmeister vorbei also schritt Mary auf das kleine Pförtchen in dem großen Tore zu, drückte es auf, denn der automatische Türschließer bot einigen Widerstand, und stand nun überrascht auf dem Trottoir – in einem wirklichen Sommertag, der inzwischen, trotz der sich neigenden Jahreszeit, hier heraußen seine Vollkommenheit erreicht hatte und Mary sogleich um den Hals fiel.

Der Platz vor dem böhmischen Bahnhof, dem Franz-Josefs-Bahnhof in Wien, war damals mit der Zeit schon eine Art Rangiergeleise der Straßenbahn geworden (ähnlich wie der Domplatz in Mailand), die da von allen Seiten mit den verschiedensten Linien eintraf: das jaulte und rollte durcheinander, klingelte, drehte überraschend in eine Seitenstraße ab oder sauste gradaus über die Brücke davon. Mary stand am Ufer dieses Sees von Verkehr, darin die rotweiße Straßenbahn noch das Bescheidenste, die Fülle der Lastautos aber das Anspruchsvollste war, während alles zusammen durchfädelt wurde von einer nicht abreißenden Kette der Taxis, die vor der Abfahrtsseite des recht modesten und veralteten Bahngebäudes anrollten oder hinter dessen Ankunftsseite hervorkamen – Mary stand am Ufer und der ihr um den Hals gefallene Sommertag hatte sie nicht so sehr entzückt als vielmehr etwas verdutzt und sozusagen mißtrauisch gemacht. Sie stand am Rande des hier boulevardartig breiten Trottoirs, sie stand hier wie jemand am Rand eines Schwimmbassins steht, der heute eigentlich zum sonst gewohnten Kopfsprung keine Lust verspürt.

Die Haltestelle der Straßenbahn, bei welcher sie nach Nußdorf einzusteigen gehabt hätte, war damals nur durch Überqueren des Platzes zu erreichen, noch dazu etwa diagonal, nach links, wo in der Mitte eine Verkehrs-Insel Rast und Sicherheit bot. Eben war ein aus zwei Waggons bestehender Zug dort herumgekommen, bog aber jetzt mit breiter roter Stirnseite und einem kurzen bellenden Klingeln – das unzweifelhaft der Frau Mary galt – zunehmend schnell in die lange und gerade Porzellangasse ein, um an den Miserowsky'schen Zwillingen vorbeizusausen und in einem gewissen Zimmer aiolische Töne zu erzeugen. Aber der kleine E. P. war zur Stunde nicht daheim. Er saß im Buchhaltungsbüro der Bank und war von Erwägungen ausgefüllt, ob er nun heiraten sollte oder nicht. Im Raume nebenan saß seine künftige Frau. Sie trug eine dunkelrote Bluse und bediente eben jetzt eine Rechenmaschine mit jener gemessenen Aufmerksamkeit, wie sie allen Bürofräuleins eigentümlich ist: nicht zu viel, nicht zu sehr hingebend an die Arbeit und sich etwa ganz ausgebend, aber doch aufmerksam genug, um Irrtümer zu vermeiden und damit Ungelegenheiten und die Nötigung, das Ganze noch einmal zu machen. In der Teinfaltstraße unten tutete was. Der Sommertag, welcher Frau Mary vor dem Haustor um den Hals gefallen war, wurde ungefähr zur gleichen Zeit von E. P. sowie von seiner späteren Gattin durch Blicke aus dem Fenster wahrgenommen. Sie dachten an den Wienerwald. E. P. sah etwas schräg hinaus, das Gelb im Weißen seines Augs verstärkte die Melancholie dieses Antlitzes.

Mary trat auf den Gehsteig zurück, von welchem sie eben gestartet war.

Man könnte sagen: sie bockte innerlich. Sie sah auf das verwirrende Gefahre der Wagen und das Gelaufe der Menschen, welches den weiten Platz allenthalben erfüllte, wie auf eine doch etwas starke Zumutung; niemand konnte sie zwingen, sich da einzulassen. Ohne irgend eine Raison – welche bei einer Person wie Mary sogleich eine Gegenraison und also ein Raisonnieren zur Folge gehabt hätte – wandte sie sich langsam um, schlenderte auf dem Gehsteig zurück, an ihrem Haustor vorbei, weiter, über die Brücke, nach rechts am Kanal entlang und – zufrieden wie jemand, der etwas Verlorenes oder Vermißtes gefunden hat – ging sie voll Behagen den Weg zum Augarten. Ihr Körper hatte für diese ganze Aktion gar nicht nötig gehabt, sich einen Kopf aufzusetzen: er blieb anonym, und so lenkte er Frau Mary mit dem besten Erfolg.

Obstduft zog ihr entgegen – der kam von den Verkaufs-Ständen, die sich hier ausgebreitet hatten, wie überall in Wien um diese Jahreszeit, welche die Stadt mit Weintrauben, Birnen und Pfirsichen überschwemmte, so daß man, ob man's jetzt recht wollte oder nicht, am Ende doch jeden Weg mit einem kleinen Papiersack in der Hand zu machen mehr-weniger sich genötigt sah. Auch Frau Mary blieb stehen und kaufte – nicht ohne vorher die angebotene Kostprobe zu machen – Kaiserbirnen und Muskatellertrauben. Im Weitergehen begann Mary etwas von den Trauben zu essen – da es hier am Kanal ganz leer und sie also ungeniert war; ihre Finger langten gespitzt in die Düte. Sie fühlte sich in irgendeiner Weise überlegen. Vielleicht im tiefsten Grunde dem Leutnant Melzer überlegen, zum ersten Male.

Dann nahm sie bald der Park auf: etwas geradlinig gestreckt in der Sonne und Windstille, man konnte meinen, es sei hier heißer als sonst in den Straßen. Das Augartenpalais stand rückwärts in einer Art von kulissenhafter Flachheit, ein wenig blendend unter dem blauen Himmel. Mary erblickte alsbald ihren Mann, der auf dem Sand eines Platzes gegen das Netz vorlief, es war offenbar ein scharfes Spiel, auf der anderen Seite befand sich Herr von Semski. Mary ärgerte sich ganz leicht und rasch – ohne aufgesetzten Kopf sozusagen, organischer Ärger – über Oskar, der da nach einem kurzen Nachmittagsschlaf im Büro ausgeruht und sachlich an seinen Sport gegangen war, wo sie selbst doch ... solche Schwierigkeiten gehabt hatte (und nun dachte sie an die um ihren Hals baumelnde Teekanne). Noch dazu gegen diesen Semski spielte er, wo für ihn nur zu verlieren war. Negria stellte ja als Spieler eine ganz andere Klasse dar.

Frau Mary war indessen an die Plätze herangekommen. Semski – ein kleiner Mensch mit für seine Statur etwas zu großem Kopfe – zog stark schwitzend einen Ball nach dem anderen hart über das Netz, aber so gut sein Schlag war, auch im Backhand, verstand er es doch nicht im selben Maße zu placieren; eigentlich hätte er das als Diplomat besser können sollen. Oskar hielt daher im allgemeinen stand – das viele Training dieses Sommers hatte zudem sein Können gesteigert, auch in Millstatt war unaufhörlich gespielt worden – und Herr von Semski konnte nur nach und nach und gewissermaßen abbröckelnd eine Niederlage des Gegners erzwingen (das war ihm übrigens früher einmal auch bei Negria noch gelungen). Oskar winkte in einer entstehenden Pause seiner Frau mit erhobenem linken Arm und rief „Müze, Müze" (so nannte er sie). Mary ging in die Garderobe, um ihr Racket aus der Presse zu nehmen.

Der Legationsrat Semski war ein Pole, der das Wienerische der guten Gesellschaft von ehemals sprach, Sohn eines polnischen Adligen, der Vater hatte dem österreichischen Diplomaten-Korps der kaiserlichen Zeit angehört, und so war denn der Sohn, Stephan hieß er, gleichfalls in seiner Jugend dort eingetreten, nämlich zunächst am Ballhausplatz in's Ministerium des Äußeren, nach dem üblichen Jus-Studium, ohne Doktorat, versteht sich, und dem einjährigen Kursus mit ‚Völkerrecht' und anderen Dingen, an die man heute lächelnd denkt. Eigentlich war also dieser Semski ein Wiener, dessen Polentum sich in's Unanschauliche verloren hatte, nur die Sprache blieb ihm noch gebrauchsfähig, durch Kinderzeiten auf galizischen Schlössern bei Verwandten und durch spätere Besuche dort. Immerhin konnte er nach dem Zusammenbruche des Kaiserstaates im Jahre 1918, angesichts des winzig gewordenen Österreich, seine Carrière fortsetzen, in der wiederhergestellten polnischen Eigenstaatlichkeit, was Herrn Stephan von Semski jetzt bewog, für Polen zu optieren. Er blieb durch einige Jahre zu Warschau im Ministerium und verstand es schließlich in der Wiener Alleegasse zu landen, die jetzt schon Argentinierstraße hieß, im Gebäude der polnischen Botschaft mit ihrer breiten Einfahrt, dem repräsentablen Stiegenhause in dunklem Holz und dem seitlich nicht sehr ausgedehnten aber tief nach rückwärts hineinlaufenden Garten.

Man wird fragen, was dieser Herr in einem recht bürgerlichen Club zu suchen hatte, und diese Frage ist für den Erzähler peinlich, da sie ihn zu einer dummen Antwort zwingt (‚Cherchez la femme'). Machen wir's kurz: unser Semski hatte hier einen Knochen zu benagen; darum war er in den ‚Tennisclub Augarten' eingetreten.

Semski war Junggeselle. Die letzten Gründe dafür (ihm wohl nicht mehr oder kaum mehr bewußt) lagen in der Zeit vor dem ersten Weltkriege, also vor neunzehnhundertvierzehn. Es hatte einen Skandal gegeben im Zusammenhange mit einem Fräulein Ingrid Schmeller, die Herr von Semski dann – wollt' er's gleich gar sehr! – nicht hat heiraten können, weil er vom alten Schmeller hinausgeworfen worden ist. Einen Skandal, sag' ich, denn in der Geschichte kommt ein Badezimmer vor, nämlich das im Schmeller'schen Hause. Während einer größeren Abendgesellschaft, es war ein Gartenfest im Spätsommer, ist dieser Raum sehr zur Unzeit (weil mit Absicht) von einem Fräulein Pastré betreten worden, obwohl Asta von Stangeler – die jüngste, bräunliche Schwester unseres famosen Herrn René – sich auf Posten gestellt hatte; jedoch kannte sie den Grundriß des Hauses Schmeller nicht hinreichend genau, auch war ja die Einteilung der Zimmer in diesem über den Gesellschaftsräumen liegenden Stockwerk eine ganz andere, und die kleine Pastré ist überraschend und sozusagen überrennend an die Türe gelangt, welche zu versperren man doch nicht gewagt hatte.

Weder die frivolen (ungebührlich vereinfachenden) noch die sentimentalen (ungebührlich aufbauschenden) Maßstäbe und Erklärungen gelten, sondern das Frivole und das Sentimentale gilt und obendrein gleichzeitig. Es war kein Abenteuer eines Cavaliers gewesen und doch war es objektiv ein solches und sogar ein mesquines. Ein Kuß zur Unzeit, mehr nicht. Aber Herr von Semski hat ihn bezahlt, er hat dafür bezahlt, daß er seinem Lebensglücke nicht den Felsgrund der Geduld hat geben können, daß ihn eine Hingerissenheit jener vorsichtigen Gerissenheit beraubte, die keineswegs nur in den unteren Regionen des Lebens gilt und erforderlich ist, sondern deren selbst ein Feldherr oder Künstler bedarf, um mit seinem Daimonion zu verkehren. Soll Eros, ein Gott, sich schlechtere Umgangsformen bieten lassen?

Mary kam mit ihrem Racket aus der Garderobe zurück. Das Spiel zwischen Semski und Oskar dauerte noch an. Sie blieb am Rande des Platzes stehen und sah ärgerlich zu, sie fühlte zugleich, daß dieser Ärger einen tieferen Grund hatte als sie selbst zu begreifen fähig war; er lief aus ihr, der Ärger, wie das Wasser aus einem Brunnenrohr. Was hatte diese Spielerei für einen Sinn? Sport sollte doch ein Vergnügen sein. Oskar traten indessen schon die Adern aus der Stirn. Übrigens mußte sich auch Semski sehr anstrengen, sein großer Kopf war ganz naß. So also rannten die beiden dort auf dem Sande umher, würde Vater Homer hier etwa zusammenfassend sagen. Man holte Mary, die bei einem Doppel mitspielen sollte.

Sie erlebte Überraschungen dabei. Gegenüber stand ein Ehepaar in ihrem eigenen Alter, und als Partnerin hatte sie eine Frau Sandroch, eine aschblonde Vierzigerin, Deutschrussin oder sonst wo daher, eine elegante, verlebt aussehende Frau, der allezeit etwas Trockenes und irgendwie Staubiges eignete ... Frau Sandroch (einen Herrn Sandroch hatte man im Club nie gesehen) spielte weit besser als die anderen drei auf dem Platze befindlichen Personen. Und Mary hatte zudem heute – Arme aus Glas, deren Gelenke aber hölzern sich fühlten. Sie wollte, noch vor dem Beginn, plötzlich wieder vom Platze gehen, sie vermeinte, nicht den einfachsten Ball treffen zu können. Vielleicht wär' es so besser gewesen! Denn Mary plagte sich dann. Die Sandroch spielte schweigend, leichthin, in einem gezogenen, sehr nachlässigen Stil, sie spielte ihr Gegenüber glatt nieder. Nach zwanzig Minuten entschuldigte sie sich, sie ging, und Oskar, der inzwischen eine Pause gehabt hatte, trat an ihre Stelle: und damit wurde Marys Ärger hilflos. Gegen die Sandroch war diesem Ärger der Weg verlegt, denn die hatte von vornherein gebeten mitspielen zu dürfen, obwohl sie nur mehr kurz Zeit habe und also mitten aus dem Spiel den Platz werde verlassen müssen – und so war denn zwischen Oskar und ihr eine Vereinbarung getroffen worden, wonach er an ihre Stelle treten sollte. Mary wußte das alles. Sie wußte auch, daß Oskar sich hier nicht sehr würde anstrengen. Er ließ ihr in der Tat alsbald, soweit wie möglich, jeden Ball: den sie dann verfehlte.

So kam, nach dem Weggange der Sandroch, das Ehepaar K. bald in's Hintertreffen, was Mary wieder unnötig fand.

Sie fing an sich zu plagen, sich anzustrengen. Es half nicht viel. Es half ihr auch nicht gerade, als sie nach einer Weile Frau Sandroch – die mußte sich in der Dusche sehr beeilt haben! – mit Herrn von Semski im Hintergrunde vorbeiwandeln sah, vor den gemähten, fast grauen Wiesenflächen, welche trocken und beinah staubig aussahen, belastet von der Sonne des vorschreitenden Nachmittages. Die Sandroch trug einen stark elektrisch-blau leuchtenden Überwurf, Semski war im Sommeranzug mit Hut und Stock. Die beiden wandelten dort langsam vor dem offenen Prospekt, im Hintergrunde konnte man nur einige Baumreihen sehen und die Häuser des angrenzenden Stadt-Teiles, sehr unklar, andeutungsweise. Das Paar wirkte auf Mary wie etwas sich gleichsam Vorführendes (Pro-menade im wörtlichen Verstande), ein Wandelbild, Bühne, Theater. Was sie jetzt wohl für Absichten hatten? Doch sicher gemeinsame. Vielleicht wollten sie zusammen soupieren. Sie ging plötzlich in das von ihr vorgestellte Bild hinein und bewegte sich an Stelle der Sandroch in dem Bilde drinnen: darauf bestand ihrerseits gewissermaßen ein Anspruch, heute. Sie hätte das haben können.

„Du mußt mir doch helfen!" rief sie beiseite Oskar zu. „Ja, Müze", sagte Oskar lachend. Eben war er an das Service gelangt. Er begann mit Schärfe, wiederholte ebenso, placierte, ging gegen das Netz vor, sie verbesserten ihren Stand. Und dann ließ er's wieder sein; Mary ihrerseits war heute wirklich nichts wert, ein fuchtelnder Statist. Das plötzlich belebte Spiel Oskars hatte sich für alle Teilnehmer und Zuschauer überraschend und vielleicht peinlich von seinem sonstigen Verhalten während dieser Partie abgesetzt.

Die K.s wurden natürlich geschlagen und zwar gewannen's die Anderen haushoch, aber lustlos, sozusagen. Mary enteilte sogleich in die Garderobe, sie dachte nicht im entferntesten daran heute noch zu spielen, ihr schien sogar augenblicklich, daß sie überhaupt so bald nicht mehr spielen würde. Sie schlüpfte unter die Dusche, und dann nahm sie ein frisches Sporthemd aus dem Schrank. Während sie ihre Armbanduhr wieder umlegte – aus irgendeinem Grunde leistete der kleine Bügel Widerstand und wollte nicht einschnappen – ärgerte sie sich ernstlich über ihren Mann. Als sie herauskam, stand er bereits umgekleidet bei den Bänken neben dem Platz, im Sommeranzug, eine Aktentasche unter dem Arm, den weichen leichten Borsalino-Hut im Genick. Mary warf einen Blick über den Park nach rückwärts: Semski und die Sandroch waren verschwunden. „Müze – wir sind erledigt, vernichtet, wir haben uns blamiert, wir sind geschlagen worden", rief Oskar belustigt, als er seiner Frau ansichtig wurde. Der nur knappe Sieg, den Semski heute über ihn hatte erringen können, stand ihm bei diesen Worten geradezu aus der Tasche, wenigstens von Mary her gesehen. „Das hätte ja nicht sein müssen", sagte sie, etwas fassungslos, und „jetzt brauchst du nur noch zu sagen, ich sei daran schuld." „Oho!" rief der männliche Teil des gegnerischen Ehepaares, ein in Wien damals sehr bekannter Rechtsanwalt, „das wird doch niemand zu behaupten wagen." „Warum nicht, ich behaupte das glatt", sagte Oskar. „Also weißt du, das ist unerhört", rief Mary, deren entzückend hübsche schmale Nasenwurzel jetzt wie von kleinen Blitzen zerrissen aussah, „wo es doch nur an dir gewesen wäre, dem Spiel eine ganz andere Wendung zu geben!" „Sie haben unter Ihrer Kraft gespielt, Herr K., das steht doch außer Zweifel", sagte der Advokat besorgt und besänftigend, da ihm hier eine eheliche Causa sich zu entwickeln schien. „Ich war halt müd", erwiderte Oskar nachlässig.

„Aber plötzlich hast du's doch können!" rief Mary in einem schon durchaus engagierten Tone, welcher die Aufmerksamkeit auch derjenigen erregen mußte, die von diesem Spiel garnichts wußten und nicht einmal zugesehen hatten. „Entweder spielt man oder man spielt nicht; aber sich mit schwächeren Spielern nur so herablassend einlassen, so mit ein paar Schlägen, ganz offensichtlich . . ."

Die Frau Doktor Adler (so hieß jener Rechtsanwalt, der mit seiner Gattin gegen K.s gespielt hatte) war indessen hinzugetreten, und Mary betrieb also hier eine Art Demagogie, sie suchte Anhang gegen Oskar, wenn auch die unverhüllte Einreihung (freilich auch der eigenen Person) unter die schwächeren Spieler demagogisch nicht sehr vorteilhaft sein mochte . . . jedoch den Oskar K. mußte man sehen: er schien den heutigen Tag als einen wirklichen Glückstag zu empfinden, seine disparaten Gesichtszüge vereinheitlichten sich geradezu unter einem Lächeln, während er stichelnd den Streit mit seiner Frau noch weiterzutreiben suchte:

„Wenn ich dir Bälle weggenommen hätte, wär's ja auch nicht recht gewesen."

„Natürlich nicht", fuhr sie auf, „aber die deinigen hättest du ordentlich nehmen sollen!"

„Müze", rief er, „ich hab mich halt ganz und gar an dein Vorbild gehalten – was ich übrigens immer tue, das versteht sich ja von selbst . . ."

Mary war mit diesem erregten Gespräch irgendwohin geraten, wohin sie gar nicht wollte, es lief aus ihr wie Wasser aus dem Brunnenrohr, oder es zappelte die Streiterei aus ihr hervor wie die Tauben, Kaninchen und Meerschweindeln aus dem Zylinderhute des Zauberkünstlers – und jetzt rannte das Zeug schon überall herum, es waren wirklich diverse Meerschweinchen ausgekommen! Und Oskar, der Mary jetzt so zärtlich beim Arm nahm, und sich zurück-grüßend und lächelnd zugleich von der Gesellschaft verabschiedete, Oskar reichte ihr gleichsam ein großes Papier oder Tuch oder Gefäß, in welches man all den wimmelnden Unsegen mit Anstand und als Scherz wieder verschwinden lassen konnte. Wirklich, hier gab er dem Spiel eine ganz andere Wendung! Sie war plötzlich voll Dankbarkeit und ließ sich zuinnerst in seine schützenden Arme sinken, während sie mit ihm und an ihn gelehnt und geschmiegt abging: ja, heute leckte irgendein spitzes Flämmchen in ihr noch über den gewohnten Umriß dieses alten Scherzes: sie applizierte im Gehen einen raschen

Kuß auf die Wange ihres Mannes. Beide wandten sich zuletzt noch einmal zurück, sie lachten, sie winkten der Gesellschaft neben den Plätzen zu, die den Gruß erwiderte, und nun waren Oskar und Mary hinter eine Baumgruppe und einen Pavillon eingebogen. Da gingen sie; nein, sie blieben bald stehen; sie umarmten einander, hier war es einsam, sie drängten aufeinander zu, sie küßten einander heftig, als wollten sie sich gegenseitig betäuben. Es ist hierher gehörig und muß daher gesagt werden, daß Mary, ihrer eigenen Angabe nach, während dieser Szene an zwei Vorstellungen festhielt: einmal bedauerte sie es, nur jene weiße Flausch-Jacke anzuhaben, und nicht irgendeinen Umhang oder Überwurf von starker Farbe, das hätte ihr stilistisch besser geschienen, gleichsam tiefer hineinpassend in das Bild; und zum zweiten dachte sie zurück bis zum Jahre 1910 und an die damals neu eröffnete ,Strudlhofstiege' am Wiener Alsergrund, wo ihr vor kurzem angetrauter Gatte sie einmal ganz unvermittelt geküßt hatte, an einem warmen Herbstabend, da es nach den Blättern roch, die auf den steinernen Stufen lagen.

Der Doktor Negria war inzwischen in eine zweischneidige Verbarrikadierung geraten, wie sich ein k.u.k.österreichischer Generalstabsoffizier einmal in Bezug auf eine ähnliche Situation ausgedrückt hat. Denn in dem großen Café am Nußdorfer-Platz, wo er Mary erwarten sollte, hatte sich eine Explosion ereignet, eine ganz lautlose, eine ganz subjektive für Negria nur – nun, man errät oder man errät nicht: es saß Eine dort; es saß Eine dort, die war für Negria wie das offenstehende Einfahrtstor zur Ruh' aller seiner Wünsche.

Und nun fürchtete er, daß jeden Augenblick dieses Tor zugeschlagen werden könnte, sei's daß der Brennpunkt seiner unverzüglich erwachenden Durchbruchs-Instinkte nicht länger würde allein bleiben – auch das Auftreten einer Freundin etwa hätte ja die Aktion und Intervention durchkreuzt, und vielleicht, oder sehr wahrscheinlich, wurde eine Freundin hier erwartet, in diesem von Damen und Familien frequentierten Lokal – sei es, daß Marys Eintreffen und Auftreten pünktlich erfolgte. Noch blieb eine Viertelstunde.

Aber nichts in der Welt konnte einen Negria daran verhindern zur Tat zu schreiten. Ja, es mußte unverzüglich gehandelt werden und so ward denn gehandelt.

Ein wohlgelaunter Eros, den man sich rosabackig und barock-rundlich vorstellen möchte (also schon fast wie einen Gambrinus und vielleicht statt mit dem klassischen Bogen und Köcher mit einer Kanone ausgerüstet, mit jener nämlich, mit der man auf Spatzen schießt), ein solcher himmlischer Lausbub schien hier die Regie zu führen und zwar von allem Anfang an auf ihren Endeffekt zusteuernd: die Tische standen einander nahe und günstig und durch eine Ecke gegen das ausgedehnte Lokal abgedeckt; vor allem aber: es hatte da sogleich einen fluidischen Kontakt gegeben, jenen, auf den es allein ankommt. Sie blätterte in Modejournalen. Negria blätterte auch. Als Mary ihre Zeit bereits um volle zehn Minuten überschritten hatte, waren die lautlosen Präludien so weit gediehen, daß Negria – welcher sich dabei zusehen ließ – einige Zeilen auf seine Visitekarte werfen, diese in eine Zeitung schieben und das Blatt gegen ein solches austauschen konnte, das dort auf dem Tische seiner neuen Kontrahentin lag, wozu er auf seine knappe Verbeugung hin die ebenso formelle Erlaubnis erhielt (in Wien belästigen alle Gäste eines Cafés einander unausgesetzt wegen der Zeitungen und Zeitschriften). Er sah jetzt zu, wie sie nach einigen Augenblicken langsam die neue Zeitung an sich zog, die Karte überflog; nun mußte der Mechanismus einschnappen. Er tat's. Sie sah auf und in des Doktor Negria wartenden und ergebenen Blick hinein und senkte kaum merklich und bejahend den Kopf.

Er war ja nicht ungeschickt, unser Kinder-Doktor, und er war konservativ in den Methoden, die er also in hohem Grade als eingespieltes Verfahren besaß und beherrschte. Auf der Karte hatte zum Beispiel gestanden: „Dr. med. Boris Nicolaus Negria, Assistenz-Arzt der II. Kinder-Klinik ... verehrte

Gnädige, bitte, bitte, verzeihen Sie meine Frechheit, das vor allem, sie ist keineswegs als solche gemeint ... man stürzt im Leben an einander vorbei, man wird sich nie wiedersehen: hier will ich das ein einziges Mal zu verhindern wagen. Wenn Sie augenblicklich ebensowenig zu tun haben sollten wie ich, dann bitte ich Sie inständigst, an diesem schönen Spätsommer-tage mir einen kurzen Spaziergang mit Ihnen hier heraußen vergönnen zu wollen, ich werde Ihnen alles erklären... darf ich Sie draußen auf dem Platze erwarten? Ich wag's und ver-such's. Mit ergebenstem Handkuß Ihr Dr. Negria." Nun, er war ja ein beachtlich hübscher und ein eleganter Bursche obendrein, das möge man nicht ganz vergessen.

Bei alledem hätte jeden Augenblick Mary eintreten können. Aber Negria vergaß während seiner Aktion völlig auf sie, so sehr nahm ihn seine Durchbruchs-Interventionistik ein. Erst draußen auf dem sonnigen Platze kalkulierte er wieder in der Richtung jener Gefahr (das war's jetzt schon für ihn und nichts anderes). Mary hatte ihre Zeit bereits um siebenund-zwanzig Minuten überschritten (sehr genau wurde ihr das jetzt nachgerechnet!). Sie mußte mit der Straßenbahn kom-men; eine solche war eben hier eingelaufen, ihre aussteigenden Fahrgäste entlassend. Bis zum nächsten Wagen blieben min-destens fünf Minuten. Zudem führte ja Eros-Gambrinus die Regie und kürzte die Folter: jetzt (während Negria sich erfreut dessen bewußt wurde, daß er Mary gegenüber gänz-lich im Rechte und sozusagen gedeckt sei – denn mehr als eine halbe Stunde durfte sie ihn keinesfalls warten lassen, nein, so was gab es bei ihm einfach nicht!) – eben jetzt schwang die blinkende Glastür, kam die ersehnte Gestalt zum Vorschein und leichthin schreitend beiläufig auf ihn zu. In spitzem Winkel liefen die Wege auf der anderen Seite des Platzes zusammen, Negria lüftete mit Schwung den Hut und begrüßte die junge Frau wie eine alte Bekannte. Aber dann sah er zu, sie von hier wegzusteuern (er, alter Bootsmann) und so schritten sie denn hinab an die Lände, zum Strom.

E. P. und seine spätere Gattin haben an diesem Nachmittage Glück gehabt, sie konnten verfrüht dem Büro entweichen. Der Abteilungs-Chef hatte wohlwollend unter der Hand wissen lassen, daß die Angestellten heute nicht das Ende der Arbeitszeit abwarten müßten, da alles Nötige bereits getan sei (zudem war sein Direktor mittags abgereist). Und so gingen denn die Damen und Herren einzelweis nach einander weg.

E. P. wartete auf Roserl in einer Conditorei, die es da an der Schottengasse gab, sie wollten noch rasch den Kaffee nehmen und dann hinausfahren ins Grüne. Alles war in stupender Weise von der Sonne überflutet, die vom Westen her in dichten Goldnebeln durch die Straßen brach.

Da kam sie. Er preßte ihren Anblick in sich hinein wie man etwas ans Herz drückt, oder einen mit lindernder Salbe bestrichenen Verband auf eine Wunde. So war sein Gefühl. Ins Genick gebissen hätte er Roserl dagegen niemals. Und er hätte auch ihretwegen keinen Freund verloren. Niemand machte sie ihm streitig.

E. P. hatte viele Wunden, sozusagen ‚prä-traumatisch‘, also konstitutionell.

Hätte es kein Schwert gegeben, ihm Wunden zu schlagen, diese wären von selber an ihm aufgebrochen. Aber der Schwerter gab es ja auf den nicht uncharmanten Fluren seines Lebens fast so viele wie scharfe Gräser auf einer Wiese.

Von Nußdorf sind sie dann stromauf gegangen, gegen Kahlenbergerdorf zu, um von dort aus auf steilem kurzen Weg die Höhe zu gewinnen und nochmals die schwindende Sonne. Bei der Kuchelau kreuzte ein sehr elegant gekleidetes Paar ihren Weg, das ganz offensichtlich aus einer Heurigenschenke kam: als Abzeichen gewissermaßen trugen die Beiden zwischen sich in der Mitte den Wein, und zwar in einer großen Korbflasche (zu Wien sind solche Korbflaschen ungewohnt, zumindest nicht landesüblich) ... sie trugen dieses Gemäß oder Gefäß auffallender Weise gemeinsam, sie schlenkerten damit, man hörte schon von weitem ihr lautes Lachen, ja, sie schienen sich ein wenig um den Wein zu balgen? Jedenfalls waren diese Dame und dieser Herr in hohem Grade unbekümmert und ausgelassen, auf der Höhe der Situation, möchte man sagen, und gleichsam die ganze Breite der sonst leeren Fahrstraße einnehmend. Unser idyllisch-resigniertes Pärchen mußte ihnen, wie unter Zwang, nachblicken, als sie vorüber waren, es blieb wirklich nichts anderes übrig. Und da sahen sie denn, daß es sich hier um eine Einbootung handelte; eben sollte die Bootsflasche rückwärts verstaut werden, jedoch der Kapitän, über das Achterdeck seines schmucken Fahrzeuges gebeugt, schien sich's noch anders zu überlegen, er kramte dort unter der Steuerbank herum und brachte schließlich aus irgendeiner Kassette zwei blanke Weingläser hervor: es war der Bootstrunk, der Fahrt-Trunk, von dem aber einiges danebenging, ins Wasser, Spende für den Flußgott oder gar den Neptun, denn schließlich ergießt sich die Donau ja in's Schwarze Meer.

In die sonnig ziehende Breite des Stroms schnitten schon die Schatten der Berge. Das Boot gewann überraschend Fahrt, wurde mit kräftigen Ruderschlägen hinausgetrieben und war bald in einen schnell entgleitenden Farbfleck verwandelt.

Negria hielt sich oberhalb von Nußdorf nach links, er trieb vom ,Donau-Kanal' ab und blieb im Hauptstrom: also weitab vom Standplatz jener Taxis in der Nähe von Mary K.s Wohnung ging die Fahrt, weitab auch von den Miserowsky'schen Zwillingen in der Porzellangasse. E. P.s Zimmer lag in möbelhaftem Schweigen, in der Vielwissenheit der stummen Dinge, ungehört blieb der aiolische Sang des leitungstragenden Kabels, wenn die Straßenbahn unten vorübersauste. Die kleinen netten Narreteien in diesem Raume – Aufschriften überall: am Bücherkasten stand ,Bücherkasten', auf einem Taferl, am Kleiderkasten ebenso (um Verwechslungen auszuschließen), und an der Wand war eine Notbremse befestigt, die der kleine E. P. im Kriege einmal aus einem zerstörten Eisenbahnwaggon mitgenommen hatte, darunter das Aviso: ,bei Gefahr Handgriff herabziehen – Mißbrauch wird bestraft' – alle diese netten kleinen Narreteien, wozu auch zahlreiche Puppen gehörten, nahmen an jenem möbelhaften Schweigen und an jener stummen Vielwissenheit teil und zeigten da ein ganz anderes Gesicht als das mit ihnen eigentlich gemeinte. Sie verloren ihre scherzhaften Namen. Sie standen hier im Licht des vorgerückten Nachmittages und waren alle wesentlich ernst, sie zeigten wohl Farbe und Kontur, aber die Pointe war von ihnen abgefallen, die man ihnen gegeben hatte, und die Spitze fehlte, die ihnen aufgesetzt worden war.

Vor dem Boot schlugen sich die donauseitigen Vorstädte Wiens breit auf wie ein Foliant, den man öffnet. Links noch der grausilberne Schaum von den Baumkronen der Auwälder, nach den leeren Wiesenflächen gegenüber Nußdorf, aber auch hier schon Straßen, Häuser und Fabriken gegen den Strom im Vortreten ebenso wie am anderen Ufer drüben, wo die Stadt liegt. Ein Schleppzug mit eintönig mahlenden Maschinen ging langsam stromauf und rechts drüben, wo der Prater endet, bei Kaisermühlen, lagen viele große schwarze Schiffe längs des Ufers.

Das Boot glitt schnell und ruhig. Negria spielte nur ein wenig mit den Rudern. Seine Partnerin saß rückwärts auf der Steuerbank, sie lehnte tief in dem Sitz, der wie ein kleiner Fauteuil war, ohne die Zugschnüre zu betätigen, welche sie gar nicht zur Hand genommen hatte. Sie fühlte sich sicher. Das Boot, der Mann, seine Vertrautheit mit dem Strome, das alles war unmittelbar überzeugend.

Unterhalb der Kais, noch lange vor dem Winterhafen und dem sogenannten ‚Praterspitz‘, drückte Negria sein Fahrzeug ohne Steuerhilfe immer mehr nach rechts und schließlich nahe gegen das Ufer, wo sich ein bequemer Steg bot: man rief ihm zu (offenbar schien er hier bekannt, denn er wurde mit ‚Herr Doktor‘ angeredet) und half seiner Dame an's Land.

Es hat in jener·Gegend immer eine besondere Art von kleinen Wirtshäusern gegeben, die von geschmuggeltem griechischen Wein lebten, vom Geschick eines ungarischen Kochs, von der Vorzüglichkeit seiner Fischgerichte und dem lebhaften Zuspruch serbischer, rumänischer, ungarischer und österreichischer Matrosen und Steuerleute.

Da saß sie nun, die kleine Pastré, jetzt Frau Schlinger, und schon wieder geschieden. Man kann von ihr ruhig sagen, daß sie nicht gut getan hat. Sie gehörte überdies zu jenen sehr zahlreichen Wiener Frauen, in deren Leben der Rittmeister von Eulenfeld hineinspielte und das hat noch keiner wohl bekommen; weshalb denn auch Kajetan seinen alten Saufbruder oft den ‚Zerrüttmeister‘ zu nennen pflegte.

Da saß sie nun und sie hatte ernstlich das Bedürfnis Negria ihr Herz auszuschütten, vielleicht kam das auch von ihrer augenblicklichen Beschwipstheit und dem Reiz des Neuen, das sie umgab. Sie hätte gerne alles erzählt, schlichthin alles: von damals angefangen, als sie ihren Semski nicht hatte bekommen können, vor nun wirklich schon vielen, vielen Jahren, bis zum heutigen Vormittage, wo ihr Ingrid Schmeller, die sich jetzt als eine Frau von Budau schrieb, auf dem Graben begegnet war, nah der Ecke zum Stephansplatz, bei der Buchhandlung; und wieder, wie stets seit jenen fernen Zeiten, waren die beiden Damen grußlos aneinander vorbeigeschritten.

Es war im Jahre 1910 gewesen, nicht, wie Mary K. sich fälschlich erinnerte, 1908, als der Leutnant Melzer Ischl verlassen und sie zum letzten Mal gesehen hatte; also kaum ein Vierteljahr vor ihrer Verheiratung. Denn 1908 standen die Angelegenheiten der Monarchie im Südosten so sehr kritisch – schon wurden damals zu Wien Marsch-Bataillone des k. u. k. Infanterie-Regiments Nr. 4, Hoch- und Deutschmeister, einwaggoniert – daß kein bei einer Kompanie des zweiundneunzigsten Regiments in der fortifizierten Kaserne zu Trnowo in Bosnien stationierter Offizier Urlaub nach Wien oder Ischl erhalten hätte. Aber solche Sachen sind den Frauen im Grunde vollends gleichgültig. Sie werden die diversen Gefangenschaften und Gefängnisse, in welche die Männer einander einsperren und darin sie sich einsperren lassen, niemals profund ernst nehmen und auch derlei Begründungen für irgend ein Verhalten, etwa ein Zuspätkommen oder gar Ausbleiben, in der Tiefe des Herzens keineswegs wirklich akzeptieren.

Zum ersten Mal im Leben geschah es dem Leutnant Melzer, daß er, von irgendeiner Sache abscheidend, diese doch mit sich trug wie einen Stein: dessen nicht geringe Last spürte er nun mit Staunen, ja mit Schrecken, als er, nach der Fahrt am Traunsee entlang durch den schönen Sommermorgen, zu Attnang-Puchheim über den Perron schritt, den Schnellzug nach Wien erwartend. Es war für ihn ein Phänomen, wie eine bisher ganz unbekannte Krankheit, die ihn nun plötzlich anfiel und zwar mit geradezu brutaler Gewalt. Die Lage in Ischl, von Melzer bis zur äußersten Möglichkeit, nämlich bis zum Ende seiner Urlaubszeit, hingezogen und hingeschleppt, war dadurch entschieden worden, daß er einen Heiratsantrag schließlich doch unterlassen und eine Aussprache mit Marys Vater, dem alten Allern, nicht herbeigeführt hatte. Wahrscheinlich ist der alte Allern froh drum gewesen; denn daß Melzer einschlagenden Falls den Dienst hätte quittieren müssen, lag ja auf der Hand, und was wäre daraus dem Schwiegervater in spe für eine Notwendigkeit erwachsen? Den Burschen, der sonst nichts gelernt hatte und auch nicht gerade ein Kirchenlicht zu sein schien, irgendwo unterzubringen. Der alte Allern hat Melzer wahrscheinlich mit Erleichterung scheiden sehen (und übrigens noch vor dessen Abreise mit ihm im Caféhaus gefrühstückt).

Unseres Leutnants Zögern in Ischl aber war ein von vornherein hoffnungsloses gewesen, ein Lagern und Beobachten gegenüber dem Unmöglichen. Die Gefängnismauer lief sozusagen mitten durch ihn hindurch und erlaubte ihm nicht, ein Terrain seiner eigenen Seele zu betreten, das doch handgreiflich vor ihm lag. In diese Mauer eine Bresche zu schlagen, wäre ihm als Selbstvernichtung schlechthin erschienen; und wir wagen nicht – in Ansehung seiner damaligen Person und der Vorstellungen, von denen sie bewohnt wurde – ein genaues Gegenteil zu behaupten, nämlich: Selbstbefreiung.

Biologisch lag der Fall für einen Leutnant Melzer bedenklich. Das mocht' er spüren und von daher also der Druck auf seiner Seele. Nein, Erholung hatte dieser Urlaub nicht gebracht.

Er dacht' es eben, als mit Brausen der Schnellzug nach Wien einlief. Nun gab es kein Zurück. So wurde man geschoben. Von gewaltigen Kräften. Zwischendurch fiel es Melzer ein, daß er nun seit Wochen keine Uniform mehr getragen hatte. Diesen Sportanzug da und andere gute Sachen. In Wien wird er in's Hotel ,Belvedere' bei der Südbahn fahren, sich umziehen und den Rest seines Gepäckes mitnehmen. Abends geht der Zug nach Agram; man kann noch beim ,Schneider' essen (so hieß der Inhaber des damals in Wien sehr renommierten Südbahn-Restaurants). Melzer fand ein leeres Halbcoupé zweiter Klasse. Dem Kondukteur einen Gulden in die Hand drückend, sagte er: ,,Schauen S', daß ich allein bleib.'' Noch war damals vielfache Erleichterung des Lebens möglich durch eine gelinde Korruption in geziemenden Grenzen, human, nicht ohne Würde, möchte man fast sagen. Aber diesmal war der Gulden unnötig, der Zug halb leer.

In einem besseren Roman wären jetzt die Gedanken des einsamen Reisenden während seiner Fahrt nach Wien zu erzählen und notfalls aus der betreffenden Figur herauszubeuteln und hervorzuhaspeln. Bei Melzer ist das wirklich unmöglich; von Gedanken keine Spur; weder jetzt, noch später, nicht einmal als Major. Zum ersten Mal hat er sich unseres Wissens was gedacht bei einem schon sehr vorgeschrittenen und ernsten Anlasse seines Lebens, den wir noch kennen lernen werden: und dabei hat er's gründlich besorgt; er hat sein Pulver nicht vorzeitig verschossen in kleinen Beweglichkeiten und Geistreicheleien.

Zunächst wuzelte er eine Zigarette über der hübschen alten Silber-Tabatière, die noch von seinem seligen Vater stammte, der einer kaiserlichen Majestät durch fast zwei Jahrzehnte mit reiterlicher Sachkenntnis gedient hatte, denn er war Kavallerist gewesen. Sodann entfaltete Melzer die in

Attnang-Puchheim gekaufte Zeitung. Und weil dort nichts drin stand, entnahm er seinem eleganten ledernen Reise-Necessaire – ein Buch. Er griff zu einem Buch.

Zweifellos eine überraschende Wendung. Sie war von Melzer in der letzten Zeit wiederholt vollzogen worden, allerdings nur in der Form des Griffes nach dem Buch – viel weiter zu kommen gelang ihm nie, bei diesem Buche nicht. Er blieb halt immer wieder hängen. Mary Allern hatte ihm den Band gegeben, schon vor längerer Zeit, kurz nach Beginn ihrer Bekanntschaft. Gleich am Anfang befand sich eine Stelle, über die Melzer neulich wieder gestolpert war:

„ . . . Jede meiner Umgebungen enthielt Gefahren, und was diesen Punkt betrifft, ist auch heute, im zwanzigsten Jahrhundert, überall Wald. Man muß zwischen zweien Arten der Gefahren unterscheiden: solche einmal, die in ständigem Flusse sind, die ‚epischen' Gefahren, wenn man so sagen darf, die Mächte der Umgebung und Gewohnheit, der sich tief einbettenden Läßlichkeiten, welche täglich ihre Stunden stehlen und dies Diebsgut, dies erschlichene, bald wie eine Gebühr und einen Zoll einfordern. Und mit diesen Läßlichkeiten wieder in irgend einem Zusammenhange, der über die Weichen und Kreuzungen des schlechten Gewissens führt und über die von den fahrplanmäßig wiederkehrenden Zügen des Charakters noch belebten Stränge: die ‚dramatischen Gefahren', jenes Gerank und Gewirr teilend, wie der hervortretende Gorilla im afrikanischen Urwald die Lianen (und was bedeutet da, auf fünf Schritt, dem Jäger das durch Wochen begleitende Gesumm der Moskiten, Geraschel der Reptile im Busch, er hört beides nicht, es ist beiseite geflogen, jetzt wo ihn dies rotunterlaufene Auge anblickt und aus der gewaltig atmenden haarigen Brust der markerschütternde Zorn grollt). . . .“

Diesmal las Melzer die Stelle ganz durch: er bezog sie ohne weiteres auf alles von ihm zu Ischl Erlebte, er stellte sie als Bild neben das Bild jener Erlebnisse und neben das drückende Gefühl in seiner Brust (den Stein, den er jetzt mit sich trug), und noch etwas fügte sich daran, als gehöre es eben dazu: die heranbrausende Lokomotive am Perron zu Attnang-Puchheim. Dann erst fiel ihm ein, daß es ja bei Zauner in Ischl zum Beispiel allerlei Erstaunliches gegeben hatte (außer Kaffee und Eiscrème), sogar Monstra, wenn man will, aber sicher keinen Gorilla und kein Geraschel von Reptilien im Busch. Wir sehen, daß Melzer an sein Vorstellungsleben und dessen willkürliche Arrangements bereits so etwas wie Kritik anlegte, können uns aber unmöglich entschließen, solches bereits als Denken zu bezeichnen. Genug: er wischte plötzlich alles innerlich wie mit dem Schwamm von der Tafel, mit einer Abwendung, die etwa hätte so viel bedeuten können wie der Ausruf: ‚Blödsinn!‘ Aber das war nur die Folge davon, daß Melzer diejenige einfache Gedankenarbeit nicht zu vollbringen vermochte, auf welche es hier ankam: nämlich zu entdecken, daß sämtlichen eben jetzt vor seine Seele getretenen Vorstellungsbildern ein Gemeinsames durchaus innewohnte, welches sie allerdings auf sehr verschiedene Art darstellten, als Gorilla, als Ischler Erlebnis und als dessen schwerer Nachklang, und schließlich als heranbrausende Schnellzugslokomotive: das waren vor allem lauter Dinge oder Erscheinungen von ungleich größerer Kraft als er, der Leutnant Melzer selbst, und ihm um ein Vielfaches überlegen.

Er konnt' es nicht ganz abweisen und fühlt' es wieder mit Schrecken. Wie eine rote Wand von Purpur (oder war es rohes Fleisch?) stand's da plötzlich grausam und bedrohlich hinter allem Leben, hinter allem und jedem: und darauf lief's hinaus. Er sah durch mehrere Augenblicke diese Farbe: rot, wie Fleisch oder wie Blut, das überstark strömte, Lachen und Pfützen bildend. Da unserem Leutnant, war er gleich ein Krieger, jetzt durch den Bruchteil einer Sekunde graute, so griff er neuerlich nach seiner Tabaksdose. Und nun war's vorbei, er wußte mit diesen Vorstellungen nichts mehr anzufangen, ließ das Buch sinken und schlief bis Linz, wo ihm ein Paar Würstel mit Kren sowie ein Seidl Bier auf seinen Wink hin zum Fenster heraufgereicht wurden.

Gegen halb zwei Uhr ist Melzer damals in Wien angekommen, hat an der Westbahn einen Fiaker genommen und ist in die innere Stadt zum Essen gefahren; während desselben brachte ein alter ,Wiener Dienstmann', standesüblich geziert mit dem weißen Kaiserbart, das Gepäck im Wagen zum Hotel ,Belvedere' beim Südbahnhof. Bei dieser Gelegenheit wäre zu erwähnen, daß unser Leutnant Melzer mit dem Gelde nicht allzu knapp war; er genoß eine Revenue von seiten eines bierbrauenden Oheims (nomen est omen), welche dieser für so lange zugesichert hatte, als der Neffe im Offiziersberuf bleiben würde. Solche militaristische Neigungen eines einstmaligen Braumeisters und jetzigen Hauptaktionärs einer Groß-Brauerei erleichterten Melzern das Leben, der aber zum Mittagessen in eigentlich pietätloser Weise ein Glas Wein sich geben ließ. Außerdem war die Garnison Trnowo in Bosnien für die Finanzen während des Urlaubs entschieden vorteilhaft, denn dort unten brauchte man so gut wie nichts.

Nachdem das Hotel noch während des Essens auftragsgemäß telephonisch angerufen und das Einlangen des Gepäcks bestätigt hatte, nahm Melzer gleich hier den schwarzen Kaffee und ging dann langsam durch die Stadt, um einige ihm von den Kameraden in Trnowo aufgetragene Besorgungen zu machen, zuletzt auch in der Seidel'schen Militär-Buchhandlung am Graben.

Man denke, es war 1910, ein Spätsommertag.

Melzer ließ sich mit Plaisir von der vielfältigen Bewegung hier umwimmeln. Hätten wir ihm dabei ganz genau hinter Rock und Hemd und durch Herz und Nieren gesehen: ich vermeine, wir hätten entdeckt, daß sein Vergnügen am vielfältig durcheinanderschießenden und fädelnden großstädtischen Verkehr einen unbewußten Beigeschmack von ,das gibt's eben trotz alledem' hatte; und daß dieses Gehen oder Laufen, Stehen, Eilen oder Promenieren der Menschen hier und die mehr als lebhafte Mischung von schmuckem Pferdefuhrwerk und brummenden Automobilen auf ihn lebensbestärkend wirkte. Nun, es war auch ein durchaus dazu geeignetes Bild. Die flutende Sonne überreichlich jedwede bewegte Einzelheit mit Gold grundierend, die blaue Fahne des Himmels hochfliegend über dem ‚Graben‘, und bei der Buchhandlung, an der Ecke, der Turm von St. Stephan wie mit einem Riesenschritte ins Bild tretend.

Klik-klak, die Hufe wirbelten. Eine schwere, duftende Wolke von Zigarrenrauch hauchte über den Gehsteig wie ein Gruß sämtlicher tropischer Inseln, und diese Wolke stieß unmittelbar mit einer anderen zusammen, welche den Blick hinter einer im Gewimmel verschwindenden Erscheinung nachzog: Bois des Iles, Holz der Inseln, Rauch der Inseln.

Er flanierte ein paarmal auf und ab. Es ging auf halb vier. Sein Entschluß, ins Café Pucher zu gehen, war nicht ganz feststehend. Aber Melzer wurde gleichsam hier dazu ermutigt, da er als Flaneur mit allen anderen Flaneuren eine gewisse Gemeinsamkeit gewann und sich endgültig aus einer Einsamkeit rettete, die vergleichsweise, zu Attnang-Puchheim, schon recht groß gewesen war.

Im ‚Pucher‘ verkehrte der Ballhausplatz. Wer dem Ministerium des Äußeren angehörte, dem war dieses verhältnismäßig schmale eingequetschte Café am Kohlmarkt nicht fremd. Melzers Beziehung zu solchen Kreisen – an sich durch seine Stellung als Truppenoffizier bei der Infanterie keineswegs gegeben, denn das galt gesellschaftlich nicht viel im alten Österreich – kam von der mütterlichen Seite her; die in Innsbruck zurückgezogen lebende Mama Melzer war die Tochter eines seinerzeitigen k. u k. Generalkonsuls gewesen.

Der Leutnant fand im Café Pucher nur wenige Bekannte vor: rückwärts in einer Loge saßen auf den roten Samtbänken die Herren von Langl und Semski, sowie ein Ritter von Lindner, der gerade damals, 1910, einen erheblichen Schritt in seiner Carrière nach vorwärts gemacht hat, denn im gleichen Herbst ist er Bezirkshauptmann irgendwo unten in Kärnten geworden. Von den Dreien gehörte nur Semski dem Ballhausplatze an. Später kam für einige Augenblicke Herr Benno von Grabmayr in Eile (der Sohn ‚Karls des Großen‘ – so wurde sein Vater genannt, der Herrenhausmitglied war); dieser Benno war kein Freund des Sitzens im Caféhaus: jetzt, kurz nach Büroschluß schon für's Golf umgezogen, befand er sich auf dem Weg in die ‚Krieau‘, wo die Plätze lagen; und hier im Pucher wünschte er nur zu erfahren, wer morgen, Samstags, zu Stangelers auf die Villa hinausfahren würde?

Das war jetzt so eine Gepflogenheit geworden. Man redete leichthin durcheinander, während zugleich Melzer herzlich begrüßt wurde.

„Der Grauermann wird sich mit der Etelka Stangeler verloben“, sagte Grabmayr. Seine Sprache fiel aus dem Wienerischen dieser Gesellschaft etwas heraus. Den Konsonanten k in dem Eigennamen ‚Etelka‘ hatte er ganz tirolerisch hart gesprochen.

„Wer fährt morgen mit von der Waisenhausgasse?“ fragte Semski.

Er meinte die Konsular-Akademie. Jene Gasse, die, wie schon angemerkt wurde, später ihren Namen verändert hat und nach einem großen Mathematiker benannt worden ist, also weniger kümmerlich als vorher, führt von der Währingerstraße rechts abwärts – wenn man in der Richtung nach Währing hinausblickt – und mündet in die Liechtensteinstraße. Im halben Weg etwa befand sich die k.u.k. Orientalische Akademie, eine Gründung der Kaiserin Maria Theresia: Hochschule mit Internat, das ziemlich streng gehandhabt wurde; den jungen Herren war nur ihre recht kleidsame Uniform mit Degen erlaubt, der Zivilanzug dagegen verboten, mit Ausnahme touristischer oder sportlicher Kleidung, und im ersten Jahr gab es keinen Ausgang nach zehn Uhr. Aber sonst war in dem großen schönen Gebäude gut sein für die Zöglinge, sie hatten wirklich alles, wessen sie bedurften, einen herrlichen Park, Reiten und Tennis. Im übrigen hatten sie auch, man darf schon sagen, einigermaßen seltsame Gepflogenheiten interner Art, sonderlich wenn im Herbst das beginnende Semester die Neulinge des ersten Jahrgangs brachte, die ‚Jagdhunde‘, wie man sie hier im Hause zu nennen pflegte. Diese ‚Jagdhunde‘ wurden am ersten Abend nach ihrem Eintreffen unter Beisein aller im gemeinsamen Salon einer Art Prüfung unterzogen, bei der sie natürlich ausnahmslos durchfielen: denn entweder konnte einer die vorgelegten heiklen Fragen beantworten: dann war es ein Skandal, wie grundverdorben der Bursch schon daherkäme; oder er vermocht' es nicht, dann war er einfach ein hervorragend dummer Bursch. Prüfungskommissare waren die Angehörigen des höchsten, des vierten Jahrgangs, welche ,Exzellenzen' genannt wurden, während man denjenigen, die schon absolviert hatten und Attachés geworden waren, bei ihren gelegentlichen Besuchen auf der Akademie den Rang eines ,Halbgottes' vindizierte.

Im übrigen mußte erschrecklich viel gelernt werden: außer juristischen und besonders staatsrechtlichen und handelsrechtlichen Fächern verlangte man selbstverständlich das Englische und Französische bis zur Perfektion – die Hauptsache aber blieben immer noch die orientalischen Sprachen, nämlich Türkisch, Arabisch, Persisch als durchaus obligat, wobei schon sehr weitgehende Kenntnisse das Minimum darstellten. Voraussetzung für den Eintritt in die Akademie – es wurden jedes Jahr höchstens fünfzehn bis zwanzig Neulinge aufgenommen – bildete die bestandene Reifeprüfung an einem humanistischen Gymnasium; die meisten Akademiker kamen wohl von der Theresianischen Ritter-Akademie hierher, die man heute noch in Wien kurz das ,Theresianum' zu nennen pflegt.

So weit über die Waisenhausgasse (,Goldene Zeiten' heißt das in seniler Terminologie). Sie hatte nach und nach im Hause des Herrn von Stangeler Einzug gehalten, indem einer den anderen nach sich zog, und erschien dort winters reputierlich in grünen Fräcken und sommers auf der Villa in touristischem Kostüm.

,,Grauermann und Marchetti fahren morgen hinaus", sagte Herr von Langl, ,,soviel weiß ich sicher. Der Honnegger spielt am Sonntag bei meiner Tante in Döbling ein Klavierquintett mit."

,,Der Marchetti unterhält sich gern mit der Asta", bemerkte Semski beiläufig. Er pflegte übrigens – immerhin war er schon einige Jahre älter und Angehöriger des Ballhausplatzes – die Konsular-Akademiker etwas herablassend zu behandeln.

„Was hast' denn, Melzer?!" fragte Lindner halblaut über den Tisch herüber.

Unser Leutnant war wirklich aus der Fassung geraten, er rang mit im Augenblicke übermächtigen Eindrücken. Sie hefteten sich jetzt alle an den Namen Asta Stangeler und ordneten sich um diesen Namen an wie um ihre Quelle und ihren Mittelpunkt. Dieser Urlaub war so gut wie versäumt und verloren. Dort draußen aber hätte man sein können in dem schönen Hause unter vielen heiteren Menschen und auf den Bergen, statt bei Zauner in Ischl! (Der Leutnant Melzer hatte bei seinem vereinzelten Auftreten im Hause Stangeler stets eine bemerkenswerte Ausnahme dargestellt – als der einzige Offizier nämlich, welchem man dort begegenen konnte; denn der Hausherr hegte, und das war bekannt, ein unüberwindliches Vorurteil gegen diesen Stand; die Töchter durften also Offiziere gar nicht einladen, nur einige Marineoffiziere waren geduldet, weil der alte Stangeler in den Seeleuten immerhin Menschen erblickte, ,die was gelernt haben'. Melzer dagegen wurde, als er einmal gelegentlich einer Bergpartie dort auf dem Lande hereingeschneit war, als ein ,frischer, netter und bescheidener Bursch' bezeichnet und approbiert). Es war für Melzer zuletzt ein Gefühl gewesen wie ein stechender Schmerz, als seine Freunde ihre Absichten erörterten, morgen am Samstage dort hinaus in das Semmering-Gebiet zu fahren; und zuletzt erhielt jenes Gefühl seinen Mittelpunkt, um welchen es gewissermaßen kreisen konnte, in diesem einen Namen: Asta Stangeler.

Jedoch in Wahrheit, was verband ihn mit Renés' bräunlicher Schwester, gestern noch halbwüchsig, sozusagen, denn im vorletzten Winter hatte man sie zum erstenmal auf Bällen und in Gesellschaften gesehen? Sie trat ihm jetzt mit vertiefter Deutlichkeit vor das innere Aug': im Sitzen mit anderen zusammen auf einem felsigen Abbruch über dem Tal, die Berge standen nahe und übermäßig plastisch (was auf kommendes

schlechtes Wetter deutete), und Asta in ihrer rotblauen steirischen Tracht mit dem bunten Schultertuch lachte, was sie nur
lachen konnte. Melzer erinnerte sich jetzt, daß er mit ihr
immer viel gelacht hatte, ja mit niemandem noch so herzlich
wie mit ihr, so schien es ihm nun. An dieses Bild knüpfte sich
in Melzer unverzüglich Hoffnung, aber welcher Art war diese
Hoffnung? Die Erinnerung stammte aus der Zeit vor seiner
Bekanntschaft mit Mary Allern, ja, sie vertrat in unserem Leutnant jene ganze unbeschwertere Lebensweise. Er hoffte also
in paradoxaler Weise, nämlich auf die Vergangenheit gerichtet
statt auf die Zukunft. Und das tun wir, nebenbei bemerkt,
meistens.

„Weißt', ich muß leider bald gehen" sagte er zu Lindner.
Er hörte noch, wie man die ,Garden-parties' erörterte, eine
neue Gepflogenheit bei Schmellers in Grinzing draußen, seit
dem vorigen Sommer eingeführt für diese Jahreszeit jetzt, da
alle Welt aus den Bädern, vom Gebirge oder vom Meere wieder in Wien einzutreffen pflegte; sommerliche Gartenfeste
hoch über der Stadt, deren herauftretende Schnüre von Lichtern den Reiz mehrten, wenn man im Freien soupierte und
späterhin auch tanzte. Eine formlosere Geselligkeit ohne Frack
und Abendkleid, eine Art Vorschau auf den Winter, noch im
bequemen Sommeranzug.

„Du, komm bald wieder, mußt ja nicht deinen ganzen
Urlaub immer auf einmal nehmen, Melzer!"

„Und dann in Ischl verschwinden . . ."

Die Glastür schwang, fiel zu, das Bad von Bewegung in den
Straßen empfing ihn. Auf dem Graben winkte er einem Fiaker.
Beim ,Stock im Eisen' wandt' er sich um, sah den hohen Dom
im Gewimmel stehen und blickte dann nach vorwärts die
Kärntnerstraße entlang gegen die Oper zu: dort ging's hinaus.
Hinaus in eines der vielen merkwürdigen und südlichen Län-
der, welche der alte Staat gehabt hatte und deren Ausstrah-
lungen, Reize, Düfte und auch bedenkliche Odeurs sich genau
hier, in diesem Schnittpunkte, trafen. Melzers gemietete acht
Hufe klackerten munter über den Asphalt der Favoritenstraße:

hinauf zum Südbahnhof, in dessen Nähe ja sein Absteige-Hotel lag. Nun hieß es den Sportanzug auszuziehen: von hier ab reiste Melzer auf Marschroute und in Uniform.

Solchermaßen angetan verließ er nach dem Essen das Schneider'sche Restaurant, um ins Bahnhofscafé hinüberzugehen.

Diese Lokalitäten waren zu jener Zeit sehr gepflegt, verhältnismäßig still und über das Bedürfnis des damaligen Verkehrs – wo noch nicht jede Mehlspeisköchin unausgesetzt herumreiste – geräumig. Man möchte sagen, es lag in ihnen nachklingend die ganze repräsentative Bedeutung der eröffneten Semmeringbahn, mochte das auch schon ein halbes Jahrhundert her sein. Um die dunklen Marmorsäulen schwebte die traditionelle Atmosphäre eines Wiener Cafés, Mokkaduft und Zigarettenrauch, jene absolute Reinheit von jedem Essensgeruch oder fettigem Odeur, denn hier nahm man, außer Kaffee in den sechs verschiedenen Formen der Bereitung und des Services, höchstens ein Schinkenbrot zu sich oder Eier. Es gab immer genügend leere Tische und jedermann, der sich niederlassen wollte, suchte den größtmöglichen Abstand von den bereits besetzten, worin allein schon die zurückgezogene und gewissermaßen meditative Haltung eines Wiener Caféhausgastes sich ausdrückt.

„Haben der Herr Leutnant schon bestellt?" fragte der Ober, wenngleich sehr wohl wissend, daß Melzer eben eingetreten war; aber die Vermeidung einer Geradezu-Ansprache gehörte hier zu den zeremoniösen Voraussetzungen des Metiers.

Melzer fühlte sich müde nach diesem Tage voll Bewegung, an welchem er morgens frühzeitig aufgestanden war (und mit dem alten Allern gefrühstückt hatte). Zudem war sein Abendessen von zwei Krügeln Pilsner begleitet gewesen, schon im Hinblick auf die bevorstehende Nachtfahrt, um gut zu schlafen nämlich (aber auch das erscheint gewissermaßen pietätlos, denn sein wohltätiger Onkel war an der Dreherischen Actienbrauerei beteiligt).

Es dämmerte. Auf dem Perron stand der Portier vom ,Belvedere' vor dem Agramer Wagen erster und zweiter Klasse, überreichte Melzern den Gepäckschein und teilte mit, daß ein guter Platz schon mit der Handtasche belegt sei, „nur ein zweiter Herr noch im Coupé, ein Herr Major", fügte er hinzu. Es fehlten zwanzig Minuten noch bis zur Abfahrtszeit. Melzer stieg ein, der Portier öffnete vor ihm die Coupétür und der Leutnant sah im Zwielicht einen goldenen Kragen und salutierte.

„Servus, Melzer", sagte der Major.

„Respekt, Herr Major" erwiderte Melzer, ohne den Stabsoffizier noch zu erkennen, auch beim Nähertreten und Händeschütteln nicht; erst als jener das bisher auf matt gestellte Gaslicht eingeschaltet hatte, kam unserem Leutnant der Name wieder: es war ein Major Laska, Bataillonskommandant zu Banjaluka in Bosnien.

„Kommst vom Urlaub, Melzer, was?"

„Jawohl Herr Major."

„Du, paß auf, wir geben dem Kondukteur jeder einen Gulden, damit wir allein bleiben und schlafen können."

„Natürlich, Herr Major."

Melzer war von einem seltsamen Doppelgefühle beherrscht, und während er den Säbel abschnallte und in das untere, schmale Gepäcknetz über den Fauteuils legte, stand er innerlich sozusagen noch draußen auf dem Bahnsteig, auf jenem Bahnsteige, wo er einst auch nach Payerbach-Reichenau eingestiegen war, um auf die Villa Stangeler zu gelangen. Das lag sozusagen noch unerledigt draußen, es war ihm knapp vor dem Betreten des Waggons lebhaft zu Bewußtsein gekommen, beim Vorausblicken durch den offenen Mund der Halle. Er wollte jetzt unbedingt noch einmal auf den Perron hinaus. Eben rollte dort der fahrende Verkaufs-Stand mit Büchern und Zeitungen vorbei. Melzer entschuldigte sich für einen Augenblick.

„Du, nimm ein Mineralwasser mit", rief ihm Laska nach.

Der Leutnant verließ den Waggon, hielt den Zeitungsverkäufer an, kaufte rasch fünf englische Kriminal-Romane (Auftrag von Trnowo her! – und das hatte er in der Stadt vergessen gehabt), sowie einige Zeitungen und Zeitschriften und endlich, als das Büfettwägelchen vorbeigerollt wurde, das Mineralwasser und Obst. Da stand er nun, den Kram im Arm, und schaute nach vorwärts aus der Halle. Von hier wird morgen nachmittags die ganze Bande abfahren, Grauermann und Marchetti, Semski und Grabmayr und der Edouard von Langl, Meister leichter Klaviermusik. Es roch sanft nach Eisenbahnrauch, genau so wie damals, und in Payerbach wird die frische Gebirgsluft beim Aussteigen zu spüren sein. Und dann werden sie im Landauer hinauffahren, und die Asta und die Etelka werden ihnen vielleicht schon auf der Serpentinenstraße, die zur Villa führt, begegnen.

„Hast ein Mineralwasser, ja? das ist g'scheit", sagte der Major, als Melzer das Coupé wiederum betreten hatte. Ein exquisiter Duft schlug ihm entgegen, und alsbald zog Laska ein langes Etui hervor und bot Melzer eine Kaiser-Virginia an. „Weißt'", sagte er wohlgelaunt, „ich hab' mir vom Schneider einen Poysdorfer mitgenommen, ganz tiefgekühlt, da trinken wir jetzt ein Schluckerl. Hoffentlich ist das Mineralwasser auch kalt." Er befühlte die Flaschen, schien befriedigt und brachte aus seiner Reisetasche ein gelbes Futteral zum Vorschein, das zwei kleine silberne, innen vergoldete Trinkbecher enthielt.

„Darf ich fragen, kommen Herr Major auch vom Urlaub?" sagte Melzer, nachdem sie beim Klapptisch am Fenster sich niedergelassen hatten.

„Nein. Ich war nur ein paar Tag' in Wien, als Kurier sozusagen, im Ministerium. Dort ist unter anderem eine Angelegenheit verhandelt worden, welche dich beiläufig interessieren wird."

„Ja, wie denn – übrigens hält dieser Zug da auch in Payerbach?"

„Nein, ich glaub' nicht, der hier fahrt von Gloggnitz bis Semmering durch. Aber wie kommst' denn da drauf, willst' am End' aussteigen?"

„Nein, es war nur neulich die Rede davon."

„In Payerbach hält der Grazer Schnellzug, da nebenan steht er, am nächsten Gleis."

„Ja", sagte Melzer und sah hinüber, „der Grazer, der hält in Payerbach."

Plötzlich packte ihn der Schmerz. Mary sah ihn so fremdartig an. Er hatte sie doch niemals recht verstanden. Sie war etwas Besonderes, sie war einzig. Die Angst vor dem Unwiederbringlichen, vor dem wirklichen Verlust, preßte ihm die Brust und war wie ein Druck an seiner Kehle fühlbar.

„Paß auf", sagte Laska, während der Zug sich fast unmerklich in Bewegung setzte und aus der Halle hinauszugleiten begann, „ich bin jetzt Jagdreferent für Bosnien geworden; das heißt also: Dein Bär ist gesichert. Ich nehm' dich mit auf die Treskavica. Dein Alter muß dich die paar Tage loslassen, ich werd's ihm selbst sagen, ist ja ein gemütlicher Bursch, dein Hauptmann Ziesler. Prost, Servus!"

Sie tranken einander zu.

„Ich danke vielmals und gehorsamst, Herr Major", sagte Melzer, „das ist ja großartig!"

Ein plötzliches Wohlgefühl durchdrang ihn zugleich mit einem unklaren Staunen über die sehr wechselnden eigenen Zustände während dieses zur Neige gehenden heutigen Tages. Laska füllte die Becher neu und improvisierte mit einem schönen Baß:

> Glücklich ist,
> wer vergißt,
> was nicht mehr
> zu ändern ist. . . .

„Prost!" schloß er. Melzer starrte ihn durch einen winzigen Augenblick geradezu maßlos verwundert an. Der Zug glitt weich stoßend durch die Dunkelheit, hielt zwei Minuten vor dem einsamen Meidlinger Perron. Die beiden Herren lehnten in ihren Polstern, das großartige heimische Gewächs rann köstlich durch die Kehle, der blaue Duft schwebte unter der Halbkugel des Deckenlichtes.

Melzer fuhr jetzt geradezu leidenschaftlich gerne nach Bosnien hinunter. Aber nicht die Aussicht auf eine Bärenjagd – hatte er diese noch so sehr sich gewünscht – vermochte solchen Umschwung über ihn; sondern der Atmosphäre allein, welche sich da in diesem Coupé ausbreitete, schien eine mächtige Heilwirkung zu eignen, der auf die Dauer nichts in ihm widerstehen konnte. Hier nahm ihn etwas auf und stützte ihn kräftiglich. In den schmalen unteren Gepäcknetzen über den Fauteuils lag auf beiden Seiten der gleiche Säbel mit der gleichen schwarzen Kappe.

Die Gegend von Baden passierend, waren sie im Gespräche längst zu den letzten Einzelheiten ihres jagdlichen Vorhabens gelangt; Laska, ein alter Bosniake, besaß hier gründliche Kenntnisse. Als eine gute Stunde später schon die Perrons von Payerbach vorüberflogen, bemerkte es Melzer erst hintennach, während der Zug über den großen Viadukt fuhr. Sie hatten sich zum Schlafen ausgestreckt und die luftgefüllten Gummikissen unter die Köpfe geschoben. Das hohle, ziehende Sausen in den Semmering-Tunnels drang angenehm in den umfangenden Schlummer und darin gleichsam eingehüllt gab es für Melzern noch ein Angenehmes: das war sein fester Vorsatz, den nächsten Urlaub in Wien und zum Teil auch im Rax- und Semmering-Gebiet zu verbringen. Und was sollte dem entgegenstehen?

Vier Wochen später ritten Laska und Melzer den steinigen Weg zur St. Katherinen-Hütte auf der Treskavica bergan: bei wirklich unendlicher Himmelsbläue über kahlen und bewaldeten Höhen; die Treskavica selbst ist beides zugleich in ihrem unteren Teile: am Nordhang gibt es tiefen Buchenwald, der Südhang bietet Mattenboden; so hat der ganze Berg etwas von einem Greis mit mächtigem Bart, aber kahlem Schädel an sich.

Es war schon die zweite jagdliche Unternehmung, zu welcher die beiden Offiziere seit ihrer Rückkehr von Wien gemeinsam auszogen. Vor vierzehn Tagen hatte Laska den Leutnant zur

Wildschweinjagd mitgenommen in die Sierscha-Schlucht bei
Dobropolje. Das ist ein ganz urtümliches Gebiet, welches man
zu jener Zeit noch strengstens geschont hat: es bedurfte in
der Tat des vom Landesverteidigungs-Ministerium bestellten
Jagdreferenten, um jene Gegend mit der Büchse unterm Arm
zu betreten. Diejenige des Majors hatte damals im entscheidenden Augenblicke der Jagd versagt, eben als der Trieb aus dem
Unterholze brach und die schwarzen Burschen über einen
Kamm mit lichter stehenden Bäumen stürmten; und dies so
dicht an den beiden Schützen vorbei, daß Laska sein versagen-
des Gewehr weggeworfen, die Pistole herausgerissen und mit
dieser auf kaum zehn Schritte einen starken Saubären erlegt
hat. Der Major war förmlich der eigenen Pistolenkugel nach-
gesprungen, sofort weiterfeuernd. Die Treffer saßen, wie sich
später zeigte, dreifach im Schädel des Ebers, mehrfach in der
Lunge; alles war voll vom Blute, das Gebüsch, das Gras und
Moos; die Strecke sehr ansehnlich, Melzer war ausgiebig
zum Schusse gekommen (es mag übrigens sein, daß der Major
ihn vor der Bärenjagd noch jagdlich erproben wollte – jedenfalls fiel's zur Zufriedenheit aus).

An diese Jagd dachte Melzer jetzt, während sie abgestiegen
waren, um zu rasten. Er war ein paar Schritte von den Pferden
abseits gegangen, wo der steinige Grund teilweise unter Haselgebüsch verschwand. Die Szene, wie Laska den Eber nieder-
gestreckt hatte, schob sich vor sein inneres Auge, das bel-
lende Krachen der Pistole, der wilde Gesichtsausdruck des
Majors im Vorspringen, das niederbrechende, sich wälzende
Tier und das überall umhergespritzte Blut. Dieses Bild breitete sich in Melzer allmählich aus, wie sich eine Lache aus-
breitet, es sandte Gerinnsel nach verschiedenen Seiten, es
schien eine dumpfe unaussprechliche Verbindung zu suchen
mit anderem, das verwandt aber verborgen war. Auf einer
Steinplatte zwischen den Haselstauden zeigte sich schon die
ganzen Minuten hindurch eine kleine, langsame, träge Bewegung; jetzt erst wurde sie von Melzer aufgefaßt und erkannt.
Es war eine Haselnatter, ein kaum ellbogenlanges Schlänglein,

das in Bosnien häufig ist. Melzer schaute in sich versunken den wurmhaften gleitenden Verschiebungen des kleinen Körpers zu; unter anderen Umständen hätte er vielleicht nach rückwärts sich gewandt und gesagt, „schau, Herr Major, da ist ein Haselwurm." Aber dieser hier erschien ihm wie eine Bewegung seines eigenen Innern, wie geheimste Gedanken, die zu enthüllen unvorstellbar war.

Jetzt bot ihm Laska von rückwärts Cognac und Schokolade an. Er löste sich gern aus dieser minuten- oder nur sekundenlangen Einsamkeit, die ihn mehr beschwerte als anzog.

Am späteren Nachmittage, in einem schrägen Sonnenglanz, der es unmöglich machte, in die Ferne zu sehen, kamen sie zur Hütte. Es war eine Alm dabei, wie man in Bayern oder Österreich sagen würde; das Vieh noch auf der Sommerweide. Die Hirten, vom bevorstehenden Eintreffen der Offiziere verständigt, hatten einen Ochsen geschlagen, der großenteils als Köder für den Bären dienen sollte; die besten Stücke waren von ihnen auf landesübliche Weise vortrefflich gebraten worden für's Abendessen; und jetzt, gleich nach der Ankunft, erhob sich der stärkende Duft des Kaffees, von dem Laska ein großmütiges Quantum samt einem Kilogramm Zucker, einigen Schachteln Zigaretten und einer Flasche Sliwowitz unter die Hirten verteilte. „Wer schmiert, der fahrt", sagte er beiläufig zu Melzer, „aber jetzt kriegen auch wir eine Jausen." Und damit packte er feines türkisches Gebäck aus, Tolumba und Baklawa, sowie Kurawie, die Mürbe, Zarte, in handtellergroßen runden Scheiben.

Vor Nacht wurde der mächtige Köder im Buchenwald des Nordhangs ausgelegt unter Mithilfe der Hirten und beider Offiziersburschen, junge Bosniaken, denen diese Expedition ein besonderes Vergnügen zu bereiten schien. Es war eine Schulter im Berg, ein an sich fast ebenes Gelände, das aber in der Mitte eine Art wannenförmige Vertiefung zeigte: hierher legten sie den Ochsen. Dann wählten Laska und Melzer sorgfältig ihren Ansitz am Rande der Senkung, prüften den Ausschuß von da und merkten sich die Stelle genau an mehreren Zeichen, ebenso bei der Rückkehr zur Hütte den Weg dahin, von welchem sie jetzt alles dürre und knackende Holz entfernten, auch da und dort Buschwerk und Äste weghieben, um bei ihrer nächtlichen Wiederkehr jedes Geräusch zu vermeiden. Die den Hirten genau bekannte Hauptrichtung des Nachtwinds hier am Nordhange der Treskavica lag günstig, vom Köder her dem Anmarsche entgegen. Nach alledem konnten Laska und Melzer sich in der Hütte ein paar Stunden auf's Ohr legen.

Als sie um ein Uhr allein und ohne Hund aufbrachen, war die mondlose Nacht nur vom funkelnden Gestirn erhellt. Der Atem wölkte leicht vor dem Munde, so kalt war es: Laska und Melzer staken dieserhalb in kurzen Pelzröcken. Das an die Dunkelheit gewöhnte Auge fand später im Wald unschwer bei langsamem und vorsichtigem Gehen den Weg. Dreihundert Schritt etwa vor Erreichen ihres Ansitzes war in der Nachtstille Geräusch aus dieser Richtung zu hören, und zur Stelle gelangt, wurde den Jägern die Anwesenheit des Bären unzweifelhaft, wenngleich sie ihn nicht sehen konnten: sie hörten ihn schmatzen, auch dann und wann den Einhieb des Gebisses. Diese Geräusche blieben oft von langen Pausen getrennt. Mitunter zerrte der Bär am Köder, man hörte ein Schleifen und Rauschen. Gegen drei Uhr etwa gab es richtigen Lärm, in welchem das Knacken zerbrechender Knochen zu erkennen war. Und bald danach wurde es leider gewiß, daß der Bär den Köder getrennt hatte und im Begriffe war, einen Teil davon zu verschleppen.

Laska und Melzer blieben bis zum Büchsenlicht sitzen, lange Zeit noch in der Nachtstille dem sich entfernenden Geräusche nachlauschend. Hier war vorläufig nichts zu machen. Als es einigermaßen hell geworden war, betrachteten sie den verbliebenen Rest des Köders durch ein Zeißglas, ohne sich der Stelle, wo der Ochse gelegen hatte, nochmals zu nähern. Von diesem fehlte der linke hintere Teil fast vollständig, und daraus ergab sich zunächst, daß die Berichte der Hirten von der Größe des Bären kaum übertrieben waren.

Die beiden Offiziere kehrten zur Hütte zurück, um zu frühstücken.

Die Burschen und die Hirten waren aufgeregt, es wurde sogar vorgeschlagen, mit Hilfe der großen Hunde, welche sich auf der Alm befanden, des Bären Fährte alsbald aufzunehmen. Aber Laska winkte lachend ab. Eine gute Stunde später erst, nach reichlichem und behaglichem Frühstück, befand er sich mit Melzer allein wieder auf dem Wege.

Dieser Gang war es, der für Melzer unvergeßlich geblieben ist, nicht als ein Nennbares, das man als unvergeßlich bezeichnet, sondern viel tiefer in ihm siedelte sich dieses Erinnerungsbild als ein dauerndes an, ihn jederzeit bewohnend und ganz ohne sich vorzudrängen – aber es sickerte späterhin unzählbar oft hervor in einer stillen, kaum erkennbaren Weise; und es verbreitete sich allmählich tief dort drunten in seinem Inneren und sandte Gerinnsel aus und floß mit anderen Bildern zusammen, in unaussprechlicher Verbindung.

Äußerlich geschah allerdings fast nichts. Sie gingen annähernd denselben Weg wie nachts und verließen diesen erst eine Bogenschußweite vor ihrem ersten Ansitz auf den Bären, um sich nach rechts durch den Buchenwald zu schlagen und so auf die Schleppfährte zu gelangen, deren Richtung ihr gespanntes Ohr bei Nacht hinlänglich sicher festgestellt hatte. In der Tat fanden sie auf diesem Spaziergang ohne Hund den zunächst deutlichen Streifen leicht, welchen der Bär erzeugt hatte, als er sich mit seiner Beute trollte. Sogar einzelne hängengebliebene Fleischreste und Knochensplitterchen waren im Geäst des Unterholzes und im Moose zu bemerken. Jedoch verloren sich die Zeichen allmählich mit der Länge des Wegs.

Dieser führte auch über offenen, flachen Waldboden, die Dickungen traten zurück, man schritt wie durch Hallen zwischen den mattgrauen Stämmen. Melzer fühlte sich vom Frühstück her angenehm gekräftigt und erwärmt, er ging leicht und doch jeden gehorsamen Muskel im Genuß der Bewegung spürend. Es gibt innere Lagen, wo wir wie losgebunden sind vom Pfahle des eigenen Ich und auch den Körper regieren wie sonst nie. So fühlte sich Melzer heute bei diesem jagdlichen Erkundungsgang, dabei alles ringsum mit besonderer Klarheit und Schärfe in sich aufnehmend, wie wenn das Bild eines Gartens durch die frischgewaschene Fensterscheibe in's sonnige Zimmer fällt.

Indem verloren sie mit der Zeit die Fährte. Mehr Vermutungen als Anzeichen leiteten weiter. Die allmählich hochgestiegene Sonne belebte die mächtigen Wipfel, fleckte den Boden, machte warm, lud zur Rast.

Diese hielten sie auf dem Kamm und gleich mit dem zweiten Frühstück. Der Wald vor ihnen sank steil ab, und ebenso wie hier war auch weiter rückwärts auf dem Grate der Raum zwischen den Stämmen vom Unterholz erfüllt, das nur den vorderen Teil der langgestreckten Bergesrippe freiließ, welchen die beiden Jäger zum Rastplatze erwählt hatten. Melzer fühlte sich geradezu glücklich. Alles lag so leicht auf seiner Seele wie duftender Schaum, nirgends ward diese augenblickliche zarte Einhüllung seines Lebensgefühles gestört durch einen auch nur im geringsten schwereren Anflug oder Druck von Vorstellungen oder Tatsachen.

Es wurde ihm wohl nicht bewußt, daß es Laskas Art zu leben war, des Majors Laska Lebens-Stil schlechthin, was bei ihm ein Wohlgefühl von der geschilderten Art besonders leicht aufkommen ließ und förderte. Es verwandelte sich dies in Melzer unmittelbar in eine Sympathie für den Major, dem gegenüber er einfach ein Gefühl des Dankes empfand, weil er ihn mitgenommen hatte.

Schon mit Genüssen befaßt, die kleinen blanken Becher der Thermos-Flaschen mit duftendem Kaffee gefüllt, den Cognac in freundlicher Aussicht – fühlten sie mehr als daß sie eine deutbare sinnliche Wahrnehmung hatten, in dem etwa hundert Meter entfernten Dickicht auf dem Kamme irgendein Rumoren und griffen zur Büchse. Aber sie hatten die Trinkgefäße noch kaum beiseite gestellt und die Gewehre erhoben, als es dort in der Dickung einen geradezu ungeheuerlichen Ruck gab, die plötzliche allerheftigste Bewegung einer erheblichen Masse. Gleich danach polterte das ab, den Hang hinunter. Laska und Melzer waren aufgesprungen, und vielleicht hatte der Leutnant wirklich gehofft, jetzt zum Schusse zu kommen; aber sie bekamen den flüchtenden Bären nur wie einen Schatten wenige Augenblicke zu Gesicht, und fast gänzlich verholzt.

„Dich kriegen wir noch", rief ihm Laska nach.

Dem Leutnant war es in dem Augenblicke, da der Bär sich plötzlich erhoben hatte, so gewesen, als ginge ein Stück des Waldbodens wie bei einer Explosion in die Luft. Ihm schien der Boden jetzt zu zittern. Dieses Übermaß von Kraft, entfesselt in Sekunden, ja in Bruchteilen von Sekunden, rückte ihm den ganzen Wald aus dem eben noch genossenen Idyll wie mit einem Stoße hinaus; er verstand's selbst nicht recht und staunte unklar den tiefen Eindruck in der eigenen Seele an wie eine unvermutet geöffnete Grube.

Sie beendigten nach allem in Ruhe ihren Imbiß und wandten sich zurück. Als sie dem Köder in der flachen Vertiefung sich näherten, hob sich ein Schwarm von Geiern auf, und sie fanden den liegen gebliebenen Teil des Skelettes bis auf das letzte Knöchelchen sauber von fast jedem anhängenden Fleischrest befreit.

Melzer hat zwei Tage später seinen Bären trotz allem bekommen, nachdem als neuer Köder ein Ziegenbock ausgelegt worden war, den sie noch dran wenden hatten wollen. Der Schuß war ihm von Laska überlassen worden; der Major hielt sich nur bereit: aber Melzers Kugel saß. Er hat die Decke erhalten und sie sein Leben lang besessen (als er viele Jahre später in der Porzellangasse in Wien wohnte, schräg gegenüber den Miserowsky'schen Zwillingen, pflegte sie vor dem Kamin zu liegen, den es in dem vorderen von Melzers beiden Zimmern gab). Die Tatzen verspeisten sie auf der Hütte gemeinsam mit den Burschen und der eine der beiden Schinken wurde an die Hirten verschenkt.

Wenn ich im April 1945, fünfunddreißig Jahre nach dieser Bärenjagd, in meinem kalten Hotelzimmer zu Oslo über Melzer nachdachte – und ich pflegte das nicht selten zu tun – dann mußte mir auffallen, daß meinem Leutnant Erlebnisse von solcher Art, wie er sie auf der Reise von Attnang nach Wien im Jahre 1910 und in gewissem Sinne auch auf der Treskavica gehabt hatte, während einer Periode seines Lebens, wo man dergleichen flachhin und fürs erste am allerehesten und in größestem Ausmaße erwarten möchte – überhaupt nicht und in gar keiner Weise zu Teil geworden sind: nämlich im Kriege. Melzer hat 1914–1918 so ziemlich mitgemacht, was es da mitzumachen gab: Gorlice, Col di Lana, Flitsch-Tolmein ... Nennbar Unvergeßliches! Aber der Mensch kommt, im Kriege erlebend, nicht zu sich selbst, sondern immer wieder zu den Anderen. Die Ernte wird innerhalb der Welt des legal-organisierten Schreckens nicht in den Kern der Person eingebracht, sondern an's Kollektiv zurückverteilt. Daher übrigens bei fast allen die besondere Neigung zu Erzählungen.

Nun, Melzer hat die zwei Grundstoffe seiner Biographie später zu unterscheiden gelernt und deshalb konnte er mir in manchem Gespräche die Kenntnis davon geben, daß der eine von ihnen im Kriege bei ihm überhaupt nicht hervorgetreten ist. Ich habe mich mit Melzer viel unterhalten, vor fünfundzwanzig Jahren schon zu Wien in der Porzellangasse, die Füße auf dem Bärenfell von der Treskavica, und letztlich zu Kursk im Jahre 1942, wo er als Oberstleutnant auftauchte (er hat als ehemaliger österreichischer Offizier bei den Deutschen wieder einrücken müssen). Im ersten Kriege vielfach selbständig handelnd – was blieb auch anderes übrig – hat Melzer eine selbständige Art zu existieren überhaupt noch nicht besessen, wie er versicherte. (Nebenbei, lieber Leser, gedachter und geachteter Leser, was hältst du eigentlich vom Handeln – ich meine: gehört es wirklich uns? ist es für uns immer bezeichnend? Aber paß' auf, es steht viel auf dem Spiel bei dieser Doktorfrage, denn, zum Exempel, wird sich deine ganze Einstellung der dramatischen Literatur gegenüber nach ihrer Beantwortung richten müssen! Keine Abschweifungen! Jedes avis au lecteur ist verdächtig.) Melzer also sagte dazu noch, daß es viele Jahre über 1918 hinaus bei ihm durchaus so geblieben sei (bis zu einem bestimmten Samstag-Nachmittage). Wie beim Militär, wo man nicht irgendwohin geht, sondern einfach irgendwohin kommt, ist Melzer, als der Zusammenbruch von 1918 die militärische Laufbahn unseres damaligen Majors beendet hatte (in dem kleinen republikanischen Heer konnt' er nicht lange weiterdienen), zur österreichischen Tabakregie ,gekommen', und zwar als Amtsrat und nicht als Inhaber einer Trafik, denn darauf hatten nur völlig invalide Offiziere Anspruch. Gut so, er diente weiter. In der Porzellangasse. Dort amtierte Melzer. Es war ein großes Gebäude, schon nahe dem böhmischen Bahnhof, das außerdem eine Steuer-Administration enthielt. Ging man am Trottoir vorbei, dann umhauchten und umwogten einen alle Düfte Persiens und der Türkei, von ,Sultan flor' auf- und abwärts: denn in dem Hause war auch ein ,Tabak-Hauptverlag', und auf solche Sachen hat sich ja die alte österreichische Regie – wenn auch nicht mehr kaiserlich-königlich – recht gut verstanden, das muß man ihr einmal lassen.

Aber Melzer ging an dem Gebäude damals selten vorbei, sondern meistens hinein oder heraus, und zwar ersteres – wenn man von dem mittäglichen Gang zum Essen und nachher kurz ins Café absieht – morgens zwischen acht und halb neun, letzteres abends zwischen vier und fünf (inhumane Büro-Zeiten waren in jenen Tagen noch unbekannt). Bis nach vorn an die Ecke zum Althan-Platz vor dem böhmischen Bahnhof kam er eigentlich nie, denn sein Mittagessen pflegte er nicht in der dort gelegenen großen Weinhalle, sondern in einem ganz vorzüglichen Beisl einzunehmen, welches sich mehr gegen die innere Stadt zu und etwa in der Gegend des Miserowsky'schen Zwillings befand.

Den böhmischen Bahnhof frequentierte Melzer jedoch den ganzen Sommer des Jahres 1925 hindurch an manchem Samstag, und das war eine der Veränderungen, welche der Zerrüttmeister von Eulenfeld in das Leben des Majors hineinbrachte: sonst sind sie nicht belangreich gewesen, auch nicht von Dauer, diese Modifikationen. Der Rittmeister und seine Bande – der ‚troupeau‘ genannt – diese Leutchen fuhren am Ende jeder Sommerwoche, wenn die Sonne schien, unweigerlich in eines der Donaubäder hinaus nach Kritzendorf oder Greifenstein oder Tulln. Man übernachtete in irgendwelchen Wochenend-Häuschen, die irgendwer besaß oder die man irgendwie benützte.

Den Rittmeister von Eulenfeld kennen zu lernen muß damals in Wien überhaupt schwer vermeidlich gewesen sein, es könnte einem das fast so erscheinen. Auch Mary K. hatte diesen Eindruck. Im Verlaufe ihrer viel späteren Beziehungen zu Kajetan von S. ist natürlich auch der Zerrüttmeister einmal aufgetaucht, allerdings ohne daß er auf Frau Mary hätte zerrüttend wirken können. Sie hielt Eulenfeld eigentlich für eine Art Krankheit.

Melzer lag auf seiner Linie. Des Rittmeisters auf's Behagen und wohl auch auf Lotterei gerichtete Instinkte und Talente fanden bei Melzer keinerlei entgegenstehende Kanten, an welchen sie sich hätten brechen müssen. Hinzu kam das unverbindliche Pathos einer Gemeinsamkeit als ehemalige Offiziere der verbündeten deutschen und österreichisch-ungarischen Heere im ersten Weltkrieg (Eulenfeld hatte seine frühen totalen Räusche schon vor 1914 an den Brüsten des vierzehnten Husarenregiments zu Kassel gesogen, er war, ebenso wie Melzer, ein gewesener aktiver Offizier). Der Rittmeister teilte nicht die Irrtümer und verdrehten Anschauungen mancher seiner Landsleute in bezug auf Österreich, wirkte also nie beleidigend, woran ihn auch seine im großen und ganzen guten Manieren allein schon verhindert hätten. Hierher nach Wien war er, wechselvollen und wohl auch stellenweise recht zweifelhaften Jahren entfliehend, die er von 1918 an in Südamerika, in

England und im deutschen Bürgerkrieg verbracht hatte, um die Wende von 1922 und 1923 gelangt, zunächst als Leiter einer Automobil-Fahrschule: von daher stammte die Bekanntschaft mit Melzer, der es eines Tages für ganz unmöglich anzusehen begann, daß er kein Auto zu lenken verstand, und zugleich von der Vorstellung besessen war, er müsse nun, nach dem Zusammenbruche der militärischen Carrière, von ganz unten anfangend sein Brot verdienen, als Zeitungsverkäufer etwa oder als Chauffeur . . . es war ihm eben damals mitgeteilt worden, daß seine Übernahme in das verbliebene kleine österreichische Heer nicht mehr in Frage komme. So lernte er bei Eulenfeld chauffieren. Der Rittmeister hat diese lehrende Tätigkeit bald danach schon aufgegeben und sich eine bequemere Stellung verschafft, innerhalb einer Vertretung der Wakefield-Company zu Wien. Um dieselbe Zeit fanden Melzers etwas phantastische Existenzkampf-Vorstellungen automatisch ihr Ende durch seine Übernahme in die österreichische Tabak-Regie. Nicht lange danach hat er in der Porzellangasse die schon erwähnten zwei Zimmer gemietet und das Bärenfell von der Treskavica vor dem Kamine ausgebreitet; obendrein aber seinen Onkel David Melzer, den militaristischen Bierbrauer, nicht unerheblich beerbt, was zur Konsolidierung der Verhältnisse ebenfalls beitrug.

Die Beziehungen Melzers zu dem Herrn von Eulenfeld hatten jedoch auf Seiten des Majors oder Amtsrates tiefere Gründe als nach den bisher vorgebrachten Tatsachen vielleicht scheinen möchte. Der Rittmeister bedeutete für Melzer eine Richtung, nach welcher hin eine gewisse Spannung in ihm bestand, vielleicht sogar ein Bestreben – wenn man sich so etwas als ein beinah Unbewußtes vorzustellen vermag – und zugleich das Gefühl geringer Befähigung; letzteres schon einigermaßen deutlich. Man könnte sagen: der Rittmeister erschien vor dem Außenwall von Melzers Wesen gerade dort, wo dessen Befestigungen am schwächsten waren; bei zwei

Militärsmännern, wie diesen, sind solche Vergleiche schon statthaft. Der jetzige Amtsrat sah den Rittmeister, wenn dieser behaglich aus seinem Leben erzählte – allgemein hieß er nur einfach ,der Rittmeister' – aus- und eingehen durch Gefangenschaften und Gefängnisse aller Art (bezüglich der letzten muß ich den Leser leider bitten, es diesmal wörtlich nehmen zu wollen, denn Herr von Eulenfeld hatte auch mit Schloß und Riegel schon etliche Bekanntschaft geschlossen!), er sah ihn aus- und eingehen, sei's in Südamerika oder bei den Spartakus-Wirren in Berlin, und obendrein warf der Herr von Eulenfeld die Türen der verschiedenartigsten Situationen, wenn er sie grad verlassen wollte, hinter sich ganz ungeniert ins Schloß. Was übrigens Süd-Amerika betraf und im besonderen Buenos Aires, so schien der Rittmeister dort hinüber noch am ehesten eine bleibende Verbindung bewahrt zu haben. Er sprach gerne von jener großen Stadt, wo er Jahr und Tag verlebt hatte, und empfing auch nicht selten Briefe von dort, was hinwiederum die Markensammler unter seinen Bekannten und Bürokollegen interessierte.

Nun, Eulenfeld hatte aber zu Wien anfangs wirklich Zeitungen verkauft durch Wochen; ansonst in einem kleinen Hotel schäbigsten Ranges auf der Mariahilf einen versperrten Kasten mit seiner immer noch sehr guten Garderobe hütend. So konnte er ohne weiteres das Grand-Hotel betreten, als ihm die Fremdenliste im ,Neuen Wiener Journal' gesagt hatte, daß ein deutscher Grandseigneur und einstmaliger engster Kumpan dort abgestiegen sei. Dieser Herr brachte den Rittmeister einmal gleich als Leiter jener früher erwähnten Fahrschule unter Dach und Fach, deren Inhaber ein Automobilhändler war, welcher dem Grafen X. ein Geschäft nicht nur bereits verdankte, sondern schon wieder auf ein neues von dieser Seite hoffte ... Nun wurden keine Zeitungen mehr verkauft, sondern bald Ringe, Uhren und Zigaretten-Etuis aus dem Versatzamte ausgelöst. Derweil aber hatte Eulenfelds Gönner schon mit der Wakefield-Company die Verbindung aufgenommen, er war ohnehin eben im Begriffe gewesen, nach England zu reisen. Natürlich muß man Glück haben. Das sagt jeder, dem das Glück etwas Natürliches ist. Und bei Eulenfeld schien das so zu sein.

Er besaß geradezu zahllose Bekannte in Wien, die wenigsten eigentlich aus der Zeit vor dem Kriege und von gelegentlichen Reisen nach Österreich; fast alle Bekanntschaften stammten aus den kurzen Jahren seiner dauernden Anwesenheit hier. Es war beinahe unbegreiflich. Mary K. hat ganz richtig gesagt, dieser Rittmeister sei eine Art Krankheit, die rasch um sich greife. Brauchte er etwa ein Automobil, um mit irgendeiner seiner Frauen gleich geschwind nach Greifenstein an der Donau und in ein dortiges Wochenend-Häuslein zu gelangen (das auch wieder irgendwem anderen gehörte), so plauderte er nur in seiner liebenswürdigsten Art ein paar Worte durchs Telephon, stülpte seinen nachlässigen Hut auf und saß eine halbe Stunde später mit nicht zugeknöpften hellen Lederhandschuhen am Volant, um vor dem Haus der abzuholenden Dame ein Hupenkonzert zu geben. Und dann brausten sie in's Grüne. Seine spätere Stellung gestattete ihm übrigens nach wenigen Jahren schon einen eigenen kleinen Sport-Wagen zu halten.

Bevor er diesen noch besaß, hat er einmal Melzer auf eine solche improvisierte Autofahrt (mit hellen Leder-Handschuhen und mit Monokel, letzteres hätt' ich jetzt beinahe vergessen und es ist doch irgendwie konstituierend für Eulenfeld gewesen) mitgenommen, weil sich das gerade durch Zufall so ergeben hat. Dem Major ist davon ein lebhaftes Bild, ein in mancher Hinsicht lebhaftes Bild, im Gedächtnis geblieben, ein äußeres und ein inneres Erinnerungsbild. Der Wagen, ein roter Viersitzer, stand in der Wickenburggasse auf der Josefstadt, nah der Ecke an der Alserstraße, beim Café: ein Lokal, in welchem sich damals die zu Wien an der medizinischen Fakultät studierenden amerikanischen Ärzte regelmäßig zu treffen pflegten. Eulenfeld war natürlich auch in diesen Kreisen schon bekannt. Er plauderte mit zwei Damen und einem Herrn vor dem roten gutgeschnittenen Gefährt; der Mann war einer von den

Doktoren und hatte das Café beiläufig verlassen, um Eulenfeld zum Wagen zu begleiten, den er ihm für ein paar Stunden zu leihen bereit war. Der Rittmeister unterhielt sich mit dem Amerikaner in englischer Sprache (er beherrschte sie so gut wie das Deutsche, denn Eulenfeld war durch einige Jahre in Eton erzogen worden). Der Doktor lehnte am Wagen, ohne Hut, die Hände in den Taschen. Melzer kam rasch am Trottoir gegangen. Den Doktor kannte er, durch Eulenfeld, ebenso, wie ihm schien, die eine von den Damen, nicht aber jene, die jetzt neben dem Rittmeister sich in das schmale sportliche Fahrzeug schwang. Die zweite jedoch, mit der zusammen Melzer rückwärts einsteigen sollte, sah er doch jetzt wie zum ersten Mal im Leben: sie war mehr als auffallend hübsch geworden: sie war im höchsten Grade anziehend. Damals hieß die geborene Pastré noch Schlinger – wenige Jahre danach hat sie schon nicht mehr Schlinger geheißen, sondern einen zweiten Mann gehabt; aber nicht den Doktor Negria, sondern einen Herrn Wedderkopp aus Wiesbaden. Eulenfeld schob diese Frau jetzt dem Major mit irgendeiner winzigen, kaum ausdrückbaren Gebärde gleichsam zu, als er, sich umwendend, schon von seinem Sitz am Steuer aus, den Zweien munter und gemütlich und wohlwollend (wie immer) zurief, rasch rückwärts einzusteigen. Er bemerkte oder beachtete gar nicht, daß die Beiden einander nun als Bekannte begrüßten. Der Amerikaner winkte vom Gehsteig, wandte den Rücken und kehrte ins Café zurück. Das Gefährt brauste durch die Wickenburggasse.

Melzer saß neben dieser Frau Schlinger, geborenen Pastré, die ihm so außerordentlich gut gefiel (sie tauchte damals zum ersten Mal und zunächst nur vorübergehend in Eulenfelds Umkreis auf, wenigstens erschien das dem Major so), mit einer ganz eindeutigen und stark drückenden Empfindung des Degradiertseins – man darf es wirklich nicht anders nennen. Er war hier nur mitgenommen worden, er wurde einfach wo hineingesetzt und eine Frau neben ihn; die gefiel ihm dann obendrein so sehr. Eulenfeld lümmelte vorn am Steuer. Der

Rittmeister fuhr viel zu schnell, warf den Wagen um die Straßenecken, kannte natürlich hier schon wieder jede Gasse. So wie es Melzern erging, geht es nun einmal jedem Menschen, welcher sich in der Richtung seiner geringsten Befähigung, also des größten Widerstandes, augenblicklich bewegen muß ... das gibt ein Lebensgefühl, welches an einen kleinen Spielzeug-Eisenbahnwagen erinnert, den ein Kind versehentlich auf Schienchen einer anderen Spurweite gestellt hat ... Der Major saß neben Frau Schlinger, als wär' er da angebunden. Ein Gefangener. Und im Krieg hatte er Jahr und Tag eine Kompanie geführt in kaum zu zählenden Gefechten: das fiel ihm plötzlich ein, und zugleich meinte er zu erkennen, daß dies ganz anderswohin gehörte. Aber wie? Es war quälend. Quälend auch, daß sich über alledem der knallblaue hellhörige Himmel eines noch sehr warmen Septembertages entrollt hatte, eine Lichtüberschwemmung, die alles in sich hineinriß, den roten Wagen, die bewegten Straßen, die schöne Frau.

Die Fahrt dauerte nicht lang. Frau Schlinger wollte sich nur heimbringen lassen. Vor einem Haustor im VII. Bezirk, ,am Neubau', hielt man. Das Tor war hoch und schmal, rechts davon befand sich ein Geschäft für Schreibmaschinen und Büro-Artikel, durch den Flur konnte man rückwärts im Hof das Grün einer Baumkrone sehen. Über dem Geschäft war eine Tafel mit dem Namen ,Lasker'. Natürlich hat Melzer im Augenblick an den Bataillonskommandanten zu Banjaluka gedacht, den späteren Oberst, der im Krieg geblieben war. In diesem Augenblicke nun kam er sich wie abgekoppelt vor, stehengeblieben, einsam wie ein Waggon auf einem Stockgeleis in der Sonne. Nun saß er allein rückwärts im Wagen, vermißte seine Nachbarin, die er jetzt nicht mehr von der Seite betrachten konnte, ja, er vermißte sie so sehr, daß ihm die knallrote Farbe der leeren Lederpolsterung grausam und beleidigend erschien, er wandte die Augen davon ab: und doch fühlte sich Melzer etwas erleichtert, weil Frau Schlinger nun verschwunden war. Sein Zustand neben ihr hatte eine entfernte Ähnlichkeit gehabt mit dem eines unvorbereiteten Schülers in einem jener Träume, die man sein Leben lang dann und wann haben kann und deren Inhalt die Maturitäts-Prüfung ist.

Melzer stieg in der Porzellangasse aus, vor dem Hause, wo er wohnte, und dies war dem Rittmeister ohnehin am Wege gelegen, weil er stracks mit der Seinigen nach Kritzendorf zu fahren gedachte. Als sie hielten und der Major herausgeklettert und nochmals an den Wagen getreten war, um sich zu verabschieden, mußte Eulenfeld, der nicht zu den Unsensiblen gehörte, der Gesichtsausdruck seines Passagiers auffallen. „Na, mein Lieber – scheinst mir nicht eben in rosiger Stimmung zu sein?" sagte er halblaut und hielt Melzers Hand für ein paar Augenblicke fest. Die junge Dame, welche neben dem Rittmeister saß, unterzog eben das Haus, vor dem sie hielten, einer Musterung von unten nach oben mit leerem Blicke. „Ich bin ein bißl müd", antwortete der Major, „werd' mich ein Stünderl am Diwan legen. Servus." „Gut so. Auf Wiedersehen", sagte der Rittmeister, trat die Kupplung, Melzer verbeugte sich nochmals leicht vor der Dame und der Wagen rollte, sogleich wieder höchste Geschwindigkeit gewinnend, die langgestreckte Porzellangasse entlang und in der Richtung gegen den böhmischen Bahnhof davon. Melzer blieb zunächst noch vor dem Hause stehen und spürte wie die dünne rasch übergezogene Maske eines verbindlichen Lächelns jetzt von seinen Zügen wieder abfiel. Es gibt gewisse Hautcrèmes, welche eine rasch erstarrende Schutzschicht nach dem Rasieren über das Antlitz legen; man spürt dann ihren leichten Widerstand bei den ersten Bewegungen des Mienenspieles, bis dieses feine Risse hineingebracht und die Schichte sich neuerlich angepaßt hat. Zunächst aber eignet einem da sozusagen ein langsames Gesicht. Etwas Ähnliches empfand Melzer während er noch immer vor dem Hause stand und der Wagen schon verschwunden war. Im ganzen aber brachte ihm jetzt das Alleinsein große Erleichterung. Er stieg endlich die Treppen hinauf. Es war ein ziemlich neues Haus, hell und luftig, die Stiegenfenster im oberen Teile mit bunten Einsätzen, die jetzt in der durchfallenden Sonne leuchteten.

Der Major bereitete zuhause schnell – in alter Übung – türkischen Kaffee in einem getriebenen Kännchen mit langem Stiele. Er benützte ein Service, das er schon in Bosnien besessen hatte. Die lange schmale Mühle, deren Form daher kommt, daß der Araber sie an die Satteltasche geschnallt mit sich führt, die große kupferne Servierplatte mit Ziselierungen, die winzigen Tassen von weißem Porzellan in kupfernen Hältern und die Zuckerdose mit dem aufrechtstehenden Halbmonde über dem Deckel.

Dann tat er Ungewohntes. Er stellte die Servierplatte mit dem fertigen Mokka neben das Bärenfell auf den Boden, stopfte einen Tschibuk und streckte sich der Länge nach auf dem Fell aus.

Der Tschibuk ist die stärkste Art, in welcher man Tabak genießen kann, im Gegensatze zur Nargileh oder türkischen Wasserpfeife, welche als die hygienischeste gelten darf, weil sie dem Tabaksrauch, der hier durchs Wasser gehen muß, wesentlich Gift entzieht. Der Tschibuk hingegen mit seinem breiten und flachen türkischen Thonkopf hat eine sehr große Brandfläche und ist mit dem Munde des Rauchers durch ein starkes etwa halbmeterlanges ganz gerades Weichselrohr verbunden, welches oben mit Bernstein abschließt, jedoch gänzlich ohne Spitze, sodaß man es nicht in den Mund stecken, sondern nur außen an die Lippen legen kann. Der Tschibuk muß trocken geraucht werden. Verwenden lassen sich dazu ausschließlich die besten Sorten Zigarettentabak, solche etwa, wie sie von der österreichischen Regie seinerzeit unter den Bezeichnungen ‚Sultan flor' oder ‚Pursitschan' geboten wurden. Daß Melzer hievon die frischesten Packungen erhalten konnte, versteht sich von selbst, denn er saß ja gewissermaßen an der Quelle.

Gebraucht man den Tschibuk selten und in der beschriebenen Weise, immer in Verbindung mit richtig bereitetem türkischem Kaffee, dann bietet sich in ihm ein fein-narkotisches Mittel zur Beruhigung und Sammlung, die dann allmählich in jenen Zustand übergehen können, in welchem der Türke seinen ‚Kèf' hält: das ist kein vollständiger und animalischer Schlaf, sondern ein schwebendes Dahindämmern ohne jede Dumpfheit und sogar sehr geeignet, die schöpferischen Kräfte im Menschen zu entbinden, genauer: das Bewußte und das Unbewußte vorsichtig aneinander heranzuführen, bis zwischen beiden der Funke springt.

In dieser Weise hält der gebildete Orientale seine Nachmittagsruhe während der heißesten Zeit, während der Stunde, da ‚der große Pan schläft', wie die Alten sagten. Auch Melzer versuchte es heute einmal wieder, er nahm seine Zuflucht zum ‚Kèf'. Aber er gelangte nicht ganz zu diesem. Ein unaufhörlicher Nachhall fiel hinein, von draußen her sozusagen, noch immer von der sonnigen Porzellangasse her: eine obstinate Belanglosigkeit war's, die sich ständig in Melzers Vorstellungen drängte. „Scheinst mir nicht eben in rosiger Stimmung zu sein ...", hatte der Rittmeister gesagt. Dies erinnerte Melzer jetzt an irgend etwas, sehr lebhaft, sehr tief. Aber ein anderes stand dazwischen und störte: es war ein Geruch, der aus einem ganz fremden Zusammenhange zu kommen schien; Melzer schnupperte vor sich hin und nun spürte er den feinen hellen Schnitt, welchen das dem Bärenfell von vielen sommerlichen Einmottungen her anhaftende Naphtalin durch den Duft des Tabaks und des Kaffees zog. Der Major setzte sich aufrecht, füllte das Mokkaschälchen, sog das starke Aroma ein und nippte ein wenig. Von der Gasse unten kam Klingeln und Jaulen eines sehr schnell vorbeifahrenden Straßenbahnzuges, der jetzt über den Gipfel vom Berg des eigenen Lärms brauste. Die Sonne schnitt eine dreieckige Fläche aus dem höchsten Stockwerk des Hauses gegenüber und lag gleißend auf dem weißen Bewurf. Melzer war zunächst nicht fähig zu begreifen, in welchem Zusammenhange dies alles mit dem Café Pucher – wo er längst nicht mehr hinkam – stehen sollte: aber er dachte eben an das Café Pucher.

Und endlich begriff er, daß der Ritter von Lindner ihm vor dreizehn Jahren in jenem Café ungefähr das gleiche gesagt oder eigentlich ihn das gleiche gefragt hatte, wie der Rittmeister vor einer halben Stunde unten vor dem Haustor im Auto, nur eben sozusagen in einer anderen Sprache.

Aber das war nicht alles. Das war nur der harmlose äußerste Rand von dem, was Melzern bedrückte, der doch das Denken nicht gelernt hatte, nicht einmal als Major.

Jedoch, hier genügte schon das Fühlen, bei diesem kleinen und kurzen Kontakt-Schluß zwischen Vergangenheit und Gegenwart: denn sie erwiesen sich dabei als identisch. Beide Stimmen, ob nun die des Herrn von Lindner oder die des Rittmeisters, sie riefen in irgendeine Gefangenschaft hinein, worin er, Melzer, sich befunden hatte und sich also noch immer befand, in eine Unselbständigkeit, in ein Weitergegeben-Werden von Umstand zu Umstand, vom Militär zur Tabak-Regie ... in eine Dumpfheit, bei Zauner in Ischl oder gleichgültig sonstwo: statt auf die Villa zu Stangelers hinausfahren zu können zum Beispiel. „Asta hat den Marchetti übrigens genau so wenig geheiratet wie mich, und jener fängt schon an fett zu werden wie ein Neujahrsschweindel." Und was den Krieg betrifft, so begann Melzer seine Selbständigkeit und Verantwortlichkeit als Kompaniekommandant jetzt gleichsam eingerahmt zu sehen von der allgemeinen Unselbständigkeit seines Lebens überhaupt, worin er niemals irgendwohin gegangen, sondern immer nur irgendwohin gekommen war. Auch auf die Treskavica. Er war mitgenommen worden, genau wie heute nachmittags im Automobil. Das alles erschreckte den Major gar sehr. Und so mußte er denn jene Augenblicke leiden, die niemand erspart bleiben, der eigentlich gelebt hat: die tiefe Angst nämlich, nicht eigentlich gelebt zu haben. Man könnte sagen, daß damit immerhin ein bedeutender und neuer Schritt ins Leben getan sei.

Um zur Wahrheit über die Beziehung Melzers zu Eulenfeld vorzudringen, muß man doch, so scheint's jetzt, beide Erscheinungen irgendwie formulieren (was bei der relativen Unentschiedenheit und Verwaschenheit solcher Menschen immer unsicher ist) und dann versuchen, sie einander gegenüberzustellen. Jedoch nicht eigentlich die Charaktere und irgendwelche psychologische Einzelheiten: sondern die Mechanik der Geister – soweit da vom letzteren die Rede sein kann – müßte ausgedeutet werden, also die physiognomische Grund-Anlage, welche sich dann im Materiale eines Charakters darstellt. Man könnte sagen, daß Melzer in dieser Hinsicht aus einem schnelleren und einem langsameren Grundstoff bestand, daher zunächst aus dem schnelleren sein Leben bestreiten mußte, also gewissermaßen inkomplett; Eulenfeld hingegen aus dem schnelleren Stoffe allein, daher er denn auch allen Menschen von Anfang an als recht komplett und fertig entgegentrat. Es wäre indessen möglich sich vorzustellen, daß Melzer die langsamere Substanz mit der Zeit auch bis an den Außenwall seines Lebens vorgebracht hätte, um dort seine beiden Grundstoffe zu vereinigen und so den kleinen Spalt, welcher seine Existenz durchzog, zu schließen und zu heilen. Das hat er offenbar immer gewünscht: das Geschlossen- und Heil-Sein nämlich, aber mißverständlicher Weise nahm er dabei den Rittmeister als Wunsch- und Vorbild.

Dieser Irrtum wurde auch durch ein Präjudiz seines Lebens begünstigt: Melzer übertrug ständig, und freilich ohne es zu wissen, seine eigenen Empfindungen und Einschätzungen aus dem Erinnerungsbilde, welches er sehr lebhaft von dem Major Laska besaß, auf Eulenfeld. Das waren gewissermaßen die Voraussetzungen seines Umganges mit dem Rittmeister, und er konnte danach gar keine anderen als förderliche und stärkende Wirkungen von dieser Seite erwarten. (Daß er überhaupt anlehnungsbedürftig war, hat der Leser längst gemerkt – auch Mary Allern gegenüber ist das sicher in irgendeiner Weise hervorgekommen – ich bringe diese allgemeine Gemütslage Melzers hier nur beiläufig in Erinnerung.) Der Major und spätere Oberst Laska aber, seligen Angedenkens, hatte, um's kurz zu sagen, beide Melzerischen Grundstoffe sehr wohl in sich getragen, jedoch gründlich coaguliert und ganz spaltlos verschmolzen.

Im weiteren Verlaufe des Verkehrs mit dem Rittmeister mußt' es freilich für Melzer allmählich fühlbar werden, daß da irgendwas ,au fond du fond' nicht stimmte, in den Voraussetzungen also. Aber unser einstmaliger Leutnant und Bärenjäger war kein analytischer Kopf. Er fühlte sich nur bedrückt. Jedoch gerade dies, gerade diese häufigere Bedrücktheit, kam in dem Laska'schen Erinnerungsbilde durchaus nicht vor, und so sonderte sich dieses allmählich wieder von Eulenfeld ab, mit welchem es für Melzer eine Zeit lang schon hatte da oder dort verschmelzen wollen ... Es kam noch einiges als weniger wesentlich hinzu; Eulenfeld war ein starker Trinker, und Melzer, einmal zu Eulenfeld hin tendierend, oder sagen wir lieber, von dessen Lebens-Stil fasziniert (das Wort ist nicht zu stark), tat sich beinahe Gewalt an, um es irgendwie auch zu werden, da eben anders bei dem Rittmeister gar nicht mitzuhalten war; und außerdem gefiel ihm die Art von Eulenfelds Trinken, die Cognac-Flasche in einer weißen Papier-Serviette rückwärts im Wagen, die Gewohnheit des Rittmeisters, beim Trinken die Zigarette aus einem langen Papier-Spitz zu rauchen; und vielleicht erhoffte der Kindskopf Melzer vom Trinken eine Art Auflockerung und Förderung der von ihm angestrebten Richtung? Nun hatte aber unser Major aus seiner Jugend keinerlei Übung mitbekommen im regelmäßig wiederkehrenden Bezwingen alkoholischer Quantitäten. Es war das im österreichischen Heer nicht in solchem Maße üblich gewesen wie bei den Deutschen. Es tat ihm nicht immer gut.

Die Unterschiede gegenüber dem Erinnerungsbild aus der Zeit des Zusammenlebens mit Laska traten doch nach und nach als deutlich fühlbar hervor.

Von der Bärenjagd im Herbst 1910 an konnte man es nämlich fast ein Zusammenleben nennen, wozu dienstliche Umstände und Zufälligkeiten auch noch das ihre beigetragen hatten; Melzer wurde sogar einmal als vertretungsweiser Bataillons-Adjutant nach Banjaluka kommandiert. Die beiden Jagden mit dem Major zu Dobropolje und auf der Treskavica waren nur die ersten einer Reihe von Unternehmungen ähnlicher Art gewesen; jedoch behielt die Bärenjagd für Melzer nicht nur einen uneinholbaren Vorsprung ihrer köstlichen Trophäe wegen, sondern auch innerlich als markierender Punkt einer neu anbrechenden Zeit. Er begann damals die Trennung von Mary allmählich auf eine geeignetere Weise als bisher zu ertragen, so wie jemand etwa, der endlich die richtige Lage für den Transport eines schweren Gepäckstückes gefunden hat. Und gerade von da ab illuminierte ihn innerlich immer mehr sein Vorsatz, die Urlaube des kommenden Jahres 1911 teilweise in Wien und auch auf dem Lande im Rax-Gebiet zu verbringen, ein Gedanke, der ihn, wie man sich vielleicht erinnert, schon auf der Reise nach Trnowo beherrscht hatte, während er im Halbschlaf über den Semmering gefahren war.

Drei Tage nach der Fahrt im roten Automobil gab es für Melzer eine sehr lebhafte Erinnerung an jenes Jahr 1911, dessen Sommer-Urlaub er in der Tat so verbracht hatte, wie er sichs' ein Jahr vorher während der hohl sausenden und ziehenden Fahrt durch die Semmering-Tunnels vorgenommen: nämlich zum guten Teil auf der Villa Stangeler.

Er begegnete der Editha Schlinger-Pastré unvermutet am Graben. Es war gegen fünf Uhr. Melzer hatte nach dem Schlusse seiner Amtsstunden in der Stadt noch was zu besorgen.

Jene Begegnung allein nun wäre wohl nicht geeignet gewesen, den Major in das bewußte Jahr und in eine doch schon recht ferne Vergangenheit zurück zu verweisen: um so weniger, als sich mit ihr ja gerade die lieblichste Gegenwart darbot. Aber zwei Zwischenfälle vermochten jenes Zurück-Verweisen sehr wohl. Der eine war am heutigen Morgen passiert, als ein fast rein inneres Vorkommnis, und der zweite widerfuhr Melzern in Gesellschaft Edithas auf der Straße, und als etwas von außen Herantretendes.

Als Melzer sich um acht Uhr in's Amt zu begeben im Begriffe war und den Flur seines Wohnhauses durchschritt, sah er dort neben der Wohnung des Portiers eine bisher gar nie bemerkte Türe offenstehen, aus welcher – und eben dies spürte Melzer schon auf den untersten Stufen der Treppe – ein diesem Stiegenhause und seiner reinlich-kalkigen Atmosphäre ansonst gänzlich fremder Geruch drang: faules Laub? Moder? Aber es war etwas Dumpfes, wie Gummi, dabei. Im Vorbeigehen blickte Melzer in diese Werkzeug- und Rumpelkammer – das war's – und sah da auch ein Fahrrad drinnen, vielleicht waren es sogar zwei.

Obstinat während des Vormittages im Amt meldete sich immer wieder, zwischen den gewöhnlichsten Spalten gewohnter Tätigkeit, diese Ansprache aus einem gleichsam neu durch die begrenzende Wand des ihn umschließenden Bewußtseins gebrochenen Raum, der wohl auch früher dagewesen – und zwar vor sehr langer Zeit schon – nie aber von Melzer bemerkt worden war. Doch jedem Versuch der Erinnerung oder Deutung (und die wurden ja auch nur in sekundenbreiten Spalten vorgenommen, also wahrhaftig nicht ernstlich) weigerte sich dies, wie eine Mauer dem Durchgang.

Als er nun Editha auf dem Graben erblickte (er überholte sie noch vor St. Peter) klang doch auch hier ein Stück vom Vergangenen an – aber ein nennbares und deutbares – wenn sich dies auch vor seinem höchst gegenwärtigen Erfreut-Sein sogleich rasch zurückzog, wie ein kleiner um eine Ecke schlüpfender Schatten. Sie begrüßte ihn übrigens, wenn nicht gerade kühl, so doch recht gleichgültig, ganz so, wie sie auch bei dem Automobil sich verhalten hatte vor drei Tagen, trotzdem es da ein Wiedersehen nach zwölf Jahren gewesen war, denn man schrieb ja jetzt 1923: so weit lag jene Garden-party in Grinzing bei Schmellers zurück, die den Herrn von Semski einen Teil seines Lebensglückes gekostet hatte (dieser vermeinte damals natürlich das ganze). Melzer war bei dem Feste gewesen; allerdings in irgendeiner Weise als Angehöriger der Partei Asta Stangeler und damit Ingrid Schmeller ... jedenfalls hatte er Editha bei diesem Anlasse, im August des Jahres 1911, zum letzten Male erblickt: nachdem er sie vorher durch vierzehn Tage fast täglich zu sehen bekam, nämlich auf der Villa Stangeler, wohin sie ihrer Freundin Ingrid Schmeller zuliebe gleichfalls eingeladen worden war ...

Er begleitete Editha den Graben entlang. Hätte er gewußt, daß er sie, vom heutigen Tage an gerechnet, nach fast zwei weiteren Jahren erst wiedersehen sollte: es ist nicht zu zweifeln, daß ihm solches schon einigermaßen schmerzlich gewesen wäre; eine herausgebrochene leere Stelle, ein Verlust.

Nun, er wußt' es nicht.

Übrigens war ihr Verhalten jetzt plötzlich wechselnd, überraschend, sprunghaft. Nach etwa zwanzig Schritten schon redete sie ihn sehr lebhaft an, wandte sich ihm zu, fragte ihn allerlei (zum Beispiel auch, ob er wisse, wo Edouard von Langl sich jetzt eigentlich befände, und ein gewisser Konietzki, von dem die Mama Stangeler zu sagen pflegte, er sähe aus wie ein entthronter König von Polen – „ja, ich bin viel im Ausland", bemerkte sie dazwischen; und dann fragte sie Melzer mit offensichtlichem Anteil und Interesse nach seiner jetzigen Stellung und Tätigkeit – sie schien inzwischen durch den Rittmeister darüber orientiert worden zu sein – und wie es ihm denn überhaupt gehe ‚im Zivil'?).

Jedoch das Gespräch gedieh nicht weit.

Noch vor der Ecke zum Stephansplatz, bei der Buchhandlung, kam ihnen Ingrid von Budau, geborene Schmeller, am Arme ihres Gatten geradewegs entgegen.

Melzer zog den Hut. Und weil sie knapp aneinander vorbeipassierten, verbeugte er sich leicht im Gehen und sagte:

„Ich küss' die Hand, Gnädige."

Ingrid, die er freilich nicht zum ersten Male hier in der inneren Stadt auf der Straße sah und grüßte, dankte keineswegs, sondern schaute mit einer Art von Glasaugen an Melzer rechts vorbei. Herr von Budau zog es vor, gegen die Auslage eines Geschäftes zu blicken. Weg waren sie.

Der Major fand sich einigermaßen konsterniert und aus dem Konzepte (mochte er da immer im Konzepts-Dienst tätig sein!), keineswegs aber nur durch das unbegreifliche und neuartige Verhalten der Frau von Budau, sondern vielmehr auch dadurch, daß ihm plötzlich die Fahrräder von heute morgens einfielen, ja sich ihm geradezu aufdrängten (was doch ganz offenbar unsinnig war) und außerdem durch den Umstand, daß er jetzt hintennach vermeinte, eine solche Begegnung eigentlich schon im voraus erwartet zu haben (dies hinwiederum war ihm geradezu unheimlich).

Editha aber, als sie inzwischen auf den Stephansplatz gekommen waren, legte los, wahrlich ohne sich irgendeinen Zwang anzutun:

„Hat man so was schon gesehen!? Diese Nocken! Genau an der gleichen Stelle, merkwürdig übrigens, hat sie mich erst vor ein paar Wochen geschnitten, na, ich sie meinerseits freilich auch. Wir grüßen uns nie. Seit 1911. Sie erinnern sich doch, was? Sie haben doch von Asta Stangeler sicher alles erfahren, damals?"

„Ja, gnädige Frau", sagte Melzer, „obwohl man schließlich über solche Jugend-Geschichten oder Torheiten später doch auch hinweggehen könnte, verzeihen Sie, wenn ich Ihnen das sage, aber es ist wirklich meine Ansicht davon."

„Nicht die meine", erwiderte sie prompt und entschieden während sie jetzt ganz langsam dahingingen und der anschwellende Stank und Lärm der Autobusse – welche zu jener Zeit Tag und Nacht eine schütternde Karussell-Tour um den Dom zu etablieren pflegten – ihr Gespräch gut zudeckte, so daß sie nicht einmal nötig hatten, die Stimmen besonders zu dämpfen.

„Nicht die meine", wiederholte Editha, und setzte, nun plötzlich heftig, ja fast hemmungslos ausbrechend fort: „Na gut, das alles ist zwischen mir und dieser aufgeweichten Semmel, dieser Nocken, diesem gewässerten Schusterlaberl, heut' schaut sie wirklich schon so aus. Aber einem Herrn, der sich zufällig in meiner Gesellschaft befindet, deswegen für seinen Gruß einfach nicht zu danken, damit es, bewahre, nicht am

Ende so aussehen könnte, als würde sie auch mich begrüßen: das ist der Gipfel trottelhaftester Unverschämtheit. Und sonst? Sie grüßen doch diese Ingrid sicher nicht zum ersten Male auf der Straße? Hat sie Ihnen sonst gedankt?"

„Ja", sagte Melzer.

„Da hat man's!" rief Editha, wandte sich gegen die Haltestelle der Autobusse beim Café de l'Europe zu und blieb dann ausspähend stehen. „Ihr Mann, dieser Budau, wissen Sie, das ist einer der hervorragendsten Armleuchter, die in Wien herumlaufen. Der spielt natürlich mit bei so was, dieser Haus-Idiot. Quant à moi, je m'embêterais à mourir avec un dandin de cette sorte. Der Rittmeister hat ihn einmal im Park-Club beim Tennis gesehen und sagt, er läuft wie ein Pferd mit Hahnentritt."

„Dem Herrn von Budau ist da wohl nichts anderes übrig geblieben, als bei seiner Frau sozusagen mitzuspielen", meinte der Major.

„Meinetwegen", sagte Editha. Und mit diesem einen Worte war ihr Ton von anfangs wieder da, als sie einander getroffen hatten, noch vor St. Peter: gleichgültig, beiläufig, wenn nicht kühl. Sie tat ein paar Schritte auf den turmartig hohen Autobus zu, der eben heranrollte, es war wohl derjenige, nach welchem sie Ausschau gehalten hatte. Nun wandte sie sich zu Melzer, gab ihm rasch die Hand. Er sah sie an, umfaßte ihre ganze Erscheinung in einer Art von Hilflosigkeit, in welche ihn diese plötzliche Trennung stürzte: jetzt erst, spät genug, ging ihm auf, wie vollendet sie gekleidet war, wie vortrefflich dieses taubengraue Complet zu ihr paßte, wie entzückend der kleine Hut saß. „Auf Wiedersehen", sagte sie und kletterte die Treppchen auf's Verdeck hinauf (es gab damals ein solches noch bei diesen Fahrzeugen in Wien). Sie schien sich auf der anderen Seite des Wagens, gegen den Dom, niedergelassen zu haben, sie blieb Melzers Blicken entzogen. Mit Lärm und Stank fuhr der Bus an und rollte ab.

Melzer trat zurück und blieb vor dem Café de l'Europe stehen. Merkwürdigerweise erschien ihm jener eine Satz in französischer Sprache, den Editha rasch und zwischendurch gesprochen hatte, wie ein Schlüssel zu ihrem Wesen, wie die Erklärung und also beinahe Auflösung einer Dissonanz, welche sonst aus ihren Worten ihm fein feilend ins Gehör gedrungen war. Der Inhalt des französischen Satzes aber blieb dabei gänzlich belanglos („was mich betrifft, würd' ich mich zu Tod langweilen mit so einem Patsch"). Sondern er machte nur hörbar und auf die gedrängteste Art evident, daß eben diese Sprache von Editha gleichsam aus einem ihr näheren Quell geredet wurde als das Wienerische, dessen sie sich vielleicht nur jetzt gerade aus einer Laune beflissen hatte, sogar unter Verwendung vulgärer Wörter; aber nicht ohne gegen dessen innere Grammatik zu verstoßen, wie eben ein – Ausländer tut; und das muß kein geographischer sein. Es gibt Ausländer unter den Inländern, unter den Parisern wie unter den Wienern, unter den Genfern wie unter den Athenern. Melzer freilich dachte jetzt keineswegs solcherlei Sentenzen. Aber was ihn plötzlich anflog, wie ein Pfeil anflog, der sich einbohrt, haftet, zu sitzen kommt zitternden Schaftes: das war, daß er nun die Ursprungs-Stelle jenes Reizes, den Editha auf ihn wirkte, sehen konnte, wie enthüllt und entblößt: dies ein ganz klein wenig Fremde, dies Außenstehende, irgendwie Süß-Linkische, es war diese Sprache! Er hätte sie mögen einmal in reinem Hochdeutsch reden hören – ob sie hier wohl auch jenen leichten, ja zarten Bruch würde hineinbringen? Wahrscheinlich doch nicht. Leider ...

Daß sie zum Beispiel mitten in ihre wienerischen Auslassungen hinein ‚bewahre'! gesagt hatte und ‚begrüßen' statt grüßen!

Den Major Melzer wehte es an wie aus einem sehr fernen Horizont seines eigenen Innern, während zugleich dieser herbstliche Tag mit schon geneigter Sonne, aber noch strahlendem Himmel an ihm saugte, ihn nach allen Seiten auseinanderzog, so wie hier der Stern der Stadt vom Zentrum in die vier Windrichtungen ausfiel mit den Straßen: ins Grüne, Offene, dem entfremdet man hier ging und stand. In südliche merkwürdige Länder auch, die einst dazugehört hatten. Nun waren seit fünf Jahren diese Nervenbahnen durchschnitten. In die Wunde hinein drang Edithas süße, verfälschte Sprache. Verfälscht, nicht gemindert. Auch der geschnittene Ball beim Tennis erhält durch die ‚Fälsche' keine Minderung, sondern eine Mehrung seines taktischen Wertes.

Er verrann durch Sekunden in seine gleitenden Vorstellungen, die sich selbständig gemacht und jeder Leitung entzogen hatten, so wie's manchmal knapp vor dem Einschlafen geht. Da war der Tennisplatz bei der Villa Stangeler, etwas oberhalb derselben gelegen. Geyrenhoff. Die Schmeller. Marchetti. Der Gymnasiast René. Aber keine Editha Pastré, obwohl er sie doch durch vierzehn Tage dort hatte herumlaufen gesehen. Vor allem: Asta. Die anderen standen nicht richtig auf der Erde, in der Gegend, in der Landschaft; nur wie Zinnsoldaten auf einem Fußbrettchen, herausgeschnitten aus dem Grünen oder dem Kies.

Plötzlich aber fiel ihm ein, daß beide Eltern Edithas nicht aus Wien stammten, sondern aus der französischen Schweiz, aus Lausanne oder Genf, oder da wo herum. So viel wußte er noch über diese Familie. Das war nun erst der wahre Schlüssel: zu allem, wie Melzer vermeinte! Jedoch, er war weniger zum Öffnen, als zum Abschließen geeignet. Melzer tat's, verließ alsbald auch seinen Standort. Er ließ ihn hinter sich und ging die Rotenturmstraße hinab, gegen den Donaukai zu.

Am 12. Mai jenes nun schon mehrfach heraufzitierten Jahres 1911 saß der Gymnasiast René Stangeler abends gegen fünf Uhr im Sprechzimmer der k. u. k. Konsular-Akademie und wartete.

Der längliche Raum mittlerer Größe enthielt einige Möbel im Empire-Stil. Das hohe und schmale Fenster in weißlackierter tiefer Nische mit sparsamen Ornamenten in Gold öffnete sich nach rückwärts gegen den Park. Die präsentable Atmosphäre dieses Kabinettes war derjenigen ähnlicher Empfangsräume in österreichischen Ministerien der damaligen Zeit durchaus verwandt. Analog das gleiche läßt sich von dem Portier sagen, der René hier hereingeführt hatte: eine Kreuzung zwischen langerprobtem Beamten und rasiertem Lakai. Für ihn hatte ein halber Blick unter müden Augendeckeln hervor genügt, um zu erkennen, aus welcher Schachtel oder Schichte der Bub da vor ihm stammte.

Stangeler trug ein Billett seiner Schwester Etelka an den Akademiker Stephan Grauermann (in der Konsular-Akademie aus Afferei ‚Prince Coucou' genannt) in der Tasche.

Es war sehr still hier. Auf den breiten Gängen draußen rührte sich nichts.

Der Gymnasiast saß in einem der zierlichen Armsessel, hatte die Beine gestreckt und übereinander geschlagen und blickte aus seinen schräg gestellten Augen auf die Spitzen seiner gelben Halbschuhe. Der Gesichtsausdruck Renés war mindestens trübe, wenn nicht geradezu finster. Die ganze Erscheinung des ja fast erwachsenen Burschen wirkte überaus schlank, beinahe spärlich und schmächtig, mit den langen Beinen in braunen Wollstrümpfen und den modischen Hosen eines grauen Sportanzuges.

Die Stille belebte sich plötzlich und gliederte sich zugleich: ein Klavier schlug an, unweit, im selben Stockwerke, wo sich das Sprechzimmer befand, vielleicht nebenan. Der Gymnasiast, ohne sich zu bewegen, lauschte mit größter Aufmerksamkeit, aber sein Gesichtsausdruck erhellte sich dabei in gar keiner Weise, es blieb etwas knotenartig Zusammengezogenes darin: trotzdem er nach einigen Takten schon wußte, was gespielt wurde; nämlich das Vorspiel zu der großen Klaviersonate in Fis-moll von Robert Schumann. Wenige Augenblicke später hörte er jetzt leichte, rasch näherkommende Schritte draußen auf dem Gange hallen. Erst diese zweite Wahrnehmung brachte sein Mienenspiel in Bewegung. Es blieb darin die Aufmerksamkeit stehen, mit welcher er dem Klavierspiel gelauscht hatte, aber zugleich wurde sie offenbar durchkreuzt von dem Bewußtsein des bevorstehenden Eintrittes Grauermanns in das Zimmer hier; diese Zwiespältigkeit ließ jetzt ein Drittes hervorspringen, das man René sogleich hätte anmerken können: denn was nun aus dem Spalt zwischen zweien sich trennenden Empfindungen hervorkam, war ein gar nicht geringer rascher Ärger. Zwischen den Brauen des Gymnasiasten erschien eine ganz unkontrollierte scharfgeritzte Falte.

Sie war gleich beim Eintreten Grauermanns verschwunden. Noch ertönten von nebenan die tiefen Glockentöne des Vorspiels. René hatte sich rasch erhoben, im Entgegengehen zog er den Brief hervor. Der Akademiker reichte dem Gymnasiasten erst lächelnd die Hand. Grauermanns Antlitz machte einen glatten und jugendlichen Eindruck über dem weinroten Kragen und dem dunkelgrünen Rock der Uniform. „Ich danke dir vielmals", sagte er; sie setzten sich, und Grauermann öffnete und durchflog das Billett. Er nickte erfreut während des Lesens.

Indessen war der unbekannte Spieler nebenan ans Ende des Präludiums und in den ersten Satz gelangt, dessen Wirkung auf den Gymnasiasten ganz ersichtlich wurde, während Grauermann ihn freundlich nach seinem Wohlergehen, seinem Studium und ähnlichen Dingen fragte. Die geteilte Aufmerksamkeit Renés, welche bereits nach der Seite des Klavierspieles ein entschiedenes Übergewicht erhielt, ließ ein kaum begonnenes Geplauder absterben, während das nebenan bearbeitete klopfende und fugierte Hauptthema immer stärker den Raum erfüllte.

„Was ist das nur, ich kann mich jetzt nicht besinnen ...?" fragte der Akademiker schließlich mit einer Kopfbewegung gegen den benachbarten Raum.

„Schumann, Fis-moll", sagte Stangeler. „Die Etelka spielt es jetzt", fügte er nach.

„Ja richtig!" rief Grauermann und schlug sich mit der flachen Hand leicht gegen die Stirn. „Wenn du zuhören willst, gehen wir hinein. Es ist der Teddy Honnegger, der spielt, du kennst ihn ja. Wir müssen nur leise sein." Er stand auf, Stangeler folgte ihm. Sie gingen wenige Schritte auf dem Gang, dann öffnete Grauermann eine ebensolche weißlackierte hohe Flügeltüre wie jene, welche in das Sprechzimmer führte. Sie bewegte sich ohne jedes Geräusch. Stangeler blickte voraus in den Raum, welchen er noch nie betreten hatte; das Grün des Parkes schien durch drei hohe Fenster zugleich mit einigen Strahlenbündeln der Abendsonne, die in den weißen Fensternischen lag. Grauermann und René blieben bei der nun wieder geschlossenen Tür des Musikzimmers auf dem dicken Teppich stehen; das Klavier, ein Stutzflügel, war gegenüber dem dritten Fenster rechter Hand derart aufgestellt, daß der Spielende ihnen den Rücken kehrte.

Ihr lautloses Eintreten erfolgte in ungewollter und eindrucksvoller Gleichzeitigkeit mit dem Einsetzen des zweiten Themas, das an sich schon für jeden gehörbegabten Menschen einen Chok von Wohllaut bedeuten muß: hier faßte es die ganze Situation – das vergoldete Grün des Parks, die Einsamkeit des Spielenden, die Unbegreiflichkeiten in der Brust eines ganz jugendlichen Individuums, die ebenso unbegreiflichen Gegensätze in der Beziehung zwischen Grauermann und Etelka, ja schlichthin überhaupt alles, auch die jetzt tropfenden eiligen Sekunden vor dem langsameren Hintergrunde des Zeitstroms – jetzt also faßte dieser emporsteigende und sanft kaskadierende zweite Hauptgedanke des Tondichters das gesamte hier gegenwärtige Sein gebändigt zusammen, daß es gleichsam ausfüllend in diese Form einströmte und sie völlig annahm, ohne irgendetwas draußen und außerhalb ihrer zurückzulassen. Für Stangeler war diese innere Lage nicht nennbar, sie wurde aber von ihm durchaus und deutlich empfunden. Diesmal durchbrach die Empfindung sein Antlitz. Man könnte sagen: dieses Gesicht entknotete sich. Es ging ihm gewissermaßen ein Knopf auf, wie man's ja auch zu nennen pflegt, für diese wenigen Augenblicke. In Grauermanns Zügen jedoch, der den Gymnasiasten unvermerkt von seitwärts ansehen konnte, zeigte sich etwas ganz anderes, und das kam aus einer nicht weniger zentralen Kammer seines derzeitigen Lebens: es war die Zuckung eines tiefen und gleichsam nervösen Schmerzes. Für ihn stand beim Anschauen von Renés jugendlicher Physiognomie die Familien-Ähnlichkeit mit Etelka im Vordergrunde, wie es für einen Außenstehenden hier natürlich war (während in der Familie selbst noch niemand zwischen den beiden Geschwistern eine besondere Ähnlichkeit bemerkt hatte). Und jetzt, als die Züge Renés schmolzen, entdeckte er darin eine unwidersprechliche und gleichsam wilde Echtheit der Beziehung zu jener Welt, nicht nur der Musik, nicht nur des ‚Künstlerischen‘, wie er's nannte, nicht nur des ‚Geistigen‘ überhaupt (wie er's vermeinte nennen zu müssen), wozu ja auch er auf seine Art einen gebildeten Zugang ständig erstrebte: sondern eine Weise sich dem Leben zu nähern, die nicht die seine war, die für ihn vom Leben ganz abseits führen mußte und die sich ihm aufzwang und ihn verunechtete, sobald er sich nur in Etelkas Nähe befand, wenngleich er Tag und Nacht nichts anderes suchte als diese Nähe. Durch einige Sekunden jetzt sah er voll Abneigung auf Renés Antlitz, wie ein Gefangener auf die Gitterstäbe des Fensters.

Aber man könnte von Grauermann, dem allerdings im Vergleiche zu seinen Altersgenossen ein hoher Grad von Bewußtheit seines Lebens zu jener Zeit schon eignete, doch nicht behaupten, daß ihm damals irgendwie nennbar geworden wäre, was er in diesen Augenblicken im Musikzimmer der k. u. k. Konsular-Akademie erlebte. Es hätte ihn anders bestimmen können, es hätte sein Handeln lenken, biegen, ablenken können. Aber das geschah freilich nicht.

Etelka Stangeler war zu Dresden erzogen worden, in dem Pensionat eines Fräulein Brandt, ein Institut, das auch sonst nur von Ausländerinnen frequentiert wurde, vorzugsweise von jungen Mädchen aus England. Etelka ist nach einigen Jahren von dort sehr verändert zurückgekehrt. Sie brachte einen Maßstab von Bildung mit, der, wenn auch nur dem Rahmen jenes Unterrichts für junge Damen entstammend, doch ein dem Elternhause fremder war. Man kann nicht einmal sagen, es sei ein besserer oder ein schlechterer gewesen:

er war anders, und darauf kam's hier an (wohl möglich, daß Etelka etwas differenzierter geworden war und mehr Nuancen kennen gelernt hatte als in der Familie Stangeler üblich). Jedenfalls hatte sie einen Stützpunkt außerhalb der familiären Befangenheit gewonnen, auf welchen sie sich innerlich bezog. Jedoch lag dieser Sachverhalt in geringer Tiefe, er steckte sozusagen nur in der Außenhaut der Verhältnisse und Umstände, also in einer noch relativ harmlosen Schicht. Was bei Etelka, als einem weiblichen Wesen, viel bedeutungsvoller war und tiefer ging, lag indessen auf der Ebene des Lebens-Stils, einschließlich der damit zusammenhängenden inneren und äußeren Formen und Manieren. Hier setzte sie sich nach ihrer Heimkehr mancher südlichen Nachlässigkeit gegenüber schärfer ab als vielleicht unumgänglich gewesen wäre, hierauf legte sie eine Betonung; und so nahm bei Etelka die Negation der Familie – leider eine Obligat-Stimme bei begabteren Individuen – von dieser Ecke her ihren Anfang. Dahinter stand ein mächtiger Wille, das Erbteil vom Vater: und der schien dieses bei Etelka sozusagen en bloc deponiert zu haben. Das Übrige kann man sich leicht hinzu denken. Denn, mag der Herr von Stangeler immer eine blendende Erscheinung gewesen sein und draußen in der Welt, sei's bei Verhandlungen oder Geselligkeit, jedermann charmiert haben: in seinem familiären Herrschbereich ließ er sich damals, bei jüngeren Jahren, nahezu ohne jede Hemmung gehen, aggressiv, brüllend, trampelnd. In dieser einen Beziehung waren er und seine dritte Tochter wirklich ganz gleich geraten: beide rechte ‚Straßenengerln‘ wie man zu Wien sagt: außer Haus entzückend, daheim vielfach unerträglich. Aber Etelka war kein pater familias mit väterlichen Vollmachten und erdrückendem ökonomischem Übergewicht; zudem war sie, wie alle ihre Geschwister, bereits mit korrupten Nerven zur Welt gekommen (in dieser Hinsicht scheint ihr Vater ja das vorhandene Kapital weitgehend verbraucht zu haben, während er es in anderer recht sorgsam sparte). Wenn er leicht schwitzend und mit Schultern, die von ‚nervöser Kraft‘, wie Guy de Maupassant das nennt, zuckten, das weitläufige Speisezimmer betrat, den schönen Kopf etwas gesenkt, wie ein Stier, der sich gleich zum Stoße fertig machen wird – dann wurde durch solchen gewaltigen Auftritt auch Etelkas nicht geringer Wille zurückgedrängt und zurückgescheucht. Und wenn – was häufig kam – dann der erste barsche Angriff erfolgte, wurde sie wohl zunächst ihrerseits impertinent, verlegte sich aber bald auf's Weinen und auf einen leidenden Zug.

Dieser wurde mit der Zeit immer mehr zu derjenigen Form, in welche sie sich vorzugsweise faßte – daheim, versteht sich. Es hat ein Porträt von ihr aus jenen Jahren gegeben, ein Bild von der Hand eines jener Maler, deren kultivierte Begriffe von der Kunst andererseits auch in einem Photographenatelier nicht unangenehm aufgefallen wären (die Geschwister Stangeler wurden damals im Auftrage des Vaters der Reihe nach abgemalt, bis auf die beiden Jüngsten, von denen es schon ähnlich geartete Nachbildungen gab). Jenes Gemälde in Pastell war ganz im Sinne des leidenden Zuges aufgefaßt, wahrscheinlich hat der Maler die Etelka, welche er sonst nicht kannte, nur in diesem psychologischen Kostüm zu sehen bekommen, sehr wahrscheinlich hat sie es sogar eigens zu den Sitzungen getragen, entgegen sonstiger Gewohnheit außer Haus. Die isolierte Wiedergabe dieser einen Facette ihrer Person war jedenfalls von vortrefflicher Genauigkeit, von der Genauigkeit einer naturgeschichtlichen Abbildung. Das fertige Bild machte einen irgendwie verschleierten und verschwommenen Eindruck, wie getrübt durch Dunst oder Nebel oder Zigarettenrauch, und dahinter erst tauchte das recht ennuyierte und trübsälige Gesicht auf, weit ätherischer als Etelka je gelebt hat, die in Wirklichkeit damals eine ganz gesunde Dirn vorstellte (in ihrem späteren Leben hat die Frau Konsul Grauermann allerdings bis zum Selbstmord an Schlaflosigkeit gelitten und am Ende jenen Selbstmord auch wirklich begangen).

Die äußeren Verhältnisse, unter welchen Etelka Stangeler nach ihrer Rückkehr ins Elternhaus lebte, vor allem die räumlichen Verhältnisse, waren ihrem neuen Separatismus der

Familie gegenüber außerordentlich günstig. Das düstere Stadthaus, ursprünglich am grünen Rande des Praters gelegen, jedoch bald von nichts weniger als freundlichen Gassen der wachsenden Stadt allseitig eingemauert, hatte vier Stockwerke; deren unterstes bewohnte bis zu ihrem Ableben die Großmutter des Hauses, eine Architektens-Witwe. Der erste Stock enthielt nur Gesellschaftsräume und das Arbeitszimmer des Vaters; der zweite Stock die Schlafzimmer. Vom dritten Stock genügt es auszusagen, daß er von einer verwandten Architektenfamilie bewohnt war. Architekten über Architekten, denn der Vater Renés war ursprünglich auch ein Architekt gewesen, bevor er angefangen hatte, Eisenbahnen zu bauen. Der Chef der Familie im dritten Stock aber war mit der Schwester von Renés Mutter verheiratet und besaß mit dem Vater Stangeler, seinem Schwager, das Haus zu gleichen Teilen. Eine schon recht weitgehende Verquickung von Genealogie und Baukunst bei gesteigertem und zum Teile sogar höchstgesteigertem Selbstbewußtsein, und nicht ohne breiteste Auswirkung in Form von steifleinenen gotischen Kirchen und enormen Renaissance-Angstträumen, womit man gewisse Gegenden der Stadt fast gänzlich verstellt hatte – aber genug, wir wollten ja die äußeren Bedingnisse von Etelkas Sonderdasein studieren.

Der Schlafzimmer im zweiten Stockwerke waren zu wenige. Etelkas Vater mietete eine Wohnung im inzwischen unmittelbar angebauten Nachbarhause, ließ durch die dicke Feuermauer eine Türe brechen und so hatte man im zweiten Stock nun einige Räume mehr. Es waren deren drei; wenn man in dem letzten Zimmer, das noch zum Hause Stangeler gehörte, es war das Frühstückszimmer, die weiterführende Tür öffnete, so gab es da zunächst drei Stufen hinab, denn das Niveau der Stockwerke war nicht gleich; diese drei Stufen fanden gerade innerhalb der Türfüllung Platz, deren Tiefe der Mächtigkeit einer Feuermauer entsprach. Hier nun schlossen sich drei Räume an: zuvorderst ein Kabinett, dann ein mäßig großes Zimmer und am Ende wieder ein Kabinett.

Erst hatten die beiden ältesten Töchter diese Kabinette bezogen und den Raum in der Mitte, wo auch ein Klavier stand, als gemeinsames Wohnzimmer gehabt. Nach der Verheiratung der beiden Mädchen ins Ausland folgten nun Etelka und Asta in den frei gewordenen Zimmern nach; Etelka als die ältere rückwärts, wo niemand durchgehen mußte, und so wirklich im allerletzten Raume des ganzen zweiten Stockwerkes überhaupt, sozusagen in der äußersten Spitze des Bockshorns (in welches man hier durch einen temperamentvollen Vater nicht selten gejagt war).

Nun hatte aber diese neu hinzugenommene Wohnung auch Nebenräume: eine unbenutzte Küche, ein Dienstbotenzimmer (wo zwei von den im Hause Stangeler beschäftigten Dienstmädchen schliefen), ein Vorzimmer, und von da – eine Wohnungstür, die sich auf ein fremdes Stiegenhaus öffnete, durch welches man sogar in eine andere Gasse hinabgelangen konnte, denn dieses Haus hier war ein Eckhaus und hatte seinen Eingang nicht auf der gleichen Seite wie das Familienhaus der Stangeler.

Der Leser hat bereits gemerkt, wo's hinaus will, und die von uns anvisierten Perspektiven haben sich vor ihm längst geöffnet.

Jedoch wurden diese, wenn schon nicht gänzlich verstellt, so doch eingeengt durch eine Persönlichkeit, welche sich Frau Fuček nannte: die Hausmeisterin im Eckhause.

Das Übrige versteht sich von selbst: ob nun vom Blickpunkte Etelkas, Astas oder der beiden schon lange im Hause befindlichen Dienstmädchen (und alle Vier steckten in dieser Sache unter einer Decke), es kam hier wesentlich auf die Relationen zu Frau Fuček an, Relationen, welche wohl sorgfältig gepflegt, jedoch von beiden Seiten durch Vorsicht eingedämmt wurden, auch von Seiten der Frau Fuček (bei aller Lukrativität solcher Sachen), welcher ausdrücklich verboten war, einen Haus-Schlüssel auszuhändigen; was jene sich auch wirklich zu tun nicht getraut hätte, wenn es gleich von ihr verlangt worden wäre (bei den Stubenmädchen mochte sie vielleicht einmal Ausnahmen machen). Aber es wurde von ihr gar niemals verlangt. Soweit exponierte sich niemand, und man ließ also lieber das allerrückwärtigste Schlupfloch, welches aus der Spitze des Bockshorns noch hinaus führte, ab zehn Uhr abends unpraktikabel sein, ja schon zu früherer Stunde, denn das Auge der Fučke bestrich durch ein Guckloch jedwedes Menschen Aus- und Eingang und – „bis neun Uhr dauert die Sittlichkeit, aber um viertel auf zehn beginnt die Stunde des Verdachtes" sagt der Wiener Weltweise Johann Nestroy. Dies alles zusammen aber liefert uns die Erklärung für den angesichts solcher Gunst der örtlichen Umstände befremdenden Sachverhalt, daß Etelka Stangeler bei nächtlichen Exkursionen während jener Jahre den Weg über den ersten Stock zu nehmen pflegte, wo ihr Abendkleid samt Pelz oder Cape in einem riesigen kupfernen Bowlenkübel unter der Anrichte des Speisezimmers jeweils deponiert war. Es gab eine interne Wendeltreppe vom zweiten in den ersten Stock hinunter. Den langen Weg von der hintersten Spitze des Bockshorns her kommend, in harmlosem und alltäglichem äußeren Aufzuge oder etwa schon im Schlafrock, passierte sie, wenn alles zu Bett gegangen war, das Vorzimmer und glitt die kleine Treppe hinab; immer noch, wär' ihr schon jemand begegnet, hätte ein geringer Vorwand leicht durchgeholfen, ein liegengelassenes Notenheft etwa – sie pflegte mitunter an dem großen Konzertflügel im ersten Stockwerke zu üben, weil er besser war und in einem akustischeren Raume stand als das Klavier in ihrem Wohnzimmer – oder sonst etwas, dessen sie am nächsten Morgen, vielleicht für eine Musikstunde, bedürfen würde, ein Notizblock oder ihr Metronom. Nur knapp vor dem Kleiderwechsel, vor diesem letzten Tüpfelchen auf das i der sonst perfekten Toilette, hieß es noch einmal sichern wie ein alter Gamsbock: und so stand sie denn in dem jetzt leeren, großen Raum, welchen der eingeschaltete Kronleuchter erhellte, und lauschte noch einmal während tickender Sekunden. Rasch vollendete sich dann die Metamorphose vor einem hohen Spiegel am Pfeiler. Und nun hieß es verschwinden, noch einmal lauschend, die Lichter hinter sich ausschaltend. Jetzt auf die Treppe; die Tür klappte fast lautlos. Und den Hausschlüssel ihres Elternhauses, den besaß sie. Auch hier gab es freilich ein Portiers-Ehepaar. Aber solche Leute degenerieren in der Atmosphäre eines Privathauses, wo eine Schreckensherrschaft nicht möglich und das zu ihrer Fundamentierung erforderliche scharfe Beobachtungsvermögen nicht mehr lebensnotwendig ist. Das Ehepaar Richterček verhielt sich zu den Fučeks wie ein Pintsch zu einem Wolf.

Man sieht schon: Etelka war des Lebens nicht überdrüssig, mochte sie daheim auch sozusagen in der façon voilée erscheinen, gedämpft und verschleiert von Melancholie (was natürlich bei ihrem Vater Wutanfälle auslöste). Ihre nächtlichen Eskapaden waren damals noch völlig harmlos und unschuldig. Sie führten in Kreise, die mit ihrem Elternhause nicht eben in offizieller Bekanntschaft und Verbindung standen, jedoch blieb alles das so ungefähr in der gleichen Schichte oder Schachtel: man fuhr in hellen Mondnächten durch den Wienerwald oder die Wachau (dabei gab es sogar eine Automobil-Carambolage und Etelka beeilte sich in einem Taxi davonzukommen, um nicht als Zeugin in Erscheinung treten zu müssen, denn einer hatte nahezu das Genick gebrochen). Mitunter ward die halbe Nacht in einer Bar oder Bodega zugebracht, freilich mit Vorsicht und in abgeschlossenen Logen, es gab noch andere junge Damen dabei. Asta wußte von allem, wachte treu bei Etelkas Abflügen und wurde im übrigen nicht immer gut behandelt und zusehends schlechter, seitdem sie gleichfalls in Gesellschaft erschien und ihre erste Ball-Saison hinter sich gebracht hatte. Es ist auch einmal vorgekommen, daß ein neues mohnrotes Kleid Astas, welches deren bräunliche Schönheit vielleicht allzu gut grundierte, von ihrer Schwester zerrissen und zerstört und ganz unbrauchbar gemacht worden ist. Im übrigen waren sie auch viel zärtlich beisammen, und Etelka war eine Naschkatze, deshalb versäumte es Asta nie, ihr von einem italienischen Conditor in der Nähe gewisse lange mit Marzipan gefüllte Schokolade-Stangen mitzubringen oder solche bereitzuhalten. Diese Stäbe des Genusses pflegte Asta ihrer Schwester auch nach anstrengenden Eskapaden noch knapp vor dem Schlafengehen durch den leise und geheimnisvoll geöffneten Türspalt entgegenzustrecken – worauf von drinnen unmittelbar ein rascher Biß erfolgte. Das war so eine Gepflogenheit. Asta blieb oft und lange wach, wenn Etelka nachts außer Hause war. Sie schlief wohl beruhigter ein im Bewußtsein des glücklich wieder vollzogenen Einschlupfes.

Mit Stephan Grauermann standen Etelkas nächtliche Expeditionen in keinem Zusammenhange.

Der Stil dieses Umganges war ein ganz anderer und erinnerte schon eher an die façon voilée. Grauermann war ein im Grunde gesunder und nüchterner Bursche und, wie wir schon sagten, eignete ihm ein für sein Alter nicht geringer Grad von Bewußtheit. Er war geweckt, ein aufgeweckter junger Mann. Dazu gehörte auch sein Bildungs-Interesse, aber es stellte dieses keineswegs den Grund seines Wachseins dar, er war nicht gerade auf diese eine Art erwacht oder aufgeweckt worden. Jedoch das allgemeine Diskussions-Bedürfnis der Jugend drängte ihn zunächst in diese Bahn und das ganz besonders, seit sich auf der Akademie seine Wege mit denen des Teddy von Honnegger kreuzten, der um zwei Jahre älter war und also einem höheren Jahrgang angehörte. Auch Etelka war übrigens um einiges älter als Stephan (den man meistens Istvan oder Pista, also ungarisch, benannte, und zwar mit Recht, denn sein Vater, Primararzt in Preßburg, war Magyare, trotz des deutschen Namens). Zwischen diesen beiden nun, Etelka und Teddy – welche einander zu jener Zeit nur flüchtig gekannt haben – geriet unser Pista gewissermaßen ins Kreuzfeuer. Es hagelte Geist, und er nahm ihn für vorbildlich, aber es war nicht jener, den er unter dem Worte eigentlich verstand, denn diese seine Vorstellung blieb immer eine übersichtliche und kultivierte. Den Beiden aber eignete – jedem von ihnen auf besondere Art – etwas im Vergleiche zu Grauermann, freilich nur durchaus relativ, Elementarisches:

man könnte auch sagen, es machte hier das Geistige doch ein solches Rädchen im ganzen seelischen Mechanismus, daß dieser ohne dasselbe ein ganz anderer gewesen wäre; man kann also, streng genommen, nicht eigentlich behaupten, sie hätten ein Rädchen zu viel gehabt, mochte es auch zuzeiten diesen Eindruck erwecken.

Honnegger, der, nebenbei bemerkt, keineswegs das war, was man so schlichthin einen sympathischen Menschen nennt, hatte vom Denken insoferne einen richtigen Begriff gewonnen, als er um dessen notwendig mitgesetzten Pessimismus wußte. Das war aber auch beinahe alles, was er damals wußte, und im übrigen nahm er seinen Rückzug in die Musik (ἐν τῷ φρονεῖν γὰρ μηδὲν ἥδιστος βίος – im Denken liegt nicht das angenehmste Leben). Aber auf sein zweifellos in der eigenen Existenz wohlbegründetes Verhältnis zu den Schriften des Doktor Schopenhauer respondierte bei Grauermann bald eine genaue, übersichtliche und akademische Kenntnis des genannten Autors.

Und bei Etelka erfuhr's dann die wunderlichste Umbildung durch Unbildung, bis zu einem fruchtbaren und letzten Endes furchtbaren Mißverständnisse ... Sie saugte jene bestrickende Sprache in sich hinein wie vertrockneter Boden den Regen, und es schien ihr gerade dieser Regen zu sein, welchen sie brauchte. Ihre Auffassung war rasch, lebhaft und von Blitzen wirklicher Ergriffenheit erhellt; ihre Begabung reichte zweifellos aus, um den erwählten Autor in sich aufzunehmen, dessen musische Qualitäten ihr seine Konsequenzen immer wieder glänzend verhüllten. Allgemach wurde aus ihrer Lektüre eine Art Interpretation ihrer eigenen Stimmung und, so verkehrt das auch gewesen sein mag, so war es doch echt: alle Schriften des Philosophen wendeten sich bei ihr als Formungen ihres eigenen Lebens-Stiles an. Es entstand so etwas wie eine höhere und erkenntnistheoretisch begründete Art der ‚façon voilée‘. Bei aller Absurdität und Verschmocktheit aber geriet eben in Etelka etwas durchaus Echtes in Bewegung, und darin bestand die Gewalt, welche diese Studien allmählich auf ganz neue Art über Grauermann gewannen: so sehr er auch immer wieder unter der Schwelle des Bewußtseins revoltieren mochte, hier in ganz gleichlaufender Weise wie bei der Musik. Und solche Revolten konnten ihn sogar daran hindern, eine dutzendmal gehörte Sonate wieder zu erkennen.

Seltsame Studien für ein Liebespaar! Ich halte für möglich, daß die Beziehungen dieser Beiden das sogenannte erlaubte Maß nur aus Snobisterei nicht überschritten haben, ein schwaches Fundament der Moral, wie man wohl einwenden wird, aber es hielt. Die Sehnsucht nach Form ist im jungen Menschen alles durchdringend und er bringt ihr, ohne es recht zu wissen, viele Opfer, auch die absurdesten. Und jene Form wäre hier durch einen so offenkundigen – sagen wir einmal: Vitalismus, zweifellos durchbrochen worden.

Gelegenheit dazu hätt' es genug gegeben. Denn die philosophischen Konvente der Beiden spielten sich im hintersten Zipfel des Bockshorns ab. Asta war immer im Einverständnis und auf ihrem Posten. Pista Grauermann kam, wenn die Luft rein war – also etwa der Vater Stangeler auf einer im Bau befindlichen Alpenbahn herumstiefelte – geradewegs ins Bockshorn, ohne sich erst vorne anmelden zu lassen: das heißt, er wählte den Weg an Frau Fučeks Zyklopenauge vorbei, und fühlte sich dabei gedeckt und gar nicht auffallend. Das war ein Irrtum. Seine Uniform, für die eines Offiziers gehalten, veranlaßte sogar besonders interessierte Nachforschungen, und bei seinem sechsten oder siebenten Wiederkommen, an einem Winterabende war's, folgte ihm das Auge der Fuček sogar um die Windung der Stiege hinauf, von Treppenabsatz zu Treppenabsatz im Abstand eines Stockwerks, und so leise auf Filzpatschen als wären's Fledermausflügel gewesen; denn sie wollte seinen Einschlupf feststellen; und das gelang dann freilich auch; aber fast gleichzeitig damit, beim knappen Wenden um den Treppenabsatz entflog infolge der Zentrifugalkraft einer der saftigen Pantoffel, schlug gegen die Wand, und als der kundige Grauermann sich, allbereits beim Eintritt, auf das Geräusch hin noch einmal umdrehte und in den

Stiegenhals schaute, sah er einen grauen Schatten abwärts gleiten und wußte, woran er war. Wir haben ihn früher einen aufgeweckten jungen Mann genannt, und hier nun beweist er's und blamiert uns nicht vor dem Leser. Denn Grauermann blieb diesmal trotz Etelkas Unruhe bis über die Nestroy'sche Stunde des Verdachtes bei ihr, ja er ging erst etwas nach zehn Uhr weg und das geradezu in der Absicht, in aller Ruhe sich von der Fuček das Haustor aufsperren zu lassen: wobei er das Sperrgeld überschritt, aber in maßvoller Weise, denn er ließ keineswegs einen Gulden, immerhin aber eine Krone in das dargereichte Innere der Fuček'schen Greifklaue gleiten. Solche Praktik wurde von da ab in gemessenen, größeren Zeitabständen wiederholt. Kurz vor zehn Uhr das Haus zu verlassen aber vermied Grauermann nunmehr mit Sorgfalt, der Gefahr einer Aufreizung wegen; und im übrigen kam er ja fast immer am Nachmittage. Summa: der Friede blieb erhalten.

Es war eine seltsame Welt, die sich dort oben bei Etelka zusammenzog und zusammenbraute, im ‚Quartier Latin‘, wie der Vater Stangeler die Wohnung seiner noch daheim verbliebenen Töchter scherzhaft zu benennen pflegte. Und wenn man genau hinsieht, dann bemerkt man freilich so manche Manier des Verhaltens, die später als ausgeprägte, ja schon erstarrte Attitüde in Etelkas letztem Lebensjahre beängstigend wiedergekehrt ist ... dieses Dasein hinter zugezogenen Vorhängen, diese façon voilée auch nach inwärts, ohne Schärfe, ohne Umriß, Licht und Schatten: und alles das wieder unterbrochen von anfallsweisen Eskapaden, nächtlichen mit dem Abendkleid im Bowlenkübel, oder sportlichen im Winter: damals kam das Skilaufen in Schwung, und sie war die erste Frau, welche bei einem alpinen Mannschaftsrennen mitfuhr, als einzige Dame ihrer siegreichen Gruppe, schritthaltend mit für damalige Begriffe erstklassigen Läufern. Und dann wieder: tagein tagaus nur türkischen Kaffee und Zigaretten, façon voilée.

Pista brachte orientalischen Stil. Das hatten die Akademiker an sich, und es wurde ja ständig in die Waisenhausgasse importiert, wenn die Attachés aus der Türkei, aus Arabien, aus Persien oder aus Nordafrika ihre ehemalige Schule wieder besuchten. Und vom Doktor Schopenhauer führte gar ein Weg zur indischen Philosophie hinüber oder zu dem, was Schopenhauer nach seinen Quellen dafür halten mußte, und was sich daher siebzehn Stockwerke tiefer Etelka und Pista darunter vorstellten. Ein Glück, daß Carl Eugen Neumanns Übertragungen der Reden des Gotamo Buddho damals noch nicht erschienen waren; übrigens, wer weiß, vielleicht hätten sie damit gar nicht viel anzufangen gewußt. „Und da freut sich der Mönch", heißt es dort immer, wenn die Meditation ein kleines Stückchen höher gelangt ist: und weil er sich gefreut hat, der Ärmste, fällt jedesmal alles wieder auf den Nullpunkt zurück! Ich vermute, unsere zwei Mönche hätten sich gleich am Anfange zu sehr gefreut. Pista hatte ein ebensolches türkisches Kaffee-Service zu Etelka gebracht wie es Melzer besaß, man erinnert sich dessen vielleicht. Das waren eben die Gepflogenheiten der Waisenhausgasse, das gehörte dazu, ebenso wie der Halbmond mit dem Stern auf den Hemden, welche die Hokey-Mannschaft der Akademie trug. Freilich mußte es das damals noch seltenere Hokey sein, denn der Fußballsport war zu Wien schon vorlängst in die Breite gegangen.

So gab es manches stille und voilierte Beisammensein im ‚Quartier Latin', und nur, wenn man die Distanz zu klein nimmt, wirken unsere beiden Snöbchen bloß lächerlich; aber ein Blick zurück aus der Formlosigkeit unserer Zeit mit ihrem lebensnahen Getue, das in Wahrheit einer viel tieferen Zerfallenheit mit dem Leben entspringt, rückt hier Schätzbares in die Perspektive. Jene zwei Menschen nämlich machten sich zumindestens ihre Lügen selber, während man heute nicht einmal dazu mehr imstand ist, sondern sich mit diesem Artikel fertig beliefern läßt; naturgemäß ist dann die Ware lange nicht so frisch und elastisch, wie wenn man sie fortlaufend im Eigenbaue erzeugt: hieraus kann man mit der Zeit immer noch ein Sprungbrett zur Wahrheit hinüber gewinnen, während der an den Bezug fertiger Produkte gewöhnte Mensch jene längst nicht mehr zu wittern vermag, mit seiner nur mehr an Benzin und Schmieröl gewöhnten Techniker-Nase.

Und, zudem, was heißt hier Lüge? Sie liebten einander, sie waren mindestens unter starker wechselseitiger Anziehung – die sich, wohl möglich, bei genauester Prüfung als zusammengesetzt aus mancherlei Facetten erwiesen hätte, wie ein Fliegenaug' unter dem Mikroskop, aber schafft eine Analyse jemals ein Phänomen aus der Welt?! – sie waren begabt genug, um ihrem Erlebnis Rahmen, Stil und Parfum zu geben, dabei so ein klein wenig die Regie zu führen, was mir immer noch eine Qualität zu sein scheint gegenüber den Kurzschlüssen, den kürzesten Verbindungen zweier springender Punkte bei unseren grundehrlichen Geradezu-Tramplern von heute. Verlangt man von einem Liebespaare Wahrheit in der Philosophie? Nein, ich weiß schon: man verlangt ein Liebespaar ohne Philosophie. Ich auch. Aber mit der Zeit wird man duldsam. Besser ein Liebespaar mit Philosophie als gar keines. In der Liebe wird alles zur Verzierung, und ließe man die Leute nur gewähren, sie würden die kostbarsten Statuen aller Heiligen durch einen ganz gewöhnlichen Tischler zu Bettpfosten umhobeln lassen und sich dann auf gedachtem Lager schön erhöht und keineswegs beschwert fühlen.

Einen solchen dekorativen Pfosten bildete für unsere Leutchen auch ein gewisser Omar Chajjâm, ein Dichter aus dem arabischen Kulturkreise, der um die Mitte des elften Jahrhunderts in Indien gelebt hat und auf geheimnisvolle Weise von diesem Boden her durchsetzt worden ist. Seine Sinngedichte, Rubâ'is genannt, sind zuerst ins Französische und Englische übertragen worden und haben sich weiterhin durch mehrere europäische Sprachen verbreitet. Die Ausgabe, welche Grauermann seiner Etelka gebracht hat, war von außerordentlicher Schönheit, in tiefgrünes Leder gebunden, welches keine andere Verzierung trug als einen arabischen Säulenbogen in Gold, feinen Striches in's Leder gepreßt, eines jener maurischen Tore, die an gewisse Blattformen erinnern und überall an den orientalischen Bauten angetroffen werden können (jemand hat das einmal recht populär den ‚Schwarzen-Kaffee-Stil' genannt). Die Epigramme standen einzeln, auf jeder Seite des Buches nur eines, was bei dem kompressen Inhalt dieser Vierzeiler berechtigt schien, denn sie gewannen auf solche Weise sozusagen genug Raum zu einer Art Explosion, mit welcher sie nicht nur die Gedanken des Lesers erfüllten, sondern gleichsam auch den freibleibenden Teil des Blattes überschwemmten. Diese kleinen Gedichte verhielten sich in Wahrheit wie der überquellende Inhalt einer vollgepfropften Schatulle, deren Deckel man hat springen lassen.

Das war freilich noch wirksamer als der Doktor Schopenhauer. Denn Talent zum Lesen hatte man genug, besonders die Etelka.

So Seltsames geht in einer großen Stadt vor; in einer großen, südlichen, deren schon im Mai heißer Himmel seine Bläue wie knatterndes Fahnentuch in die bunten und belebten Gassen knallt. Omar Chajjâm. Etelka rauchte nur ganz kleine dünne Zigaretten, auf welche eine Trompete in Gold gedruckt war. ‚Figaro' hießen sie. Eine solche große Stadt in ihrem vielen Lärm und Lichte ist zu beneiden um die duftigen, gepflegten, geheimen Hohlräume, welche sie enthält, wie verborgene, voilierte Kammern ihrer Seele.

Und die stille Kühle in den Stiegenhäusern. Man kann sagen, man betrat sie nicht einfach von der Straße: man schied vielmehr von der Straße ab.

Etelka lag auf einer kleinen Chaiselongue, neben welcher Grauermann am Boden hockte, und hier stand auch die getriebene Kupferplatte mit dem Kaffee-Service aus Mostar (das war für einen Österreicher damals noch ein inländisches Erzeugnis).

Sein Gesicht war, wie es Etelka oft schien, unsagbar jung und glatt und das beängstigte sie nahezu. Dabei war es ein elegantes Gesicht: eine ganz gerade Stumpfnase, von der bereits zwei feine scharfe Striche zu den Mundwinkeln liefen. Die graublauen großen Augen strahlten Sauberkeit und eine muntere Kühle, welche Etelka aus allen Verstrickungen hinauszulocken schien in eine geordnete Heiterkeit. Sie beugte sich vor, zog seinen Kopf an sich und küßte das duftende Haar. Grauermann blieb mit geschlossenen Augen an ihre Brust gelehnt und ließ das Buch in seinen Händen sinken. Nach einer Weile stand er auf, beugte sich über Etelka und strich vorsichtig ihr Haar zurück. Sie mochte das nicht eigentlich gern, denn es enthüllte eine Art von Schönheitsfehler bei ihr: die Stirn, welche da sichtbar wurde, war hoch, steil und zugleich breit (durch die letzte Eigenschaft fast etwas rinderartig, warum soll man das nicht sagen, wo sogar der Vater sämtlicher Romanschreiber die Augen der Göttin Hera mit denen eines Rindes vergleicht, offenbar wegen der Winkelmann'schen edlen Einfalt und stillen Größe?!). Diese Stirn, welche wie gewölbt schien von einem mächtigen Willen, war für das Gesicht einer Frau entschieden zu groß, sie drückte, vom Haar befreit, dieses Antlitz zusammen und ließ es trotz kräftigem Munde und Kinn unbedeutend erscheinen und als einen schwächlichen Sockel für die Steilwand darüber. An ihr, so könnte man sagen, schlug die Liebe Grauermanns eine unaufhörliche fragende und nagende kleine Brandung. Es war die Stirn des Vaters Stangeler.

Pista aber suchte in dieser Stirn immer wieder etwas anderes: nämlich eine entfernte Verwandtschaft mit seinem Freunde Teddy Honnegger, als wollte er die beiden, die Geliebte und den Freund, gleichsam auf einen Nenner bringen.

Etelka, die Augen in denen Grauermanns, lächelte und wehrte sich dann ein wenig. Sie strich das Haar wieder in die Stirn.

Während sie zu ihm aufsah, ging's ihr durch den Kopf, daß er ihr eigentlich draußen auf dem Lande – von dort stammte ihr erstes Einander-Kennenlernen – noch besser gefiel, wenn er seinen Bauernjanker und das offene Tennishemd trug, als in dem grünen Uniformrock, mochte ihn dieser auch sehr gut kleiden. Da draußen, in jener sonnigen, halbbäuerlichen und zugleich gepflegten Welt kleiner Sommerfrischen, in einem tief rückwärts vor dem Talschlusse gelegenen Gebirgsdorf, drei Stunden zu Fuß von der nächsten Eisenbahnstation, dort wurzelten ihre Anfangs-Erlebnisse in bezug auf Grauermann, dort war er ihr, bei dem geringeren Wechsel der Gesellligkeit, gleichsam auf dem Präsentierbrette und solitär dargeboten worden, und sie hatte in der Freiheit der Wälder und Felsen genug Gelegenheit gehabt, seine Verehrung auf romantische Weise zu genießen. Des alten Doktor Grauermann Schwiegereltern waren dort draußen ansässig, und Pistas Großvater mütterlicherseits – der einen im deutschen Verlagswesen jener Zeit bekannten Namen trug – machte als ein seltsames Original von märchenhafter Grobheit Sommer für Sommer seine einsamen Spaziergänge, auf welchen ihm zu begegnen nicht eben angenehm war, denn er flegelte, wenn's ihm grad paßte, jedweden Menschen an, der ihm in den Wurf kam. Pista hatte bei seinen Klettereien in den zerklüfteten und gratigen Kalkfelsen der Rax-Alpe Etelka mit sich und an's Seil genommen, und diese Stunden gesammelter Mühe unter dem heftigen Himmelsblau beim tiefen Schweigen der Abstürze hatten den Auftakt ihrer Liebe gebildet: welche denn auch in solcher Lage, auf einem breiten Felsband über auseinander fingernden Geröllströmen, schließlich zur Erklärung gekommen war.

Für eine öffentliche Verlobung lagen damals die Voraussetzungen zunächst recht ungünstig: denn Etelka hatte nicht lange vorher zum nicht geringen Zorne ihres Vaters ein Verlöbnis gelöst, das jenem sehr willkommen gewesen. Und Grauermann sollte nach diesem Sommer eben erst in den dritten Jahrgang der Konsular-Akademie aufsteigen.

So blieb alles vorläufig geheim. Das war Etelkas Wille.

Sie setzte sich jetzt aufrecht auf die Chaiselongue und Grauermann fuhr mit dem Vorlesen der ‚vierfachen Wurzel des Satzes vom zureichenden Grunde‘ fort.

Er hatte kaum recht begonnen, als sich Astas Schritte draußen durch den angrenzenden Klaviersalon hören ließen und danach leichtes Kratzen an der Türe des Kabinettes, ein vereinbartes Zeichen dafür, daß zu keinerlei Unruhe Anlaß gegeben und die Luft rein sei, sondern nur Asta eintreten wolle. Etelka rief „Herein!", lächelte etwas gestört, und ging mit Grauermann, der sich rasch erhoben hatte, zur Tür, da weiter nichts erfolgte. Nur ein schmaler Spalt wurde lautlos aufgetan. Durch diesen streckte sich in halber Höhe ein dunkler wohlbekannter Gegenstand Etelka entgegen, immer mehr hervorkommend, bis auch die Manchette von Staniol sichtbar ward, in welcher diese Stange des Genusses aus Schokolade und Marzipan steckte.

„Was ist das?!" rief Etelka mit halber Stimme und trat, die Hände hebend, nicht ohne vornehm gespieltes Erstaunen und Erschrecken zurück.

„Solltest Du kennen", sagte jetzt Asta und öffnete den Türflügel. Grauermann begrüßte sie freundschaftlich mit echter und warmer Empfindung. Und inzwischen hatte Etelka ihre voilierte, weltentfernte Anwandlung doch beiseite gelassen und schon herzhaft zugebissen.

Aber gerade diese Sachen konnte Asta an ihrer Schwester nicht leiden.

Um dreiviertel sechs Uhr verließ René Stangeler das Gebäude der Konsular-Akademie und ging linker Hand die Waisenhausgasse wenige langsame Schritte bergan.

Der Gymnasiast fühlte sich vollends überrannt von den gehabten Eindrücken eines Lebenskreises und einer Lebensweise, mit welchen verglichen seine eigene Welt wie ein dürres Blatt abfiel und im glanzlosen Staube lag. Abgesehen davon, daß Stangeler zu jener Zeit überhaupt niemand und nichts sehen konnte, ohne es gleich selbst sein und in der dazu gehörenden Art und Umgebung leben zu wollen – so wirkte alles auf ihn, eine Oper oder ein Kriminalfilm – das eben jetzt Erlebte paßte in seinen Geschmack wie ein Schlüssel ins Schloß und sperrte ein Türchen auf zu dem Tresor seiner leuchtendsten Vorstellungen.

Er wurde sich dessen nicht bewußt, daß es in der Hauptsache Herr von Honnegger gewesen war, dem er eine so tiefgehende Wirkung verdankte, hervorgebracht in einer Viertelstunde und lediglich dadurch, daß Herr Teddy schon zu erwachsen und längst zu klug war, um einem Knaben gegenüber seine eigene Überlegenheit erscheinen zu lassen. (Denn immer noch als Knaben empfand er den um mehr wie Jahr und Tag verspäteten Obergymnasiasten, welcher ursprünglich in die Realschule gesteckt worden war, was sich im zweiten Jahrgange erst als unzweifelhaft verfehlt erwiesen hatte.)

Für René war es eben das Ganze, was ihn jetzt trug und befeuerte: die Fis-moll Sonate; das kleine Wartezimmer; die Stille im Hause; die Sonne im Musiksalon; das Sitzen dort zu dritt; und daß dabei sogar ein Gespräch geführt worden war. Der Inhalt jenes Gesprächs allerdings blieb das Unwichtigste. Stangeler hatte ihn jetzt schon vollends vergessen. Zu dieser Konversation war er gewissermaßen durch die äußere Lage, in welcher er sich befunden hatte, gezwungen worden. Im übrigen schien alles leicht gegangen zu sein und frei. René spürte ein gutes Gefühl, kein peinvolles, wie sonst oft nach irgend einem Wechsel des Schauplatzes, nach einem Abgang.

Herr von Honnegger seinerseits hatte während ihrer Unterhaltung den Gymnasiasten unvermerkt aufmerksam beobachtet.

Dabei ging's ihm seltsam. Etwas schlug da ein wie ein kleines Meteor und erhellte ihm plötzlich die Beziehung Grauermanns zu Etelka, die er ja kaum kannte – jetzt beim Anblick ihres Bruders. Die ganze Geschichte der Verlobung Pistas war ihm bisher – das erfaßte er nun – lediglich eine Art mit Wohlwollen angesehener respektierter Raum gewesen, sozusagen nur ausgefüllt mit Namen und Bezeichnungen ohne jede Anschaulichkeit. Jedoch René Stangeler gegenübersitzend in dem Musikzimmer, aus welchem die Sonne eben ihre letzten Fingerspitzen lautlos und vorsichtig zurückzog, wurde ihm nichts Geringeres erfühlbar und begreiflich, als die besondere Art des Reizes, welchen Etelka auf Grauermann wirken mußte. Teddy erstaunte zutiefst. Daß die Wirkung einer Frau durch einen Knaben verständlich werden kann, hatte er bisher noch nicht erlebt.

Das Gespräch war unmittelbar von der Musik ausgegangen und es ist dabei zu folgenden Wechselreden gekommen.

Teddy: „Die Gesetze der Harmonielehre scheinen nur relativ zu sein. Im Mittelalter galt die Terz, für uns sozusagen eine vulgäre Konsonanz, als dissonierendes Intervall." (Diese fragwürdige musikgeschichtliche Weisheit improvisierte er geradezu, um René zu bluffen.)

René (in dessen Antlitz sich ein Knoten schürzt): „Ist Ihrer Ansicht nach die Musik vor der Harmonielehre da oder die Harmonielehre vor der Musik?"

„Selbstverständlich war zuerst die Musik da."

„Können Sie sich Grammatik als Erfahrungswissenschaft vorstellen?"

Teddy stutzte, und nachdem er den Gedankensprung nachgemacht hatte, wurde ihm deutlich, daß es keiner war.

„Nein", sagte er. „Sie haben insoferne recht als die Grammatik nicht nur die Formen der Sprache beschreibt, sondern auf die Idee der Sprache überhaupt hinweist. Einigen wir uns etwa so: vor der Musik und vor der Sprache war die Harmonielehre und war die Grammatik. Nach den Musiken und nach den Sprachen entstanden die Lehrgebäude der Harmonielehren und der Grammatiken."

So also hatte man sich dort unterhalten. Als Honnegger mit Grauermann auf den Gang trat, da sie in ihre Zimmer hinaufgehen wollten, flog ihn eine plötzliche Bedrücktheit an – in Bezug auf Pistas Zukunft. Dieser schien mit der Art, wie sich sein künftiger Schwager, von ihm gewissermaßen vorgeführt, hier eingeführt hatte, zufrieden. „Origineller Kerl, was?" bemerkte er beiläufig, während sie über die breite Treppe stiegen.

„Unzweifelhaft", sagte Honnegger. Ihn hatte es wie ein Pfeil getroffen, die Widerhaken hielten fest. Er war unvermutet und auf einem seltsamen Umwege zu einer anschaulichen Vorstellung von der Etelka Stangeler gekommen und wußte freilich jetzt auch, daß sie ihm seit jeher beinahe unsympathisch gewesen war. Aus einer nichtssagenden, nur halb in's Bewußtsein gelangten Fassade und Photographie schien jetzt ein

Porträt, ja eine Plastik geworden zu sein. Es verließ ihn durch einige Tage nicht, und so ist's auch gekommen, daß er – damals der einzig Besorgte unter so vielen Sorglosen, was diese Sache betraf! – sich sogar kurz danach diesbezüglich mit einer flüchtigen Bemerkung geäußert hat, nämlich Herrn Stephan von Semski gegenüber, im Café Pucher: und dabei innerlich sein Heraustreten mit Grauermann aus dem Musikzimmer mit der weißlackierten Flügeltür vor Augen.

Währenddessen war René an die Ecke der Strudlhofgasse gelangt und dort stehen geblieben. Eine schräge Sonne lag überall noch, wo sich ihr Fläche bot, wie ein dicker poröser Teppich. Hier nun, an der Ecke, erstreckte sich das Sonnenlicht in die Lücke und auf die Baumwipfel dahinter. Rechterhand standen glatt und verschlossen die Bauten der Universitäts-Institute für Physik und Radiologie, unbegreiflichen Inhalts, und hauchten jene neue Art von Romantik, die gerade von den allerexaktesten Wissenschaften am meisten ausgeht, als würde deren Wesen in ihrer Emanation gleichsam ins Gegenteil verkehrt.

Die Richtung, in welcher René Stangeler ging, hatte mit seinem Heimwege keinen Zusammenhang. Diese Richtung hätte sich nur mit ,nicht-nachhause' bezeichnen lassen. Die Verfassung subjektiver Trunkenheit, in der sich René befand, wird man einem Jüngling für angemessen halten. Aber das Lebensalter hat in diesem Falle hier viel weniger zu bedeuten, als man auf den ersten Blick vermeinen möchte. Auch den erwachsenen Mitgliedern der Familie eignete die gleiche Verfassung, und zwar als Grundlage ihres Alltags. So wie René jetzt bei seinem Gange zur ,Strudlhofstiege' nichts Geringeres erwartete als das Außergewöhnliche: so hielten auch seine Geschwister dieses für eine ihnen sozusagen jederzeit zukommende Gebühr und für einen zu beanspruchenden Maßstab ihres Lebens; vor jedem anderen scheuten sie zurück. Und diese Menschen, die manches vermochten, hätten doch eines unmöglich fertiggebracht: nämlich ganz gewöhnliche Menschen zu sein.

Nun endete die Straße. René stand am Beginn der Stufen.

Stangeler kannte seine Vaterstadt verhältnismäßig wenig und diese Gegend hier fast gar nicht. Nächtliche Exkursionen, die er, ebenso wie seine Schwester Etelka, jedoch allein, schon damals nicht selten unternahm, führten ihn immer wieder nur in die Bars und Cafés des ersten Bezirkes, also der inneren Stadt, oder in die Artisten-Lokale der seinem Elternhause nahegelegenen Praterstraße. Die kleine Überraschung, welche Stangeler jetzt am oberen Ende der ‚Strudlhofstiege‘ empfand, paßte in seinen romantischen Kram, setzte gleichsam das i-Pünktchen noch auf seine ganze Stimmung, welche durch den geringen Anlaß eine unverhältnismäßige Steigerung erfuhr. Hier schien ihm eine der Bühnen des Lebens aufgeschlagen, auf welchen er eine Rolle nach seinem Geschmacke zu spielen sich sehnte, und während er die Treppen und Rampen hinabsah, erlebte er schnell und zuinnerst schon einen Auftritt, der sich hier vollziehen könnte, einen entscheidenden natürlich, ein Herab- und Heraufsteigen und Begegnen in der Mitte, durchaus opernhaft.

Kurz: eine jener Szenen, die man nur von der Bühne in Erinnerung hat, die es aber im Leben – wirklich gibt, wenn auch selten; und dann kommen sie völlig unvermutet zustande. Und erst hintennach erkennt man sie als solche.

René stieg langsam hinunter, mehr genießerisch als nachdenklich.

Am Abhang drängten sich die Kronen einiger Bäume. Die Stiegen leiteten sanft, aber überraschend tief hinab. Es roch hier erdig.

Unten kommt man in die Liechtensteinstraße, und Stangeler folgte ihr nach links, wo sie alsbald bei einem Wirtshause, das sich ‚Zur Flucht nach Ägypten‘ nennt, in eine breitere Verkehrs-Ader mündet. Diese war nun René freilich bekannt und im Augenblicke störte ihn das, als fiele eine seitliche Helligkeit in seinen Traum, den er jetzt wie einen Mantel um sich zusammenzog, als striche da ein Zugwind herein. Er überquerte rasch die Alserbachstraße und ging in der stark verengten Liechtensteinstraße weiter.

Diese Gasse schien die Grenze zweier sehr verschiedener Stadt-Teile zu sein, die einander über die geringe Breite hin als Fremde anblickten. Und zwar der eine Teil auf den anderen von oben herabschauend: denn erstens stieg das Terrain, auf welchem die Häuser gebaut waren, nach links zu an, wie die ganze Gegend, und zweitens befanden sich auf dieser Seite der Gasse neue billige Gebäude von vier und fünf Stockwerken, während die rechte Zeile meist aus einstöckigen Häuschen bestand, von denen wenige viel jünger sein mochten als hundert Jahre. Dieser Stadt-Teil wird ‚Liechtenthal‘ genannt, er ist die engere Heimat Franz Schuberts, welcher in der Liechtenthaler Pfarrkirche einst Organist gewesen ist. Aber derartige Dinge wußte René Stangeler nie, und er hätte sie auch jetzt gar nicht gerne vernommen. Er war ein wohl intensiver aber wesentlich ungebildeter Mensch, man könnte sagen im Grundbau seines Wesens das strikte Gegenteil eines Produkts, wie etwa jener Major und spätere Oberst Laska, der den Leutnant Melzer einst auf die Bärenjagd mitgenommen hat.

Von der Gasse zweigte nach rechts ein Gäßchen. An dem einen Eckhause bemerkte Stangeler jetzt in geringer Höhe, über dem Erdgeschoß am ersten Stockwerk, ein in blauer Glasur ausgeführtes rundplastisches Bildwerk, welches ein Einhorn darstellte.

Er blieb in der halben Breite des Nebengäßchens stehen und schaute zu dem Einhorn hinauf, als er hinter sich Schritte hören konnte, welche nun langsamer wurden und anhielten.

René wandte sich herum und erblickte ein etwa siebzehnjähriges Mädchen in bescheidenem grauen Tuchanzug und eine Aktentasche unter dem Arm.

Er lachte im selben Augenblicke, und dieses Lachen war sehr geschickt und stellte die Verbindung, welche er sofort suchte, mühelos her: denn sie blickte, gleichfalls lachend, zu dem Einhorn hinauf und sagte:

„Wissen Sie eigentlich, was das da für ein komisches Viech ist?"

„Ein Einhorn", antwortete Stangeler. Er sah jetzt, daß sie dunkelrote Haare hatte, die anmutig unter dem grauen flachen Hut ihre Schläfen umgaben. Diese selbst waren sehr weiß, bleich und glanzlos wie ihr Antlitz, in welchem die Augen etwas schräg standen (ähnlich wie bei René selbst, aber das kam ihm freilich nicht zu Bewußtsein).

„Hat's denn so was einmal gegeben?" fragte sie.

„Ja – wahrscheinlich", sagte Stangeler und dachte an Julius Cäsars Berichte über das alte Germanien. „Aber, liebes Fräulein", fügte er gleich nach und war dabei gut im Zuge, so daß alles höchst natürlich und ganz harmlos herauskam, „wenn ich Ihnen mehr davon erzählen dürfte, würde es mich sehr freuen – nur möcht' ich das gerne in der großen Conditorei auf der anderen Seite von der Alserbachstraße tun. Ich muß nämlich jetzt unbedingt eine Jausen haben. Darf ich Sie einladen? Dort gibt's herrliche Indianerkrapfen."

Er hatte, nach dem Überschreiten der Schwelle zwischen dem Knaben- und dem Jünglingsalter, schon so etwas wie eine mechanistische Sicherheit im Umgange mit weiblichen Wesen erlangt, mit welchen er übrigens im springenden Punkte nahezu vertraut war. Irgendwelche, wenn auch entfernte Chancen letzterer Art, wurden von René auf gar keinen Fall außer acht gelassen: und schon hier, in dieser frühen, ja ersten Auswahl zeigte sich bei ihm die gelegentliche Neigung aller Stangelers für das Gutartige, das Gutmütige und, wie sie vermeinten, das geistig Unterlegene, beides als Resonanzboden des eigenen Wertgefühls benötigt, mit welcher Würze sie wohl das oder jenes Erlebnis besser genießen konnten, so wie etwa manchen Leuten Muskatnuß oder Curry bei gewissen Speisen als unentbehrlich erscheinen.

Unser Paar war inzwischen über die breite Straße und in die Conditorei gelangt, wo es sich nichts abgehen ließ, denn René war trotz seines geringen Taschengeldes bei Kasse. Hierzu diente ihm ein vergessener großer Bücherschrank im zweiten Stockwerk seines Elternhauses, der im Winkel eines Vorraumes stand, mit sämtlichen Romanen der Achtzigerjahre wüst vollgepfropft, vornehmlich mit den Werken eines gewissen Georg Ebers, ausgezeichnet durch Leinen und Goldschnitt. Diesen Bücherkasten höhlte René, von ganz rückwärts beginnend, nach und nach aus, wie die Termiten in Afrika Bäume von innen her aushöhlen. Seine Beziehungen zu mehreren Altbuchhändlern waren geregelte.

Jedoch statt nun in der gewohnten Weise seinen Musterkoffer des Interessanten und Originellen auszupacken und gleichsam seine Schaufenster zu arrangieren, überkam ihn hier an dem kleinen Marmortischlein, aus der Gelöstheit und Leichtigkeit dieses Nachmittages, etwas ganz anderes; eine souveräne Trägheit nämlich gegenüber jenem Automatismus, der spielen sollte, um einem Mädchen zu imponieren. Es war René ganz unmöglich, sich um diesen Anlaß herum jetzt zusammenzukrampfen, und vielleicht zum ersten Mal in seinem Leben empfand er Gleichgültigkeit gegen den Eindruck, den er etwa machen oder nicht machen würde. Diese Empfindung – vergleichbar jener eines Sitzenden, den ein allzu tiefer und bequemer Fauteuil vom Aufstehen abhält – war sehr deutlich, und sie war ihm neu. Er begrüßte sie mit einer tiefen Freude und mit dem bemerkenswerten Wunsche, immer so zu leben.

„Und was ist mit den Einhörndln?" fragte sie und setzte die Schokoladentasse ab.

„Ja – die Einhörner", sagte René und sah das Mädchen an und weiter nichts.

„Mir scheint, Sie wollten nur jausnen und das Erzählen ist Ihnen jetzt zu fad", meinte sie lachend.

„Mir ist gar nicht fad", erwiderte er mit einer sozusagen bedeutungsvollen Betonung, und umfaßte, ruhig vor sich hinblickend, ihren Kopf vor dem Hintergrunde der ab und an bewegten Straße dort draußen hinter der großen Glas-Scheibe.

„Ja, also die Einhörner, oder die Einhörndln, wie Sie so herzig sagen, die hat's aller Wahrscheinlichkeit nach gegeben. Im vorigen Jahrhundert, da hat man alles für reinen Unsinn und für bloße Fabeln und Sagen gehalten, was in den von der Wissenschaft einmal aufgestellten Rahmen nicht gepaßt hat, aber seitdem sind doch viele neue Viecher noch entdeckt worden, und heute glaubt man überhaupt nicht mehr, daß es ganz reine Fabelwesen gibt. Alles geht auf irgendeine Wirklichkeit zurück, die Basilisken, die Drachen und die Einhörner."

„Sie sind Student?"

„Ja. Das Einhorn war ein wildes und böses Tier, das einsam in unzugänglichen Wäldern lebte. Aber man konnte es leicht fangen."

„Wieso denn?" fragte sie, mehr erstaunt als schnippisch; die letztere Tonart schien ihr überhaupt nicht gut zu liegen, sondern nur eine künstlich vorgeschobene Außenbefestigung ihres Wesens zu sein, übernommen und imitiert, zur raschen Selbstverteidigung.

„Man mußte eine Jungfrau dazu haben", sagte Stangeler, „aber eine wirkliche." Er empfand eine gewisse Hilflosigkeit gegenüber dieser jetzt eintretenden Weichenstellung im Gespräch, welche aus dessen Gegenstande selbst sich ergeben hatte, und er sah jetzt dieser Wendung in's Anzügliche zu – die er sonst immer bald und gewohnheitsmäßig herbeiführte – mit dem Bewußtsein, augenblicklich nichts dagegen machen zu können. Es war wie eine kleine Lähmung. Und aus dieser heraus beobachtete er, als ein durchaus Erwartetes, wie ihr Mund – kein Mäulchen, sondern ein ziemlich breiter Mund – sich verzog, schief und ihrem Schwanken entsprechend zwischen ihrer eigentlichen Art und den nachgeahmten und eingefahrenen Gebärdenspielen ihrer Altersgenossinnen.

„Und was hat die Jungfrau mit dem Einhörndl gemacht?"

„Sie brauchte sich nur in den Wald zu setzen, wo das Einhorn lebte – da ist es bald gekommen, vor ihr in die Knie gesunken und hat seinen Kopf ganz zahm in ihren Schoß gelegt. Und dann hat man es binden und wegführen können, und es hat sich nie gewehrt."

„Gehn S', das ist doch alles gar nicht wahr", sagte sie jetzt, indem sie ihrerseits sich doch wehrte, gegen ein Gefühl nämlich, das ihr bedeuten wollte, sie sei hier unvermutet dazugekommen, etwas ganz Neues und Reizvolles zu berühren: durch den kleinen Zufall, daß sie gut aufgelegt gewesen war auf dem Heimwege vom Büro ihres Chefs (eines Advokaten, wo sie stenotypierte seit zwei Jahren), weil eine schwierige Causa beendet und gewonnen, viel Arbeit getan war und der Doktor – freilich auch in guter Laune – sie sehr gelobt und ihr eine nicht unwesentliche Aufbesserung der Entlohnung zugesagt hatte: und aus solcher guter Laune hatte sie den jungen Buben da vor dem Haus ‚Zum blauen Einhorn' ohne weiteres angeredet, schon immer neugierig, was denn dieses blaue Schaf eigentlich für ein Viech gewesen sei. Aber jetzt, und nicht zum mindesten dadurch, daß Stangeler jene offene Weiche in der Bahn des Gespräches ganz unbefahren ließ, fühlte sie prickelnd und ziehend von einer leisen Sehnsucht die Grenze eines neuen, ja für sie geradezu jenseitigen Terrains, und ein Wind fuhr durch ihr Gemüt, der alle je gelesenen Romanbücher rauschend in ihr aufblätterte.

So saßen diese beiden Kinder sehr verschiedener Ufer und Zonen bei Schokolade und Indianerkrapfen – Stangeler übrigens trank Kaffee und rauchte eine Zigarette, was sonst in Conditoreien nirgends gern gesehen wird, aber die Ladnerin hatte es ihm gestattet, denn es war kurz vor dem abendlichen Geschäftsschluß. Längst lag draußen die Straße in ein feines, gleichmäßiges Grau getaucht, darin die ersten Lichter schwammen, müde alles, wenngleich noch belebt, wund vom Tage. Und längst hatte Paula Schachl ohne eigentlichen Übergang von sich selbst zu sprechen angefangen: von ihrem Chef und dem großen zu Ende gegangenen Prozess (eine Automobilfabrik contra ihren Holzlieferanten, also für Stangeler eher abseitig), von dem Lob, das ihr heute zu Teil geworden war nach all der vielen Arbeit oft bis neun und zehn Uhr abends, von ihrer Tante, bei der sie wohnte (übrigens hier in Liechtenthal) und endlich von einem Arzt, Doktor Brandeis, der sie im Allgemeinen Krankenhaus in der Ambulanz behandle, gestern sei sie wieder dort gewesen, ein sehr lieber Herr und überaus sorgfältig. Sie hatte sich im Winter bei Glatteis durch Umkippen des Fußes den linken Knöchel übertreten und irgendwas an den Bändern getan.

Sie verließen die Conditorei und schritten gegen jenes alte Stadtviertel zu; Paula hatte ihre Erzählung dabei kaum unterbrochen. Sie kam jetzt auf verschiedene Freundinnen und Bekannte, die anscheinend alle hier in dieser Gegend wohnten; und am Sonntag-Vormittag schien es auf der Nußdorferstraße eine Art üblichen Bummel zu geben, wo man sich gegenseitig antreffen konnte. Auch René stand jetzt an der Grenze einer sozusagen anderen Welt, die ihm nicht ohne Behagen zu sein schien, und sah da hinein: sogar verlangend, aber nur ganz beiläufig und wie aus dem Augenwinkel. Er hatte die unklare Empfindung, daß man dort leichter, besser und recht eigentlich vernünftiger lebte. Aber dies war das einzige, was er von Paulas Erzählung gegenständlich und wirklich in sich aufnahm. Denn sonst hörte er zu, als ob sie ohne Worte sänge: ein langes Lied nach einer kleinen Melodie mit dann und wann wiederkehrenden Ritornellen, ein Lied, das sich gleich blieb und stand oder schwebte, wie gewisse Insekten, die mit einem singenden Ton an der gleichen Stelle schweben, also in der Luft stehen können. So stand das gleichmäßige Lied mit den Ritornellen jetzt vor dem Hintergrunde der breiten Straße, und dann schwebte es dort, wo die hohen, billigen Häuser und die alten kleinen Häuslein gassenüber standen, und dann in der Gasse, an deren einem Eck sich das blaue Einhorn befand. Indessen dies alles, wie es da in den schon dunklen Abend versank und zwischen den Schnüren von Lichtern zur unbeweglichen oder von Bewegung durchkreuzten Masse wurde, enthielt tief rückwärts eine erleuchtete Pforte wie einen Goldgrund: die Stiege! die Strudlhofstiege, die Lebensbühne dramatischen Auftrittes, mit Pauken und Trompeten, und gerade darauf, ja nur darauf bezog sich letzten Endes für Stangeler Paulas kleiner Gesang.

Ihr leises, ein wenig raunzendes ‚Solo‘, von jener besonderen Unbewegtheit wie sie etwa dem Klange des englischen

Horns eignet, vollzog sich mit seinem einsamen Gang vor der dahinter aufgerissenen goldglänzenden Schlucht wie grundiert vom gewaltigen ‚Tutti' eines Orchesters: wovon sie, wie Stangeler vermeinte, keine Ahnung haben konnte, und eben das schien ihm dabei wesentlich und rührend. Aber René irrte sich. Wie das Vage und Beiläufig-Romantische über ihn Macht hatte, so auch über sie, in welcher die Blätter einer chaotischen Lektüre rauschten. Über das beiderseitige Niveau wollen wir nicht diskutieren: ob Puccini oder ein Zehnkreuzer-Roman, es bedeutete hier ein gleiches. Nur scheint uns, daß dem René bei alledem etwas mehr einfiel als ihr.

Aber nun hieß es sich trennen. Vereinbart war man schon. Um die Ecke wohnte die Tante.

Allein in der schmalen Gasse, wie in schwarzen Samt geworfen. Aus der geweiteten Brust drängt das Verlangen nach allen Seiten. In vereinzelten Fenstern schwaches Licht.

Um die Ecke biegend sah Stangeler auf der erleuchteten Uhr an der großen Straßenkreuzung, daß es fünf Minuten nach halb acht war. Im Elternhause wurden die Mahlzeiten mit strenger Pünktlichkeit gehalten; wer im geringsten zu spät kam, setzte sich Unannehmlichkeiten aus. In anderen Dingen war man wohl weniger genau. Die moralische Schwerpunktslage des zivilisierten Menschen entspricht tatsächlich vollends seiner leiblichen: das heißt er legt Gewicht auf den Punkt, wo sein Gewicht schon liegt. So könnte man das Unentschiedene und dessen Resignation überhaupt definieren. Der Geist steht da nur als eine Art Hof um den Leib, nicht viel mehr als eine Evaporation, er gehört ganz den Psychologen, und seine scheinbaren Setzungen können außer jenen niemand interessieren.

Und Stangeler sprang in die Straßenbahn. Damit änderte sich alles, so plötzlich, wie ein Raum, in welchem man das elektrische Licht einschaltet oder abdreht. Der Wagen glitt über seine wohlbekannte Route, deren Wendungen und rascher befahrene gerade Strecken man sozusagen in den Gefühlen des Körpers vorwegnahm.

In dem Viertel von Stangelers Elternhause waren die Gassen um diese Zeit schon stiller, fast leer. Er gelangte über die breite Treppe von rotem Stein, vorüber an der Wohnung seiner Großmutter im Hochparterre, und sah dann, im Vorbeihuschen an dem ersten Stockwerk, das Vorzimmer hinter der Milchglastür beleuchtet; ein Blick durch's Guckloch zeigte ihm mehrere fremde Mäntel, die da von den Messinghaken an der grünen Holztäfelung herabhingen. Und jetzt erst fiel ihm ein, daß sein Vater heute die zweimal im Monat übliche Kartenpartie hielt, an welche sich ein Souper der Teilnehmer anzuschließen pflegte. Es hieß nun rasch fertig sein, wozu ihn auch im zweiten Stockwerk sogleich beim Eintritte die Zofe seiner Mutter ermahnte. René schloff in sein Zimmer und in einen dunklen Anzug, bürstete sich zurecht und glitt dann die interne Wendeltreppe hinab ins erste Stockwerk, eben als man dort unter mancherlei Räuspern und Reden würdevoll zu Tische schritt.

Es waren drei Herren und zwei Damen als Gäste anwesend, alte Damen, für Renés Maßstab, der alle Erwachsenen als unübersteiglich anders, alt, schwer, autoritativ und sozusagen als über alle Zweifel erhaben empfand. Kritik war die vielleicht schwächste Seite seines Geistes, soweit davon bei ihm die Rede sein kann, und zur Frechheit gelangte er überhaupt nur im Zustande der Verzweiflung, und dann war's eine erborgte. Er saß an der unteren Schmalseite des Tisches, in der Nähe des Büffets, wo das Serviermädchen stand, und ihm gerade gegenüber, durch die Länge der Tafel von ihm geschieden, sein Vater. Hinter dessen breiter Figur stand noch weitere Tiefe des Raums, nämlich ein zweiter Raum, ebenso groß wie das Speisezimmer, ebenso wie dieses durch einen schwebenden Kronleuchter von schwerer Bronze erhellt, an dessen Rund irisierende venezianische Milchglaskugeln hingen. Genau in der Mittelachse gab es am Ende jenes Raumes dort hinten einen hohen Wandspiegel. Wenn der alte Stangeler sich nach rechts neigte und zu Renés Mutter sprach, oder nach links, wo obenan der Primarius Doktor Hartknoch mit dem weißen Haarschopfe saß, dann konnte René für Augenblicke den breiten Rücken und den Hinterkopf seines Papas in jenem rückwärtigen Spiegel ausnehmen.

Aber der obere Teil der Tafel wurde von René kaum weiter beachtet. Erstens hatte er Hunger und aß dieses hervorragende Souper durch alle Gänge mit großem Genuß in sich hinein, was allein schon ihn voll beanspruchte und zugleich bei bester Laune hielt. Seine nächste Umgebung – links saß Asta, rechts Etelka – war vertraut und erforderte weiter keine Sorgfalt und Aufmerksamkeit. Nach dem Fisch, der ihm heute besonders gut mundete und wovon er auch durch die Protektion des Serviermädchens nicht weniger als dreimal bekommen hatte, ist ihm damals zum ersten Mal eingefallen, daß er eigentlich Etelka in diskreter Weise wissen lassen müßte, ihr Brief sei ordnungsgemäß in der Akademie übergeben worden. Aber zunächst einmal hatte er gar keine Gelegenheit dazu. Sie schenkte ihm durchaus keine Beachtung – was ihm an sich willkommen war, denn Etelka pflegte bei Tische stets an ihm herumzukritteln und seine Tafelmanieren zu korrigieren – und sie blieb durchaus ihrem Nachbarn zur Rechten zugewandt, einem Manne, auf den sich ein Blick verlohnt, nicht nur wegen seines angenehmen Äußern, sondern deshalb, weil er in der Lebensgeschichte Etelkas einen keineswegs unwesentlichen Platz hat.

Der Regierungsrat Guys war seiner Herkunft nach ein französischer Schweizer, besaß auch noch diese Bürgerschaft und die österreichische dazu. Die Staatseisenbahn-Gesellschaft der alten Monarchie bediente sich des Herrn Emile Guys als eines Bindegliedes zum französisch sprechenden Auslande, bei tarifarischen Verhandlungen und allem, was da hereingehört; in diesem Ressort also spielte seit vielen Jahren und Tagen die Amtstätigkeit des Regierungsrates sich ab, der in Wien sein

Büro hatte, jedoch die halbe Zeit in Frankreich und in der Schweiz auf Reisen zu sein pflegte. Innerhalb Österreichs gehörte er zu jenen ausgezeichneten Personen im Eisenbahnverkehr, die stets erster Klasse fuhren, jedoch keine Fahrkarte kauften, sondern nur eine bequem in der Rocktasche steckende Legitimation mit leichtem und raschem Griffe präsentierten: und so viele Gulden hätten etwa der Major Laska und der Leutnant Melzer einem österreichischen Kondukteur gar nicht geben können, um eine auch nur annähernd so zauberisch-respektschaffende Wirkung hervorzubringen wie jenes bescheidene durchsichtige Celluloid-Etui mit Photographie und Karte darin.

Seine Frau war ein wenig schief, oder ist einem das nur so vorgekommen? Sie hielt den Kopf etwas eigentümlich. Zu den Tarock-Soupers im Hause Stangeler hat sie sich selten mit einladen lassen – obwohl doch, wie man sieht, manche Tarockanten ihre Damen hierher mitzubringen pflegten – meistens schützte sie irgendwas vor. Guys hatte zwei Kinder, ein gewecktes flinkes Mädel und einen ernsthaften gewissenhaften Buben von ganz erstaunlicher Häßlichkeit, der später das geworden ist, was man einen kreuzbraven Menschen zu nennen pflegt.

Sein Vater war nicht kreuzbrav, sondern nur sehr solide, ein Cavalier altösterreichischer Schule, und er war nicht häßlich sondern das genaue Gegenteil davon: ein dunkler, trockener romanischer Kopf auf einer hohen, schlanken Gestalt. An den Schläfen mochte das Haar seit jeher leicht silbern gewesen sein, wahrscheinlich schon von nicht unbewegten Jugendtagen her; es gehörte das zum Typ des Mannes und seiner ganzen Manier, und es sah charmant aus und paßte irgendwie zu einer bis ins kleinste ausgebildeten und ausgeschliffenen Courtoisie, wie sie Herrn Guys eignete.

René fühlte sich plötzlich von der Empfindung angeflogen, daß es seiner Schwester Etelka jetzt garnicht so sehr um einen Wink – den sie bei aller Vorsicht leicht hätte empfangen können, ein Kopfnicken Renés hätte ja genügt – zu tun sei, ob ihr Brief an seinen Ort gelangt wäre, und daß sie es keineswegs aus Ängstlichkeit vermied, ihn anzublicken oder sich ihm zuzuwenden: denn daß er keine Dummheit oder Plumpheit begehen würde, das mußte sie ja ganz gut wissen. Sondern Etelka schien sich gewissermaßen auf einer anderen Ebene zu befinden, und sie lehnte von daher nicht dazugehörende Nachrichten und deren Kenntnisnahme ab. Stangeler empfand das einigermaßen deutlich, wenn ihm gleich die Ebene, um die es hier ging, als eine kaum glaubliche, ja absurde erschien: denn daß man auf eine solche Weise, wie Etelka nun, mit einem Mitgliede des – Oberhauses sozusagen (und zu dieser Sippe und Klasse von absolut erwachsenen alten Herren gehörte für Stangeler der Regierungsrat, ein gültiger Vertreter also vom oberen Ende des Tisches, wenn er gleich heute zufällig hier in nächster Nähe saß) anknüpfte, erschien ihm unerhört und fast im Geruche des Verrats und Frevels. Der Regierungsrat gehörte doch gewissermaßen dem Vater, in dessen nächste Nähe also Etelkas Frechheit sich jetzt und hier verstieg.

René war wieder in sich selbst zurückgesunken – gleichsam von Etelka, als von einer nicht ganz geheuren Person, ablassend – und vollendete die eifrige Bearbeitung eines Stückes vom Kapaun, als vom obersten Ende des Tisches her ein Eingriff in dessen unterstes erfolgte.

Der Primarius Doktor Hartknoch, den kleinen grünen Römer erhebend, in welchem das Gold eines reinen Weinhauer-Produktes aus Niederösterreich lag, deklamierte:

> Vinum bonum et suave
> bonis bonum, pravis prave,
> cunctis sapor dulcis, ave
> mundana laetitia!

Die Mama Stangeler sah amüsiert an ihm vorbei, sie kannte seine lateinischen Perorierungen und die gehörten eben zu ihm dazu, den sie im übrigen als ein Original schlechthin abtat und also gewissermaßen entwertete. Denn die Erheblichkeit irgendeiner Person neben der ihres Gatten lag außerhalb ihrer Denkbarkeiten. Der Vater Stangeler, wie manche nach außen gerichtete Personen von mächtiger Energie, Arbeitskraft und Erwerbsfähigkeit, dazu vom Erfolge in jeder Hinsicht gekrönt, besaß so etwas wie eine starke Raumverdrängung auch in seelischer Hinsicht, ein Anbranden gegen den anderen Menschen und ein Übergreifen auf ihn, kurz, eine Manier, welche Individuen von geistigem Format schlecht vertragen und der sie im allgemeinen ausweichen. Unter den Freunden von Renés Vater befand sich kein einziger wirklich bedeutender Mann, und, so seltsam das klingt, wenn man an die kleine, schon ganz persönlichkeitslos gewordene Frau von Stangeler denkt, gerade sie hätte einen solchen am allerwenigsten geduldet und gewiß auf ihre Art Mittel gefunden, ihn zu entfernen. So sehr war die solitäre und omnipotente Rolle eines jupitergleichen Gatten und Vaters ihr zur Entsprechung geworden.

Unter diesen Freunden des Hausherrn aber bildete der Doktor Hartknoch in gewissem Sinne eine Ausnahme. So wenig er durchschnittlich aussah, so wenig war er's, und zugleich ebensosehr verschieden von allem, was hier in der Familie als Regel galt. Zudem eignete ihm die kaum definierbare autoritative Sonderstellung, welche der Arzt, und gar ein als hervorragend anerkannter Arzt, nun einmal unter den Menschen hat. Doktor Hartknochs vertraute und freundschaftliche Art des Umgangs mit seinen beiden Töchtern, eine Manier, die er ohne weiteres auch auf die Kinder der Familie Stangeler übertrug, deren Lebensäußerungen er durchaus ernst nahm und deren Meinungen und Probleme, wenn man's so nennen will, er mit ihnen diskutierte – nach den Stangeler'schen Hausgesetzen eine Lächerlichkeit – das alles zusammen war nicht eben geeignet, ihm die besondere Gunst der Hausfrau zu erwerben. Weil sie aber nun einmal mit der Frau Primarius eng befreundet war, und zwar von Jugend auf, so ließ sie's hingehen und tolerierte den Doktor, welchen sie zuinnerst als einen Halbnarren gleichsam abschob. Denn, so merkwürdig man's immer finden mag: für sie war es ein Unerhörtes, daß jemand in geistiger Hinsicht von ihrem Gatten unabhängig dastand, ja sich etwa gar kritisch ihm gegenüberstellen konnte: und wenn so etwas auch gar niemals in Erscheinung und Äußerung trat, so wirkte auf Frau von Stangeler allein schon die hier zweifellos dazu vorhandene Möglichkeit gewissermaßen alarmierend.

„Ja – wie war das nun, Herr Primarius", rief der Landesgerichtsrat Hunt mit seiner stets heiseren Stimme über den Tisch, „mein Latein ist schon etwas eingerostet!" Er saß zwischen Frau von Stangeler und der rundlichen gescheiten Jetty Hartknoch, neben welche sich unten noch Asta anschloß, und so war er seiner eigenen Frau – einer Dame von ausgesprochen italienischem oder südfranzösischem, etwas ziegenartigem Typus mit vorspringenden oberen Schneidezähnen – gerade gegenüber, denn diese hatte ihren Platz zwischen Doktor Hartknoch und dem Regierungsrate Guys.

„Was ist denn das? Doch nicht klassisch?" fragte der Hausherr beiläufig, aber nicht uninteressiert.

Doktor Hartknoch wiederholte langsam den Vierzeiler und wollte eben eine Übersetzung anschließen: da legte sich der Vater Stangeler mit einer raschen Handbewegung in's Mittel und sagte: „Lassen Sie, lassen Sie, Primarius, das soll uns jetzt unser homo gymnasiasticus sive asinus gymnasiasticus aere perennius dort unten übersetzen. Also frisch los, René!" In den letzten Worten lag schon eine gewisse Schärfe, und mancherlei lag in dieser Schärfe versammelt und verschlungen: die apriorische Neigung vielleicht zu einem Eingriffe in Renés still gefräßiges Idyll dort unten; zugleich eine Art Drohung für den Fall, daß der Sohn jetzt den Vater blamieren würde; ganz zu unterst die aus rein nervösen Gründen am Schopf genommene Gelegenheit zu einem Angriffe überhaupt, nach irgend einer Seite hin; und ganz zu oberst so etwas wie eine nun zu erfüllende pädagogische Aufsichtspflicht. Alles in allem, es war einer jener Anlässe gekommen, bei denen Herr von Stangeler um seinen Jüngsten sich auf seine Art zu kümmern pflegte.

René hatte schon beim ersten Deklamieren des Primarius intensiv gelauscht, dergleichen entging ihm nie. Als er aber jetzt von seinem Vater apostrophiert wurde, und der ganze Tisch sich ihm zuwandte, fühlte er sich doch sehr gestört – dies ist der hier zuständige Ausdruck: nur gestört, jedoch gar nicht aus der Fassung gebracht; gestört etwa so, als würden unvermutet mehrere Menschen einen durchaus ihm allein zustehenden Raum, sein eigenstes Zimmer, betreten: aber in diesem eigensten Raum blieb doch er den Störenden, als auf seinem Boden stehend, überlegen. Eben als sein Vater ihn angesprochen hatte, war er mit dem Essen fertig geworden und hatte noch einen genießerischen Schluck Wein genommen: so war sein Mund frei, er brauchte jetzt nicht erst zu kauen und hinunter zu schlucken. Das war für ihn von Vorteil. Etwas moros und seine schiefen Augen halb schließend sah er seitwärts auf Damast, Silber und Glas der Tafel, wiederholte langsam und genau sprechend den lateinischen Text und schloß unmittelbar eine improvisierte Übersetzung an:

> Wein voll Blum' und Duft
> Gut dem Guten, bös' dem Schuft,
> der du uns den Schlaf versüß'st –
> Heiterkeit, oh sei gegrüßt!

„Bravo!" bellte der Landesgerichtsrat Hunt überlaut.

„Sehr gut!" rief Doktor Hartknoch, während er sein Glas hob und René zutrank.

Der Vater Stangeler war jetzt geradezu verklärt, er lachte buchstäblich über's ganze Gesicht. Aber dann sagte er gleich, den Primarius leicht am Arm berührend, wie um noch ein Zuwarten zu erwirken für eine weitere Frage an den Gymnasiasten:

„Hast du's gekannt? Was ist das? Woher sind die Verse?"

„Ich hab's nicht gekannt", sagte Stangeler, erstaunt über die von ihm ausgelöste Wirkung und ohne Verständnis dafür. „Aber klassisch wird es nicht sein."

„Und warum?" rief Doktor Hartknoch.

„Wegen des Versmaßes, wegen der Sprache, aber vor allem wegen der Reime."

„Was ist es also, oder was kann es sein?" fragte der Vater. Indessen der Ton dieser Frage war doch schon ein grundgewandelter im Vergleiche zu früher, ja sie klang jetzt fast wie an einen Fachmann, einen Experten, eine Autorität gerichtet. Und Stangeler, in aller Unschuld, denn er ahnte nicht, daß sich jetzt vor allem rechter Hand, nämlich von Seiten Etelkas (der seine Erfolge und Triumphe zu lange dauerten) ein Gewitter zusammenzog, sagte:

„Das weiß ich nicht. Ich hör' die Verse zum ersten Mal. Aber es wird mittelalterlich sein, ein Studentenlied, ein Vagantenlied, ein Lied fahrender Schüler, so kommt es mir vor."

„Vortreffliche Diagnose!" rief Doktor Hartknoch. „Stimmt, es ist ein Vagantenlied. Ein carmen buranum."

Und damit löste sich die Ordnung des Gespräches auf, trennte sich das Oberhaus wieder vom Unterhaus im entstehenden Stimmengewirre, das dort oben jetzt vor allem von der Frau von Stangeler in Gang gebracht wurde, welcher diese Solonummer ihres jüngsten Kindes ihrerseits schon weit mehr als zu lange gedauert hatte; auch besaß sie ein feines Organ dafür, daß René am Ende beinah' die Rolle eines auskunftgebenden Sachverständigen dem Vater gegenüber (wenn auch ganz unfreiwillig) gespielt hatte – das aber ging für seine Mutter gegen die Ordnung ihres Kosmos überhaupt. Sie redete also einfach dazwischen, bereits während der letzten Sätze, die René sprach, und die beiden anderen Damen halfen ihr bald dabei.

Im Unterhause aber zischte es jetzt von rechts her und zwar zugleich geringschätzig, herablassend und heftig, mit dem Affekt des Treffen- und Verletzenwollens:

„Immer diese dumme Eitelkeit und Lügerei! Du meinst vielleicht, es glaubt dir irgend jemand, daß du dieses lateinische Gedicht wirklich nicht gekannt und daß du diese Übersetzung in Versen jetzt im Augenblick erst gemacht hast? So dumm ist doch niemand. Aber du willst nur Effekt machen.

Wie ein Frauenzimmer. Auf diese Weise und mit dieser Eitelkeit wirst du es im Leben nicht weit bringen."

Stangeler sah seine Schwester maßlos verblüfft an.

„Ich bin so dumm", bemerkte der Regierungsrat. Etelka
hatte sich nicht beherrschen können, und so war es nicht bei
einem bloß für René vernehmlichen Zischeln geblieben. „Ich
bin so dumm", wiederholte er nochmals. „So etwas ist einfach
eine Frage des Talents, und ihr Bruder hat welches. Prosit
René!"

„Nein, ich kenn' ihn besser, Herr Regierungsrat," sagte
Etelka, aber schon in einlenkendem Tone.

„Geh, laß ihn doch!" rief Asta gedämpft von gegenüber.
„Er kann das Zeug halt, und der Alte freut sich darüber."

Guys betrachtete Etelka amüsiert von der Seite. In diesen
Augenblicken war's, daß er ein hier ganz unentbehrliches
Oberwasser gewann. Hatte sie bisher noch wie eine verschlos-
sene Pallas Athene ihn anstirnen können: nun hatte er sie in
der Not gesehen, im Ringen um ihre Geltung, bei aufgesprun-
genem Türchen des Charakters, der durch Augenblicke tief
hineinschauen ließ in seine Brüchigkeiten.

Nun, in bezug auf diese beiden hatte René (der's gleich
wieder vergaß und kaum mehr daran dachte, bis er dann spä-
ter die ersten Brief-Expedit-Aufträge bekam) sich an jenem
Abende wirklich nicht getäuscht. Eine sehr merkwürdige
Liebes-Affäre war hier im Werden, eine der seltsamsten jener
Zeit in Wien.

Was sie bei Guys anzog, was sie wohl bei ihm suchte? Eine
Sicherheit vielleicht, die ihr sonst niemand bieten konnte,
natürlich auch Grauermann nicht, eine Überlegenheit, die von
einer Ebene kam, welche man in den Kreisen jener jungen
Leute, die in Etelkas Elternhause verkehrten, freilich noch nicht
antraf. Die Sache spielte schon einen Teil des Winters hindurch,
lange bevor Renés etwas träge Instinkte ihm davon Kunde
gegeben hatten. Nun, Etelka war vierundzwanzig Jahre alt.

Es hat jede Affär' ihren Hintergrund, ihr Milieu, wie man sagt, das Leben ist immer der beste Regisseur: die Kulissen stimmen unsagbar gut zu dem, was gespielt wird. Wurden zum Beispiel des Omar Chajjâm weltabgewandte Verse gelesen, so bildete jenes stille, letzte, uns schon wohlbekannte Zimmerchen im ‚Quartier Latin‘ einen unbestreitbar passenden Rahmen. Dem mehr weltlichen Fahrwasser hingegen, in welchem Etelkas und Emiles Beziehungen dahintrieben, war eine sehr exclusive, altrenommierte Weinstube in der Nähe der Augustinerkirche angemessen, deren dunkle ‚altdeutsche‘ Einrichtung sich auch in den vorhandenen kleinen Chambres sèparées wiederholte, und diese Möbel und die bleigefaßten wappengezierten Glasscheiben in den Türen der Büffets, die sonst Etelka Stangeler gewiß im höchsten Grade mißfallen hätten, als Ausgeburten der bei ihr nicht gut angeschriebenen ‚Achtzigerjahre‘ – dieser Stil gewann hier eine ganz andere Bedeutung für sie: denn er repräsentierte jetzt für Etelka gewissermaßen das reifere Lebensalter ihres Partners, die ältere Generation: also genau das, was sie in diesem Falle anzog, was die Sensation für sie bildete. Man kann, wenn man gerade will, in dieser ersten ganz durchgeführten Aktion oder Campagne Etelkas vielleicht schon den Schlüssel finden zu ihrem Leben und zu ihrem Untergange überhaupt. Sie hat, den Vater vermeidend, ihn doch immer wieder zuinnerst gesucht und sich ihn anzueignen getrachtet. Am Ende sogar mit Erfolg. Sie suchte zweifellos eine Linie, einen Zwang in den Schienen, eine Leitung. Dies war auch der Sinn ihres zu Zeiten recht wackeren Musikstudiums, denn Etelka war nicht nur auf dem Wege, eine Pianistin zu werden, sondern ihr Gesang wurde von einer älteren Freundin, der Hofopernsängerin Cornelia Wett, für eine erhebliche Chance gehalten, wobei der genannten Dame (einer damals internationalen Koryphäe) freilich Etelkas Bestrebungen am Instrument völlig gleichgültig blieben: sie wollte nur, daß Etelka singe. Aber in der ganzen Seelenmischung des Fräuleins von Stangeler fehlte entschieden ein gewisses bitteres Gewürz, das auch zum Begehen steilerer und engerer Wege der Mühe befähigt und zugleich jene Fäulnis abgewehrt hätte, in welche ungenutzte Begabungen überzugehen pflegen. Jedes vergrabene Pfund entsendet einmal eine kleine Pestilenz an die Oberfläche der Seele, ebenso wie diese Oberfläche blind und undurchsichtig wird, wenn man dort die Pfunde über Gebühr auswalzt und ausmünzt.

Ja, sie suchte eine Linie, eine Führung. Aber sie konnte andererseits die Escapaden nicht lassen, nie, und es steht keineswegs fest, ob nicht neben Guys noch andere exerziert wurden. Das Leben sieht bei solchen andauernden Mechanismen eine Reihe von Jahren hindurch zu. Aber als Etelka noch selbst auf's Spiel setzte, was sie als allerbesten Halt endlich gefunden und gewonnen hatte: da öffnete sich sozusagen der Boden unter ihr, alles wurde erst wackelig, dann gleitend, schemenhaft, zuletzt stürzend und nicht mehr wiederzuerkennen.

Wie lange die lebhafte Beziehung zu Guys gedauert hat, ist schwer zu sagen. Ein oder das andere Jahr vor dem ersten Weltkriege von 1914 ist Grauermann als Attaché nach Konstantinopel gekommen, ausgerüstet mit einem umfänglichen Bestallungs-Dokumente vom k. u. k. Ministerium des Äußeren und mit einer ansehnlichen Reihe von Goldfüchsen, denn solchergestalt bezahlte der alte Staat die Reisediäten und Vorschüsse. Etelka blieb als letzte Tochter des Hauses noch durch eine längere Zeit daheim, bis in die Kriegsjahre hinein – Asta hatte sich inzwischen vermählt – und erst während jenes Krieges hat sie heiraten können, nachdem Grauermann Viceconsul geworden war.

Natürlich hat er zwischendurch mehrmals Urlaub von Konstantinopel gehabt, unter anderem knapp vor Ausbruch des Krieges noch, als René Stangeler eben seine Matura oder Reifeprüfung abgelegt hatte. Es war in einiger Hinsicht eine bemerkenswerte Zeit. Der alte Kaiserstaat hatte im gleichen Jahr durch das k. k. Eisenbahnministerium die langerwartete Ausschreibung des Projektes für die bosnischen Bahnen bekannt gemacht und ein Offert – die Strecke Banjaluka-Jaice betreffend

– welches Herr von Stangeler dem Ministerium gegen den Sommer zu unterbreitete, hat damals vor anderen den Vorzug erhalten. Das heißt aber: für Herrn von Stangeler waren diese Monate und Wochen eine Zeit des Hochdrucks, eine Campagne. Er verbrachte sie großenteils in Bosnien und nur tagweise in Wien. Hier befand sich damals im Juni lediglich René, der Maturant, in der Wohnung und ein älteres Dienstmädchen; zu Anfang des Juli kam Etelka von der Villa herein, Grauermanns wegen natürlich, wenngleich unter anderem Vorwande, denn trotz ihres öffentlichen Verlöbnisses hätte man ihr so ein paar Tage der Freiheit, mit dem beurlaubten Grauermann zusammen im hochsommerlichen Wien, denn doch nicht zugestehen können, ja gerade wegen des Verlöbnisses nicht. Er hätte sie erst draußen auf dem Lande sehen dürfen, wo auch seine Eltern zur Zeit sich aufhielten. Nun, eines Tages war Etelka da. Der Vater, wenn vorübergehend in Wien, nahm nicht einmal an den Mahlzeiten teil, sondern speiste in der Stadt mit seinen Mitarbeitern und anderen Personen, mit welchen er konferierte. Selten durchbrauste er die weitläufigen Räume und hielt sich allermeist, wenn er einmal zu Hause war, im ersten Stockwerk auf, in seinem schönen großen Arbeitszimmer, wo man dann das Telefon klingeln hörte; alle Fenster an der Schattenseite des Hauses standen ja wegen der Hitze offen.

Etelka bemerkte nicht ohne Befremden, daß René mit einem Cutaway bekleidet zur Schule ging, dachte sich weiter nichts dabei und hat dann nachmittags von ihm erfahren, er habe seine Matura bestanden. Als dies kurz danach Grauermann bei einem Telefongespräche mit Etelka gehört hatte, griff er die Gelegenheit zu einer Feier mit dem größten Vergnügen auf – insoweit ein echter Ungar – und ließ alsbald eine herzliche Einladung zugleich mit seinem Glückwunsche an René ergehen.

Der Vater Stangeler hielt sich damals für wenige Tage draußen in der Villa auf.

Sie sind nach ihrem Feste selbdritt einigermaßen beschwipst in einem Automobil von der ‚Goldnen Waldschnepfe‘ in Neuwaldegg bis zu Renés Elternhause gefahren, wo dieser vorausschleichend sicherte – ob nicht etwa abends der pater familias eingetroffen sei!? Aber es war niemand da, und jetzt, lange nach Mitternacht, bestand auch keine Gefahr mehr. Sie kochten zunächst türkischen Kaffee und tanzten in dem weiträumigen zweiten Stockwerk herum. Es kam auch zu einigen grotesken Auftritten, denn das Schlafzimmer des Herrn von Stangeler wurde betreten und in diesem hell erleuchteten großen Raume hat René eine Ansprache gehalten, eine revolutionäre Agitationsrede, welche immer wieder in der rhetorischen Frage gipfelte: „Und das will ein Demokrat sein!?" Der Maturant oder eigentlich jetzt Abiturient hielt dabei einen Möbelpraker aus Rohr in der Hand und ließ ihn bei den Höhepunkten seiner Rede auf die rotseidne Bettdecke des väterlichen Lagers niedersausen. Sie tobten dann noch des längeren (Grauermann wäre kein Ungar gewesen, hätt' er nicht etlichen Champagner hinten im Automobil mitgenommen), und es mag halb drei Uhr geworden sein, bevor René damals zum Schlafen gekommen ist. Am nächsten Morgen ist er spät und freilich leichten Herzens erwacht. Der Himmel draußen war rein blau, die Sonne lag da und dort schon ersichtlich heiß in dem weiten Hof-Viereck und auf den tongelben Mauern der Zinskasernen, die es umgaben. Aus tiefem Grunde streckten sich drei Bäume des Nachbargartens, hintereinander stehende große Eschen, bis über die Höhe des zweiten Stockwerks mit ihren breiten Kronen in die Sonnenbahn empor. Dieses geräumige Hinterzimmer, vor dessen beiden Fenstern ein langer, schmaler Balkon vorbeilief, lag nach Norden, war ohne Sonne und daher sogar jetzt im Juli fast kühl.

Nicht ohne eine gewisse Ernüchterung hat sich René damals erhoben, kalt geduscht und sodann angekleidet. Damit zu Ende gekommen, betrat er dann zerstreut ein an seinen Raum anschließendes Kabinett. Hier gab es nur wenige Möbel. Die Glastür auf den Balkon stand offen. Über den roten Kaminen der Häuser sah das Blau dampfig und sehr entfernt aus. Der vom morgendlichen Gießen feuchte wilde Wein am Geländer des Balkons, welcher aus einer Reihe grüner Kistchen wuchs, und die da und dort in großen Blumentöpfen stehenden Blattgewächse rochen erdig und zugleich geil wuchernd. Plötzlich ließ sich der kurze und gleichsam scharfe Schritt des Vaters hören, durch die benachbarten Zimmer herankommend.

Die Lage des Herrn von Stangeler war zu der Zeit keine leichte. Die Ermordung des österreichischen Thronfolgers in Sarajevo – ein alarmierendes Faktum, das wenige Tage alt war und nur der Gedankenlosigkeit junger Menschen so ganz hatte entgleiten können – ließ eine deutlich absehbare Kriegsgefahr über den Horizont steigen, und mit ihr kamen die bevorstehenden Arbeiten in Bosnien, welche eben jetzt, der knappen Termine und hohen Pönale wegen, entschieden angepackt sein wollten, durchaus in's Schwanken. Auf der Villa hatte die Mutter ihm zudem in den Ohren gelegen, ob er nichts von René wisse, ob der nun seine Matura bestanden habe oder nicht? (Matura?! darauf hatte der Herr von Stangeler im Drange seiner Tätigkeit allerdings vollends vergessen gehabt.)

Die Tür ging nicht nur sehr plötzlich auf, sondern sie explodierte gleichsam, als hätte ein Überdruck dahinter geherrscht.

„Was treibst du hier?! In welcher Klasse bist du jetzt eigentlich?!"

„Ich war in der achten."

„Dann mußt du ja Maturitätsprüfung machen?!"

„Ich hab' sie gestern bestanden."

„Und der Mama keine Nachricht gegeben, was?! Da sitzt man draußen und macht sich Sorgen! Brutales Tier!"

Eine kräftige Ohrfeige knallte. Dann zog der Vater sein Portefeuille hervor. „Da hast." Er warf ihm eine Spende von fünfzig Kronen hin (für einen Gymnasiasten damals ein außerordentlich hoher Betrag). „Marsch!" brüllte er gleich darauf, „verschwinden! Heute noch hinausfahren!" René wandte sich gegen die Türe seines Zimmers.

Aber beim Abgange folgte ihm noch ein recht ausgiebiger Tritt in jene Körpergegend, welche der Vater des Leutnants Melzer während seiner langen Dienstzeit als Cavallerist stark hat in Anspruch nehmen müssen.

Im Leben der Etelka Stangeler hat es zwei Wendepunkte gegeben: der erste war gekommen als sie, nach ihrer Ankunft auf dem Hauptbahnhof in Konstantinopel, vom Waggon herabkletternd, den rechten Fuß am Bahnsteig aufsetzte: Der Konsul Robby Fraunholzer, ein älterer Kollege Grauermanns, hatte dort das junge Paar schon erwartet, welches nach einer zu Wien im Frühjahr 1915 trotz des Krieges sehr festlich gehaltenen Hochzeit, nunmehr an dem Dienstorte des neuen Vicekonsuls und Ehemannes eingetroffen war. Fraunholzer half Etelka beim Aussteigen. Und hier sollten sie nun leben. Und es wurde wirklich ein Stück Leben. Freilich, denn hier begann's ja schon damit, daß der Mann ihr entgegentrat, welcher wie ein Blitz in Etelka alle bisherigen Lichter und Lichterchen zu fahlem Schein und Gelichter machte: so mächtig traf sie, in der rauchigen Halle, zwischen dem Gepäck und den trocken klingenden Lauten einer fremden Sprache (trocken wie eine baumlose Landschaft), in welcher ihr Mann mit dem Gepäckträger sprach, der Strahl einer nie empfundenen Faszination.

Der zweite Wendepunkt zeigte sich zehn Jahre später, 1925 zur Zeit des Nachsommers: im einzigen komfortabeln Hotel jenes Alpendorfes in Niederösterreich, wo Etelkas Vater seine Besitzung hatte; übrigens beim Anlasse einer Art von Fest, zu welchem die Situation sich damals entwickelte. ... Durch das Eintreffen Fraunholzers gewissermaßen. Nun, es war der Punkt, wo Fraunholzer dahin kam, an Etelka zu verzweifeln. Und es hat sich dieser einmal gesetzte Akt bei ihm wesentlich nicht mehr rückgängig machen lassen.

Es war damals, als der zufällig anwesende Major Melzer ganz allgemein von einer nicht nur depressiven, sondern sozusagen schon kühl-ernsten Ahnung überschattet wurde, „daß hier noch mancherlei harte Abstiege würden kommen"; und mit dieser etwas seltsamen Ausdrucksweise hat er später in manchen Gesprächen den gedachten Punkt bezeichnet.

Von alledem blieb man im März 1915 zu Konstantinopel weit entfernt. Es war eine Zeit des tiefsten Erstaunens für

Etelka und damit ist schon gesagt: eine Zeit zarten Beginns, eine frühe Zeit mit steigender Tendenz in allen feinen Äderchen des Lebens, ein Vor-Frühling mit all seinen Benommenheiten, mit seiner tiefen Befangenheit, die den Menschen umzirkt, als sei er von einem hohlspiegelnden Rund umgeben, aus dessen zerfließenden Bildern zuletzt doch immer wieder nichts anderes hervortritt als das Bild des eigenen Ich, welches dabei am allermeisten bestaunt wird und als erblicke man es zum ersten Male.

Sie sah weit bewußter und geschlossener aus als sie wirklich war, wenn sie mit ihren beiden Windhunden auf der Peraer Seite des Boulevard Kassim Pascha dahinging, mitsamt ihrem immer etwas breit wirkenden Gesicht (dessen großer Augenabstand für Begabtheit sprach) und ihrem sicheren und schicken Auftreten. Übrigens stand ihr Weiß ganz ausgezeichnet. Und das kam hier bald an die Reihe: auch mit schönen Flauschjacken, wie wir eine solche einmal an Frau Mary K. bemerkt haben. Etelka liebte dazu sehr große Knöpfe. Manchmal vermochte sie es, auf dem genannten Boulevard oder in der Rue de Pera auch recht arrogant auszusehen.

Aber das waren Kindereien.

Und die Kindereien wurden zudem seltener. Diese Stadt hatte merkwürdige stille Inseln, wie keine zweite, ausgestorbene und erstorbene Flecke, über welchen das Gras eines anderen Zeitalters wuchs. Nicht nur die Parks waren zum Teile still, in der Gegend etwa der englischen Botschaft oder des Theaters, und dort gab es ja auch wirklich einen Friedhof. Nein, diese Stadt hatte völlig vereinsamte Stellen, einsam wie jene ‚Meeraugen‘ genannten winzigen Teiche in Dalmatien, darin sich bei baumlosem Karst nur das leere Blau des Himmels fangen kann. Es gab hier Plätzchen, halb verfallene fensterlose Mauern, Brunnen, Durchgänge, die mit ihrem eigenen Zerfall zugleich weit aus dem Flusse der vergehenden Zeit hinausgeraten waren.

An solchen Plätzen erreichte Etelkas erstaunter Zustand seine Höhepunkte und sie, vor noch so kurzer Zeit Mittelpunkt eines Quirls von Familienleben, wie eben jede, die sich zu verheiraten im Begriffe ist, sie stand plötzlich in einer wie eigens als Folie für ihren neuen Zustand geschaffenen Umgebung, von ihr umschlossen, das immer lauter werdende Gefühl in der Brust, von dem sie jetzt wußte, daß es die Liebe war und nichts darüber und nichts darunter, und daß es dem Leben hier nichts abzuhandeln gab.

So der Wirklichkeit unvermutet und erstmalig gegenübergestellt, breitete sich eine raschere Reife in ihr aus, übermächtiger Oktobersonne vergleichbar, die gelagerten Nebel mit Leichtigkeit vertreibt. Bei so hervortretend geklärten Konturen rebellierte Etelka nicht allsogleich gegen die Umstände, welche nun ihr Dasein umzirkten und bedingten, weil ein tieferer Instinkt ihrer geistigen Rasse ihr zu sagen vermochte, daß auch einer ganz verkehrt gewählten Richtung – und als das mußte sie ihre Ehe wohl jetzt erkennen! – eines zukommen müsse, damit es überhaupt eine Richtung sei: Dauer, mindestens eine gewisse Dauer. Und da alles so gänzlich über ihrem Haupte zustande gekommen war und das Schicksal gleichsam über ihren Kopf hinweg verfügt hatte – unangesehen ob dieser jetzt gerade Wahres oder Falsches enthalten mochte – so erschienen Etelka die verschiedenen Bedingnisse und Bestimmungs-Stücke ihrer Lage als durchaus nicht ihr eigenes Werk (woran solche Menschen mit dämonisch heftigem Willen sonst gerne glauben!), sondern gewissermaßen autoritativ und demnach ohne Kritik hinzunehmen, zu leben und zu praktizieren.

Auf diese Weise kam sie, ohne den Weg irgend über's Moralische, sei's in konventioneller oder religiöser Form zu nehmen, dahin, daß ihre Ehe von ihr aus intakt blieb, einfach weil sie dieser nun einmal eingegangenen Verbindung (mochte jetzt was immer davon zu denken sein) eine gewisse Dauer als selbstverständliche und notwendige Erscheinungsform zuerkannte, eine Linie, die einzuhalten war und an der man zugleich sich maß. Wie groß nun immer der Anteil gewesen sein mag, den Ängstlichkeit, Wertbetonung der gesellschaftlichen Stellung, ferner das Behagen darüber, gerade auf solche ihr sehr konvenierende Art dem Elternhaus entronnen zu sein – wie groß immer der Anteil dieser Umstände an Etelkas Verhalten gewesen sein mag: sie machten es keineswegs vollends aus, und sie begründeten es nicht.

So blieb diese Liebe durch mehr als drei Jahre unerklärt, aber wie ein unter dem Wasser scheinendes Licht gab sie dem ganzen Leben einen kristallischen Charakter und grundierte die zahlreichen gesellschaftlichen Anlässe, welche Etelka und Fraunholzer zusammenführten, mit einer gehöhten Lebendigkeit. Man kann sagen, daß Etelka Stangeler erst in Konstantinopel erlebt und genossen hat, was es heißt: jung sein, das Leben nirgends festgefahren und verbleit, sondern überall als halbdurchsichtigen Liquor zu sehen, voll Strömungen, Glitzern, Flirren, und unermeßlich tief und unverständlich durchleuchtet. Etelkas Jugend brach aus, wie hier der Frühling am Marmara-Meer. Hatte sie bisher – im Dresdener Pensionat und dann in der drückenden und scheuchenden Atmosphäre ihres Elternhauses – wahrhaft nicht erahnen können, was es heißt, frei und unbeschwert zu sein, so erlebte sie's hier: und gerade das verhinderte sie daran von ihrer Freiheit einen kurzschlüssigen Gebrauch zu machen – welchen der Unfreiheit daheim abzulisten sie niemals im geringsten gezögert hatte.

Dieses Leben in Konstantinopel dauerte drei Jahre, nämlich bis zum Zusammenbruche der alten Donaumonarchie am Ende des ersten Weltkrieges. Das Jahr 1919 fand Etelka mit Mann und Kind und ‚Kegel‘ (letzterer in Gestalt einer treuen ungarischen Magd) wieder zu Wien im Elternhause, aber nicht für allzu lange Zeit. Denn die äußeren Verhältnisse und Umstände klärten sich für Grauermann dahin, daß er zunächst weiterhin im Staatsdienste verbleiben konnte, und zwar im königlich ungarischen. Nach der Wiederherstellung geordneter Verhältnisse in Ungarn wurde er dem Generalkonsulat in Wien zugeteilt; und so hielt die kleine Familie Einzug in jenes Palais in der Bankgasse, wo das Generalkonsulat nun untergebracht war. Im höchsten Stockwerk, in behaglichen und geräumigen Zimmern mit niederer Decke – denn bei einem barocken Baue verjüngt sich das Höhenmaß der obersten Räume sehr erheblich – hatte Grauermann seine hübsche und repräsentative Dienstwohnung erhalten. Etelka besaß viel alte Möbel, eben aus der Zeit, in welcher dieses Gebäude erbaut worden war, und so gewann ihr neues Heim durch den Zufall eine geschlossene Form.

In die nun folgenden Jahre fällt der Höhepunkt ihres Lebens. Was in Konstantinopel Möglichkeit geblieben war, ist hier Wirklichkeit geworden.

Der ‚äußere Höhepunkt‘ sollte man wohl sagen, aber dieser Ausdruck hat etwas von Erfolg und Carrière im Beigeschmack, und das war es ja nun gar nicht, sondern der gerettete Kahn eines Staatsbeamten, aus den Trümmern des versinkenden Wracks einer Großmacht klug herausgesteuert und an einen nun selbständig weiterschwimmenden Teil dieses Wracks angehängt. Denn nicht das ungarische Vaterland allein, sondern die Doppelmonarchie hatte den Konsul Grauermann erzogen, ausgebildet und genährt. Ein nur äußerer Höhepunkt – gewiß, denn in der Geschichte einer Liebe ist die erhabenste Stelle nicht unbedingt jene, welche die Tür in ihre Angeln hängt und aufgehen läßt und den Blick frei gibt in erleuchtete Säle, die hier anschließen und das Dasein in eine Art von himmlischer Groß-Conditorei für eine Zeit zu verwandeln scheinen.

Doch wurden es im Jahre 1920 unsagbare Wiener Frühjahrstage.

Grauermann befand sich oft durch längere Zeit in Budapest. Amtliches führte ihn dorthin, später auch als Vorwand, hinter welchem er dort unten an seiner Zukunft betriebsam tätig war: denn sehr bald konnte der Konsul Grauermann erkennen, daß seine diplomatische Laufbahn auf einem durchaus toten Punkte sich festfuhr und daß der jetzige ungarische Staat – seltsamste Kreuzung zwischen einer unausgetragenen Republik und einer verhinderten Monarchie – seinen Beamten an Aussichten wenig eröffnen konnte. Damals mußte es für einen vernünftigen Menschen wie Grauermann zumindest so sich darstellen. Und so hat er denn in jenen Jahren seine Übersiedlung in die Privat-Industrie gründlich und ausdauernd vorbereitet und sie 1923 durchgeführt, als königlich ungarischer Konsul im Ruhestande, welche Charge ihm auch in der neuen Stellung nicht geschadet hat. Beim Eintritte dieser Wendung ist dann die Familie Grauermann nach Budapest in die schöne Wohnung am Fasor gezogen – seit dem Weltkrieg hieß diese Straße übrigens ‚Vilma királynö út‘ – welche Etelkas letzte Wohnung geworden ist, der letzte Raum in der zu durchblickenden Zimmerflucht ihres Lebens und schon recht weit entfernt von jenem kleinen Gemache, wo man einst des Omar Chajjâm tiefsinnige Verse las.

Fraunholzer war um gut zehn Jahre älter wie Etelka und hatte als Konsul, bereits mit dem Dienstorte Konstantinopel, sich 1909 oder 10 mit einem Fräulein Küffer verheiratet; sie stammte aus der gleichen Wiener Bierbrauers-Familie, die wir flüchtig schon einmal als mit Mary K. befreundet erwähnten; man erinnert sich vielleicht, daß in den Jahren nach dem ersten Weltkriege Marys Kinder in Döbling draußen mit der jüngsten Küffer'schen Generation verkehrten, welchen Umgang die Familie Küffer gerne sah, denn die beiden K.s, so Bub wie Mädel, waren über den Durchschnitt begabt und vortrefflich gebildet und erzogen. Aus Fraunholzers Ehe stammten drei Kinder. In den Jahren nach dem Kriege ging äußerlich mit dem Konsul Fraunholzer eine Veränderung vor (vom Innerlichen und von den Veränderungen in seiner Ehe zu schweigen). Er wurde erheblich dicker, und das mußte so sein, denn Fraunholzer überstand 1919 eine schwere Lungenentzündung, und danach war eine Zunahme seines Körpergewichts dringendst geboten. Nun aber – dieses Dickerwerden, welches freilich noch kein unhübsches Embonpoint bedeutete, war von großem Vorteil für seine Erscheinung, einfach deshalb, weil er bisher zu mager gewesen war. René Stangeler, der ewige Gymnasiast, wenngleich damals schon auf dem Wege zum Doktor der Philosophie, ist es gewesen, der für Fraunholzer jenen Spitznamen aufgebracht hat, der dem späteren Generalkonsul dann geblieben ist und sein Exterieur vortrefflich bezeichnete: Pompejus. Fraunholzer, den René nach dem Kriege auf dem Landhause seiner Eltern kennen lernte, sah damals wirklich aus wie ein alter Römer, den man in das Kostüm unserer Zeit gesteckt hat: der energische gedrungene Kopf nicht ohne edlen Schnitt, sonderlich von der Seite gesehen, das dunkle krause Haar, breite Schultern, eine untersetzte Gestalt. Seine Stimme war allerdings meist etwas heiser, aber auch dies paßte irgendwie zu ihm, oder man hatte sich vollends daran gewöhnt. Der alte Stangeler schätzte Fraunholzer sehr und unterhielt sich in seinem Schreibzimmer oft stundenlang mit ihm. Hierher gehört nun der Aspekt, unter welchem Fraunholzers Beziehungen zu dem Ehepaar Grauermann bei den meisten Menschen standen – ob der alte Herr von Stangeler auch zu diesen gehörte, bleibe hier offen, denn seine mitunter gleichsam witternd emporgezogenen Nasenflügel verrieten in allen Fällen, daß ihm die wesentliche Schwerpunktslage menschlicher Verhältnisse und Beziehungen kaum irgendwo verborgen blieb. ... Wie immer, bei den Meisten jedoch wurde der spätere Generalkonsul in Belgrad seit jeher als älterer Protektor Grauermanns im Bewußtsein verankert und evident gehalten. In der Tat hatte sich Fraunholzer des jungen Grauermann gleich angenommen, als dieser in der Eigenschaft eines Konsular-Attachés nach Konstantinopel gekommen war, und das ohne ihn vorher mehr als ganz flüchtig gekannt zu haben; auf der Akademie zu Wien waren Fraunholzer und Grauermann, zwischen denen ein Unterschied des Lebensalters von zwölf Jahren lag, niemals gleichzeitig gewesen. Von den damaligen Akademikern war es nur Teddy Honnegger, der zu

Fraunholzer eine Verbindung und sogar eine sehr enge hatte. Jedoch stammte diese freilich auch nicht aus der Akademie sondern kam aus weit älterem Ursprung: die beiden waren Freunde seit der Gymnasialzeit Honneggers, während welcher der spätere Generalkonsul sich schon dem Abschlusse der Akademie näherte. Das ist ein verhältnismäßig sehr seltener Fall; noch bemerkenswerter dabei erscheint, daß zwischen ihnen ein durchaus wechselseitiges Respektsverhältnis von Anfang an geherrscht hatte, auch vom Älteren zu dem um so viel Jüngeren hin. Es hat Teddys Vater, ein höherer Beamter des Außenministeriums, die Freundschaft mit dem gescheiten Robert immer gerne gesehen. Fraunholzer nun dürfte zu Konstantinopel Gefallen gefunden haben an der frühen Entfaltung einer tüchtigen Anlage praktischer Klugheit bei unserem Grauermann, und es ist für diesen sicher von bedeutendem Vorteile gewesen über die Verhältnisse dortamts – um diesen fast unappetitlich-schönen Ausdruck zu gebrauchen! – durch einen sehr klugen Menschen gleich von vornherein zutreffend orientiert worden zu sein, besonders über die personellen Verhältnisse, was nun einmal auch bei einer Behörde das Wichtigste, ja das allein Wichtige bleibt, denn sie besteht, mag sie welche Hoheit des Namens immer führen, doch aus Menschen und manchmal auch aus Unmenschen.

Und doch, und obwohl alles so sehr auf dem Wege sich befand in profunde Unordnung zu geraten, wurden es im Jahre 1920 unsagbare Frühjahrstage für Etelka und Fraunholzer, der im Gefolge seiner durchgemachten und vollends ausgeheilten Krankheit damals zeitweise in Wien sein konnte: denn er hielt sich in den österreichischen Alpen auf, zu Gmunden, wo auch seine Frau mit den Kindern wohnte, deren Bedürfnisse unter den damaligen Ernährungsumständen in Oberösterreich leichter zu erfüllen waren als in der Großstadt.

Wir vergaßen schon des längeren, einmal irgendwo zu erwähnen oder anzumerken, daß Etelka in Konstantinopel einen

Buben geboren hatte, ein gesundes und hübsches Kind. Es sah im höchsten Grade der Mutter ähnlich und dem Vater fast garnicht, noch mehr Grund für Fraunholzer, es zärtlich zu lieben und, indem er alle verfügbaren Beziehungen spielen ließ, aus Oberösterreich und aus Ungarn das Mögliche und Unmögliche für den Kleinen herbeizuschaffen.

Etelka hatte also von Grauermann einen Buben.

Man sieht, wie jedermann seine Beiträge lieferte zur Komplizierung quer liegender Sachen, nun, eigentlich schon kreuz und quer liegender.

Und doch und obwohl – diese Tage waren unanfechtbar, und dieses ganze Frühjahr blieb so, man fühlte sich sogar sicher (die evidente Protektors-Rolle Fraunholzers dem jungen Ehepaare gegenüber erleichterte die Regie), man war in gar keiner Weise gescheucht oder gejagt. Man fuhr im offenen Fiaker über die Ringstraße: Etelka liebte es überhaupt im offenen Fiaker zu fahren, seit jeher. Die in zahllose Lichtreflexe sich zerschlagende Außenwelt – in wirren Blätterschatten und Sonnen-Getüpfel links und rechts unter den Bäumen – diese Außenwelt, unaufhörlich getroffen von herabflatternden Scheiben immer neuen Lichtes, welche wie in zahllose klingende Scherben zersprangen, sie war mit ihren nennbaren Reizen doch nicht für Etelka bis in's Innerste eindringend und ausfüllend, denn dort, lichtfern in's blasse Taubengrau der verborgensten Kammern ihres Lebens gehüllt, geschah modest und wie am Rande, aber ganz selbständig, die wesentliche Verschiebung, welche diese Tage kennzeichnete: und in ihrer Erinnerung und bis zur letzten Stunde blieb dies verknüpft mit dem kräftigen und männlichklugen Gesichte Roberts unter dem leichten grauen Hut, mit den breiten Schultern, die stark und dabei unbeschwert sich in den Fond des Wagens lehnten. Hier zum ersten Mal wich etwas von ihr wie ein ohnmächtig gewordener Dämon, der sie bisher den anderen Menschen gleichsam entgegen gepeitscht hatte, so daß sie gewissermaßen nie an jemand herangetreten, sondern geradezu über alle hergefallen war, die zerrissene

Fahne der eigenen Geltung wirbelnd. Nichts aber wollte sie jetzt mehr, als diesem Bilde einer schweigenden männlichen Selbstgewißheit, einer Bescheidenheit ohne Bedürfnis nach Äußerung, einfach dienen, indem sie es immer tiefer in sich aufnahm, ohne die Besorgnis, etwa gedrückt, verletzt, erniedrigt und gebrochen zu werden, ohne daß sie im entferntesten die Faust einer solchen immer gleichen Tendenz am Genicke spürte. Dieser ihr schlimmster Schmerz, der Vater, wich aus ihr, zeigte sich zugleich verwandelt und zog am Horizonte ihres Lebens in einer unerwarteten Gegend neu auf: und so konnte sie einen Raum dieses Lebens besetzen, der bisher qualvoll leer geblieben war, als hätte sie von dort immer ein bösartiger Schatten zurückgescheucht. Was war gegen solche Erlösung die Weite der sich öffnenden Gärten beim Burgtheater, was waren dagegen die da und dort in plötzlicher Weißglut, wie neu entstehende Sterne, strahlenden gesammelten Sonnen-Widerglaste in den Scheiben von Fenstern oder Fahrzeugen, was war dagegen die schäumende Hingedehntheit des Flieders auf dem äußeren Burgplatze, wohin man nun einbog. Alles das nur Obertöne, abgesplitterte duftende Striche in der einen großen Freude, in welcher Etelka dahinzog auf den sanft rollenden Rädern, hinter den hüpfenden und zuckenden Pferden, durch's Burgtor hinein in die innere Stadt, wo das eilende und sich augenscheinlich so wohl befindende Leben der Trottoirs näher an's Gefährt heran kam und das Licht viel reizvoller wurde, denn links oder rechts schob sich eine stille, schattige Gasse wie ein taubengraues Trapez angenehm zwischen den Überfluß und zerteilte ihn.

Etelka ist damals gegen Mittag nach Hause gekommen in das ungarische Palais, durch das weite Vorhaus an dem grüßenden Portier vorbei, und auch oben in ihrer Wohnung mit leichtem lächelndem Kopfnicken an ihrer treuen Ziska vorbeigehend oder eigentlich gleitend oder schwebend, die der Herrin etwas verdutzt nachschaute, denn sie wollte eben einige häusliche Rapporte anbringen, über den Kleinen und über das

Mittagessen. Aber Etelka war schon im Salon verschwunden. Dort kam sie notgedrungen zum Stehen und halb zum Sitzen auf der breiten Armlehne eines Fauteuils, den Blick versenkt an eine große gelbleuchtende Scheibe von getriebenem Messing, die, mit einem Durchmesser von fast einem Meter, ein niedriges, stabiles türkisches Taburett bedeckte, auf welchem die stets bereiten Geräte für den Mocca blinkten. . . . Hier standen die Fenster offen, jedoch in dieser etwas zurückgezogenen Gegend der Stadt kam das unbestimmt mahlende ferne Geräusch nur schwach herein. (Wurde es von den großen Vorräten an Abgewandtheit und Stille und In-Sich-Gekehrtheit, welche auf dem nahen Minoritenplatz lagerten, wie von einem Kissen aufgefangen und gedämpft?) Etelka sah auf das leuchtende messingene Rund, das in der vom Fenster hereinfallenden Sonnenbahn lag, aber in Wahrheit sah oder fühlte sie durch das Metall hindurch und in ihr eigenes Innere. Es war wie eine Schmelzung, was jetzt durch sie floß. Und in diesem Erfließen erschaute sie die ihr bisher ganz unbekannte Möglichkeit einer Art von Aufgeben alles dessen, was sie immer bedrückt und zugleich gehetzt hatte, ein Aufgeben, aber ohne bittre Opferung und ganz ohne ein gewaltsames Aus-der-Bahn- und gleichsam um die Ecke-Treten. Wie ein einziger leichter Schritt bot es sich an auf eine erreichbare höhere Ebene, ein Schritt aber, bei dem sie ihre spezifische, sehr persönliche Färbung des Lebens gleichsam an den Sohlen mitnehmen durfte und sie keineswegs aufgeben sollte, in irgendeiner kantigen lebensfeindlichen Alternative etwa, zwischen den Vorstellungen des Altruismus und des Egoismus, oder wie diese ihr so oft entgegen geschleuderten pädagogischen Wurfgeschosse sonst geheißen haben mochten.

Ihr schien das Leben, bisher gabelig in Widersätze gespreizt, wie in eins zu münden, in einen Strom von höherer und lösender Gewalt. Warum sie nun gerade, immer auf die leuchtende Scheibe von Messing schauend, an ihr Zimmer im Dresdener Pensionat dachte, das fragte sich Etelka nicht – an ihr Zimmer und an eine etwas ratlose Lage, darin sie sich damals eben befand: da hatte es geklopft und Fräulein Brandt war eingetreten, die Direktorin; aber nicht eigentlich in dieser ihrer Eigenschaft; ihr Gesichtsausdruck brachte eine ganz andere, neue Verbindung zu ihrem Zögling jetzt fertig in den Raum mit, es war höchst selbstverständlich, und so wurde es Etelka leicht, der älteren Freundin zu sagen, was sie eben an sich entdeckt hatte und welcher Fall da eingetreten war. Fräulein Brandt lächelte und nahm Etelka an der Hand und mit sich, während das Mädchen sich wie innerlich durchbrochen fühlte von diesem neuen Erfließen in ihr und diesen plötzlich und in aller Stille offenbarten Geheimnissen des eigenen Körpers. Und so war es heute, nur war es nicht der Körper. Wie vieles wollte sich entfernen und sie verlassen in diesem lösenden Strom! Sie sank in den Fauteuil und vergrub das Gesicht zwischen ihren Armen auf der breiten Polsterlehne.

Allmählich, in dieser Zeit, etwa in den Jahren einundzwanzig und zweiundzwanzig (die glücklichsten in Etelkas Leben) hat sich für sie ein neuer Mittelpunkt und Ruhepunkt ergeben bei der Kammersängerin Cornelia Wett. Etelka hat den Konsul Fraunholzer irgendwann einmal zu ihr gebracht. Das wurde eher möglich durch einen genau genommen negativen Sachverhalt, von der Wett aus gesehen zumindest: denn diese hatte Etelka als künftige Sängerin sozusagen längst aufgegeben (freilich schon vor dem Kriege und angesichts von Etelkas teils durch Eskapaden grell belichtertem und verwirrtem, teils durch zeitweise ‚façons voilées‘ wieder tief verdunkeltem und fast verschwindendem Lebensfaden, den Flüssen im Karst vergleichbar). So fiel ein sachliches Postulat von Seiten der Kammersängerin hinweg, zugleich ein Gewissensdruck und eine Hemmung für Etelka (und von daher hatte sie Cornelia Wett oft lange gemieden). Das Verhältnis gestaltete sich von Seiten der Frau Konsul Grauermann jetzt weit zutraulicher. Erst ließ sie Cornelia Fraunholzers Briefe lesen, welche

er der Sicherheit halber bald an die Adresse der Kammersängerin sandte und die auch dort aufbewahrt wurden, in einer
großen Schatulle als ständig wachsender Schatz. Dann brachte
sie schließlich einmal den Konsul selbst zu Cornelia hinauf und
stellte ihn ihr vor. Dabei gab es gewissermaßen eine Überraschung. Denn diese beiden im Grunde gar nicht unähnlichen recht kräftigen Persönlichkeiten gewannen vom ersten
Augenblick an den lebhaftesten Kontakt – buchstäblich von
der Sekunde an, da Fraunholzer das sonnige Studierzimmer
der Wett betreten hatte, an einem Vormittage im Mai gegen
elf Uhr. Sie saß da, löwenhaft, blondmähnig und mit ihren
schräg stehenden Augen den Eintretenden anvisierend, auf
einem Diwan. Kaum waren die beiden beisammen, so redeten
sie schon wie die Mannsbilder miteinander über Politik und
recht eingehend über die Geschäftslage auf dem Balkan (wohin Fraunholzer sich zu begeben damals im Begriffe stand),
und weiterhin geradezu über Wertpapiere. Es war an dem, daß
Etelka sich fast ausgebootet fühlte; jedoch aus einer Kategorie,
wo's nicht wehe tat. Die Art dieser Unterhaltung erinnerte
durch die Gegenstände, welche da behandelt wurden, allzusehr an Gespräche zwischen Fraunholzer und Etelkas Gatten;
nur daß bei diesen der erste den zweiten ganz überblendete;
und Pista pflegte diese Situation immer neu zu fördern durch
seine Zurückhaltung, weil er von Fraunholzer was hören und
lernen wollte; während diese beiden, nämlich Cornelia und
Robby, einander anstrahlten, ja sich gegenseitig ganz ungeniert wie mit Blendlaternen abzuleuchten schienen.

Es tat doch etwas weh, aber in einer Weise, die nicht aus den
seelischen Weichteilen kam, sondern von wo anders her. Dieses
Schauspiel der Gescheitheit grenzte irgendwo schon an's
Ordinäre (für Etelka), und vielleicht suchte sie es rasch im
Halbschatten unvermerkt so abzuwerten: denn es offenbarte
ihr tiefste eigene Schwäche wie in der innersten Kammer ihres
Lebens, nur durch einen Spalt, nur für einen Blitz, halbgedämpft
von einer Art taubengrauem Schleier, den auch die Ahnung
nicht ganz durchdrang.

Es befand sich die Wohnung der Kammersängerin in einem etwas höher gelegenen Stadtteil. Die Straßenbahn fuhr dorthin bergan, und zwar rasch und gradaus. Cornelias Zimmer hatten Sonne und eine nicht geringe Weite der Aussicht. Es war ein neues Haus.

Alles das verband sich in Etelka zu einem Bilde von dieser Hochburg ihrer Liebe, das gleichsam im Lichte schwamm: ein äußerstes Gegenteil zum dunklen Elternhause, das im Grunde der Erinnerung stets sie beschwert hatte. Auch in Pera oder Galata. Dort auch auf dem Turm, bei allem eröffneten grandiosen Rundblick. Und ebenso in der Tunnelbahn, die da hinauf führt, ganz gradaus. Unten, bei der Station, auf dem Platz, wo die Rue Yéni Djami mit der Grand Rue de Galata zusammentrifft, gab es ein türkisches Café mit mehreren Räumen hintereinander, es ging immer tiefer hinein, und unregelmäßig, die Zimmer lagen nicht auf einer Achse (so jedenfalls erinnerte sie es). Gelbe oder bräunliche Wände (bemalt oder Wandbehänge?). Hier war sie mit Fraunholzer wirklich allein gewesen, dieses einzige Mal. Weil Pista zu spät kam. Sie erwarteten ihn und vergaßen es. (Es hat jede Affär' ihren Hintergrund, ihr Milieu: die Kulissen stimmen unsagbar gut zu dem, was gespielt wird.) Alles war perlmutterfarben, jetzt in dieser Erinnerung, und duftig und doch milchig getrübt (vom Meere her?), duftig etwa wie das Rosenwasser, das man zu Konstantinopel kaufen konnte, in sehr länglichen Flakons, die wie goldverzierte Glas-Stäbe ausgesehen hatten.

ZWEITER TEIL

Sind wir nicht aus dem Jahre 1911 heraus geraten (und erheblich weit voraus!), 1911 im Mai, als der noch sechzehnjährige Gymnasiast René Stangeler eben die Bekanntschaft des Fräuleins Paula Schachl gemacht hatte? Auch dieses gymnasiale Semester zog sich bis zum üblichen Ende hin und sogar ohne besondere Erschütterungen, Stöße und Sorgen, was die einzelnen Lehrgegenstände betraf und die Gefahr eines etwaigen Durchfliegens. Es war diesmal ein glatter, stoßloser Abschnitt und das Zeugnis in einer passablen Mittel-Lage, wie übrigens die meisten Zeugnisse Renés.

Und jetzt befand er sich seit dem Beginne der Sommerferien am Lande und auf der elterlichen Villa, und die Zeit war – mit immer den gleichen abschließenden Felswänden über dem Ende des Tals und immer den gleichen verdämmernden Bergen gegen die Tiefebene zu – über die Mitte des August vorgeschritten.

Manche Örter blieben für René noch von Teilen kindheitlicher Welthöhle umschlossen, wiesen noch Ausgedehntheit und Einzelheiten, die dem von außenher streifenden Blicke des Erwachsenden und Entwachsenden späterhin verschlossen sein sollten: wie dem flüchtig dahin huschenden Scheinwerferlichte, das alles platt schlägt, die Höhlungen und Einsprünge und das Plastische einer Örtlichkeit überhaupt, etwa eines Dorfes oder Städtleins, durch welches nächtens das Fahrzeug gleitet. Jetzt aber öffnete sich noch manche tiefe Grotte knabenhafter Befangenheit grünleuchtenden Scheins unter gewissen Büschen und Bäumchen im Jungwald. Oder die trockene, von sommerlicher Weite abgewandte und doch vom Sommer durchtränkte Einsamkeit und Stille einer Bodenkammer, wo altes Werkzeug aufbewahrt wurde und sonst manches, was durch jahrelanges Liegen aus alt wieder neu geworden war und bei der Entdeckung durchaus so anmutete. Auch eine Werkstatt gab es im Souterrain, den Kellern benachbart, deren Duft und Reich hier herrschte, und den räumigen Bogen der Arkaden aus Hausteinen, unter welchen die große Mostpresse stand, auf welchen die ausgedehnten Holzveranden des Hauses ruhten. Es gab die Gegend bei der dunklen Brunnstube, von wo die Trinkwasserleitung ihren Ausgang nahm. Und es gab einen höher gelegenen Teich oder Tümpel im Bach, einen Stauweiher, schon zwischen den schiffsmastenstarken Bäumen des Hochwalds, wo sich das Nutzwasser sammelte um genug Druck auch für die oberen Stockwerke des Hauses zu bekommen: und hier waren die Wände einstmaliger Welthöhle rundum fast noch ganz unzerlöst, hier wirkten sie noch die Kraft ihrer Befangnis aus jener Zeit, da diese paar Quadratmeter Wassers ihre Gestade und Küsten gehabt hatten, die man mit Schiffen befuhr, da diese Wassertiefe von kaum einem Meter genügt hatte, den auf ihrem Grund kriechenden Wurm oder Molch mit aller Räumigkeit und mit allen Dunkelheiten und mit dem Gruseln einer Tiefsee-Vorstellung zu umgeben.

So breitete sich Renés Topographie im Sommer des Jahres 1911 noch recht geräumig und detailliert aus, und diese äußere Ortskunde war zugleich eine innere und die Grenze beider Gebiete nicht ausgemacht sicher. Eine Schlucht, zum Beispiel, hinter steil-bergigem Tannenforst nahe der Grenze des väterlichen Besitzes durch einen sommers meist schwächlichen Bach während vieler Jahre und Frühlinge eingerissen und gehöhlt, diese Schlucht gab es unabhängig von ihrem äußeren Bestande auch in René, wovon er damals bereits einige Kenntnis hatte. Sie führte da – inwärts – in keinen dem Gymnasiasten angenehmen Bereich. Hier roch's wie nach Kröten, Unwürmern, Schlamm und feuchtem Geringel. Es war Beschwernis, so was in sich vorhanden zu wissen, es behinderte merkwürdigerweise nach außen hin, weil es die anderen Menschen beweglicher und überlegen sein ließ, während man selbst was zu verbergen hatte. Wurde nicht allein durch solchen Sachverhalt ein Druck spürbar, von älteren Personen her, deren Urteil man unterworfen lebte, ein Druck,der gewissermaßen gar nicht ausgeübt ward und den man doch auf sich zog? Freilich auch von Seiten des Vaters. Man suchte vieles, ja alles zu verstecken und zu vermeiden, man trachtete eigentlich nur und ständig danach, nichts auf sich zu ziehen. Aber man zog.

Die Schlucht wurde rechter Hand von einem erdigen und schieferfelsigen Abbruche gebildet – oben lag freies talwärts fallendes Feld, jedoch stand am Rande durcheinandergewachsen dichtes Gebäum und Gebüsch, das die offene Landschaft hier vom Gemüte ausschloß. Linker Hand die nadelglatten Hänge des Waldes aus Edeltannen. Der Bach kam steil herab, verflachte weiter oben nur ein wenig in einem kleinen Sumpfe, dessen Dotterblumen in der einfallenden Sonne einen kräftigen gelben Ton gaben. Denn sonst und unterhalb lag hier alles im Schatten der durcheinandergreifenden Laub- und Nadelbäume, jene von rechts her, diese von links ihr Astwerk über Schlucht und Bach spreitend. René kam von unten, im Bachbett steigend. Das war seine Gewohnheit, um das Wasser nicht zu trüben. Vor vielen Jahren hatte er hier einmal – mit Asta gemeinsam – einen Krebs entdeckt. Die Kinder pflegten sich mit Herumklettern an dem steilen Abbruche zu unterhalten. Dabei kam viel Erde, Sand und Grus ins Rollen, und einmal verschütteten sie auf solche Weise mit Absicht das Gerinnsel des Baches ganz und tief, um es dann durch einen senkrechten Schacht wieder zu ergraben. Nächsten Tages saß am Grunde des Loches, wo das Wasser sickerte, ein Krebs. Er war wohl bei nächtlichem Streifzug in die Grube gefallen. Seitdem suchte Stangeler dann und wann, es blieb eine Gewohnheit, wenn auch von nur seltenem Erfolge gelohnt. Gewohnten Griff unter die Steine unterließ er allerdings von einem bestimmten Tage an: an der Oberfläche eines der vom Bache gebildeten verhältnismäßig tiefen Becken hatte er ein großes Ahornblatt schwimmen gesehen. Er strich's beiseite –

und darunter saß ein ungewöhnlich starkes, fast handlanges Exemplar jenes Steinkrebses, des Astacus torrentium, wie ihn die Wissenschaft nennt, welchen man auch sonst in den Gebirgsbächen der Gegend da und dort damals noch antreffen konnte. Ans Licht befördert mit geschicktem Griff am Kopfbruststück aber bot der schöne Fund einen Anblick, der René veranlaßte, ihn nur gleich wieder ins Wasser zu setzen und aus der Hand zu lassen. Das Tier war beim Fraße gewesen. Seine Beute, ein ganz ungewöhnlich großer Regenwurm, fast wie eine Blindschleiche, war vielfach um die kräftigen Scheren geknäult, lebte noch und suchte sich seiner Vernichtung durch Windungen zu entziehen. René wurde sogleich von der Vorstellung gepackt, beim Griff unter die Steine mit der Hand in so etwas hineinzugeraten. Seither untersuchte er nicht mehr die Höhlen und bekam auch keinen Krebs mehr zu Gesicht. Jedoch eine Art Gepflogenheit (oder war das ein Zwang?) ließ ihn von Zeit zu Zeit immer noch dem Laufe des Baches durch die Schlucht von unten nach oben folgen.

Er stand jetzt mit gespreizten Beinen unterhalb der kleinen Sumpfwiese, wo das Bachbett noch steil war.

Im Sumpf geschah ein Zucken der Dotterblumen, dann ein Schütteln oder Beuteln der gelben Tupfen. Zugleich rieselte es rechts von der Wand, die den kleinen in der Sonne grünleuchtenden Fleck begrenzte.

René verhielt sich nun eigentlich wie ein primitiver Jäger, ein Buschbewohner oder sonst ein Wilder. Er rührte kein Glied, blieb in der halbgebückten Körperstellung, die er augenblicks eingenommen hatte, legte gleichsam die Ohren zurück und äugte. So bekam er denn auch etwas zu sehen.

Ein graues Schleppen und Ziehen geschah auf dem erdigen Hang und von da in den Zipfel der versumpften Stelle hinein: und jetzt auch schon auf der anderen Seite wieder heraus. Da hatte René den Kopf der Schlange bereits entdeckt, der größten die ihm je in freier Natur begegnet war. Sie schob sich auf irgend eine Weise aus dem begrünten Fleck heraus und hing bald wie eine Guirlande quer über das Bachbett, dort wo es wieder steinig und steil wurde. Noch rollten Erdkrumen auf der anderen Seite am Fuße der Böschung, von wo der letzte Teil des Schwanzes eben weg glitt. Der Kopf mit den breiten gelben Backen tastete längst über den Waldboden hinauf.

Freilich kannte René die Art des Tieres und dessen Harmlosigkeit: ein Händeklatschen hätte es rasch und gestreckt wie eine Peitschenschnur entfliehen lassen. Aber auch das Tier zu fangen wäre ihm durch Geschick und seine Erfahrung in solchen Sachen möglich gewesen, und so hatte er's auch stets gemacht, bei jeder Begegnung mit einer giftlosen Natter, ja wie automatisch und selbstverständlich. Aber ein Exemplar des Tropidonotus natrix von solcher Größe war ihm noch niemals vor Augen gekommen. Die Länge mochte gut zwei Meter betragen. Er besorgte, rasch überlegend (und, wie die Naturkundigen bestätigen werden, nicht ohne Grund), daß eine Ringelnatter von solcher Ausgewachsenheit Schnürungen an seinen Armen bewirken könnte, die weit wirksamer wären als jene, wie sie auch die kleineren Stücke des öfteren versucht hatten. ... Diese Schlange, deren Art, Lebensweise, Fortpflanzung, deren Bewegungen zu Wasser und am Lande er ganz genau kannte: sie war ihm doch in diesem Größenausmaße fremd und ein neues, bisher unbekanntes Geschöpf.

Da René sich nicht rührte, kroch der Tropidonotus-Lindwurm gemachsam seines Weges weiter, gegen einen tief eingerissenen Seitengraben der Schlucht, wo ein kleines Gerinnsel dem Bache zufloß.

René fühlte jede Bewegung der Natter, als sei er's selbst, der sie ausführte, nur gleichsam umgeschlagen in sein Inneres: das Treffen auf ein Hindernis beim Kriechen, Ast oder Stein, während der lange Leib noch in Bewegung blieb und sich in engeren Windungen hinter dem zögernden Kopfe nachdrückend staute, das plötzliche neuerliche Vorgleiten des nun gestreckten Halses aus dem entstandenen Knäuel heraus und dessen Übergehen in flachere Bogen, Schub um Schub; das kontinuierliche Fließen und Fädeln des grauen Körpers, der an seinem stärksten Teile wohl über drei Finger Dicke haben

mochte. Erst jetzt, wo die Schlange nahe bei René vorbei-
kroch, wurde diesem ihre ganze Mächtigkeit sichtbar.

Und er empfand Liebe zu dem Tier.

Geheime Gefährtin seiner Abgeschiedenheit hier in der
Schlucht.

Kind der großen, tiefen Wälder, unbestimmbaren und wohl
sehr hohen Alters.

Es konnte in der Einöde und in den von gestürzten und ver-
rotteten Bäumen gesperrten Schluchten und Schlupfen der
Seitentäler vielleicht noch gewaltigere geben: denn wer
setzte dem Wachstum Grenzen, wenn einmal eine Größe erreicht war die jenseits jeder Gefährdung von Seiten der Art-
genossen immer weiter gedieh, reichlich genährt durch den
überall vorhandenen Frosch, die Feld- und Bilchmaus? Wer
setzte dem Wachstume Grenzen bei der ins Unbestimmbare
gehenden Ausdehnung reptilischen Lebensalters? Dieser
Tropidonotus hatte wohl möglich hundert und mehr Häu-
tungen hinter sich.

Aber während solche naturgeschichtliche Brocken augenblicksweise durch seine Vorstellung kollerten und er dabei
in eigentlich moroser und beinahe vergrämter Verfassung dem
Tiere zusah, erhob sich vor trübem Hintergrunde der Seele –
oder hinter ihrem trüben Vordergrund – in zunehmender
Leuchtkraft immer mehr das vertraute Bild der großen und
tiefen Wälder: es fächerte auf, sie entfalteten sich und ließen
durch verschiedene Perspektiven in sich einsehen, immer bis
zu einem scharf-grünen Leuchten, das bei einfallender Sonne
weit rückwärts sie bewohnte. Dort endete der Blick im Gleichen, sei's daß er an den Reihen hoher Stämme entlang-
gelaufen war wie die Tonleiter über die Saiten einer riesigen
Harfe, sei's daß ihm das grüne Bett einer zu durchspähenden
Waldwiese sich bot oder die Einladung von Büschen und Jung-
holz, sich niederzulassen in einem Raume, der abgeschlossen
stand wie ein Zimmer im Walde; oder aber die breit ausflügeln-
den Ränder einer offenen Schneise, die das Auge zwanglos geleiteten und zwischen sich in der Ferne eine Bergkuppe hielten:

auch hier ließ der beiseite tretende Wald den leuchtenden Smaragd ahnen, welchen er enthielt. Es gab Felsen im Walde. Sie lagen als einsame Trümmer, oder standen höher empor, aber noch nicht die Wipfel der Bäume erreichend, noch überdacht von diesen, dem Walde noch gehörig, von seinem Moos bewachsen. Andere zackten über den Wald. Man konnte von ihrer Spitze oder ihrer Plattform aus über die Bäume sehen, über die Wälder, den lebenden, warmen, gewellten Schaum der Wälder im Sommer. Der Fels, in ihnen befangen aber, diente nur ihrem Geiste. Kletternd, um die Ecke eines Felsbandes tretend, den Grat überwindend bei vorsichtigem Prüfen jedes Griffs im subalpinen Gestein: nie hatte René die Erwartung ganz verlassen, dem eigentlichen Inhalt, dem unstreitigen König der Waldwelt plötzlich zu begegnen, das Haupt des sich sonnenden zu sehen, grüngeschuppt, vom Kamme, Horne oder gar Krönlein überragt, den kühlen unergründlichen reptilischen Blick in die Tiefe gesenkt oder über die Wipfel hinweg regungslos in's Weite gerichtet.

Wenn René jetzt den stauchenden und gleitenden Bewegungen des Schlangenkörpers noch mit dem Auge folgen wollte, mußte er den Kopf schon nach links wenden, gegen die kleine Seitenschlucht zu. Er tat's und eigentlich ungern. Er wäre nun von hier sofort und am allerliebsten davongegangen, wenn er's vermocht hätte, und geräuschvoll. Jedoch die seltene Gelegenheit solcher Beobachtung hielt ihn, und mehr schon sozusagen dem Namen nach, als durch ihr unmittelbares Vergnügen. Was ihn hier, während im Hintergrunde seiner Vorstellungen noch die bergigen Wälder leuchteten, beschlich und bekroch, war vom tiefsten Unbehagen begleitet. Und plötzlich fiel's wie senkrecht in René ein und so, als wär's das Fernliegendste gewesen – daß er hier zum ersten Male beim Anblick einer Schlange Ekel empfand. Vielleicht weil sie so groß war. Aber der Ekel war nun da, er würde nie mehr rückgängig zu machen sein, das wußte er jetzt. Und mit Schmerz wie bei einem Abschied. (Zwischen zwei Lebensaltern stehend, wie er hier und jetzt mit gespreizten Beinen über dem Bachbette stand, immer noch Knabe, längst schon Filou.) Jedoch das Schwere, das Schwerbetonte, wie er's spürte, lag außer der Reichweite seines anhebenden bewußten Denkens, es lag in dem stauchenden, windenden, stockenden, strebenden Schlangenkörper selbst, der eben jenes Anhebende so vollendet für ihn äußerlich zur Darstellung brachte und abbildete.

Sie war weg. Sie war um die Ecke und in dem tiefen Dickicht riesiger Huflattich-Blätter verschwunden.

Da stand er, noch immer regungslos, die herabhängenden Hände voll Harzflecken und anklebender kleiner Steinchen, jene von Stämmen, an welchen er sich angehalten hatte, auf den übermäßig steilen, nadelglatten Waldhängen, diese vom Emporklettern durch den untersten, stufenweis abfallenden Teil der Bachschlucht. Ihm war heiß gewesen im Heraufsteigen. Jetzt jedoch spürte er die Kühle der schattigen Schlucht, und etwas bekroch ihn wie eine Gänsehaut.

Da stand er, quer über dem Bachbett, in seinen kurzen Lederhosen, den Schopf in der Stirn.

René schüttelte sich plötzlich und verließ mit einigen Sprüngen die Schlucht.

Das Terrain wurde flacher und ging in eine sanft geneigte Schonung mit reihenweise stehenden kleinen Fichtenbäumchen über. Hier lag die Vormittags-Sonne mit voller Kraft und hinter den Baumwipfeln stand hochauf das makellose Blau des Himmels. René fühlte sich hereingenommen in den warmen Sonnenschein, der ihn durchdrang. Dort rückwärts, am oberen Rande der Schonung, führte ebenhin am Hange, unter Laub-Bäumen, ein schmaler Weg, und bei diesen Büschen und Bäumen und den einladenden Buchten, die sie am Rande der offenen Fläche bildeten, war auch eine von Renés besonderen Beheimatungen – ein geometrischer Ort zusammenfallender innerer und äußerer Topographie, könnte man sagen, jedenfalls gewann beides dabei an Ausführlichkeit und Leuchtkraft. Er schaute hinüber. Der Ort war, seit man Virgils bukolische Gedichte in der Schule gelesen hatte, für ihn damit in Verbindung. Amaryllis. Der Name schmeckte wie reifes Obst. Irgendwas überschnitt sich in René, irgendwas ging nicht recht zusammen, und dazwischen spannte eine feine Qual: und als wäre sie es, die jetzt, getroffen, einem Tamburine gleich erklang, so empfing sein Ohr den Hall eines vom Racket geschlagenen Tennisballes. Ein sonniges unbekümmertes Geräusch, in welchem der Ton von den im Rahmen gespannten Darmsaiten mitklang. Und wieder. Und hin und her. Stimmen, Gelächter.

Die Auslösung – le déclic, sagen die Franzosen, ein feines Wort! – brachte ihm anderes, und das hatte mit dem Tennis nichts zu tun.

Anderes, und wieder eine andere Welt, in der man ganz müßte daheim sein, nicht vom Schlangenfangen herkommend, oder mit harzklebrigen Händen ... auch der Virgil dort unter den Büschen in der gelassenen Stille bei summendem Sommer überall in den Lüften wies ihn ab, getrennt von ihm wie durch eine Membrane, die sich spannte, aber nicht platzen wollte.

Da sah er sie wieder: die Stiege. Durch die stille Gasse unten kommend, jetzt hörte man den Brunnen rauschen. Links und rechts pirouettierten die Treppen zu der ersten Plattform. Und dann Rampe über Rampe, Bühne über Bühne. Das Laubgekuppel üppig. Welche Möglichkeiten! Auftritt von oben. Alles nur Hintergrund, wie der Hintergrund eines Porträts. Vor jenem schwebte das Antlitz Paulas.

Die Stadt im Hochsommer.

Das Haus ,Zum blauen Einhorn'.

Die Strudlhofstiege.

Für Dienstag, den 22., war die Garden-party bei Schmellers in Döbling angesetzt. Etelka und Asta hatten die Erlaubnis, zu diesem Zwecke nach Wien zu fahren. Es galt hier mitzukommen. René hatte schon Anstalten dazu getroffen. Sein Hauslehrer oder Hofmeister, wie man auch zu sagen pflegte, konnte diesmal die zweite Hälfte des Sommers nicht hier verbringen, sondern befand sich in Wien, aus irgendwelchen

Gründen, wegen eines Pauk-Kurses für die zweite juristische Staatsprüfung, wie er sagte (René glaubte eigentlich niemandem irgendwas, sondern war in aller Unschuld der Meinung, daß überall durchschnittlich mindestens so gelogen werde, wie in der eigenen Familie; aber diese Meinung war denn doch übertrieben). Jener Hauslehrer steckte mit René freilich in allen Sachen unter einer Decke. Obendrein genoß er die Sympathien des alten Stangeler, wegen Tüchtigkeit, weil er seine Mutter allein und vortrefflich erhielt, und dergleichen... So war über Renés Veranlassung als vorteilhaft empfohlen worden, daß dieser in der zweiten Sommerhälfte einmal für ein paar Tage oder eine Woche nach Wien käme, um vor Beginn des neuen Schuljahrs in dem oder jenem Lehr-Gegenstande ein wenig aufpoliert zu werden. Mit Paula Schachl korrespondierte René postlagernd unter einem Kennwort, damit keiner ihrer Briefe versehentlich mit der übrigen Post für die Familie Stangeler hier auf die Villa heraufkäme. Nun, sie war verständigt, er sollte sie am Tage nach der Gardenparty, also am dreiundzwanzigsten, treffen. In der Conditorei auf der Alserbachstraße. Versteht sich.

Das ganze Arrangement war höheren Orts auf keinen Widerstand gestoßen.

Also würde er wohl mitfahren können.

Auch sollten die Schwestern außer dem Mädchen Lina, das zu ihrer Bedienung bestimmt wurde, noch René zur Verfügung haben, gewissermaßen als männlichen Schutz.

Er würde sie schon schützen.

René war ein trauriger Filou. Es fehlte ihm die Leichtigkeit, es fehlte ihm das Vergnügen an seinen eigenen Affären und Arrangements. Es fehlte ihm auch in allen Sachen das Vergnügen am Lügen. Er log, weil er sich's anders gar nicht vorstellen konnte, und weil's wohl auch anders gar nicht gehen mochte....

Da waren einige in großen Abständen stehende hohe alte Lärchen, und wieder ein Bach, ein stärkerer. Etwas weiter oben, hinterm Tennisplatz, der Stauweiher.

Er trat an die kleine Wasserfläche und sah hinein, aber nicht suchenden Auges. Sein Blick drang nicht unter die Oberfläche und bis zum schlammigen Grunde. Er sah den blauen Himmel gespiegelt und die Baumwipfel. Riß einen Schilfhalm ab, kaute daran und setzte sich auf einen Sandhaufen neben dem Teich. Die Geräusche und Stimmen vom Tennisplatz herüber faßte er jetzt nicht mehr auf. Sie waren in seine morose und zugleich seltsam vieldeutige Verfassung gänzlich eingegangen.

Nicht aber ein knallweißer Fleck, der sich jetzt die Büsche entlang auf dem schmalen abfallenden Weglein vom Tennisplatz zum Teiche bewegte. Nun betrat Herr von Geyrenhoff auf der anderen Seite die nicht ganz meterbreite Staumauer, von deren Mitte der schwache Überfall des Wassers floß, und begann auf ihr zu gehen, Stangeler mit ‚Servus‘ und Winken begrüßend. Der Gymnasiast hatte sich erhoben. Geyrenhoff lachte, gab ihm die Hand und ging gleich weiter, einige Schritte in den Wald hinein (denn aus diesem Grunde hatte er die nächste Umgebung des Tennisplatzes verlassen). Als er zurückkam, blieb er bei René stehen, der wieder auf seinem Sandhaufen saß. Den Schilfhalm hatte er weggeworfen.

Dieser Geyrenhoff überrannte ihn nun gänzlich.

Hier war wieder eine Welt für sich, und es schien die eigentlich erstrebenswerte zu sein, eine Welt von ganz augenscheinlicher, höchster und selbstverständlichster Geschlossenheit. Sie drang heran, sie rief, ja sie forderte, aber konnte René dahinein folgen, aus dem Zustande, in welchem er jetzt war? Er empfand die ganz außerordentliche Frische, die von dem jungen Manne ausging, der in bequemer Haltung vor ihm stand, die Hände in den Taschen der weiten cremefarbenen Tennishose, die sich mit einem schmalen Gürtel von mattem Antilopenleder gegen das weiße Hemd absetzte. Er empfand vor allem auch einen Duft und zwar den rundlichen und reinlichen irgendwie komfortablen Duft von Eau de Lavende. Hinter alledem aber spürte René – mit einem bemerkenswert auf's Wesentliche gerichteten Instinkte, kann man wohl sagen – ein ungebrochenes Selbstbewußtsein, das freie Für-

Sich-Stehen einer geordneten Person, die das alles, dieses So-Sein nämlich, wirklich verdiente und die Leichtigkeit als Belohnung noch dazu.

Aber solcher Fülle des Anrufs und solcher bleierner Schwere des Nicht-Folgen-Könnens gegenüber entstand in René eine Art von Panik, welche ihn zunächst vor allem nötigte sich sofort in Deckung zu begeben, einen Wall zu errichten, diesen nach außenhin irgendwie reputabel zu beschriften, während dahinter ein wahrhaft nicht geringes Leid bohrte, eine wahrhaft nicht geringe Beängstigung verborgen sich staute.

Er suchte also doch in die Form dessen sich zu fassen, der vor ihm stand, und fragte ganz leichthin und sachlich und als einer, der auf dem laufenden sich befindet, ob das Doppel mit Etelka und Grabmayr schon gespielt worden und wie es ausgefallen sei?

Hier ist der Ort, an Herrn von Geyrenhoff (der damals, nach seiner eigenen Angabe, auf Renés Frage kaum geantwortet hat) eine gewisse Kritik zu üben. Geyrenhoff, zu jener Zeit Präsidialist im k. k. Finanzministerium, ist später in der Republik frühzeitig in Pension gegangen, schon als Sektionsrat; man sagte, weil er in den Besitz eines bedeutenden Vermögens gelangt war, das in England gelegen hatte und während des Krieges 1914 dort freilich sequestriert wurde. Aber etwa 1927 hat die königlich britische Regierung solche Werte wieder freigegeben – und sie waren gut erhalten geblieben durch ihre zwangsläufige Verwandlung in englische Kriegsanleihe! Geyrenhoff, den die Kriegsfolgen seines sonstigen Erbes weitgehend beraubten, hatte in diesem Punkte dem englischen Staate einiges zu danken. ... Nach seiner Pensionierung hat sich nun dieser Herr von Geyrenhoff einer seltsamen Beschäftigung zugewandt: er legte eine Art Chronik an, durch viele Jahre, die er übrigens nicht nur allein verfaßte; der Schriftsteller Kajetan von S. und ein ganzer Kreis von Menschen sollen da mitgewirkt haben (das ist jener Kajetan von S. gewesen, welcher später einmal die gleich am Eingang unserer

Erzählung zitierte ungezogene Bemerkung über Frau Mary K. und den Doktor Negria gemacht hat oder nur gemacht hätte . . .). Wo Geyrenhoff mit seiner Chronik oder Sammlung oder was es schon war, eigentlich hinauswollte, ist hier nicht zu untersuchen. Kajetan von S. für sein Teil hat die Sache nach vielen Jahren auszunützen verstanden, wie sich dann gezeigt hat. Durch ihn konnte einmal der Verfasser dieser Seiten in den mächtigen sauber geschriebenen Band Einblick und sogar an einer Stelle davon Abschrift nehmen. Das Konvolut enthielt ganz Verschiedenartiges – unter anderem die genaue Vorgeschichte des Zusammenbruches der sogenannten ‚Österreichischen Holzbank' im Jahre 1926, eine Folge der Francs-Spekulation – es enthielt ausführliche Nachrichten über eine Anzahl von Personen und darunter auch mehreres, ja sogar vieles über René von Stangeler. Sogar die Begegnung am Teich im August des Jahres 1911 war hier beschrieben:

„Wir spielten Tennis, an einem Sonntag-Morgen im August; das Tal, in welches man hinabsah – der Tennisplatz lag hoch über dem Hause – war glänzend ausgelegt von Sonne, der Himmel neu und blau und der eines angefangenen, noch unbefleckten Tages; hier in der Höhe blitzte die Feuchtigkeit des Taus auf manchem Blatt, und unter uns lag das breite Dach des Hauses, dessen einer Schornstein eine reinblaue Rauchfahne im leisen Luftzug abstreichen ließ wie eine festliche Flagge, der kommenden mittäglichen Tafelfreuden wegen aufgezogen. Hier, vom Platze, klang mit den kleinen Unterbrechungen, welche das Spiel mit sich brachte, das gespannte und zugleich rundvoll-weiche Paff-Paff der Schläger und Bälle, ein Ton, der frischen und doch schon sehr warmen Luft verwandt und zugleich ihre Weiträumigkeit mit dem jedesmaligen Widerhall noch schmeckbarer machend. Etelka Stangeler hatte zusammen mit Grete Hartknoch gegen einen Herrn von Grabmayr und Editha Pastré-Meriot gespielt und Grabmayr, von unerschöpflicher Kraft und Zähigkeit, war nach einer nicht allzulangen Pause schon Semski gegenüber getreten: damit also hatte das spannendste Spiel des Vormittages begonnen, denn Semski galt bisher in unserem Kreise als der unbestrittene Beste. Oben, auf den Bänken für's Zuschauen und Schiedsrichtern, saßen eine Menge Menschen, beide Bänke waren voll besetzt, und rückwärts standen und gingen noch etliche Personen herum; aber jetzt und hier, in meiner Erinnerung, kann ich diese nicht einzeln ausnehmen, bis auf den Konsular-Akademiker Grauermann, der von links, wo ein Gartenhaus stand, hinzukam, in weißen Hosen über das grüne Gras gehend, einen sauberen hellen Gegenstand in der Hand, nämlich ein Racket mit Presse, an welcher er im Gehen schraubte. Ich ging nach rechts weg, aus einem plötzlichen Antrieb, vielleicht dem Wunsche folgend, ein wenig allein zu sein. Es scheint mich also der bereits weit gediehene Kampf zwischen Semski und Grabmayr nicht sehr interessiert zu haben und vielleicht das ganze Tennis nicht. Eines seh' ich noch überdeutlich vor mir: wie Grauermann von links kam und ich nach rechts abging; beide trugen wir weiße Tenniskleidung; oben über uns und über dem Platze und der Gesellschaft auf den Bänken stand der Hochwald, sonnenverschleiert, nicht deutlich zu sehen, so nahe er war. Ein kleiner Weg führte zwischen einigen Obstbäumen und Büschen, er senkte sich, und ich sah den Bach, das Wasser plätscherte im Fall an der Mauer eines Stautümpels herab, der zur Speisung einer Nutzwasserleitung diente. Daneben auf einem Sandhaufen saß René, der sich oft bei uns befand oder in der Nähe des Tennisplatzes unsere verflogenen Bälle suchte ... Ich aber hatte das Gefühl, als träte ich durch eine unsichtbare Wand hier in einen gänzlich anderen Raum, als fiele eine Tür hinter mir zu und trennte mich nun von der eben verlassenen Gesellschaft. Das Bachbett war tief eingerissen, der Wald kam im Bogen, der Schlucht folgend, bis an den Tümpel herab. René bemerkte mich nicht. Er saß nicht sehr bequem und wie in einer zufällig eingenommenen Haltung aus Zerstreutheit gleichsam erstarrt; seitwärts blickend, an einem Grashalm kauend; sein Gesicht war düster oder zumindest unlustig, die etwas zusammengekniffenen Augen schienen schiefer darin zu stehen als sonst. Ich begriff plötzlich diesen Sommertag viel umfassender, begriff, wo ich war und unter was für dahinlebenden Menschen, als sänke ich darunter weg und wie Wurzelwerk unter's Gras in die Erde, während die hellen Figuren vom Tennisplatze hoch über mir und spielzeugartig auf dem sie zunächst umgebenden Stück Boden wie auf Fußbrettchen standen. Wie die schattige Unterwelt, von der alles ausgeht, und wo alles enden muß, erschien mir dieser Weiher unter den hohen Fichten und mit der kleinen Bach-Schlucht zwischen steilen Waldhängen dahinter. Das Antlitz Renés empfand ich als unhübsch, und deutlich wurde mir bewußt, wie sich darin die Brutalität mit der Weichheit und einem seltsam pappigen Stumpfsinn kreuzten. Aber er sah angestrengt aus diesem Gesicht wie jemand, der im Klimmzug über eine Mauer lugt. Er war völlig getrennt vom Tennisplatze und von allem hier überhaupt. Er enthielt aber zugleich in seiner üblen Verfassung und Beschaffenheit die ganze Familie in sich, wie in einer seltsam umgekehrten Vaterschaft. Ich ging über die etwa zwei Fuß breite Staumauer, und da bemerkte er mich, und alles war zu Ende und gefälscht von dem Augenblicke an, da er aufsah. Wie alle Stangelers zog er sich bei der Berührung anemonengleich in einem Krampf zusammen, der sich nicht mehr lösen konnte, bot ein Bild, das er unbedingt glaubte bieten zu müssen (hieran hatte in dieser Familie gewiß noch niemand mit einem wirklichen Zweifel gerührt, es lag das für jeden in sozusagen automatischer Gewißheit), und er bemühte sich mit viel Kraftaufwand, gleichsam von rückwärts in dieses Bild und seinen Rahmen hineinzusteigen und sich selbst und dem anderen die Überzeugung beizubringen oder auch aufzudrängen, er sei es wirklich. Zugleich fühlte ich, daß er mich beneidete (wie ich so daherkam vom Tennisplatze herüber, beiläufig, leichthin, in meinen hellen Kleidern, frisch vom Bad – ich war beim Spielen noch gar nicht an der Reihe gewesen), er beneidete mich jedoch in keinerlei böswilliger Weise, sondern aus seiner Verfassung schien er von vornherein geneigt, jeden anderen für vorbildlich zu halten, für vorbildlich zumindest was die Außenhaut betraf, die Form, in die einer gefaßt war, die ihm selbst sogleich als erstrebenswert erschien und die zu erstreben er vielleicht für möglich hielt, süchtig nach Form (so zeigt er sich ja heute noch), aber nicht gewillt den langen Umweg zu ihr zurückzulegen, den gerade er als einen sehr langen notwendig gehabt hätte ... Ja, dies alles war mir in jenen Augenblicken damals am Stauweiher oberhalb der Villa Stangeler schon durchaus präsent, und hier lege ich es ausführlich auseinander, statt es dem Leser meiner Aufzeichnungen (falls es je einen solchen geben sollte) gleichsam mit einer einzigen Spritze in's Gemüt zu bringen, wozu eben meine Kunst nicht ausreicht. Er fragte mich gleich ganz sachlich etwas auf das Tennis-Spiel bezügliches, ob das Doppel mit Etelka und Grabmayr schon zu Ende und wie es ausgegangen sei, aber ich antwortete kaum, denn das war sozusagen eine reine Rahmenfrage (er hatte übrigens nie versucht das Tennis zu erlernen), die zusammenging mit einer Veränderung, welche er der Haltung seiner Gliedmaßen zu geben suchte, aber diese wurde keineswegs befreiter. Ich bemerkte mit Staunen – daß er schnupperte, daß er mich beroch, um schließlich ganz einfach, ja geradezu in einer anderen Sprache wie eben vorher zu sagen: ‚Sie riechen gut.‘ Sein Gesicht sah jetzt wirklich hübsch aus. Nun, das gefiel mir außerordentlich – ich begann gewissermaßen in meinem Innern für ihn tiefere Hoffnung zu schöpfen, ich hatte einen aufatmenden spürbaren Anflug von Hoffnung für ihn und mochte ihn jetzt wirklich gerne, sagte ihm, was ich da für ein wohlriechendes Wasser benützte (heut' hab' ich noch das gleiche Lavendel, das ein sehr altes Wiener Geschäft herstellt). Ich beschloß sogleich, ihm eine große Flasche Lavendelwasser schicken zu lassen und hab' das auch getan, sogar am Montag-Morgen schon, auf dem Weg in's Ministerium; ich war eben erst vom Südbahnhofe gekommen, und da fiel's mir grad' ein. Ich war diesmal nur über Samstag und Sonntag auf der Villa gewesen, wie die meisten anderen auch – eine allwöchentliche Musterkarte aus allen Ministerien, Akademien, Hochschulen, ein Menschenkreis ohne jede Einheitlichkeit und in diesem Sinne dem Wesen der Familie doch tief entsprechend."

Nun gut. Was er über Stangelers sagt und auch über René, ist zutreffend, aber nur allgemein. Er hat die besondere Lage des Gymnasiasten in keiner Weise instinktiv gespürt: nämlich daß dieser rang, in einigermaßen distinkter Form sogar rang, und nach einem nicht nur so ganz dumpf gefühlten Ziele. ... Wie freilich sollte man dieses bezeichnen? War es die Einheit der Person, also eine Persons-Werdung und damit (wir wagen das zu sagen) eigentlich erst Menschwerdung, nach welcher ein junger Troglodyt aus seiner dumpfen Schlucht sich sehnte, wo alle Fähigkeiten oder Talente in schweren Fesseln liegen mußten? Aber ist das alles? Ist darunter nicht noch etwas? Und wenn dem so ist, dann müßte man es an's Licht zu ziehen versuchen, um es als Stangelers vorgestelltes Ziel zu benennen. Quälte er sich nicht eigentlich geradezu darum, unvergleichbare Erscheinungen, Zustände oder innere und äußere Örtlichkeiten unter die bannende Macht der Vergleichbarkeit zu zwingen, welche allein die Dinge bewältigen kann durch den reihenden Faden des Gedächtnisses, der ansonst immer von neuem zerstückt würde?! Um das Gedächtnis also ging es dem René, um die Erinnerung, so jung er war! Wie zitiert erschien jetzt einer am drüberen Ende der Staumauer, gleichfalls vom Tennisplatze her kommend (er war dem Herrn von Geyrenhoff nachgeschickt worden, um ihn zu holen, denn der spätere Chronist sollte bald ein Single spielen), einer, der mit Gedächtnis und Erinnerung und solchen Sachen gleichfalls zu tun hatte, in sich selbst herumwurmisierend, wenn auch nur gelegentlich.

Aber bevor wir den Leutnant Melzer hier ganz kurz erscheinen lassen: noch kürzer, aber eben doch getan, ein weiterer Seitenblick auf Geyrenhoff! Das ist zu nett, wenn er schreibt: ,,Ich ging nach rechts weg, aus einem plötzlichen Antrieb, vielleicht dem Wunsche folgend, ein wenig allein zu sein." Keineswegs gelogen, jedes Wort richtig, wenn auch nicht ganz wahr: der ,plötzliche Antrieb' und der ,Wunsch, ein wenig allein zu sein'. Stimmt genau. Aber Geyrenhoff hebt eben alles und jedes auf eine geistigere Ebene. Zudem: wohlerzogen. Nicht so ungezogen wie etwa jener Kajetan ...

Als Geyrenhoff gegangen war, setzte sich Melzer neben René auf den Sandhaufen.

Gerade in diesem Augenblick fiel es René ein oder es fiel ihm eigentlich auf, daß er Geyrenhoff nichts von der Begegnung mit der großen Schlange erzählt hatte: er bemerkte dieses sein eigenes Verhalten hintennach mit Erstaunen, ja als etwas Neues und Fremdes an sich selbst.

Dann berichtete er die Sache Melzern.

„Gelbe Backen?", sagte dieser, „haben Sie die mit Sicherheit feststellen können? Ja? Dann war's schon eine. Ja, die werden so groß, die Ringelnattern, sehr selten, aber manchmal doch. War gescheit, daß Sie keinen Fangversuch gemacht haben, René."

„Warum?" fragte Stangeler gespannt.

„Weil Sie das Vieh so leicht nicht mehr los geworden wären. Diese ganz großen Stücke schnüren immer und zwar gewaltig. Ist mir selbst einmal so gegangen. In Neulengbach. Sie hätten sich allein vielleicht gar nicht frei machen können. Dann hätten Sie zum Haus kommen müssen damit, und stellen Sie sich einmal das Geschrei von den Mädeln in der Küche vor! Alles wäre zusammengelaufen, ein Wirbel mit einem Wort, man hätt' den Gärtner geholt und am Ende vielleicht dem armen Vieh noch weh getan. Von Ihrem Papa ganz zu schweigen."

Melzer roch nach Sonnenschein.

Seine Haut war tief gebräunt, besonders an den Armen, welche das Hemd großenteils frei ließ.

Bei ihm waren auch die Hosen rein weiß, nicht cremefarben wie bei Geyrenhoff, sehr weit, in einer Art Seemanns-Schnitt, und der Gürtel aus weißem Leder. René bemerkte das alles.

„Sehen Sie, Herr Melzer," sagte er, „wie ich ihr dort in der Schlucht zugeschaut habe, jetzt fällt mir's eigentlich erst ein, das war schon sehr merkwürdig ..."

„Was war merkwürdig?" fragte der Leutnant.

„Das war so, als würde ich mir selbst zuschauen."

„Na?" machte Melzer, noch immer gänzlich unbefangen.

„Ich meine das Mühsame und das Gleitende zugleich ... das Stocken, Zögern, die Windungen. Wie mein eigenes Inneres, das Innerste, die geheimsten Gedanken, so sagt man doch ..."

Melzer glotzte vor sich hin auf das Wasser.

Aber plötzlich, als tauche sie aus diesem empor, war da die Treskavica mit ihrem kahlen Südhang, der Ritt mit Laska, dem Major, hinauf zur Hütte, den Tag vor der ersten vergeblichen Jagd auf den Bären. Sie hielten Rast, sie waren abgesessen, der Major bot ihm eben etwas Schokolade an oder einen Cognac oder was es schon gewesen war; er sah in's Haselgebüsch, das Schlänglein wand sich darin, der Haselwurm ... „Ja – René!" rief er plötzlich, und er wandte sich Stangeler voll zu und schlug ihn auf die Schulter, „ja, so was gibt's! Ich kenn' es! Denken Sie nur! Ganz so wie Sie – auch ich hab' einer Schlange zugesehen, einer kleinen allerdings..."

„Wie eigene Gehirnwindungen", sagte Stangeler.

Vom Platz ertönte jetzt ein ungeheures Geschrei.

„Hoch Grabmayr! Hoch Grabmayr! Hoch Benno!"

Sie erhoben sich rasch, gingen hintereinander über die Staumauer und das Weglein hinauf.

„Wo ist Melzer?!" schrie jemand.

Grabmayr schwankte über den Köpfen, schweißbedeckt, lachend aus dem hagerbraunen Gesicht. Man trug ihn eben an der Schiedsrichterbank oberhalb der Böschung vorbei.

„Er hat den Semski geschlagen", hieß es.

Ein Fluder nennt man in Niederösterreich eine geräumige Rinne, welche das Wasser über ein oberschlächtiges Mühlrad leitet. In die Wildbachverbauung des Tals ist da oder dort ein Tor für das Wasser eingelassen, dieses strömt in den raschen Mühlbach ab – während im Hauptbette von da ab nur ein dünnes Gesicker plätschert – und irgendwo geht bei fallendem Gelände dann der Mühlbach in's Fluder über, das sich jetzt vom Grunde trennt und auf immer höheren hölzernen Jochen als Aquädukt dahingeht bis über das Rad: dort ist am Boden des Fluders in der Mitte ein schmaler Austritt in Gestalt einer kaum armlangen schrägen Rinne, welche die Wasserswucht gesammelt bis knapp an die Schaufeln bringt und in diese einschießen läßt. Am Ende jedes Fluders ist auch ein Überfall für's zuviele Wasser, und dieses stürzt dort von der Höhe als ein Katarakt hinter dem Rade in den Graben, durch den nach getaner Arbeit der Bach in sein Hauptbett zurückkehrt.

Und alles ist von Holz. Aus den dasigen Bäumen. Hier im Waldtal sind die Bohlen für das Fluder geschnitten worden auf der rasch keuchenden Brettersäge – von der man glauben könnte, sie sei den ganzen Tag außer Atem, wenn jenes Keuchen nicht so sehr gleichmäßig wäre – und diese Brettersäge hat ein ebensolches Fluder und Rad wie die Mühle hier, weshalb man in der Gegend sie auch eine Sägemühle nennt, was eigentlich ein Unsinn ist.

Und alles ist voll Moos. Das Fluder ist vielfach außen davon bedeckt, an den Jochen aber hängt es in feuchten und tropfenden Bärten. Der Radkasten, eine Art Hütte, darin es unheimlich rauscht und gewalttätig umschwingt – wo ein Brett fehlt, sieht man die starken Speichen langsam steigen und entschwinden – dieser Radkasten hat sich mit der Zeit dick malachitgrün belegt. Auch der mit Hausteinen ausgemauerte Graben, darin das Rad läuft, ist an den Wänden moosbewachsen. Unten hat er weißen Kieselgrund. Geht die Mühle, dann kommt das vom Rade entlassene Wasser unter der Radhütte in kleinen Wellen hervor, deren Stoßhaftigkeit man die getane Arbeit ansieht. Jenseits des Rades, wo vom Ende des Fluders der Überfall herabschießt in den Graben zur Rückkehr in's Bachbett, ist durch den höhlenden Druck des Wassers eine Ausweitung und Vertiefung entstanden, ein kleines schäumendes Becken nur, denn die Wasser der Gegend sind vor kurzem erst von den hohen Bergen gekommen, kalt, klar, eilig, sozusagen mehr muskulös als füllig, und hier gibt es nicht jene fast stehenden Teiche, die bis in den Radgraben zurückstauen, so daß die schweren breiten Schaufeln beinah unten wieder eintauchen, wenn nicht überhaupt das Rad unterschlächtig läuft, jene Mühlteiche flacherer Gegenden, tief, reglos, von Gewächs beruht, von Getier bewohnt, wie zum Ertränken und Ertrinken gemacht.

Nicht immer geht die Mühle. Es sind nur Wochen und Tage im Jahr, daß sie geht, dann nicht selten auch nachts. Sie klappert nicht. Das ist nur eine Erfindung sangesfroher Gesellen, bei denen ich für mein Teil mich keineswegs niederlassen möchte, und je mehr Lieder sie haben um so weniger. Die Mühle klappert nicht. Sie rumpelt, rattert und vibriert. Die Tür steht halb offen. Den Müller sieht man dann und wann auch durch die untere Mühlstube gehen. Er ist in der Tat weiß bestäubt – hier ‚klappt's‘, wie die Deutschen sich ausdrücken, besser als mit dem Klappern, und den Erfordernissen sinniger Liedhaftigkeit wäre da also Genüge getan. Der Müller aber ist nicht nur Müller von Beruf, sondern ein Kleinhäusler, der in einer Keuschen nahebei wohnt und den Bauern der Gemeinde für diese Wochen und Tage die Arbeit tut. Daher stimmt's bei ihm mit der Lust nicht (was nicht heißen soll, daß er gar irgendwie verkehrt sei), mit des Müllers Lust stimmt's nicht, nämlich mit dem Wandern. Davon kann hier in keiner Weise die Rede sein, weil dieser Müller ganz krumm geht, er humpelt, sein linkes Bein ist kürzer. Außerdem heißt er Klettler, und Kletten sind seßhaft. Sie hängen auch fest aneinander. Jedoch läßt sich das Leben nie wunschgemäß als fertiges Zusammenlegspiel ordnen, plötzlich ist da wieder ein Loch, zwischen einem Begriff etwa und dem was wir damit meinen (ein Unruhe schaffender Fall) oder zwischen einem Menschen und seinem Namen. Hier waren es ihrer zwei, die ihrem Namen einen späten Hohn sprachen. Denn das Ehepaar

Klettler hing siebenundvierzig Jahre zusammen, aber im achtundvierzigsten entlief die Klettlerin, nah am siebzigsten Geburtstag, ihrem Mann und erklärte – denn freilich wurde sie von mancher Seite befragt – in wahrhaft schlichter, ja würdiger Weise, sie sei nun siebenundvierzig Jahre durchschnittlich jede Woche zweimal geprügelt worden und damit sei es genug. Sie wolle ihre alten Tage in Ruh' und Fried' verbringen. So trennten sich die Kletten.

Immer rauscht das Wasser. Man schließt nicht das Tor in der Wildbach-Verbauung, wenn die Mühle ruht, im Frühling nur und bei Hochwasser läßt man ein Wehr herab, das sich ein paar Meter hinter der Abzweigung befindet, und man öffnet zugleich einen Überfall gegen den Bach; aber das alles ist alt und undicht und der Grund uneben von Geröll und Grus; der Mühlbach und das Fluder haben immer Wasser. Hätten sie gar keines und könnte die Rinne ausgetrocknet werden durch den Sonnenschein, dann würde sie noch undichter, als sie so schon ist. Immerhin, jetzt entläßt sie nur einzelne Fäden aus den Bärten von Moos.

Die Mühle steht, das Wasser rauscht.

Es macht den Wirtsgarten daneben angenehm kühl im Sommer. Er hat auch Kastanien. Der Abzugsgraben von der Mühle zum Bach hin läuft eingedeckt unter dem Garten durch. Das Wirtshaus ist alt, mit dicken Mauern, tiefen Kellern. Es liegt nicht weit von dem Fuß jenes Berges, an dessen Lehne die Stangelers hausen. Wenn die Villa voll besetzt ist, steigen hier immer einige von deren Gästen ab, lieber als in dem anspruchsvollen und schlechten Hotel am Talschluß, also ein geringes Stück weiter oben, wo durch lange Zeit der Komfort etwa darin bestand, daß über der Schank für die Bauern sich die befremdende Aufschrift ‚Kurierzimmer' zeigte. Nein, das war nichts. Hier aber roch es aus der weiträumigen sauberen Küche nach gutem Essen, das Bier war so frisch wie die Salzstangeln, der Wein bewies den Wirtsverstand, der Kaffee duftete morgens und nachmittags human durchs Haus und insbesondere durch die große Glasveranda. Und die Zimmer waren nicht unbehaglich: nieder, geräumig, mit tiefen schweren Betten und Tuchenten, sauber und vom Geruch des alten Hauses durchdrungen, Patina, die in der Luft lag, sozusagen. Mit den Leuchtern auf den Nacht-Tischen hätte man wohl einen starken Mann erschlagen können.

In allen Zimmern, die gegen den Garten lagen, hörte man das Wasser rauschen. Auch Geyrenhoff hörte den ununterbrochenen sonoren und dumpf trommelnden Ton durch die offenen Fenster. Es war noch immer heiß; dieser Sonntag hatte eine schwere Augusthitze gebracht. Aus dem Gasthausgarten drang jetzt, um zehn Uhr abends, noch keine wirksame Kühlung herauf. Geyrenhoff lag in seinem blau-weiß gestreiften Pyjama ohne Decke auf dem Bett und las ein seltsames Buch des Dichters Emil Lucka, das ,Tod und Leben' hieß. Es gefiel ihm nicht, weil er durchaus selbst der Held dieses Buches hätte sein können, also aus einem Grunde, der ansonst uns ein Buch nahebringt. Aber den Herrn von Geyrenhoff indignierte das. Er hatte sich nach dem Abendessen auf der Villa etwas zeitlicher verabschiedet als die anderen, mit de-Begründung, daß er morgen früh um neun schon im Ministerium sein müsse. Es war ein bequemer Schnellzug, geradezu für diesen Zweck eingerichtet. Der alte Stangeler, welcher Leute vom Schlage Geyrenhoffs kurzerhand als ,Ministerial-Lehrbuben' zu bezeichnen gewohnt war, hatte gelächelt. Denn auf Eisenbahnbauten pflegten die Ingenieure um vier Uhr früh aufzustehen. Das wußte Geyrenhoff bereits, im Hause Stangeler wurde es mitunter erwähnt. Er ließ das Buch fallen, den Kopf zurücksinken, lag flach auf dem Rücken und fühlte das Wasser-Rauschen wie über sich hingeschüttet. Dieses Haus war gut, hier war er gern. Im Wirtsgarten wurde es schon still. Geyrenhoff griff nach seinem Necessaire, schraubte den Nickelkopf von einer Flasche, spritzte Lavendel und rieb sich damit Hals und Schläfen. Dann begann er zu rauchen, und endlich wieder zu denken. Von Schlaf keine Spur, trotz des Tennis. Mit dem Denken kam er nicht weit. Denn jetzt klopfte es an der Türe.

„Schorsch", sagte Marchetti, „wir wollen alle noch Kaffee trinken, können wir zu dir hereinkommen, oder willst du schon schlafen?"

„Ich will gar nicht schlafen, sondern auch einen Kaffee."

„Bringen's an Liter Moorer", sagte der Baron Buschmann (die ‚rote Wiesen-Ameise' genannt, und wahrhaft, er sah so aus!) draußen auf dem Gang zu dem Zimmermädchen und trat hinter Marchetti ein; dann Grabmayr; dieser erklärte sogleich, daß er weder Wein noch Kaffee nehme und auch nicht lange bleiben wolle, denn er beabsichtige um vier Uhr früh auf die Rax-Alpe zu gehen und zum Frühstück wieder zurück zu sein; man müsse sich schon jetzt für den Skilauf in Form halten. „Brav", sagte Herr von Langl. „Servus Schorsch. Hat schon jemand einen Moorer bestellt?" Hinter Langl kamen noch ein Herr von Lindner, späterer Bezirkshauptmann, und der Leutnant Melzer. Bald auch Wein und Kaffee. Buschmann griff sofort das Buch auf, das am Bette lag. Er setzte sich zu Geyrenhoff. „Wo wohnt denn der Semski eigentlich?" fragte Langl. „Keine Ahnung, am End' gar im Hotel." „Nein, im Dorf." „Nein, im unteren Wirtshaus, sie haben hier keinen Platz bekommen, er und der Konietzki." „Ich geh' mir auch mein Pyjama anziehen . . ." Wirklich verschwanden sie einer nach dem anderen und kamen im Schlafanzug wieder.

Melzer gedachte es jedoch wie Grabmayr zu halten, bezüglich des Schlafengehens nämlich. Er war für den Morgen mit Asta verabredet, sie wollten einen Spaziergang machen und miteinander einen bestimmten Felsen erklettern: letzteres hatte Melzer allein schon deshalb in's Auge gefaßt, um Editha Pastré loszuwerden, die man mitnehmen mußte: sie würde sich bestimmt nicht hinauftrauen. Irgendwen mußte man mitnehmen. Melzer war auf den naheliegenden Gedanken gekommen, René als Begleiter für Editha vorzuschlagen. Denn daß Asta dem jüngeren Bruder entsprechende Instruktionen geben würde, war bei dem vertrauten Verhältnis der Geschwister zu erhoffen. An sich wären Ingrid Schmeller und Semski das geeignetste zweite Paar im Bunde gewesen. Freilich sah es besser aus, wenn der Bruder mit war. Und Ingrid, die oben auf der Villa bei Asta wohnte, war für weite Ausflüge nicht zu haben. Ihr eignete eine Art knochenloser oder schlingpflanzenhafter Weichheit, entweder wurde sie nach einer Viertelstunde müde, oder sie bekam ein Steinchen in den Schuh und dann Fußschmerzen. Sie saß tagaus, tagein irgendwo im Garten herum, meistens mit Semski, zwecklos und anscheinend unentschlossen, bedrückt und gelangweilt, und es war für Asta unmöglich herauszukriegen, was sie eigentlich wolle oder nicht wolle, und ob sie jetzt endlich ihm ein Ja sagen würde, und wenn nicht, warum nicht? Die Gespräche zwischen Asta und Ingrid waren endlos, und Anfang wie Ende davon immer durchaus gleich, und Asta hatte im Zusprechen oft die Empfindung, als rühre sie in Teig herum. Ingrid spielte nicht Tennis. Wenn Semski auf dem Platze war, saß sie auf einer der Bänke und sah ihm mit ihren großen wässerigen Augen derart hingerissen zu, daß es jedermann auffallen mußte. Am meisten fiel es Editha Pastré auf, deren geheime Wutanfälle jetzt bald keine Grenzen mehr kannten. Sie wohnte zudem auch auf der Villa, für vierzehn Tage. Und Semski war immer heroben.

Endlich kam die Kühle in's Zimmer, man schloß bald die Fenster. Die Gesellschaft in blauen, grünen und violetten Schlafanzügen sah seltsam genug aus, wie eine jener heimlichen Spielzusammenkünfte von Kindern, die längst dunkel haben und unter den Decken sein sollen. Man hatte Geyrenhoffs Bett, der noch immer mit Buschmann eine SonderUnterhaltung führte, von beiden Seiten besetzt, und Herr von Langl lag ausgestreckt auf einem monströsen alten Ledersofa mit wildgeschwungener Lehne.

Nun schwiegen sie alle. Man hörte nur Marchetti, der am Fußende des Bettes mit dem Rücken gegen Lindner saß, in der Kaffeetasse rühren.

Man hörte auch das Wasser. Sein Rauschen klang jetzt, da die Fenster geschlossen waren, wie in größere Entfernung abgerückt.

Durch die Stille kam Geyrenhoffs Gespräch mit Buschmann gleichsam auf den Präsentierteller, als sie es fortsetzten.

„Ich kann dir nicht helfen, lieber Buschi, dieser Doktor Pfungen ist mir ein Brechmittel. Ein gebildeter Nekrophile."

„Und wer ist Doktor Pfungen?" fragte Marchetti, sich aufrichtend, die Kaffeetasse in der Hand.

„Eine Figur aus diesem Buch da", bedeutete ihm Buschmann und klopfte mit dem Knöchel des Zeigefingers auf den gelben Deckel des Bandes, der ein seltsames Muster von roten Herzen zeigte. „Aber vielleicht sind wir alle gebildete Nekrophilen."

„Nekros heißt der Tote und philein heißt lieben oder freundlich gesinnt sein", bemerkte Herr von Lindner.

„Ja, und das sind wir!" entgegnete die rote Wiesen-Ameise lebhaft. (Geyrenhoff bewunderte Buschi auf seine Art. Dessen verschwiegenes Unglück bei Etelka Stangeler war längst ausgemacht, die Verlobung mit Pista schon so gut wie offiziell. Und doch blieb der kleine Baron mit dem Kopf über der Sauce, und dieser Kopf dachte sogar einiges, wobei der Doktor Otto Weininger allerdings oft in analoger Weise herhalten mußte, wie Omar Chajjâm bei den Verlobten.)

„Tote oder Liebende?" fragte Marchetti, ohne sich umzuwenden.

„Das Tote Liebende", erwiderte Buschi ganz unverzüglich. „Mit dem Toten sind wir auf du und du. Das Lebendige befremdet uns."

„Und gebildet san m'r a", sagte Langl vom Diwan herüber in einem Tone, dessen Ungeniertheit schon etwas Entblößendes hatte. „In dem Buch von Lucka, das da beim Schorsch am Bett liegt, hat mir etwas sehr gut gefallen: da erfährt man erst in der Mitte einmal und so ganz nebenbei, wie der Held überhaupt heißt, der Name kommt nur ein einziges Mal vor. Das wirkt dort sehr nobel und geschmackig. Sonst fahren sie gleich mit den ausgefallensten Namen auf, die Schriftsteller. Übrigens sieht man erfreulicherweise, wie genau sie gelesen haben, der Schorsch und der Buschi. Den Doktor Pfungen haben sie sich gemerkt. Geneigte und aufmerksame Leser. So wie ich. Bin halt a gebüldet."

Buschmanns Gesichtsausdruck verriet während Langl's in irgendeiner Weise infamen Rede Ungeduld. Er mochte ihn nicht. Die tiefen Falten von den Nasenflügeln zu den Mundwinkeln herunter, die Augengläser, die krasse Mischung einer gepflegten theresianistischen Sprache mit einzelnen Wörtern betont ordinären Wiener Dialekts, die weichen schlanken Hände und sein ganz niederträchtig begabtes Klavierspiel, die Routine eines Barpianisten, der improvisierend vom Hundertsten und Tausendsten ins Flachste hinüberpföteln konnte, die kompliziertesten und weitschweifigsten Übergänge wählend ohne sich jemals zu verhauen oder etwa sein Seitwärts-Geplauder zu unterbrechen mit irgendeinem oder irgendeiner, wer halt gerade bei ihm am Klaviere stand . . .

„Mit dieser Bildung werden wir morgen Halbgebildete heißen", sagte er, sich fassend, in aller Ruhe und zog ein krokodil-ledernes Zigarrenetui aus der Tasche des Schlafanzuges. „Ich habe heute ein Beispiel erlebt. Vor dem Haus im Dunkeln, als wir uns eben verabschiedeten –"

„Wobei die Pastré im Dunkeln strahlte, weil der Schlapski (so nannte er ihn) sich des Längeren mit ihr unterhalten hat", bemerkte Langl.

„Sicher ohne irgendwas sich dabei zu denken", sagte Marchetti.

„Denken nicht, aber fürchten. Sie fürchten sich beide vor der Editha. Der Schlapski und die Ingrid. Nicht ganz leicht zu sagen, warum eigentlich. Natürlich weiß die Ingrid so halb und halb unter ihren verschlafenen Augenlidern, was bei der Pastré vorgeht. Und sie selbst weiß nicht was sie will. Und die Editha nicht, was sie soll. Und der alte Schmeller weiß nur, daß er möcht', nämlich mit der Editha, traut sich natürlich nicht im entferntesten, trotzdem oder eigentlich eben drum hat sie natürlich einen dicken Stein im Brett bei ihm –"

„Was war vor dem Haus, Buschi?" sagte Geyrenhoff, Langls Infamien etwas brüsk unterbrechend.

„Vor dem Haus", fuhr Buschmann fort, aber gewissermaßen nachlassend oder eigentlich schon nachgelassen, entspannt, weil er sich der Unterbrechung ganz gefügt, seine ‚Britannica' dem Etui entnommen, vermittelst Geyrenhoffs Nagelschere aus dem Necessaire geköpft, die Zigarre in einen Papierspitz gebracht und angezündet hatte, „vor dem Haus war die warme Nacht." Er schwieg, als empfände er jetzt noch deren hohe, lösende Gewalt. Soweit holte er aus für das, was er sagen wollte. „Wir haben uns also mit Semski und Grauermann noch einmal verabschiedet. Die Etelka war auch heraußen. Da sagt der Pista zu ihr: Am liebsten würd' ich meinen Sweater und Mackintosh nehmen und heut' überhaupt im Freien schlafen ... "

„Er liegt bestimmt im Bett," sagte Lindner langsam und genau, als unwidersprechliche Feststellung.

„Er hat ja auch gesagt ‚ich würde am liebsten' und nicht ‚ich werde'. Er hat eben dann dasjenige nicht getan, was ihm am liebsten gewesen wäre. Er hat sich beherrscht, bemeistert." Marchetti, spitznäsig mit blondem Bartbürstel, sprach wieder ohne sich umzuwenden.

„Hört's auf mit den blöden Witzen!" rief Geyrenhoff, der jetzt wirklich die Geduld verlor. „Ich möcht' endlich wissen, was der Buschi sagen wollte!"

„Daß er im Bett liegt, der Pista, ist so gut wie sicher", sagte Buschmann, die Unterbrechung konziliant mit in den Faden einschlagend, den er jetzt wieder aufnahm. „Also: Sweater und Mackintosh. Vorgestern hab' ich mit einem Menschen gesprochen, der von einer dreijährigen Welt-Reise zurückgekommen ist. Sein Resumé: ‚Bleibt's zuhaus, nirgends ist es so schön und nirgends lebt man im entferntesten so angenehm wie hier in Wien.' Seine hervorstechendste Erfahrung aber war: ‚Die Welt ist englisch. Das sagt sich leicht, wenn man's nur so beiläufig weiß', meinte er, ‚aber man muß es gesehen haben. Ja, sie ist englisch!' "

„Das wissen aber auch die gebildeten Nekrophilen", sagte Lindner.

„Ja. Aber eben nur ‚so beiläufig‘. Sie wissen jedoch nicht, was ‚englisch‘ ist – von der wörtlichen Grundbedeutung des Vokabels seh’ ich jetzt ab und von der Geschichte mit Papst Gregor dem Großen und den Knaben aus Britannien, die ihm wegen ihrer milchig-reinen Haut und ihrer blonden Haare wie Engel vorkamen, so daß man, dies nachredend, Britannien das ‚Engel-Land‘ zu nennen anfing. . . . Nein, ich will wo anders hinaus, meine Herren. Wenn ich irgendjemanden frage, wie denn dieses englische Weltreich entstanden ist, wie es dazu gekommen ist, dann abortiert der schulbildungsgemäß einigen Schotter des Wissens, von der insularen Lage, welche den Engländer auf die See wies, von dem geringen Anteil des mittelalterlichen Kaiserreiches am Zeitalter der Entdekkungen neuer Erdteile, weil die Hansa überlebt war und eine geschlossene, einheitliche Staatsgewalt nie hinter sich gehabt hatte, und so weiter. Er wird vielleicht noch was wissen und reden vom normannischen Seefahrer-Erbe im englischen Wesen und dem bemerkenswerten Umstand, daß manche dieser Kolonien, ja eigentlich alle, ihre Gründung den kühnen Unternehmungen Einzelner verdankten, welchen der Staat viel später erst sozusagen nachgerückt ist. Und schließlich wird er auch von Gewalt und List sprechen und von jener Rücksichtslosigkeit, mit welcher große Sachen zustandegebracht werden. Und doch, behaupte ich, ergeben alle diese denkbaren Steine des Zusammenlegspiels noch immer nicht das, was wir ‚englisch‘ nennen, ja, sie deuten es nicht einmal an.“

„Und was ist das also?“ fragte Lindner kurz.

„Das ist die bei alledem nicht erwähnte Faszination. Die Welt ist nicht englisch wegen insularer Lage Englands oder weil die norddeutsche Hansa ihre großen Möglichkeiten nicht ausnützen konnte oder wegen des normannischen Erbes im englischen Blut, sondern weil England die Welt fasziniert hat, deswegen hält es sie in den Händen. Es hat die Welt nicht fasziniert auf einem Einzelgebiete wie der Italiener oder der Deutsche durch die Musik oder die Franzosen durch ihre Literatur, sondern auf die allgemeinste Art, die gedacht werden kann, nämlich durch die Art zu leben. Es fällt mir übrigens nicht ein, die Ursachen, welche man schulbildungsgemäß für Englands Macht und Größe nennt, zu leugnen. Sie mögen dahin geführt haben. Aber zusammen gehalten und tief eingesenkt in den heutigen Status der Welt wird diese Macht und Größe durch die englische Faszination, welche ich nicht als bloße Folge jener oft genannten und genügend bekannten materiellen Einzelheiten aufzufassen vermag, sondern als etwas demgegenüber Selbständiges. Mindestens behaupte ich, daß es sich heute so verhält. Die Idee eines einzelnen Menschen oder einer Gesellschaft von Menschen, also auch einer Nation, ist dann konkret und anschaulich geworden, wenn ihr Lebens-Stil zu faszinieren beginnt. Auf diese Weise ist die Welt schon auf den Weg gekommen nicht nur äußerlich und den Machtsphären nach, sondern innerlich englisch zu werden. Viele sind es, vom Frühstück bis zum Fünf-Uhr-Tee.''

,,Zum Beispiel der Benno'', sagte Langl und streckte sich auf dem alten Sofa. ,,Man riecht's schon wieder.''

Grabmayr lachte, die kurze Pfeife zwischen den Zähnen. Er sah beim Lachen immer etwas tirolerisch-tuifelehaft aus.

,,Nein'', replizierte Buschi, ,,der Benno ist mir kein gutes Beispiel. Er hat die Schwester drüben und Verwandte und war viel dort. Das sind direkt bezogene Gewohnheiten. Es riecht übrigens gut dieses Zeug, ich mag's gern (er schnupperte in eine intensiv blaue Wolke, die von Grabmayr herüberschwebte), W. D. & H. O. Wills, Mittelstärke, blau, was? Aber ich bleib' bei meiner ,Britannica', die so unenglisch ist, wie nur möglich.''

Er saugte an seinem Papierspitz und blies einen Mund voll Rauch gegen den rundlich-honigsüßen, reifen Duft des ,Capstan'.

,,So schneiden sich zwei Welten'', sagte er dazu und mischte dann mit der flachen Hand die Schwaden durcheinander. ,,Jene Versammlung von unscharfen aber zugleich intensiven Vorstellungen, die sofort da ist, wenn wir das Wort ,englisch' heute denken: sie ist das Zeichen dafür, daß die Idee ‚England‘ verwirklicht worden ist. Und zwar bis dahin, daß unzählbar viele Menschen, die niemals in England waren und mit England nicht das geringste zu tun haben, sich etwa auf englische Art wohl fühlen in ihren Kleidern, auf englische Art mit den Schultern ihren Rock ausfüllen, auf eine irgendwie englische lockere und doch feste Weise zugreifen, wenn sie ihren Gürtel schließen, ja daß sie ihre eigene Haut nach dem Bade so und nicht anders unter der Wäsche spüren. Le style c'est l'homme. Mit noch mehr Recht ließe sich sagen ‚le style c'est la nation‘. Wo er fehlt dort ist keine. Und wo einer sich selbst fühlt und sich wohl fühlt auf die beschriebene Art, dort ist er zur englischen Einheit von Inhalt und Form gekommen, dort ist England mit seiner Faszination und wenn der Betreffende gar nie um England sich gekümmert hätte. In der ersten Hälfte des vorigen Jahrhunderts schon hat sich Nestroy über die Anglomanen lustig gemacht. Demnach hat es sie damals bereits gegeben. Jetzt aber, in weitem, weitem Abstand von jenen fast physiologischen Einzelheiten kommt erst: unsere englische Gouvernante, die wir hatten, und der Trainer im Sport-Club und die Jagdreiterei und daß wir beim Tennis englisch zählen, und Bennos Capstan, und Pistas Sweater und Mackintosh. Das alles sind schon die letzten Äußerlichkeiten des Phänomens.“

„Ich glaube, du wirst jetzt zugeben, Robert“, sagte Geyrenhoff zu Lindner, „daß dies die gebildeten Nekrophilen noch nicht wissen.“

„Man müßte alle Wörter zerschlagen oder aufbrechen, um diesem Zustand entrinnen zu können“, setzte Buschmann fort, „und das ist schwer, denn sie sind unter dem Druck der Jahrhunderte hart geworden und vom Gebrauche glatt und rund wie Kiesel. Wo man jedoch eines oder das andere wirklich in die Zange bekommt, dort zeigt sein kristallinischer Bruch Rauheiten, woran unser Denken haften kann.“

Das war nun der Punkt, wo Melzer und Grabmayr aussprangen oder sublim ausgebootet wurden: sie gingen schlafen, ohnehin schon etwas zu spät. Aber vielleicht hätte eine andere Art von Gespräch sie noch länger festgehalten. Die Ermüdbarkeit des Menschen steht in umgekehrtem Verhältnis zu seinen wirklichen Interessen. (Und, was Melzer im besonderen angeht: die seinen konnt' er damals noch gar nicht erkennen.)

„Das also ist für mich englisch", fügte Buschmann abschließend hinzu, als die beiden gegangen waren. „Seit wann es das gibt, weiß ich nicht. Im elisabethanischen Zeitalter, zum Beispiel, find' ich davon noch nichts. Die Namen, welche wir heute für Völker verwenden, verlieren sehr bald, wenn man in die Zeit zurückfühlt, ihren für uns anschaulichen und eigentlichen Inhalt. Der wird dann aus dem Geschichtsbuch ersetzt. Das interessiert mich nicht. Vielleicht sind die Engländer noch gar nicht so lang englisch im heutigen Sinne. Aber der allein kann unser Verhalten bestimmen."

„Theoretisch, weißt du, ist das alles ja bestimmt amüsant, aber praktische Konsequenzen daraus kann ich mir schwer vorstellen", bemerkte Marchetti.

„Man muß diesen Weg nur weitergehen – ohne Nekrophilie – dann ergeben sie sich von selbst. Gestern, wie ich angekommen und vor dem Postamt aus dem Stellwagen gestiegen bin, hab ich dort den Herrn von W. stehen sehen, den Sohn des seinerzeitigen Justizministers. Ich begrüße ihn, er war eben von der Tabak-Trafik gekommen, zieht jetzt ein Packl Herzogowiner aus der Tasche und seine silberne Dose, die genau dieses Quantum faßt. Er macht das Packl auf, preßt den Tabak in seine schöne Tabatière, wuzelt sich gleich eine Zigarette und fragt mich dabei, wie's meinem Vater geht . . . Na gut, wie er da so gestanden ist in seinem Lodenanzug und mit dem Gamsbart am Hut: da ist mir wieder einmal klar geworden, was eh' ein jeder weiß – Selbstverständlichkeiten aber müssen sich immer wieder bis zu einer neuen Auferstehung zersetzen, sonst werden sie eines Tages sogar unverständlich – da ist es mir also neulich aufgegangen, daß wir hierzulande als unsere vornehmste Leistung und ganz abgesehen von allen

Einzelgebieten, eine solche hervorgebracht haben von der allgemeinsten Art, die gedacht werden kann, nämlich durch die Art zu leben. Wir sind insofern den Engländern formal ähnlich. Dabei gänzlich unenglisch. Aber diese formale Analogie müßte uns ein Hinweis sein. Dabei hat Österreich seit 1710 keine eigentliche englische Politik mehr gemacht."

„Und macht heute das genaue Gegenteil", bemerkte Marchetti.

„Und das wird sich rächen, behaupte ich", sagte Buschmann. „Es verstößt gegen die entscheidenden Affinitäten, die von nekrophilem Schotter überlagert wurden. Noch ein Beispiel: wenn die Deutschen in irgendeiner Weise mit den Türken zusammengehen wollen, so ist das nicht deshalb widernatürlich und aussichtslos, weil nicht die geringste Stammesverwandtschaft besteht und weil die Türken Asiaten und Mohammedaner sind, nekrophil gedacht. Sondern weil eben diese Deutschen die schrecklichste Karikatur und Verhöhnung des türkischen National-Getränkes in die Welt gesetzt haben, für jeden Kaffeetrinker eine Art schwerer Häresie, nämlich den Káffe. Es kann demnach nicht günstig ablaufen, es ist bestimmt ein falscher Weg."

Marchetti begann laut zu lachen. „Also weißt du, Otto", rief er, „das geht doch zu weit! Und du möchtest die Außenpolitik nach solchen Gesichtspunkten führen?!"

„Ja", sagte Buschmann, „und zwar ist das mein voller Ernst. Die Anschaulichkeit geht mir über alles. Was von ihr wegführt, das führt in den Tod. Und mir kommt's vor, als würden wir so geleitet."

„Das letztere ist durchaus möglich", sagte Marchetti ohne zu lachen.

„Da habt ihr's", schloß jetzt Geyrenhoff das Thema. Er hatte sich aufrecht gesetzt und einen großen flachen Flakon aus der Lade des monströsen Nacht-Tischchens gezogen: nun goß er daraus vorsichtig den Cognac in winzige silberne Becher, die sonst ineinandergeschoben ein Leder-Etui bewohnten.

Aber Grabmayrs und Melzers Abgang hatte eine merkwürdige Lücke geöffnet, die während des letzten Teils dieses Gespräches schon empfunden worden war. Wenn wer ein Zimmer verläßt, darin andere zurückbleiben, verändert sich auf jeden Fall die Lage. Ungern redet man sogleich über Abgegangene. Aber hier war's, als wäre eine kleine Steinplatte aufgehoben und beiseite gelegt worden: Verschiedenes wurde sichtbar, was kroch und krabbelte. Sie schwiegen ein wenig, man hörte wieder das Wasser rauschen. Und dann war's freilich Edouard von Langl:

„Wer wird sich da oben gegen wen verloben?"

„Zwei sind's schon", sagte Lindner.

Geyrenhoff winkte ab. Er sah auf Buschmann. Dessen energisch-kontraktes Gesicht zeigte kein Zeichen.

„Die Asta –", sagte Lindner und weiter nichts.

„Und Semski", ergänzte der Baron. Das allgemeine Gelächter schien ihm wenig Eindruck zu machen. „Was fällt dir ein!" rief man ihm zu und „sie hat von ihm gesagt, er schaut aus wie eine keimende Kartoffel im Keller!" – „Und sein Kopf wie ein schlecht gepackter Rucksack!"

„Und doch liegt dort die eigentliche Wahrheit", beharrte Buschmann. „Der gute Melzer hat nicht die geringsten Chancen. Wenn die Asta heute will . . ."

„Nein, nein, das ist sicher falsch", sagte Geyrenhoff. „Was den Melzer betrifft, hast du wahrscheinlich recht; armer Kerl. Aber der Semski, der liegt fest. Und die Asta hilft dazu, bei der Ingrid, was sie kann."

„Nobel", bemerkte Langl. „Bleibt ihr auch nichts anderes übrig meiner Ansicht nach. Die Pastré wird ihr demnächst gleichfalls den Krieg erklären."

„Kennt wer von euch die Pastrés?" fragte Lindner.

Niemand meldete sich. Dann sagte Geyrenhoff: „Ich war heuer drei- oder viermal bei ihnen."

„Und durch wen bist du hingekommen?"

„Schon als Bub durch meine Mutter. Sie ist in Genf in einem Pensionat erzogen worden. Dort war sie mit einem Fräulein

Meriot befreundet. Das ist die spätere Frau Pastré, Edithas Mama."

„Und woher kommt die Familie Pastré?"

„Ebenfalls aus Genf. Der Alte ist gebürtiger Genfer. Er hat dann hier in Wien irgendeine Eisen-Industrie angefangen und groß gemacht, draußen in Simmering, glaub' ich. Die Pastrés haben übrigens einen jour fixe."

„Und du kümmerst dich hier gar nicht um die Editha?"

„Warum sollt' ich?"

„Erstens ist sie sehr hübsch, da gibt's keinen Widerspruch, man kann sagen sie ist die Hübscheste von allen überhaupt, geradezu hors concours. Und zweitens ist sie wahrscheinlich wohlhabend, nach deinen Bemerkungen zu schließen."

„Demnach wäre sie also, nekrophil gedacht, zu heiraten", sagte Geyrenhoff. „Daß von keiner Seite Anstalten hiezu getroffen werden, muß seine Gründe haben. Hast du schon jemand gefunden, der sich in die Pastré verliebt hat? Nein. No also! Jede hat Adorateure, nur sie nicht. Geradezu ein Mauerblümchen. Mit Schönheit und Geld."

„Na weißt du," äußerte sich Langl beiläufig, „der alte Schmeller ist nicht ganz zu verachten."

„Hör' schon mit deinem alten Schmeller auf, ich bitte dich, Edouard!" rief Geyrenhoff. „Es ist ja widerlich! Ich für mein Teil hab' die Garden-party übrigens gestrichen. Was die Editha angeht, so liegt die noch sozusagen unter Glas oder wie in Glas eingegossen. Zerbrich es – und das größte Luder steigt aus den Scherben einer nur physischen Unschuld. Dann wird sie auch gewaltige Anziehungskräfte entwickeln, dessen bin ich sicher! Aber als junges Mädchen, das sie wahrscheinlich heute noch ist, kann sie nicht wirken. Es fehlt das Rührende, die Knospe, der Mai. Einfach deshalb, weil ihr Charakter grundschlecht ist. Und das spürt man. Wenn die aus dieser Konstellation nicht durch irgendeinen Glückszufall direkt in eine wirklich gute Ehe noch rechtzeitig hinübergerät, dann braucht nur irgendein Mistbub daher zu kommen, und er wird, einschlagendenfalls, eine Büchse der Pandora öffnen. Und erst recht durch ihre Mißerfolge, oder sagen wir besser, durch das Vakuum rund um sie herum, ist das Mädel obendrein bereits männersüchtig geworden und geradezu prädisponiert für jede Dummheit."

„Büchse der Pandora – anschaulich", sagte Langl.

„Die Eltern tun auf ihre Art was sie können für Editha", setzte Geyrenhoff fort (ohne daß auf Langls Zwischenbemerkung jetzt irgendwer reagiert hätte). „Die Editha ist doch gleichzeitig mit Asta Stangeler auf die ersten Bälle gekommen und überhaupt eingeführt worden, und im selben Fasching war schon ein Hausball bei Pastrés mit über achtzig Personen –"

„Gesetztes Souper oder Büffet?" unterbrach Lindner.

„Gesetzt", sagte Geyrenhoff, „à la Stangeler."

„Was alles vorgeht in dem lieben Wien, wovon man nichts weiß! Da wären also im November Karten abzugeben gewesen."

„Das kannst du ja heuer in der Gußhausstraße nachholen. Gut, sie haben sich also vollkommen normal verhalten, mit ihren jours und in jeder Beziehung, von allem Anfang an, obwohl zwei Jahre vorher die Katastrophe über diese Eltern hereingebrochen war."

„Die Geschichte mit der Zweiten?" fragte Langl und drehte sich am Sofa auf die Seite, gegen das Zimmer zu.

„Was für eine Zweite?" sagte Marchetti lebhaft. Zum erstenmal veränderte er jetzt seine Stellung aus dem dos-à-dos mit Lindner und Buschmann, saß schräg am Bettrand und sah Geyrenhoff an.

„Editha hat eine Zwillings-Schwester gehabt", setzte Geyrenhoff fort. „Die ist aus dem Elternhaus durchgegangen, einfach durchgebrannt. Und man hat nie mehr von ihr gehört."

„Ein Zwilling!" rief Langl. „Ah, da schau'r i' ja! Geh' hörst! Nein, das war mir gänzlich unbekannt. Ich hab' nur einmal so beiläufig gehört, daß es da noch eine Schwester gegeben haben soll, eine verstorbene."

„Vielleicht ist sie verstorben, wahrscheinlich, ich weiß es nicht", sagte Geyrenhoff. „Aber es war eine Zwillings-Schwester."

„Hast du sie noch gekannt?"

„Oh ja. Schon als Bub."

„Und war sie ähnlich – der Editha?"

„Ähnlich ist nicht der richtige Ausdruck. Es war derselbe Mensch – noch einmal."

„Fürchterlich", sagte Buschmann. „Wenn es einen schon zweimal geben muß, damit er überhaupt vorhanden sei! Zweimal die Editha Pastré – na ich danke. Jetzt fällt mir ein, daß eine Pastré mit meiner Schwester ins Luitlen-Lyzeum gegangen ist. Freilich kann ich nicht wissen, welche es war. Vielleicht waren's beide."

„Sehr wahrscheinlich", sagte Geyrenhoff. „Ich für mein Teil war immer gänzlich außerstande, sie zu unterscheiden. Es kommt vor, daß Schwestern sich gleich anziehen. Nun, das haben sie obendrein auch noch getan. Ich weiß nicht, ob ihre Eltern sie immer auseinander gekannt haben. Die Mutter vielleicht, mag sein. Der Vater aber nicht. Denn der hat zugegeben, daß er sie oft verwechselt."

„Muß aber doch ein bedeutender Unterschied zwischen ihnen gewesen sein", sagte Lindner.

„Und warum das?" fragte Geyrenhoff.

„Ganz einfach deshalb, weil die eine durchgegangen und die andere daheim geblieben ist."

Diese kaum widerlegliche Feststellung scheuchte die automatische Gesprächigkeit der anderen für Augenblicke in den Mund hinein, wie ein zurückschlagender Rauch die Herdflamme deckt. Geyrenhoff als erster versuchte dann eine Erklärung:

„Der bedeutende Unterschied im Effekt hat seine Wurzeln hier vielleicht in ganz winzigen Umständen, Milligramm-Gewichte, die dann den Ausschlag gegeben haben: irgendwelche Vorstellungsverkettungen. Die eine ist vielleicht einmal vor dem Schaufenster eines Übersee-Reisebureaus stehen geblieben und hat dort das Modell von so einem großen Passagierdampfer betrachtet. Irgendwas hat ihr dabei besonders gefallen, es kann der Glanz des Lacks gewesen sein oder ein paar Mannderln, die zur Veranschaulichung der Größenverhältnisse am Vordersteven aufgestellt waren. Vielleicht war da rückwärts als Prospekt ein Gestade mit Palmen nachgebildet. Und am selben Nachmittag hat sie in einem Geschäft Muskat-Nuß und Zimt gerochen. Oder sie hat grad vor dem Grand-Hotel einen feschen Fregattenleutnant stehen gesehen."

„Gut", sagte Lindner, der sich etwas pedantisch auf das Thema einließ. „Jetzt kommt eine weitere Frage: Zwillinge sind immer sehr enge miteinander verbunden. Warum sind nicht beide durchgegangen?"

„Weil eben nur eine von ihnen jene ausschlaggebenden kleinen Erlebnisse wirklich gehabt hat."

„Dann würde sie mindestens die andere Schwester in's Vertrauen gezogen haben."

„Wissen wir, ob sie's nicht getan hat? Die Editha wurde allerdings nach dem Verschwinden ihrer Zwillings-Schwester geradezu in die Presse genommen und bis zur Bewußtlosigkeit ausgefragt, sogar von den Detektiven der Polizei. Aber ohne jeden Erfolg."

„Wenn eine Verabredung oder ein Einverständnis zwischen den Schwestern bezüglich des Fluchtplanes der einen bestanden hat", sagte Lindner, jetzt schon in einer geradezu behördlichen Tonart redend, „dann mußte das allerdings die Durchführung der Sache wesentlich erleichtern. Ist der Start direkt vom Elternhause in Wien erfolgt?"

„Eben nicht. Die Alten waren damals in Bad Wildungen, das ist im Waldeck'schen, nicht weit von Kassel, ich glaub', wegen ihrer Galle. Die Mädeln sollten nach Schulschluß dorthin kommen und hatten die Erlaubnis, sich auf dem Wege München für ein paar Tage anzusehen. In München ist dann der Editha ihre Schwester abhanden gekommen."

„Da kann man doch eigentlich nicht sagen, sie sei von daheim durchgebrannt", meinte Marchetti.

„Streng genommen nicht", sagte Geyrenhoff, „aber es ist allgemein so gesagt worden. Das wird aus den Verhältnissen bei Pastrés aber einigermaßen verständlich."

„Und wie waren diese Verhältnisse?"

„Zum Durchgehen. Die Pastrés sind eine der wenigen calvinistischen Familien in Wien. Gesellschaftlich haben sie ja gewußt, was sein muß und sich angepaßt. Aber intra muros ist auf den Mädeln herumgeritten worden, die doch schon hier geboren und aufgewachsen sind in unserer Atmosphäre, Wiener Mädeln, wie andere auch. Der Pastré – ja, wie soll ich euch den beschreiben?! Ich hab' immer das Gefühl gehabt, er müßt' eigentlich einen braunen Frack und einen Zopf tragen. Dabei irgendwie aus einem Bild von Jean Baptiste Greuze ausgekommen. ,Der väterliche Fluch.' Das gesellschaftliche Leben in seinem Hause wird von ihm sozusagen nur geduldet. Und sie, die Meriot, mit tiefliegenden Augen, die etwas Brennendes haben, wie fanatisch. Beide gallenleidend."

„Ich werd' mir das mit dem Karten-Abgeben doch noch überlegen", sagte Lindner.

„Sie ist heute noch eine schöne Frau", setzte Geyrenhoff fort, „die Pastré-Meriot. Sie hat so irgendetwas von einer Märtyrerin an sich, sozusagen mit einem Fuß im Tod stehend; das drückt in einer schwer zu beschreibenden Weise auf mich, wenn ich mit ihr spreche. Vielleicht bilde ich's mir nur ein, denn schließlich fehlt ihr nichts ernstliches, und sie ist der äußeren Erscheinung nach durchaus jugendlich. Nach Wildungen gehen viele Leute, die sich's leisten können und im übrigen als gesund bezeichnet werden müssen."

„Wenn die gar so streng sind, dann wundert's mich, daß sie die Mädeln haben allein reisen lassen", sagte Marchetti.

„Haben sie gar nicht. Die Gouvernante hat ausgesagt, sie sei in München von beiden irgendwie getäuscht worden. Wahrscheinlich wurde die Ähnlichkeit benützt. Dadurch soll die Verschwundene einen großen Vorsprung gewonnen haben. So ungefähr war's, soweit ich mich entsinnen kann. Übrigens weiß ich nicht, ob man überhaupt noch irgendeine Spur hat verfolgen können. Später natürlich schon gar nicht mehr."

„So eine Ähnlichkeit könnt' einen schon zu verschiedenerlei verleiten", bemerkte Langl langsam und nachdenklich. „Das kann ich mir gut vorstellen."

„Ich kann mir auch vorstellen – nämlich was du dir jetzt vorstellst", sagte Marchetti. „Ein Glück, daß er keinen Zwillingsbruder hat. Zweimal der Edouard von Langl – nein! Zuviel des Grams wäre das!"

„Die Pastré-Mädeln sollen schon in der Schule ihre Ähnlichkeit zu verschiedenen Streichen ausgenützt haben und auch dem Vater gegenüber", sagte Geyrenhoff. „Eigentlich ist's natürlich."

„So eine Zwillings-Existenz würde mich zur Verzweiflung bringen", rief Buschmann lebhaft, „ein doppelgängerisches Dasein! Vielleicht ist sie deshalb durchgegangen?!"

„Bestimmt nicht", sagte Langl. „Mit dem Doppelgänger hat das übrigens nicht das mindeste zu tun. Einen Zwillingsbruder haben, das erscheint mir im Vergleich dazu als etwas beinah nur Materielles, Physisches. Der Doppelgänger aber – das ist unser Schlechtestes, das Unterste, das Unbeherrschteste in uns, worüber wir die Gewalt verloren haben. Es hat sich selbständig gemacht. Es ist objektiv geworden. Es geht herum und tut in unserem Namen, was wir tun könnten, aber nie tun würden."

„Schau den Edouard an, was der alles weiß", bemerkte Marchetti. „Hast du einen?!"

„Was für einen?"

„Einen Doppelgänger mein' ich."

„Ja", sagte Langl. „Aber ich kenn' uns genau auseinander. Er kann glücklicherweise nicht klavierspielen."

Man hört ein Scharren im Wald, der sonst lautlos in seinem eigenen Gesumm ruht. Man hört jeden Ton weit, jedes Geräusch, den anschlagenden Specht, zwei raufende Eichkater im Geäste. Das Himmelslicht sickert oben bei den Wipfelspitzen ein, das Schweigen fällt in erdrückenden Massen, der

Wald schweigt gegen den Boden zu, die Äste der dicken Fichten sind gesenkt und durchgeschwungen. Hier setzen sie schon nah über dem Boden an, es ist kein Bauernwald, wo sie bis hoch am Stamme hinauf abgehauen sind als Streu für das Rindvieh, ‚geschnatzelt‘, wie's manchenorts in Niederösterreich genannt wird. Es sind große, einsame Wälder, die über Landbreiten hinziehen, viele Kuppen ersteigen, hoch über Berge klettern, teilweise steil wie ein Dach, wie ein Parkettboden so glatt von den schneegepreßten Schichten der Nadeln auf ihrem Grunde. Eine fürstliche Hand und jagdliche Liebe schützen diese Wälder und ihre Tiere.

Man hört ein Scharren, weil vier Personen einen mächtigen Felsen im Walde zu erklettern versuchen, auf dessen Plattform oben schon eine kleine Burg, ein Kastellchen, ein festes kleines Haus Platz finden könnte. Zwei kommen rasch vorwärts (Asta und Melzer), zwei sind noch weit unten: die Pastré und René Stangeler. Aber der Gymnasiast treibt sie hinauf, hilft ihr, setzt, unter ihr stehend, ihre Füße, gibt ihr den nächsten Griff für die Hand an. Sie muß sich strecken und spreizen. Melzer merkt's. Es tut ihm weh. Er läßt nach, Asta ist schon einige Meter voraus. Sie hat diesem verflixten Lausbuben offenbar nicht gesagt, daß er die Ängstlichkeit der Pastré benützen soll, um mit ihr unten zu bleiben. Außerdem könnte leicht was passieren. Hier ist's schon exponiert, gegen die Talseite zu gut fünfzig Meter. Die Wipfel bleiben zurück. Das Gestein ist mitunter sehr brüchig. Melzer schmiegte sich um eine Ecke.

Inzwischen hat es die Pastré aufgegeben. Sie sagt weich und leise: „René, ich muß zurück. Halten Sie mich.“ „Ja“, sagt er. Denn auch er hat genug. Nicht vom Klettern und der Assistenz dabei. Aber von dem immer mehr zunehmenden Beben, Fiebern und Vibrieren seines eigenen Körpers. Alles ist Hals über Kopf gekommen. Eine einschnappende Reihe von offenen, im voraus gestellten Weichen. Er hat Editha bisher überhaupt nicht recht gesehen, sie beinahe nicht wahrgenommen. Daß Asta sie ihm aber gestern abend sozusagen zuschob für den heutigen Vormittag, mit der Autorität der älteren Schwester, also auf eine gewissermaßen legale, erlaubte Weise: das hatte plötzlich eine Geschwindigkeit des Geschehens erzeugt, die ihm den Atem nahm. Jetzt sah er sie, die Editha. Freilich von unten. Sie mußte es wissen, daß ihr Lodenrock am linken Oberschenkel bis über die Mitte hinaufgerutscht war und rechts bis über's Knie. Und jetzt tat sie den Spreizschritt, den Stangeler ihr als notwendig vorbezeichnete. Sie tat den Schritt wirklich, den René sich ausgedacht hatte. Mit den Händen konnte sie nun nicht mehr loslassen. Er begann zu schlottern, den Blick in weißer Wäsche. Nun sagte sie: „René, ich muß zurück."

Er half ihr vorsichtig aus ihrer Lage. Als sie frei gekommen war, stützte sie sich geradezu auf ihn, hielt sich kaum mehr am Stein, den Arm um sein Genick, ausruhend, wie geflüchtet und angelangt, aber aus weiteren Nöten, nicht nur von dieser zackenreichen Felswand mit dem Grat oben. Dorthin warf sie jetzt einen Blick. Sie lauschte. Ganz offenkundig. Dann kam ihr Kopf um zwei Zentimeter näher gegen ihn und lag nun an seinem Hals. Sie blieben, wie sie waren, eine halbe Minute vielleicht. Dann begann er sie zu küssen und tat jetzt nichts situationsgemäß Verkehrtes, als er ihr weißes Sporthemd entknöpfelte und mit der rechten Hand unter ihre linke Brust glitt. Hinunter ließ sie sich beinahe tragen, es war nicht ganz einfach, sie blieb dicht an ihm, doch glückten diese ein-undeinhalb Meter bis zum Waldboden. – Sie schrie nur einmal unterdrückt und kurz auf im Schmerz, dann umklammerte sie René ganz fest, und nicht nur mit den Armen.

Wie von einem Rollen rings um den ganzen Horizont, einem lautlosen innren Donner in den sonnigen Himmeln, so wurde in Melzer jeder Raum seiner Eindrucksfähigkeit eingerannt und dicht gepackt ausgefüllt, als er auf die Höhe und Plattform des Felsens gelangte, der gegen die Talseite zu mit gut hundert Metern fast lotrechter Wände abfiel: hier sah man's, worin man lebte, in einer Umgebung, die, an Schweigsamkeit nicht zu überbieten, sich zugleich unaufhörlich mit Übergewalt aussprach: Berg an Berg, ferner Fels, an den der Wald unten hinkroch wie Moos, das Gestein im milchigen Sonnendunst, die Kanten gegen den lackreinen Himmel in trillernder Schärfe des Lichts abbrechend. Und Wälder, Wälder dazwischengeschüttet mit ihrer Ferne und Tiefe, als wären sie nichts, nicht mehr als das gefallene Tuch um die Füße enthüllten Standbilds.

Wie ein Punkt auf dem i und hart schon am Rande des Ansichtskartenhaften, so stand Asta in ihrer bunten Nationaltracht vor der eröffneten Landschaft, deren abweisendes Selbstbewußtsein um noch ein Unendliches fester war als ihre Felsen.

Asta hatte sich beim Klettern, rasch und mühelos Griff um Griff, Stand um Stand fassend und verlassend, nach Melzer kaum umgesehen, völlig unbesorgt steigend ohne sich um ihn irgendwie zu kümmern. Das hatte ihm wohlgetan.

Nun ließen sie sich nieder. Für Melzer war es die endliche Ankunft aus einer vor Jahr und Tag gefaßten Absicht. Aber noch tiefer in der Spirale der Zeit und wie senkrecht unter ihm – weit unter dem Schnellzug nach Laibach, der mit hohlen und heulenden Tönen durch die Semmeringtunnels gefahren war – stand mit einer Helligkeit, welche damit zum Maße der gegenwärtigen Stunde wurde, seine erste Anwesenheit auf diesem rilligen glattgewaschenen Felsboden. Auch damals war Asta, beinahe noch halbwüchsig, vor dem mächtigen Abbruch und Luftraum gestanden (daß andere auch dabei gewesen waren, ließ er nun aus dem Bilde), in der gleichen Tracht, in der gleichen Heiterkeit – und damit geriet Melzer aus dem jetzt und hier Seienden vollends hinaus. Denn sie lachten nicht. Sie schwiegen und sahen in die Ferne, deren Gesamt-Farbe sich doch im ganzen zu einem Grünblau mischte, nur die Kalkfelsen standen grell darüber, fleckten da und dort hell hinein. Er war nicht darauf gefaßt, daß sie von Ingrid und Semski sprechen würde; aber schon war sie mitten in diesem Thema und noch dazu auf die vertraulichste Art. Eigentlich fehlte nur, daß sie ihn duzte. Er begann plötzlich etwas wie die

Ahnung eines Schmerzes zu empfinden, eine Bremsung und Aufrauhung, als sei er geflogen bisher und schleife und scharre nun auf dem Boden, von der Welle seiner Absicht und Ankunft abgesetzt, die ihn bisher mit Macht über der Wirklichkeit gehalten hatte. Jetzt sprach Asta noch dazu von sich selbst: daß er, Melzer, ihre Anteilnahme für Ingrid und dadurch freilich auch für Semski, als selbstverständlich ansehen müsse, sie sei mit Ingrid von der Schule her befreundet. Melzer schärfte immer mehr das Ohr, er versenkte es in das, was sie sagte. Nicht ohne Furcht. Das Netz seiner Aufmerksamkeit, solchermaßen sorgfältig ausgelegt, konnte eine Beute bringen, die für ihn wie ein Ungeheuer hätte aussehen müssen. Er fürchtete schon geradezu, sie könnte sagen, daß sie auch an seiner Not sicherlich würde teilnehmen, wenn er in eine geraten sollte.

Asta betonte, daß sie durchaus glaube, Ingrid würde mit Semski glücklich werden.

Und daß Ingrid ihn liebe. Da sei gar kein Zweifel. Aber in ihr gäbe es etwas durchaus Unselbständiges, eine Hemmung oder Trägheit, man müsse sie gleichsam darüber heben. „Sie verwaltet sich nicht selbst. Man muß sie in ihr eigenes Glück scheuchen wie eine Gans."

Jetzt lachten sie beide. Aber Melzer horchte zugleich noch einmal tief auf. Ihm war plötzlich beim Blick in die Landschaft, als sei er in eine Art Sprungtuch gehüpft, bemalt mit allen diesen Bergen und Wäldern: nun federte es zurück, warf ihn vollends aus seiner eigenen Richtung.

Lina, die Zofe der Frau von Stangeler, bildete seit jeher einen Gegenstand der Verehrung von Seiten Paula Schachls. Sie wurde von ihr ‚Tante Lintschi‘ genannt, eine Ruf-Tante sozusagen, denn die Verwandtschaft, wenn da überhaupt eine bestand, war viel weitläufiger. Es erscheint bemerkenswert und gehört hierher, daß Paula seit ihrer Bekanntschaft mit René im Mai (in der Liechtensteinstraße vor dem Haus ‚Zum blauen Einhorn‘) bis zu dessen Abreise in die Sommerferien, noch nicht einmal seinen Familien-Namen erfahren hatte. Und umgekehrt war's genau so. Man kennt Stangeler schon zu gut, um hier nicht eine seiner – fast möchte man's so benennen – ,handwerklichen' Vorsichtsregeln zu vermuten, Wendungen und Wechsel, die im dumpfen Gemüte doch präzise funktionierten. Aber in diesem Falle stimmt's nicht. Einmal wurde gar nichts gehandwerkt. Jene jeder sich bietenden Gelegenheit verpflichtete Raffsucht Renés – auch Paula gegenüber war vor dem ,blauen Schaf' nur ein solcher Wind in seine stets aufgespannten Segel gesprungen – welche alles und jedes abtat mit dem ungeprüften Axiom, man dürfe nichts versäumen, war hier schon eine halbe Stunde später aus dem inneren Gesichtsfeld gleichsam verdunstet, schon in der Conditorei, beim ersten so bedeutungslosen Geplauder: jedoch keineswegs etwa, weil der Wind nicht mehr blies oder aber weil da so ein alter Bootsmann sich auf falschem Kurse sah und die Gestalt der angesteuerten Küste sich als zu verschieden erwies von der ersten Sicht. Sondern er hatte sich zwar nicht auf dem gemeinten, bald aber auf einem neuen Kurse gefunden und bei frischer Brise. Wir sagen's hier. Aber René sagte sich nichts. Es war eben so. Es führte dies andere Gleis-System über andere Wechsel und Wendungen und gar niemals über Pastré'sche Intermezzi.

Übrigens beachtete er Editha ab dato kaum mehr. Und auch sie schien geneigt, unter der Decke verschwinden zu lassen, was ohne Decke passiert war. Am gleichen Montag, allerdings spät nachts, ist sie noch in Renés Zimmer gekommen. Ob Asta dabei irgendwie protegiert, arrangiert, vigiliert hat, ist dem Gymnasiasten gar nicht bekannt geworden. Er hat nie danach gefragt. Es ging alles glatt, schon recht glatt. Für die Pastré muß das eine Art gefundener archimedischer Punkt gewesen sein (ein δός μοι ποῦ στῶ) außerhalb ihrer Welt, aber eine notwendige und unbedingt zu gewinnende Voraussetzung weiteren Lebenslaufs. Hierin scheint uns der Herr von Geyrenhoff schon recht gesehen zu haben. Sie hängte übrigens in jener Nacht René ein dünnes

Kettchen mit einem Medaillon um den Hals. In das er nie hineinschaute. Immerhin, er bewahrte es mit einer gewissen Sorgfalt auf.

Die Welten blieben getrennt und schematisch jedenfalls verkehrt: das Mädchen aus dem Volke wurde nicht verführt, und die junge Dame verlor ihre Unschuld, soweit von einer solchen die Rede sein kann. René aber stellte nichts fest und verglich nichts. Würde man ausdrücken wollen, was Paula eigentlich für den Gymnasiasten bedeutete, so müßte man sich in eine mythisch primitive oder auch gymnasiale Welt begeben (was mitunter auf ein gleiches hinausläuft) und sagen, die Paula Schachl war für Stangeler eine Art lokaler Gottheit der Strudlhofstiege, eine Dryas der Alservorstadt.

Nun wollte sie der ‚Tante Lintschi‘ einmal schreiben im Sommer und ihre richtige Tante, bei der sie wohnte, hatte die Adresse: da war es der gleiche Ort wie jener, wohin ihre Briefe an René gingen, postlagernd unter einer ganz unmöglichen Chiffre, auf welche wahrlich sonst niemand verfallen wäre: Meningitis cerebrospinalis. Das ist der lateinische Ausdruck für eine schwere, ja nicht selten tödliche Krankheit, die Genickstarre. Paula malte es jedesmal nach. Freilich fragte sie und ganz am Rande, sozusagen schüchtern bei der ‚Tante Lintschi‘ an, ob es da in dieser Familie Stangeler, bei der sie im Dienste sei, – ‚Caroline Nohel, bei Familie Stangeler‘ mußte auf’s Couvert geschrieben werden – oder in der Bekanntschaft nicht einen jungen Herrn gäbe mit Namen René? Lintschi ließ sich nicht gar sehr ein in ihrer Antwort. Ja, es gäbe einen, er geht ins Gymnasium und muß viel lernen, jetzt hat er Ferien und ist hier heraußen auf der Villa, punctum. Auch keine Gegenfrage.

Auf diese Weise also erfuhr Paula nicht viel mehr als den Zunamen Renés, woran sie kein besonderes Interesse hatte: das ihre wäre mehr spitzbübischer Art gewesen; eine geringere Strenge und Zurückhaltung ‚Tante Lintschis‘ in allem, was ihre Herrschaft und damit ihren Dienst anlangte, hätte es vielleicht ermöglicht, René mit der oder jener überraschenden

Kenntnis einzelner Umstände seines sommerlichen Lebens ein wenig zu trillen oder zu frozzeln. Das war eigentlich dieses Kindskopfes Hauptabsicht. Allerdings, er krönte einen rundlich-schlanken Körper, dem die Mode der Zeit die Röcke bis nah an den Knöchel herabstrich. Man muß eine Prise Wissen-Wollen hinzutun aus einer von Lustigkeiten überfleckten Eifersucht (etwa wie dunkler Waldboden von Sonnenkringeln getupft ist), die sich ganz im Hintergrunde hielt, sehr fein und sogar schmerzhaft: mit dieser Prise hat man dann die Mischung. Manchmal schäumte diese Mischung ein wenig auf, sie bildete Flocken, Federwölkchen der Beängstigung hoch im blauen Himmel, beängstigend vielleicht nur, weil sie so hoch flogen. Aber doch gab es einen festen Grund der Beruhigung, allerdings keinen eigentlich vernünftigen: seit ,Tante Lintschi', wenn auch mit ihrer unberührbaren Zurückhaltung, in diesem ganzen Zusammenhange stand, in den sie wahrlich sich nicht hineingestellt hatte, trug alles ein tröstliches Zeichen, konnt' es nur gut sein. Ein Fels des Vertrauens für Paula war jene, ein kindheitswarmes Daunenbett des Zutrauens zugleich: hier spürte man nie das Fallbeil eines Urteils über dem Genick, mochte man mit was immer gekommen sein, als Schulmädel, als Backfisch und jetzt. Die tiefste Güte verdunkelt ja obendrein ihr eigenes Licht um ein im Irrtum flackerndes Aug' nicht zu blenden.

So war der Schutzpatron dieser beiden beschaffen, der von nichts wissen wollte. Eigentlich erst der Krieg, welcher den René Stangeler nicht gar lange nach seiner Gymnasial-Matura zu einem Reiter-Regiment gebracht hat, und die Jahre seiner Kriegs-Gefangenschaft haben die Verbindung mit Paula Schachl abgerissen. Lintschi wurde nach seiner Rückkehr aus Sibirien in dem Elternhause, wo sie siebenundzwanzig Jahre gedient hatte, von ihm nicht mehr angetroffen: sie war zu ihrer Mutter gezogen, deren hilfloses Alter ihrer Pflege nicht entraten konnte, und nur von Zeit zu Zeit erschien sie noch in dem düsteren Stadthaus, um hier nun die Wäsche-Schränke der Frau von Stangeler zu pflegen. Es war bei einem solchen Anlaß, in dem kleinen Kabinette mit der Doppeltür auf den Balkon, neben dem Hofzimmer, welches René auch jetzt wieder, wie als Gymnasiast, bewohnte, daß er von Lintschi zum ersten Mal erfuhr, sie kenne Paula, die jetzt an einen Werkmeister der Staatsdruckerei verheiratet sei und ein kleines herziges Mäderl habe; neulich hätte sie ihr von Renés glücklicher Heimkehr in sein Elternhaus erzählt. Sie bestellte auch Grüße und René bestellte Grüße (und es war gegen fünf Uhr abends im Mai des Jahres einundzwanzig und die Spatzen lärmten durchdringend in den Baumkronen draußen, wie damals, wie eh und je). Stangeler wollte Paula wiedersehen. Aber es wurde zunächst nichts daraus. Erst vier Jahre später. Und in einem anderen Zusammenhange, der in die Geschichte des Leutnants Melzer gehört.

Ihr Vater war ein schweigsamer, schüchterner Mann gewesen (von ihm hatte sie übrigens das rötliche Haar), der am Sonntage nach der Kirche bis zum Mittagessen im Neuen Testament zu lesen pflegte, wobei er mehrere Tassen schwarzen Kaffee trank und eine Zigarre rauchte. Seine Schüchternheit stand in bemerkenswertem Gegensatze zu einem ungewöhnlichen und auch nicht ganz ungefährlichen Beruf, dem er mit ebenso stiller wie außerordentlicher Leidenschaft ergeben war, ohne je daran zu denken, ihn gegen einen bequemeren einzutauschen, der ihm zur Hand gelegen hätte, denn Schachl war nicht nur ein fertig gelernter sondern ein erfahrener und als geschickt bekannter Zimmermann. Dieses Handwerk allerdings deckte sich teilweise mit dem von ihm bevorzugten Metier, welches er als Staatsangestellter betrieb und das ihn oft tagelang vom Hause fernhielt. Schachl war das, was man damals auch mitunter einen ‚Strom-Meister‘ nannte. Das große Werk der Donau-Regulierung hatte diesen Berufs-Zweig gebildet und emporgebracht und bedurfte seiner nach der Vollendung erst recht zur weiteren Erhaltung. Schachl war darin und damit aufgewachsen, die Entstehung der Nußdorfer Schleusen und des Winterhafens am Praterspitz, die Sprengungen bei Greifenstein, das Hochwasser des Jahres neunundneunzig und so mancher Eis-Stoß bildeten Teile seiner eigensten Lebensgeschichte. Der Strom war ihr Hintergrund, ihre Grundfarbe. Die windoffene Breite, das pomphafte Wallen der Wassermassen durch eine entzwei gelegte Landschaft, der graugrüne Schaum der Auwälder, die Arbeit im Freien, winters und sommers, bei Windpfiff oder angenehm kühlender Brise, die Vorkenntnis des Wetters aus kleinen Zeichen, die Vertrautheit mit einer Tierwelt, die besonders bei Anlage gewisser Kanäle in den Auen der Kritzendorfer und Greifensteiner Gegend sich oft mit Überraschungen erschloß – Frösche von Kindskopfgröße, Hechte und Riesenkarpfen und da und dort der durch die Abwässer der Industrie schon aussterbende Flußkrebs, der Haubentaucher, sonst ganz in die Lobau verscheucht oder gar nach Ungarn verzogen, noch in vereinzelten Stücken, die oft unglaublichen Kühnheiten der bissigen Bisamratten – dies alles bildete unentbehrliche Stufen und Tönungen eines Lebens-Akkords, der am Sonntag-Vormittage, sonor wie eine fast schweigende, höchstens leicht angestreift summende Harfe, den Worten der Schrift einen kaum gewußten Bezug gab, einen nur gefühlten Resonanzboden.

Es gab in der zuständigen Sektion des dem Strombau-Amte übergeordneten Ressort-Ministeriums Referenten, die nicht nur unterrichtet, sondern auch klug waren. Sie ließen sich in aller Stille den Strom-Meister Ferdinand Schachl auf ihr Zimmer kommen und erfuhren so bei einer Britannica oder Trabuco dasjenige an Anschaulichkeiten, was aus der Platte ihres Schreibtisches nicht zu sprießen vermochte.

Dieser Strom-Meister Schachl nun, der mit seiner erheblich jüngeren, sehr hübschen Frau und dem munter aufwachsenden Mädchen ein weiter nichts als unauffallendes und vielleicht gerade dadurch an den Rand der Vollkommenheit tretendes Leben führte, hat dieses auf eine plötzliche Art verloren, als die kleine Paula nicht viel mehr als zwölf Jahre alt war: durch einen Unfall, an seiner damaligen Arbeits-Stelle (es wurden Montierungen durchgeführt im Verlaufe genereller Reparaturen der Schleusen-Anlage); durch einen Unfall, aber nicht eigentlich als Opfer seines Berufs und der Pflichterfüllung in demselben, obwohl ein Herr vom Ministerium bei seiner Rede am offenen Grabe Schachls sich damals so ausgedrückt hat. Denn jener Unfall hatte mit den Funktionen und Arbeiten oder Aufsichtspflichten des Strom-Meisters nichts zu tun. Von einem Gerüst, etwa sieben Meter über ihm, und unglücklicherweise ganz genau über ihm, fiel ein schwerer, großer Schrauben-schlüssel herab. Er fiel nicht jemand aus der Hand, denn es befand sich da niemand über Schachl, als das Malheur geschah. Der Schraubenschlüssel fiel herab. Er hatte dort oben gelegen (nun, irgendetwas gegen die Vorschriften mußte da schon passiert sein), vielleicht nah am Rande des Laufbretts, eine Erschütterung oder Vibration genügte, der Schraubenschlüssel fiel und traf Schachls Schädeldecke genau so, daß er sie durch-schlagen konnte. Der Strom-Meister brach zusammen und war tot. Es war an einem Montag, gegen Ende Februar des Jahres 1905.

Als alles vorüber war – am Donnerstag hatte man den Vater begraben – sah Paula im Wohnzimmer auf dem Tischchen, daran Schachl noch am verwichenen Sonntag-Vormittage ge-sessen hatte, seine kleine Bibel liegen, aus welcher das ihr wohl-bekannte Lese-Zeichen, ein Bildchen der Maria-Pötsch zu St. Stephan, hervorstand. Sie trat hin und schlug das Buch an der zuletzt gelesenen Stelle auf: im Evangelium des Apostels Matthäus. Ein Satz fand sich mit blauem Stift unterstrichen: „denn ein Arbeiter ist seiner Speise wert", (dignus enim est operarius cibo suo). Paula küßte den Text. Sie weinte nicht, blieb ruhig und unbewegt und auch ohne eigentlichen Ge-danken an den naheliegenden Bezug dieser Stelle auf den Ver-storbenen. Der Eindruck, welchen sie empfing, hielt sich sozusagen an der Oberfläche ihres Bewußtseins gar nicht auf und verfing sich nicht im Geflechte des Nervösen. Er schlug durch den Splint der Stunde in's Kernholz ihres Gedächtnisses und blieb da. Sie ist, nachdem sie das Buch wieder geschlossen hatte, damals unverzüglich zu ihrer Mutter in die Küche ge-gangen, und hat sie gebeten, die kleine Bibel behalten zu dürfen, was ihr Frau Schachl ohne weiteres mit einem beiläufigen Kopfnicken gewährte.

Die Witwe verheiratete sich neuerlich, ehe noch das Trauerjahr ganz zu Ende ging: Paulas Stiefvater wurde einer der Monteure, welche, fallweise von der Strombauverwaltung herangezogen, auch unter Schachls Leitung – genau genommen eigentlich nicht unter, sondern über ihm – in den Gerüsten herumgestiegen waren. Die neue Ehe brachte bald nacheinander drei Kinder. Deren Pflege ließ Paula sich angelegen sein. Ihr Stiefvater sah mit Befriedigung seine hübsche und lebenshungrige Frau durch das Mädchen entlastet und war freundlich zu Paula. Aber, wie es denn bei solchen Umständen zu gehen pflegt: der Boden des elterlichen Heims verwandelte sich seit des Vaters Tode unter ihren Füßen und wurde ihr fremd. Die Vergangenheit stand zu nah in ihr an eine Gegenwart heran, welche ganz die der Familie, fast gar nicht ihre eigene war. Eine ältere Schwester des verstorbenen Strom-Meisters, Therese Schachl, Pensionistin der k. k. Staatsbahnen, zu Liechtenthal, unweit der alten Pfarrkirche in einem eigenen kleinen Häuschen wohnhaft, erbat sich von der Mutter das heranwachsende Mädchen, als eine auftretende Unzulänglichkeit des linken Hüftgelenks das alternde, etwas korpulente, aber noch beachtlich hübsche Fräulein in ihrer sonst großen Beweglichkeit zu hindern begann. Paulas Mutter war's, die ohne weiteres einwilligte, und der Stiefvater war's, der Paula daheim behalten wollte. Aber schließlich zog sie doch zur Tante.

Es wurde ein fideler Haushalt. Resi Schachl sah ihrem verstorbenen Bruder, dem sie sehr zugetan gewesen, schon irgendwie ähnlich, nur war ihr Antlitz weit gröber; freilich hatte die Physiognomie des Strom-Meisters durch manche Züge in einem offenbaren Gegensatze gestanden zu seinem handhaften Beruf, der Entschlossenheit häufig erforderte, und zu seinem Körperbaue, der zwar kaum mittelgroß, doch durch die Breite der Schultern außerordentliche Kraft angezeigt hatte. Aber das Antlitz des Mannes war ein im ganzen feines gewesen, schon durch die Schmalheit, ja beinahe Schärfe des Nasenrückens und eine zarte Beschaffenheit in der Gegend der Schläfen, die stark eingesunken erschienen; beides hatte Paula, neben dem rötlichen Haare, von ihrem Vater geerbt. Vielleicht war es auch diese immer mehr sichtbar werdende Ähnlichkeit, welche ihr die besondere Neigung ihrer Tante Therese von vornherein gewann. Und mit Paula ließ sich gut leben, die Pensionistin war versorgt wie noch nie. Über einem soliden Fundamente der Achtung, deren sie in ihrem Viertel genoß, breitete sich, eilig und rein wie Quellwasser, eine belebende Beliebtheit aus, seit Paula hier in Erscheinung trat, und in Verbindung mit der kleinen Umwelt, darin sie jetzt alle nötigen Gänge tat und alle Einkäufe besorgte. Es wurde ein fideler Haushalt; denn Resi Schachl gehörte zu den Wohlgelaunten und gebot über einen geschliffenen Schnabel – sie gebot über ihn, und so schadete er ihr nicht – welcher die Kraft der Sprache, die besonders damals in den alten Wiener Vorstädten unerschöpflich und unentwegt quoll, in der zierlichsten Weise drehte, wendete und immer neu detaillierte. Die dabei hervorgebrachten Metaphern saßen manchmal wirklich wie die Pfeile eines sicheren Bogenschützen im Ziel, und wenn sie etwa einmal von einer übellaunigen Person sagte, sie schaue drein ‚wie eine verbrennte Wanzen‘, so muß eingeräumt werden, daß es eine schlechtere Laune kaum geben könne als die jenes Tierchens, dem bei eiligem Marsch an der Wand jemand das Streichholz unterhält.

Zwei Zimmer des Häuschens waren samt einer Küche und einem Vorraume vermietet, also das ganze obere Stockwerk. Hier wohnte der Amtsrat Julius Zihal des Zentral-Tax- und Gebührenbemessungs-Amtes während der letzten Jahre seiner aktiven Dienstzeit (als er in Pension ging, übersiedelte er in ein billigeres Quartier, angeblich aus Gründen der Budget-Equilibrierung). Zihal war Junggeselle. Man sah und hörte von ihm nicht viel. Er rauchte Virginier, wurmisierte in seiner Wohnung herum (dann hörte man die Schritte kommen und gehen), grüßte würdig, wenn ihm die Frauen begegneten, und hatte als Aufwärterin eine gewisse Frau Zajiček, die auch bei

Schachls unten dann und wann einen Handgriff tat. Ihr Herr aber trat hier nur etwa alle Vierteljahre einmal in Erscheinung, nicht wie man vielleicht vermeint, um den Zins zu zahlen (das tat er nie persönlich), sondern um Kaffee zu trinken; und zwar mit allen Decors, Etappen, Pausen und Zutaten, welche zu einer solennen Wiener ‚Jause‘ gehören. Auftritt, Benehmen, Handkuß, Kompliment und Konversation des Amtsrates entbehrten nicht einer fast spanisch anmutenden Grandezza, in verjüngtem Maßstabe, sozusagen; jedoch war dies alles leicht säuerlich durchsetzt von jener Ironie, welche sich bei alleinlebenden Individuen günstig entwickeln kann, weil diese mit sich selbst besser bekannt werden, worauf eine Intelligenz (und die eignete dem Julius Zihal) anders gar nicht zu replizieren vermag. Wenn er kam, verwendete Resi Schachl ein außerordentlich schönes vergoldetes Kaffeegeschirr, das zweifellos noch aus dem achtzehnten Jahrhundert stammte und für das ein Sammler schwere Opfer zu bringen bereit gewesen wäre, umsomehr, als es durchaus komplett war und nicht das kleinste Stückchen davon fehlte.

In die ehemalige Zihal'sche Wohnung ist Paula nach dem ersten Weltkrieg mit ihrem Manne eingezogen.

Bis dahin war's noch weit. Sie stand im sechzehnten Jahr, also in einem immer noch zum Verlust des Gleichgewichts neigenden weiblichen Lebensalter, als sie nach Liechtenthal übersiedelte. Es mochte schon der richtige und glückliche Augenblick für sie sein, um in's Kielwasser einer resoluten Person, wie der Tante Therese zu gelangen. Damals hat Paula jene kaufmännischen Kurse durchlaufen, welche ihr ermöglichten, die Stellung bei dem Rechtsanwalt in der Marc-Aurel-Straße zu übernehmen, in welcher wir sie zwei Jahre später, zur Zeit ihres Bekanntwerdens mit Stangeler, schon angetroffen haben.

Und nun steht der Sommer in blauen Glocken über der Stadt, dieser August 1911. Sie übte das Warten, ‚den Hauptberuf der Frau‘, wie Grete Siebenschein es einmal genannt hat. Der Frau? Und wartete sie denn auf einen Mann? Der Gymnasiast war fast ein Jahr jünger noch als sie selbst, so viel wußte Paula. Sie hatten keine Kinderfreundschaft und waren nicht Spielgefährten, sie hatten kein Liebesverhältnis und waren nicht einander verlobt als jugendliche Braut und noch jugendlicherer Bräutigam. Dieses Antichambre des Lebens ließ ein Schweben zwischen dessen Kategorien noch zu. Stangeler freilich wußte von alledem nichts, sagte sich nichts, stellte nichts fest, eine blinde Seele, und vielleicht deswegen nur, weil sie zu träge war, den Sachen jene Namen zu geben, auf welche diese längst Anspruch hatten, oder weil sie die entfernten Namen sehr vage und mit ganz andersartigen Vorstellungen erfüllte. Aber Paula, aus einem Stande, der das physische Gewicht des Lebens durch Vererbung kennt, noch bevor es herantritt, noch bevor es auf die Schultern fällt, wuchtig und selbstverständlich: sie genoß indessen – und mit einem tief beruhigten Gewissen – goldner Warte-Ferien. Wäre Stangeler damals zu einigem Bewußtsein von der Lage erwacht: er hätte sich gequält, wie er's in seinem späteren Leben zu tun bei keiner Gelegenheit versäumte. Paula wußte unaussprechlich mehr wie er und quälte sich nicht. Nur dann und wann zogen hochfliegende Federwölkchen der Bangnis über die Himmelsglocke. Dennoch war für sie nicht ein ungültiges und nur vorläufiges Spiel, was da geschah, wegzublasen, wegzulöschen, unverbindlich; sondern mit Sorgfalt, ja Andacht sammelte sie hier einen in die Tiefe gestapelten Vorrat zarter, belebender Stoffe und Essenzen, mit welchem vielleicht durch ein ganzes Leben dereinst sie auszulangen hatte; und auch dies war ihr nicht völlig unbewußt.

Es ist zu fragen, ob seine Welt, sein unbekanntes Hinterland oder etwa seine Abkunft und sein Stand auf sie anziehend wirkten, interessierend und Wert verleihend? Das mag sein. Doch fiel die Anders-Art zu weit aus dem Rahmen des Lebens in Liechtenthal, um an dessen Abmessungen noch überschaubar zu bleiben. Vornehme Leute des Viertels waren etwa ein Magistrats-Rat und der Inhaber einer gegen den Donaukanal zu gelegenen kleinen Kartonnagen-Fabrik. Mit diesen Spitzen der Gegend und ihren Familien hatte Stangeler – sozusagen als Vertreter einer Art im zoologischen Sinne – keine Gemeinsamkeiten, diese Tatsache stand fest für Paula im ungefragten Instinkte. Er gehörte also nicht zu diesen vornehmen Leuten, sondern anderswohin: genau in den Schwebepunkt zwischen den Kategorien des Lebens nämlich, welchen Punkt es im Liechtenthaler Kosmos nicht geben konnte – außer gleichsam in Expositur, wie jetzt bei Paula – während jene Kategorien hier wie anderwärts durchaus bestanden. Der Schwebepunkt aber war Paulas Quelle für auf Vorrat zu stapelnde Duft-Stoffe und Essenzen. Da also die vage Lokalisierung, welche sie ihrem René verlieh, zugleich wirklich und wirksam ihrem Lebens-Interesse und im Tiefsten ihrer Zukunft diente, gab sie damit sich zufrieden.

Aber wie anders er! Wir wissen's bereits. Man braucht bloß ein klein wenig übertreiben und camouflieren, und schon entscheidet man nicht mehr mit Sicherheit, was ihn stärker anzog: sie selbst, oder die Paula Schachl als Teil des Bilds nur, vor dem sie erschien.

Es lag zur Zeit, dieses Bild, hier schwer, dort wieder flüchtig, in den vormittagsweißen, nachmittagsgoldenen, abendroten Lichtpackungen des Hochsommers. Von der Advokatus-Kanzlei wurde Paula jetzt meistens nur halbtägig beansprucht. Es hielt deshalb schwer, der Tante Therese begreiflich zu machen, daß augenblicklich noch kein Urlaub möglich sei: denn jene wollte schon lange der Sommerglut in der Stadt entrinnen, statt hier zu zerrinnen, wonach ihr zu Mute war, wie sie immer wieder sagte. Natürlich hätte Paula von der Kanzlei aus ohneweiters Urlaub erhalten, man fragte sie sogar danach, ob sie nicht jetzt den ihren nehmen wolle, da wenig zu tun sei? Aber es galt ja René abzuwarten: ihn bei seiner bevorstehenden Anwesenheit hier in Wien nicht zu sehen, früher wegzufahren, das lag gänzlich außerhalb des Denkbaren für Paula. Noch hatte er den Tag seines Eintreffens ihr mit Sicherheit nicht mitteilen können. So mußte denn laviert werden. Paula besorgte das mit List und vergnügt, stellte ihre Beurlaubung stets in allernächste Aussicht und zwischenhin der Tante Therese das und jenes vor Augen, was im Hause noch getan werden müsse, und so verwandelte sich unter ihrer Hand das an sich rein negative Faktum des Fehlens endgültiger Nachrichten von Seiten Renés in durchaus positive und in zahlreiche Einzel-Umständlichkeiten zerfallende Unternehmungen, wie etwa das Einkochen von Stachelbeeren. Zwischen den Urlaub und ihre Tante mußte immer wieder ein Gewölk von noch Erforderlichem gerollt werden; und jedes solche Gewölk umnebelte in der Tat und mit vielen kleinen Geschäftigkeiten erfolgreich das gute Fräulein: aber es tauchte dieses doch früher oder später aus den von Paula geschickt gemischten Befangenheiten wieder hervor: und Neues mußte bereit gehalten werden. Denn hier bestand schon geradezu die Möglichkeit und Gefahr, daß die Tante Therese sich an Paulas Chef würde wenden mit der Bitte, ihrer Nichte recht bald, wennmöglich tunlichst bald, Urlaub zu gewähren. . . . Sie wollte nach Vitis (das ist ein kleines Nest im Niederösterreichischen), wo sie allsommerlich einige ländliche Wochen zu verbringen pflegte, bei einem entfernt verwandten Wirtschafts-Besitzer: jedoch nie ohne Paula. Diese allein in Wien zurückzulassen, stand überhaupt nicht zur Diskussion.

Also hieß es filoutieren. Paula trieb das mit Vergnügen, als eine schöne Kunst sozusagen. Sie war kein trauriger Filou, wie René. Die Stachelbeeren für die erste Befangenheits-Wolke, in welche die Tante gehüllt wurde, lieferte übrigens zeitgerecht das eigene Gärtchen. In dieses gelangte man geradewegs durch die Tor-Einfahrt des kleinen runzligen Hauses. Rückwärts war eine abschließende Glaswand, im Sommer mit breiten Türflügeln offenstehend. Zwischen die oberen Scheiben über der Türe hatte man einzelne Vierecke aus buntem Glase eingesetzt, rot, blau und grün, Quadrate, die auf der Spitze standen und dadurch rhombisch aussahen, und solche, deren Seiten waagrecht waren. In den kleinen Garten konnte man vom Trottoir aus beim Vorbeigehen einen Blick werfen.

Trat man ein, durch die gewölbte niedere Einfahrt, dann erwies sich das Gärtchen geräumiger als es zunächst den Anschein gehabt hatte, und unregelmäßig in seinen Ausdehnungen.

Es lag zwischen heißen Mauern, aber sie waren nicht hoch und auch nicht kahl, verwinkelt und vererkert, meist gelb mit grünen Fensterladen. Der Himmel senkte sich nur wenig geschmälert über den Gartenfleck; nach links hin zog sich dieser zwischen zwei Nachbars-Mauern hinein, und hier standen vier Obstbäume und im Schatten Bank und Tisch: und Paulas Strecksessel, den sie sich gekauft hatte, helles Holz mit grobem buntem Leinen; derlei Möbel hatte es früher hier im Hause nicht gegeben. Ältere Zeiten machen oft den Eindruck, als wären sie, in der eigenen Tüchtigkeit befangen, gar nie auf den Gedanken gekommen, sich behaglicher zurecht zu setzen; und als hätten die Menschen damals ihr ganzes Leben hindurch gezwungene Körperstellungen eingenommen, ohne dessen recht inne zu werden. Aber in Wahrheit lebten sie doch bequemer, wenn auch nicht das Behagen als ein direktes Ziel ins Auge fassend, was man erst kann, wenn man schon dem Leben untreu geworden ist, es demnach mehr arrangiert als lebt. Und freilich jetzt von außen jeden Fehler im Arrangement bemerkend und geschickt behebend, allerdings ohne damit zum Behagen jemals zu gelangen: denn dieses liegt im Leben und nicht daneben.

Womit wir Paulas Strecksessel nicht eigentlich im besonderen gemeint haben. In diesem liegend, dachte sie darüber nach, wie nun wohl als nächstes ihre gute Tante wieder zu beschäftigen sei? Manchmal hing auch ein hohes Federwölkchen im Himmel, dessen unaufhörliche Überfülle von heißem Blau allein schon beängstigend wirken konnte. Man hörte hier im Garten wenig Geräusche städtischen Verkehres. Die Gassen von Liechtenthal, eng und außerhalb der Haupt-Routen liegend, wurden von Automobilen oder lärmendem Schwerfuhrwerk kaum befahren. Nur von der Nußdorferstraße und der Alserbachstraße kam dann und wann Hupen und Motorgeschnurr herüber und jenes mahlende Brausen ohne hervorschrillende Einzelgeräusche, in welches der Tageslärm einer Groß-Stadt bei einiger Distanz sich vereinigt. Für Paula kam es darauf an, ihre letzten Tage in Wien mit Renés bevorstehendem Aufenthalte hier derart zur Deckung zu bringen, daß sie wenigstens einigemale mit ihm beisammen sein konnte: und dieser Endzweck geschickter Anstalten blieb ihr unverrückbar vor Augen, sie hielt das unaufhörlich fest, wie man eine Zange zusammendrückt. Aber bald nach der Mitte des August konnte sie einen postlagernden Brief von René beheben – nicht unter ‚Meningitis cerebrospinalis‘, sondern einfach unter ‚Strudlhofstiege‘ – worin er seine Ankunft für den zweiundzwanzigsten des Monates voraus meldete und sie zugleich bat, am dreiundzwanzigsten nachmittags um drei Uhr in jener Conditorei zu sein, die wir schon kennen.

Damit trat eine Art Umschwung ein. Paula saß oder lag jetzt weit bequemer in ihrem Gartensessel wie vorher. Mit der Tante war alsbald ein Vergleich zustande gekommen: ihr wurde nun eröffnet, daß am fünfundzwanzigsten der Urlaub angetreten werden könne, und so stand denn jetzt die Abreise nach Vitis (sofern man das schon eine Reise nennen mag) für dieses Datum nachmittags fest auf dem Programme. Bis dahin waren's wohl noch zehn Tage.

Aber Paula lag jetzt öfter und länger im Garten, da dies nicht mehr so unweigerlich die Nebenwirkung haben konnte, ihre Tante durch eine augenscheinlich geringe Inanspruchnahme von seiten der Advokaturs-Kanzlei in Klagen über den noch immer nicht gewährten Urlaub ausbrechen zu lassen. Bisher waren aus diesem Grunde oft nachmittags Spaziergänge an der Donaulände vorzuziehen; und daheim schien es immer empfehlenswerter, nicht durch Ruhe zu reizen, sondern durch Gewölk von Beschäftigung gefangen zu nehmen. In dieser Hinsicht zeigte Paula die Instinkte und Mittel von Politikern, wie sie viel später erst über Europa kommen sollten, schon vorgebildet. Nun genoß sie den Garten. Nun genoß sie das Warten; nun auch erst recht einen Spaziergang.

Übrigens freute sie sich so nebenbei, auf's Land zu kommen. Aber dies schien nur durch, es grundierte nur angenehm, es war eine Art Trost im Hintergrunde und in der Reserve und bedeutete zugleich doch auch, daß sie René wieder lange nicht sehen würde. So blieb es blaß. Die Sommertage jetzt, weiß, gold und rot, atmete sie tief ein, mit der Intensität ihrer Jahre, die immer drauf und dran sind, aus dem Leben so etwas wie ein Gedicht oder Kunstwerk zu machen, auch bei ganz einfachen Menschen wie Paula. Das aber, was man Lebenskunst nennt, das haben solche junge Leute freilich nicht: dieser Begriff riecht nach den Arrangements älterer Junggesellen – Lebenskünstler, wo es keine Kunst mehr sein kann zu leben, weil man inzwischen verstorben ist.

Man möchte vielleicht aus den immerhin schwierigen Machinationen, denen Paula hatte obliegen müssen, und aus dem Umstande, daß es ihr kaum gelungen wäre, allein in Wien zurückzubleiben, abnehmen, daß sie bei Fräulein Therese Schachl nur geringer Freiheit genoß. Aber dem war nicht so. Mehr die Situation wirkte hier als Zwickmühle wie der Charakter der Pensionistin. Von einem René Stangeler wußte diese freilich nichts. Aber sie besaß als ein Erbgut die tief eingewurzelte Kenntnis von der Kostbarkeit jener Jahre, welche Paula jetzt durchlief, gemessen an dem, was dann kam und kommen mußte mit dem physischen Gewichte des Lebens. Altjüngferlich war sie nicht im mindesten. Heute noch anziehend, wenn auch etwas derb, lag einiger Honig genossener Vergangenheit in ihrer Stimme, glänzte ein goldgelber Schein wie Wein auf den Lippen und lief durch ihre Züge. Ohne Ausdrücklichkeit in etwa darauf bezüglichen Gesprächen – solche fanden nie statt – blieb es doch berücksichtigt, daß man in diesem Alter nicht nur mehr Freundinnen oder Gespielinnen habe. Paula stieß seit ihrer Bekanntschaft mit Stangeler auf keine nennenswerten Schwierigkeiten, wenn sie ausgehen wollte, auch abends nicht. Dem Verhalten der Therese Schachl in diesen Sachen lag vielleicht ein Dreiklang zugrunde aus einer fast noch bäuerlichen Vorurteilslosigkeit, aus dem Wissen, daß man nicht aufhalten könne, was früher oder später kommen mußte, und aus einem selbstbewußten Vertrauen in die eigene Rasse, welche sie in diesem, ihrem verstorbenen Bruder so ähnlichen Kinde alltäglich wiedererkannte.

Paula genoß das Warten, den ,Hauptberuf der Frau'. Vielleicht hat Grete Siebenschein mit diesem ihrem späteren Ausspruch doch nicht so unrecht gehabt (jetzt war sie noch eine Gymnasiastin, die in Dornbach aufwuchs, in einer Villa, welche ihr Vater damals gemietet hatte, neben dem schönen König'schen Garten, lange bevor er Heim und Kanzlei in das Haus schräg gegenüber dem böhmischen Bahnhof verlegte, in das Haus mit dem gewundenen Stiegen-Aufgang voll sinnloser Quasten, Schnüre, Spiegel ... im übrigen, Grete hätte das mit dem ,Hauptberuf' damals schon sagen können, soweit war sie mit sechzehn längst).

Nun, Paula wartete. Es war oft wie ein süßer Schmerz, nichts weiter, es hatte keine vergröberte, in Einzelheiten zerfallende oder Einzelheiten kombinierende Anwesenheit. Eines ihrer Kleider war zwischen Violett und Lavendelblau. Sie trug es jetzt gern. Es war ihre Warte-Farbe. An der Donaulände entstand in der Richtung gegen den Kahlenberg oder Bisamberg zu abends eine von übereinandergestapelten und dann ineinander sinkenden Gluten erfüllte Pforte. Später sah das Wasser aus wie erloschen, und es schien rascher zu strömen, wenn man genau hinschaute, Schliere auf Schliere, Spiegel auf Spiegel, wie sehr dünne Eisplatten. An den Böschungen des Donaukanals herrschte bis in den späten Nachmittag ein ausgebreitetes Leben, das buchstäblich in seine Bestand-Teile zerfiel, in die zum Sonnen und Lüften auseinander gelegten Kleidungsstücke hier badender Personen. Einmal ging Paula bis Nußdorf hinaus zu Fuße und fuhr dann mit der Straßenbahn zurück. Der Donau-Hauptstrom öffnete doch alles weit unwidersprechlicher, er ließ sich gar nicht ein mit dem hitzemürben Zerfall, welchen die Menschen von beiden Seiten an ihn heranbrachten. Er kühlte sie ab und glitt rasch vorbei, mochten sie gleich in Scharen ihn belagern. So auch wurde die

Landschaft auf's entschiedenste geteilt, es gab da kein Dennoch-Zusammenhalten der Ufer bei geringer Brückenspannung wie am Donaukanale.

Das Gärtchen glühte. Erst gegen Abend gaben die Obstbäume wirksamen Schatten. Alles wurde schließlich erreicht und aufgereiht von grüngoldenen Fingern über dem Rasen. Noch gab es Rosen. Der Abendtisch war im Freien gedeckt und man hatte die Empfindung als werde jetzt überall im Freien zur Nacht gegessen, aus allen Hausgärten tönten Stimmen. Auch zeitlich morgens betrat Paula jetzt gern dieses Becken voll rosiger Stille.

Bis hierher ist Stangeler nie vorgedrungen, weder jetzt noch späterhin. Er war's nicht wert, möchte man sagen, es war ihm nicht vergönnt, er wurde sozusagen nie reif dazu. Aber der Leutnant und spätere Major und noch spätere Amtsrat Melzer ist hier einmal gesessen, hat mit Paula und ihrem Manne geplaudert und das strampelnde Kind auf den Knien gehalten.

Grauermann nieste und hustete aufs jämmerlichste ab Sonntag (eigentlich ab der schönen warmen Sommernacht vom Sonntag auf den Montag). Die Nasenflügel waren gerötet, die Augen immer feucht. Sein Antlitz erhielt so einen gestülpten Zug, ohnehin schon vorgeformt durch die grade, kurze Nase, deren Erker nicht waagrecht, sondern schräg nach unten zurücksprang, so daß man immer etwas von den Nasenlöchern sehen konnte, wenn man ihm aus gleicher Höhe in's Gesicht blickte. Und jetzt sah man die Nasenlöcher erst recht. Sie waren sozusagen rot unterstrichen. „Du solltest dich niederlegen", sagte Etelka. „Den Dank, Dame, begehr' ich nicht", hätt' er wohl sagen können, aber mit Betonung des Wörtchens ‚den', also einen solchen Dank. Etelka war durch seine katarrhalischen Ausbrüche enerviert. „Leg' dich in's Bett", sagte sie. Asta warf ihr von der Seite einen kurzen Blick zu. Heute, am späteren Nachmittage, sollten sie ja nach

Wien fahren, wegen der Garden-party bei Schmellers. Darum stand in dem Blicke Astas ein ganzer Satz, der Schwester durchaus verständlich: „Mach's nicht zu auffallend, er fährt sonst erst recht mit." Denn Etelka hatte unter anderem bereits geäußert: „In diesem Zustande kannst du unmöglich unter Menschen gehen. Du hast auch Fieber, du gehörst auf acht Tage ins Bett." Marchetti war nach Wien gefahren, sonst hätt' er hier sein Desaveu erlebt, dieser Scheel-Redner! Sweater und Mackintosh genügen nicht gegen den Morgentau im Hochgebirge. Und Grauermann hätte besser getan, sich wirklich zu bemeistern.

Es war ein ganz sanfter, kurzer Spaziergang gleich nach dem Frühstück unternommen worden, und so hielt Ingrid Schmeller mit und aus, ohne einen Stein in den Schuh oder Schmerzen in den Knien zu bekommen. Semski war schon zum Frühstück heroben gewesen. Er ging jetzt mit Asta voraus, Melzer mit Ingrid und der Pastré hinterdrein, und von rückwärts hörte man dann und wann Grauermanns Explosionen (Etelkas Indignationen blieben unhörbar), dessen Zustand sich übrigens gerade auf diesem kleinen Spaziergange entscheidend, ja geradezu schlagartig besserte (vielleicht taten ihm Bewegung und Sonne gut oder hatte sich der Schnupfen schon ausgetobt), mindestens begannen bald danach die turbulentesten Symptome seiner Verkühlung zu verschwinden und damit der lästige Lärm, den ein stilles nächtliches Camping nach sich gezogen hatte. Stangeler fehlte. Es war diesmal kein Dienst zu versehen, keine Amtshandlungen. Die Pastré war erledigt.

Semski ging rascher. Er war im Thema und wollte Distanz von den Nachkommenden gewinnen. Vielleicht fühlte er es irgendwie, daß Melzer ihm andauernd auf den Rücken sah, grad zwischen die Schulterblätter. Es wäre für den Leutnant natürlicher gewesen, auf Asta hinzuschauen. Allerdings, er wußte kaum etwas von der Richtung seines Blicks. Er stellte nichts fest, niemals. Auch viel später noch immer nicht. Bei ihm begann ein Zivil-Verstand erst rudimentär aufzutreten, als der Militärdienst schon sieben Jahre hinter ihm lag. So nimmt das den Menschen mit. Jetzt fühlte er sich zwischen Ingrid und Editha unglücklich eingeklemmt, ein Gespräch vermocht' er nicht in Fluß zu bringen, und die wenigen Äußerungen, welche fielen, klangen nur wie ein Zupfen und Zirpen auf der zwischen den beiden Mädchen schon allzu straff gespannten Saite.

Astas Wesen war an diesem Morgen von Lustigkeiten überfleckt wie der dunkle Waldboden hier von den Sonnenkringeln. Semski störte das. In seinem Bestreben, sich Luft zu machen, sich wenigstens sprechend einem Ziele zu nähern, das sonst in immer gleich weiter Entfernung blieb, fühlte er sich wie von seitwärts durchkreuzt und zudem von einer Art Ironie berührt, einer zarten, aber bitteren. Gewöhnt, sich in seiner ganzen Angelegenheit auf Asta zu stützen, schien ihm geradezu ungehörig, was heute von ihr ausging, sozusagen etwas Neues und gegen bisherige stille Übereinkunft. Sein bedrängter und in eine Sackgasse geratener Egoismus ließ ihn dabei freilich nur ungenau und ganz beiläufig, wie aus den Augenwinkeln, sehen; und so faßte er im ganzen nicht viel mehr auf, als daß ihn etwas störte. „Sie müssen jetzt eine Entscheidung unbedingt suchen, Stephan", sagte sie, „da bleibt nichts anderes übrig. Mit allen Mitteln. Mit – neuen Mitteln. Wenn Sie wirklich entschlossen sind. Ich glaube, da darf man vor nichts zurückscheuen."

„Wie . . .?" antwortete er, sie weniger rasch begreifend als sie sprach, wie eine Tür, die langsam vom Zugwind in den Angeln gedreht wird und aufgeht. „Ich kann doch nicht . . ." Er blieb stehen und sah Asta in's Gesicht.

„Warum können Sie nicht?" sagte sie, frisch, vergnügt und zugleich mit einer Härte, wie sie von der Hilflosigkeit manchmal verliehen wird. Unter ihrer braunen Haut lag Blässe, die Blässe nach einer Überanstrengung.

Da war Melzer mit den beiden Damen schon nah' herangekommen.

Freilich, man wußte so halb und halb, worin man lebte, ganz beiläufig, aus dem Augenwinkel gesehen: in Umgebungen, die, an Schweigsamkeit nicht zu überbieten, sich dennoch unaufhörlich mit Übergewalt aussprachen. In den Schluchten und Rissen nah an den Wänden des Bergs, in diesen Wunden des Walds, die jeder Frühling wieder mit dumpf trommelnden Wassermassen neu aufriß, lag jetzt, da sie sommerlich grün zum Teil wieder heilten, der verlassene und trockene feine Sand in den großen Becken zwischen glattgewaschenen Blökken. Längst hatten Gebüsch und Geäst von beiden Seiten das leere Bachbett neuerlich überwölbt. Auch hier stand die Zeit nicht, wenn auch viele Stunden von vielen Stunden durch nichts getrennt wurden als etwa einmal durch den piependen Schrei des hochfliegenden Bussards. Die Zeit erschien hier nur auf jene Regelmäßigkeit gebracht, wie sie der Atem eines Tiefschlafenden hat. Morgens zeigte ein erster Sonnenfinger an einem bestimmten Stamm vorbei in den verborgenen Graben auf einen gewissen Stein; abends grüngolden von anderer Seite ein Gleiches.

Vielleicht hätte man dies alles so direkt gar nicht in's Auge fassen können, ohne sozusagen aus dem Leben herauszugeraten und ihm untreu zu werden: und doch war auch dieses schon passiert, und so vermochte man auch jenes zu Zeiten. Die ‚Natur‘ war nun einmal erfunden worden (ja, eigentlich fuhr man ja ihretwegen am Samstag hier heraus), man blieb dieser Erfindung verpflichtet, die in gar nichts anderem besteht, als daß ein Wort, welches einst ‚Beschaffenheit‘ bedeutete (die Alten kannten es in diesem Sinne), nun mit einem vagen, ja schöngeistigen Inhalte erfüllt ist: den man als anständiger Mensch positiv zu werten hat. Das wird auch herausgestellt und sogar kontrolliert, es klopft da einer beim anderen an, in solchen ländlichen Umgebungen, indem man einander auf Naturschönheiten aufmerksam macht. Würde jemand sagen, diese spinatgrüne Erhabenheit mugel-auf und mugel-ab sei ihm schon ein Brechmittel: man hielte ihn für einen bösen Menschen.

Niemand fiel hier so etwas ein.

Vielleicht wäre es am ehesten dem Lovis Konietzki eingefallen, von dem die Frau von Stangeler zu sagen pflegte, er sähe aus wie ein entthronter König von Polen. So hoher Abkunft war er nun allerdings nicht, dafür aber war die seine von größerer praktischer Importanz für damals. Konietzki war der illegitime Sohn eines mächtigen Menschen, des Präsidenten eines der führenden Bankinstitute innerhalb der Monarchie. Dieser hatte den kleinen Lovis rechtzeitig in einer guten bürgerlichen Familie untergebracht, deren Namen er so von Kindesbeinen an trug, anders: des alternden Präsidenten jugendliche Freundin hatte sich später mit dessen großzügiger Mithilfe vorteilhaft verheiratet. Solang der Alte lebte – und das tat er damals wahrhaft noch ganz ausgiebig – hielt er freilich die Hand über den Sohn. Unter solchem Schirmdach zeigte Lovis aber auch bemerkenswerte Fähigkeiten. Von all' den jungen Männern, die im Hause Stangeler verkehrten, zog weitaus niemand aus eigener Arbeit bereits ein solches Einkommen wie Konietzki. Der Vater hatte ihn allerdings in den Sattel gesetzt: aber Lovis bewies auch, daß er schon reiten konnte. Seine Stellung im Rechtsbureau der Bank war eine vorteilhafte; nicht genug damit, er nützte die Jurisprudenz, die sein Vater ihn hatte studieren lassen und zu deren praktischer Verwendung ihm ganz die richtigen Anlagen eigneten, noch weiter aus: mit einem zweiten Kopf gemeinsam hielt er Vorbereitungs-Kurse für die Staatsprüfungen ab; und weil nun die Beiden Bestes leisteten, zugleich aber die Preise eines schon länger bestehenden Konkurrenz-Unternehmens erheblich unterboten, so baute sich dieses Konietzki'sche Institut rasch aus ... Man sagte, Lovis verdiene monatlich mindestens seine neunhundert Kronen, und das war zu jener Zeit für einen jungen Mann von sechsundzwanzig Jahren mehr als sehr viel. Daneben soll er noch eine hohe Revenue von seinem Vater genossen haben. Nicht eigentlich wohlhabend, verfügte er so unter den jungen Leuten am meisten über Geld, auf jeden Fall über weit mehr wie die Söhne der reichen und großen Häuser, die ja nie welches kriegen. Denn dort ist das Geld sozusagen schon in seinem Höhepunkte überschritten und gilt als etwas Schädliches, ja fast Unanständiges, was offenbar mit den Erfahrungen zusammenhängen muß, die man beim Bergaufgehen gesammelt hat.

Dieser Konietzki machte sich also nicht gar viel aus der ‚Natur‘, und er liebte es, am Sonntag, oder wenn er beurlaubt war, lange zu schlafen; auf dem Tennisplatze war mit ihm vor elf Uhr nicht zu rechnen: und dann meistens nur als mit einem Zuschauer. Spielte er aber um elf, dann ging er gegen zwölf in den unteren großen Gasthof, wo er zu wohnen pflegte – denn das alte Bauernwirtshaus am Berg war nicht nach seinem Geschmack und das nahe Hotel zu sehr unter seinen Ansprüchen – badete und kleidete sich um; hier heroben dagegen stürzten die jungen Leute zwanzig Minuten vor dem Gong alle zusammen in ein großes Badezimmer, warfen ihre Tenniskleidung auf Stühle und puffen sich unter der Dusche. Was sein Aussehen wie ein entthronter König von Polen betrifft, so stimmte das schon irgendwie. Als man Grabmayr nach seinem Siege über Semski unter lautem Geschrei rund um den Tennisplatz getragen hatte, war Konietzki der einzige gewesen, welcher ruhig auf einer Gartenbank sitzen blieb, sanft lächelnd, mit übergeschlagenen Beinen und das Kinn in die Hand geschmiegt. Er echauffierte sich ungern. Er bedurfte um zu leben vielleicht einer gekühlten Schichte um sich herum. Keineswegs ein Geck, kam es bei ihm nicht selten vor, daß er verschwand, um völlig anders angezogen wieder zu erscheinen. Er fuhr für acht Tage mit einem großen Koffer in ein Gebirgsdorf, und es war ihm völlig gleichgültig, wenn man darüber witzelte. Er hatte, was er wollte. Seiner olivenfarbenen Haut wegen bevorzugte er zum Sportanzug violette Hemden und diese Farbe überhaupt in allen Abtönungen für seine Kleider. Er besaß in solchen Sachen Begabung und Wissen. Manche schleppten ihn mit sich zu ihrem Schneider, wenn sie einen Stoff wählen wollten.

Aber dieses Unbeteiligtsein, dieses Lächeln, diese sanfte

Melancholic eines entthronten Königs, diese übereinander-geschlagen ruhenden langen Beine und das in die Hand ge-schmiegte Kinn – bei Grabmayrs Sieg wie bei vielen und allen Anlässen – sie entsprachen durchaus der Art seiner Anwesen-heit und zugleich Abwesenheit hier, der Art, wie er sich in dieser ihm ganz profund fremden Gesellschaft wohlfühlte, dem Grunde, aus welchem er gerade diesen Kreis mit ziem-licher Regelmäßigkeit besuchte. Er blieb hier immer draußen, ein sozusagen archimedischer Punkt. Er behielt seine gekühlte Schutz-Schichte und beobachtete nicht ohne Genuß das Trei-ben von Menschen, die ihm harmlos-heiter und troglodytisch-roh zugleich erscheinen mußten. Außer Zweifel steht, daß sein Intellekt unvergleichlich differenzierter war wie der aller anderen jungen Männer hier, Buschmann und Geyrenhoff durchaus mit eingeschlossen. Den letzteren hat er viel später – bei der Abfassung jener früher zitierten Chronik – sehr be-einflußt, ohne daß gerade diese Quelle von Geyrenhoff oder Kajetan von S. je genannt worden wäre. Aber Geyrenhoff unterlag auch jetzt schon Konietzkis Einfluß in konkreter Weise: denn das gewisse Eau de Lavende benützte jener auf des polnischen Königs Empfehlung hin schon seit langer Zeit. Und so erstreckte sich dann der Einfluß letzten Endes bis zu René Stangeler. Man sage ja nicht, dies sei äußerlich und nebensächlich, man würde damit den Autor dieser Er-zählung weit über das übliche Maß ärgern. Denn das ist nichts weniger als äußerlich, wenn man jemanden veranlaßt, in einem bestimmten Geruche zu stehen und zu gehen. Gerüche sind oft wie platzende Blasen der Erinnerung aus der Tiefe der Zeiten, wenn sie uns unvermutet anfliegen und man kaum recht weiß, ob von innen oder von außen. Den Geruch einer Person modifizieren: das geht schon an's Leben.

Einer, der das vielleicht nicht so hätte sagen können, aber es doch wußte, saß in seinem Zimmer vor dem Tisch und öffnete sorgfältig mit einem kleinen Stemm-Eisen ein Kist-chen, das heute mit der Post von einer Wiener Parfümerie für ihn gekommen war: Herr von Geyrenhoff hatte ja seinen

Vorsatz schon am Montag-Morgen in die Tat umgesetzt. René sog den Duft vorsichtig ein, als er die weiße Kapsel der einen Flasche – es waren ihrer zwei in der Holzwolle gelegen – entfernt und mittels des beigegebenen kleinen Pfropfenziehers den Korken gehoben hatte. Es war der Duft eines neuen Lebens-Abschnittes; und mehr als das: er wußte es. Er zögerte, wie vor einem Entschlusse: sich dem jetzt anzuvertrauen; und zutiefst fühlte er, daß dieses nie mehr würde rückgängig zu machen sein.

Der einzige Mensch hier, mit welchem Konietzki sich eigentlich in Gespräche einließ, war Asta; ihre Art des Verstandes, ihre stets erneuerten Versuche, sich Rechenschaft zu geben und die Kontrolle zu behalten, das schien ihm zu behagen. Die beiden standen in einem weiter nichts besagenden aber guten Verhältnis zueinander. Sie vertraute seinem Intellekt. Sie hatte ihm unter anderem auch von Ingrid und Semski gesprochen; und einen wahren Chok empfangen, als er ganz geringschätzig und beiläufig das Fräulein Schmeller für einen Menschen erklärte, der seiner Meinung nach irgendeines stärkeren Gefühles in keiner Weise fähig sei. „Sie würde so etwas gar nicht aushalten", fügte er hinzu.

„Mit herzlichen Grüßen" hatte Geyrenhoff auf die Visitekarte geschrieben, welche dem Lavendelwasser beigelegt war.

Stangeler machte sich an einen Brief.

„Sehr verehrter Herr von Geyrenhoff! Sie haben mir eine wirklich große Freude gemacht und einen geheimen Wunsch erraten. Ich werde jetzt immer an den Teich denken müssen und an unser Gespräch als an den Beginn von etwas Neuem!

Ihr René St.“

Geyrenhoff hat später einmal diese Zeilen als nicht ganz verständlich bezeichnet. Stangeler schloß jetzt den Umschlag, das Briefchen schien ohne viel Aufwand auf die natürlichste Art geglückt, auch die Schrift war sauber und mühelos aus der Feder gelaufen.

Vor dem Hause, wo die Zufahrtstraße ein Stück eben hinlief, ging ein seltsames Paar auf und ab, welches zwischen seinen beiden Teilen einen Höhen-Unterschied von bald einem halben Meter zeigte: Frau von Stangeler und Lovis Konietzki.

Sie lachte gern, die kleine Dame, und sie lachte auch jetzt, hier in dem ungedämpften Anprall der Mittags-Sonne, gegen welche sie durch einen breitrandigen Gartenhut von Stroh sich schützte. Es war nicht lange vor Tisch. Konietzki, ebenso wie die anderen zum Essen geladen, war jetzt erst aus dem Dorfe gekommen: langsam und nachdenklich die Serpentinenstraße hinaufsteigend, hatte er oben, auf dem schon ebenen Teil vor der Villa, gleich die Hausfrau erblickt und begrüßt. Am Tennisplatz herrschte Bewegung. Konietzki blieb lieber hier. Es machte ihm Vergnügen, Frau von Stangeler zu unterhalten und zwar mit einer Schilderung der lächerlichen Situationen, welche sich heuer im Winter nicht selten beim Skilauf ergeben hatten (den man damals zum Teil noch recht unsachgemäß übte). Die Mama Stangeler hielt natürlich den Sport als solchen für lächerlich und vollends unnötig, sie gehörte der letzten Generation an, die von ihm noch nicht durchsetzt war; die nächste befand sich dann jener gegenüber bereits in empfindlichem Spannungs-Zustande, was diese Materie anlangte, also in einer Art von ,Gesinnung‘, wie's bei den politischen ,Gesinnungen‘ auch ist, wobei den Leuten als erstes einmal das Lachen vergeht und sie's auch nicht gerne mehr sehen. Ein solcher Spannungszustand aber fehlte bei Konietzki; seine sportliche Ambition war zu gering und seine Intelligenz zu scharf, als daß ihn so etwas hätte mitnehmen können. So glaubte ihn die Frau von Stangeler gewissermaßen auf ihrer Seite. Einen Epikureer, wie Lovis Konietzki einer war, glaubt jeder auf der eigenen Seite. Wo eine Voreingenommenheit, eine Seh-Schwäche oder eine Beschränktheit erscheinen, nimmt er, was von solchen Resten auch in ihm selbst ist, bescheiden hervor und legt es als seinen eigenen Beitrag dazu. Das kann nun freilich niemanden beleidigen.

Der Gong ließ sich hören: ein Mädchen war damit aus der Halle vor das Haus getreten. Für die Tennis-Spieler hieß es sich jetzt fertig machen. In zwanzig Minuten wurde dann wieder geläutet und allsogleich aufgetragen. Vom Platze oben kamen die ersten herabgelaufen, fleckten weiß in den grünen Rasen, wischten rasch grüßend an Frau von Stangeler und Konietzki vorbei, wie Kinder an erwachsenen Leuten.

Wenn auch am Montag nicht wenige Gäste nach Wien zurückgekehrt waren (zum Teile vom Standpunkt eines Technikers und also Arbeitsmenschen aus gesehen mit unmoralisch bequemen Zügen, um dann zwischen neun und zehn ins Ministerium zu gehen, nicht ohne vorher im Café nochmals zu frühstücken und rasch die Zeitungen durchzublättern), wenn also auch der Kreis auf der Villa Stangeler jetzt, an einem ganz gewöhnlichen Dienstag, erheblich gelichtet erschien: es versammelten sich beim zweiten Lärmen des Gongs immerhin zwölf Personen zu Tische; von den jungen Männern außer Konietzki noch Grabmayr, Semski und Melzer, also diejenigen, welche einen Urlaub genossen.

Melzer saß zwischen Asta und René. Er konnte von seinem Platz aus durch das Fenster auf den gegenüberliegenden Berg sehen, der, unten Feld, oben Wald, in blanker, voller Mittags-Sonne lag. Rechter Hand aber, durch die Glastüren einer breiten Veranda, fiel der Blick in die Längsrichtung des Tales hinab, etwa sechs Kilometer weit, bis zu fernen waldigen und felsigen Riegeln, welche der beginnenden Ebene vorgelagert schienen: diese Erhebungen lagen in anderer Farbe, in einem bläulichen Grau, der Wald sah in solcher Distanz aus wie Moos oder Pelz, und das Kalkgestein, da und dort aus den Wäldern hellfleckig vortretend, gab in seiner entfernten und gedämpften Sonnigkeit gleichsam den Inbegriff dieses Hochsommer-Tages und der Weiträumigkeiten, die er enthielt. Während des Suppenlöffelns fiel Melzers Blick immer wieder dort rechts hinaus, und er hatte in dem allgemeinen Stimmengewirr Muße für einen solchen Blick. Bis Asta ihn leicht anstieß. Er war vom oberen Ende des Tisches her angesprochen worden, und zwar vom Hausherrn selbst.

Melzer, wiewohl durch ein bis zwei Minuten fast völlig abwesend, beobachtete jetzt – und daß er so etwas und überhaupt beobachtete, war ausnahmenhaft und vielleicht sogar erstmalig – daß die Worte einer eben an ihn gerichteten Frage, welche auf keinerlei Aufmerksamkeit getroffen waren, gleichwohl im Gehör noch standen und nun hintnach auch verstanden werden konnten: „Na Melzer, wann werden wir dort unten, bei euch Bosniaken, anfangen Eisenbahnen zu bauen?" Unverzüglich antwortete Melzer: „Zweifelsohne bald. Wir machen dort geradezu alles. Hotels, Straßen, Brücken. Dieses Land ist schön, man soll ja nicht glauben, wie manche Leute, daß es nur ein Haufen heißer Steine ist. Natürlich wird ein Eisenbahn-Netz geschaffen werden, in den nächsten Jahren schon." „Hast' nichts Bestimmtes gehört vom Kriegsministerium aus oder von sonst einer orientierten Seite?" „Nein", sagte Melzer, „Genaues nicht." Das war militärisch knapp, die Antwort auf diese zweite Frage, etwa so, wie man einem Vorgesetzten antwortete. Freilich hörte er unten in Trnowo während oder nach jeder Mahlzeit in der Messe von diesen Sachen reden: aber eben nichts Genaues. Die Art des Hausherrn jedoch im Umgang mit den jungen Männern, die seine Gäste waren, erschien immer wieder schlichthin meisterlich, bei geringstem Aufwande von Mitteln. Nicht selten duzte er zwischendurch einmal den oder jenen, wie eben jetzt Melzern: und ganz ohne Ausnahme wurde das von dem Betreffenden jedes Mal als angenehm, ja als ehrenvoll empfunden. Sie mochten spüren, daß er sie allesamt gerne sah, daß er ihnen durchaus wohlwollte. Keiner blieb unangesprochen. Und weil der alte Stangeler – der gar nicht alt, ja nichts weniger als alt war – eine geradezu lexikalische Familien- und Personenkenntnis besaß, so wußte er über jeden dieser jungen Menschen alles und jedes, von Vater, Mutter, Verwandten und Vermögen, und wußte also auch jeden Einzelnen mit besonderem Griffe zu nehmen und an besonderer Stelle anzuspielen: freilich fühlte der sich dann gekannt, geschätzt und richtig eingeschätzt zugleich. Mit manchen sprach er gerne länger, ausführlicher, etwa nach Tische in seinem Herrenzimmer, beim schwarzen Kaffee: zu diesen gehörten Konietzki, Marchetti und Geyrenhoff, so wie dereinst der Konsul Fraunholzer dazugehören sollte. Junge Leute, mit denen der Hausherr sich des längeren zu unterhalten pflegte, bildeten für seine Frau von da ab eine bevorzugte Klasse.

Etelka, die sozusagen allein war (Grauermann aß unten bei seinen Eltern) wurde von Semski und Grabmayr gut unterhalten; letzterer erfreute sich übrigens auch einiger Schätzung von seiten des Hausherrn, der in dem jungen Manne den Vertreter einer altehrwürdigen Familie sah und dem außerdem dessen nervige Art recht wohl gefiel. Als er hörte, daß Benno am gestrigen Montag schon vor dem Frühstück die Rax absolviert hatte, winkte er nur wortlos lachend ab und sagte „das tät' mir noch fehlen!" und dann ernsthaft „hol' dir nur keinen Herzfehler, mein Kind". Semski, der lebhaft mit Etelka sprach, machte einen aufgepulverten Eindruck; Asta bemerkte das. Er schien ihr jetzt wie von allem und jedem abgekoppelt, gewissermaßen beurlaubt, oder gegen alles und jedes in einem freieren Anlaufe befindlich. Ingrid döste. René schien zu dösen. Melzer hörte zu, was man oben sprach, nämlich der Alte und Konietzki, aber was verstand er schon von der Nationalökonomie?

Eine Aufgeräumtheit, wie sie bei fortschreitender und abwechslungsreicher Mahlzeit natürlich ist und zugleich unmerklich aus den Weinen steigt, breitete sich aus und erwärmte alle. Auch Melzern. Er sah durch einen Schleier, der ihn erst sehen ließ. Nicht dem Objekte genau gegenüber, das in entkleidender Tageshelle schrumpft, beweist das Aug' seine wunderbaren Fähigkeiten; und erst die Brechung fächert den Reichtum des Lichts auf. Ihm erschienen die Räume hier unversehens tiefer geworden, damit auch die Menschen darin etwas in Distanz gerückt, in einer verwandten Weise wie eben vorhin die pelzigen Wälder dort unten auf den Bergen, die in eine Ebene hinauswiesen, welche man nicht sah. Er löste sich ab von seiner unmittelbaren Anwesenheit hier, wie eine Saite beim Aufziehen sich streckt und vom Griffbrette des Instrumentes sich hebt: nun berührt sie es nicht mehr, sie kann schwingen. Es war eine Art Würde, was Melzern da zuwuchs und zugleich die entfernte Möglichkeit in eine neue Form sich zu fassen, dem Kommenden gegenüber, sei es wie es sei.

Dieser Zustand, verbunden mit einer angenehm leichten Müdigkeit, blieb stehend in ihm, auch als man jetzt nach dem Essen den Ort wechselte und die alten Herrschaften allein zurückließ. Im Grünen, jenseits des Baches schon, gab es einen runden, völlig flachen kleinen Platz zwischen Bäumen, und hier liebten es die jungen Leute nach Tische den Kaffee zu nehmen und auf gemächlich ausgebreiteten Decken zu liegen, zu dösen oder zu schlafen; auch bunte Kissen wurden herausgebracht. Melzer sah die weiße Schürze des Mädchens zwischen den Bäumen, das mit dem großen Tablett voll Mokka-Schalen jetzt sichtbar wurde und über das Brücklein vom Hause herüberkam. Er hatte seinen Platz neben Asta, aber er hatte sich diesbezüglich nicht eilig bemüht. Er drückte das Kissen besser unter's Genick und blickte gradaufwärts in das zurückweichende Himmelsblau – einen Augenblick lang war's, als stiege man empor und diesem Zurückweichen nach, als stiege man senkrecht und rasch in einem Lift. Den Geschmack des Kaffees und der Zigarette kreuzte jetzt der süße Duft von Grabmayrs unvermeidlichem Capstan. Melzer hörte einen Nußhäher schreien, in blanker Kadenz, er dachte noch, daß man solch einen Vogel schießen müsse, mit Renés Flaubert-Büchse, wegen der schönen Federchen: für Astas grünen Hut. Er wollte den Kopf zu ihr wenden, sie fragen. Seine Augen waren längst geschlossen. Sie umfaßten in ihrem inneren Purpur den Major Laska, der jetzt schon näher herantrat und sagte: „Schau, daß du weiterkommst und fertig wirst, Melzer. Ich kann nicht immer bei dir sein. Wir machen England gegenüber eine verkehrte Politik." „Aber da kannst du doch nichts dafür, Herr Major." „Trotzdem. Und geh auch nicht aus dem Zimmer, weil du grad ein Gespräch nicht verstehst, Melzer, weil's dir vielleicht zu schwierig ist, so daß du plötzlich draufkommst, du seist müde. Sei nicht faul, Melzer."

Niemanden indessen, auch nicht der scharfäugigen Asta, war in diesen Tagen sichtbar geworden, was zwischen der blonden Editha und Melzer vor sich ging, ja dieser selbst versteckte es vor der eigenen Wahrnehmung, steckte es gleichsam weg, wie man einen unerfreulichen Brief in die hinterste Falte der Mappe legt. Ganz unfähig, einigen Winken zu entsprechen, die das schöne und reiche Mädchen ihm ein oder das andere Mal zu geben schien, verschanzte er sich gleichsam hinter der eigenen Bescheidenheit und hinter dem so offenkundigen und flagranten Kampf, den Ingrid und Editha um die Person des Semski führten. So hielt er für unmöglich, was er doch sah und erlebte. Ein seltsames Schuldgefühl zugleich begleitete dies, ja eine Art Zweifel an der eigenen Lebensfähigkeit: daß er Wechsel und Weiche, für ihn, wenn möglich, hier offen und glückhaft gestellt, zu befahren doch nicht vermochte. Denn hier war alles, was einer nur wünschen konnte. Und ohne die Hindernisse, welche bei einer Mary bestanden hatten (so mußte er zuinnerst und rasch noch obendrein denken). Aber er glaubte es nicht. Er leugnete sogleich eine Möglichkeit, die ihn prüfte und in diesem Falle das Ergebnis haben mußte, daß er quer im Leben lag, so daß es ihn nicht aufhob, trug, mitnahm: daß er nicht schwamm, sondern verspreizt war, und also die Strömung sich an ihm brach. Ein verquerer Bursche.

Ein solches Urteil drohte gleichsam aus der Tiefe oder aus der innersten Kammer. Es ist kaum zu glauben, wie wenig unter gewissen Umständen auch Tatsachen überzeugend wirken können. Nun, Melzer war eben wegen Asta hierher gekommen, im Grunde wegen Asta allein anwesend, und das auch nach jenem Ausfluge mit Kletterei, welcher auf der Platte des Felsens im ganzen traurig geendet hatte (während René

Stangeler unten der Pastré half, nämlich über die Schwelle eines neuen Lebensabschnittes). Acht Tage vorher hatte Melzer die Editha, von Ingrid und Semski verlassen, im Garten getroffen, auf einer Bank unter Linden: hier ging es dem Leutnant in seinen weißen Porzellanhosen so, daß er's fühlen konnte, wie wenig er sah, was er doch sah, nämlich ein entzückendes Bild. Sie trug ein rotes Jäckchen und schien aus dem sonnfleckigen Grün, dem fernen Berg dahinter, der Himmelsbläue wie ein Konzentrat all dieser unleugbar frischen, guten und reinen Mächte hervorgesprungen, mit dem blühenden Pfirsich-Hauche der Haut, dem lockeren blonden Haar und der kleinen geraden Nase, die wie ein letzter lustig-meisterlicher Stups des Schöpfers im Antlitze saß.

Er ließ sich mit ihr ein, auf ein Gespräch nämlich, und aus purer Verlegenheit, weil er nicht gleich wieder den Platz verlassen konnte, wo er unvermutet auf sie gestoßen war, wahrlich ohne sie gesucht zu haben. Ohneweiteres, zwischen irgend einer Rede und Gegenrede, ließ Editha die Aufforderung einfließen, er möge doch bei seinem nächsten Urlaube – wann wäre der? nur kurz? heuer noch? also im November – im Elternhause seinen Besuch machen. (Das hat Melzer nie getan.) Sie gingen sogar noch ein wenig spazieren, eine Anhöhe hinauf, die steil wie ein Horn hinter dem Hause lag, und darüber hinaus ebener gegen den Waldrand zu. Hier stand eine Bank. Editha setzte sich so, daß sie Melzern ganz zugewandt war und ihre großen, graublauen, weitgeöffneten Augen wollten seinen Blick beim Sprechen immerfort halten. Durch wenige Sekunden erschien er sich selbst hier wie ein abseitiger und vernagelter Narr und suchte, an den Stämmen emporschauend, wie nach Hilfe für seine tote, unbewegte Schwäche: jetzt nicht mehr zu bescheiden, um wahrzunehmen, was gegen ihn andrang, viel zu bescheiden aber, um es als wertlos und ihn nichts angehend, als ihm nicht passend, ohne weiteres zu übergehen und beiseite zu setzen.

Am Tage der Felspartie noch kamen auch diese ungesagtesten Sachen zu einem ebensolchen und unvermuteten

Abschlusse. Melzer schritt an der Langseite des Tennisplatzes während einer Spielpause hin, um einen Ball zu holen, den er gerade beim Netzpflock liegen sah, nicht dort, wo die Böschung stieg und die Bänke standen, sondern drüben, talwärts. Vom anderen Ende des Platzes kam ihm jetzt auf dem Streifen zwischen weißgekalkter Linie und grünem Rand Editha entgegen. Sie mußten mittwegs etwa beim Netze zusammentreffen. So war's auch. In diesem auf einander Zugehen lag für Melzer etwas Entscheidendes, das die wahre Lage würde sichtbar machen, beim Begegnen und an einander Vorbeikommen. Auch das traf zu. Editha, heute in einem weißen Piqué-Kleid, das sie weniger vertraut erscheinen ließ, fremd und fast neu, passierte an Melzer vorüber, ohne sich irgendwie aufzuhalten, zu zögern, zu lächeln oder etwa auf den am Boden liegenden Ball zu deuten. Aber ihr Blick hielt den seinen schon von weitem und blieb hineingesenkt auch aus nächster Nähe, kalt und grau, wie ihm schien, und ohne daß ihr Antlitz auch nur eine Spur irgend einer Belebung zeigte. Schon war sie hinter ihm. In Melzer aber fiel etwas zusammen und gleichsam in den Staub, was er jetzt, fast tief erschrocken, als das Ende einer Möglichkeit erkannte, die da eben doch bestanden hatte.

Am Tage nach der Garden-party in Döbling saß Ingrid Schmeller bei Asta in deren winzigem Zimmerchen im ‚Quartier Latin‘, das gleichsam unter Wasser stand; es war auch ein aquariumhaft grünes Licht hier, grün gefiltert durch die wegen der platzenden Sonnenhitze völlig herabgelassenen Jalousien. Das Wasser reichte Ingrid bis zum Halse und Asta ihrerseits war in einer so tiefen Bestürzung wie es nur einer ehrlichen Haut geschehen kann, bei der die Liebe eben Liebe oder Trennungs-Schmerz eben Trennungs-Schmerz ist, für erhebliche Zeit mindestens: und diese ehrliche Haut vermeinte an Ingrids Malheur die Schuld zu haben. Die Demoiselle Schmeller erhob sich dann und wann, um in dem kleinen Kabinette einige Schritte zu tun, dazwischen redete und weinte sie wieder, und einmal, vor Asta's weißlackiertem Büchergestell verbleibend, hat sie plötzlich gefragt:

„Wo sind deine Kakteen?!"

In Asta wiederholten sich einige Bilder von gestern immer wieder, sie blieb durch Minuten in einem wahren Kreislauf von Vorstellungen befangen: die kleine Pastré kam von rückwärts her, unvermutet um die Ecke eines getäfelten Ganges im zweiten Stockwerk tretend, während Asta aus gedeckter Stellung die Treppe hinab zu den Gesellschafts-Räumen im Auge behielt (daß es hier eine zweite gab, eine kleine Wendeltreppe, wie in ihrem elterlichen Hause, das wußte sie nicht, aber die spätere Frau Schlinger wußte es unglücklicherweise). Schon war die Tür des Badezimmers aufgerissen, und Asta hörte von Ingrid einen mäßig lauten Schrei. In diesem Augenblicke war sie so erschrocken, daß bei ihr keinerlei äußere Bewegung als Reaktion geschah: sie blieb in's hinterste Bockshorn gejagt, während im nächsten Augenblicke Editha Pastré an ihr vorbeipassierte und mit raschen Schritten die breite Treppe gewann und hinabeilte; Asta schien von ihr gar nicht bemerkt worden zu sein (sie war bemerkt, jedoch geflissentlich übersehen worden, wie sich später gezeigt hat). Als das eigentlich Ärgste erschien Asta in jenen Augenblicken der Knall, mit welchem Editha die Türe des Badezimmers wieder zugeschlagen hatte. Dann geschah eine unsinnig lange Zeit hindurch nichts, bis Ingrid endlich aus dem Badezimmer schlüpfte und um die Ecke in den Gang gegen die Wendeltreppe lief, woher die Pastré gekommen war. Semski aber verzog noch dort drinnen. Jetzt hörte Asta Wasser aus dem Hahn in ein Becken rauschen. Endlich kam er heraus, mit der Linken langsam und bedächtig über Stirn und Schläfen streichend, etwa so, wie man sich einmal glättend über die Haare fährt. Sein Gesichts-Ausdruck war sehr ernst, sozusagen schwer, und hatte im Augenblicke etwas Fremdartiges, wie von einem slawischen Bauern. So kam er Asta vor. Dabei sah er frisch soigniert aus. „Sie müssen dort hinaus und hinunter, über die kleine Wendeltreppe", sagte er im Vorbeigehen zu ihr, halblaut und ganz ruhig, und stieg langsam über die große Treppe in die Halle hinab.

Wo jetzt der alte Schmeller erschien.

Er kam Semski die Stufen herauf entgegen, aber rascher steigend als jener hinabging, und so sind sie denn im oberen Drittel zusammengetroffen und auf gleicher Höhe einander zugewandt stehengeblieben. Asta wußte natürlich, daß sie bereits zu verschwinden gehabt hätte. Sie blieb. Was sie damals an Ort und Stelle festgehalten hat, ist von ihr, allerdings zwanzig Jahre später, einmal bezeichnet worden: Verwunderung, ja Staunen. Ein Befremden begleitete durchaus ihr ganzes Leben, überhaupt, bei ungezählten Anlässen und so auch hier. Sie sagte das oft. (Das ‚negerhafte Staunen der Asta Stangeler‘ hat ein Boshafter es genannt und in loser, zufälliger Weise damit gleich ihre äußere Erscheinung gestreift, die sehr dunkle Haut, das Kraushaar – aber ihr Antlitz hatte wahrlich nichts Negerhaftes.) In zweiter Linie erst meldete sich bei Asta eine Art Pflichtgefühl: nämlich für Ingrid erfahren zu müssen, was jetzt hier vorgehen würde – damit man sich dementsprechend verhalten könne. Das war schon die vernünftige Asta Stangeler, der Kopf, der oben bleibt. Er ist immer oben geblieben. Aber nicht als der eigentliche Herr der Situation, sondern gewissermaßen als der leichteste Teil ihrer Person. Sie ist in einer Haltung durch's Leben gegangen, die irgendwie an jene Bade-Thermometer erinnert, welche senkrecht in einer Korkplatte stecken und in der Wanne herumschwimmen. Oben zeigt sich jede Temperatur des Wassers an, aber das Ding selbst bleibt immer trocken und stellt sich immer wieder auf (denn natürlich wird in der Wanne damit gespielt). Vielleicht hingen ihre Ehrlichkeit und Unerschrockenheit mit dem Umstande zusammen, daß ihr die Wasser wirklich niemals über den Hals haben steigen können, auch in der Bestürzung nicht. Eine unsichtbare Schwimmplatte trug diesen Kopf wie eine Halskrause, er sah aus dem Wasser und diese seine Lage, sehr verschieden von jener der übrigen Person, trennte ihn mit der Zeit gewissermaßen davon ab ...

Jetzt aber, eben als der Oberbaurat Schmeller mit dem rechten Arm ausholte, um dem Präsidialisten vom Ballhausplatze Stephan von Semski eine herunter zu hauen, war von solchen Heraus-Schleifungen und Modellierungen (man möchte fast sagen Erodierungen und Unterwaschungen) der späteren Persönlichkeit Astas noch keine Rede. Das Thermometer ist damals vor Schreck beinah unter Null gefallen.

Der alte Schmeller holte also aus, und im gleichen Augenblicke geschah etwas wie das Einschnappen einer Mechanik, das Fallen einer Sperre aus einem eisernen Gelenk, eine Bewegung so knapp, genau und auf das Allernotwendigste beschränkt, daß sie fast nichts Menschliches mehr hatte, da jede illustrierende Gebärde fehlte: Semski hielt den Vater Ingrids ruhig an beiden Oberarmen fest und mit einer solchen Kraft, daß nur ein ganz kleines Aufbäumen des Oberkörpers noch bei dem Alten erfolgte und sodann wieder eine völlige Erstarrung der Haltung beider Männer eintrat. Semski bewegte den Mund und sprach mit sehr gedämpfter Stimme auf den Oberbaurat ein. Asta starrte auf seine redenden Lippen, und vielleicht konnte sie nur dadurch einige Worte verstehen: „. . . ich bitte Sie, das Unglück nicht noch größer zu machen und sich jetzt zu beruhigen. Ich verlasse sogleich das Haus", damit gab er ihn frei. „Verlassen Sie das Haus!" stieß Schmeller hervor, dem offenbar im Augenblicke nichts Besseres einfiel, als Semskis Worte zu wiederholen und so noch in einen Befehl zu verwandeln, was jener eben als seine Absicht ausgesprochen hatte. Das Gesicht Semskis, bleich und slawisch-bäuerlich, war gänzlich unbewegt. Einen Augenblick noch blickte er den Oberbaurat an, dann verbeugte er sich knapp und stieg, ebenso langsam wie früher, die Treppen hinunter.

Asta wußte, worauf es nun ankam: nämlich auf Unhörbarkeit. Sie ließ sich in die Knie, griff an ihre Schuhe, hielt diese (immer gesammelt und zielbewußt) fest und stieg aus ihnen heraus. Bei dieser Operation war sie entschieden vom Glück begünstigt; denn die Tanzmusik rückwärts im Parke, welche die ganze Zeit hindurch geschwiegen hatte, setzte ein, mit dem

Vorspiel zum ‚Kaiser-Walzer‘, worin auch Bläser vorkommen. Der Baurat, jetzt allein, stand unbeweglich auf halber Treppe über der leeren und hellerleuchteten Halle, in welche vom Parke her die Tonwogen fluteten. Asta verschwand in dem getäfelten Gange, fast absolut geräuschlos, fand die kleine eiserne Wendeltreppe, hielt aber jetzt an: sie sah von hier gerade in den Garderoberaum hinab. Semski trat ein, zog ein Täfelchen von Elfenbein und ein Silberstück aus der Hosentasche, das Mädchen reichte ihm den Hut, Stock und Handschuhe. Dann schritt er durch die weit offenstehende Glastüre des Vorhauses in den leeren, vorderen Teil des Gartens hinaus und zum Gittertor an der Straße. Bald darauf entfernte sich das Schnurren eines Automobils.

Asta lauschte hinter sich. Kein Schritt war hörbar.

Nach einer Weile Verziehens ist sie dann hinabgestiegen, hat von dem Mädchen etwas Cologne verlangt und sich in der Damengarderobe restauriert.

Während Asta durch die leere Halle nach rückwärts gegen den Park ging, dachte sie an Melzer. Ihn wollte sie jetzt finden, nicht etwa Ingrid oder Etelka. Hier muß nun allerdings die Anmerkung eingeschoben werden, daß es um diesen Zeitpunkt bereits aussichtslos gewesen wäre, die Etelka Stangeler zu suchen, obwohl sie vor einer dreiviertel Stunde noch, sehr sichtbar am Rande der Tanzfläche stehend, mit der Mama Schmeller sich unterhalten hatte. Jetzt saß sie bereits mit drei Herren und einer weiteren jungen Dame in derselben Weinstube, die wir durch den Regierungsrat Guys kennengelernt haben; mit diesem war übrigens für morgen nachmittag schon eine Fahrt auf den Cobenzl verabredet (im offenen Fiaker, wie sie's liebte). Etelka nützte ihre Wiener Tage, und alles fügte sich gut, die Regie funktionierte sozusagen wieder einmal ganz ausgezeichnet. Denn Grauermann hatte, als er mit der alten Schmeller und Etelka beim Tanzen zusah, sich sowohl bei der Hausfrau als auch bei seiner Braut entschuldigt und gebeten, nachhause fahren zu dürfen (er wohnte in seinem Zimmer auf der Akademie, deren Räume den Zöglingen unter

Umständen auch während der großen Ferien zu Gebote standen, abgesehen von der vierzehntägigen General-Reinigung des Hauses im Juli). Er leide den ganzen Abend an unerträglichen Kopfschmerzen, das hatte Grauermann bei der Hausfrau vertraulich vorgebracht (und obendrein entsprach es der Wahrheit, man sah's ihm auch ein wenig an). Etelka erklärte, daß sie selbstverständlich auch gehe, sie würden zuerst zur Akademie fahren, und bis zu ihr nach Hause könne sie dann schon allein im Wagen sein. Aber die Mama Schmeller widersetzte sich dem mit vielen Liebenswürdigkeiten und bat Grauermann, ihr Etelka doch noch ein wenig hier zu lassen, was er unter der Bedingung einräumte, daß sie von irgendjemand heimgebracht würde. „Nun das findet sich doch leicht, selbstverständlich!" versicherte Frau Schmeller, die Etelka Stangeler gerne hier sah, weil diese zu den ‚unterhaltenden jungen Mädchen' gehörte, ‚die ein wenig Stimmung hereinbringen' (und das schien in diesem Hause sehr notwendig, dessen Reichtum zu jung war, um schon beschwingt zu sein). Zudem war Etelka verlobt und damit neutralisiert als eventuelle Konkurrentin der eigenen Töchter. Nun, Grauermann ging, ohne viel Abschied und Aufhebens, um das Fest nicht zu stören; die augenblickliche Trennung des Brautpaares wurde ja durch die Hausfrau legitimiert. Eine halbe Stunde später war das Weinstuben-Komplott komplett.

Asta suchte Melzer im Park und fand ihn bald, er kam ihr allein entgegen, etwas abseits, über eine Rasenfläche. Sie erzählte ihm sogleich, was sich begeben hatte. Am Himmel zuckte ein Wetterleuchten: jetzt ganz grell. Danach sah man den Sternenhimmel wieder in voller Reinheit bis zu den Rändern der schweren Wolken im Nordwesten. Alles stand, schaute. Niemand fürchtete den Regen, denn jedermann ersehnte Minderung der Schwüle. Man hätte sich's bei Musik in der Halle schön bequem gemacht. Aber erst lange nach Mitternacht gab es einen kurzen Guß. – Bis zu diesem Punkte nun kreisten Astas bedrängende Erinnerungen an den gestrigen Abend immer wieder; mit Melzers Erscheinen war jedesmal das Ende erreicht, und es begann neuerlich von vorne, bei ihrem Posten-Stehen oben am getäfelten Gang über der Ausmündung der großen Treppe.

„Wo sind deine Kakteen?!" fragte Ingrid noch einmal.

Ja, wo waren diese Kakteen? Asta fühlte sich nur noch mehr bestürzt, durch die Wiederholung der albernen Zwischenfrage. Sie sah wieder den dicken, saftigen grünen Fleck an der Wand, den es heuer im Winter dort über dem weißlackierten Büchergestell auf der fast neuen Tapete gegeben hatte, die kleinen anklebenden Reste der zertrümmerten lustigen und lieben Gewächse, die einst auf dem Bücherbord oben in einer Reihe aufmarschiert gewesen waren, jedes eine skurrile und verzwickte Persönlichkeit für sich, mit einer ganz undurchsichtigen Biographie voll Überraschungen; denn der eine etwa streckte unvermutet ein Ärmchen nach seitwärts, das bald in einen langen Trieb schoß, während sein Nachbar, gedrungen und stumpig wie ein Steinpilz, in aller Stille zu dem Entschlusse gelangt schien, sich schlichthin zu verdoppeln; aber am Ende der Reihe träumte ein weniger materiell Gesonnener: eine blaue Blüte war sein Werk, sie schlug sich auf wie ein beseeltes Aug' in dieser trockenen und stachlichten Gesellschaft – ja, wo waren die Kakteen? An die Wand geschleudert, einer nach dem anderen, zerberstend, zerkatschend, der Katsch gemischt mit den braunroten Scherben der winzigen Blumentöpfchen. Ja, von Etelka konnte plötzlich dies oder jenes kommen, wenn jemand zum Beispiel in allzu unbestrittener Weise exzellierte, etwa im Lateinischen oder sonstwie. Aber dies waren immer noch Randgebiete ihrer Interessensphäre. Hier jedoch hatte es sich um ein Abendkleid gehandelt, das Asta erhalten sollte und dementsprechend um einen Ausbruch des Zentral-Kraters der Wut. Als alles vorbei gewesen war, mußte man nach den notwendigsten Reinigungen und Aufräumungen ein Bild an die Stelle hängen und trachten, so rasch wie möglich heimlich den Tapezierer zu bekommen, denn der Vater Stangeler bemerkte jede Veränderung, insbesonders, wenn er seine Tage hatte, an denen er mit kurzen Schritten und dann und wann zuckend aufgeworfenen Schultern durch alle Räume ging. René äußerte hiezu, sein Vater träte nicht selten bei drei verschiedenen Türen zugleich in ein Zimmer, in welchem man sich gerade befinde. Dem Alten wurde diese Äußerung hinterbracht – und sie amüsierte ihn im höchsten Grade, ja er gab seinem Wohlgefallen daran ganz unverhüllten Ausdruck.

Natürlich hat Etelka hintennach hoch und teuer versprochen, neue Kakteen für Asta zu bringen, viel schönere wie die früheren. Aber es war nie dazu gekommen. Asta jedoch – welche ursprünglich das Versprochene in der Tat erwartet hatte – wollte nun gar keine mehr. Vielleicht hat sie's auch nicht gewagt, sich selbst so eine neue kleine Reihe anzuschaffen – um Etelka nicht zu reizen. Das oberste Brett des weißlackierten Büchergestelles blieb also vorne zunächst leer, und mit der Zeit wurde der Raum von anderen kleinen Dingen eingenommen, die übrigens mit Kakteen eine gewisse Verwandtschaft zeigten (war das nicht mehr-weniger bei allem der Fall, was Asta erfreute?!), denn hier hockten nun ganz besonders abscheuliche kleine Viecher aus Glas oder Porzellan.

Asta versuchte übrigens gar nicht, Ingrids Zwischenfrage bezüglich der Kakteen zu beantworten. Sie hatte längst schon (mit Staunen und Verwunderung) beobachtet, daß es Menschen gibt, die eine Frage stellen und wiederholen, dem Antwortenden jedoch ins Wort fallen, um von etwas ganz anderem zu sprechen. Ingrid, wie sie da vor dem Bücherkasten stand, erschien Asta plötzlich wie eine aufgeweichte Semmel. Gewissermaßen um einer Art geistesabwesender Hartnäckigkeit zu begegnen, welche auch aufgeweichte Semmeln in paradoxer Weise manchmal zeigen, fragte sie jetzt ihrerseits dazwischen:

„War es denn wirklich die Pastré? Vielleicht hat der Alte dich schreien gehört?"

„Nein", sagte Ingrid mit noch immer verweinten Augen und einem stumpfen Ausdruck, als sänken gerade durch diesen ganz nebensächlichen Umstand ihre letzten Hoffnungen dahin,

„sie hat ihn geholt, er hat es mir selbst gesagt. ‚Ich habe eine Augenzeugin‘, hat er gesagt, ‚deine Freundin Editha Pastré. Du kannst mir also gar nichts vorlügen.‘ Deswegen hat er ja Stephan auf der Stiege gleich attaquiert. Er hat mich nicht schreien gehört. Er war zufällig unten in dem Rauchzimmer neben der Halle, ganz allein, um ein paar Schachteln Zigaretten zu holen oder so etwas. Die Tür in die Halle war offen. Dort hat ihn das Luder, die Pastré, gesehen, wie sie mir nachgeschlichen ist. Stephan ist ja erst später gekommen. Sie hat sich versteckt und ihn vorbeigelassen. Sie hat auch dich gesehen, oben an den Stufen, deshalb ist sie über die Wendeltreppe gekommen. Das weiß ich alles direkt vom Papa. Er hat heute um acht Uhr morgens in meinem Zimmer zu toben angefangen, ich war noch gar nicht auf. Ich bin ganz kaputt.“ Sie ließ sich in einen kleinen weißen Korbfauteuil sinken. Es sah aus, als sei sie knochenlos geworden.

„Habt Ihr euch denn das Rendez-vous von vornherein im Badezimmer gegeben?“ fragte Asta, die es wohl besser hätte wissen müssen, aus reiner Ratlosigkeit.

„Ja“, sagte Ingrid.

„Daß Semski einen solchen Blödsinn machen könnte, hätt’ ich nie geglaubt. Er hat doch gewußt, daß die Pastré hinter ihm her ist.“

Noch verfielen sie oft in die Schulgewohnheit, einander mit dem Familien-Namen zu bezeichnen, wie vor gar nicht so langer Zeit im Lyzeum: ‚die Schmeller‘, ‚die Stangeler‘, ‚die Pastré‘.

„Warum hast du das dem Semski nicht einfach abgeschlagen? Ihr hättet euch doch weiter rückwärts im Park irgendwo allein treffen können. Während des Feuerwerks zum Beispiel.“

Ingrid schwieg zuerst. „Ich wollt’ es halt so“, sagte sie dann leise.

„Jetzt sag’ mir einmal: was hat die Pastré wirklich gesehen?!“

„Na gar nichts, natürlich. Wir haben uns geküßt. Er hat mir ein süßes kleines Medaillon umgehängt, eine Muttergottes, ein altes Stück aus seiner Familie.“

„Ein schöner Skandal!" sagte Asta (und das Folgende war wohl etwas massiv in Ansehung eines solchen Trauerfalles) „– und dabei haben die Leut' nicht einmal etwas davon gehabt. Und jetzt?!"

„Wie spät?!" fragte Ingrid, plötzlich aus ihrer Zerlassenheit erwachend und angespannt. „Dreiviertel drei? Bis vier Uhr ist der Stephan im Ministerium."

Sie war kurz nach dem Mittagessen, während man noch den Kaffee servierte, durchgebrannt, trotzdem der Vater ihr verboten hatte, Haus und Garten zu verlassen. Am Abend noch sollte sie mit ihrer Mutter und den beiden jüngeren Schwestern im Automobil nach Fischau am Schneeberge fahren, wo die Familie ein großes Landhaus besaß, und dort bleiben. Der alte Schmeller war zum Telephon gerufen worden, und während die Mutter mit den Schwestern neue Photos vom heurigen Sommer auspackte und begutachtete, die man eben in diesem Augenblicke aus der Stadt vom Entwickeln gebracht hatte, war Ingrid hinausgewischt und, wie sie ging und stand, ohne Hut und Handschuhe nach rückwärts durch den Park, bis zu einem ihr wohlbekannten Durchschlupfe zwischen Gestrüpp, der auf den Weg entließ, welcher die anliegenden Weingärten entlang führte. Jetzt, hier im Sitzen auf dem kleinen weißen Korbfauteuil in Astas Zimmerchen, wo es kühl duftete – mit einer Durchdringung vom Kampfergeruch, der im Hochsommer die ganz nach innen gewandten leeren Wohnungen in der Stadt durchzieht, und Astas geliebtem Parfum Bois des Iles – jetzt eben, gleich nach ihrer erregten Frage, wieviel Uhr es denn sei, schwebte vor Ingrids innerem Auge diese gestrüppige und buschige Tiefe des Parks mit dem schmalen, gewundenen kurzen Pfad zur Zaunlücke, die machtvolle Sonnenhitze, die Stille, der aufgewölbte Kimm des Rebenhügels vor dem dampfigen Himmel, und links unten, leicht hingewürfelt, die andringenden Häuser der Stadt, näherzu noch weiße Villen, der graugrüne Schaum von Baumkronen dazwischen: alles wie niedergehalten durch die Mittagsglut, ein gebändigter Tumult ... Dieses Weglein war ein Stück von Ingrids Kindheit: damals wie später selten betreten, Grenze ihrer Welt, und jetzt auch nur aufgesucht, wo sie wahrhaft schon hart an die Grenzen ihrer Welt streifte. Sie empfand Schmerz, einen Schmerz ohne Kennzeichen oder Richtungsweiser, einfach Schmerz und sonst nichts.

Ingrid war dann nach dem Verlassen des Parks auf einigen Umwegen bis zur Grinzinger Allee gelangt, ohne Täschchen, ohne Geld, wie sie war in ihrem Sommerkleid. Ein leeres offenes Autotaxi rollte langsam daher. Sie winkte dem Wagen und fuhr zu Asta, wo sie von dem Stubenmädchen Lina, die man den jungen Leuten nach Wien von draußen mitgegeben hatte, in Empfang genommen und der Chauffeur entlohnt wurde.

Asta empfand jetzt Ingrids unvermutete Versunkenheit, ihr Verstummen und Schweigen, nach der eben noch lebhaft getanen Frage, wie spät es denn sei, als Anzeichen einer Art von unkontrolliertem und planlosem Verblödungs-Zustand. Sie übernahm deshalb die Führung.

„Wenn du den Semski im Ministerium nicht anrufen kannst, weil der alte Pawlowski ans Telephon kommt und der mit deinem Vater im Bandl ist und, wie du sagst, wahrscheinlich schon alles weiß – nicht sehr angenehm für den Semski! – dann muß eben irgendein Mannsbild dort anrufen, einer, den der Semski gut kennt, und ihm sagen, wohin er kommen soll und wann. Warum habt Ihr nicht rasch noch etwas abgemacht, nach dem Malheur mit der Pastré?! Daß hier ein Skandal entstehen wird, war doch klar."

„Ich weiß nicht . . . ich war ganz verwirrt. Er hat nur gesagt: ich muß dich unbedingt morgen sehen, ich muß dich noch sehen, verstehst du, koste es, was es wolle, ich muß dich morgen sehen, der Alte wird dich von Wien wegschleppen, vorher muß ich dich sehen . . ."

„Sehr einfach", sagte Asta. „Wir fahren zur Konsular-Akademie. Irgendwer wird schon da sein. Vielleicht ist Pista zuhause, jetzt bei der Hitz', oder der Honnegger. Der ist in Wien augenblicklich und wohnt auch dort. Die sollen das mit dem Semski ausmachen. Komm'. Du nimmst einen Hut von mir und Handschuhe, und ein Tascherl mit Geld. Ich geh' jetzt zum Telephon und ruf' bei der Akademie an. Geh du derweil ins Badezimmer und setz' dich hier an den Toilette-Tisch und richt' dich her. Du siehst ganz verplahzt aus."

Eben als Asta über die drei Stufen zum Frühstücks-Zimmer hinaufsteigen wollte, um in's Vorzimmer und an's Telephon zu gelangen, wurden nebenan, in dem Salon des ‚Quartier Latin', Schritte hörbar.

„Etelka?" fragte Ingrid halblaut, Asta anblickend. „Ja", sagte Asta leise. „Die ist ganz unsichtbar. Vollbeschäftigt." Sie lauschten. Die Schritte gingen hin und her, dann in das kleine Badezimmer des ‚Quartier Latin', von dort durch's Vorzimmer und den Salon wieder zurück, und nach wenigen Minuten verließ Etelka die Wohnung, man hörte draußen die Eingangstüre zuklappen.

„Aha, hinten hinaus", sagte Asta, halb für sich, „sie hat's eilig, scheint's. Wir auch. Es ist drei Uhr vorbei. Mach' dich also fertig." Damit hüpfte sie über die Stufen.

Als Asta im Vorzimmer auf den Apparat zuging, klingelte dieser. Melzer. Wie es denn gehe? Er freue sich, daß sie zufällig gerade zum Telephon gekommen sei! Wo? Hier in allernächster Nähe, in einem Café, er habe lange geschlafen und spät gegessen. Gleich heraufkommen? Ja, mit tausend Freuden. Er werde die Damen begleiten. In fünf Minuten.

Grauermann war ausgegangen, aber Honnegger anwesend. „Wir kommen also in zwanzig Minuten, nämlich die Ingrid und ich. Ein Leutnant Melzer begleitet uns, kennen Sie den? Ja? Aus dem Café Pucher, aha. Gut, also auf Wiedersehen."

Ingrid hatte ihre äußere Person noch nicht ganz restauriert, als das Stubenmädchen oben an der Türe zum Frühstückszimmer klopfte. Melzer war da. Asta ließ ihn bitten, ein wenig nebenan warten zu wollen. Gleichzeitig fiel ihr ein, daß man die ganze Geschichte mit dem Anruf im Ministerium immerhin auch durch René hätte erledigen lassen können; oder gleich hier durch Melzer?! – jedoch dieser war mit Semski zu wenig vertraut. Sie fragte Lina nach dem Bruder. Der sei nicht daheim, hieß es. Nun gut. Die beiden jungen Damen gingen jetzt eilfertig in der kleinen Wohnung hin und her, durch den Salon – der hinter dicht geschlossenen grünen Jalousien und mit eingehüllten Fauteuils im leichten Kampferduft versunken lag, nur das Klavier spiegelte frei, tief abgestürzt in das Innere seines schwarzglänzenden möbelhaften Schweigens – durch den Salon und das Vorzimmer in's Badezimmer und zurück also eilten Asta und Ingrid hin und her; ein Hütchen und Handschuhe, ein Täschchen, und ein Taschentuch wurden gewählt, Zerstäuber mit leise keuchenden Gummiballons in Tätigkeit gesetzt (aber Ingrid nahm kein Bois des Iles, das hätte auch zu der jetzt wieder frischen Semmel kaum gepaßt), und bald waren sie fertig, im ganzen eine Viertelstunde nach Astas Telephonade. Das Mädchen holte inzwischen ein Autotaxi. Sie stiegen die Stufen, traten hervor und begrüßten den Leutnant Melzer, der sich jetzt aus einem Schaukelstuhl erhob, ein Bild der Sauberkeit und Korrektheit, in einem wirklich sehr hübschen Sommeranzuge von hellem Grau (bei der Garden-party hatte er Weiß getragen), den kurzen Rohrstock mit goldenem Knauf samt Handschuhen in der Linken haltend und einen jener steifen Strohhüte, die damals beliebt waren und von dem Schauspieler Girardi ihren Namen hatten.

Lina kam und meldete, daß der Wagen da sei.

„Vorn oder beim Elferhaus?" fragte Asta.

„Beim Elferhaus", sagte das Mädchen und lächelte. „Ich bin nur vorn wieder herein, weil ich die Damen nicht stören wollte." Ihr Gesicht trug das ganz offen aufgedrückte Zeichen der Anständigkeit und des Wohlwollens gegen jedermann, vor dem gewissermaßen dunklen Hintergrunde einer Frömmigkeit, die man ohne weiteres aus diesem Antlitz erkannte. Es war fast unheimlich sich vorzustellen, daß jemand derart deklariert und waffenlos durch die Welt gehe – und dabei heil bleiben könne. Da solches nun trotzdem der Fall war, schien dieses Wesen notwendig wie von höherem Schutze umgeben.

Sie lächelte, die Karoline Nohel (wegen ihrer schnell tappelnden Schritte das ‚Wiesel' genannt), die zu jener Zeit übrigens schon gegen fünfunddreißig Jahre zählte, sie lächelte weil Asta ‚beim Elferhaus' sagte: nie hätte damals eine Dame so gesagt, sondern irgendwie anders, ‚beim Haus Nummer elf' etwa oder ‚rückwärts'; jedoch ‚beim Elferhaus' wäre als hausmeisterischer Fachausdruck empfunden worden: nur Asta bediente sich desselben mit Vorliebe und Vergnügen, mit einer ähnlichen Vorliebe vielleicht wie jene war, die sie für Kakteen und grauslich ausschauende Viecher von Porzellan hegte.

„Ich dank' dir schön, liebes Wiesel", sagte Asta und streichelte sie, worauf Lina etwas rot wurde und mit schnellen kleinen Schritten abging.

„Hätt' ich vielleicht nicht vorne vorfahren sollen?!" fragte Ingrid mit plötzlicher, über das Maß dieses Anlasses hinausgehender Bestürzung. „Aber weißt du, ich kenn' mich nicht so aus, mit dem Stockwerk und der Türnummer ... herein bin ich von rückwärts eigentlich noch nie."

„Ist doch vollkommen butten", erwiderte ihr Asta lachend. „Übrigens, jetzt im Hochsommer ist niemand da außer meinem Onkel im dritten Stock. Wenn der grad vom Stiebitz (so hieß das renommierte Stammlokal des Architekten und Professors) gekommen wär', hätt' er dich vielleicht doppelt oder dreifach gesehen und höchstens einmal was erzählt von einer ganzen Gesellschaft junger Mädchen, die in einem Auto dahergefahren seien, offenbar Freundinnen Astas und Etelkas ..."

Melzer lachte. „Das mit dem Doppeltsehen gibt's gar nicht", sagte er.

„Also gehen wir", rief Asta, „sonst wird's noch halb vier, bis wir weiterkommen."

Sie stiegen also die drei Stufen wieder hinab. Für Melzer war diese andere Möglichkeit, das Haus Stangeler zu verlassen, neu; und sie erschien ihm irgendwie reizvoll und anregend. In dem kleinen aquariumgrün verdunkelten Salon

Etelkas und Astas stehenbleibend – er hatte diese Gemächer der jungen Damen freilich noch nie betreten – äußerte er sich entzückt über solche ‚Romantik'. Sie gingen durch das immer nach kühlem, lange liegendem Staub riechende Vorzimmer und traten auf die fremde Stiege hinaus. Asta prüfte noch einmal, ob sie die Schlüssel bei sich habe (immer blieb der Kopf über der Schwimmplatte oder Halskrause) und schlug sodann die Wohnungstüre zu.

„Es muß irgendwo ein Regen niedergegangen sein", sagte Melzer, als sie an den offenen Wagen traten: mehr Ausdruck einer Hoffnung wie Feststellung. Die Hitze schien ein wenig nachgelassen zu haben. Aber das Pflaster war trocken und der Himmel blau. Ein schwacher Hauch strich leicht über die Straße. Dieser, zusammen mit dem Luftzuge der Fahrt, wirkte auf die drei jungen Menschen belebend. Sie fuhren gegen den Ring und durch die innere Stadt, aus deren alten schattigen Gassen Kühle zu hauchen schien, am Dom vorbei und über den auch jetzt bunt belebten Graben und durch die Schottengasse wieder hinaus und schneller dahin.

Alle drei betraten in der Akademie das kleine Empfangszimmer mit den Empire-Möbeln. Hier herrschte eine geradezu penetrante Stille, die jedes Gespräch zu erdrücken schien. In diese hinein erklang jetzt von nebenan – nicht das Vorspiel sondern der langsame Satz aus Schumanns Fis-Moll-Sonate, das ‚Air' wie es dort heißt, dem Vorspiele zutiefst verwandt durch die in sonoren Kaskaden fallenden Glockentöne der linken Hand, über welchen lerchenhaft hoch droben das Thema schwebt.

Honnegger hatte das wirklich bis zur Perfektion studiert. Asta sah auf die Uhr und hielt bei der Türe leise den Diener auf, der die jungen Herrschaften hier hereingeführt hatte und sich eben zurückziehen wollte, um den Besuch zu melden. „Ist das Herr von Honnegger nebenan?" fragte sie. „Ja, gnädiges Fräulein", antwortete der rasierte Lakai, dessen Alter völlig unbestimmbar gewesen wäre, mit ebenso unterdrückter Stimme wie Asta sprechend und lächelte verständnisvoll (vielleicht liebte auch er diese Musik?). „Unterbrechen Sie Herrn von Honnegger bitte nicht und melden Sie uns erst nach diesem Stück an, es ist nicht lang", sagte Asta. „Sehr wohl, gnädiges Fräulein." Er verschwand.

Sie hatten auf den Fauteuils Platz genommen, Ingrid mit dem Blick in den Garten. „Das ist ganz großartig", flüsterte Melzer Asta zu. Sie nickte und bemerkte, daß Ingrids Augen ein wenig schwimmend wurden. Seltsamerweise ekelte ihr davor. Sie sah weg, gleichfalls in das Grüne hinaus; und ließ die Musik in sich eindringen, und mit dieser zugleich drang eine Vorstellung ein von der Art zu leben, wie sie dem Spielenden dort nebenan eigen sein mochte. Honnegger hatte nur gelacht, als man ihm zumutete auf die Garden-party zu kommen. Jetzt saß er beim Klavier, an diesem Hochsommer-Nachmittage hier in Wien, welcher darauf zu warten schien, jeden der es wollte und der solches Geschenk aufzunehmen fähig war, mit einem Füllhorne der Einsamkeit zu überschütten. Der Sommer enthält ja diese von allen Jahreszeiten am meisten.

Der Satz schließt bald, Teddy kommt herein, eben wird's zwanzig vor vier. Nach der Begrüßung ist es Asta, die lange Erklärungen und unnötiges Durcheinander-Reden verhindert und die Lage gleichsam mit einem Zirkelhiebe aus dem Unbestimmten herausschneidet: „Gestern auf der Garden-party hat der alte Schmeller die Ingrid und den Stephan in einer verfänglichen Situation erwischt. Daher Skandal. Ingrid hat Hausarrest, ist aber durchgegangen. Sie soll heute abends noch nach Fischau hinaus und hat dem Stephan versprochen, ihn unbedingt vorher noch zu sehen. Anrufen im Ministerium kann sie nicht, weil sonst der alte Pawlowski wieder alles tratscht. Semski ist bis vier Uhr am Ballhausplatz. Bitte rufen Sie ihn an, und bestellen Sie ihn gleich nach vier in die Nähe."

„Geschieht", sagte Honnegger, ließ sich das Präsidialbüro im ‚Äußern' geben und sagte folgendes am Apparat:

„Hier spricht Teddy Honnegger. Kompliment, Herr Sektionschef. Ja, dem Papa geht's gut. Die Eltern sind in Pottschach bei Lauters. Kann ich den Semski sprechen? Danke vielmals, mein Kompliment. – Hier Teddy. Servus. Kannst du punkt vier weg? Ja? Sei genau zehn Minuten nach vier am oberen Ende der neuen Strudlhofstiege – weißt du's? – ja, gut. Vier Uhr zehn. Bestell' dir jetzt schon ein Taxi, damit du pünktlich sein kannst. Servus."

Damit erledigt. Es war noch nicht zehn Minuten vor vier Uhr. Die jungen Leute blieben beisammen sitzen. „Wie geht's dort unten in Bosnien?" wandte sich Honnegger an Melzer, „muß furchtbar heiß sein, jetzt, wie? Wann mußt' wieder wegfahren?" „In acht Tagen. Aber am Anfang August, wie ich herauf bin, hat es unten sogar geregnet, ein verhältnismäßig seltener Fall, und es war eigentlich kalt." „Deine Bärendecke hätt' ich gern gesehen, vom vorigen Sommer. Wo hast' sie denn? Unten?" „Nein, nein, so was kann man dort nicht lassen, wegen der Viecher. Die ist gleich zum Präparieren nach Wien gekommen und dann hier zum Kürschner. Bei dem hab' ich sie jetzt noch in Aufbewahrung. Meine Mutter will sie nicht haben, weil das den Mädchen zu viel Arbeit macht . . ."

Asta fühlte Ingrids Blick auf sich gerichtet, sah sie an und ward betroffen durch eine Art flehenden Ausdrucks in den wasserblauen Augen. Zugleich machte ihr Ingrid ein Zeichen. Während die beiden jungen Herren sich weiter unterhielten, traten Asta und Ingrid in die Fensternische. „Stellen wir unsere Uhren ganz genau gleich, ich bitte dich . . ." Asta, etwas erstaunt, hob das linke Handgelenk; die beiden kleinen goldenen Ührchen stimmten überein, sie wiesen auf wenige Minuten vor vier. „Ich bitte dich, Asta, spätestens fünfundzwanzig Minuten nach vier Uhr an das obere Ende der Strudlhofstiege zu kommen. Länger als eine Viertelstunde soll es nicht dauern. Stephan wird so leicht heftig . . . Besser wär' es, Ihr würdet noch früher kommen . . . Ich hab's versprochen, ihn noch einmal zu sehen, ich halte mein Versprechen, du kannst es bezeugen. Aber ihr müßt mich erlösen, verstehst du? So lange Abschiede sind mir ganz unerträglich . . . Ich kann nicht. Bitte, bitte seid pünktlich . . . Versprichst du es . . .?"

Einen Augenblick wollte selbst die Halskrause oder Schwimmplatte Astas Kopf nicht mehr oben halten. Nur vier Worte waren es, welche sie dachte, aber diese fielen wie Paukenschläge in gleichen Pausen: sie – liebt – ihn – nicht. Nach rückwärts, über die letzten Tage auf dem Lande draußen, blitzte das fahle Licht eines möglichen fundamentalen Irrtums.

Dann raffte sie sich zu einem sozusagen tiefinnerlichen Entschluß auf: nämlich dieses Wesen zur Kenntnis zu nehmen als ein solches von gänzlich anderer, fremder Art; und zunächst hielt ihr Entschluß jede Kritik nieder (wenn's auch nur für den Augenblick war – uns erscheint solches Beziehen einer neuen Stellung durch Asta als eine recht respektable Leistung; der Leser ist vielleicht anderer Meinung, das mag schon sein und wird sicher auch seine Berechtigung haben). Sie sagte: „Ja, ich verspreche es dir. Du kannst ganz sicher sein." Jetzt erst, in den Augenblicken, während sie etwas gehemmt diese wenigen Worte hervorbrachte, eröffnete sich ihr so simpel wie unwiderleglich die Einsicht, daß Ingrid ganz offenbar mit einer Trennung für immer von Stephan sich vollends abgefunden hatte (und hier hat Asta wirklich geschaudert, sozusagen vertretungsweise für die Freundin), daß hier nichts sich festklammerte, dieses Äußerste verweigernd, und daß hier keinerlei Hoffnung in eine noch immer denkbare oder gar mögliche Zukunft sich spannte.

Und wie von einem schwachen Blitze oder nur von dem fernen Widerschein eines solchen wurde ihr jetzt der tiefere und feste Grund des Einverständnisses angeleuchtet, das zwischen solchen Kindern und ihren ähnlichen Eltern trotz allem und unter allem doch immer bestehen mußte; und sie fühlte zugleich das Gefährdete und Vereinsamte jedes Menschen in ihrer eigenen Familie. Eine heftig teilnehmende Empfindung flog jetzt von ihr zu Etelka, zu René – ja, wohin?! Wo diese sich eben grad' herumtreiben mochten in der sommerlichen Großstadt mit ihren bereiten und wie aufgestauten Vorräten von Einsamkeit. Und: gewiß verstrickt wie sie selbst.

Nun war es Zeit geworden zu gehen.

Man verabschiedete sich von Honnegger. Asta konnte noch sehen – eben als sie in das Foyer und auf die ersten Stufen der breiten Treppe traten – daß er in's Musikzimmer zurückkehrte. Beim Verlassen des Hauses hörte sie den ersten kräftigen Anschlag am Klavier.

Vom Tore mußte Ingrid bald nach links. „Nicht vergessen, Asta", sagte sie noch einmal leise und eindringlich und ging langsam durch die Strudlhofgasse gegen die Stiegen zu.

Der alte Schmeller war ein Techniker und ein Wiener aus der Vorstadt.

Das schließt eigentlich schon alles ein, was über diese nicht sehr interessante Persönlichkeit im einzelnen noch gesagt werden könnte, sowohl ein nicht geringes Maß von rascher urbaner Gescheitheit, als auch einen gewissen sozusagen stillen und nach innen gekehrten Brutalismus, der geschwinde seine Kreuzungen im Innern befuhr (οἱ τρόποι, sprich: hoi trópoi, wie's die alten Griechen nannten, die Wende-Stellen, und das eben war für sie gleichbedeutend mit unserem Worte ‚Charakter‘) und sodann äußerlich kaum aufzuhalten war. Mindestens lüpften sich beim geringsten Versuch dazu schon seine Ellenbogen.

Die Mama Schmeller hatte es auch längst aufgegeben oder nie eigentlich versucht. Sie war einer jener zerflossenen Patzen von Ergebenheit, wie solche Männer ihn eben im reiferen Alter zurücklassen als Rest der Frau ihrer einstigen Wahl und Umwerbung, eine dickliche Sauce mit wenigen kleinen Brocken des längst zertrümmerten Charakters, die man ungerechterweise solchen Damen leicht übelnimmt, einfach deshalb, weil diese noch relativ festeren Stellen jetzt schon als etwas ganz und gar Sinnloses und ohne Zusammenhang sich präsentieren.

Die Mama Schmeller versuchte es also durchaus nicht mehr – diesfalls nämlich ihren Mann festzuhalten. Als er vom Telephon in das Speisezimmer zurückgekehrt war – auch hier, in diesem weiten Raume mit altem wertvollen Mobiliar, das aber sozusagen unharmonisiert und untemperiert nebeneinander zur Schau gestellt war, herrschte kühles Dämmer, abgeschlossen von der Mittagsglut des Tages – als der alte Schmeller also wieder hereingekommen war, fragte er sogleich nach Ingrid. Man ging, um sie, die ja nicht weit sein konnte, zu holen. Aber ihr Vater wartete gar nicht ab, daß man Nachschau hielt. Er trank stehend seine Kaffeetasse aus, zündete eine Zigarette an und ging wortlos hinaus, im Vorraum, ohne anzuhalten, einen Hut vom Haken nehmend, jagte den Chauffeur kurz aus der Mittagsruhe (der kannte seinen Herrn und wußte, bei welchem Wind es galt, sich im allerhöchsten Grade zu beeilen), und drei Minuten später brauste der schwere Wagen gegen die Grinzinger Allee hinaus, und das Fahrzeug allein wirkte hier und jetzt in dieser halb ländlichen Mittags-Stille schon wie das Einherkommen eines besonderen Vorfalls.

Halt. Spähen links und rechts. Ein Taxi rollte dort vorne gegen die Stadt zu, sehr gemächlich, demnach wohl leer, eine altmodische geschlossene Limousine. „Dem fahr' nach. Einholen!" rief Schmeller seinem Chauffeur zu. Der gab das Gas, in Sekunden waren die zweihundert Meter überwunden, man fuhr längsseits. Halt. Der Oberbaurat stieg um und schickte seinen Wagen wieder nach Hause. „Da haben S'", sagte er zu dem Taxichauffeur und gab ihm dreißig Kronen, „und passen S 'auf, was ich Ihnen jetzt sag'. Wir werden meiner Tochter nachfahren, wird bald kommen, tut nicht gut, das Mädel. Ich werd' vielleicht rasch aussteigen müssen, wenn sie verschwinden will. Sie sind also gezahlt auf jeden Fall. Jetzt stellen S' Ihnen hier an den Rand, und wir warten und wenn ich Ihnen den Wagen zeig', dann merken Sie sich den und fahren nach. Verstanden?!"

Der für damalige Verhältnisse ganz unverhältnismäßige Fuhrlohn, die selbstsichere Ansprache im Wienerischen Mutterlaut, die offenherzige plausible Erklärung – vor allem aber die zwischen beiden Männern sofort wirksame Affinität, als zwischen Kindern einer im Grunde gleichen Schicht – das alles, zusammengenommen, genügte, um jene polizeilichen Verdachts-Instinkte und behördenartigen Anwandlungen einzuschläfern, die in Wien seit des Herrn von Sedlnitzky Tagen jeder kleine Mann hat, der irgendeine Funktion ausübt, Hausmeister, Chauffeur, Kondukteur.

„Dank schön, gnä' Herr", sagte der Fahrer. „Wir warten also hier."

Sie mußten, wie man sich leicht denken kann, nicht lange warten.

Der Verkehr war um diese Zeit nicht allzu dicht, wie etwa gegen sechs Uhr des Abends, auch in der inneren Stadt fiel es nicht schwer, dem Wagen, in welchem Ingrid fuhr, bei eingehaltenem gehörigem Abstande zu folgen: diesen kontrollierend rückte der alte Schmeller (wie wir ihn nun einmal nennen, mais il ne frisait même pas les cinquantes) vorgebeugt auf seinem Sitze hin und her, im Fond des plumpen, stark stoßenden alten Gefährtes, den Hut im Genicke, die Hände auf den Knien. Von jenem Genicke würde ich gerne noch mehr sagen ... Der Herr von Geyrenhoff, später Sektionsrat G., den wir auf dem Lande bei Stangelers schon kennen lernten, hatte einen Neffen, einen gewissen Kurt Körger, damals noch fast ein Kind, ein sehr hübsches und überaus begabtes. Und bei diesem Kind sollte sich dereinst ein ganz ähnliches Genick entwickeln, wie es der alte Schmeller hatte. Sie haben etwas sehr Stoßkräftiges, diese Genicke, sie erinnern durch ihre rasierte Glätte an ein Knie, in der Funktion dem bewußten Ellenbogen nicht unverwandt... Ja, diese Schmeller und Körger aller Alters- und Gesellschaftsklassen sind ein bemerkenswertes Volk, welches allerdings und allerorten schon selbst dafür sorgt, daß es bemerkt wird. Mitunter geschieht das jedoch erst, wenn sie einem den Rücken drehen (was sie gut können), und da erkennt man's erst recht, mit wem man es zu tun hatte – wenn man das Genick sieht: ach so, aha. Man ist dann freilich entschlossen, sich ab nun von einem Mitgliede dieses Vereins nicht das allergeringste mehr gefallen zu lassen und hier bereits auf die Finger zu klopfen (die neigen bei der ganzen Gesellschaft etwas zur Würstelförmigkeit), wo man anderen noch lange die Hand geben würde. Aber hierin liegt eben der Kniff und Trick jener Genickler: man sieht ihr eigentliches Gesicht erst, wenn sie sich abgewandt haben, also zu spät, jedenfalls beim ersten Zusammentreffen viel zu spät und wenn es schon vorbei ist. Sie tragen ihr Gesicht rückwärts. Meistens ist es glattgespannt, weil der runde Kopf gesenkt ist. Jedoch der alte Stangeler zum Beispiel hat den Kopf sehr oft gesenkt getragen, wie zum Stoß, wie einen Stierkopf. Und er hatte doch kein Genick von der Sorte, wie sie hier in Rede stand.

Nun hielt Ingrids Wagen vor dem düsteren Stadthaus der Stangeler.

Schmeller ließ den Chauffeur auf der breiten Straße zunächst langsam weiterfahren (ihm war's nicht unerwartet gewesen, daß es hierher gehen würde, denn die Pastré hatte keineswegs versäumt hintennach noch zu erwähnen, daß Asta auf der Treppe als Posten gestanden war). Nach dem Wenden zurückrollend, sah er ein Stubenmädchen am Wagen stehen und den Chauffeur bezahlen. Schmeller hielt jetzt mit seinem altmodischen Fahrzeug schräg gegenüber dem Eckhaus (dem ‚Elferhaus‘) und so, daß er in die Gasse hineinsehen und das Tor des Hauses Stangeler im Auge behalten konnte. Dieses war das erste Haustor linker Hand, denn das ‚Elferhaus‘ hatte ja seinen Eingang von der breiten Straße.

Der Chauffeur war aus dem Wagen gestiegen, ging am Trottoir auf und ab und rauchte eine Zigarette.

Hier begann nun freilich eine Art Prüfung, durch die Hitze.

Glücklicherweise befand man sich auf dieser Straßenseite im Schatten.

Auch der Oberbaurat Schmeller stieg aus, hielt sich jedoch hinter dem Wagen.

Aber die Prüfung wurde erträglich. Irgendwo mußte ein Regen niedergegangen sein? Luftzug kam über die Straße, schwach und gleichmäßig fächelnd.

Vor dem Hause schräg gegenüber in der breiten Straße war ein offener Fiaker vorgefahren, setzte sich aber bald wieder in Bewegung. Schmeller sah dem Wagen einen Augenblick lang nach. Eine Dame in Weiß saß jetzt darin.

Da stand er nun, der Genickler, und wunderte sich, wie der Herr von Stangeler, dessen Vermögensverhältnisse ihm natürlich annähernd bekannt waren, in einer so scheußlichen Gegend der Stadt wohnen mochte. Das Objekt wäre als Zinshaus verwendbar gewesen, wenn es auch nicht eigentlich für diesen Zweck gebaut war. Oder auch verkäuflich. Er taxierte den Wert. Die Lage war gut, weil man sich nahe der inneren Stadt befand. (Was er nicht wußte war, daß es hier noch einen Teilhaber gab.) Jetzt fiel ihm ein, daß voriges Jahr zwei von den großen neuen Villen in der Kaasgraben-Gegend hätten verkauft werden sollen und daß dabei auch der Name Stangeler gefallen sei, als eines möglichen Käufers. Unbegreiflich. Der Mann hätte nach der Fertigstellung der großen alpinen Eisenbahnbauten in Kärnten ein schönes Haus in Döbling oder Hietzing aus der Westentasche bezahlen können. Mit großem Garten. Es gibt Leute, die nicht zu leben verstehen. Stangelers hielten weder Wagen noch Automobil. Und die beiden ältesten Töchter hätte er für sein Teil auch besser verheiratet. Leute, die einem nicht passen, schmeißt man einfach hinaus. Damit schloß er seine Überlegungen und wandte moros den Blick ab. Dieser wanderte jetzt in der Straße herum, über Häuserfronten, Trottoirs, Frauen, Wagen und Wägelchen, Kinder, Firmenschilder – träg und doch scharf, beiläufig und doch suchend und musternd, kalt und doch interessiert, ein Kennerblick, besonders was die Menschen betraf, die er kannte wie der Metzger das Kalb. Ein Menschenkenner.

Er bemerkte einen jungen Herrn mit lichtgrauem Anzug und Girardi, der in die Gasse einbog, jetzt auf das Haustor zuschritt und alsbald darin verschwand.

Übrigens werden sie nicht das ganze Haus bewohnen, dachte Schmeller – weit davon entfernt, sich aus der Fülle junger

Herren in seinem Hause gerade an Melzer zu erinnern – es ist zu groß. Oben wahrscheinlich vermietet.

Er nahm seine Zigarrentasche hervor, begann zu rauchen und blickte über die breite Straße. Aber jetzt ging bei Stangelers wieder das Haustor.

Schon wollte der alte Schmeller eilig in den Wagen steigen und sah sich nach dem Chauffeur um, der aber bereits seinen Platz wieder eingenommen hatte. Jedoch es war nur das Stubenmädchen, dieselbe Person, welche Ingrids Wagen bezahlt hatte. Sie lief hastig mit schnellen kleinen Schritten über die Straße auf einen Taxi-Standplatz zu, der sich rückwärts am wendenden Knie der Zeile zeigte. Und von dort kam sie gleich in einem Wagen sitzend zurück. Jetzt stieg der alte Schmeller wirklich ein, und zwar ebenfalls eilfertig. Jedoch der Wagen mit dem Mädchen nahm nicht die Kurve in die schmale Gasse, sondern hielt vor dem Haustore schräg gegenüber.

Es war nahe an dem, daß der Oberbaurat jetzt wütend geworden wäre. Glücklicherweise ist es nicht so weit gekommen, denn sonst müßten wir dem Leser sagen, worüber er eigentlich wütend wurde und was da im Grunde seinen stillen, nach innen gekehrten Brutalismus aufrührte? Diese Frage wäre kaum zu beantworten. Er wurde also doch nicht wütend, noch weniger, als jetzt das Mädchen keineswegs in das Haus hineinging, sondern den Wagen stehen ließ, wo er stand und auf dem Gehsteige um die Ecke dahin zurückkehrte, woher sie gekommen war: denn dieser Vorgang fand bei Schmeller, dessen Aufmerksamkeit gespannt im Anschlage blieb, sogleich eine befriedigende Erklärung: man wollte offenbar zu Fuße weggehen und gedeckt abfahren, aus irgendwelchen Gründen ... vielleicht war den Stangeler-Kindern gar das Benützen von Autotaxis verboten aus Sparsamkeits-Narretei. Schmeller äugte während solcher Erwägungen scharf nach dem Haustor und sodann wieder nach dem leeren Wagen schräg gegenüber.

„Ja, möglich ist alles, bei denen“, dachte er.

Wirklich. Auch, daß man aus einem anderen Hause herauskommt, als dasjenige ist, welches man kurz zuvor betreten hat.

Einen Augenblick lang verlor er die Fassung, und dann wurde er wirklich wütend, man versteht leicht, warum.

Und schon ging die Fahrt dahin.

Indessen, jetzt hatte der Oberbaurat den Faden der Kombination verloren und war ohne jede Vermutung in bezug auf das Ziel dieser zweiten Fahrt. Auch als die drei jungen Leute vor der Konsular-Akademie ausstiegen, vermochte er dieses Institut nicht ohne weiteres ins Kalkül zu ziehen: wenn hier auch irgendein Zusammenhang mit dem Ministerium des Äußeren auf der Hand lag. Er ließ übrigens seinen Wagen rasch vorbeirollen, weit unten wenden und zurückfahren. Dann ließ er den Chauffeur das Gefährt an die Ecke der Strudlhofgasse stellen, jedoch an der anderen Seite der Waisenhausgasse bei den Universitäts-Instituten, so daß er die Konsular-Akademie und ihren Eingang im Aug' behalten konnte. Ihm gegenüber setzte sich die Strudlhofgasse wieder fort, auf die Stiegen-Anlage zu.

Hier, in seinem kastenförmigen Fahrzeug, mußte Schmeller nun fast den ganzen zweiten Satz aus der Fis-moll-Sonate von Robert Schumann abwarten (was man ihm gönnen darf), wenn auch zu seinem Glücke nicht anhören; und in Summa dauerte es eine gute halbe Stunde, bis die drei wieder sichtbar wurden und Ingrid, nachdem Asta Stangeler mit dem jungen Mann im Girardi nach rechts davongegangen war, langsam in den gegenüberliegenden Teil der Strudlhofgasse hineinschritt, in der Richtung auf die Stiegen zu.

Schmeller lag tief im Fond des Wagens. Einige Überlegungen gingen ihm durch den Kopf. Obschon er eben noch unter dem Antrieb gelitten hatte, Ingrid anzurufen und zu sich in den Wagen zu befehlen, als sie dort drüben um die Ecke gebogen war, faßte er jetzt zumindest den Vorsatz, nicht gleich dreinzufahren, wenn ‚der Polack' (so nannte er Semski seit gestern) zum Rendez-vous erscheinen würde: denn daß eben dieses nun erfolgen müßte, schien ihm klar. Vielmehr gewann er seine Ruhe immerhin so weit wieder zurück, daß er nun gewillt war, den Vorgang selbst wenn möglich zu beobachten (und wer weiß, was sich da noch alles in ihm regte, neben der Neugierde) und nur dann sogleich einzugreifen, wenn der ‚Polack' das Kind würde irgendwohin mit sich nehmen wollen. Aufzutauchen und dem ganzen Unfug ein Ende zu machen, stand ihm zudem auch früher schon jederzeit frei. Aber erst wollte er sehen, was sich da abspielen würde und vor allem: das Verhalten Ingrids.

Diese stand nun ganz am Ende der Gasse unter den grünen vollen Baumwipfeln bei den Stiegen.

Nun gut – wenn sie dort hinunterging, dann konnte man immer noch rasch den Wagen verlassen und ihr folgen.

Aber sie ging nicht hinunter. Sie blieb am oberen Ende der Strudlhofstiege stehen.

Grauermanns Kopfschmerzen während der Garden-party bei Schmellers waren, wie schon angedeutet, kein schwindelhafter Vorwand gewesen, um von dort wegzukommen, sondern leider ein wirkliches und ganz ungewohntes plötzliches Übel. Am nächsten Morgen schon fand er sich davon frei.

Was in ihm zurückblieb war jedoch – von uns aus gesehen, er mocht' es nicht ebenso empfinden – eine Art Ertrag der ausgestandenen Unannehmlichkeit: war er auch nach dem Erwachen nicht gerade aufgeräumt, so wurde ihm doch zugleich, als ein Hintergrund, der dann diesen ganzen Tag beherrschte, eine neuartige Ausgeräumtheit fühlbar, eine verdeutlichende Leere. Die ganze Stimmung Pistas hatte etwas von einem unausgesprochenen aber still durch seine Person von Organ zu Organ weitergegebenen Alarm. Das plötzliche Eintreten und Wieder-Verschwinden einer empfindlichen Störung seines sonst immer bis zur völligen Unbewußtheit gesunden Befindens ließ jenen Alarm wie einen Nachhall zurück und zugleich damit die Denkbarkeit derartiger ganz unerwarteter Eintritte, sei es innerhalb der eigenen Person, sei es von außen, jedenfalls vom unbekannten und nicht zu überblickenden Leben her.

Die Stunde war früh. Er hatte nicht lange geschlafen. Nach Bad und Rasieren und mit einem fühlbaren Hunger, suchte er seiner eigenen Gesellschaft zu entkommen (jede Schwäche sucht sich selbst zu entgehen, gleichgiltig zunächst in welches Material, und wir würden uns wenig geehrt fühlen, könnten wir bei der Gesellschaft, die wir kriegen, immer auch ganz deutlich sehen, was sie uns zugeführt hat). Vielleicht könnte man mit Teddy im Garten frühstücken? Jedoch eben, als er auf die Türe von Honeggers Zimmer zuschritt, schlug unten im Hause das Klavier mit Czernys Schule der Geläufigkeit an. Teddy war beim Spielen nicht gerne gestört, und so nahm Grauermann das Frühstück allein, dabei mit neueröffneter Distanz in den Stand und in die Lage der Sachen bei sich selbst einsehend (es war durch Augenblicke so, als würde er vor einem erschlossenen Hohlraume zurücktreten, um alles darin Befindliche einzeln und genauer auszunehmen). Und hier fiel die erste Konstatierung dieses für uns, leider nicht für Pista Grauermann (sonst hätt' er wohl einige nachhaltige Folgerungen gezogen) immerhin denkwürdigen Tages: die Musik, so sagte er sich, scheint in meinem Leben eine negative Rolle zu spielen, sozusagen für mich negativ geladen zu sein. Nun, das war freilich ein Gedankensprung, aber ein Sprung eben. Jene Leute, die das gleich beanständen, sind oft nicht einmal zu Gedankenschritten fähig oder gewillt (nein, sie machen keine ,gradus ad parnassum', der Ausdruck fällt mir gerade ein, weil Teddy Honneger gar so seriös hinter seinen Sechzehnteln her ist) – nein, sie schreiten nicht denkend ein in den Pallawatsch ihres Innern, und sie schreiten auch nicht denkend aus in die Welt, sondern sie bleiben einfach sitzen.

Auch Grauermann blieb sitzen, leiblich und bald auch gedanklich.

Es war noch verhältnismäßig kühl. Die hohen Baumwipfel im rückwärtigen Garten standen rund und blaß vor dem lackreinen, sehr fernen Sommerhimmel. Während er mit großem

Appetit aß und durch den heißen süßen Kaffee ein lebhafteres
Gefühl seines physischen Inneren gewann, kam ihm zugleich
die hier herrschende Stille zum Bewußtsein, welche sich an den
unterbrochenen und wieder einsetzenden Läufen des Klaviers
maß, die klar und einsam vom Musikzimmer herüberkamen,
und an den geringen klappernden Geräuschen, die er selbst
hier mit Tasse und Teller erzeugte. Nur in großen Pausen ließ
sich irgendwelches Getön der Stadt hören.

Wie ein kompakter kleiner Gegenstand, gerade in Augen-
höhe vor ihm in der Luft schwebend, so nah, daß er's nicht
mit Verwunderung bemerkte und aussprach, weil es wie zum
eigenen Blutkreislauf noch gehörig war, tauchte jetzt das Bild
von Etelkas Zimmerchen auf, nachmittags bei zugezogenen
Gardinen, façon voilée: Schopenhauers Buch und auch die
Vierzeiler des Omar Chajjâm; aber wie irgendein Gegenstand
der Sinnenwelt nur, geschlossen und verschlossen, und von
jener ‚Welt als Wille und Vorstellung‘ führte kein Faden
herüber zu dem, was er um sich sah.

Man hätte mit Teddy gemeinsam einen Fiaker nehmen
sollen, jetzt wo es noch kühl war, und in den Prater fahren,
beim ‚Lusthaus‘ frühstücken.

Allein schien ihm der Weg zu lang, als er die Fahrt sich
vorstellte.

Etelka schlief gewiß noch, sie würde heute lange schlafen,
gestern war sie sehr spät erst heimgekommen, wahrscheinlich.
Jetzt, morgens, etwa nach der Praterfahrt, hätte man sie auf
keinen Fall noch besuchen können.

„Um elf Uhr werde ich anrufen“, dachte er.

Und wurde ganz plötzlich traurig.

Den Abend sollte er mit Etelka verbringen; nachmittags
war sie irgendwie familiär beansprucht. Und morgen mußte
man auf's Land zurückkehren. Er empfand durch Augenblicke
seine Unfreiheit wie einen aufgelegten Sattel. Mit einundzwanzig Jahren! Es wär' geradezu eine Affär' bei seinen Eltern und Großeltern draußen, wenn er jetzt zum Beispiel
einfach eine Zeit in Wien bliebe.

Aber mittags bei seiner Großtante in Hietzing zu essen, berührte ihn dagegen erfreulich (das war eine Schwester jenes alten Grobians und Verlegers, den wir schon kennen – und, sehr im Gegensatze zu ihm, von hervorragender Liebenswürdigkeit, eine alte Dame, ein unverheiratetes altes Fräulein Weygand, allein in einer kleinen Villa voll seltsamer Sachen; sie pflegte Pista, auf den sie große Stücke hielt, in raffinierter Weise kulinarisch zu verwöhnen, wenn er kam, wahre Feste der Gastronomie und des Komforts).

Der Vormittag trug sich langsam heran, wie ein leeres Präsentierbrett, und es fragte sich, was man nun daraufstellen würde. Am Rande eines solchen Vakuums erscheint gerne das Versäumte und empfiehlt sich jetzt, um erledigt und glattgezogen zu werden. Ein nicht geschriebener Brief. Auch wäre es gut gewesen, einmal die chinesischen Wort-Stämme zu wiederholen (Pista trieb das als Freigegenstand an der Akademie). Die Ausgeräumtheit ohne rechten Antrieb gibt mitunter der Vernünftigkeit Raum. Jedoch fehlt auch zu dieser dann der rechte Antrieb, woraus sich immerhin ergeben würde, daß sie ihn von wo anders her braucht und somit als selbständige Daseinsmacht zweifelhaft wird. Pista sah auf seine Schuhspitzen und zündete eine weitere Zigarette an. Jetzt schwebte er wirklich im Leeren.

„Guten Morgen", sagte Teddy hinter ihm.

Grauermann fuhr herum. Er hatte deutlich die widersinnige Empfindung, daß jener jetzt in einer gewissermaßen unliebenswürdigen Weise zu spät käme.

„Ich trink' noch einen Kaffee mit dir", sagte Honnegger und ließ sich in einem Korbfauteuil nieder.

„Hast du noch nicht gefrühstückt?" fragte Pista interessiert.

„Oh ja, schon lang." Honnegger entnahm seinem Etui eine jener türkischen Zigaretten (‚Régie ottomane deuxième'), wie sie hier auf der Akademie gerne geraucht wurden. Man konnte sie beim Portier kaufen, nicht teuer, denn sie waren geschmuggelt.

„Angenehm ist es hier", sagte Honnegger und streckte sich. „Noch gar nicht heiß. Und so –" er deutete beiläufig auf seinen und Grauermanns Anzug; beide trugen sie Zivil, jetzt nur Hemd und leichte Pantalons, Teddy war noch in Hausschuhen (als welche ihm ein Paar alte Escarpins dienten). Während der großen Ferien wurde es mit dem Uniform-Zwang auf der Akademie nicht genau genommen. „Der Sommer in Wien hat seine Vorteile. Man genießt Ruhe. Ich bin froh, daß ich mich aus Gmunden gedrückt habe. Die Eltern sind jetzt ohnehin nicht dort."

„Ißt du heute wieder im Beisel zu mittag?" Grauermann meinte das Wirtshaus ‚Zur Flucht nach Ägypten‘, wohin man von hier einen nur kurzen Weg hatte.

„Nein. Heute bin ich für halb eins beim Dozenten Swoboda eingeladen; der ist einer von den wenigen Freunden Otto Weiningers gewesen, und ich werde Gelegenheit haben, mit ihm über einiges zu reden. Und du?"

„Ich esse bei meiner Großtante in Hietzing."

„Also ganz fein", sagte Honnegger. „Da würde ich an deiner Stelle das zweite Frühstück entfallen lassen."

„Was machst du vormittags?" fragte Grauermann nach einigem Schweigen.

„Ich werde den fünften Abschnitt bei Weininger noch einmal durchnehmen. Das ist ‚Begabung und Gedächtnis‘. Darüber will ich nämlich mit Hermann Swoboda nach dem Essen beim schwarzen Kaffee reden. Bis halb drei etwa bin ich längstens zurück, weil er nach Tisch sich manchmal hinlegt. Den Swoboda mag ich sehr gern. Er repräsentiert einen Gelehrten-Typus, der hoffentlich wieder einmal zeitgemäß werden wird."

„War er's denn?"

„Ja. Im Humanismus."

Grauermann fühlte sich jetzt wie durch eine Glaswand getrennt von Gegenständen, mit welchen er seiner Meinung nach eigentlich vertraut war. Aber er konnte augenblicklich bei diesem Thema nicht zugreifen, er war nicht bereit, und er fühlte sich ungeschickt, wie man an gewissen Tagen in den Händen sich ungeschickt fühlt. (Die periodische Wiederkehr solcher Tage hat, nebenbei bemerkt, gerade jener eben vorhin von Teddy erwähnte Gelehrte als Erster genau erforscht.)

Die beiden jungen Leute schwiegen eine Weile, während die Wärme des Tags fühlbar anzusteigen begann mit jenem unwiderstehlichen und zugleich sanften Drucke wie ihn nur die vergehende Zeit wirkt. Der Sonnenglanz erreichte Teile des Parks, in welchen während Grauermanns Frühstück noch die unverwischten Morgenschatten gelegen waren; und die Wipfel der Bäume standen durchpreßt von flammendem Gold.

„Du kennst Asta eigentlich viel besser als Etelka", sagte Pista unvermittelt und sah seinen Worten nach, als wären sie wie irgend ein Gegenstand vom Tische auf den Boden gefallen.

„Zufall", bemerkte Teddy beiläufig und – ohne Absicht oder Vorsicht, nur aus der Trägheit – im Tone eines Menschen, der auf ein Thema sich gar nicht einläßt und also an dessen äußerster Oberfläche bleibt, wo man die Worte hin und herschieben und durcheinander werfen kann, wie Domino-Steine auf der Tischplatte, solange nicht gespielt wird und es nichts zu bedeuten hat, welche Augenzahl und welchen Wert ein Stein trägt, drei, fünf oder siebzehn. „Zufall", sagte er noch einmal. „Ich bin früher viel zu Küffers in Döbling gekommen, solange der Alte gelebt hat – ich mein' den Großvater Küffer mit der berühmten Geigensammlung – und sie dort Musik gemacht haben. Nach dem Tode des alten Herrn haben sie damit ganz aufgehört und nur mehr Whist gespielt, denn die Familie ist bemerkenswerter Weise sonst total unmusikalisch. Asta war immer bei den Streichquartetten, damals eigentlich noch ein Kind. Etelka hab' ich bei Küffers nie gesehen, obwohl sie eigentlich dorthin hätte kommen sollen, wegen ihres Musikstudiums; es war ja eines der ‚Zentren musikalischen Lebens', wie man zu sagen pflegt, auch mit allen unangenehmen Begleiterscheinungen und Figuren, Herr Tlopatsch vom Finanzministerium als Arrangeur, und so weiter. Ich hab' mit Asta mich oft lange unterhalten und sehr gerne sogar. Sie ist, mein' ich, jetzt noch mit der Lily Küffer befreundet, ja?"

„Etelka hat Küffers nie mögen", sagte Grauermann. Er hatte heute das Gefühl, als seien alle Türen und Ausgänge verschlossen, überall wies ihn eine unsichtbare Wand ab, niemand und nichts wollte sich mit ihm einlassen.

„Wenn jemand wirkliche, ich meine wirksame künstlerische Interessen hat, die vor allem er fördern will, dann drängt das oft seine Sympathien und Antipathien zurück, ja, ich halte für möglich, daß diese sich am Ende nach solchen Bestrebungen richten, sich sozusagen mit ihnen einrichten müssen."

Nun hatte also Teddy endlich einmal etwas gesagt. Gleich darauf:

„Übrigens – wie war's bei Schmellers? Wie war die Gardenparty? Ich hab' das ganz vergessen gehabt. Wunder' mich eigentlich jetzt, daß du so zeitlich auf bist."

Grauermann erwiderte, was da zu erwidern war. Dann versuchte er, den früheren Faden neuerlich aufzunehmen und ging darin bis zu Weiterungen und Konsequenzen, könnte man sagen (darüber war er selbst verwundert – denn was der Mensch aus dem Vakuum, aus seinen Absenzen heraus tut, kann schließlich für ihn wieder geradezu anregend werden, durch das Staunen, welches diesen eigenen Handlungen folgt oder gar sie bereits begleitet: Staunen, weil hier so etwas wie eine rückwärtige Biographie, eine nicht bewußtseins-offizielle, sichtbar wird, die man aber doch hat und, wie's in solchen Augenblicken erscheint, weit und tief hinein: das Continuum unserer Absenzen). „Ich würde sehr wünschen", sagte er, „daß du etwas mehr Kontakt mit Etelka bekämest."

„Und ich würde mich sehr darüber freuen", antwortete Honnegger. „Allerdings muß man sich klar sein", fügte er nach einer ganz kleinen Pause hinzu (und ließ sich jetzt also doch ein – das Gegenteil fällt eben jungen Menschen auf die Länge ganz außerordentlich schwer, ja, Hand auf's Herz, auch bei reiferen Jahren bleibt's immer noch eine bemerkenswerte und durchaus geistige Leistung!) – „man muß sich klar sein, daß Etelka und ich in bezug auf einander nicht in günstigen Kategorien stehen, möchte ich sagen. Trivialisiert ausgedrückt:

Bräute haben ein Vorurteil gegen die alten Freunde ihrer künftigen Männer."

„Nun, Etelka ist schließlich nicht nur eine Braut im gewöhnlichen Sinne."

„Ob im gewöhnlichen oder ungewöhnlichen Sinne: sie ist Braut. Jeder untersteht oder unterliegt den Gesetzen derjenigen Kategorie, in welche ihn das äußere Leben gestellt hat, ganz unangesehen ob sein Kopf jetzt Wahres oder Falsches über diesen Punkt enthält. Es kann einer Sektionsrat im Finanzministerium sein und dabei gar kein Beamter im gewöhnlichen Sinne, ja, er kann wider Willen in diese Carrière hineingezwungen worden sein, oder er kann wesentlich zu einem ganz anderen Menschentypus gehören, etwa zu dem des Künstlers – schau dir den Ministerialrat P. an, der übrigens bei Küffers oft die Viola gespielt hat – die Welt wird ihn als Beamten nehmen, ihn immer wieder förmlich in seine Kategorie zurückdrängen und ihn zugleich darin halten, aufrecht erhalten, stützen. Und die Welt weiß in diesem Falle wirklich was sie tut. Genau das gleiche hast du, wenn einer als Rekrut einrücken und Soldat werden muß oder als Reserve-Leutnant herumlaufen. Er mag der überzeugteste Anti-Militarist sein, so steht er doch jetzt unter den Gesetzen seines nunmehrigen Standes. Und damit meine ich jetzt aber nicht die geschriebenen Gesetze und deren äußeren Zwang, die Dienst-Pragmatik des k.k. Finanzministeriums oder das Dienst-Reglement beim Militär. Sondern durchaus das innere Funktionieren. Man kann nicht das, was man vorstellt, um mit Schopenhauer zu reden, dauernd negieren von dem her, was man ist oder nur sein will. Es ist unmöglich, ein Kleid zu tragen, ohne daß es von uns durchwärmt wird, sich dem Körper entsprechend faltet und so weiter: es geht sozusagen in uns ein. Der Herr Leutnant wider Willen oder der Herr Hofrat gegen seine eigentliche Welt-Anschauung: sie befinden sich in einer Verschmelzung, ja in einer wirklich chemischen Verbindung mit dem, was sie verneinen, von dem allerersten Augenblicke an, wo sie entgegennehmen, was ihnen gebührt, sei es die respektvolle Ansprache eines Kellners, den strammen Gruß eines Soldaten, oder das Taferl mit dem Titel an der Türe des Amts-Zimmers; oder wenn sie tun, wozu sie berechtigt sind, einen Befehl geben, abends die Kaserne verlassen und erst am nächsten Tag wiederkommen, was im allgemeinen nur die Offiziere dürfen, so viel ich weiß, oder als Hofrat im Ministerium einen Akt durch die Unterschrift endgültig erledigen. Mit alledem geht das Äußere in ihr Inneres ein, und es wird, was ursprünglich nur ein Kleid oder gar nur Mantel war, in höchstpersönliche Falten gelegt, es wird ein Teil der Biographie: das ist nicht zu vermeiden. Weil der Mensch nur leben kann, wenn er in irgend einer Weise sich mit dem Leben fusioniert, amalgamiert. Er muß sich darauf einlassen. Leben besteht darin, daß man sich einläßt: sich selbst hineinläßt. Niemand kann das äußere Leben ausschließlich einer Maske in Auftrag geben und dahinter integral bei sich selbst bleiben. Über solcher Kluft würde die Brücke der Wirklichkeit, die Innen und Außen verbindet, einstürzen. Jener ganze, mit bedingungsloser Sicherheit wirkende Zwang aber ließe vielleicht darauf schließen, daß jeder doch, mag er bewußt darüber denken wie er will, jederzeit genau an dem Punkte äußeren Lebens steht, auf den er seinem tatsächlichen, nicht seinem gedanklichen Sein nach gehört. Und genau so wie mit den Hofräten, Rekruten oder Leutnants, verhält es sich mit den Bräuten, Schwiegermüttern, Gatten. Es gibt keine Schwiegermütter oder Ehepaare, die es – im gewöhnlichen Sinne nicht sind. Höchstens können die über einen Menschen verhängten Kategorien in würdiger Weise durch dessen persönliche Qualitäten gemildert, gedämpft, gewissermaßen abgefedert werden. Aber ablehnen kann niemand eine Charge, die ihm das Leben verleiht, sei es die eines Leutnants oder einer Braut, eines Brotherren oder eines Dieners oder gar eines Ehemannes. Nur Leute, die das wissen – sei's aus Primitivität, also von unten her, oder aus Einsicht, also von oben, wobei das erstere sicherer ist – sollten eigentlich heiraten, nebenbei bemerkt. Nun freilich, wenn die früher erwähnte Chemie durchaus nicht entstehen will, wenn zwischen Außen und Innen ein luftleerer

Raum bleibt, dann ist's ja auch schon wieder eine Charge: nämlich die einer tragischen Figur. Die Tragik aber ist ein der Sphäre des Dramatischen entnommener Begriff. Sie ist nicht stationär und dauernd, sondern sie muß sich entscheiden, ob sie's nun will oder nicht, so oder so."

Während Honnegger sprach, trat gleichsam zwischen ihnen der Unterschied der wenigen – aber in solcher Jugend entscheidenden – Jahre vor, welche die beiden trennten, wie eine Ecke, so daß sie für einander, bei sehendem leiblichem Aug', doch wesentlich unsichtbar wurden.

Teddy hatte eben geendigt als der Hausmeister in den Garten kam und Grauermann ersuchte an's Telephon zu kommen, er werde verlangt. Auch Honnegger stand auf und verabschiedete sich gleich in einem. „Hier wird's ohnehin schon heiß", bemerkte er, „ich geh in mein Zimmer zu meinem Weininger. Servus Pista." Grauermann folgte Teddy kurz mit dem Blick, während dieser gemächlich über die breiten Treppen in's erste Stockwerk hinaufstieg.

Am Telephon war die Haushälterin des Fräulein Weygand in Hietzing. Dem gnädigen Fräulein gehe es gar nicht gut, sagte sie (die alte Dame litt von Zeit zu Zeit tageweise an einer Gesichtsneuralgie), und leider müsse sie daher für heute sich des Vergnügens berauben, den jungen Herrn mittags bei sich zu sehen. Sie lasse fragen, wann er denn schon wieder auf's Land zurückfahre? Morgen?! Seine Großtante lasse ihn vielmals herzlich grüßen ... nach einigen teilnehmenden Erkundigungen von seiten Grauermanns schloß das Gespräch.

Auch Pista ging in sein Zimmer. Hier war es kühl, die Jalousien dicht herabgelassen, grüne Dämmerung: das Licht war so gedämpft, daß er kaum hätte lesen können. Grauermann schaltete eine kleine bunte Lampe ein und rückte den schweren Fauteuil zurecht. Dann holte er Weiningers Werk vom Büchergestell herab. Jetzt, nach dem ausgiebigen Frühstück, überkam ihn die Müdigkeit. Er überschlug die Zeit seiner Nachtruhe, es waren knapp sechs Stunden.

„Die Aufforderung zu einer Selbstbiographie brächte die ungeheure Mehrzahl der Menschen in die peinlichste Verlegenheit: können doch schon die wenigsten Rede stehen, wenn man sie fragt, was sie gestern getan haben. Das Gedächtnis der meisten ist eben ein bloß sprunghaftes . . .“
Bei dieser Stelle hatte er das Buch zufällig aufgeschlagen. Er schlief.

So blieb es denn mittags bei der ‚Flucht nach Ägypten‘. Es war eigentlich schon am frühen Nachmittage, gegen halb zwei, als Grauermann auf dem kleinen Umwege über die so einsam wie ein unberührtes Stück Natur zwischen Mittagsglut und Blätterschatten liegende Strudlhofstiege dort hinab gelangte.

Um elf war er zum ersten Mal erwacht und mit jener äußersten Sparsamkeit der Bewegungen, die jeder anwendet, der seine Lage verändern und dabei doch im Reiche des Schlafs und Traumes bleiben will, vom Fauteuil auf den danebenstehenden Diwan geglitten.

In der ‚Flucht nach Ägypten‘ gab es glücklicherweise noch was zu essen, was Gutes sogar; auch mit dem tiefgekühlten Nußberger war Grauermann bald angefreundet. Die ‚Beiseln‘ in Wien hatten damals was zu bieten, und das Volk der Chauffeure und Fiaker, der Schwerfuhrwerker und Tramwaykondukteure ließ sich von einem Wirt auch nicht die allerkleinste Minderung der Qualität gefallen, sondern blieb, wo solches versucht wurde, stillschweigend ohne weiteres aus. In wenigen Tagen konnte, bei einem Besitzer-Wechsel zum Beispiel, wenn der neue Chef etwa glaubte, es ginge wohl auch anders, ein Lokal verlassen und ruiniert sein. Die Konsular-Akademiker frequentierten mehrere ‚Beiseln‘ hier in der Nähe. Das gehörte zum guten Ton im Hause und galt als schick; im Restaurant eines unweit gelegenen großen Hotels jedoch sich niederzulassen, wurde für unelegant und lächerlich angesehen, was man den ‚Jagdhunden‘ gleich bei ihrem Début einzuschärfen pflegte. Auch ‚Exzellenzen' und sogar ‚Halbgötter' gingen in ‚Beiseln'. Bei währendem Semester speisten ja die Zöglinge wohl gemeinsam in der Akademie. Aber es gab daneben immer Anlässe zu Sitzungen in irgendeinem der ‚Beiseln'.

Die Sitzung Grauermanns war einsam, in dieser tief und donauwärts gelegenen Stadtgegend, deren Häuser gerade hier stufenweise übereinander anzusteigen begannen, einsam an diesem in die eigene Wärme gestürzten Sommertage der zweiten Hälfte des August. Hier übrigens, im rückwärtigen Gastzimmer, war es auffallend kühl, was daher kommen mochte, daß an der Wand ein mächtiger Eisschrank stand, der eben mit den frischen Blöcken, die aussahen wie lange Prismen von Milchglas, gefüllt worden war. An der Schank nebenan trank der Kutscher des Eiswagens, den man draußen vor dem Wirtshause stehen sah, ein Krügel Bier.

Das ungewöhnliche Schlafen vor der Mittagsmahlzeit hat einen wesentlich anderen Effekt als der Nachmittags-Schlaf, welcher jetzt, zur Zeit der größten Sonnenglut, naheliegender gewesen wäre: dieser, besonders wenn er zu lange ausgedehnt wird, kann dumpf, weich und traurig machen; eine Ruhe vor Tisch dagegen glättet im voraus die ersten entstehenden Runzeln des Tages. Grauermann war früh aufgestanden, hatte den Morgen und seine Sonne gesehen, im Grünen gefrühstückt und dann sehr tief geschlafen. Das durchbrach die Gewohnheit, wie ein Anruf den Schlafwandler weckt. Er fühlte sich jetzt wirklich munter, trotz Essen und Wein. Es fehlte nur der Kaffee. Hierin waren die Akademiker höchst anspruchsvoll und an die türkische Machart gewöhnt, welche damals in Wien noch nicht so verbreitet war wie nach dem ersten Weltkriege; Grauermann hätte dieserhalben jetzt heimgehen müssen. Man sieht da, wie der sonst weltberühmte Wiener Kaffee in der Waisenhausgasse anno 1911 eine negative Beurteilung erfuhr ...

Aber Grauermann begab sich jetzt, um einen schwarzen Kaffee zu nehmen, ohne weiteres in ein gut bürgerliches Lokal hier in der Nähe, wo er nach wenigen, unter Türmen von

Hitze über die Straße getanen Schritten, in Stille, verhältnismäßiger Kühle und Abgeschiedenheit in einem gepolsterten Winkel sitzen und Zeitungen lesen konnte. Und das, obwohl Honnegger seine Rückkehr vom Mittagessen beim Dozenten Swoboda für spätestens halb drei in Aussicht gestellt hatte: ja, vielleicht eben deswegen. Es bestand die Möglichkeit, ja sogar die Wahrscheinlichkeit, daß jener sich gleich wieder an den Flügel setzen würde. Aber Pistas Kahn war inzwischen auf neue Weise flott geworden und strebte nicht mehr, leicht havariert, auf unverläßliche und fast unheimliche Landungs-Stege zu, die vor ihm zurückwichen. Das Mittagessen, zum Beispiel, war beinahe so köstlich und außerdem ungezwungener gewesen wie bei der Tante Weygand in Hietzing. Grauermann hatte sich sozusagen wieder selbständig gemacht, er fuhr seinen eigenen Kurs, und zwar einen solchen im Ungewöhnlichen: das fühlte er (wenn auch nur wie hinter vielen Wänden, tief im Perlgrau des innersten Innern), obgleich er doch nur Gewöhnliches, ja durchaus Triviales tat. Mit kleinen Abweichungen. So ließ er sich im Café eine Zigarre mit Papierspitz geben und rauchte diese behaglich statt der konsularakademischen türkischen Zigarette de rigueur.

Die Zeit stand. Kein Zug der Absicht erzeugte einen Fluß in irgendeine Richtung. Langsam schwankte die Nadel in ihrer Windrose der Möglichkeiten, aber nicht merklich zu den schwächeren deklinierend, wie heute am Morgen. Worauf sollte er denn eigentlich aufmerksam gemacht werden? – So etwa hätte die zarte Frage gelautet, die ihn zwischen den letzten, den erst noch wachsenden, keimblattfeuchten Lamellen der Seele bewohnte (mehr nach außen zu wird man ja bald trocken, auch hinter den Ohren), so hätte sie gelautet, wäre sie in ihm laut und wortbar geworden. Aber sie blieb doch anwesend. Die Trennungswände zwischen den Fächern der Seele waren in diesem jungen Menschen so durchscheinend noch, daß schlichthin alles aufeinander sich beziehen konnte, daß alles sich hätte sogar auf eines noch beziehen können, die werdende Person, welche eben dieses eine ist: solang' ein Mensch durch alle

Kammern und Zimmer innerlich sehen kann, sich ihrer aller in jedem Augenblicke erinnernd, begabt durch den Besitz von Gedächtnis... Noch teilten keine dunkel, borkig und undurchsichtig gewordenen Wände diesen jungen Pista Grauermann in Seelenfächer, die vor sich hinfunktionieren ohne Bezug.

Ein Bahnpfiff tönte vom böhmischen Bahnhof gegenüber. ,Café Brioni' hieß das hier.

Draußen lag der weite Platz voll unbekannter Häuser und Wohnungen; Treppenaufgänge, glatt, oder mit sinnlosen Quasten und Spiegeln geziert, eng oder breit, mit Lift oder ohne Lift. Der Donaukanal zweihundert Meter von hier vielleicht, mehr nicht.

Die Uhr zeigte ein Viertel nach drei, als Grauermann wieder auf die Straße trat. Hier waren es zwei lebhafte Empfindungen, die sich gleichsam auf ihn stürzten, als hätten sie da gewartet, und die erste eigentlich schon als er durch die Drehtüre von Glas das Café verließ, nämlich ein deutlich spürbares Verlangen nach irgendetwas – Süßem, nach Crème oder Eis oder Indianerkrapfen oder... Das mußte ihm nun wirklich auffallen, denn mit seinen Lebensgewohnheiten hatte das keinerlei Zusammenhang mehr, so wenig wie die gestrigen Kopfschmerzen mit seinem sonstigen Wohlbefinden. Es war auch ganz ähnlich überraschend. Ein Schritt vom Wege, Eindringen seitwärts ins Gebüsch, aber was gab es dort schon zu entdecken? Zweitens aber empfand Pista auf dem Trottoir stehend sogleich, daß es ein klein wenig kühler geworden war und etwas windig.

Davon sehr angenehm berührt, schritt er jetzt die Alserbach-Straße bergan, wissend, daß links oben an ihrem Ende sich eine große und gute Conditorei befand (auch dieses zwar triviale, aber selbständige und ungewöhnliche Unternehmen befriedigte ihn leise). Er blieb zunächst, nachdem er beim ,Café Brioni' um die Ecke gebogen war, auf der rechten Straßenseite; und hier war's, wo ein uralter Stadt-Teil fast unvermittelt in den ansteigenden neueren überging, so daß etwa eine schmale Gasse, in welche Grauermann blicken konnte, auf der einen Seite noch kleine, einstöckige Häuser hatte (wie jenes

‚Zum blauen Einhorn‘), weit überragt von den wenig schönen vielstöckigen Gebäuden gegenüber, die schon auf höher gelegenem Grunde standen. Bei der Markthalle oben, um welche die Fahrbahn links und rechts sich teilte, setzte Grauermann auf die andere Seite über. Es war eine sehr belebte Kreuzung. Hier ging ein wenig Wind, und die gewellten Säume der über den Schaufenstern des Zuckerbäckers breit ausladenden Marquisen flatterten darin.

Er trat in den Schatten und in das Geschäft, wo es verführerisch duftete, und ging zwischen den kleinen weißen Tischchen und Sesselchen auf einen Eckplatz zu (in Conditoreien, sofern sie noch eine ältere Einrichtung haben, ist immer alles ein wenig zimperlich und gar so fein!), als er von einem Tisch unweit des einen Fensters begrüßt wurde. „Hab’ dich schon gesehen, wie du über die Straße gekommen bist“, sagte René Stangeler lachend. Ein junges Mädchen mit tizianrotem Haar und einem sehr zarten durchsichtigen Teint saß bei ihm am Tische. Der Gymnasiast stellte alsbald vor: „Herr Grauermann – Fräulein Paula Schachl.“ Er sah blühend aus und schien einen Tag besten Wohlbefindens zu haben.

Grauermann nahm mit lebhaftem Vergnügen hier Platz, René gegenüber, so daß er vom Fenster abgewandt saß und nicht in die sonnige Straße blicken mußte, was ihm angenehm fühlbar war. Diese Begegnung erschien ihm wie ein Gewinn, ein amüsanter Treffer, den er hier in aller Stille gemacht hatte, und ganz allein. Für junge Menschen, sozusagen für ‚Jagdhunde‘, war in ihm ein besonderes Wohlwollen, von dem es schwer ist zu sagen, ob es aus seiner im Grunde gutmütigen Natur kam oder daher, daß er selbst noch beinahe etwas ähnliches war oder – einfach aus den ungeschriebenen Hausgesetzen der orientalischen Akademie, wo eine gewisse, wenn auch standesgemäß süffisante Benevolenz allen jagdhundartigen Wesen und auch gegebenenfalls deren Affären und Liebesgeschichten gegenüber ebenso zum Schick und guten Ton gehörte, wie die Frequenz der ‚Beiseln‘, das Rauchen der ‚Deuxième‘ oder das Tragen ausgehatschter Escarpins als Hausschuhe.

Im übrigen fiel ihm das Mädchen, mit welchem René hier saß, als interessant auf, mindestens als sehr sympathisch; und daß sie wirklich hübsch war in aller Bescheidenheit, wirkte wie eine unter solchen Umständen besonders erfreuliche Zugabe. In Grauermann regte sich der gastfreie Magyare, und weil die Beiden vor schon leeren Glastellerchen saßen, ging er nach rückwärts, um an dem strotzend aufgebauten Ladentisch zu wählen; bald war das kleine Tischlein hier überschwemmt von Eiscrème und Sachertorten mit Schlagobers, und die drei – die drei Kinder, warum soll man's nicht sagen, zusammengeweht unter dem heißen Himmel der sommerlichen Groß-Stadt, ergaben sich einer Orgie von Süßigkeiten mit Grauermann als Animator, der, wenn schon einmal bei solchen seltenen Genüssen, sich auch keinerlei Zwang auferlegte. René hatte als erster genug und konnte wirklich nicht mehr weiter, während Paula, unter mancherlei gemeinsamem Gelächter mit Pista, sich von diesem Indianerkrapfen einreden ließ, weil er selbst noch welche haben wollte.

Es war eine jener barock gekräuselten Wellenspitzen des Lebens, die, beinahe schon in sich selbst zurückkehrend, ihre eigene hohle Seite mit der Spitze berühren. Und jeder von den Dreien mochte das spüren. René war überhaupt flüssig im Zuge. „Wenn man's schlecht gemacht hat", sagte er lachend, „dann kommt's heraus, und wenn man's so gemacht hat, wie man's machen soll, dann auch", setzte er leichthin dazu (und gerade das ‚leichthin' war seine Stärke im allgemeinen nicht, wie man schon bemerkt haben wird, er konnte jedes Tempo besser spielen als das ‚leggiero'). „Wenn ich's schlecht gemacht habe, dann gibt es auch ganz äußerliche Zeichen . . . ."

„Was denn schlecht gemacht?!" fragte Pista, mehr heiter als nur lustig, denn er hielt bei diesem Burschen immer einen Unterton wirklichen Zuhörens fest.

„Alles, natürlich", sagte René. „Die Grundhaltung vor allem. Die kleinen, schnellen Entschlüsse, was sehr schwer ist, zum Beispiel rechtzeitig von einem Sessel aufstehen oder den

Mund halten. Nur auf diese kleinen Sachen kommt es an. Daß man sich nicht ins Weiche sinken läßt, im entscheidenden Augenblick."

„Sich nicht in's Weiche sinken läßt . . .", wiederholte Grauermann, als koste er den Geschmack aus, der diesen Worten anhaftete. Er schob René das Etui mit den ‚Deuxième' hinüber, nachdem bei der Ladnerin noch Kaffee bestellt und die ausnahmsweise Erlaubnis zum Zigarettenrauchen in dieser zimperlichen Welt der Pâtisserien eingeholt war. Es befanden sich keine weiteren ‚Sitzgäste' im Raume, und die Praktik überhaupt war durch René hier längst eingeführt.

„Wenn ich gepatzt habe, dann trägt mein Papa zum Beispiel immer den dunkelblauen Anzug, zuckt mit den Schultern, hat einen schlecht aufgelegten Tag und kommt bei drei Türen zu gleicher Zeit ins Zimmer, womöglich dann, wenn man gerade (oder nicht gerade sondern eher krumm) einen kleinen Nagel in die Wand schlägt, obwohl die Tapete neu ist, erst vom letzten Sommer."

„Und wie erklärst du dir das – das mit dem blauen Anzug, mein' ich", sagte Grauermann lachend.

„Da ist gar nichts zu erklären", erwiderte Stangeler gänzlich unbefangen, „für mich wenigstens nicht. Weil ich an einen wirklichen Unterschied zwischen Innen und Außen nicht glaube."

Das ging doch etwas weit. Aber man vermeine nicht, daß Paula sich langweilte. Eher könnte schon der Eindruck bestehen, daß sie unter anderem deshalb hier saß, weil sie bei ganz anderen Gesprächen zu lange sich gelangweilt hatte. Sie sah gut aus. In schlichter Weise sommerlich. Die Kehle kam durchscheinend zart, wie die Haut eines ganz jungen Tieres, aus dem dreieckigen Ausschnitte des rohleinenen Kleides. Ihr Strohhut war vortrefflich gewählt – Grauermann nahm es bewußt wahr; dem René, der für so etwas damals noch kein Auge hatte, bildete das wohl nur einen mitklingenden, mitfärbenden Ton seines Wohlgefallens an ihr. Das rötlich schimmernde Haar links und rechts der Schläfen, dicht und vielleicht etwas starr, kam vor dem feinen naturfarbenen Stroh zu einer das Auge festhaltenden Abhebung.

„Seid ihr öfter hier?" fragte Grauermann.

„Heut' zum erstenmal wieder, seit dem Semester-Schluß, ich war ja immer draußen. Aber vorher sind wir gern hergegangen. Paula ist hier in der Gegend daheim. Seit gestern hat sie Ferien und übermorgen fährt sie auch auf's Land."

„Ich freue mich schon so drauf." Es war eigentlich das erste Mal, daß sie etwas sagte. Ihre schräg gestellten Augen leuchteten dabei intensiv auf, und Grauermann konnte sehen, daß sie nicht rein blau waren, sondern beinah einen violetten Schimmer hatten. Er dachte plötzlich, daß diese Person ein Modell hätte abgeben können für gewisse neuere Illustratoren, wie Edmund Dulac, der die Märchen aus Tausendundeine Nacht bebildert hat, oder etwa für Alastairs seltsame Porträts.

„Sie sind beruflich tätig?" fragte Grauermann.

„Ja", sagte sie „bei einem Rechtsanwalt."

„Auch hier in der Nähe?"

„Nein, in der inneren Stadt, Marc Aurel Straße."

Grauermann stellte sich einen Augenblick lang den Donaukanal und den Kai vor (zu welchem diese Straße hinabführt), und war über die ungewöhnlich intensive Präsenz des Bildes flüchtig erstaunt.

„Diese Gegend hier lieb' ich über alles", sagte Stangeler. Sein Blick ging in unbestimmter Weise an Grauermann vorbei und lag draußen im Treiben der Straße, wo in kurzen Abständen immer wieder die Wagen nahe am Gehsteig entlang fuhren, die Alserbach-Straße bergan (damals wurde ja in Wien noch links gefahren) und auf die Kreuzung zu; dann und wann kam die Bewegung in's Stocken. Dies hier war der Weg ins Grüne hinaus, nach Grinzing und Sievering (und sie wären auch jetzt dort draußen gewesen, Paula und er, wenn nicht die Tante, bei der Fräulein Schachl wohnte, sie für den heutigen späteren Nachmittag noch einmal häuslich beansprucht hätte vor dem Urlaub – jedoch abends wollte man sich wieder treffen und dann hinaus ins Grüne, Kühle, Atmende und in irgendeinem stillen Wirtsgarten sitzen unter den von Lampen angestrahlten Kuppeln des Kastanienlaubes). „Diese Gegend lieb' ich über alles", sagte er, wie im Selbstgespräch.

„Kein Wunder", bemerkte Grauermann galant, „weil Fräulein Paula hier wohnt."

„Ja, natürlich", antwortete René, und vielleicht etwas plump ein Nicht-Gedachtes allzu offensichtlich nachholend. „Aber es war schon früher so, bevor ich Paula gekannt habe."

„Das war ein Vorgefühl", sagte Grauermann.

„Sicher", antwortete René mit unerschütterlicher Selbstverständlichkeit. „Ich war auch immer viel hier herüben, ohne daß ich im geringsten da etwas zu suchen gehabt hätte. Und so hab' ich Paula kennen gelernt. Diese Gegend ist für mich immer etwas Besonderes gewesen.... hier mach' ich's gut, hier seh' ich Möglichkeiten, hier ist das Leben, hier möcht' ich wohnen. Die Gärten! Und daß es hier überall bergauf und bergab geht. Der weite Platz unten beim Bahnhof. Hier ein Zimmer haben, ganz einsam und einer Tätigkeit hingegeben, denken, ein Tagebuch führen ..."

Während er so redete, den Blick immer draußen in der Bewegung der Straße, durch die große Glas-Scheibe des Schaufensters schauend in das herausgeschnittene Bild unter dem flatternden gewellten, braunroten Saum des Sonnensegels, schob sich eine Erscheinung in's Viereck, in's Schau-Fenster, dessen Sinn solchermaßen hier ein wirklich umgekehrter wurde:

Durch die Dichte des Verkehrs an der Kreuzung für Augenblicke aufgehalten, stand ein nahe dem Gehsteig vorgefahrener offener Fiaker. Darin saßen, behaglich zurückgelehnt, ohne sich zu bewegen oder im Augenblicke gerade miteinander zu sprechen, Etelka und der Regierungsrat Guys, der einen Spazierstock mit silberner Krücke zwischen den Knien hielt. Etelka trug Weiß und einen ebensolchen großen halb durchsichtigen Hut. Guys war in hellem Grau. Lautlos vorgerollt, reglos sitzend, jetzt schon wieder glatt weggezogen, hatten sie etwas von Wachs-Puppen an sich, da auch beide den Blick genau in die gleiche Richtung gewendet hielten. Während René nun, im Sprechen, diese Erscheinung hinter Grauermanns Rükken in das Bild-Viereck gleiten, verweilen, und wieder verschwinden sah, berührte ihn flüchtig aber intensiv eine von hier aus ganz entlegene Vorstellung: er dachte an den bekannten Wiener ,Wurstlprater' und im besonderen an die sogenannte ,Grottenbahn' (,Zum Walfisch' hat sie geheißen). Dort fuhren, zur Unterhaltung eines verehrlichen Publikums, kleine Ketten von bequemen Wäglein mit Sitzbänken durch lange, verschlungene dunkle Gänge, wie durch unterirdische Höhlen oder Grotten, gezogen von einem gewaltigen Drachen mit elektromotorischer Kraft. Von Zeit zu Zeit hielt dieser Zug, jedesmal vor einem hell erleuchteten Prospekt oder Diorama, dessen Bühne sodann irgendeine Sehenswürdigkeit in plastischem Bilde darbot: teils mit mechanisch belebten Figuren, wie ,das Zwergenreich', und auch ohne solche, wie ,der Golf von Neapel', oder mit Gestalten, die regungslos verharrten wie ,der Pascha und sein Harem', dessen Odalisken von Wachs waren. Nach einigen Augenblicken, wenn anzunehmen war, daß die Fahrgäste das dargebotene Bild in Gemächlichkeit genug betrachtet haben konnten, setzte sich dann der elektrische Drache wieder in Bewegung, das Diorama glitt hinweg, die Lichter erloschen. Ähnlich war es hier ... Nur einen winzigen Augenblick lang, gleich nach dem Erscheinen des Fiakers auf der Bildfläche, erhob sich in René die Möglichkeit, daß der Wagen hier halten und das Paar etwa eintreten würde, um ein Eis zu nehmen – aber die Attitüde der beiden schloß das alsbald aus. Als zweites erst hatte René eine kurze Furcht, Grauermann könnte sich gerade jetzt zufällig umwenden.

Und er wandte sich um (als ginge von René eine gerade dahin gerichtete Wunschkraft aus, und nicht Ängstlichkeit!). Jedoch erst, als die Erscheinung wieder verschwunden war, eine Sekunde danach etwa. Er wandte sich flüchtig um (wie fein und prompt entnimmt die Apperception des Menschen aus dem Aug' seines Gegenüber, daß dieses, bisher unbestimmt blickend, nun in der gleichen Richtung ein Objekt gefunden habe!) und sogleich wieder zu René, ohne die Aufmerksamkeit dabei zu mindern, mit welcher er hörte, was der Gymnasiast sprach.

Denn dieser hatte seine Rede nicht im geringsten unterbrochen, seinen Tonfall nicht verändert. „Diese Vorstellungen begleiten mich hier in der ganzen Gegend", sagte er, „und ich bin hier einfach besser, als ich im dritten Bezirk dort drüben bin, ich mach' es besser, ich mach' alles besser. Oft wirkt es schon, wenn ich nur an diese Gegend hier denke. An die Strudlhofstiege zum Beispiel. Das ist eine ganz geheimnisvolle Stelle. Wie sich diese Stiegen hinabsenken, wie aus einer neuen Stadt und ihren Reizen in eine alte und ihren Reiz! Eine Brücke zwischen zwei Reichen. Es ist, als stiege man durch einen verborgenen Eingang in die schattige Unterwelt des Vergangenen ... "

Er perorierte sogar besonders lebhaft und verhältnismäßig noch besser während Etelkas Erscheinen auf der Bildfläche und danach erst recht. Nicht etwa, daß dem René ein so hohes Maß einer geradezu indianischen oder mongolischen Selbstbeherrschung eignete – derartiges lag wohl bei einem Stangeler weit außerhalb des Denkbaren: sondern die in seiner Familie unumgängliche Taktik züchtete und übte schon früh in dem Heranwachsenden jene prompten Automatismen des Schwindels, die dann auf jeden Fall funktionieren, auch ohne Not, wie eine nun einmal gelernte Fertigkeit, eine Selbstverständlichkeit; und in Renés Dumpfheit liefen schnell und geschickt die Fäden aus Phantasie und Einfühlung, reguliert von einer genauen Empfindung für Grenzen, was alles zusammen das subtile Gewebe jeder Schwindelei bildet.

Aber jetzt, während er durch den Bruchteil einer Sekunde gefürchtet hatte, jene beiden würden etwa gar aus dem Wagen steigen und hier eintreten, und dann während der Augenblicke des verweilenden Bildes, da die Gefahr bestand, Grauermann möchte sich – und noch rechtzeitig! – umwenden: da fühlte er doch diese gleitende Gewohnheit der Wahrheits-Vermeidung schon wie einen allzu mächtig gewordenen schienenhaften

Zwang, der ihn mit Selbstverständlichkeit, und wie über ihn glatt hinweggehend, wieder einbiegen und abzweigen machen wollte in ein schon ausgefahrenes inneres Geleise und in eine Richtung, die er eben doch bereits als Abzweigung erkannte und die ihm hier quer lag. Zum ersten Male vielleicht war's jetzt, daß die Unwahrheit und der Schwindel von ihm als nicht ganz und gar angemessen empfunden wurden, daß neben dieser eingeübten Lebens-Technik aller Schwächlichen doch noch eine andere Möglichkeit, ein anderes Geleise sich eröffnete; zwar undeutlich und blaß, im Vergleiche zu der Anschaulichkeit und automatischen Eingespieltheit des gewohnten Wegs, aber im Augenblicke durchaus fühlbar. Eine besonders ablenkende Störung jedoch bildete jene Gleit-Bahn jetzt bei einer Vorstellung, die ihn freudig und neu bewegte, ein Hindernis bei deren Entfaltung:

Denn für René war das längst verschwundene Bild im Schau-Fenster hinter Grauermanns Rücken gewissermaßen stehen geblieben. Die unumstößlich und handhaft erlebte Tatsächlichkeit, daß man, an einem Menschen vorbeischauend, die für diesen allerwichtigsten Dinge hinter ihm sehen konnte wie eine Tapete, wie den Hintergrund eines gemalten Bildes: das machte doch für René die Aussichtslosigkeit und das eigentlich völlig Unnötige der gewohnten lügenhaften Bemühungen allzu evident. Wie anstrengend war das – und dabei brauchte jeder nur leichthin vorbeizuschauen und sah, was dahinter stand, nämlich das eigentlich Notwendige und Wichtige, konnte es sehen, ohne sich im Geringsten anzustrengen, ohne sich vorzubeugen oder die Augen zusammenzukneifen, ohne seine Stellung zu verändern, auf das allerbequemste, denn es wurde ihm einfach ins Bild geschoben! Jetzt und hintennach erst begriff René, daß seine nur sekundenlange Furcht, Etelka und Guys könnten hier eintreten oder Grauermann würde sich umwenden, zugleich den noch kürzer aufblitzenden Wunsch enthalten hatte: daß dem doch so sein möchte! Ihn riß jetzt der einmal eröffnete Ausweg hin wie eine unwiderstehliche Strömung und bis zum atemversetzenden Punkte einer möglichen Befreiung des Auges: da wechselten die Bilder, und statt des Schaufensters sah er einen Spiegel, dem sein Vater, am oberen Ende bei der Tafel sitzend, den Rücken kehrte.

Er wandte den Blick zu Paula. An dieser Stelle erst riß das Redeband von seinen Lippen (während Etelka und Guys längst wieder glatt auf Gummirädern und mit trapp-trapp-trapp dahinrollten, im Luftzuge von Wind und Fahrt). Er wandte den Blick zu Paula und sah in ihr Gesicht mit den etwas schräg stehenden Augen und den bleichen Schläfen im rötlichen Haar.

Die Strudlhofstiege! Ja, das war sie. Dieses Antlitz hatte den Stadt-Teil zum Hintergrund, den man sah, wenn man daran vorbeischaute: und dann bestätigte sich nur das Gesicht. Beide waren ein und dasselbe.

Hier entstand (so könnte man aus einigem Abstande sagen) ein Kontakt-Schluß zwischen Wahrheitssehnsucht und Romantik, die doch an sich nicht gar viel miteinander zu tun haben. Nun, immerhin: die zweite wird die erste menschlicher machen, daß sie nicht fanatisch und wie ein Knochen aus dem abmagernden Leben stehe, und die erste wird die zweite mit einem frischen, bitteren Dufte durchsetzen (wie ihn gewisse Herren-Seifen haben) und sie damit vor rascher Putrefaktion bewahren, wozu diese romantische Substanz ja fast ebensosehr neigt wie Leberwurst. Beide können ganz gut miteinander leben. Aber wir müssen uns jetzt um Grauermann kümmern und nicht alles nur hinter seinem Rücken machen.

Er gestand sich zunächst ohne weiteres ein, daß der Gymnasiast fähig gewesen war, ihn über die letzten toten Punkte dieses Tages vollends hinwegzuheben; sodann setzte er zitatmäßig eine Stelle aus Oscar Wilde hinzu, wo dieser jemanden (den Lord Henry Wotton) sagen läßt, man könne nur von jüngeren Leuten wirklich belehrt werden; und nachdem er mit Hilfe dieses Wortes das gehabte Erlebnis und die empfangene Förderung in eine gewisse Distanz (Respekts-Distanz von sich selbst) gerückt hatte, war wieder Platz geschaffen für das konsular-akademische Wohlwollen de rigueur gegenüber allen jagdhundartigen Wesen. „Sie sind schon sehr nett diese ganz jungen." Außerdem mochte er René wirklich gerne. Aber das Resultat? Dieses bleibt doch das eigentlich Wichtige! Nun: er hatte plötzlich ein vertrautes und durchaus wohliges Gefühl in Gedanken an sein einsames Zimmer. Ja! – nun wollte er dort Tee trinken und in dem heute morgens seinen Händen entglittenen Bande weiterlesen. Er würde dann abends sozusagen nicht ganz unvorbereitet sein für das Zusammentreffen mit Etelka und in guter gesammelter Verfassung. So sah er denn nach der Uhr. Sie zeigte bald vier.

„Ich muß zur Akademie", sagte er. „Wollt Ihr mich nicht ein kleines Stück begleiten?"

„Ja!" rief Stangeler lebhaft. „Wir gehen über die Strudlhofstiege!"

Vom Tore der Akademie gingen Asta Stangeler und Melzer, nachdem Ingrid sich von ihnen getrennt hatte, langsam auf der Schattenseite der Straße dahin. Sie wandten sich nicht mehr nach Ingrid um. Sie schwiegen zunächst.

„Es hat keinen Sinn, wenn wir weit gehen, Melzer", sagte Asta nach etwa hundert Schritten.

Und sie unterrichtete ihn von dem Versprechen, das sie Ingrid hatte geben müssen. Während sie das sagte, diesen Gegenstand mit den Worten aus sich heraus schob, fast so, wie man mit der Zungenspitze etwas aus der Mundhöhle bringt, was da hineingeraten ist und nicht hineingehört, entschwand ihr sehr rasch jene aus dem Staunen geborene Umfassung und Hinnahme einer gänzlich fremden Wesens-Art, zu welcher sie sich ursprünglich in einem bemerkenswerten Entschluß aufgerafft hatte. Was nun kam – die Worte nahmen wie von selbst, wie in Eigenbewegung, eine solche Richtung – zerschlug den Entschluß in die Facetten einer anscheinend vernunftgemäßen Kritik. Die Halskrause oder Schwimmplatte trat in ihre damals schon einsetzende Funktion und begann Asta zu teilen: denn daß jene erste Regung aus einer noch ungeteilten Person erflossen war, scheint gewiß.

Jetzt aber verfing sie sich in ihr eigenes Reden wie Wilhelm Buschs Rabe Hans Huckebein in den Wollknäuel. Unter anderem sagte sie auch: ,,Alle Welt in Bewegung zu setzen – nur um einen guten Abgang zu haben! Denn das ist es, darauf kommt es ihr an. Sie will einwandfrei dastehen, ihr Versprechen halten, womöglich eine romantische Schluß-Szene haben – aber nicht länger als eine Viertel-Stunde, ja nicht länger! ,Stephan wird leicht heftig' – das war mir das Ärgste. Dabei hat sie selbst diesen Blödsinn mit dem Rendez-vous im Badezimmer inszeniert, und sie ist an allem schuld. Nein, sie liebt ihn nicht. Sie liebt ihn nicht ...'', beinahe hätte sie jetzt gesagt: ,,Sie – liebt – ihn – nicht'' (Ritmo de quatro battute, oder wie vier Paukenschläge, so, wie's beim erstenmal, in der Fensternische, in ihr seinen Fall getan hatte).

Und plötzlich fühlte Asta, daß ihre Worte nicht griffen, was sie meinte. Plötzlich fühlte sie, daß die erlittene Erschütterung wie ein schwarzes Wasser in ihr lag, dessen Spiegel noch sehr hoch stand. Sie wehrte sich, sie sprach.

,,Daß sie alles gleich aufgibt, ohneweiteres, das sagt genug. Sich so trennen können, so endgültig – daß jemand das aushält, sich das nur vorzustellen! Das ist doch das Fürchterlichste überhaupt: eine endgültige Trennung. Ich weiß wirklich nicht, ob ich das überhaupt fertig brächte bei jemand, den ich gern hab'. Wahrscheinlich nicht. Und dann die Zeit nachher ... unvorstellbar. Sie wehrt sich gar nicht. Bisserl weinen, das ist alles. Das gehört zum guten Ton, so wie die Schluß-Szene. ,Stephan wird leicht heftig.' Nein, sie liebt ihn gar nicht, das ist die Wahrheit.''

,,Und er sie –?'' fragte Melzer.

Asta schwieg. Sie, die sonst und auch eben jetzt noch Beredte. Sie wußte wohl, daß sie etwas sagen sollte, etwas vernunftgemäß Urteilendes, etwas Kritisches, daß sie damit eine Wunde äußerlich hätte verdecken können, nicht so sehr ihre eigene als vielmehr die Melzers, welche sie nicht bluten sehen wollte. Aber das schwarze Wasser in ihr schien neuerlich gestiegen. Sie wehrte sich nicht mehr. Sie schwieg. Die Halskrause oder Schwimmplatte war damals eben doch erst im Entstehen, sie wurde zeitweise noch überschwemmt.

Melzer sah in dieses Schweigen – das jene Härte hatte, die von der Hilflosigkeit ausgeht – Melzer sah in diese geöffnete Kluft mit dem Gesichts-Ausdruck eines traurigen Buben, der auch diesmal wieder mit einer schlechten Note nach Hause geschickt worden ist. War ihm erst Astas kritische Beholfenheit und die Unbefangenheit, mit der sie gerade zu ihm von solchen Dingen gesprochen hatte, eine feine aber tiefdringende Marter gewesen, so wurde diese Kluft des Schweigens nun wahrhaft fürchterlich, nämlich eine trennende. Man sprach von Trennungen und hier vollzog sich eine, von keinem Worte berührt. Tief unten am Grunde der Kluft zeigte sich ein Melzern bekannter roter Schein, wie von rohem Fleisch oder vergossenem Blut, seine Ernstfarbe des Lebens; und von daher eigentlich wußte er, was jetzt geschehen oder eigentlich nur offenbar geworden war, und von daher wurde jede Hoffnung verboten.

Sie waren bis auf die Währingerstraße hinausgelangt und auf dieser wenige Schritte gegen den Ring zu gegangen, etwas rascher, und aufrichtig schweigend. Jedoch Asta behielt die Zeit und ihr kleines Ührchen im Auge.

„Wir müssen umkehren", sagte sie, bei der Berggasse.

Sie gingen zurück und sprachen jetzt wieder miteinander, sie bepflasterten ihre Risse und Wunden und machten konversierende Toilette und gelangten so zur Ecke der Strudlhofgasse, der gegenüber auf der sonst leeren Straße ein geschlossenes Autotaxi stand, und näherten sich mit lobenswerter Pünktlichkeit dem oberen Ende der Stiegen.

Während dieses ganzen Rückweges fiel es Melzer nicht ein einziges Mal ein, daß seine Trennung von Mary sich doch auf wesentlich andere Weise vollzogen hatte als – diese Trennung hier. Er setzte beide Erlebnisse gleich, ganz so als ob er von Mary ‚einen Korb bekommen' (was damals bestimmt nicht der Fall gewesen wäre) und als ob sie ihn weggeschickt hätte, als einen Unzulänglichen gewissermaßen, wie hier.

Er versuchte durch Augenblicke, Mary und Asta zu vergleichen, aber das schien ihm ganz unmöglich. Freilich, er wußte nichts von Halskrausen; und daß Marys Windeln schon aus dem gleichen Stoff gemacht waren, der hier bei Asta erst allmählich sich erzeugte.

Am oberen Ende der Stiegen stand jemand.

Der jetzt seine Stimme in der leeren Gasse erschallen ließ (Asta fuhr zusammen und erkannte ihn, den alten Schmeller): „Ingrid, her zu mir!" Und damit betrat er zunächst die erste Stufe, blieb aber stehen, offenbar um die Ausführung des Befehles abzuwarten. Asta und Melzer drangen gleichwohl tapfer vor, sie im raschesten Schritt, und er eilte ihr nach, obwohl ihm jetzt wahrlich nicht danach zu Mute war, sich um die Affairen anderer Leute zu bekümmern . . .

Schon konnte er die Stiege überblicken und blieb stehen, da auch Asta nicht weiterging. In der Mitte, auf halber Höhe der obersten Rampe, standen Ingrid Schmeller und Stephan von Semski, der Ingrid an beiden Händen hielt. Es schien als schwanke das Paar ein wenig, wie Bäumchen im Sturm. Sie hatte jetzt, auf den Anruf hin, das Gesicht zu ihrem Vater herauf gewandt – es sah gänzlich aufgelöst und hilflos aus – während Semski diesen gar nicht beachtete und Ingrids Hände nicht los ließ, die sie ihm mit kleinen windenden Bewegungen vergeblich zu entziehen versuchte. So hielt er sie, den Blick immer nur in ihr Antlitz gesenkt, das sie ihm jetzt, ermattend, wieder zuwandte: es war, als wollte er Ingrid bei sich festbannen, ihren schwächeren Willen durch die größte Anspannung seines stärkeren ersetzend.

Einmal sagte er ,Ingrid', sonst nichts.

Auf der unteren Rampe erschienen drei Personen: Grauermann, Stangeler und Paula Schachl.

Dem alten Schmeller dauerte es um Sekunden zu lange, während welcher seine Geduld riß. Er begann heftig die Treppen hinabzusteigen, auf das Paar zu. Mit ein paar Sprüngen waren Melzer von oben und dann Grauermann von unten bei ihm. „Herr Oberbaurat!" sagte Grauermann in begütigendem Tone. Semski hatte Ingrid nun endlich freigegeben und sich abwehrbereit gegen den alten Schmeller gewandt, der jedoch einige Schritte über ihm wieder zum Stehen gebracht worden war. Ingrid kam zu ihrem Vater herauf. Dieser ergriff sie am rechten Handgelenk und zog sie mit sich fort, die Treppen empor, ohne irgendwen von den Anwesenden weiter zu beachten. Die Haltung Ingrids, mit der sie ihrem Vater folgte, hatte etwas von einem gebrochenen Pflanzenschaft. Alle sahen den beiden nach, bis sie oben die Gasse betreten hatten und verschwanden.

Nur von Seiten Melzers war beobachtet worden, und mit nicht geringem Erstaunen, daß unten, an der Wendung der Rampe, René Stangeler neben dem unbekannten Mädchen stehend, wie in Begeisterung die Arme ausgebreitet hielt.

Melzer stieg jetzt rasch hinauf um noch dem Oberbaurat und Ingrid nachzublicken. Sie waren schon ein gutes Stück entfernt. Noch immer hatte der Alte ihr Handgelenk gefaßt. Nun sah Melzer den Vater und die Tochter in das Autotaxi steigen, welches da einsam an der jenseitigen Einmündung der Strudlhofgasse gestanden hatte, und begriff den Zusammenhang. Der Wagen fuhr an und nach links davon.

Als Melzer sich wieder zurückwandte, erblickte er die Anwesenden, beteiligte und unbeteiligte, auf der unteren Rampe gleichsam zusammengesickert; eine Art Rest der Szene. Semski stand düster abseits. Unvermittelt grüßte er, ging die Treppen hinunter und verschwand in der Liechtensteinstraße.

„Er ist ihr im Auto nachgefahren, schon von Döbling an, wahrscheinlich, und dann uns", sagte Melzer zu Asta.

Sie nickte. Es schien, daß sie für diesen ganzen Auftritt und was damit zusammenhing, kein besonderes Interesse mehr habe. Ihr Blick ruhte kurz auf Paula Schachl, in einer morosen Weise, musternd, als suche sie den schwächsten Punkt, den ihre Kritik rasch herausheben könnte. Melzer empfand plötzlich die Ähnlichkeit Astas mit ihrem Vater (und vielleicht wäre durch einen huschenden Augenblick sogar eine allgemeinere, eine geräumigere Ähnlichkeit mit-dem alten Schmeller zu sehen gewesen). Und Melzer fühlte dabei eine Erleichterung von dem Schweren, Ernsten, das ihn zu tiefst und drückend bewohnte. Asta hatte sich jetzt zu René gewandt und fragte in einem Tone, als bedürfe seine Anwesenheit durchaus einer Rechtfertigung: „Was machst denn du eigentlich hier?!“

Aber während alledem wurde obendrein in eigentlich sinnloser Weise von allen – mit Ausnahme Paulas, die sich taktvoll beiseite hielt – durcheinander geredet und Melzer empfand das sehr lebhaft und beteiligte sich doch daran. Zwischendurch hielt es Grauermann für angezeigt, die zivilisierten Formen aus den sich verlaufenden Wassern der Situation wieder auftauchen zu lassen und – machte Paula Schachl mit Asta und Melzer bekannt (was einigermaßen zusammenhanglos wirkte), während René mitten hinein seiner Schwester auf ihre eben getane Frage mit den unverständlichen Worten entgegnete:„Ich habe hier etwas schon lange Geahntes gefunden, es ist großartig.“ Sein Gesicht war offenkundig voll Freude. Melzer fühlte allzu lebhaft, daß man hier ratlos um das eigene, gänzlich unvermittelte Beisammensein herumstand, und er suchte mit seiner Erörterung oder Erklärung der Situation, welche er Grauermann geben zu müssen vermeinte, rascher an's Ende zu gelangen ... „wir haben nichts derartiges befürchtet oder geahnt, zuletzt ist mir das einsame Autotaxi oben an der Waisenhausgasse vielleicht etwas verdächtig vorgekommen, aber da war es längst zu spät.“ Im ganzen befand sich der hier noch vorhandene Rest der Szene in der Verfassung einer Wasserlache, in welche man einen Stein geworfen hat: mit Pluntsch und Plantsch und durcheinander kreuzenden Wellchen. René Stangeler schien dieser Zustand wenig zu befriedigen: sein Gesicht zog sich um die Nasenwurzel etwas zusammen, wie ein Knoten.

Grauermann war's, der ein Ende machte, und Melzer wußte ihm Dank dafür (wir freilich wissen, daß Pista Grauermann nicht leicht eine gefaßte Absicht aufgab – es sei denn, zum Beispiel, daß der Schlaf ihn überwältigte – und in sein Zimmer kommen wollte, zu seinem Tee und zu seinem Buch). „Ihr begleitet mich doch noch bis zur Akademie?" wandte er sich an Stangeler und Paula. „Ja, freilich!" sagte René und Paula nickte und lächelte (bisher war sie die ganze Zeit hindurch sehr ernsthaft gewesen). So kam man denn endlich auseinander. Während die drei zur Waisenhausgasse hinaufstiegen, blickte Asta der Paula Schachl nach, mit ganz dem gleichen Ausdruck wie früher, wieder sah sie dabei ihrem Vater ähnlich.

So hat sich denn Melzer damals, nachdem der ganze Spuk verflogen war, wieder allein mit Asta gesehen, auf dem Absatz der Strudlhofstiege, zwischen grünlichem Blätterschatten und allmählich schräger und sanfter einfallenden Sonnenstrahlen, denn es ging schon auf dreiviertel fünf. Aber in Melzer war keine eigentliche Freude, mit Asta wieder allein zu sein. Was er jetzt angenehm empfand, war nichts anderes als die Befreiung aus einer jener Situationen zwischen Tür und Angel, wenn sich eine Verabschiedung zu lange hinzieht und man im Vorraum und Hausgang neuerlich in verlegene und entbehrliche Gespräche fällt. Für Melzer hatte sich unvermerkt während des ganzen skandalösen Auftrittes etwas anderes vollzogen, das damit keinen ersichtlichen Zusammenhang zeigte und jetzt nur ein Ergebnis hervortreten ließ: es hatte sich etwas in ihm geschlossen, Asta gegenüber, wie man eine Kapsel oder eine Kassette schließt. Und nur dadurch und als ein damit schmerzfreier Mensch, war er damals in die Lage versetzt worden, eine bemerkenswerte Äußerung Astas in sich aufzunehmen und im Gedächtnisse aufzubewahren, die sie jetzt im langsamen Hinabschreiten über die Treppe tat (während in Melzer sein Urlaub, der noch acht Tage währen sollte, zu Ende ging und er daran dachte, vielleicht heute abend noch nach Bosnien zurückzufahren). „Wissen Sie, Melzer," hatte sie gesagt, in jenem ganz ungezwungenen und kameradschaftlichen Tone, der nun gleichsam nachklang und herüber grüßte aus der am Lande verbrachten Zeit, „wissen Sie, Melzer, wie der alte Schmeller die Ingrid hinter sich über die Stiege hinaufgeschleppt hat, da ist mir augenblicklich etwas klar geworden, was ich so deutlich eigentlich noch nie gesehen habe. Und zwar habe ich es in der Haltung Ingrids selbst gesehen, aus ihrem Körper geradezu, möcht' ich sagen..."

„Ja, wie ein geknickter Stengel –" so, oder ähnlich war jetzt seine Zwischenbemerkung gewesen.

„Ja!" rief Asta laut, „das ist es! Ich danke Ihnen geradezu, Melzer! Sie haben das erfaßt. Wie ein geknickter Stengel. Ganz und gar ergebungsvoll. Und wissen Sie, was das für mich bedeutet hat? Den Unterschied zwischen vielen Familien und Menschen, die ich kenne – und meiner eigenen Familie. Bei uns würde niemand so – ganz sich abfinden, sich dreinfinden können, niemand könnte der Ingrid eine solche Haltung nachmachen, niemand könnte jemals so aussehen, wie sie da auf der Stiege ausgesehen hat. Ich möcht' sagen – niemand würde das fertig bringen. Es schaut so schwach aus, aber es ist eigentlich eine Kraft. Und bei uns bäumen sich alle immer bis zum Letzten auf – gegen alles, ich meine gegen alles Äußerste, gegen das Ernsthafte, was da wirklich einmal kommt. Das ist wie ein Fluch, sie wollen sich nicht fügen, und sie können es auch gar nicht. Ich glaub' – aus Schwäche. Denken Sie, ja, ich glaub' das ist Schwäche."

Sie waren bei der ‚Flucht nach Ägypten' auf die Alserbachstraße heraus gelangt, und er hatte, während Asta noch sprach, ein Autotaxi aufgehalten, um sie nach Hause zu bringen.

Melzer fuhr aus seinen Erinnerungen und warf dabei das Kaffeegeschirr um. Jedoch blieb dieses kleine Malheur ohne Folgen. In dem Kännchen, das die Türken ‚Sheswe' nennen, und in dem winzigen Porzellanbecher mit Kupferfassung war der feine Satz des Mokkas längst eingetrocknet, und beide konnten nirgends herunterfallen, denn die ziselierte Platte stand am Boden neben Melzer und dem Bärenfell von der

Treskavica, darauf er lag: zuerst nach Tische beim Kèf eingeschlafen, dann halb erwacht und mit intensiven Bildern knapp unter der Decke des wirklichen Erwachens und Verflachens treibend, wie durch eine zarte durchscheinende Wand davon getrennt, jene äußerste Haut der Oberfläche, die er nicht gänzlich durchstieß. Den Zustand nannte er schon seit einiger Zeit seinen ‚Denkschlaf‘. Damals sind bei Melzer noch andere selbständige Wortbildungen aufgetaucht, eine Geheimsprache für den intimen Gebrauch könnte man's nennen.

Jetzt trat einiges punktweise für sich in sein waches Bewußtsein, nicht mehr eingebettet in das Ganze ziehender Bilder des Halbtraums, darin alles selbstverständlich ist wie die eigene Leibeswärme und alles gleichermaßen erstaunlich, welcher letzte Umstand das gewissermaßen Fruchtbare solcher Zustände begründet.

Es wurde ihm erstens bewußt, daß er Asta vor vierzehn Jahren zum letzten Mal gesehen hatte, eben am Tage des Skandals auf der Strudlhofstiege. Jetzt hieß sie Frau Baurat Haupt (heraus aus der einen Techniker-Familie – hinein in die andere Techniker-Familie!) und hatte zwei Buben. Das wußte Melzer von Marchetti, der heute noch dann und wann im Café Pucher in einer Ecke saß, wie ein stehengelassener außenministerieller Spazierstock früherer Tage dort lehnend – aber das stimmte nun gar nicht, das wurde kein Vergleich für einen Ernst von Marchetti des Jahres 1925, denn der war fett und rund geworden wie ein Schweindl aus dem Schlaraffenland und hatte also mit einem Spazierstock nur die Überflüssigkeit gemeinsam, jedoch nicht die Gestalt.

Es war neunzehnhundertelf gewesen. Das Jahr nach der Bärenjagd. Möglicherweise am gleichen Tage. Heute war der 22. August 1925. Durchaus möglich. Zu Kaisers Geburtstag befand man sich noch am Lande draußen . . . Ja! Und nachher? Er hatte doch am nächsten Tag, ja am selben Abende nach Bosnien abreisen wollen, acht Tage vor dem Ende seines Urlaubs.

Hier wich der Boden des Vergangenen, beinahe schon fest geworden, auseinander und der Major Melzer schwebte wie ein Vogel über einer tiefen Schlucht, mit ausgebreiteten Schwingen, stehend in der Luft oder darin hängend.

Er dachte an die Geier auf der Treskavica. Unter ihnen war es oft so schwindelnd tief, man taumelte fast dem eigenen Blick nach, wenn man in den Himmel sah.

Die Tage von dem Skandal auf der Stiege bis zu Melzers Abreise waren leer. Am Abend nach jenem Auftritte hatte es ein geradezu furchtbares Gewitter gegeben, gegen acht Uhr etwa, das wußte er noch. Er war am Diwan gelegen, in seinem Zimmer im Hotel Belvedere. Das Wasser schwappte in Bächen an den Scheiben herab.

Er hatte den Rest der Woche hindurch ‚mulattiert‘, wie solche beiläufige Exzesse in der österreichischen Offiziers-Sprache genannt wurden: erschreckt von der Ernstfarbe des Lebens, die er in das Kaleidoskop leichter Unterhaltlichkeiten zu übersetzen bestrebt gewesen war (das wußte er heute, und jetzt wies er den Sprachgebrauch ‚ich hab’ mich zerstreuen müssen‘ unwillig von sich, nein, von zerstreuen keine Rede, eher schon von Sammlung: er wollte durchaus das Erlebte damals in einer anderen Sprache gesammelt haben, in welcher es leichter wog, das ‚Pech mit der Asta Stangeler‘). „Der Laska war auf Urlaub. Wär’ er in Bosnien gewesen, dann wär’ ich hinunter gefahren und könnt’ mich – heute vielleicht erinnern...?“

Er konnte sich nicht erinnern.

Doch: jetzt tauchte wie ein Kohlstrunk aus der Suppe das Bein einer Prostituierten im ‚Hotel City‘ auf, nur das Bein, nicht einmal dieses ganz, ein abgebogenes Seidenknie und darüber die bleiche Haut des Oberschenkels am Ende des langen Strumpfes.

Sonst kam nichts aus der Kluft.

Doch: eine Tapete, ein Stück davon nur, in Gold gepreßt, daneben weißlackierte Leisten. Der Vorraum eines Nachtlokales, das ‚Maxim‘ war es. Nur dieses Stück der Tapete.

Daneben, nicht hierher gehörig, das Waschbecken seines damaligen Zimmers im Hotel ,Belvedere'. Er ließ viel Wasser fließen, es spülte einen breiten ockerfarbenen Streifen vom weißen Porzellan. Er hatte sich übergeben.

Hinter allem stand ununterbrochen Astas kleines Zimmerchen, so augenblicksweise er's nur beim Hindurchgehen gesehen hatte, und der Salon nebenan, das grüne Unterwasser-Licht der Jalousien, das glänzende schwarze Schweigen des Klaviers, die Gedämpftheit und Kühle, der Geruch des sommerlichen Naphtalins – Melzer warf sich herum, als hätte er eine Entdeckung gemacht mit der man jetzt alles und jedes überhaupt aufklären könnte: er drückte das Gesicht leicht in das Bärenfell – das war's, der Geruch kam von da (seine Hausfrau hätte es im Sommer lieber weggetan und eingekampfert, aber Melzer fürchtete den leeren Fleck, und beim Kèf wollte er auch darauf liegen, und so hatte sie denn immer einige Arbeit damit, um das kostbare Stück, auf welches der Herr Major so viel hielt, vor den Motten zu bewahren).

Jetzt schloß sich die Kluft in Melzers Erinnerungen auf überraschende Weise.

Ein Leierkasten setzte laut ein auf der Straße. Mit ihm wurde die ländliche Feier zum einundachtzigsten Geburtstag des Kaisers Franz Joseph des Ersten trompetend präsent. Denn es war – der gleiche Marsch wie am 18. August 1911, beim Fackelzuge, abends: Die große Trommel der Feuerwehrkapelle schlug dreimal ein, und dann zerriß nicht nur der Fackelschein die kühler werdende sommerliche Luft – es waren große, flammende und schwelende, rauchende Fackeln, die von den bei der Musik unbeschäftigten Mannschaften der Feuerwehr vorangetragen wurden – sondern die anschmiegsame Zärtlichkeit des Abends wurde vollends zurückgestoßen von den im engen Tale schmetternden Diskanten und dem rumpelnden Baß, den sinngemäß ein Bergführer namens Rumpler blies, dessen Frau, noch sinngemäßer, eine Wäscherin war ... Etelka und Grauermann hatten an manchen feinen Anomalien von Rumplers Baß ihre überlegene Freude (und doch hat ein gewisser Pista Grauermann wenige Tage später auf seinem Zimmer in der Konsular-Akademie festgestellt, daß die Musik in seinem Leben eine negative Rolle spiele, für ihn sozusagen ‚negativ geladen‘ sei ... Das möchten wir hier doch ganz von außenher anmerken, weil wir ja nicht nur in Melzers Haut stecken und einen besseren Überblick haben). Hinter dem langen Zuge der Fackelträger – von der Veranda der Villa Stangeler sah das aus wie ein das Tal heraufkriechender Feuerwurm – folgte als matterer Nachschweif ein Getüpfel schwankender bunter Lampions, die von den Sommerfrischlern getragen wurden. Die Einheimischen aber hielten sich vorn, bei Blechmusik und Fackeln, auch wenn sie keine solchen trugen, und es war in dem auf und ab zuckenden und ständig vordringenden roten Schein ein erhebliches Gedränge von Menschen, die links und rechts am Rande der Straße den Marsch begleiteten. Dieser, mit der übermäßig lauten, weil so nahen Musikkapelle, hatte etwas Gewalttätiges, wenigstens empfand es Melzer so, der mit Asta da hereingeraten war, während die anderen mit ihren Lampions bei den gewissermaßen distanzierten Sommergästen zurückblieben. Staub flog. Der etwas stickige Geruch aus den Feiertagskleidern bäuerlicher Leute war zu spüren. Und es erschien weit wünschbarer mit Asta ganz am Schlusse zu gehen, die letzten, schon einsamen bunten Lichter vor sich ...

Als der Leierkasten zu spielen begonnen hatte, war Melzer von dem Bärenfell aufgesprungen und ans Fenster getreten, wo es freilich nichts zu sehen gab; auch der arme Spielmann blieb unsichtbar und drehte wohl seine Orgel unter irgendeiner Einfahrt oder in einem Hofe.

Melzer empfand beide kleinen Umstände – die Wiederkehr des Naphtalin-Geruches aus Astas verhangenem Zimmerchen (für ihn war es eben gerade dieses selbe Naphtalin) und das Einsetzen jener gleichen Marschmelodie wie damals dort draußen auf der Straße – er empfand dies beides als geradezu ungeheuerlich: durch eine in ihm jetzt vorhandene vergrößernde Optik, an welcher Korrektur und Kritik zu üben ihm nicht im entferntesten einfiel, erstens weil ihm so was kaum gegeben war, zweitens weil er sich der Wahrheit in diesen Augenblicken am nächsten fühlte. Als die orgelnde Musik in das sogenannte ‚Trio‘ oder den Mittelsatz des Militärmarsches eintrat – und dieser Teil hat bei den österreichischen Märschen immer eine gewisse Weichheit und Fülle in Melodie und Harmonie – gerade da also ging mitten im dörflichen Fackelzuge ein Türchen auf, durch welches plötzlich Frau Editha Schlinger, geborene Pastré, hervorsprang, in allen natürlichen und unnatürlichen Rüstungs-Stücken prangend, fertig wie die Minerva aus Jupiters Haupt.

Er schrie beinah leise auf. Heute hätte er draußen in Kritzendorf sein sollen. Aber er hatte sich ‚zurückgenommen‘. Diesen Ausdruck gebrauchte Melzer jetzt denkend, soweit bei ihm von Denken die Rede sein kann, aber nicht eigentlich im militärischen Sinne – wie man etwa die Stellungen im Kriege manchmal zurückgenommen hatte – sondern ganz wörtlich.

Weil er dies alles nicht mehr ertragen zu können vermeinte.

Seit dem Frühlinge tauchte sie wieder in Eulenfelds Umgebung auf, welche Melzer schon mehr und mehr zu verlassen wünschte. Er gab sich dies innerlich längst offen zu. Und nun wurde ein Rückzugs-Weg, den er ging, durch Editha gesperrt, ein Weg, der so im großen und ganzen eigentlich bei einem Toten hätte ausmünden müssen, nämlich bei dem Major Laska.

Editha aber war weit rätselhafter und überlegener noch als Eulenfeld.

So sehr überlegen, daß es für Melzer einfach unmöglich blieb, zwischen jener kleinen Editha Pastré, welche damals, im August 1911, den Skandal auf der Strudlhofstiege ins Rollen gebracht hatte, und der heutigen Editha Schlinger irgend eine Beziehung herzustellen, die auch nur im entferntesten an die Identität beider herangereicht hätte. Dabei aber sah Editha heute nicht anders aus wie vor vierzehn Jahren und als Mädchen, schien ihm. Sie mußte die Mitte der Dreißig beinah erreicht haben (wenn er sich das vorhielt, fühlte er sich leichter, glücklicher). Daß er vor dem Kriege so flüchtig nur sie gekannt hatte! Auf der Villa bei Stangelers, Sommer 1911: er sah jetzt Editha in einem weißen Piqué-Kleid am Tennisplatz entlang gehen.

Nein, jene Editha von damals war ihm gleichgültig, seine Vorstellungen wandten sich alsbald von ihr weg und zu den Bildern aus diesem Sommer.

In den Donau-Auen bei Greifenstein: sie war vor ihm gegangen auf den schmalen, verschlungenen Pfaden des Auwalds, den er mit ihr und Eulenfeld und einigen von dessen wechselnder Bande (Melzer konnte sich oft kaum die Namen merken) durchstreifte, alle in Bade-Trikots und ein paar Sachen in Taschen oder in der Hand tragend, Cakes-Schachteln und andere Proviant-Pakete und der Rittmeister natürlich eine Cognac-Flasche, „denn er ist der Rittmeister", so hatte einmal eine der von ihm mitgebrachten Damen gewissermaßen legitimierend dazu bemerkt. Und Melzer hätte im Grunde auch nicht viel mehr sagen können (mit einer ausgewachsenen Figur finden sich die Menschen so halbwegs ab, nur das Werden erregt immer neue Kritik). Editha ging weich auf dem weichen Boden in Badepantöffelchen wie auf Pfoten, glitt Abhänge hinab und durchwatete Wasserarme, ohne Zögern und ohne sich am Gezweig festzuhalten und ohne sich Hilfe erwartend nach Melzer umzusehen. In der linken Hand schlenkerte sie eine blaue Schwimmhaube von Gummi. Ihr aschblondes Haar lag fest und dicht am Kopfe. Den Körper bedeckte nichts als ein Trikot. Dieser Körper, der sich also einer Betrachtung kaum entzog, erschien Melzern gleichwohl wie bekleidet und als ein Bekanntes doch völlig Unbekanntes erwarten lassend. Ihre Hüften waren ein klein wenig über das Maß ihrer sonstigen Proportion gewölbt, jedoch blieb dies eine Andeutung, und man vermeinte auch nicht immer es so zu sehen, vielleicht nur bei einzelnen Bewegungen oder Haltungen. Zu dieser Unbestimmtheit gehörte (für Melzer) jene von Edithas kleiner Nase, die so zart gebogen war, daß sie mitunter wieder ganz gerade aussah.

Er hätte ihr gerne einmal gesagt, daß er sich mit ihr verbunden fühle durch die Vergangenheit, die Zeit von ehemals, die Jugend (das aber wäre ihm wieder unhöflich erschienen und angesichts ihrer gleichgebliebenen Erscheinung sogar unsinnig), durch die alte Bekanntschaft (aber es war eigentlich kaum eine gewesen, und am Schlusse befand sich Melzer ja sozusagen bei der Gegenpartei) kurz, durch die – Strudlhofstiege, hätte er sagen müssen, und durch den Major Laska, welchen sie nie gekannt hatte. So versuchte er es denn einmal mit der Vergangenheit und den letzten Jahren des noch kaiserlichen Wien (jede Neigung der Sinne führt zu einer Erwärmung des höheren Sprachgebrauchs und ungezogene Leute haben sich auf diese Weise die Liebe überhaupt erklären wollen, nun, sie wird eben bei ihnen dementsprechend gewesen sein). Die Unterhaltung hatte im Frühjahr stattgefunden, an einem Samstag-Abend – an einem der Samstag-Abende – in Eulenfelds Zimmer, der damals noch auf der Josefstadt in Untermiete wohnte, Skodagasse... eine lächerliche, naivscheußliche Bronce-Figur stand in der Ecke, eine Mädchengestalt nur mit einigen Blumenranken von Messing bekleidet, welche sich um ihren Körper wanden und über ihr das elektrische Licht trugen. Unter dieser Lampe mit topasfarbenem Schirm saß Editha. Melzer sah jetzt ihren Fuß vor sich. Der ausgeschnittene braune Escarpin schnitt ganz klein wenig ein, so daß sich der Fuß über dem Leder vorne rundlich schoppte. Es waren noch andere Personen anwesend (wer? – er konnte sich nicht entsinnen). Jemand lag Editha gegenüber auf dem Teppich und sah zu ihr hinauf. An diesem Abende schien sie rundlicher in ihren Hüften zu sitzen, auch hob sich die zarte Wölbung ihrer kleinen Nase gegen das Licht ab.

Dieser Abend war's: da kehrte sie so ganz wieder, wie er sie Jahr und Tag vorher erblickt hatte, in dem Automobil des amerikanischen Arztes sitzend, das vor dem Café hielt – und er selbst war dabei eigentlich willens gewesen, sie gar nicht zu sehen! Nur die rote Polsterung des Wagens. Das rote glänzende Leder. Und wie Eulenfeld den Wagen um die Kurven warf, nachlässig, roh und sicher, da drückte es ihn gegen sie hin. Und hier unten vor dem Hause haltend, da war nur mehr die Andere, die Fremde, neben Eulenfeld vorn im Wagen gesessen; die hatte er, sich verabschiedend, freilich in keiner Weise beachtet. Und dann seinen Kèf gehalten. Und schon alles gewußt.

Melzer, noch immer am Fenster stehend, schüttelte sich plötzlich wie ein Hund, der aus dem Wasser kommt. In den Kammern seiner Lebenskraft sprangen Riegel und knackten Wände, wenn er sich nur heranließ an jene Grenze, wo der gewohnte Dämmergang im Möglichen endet und platzt, weil unvermerkt hinter seiner letzten Windung das Bild handnaher Verwirklichung den im eigenen Inneren wurmisierenden Menschen überrennt.

In diesen Sekunden, während gleichzeitig die Erinnerung an das damals unter der Lampe geführte Gespräch ablief – es war ein Versuch seinerseits gewesen, Editha Vergangenes und Vertrautes von einst gleichsam in die Hand zu praktizieren, um es dann, als von ihr kommend, wieder entgegenzunehmen – in diesen Sekunden jetzt und hier am Fenster belog sich Melzer keineswegs etwa in der Rolle eines Gequälten. Seit den ersten, den allerersten Augenblicken seines Wiedersehens mit Editha Schlinger heuer im Frühling war die Leine der Kommunikation alsbald von Bord zu Bord geworfen und auch schon angespannt. Und wieder war Melzer dabei gewissermaßen unselbständig gemacht und mitgenommen worden von Eulenfeld, der ihm Editha auch diesmal in nachlässiger Weise zuschob. Sie hatte es geschehen lassen, ja, sie hatte es ganz unverhohlen begrüßt, und damit Melzern augenblicklich in einen Zustand versetzt, als hätte man ihm ein Dusche-Bad von Sodawasser appliziert. So saß er neben ihr an jenem April-Vormittage in dem fast leeren ‚Graben-Café‘, denn von hier aus war Eulenfeld, der sich angeblich auf einem Geschäftsgange befand, nach wenigen Minuten verduftet (Melzer seinerseits hatte in der Tat einen dienstlichen Weg in der Stadt hinter sich). „Ich überlasse dich also der bewährten Führung des Herrn Major" – so der Rittmeister; er schwenkte seinen Hut weit aus, schritt durch die Drehtür von Glas und stülpte ihn dabei ostentativ von oben auf den Kopf, gewissermaßen ein Abschließen und sein Abscheiden demonstrierend (dieses ‚mausgraue Etwas', wie er seine Kopfbedeckung nannte, die stets überaus gut und teuer, aber ebenso alt war, denn jeden neuen Hut verabscheute er durch eine lange Zeit). Da saßen sie also. Und kaum fünf Minuten vorher erst war am Graben draußen bei der schönen Pest-Säule, mitten im Strom der Passanten und mitten im eigenen gleichgültigen und etwas absenten Dahingehen das Türchen aufgesprungen und Minerva neben dem Rittmeister vor ihm gestanden. Sie waren nun beide sehr vergnügt gewesen – hier herein geraten einfach dadurch, daß Eulenfeld auf der Straße behauptet hatte, er müsse sogleich ein Telephongespräch führen, außerdem sei bei dem ‚Ober' wahrscheinlich eine Nachricht für ihn ... „ich überlasse dich also der bewährten Führung ..." – weg war er. Später, als Melzer Editha begleitete, zeigte sich übrigens, daß die Bemerkung mit der ‚Führung' nicht ganz einer Grundlage entbehrte: sie schien sich hier in der inneren Stadt wirklich nicht gar gut auszukennen und ging bei ihren kleinen Besorgungen mehrere Umwege, so daß Melzer sich tatsächlich der Sache annahm.

Aber was jetzt nahe vor ihm schwebte, mit einer vertrautesten, ja, man möchte fast sagen, intimsten Anwesenheit, wie sie nur der Wahrheit eignet: bei jenem Wiedersehen am Graben schon hatte Editha damit begonnen, ihm Brücken zu bauen, Luken zu öffnen, Treppchen herabzulassen. Und seither immer. Ein oder das andere Mal mit einer erstaunlichen Freiheit. Und da gerade hatte Melzer sie am deutlichsten als überlegen empfunden und sich selbst wieder als unselbständig und gleichsam irgendwohin mitgenommen, ja wie ein Kind an der Hand geführt. Ohne viel Umstände war sie bereit, sich etwa in Kritzendorf oder Greifenstein mit ihm von der übrigen Gesellschaft abzusondern – „die laufen mir zu schnell da vorne, Melzer, gut, lassen wir sie rennen", oder „gehn wir miteinander auf einen Ribislwein, ja? Fein!" Und da hatten sie das ganze Lager und Picknick in der Au unauffällig verlassen, um dann zusammen am rohgezimmerten Brettertisch einer offenen Schenke unter riesigen alten Bäumen zu sitzen, im Trikot, wie sie waren, von einem leichten aufkommenden Winde umspielt und erfrischt von dem tiefgekühlten einheimischen Getränk, das so gefährlich ist, weil's wie ein Kracherl ausschaut und wie ein starker Wein wirkt.

Nein, er war nicht gequält worden.

Er, ein – Sich-Zurück-Nehmer. Statt heute in Kritzendorf zu sein. Der grau-grüne tiefe Schaum der Auwälder, die gewundenen Wasser-Arme mit ihrem so vielfältig verschiedenen Grün, leuchtend und gelblich in Gewächsen, welche die regungslose Oberfläche bedeckten, verhaltener in den Lanzenwäldern des Schilfes, vollends beruhigt unter den tiefhängenden weit übers Ufer greifenden Ästen. Der Schrei eines Wasservogels wie unter geschlossenen Bogen hallend. Ferne, schwindelnd hohe Baumkronen in den goldnen Himmelsglanz verdampfend. Der Kahn gleitet unter das Blätterdach, man muß sich tief bücken, das eine Ruder wird vom grünen Ufer behindert, im flachen, klaren Wasser. Jetzt streift der Bootskiel, es knirscht weich. Sie liegt in die Steuerbank zurückgelehnt und sieht ihn an, lang, ruhig, freundlich, und lacht endlich ihr kleines, ironisch-ergebenes Lächeln. Was kann man schon machen, da bin ich halt jetzt mit Ihnen, Melzer, haben wir uns wieder einmal gedrückt, es ist doch schön. Wie still. Freuen Sie sich auch? Das lächelt sie, ohne zu sprechen. Nein, er war nicht gequält worden.

Erst hatten sie einander nur hie und da gesehen.

Nach jenem Abend in Eulenfelds Zimmer unter der von metallenen Weinranken umwundenen Person in Bronce, da waren vielleicht vierzehn Tage vergangen bis zu ihrem nächsten Beisammensein. Und dann wieder. Aber neuestens kümmerte sich Eulenfeld mehr um Melzer.

Er bekam selten Besuch. Um die Mitte des Juni etwa hatte seine Hausfrau (Rak hieß sie, Witwe nach einem Rechnungsrat) einen Herrn und eine Dame gemeldet . . . Es war ein unerwartet starker Stoß für Melzer gewesen, wie ein Schuß Champagner in's Blut, als da an einem ganz gewöhnlichen Wochentag um fünf Uhr – Melzer war kurz vorher vom Amte gekommen – Editha in sein Wohnzimmer hereinspazierte, gefolgt von dem Rittmeister.

Eine Viertelstunde später saß sie schon auf dem Bärenfell von der Treskavica, rauchte einen Tschibuk – zu Melzers Erstaunen, ja Schrecken, tief inhalierend, und als sei sie's so gewohnt! – und nippte an dem türkischen Kaffee-Schälchen.

Natürlicherweise hatte sich Melzer wiederum zu fragen begonnen, welcher Art ihre Beziehungen zu Eulenfeld eigentlich waren –? Aber eine solche Fragestellung wurde bereits im Frühsommer für ihn sozusagen mit dem Knüppel erschlagen. Denn um diese Zeit trat unter aller Augen, also auch unter den Augen Edithas, eine neue Affaire des Rittmeisters auf, mit einer ganz jungen Person von außerordentlicher Wohlbeschaffenheit – und vielleicht mußte in diesem Kreise jedes ordentliche oder ordnungsgemäße junge Mädchen bereits so wirken. Sie hieß Thea Rokitzer. Man kannte sie seit Jahr und Tag, schon 1923 war sie gelegentlich erschienen. Sie liebte den Freiherrn von Eulenfeld. Es ist das nicht anders zu sagen als in so einem einfachen Aussage-Satze, man könnte es überhaupt niemals einfach genug sagen, weil es schlichthin einfach und unteilbar war, eine Primzahl des Lebens. Sie liebte diesen charmanten alten Esel. Und seitdem er davon Gebrauch machte, wurde sie von Editha protegiert. Diese wiederum von Eulenfeld. Edithas Verhalten ihm gegenüber hatte beinah etwas Unterwürfiges, in nur angedeuteter Weise, aber doch fühlbar. Er schien einfach zum Bestand ihres Lebens zu gehören. Sie hatte sich mit ihm abgefunden. „Denn er ist der Rittmeister." Er besaß nicht nur Überlegenheit und Freiheit, dieser Rittmeister. Er besaß auch eine gelinde Macht. Melzer aber war nicht so geartet, daß er in die wirkliche Beschaffenheit dieses Menschenkreises hätte einsehen können, eines Kreises, an dessen Peripherie er als Fremdling siedelte, gegen dessen

Mittelpunkt er sich angesaugt fühlte. Gab es denn hier einen solchen eigentlichen Mittelpunkt? – und wo war er? Bei dem Rittmeister? Oder bei jenem jungen Manne, der auf dem Teppich zu Füßen Edithas gelegen hatte unter der Lampe mit der broncenen Person? Oki wurde er genannt. Ein brutaler Schlagetot von mindestens einem Meter und fünfundachtzig, mit langgeschlitzten feuchten Augen und dem Mund eines Negers. Leucht hieß er. Nun hatte Melzer den Namen. Seine Beziehungen zu der älteren Tochter eines Universitätsprofessors waren auch Melzern bekannt. Jedoch zu wissen, was hier alles gleichzeitig und nebeneinander möglich war – bei Oki Leucht, bei Dolly Storch, seiner Geliebten, bei dem Rittmeister, bei allen – so weit hielt Melzer noch nicht. Er wäre wahrscheinlich auch nach fünf weiteren Jahren in diesem Kreise nicht dahin gelangt. Und so konnte denn die Rolle, welche das Fräulein Rokitzer spielen mußte – ganz offenkundig spielen mußte, unter aller Augen und alle redeten drein – auf Melzer durchaus beruhigend wirken, was die Beziehungen Edithas zu dem Rittmeister anlangte . . .

Er begann schwerfällig zu werden, unser Leutnant, Amtsrat, oder noch besser Major. Er begann schwerfällig zu werden, nicht etwa aus Gründen des Alters – dahin war's noch weit – sondern weil ihm augenscheinlich der Stoff ausging, mit welchem er sein Leben bisher bestritten und vor allem gewissermaßen bekleidet oder umkleidet hatte.

Im übrigen war jenes Fräulein Rokitzer einmal Zeugin seiner Not geworden, sozusagen, und später hatte er mit ihr mehr oder weniger unfreiwillig – nämlich auf den verspäteten Rittmeister wartend – im Juli einen halben Nachmittag verbracht und sich dabei sogar von erlittenen Nöten ein klein wenig erholt. Das erste war am zehnten jenes Monates passiert. Für den elften, Samstags zur Tee-Zeit, hatte ihn Editha erwartet, allein. Kein Zweifel bestand an dem Entscheidenden dieser Verabredung, jeder Zweifel aber regte sich damals in Melzer schon während dreier vorhergehender Tage. Zweifel jeder Art. Am Ende geriet er zwischen diese, wie das Getreide zwischen die Mühlsteine. Aber es wurde nichts ausgemahlen, es war ein leerer Mahlgang in seinem Falle, alles lief heiß, in Panik, in Ver-Zweiflung. Zuletzt, am Freitag, schrieb er einen Brief, daß er krank sei. Und wirklich war sein Zustand ein solcher geworden, daß ihm gar nicht mehr möglich gewesen wäre, dieses Fest (so konnte man's wohl nennen!), welches abzusagen er sich nun anschickte, überhaupt noch zu feiern. Mit dem Brief in der Hand, zerrieben und müde, stand er vor dem schwarz-gelb gestrichenen Kasten in der Porzellangasse, am späteren Nachmittage: und hier war nun wieder zu bezweifeln, ob der Brief noch würde rechtzeitig einlangend sein, von schicklicher Zeit gar nicht zu reden. Jedoch, das Telephon vermied Melzer unbedingt: es hätte seinen indiskutablen Zustand mit Einwand, mit Fragen, mit Gegenrede konfrontiert. Da kam Thea Rokitzer, aus der Richtung von der inneren Stadt her, und Melzer, der eben seinen Brief (und alle Sorgen und Schmerzen für den Augenblick hinterdrein) durch den Schlitz und auf den Grund des Kastens hatte fallen lassen wollen, behielt ihn in der Hand und begrüßte das junge Mädchen, das da, leuchtend wie jede unerwartete Lösung, aus dem Grau der Straße hervor und auf ihn zu trat. Und sie war auf dem Wege zu Frau Schlinger. Jetzt eben. Und er konnte ihr seinen Brief mitgeben und so trug sie das ganze Gewicht, das ihn bedrängt hatte, zunächst einmal in ihrem Täschchen mit sich fort, ein wenig weiter fort nur: aber im Augenblicke gewann er Raum, hatte er Luft. Jedoch am vierzehnten Juli: sein höchst offizieller Entschuldigungs-Besuch bei Frau Schlinger, vormittags. Er meldete sich wieder gesund. Mit einem großen Strauße schwerer, fettig glänzender Gladiolen. „Sie haben mich doch nicht mehr erwartet, liebe Gnädige?" „Nein, nein," hatte sie gesagt; nur dies. Nichts endete, nichts schloß: alles blieb weiter in Schwebe.

Er verwundert sich jetzt, der Major, wie genau er das Datum jener Tage im Kopf behalten hat.

Noch immer steht er am Fenster, durch das er gar nicht mehr hinaus sehen kann, denn seine rechte Hand hat das Kettchen gelöst, welches die Spalten der Jalousien offenhielt und diese sind wieder zugeklappt; er schaut jetzt in eine grüne, holzig-trockene Wand und spürt die Wärme, welche sich da im Laufe des Tages zwischen den Fenstern gesammelt hat; da tritt er zurück, schließt die inneren Flügel. Nun sind die ausgedörrten Brettchen wieder überspiegelt, wie unter Wasser, und er empfindet die verhältnismäßige Kühle in der grünen Dämmerung des Zimmers, Aquarien-Licht. Er bleibt vor dem Fenster stehen. Bis hierher ist jetzt der zarte Naphtalin-Duft vom Bärenfell zu spüren.

Warum nicht? Warum eigentlich nicht?

Mary? Es war das gleiche.

Mary war unausrottbar. Plötzlich hob ihn der Schmerz, als wölbe sich der Parkettboden unter seinen Füßen. Vorbei. Der Boden war wieder glatt, eben.

Es war das gleiche gewesen. Er begann in der Not sehr rasch und äußerst trivial zu denken. Wie wir alle:

„Das war wegen meiner Carrière. Wegen meines Onkels David mit seinen Dreher-Aktien. Aber ist das eine Erklärung? Der alte Allern hätte schon alles gemacht. Ich habe rein gar nichts auf mich nehmen wollen. Die Rokitzer sieht dem Stubenmädchen ähnlich, das die Stangelers damals hatten. Sie sieht dieser Lintschi ähnlich, nur im Gesichtsausdruck. Sie ist schön, sehr schön – du! Zu so etwas darf man in meinem Alter die Augen nicht mehr erheben. Diese hohe Brust und die langen Beine! Eulenfeld. Schwein. Ich war zu feig, in Ischl. Wem hab' ich eigentlich gefolgt oder zu folgen gehabt? Meine Mutter hat gar nichts gegen Juden. Nur immer alles in Ordnung lassen, wieder ordentlich nach Bosnien hinunter. Der Laska. Der hätt' den Eulenfeld hören sollen! „Weißt Du, mein lieber Melzerich, es ist füglich sehr zu überlegen, ob man sich mit solch einem doch wohl eher noch als kälbern zu bezeichnenden Wesen einlassen solle. Denn, so frage ich: wie wird man sie dann wieder los?" Der Laska hätt' ihm eine heruntergehauen. Er hätte überhaupt mit ihm nicht verkehrt. Niemals. Dem hätt' er nicht imponiert, mit seine Sprüch'.

Wie rasend mich das macht ... dieses Einladende! Wenn mich eine einlädt, wenn eine will ... ausgerechnet mich?! Das ist wie ein Dunst, da verlier' ich den Kopf ... Mary hat wollen, freilich, ich hätt' sie heiraten müssen, das wäre ... warum nicht, warum eigentlich nicht?" Wieder schüttelte er sich. Wieder sprangen die Riegel, knackten die Wände, die aufgestellten Wände, die Mäuerchen, welche mitten durch ihn liefen, teilend, heut wie einst. Niemand wird Melzern des Denkens verdächtigen, er war wirklich jenseits davon, samt seinem ‚Denkschlaf', ein etwas hochgeschraubtes Vokabel für solche Verhältnisse... Er war jenseits der Möglichkeit, möchten wir sagen, die Möglichkeit des Denkens zu entdecken (das würden wir sogar Grauermann noch eher zubilligen!). Aber was er hier und jetzt trieb, in diesen Augenblicken vor der grünen, spiegelnden Fläche des geschlossenen Fensters, die dabei eine räumliche Tiefe gewann, welche ihr doch als physischem Gegenstande ganz und gar nicht eignete, flach, platt, nur von der hellen Straße trennend – was er da trieb, den Blick versenkt in das Grün, als wär's das eines schweigenden Weihers oder eines unauslotbaren Brunnens: es war doch vor allem anderen von wirksamem Staunen begleitet.

Es ist nun einmal so: das tiefste Staunen kommt uns nicht angesichts des Ungewöhnlichen, das die Außenwelt vor uns hinspült. Denn es ist eben die Außenwelt. („Denn er ist der Rittmeister.") Sondern es kommt uns gegenüber unserer eigenen inneren Mechanik, die läuft, gutgeheißen oder nicht – und die eines Tages plötzlich als etwas ganz Selbständiges erkannt wird und als von unseren Absichten so wenig irritiert wie eine Dampfmaschin', wenn man daneben Guitarr' spielt.

Aber solcher Vorbeisturz an uns selbst, revue passée im Schnellzugstempo, er läßt dasjenige, worauf es ankommt, intensiver aufleuchten als jede mühsam wurmisierende Denkerei, aufleuchten an den Weichen oder Wechseln die jener Schnellzug befährt, in sein angemessenes Gleis gleitend (das sind eben die Wendepunkte oder Trópoi, wie's die Alten nannten). An den Wechseln leuchten die Lichtlein. Man sieht das gradaus weiterlaufende Gleis als eine Möglichkeit, die damals bestanden hat, oder ebenso die Weiche, die für uns nicht auf ,Offen' gestellt war, und so fuhren wir geräuschvoll vorbei und weiter. Man sieht's. Aber jetzt erst. An den Wechseln leuchten die Lichtlein auf bei solchem summierenden Sturz durch die Strecke, rasch hintereinander leuchten sie auf und verschwinden wieder. Es gibt Apparate für Geschicklichkeits- und Glücks-Spiele, wo eine Kugel, die man hineinrollen läßt, immer zwei Wege nehmen kann (eine Zeitlang hat es solche Kugelrutschen, durch deren Glasscheibe man die Kugel laufen sehen konnte, in vielen Beiseln gegeben). Um die Sache eindrucksvoller zu machen, blitzt dann überall, wo die Kugel ihren Weg entscheidet, eine kleine elektrische Birne auf, grün, rot oder gelb. Damit könnte man solch eine sekundenlange revue passée oder revue du passé vergleichen.

Melzer befuhr blitzschnell seine Trópoi.

Und dabei passierte es, daß er an einer Kreuzung für ein unmeßbar kleines Zeit-Teilchen den Rittmeister von Eulenfeld erkennen konnte, ja beinah mit ihm in die gleiche Weiche glitt oder zusammenstieß. Haarscharf vorbei. Weg war er.

Jetzt hingegen sah Melzer den Stephan von Semski, wie er nach jenem Skandal mit dem alten Schmeller zunächst düster abseits stand, wie er dann den Hut gelüftet hatte und die Stiegen hinuntergegangen war ... Wenn Semski seinen Deckel so ostentativ aufgestülpt hätte, abschließend und abscheidend, wie Eulenfeld damals in der Drehtür des ,GrabenCafé', als er Editha und ihn dort zurückließ, heuer im Frühjahr: es wäre auch nicht deutlicher gewesen. Sein Rücken sagte genug, während er die Stiegen hinabschritt.

Und dann mit Asta allein.

Eine Lähmung. Sonst nichts. Kein Trópos. Oder nur eine rein konstruierte äußere Möglichkeit: Semskis trotz allem noch bei Asta innegehabten und jetzt endgültig leeren Platz zu erobern. Aber in Melzer war das Zeug dazu nicht mehr vorhanden gewesen.

Sie hatte dem alten Schmeller ähnlich gesehen (?!).

Er hatte sich gleich ergeben in diese Lage, wie Ingrid auf der Stiege. Obwohl doch Semski aus dem Wege war. Vielleicht wäre es möglich gewesen?

Die schlimmen Tage nachher, bis zur Abreise.

Aber jetzt wölbte sich der Boden nicht unter ihm. Kein Schmerz.

Bei diesem Abschied, bei dem Abschied von Asta: kein Onkel mit Dreher-Bier-Aktien, der ihm anders die Rente entzogen hätte, keine Störung der Ordnung (nun, der alte Stangeler wäre zwar nicht gerade erfreut gewesen über den Leutnant), keine Änderungen oder irgendwelche Risikos, die man füglich hätte erwägen müssen im Hinblick darauf, ob man sich hier einlassen solle ...

Da war er, der Rittmeister! Da huschte er vorbei, an dieser Kreuzung, klug, träg, kalt, sich drückend. Wegen des Onkels, nein, wegen ‚kälbernen Wesens‘ und weil er von vornherein nicht recht wußte, wie er die Thea dann wieder loswerden sollte ...

Das alles bei Asta nicht.

Aber bei Mary.

Nein, Asta hatte nicht dieses – Einladende gehabt, sie hatte nicht offensichtlich wollen, ihn wollen, durchaus nur ihn. Sondern sie hatte ihm in der Waisenhausgasse sozusagen gebeichtet, grade ihm, durchaus ihm.

Und darum wölbte sich heute nicht mehr der Fußboden.

Sondern Minerva sprang hervor und verdrängte Asta von Stangeler aus Melzers Vorstellungen leicht wie einen Hauch.

Da saß sie wieder unter der Person von Bronce mit den Weinranken, und das Licht fiel auf ihren braunen Escarpin, über dessen Leder sich vorn der rundliche Fuß ein ganz klein wenig schoppte. Das Licht von oben schien die zart gebogene Nase zu schärfen. Sie saß mit übergeschlagenen Beinen, und die Mitte ihres Körpers ruhte in einem breiteren Schatten, den jener allzu komplizierte Beleuchtungskörper durch seine hervorragenden Ornamente selbst erzeugte. Im Hintergrunde des Zimmers, wo ein Diwan stand, waren wohl noch zwei oder drei Personen (es konnte die gute, dicke Dolly Storch gewesen sein, ihr Köpfchen war von der Schönheit einer Odaliske, aber leider entsprach auch die Gestalt orientalischen Wünschen). Nun, Melzer redete von früheren Zeiten. Und bevor noch Eulenfeld, der schon ziemlich weit vorgeschritten war (hier wurde immer Cognac getrunken, aus großen Gläsern), alles, wonach Melzer eigentlich tendierte, mit seinen militärischen Sentiments überschwemmen konnte – von der alten Kameradschaft mit der k. u. k. Armee – da hatte Melzer schon eine nicht nur leicht anfliegende, sondern ihn ganz durchdringende und bestimmte Empfindung erlebt in bezug auf Editha. Es war die Empfindung, als befände er sich mit all' jenen Erinnerungen (die ja nur ein Teilchen waren von seiner geradezu habituell gewordenen Bemühung um die eigene Vergangenheit) einer fugenlosen Wand gegenüber, geheimnisvoll und erkältend zugleich. Denn was Editha sagte, das kam so heraus, als lese sie es von einem Notizblock ab, einem Merkblock, es wurde also nur von der Merkfähigkeit zusammengehalten und nicht eigentlich vom Gedächtnis. Es verhielt sich zu diesem wie ein paar mit Bureauklammern geheftete Notizblätter zu einem Buche, dessen liebevoll über die Vergangenheit geneigter Bericht nicht nur viel mehr Einzelheiten mit sich führt als so ein Notiz-Kalendarium, sondern alles überdies vor dem leuchtend rostfarbenen Hintergrunde des Gewesenen. Dieser fehlte hier ganz. Und auch von Edithas Seite jeder eigene Antrieb zur Fortsetzung eines solchen Gespräches und zum Verweilen bei derartigen Gegenständen. Sie gab Auskunft. Sie wußte zu sagen, was Marchetti jetzt treibe, wo Honnegger sich befinde, ja, sie erwähnte völlig unbewegt, daß Semski in Wien der polnischen Botschaft angehöre. Melzern regte dieses ihr Verhalten in tiefster Tiefe auf, mehr noch als er selbst augenblicklich wußte; ja, seine Unruhe und Bedrängtheit waren gewissermaßen weiträumiger und verzweigter, als daß sie in so wenigen Augenblicken Platz gefunden hätten. Alles das drängte sich nur ungenau und unbegreiflich zusammen unter einer Vorstellung, die ihn jetzt nicht verließ, nämlich wie er mit Editha nach dem ersten (eigentlich schon einem zweiten!) Wiedersehen heuer im Frühjahre durch die Straßen und Gassen der inneren Stadt gegangen war. Sie kannte sich da anscheinend nicht besonders gut aus und hatte zum Beispiel den Weg von der Goldschmiedgasse auf den Kohlmarkt, wo in einer Papierhandlung etwas zu besorgen war, über die – Tuchlauben nehmen wollen. Nun, Editha war mehrmals durch längere Zeit von Wien weg gewesen, in Lausanne und in Paris. Ausländische Eindrücke wogen bei ihr vor. Wenn sie etwas mehr und zusammenhängend sprach – was selten war – dann konnte man das spüren. Jedenfalls erreichte Melzer in keiner Weise von ihr, was er unbewußt eigentlich wollte: Seiniges, das er ihr nahe brachte, in ihre persönliche Wärme gehüllt zurück zu erhalten. (Übrigens wollen die meisten Menschen nichts anderes, wenn sie uns anreden – man führt daher jedes Gespräch am vorteilhaftesten so, daß man den Leuten sagt, was sie eben gesagt haben, nur leicht variiert; auf diese Weise ergibt sich bei geringstem Aufwande das beste Einvernehmen.)

So also war die Lage gewesen – keine Sachlage, sondern nur eine Seelenlage mit zwischen zweien schwankender Waage – unter der Person von Bronce mit Oki Leucht auf dem Teppich zu Edithas Füßen, mit Cognac und mit Dolly Storch im Hintergrunde, und eben hatten des Rittmeisters sentimentalisch-martialische Erinnerungen (er redete vom Kriege wie andere Leute von der sogenannten ‚guten alten Zeit‘) Terrain gewonnen und es zu überfluten begonnen – als René Stangeler eintrat.

Melzer erkannte ihn sogleich wieder.

„Wo ist dein Gretlein? Schon nach Italien abgereist?" fragte der Rittmeister mit etwas schwerer Zunge.

René gab darauf keine Antwort. Er warf einen Blick zu Dolly Storch hinüber und wandte sich dann Editha zu.

„Wir kennen uns ja", sagte sie und gab ihm die Hand.

Auf Melzer wirkte das geradezu erleichternd. (Seine Freude oder Genugtuung wäre drei Tage vorher geringer gewesen:

denn da schien Editha durch ein paar Augenblicke fast darauf gewartet zu haben, daß man ihr – den René Stangeler vorstelle, bis sie ihn dann doch begrüßte.)

Auch ihn selbst erkannte Stangeler ohne weiteres. „Ich erinnere mich genau", sagte er, „wann wir uns das letzte Mal gesehen haben, Herr Melzer. Es war auf der Strudlhofstiege im August 1911."

„Strudlhofstiege?" sagte Editha, „was ist das?"

„Von der Bolzmanngasse in die Liechtensteinstraße hinunter", bemerkte Leucht, während er, auf dem Teppiche liegenbleibend, René beiläufig die Hand reichte. Dieser schien, nachdem er Melzern so prompt angesprochen und sich damit gleichsam Luft geschaffen hatte, jetzt eher befangen oder gar etwas verwirrt. Er vergaß zunächst sogar Dolly Storch – sie rief ihm „Servus René!" zu – und die anderen rückwärts beim Diwan zu begrüßen.

Der ‚Gymnasiast‘, jetzt schon ein Doktor der Philosophie, erschien Melzer kaum verändert (und das hatte jener mit Editha gemeinsam). Nur ein Zug seines Antlitzes war vielleicht verstärkt, den Melzer vermeinte schon damals empfunden zu haben (rückblickend wenigstens vermeinte er das jetzt, und dabei dachte er rasch an die Umgebung des Tennisplatzes der Villa Stangeler und den Bach mit dem kleinen Stauweiher). Es hatte dieses Gesicht mit den leicht schräg stehenden Augen die Tendenz, sich wie ein geschürzter Knoten zusammenzuziehen, und zwar um einen Punkt, der etwa bei der Nasenwurzel liegen mochte. Nun hatte René sich bei ihm und Editha niedergelassen. Melzer fühlte eine Art von Stärkung gegenüber jener früher erwähnten fugenlosen Wand. Er empfand René hier wie einen Verbündeten, mit welchem er ein Geheimnis gemeinsam besaß. Dabei war ihm ganz gegenwärtig, daß seltsamer Weise jene Editha Pastré, die vor vierzehn Jahren den Auftritt auf der von Stangeler so prompt erwähnten Strudlhofstiege veranlaßt hatte (einen Vorgang, welcher ihr selbst, wohl möglich, unbekannt geblieben war), dieselbe Person sein sollte wie die hier sitzende Frau Schlinger, ach Editha, die Mitte in

breiteren Schatten und wieder in's Licht tretend das Seiden-
bein – Leucht konnte es wohl allzu gut und allzu weit hinauf
sehen – und der Fuß mit der kleinen dicklichen Rundung über
dem Vorderleder des Schuhs! Melzer begann also Stangeler
nach dessen Familie auszufragen. Und das war nun damals der
sichere Weg, Renés Mißtrauen zu erwecken: alles, was von
dort kam, empfand der sich mühsam seiner Meinung nach zu
einer eigenen Lebensform losringende junge Mann als profund
feindlich, welcher Instinkt sich sogar auf die harmlosesten Bekannten des Elternhauses erstreckte – und wenn eine solche
etwas krampfhafte Ablehnung Melzern gegenüber nicht sogleich hervorgesprungen war, dann nur aus dem Grunde, weil
dieser im Gedächtnisse Renés festgehalten erschien auf einem
Bilde, das für ihn zu den frühesten eines beginnenden eigenen
und eigentlichen Lebens gehörte ... Jetzt freilich, als Melzer
mit den Eltern, und den beiden älteren im Ausland lebenden
Schwestern und deren Gatten, und gar noch mit irgendeiner
Tante oder einem Onkel begann: da geriet Stangeler sogleich
in Abwehr und warf Melzern sozusagen zum übrigen, was da
herein gehörte. Zudem, er wußte nie Genaues in bezug auf
seine Familien-Angehörigen, was sie trieben oder wieviel
Kinder sie hatten, nicht einmal, wie alt sie waren; und alle
Fragen nach derartigem langweilten ihn und machten ihn ungeduldig.

Melzer fühlte nun freilich Renés Verdüsterung und Abwehr und sah sich also auch von dieser Seite mit seinen um das
Vergangene werbenden Bestrebungen allein gelassen. Das
immer einsilbiger werdende mißtrauische und schon geradezu
verbockte Verhalten Stangelers brachte ihn zudem auf eine
falsche Spur (und hier sieht man, von welchen brückenlosen
Flüssen zwei Nebeneinander-Sitzende getrennt sein können,
außerdem aber auch, daß die banalsten und nur materiellen
Erklärungen von Erscheinungen, fast in allen Fällen richtig,
es doch nicht ausnahmslos sind). In Melzer erschien geschwinde die Vorstellung, daß bei Stangelers infolge des Krieges die Vermögens-Verhältnisse und Familien-Sachen vielleicht

derart zerrüttet seien, daß René ungern daran erinnert werde und deshalb eine solche Zurückhaltung zeige in bezug auf alles, was seine Angehörigen betraf ... Augenblicklich beschloß er bei sich, hierüber demnächst etwas in Erfahrung zu bringen. So stellte er, durch René's Verhalten bewogen, diesen mitten hinein in die Familie und ihre Zusammenhänge, als ihren Vertreter und weiter nichts, wo doch Stangeler ein genaues Gegenteil zu betonen bestrebt war ...

Ja, so geht's.

Man soll nichts betonen. Die Taste, die einer anschlagen will, recht vernehmlich, die ist wie stumm im Gehör der anderen, aber die Obertöne und die Untertöne klingen an und klingen in fremden Ohren noch, wenn man selbst längst nicht mehr daran denkt. Die Leute hören halt nie richtig. Aber auf ihre Art immer die Wahrheit.

Eben wollte er nach Asta fragen.

Er hatte nicht gleich damit beginnen mögen.

Hinter den hier erregten Bündeln von Gefühlen und Gegengefühlen, ungeordnet die Plattform vorderen Bewußtseins überfüllend, verschwunden, eh' er sie benennen konnte, hinter den kleinen, raschen, äußerst trivialen Erwägungen, die er hatte (wie wir alle), hinter Editha und sogar weit noch hinter René, wehte es, wie eines fernen Fensters unruhiger bunter Vorhang.

Vorne alles überflammt: Schwulst, Feuersbrunst, knackende Riegel, sich biegende Wände, Editha. Und Angst, Abgerissenheit.

Dort rückwärts das Gewesene, er selbst.

Er fragte nach Asta. Und erfuhr nicht mehr, als er schon wußte.

Er fragte nach dem Landhaus. Ja, man war im Sommer immer draußen (er, René, nur zeitweise), auch winters manchmal, es befand sich noch im Besitz der Familie, ebenso wie das Haus in der Stadt.

„Also scheint ja doch alles in Ordnung zu sein", dachte Melzer und: „was er nur haben mag?!" Im übrigen: er würde hinausfahren im Sommer – ja! eine Tour auf die Rax-Alpe und bei dieser Gelegenheit ... Da wär' ja gar nichts dabei! Ohne weiteres. Er nahm sich das vor. Und wußte sich doch von diesem Vorsatze getrennt. „Ich werde ganz anders eingewickelt jetzt", sagte er innerlich und fühlte lebhaft die Befangenheit gegenwärtigen Lebens, die er da so seltsam benannte.

Ja, manches wäre einfach. Aber die Hand langt nicht hin, der Arm ist zu kurz. Die verflixten Trópoi.

Ganz wie hier, jetzt und heute, vor dem grünspiegelnden Fenster. Samstag, der 22. August. Ein heißer Samstag in der Wiener Porzellangasse. Weder in Kritzendorf noch auf der Rax.

Nein. Er wird hinausfahren. Noch vor dem Herbst. Bestimmt.

Dann hatte René gesagt: „Nur das ‚Quartier Latin‘ existiert nicht mehr. Es ist nach Etelkas Hochzeit aufgegeben worden. Die Tapetentüre vor den drei Stufen hinunter in Astas Zimmer, in das kleinwinzige, hat man vermauert. Ich war dabei."

„Wieso – du warst dabei? Wie meinst du das?" fragte Eulenfeld mit einer merklich schweren Zunge. Sie war jeden Samstag abend um diese Zeit schon schwer, unweigerlich.

„Die Türe wurde noch im gleichen Frühjahre vermauert, als gerade einmal alle auf der Villa waren", sagte René, „nur ich blieb in Wien, eben damals, weil ich mich zum Militär stellen mußte. Ich hab' den Maurern zugeschaut. Nachher ist der Raum frisch tapeziert worden. Dann war dort keine Tür mehr. Nach meiner Rückkehr aus Sibirien hab' ich zuerst in diesem Zimmer gewohnt."

Melzer stieß sich an dieser vermauerten Tür wie an einer Ecke, es drang wie ein Fremdkörper in ihn. Seine Vorstellungen umrankten das Tür-Viereck. Er sah es jetzt mit rohen Ziegeln ausgefüllt.

„Sie waren in Sibirien, René?" fragte er höflich und eine konventionelle Anteilnahme vorschiebend, nur um dahinter ungestört zu bleiben; „ja, ich hab' davon sogar gehört", setzte er noch hinzu.

Stangeler kam zu keiner Antwort. Denn der Rittmeister vermeinte jetzt Gelegenheit zu haben, in sein früheres Geleis zu rückzuwenden. „Ja, und vorher war er im Krieg und vierzehn Tage waren wir sogar beisammen . . ."

Editha hörte ruhig zu. Ihre Haltung, wenn jemand redete, gleichgültig wer, war immer eine solche, als halte sie es vor allem einmal und auf jeden Fall für gut und vorteilhaft irgendetwas zu erfahren, von irgendetwas Kenntnis zu bekommen, sei es von was immer. Übrigens wandte auch der um Dolly Storch und die Ottomane gruppierte Teil der kleinen Gesellschaft jetzt die Aufmerksamkeit herüber.

„Ich war vierzehn Tage sein Eskadrons-Chef", sagte Eulenfeld behaglich, und als Melzer verwundert dreinsah, erklärte er ihm das. Vierzig österreichische Dragoner, ein Leutnant und ein Fähnrich waren von ihrer Truppe versprengt worden und hatten sich, auf der Suche nach dieser, seiner Schwadron angeschlossen. „Ihr wart famos beisamm', damals," bemerkte er zu Stangeler, „Pferde und Waffen prima, alle Portionen hattet Ihr auch noch." Er schilderte dann einen Erkundungs-Vorstoß seiner durch die österreichischen Reiter verstärkten Abteilung. (Die Zunge war gar nicht mehr so ungelenk.) Endlich zu Stangeler: „Wieviel Zeit lag eigentlich zwischen eurer erfolgreichen Attacke gegen die Kosaken-Sotnie und dem Gefecht, das die Eskadron teilte?"

„Eine Attacke gegen Kosaken hast du mitgemacht, René?" fragte Dolly in einer ganz unverhüllten, fast kindlichen Sensationslüsternheit vom Diwan her. „Geh erzähl' doch!"

In Melzer erhob sich etwas wie ein obligatorisches Interesse. Er hatte sozusagen eine Gebühr darauf, sich hier zu interessieren. Er war ja Berufs-Offizier gewesen. Es war eine ähnliche Reaktion wie sie jeder hat, wenn sein Name ausgerufen wird. Beinahe ließ er sich ein, beinahe wurde er warm. Aber es war doch ein Widerstand in ihm. Jetzt allerdings versuchte er innerlich nicht, sich auf den Major Laska zu stützen.

Sondern gewissermaßen auf die Strudlhofstiege (?!).

„Die Gretl mag es nicht, wenn er aus dem Krieg was erzählt", sagte Dolly, die sich am Diwan halb aufgerichtet hatte, und ließ sich enttäuscht wieder zurückfallen.

Stangeler schwieg noch immer.

Auf seinem Gesicht spiegelte sich lebhaft und ganz offenbar ein Kampf, den er sehr ernsthaft zu führen schien. Und eben hatte noch Dolly in einer für ihn ungünstigen Weise und an empfindlicher Stelle eingegriffen ... Aber, aber: auch das schien überwunden, es konnte nicht entscheidend werden! Auf diesem Antlitze schwankten jetzt geradezu Lichter und Schatten, von innen durchbrechend. Jedoch, da löste sich der Knoten, welcher um die Nasenwurzel schon bedenklich zusammengezogen war; und dieser Knoten entließ nicht nur das Antlitz, sondern den Körper, die Glieder, Schultern und Hals, Arme und Beine, die Hände, ja sogar das Haar in eine Auflockerung und beglückende Lösung. Stangeler lächelte und sagte noch immer nichts. Und das, während jetzt alle mehr oder weniger ihm zugewandt blieben, von ihm eine Erzählung oder irgendeine Antwort erwartend, kurz: die mindestens sieben oder acht Personen, welche im Zimmer anwesend waren, lagen mit ihrem ganzen Gewicht auf dem langen Hebel seines Geltungs-Bedürfnisses ...

Editha betrachtete René aufmerksam, kenntnisnehmend.

Der Rittmeister sah ihn zunehmend vergrämt mit Äuglein an, die bald zu Knöpfen erloschen.

Und Melzer wußte, zu seinem eigenen Erstaunen – welches so groß war, daß es hier mitten in's Zimmer eine Schlucht riß – was in Stangeler vorging.

Und daß in ihm – die Strudlhofstiege gesiegt hatte. So hätte das nämlich in der Sprache Melzerischen Denkschlafes geheißen.

Jetzt, nach vergangenen Augenblicken, die vom bisherigen Gespräche sauber absetzten, antwortete René und redete leichthin, wie beiseite:

„Es sind etwa zehn Tage vergangen von dem Gefecht, das du meinst, bis zu unserem Zusammentreffen. Im wörtlichen Sinne war es übrigens kein Gefecht, das wirklich geführt worden wäre, worin ja schon eine gewisse Bewußtheit liegt – in dem Worte ‚führen' nämlich – sondern ein Ineinander-Reiten, das höchstens eine halbe Minute gedauert hat."

Nach einer kleinen Pause sagte er:

„Beim Galoppieren über eine sehr sanft geneigte Wiese hinab bin ich an so etwas wie einem Brunnenhäuschen vorbei gekommen, ein ganz kleines Dacherl, nieder über dem Boden, es war da eine Quelle gefaßt worden, so hat's ausgeschaut, wie von einer Wasserleitung; in der Nähe ist ein Dorf gewesen. Von dem Dacherl weg auch ein kleiner Graben, das Wasser hat einen Augenblick lang darin geblitzt. Ich hab' mir den winzigen Raum unter dem Dacherl vorgestellt über der Quelle, kühl, rein, gefaßt, geborgen, das murmelnde Wasser. Wir sind geritten mit unseren Säbeln und haben ‚Hurra!‘ geschrien. Wir haben garnichts gegen das Dacherl gehabt, wir meinten ja doch die Kosaken – und das Dacherl nichts gegen uns. Ohne Gegensatz unendlich weit voneinander entfernt. Eine äußerste Entfernung, wie sie der größte Gegensatz nie umspannen kann."

René wandte sich jetzt geradezu an Melzer:

„Die Maurer haben damals ziemlich lange gebraucht. Es war ja die dicke Mauer, die Feuer-Mauer zwischen zwei Häusern, die Öffnung mußte ganz ausgefüllt werden. Ich empfand es nicht eigentlich als feindselige Handlung, dieses Abmauern. Aus einer Wohnung sollten wieder zwei werden, wie es ja ursprünglich gewesen war. Irgendwann mußte das schließlich einmal herauskommen, daß zwei verschiedene Häuser hier an einer Stelle gemeinsame Sache gemacht hatten. Im Frühstücks-Zimmer hatte man alles beiseite geräumt, Teppich und Vorhänge waren weg, alles kahl. Ein Trog mit Mörtel stand da. Ich hab' das mittags gesehen, wie ich zum Essen gekommen bin, da waren die Arbeiter weggegangen. Die Lina, das Stubenmädchen, hat mich gleich hineingeführt, um mir die Bescherung zu zeigen. Das Zimmer voll Kalk und Schmutz natürlich, der richtige Professionisten-Pallawatsch. Ich mußte das Mittagessen in einem anderen Raum einnehmen, sonst bekam ich es immer im Frühstücks-Zimmer, wenn ich allein in Wien sein mußte. Es war ein sehr heller, sonniger Tag. Nach dem Essen bin ich gleich wieder hinübergegangen, zu der Mauer. Sie war noch nicht hoch, drei, vier Ziegel vielleicht auf dieser Seite. Man hatte von beiden Seiten begonnen. Die Wohnungen waren leer. Ich wollte noch in Astas kleines Zimmer hinuntersteigen, aber der Trog mit dem Mörtel ist mir im Wege gestanden, es wäre auch wegen der drüben, an Stelle der drei Stufen, heraufgewachsenen Mauer vielleicht schon zu umständlich gewesen. Mir fiel zudem ein, daß schon alles ausgeräumt sei. Ich hatte mir wohl Astas kleines Zimmerchen noch so vorgestellt, wie es früher einmal gewesen war: ich ließ das also, ich blieb. Die Wohnungen waren leer, beide. Es rührte sich nichts. Ich lauschte hinüber, über die Ziegel weg. Alles blieb still. Wann aber, so hab' ich damals gedacht, werden sich die zwei Wohnungen wirklich trennen? Jetzt schon? Oder mit dem letzten Ziegel, der die letzte Lücke schließt? Ich hab' eigentlich gemeint – das weiß ich aber erst heute – wann werden aus der einen hier herrschenden Stille und Einsamkeit zwei Stillen und Einsamkeiten geworden sein? Ohne Gegensatz unendlich weit weg von einander. Und wenn einmal auf beiden Seiten die Wand tapeziert sein wird und niemand mehr denkt, daß hier eine Türe war, dann ist die Trennung sozusagen ausgeheilt."

„Ich kenn' Eure Nachbarn zufällig", sagte Leucht faul vom Teppich herauf und gähnte.

„Sollt' ich meinen", grunzte der Rittmeister, aber diese Bemerkung blieb unverstanden und unbeachtet.

„Kann man das eigentlich ‚Nachbarn' nennen?", fragte Melzer bescheiden.

„Otto, mach' einen Kaffee", rief Dolly von rückwärts, „mir sind solche G'schichten ungemütlich."

„Ja, ja", sagte der Rittmeister, „das sind so die familiengeschichtlichen Epochen und zugleich die in der eigenen diesbezüglichen Biographie." Er schlenkerte in die Küche hinaus.

Jemand hatte das eine Fenster geöffnet. „Es ist wieder schön geworden! Und eigentlich warm. Der Mond scheint", rief man. Dolly mit ihrer Umgebung vom Diwan beugte sich hinaus. „Es regnet nicht mehr", sagte sie. In den Zigarettenrauch des Zimmers wehte der Geruch des feuchten Asphalts, aber auch

Gründuft aus irgendwelchen nahen Gärten. Es war fast in der Art zu spüren, als träte jemand mit einem Licht in den Raum.

Stangeler sagte vor sich hin, wie dem Rittmeister antwortend, der gar nicht mehr im Zimmer war:

„Die Voraussetzung jeder Selbstbiographie wäre aber eigentlich das Fallenlassen der Vorstellung von den Epochen des eigenen Lebens. Sie sind alle falsch. Zunächst muß das eigene Leben aus den Ordnungs-Rahmen fallen, die man ihm schon ganz gewohnheitsmäßig gibt, jedesmal, wenn man es ansieht. Eine Fassaden-Architektur. Jeder konstruiert sich da selbst. Erst wenn das ganz verschwindet, weitet sich alles enorm aus, die Rahmen lehnen als kleine Gitterchen abseits, und dieser Anblick ist eines vor allem anderen: erstaunlich. Damit erst ist eine Autobiographie möglich geworden, glaub' ich . . . "

René schwieg, aus seinen schrägen Augen seitwärts blickend. Er saß in bequemer Haltung, zurückgelehnt, die Hände in den Taschen. Er hatte offenbar jetzt ausdrücken können, was er eigentlich meinte, er war fertig und sagte nichts mehr. Sein Gesicht verriet Wohlbefinden, vielleicht sogar Glück. Melzer entdeckte in diesen Augenblicken seine Sympathie für ihn, aber als etwas immer schon vorhanden Gewesenes. Jetzt sah er wieder den Bach mit dem Stauweiher vor sich, hinter dem Tennisplatz der Villa Stangeler. Der Gymnasiast saß am Wasser auf einem Sandhaufen. Melzer war zufällig hierher geraten, zwischen zwei Spielen, aus Neugier, um zu schauen, wie es da hinten in der kleinen Schlucht, gegen den Wald zu, eigentlich aussähe? Und er war damit in einen ganz anderen Bereich geraten, das fühlte er, hier unter den hohen Fichten, die bis an den kleinen Wasserspiegel traten, in einen schattigen Bereich, der mit dem Laufen auf dem Tennisplatze, den Zurufen, dem gespannten tamburin-artigen Ton der schlagenden Rackets, wenn sie den Ball trafen, nichts mehr zu tun hatte, obwohl man doch all diese sozusagen sonnigen Geräusche hier hören konnte, es waren ja nur ein paar Schritte . . . am anderen Ufer, auf der kleinen etwa meterbreiten Staumauer, welche die Bach-Schlucht querte, stand ein Herr von Geyrenhoff, Präsidialist im Finanzministerium, und sprach mit René. Jetzt freilich hatten sich beide Melzer zugewandt, der über die Mauer herankam.

Es waren dann einige belanglose Worte gewechselt worden und Geyrenhoff kehrte unterdessen zum Tennisplatze zurück: er selbst aber war noch eine Weile bei René geblieben, dessen entsann er sich genau.

Jetzt also erkannte Melzer den René Stangeler sozusagen ganz wieder als durchaus den selben, der dort auf dem Sandhaufen am Wasser gesessen hatte. Nicht wie Editha. Sie zerfiel. René blieb ganz.

Es war eine kleine, rasche Qual in Melzer.

Jetzt, nach Monaten, bei seinem minutenlangen Vorbeisturz an sich selbst, vor dem tiefen spiegelnden Grün der Jalousien, hinter dem wieder geschlossenen Fenster, fühlte er sie neuerlich und zum so und so vielten Male . . .

In der Wiener Porzellangasse.

Am heißen Nachmittage des 22. August 1925, Samstags.

Er fühlte sie wieder, diese Qual, aber sie war nicht mehr klein und rasch, sie war groß und langsam, fast stehend geworden.

Editha aber, unter der Person von Bronce, mußte irgendwas gespürt haben. „Du bringst doch Edithchen nach Hause, Melzerich", hatte der Rittmeister mit schwerer Zunge gesagt. Editha wohnte jetzt nicht mehr in der Neubaugasse, sondern jenseits des böhmischen Bahnhofs. Sie hatten den gleichen Heimweg. Das erfuhr er jetzt.

„Und wir gehen über die Strudlhofstiege", sagte sie.

„Ist ein Umweg", bemerkte Eulenfeld, der unaufhörlich mit dem Gähnen kämpfte. „Ihr habt doch eine direkte Tramway."

„Macht nichts", entgegnete Editha. „Ich möcht' ein wenig Bewegung haben, es ist schön draußen. Gehen Sie ein Stück mit, René?"

„Jedenfalls bis zur Strudlhofstiege", sagte Stangeler.

So war Editha zwischen Melzer und Stangeler die Skoda-Gasse hinunter gegangen, langsam, wozu das Wetter jetzt einlud, die Luft war frisch und still, der Mond lag in Flächen an den Häusern und in Bahnen zwischen diesen in die Gassen fallend. Von der breiten, gestreckten und gleichmäßig hinabführenden Spitalgasse aus sah man noch einzelne absegelnde Wolken an dem rein gewordenen Himmel. Sie wandten sich zum Bürgerversorgungshause, welches damals noch stand – statt des Parks, den der zweite Weltkrieg dann verwüstet hat – nach rechts; und in die schmale Strudlhofgasse tauchten sie sozusagen ein, denn hier war alles tief im Schlagschatten und doppelt scharf im Monde, dessen Licht von den Dachkanten floß und in der Waisenhausgasse – jetzt hieß sie schon Bolzmanngasse – ausgebreitet lag. Die Akademie blieb links hinter dem Mondlichte, niemand dachte ihrer, auch Stangeler nicht. Da kam noch ein kurzes Stück der Strudlhofgasse, da war die Stiege: Abbruch, Absinken, junges hellgrünes Laub, der Schatten zerschlagen und gemischt vom Monde und dem Schein der Doppel-Kandelaber oben und unten. Bisher war kaum ein Wort gesprochen worden. Aber an der Brüstung blieb Melzer jetzt stehen. Die seltsam gekreuzten Gefühle öffneten seinen Mund.

„René, erinnern Sie sich noch . . .?" sagte er, da ihm nichts Besseres einfiel.

„Natürlich", antwortete Stangeler knapp, „ganz genau."

Ihre Blicke trafen sich auf Editha, dem Punkte augenblicklicher gemeinsamer Beziehung.

„Das ist also diese ‚Strudlhofstiege‘. Sehr schön eigentlich", sagte sie, und weiter nichts. Dann hatte man hinabzusteigen begonnen . . .

Aber Melzer stieg jetzt herauf aus dem grünen, aquarienhaften Unterwasser-Licht und wandte sich zurück in sein Wohnzimmer, und als er zwei Schritte in der Richtung auf das Bärenfell zu getan hatte, klopfte es, und das Mädchen seiner Hausfrau brachte den bestellten Fünf-Uhr-Tee.

Melzer blieb lange bei dem Tee-Brett sitzen. Er fühlte sich verändert, wie man sich nach einer Anstrengung verändert fühlt, jedoch keineswegs geklärt wie nach einem Willensakte.

Sein Vorbeisturz an sich selbst war ihm nicht anders zugestoßen, als einem unglücklichen Serviermädchen der Hinabsturz einer Platte und des Geschirrs. Melzer hatte gleich zu Anfang das Kaffeegeschirr umgeworfen. Diesem war nichts passiert, das Täßchen war ganz geblieben, die Folgen traten dann sozusagen auf einer anderen Ebene ein. Er wußte, daß er jetzt seine Wohnung verlassen, ausgehen werde, auf keinen Fall hierbleiben. Und blieb sitzen. An der Wand gegenüber, beim Bärenfell, rechts vom Kamine, war für ihn stets ein leerer Fleck. Dort sollte etwas sein, was er schon lange haben wollte, aber es kam nicht dazu. Es kam auch nicht dazu, daß er seine Tour auf die Rax machte. Ein Beleuchtungskörper sollte dort sein. Er wünschte, auf dem Bärenfelle liegend, lesen zu können (die Zeitung). Er wünschte sich einen kleinen Wandarm mit einer elektrischen Kerze. Wie im Empfangszimmer der Konsular-Akademie, in dem Empire-Zimmer. Dieser Wandarm müßte einigermaßen tief angebracht sein, um liegend erreicht werden zu können, und das Einschalten oder Ausschalten des Lichtes sollte durch ein Ketterl bewirkt werden, an dem man nur zu ziehen brauchte. Es würde etwas ungewohnt aussehen, diese elektrische Kerze, so nah dem Boden, neben dem Kamin, wo man doch bei Kaminen oft oben links und rechts solche Wandarme hat. Frau Rak würde sich wundern, das heißt, sie würde es natürlich nicht hübsch finden.

Als Stangeler damals sich verabschiedet hatte, am unteren Ende der Strudlhofstiege, und er selbst mit Editha noch weiter bis zu ihrem Haustor gegangen war – nichts, gar nichts: dieser Weg war so ruhig gewesen, unbeweglich, obgleich man ging, reglos wie die Blätter der Wasserpflanzen auf den toten Donau-Armen bei Greifenstein oder Tulln. Als sie den weiten Platz vor dem Bahnhofe gequert hatten – die beleuchtete Uhr machte unzweifelhaft, daß es weit später geworden, als Eulenfeld vermeint hatte, und eine Straßenbahn ließ sich weit und breit nicht mehr sehen oder hören – zeigte Editha, im Entlangschreiten an der Ankunftsseite des altmodischen Gebäudes, voraus und hinaus in das aufgehellte Halbdunkel des Mondlichts. „Von

hier sieht man immer den Kahlenberg," sagte sie, „das hab'
ich so gern." Man sah ihn auch jetzt, sogar die Lichter des
Hotels. Der Hügelschwung lag zartblau im Monde gehöht.

Plötzlich stellte Melzer sich vor, wie ihm wohl zu Mute wäre,
wenn er, des Nachts heimkehrend, in seinen sonst nicht beleuchteten Zimmern an einer Stelle, wo vordem nie ein Beleuchtungskörper gewesen, ein helles, starkes, ja strahlendes
Licht finden würde.

Dieses Bild war ihm schlechthin gräßlich. Es bedeutete
Warnung, es bedeutete Ernst, Gefahr, fast schon Nähe des
Todes.

Er stand auf, schritt zu dem ihm näheren Fenster, öffnete die
inneren Flügel und ließ mittels der Schnur die Jalousie hoch-
gehen, welche ohnehin nur wegen seines Kèfs herabgelassen
worden war. Denn Sonne hatten diese Zimmer so gut wie nie,
höchstens vormittags. Sie lagen, ebenso wie Melzers neues
Büro, auf der Schattenseite der Porzellangasse, den Miserowsky'schen Zwillingen schräg gegenüber.

Er öffnete das Fenster ganz.

Die Wärme quoll herein, dick wie eine Tuchent, hier herinnen war es doch ganz erheblich kühler als in den Straßen. Über
diesen stand der Lärm jetzt geradezu kompakt. Abströmen von
Menschen aus der inneren Stadt, Eile kreuz und quer, geschwinde letzte Einkäufe, der Samstag-Abend. Die Straßenbahn, hier immer sehr schnell fahrend, ließ die schmutzig-
weißen Dächer ihrer Waggons sehen, begleitet von einer
Meute heulender Geräusche. Im Gipfel von Melzers verdutz-
tem Gehör aber herrschte das Geknatter unaufhörlich vorbei-
rasender Motor-Räder, die hier überall überholend vordrangen,
auch die Automobile hinter sich lassend. Melzer wußte, wohin
dies alles eilte. Hinaus. An die Donau. Zu Anfang dieser Woche
hatte Hitze geherrscht, um den Mittwoch herum aber regne-
rische Kühle, und gestern am Freitag hatte man kaum 20 Grade
gemessen. Heut' freilich schon ganz erheblich mehr, und der
morgige Sonntag, der 23. August, versprach wolkenlos zu
werden (wie er's denn auch gewesen ist). Melzer trat zurück

und schloß das Zimmer wieder gegen den Eindrang ab. Hier schwebte noch der tropisch-östliche Duft des Kaffees und Tabaks. Die Sonne lag als leuchtender Rost auf den Häusern gegenüber, wie in dicker Schichte, am Miserowsky'schen Zwilling erglühten einige Fensterscheiben.

Dieses Aufleuchten traf Melzern wie ein Wink und zeigte ihm die Stelle wo er jetzt, bei beginnender Leere, den Fuß hinsetzen konnte, um aus ihr heraus zu gelangen. Freilich, er würde heute abend im Beisel essen (aber damit meinte der Major nicht die ‚Flucht nach Ägypten', sondern sein gewohntes kleines Wirtshaus auf der Miserowsky-Seite der Porzellangasse, ein paar Häuser weiter gegen die innere Stadt zu). E. P. und die Frau Roserl werden wahrscheinlich hinkommen, dachte er. Sie kocht ja nie am Samstag abend, da will sie ihre Ruhe haben, wenn sie wieder eine ganze Woche in der Boden-Credit-Anstalt gesessen ist. Die Leute haben kein Kind zu erhalten, seine Stellung ist nicht so schlecht, und doch bleibt die Frau im Beruf, jeden Morgen rennen sie beide ins Büro. Dabei ist er noch dazu aus einer wohlhabenden Familie. Aber sie wollen halt ganz unabhängig sein. Auch mit ihren Liebhabereien. Die Sammlung von alten Puppen, die sie hat, ist schon sehr schön.

Die Existenz dieses Paares allein bildete für Melzer augenblicklich eine Beruhigung und Stärkung. Sogleich streifte er auch an die Möglichkeit, selbst so zu leben. „Eine liebe Frau“, dachte er, meinte aber damit jetzt nicht etwa Roserl P. oder überhaupt irgendwen bestimmten. (Nun, das sind eben Trivialitäten, Muster ‚wie wir alle'.) Aber, wenn auch nicht länger denn durch einen flüchtigen Augenblick verweilend: es konnte diese sich jetzt an ihn lehnende zärtliche und unbestimmt-unverbindliche Vorstellung unmöglich im Zustande der leeren Maske und der vollkommenen Anonymität verbleiben, ausgestattet nur mit den gleichsam rasch herbeigeholten notwendigsten Bestandteilen eines weiblichen Menschen. Sie zog ein Beispiel in sich hinein, wie ein Vakuum die Luft. Und so weit kam es damit doch noch, daß Melzer sich ein Frauenzimmer vorstellte, das mindestens zwei erkennbare Qualitäten aufwies:

Gutartigkeit und lange hohe Beine. Wie das nun zusammengekommen war, darüber läßt sich kaum was sagen, denn von vornherein zusammengehörig ist's keinesfalls. Wer kennt nicht goldne Herzen, die auf kurzen Pilzbeinchen wandeln, und auch sonst von eher stumpiger Gestalt!

Melzer war unterdessen ins Vorzimmer gegangen und hatte E. P. telephonisch angerufen. Aber hinter den leuchtenden Fensterscheiben des Miserowsky'schen Zwillings lärmte die Klingel einsam und niemand meldete sich.

Der Major machte sich fertig und verließ das Haus (übrigens waren die Zeiten der Girardi-Hüte und des Leutnants-Zivils überhaupt vorbei, Melzer trug einen braunen weichen Hut). Die Straße empfing ihn wie ein warmer Umschlag. Der Lärm füllte das Gehör an bis zum Rand, ebenso die Bewegung das Aug', Melzer wurde also ausgefüllt und dazu noch gehend beschäftigt mit der wohlanständigen Selbstdarstellung des bürgerlichen Menschen, wozu die Straße jeden machtvoll zwingt. Aber schon strebte er gleichwohl aus der Strömung. Vom Haustor hatte er sich nach rechts gewandt. Es war seine gewohnte, alte, wir möchten sagen, seine ursprüngliche Wendung vom Tore weg, es sei denn, daß er in's Amt ging, die hundert Schritte, oder wieviele es schon sein mochten, bis zu dem großen, hohen, öden, kalkigen Gebäude, das ganz und gar Quantität war, Quantität der endlosen Gänge, der zahllosen Zimmer, des zu bewältigenden Pensums (freilich war dieses durchaus human), der zu versitzenden Stunden. Aber sonst lag ursprünglich alles rechts, was ihn anging: sein Beisel, das Café, die innere Stadt. Erst durch das Erscheinen des Rittmeisters vor zwei Jahren und mit den Fahrten in die Donaubäder war der Platz vor dem Franz-Josefs-Bahnhof recht eigentlich in sein Bewußtsein eingegangen, kam er in gewohnterer Weise über das Ende der Porzellangasse, dort, wo die Weinhalle an der Ecke war, hinaus. Jetzt wohnte jenseits, drüben hinter dem Bahnhof, Editha.

Melzer strebte also aus der Strömung, wandte sich nach rechts, ging an dem schweren, barocken Portal des Liechtenstein-Parks vorbei – der Palast dahinter hatte für ihn immer etwas Alt-Chinesisches, noch aus der strengen Zeit – und nun wieder nach rechts, schräg über die etwas weniger belebte Liechtensteinstraße.

Da war sie bald, die Strudlhofstiege.

Er blieb unten stehen.

Der Major und Amtsrat hatte nun freilich kein Bewußtsein von einem genius loci, wie es dem René Stangeler schon als Gymnasiasten lebhaft zu eigen gewesen war (und er hatte ja auch keine Paula Schachl). Für ihn war's eine Stätte, deren Erinnerungen vielleicht ohne eine – hierin möglicherweise gänzlich unwissende – Editha Schlinger, geborene Pastré, für immer im Geröll der Jahre verborgen geblieben wären. So aber, wie die Sachen jetzt lagen, kam Melzer der Beziehungs-Art Renés zu diesem Orte wohl etwas näher. Und wenn er auch nicht gerade eine Bühne des Lebens erblickte in diesen Treppenaufgängen und terrassenförmig übereinander gelagerten flach ansteigenden Rampen: die Tiefe des eigenen, wenn auch noch so bescheidentlichen und bedeutungslosen Daseins, rührte unseren Melzer hier schon irgendwie an.

Er betrachtete das Werk – denn als solches erschien es immerhin auch seinem einfachen Gemüte – zum ersten Mal mit ein wenig Aufmerksamkeit und trennte sich so innerlich von einer endlosen Reihe der Passanten, die täglich unter ihre Füße treten, was sie eben darum nie gesehen haben. Als eine Gliederung des jähen und also seiner Natur nach stumpfen und brüsken Terrain-Abfalles wuchs es empor oder kam es eigentlich herab, dessen unausführliche und also beinahe nichts-sagend–allzufertige Aussage nun in zahlreiche anmutige Wendungen zerlegend, an denen entlang der Blick nicht mehr kurz ab und herunter glitt, sondern langsam fiel wie ein schaukelndes und zögerndes Herbstblatt. Hier wurde mehr als wortbar, nämlich schaubar deutlich, daß jeder Weg und jeder Pfad (und auch im unsrigen Garten) mehr ist als eine Verbindung zweier Punkte, deren einen man verläßt, um den anderen zu erreichen, sondern eigenen Wesens, und auch mehr als seine Richtung, die ihn nur absteckt, ein Vorwand, der versinken kann noch bei währendem Gehen. Dort oben, wo rechts die ockergelbe, einzeln und turmartig in den blauen Himmel hochgezogene Schulter eines kleinen, tief in sein inneres möbelhaftes Schweigen versunkenen Palais überstiegen und zurückgelassen wurde von einer hohen, in feinste Ästchen aufgelösten Baumkrone vor dem Sommerhimmel: dort oben schwang sich der Abgang zur ersten Rampe herein, würdig und ausholend in den baumreichen Hang, mit flachen, nicht mit steilen, eiligen, mühseligen Treppen. Hier war empor zu schreiten, hier mußte man herunter gezogen kommen, nicht geschwind hinauf oder herab steigen über die Hühnerleiter formloser Zwecke. Die Stiegen lagen da für jedermann, für's selbstgenuge Pack und Gesindel, aber ihr Bau war bestimmt, sich dem Schritt des Schicksals vorzubreiten, welcher nicht geharnischten Fußes immer gesetzt werden muß, sondern oft fast lautlos auf den leichtesten Sohlen tritt, und in Atlasschuhen, oder mit den Trippelschrittchen eines baren armen Herzens, das tickenden Schlags auf seinen Füßlein läuft, auf winzigen bloßen Herzfüßlein und in seiner Not: auch ihm geben die Stiegen, mit Prunk herabkaskadierend, das Geleit, und sie sind immer da, und sie ermüden nie uns zu sagen, daß jeder Weg seine eigene Würde hat und auf jeden Fall immer mehr ist als das Ziel. Der Meister der Stiegen hat ein Stückchen unserer millionenfachen Wege in der Großstadt herausgegriffen und uns gezeigt, was in jedem Meter davon steckt an Dignität und Dekor. Und wenn die Rampen flach und schräg ausgreifen und querlaufen am Hange, den zweckhaften Kurzfall und all' unsere Hühnerleitern verneinend; wenn ein Gang hier zur Diktion wird auf diesen Bühnen übereinander, und der würde-verlustige Mensch nun geradezu gezwungen scheint, sein Herabkommen doch ausführlicher vorzutragen trotz aller Herabgekommenheit: so ist damit der tiefste Wille des Meisters der Stiegen erfüllt, nämlich Mitbürgern und Nachfahren die Köstlichkeit all' ihrer Wegstücke in allen ihren Tagen auseinanderzulegen und vorzutragen, und diese lange, ausführliche Phrase kadenziert durchzuführen – ein Zwang für trippelnde Herzln und für trampelnde Stiefel – bis herab, auf die Plattform, wo sich um's Gewäsch und Geträtsche des Brunnens die sommerliche Einsamkeit dick sammelt, oder bis ganz unten zur Vase und zur Maske, die in eine warme stille Gasse schaut und ebenso unbegreiflich ist wie ein Lebendiges, sei sie gleich aus Stein.

Von der unteren Rampe wurde gewunken und jemand rief laut: „Herr Major Melzer!"

Da kamen sie, wie gerufen. Frau Roserl trug auch heute wieder eine hellrote Bluse. Melzer ging ein paar Schritte entgegen.

„Das ist ja sehr erfreulich", sagte der kleine E. P. in seinem eigentümlich schmelzenden Tone, der zusammen mit dem feuchten Glanz der mandelförmigen Augen eine eindringliche Herzlichkeit aussprach, einen Andrang von Herzlichkeit, möchte man sagen, an deren Echtheit nicht zu zweifeln war. Und doch war es zuviel, ja, es versetzte in Unruhe. Empfindlicheren Menschen (und zu diesen gehörte unser Melzer gewiß) konnte um E. P. zeitweise bange sein, wie um ein abnormales Wesen, das den Herzbeutel in hochverletzlicher Weise außerhalb der Leibeshöhle trägt.

Sie waren auf einem Abendspaziergang gewesen. Und natürlich wollten sie später im Beisel essen mit Melzer, hocherfreut.

Indessen standen alle drei noch unten vor der Stiege.

„Was haben Sie denn hier so aufmerksam studiert, Herr Major?" fragte der Kleine.

„Die Stiege", antwortete Melzer verdutzt. Man hatte ihn sozusagen erwischt. „Ich finde sie nämlich sehr schön."

„Ja?! Gefällt Sie Ihnen auch so gut?" rief E. P. „Oh, das freut mich. Siehst du, Roserl, das hätt' ich vom Herrn Major nicht anders erwartet."

„Ich wüßt' nur eigentlich gerne, wer das gebaut hat und wann es gebaut worden ist", meinte Melzer. „Sicher war da früher eine von diesen kahlen Treppen, wie man noch manche sehen kann, die Himmelpfort-Stiege zum Beispiel, von Liechtenthal hinauf zur Nußdorferstraße."

Der kleine E. P. sah etwas ratlos über die Rampen empor. „Ja, das weiß ich freilich nicht," meinte er, „obwohl, ich wüßt' schon einen, der sich da auskennt, in diesen alten Sachen." Sein Gesicht zeigte eine rasch einbrechende Trauer, ja Verdüsterung. Melzern konnte das kaum entgehen. Frau P. hörte nicht zu, sie war ein paar Stufen wieder hinaufgegangen und betrachtete jetzt interessiert die ganze Anlage.

„Und der wäre?" fragte Melzer.

„Ich glaub', Sie kennen ihn sogar", sagte E. P. „Der René Stangeler."

„Oh –!" rief Melzer. „Freilich kenn' ich den Stangeler. Ja, den muß ich fragen. Das sieht dem ähnlich, daß er solche Sachen weiß."

„Er hat Stadtgeschichte studiert", bemerkte E. P. tonlos und schwieg.

Sie machten sich bald danach langsam auf den Weg, um essen zu gehen. Hinter ihnen blieben die Stiegen zurück im unregelmäßigen Blätterschatten, mit ihren von überhangenden Zweigen und Laubgekuppel unterbrochenen und gemilderten Konturen. Der Abend begann oben sein rötliches Licht zu filtern und trat in einer breiten glühenden Pforte zwischen die Äste.

An diesem Abend erfuhr Melzer zum ersten Mal Näheres über René Stangeler. Roserl war bald nach dem Essen müde zur Ruh gegangen, von ihrem Mann und von Melzer ans Haustor geleitet, und die beiden Herren suchten noch das nahe Café auf. Die Mahlzeit war heiter gewesen, belebt durch verschiedene kulinarische Spezial-Genüsse, wie solch ein kleines gutrenommiertes Vorstadt-Wirtshaus sie damals zu bieten vermochte; man tat sich keinen Zwang an, und der Wein schloß den Appetit und das Gemüt auf. Melzer sprach sogar von sich selbst, was so gut wie unerhört war und durchaus erstmalig, mindestens für E. P. und seine Frau. Und wenn's auch nichts von Bedeutung brachte, wie es schien, und keine tiefen Seelengründe anrührte, so fand doch, was er sagte, bei dem Ehepaar eine ungeteilte Aufmerksamkeit und ein beinah schon gespanntes Gehör. Viel war's nicht. Seine Versäumnisse, daß er zu gewissen Dingen nie käme. Die Rax-Tour (das erwähnte er nicht zum ersten Male) und, als für ihn selbst, wie er vermeinte, besonders bezeichnend: der Leuchter zum Lesen rechts vom Kamin, unten über dem Bärenfell, die elektrische Kerze mit Kettchenzug zum Zeitunglesen – sie sei also noch immer nicht angebracht. Roserl lachte. „Na, wenn Sie nichts Schlimmeres auf dem Kerbholz haben, Herr Major – in dem Punkt wäre wohl noch zu helfen! Ich hab' übrigens auch durch eigene Schuld was versäumt, es ist aber nicht mehr gutzumachen: zwei süße ,Klosterpuppen', wie man sie nennt, sind mir vor der Nase weggekauft worden, nur weil ich mich nicht und nicht auf den Weg hab' machen können." Hier hatte E. P. Melzern einen unmerklichen leichten Stupser gegeben. Später, im Café, erfuhr er dann, daß die beiden Puppen – ein Engel mit Goldbrokatkleidchen und ein Judas Ischariot mit phänomenaler Geier-Nase – Frau Roserl heute abends bereits erwartet hatten, als sie schlafen gegangen war. Sie saßen auf ihrem Nacht-Tisch. E. P. selbst war der Käufer gewesen, und vor dem Spaziergang mußten Judas Ischariot und der apfelbackige Engel nicht ohne Schwierigkeit noch unbemerkt und rasch plaziert werden.

Aber, was half das alles: René, der Schiefäugige, kehrte wieder, wenn auch erst am späteren Abend, und mit ihm eine rasch einbrechende Trauer und Verdüsterung in E. P.s Zügen, die aber jetzt auf ihnen liegen blieb und mit jener Wehmut kämpfte, welche dem zeitlichen Abstande verdankt wird als erste Frucht, die er bringt, und vielleicht als letzte noch, hinter aller pflichtschuldigst gewonnenen und glücklich absolvierten Einsicht.

„Woher haben Sie denn gewußt, daß ich den René Stangeler kenne?" fragte Melzer.

„Sie haben früher schon einmal davon gesprochen, scheint mir, daß Sie wieder dort hinausfahren wollen auf die Villa zu der Familie, und da haben Sie's kurz erwähnt."

E. P. war schon in's Thema eingedrungen. Melzer hörte ihm mit einer Anteilnahme zu, als betreffe alles, was er jetzt erfuhr, in irgendeiner Weise ihn selbst. Was doch, genau genommen, durchaus nicht der Fall war. Aber der Major und Amtsrat empfand es nun einmal so. Es scheint ihm damals irgendeine Verknüpfung mit Stangeler schon so selbstverständlich gewesen zu sein, daß er sie nicht mehr recht eigentlich bemerkte und feststellte. Individuen wie Melzer bemerken vielleicht noch manches, aber feststellen tun sie gewiß nichts, weil sie keine entschiedenen Fragen an sich richten, sozusagen hinter dem gespannten Revolver eine ebensolche Antwort fordernd.

Wahrscheinlich ist es das erste Mal seit dem Bruch mit Stangeler gewesen, daß E. P. Gelegenheit hatte, die Last des Vergangenen, wenn nicht abzuladen, so doch vorübergehend abzustützen, abzusetzen. Mehr erreicht man ja nie durch solche Beichten oder Confidenzen, die allesamt auf einer Selbst-Täuschung beruhen, auf der Flucht vor der eigenen Mitte, die in das Bestreben mündet, einen anderen über die Sachen recht genau in's Bild setzen zu wollen, statt sich selbst. Man mag hingehen lassen, daß immerhin auch eine heilsame Übung darin sei, jemand was darzulegen, der noch keine Vorgeschichten oder Voraussetzungen dazu in sich eingebaut hat, die man also erst gliedern und ordnen muß: Messung am ‚common sense'. Aber von Übung, Anstrengung, Heilsamkeit kann keine Rede sein, wenn einer einfach das Übergewicht bekommt und daher sein Inhalt ausfließt. Natürlich ist ihm da augenblicklich leichter, wie einem Kranken, der sich anders legt. Jedoch die Leere bleibt zurück, wenn man dem rauchigen und vagen Gewölk der eigenen Worte nachblickt und nun erkennen muß, daß es nichts, gar nichts mitgenommen hat von der beschwerenden Substanz, weil's ja viel zu wenig dicht war, um nur das Geringste zu tragen. Und so mischt sich das dann mit den Saucendüften und Brenzlichkeiten aus einem anderen psychologischen Häferl, die Dünste fallen durcheinander, und die Vorstellungen verschieben sich wie Wolkenbänke, und so will einer den anderen in's Bild gesetzt haben, recht genau, und deshalb erwähnt er noch dies und fügt jenes hinzu. Sie sind zwei brave Leute, Melzer und E. P., aber es kommt nichts dabei heraus, für sie nämlich.

Nun aber: wie kam der Major eigentlich dazu? Nämlich von dem kleinen E. P. zum augenblicklichen Abstellen der Butten benützt zu werden, die jener trug? Abgesehen von dem Zusammentreffen einer gewissen Aufweichung des Kleinen am heutigen Abend und der Gelegenheit dieses zurückgezogenen Caféhaus-Winkels? (In Wien geht man ins Café, um sich zurückzuziehen, und jeder setzt sich, inselbildend, soweit wie möglich von jedem anderen – dies ist das Antinomische in einer Einrichtung, die uns dem Geiste nach von den alten Römern als letzter Rest städtischen Forums und antikischer Öffentlichkeit hinterlassen worden ist, auf welcher eigentlichen Basis Herr Georg Franz Kulczycki nach 1683 seine Kaffeeschalen erst hat plazieren können). Der Major kam dazu, als Abstell-Stufe erwählt zu werden, weil jeder Mensch für geordneter gehalten wird, als er ist. Dieser unleugbare Sachverhalt hat seinen Grund einfach darin, daß man die Menschen von außen sieht. Noch sind wir in der tiefsten Tiefe nicht korrupt genug, um Schein und Sein, Außen und Innen unwillkürlich bei jeder Auffassung getrennt zu halten, so daß wir, wenn sich uns eine Fassade zeigt, wirklich nur eine Fassade und nicht mehr annehmen würden. Die Wahrnehmung des Menschen ist produktiv und ergänzend. Aus einem Sektionsrat oder Amtsrat oder sonstigem gehobenen und auskömmlichen Staatsdiener, der obendrein noch Junggeselle ist, schafft diese produktive Wahrnehmung eine unerschütterliche Citadelle geordneten Privatlebens, eine Person sozusagen ohne irgendwie dringende eigene Angelegenheiten, ein fundiertes Vakuum, einen idealischen Abstell-Raum für alle zeitweis zu schwer werdenden Butten. Und zudem: jeder Mensch erscheint seiender, als er ist. Sich selbst geschieht man, schwankend, unaufhörlich. Den Anderen sieht man gleichsam statisch, spricht ihm viel mehr Besitz seiner selbst zu, als er hat, als man selber hat. Aber bei ihm beansprucht man das geradezu – nämlich, daß er eine stets standfeste Plattform für gegebenenfalls abzustellende Butten sei – man setzt es unbedacht und unbedenklich voraus, und freilich sehr egoistisch. Und auch Melzer seinerseits wieder sah und erachtete den kleinen E. P. für statischer, standfester und geordneter als der in Wirklichkeit je gewesen war. Sonst hätte ihn nicht daheim noch, nach all dem Vorbeisturz an seinen Melzerischen vergangenen und präsenten Details, bei der Vorstellung von unserem sympathischen Ehepaare die Möglichkeit, ja vielleicht der Wunsch gestreift, selbst so zu leben wie E. P. . . . Ja, so saßen die zwei braven Leute einander gegenüber, und sie saßen sozusagen schon von vornherein aneinander vorbei, vom Reden ganz zu schweigen.

„Zum erstenmal hab' ich ihn durch's offene Fenster gesehen", sagte E. P. nach vielem anderen, „das fällt mir jetzt hintennach noch ein. Die Eskadron, in welcher er eingeteilt war, ist meistens mittags noch später vom Exerzierplatz gekommen als unsere." (Er sprach von einer Schule für Reserve-Offiziere, wo er im Jahre neunzehnhundertfünfzehn den René Stangeler kennen gelernt hatte.) „Es war ein fürchterliches slowakisch-ungarisches Dorf, oder eigentlich schon eine kleine Stadt. Ich wohnte gleich beim Orts-Eingang in einem nur einstöckigen Haus, mit einem Herrn von Q., der war beim gleichen Ulanen-Regiment wie ich. Stangeler hatte einen Apfel-Schimmel. Ich weiß nicht, was mich sofort zu René hingezogen hat. Vielleicht diese ‚göttliche Brutalität' – so hab' ich es damals bei mir genannt – ich hab' sie später genügend kennen gelernt."

Melzer hätte jetzt zu fragen gehabt: Bei welchem Ulanen-Regiment haben Sie gedient? Er fragte nicht. Als militärischer Fachmann war er kaum mehr in Bewegung zu bringen. Es lag wie hinter Glas.

„Aber ich meine heut' beinahe, daß ich in ihm etwas geliebt habe, was durchaus in mir selbst war, und nicht so sehr jene göttliche Brutalität. Sie war gar nicht ‚göttlich', sie war nur blind, sie war nichts als eine Folge der Schwäche von Renés

seelischem Sehvermögen. Damals stellte ich mir ungefähr vor –
ohne es freilich ausdrücklich zu benennen – daß mit seinen
Anlagen, seiner Art, seinen Fähigkeiten alles, was in meinem
Leben für mich Licht und Wert hatte, viel besser gelebt werden
könnte. In dieser Weise fühlte ich aber auch meine ganze
Vergangenheit auf René bezogen und mit ihm verbunden.
Er, durchaus er, hätte das alles erlebt haben müssen, und er
allein hätt' es richtig besessen! Ja, das ist natürlich paradox.
Aber es machte auch nicht Halt vor dem Entscheidendsten,
vor dem, was am allermeisten mein Eigen war. Ich wollte es
Stangeler bringen – damit es von ihm für mich sozusagen
noch einmal gelebt werde.“

(„Der muß eine Art Laska für ihn gewesen sein“ – Melzer
dachte das schnell und verwischt und war weit entfernt davon sich zu ertappen.)

„In Bruck an der Leitha, wohin wir im Herbst 1915 nach
abgelegter Reserve-Offiziersprüfung gekommen sind – sie
war sehr streng und hat fast eine Woche gedauert“ (wieder
reagierte unser Melzer gewissermaßen nicht auf diesen Na-
mensaufruf, es gab in diesen Sachen schon so was wie ein ge-
steigertes und unüberwindlich gewordenes Trägheits-Moment
bei ihm) – „in Bruck an der Leitha, Bruck-Királyhida, wohnten
wir gemeinsam in der Stadt, René und ich. Im ‚Schöberl-Haus‘,
so hieß es. Sie müssen ja Bruck wohl kennen, Herr Major, als
ehemaliger aktiver Offizier?“

Aber Melzer nickte nur. Mehr war ihm nicht abzugewinnen.
Er verhielt sich ganz wie ein Tier, das Mimikry betreibt. Wie
ein Flußkrebs im Wasser. Schon ist er so gut wie entdeckt.
Aber er rührt sich nicht. Und am Ende – haben ihn die Buben
doch nur für einen Stein oder ein Stück Holz gehalten. Deck-
farbe. Melzer fühlte, daß er mit einem einzigen Wörtchen bereits die Masse gehabter äußerer Bezüge seines Lebens – eine
Menge von Dingen, Vorstellungen, Kenntnissen, die ihm sozusagen gebührten, zustanden, die er beanspruchen durfte –
in's Rutschen und in's Übergewicht bringen würde. Um dann
davon erdrückt zu werden.

„Stangeler kümmerte sich vielfach nicht um mich und verkehrte in seiner freien Zeit mit anderen, nicht zu seinem Vorteil, wie mir schien, er hat sich auch nicht die Besten ausgesucht. Wir wohnten zu dritt mit einem Herrn K., einem glatten, klugen Menschen, der dieses ganze Militär mit dem Zivilverstand mühelos und erfolgreich behandelte, während wir – René und ich – noch gar keinen in diese Situation mitgebracht hatten. Wir waren kaum zwanzig Jahre alt. Jener war älter. In Bruck-Királyhida waren wir alle übrigens ohne Pferde, für vier Wochen. Wir sollten dort etwas von der Infanterie verstehen lernen, das war der Grund warum man die vierundzwanzig absolvierten Reserve-Offiziers-Schüler hierher geschickt hatte. Es war im ganzen ein sehr angenehmes Leben ohne besonders anstrengenden Dienst.... Unser Lehrgang wurde von einem der besten und vornehmsten Offiziere geleitet, die ich beim Militär gesehen habe, einem Jägerhauptmann –"

„Das war der Hauptmann Sch.", entfiel es Melzern. Eine Reaktion. Wie ein Augenzwinkern oder etwas dergleichen. Erschreckt zog sich der Krebs wieder in seine Höhle zurück.

„Ja, kennen Sie ihn?" rief E. P. erfreut. „Das war ein herrlicher Mensch. Haben Sie ihn näher gekannt?" (Aber der Melzerich rührte sich nicht mehr, der Krebs Melzerich, in Deckung und Mimikry.) „Es ist uns gut gegangen in Bruck, und wir haben dort vor allem sehr viel gelernt." (Nun, wer von den beiden war da eigentlich ein Militärs-Mann, der, welcher als Soldat noch keinen Zivilverstand mitgebracht hatte, oder jener, dem als Zivilisten der Soldaten-Verstand abhanden kommen wollte und leider ohne Ersatz?!) „In Holič, so hieß das Nest, wo die Reserve-Offiziers-Schule war, und in Bruck-Királyhida hab' ich natürlich Stangeler aufmerksam beobachtet, mit der hochgesteigerten Empfindlichkeit, die man gerade für das hat, was einem fehlt. Ich war überhaupt der Aufmerksame von uns beiden. René war blind. Ich weiß es heute. Vielleicht ist er's noch immer, etwa wenn er seine Kraft braucht, ich hab's erlebt. Wir sind in Holič nebeneinander auf Patrouillen geritten. Er hatte keinen Ehrgeiz und drückte sich gern in's nächste Wirtshaus bis zum Ende der Übung, mit einem gewissen Brauner, der ebenso wurstig war. Einmal haben wir zu siebent eine ‚feindliche' Patrouille überfallen, aus einem Wäldchen hervorbrechend. In mir war irgend eine Wut angesammelt. Die ‚feindlichen' Reiter flohen, weil sie meinten, es seien unser noch mehr. Wir wollten Gefangene machen. Ich erwischte, im gestreckten Galopp reitend, einen ungarischen Husaren-Einjährigen am Oberarm und versuchte ihn aus dem Sattel zu reißen. Solche Raufereien und Lausbübereien auf Übungen wurden streng bestraft. Aber mir war es gleich. Der Ungar und ich, wir stürzten beide bei einem Graben mit den Pferden. Wir hätten das Genick brechen können und die Tiere die Beine. Aber es war nichts passiert. Stangeler äußerte sich höchst unwillig über und gegen mich, als er herangekommen war. Zorn und Kränkung darüber waren in mir ungeheuer, ich hätt' ihm den Säbel über den Kopf geben können. Denn ich hatte es doch sozusagen seinetwegen getan. Verstehen Sie das?"

„No ja, das sind solche Sachen...", sagte Melzer, weil E. P. abbrach und geradezu auf eine Gegenäußerung wartete.

„Wir erlebten auch die Abende an der March, in der schweren Sommerhitze, in den Wäldern, wo der Fluß ein tiefes Bett gegraben hatte in dem kiesigen Boden. Drei rote wagrechte Striche am Himmel, sonst war's fast schon dunkel. Man nahm abends ein altmodisches Ungetüm von Landauer und fuhr in die March-Auen um zu baden, um sich endlich einmal abzukühlen. Die Schule war ganz übermäßig anstrengend, Reiten, Exerzieren und Unterricht von früh bis spät und Felddienst-Übungen bei Nacht wie bei Tag. An der March die Frösche, übermächtiger Ton, eine singende Säule im Gehör. Das hat Stangeler gesagt. Vielleicht irgendwo gelesen. Ich erinnere mich aus der Zeit vor seiner Gefangenschaft kaum an Äußerungen geistigen Lebens von ihm. Wovon er lebte... ja, ich meine eigentlich, womit er sich zusammen hielt, wie er sich benannte – das weiß ich nicht..."

Er brach plötzlich ab. Sein Gesicht verzog sich schmerzlich, als täten ihm die eigenen Worte weh.

Und, wirklich: auch der vorsichtige Krebs unter dem Steine nahm mit gestielten Augen ad notam, daß diese Worte eigentlich nicht von E. P. sein konnten. Beinahe hätt' er was festgestellt ... aber soweit sind wir denn noch keineswegs, Melzerich. Kein Zivil-Verstand.

„Und später war gerade bei ihm alles Programm, Richtung, angespannter Wille", fuhr E. P. fort, jetzt in dem Bestreben, das fast kompromittierende Erscheinen einer fremden Sprache in seinem Munde durch Worte oder Wörter anderer Herkunft zu verdecken. „Er setzte mir gleich nach seiner Rückkehr aus Sibirien genau auseinander, was er nun wolle ..."

Aber das ließ er, der kleine E. P., darüber verbreitete er sich nicht. Und hätte auch bei Melzer wenig Glück gehabt damit. Die mandelförmigen Augen mit dem leicht gelblichen Stich im Weißen des Augapfels, der einzelne Fleckchen zeigte, immer ein wenig zu feucht, als sei er am Weinen, sahen schräg seitwärts auf die rötliche Marmorplatte des Tischchens, neben die geleerte Kaffeetasse. In seiner Haltung, besonders der des Kopfes, in seinen Bewegungen der kleinen, aber nervigen Hände war mitunter etwas charmant Irrsinniges ... und er zog sich gleichsam da herum zusammen, alles andere abwehrend, mit seinem verhältnismäßig breiten Rücken, der gern zum Katzbuckel wurde, und den für seine geringe Größe recht festen Schultern. Hätte man ihn als Tier auffassen und karikieren wollen: dann wäre hier in der gepolsterten Ecke ein männliches Eichhörnchen, ein Eichkater gesessen, statt der Zigarette eine Nuß in den eilfertigen Vorderpfötchen drehend, um sie von Augenblick zu Augenblick, zwischen kleinen Pausen neu zubeißend, zu benagen. Man könnte diesen E. P. auf ein grotesktes Bild reduzieren: ein weiches Herz mit scharfen Zähnchen. Er war nicht ganz harmlos. Neben ihm erscheint uns René eher als ein dummes Trampel. Dieser hatte nichts Gelbliches im Weiß des Augs, keine Fleckchen, keine wölfisch aufleuchtenden Pünktchen der plötzlich sich sammelnden

Wildheit. Er war nur seelenblind (in diesem Punkte sah E. P. richtig, aber das dürfte kaum schwierig gewesen sein, und er hatte es selbst zu spüren bekommen), und von daher also war er roh, wie Fleisch auf dem Küchentische, noch ungekocht oder ungebraten.

„Am liebsten hätt' ich aus seinen Augen heraus gesehen", sagte E. P. „Ich war nicht eifersüchtig auf seine Vergangenheit, die ich kaum kannte, nach der ich auch nicht fragte – nein, sondern auf meine eigene. Wenn wir in Bruck durch die Auwälder streiften – bei gelegentlichen Übungen, die man hätte ‚taktische Spaziergänge' nennen können – oder wenn wir uns bei einem nächtlichen Manöver gedrückt hatten, wie er es wünschte, und am Hang eines Hügels lagen, grad gegen den vollen Mond ... ich dachte: er müßte Dornbach gesehen haben – unvergeßliche Gänge über die laubwaldigen Hügel! – er müßte mit ihr und mir dort gegangen sein. Ich wollte, daß er die von mir geliebten Bücher lese, die von mir geliebte Musik höre, ich wollte, daß er in die Ferne schaue von einem bestimmten Punkt am ‚Hameau', ich wollte, daß eben dies von eben diesen seinen etwas schiefen Augen gesehen werde. Vielleicht spürte ich zu tiefst damals schon seine Blindheit und wollte, daß er sehe ... und so mußte ich notwendig meinen größten Fehler begehen und René Stangeler mit der Frau, die ich liebte, bekannt machen, späterhin. Wir waren gleichzeitig auf Urlaub von der Front in Wien. Aber er sah sie garnicht. Und darum wiederholte ich meine Dummheit nach seiner Rückkehr aus Rußland."

„Vielleicht war es gar keine Dummheit", sagte Melzer.

„Ja, wie meinen Sie das, Herr Major?" E. P. hatte sich ein wenig aufgerichtet; sein kleines, braunes Gesicht mit den cyan-blauen Augen war erwartungsvoll und fast erschrocken, aber zugleich machte er den Eindruck der Entschlossenheit: nämlich irgendeiner Sache, welche jetzt an ihn herantreten könnte, die Spitze zu bieten.

„Sie hätten jedenfalls die prachtvolle Frau, die Sie heute haben, nicht bekommen", entgegnete Melzer gleichsam abbiegend.

Einem genauen Beobachter – und ein solcher war Melzer nicht, der zwar sehr aufmerksam zuhörte, aber uneingestanden mehr dem, was Stangeler betraf – einem genauen Beobachter wäre bemerklich gewesen, daß E. P. ein ganz klein wenig zusammensank. Ihm war gleichsam die Fluß-Richtung seiner Gedanken zunächst vermauert worden, auf eine Art, gegen die er schwerlich Widerspruch erheben konnte.

„Schau'n Sie", sagte Melzer begütigend, „wenn Sie mit Stangeler länger wären befreundet geblieben, hätt' er die betreffende Dame doch früher oder später kennen gelernt. Sie brauchen sich da wirklich keinen Vorwurf zu machen. Es ist zum Beispiel jetzt noch kein halbes Jahr her, daß ich den Herrn René wiedergesehen habe – ich hab' ihn schon viel früher gekannt, als ganz jungen Burschen, in seinem Elternhause, als Gymnasiasten – na, und in diesen paar Monaten ist sie mir immerhin schon ein oder das andere Mal flüchtig begegnet. Das ergibt sich doch."

„Wer ist Ihnen begegnet –?"

„Nun, ich nehme an, es ist die Dame, von der Sie gesprochen haben, denn Stangeler ist schon einige Jahre mit ihr in Verbindung . . . Das Fräulein Siebenschein."

„Ja, Sie kennen also Grete Siebenschein. Freilich. Wenn Sie mit Stangeler in Verbindung stehen. Natürlich."

„Und vor allem weil ich sie kenne, hab' ich vorhin gemeint, es sei vielleicht gar keine Dummheit gewesen, daß Sie Stangeler – mit ihr zusammengebracht oder bekanntgemacht haben. Ich meine – keine Dummheit für Sie, für Ihr eigenes Leben, oder wie ich mich da ausdrücken soll . . ."

Wie?! Melzer! Zivil-Verstand?! Nein. Er redet sozusagen pro domo. Er denkt während alledem immer an Mary. Und daß es vielleicht gar keine Dummheit gewesen war, damals. Und zugleich und trotzdem: wie vor vierzehn Jahren in der Waisenhausgasse, als er neben Asta ging, die fünfzehn Minuten des Semski-Schmeller'schen Rendez-vous hinbringend – so ist ihm auch jetzt wieder, als habe er 1910 in Ischl ‚einen Korb bekommen' und nicht von sich aus Mary verlassen. „Etwas eben, wogegen man nichts machen kann", diese Worte denkt er jetzt wörtlich. So ein Amtsrat! Major! Leutnant!

„Das kann sein," sagte E. P. leise. (Es stimmt nicht – so ging es dem Major im nächsten Augenblick schon durch den Kopf – zu ihm hätt' sie vielleicht sogar gepaßt. Nur zu Stangeler paßt sie nicht. Oder doch?!)

„Wo haben Sie denn das Fräulein Siebenschein kennengelernt, Herr Major, wenn ich Sie das fragen darf?"

„Ja – warten Sie einmal, wann war denn das? Im Frühsommer. Noch dazu ganz in der Nähe hier. Am Althan-Platz. Schräg gegenüber dem Bahnhof. Da ist dieses große Eckhaus, an der Ecke Althan-Platz und – das weiß ich jetzt nicht, wie die kleine Gasse heißt."

„Das sogenannte ‚Stein-Haus'?!"

„Heißt es so?"

„Ja, es gehört einem Herrn Doro Stein, einem Rennstallbesitzer."

„Innen ist eine breite Einfahrt mit einer Portiersloge, und das Stiegenhaus ist noch so auf nobel hergerichtet, wie's früher einmal war, mit Quasten und Spiegeln –"

„Ja, dort wohnt sie."

„Das wußte ich nicht. Wir waren mit irgendeinem Auto beim Haustor um ein Fräulein Dolly Storch abzuholen ..."

„Die kennen Sie auch?!"

„Ja, die Tochter von dem Anatomieprofessor an der Universität."

„Siebenscheins und Storchs wohnen nebeneinander im gleichen Stockwerk."

„Richtig. Jetzt fällt's mir ein. Der Rittmeister hat's erwähnt."

„Welcher Rittmeister?" fragte E. P.

„Ein Herr von Eulenfeld. Ein Deutscher."

„Den kenn' ich nicht."

„Na, und oben bei der Dolly Storch war eben das Fräulein Siebenschein, schon im Weggehen. Ich bin ihr nicht vorgestellt worden, sondern hab' sie nur im Vorzimmer gesehen. Aber die Dolly hat mir dann gesagt, wer das gewesen ist."

„Und daraufhin meinen Sie, daß ich und Grete nicht zusammengepaßt hätten?" bemerkte E P. und lachte – zum ersten Mal, seit sie hier in dem Café saßen.

„Nein, nein," entgegnete Melzer. „Ich hab' später schon noch Gelegenheit gehabt, bei dem Herrn von Eulenfeld war es einmal, aber René hat sie sonst eigentlich nie mitgebracht. Er ist überall immer allein erschienen."

„Das sieht ihm wieder ähnlich", sagte E. P. in einem Tone, als sei er auf Stangeler stolz wegen dieser Einzelgängerei.

„Ja, so ist es," setzte er nach einer Pause fort, „sie wohnt hier in meiner nächsten Nähe. Ich weiß es ja. An dem Haus geh' ich nie vorbei. Solche Häuser sind für uns Gräber, die Lebendiges umschließen, hat einer einmal geschrieben. Hab' ja dort auch nichts zu suchen, gegen die Brigitta-Brücke zu und auch nichts in der Richtung von hier gegen den Franz-Josefs-Bahnhof überhaupt. Meine täglichen Kurse oder Wechsel liegen gegen die innere Stadt: die Bank, das Beisel ... wenn ich aus dem Haustor trete, wende ich mich ganz automatisch schon nach links. Ich bin all' die Jahre nur sehr selten in der Porzellangasse über mein Haus gegen den Bahnhof hinausgekommen. Wenn meine Frau und ich nach Nußdorf fahren, gehen wir in der Porzellangasse stadtwärts bis zur nächsten Haltestelle. Roserl hat sich daran gewöhnt. Das alles ist ein stetes bewußtes oder auch schon unbewußtes Vermeiden. Wenn man eine Verletzung hat, gewöhnt man sich auch bald daran, die Stelle zu schonen, gewisse Bewegungen zu unterlassen. Immerhin, trotzdem bleibt es auffallend: sie ist mir hier in der Gegend niemals begegnet, in der Straßenbahn etwa – die ich ja doch benutzen muß, und auch sie hat nur diese selbe Linie in die Stadt – oder sonst auf der Straße, oder in einem Geschäft."

Melzer war eigentlich erschrocken über die Offenheit, welche ihm hier geboten wurde, erschrocken mit Beziehung auf jenen E. P., aus welchem er, im Sinne der früher erwähnten produktiven Wahrnehmung, einen Menschen mit idealischer Ehe statuiert hatte.

„Vielleicht macht Fräulein Siebenschein es ebenso wie Sie", sagte er, indessen kaum gesprochen, schienen ihm diese Worte schonungslos, und er hätte sie gerne noch verschluckt.

„Das glaub' ich nicht," entgegnete E. P. augenscheinlich unberührt, „dies alles kümmert sie bestimmt in keiner Weise, denn, zunächst einmal – sie hat mich ja nicht geliebt. Aber das Wesentliche hier ist ein Mangel in ihr – vielleicht der einzige Mangel einer sonst sehr vollkommenen Person. Sie ist gänzlich phantasielos. Und daher – ist ihre Vernünftigkeit sozusagen entlastet, ohne Gegengewicht. Ja, wahrscheinlich ist die Vorstellungskraft das eigentliche Gegengewicht unserer Vernünftigkeiten, nicht das Leidenschaftliche in uns. Wenn die Phantasie fehlt, weiß die Vernünftigkeit gleichsam nicht, was sie tut, sie operiert mit Namen statt mit anschaulichen Bildern, und die lassen sich leichter heben, sozusagen. Ich möcht' bemerken, daß diese Anschauungsweise nicht von mir stammt, sondern von René. Der hat mir's einmal so auseinandergesetzt. Aber was das Frühere betrifft, das Nicht-Begegnen durch Jahre, obwohl man unweit voneinander wohnt und offenbar dieselben Wege hat: da gibt es unsichtbare Mauern. Von wem dieser Ausdruck nun ist, kann ich nicht mehr sagen, ich hab's vergessen. Aber er ist zutreffend. Diese ‚unsichtbaren Mauern‘, sie trennen mit größerer Sicherheit als Länder und Meere, oft bei einer physischen Nähe von ein paar Schritten oder Metern. Wo die Bahnen sich nicht zueinander mehr neigen und öffnen sollen, läuft jeder wie in geschlossenen Röhren, in der selben Stadt, in der selben Straße, ja im selben Haus. Übrigens wollt' ich trotzdem aus dieser Gegend hier schon wegziehen, besonders nach meiner Verheiratung; aber wir haben die schöne Wohnung von meiner Mutter übernommen, auch die Möbel, wir haben viel Bücher, Bilder, allerhand gesammelte Sachen. Ich werde mich doch nicht von einer Grete Siebenschein vertreiben lassen. Und die unsichtbaren Mauern sind verläßlich."

Was Melzern eigentümlich befremdete, war E. P.s Art, gewissermaßen mit Quellen-Angaben zu sprechen und gerade dort, wo er sein Eigenstes sagen wollte, sich fremder Worte zu bedienen. Jedoch wurde dies dem Major nicht im einzelnen deutlich bewußt. Aber die Beziehung von alledem auf Frau Roserl machte ihm Unruhe, und besonders der eine kleine Umstand, daß E. P. und seine Frau, um in der Richtung nach Nußdorf zu fahren, bei einer weiter stadtwärts gelegenen Haltestelle einzusteigen pflegten, erschien ihm als Überschreitung eines noch zulässigen Maßes.

„Hat Ihre Gemahlin das Fräulein Siebenschein gekannt?“ fragte er.

„Nein“, sagte E. P.

„Und weiß Sie von dieser Ihrer Vorgeschichte und von Stangeler?“

„Kaum. Ich hab’ ihr wohl einmal das Ganze kurz angedeutet, als wir uns noch nicht lange kannten.“

„Und wenn – wenn Sie zum Beispiel nicht an der Ecke beim Franz-Josefs-Bahnhof in die Tramway steigen wollen, sondern zurück gehen, oder wenn – Sie nicht an diesem ‚Stein-Haus‘ vorübergehen mögen? Was sagt sie da? Fragt sie nicht? Weiß sie, daß hier in nächster Nähe . . .?“

„Nein“, sagte E. P. entschieden. „Davon weiß sie nichts. Und sie hat eine unschätzbare Tugend: sie achtet jede Eigentümlichkeit am anderen Menschen. Es gibt noch mehr davon bei mir.“ Jetzt lachte er wieder. Seine Haltung hatte neuerlich ihre eichkaterhafte Zusammengezogenheit gewonnen.

„Und sie hat nie gefragt?“

„Nein. Sie nimmt es als eine meiner zahlreichen Antipathien hin.“

Melzer hatte in diesen Augenblicken die deutliche Vorstellung, daß es eigentlich garnichts Größeres geben könne als: Nicht-Fragen, Nichts-Sagen. Er war ganz von Bewunderung ausgefüllt.

„Ich habe meine Frau an dem Tage kennen gelernt, an welchem der endgültige Bruch mit Stangeler erfolgt ist. Sie war eben damals in die Bank eingetreten und ist zum ersten Mal im Büro erschienen.“

„Der Bruch mit Stangeler ...", sagte Melzer zögernd, „aber hören Sie, er war Ihnen gegenüber doch eigentlich sozusagen ohne Schuld. Das sind doch Sachen, wogegen man nichts machen kann. Er hat sie halt geliebt, die Grete, und sie ihn, und wahrscheinlich ist das heute noch so, obwohl ...“

„Obwohl ...?“

„Das Einvernehmen scheint nicht immer gut zu sein, soviel ich hör'“, antwortete Melzer.

„Das kann man sagen. Ich glaub' es ist sogar sehr schlecht. Ich hab's nie anders erwartet.“ In seinen Zügen und in dem Ton seiner Worte war nichts von einem Bedauern. Er nagte sozusagen wieder heftig an seiner Nuß, und merkwürdiger Weise schien jetzt das Gelbliche im Weiß des Augs stärker hervorzutreten.

„Woher wissen Sie es?“ sagte Melzer.

„Durch Dolly Storch. Ich hab' sie heuer im Frühjahr getroffen, in einer Ausstellung.“

„Stangeler hat einen Teil des Frühjahrs und fast den ganzen Sommer in Budapest zugebracht, bei seiner Schwester, der Konsulin Grauermann“, sagte Melzer. „Er ist vor nicht langer Zeit erst zurückgekehrt und jetzt, glaube ich, noch draußen auf der Villa. Es haben sich da zwischen ihm und Grete irgendwelche fürchterliche Dinge abgespielt. Sie soll wegen ihm völlig verzweifelt gewesen sein und ihm dementsprechende Briefe geschrieben haben, aus Neapel ...“

„Aus Neapel?“

„Ja, ihre Schwester, die Titi, hat doch diesen schrecklich reichen Menschen geheiratet, den, na, wie heißt er –“

„Cornel Lasch. Schrecklich reich ist übrigens gut. Auf schreckliche Weise reich geworden. Ein Schieber halt. Übrigens weiß das niemand so genau, ob er wirklich schrecklich reich ist. In Bank-Kreisen ist man zum Teil anderer Meinung. Ein supponierter Reichtum. Richesse dans la lune.“

Melzer nahm diese letzten französischen Worte als Selbstverständlichkeit auf – obwohl er, jener Sprache ganz gut mächtig, wußte, daß E. P. die Redensart frei erfunden hatte, welche es mit einem solchen Sinne im Französischen gar nicht gibt; aber dessen gelegentliches Einfließen erkannte er als vertrautes Relikt des k.u.k. Ulanenregiments No. so und so viel (nebenbei: es waren die Dreizehnten) beim kleinen Eichkater. Das Folgende sagte Melzer nun sehr rasch, ja, er fiel dem kleinen E. P. damit fast in's letzte Wort:

„Also die Lasch's haben Grete im Frühjahr nach Neapel mitgenommen. Dort, beim Abendessen, auf der Terrasse von der ‚Teresa‘, am Segelbootshafen, gegenüber dem Castell dell'Ovo, ist der Grete irgend ein alter Wiener Bekannter begegnet, ein Literat, den ich nicht kenne, und weil es vielleicht um diese Jahreszeit abends noch etwas frisch war, hat er sie gefragt ‚werden Sie sich nicht verkühlen, Gretlein, in dem Kleid mit den kurzen Ärmeln‘, ist um ihr Cape gelaufen und hat es ihr sorgfältig umgelegt. Der Mann hat weiter von ihr nichts wollen und sie nichts von ihm, nebenbei bemerkt. Aber damit hat es angefangen. Ihr sind sofort die Tränen gekommen, und natürlich hat der Betreffende gefragt – er kennt auch den René – was denn mit ihr sei? Und da hat sie wirklich zu weinen begonnen und gesagt, das sei ihr von René nie geschehen, daß er sie in dieser Weise besorgt gefragt oder ihr einen Mantel umgelegt hätte, und so weiter. Es muß schon eine Masse Unglück in ihr angesammelt gewesen sein. . . . Da hat die Grete angefangen, dem René Briefe mit den schwersten Vorwürfen nach Budapest zu schreiben, erst von Italien und dann auch von Wien. Dann Telegramme, und was weiß ich, was noch alles passiert ist, kurzum, sie hat Schluß gemacht und ihm ganz dezidiert geschrieben, daß sie ihn nie mehr sehen will. Und da war er plötzlich da, von Budapest; er soll übrigens gänzlich zusammengebrochen sein dort. Jetzt war alles wieder gut. Und nach acht Tagen ist es neuerlich zu einem schweren Krach zwischen ihm und Grete gekommen. Da war's ganz aus, und er ist zurückgefahren, ist dann aber unten so furchtbar verzweifelt gewesen, daß die Grauermanns, die grad für acht Tage nach Wien fahren wollten, sich hier mit der Grete in Verbindung gesetzt haben; das muß so um den Juni-Juli gewesen sein. Die Etelka, also Renés Schwester, war übrigens von der Grete Siebenschein sehr entzückt und hat sich mit ihr gut verstanden, aber erreicht haben sie bei ihr nichts, und sind also mit der Unglückspost für René wieder hinuntergefahren. Nebenbei bemerkt soll es bei Grauermanns auch schon lange nicht mehr stimmen, da sind irgendwelche ganz schwere Geschichten. Sie liebt einen anderen, glaub' ich; nun, die Sache zwischen Grete und René ist dann in den folgenden Wochen mit viel Geduld und Diplomatie durch die Grauermanns irgendwie doch noch geleimt worden, jetzt soll alles wieder in Ordnung sein oder so halt wie früher. Die Grete hat sich angeblich geäußert, daß die Konsulin Grauermann der erste Mensch aus Renés Familie gewesen sei, der sich ihr gegenüber freundlich und menschlich benommen habe. Ich versteh's eigentlich nicht, denn verkehrt hat sie doch nie dort . . ."

„Wissen Sie das alles von Stangeler?" fragte der Eichkater und unterbrach ihn also endlich.

„Nein", sagte Melzer. „Mit ihm habe ich darüber nie gesprochen. Ich habe überhaupt mit Stangeler noch nie gesprochen, genau genommen."

Über das letzte erstaunte er nun selbst, als er es gesagt hatte, aber es war zweifellos richtig.

„Ich seh' ihn selten," fügte er hinzu.

„Aber Sie sind eigentlich genau orientiert."

„Nun, orientiert . . .", sagte Melzer, und dann blieb seine weitere Antwort zunächst aus. Ihm war, als hätt' er sich gleichsam selbst überfahren mit seinem eilfertigen Reden von vorhin, das aus ihm hervorgekommen war als ein Fremdes (schon wie ein wirklicher Fremdkörper im Munde), Grus und Geröll, von da und dort . . . durch Augenblicke war ihm elend zu Mute. Dann setzte er fort: „Nein – also von einer eigentlichen Orientierung kann nicht die Rede sein . . . Der Rittmeister, den ich früher genannt habe, erzählt mir so das oder jenes. Wahrscheinlich hat er's auch von der Dolly. Dann gibt es da einen gewissen Leucht, und der weiß immer alles ganz genau, was den Masch oder Lasch angeht, oder wie der schon heißt.“

„Diesen Herrn Leucht kenne ich,“ sagte E. P., „er ist Kontrahent unserer Bank, und ich war ja ein Jahr lang auch im Parteienbüro. Daß der über Cornel Laschs Privatleben genau unterrichtet ist, erscheint weiter nicht verwunderlich, denn ein dicker Freund von ihm ist der Kammerdiener des Herrn Lasch. Scheichsbeutel heißt er.“

„Wie?!“ rief Melzer.

„Ja“, sagte E. P., „Scheichsbeutel.“

„Wie kann man Scheichsbeutel heißen?!“ sagte Melzer indigniert.

„Man kann. Wie Sie sehen.“ Dem E. P. leuchtete eine intensive Freude über diesen Namen aus den Augen. Das war etwas für ihn! Und er hatte sich gut beherrscht und sein As ganz beiläufig und in aller Ruhe ausgespielt. Übrigens beschloß er in diesen Augenblicken, den Papierkorb daheim neben seinem Schreibtisch ab nun ‚Scheichsbeutel‘ zu benennen und dementsprechend zu etikettieren.

Melzer beschloß auch etwas, nachdem seine Augen ein Weilchen auf dem crèmefarbenen Vorhang geruht hatten, der jetzt das große Glasfenster gegen die Straße deckte: nämlich der Frau Roserl am nächsten Tage einen besonders schönen Strauß Teerosen hinaufzuschicken.

„Die Familie Scheichsbeutel – einigermaßen zahlreich – wohnt übrigens neben Stangelers im Nachbarhause“, fügte E. P. noch hinzu wie eine sensationelle Ergänzung zu jenem sensationellen Namen. „In dem Eckhaus.“

Melzer ließ die Teerosen fahren und fragte ungewöhnlich lebhaft, beinahe heftig:

„In welchem Stockwerk wohnen diese – Beutel da oder wie sie heißen?!“

„Warten Sie – das kann ich Ihnen genau sagen, ich war nämlich oben, bei der Beutelfamilie. Im zweiten Stock. Es ist ein halbes Jahr nach meiner Trennung von Grete und damit auch von Stangeler gewesen, ich hab’ natürlich an ihn gedacht, wie ich bei dem Scheichsbeutel oben war, das ist ja klar, ich dachte, daß dort, hinter der Mauer, aber auf der gleichen Ebene, René lebt."

„Hinter der Mauer", sagte Melzer vor sich hin. „Übrigens ist es nicht die gleiche Ebene. Es besteht ein Niveau-Unterschied."

„In jedem Sinne", erwiderte E. P. „Dieser Scheichsbeutel war ein großer Schleich-Händler, und deshalb war ich dort. Ob er damals schon beim Lasch angestellt war, das weiß ich nicht, mag sein, jedenfalls hat er Auslandsreisen gemacht und geschmuggelt. Ich hab' für die Roserl ein echtes Chypre von Sauzé haben wollen und auch verhältnismäßig billig bekommen. Der Leucht hat mich empfohlen gehabt. Merkwürdige Leut' übrigens. Er sieht aus wie ein pensionierter Beamter, ich glaub' er ist es auch. Sehr adrett, würdig, ein bissl säuerlich und ganz langsam sprechend. Wie ich hinaufgekommen bin, ist die Familie eben bei der Jause gesessen. Die Frau ist sicher eine brave Person, eine Schlesierin oder so was, um ihren Scheichsbeutel und Eheherrn äußerst besorgt und ihm gegenüber sehr untertänig. Dann waren zwei Töchter da. Die ältere, eine normale ‚Dami' aus der Vorstadt, hübsche Frau, gegen dreißig, schon verheiratet. Die jüngere aber ein ganz ausgefallenes Gewächs. Überzart, ein Gesichterl wie ein Insekt, mit sehr großen dabei aber etwas schiefen Augen und einem Geschau, wie ich's eigentlich noch nie gesehen habe: unmöglich zu sagen ob Infantilismus oder äußerste Frechheit und Unanständigkeit. Die Frisur noch ganz mäderlhaft. Das Wesen war vielleicht siebzehn oder achtzehn. Gesprochen hat sie überhaupt nichts. Dann war noch der Sohn da, ohne die geringste Ähnlichkeit mit irgendwem in der Familie, dunkel, gutmütig, unbefangen. Ich glaub' gar, er war Gymnasiast. Aber die Kleine, die Dünne, die maßlos Impertinente und zugleich Mäderlhafte, die ist also der Stern der Familie, sie ist ‚von Kunstfreunden gefördert worden' – so hat sich der alte Scheichsbeutel ausgedrückt – und soll sogar irgendwie berühmt geworden sein. Als Tänzerin heißt sie selbstverständlich nicht Scheichsbeutel, sondern Angely de Ly."

„Und ob die berühmt ist", sagte Melzer. „Tritt jetzt beim Ronacher auf."

„Also – so was!" rief E. P. „Das hab' ich nicht gewußt, weil ich mich für Tanzkunst und solche Sachen nicht interessiere."

„Ich eigentlich auch nicht", bemerkte Melzer. „Aber man liest's doch auf Plakaten."

Sie schwiegen. Es wurde noch Kaffee gebracht. E. P. schien trotz seiner behaglichen Scheichsbeutel-Erzählung noch etwas auf dem Herzen zu haben oder sich irgendeiner Rechtfertigung bedürftig zu fühlen. Eben als draußen ein Straßenbahnzug jaulend vorbeiglitt – und Melzer dachte bei diesem Geräusche tatsächlich an E. P.s Zimmer und den singenden nachklagenden Ton, den es dort jedesmal gab, wenn die Tramway unten dahinsauste – brach er plötzlich aus:

„Sie sagen, Herr Major, Stangeler sei mir gegenüber ohne Schuld, und das seien eben Sachen, gegen die man nichts machen könne. Gut. Aber gerade er gehört nicht zu den Menschen, die da nichts machen, die sich fügen ... die eine Leidenschaft, welche sie gepackt hat, hinnehmen wie einen Fingerzeig und diesem zeigenden Wegweiser einfach nachgehen. O nein. Seine ganze Beziehung zu Grete besteht jetzt seit vier Jahren nur in Versuchen, sich von ihr loszureißen. Das weiß ich genau, und so weit bin ich orientiert. Warum und wozu hat er dann zerstört? Und er hat viel mehr noch zerstört. Er hat eine ganze Zeit zerstört, die länger hätte dauern müssen, die nicht abgelaufen war, die mit unserem ersten Wiedersehen nach seiner Rückkehr aus Rußland begonnen hat. Eine leuchtende Zeit. Wir waren damals beide nicht weit über fünfundzwanzig oder sechsundzwanzig etwa. Grete lebte schon lange in Norwegen, zur Zeit von Renés Wiederkehr im August neunzehnhundertzwanzig, und sie ist dort bis zum nächsten Sommer geblieben. Wäre sie doch länger geblieben oder ganz ..."

„Wie?" sagte Melzer, dem hier der Knopf eines bisher Unbegreiflichen aufging, wobei alsbald die gelösten Fäden noch unbegreiflicher sich kreuzten, „Sie waren damals, als René wieder erschienen war, gar nicht mit Grete beisammen und mit ihr verbunden?"

„Wir schrieben uns manchmal."

„Das war Alles?"

„Alles", sagte E. P.

„Und nach ihrer Heimkehr?"

„Da hat die Geschichte mit Stangeler gleich bei ihr angefangen. Ich beeilte mich ja, die beiden in Kontakt zu bringen. Damit war's geschehen."

„Und Ihre Hoffnungen zerstört", sprach Melzer mit einem irgendwie lyrischen, flötenden Tone vor sich hin.

„Ich hab' eigentlich keine gehabt", bemerkte E. P. trocken.

„Ehrlich gestanden, ich verstehe das alles nicht ganz", sagte Melzer, „aber was versteh' ich überhaupt schon?!" (Eingebung? Inspiration?! Beginnender Zivil-Verstand?! Zivil-Geist?!!) „Verzeihen Sie, aber ich glaube, das ist halt ein Fall von – sozusagen doppelter Eifersucht. Bitte, seien Sie mir nicht böse, Herr P., ich wollte natürlich nicht unzart sein… aber eben vorhin, da haben Sie etwas gesagt, was mich sehr interessiert, ich meine das mit dem Fingerzeig oder dem Wegweiser. Sehr anschaulich, wenn ich so sagen darf, ja. Glauben Sie, daß die meisten Menschen dem einfach folgen?"

„Und diejenigen, die's nicht tun, woher wollen die's eigentlich besser und deutlicher wissen?"

Vielleicht vor zehn Minuten noch hätte Melzer, wenn auch bescheidentlich, etwa eingewendet „na ja, aus vernünftigen Gründen". Aber inzwischen war er sozusagen inspiriert worden und sagte so was nicht mehr.

Noch war Neumond, seit dem 19. des Monats. Das aus der Straßenschlucht gehobene Aug' sieht den Himmel zunächst dunkel, auf den zweiten Blick erst: daß er klar und gestirnt ist. Melzer verließ das Haustor der Miserowsky'schen Zwillinge, welches sich hinter E. P. schloß. Im Treppenhause eingeschaltetes Licht fiel oben durch den Bogen. Der Major querte die Porzellangasse schräg, jedoch nicht in der Richtung auf seine Wohnung zu. Er bog in die Fürstengasse, schritt an dem schweren geschlossenen Barock-Portal vorbei, und es währte nicht lang, so stand er am unteren Ende der Stiegen.

Und hörte des Brunnens Geträtsch oben auf dem Absatz, zu welchem die Treppen hinauf pirouettierten. Die Rampen lagen hell. Mond oder Neumond, es machte hier nicht viel aus, das Gestirn mochte, wenn es aufstieg, mehr zusehen dem, was hier etwa vorging, als dazu leuchten: denn oben und unten taten's die hohen Kandelaber auf ihren schlanken, gegitterten Masten, und an der Wendung der Rampen stand auch je einer, von Blattpflanzen umschlungen, die er grün durchhellte.

Langsam ging Melzer hinauf, durch die Schichten gleichsam emportauchend, als stiege er vom Grunde, nicht also wie hinabtauchend in die Tiefe der Zeit. Ihm lag die Vergangenheit oben, als ein Helles, Schäumendes, daraus die Sonne gewesener Tage zu gewinnen war, kein Dumpfes und Dunkles. Aus diesem aber wollt' er sich bäumen, ‚die süße Luft der Oberfläche zu schmecken‘, wie Gütersloh einmal sagt.

Er blieb erst auf der oberen Rampe stehen, weil sich unten ein Paar küßte, an dem Melzer rasch vorbeigeglitten war. Sonst blieb's leer. Sein Besuch der Stiegen jetzt zur Nachtzeit stellte nicht die paar Schritte dar, die man gerne vor dem Zubettgehen noch tut; und auch nicht ein wehmütiges Erinnern oder dergleichen. Sondern nichts anderes denn eine Anfrage. Ihn hatte ein letzter, verschütteter Rest dessen hingetrieben, was einst fromme, heidnische Wallfahrer nach Delphi führte. So ihn zu dem genius loci hier. Der schwieg: für diesmal. Das Köpfchen geneigt, schlief die Dryas der Strudlhofstiege tief im Holz eines Stammes oder auch sonst wo.

DRITTER TEIL

Der wirkliche Amtsrat des Zentral-Tax- und Gebühren-Bemessungs-Amtes Julius Zihal war neunzehnhundertdreizehn in den Ruhestand getreten und hatte aus diesem Anlasse sogleich seine Wohnung gewechselt, was nicht ohne weiteres verständlich erscheint, wie wir jetzt gerne einräumen. Er vertauschte sie gegen ein billigeres Quartier, angeblich um der Differenz Rechnung zu tragen, welche sich nunmehr zwischen seinen Ruhegenüssen und den bisherigen aktiven Bezügen eröffnete, denn die letzteren waren freilich höher gewesen. Das scheint plausibel, bleibt es aber nicht, wenn man die sonstigen finanziellen Umstände Zihals kennt. Seine verstorbene erste Gattin, eine Wittib namens Deidosik, die achtzehn Jahre älter gewesen war als er, hatte ihm in Gestalt eines Haus- und Geschäftsanteils ein Vermögen hinterlassen, dessen gesicherte Erträgnisse beträchtlich höher waren als Zihals Pension. Die Lebensgewohnheiten des Amtsrates aber hatten sich trotzdem in ihrem Aufwande meist noch unterhalb einer gänzlichen Verzehrung seiner Dienstbezüge gehalten, fast als wolle er von seiner Gattin auch nach deren Tode unabhängig sein. So nun konnte es freilich mit dem Ende der aktiven Laufbahn bei unserem an einiges Behagen gewöhnten alten Junggesellen (mehr Junggeselle als Wittiber) nicht bleiben. Aber Zihal leistete diesem leicht einzusehenden Sachverhalte zähen Widerstand: damit geriet er in's Rechnen bezüglich der unter Zugrunde-Legung der Ruhegenüsse darüber hinaus zu genehmigenden Unterhaltskosten; ja, deren Veranlagung führte ihn allen Ernstes bald zur Anlage eines Aktes. Um nun in solchen Händeln und Strittigkeiten das Heft doch einigermaßen in der Hand zu behalten, beschloß er die Übersiedlung und fand im gleichen Viertel – allerdings in jenem von mehrstöckigen Zinshäusern gebildeten, verhältnismäßig noch neueren Teile – eine Wohnung, deren erheblich geringere Miete seine Stellung gegenüber dem Deidosik'schen Erbe doch sozusagen wieder befestigte. Man sieht schon aus diesen paar hier vorgebrachten Banalitäten („im Grunde sind das lauter Gemeinheiten" hat der Amtsrat einmal geäußert), daß Zihal ein Individuum war, dem es wesentlich um das Halten gewisser innerer Positionen ging, die für ihn entscheidender wurden als Behagen und Bequemlichkeit, entscheidender auch als das Idyllische – denn wer würde so leicht ein altes Häuschen mit Garten in Liechtenthal vertauschen gegen eine Wohnung im vierten Stock, wenngleich hier in Abzug zu bringen ist, daß wir infolge erlittener Weltverbesserungen für solche vormärzliche Sachen anfälliger sind als die Leute damals waren, welche ja in noch unverbesserten Verhältnissen menschlich lebten, unverbesserlich menschlich, könnte man sagen – in summa, das alles entschied nicht bei Zihal; und, was noch mehr heißen will, auch die tatsächlichen finanziellen Gegebenheiten konnten nicht entscheiden, mochten sie ihn auch wie immer berechtigen, sein Pensionisten-Dasein im Hause des Fräuleins Theresia Schachl zu verbringen und womöglich sommers im Garten zu frühstücken oder überhaupt dort kommod zu sein, in Hemd und Hosenträgern und mit einer Virginia, wie er's denn pflegte.

Schon daß Zihal überhaupt in dieser Gegend hier wohnte, die doch vom Zentral-Tax-Amt einigermaßen entfernt lag, weist in die selbe angedeutete Richtung. Für ihn hatte das Argument des kurzen Weges zur Arbeits-Stätte kein Gewicht. Er betrachtete derartige Erwägungen als angemessen für einen Schlosser, nicht für einen k. k. Beamten. Sozusagen an der Arbeits-Stätte selbst zu wohnen aber gehörte sich etwa für einen Wirten oder Greisler. So ging er denn während jener ganzen Jahre, die er zu Liechtenthal im oberen Stock des Schachl-Häuschens lebte, allmorgendlich den Weg bis an die Brücke über den Fluß, verschwand dort in dem Stationsgebäude der Stadtbahn, zeigte beim Passieren der Sperre mit gedrängter Würde seine Dauer-Regie-Karte (bei den meisten Sperren-Schaffnern war's unnötig, sie kannten diese Figur, nach welcher man eine Dienstuhr getrost hätte richten können), und stieg nun die breiten bequemen Treppen hinab auf den Perron.

Die Züge der ,Stadtbahn', wie die Hoch- und Untergrundbahn zu Wien heute noch heißt, fuhren damals mit Dampflokomotiven, und das machte ein erhebliches Gebraus, wenn die mit ihrer hohen und breiten schwarzen Brust fauchend in das schmale Stationsgebäude herein und den Bahnsteig entlang stürmten, die Reihe brauner Waggons hinter sich: aber in diesen war es dafür winters schön warm, ja meistens ein wenig zu warm. Zihal faßte auf dem Perron immer genau an der gleichen Stelle Posto, nämlich unterhalb einer Tafel, darauf zu lesen stand: ,Hier hält die II. Klasse.' Hier stieg er sodann standesgemäß ein. Der damalige (unverbesserte und unverbesserliche) Staat hielt es für selbstverständlich, seinen Untertanen für die Steuergelder auch was zu bieten: man sah's mit Augen und man griff's mit Händen, wo sie hinkamen. Die öffentlichen Verkehrs-Mittel waren den Bedürfnissen reichlich angemessen, ja, Zihal saß meistens allein in einem etwas überheizten Coupé unter dem Gaslicht, das der Tunnels wegen immer brannte. Zur Winterszeit bildete diese Fahrt in's Amt ein in sich abgeschlossenes Vergnügen, mit der Lektüre des Morgenblattes und der – einzigen – Zigarette, welche unser Amtsrat täglich rauchte: sie war richtig veranlagt und bemessen für diesen Zweck und langte für die kurze Reise von vier Haltestellen.

Nun, das war jetzt Vergangenheit. Nur im ,Café Simberl', nah dem Tax-Amt, verkehrte er noch.

Zihals obstinate Übersiedlungs-Anstalten nach der Pensionierung bleiben in ihrem Gehalt und Wert, was das Halten innerer Positionen betrifft, unvermindert auch angesichts einer Tatsache, die alledem eigentlich den Boden entzog, beziehungsweise alles auf einen neuen Boden der Bemessung stellte: denn, noch kein halbes Jahr im Ruhestand – verheiratete sich der Amtsrat.

So kamen mit Zihals Möbelwagen die Dinge überhaupt in's Rollen auf unvorhergesehenen Geleisen. Eine zutreffende Voraussicht eignete nur dem Fräulein Theresia Schachl, die nach des Amtsrates Wegzuge die obere Wohnung ihres Häuschens sogleich als künftiges eheliches Heim ihrer Nichte Paula anzusehen und teilweis in aller Stille schon auszubauen begann, durch die oder jene Einrichtung oder Verbesserung. Inzwischen allerdings vermietete sie neuerlich, während der Kriegszeit auch in vorübergehender Weise. Aber neunzehnhundertzwanzig standen die Zimmer wieder leer, wenn auch jetzt schön möbliert; noch im selben Jahre wurde alles auf's beste hergerichtet. Und neunzehnhunderteinundzwanzig zog die junge Frau ein, welche jetzt Paula Pichler hieß.

So wie die Post-Oberoffizialin Rosa Oplatek seit neunzehnhundertdreizehn den Namen Frau Rosa Zihal führte.

Mit des Leutnants Melzer Geschichte hängt nun zwar vieles zusammen. Und so auch in entfernter Weise die Frau Zihal. Nicht aber die Vorgeschichte ihrer Ehe – eine kurze Vorgeschichte von kaum eines halben Jahres Dauer. Die Art des Zustande-Kommens jener Verbindung ist für unsere Sachen hier ohne Bedeutung und bildet sozusagen ein Buch für sich. Neunzehnhundertfünfundzwanzig jedenfalls war dies alles längst vergessen und wollte es sein, auch bei dem Amtsrate (der allerdings in diesem Punkte hinter den dicht zugezogenen Vorhängen des Vergangenen ein manchmal durchblitzendes Gedenken und Erkennen barg). Es lagen diese Ursprünge und Einsprünge tief unter den inzwischen darüber geflossenen Wassern vieler Jahre, friedlichen Wassern, trotz des inzwischen über diese Menschen, die das gar nichts anging, von einigen Wichtigtuern des Ballhausplatzes verhängten ersten Weltkriegs, stillen Wassern, denn Zihal war durchaus ein solches. Seine Ehe blieb eine gute, sie gestaltete sich ,glücklich', wie man das zu nennen pflegt. Nun, eigentlich war der Amtsrat jetzt schon ein recht alter Herr. Aber hier beginnt wieder das Gebiet des Außergewöhnlichen: er war es nur auf dem Papiere, sozusagen in der Theorie. Man sollte glauben, daß mit jener

Altersgrenze, welche die ehrenvolle Pensionierung eines Beamten zur Folge hat, der sogenannte Lebensabend beginnt („aber im Grunde sind das doch lauter Gemeinheiten"), der Abgesang des Daseins, der Epilog. Nicht so bei Zihal. Seine körperliche Agilität hatte, seit er verheiratet war, ganz bedeutend zugenommen. Nie war es ihm früher eingefallen, stundenlange Gänge im Wienerwald zu machen. Jetzt aber konnte man dem Ehepaare auf den höchsten Erhebungen dieser lieblichen Gegend begegnen, am Tulbinger Kogel oder am Troppberg. Frau Rosa – welche wir aber nicht für den treibenden Geist solcher neuer Zihal'scher Beweglichkeit halten – war doch gerne dabei, freute sich des jugendfrischen Gemahls und zugleich der Möglichkeit, die Konturen ihrer in mehreren imposanten und gefälligen Stockwerken aufgebauten Persönlichkeit (besonders die Bel-Étage zog manches Kenner-Auge auf sich) kenntlich und in angemessenen Grenzen zu halten. Niemand wird der Frau Amtsrat solche weltliche Bestrebungen verübeln. Erstens war sie zwölf Jahre jünger als ihr jugendlicher Gatte und mußte sich doch für diesen jung und, soweit davon hier die Rede sein kann, schlank erhalten. Zweitens war sie eine hübsche Person, und dem Menschen ist nicht geboten worden, sein Pfund zu begraben, sondern das Gegenteil zu tun. Drittens blieb das Ehepaar kinderlos: fehlt aber die natürliche Verlängerung einer solchen Verbindung also gewissermaßen deren Fortsetzung und Auslauf in die historische Zeit, dann wendet sich der Mensch, nach getanem vergeblichen Vorlauf, wieder zurück vom Wege zum Unpersönlich-Werden und wird jetzt um so persönlicher: hier hängt nun alles von dem Charme ab, den einer besitzt oder auch nicht. Manchen eignet er. Die eben noch auf eine neue Generation zueilende Lebenslinie beugt sich, schlägt einen kleinen Bogen – noch immer ist sie offen gegen jene andere Zukunft – jetzt aber schließt sie sich wieder im Zurückwenden zu sich selbst, und bei Leuten mit Charme als eine Art Verzierung, ja mit einem anmutigen Schnörkel. Da gibt es dann die langen Spaziergänge und daß man sich's auf honette Weise gut gehen läßt, da gibt es die Bücher, die schönen alten Möbel, Engel mit Goldbrokat-Kleidchen, einen Judas-Ischariot mit phänomenaler Geiernase und andere Puppen.

Aber die körperliche Aktivität des Amtsrates i. P. und Ehemannes Julius Zihal war sozusagen kein selbstleuchtendes Phänomen. Das Konzil zu Vienne, welches 1311 tagte, hat den außerordentlichen Satz geprägt: anima forma corporis, der aller flachen Physiognomik, die den Leib als eine äußere Form der Seele ansehen möchte (wie ein Schul-Lehrer die ‚äußere Form der schriftlichen Arbeiten'!) geradezu in's Gesicht schlägt und sich, wenn man will, laienhaft auch etwa so übersetzen ließe: die Seele gliedert den Leib. Bei Zihal offenbarte sich das – nach seiner Pensionierung und zweiten Verehelichung, die uns demnach als lediglich in sich zurücklaufende Privat-Sache doch nicht erscheinen darf. Er heiratete nicht nur. Er brachte es fertig, sich selbst gleichsam von dem Katapult einer neu geschaffenen Situation nochmals abzuschießen, und es schien dieser Impuls ihn durch einen weiteren und späteren Abschnitt des Lebens zu tragen, welchen die meisten Menschen schon wie einen Abhang hinunterkollern. Er war nicht nur ein guterhaltener alter Herr. Er hatte sich vielmehr selbst noch einmal erhalten und bekommen und damit seine Haltung.

Es gibt ein Porträt Zihals aus jener Zeit, das er einst bestellt, dann aber, als es vollendet war, zurückgewiesen hat, und so ist es denn im Besitze der Künstlerin, die es verfertigte, verblieben. Der Schriftsteller Kajetan von S., der übrigens, aus mir unbekannten Gründen, zeitweise auch unter dem Namen Doktor Döblinger auftrat, hat es gesehen, beschrieben und als ganz vortrefflich bezeichnet. Er war mit Julius Zihal gut bekannt, ja eher schon befreundet. Dieser erblickte in dem Bilde ganz zu Unrecht eine Karikatur. Er hätte sich mit Kunstsachen, Literatur und dergleichen nie einlassen sollen, der Amtsrat, tat es aber mit Vorliebe, besonders gesprächsweise und jenem Doktor Döblinger gegenüber, der an solchen Auslassungen Zihals ein, wie uns scheint, allzu unmäßiges Vergnügen fand und dergleichen geradezu provozierte. Die Malerin Maria Rosanka – dieselbe, welche später zu Stuttgart lebte und danach in Paris bekannt geworden ist – hat das Bild mit viel Vergnügen behalten, und man konnte es in ihrem Atelier gerahmt und gehängt sehen. Es stellte den Amtsrat in ganzer Figur vor und zwar geradewegs auf den Beschauer zutretend und dabei sprechend. Der rechte Arm war gesenkt und zugleich angehoben, in ersichtlich steigender Bewegung, und dieser Eindruck wurde in zwingender Weise vermittelt durch den frei emporstehenden Daumen: man empfand's, als höbe der Amtsrat den imaginären Gegenstand seiner Rede von unten nach oben durch das Bild, als hätte er ihn unten mit leicht vorgeneigtem Oberleibe geschöpft, brächte ihn nun zur Erhebung und schließlich, in einer gewissen Höhe, zur Darstellung. Nun hatte aber die Rosanka, welcher im übrigen der sogenannte Expressionismus nicht fremd sein konnte – Zihals Bild wurde neunzehnhundertdreiundzwanzig gemalt – sich gleichsam hinter den Gesetzen der Perspektive mit ihrer eigentlichen Absicht gut verborgen und die an sich völlig absurde Komposition eines Bildnisses, das uns den rechten Arm entgegenhält, gab ihr Gelegenheit zu immer noch angängigen Überschärfungen der Größenverhältnisse: und das sonderlich in Ansehung des Daumens. Tatsächlich war das wahrhaft ‚sprechend ähnliche‘ Porträt auf diesen Daumen hin komponiert, gewissermaßen als Ganzes hinter diese steigende Hand mit ihrem aufgerichteten Daumen gestellt, und das ist es wahrscheinlich gewesen, was Zihal als karikaturistisch empfunden hatte. Er hätte sich mit Kunstsachen nie einlassen sollen, der Amtsrat; denn es lag unvermeidlich in seinem tiefsten Wesen, daß er in jenes Gebiet immer wieder ein durchaus nicht von vornherein dorthin Gehöriges importierte, nämlich die Forderung nach Würde, nach Dekor; dies aber machte seinen Maßstab aus. So beurteilte er die Gegenstände, welche auf einem Gemälde dargestellt waren, oder die Vorgänge, die in einem Buche erzählt wurden. Damit aber sind wir bei einer bedeutenden Veränderung seiner Lebensgewohnheiten angelangt: er las seit seiner Verheiratung Romane. Bei näherer Betrachtung erweist sich dies nur als ein konsequentes Verhalten. Hatte er früher solche Lektüre vermieden, ja grundsätzlich abgelehnt, so unter anderem auch mit der Begründung, daß derartige Bücher meistens in gewissem Sinne aufregende Stellen enthielten: das bedeutete zugleich einen, wenn auch leicht säuerlichen, Seitenblick auf seinen eigenen Stand als Junggeselle und Zölibatär. Nun fiel das dahin. Er las sämtliche Romane von Paul de Kock in deutschen Übersetzungen. Ein etwas altmodisches Amüsement wird man sagen. Nun, diese Bücher stammten aus dem Besitze seiner Frau, welche sie ihm zu lesen gab; und weiß der Geier wie die gesammelten Werke des Paul de Kock einst in die sehr behagliche Wohnung der Oberoffizialin Rosa Oplatek gekommen waren! Hier lebte unser Paar; Zihal war zu seiner Frau gezogen und hatte freilich jene Wohnung im vierten Stock aufgegeben, darin er durch eine kurze, aber entscheidende Zeit gehaust. Was nun nochmals das Bildnis des Amtsrates anlangt: es versteht sich fast von selbst, daß es der Doktor Döblinger gewesen ist, welcher der Frau Rosa eingeredet hatte, ihr Mann müsse sich portraitieren lassen: wie auch sonst wäre eine Verbindung zwischen dem Amtsrate und der Malerin Maria Rosanka zustande gekommen? Dieser letzteren sind die Stunden, während welcher Zihal ihr Modell gestanden war, durch manches Gespräch unvergeßlich geblieben.

Geduld! Wir werden bald bei dem Leutnant oder Majoren Melzer herauskommen. Frau Zihal hatte zwei ältere Schwestern. Die eine hielt eine Tabak-Trafik auf der Josefstadt, die andere aber war seit über zwanzig Jahren an den Inhaber einer großen Papierhandlung verheiratet, welche sich gegenüber dem Liechtenstein'schen Garten-Palais, das die berühmte Bildersammlung enthält, in der Alserbachstraße befand. Dieses Geschäft trug zwar von früher her einen anderen Namen; aber Herr Rokitzer, der Schwager Rosas, der es gekauft hatte, war der Eigentümer und betrieb es gemeinsam mit seiner Frau. Hier haben wir die Eltern jener bereits erwähnten Thea

Rokitzer; sie gravitierte, wie man sich erinnern wird, im Sommer 1925 schon in bedenklicher Weise gegen den unbestimmbaren Mittelpunkt des Eulenfeld'schen Kreises.

Auch nach seinem Weggange aus dem Schachl-Häuschen blieb Zihal bei der Gepflogenheit, in bemessenen Abständen das Fräulein Theresia zu besuchen und immer ging es dabei mit Dekor zu – in dem Gehaben des Amtsrates war überhaupt etwas von einer diskret verschleierten, fast spanischen Etikette, wovon sich in ihm sogar noch mehr vermuten ließ als er zeigte – und immer kamen dabei die goldenen Kaffeetassen zum Vorschein und die früheren guten Zeiten zur Erwähnung. Jedoch nur ganz allgemein. Der Amtsrat, welcher als Ehemann jetzt freilich von seiner Gattin begleitet erschien, ließ mit einer, nun wieder ungezwungenen Offenheit, erraten, daß sein Junggesellen-Dasein im Rückblicke als ein bemitleidenswerter Zustand ihm erscheine. Das deutete er dem Fräulein Theresia Schachl jedoch an, während seine Frau sich nicht im Zimmer befand, sondern draußen im Garten mit dem Ehepaar Pichler und ihrer Nichte Thea, welche sie mitgebracht hatte.

Dies war zum ersten Male schon im Frühsommer 1923 geschehen, und Paula hatte das junge Mädchen von ihrem Strecksessel aus erblickt (er war noch immer wohl erhalten und im Dienste), in welchem sie rückwärts unter den vier Obstbäumen des Gärtchens lag, als der Amtsrat Zihal mit seiner Frau aus dem Torbogen hervorkam, überraschenderweise aber hinter den beiden noch eine dritte Person. Diese war hoch, schlank und kraftvoll und von jener Wohlgelungenheit oder einfachen Makellosigkeit, die ein differenzierterer Mensch – und das war Frau Paula Pichler in ihren Grenzen – wie eine Art Überhang, wie eine über ihn sich beugende Forderung empfinden kann. Es war die Rosenzeit, und das Gärtchen zeugte reichlich davon; jetzt aber erhielten Farbflecken und Düfte erst ihren wahren Bezug, nämlich auf diese Einundzwanzigjährige hier, deren pastose Weiblichkeit das verhaltenere Wesen Paula Pichlers völlig überdeckte. Diese war geradezu erschrocken und – wie sie später in ehrlicher Weise sich eingestand – froh, daß ihr Mann ausgegangen war. Aber bekanntlich sind die Frauen, welche den Frauen so gut gefallen, den Mannsbildern immer minder gefährlich. Hier ging es durchaus nach dieser Regel, und der Werkmeister Alois Pichler hat an Thea nichts weiter finden können, als daß sie ungewöhnlich dumm sei.

In dieser Hinsicht allerdings war er von seiner Frau sozusagen verwöhnt.

Aber: Thea Rokitzer war viel mehr als ‚dumm‘, wie es der liebe Alois benannte (der ganz das war, was man einen ‚lieben Kerl‘ nennt, im Volk von Wien einst der beinahe häufigste Typus). Man könnte jedoch von Thea auch behaupten: sie war viel weniger als dumm. Denn ihr fehlte zur Dummheit, wie unser Zeitalter sie kennt, die Frechheit und Bösartigkeit, was beides dieses Antlitz und Wesen auch nicht in den leisesten Spuren zeigte. Man wird demnach sagen: einfältig. Aber die Einfalt, die einfach zusammengefaltete Art zu sein, ist eine Knospe, welche unter dem Einfall des ersten energischen Sonnenstrahls sich entfalten kann, eine Knospe nicht nur im physischen Sinn, wie sie etwa der René Stangeler mit sicher geleiteter Hand einst unter dem entknöpfelten Sporthemd der Editha Pastré zu finden gewußt hatte. Eine solche war Thea im höchsten Grad, und die Rosen im Gärtchen hatten sich sogleich auf sie bezogen. Aber außer dieser einen und einzigen Falte, die sich da öffnen konnte, war in ihrem Wesen nichts, was einen Einfall hätte einfältig empfangen mögen, und so ist denn zunächst im Sommer des Jahres 1925 nur der Einbruch des Rittmeisters durch's natürliche Tor erfolgt und, um den Vorgang nach Standsgebühr zu erhöhen, in beschwipstem Zustande. Gleichwohl, vor die Wahl gestellt, möchten wir uns lieber entscheiden für die Behauptung: sie war viel mehr als dumm.

Denn solcher unberührbaren Leere kommt unseres Erachtens eine allgemeinere Bedeutung zu. Wenn man den Kreis dieser Menschen anschaut, die da in dem Garten des Schachl-

Häuschens dann und wann zusammenkamen, um einen alten Tisch sitzend, den man durch's Vorhaus hier heraus getragen hatte und auf dem jetzt eine Literflasche heurigen Weins stand mit ein paar Gläsern – wenn man diese Gesellschaft in leichten Sommerkleidern, in Hemdsärmeln und Hosenträgern betrachtet, deren Gerede und Gelächter mäßig und gedämpft die grüne Schale von Stille und Abgeschlossenheit erfüllt, darin die leuchtenden Tupfen der Rosensträucher ruhen, während der hohe blaue Himmel bis in den Wein im kleinen Glase spiegelt: da wird denn viel Andersart auch unter ihnen sichtbar, ja fast eine trennende Schichtung. Theresia Schachl etwa und der Amtsrat gehörten da zweifellos in ein und die selbe Schachtel und Paula noch dazu und ihr Mann; Frau Rosa Zihal, geborene Oplatek, scheint uns einen Übergang zu bilden, nicht so sehr zu den Rokitzers – denn unsere Schichtenlinien folgen hier weder den Familien-Beziehungen noch dem Lebensalter, sondern etwa dem, was in einem allgemeineren Sinne gleichzeitig ist und sozusagen epochal zusammengehört – nicht so sehr zu den Rokitzers leitete Frau Rosa hinüber, sondern zu Paulas Stiefvater, dem Monteur Loiskandl und zu Paulas Mutter, seiner Frau: dieses Ehepaar erschien hier freilich auch von Zeit zu Zeit. Der Monteur aber, wenngleich in weit höherem Lebensalter stehend als der Werkmeister Pichler, gehörte doch gewissermaßen einer jüngeren Schichte an, und dasselbe können wir von seiner Frau sagen, mochte sie gleich schon Großmutter sein – Paula hatte ja ein Mädchen geboren – und aus ihrer zweiten Ehe eine Älteste von achtzehn Jahren haben, die sogar bereits verlobt war, mit einem braven und diensteifrigen Kriminalbeamten namens Zacher; man sah jene Hedwig Loiskandl selten; wäre sie wirklich hübsch gewesen, sie hätte vielleicht einen glatten Übergang in derselben Ebene zu den Rokitzers hinüber gebildet, und durchaus auch zu den Eltern, denn mit Thea wär' sie ja, bei gleichwertigen äußeren Vorzügen, wie auf einen und denselben Punkt zusammen gefallen... in einer und derselben Leere. Die herrschte in der Wohnung des Geschäfts-Inhabers hinter der Papierhandlung gegenüber dem Liechtenstein'-schen Garten-Palais. Sie hockte dort auf allen Möbeln (deren es zu viele gab) und ganz besonders auf dem Büffet im sogenannten Jugend-Stil an der Rückwand des Speisezimmers. Hier war alles in Ordnung. Auch die Spar-Rücklagen des Papierhändlers waren weit mehr als ausreichend, und die Raten der Lebens- wie der Brandschadens-Versicherung wurden rechtzeitig bezahlt. Hier war niemand krank oder über irgend was im Zweifel oder mit sich selbst etwa nicht zufrieden. Thea war das einzige Kind. Auf solchem Boden mußte am noch gesunden Stamme eine Frucht gedeihen, dem prachtvollen kalifornischen Obste nicht unverwandt, welches doch nie die Würzigkeit einer Beere des Gebirgs erreichen kann. Aber diese untadelige pelzige Wange in prangenden Farben, sie lockt den Wurm, sie ist wie gemacht für seinen Stich. Thea fiel nichts ein. Aber das eine fiel doch ein bei ihr: daß sie zum Film wollte. Es kam von der Straße herein, beim Fenster oder durch die Papierhandlung, vielleicht mit deren Zeitschriften und Ansichtskarten, oder direkt aus dem Kino. Es fand zu ihr, weil ihre Leere in einem absoluten und zugleich labilen Gleichgewichte war. In Schichten-Linien ausgedrückt: es war diese ganze Familie Rokitzer, Vater, Mutter, Tochter, unter allen im Schachl-Gärtchen durch Exemplare vertretenen Schichtungen sozusagen die jüngste, ein reines Alluvium, längst kein gewachsenes Gestein mehr. Und wenn man den Strom-Meister Ferdinand Schachl, allerdings als schönstes Stück, mit Recht in die gleiche Schachtel legen würde wie seine Schwester Theresia oder den Amtsrat Zihal, so erscheint zugleich als ausgemacht, daß er sich mit Alois Pichler, seinem posthumen Schwiegersohne, noch sehr gut, mit Frau Rosa Zihal so halbwegs, mit dem Monteur Loiskandl nur mühevoll und mit den Rokitzers überhaupt nicht hätte verständigen können.

Niemand kommt sofort und geradewegs auf den Hund. Erst kommt man auf den Eulenfeld, und dort muß sich's entscheiden. Denn er ist der Rittmeister. „Oh Mensch, tu

Buß'! Denn hier ist der Kühfuß", so lautete eine Inschrift im mittelalterlichen Wien; sie ist mindestens ebenso unverständlich. Es war nun einmal so, und Frau Mary K. hatte sicher recht, wenn sie (wir erwähnten es schon, dünkt mich) später einmal, und nur mehr im Besitze des linken Beines, behauptete, Eulenfeld sei viel weniger eine Person als eine Krankheit, welche gewisse Organismen durchmachen müßten. Wer ist schon eine Person? Die meisten Menschen heutigen Tags sind Krankheiten oder sind Gerüche und immer nur Funktionäre irgendwelcher Art. Eulenfeld war eine Art Passier-Sieb (passoire). Was durchging, das ging durch, und was eine Form hatte und sie aufrecht erhalten konnte, das ging nicht durch. Überdies: Krankheiten sind Institutionen. Oh Mensch, tu Buß'; denn hier ist der Zerrüttmeister.

Daher sind auch die ineinander klappenden Ursächlichkeiten ganz ohne Belang, welche Thea an diese Station gebracht hatten, ich habe mich danach nie erkundigt und weiß sie nicht. Für die Rokitzer war da auf jeden Fall auszusteigen (eine von vielen). Schon im Juni oder Juli 1925 gedieh das Elend ('das Ölend', sagte Frau Paula Pichler) recht weit, ja, es kam zur vollständigen Entfaltung. Dabei ist anzunehmen, daß sie immer noch vermeinte, sich auf dem rechten Wege zu befinden, auf jenem nämlich, der möglichst rasch und weit weg führte von der Mischung zwischen den sauberen aber sterilen Gerüchen der Papierhandlung und den ebenso sauberen aber nicht sterilen Gerüchen aus der Küche, und möglichst weit weg von dem bewußten Büffet im Speisezimmer und – möglichst weit weg von der Thea Rokitzer, der nichts einfiel, müßte man jetzt schonungslos fortsetzen. Nun, sie hätt' es ja nicht verstanden. Sie hielt diesen Weg für den rechten, weil unter der Eulenfeldschen Fauna (manchesmal fast eine 'societas daemonum aliorumque damnatorum', wie der große Katechismus sie unter den Höllenstrafen anführt) auch Personen vom Theater oder von der Zeitung vorkamen und weil das, was man hier lebte, nicht selten beinahe dem entsprach, was die flüchtigen Bilder auf der Leinwand ihr wie ein Ausfallstor in die Welt zeigten, wenn auch ein zweidimensionales nur, also ein vermauertes Tor, könnte man sagen.

Zwischen den Freundinnen – denn das waren Paula und Thea bald geworden – bestand ein Alters-Unterschied von acht Jahren; die Pichler war im zweiunddreißigsten. Im Frühsommer begann sie mehr oder weniger mitzuerleben, was die Thea Rokitzer aus einem unbekannten Gebiete heran und vor ihr zur Ausschüttung brachte, jenem ungeprüften Vermeinen der Jugend folgend, das für möglich, ja selbstverständlich hält, man könne einem anderen Menschen einen Teil der eigenen Last wirklich mit zu tragen geben, und man hätte dies dann mit ihm gemeinsam, und er hätte und hielte es ebenso wie man selbst: so weit schlägt in der Panik der Egoismus aller Epheben über die Stränge, statt selbst an ihnen zu ziehen und den Karren aus dem Dreck. Aber auch bei Erwachsenen kennt man zumindest die Versuche, zu schwer werdende Butten zeitweilig und wechselseitig abzustellen, gelegentlich, wenn die Situation dazu gerade einlädt, wie etwa in einem einsamen, von der Großstadt-Tiefe geborgenen Café, wo zwei beisammensitzen und eigentlich aneinander vorbei ... wobei der Beichtende den Beichtvater für geordneter halten muß als der ist, und beide beides zugleich sind. Aber die Paula Pichler war zur Zeit wirklich geordnet: ein point d'appui, ein archimedischer Punkt. So was gibt's, relativ, lagemäßig, vorübergehend. Ordnung ist ja nichts als das in den Rohren, Adern und Kapillaren steigende Lebenswasser; füllt es sie prall, so bilden sie das schönste Geäst und Geflecht. Fällt es zurück, dann mag man sie aufbinden und glattstreichen wie man will, sie hängen und liegen unordentlich ineinander. Derjenige ist am besten bei Leben, dessen augenscheinlich vorhandene Ordnung überaus diskret und als solche kaum auffindbar ist. Paula Pichler hatte bei sich bisher nie Ordnung gemacht, sondern war in ihr gewachsen. Sie geriet auch durch Thea's Andrang nicht aus dem Gleichgewichte. Ihr ererbtes Wissen übersetzte jenen bekannten Notruf in verliebter

Sprache ‚hilf mir heraus!' automatisch in's Gegenteil. Aber unerschütterlich beförderte sie weder das eine noch das andere; und sagte im ganzen wenig: die größte Wohltat für Thea, welche ja vor allem reden wollte, von sich weg reden, es von sich weg reden, für den Augenblick Luft bekommen. Den Gegenstand der Verliebtheit nannte die Paula Pichler bei sich und in aller Stille sehr bald und bündig einen alten Lumpen: ohne damit sozusagen für Thea Ballast auszuwerfen und den Ernst der Lage zu erleichtern; denn es wäre ihr gar nicht in den Sinn gekommen von solchen Bewertungen für Theas flagranten Fall irgendeine Dämpfung zu erwarten. Sie fragte nur einmal, ob Thea nie unerwartet zu Eulenfeld gekommen sei oder in die Wohnung jener Frau Schlinger hinter dem Franz-Josefs-Bahnhof? „Das würde ich übrigens an deiner Stelle einmal tun." Daraus, daß Thea hierin ein geradezu ungeheuerliches Wagnis mit Schrecken sah, entnahm Paula Pichler sozusagen den ganzen Seelengrund ihrer Lage: daß sie nämlich dort tief unten war, daß man sie terrorisierte.

In Theas chaotischen Ergüssen kam auch Melzer wiederholt vor. Zu dem Bilde dieses Unbekannten, der sie interessierte, hätte Paula gerne noch ein paar Striche hinzubekommen. Aber sie fragte nicht viel; schon gar nicht nach Stangeler, den die Rokitzer nur selten erwähnte (einmal sprach sie auch kurz von seinen Schwierigkeiten mit der Siebenschein); jedoch dem aufmerksamen Ohre war's genug, um ihn bald mit René zweifelsfrei zu identifizieren. Hier unterblieb jede Frage durchaus, und sie gab keineswegs zu erkennen, daß sie ihn kenne. Aber es war doch ein Gewürz in all' der Last, es war eine kleine spitzbübische Freude, über René nun von zwei Seiten das oder jenes zu hören, nicht nur gelegentlich und spärlich von Tante Lina. Selbstverständlich ist, daß Paula über die zwischen Editha Schlinger und dem Rittmeister bestehenden und weiterbestehenden Beziehungen sich nach Thea's Erzählungen bald im klaren befand (während diese jedes Anzeichen für's Gegenteil inbrünstig auflas) – sehr zum Unterschiede von Melzern, wie wir leider wissen, der hier zu physikalisch und ordentlich dachte (so weit davon bei ihm die Rede sein kann), indem er sich an den Satz hielt, daß, wo ein Körper im Raume sei, nicht gleichzeitig ein anderer sein könne, was in der Physik stimmen mag: in den Fahrplänen des erotischen Kleinbahnverkehrs mit Kurzstreckentarif steht's ganz anders verzeichnet. Und Melzer glich in diesem Punkte einem Menschen, der daraus, daß man einen Knödel nach dem anderen ißt, deduzieren wollte, es gäbe keine Vielfraße. Nun, Paula war eine Frau von zweiunddreißig Jahren und Melzer ein Leutnant, Oberleutnant, Hauptmann, Major, Amtsrat Melzer mit ersten Keimen von Zivilverstand. Zudem: „die Männer, welche bekanntlich dumm und umständlich sind . . .", so pflegte eine mir überaus teure Dame gerne zu sagen, wie ich heute, und leider zu spät weiß, mit Recht.

Schon im Juli nahm der Erfluß dieser ganzen Sachen ein gröberes Korn an: vergleichsweise sowohl wie buchstäblich, denn es flogen auch die ersten Ohrfeigen. Eines Tages hatte der Rittmeister gesagt: „Theachen, du mußt mir einen großen Gefallen tun." Nun, wie gern! Darauf hin gab er ihr so etwas wie einen Reisepaß in die Hand, eine umfängliche und sehr schön ausgeführte Legitimation, und verlangte, sie möge auf der Hauptpost unter Vorweisung dieses Papiers nachfragen, ob ein postlagernder Brief da sei. Damit schob er sie gleich aus seiner Wohnung und auf den Weg. Thea stand an der Straßenbahn-Haltestelle, mit dem Paß im Täschchen, den sie kaum ansehen mochte, und dem unabweisbaren Gefühle, sie müsse sich jetzt auf dem Amte für eine andere Person ausgeben, für jene, an welche der Brief, den der Rittmeister haben wollte, gerichtet sei. Hoffentlich war kein Brief da. Sie legte, ohne ein Wort zu reden, den Paß geöffnet auf das glatte Brett des Schalters, und nach einer Minute hatte sie ihn wieder und einen Brief, den sie ebenfalls nicht ansehen wollte, dazu: obendrein aber den in jener kurzen Zeit vor dem Schalter empfangenen und nun nicht mehr wegzulöschenden Eindruck, daß die Photographie auf dem Passe durchaus niemand anderen darstellte als Frau Editha Schlinger. Während der

Rückfahrt nun, beim Öffnen der Tasche, um das Fahrgeld zu entnehmen, mußte ihr Blick neuerlich und fast gegen ihren Willen auf den Umschlag des Briefes fallen, wobei sie aber nichts las als einen irgendwie fremdländischen Namen, den sie nicht behielt, und den Vermerk ‚hauptpostlagernd‘. Was nun geschah, blieb ihr selbst unbegreiflich. (Wir wollen hier unsererseits gar keine bestimmte psychologische Diagnose riskieren, einfach deshalb, weil in eine völlige Leere bei labilem Gleichgewichte so ziemlich alles einschießen kann – vermutlich war das Folgende aber doch ein wesentlich gegen den Rittmeister gerichteter Akt.) Sie stieg beim Bahnhof aus, ging an der Haustüre des Rittmeisters vorüber und weiter in der Richtung zu Editha Schlingers Wohnung. „Ich hab'“, so sagte sie zu Paula „während dieser paar Schritte immerfort an den Herrn Melzer denken müssen. Aber gar nicht wegen des Briefes von ihm an die Frau Schlinger – dabei war der noch immer in meiner Tasche! – was sagst du jetzt dazu? Wär' er mir begegnet, ich hätt' ihn bestimmt gefragt, was ich mit diesem Brief da von der Hauptpost machen soll.“ Bei Editha klingelte sie (sie ist also damals wirklich unvermutet dort erschienen, wissend allerdings, daß Eulenfeld in seiner Wohnung ihre Rückkehr erwartete). Editha Schlinger öffnete ihr selbst.

Diese schien aus anderen Zusammenhängen oder Sorgen durch Thea aufgestört worden zu sein, oder sie hatte jemand ganz anderen erwartet – jedenfalls war ihr Gesicht sozusagen unvorbereitet und durch einen Augenblick bot es die Verfassung der Person offen dar, als sei diese noch allein (allein an einem Juli-Nachmittag in der kleinen Wohnung mit mehreren Schachtel-Zimmern, darin alles weiß oder crèmefarben lackiert war). Es zeigte sich jene Verfassung als keine freundliche. Jedoch rasch glitt über die noch in offenen Klüften stehenden Züge das versammelnde Lächeln, und „ja Theachen“, sagte sie, „was führt dich zu mir? Komm!“ Sie hielt ihre Hand fest und zog sie mit sich durch das Vorzimmer hinein. Thea, jetzt in fast vollkommener Absenz (Absenz wovon? vom Vakuum – also Absenz in der zweiten Potenz) und obendrein nah am Weinen, stürzte in die Situation ab und blieb mitten in deren kleinen und kleinsten inneren und äußeren Umständen hilflos liegen, einem Serviermädchen vergleichbar, das neben den Scherbenberg der abgestürzten Platte mit vielem Geschirr kein zweites Faktum zu setzen hat sondern nur sich selbst stumm daneben auf den Boden. Ach, dieses abgestürzte Wiener Schokoladenmädchen Thea, gemalt von Liotard! In den Fenstern stand der ganze Kahlenberg. Sie griff' in's Täschchen, ohne ein Wort zu sagen, ihre Augen waren schon naß (und trotz des eine Unredlichkeit wiedergutmachenden Aktes, den sie setzte und sich daneben, ja, recht eigentlich beiseite, sah sie aus wie das schlechte Gewissen selbst), sie griff also in ihr Täschchen und reichte Editha den Paß, dann den Brief.

In wenigen Sekunden fiel deren Antlitz jetzt aus der erstiegenen Bel-Étage reputabler Sammlung durch bis in den Keller finstersten Zorns. Beide hatten sich noch nicht gesetzt, sie standen inmitten einer Art von Salon, welcher außer dem Eingange vom Vorzimmer her noch zwei ganz gleiche weiße Flügeltüren nach links und rechts hatte, etwas viel Türen selbst für ein geräumiges Zimmer . . . „Wie kommst du zu diesem Paß?!" schrie Editha. Sie schrie ohneweiteres sofort los, ohne vorher noch zu fragen, Erklärungen zu verlangen: vielleicht bot der Ausdruck eines paradoxen schlechten Gewissens bei Thea eine so offene Kerbe, daß sie da hinein hauen mußte.

„Rede, du Gans!" fauchte Editha; sie sprach jetzt im reinsten Hochdeutsch, was bei Thea wahrscheinlich ein Gefühl von besonderer Gefährlichkeit der Lage oder dieser Dinge überhaupt befördert hat. Von ihr kam jetzt, statt einer Antwort, jener aufwinselnde Ton ersten Tränen-Ergusses, der eine gewisse Ähnlichkeit mit dem Wiehern eines Pferdchens hat. Editha stampfte mit dem Fuß auf, daß die weißen Türen bebten: „Da läßt man sich seine Post schon nicht in's Haus kommen, wegen dieses Gesindels und dann . . ." Plötzlich

begann sie bei erhöhter Stimmlage in einer Thea nicht verständlichen fremden Sprache sehr rasch zu reden, noch näher herantretend, und dann knallte es und brannte es auf Theas Wange, links und noch einmal und rechts. Das abgestürzte Schokoladenmädchen brach jetzt buchstäblich zusammen auf einen weißen Armsessel mit Polstern der hinter ihr stand, und sie verkroch sich mit dem Gesicht in ihre Arme und heulte. Editha sprach (so weit man solche Kerbenhiebe sprechen nennen kann) jetzt wieder deutsch: „Biest! Zu so was läßt sie sich gebrauchen! Die Unschuld! Aber das wird man erzählen, an der entsprechenden Stelle, was sie für eine ist! Da hier, in diesem Sessel, hat vor acht Tagen erst der Herr Melzer so schön gesprochen als von einem wertvollen, guten und unschuldigen Menschen, ja was denn noch alles! Dem werde ich aber reinen Wein einschenken über solch ein Tier..."
Hier brach sie ab; sie setzte sich merkwürdigerweise ruhig in einen Stuhl und schwieg.

Thea, wenngleich laut flennend, hat doch die zwei eigentümlichsten Erscheinungen in Edithas Ausbruch sehr wohl in sich aufgenommen und gleichsam mitten in dem Lärm, den sie selbst verursachte, die Ohren gespitzt. Eines wurde ihr zwar weniger deutlich: nämlich Edithas merkwürdige, fast altmodische Ausdrucksweise, die, noch dazu im Zorne, sich anhören ließ, als rede jene in einer Sprache, welche sie mehr aus Büchern, denn vom Gebrauch her kenne und könne. Nun, dieser Umstand kam in ihrer Erzählung Paula Pichler gegenüber nicht zur Erwähnung, sie hätte das vielleicht garnicht so benennen können, es gehörte für sie noch zur Grundierung des ganzen Vorgangs, wie der Kahlenberg im Fenster und die zwei hohen, steifen weißen Flügeltüren. Aber die unvermutete Erwähnung Melzers mitten in dem Wirbel fiel ihr doch im höchsten Grade und ganz klar auf und hinterließ ein tiefes Nachgefühl in ihr, als wäre da etwas in sie eingedrungen bis in innere oder auch, wie man zu sagen pflegt, edlere Organe, etwas wie der Stich eines Floretts, der rasch vorgleitet und durchbohrt, wenn er einmal die von den Muskeln gespannte Oberfläche des Leibes durchbrochen und passiert hat.

Damit wurde es nun still, bis auf Theas Schluchzen.

Die Schlinger sah bohrend vor sich hin und begriff das eigene Reden und Handeln wahrscheinlich ebensowenig wie Thea es begreifen konnte, daß sie hier heraufgekommen. War Editha beim Anblick des Passes – von dem sie wohl wissen mußte, wer ihn entwendet hatte in der Nacht von gestern auf heute – in Wut geraten, so behielt diese offenbar keineswegs nur ihre Richtung auf den Rittmeister, sondern spülte ohne Unterschied, wie ein Vomitiv allen Mageninhalt, hervor was sich gesammelt hatte, mochte es auch nicht zusammengehören, hervor gegen die bisher mit so viel Beflissenheit und Beiseitesetzung ihrer selbst protegierte Thea Rokitzer: dabei gab es einen ahndungsvollen Durchbruch aus dem dunkelsten Keller des Zorns, nach dem Fall, jetzt wieder herauf an's Tageslicht. So kam denn das Schimpfen, flogen die Ohrfeigen, wurde Melzer erwähnt.

Nun aber, erwachend, aus den wirklichen Zusammenhängen fallend und einer tieferen und besseren Logik beraubt, las sie erschreckt nur mehr die bloßen Namen der Sachen, und so fiel's ihr jetzt hintennach ein, daß sie der Rokitzer hätte danken müssen: Bums! Da saß sie jetzt am Trockenen, am Strande, wie's einem in den westlichen Seebädern, in Arcachon oder Biarritz ergehen kann, wenn die lange atlantische Dünung den Schwimmer unsanft absetzt; so saß die Schlinger jetzt hier im Sessel, sich selbst unverständlich, weil von der Woge verlassen und eingeklemmt zwischen die beiden unabweisbaren Tatsachen, daß Eulenfeld den Paß gestohlen und Thea ihn wiedergebracht hatte – immerhin nicht sogleich, erst war noch der Brief behoben worden: fast wollte die Wut wiederkehren, auch angesichts der Frechheit des Rittmeisters, der ihren Schlaf benutzt hatte, um – doch wohl offenbar bei eingeschaltetem Licht am Nachttisch! – ihr Täschchen und die Papiere zu durchsuchen, was beides sie auf einer kleinen weißlackierten Étagère zu Häupten ihres Bettes abzulegen pflegte. Fast wollte die Wut wiederkehren, durch solche anschauliche Vorstellungen neu hervorgereizt; aber Editha entging diesem Affekt durch einen anderen, indem sie sich jetzt, ihrerseits in Tränen aufgelöst, auf Thea warf, ja fast zu deren Füßen, und mit einer Flut von Zärtlichkeiten und einer noch größeren von Worten, die in gänzlich unbestimmter Weise aber eindringlich von ihrer ‚seelischen Verzweiflung' sagten, und daß sie oft nicht Herrin ihrer selbst sei und überhaupt eines Menschen bedürfte, dem sie trauen könne, und Thea möge ihr um des Himmels willen verzeihen. Diese nun tat es. Man kann's verstehen, wenn man erwägt, daß sie ja froh und glücklich sein mochte, den Fuß wieder aus dem Schnappeisen einer solchen Situation ziehen zu können, in welche sie da hereingetölpelt war, und ohne hier eine Feindin hinterlassen zu müssen. Sie tranken am Ende Tee miteinander, und Editha steckte der Rokitzer die Marrons glacés von Demel in den Mund.

Blieb noch als dickes, wenn auch nicht korpulentes Ende: der Rittmeister.

Aber dies machte der Editha Schlinger wenig Sorgen. Während sie es jetzt ganz uneingeschränkt angenehm empfand, durch die veranstaltete dramatische Szene über das vergebliche Warten auf Melzer – der also ohne ein Wort der Entschuldigung einfach ausgeblieben war, was durchaus nicht zu ihm paßte, und jetzt bestimmt nicht mehr kommen würde! – hinweg gelangt zu sein, öffnete sie, geschickt und schnell manipulierend, mit ein wenig heißem Wasser und einem miniatüren Falzbein, das sie von ihrem weißen Sekretär am Fenster nahm, das Schreiben und las es, am Teetische Platz nehmend, langsam und aufmerksam durch. Der Brief war von einiger Länge. Nachdem sie ihn gelesen, verschloß sie ihn auf ähnliche Art wieder in dem Umschlage und so sauber und geschickt, daß man diesem durchaus nichts anmerken konnte. Während des Lesens hatte sie einiges aus dem Briefe in ein kleines, in grünes Leder gebundenes Notizbüchlein übertragen; sie versperrte es im Schreibtisch. „Ich bewahre sonst alle Briefe lange auf, die ich bekomme", sagte sie, nun wieder mit der Teetasse in der Hand und auf den mit Post überstapelten Sekretär weisend. „Von dem da habe ich mir wenigstens das Wichtigste des Inhalts notiert. Du gehst also jetzt zum Rittmeister und gibst ihm den Paß und den Brief, als ob nichts wäre. Und daß ich schweige, ist ja selbstverständlich. Dies bin ich dir zum Danke mindestens schuldig. Auch zum Danke für deine Verzeihung." Sie küßte Thea nach diesen Worten.

„Und der Paß?!" rief diese. „Wie kommst du wieder zu dem Paß?!"

Editha lächelte nachsichtig und bemerkte nur dazu, daß der Paß sich sehr bald an der gleichen Stelle finden werde, wo er nun fehle. Sodann ging Thea Rokitzer eilig weg, auf der Straße eine glacierte Kastanie lutschend, welche ihr die Schlinger an der Wohnungstüre noch in den Mund gesteckt hatte.

„Was war das für eine fremde Sprache, in der sie geschimpft hat?" fragte Paula.

„Ich weiß es nicht. Vielleicht französisch. Sie reden alle manchmal französisch, so hin und wieder, Otto auch (sie meinte Eulenfeld), und auch Stangeler, Melzer nicht. Aber er kann es."

„Und du – du hast nicht französisch gelernt?"

„Nein. Kannst denn du französisch sprechen?"

„Oh ja, zur Not. Besser englisch. Während der kaufmännischen Kurse hat mich die Tante lernen lassen. Auch später noch. Was hast du eigentlich gelernt? Hast du nie Lust gehabt?" Thea sagte nichts, und Paula deckte ihre eigene Frage rasch wieder zu: „Wenn du der Frau Schlinger den Brief vom Melzer gegeben hättest, und dann erst den Paß mit dem Brief von der Hauptpost, vielleicht hätte sie dich nicht geohrfeigt. Oder erst recht. Wie lang ist das jetzt her?"

„Es war am Samstag nachmittag."

„Also am elften. Heut' ist der achtzehnte Juli, Samstag. Das ist doch schon eine ganze Woche. Hast du den Herrn Melzer inzwischen gesehen?"

„Zufällig sogar zweimal, am Mittwoch nur kurz auf der Straße und dann am Donnerstag beim Rittmeister."

„Und er hat dich nie nach dem Brieferl gefragt?"

„Nein".

„Vielleicht hätt' er gefragt, wenn du mit ihm allein gewesen wärest."

„Ich war mit ihm allein und hab' mich sehr gefürchtet, daß er fragen wird. Er wollte am Donnerstag Otto besuchen, ich war schon oben, Otto sollte bald kommen ... ich hab' den Herrn Melzer gebeten, er soll doch auf den Rittmeister ein wenig warten, weil ich weiß, daß Otto ihn sehr gern mag .."

„So?" sagte Paula, sonst nichts.

„Ja, eigentlich hätt' ich froh sein müssen, ihn rasch wieder loszuwerden, ich hätt' ja nur sagen brauchen, der Rittmeister ist nicht daheim (ich hab' grad Ottos Sachen gerichtet) und kommt erst abends ... wirklich ist der Otto erst zwei Stunden später erschienen, als er versprochen hat, und hat sich sehr gefreut, daß Herr Melzer da war. Wir haben dann zu dritt gegessen."

„Und die ganze Zeit warst du also mit Melzer?"

„Ja. Ich hab' genäht, wir haben uns Tee gemacht. Es war so ruhig und gut. Ich hab' vollständig auf den dummen Brief vergessen, und er hat nicht danach gefragt. Er war sehr lieb."

„Und in den Paß hast' also gar nicht genau hineingeschaut?" fragte die Pichler. „Auch nach der Geschichte mit den Ohrfeigen nicht?"

„Nein, nein", sagte Thea. „Ich wollt' ihn nur wieder los werden beim Rittmeister, mitsamt dem Brief."

Da schüttelte denn die ältere Freundin lediglich mehr den Kopf.

Die Stelle des Ufers, an welcher Thea Rokitzer und Paula Pichler auf einer Decke lagen, war halb im Schatten einiger Sträucher, halb in der Sonne, in welche man sich mit einer geringen Drehung des Körpers herauswälzen konnte: was Paula vermied, sie war keine Anhängerin des Brat-Kultus, ihrer Sommersprossen wegen. Auch der Rokitzer gelang das

Sonnenbaden nicht recht, ihre rosige Haut rebellierte immer wieder und allzu heftig gegen die Widernatürlichkeit solcher Bestrahlungen, die nur allmählich und achtsam gesteigert und am Ende lange und regungslos geübt, das zarte Pigment einer Blondine in jenes ölige Braun verwandeln können, das die weiblichen Uniformierungs-Vorschriften damals schon durchaus forderten. Auch der Rittmeister war ein Mann, welcher zu seinem Wohlgefallen die Unterstützung der Mehrheit brauchte, eine Massen-Faszination, in wahrhaft höchstpersönlicher Angelegenheit: und doch hätt' er diese ohne jene nicht aufrecht zu erhalten vermocht. So begann denn auch Thea mit allerlei Mitteln zu quacksalbern, an der samtigen Pfirsich-Oberfläche, welche die Natur ihrem Leibe gegeben hatte. Jetzt allerdings, bei zunehmender Dichtigkeit ihres Gesprächs mit der Freundin, fühlte sie sich durch die Blendung und Hitze dieses Juli-Nachmittags gestört und kroch näher zu Paula in den Halbschatten der Büsche.

Vom Strom zog leiser Windhauch. Und eilig glitt das Wasser. Um die Nase des Leopolds-Bergs herankommend ließ es den Bisamberg links dahinten, der zurückfiel in rückwärtige Himmel, hingewischt am Rand des Gesichts das Gescheck von Wiesen und Wald des gedehnten Mugels, der doch die sommerliche Ferne tiefer eröffnete als es die Flachheit des unbehinderten Weitblicks gegen Jedlersee zu vermochte, mit wandernden Hochspannungsmasten, mit verstreutem Hain und Haus. Auf den Strom bezog sich hier alles. Er war Vordergrund, Hintergrund, Grundfarbe. Alles ward blaugrau, alles zog in die Ferne, entlang der windoffenen Breite, entlang dem pomphaften Wallen der Wassermassen durch eine entzwei gelegte Landschaft, dem Stromgott zugehörig, wie der Schaum der Auwälder, die ihm nachwanderten. Es sprach der Gott zur Dryade, zu der Dryas Paula Schachl vom Alsergrund, und was er leise zischend und spritzend redete, war von ihrem Vater, der ihm ein treuer Sohn gewesen.

Paula dachte nun keineswegs an den verstorbenen Strommeister. Jedoch, man könnte sagen, sie war von ihm umgeben: hier, oft, vorgestern, im Traum. Sie besaß zum Beispiel ein unbezweifeltes Wissen davon, daß er den Alois, ihren Mann, gerne mochte. Jedesmal, wenn sie von ihrem Vater geträumt hatte, nahm sie sich fest vor, bei der nächsten Erscheinung irgend eine Frage an ihn zu richten. Aber welche? Auf diese seltsame Art kam sie eines Tages dahinter, daß ihr Leben keine Fragen enthielt. Es war im Gärtchen gewesen, vor drei Wochen, sie hatte eben in ihren Streckessel niedersitzen wollen. Nein, es waren keine Entscheidungen zu treffen. „Ich bin glücklich", dachte sie, mehr Feststellung als Gefühl. Beim letzten Mal im Traum hatte ihr der Vater gesagt: „Mach' mir jetzt eine Schale Kaffee mehr, wenn ich am Vormittag lese. Es ist nicht mehr so leicht. Ich werde nicht immer bei dir sein können."

Und zugleich, in seltsam nahetretender Weise, verschmolzen sekundenweise diese Sommertage jetzt – jedesmal freundlich sich schließend mit des Werkmeisters lustiger Heimkehr, seinem Pfiff im Garten, dem kurzen, starken Druck seiner Arme um ihre Schultern bei der Begrüßung, eine Art Nachdruck, als brächte er ihr jedesmal wortlos etwas in Erinnerung – zugleich verschmolzen gerade diese Tage jetzt mit jenen vor vierzehn Jahren, als sie in Unruhe, aber doch Heiterkeit auf René gewartet hatte, der vom Land nach Wien hereinkommen sollte, während es zugleich galt, die Tante Theresia hinzuhalten, die der heißen Stadt entrinnen wollte, statt darin zu zerrinnen... Auch in jener Zeit damals war sie viel an der Lände gegangen wie jetzt bei ihren Unterhaltungen mit Thea, jedoch damals allein: wenn sie von dem Bilde dieser Tage berührt wurde – es wehte manchmal kurz hervor, wie ein Vorhang im Windhauch – dann war das alles vor dem Hintergrund eines zarten Violett stehend. Aus dieser Farbe kam einmal deutlich der Duft von Renés Lavendelwasser. Auch ihre Gänge mit Thea hatten sich anfangs weniger weit erstreckt, nur am Donaukanal, später dann bis zur Schleuse; und jetzt lagen sie hier schon auf halbem Weg zwischen dieser und Kahlenbergerdorf. Sie konnte dann und wann ruhig wegbleiben; die Tante Theresia hütete im Garten das Kind, nicht nur ,wie einen Augapfel', sondern als ihren neuen und längst schon unentbehrlichen Lebens-Inhalt. Es war fast vier Jahre alt.

Sie stellte sich den René noch wie einen Gymnasiasten vor, so nah und selbstverständlich und gewissermaßen gemütlich, wie eben alles aus einer guten Kindheit ist, als welche von ihr auch jene Jahre um das achtzehnte herum heut empfunden wurden, und sie wurde sich des Widerspruchsvollen einer solchen Vorstellung nicht bewußt, widerspruchsvoll wegen vergangener vierzehn Jahre (wir aber wissen besser als die zweiunddreißigjährige und durchaus erwachsene Paula Pichler, daß ihre Vorstellung von Stangeler mit dessen wirklicher Personsverfassung und Beschaffenheit, wie sie damals war, immer noch sich weitgehend deckte). Irgendwo rückwärts stand bei alledem auch die Tante Lina. Vielleicht war dies der letzte und hinterste Grund, warum alle diese Wiederkehr, diese anklingenden und anfragenden Ober- und Untertöne des einst Gelebten, bei Paula keinerlei Unruhe schufen. Es konnte nur gut sein. Sie hörte Theas Erzählungen nicht nur mit Geduld, sondern gerne.

„Wann hat dir der Melzer den kleinen Brief für die Frau Schlinger gegeben?" fragte sie jetzt und legte sich auf die Seite, Thea Rokitzer zugewandt, ein wenig gegen die Sonne blinzelnd, wodurch ihre Augen sehr schräg gestellt aussahen und zärtlich-katzenhaft über den leicht emporgezogenen Backen. Sie war jetzt mehr gegen die Uferböschung gekehrt, gegen den schweren Regulierungs-Damm von Granitwürfeln, davon sie etwa vierzig Schritte entfernt lagen auf einer Art Halbinsel des Schwemmlandes, mit Büschen bestanden und jetzt, bei niedrigem Wasserstande, frei heraustretend. Hinter und über dem Damm zogen Eisenbahnstrecke und Straße, aber jenseits dieser, unmittelbar daneben schon, stieg hier das Terrain steil an, teils mit Busch und Baum, teils in abbrechenden rutschenden Halden, daraus der Stein hervorrippte. Es nahte sich die beginnende Neigung des Nachmittags, und in die Falten der Bergwand waren Schatten gestrichen. Ein

Last-Automobil fuhr lärmend vorbei auf der Straße hinter dem Bahnkörper.

„Das war am Nachmittag vor der Geschichte mit dem Paß", sagte Thea, „also am Freitag, dem zehnten, weil du immer gerne so genau alles ausrechnest: aber der Unglückstag war schon am Samstag obwohl erst Montag der dreizehnte gewesen wäre ... Ich bin am Freitag durch die Porzellangasse gegangen, weil ich in einem Geschäft nach etwas hab' fragen wollen. Ich sollte dann zur Frau Schlinger gehen und Otto dort abholen. Weiter unten, schon gegen den Bahnhof zu, ist der Herr Melzer vor einem Briefkastl gestanden, mit einem Brief in der Hand, ohne den Brief einzuwerfen, ohne sich zu rühren, er hat merkwürdig ausgesehen, sehr traurig oder irgendwie gequält, möcht' ich sagen. Er hat mich nicht bemerkt, bis ich dicht vor ihm war: jetzt, wie er mich sieht, verändert er sich ganz, du, der hat sich ehrlich und offen gefreut, mich da zu treffen, er sagt ‚oh, Fräulein Thea! Wie geht's denn und wohin des Weges?' ‚Ich muß einen Sprung zur Frau Schlinger hinaufgehen', sag' ich. ‚Ach, da könnten Sie mir einen sehr großen Gefallen erweisen', sagt er, ‚hier wär' ein Brief an Frau Schlinger, der kommt wohl mit der Post bis morgen früh nicht mehr zurecht – würden Sie so gut sein, ihn ihr einfach zu geben?' ‚Ja, freilich', hab' ich gesagt, ‚schad', daß Sie die Marke schon draufgegeben haben.' Er hat ein bisserl abgewunken, so müde und gequält, weißt du, und dann aber gelacht und gesagt, ‚die Hauptsache ist, daß der Brief zurecht kommt', und dann ‚ich danke Ihnen recht sehr, verehrtes Fräulein Thea'. Er hat sich herzlich von mir verabschiedet, seine Art ist sehr ritterlich, weißt du, ganz Kavalier, aber nicht nur so äußerlich, ich spür' bei ihm immer das Echte. Ich hab' den Brief in meine Tasche hineingegeben – aber ich bin an dem Nachmittag gar nicht mehr zu Frau Schlinger hinaufgekommen, das ist es ja! Ich war noch nicht bei ihrem Haustor, da sind mir schon der Otto und der Stangeler langsam entgegen spaziert; sie haben lebhaft gesprochen. Der Stangeler war eben aus Budapest gekommen und hat elend ausgeschaut. Es hat damals bei ihm große Schwierigkeiten gegeben mit seiner Freundin oder Braut, dem Fräulein Siebenschein. Ich glaub', ich hab' dir davon schon einmal erzählt. Er war von ihr getrennt und steinunglücklich. Otto und er haben die ganze Zeit fast von nichts anderem gesprochen, auch abends. Ich hab' übrigens das Gefühl gehabt, daß die zwei dort oben Cognac getrunken haben, bei der Frau Schlinger, du weißt, daß mich diese Trinkerei beim Rittmeister so unglücklich macht. Dann sind wir ein wenig am Donaukanal spazierengegangen und dann nachhaus zu Otto, den Stangeler hat er mitgenommen. Ich hab' Tee machen müssen, und der Rittmeister ist schon mit einer Flasche dahergekommen. Ich hab' auch trinken müssen. Mir ist dann am nächsten Tag immer so blöd zu Mut. . . . Und wie ich am Samstag nachmittag plötzlich zu Frau Editha hinauf bin: da hab' ich wirklich nur an den Brief von der Hauptpost gedacht, nicht an den vom Herrn Melzer."

„Hast' also vergessen?" sagte Paula.

„Ja – – nein", sagte Thea Rokitzer, hier mit der Antwort merklich zögernd. Zwischen ihre Vorstellungen oder Gefühle und deren Erscheinen außen, an der Oberfläche, sei's in Mienen oder Worten, trat fast nichts von Wachsamkeit, weil die Person gewissermaßen fehlte, welche jene hätte üben und dazwischentreten können. Sie vermochte sich selbst wohl, andere aber nur ungeschickt oder gar nicht zu belügen, weil der hierzu erforderliche Apparat in ihr rudimentär entwickelt war. So bot ihr Reden einen direkten und perfekten Abklatsch ihres Seins, was man im allgemeinen selten antrifft. Paula kannte das natürlich schon und erkannte es auch in ihrem Instinkte als wesentlich anderen Ursprungs wie etwa die Wahrhaftigkeit ihres Mannes, welche sie sehr hoch anschlug: diese hier aber war im Vergleiche dazu kein klares Wasser, auf dessen Grund man die Steine sieht, sondern ein so seichtes, daß sie daraus hervorstanden.

„Bist' nicht auf den Gedanken gekommen, dem Herrn Melzer einfach zu sagen: ich hab' auf das Brieferl vergessen – hier ist es?"

„Nein.“

„Hast du's vielleicht – vergessen wollen?!“

„Ich weiß nicht. Wozu braucht die ein Brieferl vom Melzer! Wie die zwei schon zusammenpassen! Sie hat doch – – den Rittmeister“, und da plötzlich – bereits während der letzten Worte waren ihre Augen feucht geworden – weinte sie los, dick schluchzend, langsam, als schöpfe man plantschend aus einem Fasse; das Gesicht hatte sie in den Armen verborgen. Paula streichelte ihr den Kopf. Es ging auch bald vorbei. Ihr gutartiges Antlitz, als sie der Freundin sich wieder zuwandte, sah aus, wie ein Bauerngärtchen mit frischen Blumen nach dem Regen. Ja, so gerann dieser Molkenbrocken aus der Kindermilch zum ersten Leide.

„Hast' den Brief noch?“

Thea nickte nur. Aber auf Paulas Frage, was denn in dem Briefchen drinnenstehe, sagte die Rokitzer, etwas verwundert, sie habe es nicht geöffnet. „Geh, bring' ihn doch das nächste Mal mit!“ rief Paula lebhaft. „Jetzt kannst' ihn auf keinen Fall mehr zurückgeben und danach fragen wird der Herr Melzer bestimmt nicht mehr.“ Hier sei der Brief, in ihrem Täschchen, sagte Thea.

Nun freilich, der mußte heraus. Paula war gleich mit einer kleinen Schere bei der Hand (die Rokitzer sah ihr ermutigt zu), betrachtete aber zunächst das violette Couvert von außen. Der Absender war rückwärts nicht vermerkt. Sie schlitzte den Brief.

„Liebe verehrte Editha, so sehr habe ich mich auf den Samstag-Nachmittag gefreut, aber mein Zustand ist ein elendiger und würde mir das Beisammensein nur verderben, ich niese unaufhörlich, auch während ich diese Zeilen schreibe, wahrscheinlich hab' ich mich am vorigen Sonntag-Abend in Kritzendorf verkühlt, ich muß mich über das Wochenende niederlegen. Hoffentlich darf ich dann erscheinen, wenn ich wieder gesund bin? Ich warte auf Nachricht. Wegen der Auskunft (die Beschaffung größerer Posten von Rauchsorten betreffend) – lieber mündlich. Mit ganz ergebenem Handkuß –

Melzer." - Das Datum war der neunte, nicht der zehnte Juli. „Das hat er schon am Donnerstag voriger Woche geschrieben" bemerkte Paula, „und bis zum nächsten Tag liegenlassen. Oder er hat schwindeln wollen, für den Fall, daß der Brief zu spät kommt. Außerdem versteh' ich nicht, daß er ihr überhaupt schreibt."

„Wieso?" fragte Thea; das war schon wirklich wie eines Lämmleins Blöken.

„Na, weil sie doch ein Telephon hat, das weiß ich von dir, ich merk' mir alles. Und er hat wahrscheinlich auch eines. Nein, die zwei haben nichts miteinander. In dem ganzen Brief kommt kein ‚Du‘ und kein ‚Sie‘ vor, er weiß nicht, wie er sich stellen soll. Aber irgendwas war schon zwischen denen vorher, und vielleicht am Samstag hätt' es soweit sein sollen. Jedenfalls hat er sie nicht telephonisch angerufen, damit sie nicht widersprechen kann und sagen, er soll nur kommen, mitsamt seinem Schnupfen, den er gar nicht gehabt hat – das hättest du doch sehen müssen?"

„Ich hab' nichts davon gemerkt", sagte Thea eilfertig und jetzt wieder ganz munter.

„Na also. Was ist das mit den Rauchsorten?"

„Davon weiß ich gar nichts", antwortete Thea.

„Willst' den Brief aufheben?" sagte Paula abschließend, schob das Blatt in's Couvert und reichte ihr das kleine Schreiben: die Rokitzer ergriff es rasch und brachte es mit Sorgfalt in einem Seitenfach ihrer Ledertasche unter.

Nun denn: Atempause – solange nämlich Editha Schlinger ihre festversprochene Verschwiegenheit dem Rittmeister gegenüber bewahrte (hierüber dachte die Paula Pichler jedoch pessimistisch). Indessen, bald gab es wieder ein Ereignis, das im Grunde ebenso unverständlich war wie das letzte oder etwa jene alte Buß' beim Kühfuß.

Es schien, als sollte Thea Rokitzer dem Unwillen des Rittmeisters auf die Dauer doch nicht entgehen können. Hier flogen nun allerdings keine Ohrfeigen. Die Eulenfeld'sche Oberfläche war für so etwas zu sehr auf Ritterlichkeit poliert und auf dem Präsentierbrette seines Inneren – sozusagen auf der inneren Oberfläche – waren ebensolche glänzende Gegenstände und ungeprüfte Erbstücke aufgestellt, wie schöne Schalen und Teller auf einem Bord. Derartiges hat man. Selbst die größten Skeptiker besitzen solche patinierten Einrichtungsstücke der Seele. Nun, schon recht: wenn nur nichts herunterfällt. Eulenfeld war außerdem gutmütig, wie viele Säufer. Abgesehen davon kommt so etwas, wie die Pastré'sche Schärfe, bei Mannsbildern überhaupt nicht vor, sie wären denn hermaphroditische Monstra; und das war unser ,alter Husar' (wie er sich selbst gerne nannte) nun ganz und gar nicht. Die neue Prüfung, welche über Thea Rokitzer noch vor dem Ende des Juli verhängt wurde und bei der sie durchfiel, hing mit der Tante Oplatek zusammen, der einen Schwester ihrer Mutter – die zweite hieß Frau Amtsrat Zihal, wie man sich erinnern wird – und das war jene, die auf der Josefstadt eine Tabak-Trafik hielt. Rauchsorten?! Ja, ja, dort will's hinaus. Man wird fragen, ob in diesem Kreise so außergewöhnlich viel geraucht wurde? Gar nicht. Die Pastré-Schlinger rauchte nur gelegentlich (dann allerdings gern was Starkes), Melzer höchst mäßig, und einen wirklichen Konsum hatten nur Stangeler und Eulenfeld.

Trotzdem: Rauchsorten! Eines Tages hatte der Rittmeister gesagt: „Theachen, du mußt mir einen großen Gefallen tun." Nun, wie gern! Daraufhin gab er ihr den Auftrag, die Tante Josefine Oplatek zu fragen, ob es ihr wohl möglich wäre, bei der nächsten ,Fassung' von Waren – so wurde das Entgegennehmen fiskalischer Güter in Österreich seit jeher genannt, auch beim kaiserlichen Militär, und die Personen, welche derlei auftragsgemäß durchführten, hießen ,Fassungs-Organe', was in anschaulicher Weise an irgendwelche Greif-Tentakel denken läßt – zu fragen also, ob es der Tante bei der nächsten ,Fassung' vielleicht möglich sei, ein Quantum mehr anzufordern und zu übernehmen, und zwar ein ganz erhebliches, nämlich fünfzigtausend Zigaretten und fünftausend Virginier-Zigarren. Der entsprechende Betrag könnte sofort erlegt werden. Die Tante geriet zwar bei diesem Vorbringen ihrer Nichte nicht aus der Fassung, sondern kratzte sich bedächtig mit einer Stricknadel hinter dem Haarknoten und hörte Theas etwas abwegige Begründung solchen gesteigerten Bedarfs in Ruhe an: der betreffende Herr, hieß es, gedenke seine Stellung zu wechseln und werde vielleicht durch einige Zeit ohne Gehalt sein, weshalb er, als starker Raucher, sich in dieser Hinsicht zu versorgen wünsche (nun, gibt es etwa eine wirklich vernünftige Erklärung dafür, wenn ein Privatmann plötzlich Berge von Zigaretten braucht? Der Rittmeister hätte zwar besser getan, sich hinter einen großen Cafétier oder Hotelier zu stecken – aber dazu war er anscheinend zu faul und versuchte es einmal zunächst durch Thea). Einige Tage nachdem die Rokitzer bei der Tante gewesen, erhielt Eulenfeld eine Postkarte folgenden Textes: P. T. Bedauere nicht in der Lage zu sein, die von Ihnen begehrte größere Lieferung effektuieren zu können, da dieses im Rahmen meiner Fassung nicht angängig. Bitte sich diesfalls an Tabak-Hauptverlag zu wenden. Hochachtungsvoll Josefine Oplatek, Tabak-Trafik, Wien VIII ... und so weiter. Aber Eulenfeld wendete sich keineswegs an Melzer, wiewohl es nahegelegen wäre. Dagegen erlitt er einen Wut-Anfall mittlerer Stärke nicht wegen der Absage der Trafikantin, sondern weil Thea dieser seinen Namen und seine Wohnungs-Adresse mitgeteilt hatte. Die Rokitzer wurde für acht Tage hinausgeworfen und in Pönitenz verbannt. Sie verbrachte diese Pönitentialferien großenteils bei Paula, den Fall diskutierend. Aber die Pichler fühlte sich hier auf einem Stockgeleis ohne weiteren Anschluß, und ihre Urteilsfähigkeit konnte dorthinaus keinerlei Verbindungen herstellen. Das einzige, was ihr einfiel, als sie einmal allein und im Streckssessel der Sachen gedachte – die vier Obstbäume, die bunten Blumentupfen im Vorhang der Stille, die gelben heißen Mauern mit grünen Fensterladen und ein Federwölkchen hoch am Himmel lagen als Maß in ihr, wie eine Stimmgabel mit verläßlich gleichbleibendem Ton – das einzige, was ihr einfiel, war, daß sie gelegentlich den Amtsrat Zihal fragen könnte, warum die Trafikantin wohl jene Lieferung abgelehnt habe, und ob es vielleicht gegen irgendeine Vorschrift gewesen wäre? Das hatte sie aber bald wieder vergessen. Der Rittmeister für sein Teil, als Thea ihn wiedersehen durfte, schwang triumphierend ein Zeitungsblatt und demonstrierte ihr daraus neuerlich, was sie für eine unglückselige Gans sei: hier stand zu lesen (in einer ganz nebensächlichen, allgemein gehaltenen und belanglosen Notiz), daß in der letzten Zeit mehrmals größere Quantitäten österreichischer Zigaretten aus den Fabriken oder Verlagen der Tabak-Regie entwendet und offenbar über die italienische oder die deutsche Grenze geschmuggelt worden seien, was die ausländischen Zollbehörden zu erhöhter Wachsamkeit veranlasse. Dies benützte nun Eulenfeld, um Theas Gedankenlosigkeit und Unvorsichtigkeit in's rechte Licht zu rücken; denn dadurch, so behauptete er, daß ihre Tante jetzt den Namen und die Adresse desjenigen wisse, der die große Zigaretten-Lieferung bei ihr habe bestellen wollen, könne sich jene geradezu in ihrem Gewissen beschwert fühlen und irgendeine Erwähnung machen, wenn schon keine direkte Meldung bei Gelegenheit der nächsten Fassung, und am Ende werde er noch mit diesen Schmuggel-Geschichten in irgend einen Zusammenhang gebracht, das könne ihm gerade fehlen! Überhaupt habe die Tante Oplatek wahrscheinlich von solchen Sachen unter der Hand erfahren gehabt und aus diesem Grunde die Lieferung abgelehnt; mit ihr, Thea, aber brauche man sich nur irgendwie einzulassen und ihr den kleinsten Auftrag anzuvertrauen: schon geschehe ein Unsinn nach dem anderen und begännen die größten Unannehmlichkeiten (worin bestanden sie denn hier?! – aber Thea kam gar nicht zu Wort). Jedenfalls könne er sich's schwer vorstellen, mit einer Frau zu leben, die zwei linke Hände habe, das sei eine entsetzliche Vorstellung, einen solchen Unglücks-Vogel neben sich zu wissen; und so weiter (der Florett-Stich zuletzt ging tief). Als sie durch seinen Redeschwall und den eigenen Tränen-Vorhang hindurch endlich dahin gelangte, etwas sagen zu können, war's natürlich auch verkehrt. „Aber ich mußte ihr doch deine Adresse aufschreiben, damit sie dir Bescheid geben kann." (Diese letzte Redewendung zeigt uns, daß der Rittmeister die Thea Rokitzer auch sprachlich weitgehend durchdrungen hatte: denn abgesehen von der Mitvergangenheit ‚ich mußte‘, war der Ausdruck ‚Bescheid geben‘ damals zu Wien noch ganz ungebräuchlich.) „Sie wollte sich nicht gleich entschließen." (Wenn Thea mit Eulenfeld redete, wurde sie von seiner Sprache beherrscht, bei Paula fiel sie wieder in den ursprünglichen Laut zurück – das Vakuum füllte sich eben mit dem jeweils präsenten Materiale, denn irgendwas muß ja hinein kommen!) „Welch ein Unsinn!" rief der Rittmeister, die Hände an den Schläfen, als vermöchte sein Kopf dieses Maß von Dummheit nicht mehr zu fassen und er müsse ihn zusammenhalten, damit er nicht auseinander fiele – „welch ein Unsinn! Das sieht man doch sofort, ob jemand will oder nicht will! Wozu denn nur hast du ihr gleich von vornherein gesagt, wer diese Lieferung benötigt?! Du hättest bloß anklopfen sollen bei deiner Tante, sozusagen!" – „Aber sie ist doch vollständig gut und harmlos!" rief Thea. – „Ja, ja," sagte der Rittmeister, „harmlos, das bist höchstens du. Ganz harmlos", (nun, wir finden vielleicht, daß ihr kleines Dasein wahrlich nicht ohne Harm war...). „Harmlos oder nicht harmlos, das sind jedoch Wörter, die man füglich nicht nur für Charaktere, sondern auch für Situationen gebrauchen kann." (Nun, dumm war er ja keineswegs.) „Außerdem ist deine Tante wahrscheinlich ängstlich. Schon deshalb, weil sie einen staatlichen Laden hat. Und ihr da in Österreich, ihr habt ja alle einen Polizei- und Behördenfimmel, das liegt euch in den Knochen, vom ollen Metternich her." Damit haben wir einen der ganz seltenen Fälle, daß Eulenfeld Kritik übte an dem Land, in welchem er lebte. Nun, er hatte sich ‚mächtig‘ geärgert. Ärger kehrt das unterste nach oben, es ist wie beim Aufheben einer Steinplatte, man sieht die Tausendfüßlerchen und die Mauer-Asseln laufen. So gewiß als im Wein nicht Wahrheit ist sondern gequollnes Geschwätz, so sicher wird jene durch den Ärger hervorgekehrt.

„Schau, Otto, wenn ich ihr schon gar nichts von dir gesagt hätte mit Namen und Adresse und so", versuchte Thea jetzt, näherrückend, einzuwenden, mit einer leidgebrochnen Cello-Stimme, „sie würde dann doch für den Fall, daß sie so etwas, wie du meinst, tun wollte, mich kommen lassen und ins Gebet nehmen und fragen, wer mir den Auftrag gegeben hat und so weiter. Ich müßte ihr dann trotzdem irgendetwas sagen . . ."

„Ja. Aber eben irgendetwas; und das könnte man vorher in Ruhe überlegen. Außerdem hätte man damit den genauen Beweis, daß sie sich dummes Zeug einbildet: man wüßte sogar, von wann an es bei ihr sozusagen feste Formen gewonnen hat. Na, Quatsch, das alles."

„Natürlich Quatsch", respondierte Thea, von Ottos sprachlicher Substanz durchdrungen.

„Du mein Kind aber", sagte er, „bist füglich zu allerhand Kälbereien fähig. Es ist für möglich zu halten, daß, hättest du ihr beim ersten Male tatsächlich meine werten Personaldaten – p. t. – nicht mitgeteilt, du solches dann beim zweiten Mal, unter Befragung, wirklich nachgeholt hättest, ohne mir ein Wort vorher zu sagen. Wäre für möglich zu halten, will sagen, es ist immer anzunehmen, daß die größtmögliche Viecherei auch wirklich geschieht. Deine Begründung meines gesteigerten Zigarettenbedarfs – von wegen Wechsel der Stellung und Vorsorge, weil vielleicht einige Zeit ohne Gehalt, und so – das kann wohl nur als hahnebüchen bezeichnet werden." Er gab einen tiefen Grunz-Ton von sich, bekräftigend und unterstreichend, ein Eulenfeld eigentümlicher Laut, der etwa die Mitte hielt zwischen dem Röhren eines Bocks und der Stimme eines Schweinchens.

Aber plötzlich, da streifte und scharrte Thea schon am untersten Boden ihrer Geduld: „Wenn ich nur wüßte", sagte sie, „wozu du eigentlich diese saublöden, verflixten Zigaretten hast haben wollen?!" (Ihr seltenes Revoltieren war immer von einem sprachlichen Sich-Emanzipieren begleitet.) Jedoch der Rittmeister, das Monokel aus der linken Westentasche hebend und unnachahmlich geschickt in's Auge werfend, ließ einen figürlich und wirklich – gläsernen Blick auf ihr ruhen und erwiderte gelassen: „Dieses geht dich, meines Erachtens, einen Dreck mit Lakritzen an." Damit ging er in sein Schreibzimmer und schloß die Türe hinter sich (durch welche Thea zehn Minuten später reumütig eingeschlüpft kam, um von ihm wegen ihrer zudringlichen und unpassenden Frage Verzeihung zu erlangen, die er sofort und gutmütig gewährte und sogar besiegelte, wenn auch nicht gleich hier im Schreibzimmer).

Diese letzten Wechselreden und Vorgänge zwischen dem Rittmeister und Thea Rokitzer waren der Pichler von jener freilich so vollständig nicht wiedergegeben worden, wie wir das eben getan haben. Dennoch, das Gehörte genügte für sie, um ‚die Ohren zurückzulegen', welchen Ausdruck man vom Pferde auf den Menschen übertragen hat – urtümliche Gebärde des wilden Pferdes schon beim fern-fernen Wolfston in der Steppe – obwohl der Mensch so etwas äußerlich gar nicht kann, weil er die Ringmuskulatur um das Ohr nicht mehr zu innervieren vermag: dafür tut er's gewissermaßen innerhalb der Schädelwand, und ein klein wenig zuckt das äußere Organ noch mit in Erinnerung an die einstige Beweglichkeit der Ohrmuscheln. In dieser Weise legte also die Pichler ihre Ohren zurück, die klein und höchst wohlgeformt waren, unter dem rötlich braunen Haar. Sie hatte jenen Ton gehört aus Theas zerlassenen und durcheinandergeworfenen Erzählungen, sie hatte mindestens durch ein paar Augenblicke vermeint, ihn zu hören. Alsbald jedoch überlagerte ihre bisherige, sehr fest begründete und vor der Rokitzer verborgene Grund-Ansicht von den ganzen Sachen jenes spitzere Gefühl, und sie vermeinte wieder, daß es dem Rittmeister viel weniger darum ginge, Thea zu irgendwelchen Zwecken auszunützen, als vielmehr sie loszuwerden, sie mittels einer steigenden Dosierung von Sekkaturen gleichsam abzutreiben: und vielleicht waren jene Zwecke dazu allein erfunden und herbeigeführt worden! Der Alois, Paulas Mann, hatte zu dieser Anschauungsweise einen beachtlichen Beitrag geliefert, mit Verrat männlicher

Geheimnisse (denn die Männer, bloß als solche genommen, stellen unter sich auf dieser Ebene, auf dem unkrautverwucherten Liebesacker, eine ebensolche Verbrecher-Organisation dar wie die Frauen). Er sagte, die Thea Rokitzer gehöre zu jenen Früchten, die, wenn einem der Typ überhaupt gefalle, zum Hineinbeißen seien, solange man sie ansehe, jedoch zum Verzweifeln, wenn man hineingebissen habe: dann schmeckten sie so, wie Speisen im Traum – nach Luft. Ja, vielleicht hatte der Rittmeister auf Luft gebissen. Das kann eine ebenso unangenehme Überraschung abgeben, wie wenn man auf Stein beißt. Alois Pichler aber hatte noch einen theoretischen Zusatz oder Vorbehalt: es gäbe für jeden und für jede, eine oder einen. Nicht immer müßten die zusammenkommen (natürlich war er in bezug auf seine Ehe der Meinung, ihm sei's geglückt). Es müsse also auch für so eine wie die Thea einen solchen geben, dem sie keineswegs nach Luft schmecken würde. Soweit Alois.

Zu St. Valentin, nahe am Oberösterreichischen, lebte damals dem Amtsrate Zihal eine Verwandte, die's nicht nur im formalgenealogischen Sinne war, sondern in einer den geltenden Bestimmungen und Vorschriften für den Begriff ‚verwandt‘ viel tiefer entsprechenden Weise: ein Chemiker würde Verbindungen von solchem Salze etwa Zihaloide, ein Botaniker derartige Gewächse vielleicht Zihaloideen benennen. Doch war sie niemals Beamtin gewesen. Man sieht bei dieser Gelegenheit, daß der Kreis bedeutsamer Affinitäten von dieser Art hierzulande einen größeren Radius hat als der im unmittelbar ämtlichen Kernlicht befindliche Raum. Und, ganz abgesehen von der auf einer anderen Ebene liegenden Tatsache, daß keinem sterblich Geborenen den Ämtern gegenüber Transzendenz eignen kann, sondern ausnahmslos jeder einer Bemessung unterliegt (besonders aber bei Unvollständigkeit oder nicht genügender Genauigkeit der gemachten Angaben), ganz abgesehen davon, liegt um den eigentlichen erleuchteten Amtsbezirk als solchen noch eine Art Hof, Sonnenring oder Halo, in welchem, wenngleich bei trüberem Lichte, die

Einzel-Individuen des übrigen, nicht amtlichen Restes der Bevölkerung wie tanzende Stäubchen erscheinen. Auch dieser Halo wieder hat einen inneren, am meisten zentral gelegenen, einen mittleren und einen äußeren Ringteil. In jenem ersten also werden die Zihaloide am häufigsten angetroffen. Zunächst freilich die Hausmeister, als gewissermaßen ins Privatleben vorgeschobene Polizei-Organe, danach jedoch auch – neben Briefträgern, Kondukteuren, Gaskassierern – viele Specimina, die, zum Unterschied von den zuletzt angeführten Funktionären, auch bei genauester Perlustrierung als durchaus nicht-amtliche Privatpersonen identifizierbar sind: jedoch, wie ein Nachklang, wie eine Epiphonie des zentralen, des allein wirklichen Lebens, scheinen sie physiognomisch immer noch deutlich von diesem geformt zu sein und so, als lebten sie mit dem inneren Gesichte ganz jener Zentral-Sonne zugekehrt. Nur so erklärt sich die überaus große außer-amtliche Häufigkeit zihaloider Phänomene. Ein solches stellte des Amtsrates Cousine zu St. Valentin vor. Sie war eine Wittib über fünfzig, mit Haus, Grund und Garten. Ihr verstorbener Mann war durch lange Zeit im siebzehnten Wiener Gemeindebezirke Gaskassier gewesen.

Nun fand Frau Rosa Zihal das Aussehen Theas schon seit längerem minder noch als schlecht: geradezu elend. Außerdem waren in St. Valentin die Stachelbeeren längst reif geworden, und es gab auch sonst noch einiges und wichtiges in Haus und Garten zu tun, insbesonders solche Verrichtungen, wobei man sich viel bücken mußte (Grundräumen, Bodenreiben), was dem dortigen Zihaloid und der zihaloformen Frau Rosa auch nicht leicht fiel infolge der Architektur ihrer äußeren Persönlichkeit; gleichwohl gedachte sie mit ihrem Gatten auch heuer wieder einige Wochen in St. Valentin zu verbringen, jedoch nicht ohne einen wirksamen Schutzschild gegen allzuviel zugemutete Tätigkeit. Des Amtsrates Cousine schrieb schon seit dem Winter Briefe, die mehr oder weniger direkt eine Hilfe von Seiten der Nichte Frau Rosas postulierten und urgierten, zumal diese doch in Wien ‚ohne Stellung sei‘, und im übrigen wäre sie zufrieden, das Mädchen, welches sie lange nicht gesehen und das ja so sehr hübsch geworden, wie sie höre, einmal sommers wenigstens auf vierzehn Tage hier bei sich zu haben.

Paula Pichler riet entschieden dazu.

Das allein gab für die Rokitzer den Ausschlag. Allerdings, in ihrer Vorstellung leuchtete vom Ende des August her – genau: vom Samstag dem 29. vormittags – ein Stern: da sollte sie endlich an die Reihe kommen, um sich bei einer Film-Agentur vorzustellen, worunter sich Thea fast etwas wie ein Probespiel dachte. Am Abend vorher mit dem Schnellzuge nach Wien zurückkehren zu dürfen, hat sich Thea damals bei ihren Eltern, bei ihrer Tante und sogar brieflich beim St. Valentiner Zihaloid ganz ausdrücklich erbeten und sich dieses wiederholt zusichern lassen; sie werde vielleicht eine Stellung antreten können; das war die seriöse Folie, welche für die Einhaltung und Sicherung solchen Termins ihr nötig erschien, und wahrscheinlich mit vielem Rechte. Weder den Eltern noch den Verwandten hatte die Veränderung ihrer Lebensweise entgehen können, das häufige späte Nachhause-Kommen unter sehr variablen Begründungen, ihre Teilnahmslosigkeit an vielem, woran sie früher teilgenommen, ihr weniger frisches Aussehen und manche Traurigkeit, worin man sie antraf. Die wesentliche Wirkung aber, wenn auch nicht für die familiäre Umgebung zu Bewußtsein und Wortbarkeit gelangend, kam aus der Veränderung des Gesichts-Ausdruckes bei Thea und aus der Sprache. So fand denn ihr bevorstehender Aufenthalt in St. Valentin allseitige und begreifliche Billigung, und schließlich auch ihre festgesetzte Rückkehr. Es war Paula, welche diese im voraus verschönte, durch das Versprechen, die Freundin am Freitag dem achtundzwanzigsten August abends beim vereinbarten Zuge vom Westbahnhof abzuholen: obendrein zusammen mit Tante Lina, die längst auch für Thea Rokitzer einen Gegenstand der Verehrung darstellte. So reiste sie denn, die Thea, soweit man hier von einer Reise reden kann, gleich am ersten Tage des Monats nach St. Valentin und verschwand solchermaßen für eine Zeit vom Schauplatz der Ereignisse – wenn anders man Stürme im Wasserglas für solche gelten lassen will – und damit freilich auch aus der societas daemonum aliorumque damnatorum.

Die sind wir also vorläufig los. Ebenso die Grete Siebenschein. Sie war wieder einmal im Ausland. Mit Cornel Lasch und Gattin, versteht sich. Man kann in diesem schon gewohnheitsmäßigen Daheimbleiben des Mannes und Ausfliegen der Frau einen ungesunden Zustand erblicken – und in irgendeiner Weise hatten ja Grete und René doch wie Mann und Frau miteinander auszukommen: sie machten's wie Frau und Mann, nicht wie Mann und Frau. Sie kam seiner verklemmten Unselbständigkeit immer wieder aus. Sie, und nicht er, schlug durch den Wall gewohnter Umgebungen die Seh-Scharte in eine weitere Welt, und dabei wurde es statt einer solchen ein Schlitz, bei dem hereinquoll und hereinhing, was ihr gerade, und oft sehr im Gegensatze zu ihm, von vornherein gefiel. Damit hatte er sodann auszukommen. Wie mit den Büchern und Revuen, die sie etwa aus Paris mitbrachte, über seine Bitte, einen Querschnitt etablierend, der gleichsam mit einer Nagelschere aus der wallenden Wand der Zeit geschnitzelt war, so daß am Ende ein Marcel Achard oder ein Henry de Montherlant Schriftsteller von Bedeutung abgaben ... weil man sich mit Cornel und Frau vielleicht einmal in der Rue des Mathurins hinter der Madeleine oder sonstwo bei einer Burleske des ersteren besonders wohl gefühlt hatte, und weil des zweiten schöner Name so etwas signalisierte wie die perfekte Abwesenheit von allem und jedem worein man zu Wien verstrickt war. Nein, dies alles konnte René bei weitem nicht, mochte er sonst mit was immer erdrückend wirken! ‚Voulez-vous jouer avec moi?'

Diesmal war's eine plötzliche Laune des Millionärs ‚dans la lune' gewesen, im August aus der Wiener Hitze in die von Paris zu eilen: allerdings winkten dahinter noch die kühleren

Seebäder, Dinard oder Deauville. Daß Grete der Einladung zu dieser Reise gerne gefolgt ist, läßt sich hintnach übrigens gut verstehen. Seit jenem energischen Anlaufe im Frühjahr, den sie unternommen hatte, um sich von René zu trennen, ja recht eigentlich sich von ihm zu befreien – das erste Konzept dazu ist wahrscheinlich in Neapel auf der Terrasse bei der ,Teresa' entstanden im Angesichte der Segelboote, des Castell dell' Ovo, des gesattelten Vesuv, als ihr ein Bekannter aus Wien das Cape umlegte, wie Melzer berichtet hat – seit jenem energischen Anlaufe im Frühjahr und seinen weitgehenden Folge-Erscheinungen, mit wahrhaft unmöglichen Briefen voll wüster, ja zum Teil sinnloser Beschimpfungen gegen René und auch gegen dessen Angehörige: seit damals, als sie, mit ihrer Gemütsart so gar nicht entsprechenden Mitteln, sich über eine von ihr für entscheidend gehaltene Schwelle des Lebens hatte reißen wollen, seit damals war sie, unter dem Ansturme Stangelers wieder hinter dieselbe zurückweichend, im tiefsten Grunde lustlos, übersatt, demoralisiert. Übersatt auch ihres Triumphes – denn wie jämmerlich kapitulierend war jener Ansturm zugleich gewesen, mit Bitten, Flehen, Vermittlungs-Versuchen der Grauermanns, Telegrammen, Telephonge-sprächen, Briefen, Geschenken! René mußte sich Äußerstes von ihr bieten lassen; und er hatte es auch, ihrer Meinung nach, durchaus verdient, die Absätze ihrer Schuhe sozusagen im Genicke zu spüren. Aber gleichwohl, sie war doch ,um-gefallen' (so hat sie sich Etelka gegenüber ausgedrückt), sie hatte am Ende nachgegeben.

Man frage nicht: liebte sie ihn denn überhaupt, oder liebte sie ihn noch? Man sage nicht: sie kann ihn nicht geliebt haben! Wie einer ist, groß, grad, klein, rein, krumm, vertrackt, so ist seine Liebe. Es ist: seine Liebe. Das Besonderste, was es geben kann. Hierin kann man nicht übereinkom-men. Jeder rennt da plötzlich zu seinem Eckchen, und in der Mitte fällt – plumps! – ein Versuch normativer Art, den sie eben noch alle gemeinsam wie ein feierliches Schau-gerüst errichten wollten, glatt um: da liegt's in Brettln und

Trümmern, der Katafalk dessen, wovon wir stets nur abgekommen sind: Liebe ist die schwankende Deklination vom anderen Pole. Grete Siebenscheins magnetischer Pol aber, der die Nadel am Kompaß des Herzens in die Mißweisung zog, hatte die bemerkenswerte Eigenschaft einer verzweifelten Ähnlichkeit mit ganz ebenso deklinierenden seelischen Apparaturen des Herrn René von Stangeler. Nicht die Bequemlichkeit ungebührlichen Vereinfachens legt's uns nahe, dies jetzt in aller Kürze zu sagen: sondern die viel größere Gefahr, zu tief in's Gestrüpp des Besonderen geratend, den Wald vor lauter Bäumen nicht zu sehen. Summa: hätte René seine Leidenschaft für sie einfach hingenommen (wie einen ‚Fingerzeig‘ oder ‚zeigenden Wegweiser‘, nach Herrn E. P.s für Melzer so einleuchtender Ausdrucksweise), statt sich immer wieder loszureißen und sie zurückzustoßen, einem Wahnbild von Freiheit zuliebe; hätte er sich auf der andern Seite, unbekümmert arbeitend, bis an die Grenzen seiner geistigen Möglichkeiten bewegt, statt sein Studium zu unterbrechen um Stellungen anzunehmen oder aber Staatsprüfungen zu machen und ein beschleunigtes Doktorat, wie er's im verwichenen Frühjahr (und zu seinem Glücke noch vor der ‚Katastrophe‘ mit Grete) getan – auf solchen Wegen immer wieder mit dem sogenannten ‚praktischen Leben‘ ein erträgliches und honettes Verhältnis suchend: hätte er das alles fahren lassen, sie wäre weit länger ohne Rebellion bei ihm geblieben, ja mit fliegenden Fahnen, trotz und plus beiderseitiger Familie, und auch ohne Heirat: denn ihre uterale Raison hätte ihr jedenfalls gesagt, daß dieser Bursche sich durchsetzen wird und dann auch herumzukriegen sein dürfte. Aber seine geistige und bürgerliche Halbheit riß sie in die eigene hinein. Am Ende lagen sie quer voreinander als gekreuztes und verhängtes Hindernis. Wenn dieses Fräulein Siebenschein auch nicht gerade nach unserem Geschmacke ist, so wenig wie der Herr von und zu René: darf man denn bei ihr die liebenswerten Züge übersehen? ihre fast kindlichen Forderungen, auch an sich selbst: nach Wahrheit, Nüchternheit, Tüchtigkeit: alles das immer neu vom so zahllose Male blutig verletzten Gefühle überschwemmt. Stangeler biß freilich nach der Wiedervereinigung im Hochsommer auf nichts als solche glasklaren Kristalle (schreckliches Futter für einen Verliebten), und fiel gar nicht lange danach in einen wiederhervorbrechenden Strudel von der zweiten Art: in welchem er das Oberwasser gewann, nur um es alsbald sträflich zu trüben. Wir glauben wohl daß, was zwischen René und Grete, allen verständigen Berichten nach (und da hat man keineswegs nur den Major Melzer oder etwa die Grauermanns) geschehen ist, ein Liebesverhältnis aufhebt; was dann anhebt, macht erst, nach Abspielung der sentimentalen Ouvertüre, die wahren Verhältnisse sichtbar. In ökonomisch geordneteren Zeiten oder Fällen nimmt man dies zweite Kapitel längst innerhalb der Ehe durch. Die fehlte hier, und so kam dazu, daß alles viel leichter in Frage gestellt war bei jeder sich bietenden Gelegenheit. Man ermangelte einer äußeren Stütze. Schließlich sperrte der ganze Kram ihr und ihm den Weg, drehte sich um sich selbst wie Holz-Stückchen in der Bucht eines Bachs: und solchen Sachverhalt erkannte ihre uterale Raison früher und klarer wie sein Kopf, so weit davon bei ihm die Rede sein kann als von einem Körperteile, der sich normalerweise oben befindet. Nun endlich hatte sie das Auftrennen der Naht zwischen René und sich selbst auf imperatives Geheiß des schon zweimal genannten Organs begonnen, freilich an einer ganz anderen Stelle.

Nach all diesem Abreißen und Wieder-Anknüpfen ging Grete jetzt die Strandpromenade in Deauville entlang mit einer (wenig hübschen) Schulfreundin, die einst nach Paris ausgewandert war und sich dort hatte antreffen lassen. Die Siebenschein schritt wiegend dahin mit allen erkennbar getragenen Waffen und Insignien des Geschlechts unter dem dünnen Sommerkleid, und ihre Schuhe stöckelten auf den Brettern, mit denen dieser etwas über dem Sand erhobene Weg elastisch belegt war. Jedoch, die wünschenswerte Klarheit herrschte keineswegs in ihr; alles hatte wolkige und molkenbrockige Konturen ohne Kraft: immerhin, sie lagen unter einem wachsamen, ja strengen Blicke . . . aber, im entscheidenden Zeitraum, angesichts der jammervollen und nervenzerrüttenden Anstürme Renés, der sich gebärdet hatte, als ging' es buchstäblich um sein Leben, war jener Blick eben doch getrübt worden. Immerhin, sie war entronnen, sie war hier. Sie sehnte sich nach René: und sogleich verscheuchte sie dies kaum Glaubliche. Ihre Freundin Eva, die ihn noch kennen gelernt hatte, fragte freilich; aber die Bemerkungen Gretes über den Gegenstand – sie waren stehen geblieben, gegen das Meer gewandt, der Wind preßte anspringend die Kleider zwischen die Knie, und links, in der Nähe eines einsamen zeitunglesenden Herrn, fiel einer jener Strandkörbe um, die sehr leicht aus dem Gleichgewichte geraten – ihre Bemerkungen, die sie Eva zu machen für gut fand, lagen ihr selbst wie fremde Worte im Mund und als redete sie von einer fremden Sache; an den Worten hing nichts von diesem Sommer. Verteidigung wie Anklage waren erloschen und erlahmt. Sie schaute gegen das Meer, welches strichweis jetzt stärkere Schaumkronen zeigte, und fühlte, daß sie auch hier nicht ganz anwesend sei: und also weit entfernt davon, sich in die Abwechslung zu werfen wie in ein lösendes, spülendes Bad. Ihre Zustimmung zu dem, was sie in Paris gesehen, war diesmal limitiert, und das kritische Organ keineswegs von Eindrücken überschwemmt. Wenn hier alltäglich vormittags um elf am Strande ein Gymnastiklehrer Kurse für Herren, Damen oder Kinder hielt, wobei der Unterricht weit mehr darin bestand, die Teilnehmer Posen machen zu lassen, als geeignete Übungen, um ihre Muskulatur zu lockern, so fand Grete dieses ‚Lancez la balle!‘, nach welchem gedehnten Kommando jedermann spielbeins und standbeins sich so verhielt, als entschwebe ihm ein Luftballon, ebenso lächerlich wie die Vorliebe Cornel Laschs für's Englisch-Reden, besonders wenn's philologisch nicht zu riskiert war: hatte er beim Fünf-Uhr-Tee auf der Tanzfläche ein zweites Paar versehentlich gestreift, dann blieb sein halblautes ‚I'm sorry!‘ nicht aus, mit gleichzeitigem vornehmen Neigen des massiven Kopfes . . .

Sie glaubte natürlich an keine neue Epoche in ihrem Liebesverhältnis, auf welchem Glauben bei Stangeler alles aufgebaut war, sein Recht sozusagen, sie wieder zu bekommen – nach Tische las man's freilich anders. Über solche Kindereien war Grete denn doch erhaben. Sie trug es eben nun wieder. Jene Epoche aber, die wirklich eingetreten war – und nicht die Reform, welche Stangeler sich ausgedacht und sogar schriftlich niedergelegt hatte (,den Akt' nannte Grete etwas zihalistisch diesen nie gelesenen Viertelkilo-Brief) – sie hing damit zusammen, daß Grete Siebenschein heuer im Juli ihr einunddreißigstes Lebensjahr begonnen hatte.

Sie traten in die Halle des Hotels, und hier erschienen Titi und Lasch, erst jetzt, um halb elf Uhr vormittags von ihrem Zimmer kommend, Titi, wie fast immer, bei anscheinend bester Laune, den breiten Mund an den Winkeln leicht auseinandergespannt wie von einer Bereitschaft zur Ironie, ein mehr aufnehmendes als aussagendes Organ, als schmecke sie damit alles Komische, das etwa in der Luft liegen mochte. Lasch dagegen trug im Auslande Ernst und Dekor, auch die Art seines Anzugs war danach, solid, aber etwas hinter der Mode, ein schrulliger, reicher Fremder mit seiner jungen, hübschen, eleganten Frau: es ist denkbar, daß er seinen Stil sich sogar irgendwie angelesen hatte, und man muß ihm, diesen Fall gesetzt, lassen, daß er seine Lesefrüchte mit Intelligenz und Einfühlung praktizierte.

An der ersteren vor allem gebrach es ihm ja keineswegs. Dieser bemerkenswerte Mann – den einfach als ,Schieber' oder ,Macher' abzutun, der billigste und nächste Ausweg jener war, die, wären ihnen seine Fähigkeiten zu eigen gewesen, sich gewißlich nicht aus moralischen Gründen oder aus geistiger Entscheidung des Gebrauchs enthalten hätten – dieser kräftige und trotz seiner unrationellen und unregelmäßigen Lebensweise voll und gesund aussehende alte Bursche und Bootsmann für jederlei Fahrt, dürfte damals in der Mitte der Dreißig gestanden haben. Friede seiner Asche. Auch seine letzte grauenvolle Nacht in einem Hotelzimmer zu Pera liegt heute weit zurück: er ging ein bei gesundem Leibe infolge Mangels an Morphium, das ihm eine polnische Schauspielerin angewöhnt hatte ... nun aber, wir haben ihn jetzt noch in Blüte vor uns. Seine außerordentliche Lebenskraft beruhte wohl möglich darauf, daß er ganz frühe die eigene optimale Schwerpunktslage für sein Dasein erkannt, die Richtung zugleich seiner größten Kraft und des kleinsten Widerstands festgestellt hatte, und von da ab – in einer Art fast schamloser aber klarblickender Indiskretion sich selbst gegenüber – seine Qualitäten besaß wie ein Tischler seine Werkzeuge, der sich auch keines entwenden läßt, sondern ein Auge darauf hat, besonders wenn er auswärts arbeitet und den Kasten mitbringen muß. Solches ist sachlich, nicht mißtrauisch, unsicher oder eitel; letzteres war Cornel nur ganz neben und außer seiner Grundverfassung. Diese muß als eine sehr distinkte, ja irgendwie erhellte bezeichnet werden gegenüber allen konventionellgeringschätzigen Ablehnungen, welche Laschs Person erfahren hat von einer schon angedeuteten Menschenart. Wir aber wollen ihn sehen, ohne wie jene den Schein eigener Kritik als mildes Licht auf uns selbst zurückzublenden. Er war des Sehens wert. I'm sorry.

Scheichsbeutel erschien. Nach den jüngst erst gewonnenen Begriffsbildungen müssen wir ihn als Zihaloid bezeichnen, wenn nicht geradezu als ein zihaloformes Phänomen. In der Tat soll er ja auch einmal irgendwie und irgendwo ein kleiner Beamter gewesen sein (mit Sicherheit war's nicht herauszubringen und langwierige Nachforschungen schienen hier nicht der Mühe wert). Ein Zihaloid jedenfalls ohne Kern, eine entkernte Frucht barocker Kultur: ohne inneres Dekor, das auch in eine ganz beiläufige Bewegung, in eine gelegentliche Entgegnung, in das Anzünden einer Trabuco, den Atom-Kern einer Haupt- und Staatsaktion impliziert. Dies fehlte. Die Mitte war leer. Was aber nachklang, ohne daß die Saite mehr schwang, nachklang, weil man gänzlich verdienstlos auf dem ungeheuren Resonanzkasten und Geigenbauch einer zwei Jahrtausende tiefen Kultur stand, das waren die einzelnen zihaloformen Tugenden (virtutes et facultates): die minutiöse Pünktlichkeit, das Erscheinen zur rechten Zeit, auch ungerufen und unbestellt, und wenn bestellt, dann auf die Minute hervortretend wie die wandelnden Figuren an alten Rathaus-Uhren, das spurlose Verdunstet-Sein bei unerwünschter Anwesenheit (Nachklang jener Nasen-Tugenden, die unter dem Türspalt eines Vorgesetzten-Zimmers durchriechen können, um den Eigner vor einer geschlossenen hohen Flügeltüre zur Wendung auf den Absätzen und glattem und lautlosem Verschwinden ins eigene Lokal zu bewegen), die fast absolute Ordnung und Verläßlichkeit bis an die Grenzen des Menschenmöglichen in allen Agenden, gläserner Blick und eiserne Ohren allen Petenten gegenüber, hinter welchen man keine Kraft stehen sieht, freundliches Sich-Verhalten sonst mit jedermann, chinesisches Lächeln und eine ständige lubrikante Ausscheidung – nun, dies alles war vorhanden, und diese ganzen Tugenden wurden bewußt besessen, gepflegt und beherrscht; aber sie waren alle miteinander unter ein negatives Vorzeichen gerutscht. Denn Scheichsbeutel war, zum Unterschiede von Lasch, dem vielseitige Interessen eigneten, der einmal Teile einer wertvollen alchimistischen Spezialbibliothek ankaufte, ein andermal für ein kleines Vermögen sich ein Mikroskop allermodernster Konstruktion beschaffte, um damit hingebend durch Monate zu arbeiten – Scheichsbeutel war ein ganz gewöhnlicher Gauner am inneren Rand des Gesetzes, der außerhalb solchen Fachgebietes allem und jedem zwischen Himmel und Erde mit hörnerner Gleichgültigkeit und toter Kälte gegenüberstand, ein Ad-notam-Nehm-Apparat objektivster Art, der nie was auf sich bezog und völlig außerhalb der Möglichkeit stand, sich jemals etwa die Frage vorzulegen, was denn sein Herr eigentlich suche, wenn er stundenlang im Louvre verweile, und ob man dort nicht auch bei Gelegenheit hineingehen könnte? Nein, Scheichsbeutel war nicht neugierig. Er mußte wohl einmal, und vielleicht ganz frühe schon, dahingelangt sein, fundamental zu leugnen, daß es überhaupt irgendwo irgendetwas Neues geben könne.

Jenes Ad-Notam-Nehmen aber war bei ihm vorbildlich, und wenn man für hier von gewissen Zweifeln der Philosophen am Existieren einer objektiven Außenwelt absieht, dann muß man sagen, daß die äußeren Realitäten wirklich in diesen Mann unbehindert eintraten wie in einen Spiegel. Er stellte nur fest und urteilte nie, ja, er enthielt sich dessen in einem Grade, der an's Unmenschliche streifte, und die reptilische Kühle dieses Blickes aus der leeren und trockenen Seh-Scharte einer ebensolchen Seele schien von Sympathien oder Antipathien nie getrübt worden zu sein. Scheichsbeutel kann man sich vorstellen wie einen Leichnam, dessen Organe bei entflohener Seele alle klaglos weiterfunktionieren würden: die Herzpumpe und die Logik, die Retina und das Trommelfell: und wie klaglos! Man käme bei der Gelegenheit dahinter, daß unsere ganz vorzügliche optische, akustische, intellektuelle Ausstattung eigentlich nur durch das Leben gestört wird, welches freilich unter solchem vielleicht im höchsten und strengsten Sinne zihalistischen Blickpunkte als Anomalie, ja geradezu als Unfug erscheint. (Denn im Grunde sind das ja lauter Gemeinheiten!) An solchem Unfuge beteiligte sich Scheichsbeutel nur minimal. Er war aber, was sich nach allem eigentlich am Rande versteht, gegen jeden Unfug tolerant; nicht nur gegen Besucher des Louvre; sondern auch gegen Leute, die eine völlig unlukrative Geschäftigkeit entwickelten und zwecklose Bewegungen machten, was bei ihm ausgeschlossen blieb. Er war sogar gefällig und förderte auch offenbaren Unsinn, wenn's ihn nichts kostete, nicht um des Unsinns willen, sondern aus hörnerner Gleichgültigkeit und weil er unaussprechlich weit weg davon war, gute Beziehungen durch einen guten Rat zu stören. Er hatte noch niemals irgendjemandem irgendetwas gesagt. Alles blieb bei ihm (apud notas), ohne jede zentrifugale Tendenz, und so glich er gewissen erstorbenen Weltkörpern, die keine Achsendrehung mehr haben und sich solchermaßen auch ohne Schwerkraft beisammenhalten würden, welche hier nicht der Fliehkraft entgegenwirken muß, weil der Körper als eine reglose astrische Golatschen in der Leere hängt. Wenn jemand von den Leuten, die er kannte und am Brette stehen hatte und niemals so weit weg stellte, daß er sie nicht bequem wieder hätte herlangen können, sich etwa plötzlich darauf versteift hätte, irgendeinen offenbar zwecklosen und sicher unlukrativen großen Einkauf zu tun – sagen wir: hunderttausend österreichische Regie-Zigaretten und fünfzigtausend Virginier-Zigarren – Scheichsbeutel wäre ihm an die Hand gegangen, ja er hätte die Besorgung (bei sichergestellten Beträgen) unter Umständen selbst übernommen, seine bequemen Verbindungen benutzt, seine Organe oder Unterläufeln – deren er stets genug besaß – in Bewegung gesetzt und den Posten trotz einer damals immer noch, sieben Jahre nach dem Kriege, dann und wann eintretenden zeitweiligen Knappheit, in kurzer Zeit beisammen gehabt, ohne Risiko und Auffälligkeit, gesetzlich, zum vorgeschriebenen Preis, und das Ganze für ausgemachten Blödsinn haltend; es sei denn, man hätte Gewißheit über eine bevorstehende neuerliche Verteuerung der Rauchsorten erlangen können. Aber auch dann hätte Scheichsbeutel derartiges für kein Geschäft angesehen, einfach deshalb, weil man damit in staatliche Gehege geriet, was bei so und so viel anderen und besseren Affären wegfiel. Aber er hätte alles, wie gesagt, besorgt und dabei – dies aber erscheint als das Wesentliche – nicht einmal in der Art mit den Achseln gezuckt, wie Paula Pichler ihre Ohren zurücklegte, also rein innerlich.

Grete Siebenschein verabscheute diesen Beutel, und weit mehr noch als sie sich zugestehen wollte, bestrebt nach Nüchternheit, Klarheit, Gerechtigkeit, vernünftigen Begründungen, wie sie nun einmal war. Denn sie wußte über Scheichsbeutel überhaupt nichts und hatte nie das geringste mit ihm zu tun gehabt. Was ihr an ihm zuwider war und ihr wie Essig in den Mund rann, wenn sie ihn sehen mußte – wie jetzt etwa, wo er sich, da Lasch keine Aufträge für ihn hatte, im Hintergrunde halbblau und in fließendem Französisch mit dem Portier unterhielt – das lag auf einer ganz anderen Ebene als die ihr unbekannten, stets unterm rechten Wind manövrierenden Scheichsbeuteleien. Es war das klerische Aussehen des Mannes.

Er hätte einen Küster oder Mesner machen können. Diese Varietät wird unter den zihaloiden Phänomenen übrigens gar nicht selten angetroffen und geht gleichfalls auf den schon erwähnten zweitausend Jahre tiefen Geigenbauch zurück, auf welchem Leute stehen, die längst nicht mehr Violine spielen können, mit Ohren von Eisen und hörnerner Gleichgültigkeit, und die von der ganzen Musik lediglich die fragezeichenartige und fragwürdige Physiognomie eines Violinschlüssels behalten haben, der aber in keiner Tonart mehr sperrt. Gerade so was kann sich ganz gut und wohlbefindlich am Rande des Übersinnlichen halten (was ja auch der Mesner mit bescheidenem Nutzen tut). Das übrige findet sich. Leute machen Kleider. Scheichsbeutel trug breite, dunkle Krawatten und etwa den Kragen der Achtziger-Jahre, womit er in Deauville vielleicht auffiel, sonst aber in Frankreich keineswegs.

Ein oder zwei Minuten standen sie hier in der Halle beisammen und überlegten, was nun am vergnüglichsten zu tun wäre – etwa jetzt gleich baden zu gehen, aber es war windig, oder, wie Lasch behaglich meinte, lieber noch einmal zu frühstücken; und er machte das schon so, wie die Amerikaner es hier hielten, half a bottle, natürlich goût américain (wieviel besser ist doch der Champagner mit seinen belebenden Kräften in der ausgeschlafenen Verfassung eines Frühstücks im kleinsten Kreise angewandt, als zu Zwecken einer kracherlartigen Verpuffung im ungeordneten Geräusch der Tafeln und Feste! Wir schließen uns Laschen hierin vorbehaltlos an. Es muß ja nicht unbedingt mit der Siebenschein als vis-à-vis sein). Er aber, der Cornel, besaß vielleicht so viel Ererbtes nicht wie ein Scheichsbeutel und trieb also keinen Mißbrauch mit dem Geigenbauch; jedoch er war dafür haushoch fähiger, etwas zu lernen. Keine bloße Ad-notam-Nehm-Apparatur. Dieses lebhafte Subjekt schäumte auf, die ungewisse Grenze bespülend, wo die Außenwelt beginnt, (so ungewiß wie hier die Grenze zwischen Wasser und Sand), und in diesem Schaum vollzog sich eine Durchdringung, eine chemische Hochzeit. Millionen ‚dans la lune‘ entstehen nicht ohne Phantasie.

Scheichsbeutel wußte auch das ganz genau und blickte unbewegt hinaus in diese Bewegtheit von der genau abschließenden Kaimauer und Mole seines jederzeit übersichtlichen Bankbeziehungsweise Postsparkassen-Scheck-Kontos. Ging er zu Wasser, dann nur bei ruhigem Wetter, klarer Sicht und getroffenen zihalistischen Vorkehrungen (was aber den Wind betraf, so verstand sich Cornel auf diesen allerdings auch sehr gut). Kurz, Scheichsbeutel war ein Küstenfahrer. Kein Entdecker, weder im großen noch im kleinsten. Kein Aufschließer neuer Freuden. Lasch aber hatte einen alten amerikanischen Herrn liebevoll beobachtet, der, nach einsamem Frühstück bei freiem Blicke auf's Meer, mit half a bottle abschloß. Das konnte Cornel wohl auch. Es affizierte ihn, wenn er irgendwo irgendwen in irgendeinen Louvre hineingehen sah.

Wie aus der braunen Täfelung der Halle hervorgekommen, schwebte jetzt vor Grete Siebenschein ein Bild mit allen Einzelheiten, eben als sie den Blick von der Portier-Loge und von Scheichsbeutel abgewandt hatte, um ihn nicht mehr sehen zu müssen: es war René auf dem Perron des Westbahnhofes, eben in den Augenblicken, als der Pariser Schnellzug unmerklich sich in Bewegung gesetzt hatte, und, zunächst ganz langsam, langsamer noch wie ein Fußgänger, hinauszugleiten begann auf seine Strecke, gegen deren Ausdehnung gehalten nicht nur der verzweigte Bahnhof hier, sondern dieser ganze Stadt-Teil, ja eine Groß-Stadt überhaupt mit allen ihren Gegenden und Stadt-Teilen, zum Punkte ohne Abmessungen zusammenrinnen müßte (so sehr, man bedenke das einmal, überwiegt räumlich das Land die Stadt, die Quantität den Kopf, der's nun einmal in diesem Zeitalter ist und bleibt, solang es währen wird). Lasch war neben ihr am herabgelassenen Gangfenster gestanden und beim nächsten Fenster blickte mit unbewegter Miene Scheichsbeutel heraus. Cornel hätte zu Titi hinein in das Coupé gehen können, er mußte wohl wissen, daß sie wegen Stangeler hier noch am Fenster stand. Aber er blieb.

René schwenkte den Hut, einen leichten grauen Sommerhut mit schmalem Bande in Schwarz. Einige Sekunden lang sprangen ihr seine Augen nach, bohrten sich in die ihren, bewältigten und vernichteten noch einmal die Distanz, welche doch schon über mehrere Meter hinauswuchs. Und in diesen Augenblicken, und aus dem Augenwinkel sehend, bemerkte sie, daß Cornel ein klein wenig lächelte: er blickte auf René hinab von seinem überhöhten Standpunkt, entgleitend, davongleitend, zurücklassend. Er lächelte nicht spöttisch und auch nicht gerührt, oder etwa überlegen, sondern er lächelte nur wie ein Götze lächelt. Aber das vermochte Grete in eine heftige Gegenbewegung zu treiben: zurück sprangen jetzt ihre Augen, dieselbe von René eben noch erbaute, aber durch die zunehmende Entfernung bereits einstürzende Brücke noch einmal mit aller Kraft erstellend, und da nun René rascher neben dem bereits fahrenden Zuge am Perron herging, kam der Bogen wieder zum Spannen und Stehen, flog ein Kuß, flatterte noch ein Wort; und knapp bevor eine schwache Weichenwendung des Zuges ihr nun Stangeler deckte, sah sie mit äußerster Deutlichkeit und wie in einem Wieder-Erkennen seine Bewegungen und das ihm Eigentümliche seiner Haltung und: sie ehrte jetzt jede dieser Einzelheiten aus dem Herzensgrunde. Grete selbst hat ihre Empfindungen später so bezeichnet, und richtig, wie uns wohl scheint.

Daher stand jenes götzenhafte Lächeln Cornels heute noch gelegentlich zwischen ihr und ihm.

Als lächelte er in ihr offenes Eingeweide hinein, in das zuckende Fleisch.

Und warum war er da unten, René? Warum wurde er nicht mitgenommen? Oder, vielmehr: warum war er nicht in der Lage, sich einfach zum Mitfahren zu entschließen? Bei allem, was sie in Paris sah, dachte sie an ihn. Warum war er so schwach? Warum war sie selbst so schwach? So schwach, daß sie – mitgenommen wurde? Aber einer von ihnen beiden mußte doch stark sein, sonst würden ja beide miteinander zugrunde gehen, und es konnte gar nicht anders kommen! Ein furchtbarer Schmerz rührte sich im Hintergrunde, sie besänftigte ihn angstvoll, sie ließ ihn nicht empor und hervor. Sie wollte zurück. Zurück zu René. Es war, als führe der Zug eben an.

Der Sommermorgen schien zu zögern, jetzt um halb zehn Uhr am Vormittage noch. Die Berge standen in zartem Nebelrauche wie neugeschaffen, der auch unter einer sonst wolkenlosen Himmelsglocke wallte, die platzende Sonnenglut dämpfend, deren volle Kraft doch so hoch am Tage schon für jeden Augenblick zu erwarten war. Im Zenith blaute bereits ein großes Rund des Firmamentes lackrein frei. Aber sonst herrschte eine Milderung, wie man sie am Nachmittage kennt, mit dem Duft des Milchkaffees in Haus und Garten. Eine milchige Milderung, durch die noch schwebenden weißen Schleier, welche die langen Höhenzüge hinderten, ihre ganze geschwungene Breite klar aufzurollen wie in einem innren Donner. Der Platz vor der hochgelegenen kleinen Kirche, durch ein Geländer begrenzt gegen den steilen, stiegendurchkletterten Abbruch hinab zu Tal und Straße, war fast leer, und nur am Rande, wo man sich anlehnen konnte, gruppenweis belümmelt von jenen, die Sitte und Gewohnheit am Sonntagmorgen von ihrem Gehöft in den Bergen noch bis hierher brachte, an der Kirchentür aber erlahmend und über diese Schwelle nicht mehr hebend; so warteten sie denn heraußen das Ende der Messe ab, um sich der Geselligkeit ihrer dörflichen Stammesgenossen auf dem Wege zum Wirtshaus anzuschließen. Derweil hielt man die lange Pfeife im Zug.

Mit dem Ende der Messe, welcher diesmal noch ein sakramentaler Segen folgen sollte, war die mildsonnige Leere auf dem kiesigen Kirchplatz bald durchbrochen, und die Kirchentüre, welche bisher die heilige Handlung unter Verschluß gehalten, geriet in Bewegung durch einige Hausfrauen mit schwarzen Kopftüchern, die auf den weiten Weg bergan und zu ihren Töpfen eilten. Auch sonst kam man unterschiedlich hervor. Und so konnten die heraußen Abwartenden an einem Ereignisse teilhaben, das sich jetzt drinnen vollzog: außer den vier beteiligten Personen und dem Oberlehrer, der an der Orgel saß, hatte niemand im voraus davon das geringste gewußt, und den Pfarrherrn hat man in derselben Ahnungslosigkeit gelassen wie die Gemeinde.

Es war Cornelia Wett mit drei Kunstgenossen von der Staatsoper zu Wien, und solchen die ebenso wie sie über dem Wasser und in aller Welt sich Lorbeeren geholt hatten, welche jetzt nach dem Präludieren der Orgel beim Tantum ergo einsetzte, während der Gemeinde durch den Eindrang solcher Kraft und Fülle des Wohllauts auf das Ohr der eigene Gesang im Munde abstarb. Alle auf dem Kirchplatze, Pfeifenraucher, eben noch wegeilende Bäuerinnen, ganz spät Gekommene drängten zur Türe: durch diese wogte das ehrwürdige Lied aus dem tonüberfüllten bescheidenen Kirchlein in die gedämpfte Sonne heraus, während drinnen metallener Tenor, ungeheurer Baß Pfeiler und Mauern schwingen machten und Cornelias Sopran hoch im Gehör schwebte, die Gewölbekappen fast in himmlische Freiheit eröffnend.

Der Eindruck war gewaltig. Das Alpenvolk hält viel auf Gesang. Man kannte zudem die Sängerin wohl, welche hier ein Landhaus besaß. Jetzt, während des langsamen Herausdrängens der Gemeinde auf den Kirchplatz, bildete unsere Brünhilde – und das war sie nicht nur auf der Bühne sondern auch sehr sichtbarlich im Leben – den Schwerpunkt der Abwanderung aus dem Gotteshaus.

Diese Abwanderung, zäh, gemach sich zerlösend, trüppchenweis schiebend, wallte langsam der Kirchentür gegenüber die breiten Treppen der Steilung hinab, zum Wirtshaus, zog sich aber auch nach links auf einen Weg, der schräg und sanfter den Hang zur Straße querte: und gab rechts vom Kirchtore beflissen und in einer teilweise schon ungeschickten Eilfertigkeit Raum, denn dorthin hatte Cornelia Wett beigedreht, und ihr Eskadre schwenkte im gleichen Sinne. Hier fiel unter hohen Fichten schmal der Pfad hinab in ein Seitental, an dessen gegenüberliegendem Hange das kleine Haus der Sängerin verborgen im Walde saß.

Etelka blieb stehen. Sie müsse heim, auf die Villa, wegen des Buben. Man bedauerte das laut und lebhaft, wegen des Tennis, das nach dem Frühstück, wozu alle geladen waren, dort unten auf dem W.'schen Platze gespielt werden sollte. Karl von W. wurde bestimmt, die Frau Konsul zu begleiten – er war der ältere Sohn des Eigners jener hübschen Tabaksdose, die dem im Kriege gebliebenen Freiherrn von Buschmann einst so gut gefallen hatte, und also ein Enkel des Ministers von W. Etelka und Karl stiegen bergan und verschwanden zwischen den Stämmen, Cornelia senkte sich den Pfad hinab, und die Ihren folgten: auch Grauermann, dem man es sozusagen glatt verwehrt hatte, sich seiner Frau anzuschließen, denn sonst wäre aus dem Tennis vor Tische überhaupt nichts mehr geworden, da nun Etelka schon fehlte; auf Karl von W. war eher zu verzichten, kein schwacher Spieler, aber faul.

Im flachen Talgrund trennte man sich von Cornelia; sie wollte nachhause, fühlte sich müde. Grauermann durfte sie noch bis hinauf geleiten. Die Koryphäen der Oper gingen talaus zu dem W.'schen Hof, um dort mit den anderen zu frühstücken. Es war im ganzen eine erhebliche Anzahl von Personen, auch Jugend, unter ihnen Karls jüngerer Bruder. Die Sänger schritten, von dem Hausherrn und der Hausfrau geleitet, voraus: Herr von W. blitzte ein wenig, er hatte es leicht darin, seine scharfe Intelligenz war eine von den allezeit polierten, die man nur ein wenig aus dem Futterale lugen lassen und dem ganz gewöhnlichen Tageslichte aussetzen mußte, um jenen Effekt zu erzielen; und die beträchtlich hübsche altistische Zelebrität der großen Oper schien ihm das schon wert. Er gehörte zu den, leider höchst seltenen Männern, deren ungemeine Häßlichkeit lediglich dem Begriffe nach evident gehalten werden kann, weil man nun einmal davon weiß, in Wahrheit aber durchaus wie ein Charme wirkt und letzten Endes als eine groteske Gewohnheit oder Laune ihres Eigners.

Grauermann stieg schweigend neben Cornelia bergan.

Ihm war im Grund so zu Mute, als ginge er neben einer Löwin und ein mittelschwerer Tatzenhieb, halb ärgerlich, halb wohlwollend, hätt' ihn nicht allzusehr verwundert (ihrer Haushälterin pflegte Cornelia mitunter dergleichen zu versetzen). Was sie ihrerseits eigentlich an dem Konsul Grauermann fand, bleibe hier offen; vielleicht nur, daß es allmählich für sie Zeit wurde, wollte sie überhaupt noch etwas finden, nach ihrer ersten Ehe mit einem ungarischen Adeligen, der in ihren Armen vor drei Jahren verstorben war oder eigentlich wohl eher auf ihren Armen, wie ein Kind: eines der gutmütigsten und harmlosesten Wesen, die man je gesichtet hat. Es wäre denkbar, dem untadelhaft Ordentlichen und Einwandfreien bei Grauermann einige Anziehungskraft beizumessen: es sah aus den von der Mutter ererbten graublauen Augen, die nicht so sehr in den Kopf hineinführten, sondern eher eine teller- oder scheibchenförmige Art der Ausdehnung hatten. Sie waren groß. Sie standen mit der graden Stumpfnase in einer Beziehung, die man sich für spezielle Liebhaber solcher Sachen schon als aufregend hätte vorstellen können. Der Mann war sauber, gewandt, körperlich sehr mutig. In bezug auf Einzelheiten erscheint Grauermann kritisch kaum anfechtbar. Leute solcher Art muß man mitsamt dem Fundament verwerfen, auf welchem sie stehen: aber wer vermöchte sich solches anzumaßen? Zudem ist dabei die Gefahr der Lächerlichkeit garnicht gering; wie nun, wenn sich dann herausstellt, daß jenes Fundament nur eine Art Fußbrettchen war, wie bei den Zinnsoldaten?

Sie passierten das Gitter, welches Cornelias kleinen Grundbesitz abschloß, und traten in den Wald. Das Häuschen war erst aus nächster Nähe zu erblicken, es lag in fast ausgeklügelter Verborgenheit an einer schmalen Lichtung, die ein gepflegtes buntes Bauerngärtlein erfüllte. Grauermann betrat mit Cornelia die Veranda.

„Setz' dich noch einen Augenblick her", sagte sie. Er durfte rauchen und zog sein Etui. Sie betrachtete ihn wohlwollend und löwenhaft blinzelnd aus ihrem mächtigen Gesicht, das von einer dicken Überfülle hochblonden Haares umbauscht und überbaut war und darin die Augen etwas schräg lagen, mit den äußeren Winkeln höher als mit den inneren; bei Grauermann verhielt sich das eher umgekehrt, wenn auch nur andeutungsweise.

„Und wie lange soll das alles noch dauern?", sagte er in einem kühlen Tone, vorgeneigt im Strecksessel sitzend, und blies den Rauch gegen den Boden. Sie blickte um sich, lauschte nach rückwärts in's Haus, und dann strich sie ihm kurz über die Haare. „Noch einmal gut überlegen, mein Pista", sagte sie. „Da gibt's nichts zu überlegen", entgegnete er. „Etelka hat mir diese Mühe leider abgenommen. Das ist in Budapest nach unseren Wiener Aufenthalten schon klar geworden, im Juni und Juli, und nicht nur mir. Auch Anderen. Eine tollwütige Art zu leben. Etelka hat den Winter und auch das Frühjahr gleichsam verschleiert verbracht, zurückgezogen, sie hat damals sehr an Schlaflosigkeit gelitten ... sie wollte überhaupt nicht mehr ausgehen. Es war selbst mir schon zu viel. Wenn Honnegger mit seinen musikalischen Abenden nicht gewesen wäre, die er bei uns manchmal veranstaltet hat, wir hätten das Leben von Einsiedlern geführt." Sie betrachtete ihn nachdenklich, während er sprach. Cornelia sah zumindest immer so aus, als ob sie etwas denke; das durchgeformte Gesicht überbrückte indessen wohl auch manches Vakuum. „Honnegger – wie kommt der nach Pest?" warf sie ein. „Er ist dort verheiratet und außerdem Legationsrat bei unserer Gesandtschaft, oder eigentlich umgekehrt", sagte Grauermann, brach ab und schwieg. Sein Blick blieb auf den Boden geheftet.

Er hätte einem hier vor dieser mächtigen Frau, die ihm auch an Jahren weit voraus war, recht wohl den Eindruck machen können, als liege er zwischen ihren Pranken: ein Sphinx-Tourist. Vielleicht empfand er's, daß sie ihn gleichsam hin und her wandte. Häufig spricht man, weil man einen Gedanken verscheucht, wodurch das Reden nicht gedankenvoller wird, jedoch an Lebhaftigkeit gewinnen kann.

„Ich habe dann bewußt mitgetan und nicht nur nachgegeben, wie bei Etelka der Umschwung gekommen ist: ich habe es für begrüßenswert gehalten, daß ihre Vitalität endlich wieder erwachte. Wir waren jeden Abend wo anders. Jeder Abend hat mit Champagner geendet. Mir war's recht so; aber Etelka hat unheimlich schnell jedes Maß verloren. Insbesonders während einiger Tage, die ich im Juli noch in Wien verbringen mußte, aus beruflichen Gründen. In Budapest hat man mir dann von verschiedenen Seiten angedeutet, daß es hier eigentlich schon an allen Ecken und Enden brenne. Ich kann sagen, es war peinlich, gelinde ausgedrückt. Etelka hat in bezug auf mich keine Rücksicht genommen, so gut wie gar keine. Der Bub war schon hier auf der Villa, sie war allein."

„Höre, Pista", sagte sie gedämpft und sehr ruhig, „es kann vieles geschehen sein, ein ganzer Berg, und es ist so gut wie nichts — und es kann irgend eine Kleinigkeit geschehen sein, und es ist sehr viel: wenn man's zu beweisen vermag. So ist das immer. Nicht was wirklich geschehen ist, sondern was man davon beweisen kann, allein das entscheidet."

Sie brachte ihm seine eigene Natur, von der sie was hielt, in Erinnerung, und sie wußte das auch. Daß er nie bis zur wirklichen Auflehnung gerechtet hätte mit den Umständen seiner Ehe, ohne den Weg aus dieser hinaus durch eine neue Begehrlichkeit zu sehen: dies war Cornelia ohne weiteres klar und sie kannte die Gründe und Gegengründe aller Männer als einen Rauch, der sein Feuer verleugnet. Aber für den richtigen Abzug dieser Schwaden mußte jetzt gesorgt werden, und das erschien ihr bei einer sauber rubrizierenden Intelligenz, wie der Grauermanns, nicht schwer.

„Du mußt jetzt hinunter", sagte sie und strich ihm noch einmal über die Haare. „Übrigens — von Fraunholzer weißt du nichts?"

„Augenblicklich nichts", sagte er, jetzt ganz trocken, taktisch, sachlich. Er küßte ihre Hand lange und ging hinab. Cornelia blickte ihm von der Veranda nach; und da er seine weißen Tennishosen erst unten anziehen sollte und also jetzt noch Kniehosen trug, war der einzige Fehler sichtbar, der sich an diesem Manne überhaupt feststellen ließ. Die Unterschenkel waren zu kurz und dafür die Oberschenkel zu lang, denn die ganzen Beine als solche standen im richtigen Längen-Verhältnis zu dem Rumpfe, den sie trugen. Man wird sagen: ein kleiner Fehler. Cornelia sah ihn als nicht ganz so klein. Nicht etwa ihr klassisch-antiker Name verpflichtete sie zu schärferer Auffassung somatischer Sachverhalte, sondern die Bühne hatte ihr Aug' dazu erzogen. Und wie selten tragen die Mannsbilder in Opern lange Hosen! Bei Richard Wagner schon garnicht. Man denke da an den Thor, den Wotan, den Siegfried und die ganze Zunft von Göttern und Helden überhaupt. Uns aber erscheint eine leicht gestörte Proportion zwischen Ober- und Unterschenkel als ein – zu kleiner Fehler für einen Mann. Was soll er damit anfangen?! Was kann da schon werden? Was soll dadurch schiefgehen? Nein, man geht ganz gerade auf solchen geraden Beinen, nur wenn man ein paar Sportstrümpfe fertig kauft, sind sie dann etwa ein klein wenig zu lang. Das läßt sich richten. Ein unfruchtbarer Fehler.

Cornelia blickte auf. Zwischen den Stämmen graute das Felsgewänd des Bergs am Talschluß: noch immer hingen dort, an Felsen und in Runsen, einzelne weiße Bäusche vom Nebel. Eben hatte Grauermann die Gittertür der Einzäunung in's Schloß geworfen. Die Nebelreste sahen aus wie Gespenster-Laken, vor dem aufziehenden Morgen nicht rechtzeitig in's Schattenreich geflüchtet, jetzt wie erstarrt dort oben hängend am hellen Vormittage. War das der Herbst, der da kommen wollte, oder der Nachsommer, jetzt, im Anfang des August schon? Nach dem Zuschlagen des Gitters blieb die Stille eine vollkommene, bis weitab, von der Bezirks-Straße unten, die nächste Automobil-Hupe tönte.

In des Pfarrers Wald hoch oberhalb der Kirche, bei dick-vermoosten Felsen, die zerfallen und zerbröckelt zwischen den Tannen staken, endete Etelkas und Karls gemeinsamer Gang:

auf dem glatten Nadelboden und weit abseits des Wegs. Sie hörte das eilfertige und nimmer ruhende Summen der Insekten und hielt den Kopf des Burschen an ihrer linken Schulter. Karl lag jetzt still. Die Ausgesetztheit dieser Stunde, die Abseitigkeit dieses einsamen und unbegangenen Waldflecks wurden von Etelka lebhaft, ja durchdringend empfunden, während wie unter unaufhörlichem fernen Trommelwirbel eine Kette kleiner Bilder den Rand ihres inneren Horizonts bewanderte. Hier aber war die Pause, jetzt Mitte, die nichts besagte: auf dieser ließ sich ruhen, und die grenzenlose Bewunderung und Verliebtheit eines Fünfundzwanzigjährigen führte, in bezug auf alles andere und Unwesentliche beruhigend, in diesen freundlichen Raum und seine gültige Sonne.

Aber während sie die Hand in seinem Haar bewegte und in's lichtdurchfleckte Gebüsch sah, dachte sie an die Post aus Pest. Ob heute welche gekommen war? Sonntags mußte sie abgeholt werden. Das besorgte der Gärtner oder eines seiner Kinder, die dann Briefe für Etelka sogleich an Asta ablieferten. Übrigens war Grauermann in hohem Grade diskret, mit Betonung; er sah von Briefen, welche seine Frau angingen, geflissentlich weg und hatte noch nie einen solchen in der Hand gedreht. Edle Sitten im Stil der Zeit des Omar Chajjâm und der damaligen façon voilée, welche letztere Verfassung Etelka in diesem verwichenen Winter wieder ganz beherrscht hatte, allerdings um späterhin unheimlichem Leben Raum zu geben und einer Kette von Eskapaden, gegen die alle früheren, sei's mit Guys oder mit dem Abendkleid im Bowlenkübel, als harmloses Getrippel und Gezeppel an Ort und Stelle erscheinen müssen.

Aber es unterliegt keinem Zweifel, daß Etelka den Imre v. G. geliebt hat. So erwartet man sonst keinen Brief (ja – wie denn?! mit einem anderen im Wald? Nein, nein. Man sage nicht ‚sie kann ihn gar nicht geliebt haben'. Aber wir wollen die frühere Leier nicht wieder schlagen . . .). Sie sagte jetzt: „Karl, es ist Zeit. Du mußt hinunter." Er murrte. Er riß sich schwer los. Aber die Sicherung dieser so teuren Heimlichkeit lag ihm am Herzen, und so war er gehorsam.

Sie sah ihm nach und stieg dann allein durch den Wald bergan. Wenn man an die letzte Zeit abgeschiedener Menschen denkt, die man gut gekannt hat, dann wird einem jeder ihrer geheimen Gedanken teuer, die sie zuletzt etwa noch gehabt haben mögen, und es ist fast so, als hätte der Tod diese dann alle bestätigt und in's höchste Recht gesetzt. Verleiht er nicht einen Anflug von Unsterblichkeit allen, die, wie immer verdienstlos, doch früher gegangen sind, oder gar freiwillig, und mit dem noch blühenden Bilde gerettet vor den zerstörenden und erniedrigenden Kräften des Daseins? Sie ging mühelos, rasch, kräftig, was war dieser wurzelige und steinige Waldweg für sie, die an lotrechten Wänden zu klimmen, auf schmalen Felsbändern über dem Abgrunde zu kriechen verstanden hatte, und wohl zur Stunde noch ohne weiteres dazu bereit und fähig sich befunden hätte: wär' es nur im Verlauf irgendeiner Eskapade erforderlich gewesen. Sie hätte Imre über das berüchtigte ‚Inthaler-Band‘ oder über eine der Wände des ‚Predigtstuhls‘ zu erreichen gewußt. Wer will da sagen, daß sie ihn nicht liebte?! Alles hat seine Zeit. Omar Chajjâm, façon voilée, Robby Fraunholzer, Karl von W. Nur eines ist untunlich: ohne Spannung, ohne Erfüllt-Sein, ja, sei's gleich ein Geschleift-Werden, zu leben, einfach zu leben: der Nachmittag schreitet vor, milchige Mildrung fließt aus schrägeren Sonnenstrahlen, der Kaffee duftet durch die Halle, ein Mensch hat seine Arbeit getan und geht zur Jause, ein ganz gewöhnlicher Mensch, das schwerste, was es zu sein gibt. Dazu hatten die im Hause Stangeler wenig Begabung.

Dieser Weg, der genau an der Schneide zwischen zwei Tälern hinführte, deren eines von der Dorfschaft durchzogen war und an Hängen und Höhen mit Häusern und Höfen besetzt, deren anderes aber, zu Etelkas linker Hand, wo der Hang steil abfiel, in seinem weiteren Verlaufe unbewohnt blieb, von den Hochwäldern bis ganz hinab beherrscht, von vereinzelten Felsklippen überstiegen – dieser Weg an der genauen Grenze der rüden und selbstbewußten Einsamkeit tief in sich gekehrter Natur und dem ergebenen Unter-dem-Himmel-Liegen alljährlich beackerter Leiten: er führte über die schweigende Spannung solchen Gegensatzes hinaus, verließ, sich nach rechts wendend, die Schneide und mündetete, nach erheblich steilem Anstieg, zuletzt über eine mächtige Böschung, in die auf der Höhe frei hingeschlungene Paßstraße, welche den Blick jetzt bequem und weit eröffnete. Hier entrollte sich nun alles, wahrhaft wie mit innrem Donner in den klarblau gewordenen Himmeln, scharf leuchtende Bergwand und das Gemugel der Höhenzüge, bis zu Wäldern, die schon pelzig in der Ferne am Himmelsrand lehnten, vor lauterem Sonnenglast wieder wie dämmrig, und durchfleckt vom Fels.

Sie schritt bergab. Was dachte sie? Sah sie sich um? Ja, sie blieb stehen und sah sich um. Sie stützte sich auf das Geländer vor der hohen Straßenböschung. War es das Konventionelle, welches sie hier aufhielt, die Naturschönheit, wie man's nennt, vor welcher der Mensch anstandshalber seinen kleinen Halt macht, seine geschwinde Verehrung anbringt, an die der Mesner oder Küster erinnernd, wenn sie am Altare vorbeipassieren müssen . . . ? Warum stand, warum hielt sie hier? Was dachte sie? Nur an die Post aus Pest? Oder sah sie dies Fundament ihres Lebens, die Heimat, darin das Elternhaus stand, an, ohne es mehr zu kennen? War der trennende Spalt, war die Distanz noch immer nicht groß genug dazu? Man sieht sie da, auf der Paß-Straße, durch das umgekehrte Opernglas von mehr als zwei Jahrzehnten; man billigt ihr zuviel Freiheit zu, und man sieht das Glück und die Ruhe an diesem schönen Augustvormittage in ganzen Landschaften um sie liegen, an sie grenzen, ja auf sie einstürzen: und noch hatte sie Verfügung über alle ihre Schritte. Nein, sie dachte doch an die Post aus Pest, sie hatte keinerlei Verfügung, und der Horizont war nicht rund, sondern gestreckt und schmal wie eine Rinne.

Sogleich auf dem Hofe sagte ihr Asta, es sei ein Brief aus Belgrad da.

Die Beleuchtung des Tages schaltete auf ‚matt' um.

Sie ging in ihr Zimmer. Der Brief lag auf der Platte des Schreibtisches.

Sie fühlte sich müde, ganz ähnlich wie Melzer damals vor vierzehn Jahren (der freilich auch seine eigentlichen Interessen nicht kannte) in dem Wirtszimmer, als Buschmann, Geyrenhoff und Marchetti über Tod und Leben und England sich unterhielten. Sie öffnete doch unverzüglich den Brief. Einen Atemzug lang hob und warf es sie aus der Lage, in der sie verklemmt war und die zähen Bänder, welche in einer solchen Lage fesseln, spannten sich in Bruchteilen eines Augenblicks, die in ihrer Kürze kaum ein Teilchen der Zeit mehr schienen, sondern von irgendetwas anderem, außerhalb der Zeit: es war der Anblick von Fraunholzers Schrift, der das Vergangene wie einen vom Winde plötzlich belebten und vorbauschenden Vorhang gegen sie plastisch herwölbte, und in dieser Wölbung und sie noch fühlbar belebend, waren die Herzschläge, welche – wie oft! – dieser Schrift entgegen gepocht hatten als trippelten sie ihr entgegen, wie Schritte des Herzens, die es ohne Füße allein zu tun vermag . . . Aber die Fesseln rissen nicht. Sie dehnten sich nur. Immerhin fühlte Etelka sich jetzt näher der Möglichkeit, Robby endlich auf seine immer dringlicher werdenden Briefe zu antworten. Es war wie die neuerliche Belebung eingeschlafener Gliedmaßen, die schon gar nicht mehr uns gehört haben . . .

Wir sind nicht so diskret wie Grauermann. Wir lesen (über ihre Schulter, über diese kräftige Schulter, welche das buntseidene Busentuch des National-Kleids deckte – und während sie las, schrieen einmal, unschuldig wie ihr weißes Gefieder und dafür umso lauter, die Gänse am Bach): „. . . was nach Deiner Rückkehr aus Wien in Budapest vorgegangen ist, entzieht sich meiner Kenntnis, ich habe aus dieser ganzen Zeit nur ein paar Zeilen von Dir. Auch jetzt kann ich lediglich vermuten und annehmen, daß Du bei Deinen Eltern Dich befindest. Etelka, was geschieht eigentlich mit Dir? Bei meiner vorletzten Anwesenheit in Pest, die heute schon viele Monate zurückliegt, im Frühjahr noch, bevor Dein Bruder René gekommen ist (übrigens: seine Liebesgeschichten interessieren mich nicht im mindesten, Du brauchst davon nicht so viel zu schreiben, wie Du zuletzt noch in Wien getan hast, schreib' lieber von Dir selbst!), damals hatte ich ein geradezu unheimliches Vorgefühl. Du warst apathisch und Pista kalt wie ein Eiszapfen, auch mir gegenüber. Ich hatte geradezu die Empfindung, er sei reif zu irgendetwas ganz Unerwartetem. Etelka, ist es notwendig, daß man in dieser Weise sich das Leben mit überflüssigen Problemen vollstellt, wie ein Fenster mit Kaktussen, die längst keine mehr sein dürften? Und alles nur deshalb, weil man sich einmal getäuscht hat? Und weil man sich nicht aufraffen kann? Meine Scheidung war in den letzten Jahren jederzeit durchführbar, und ist es heute noch. Wie oft hab' ich Dir zugesetzt! Aber ich bin Deiner immer weniger sicher geworden. Ist es Trägheit bei Dir oder die Scheu vor irgendeiner oder jeder Veränderung überhaupt, oder fürchtest Du etwa beschränktere Verhältnisse auf Dich nehmen zu müssen, wovon, wie Du wohl wissen mußt, gar keine Rede sein kann, oder – dieses letzte ‚oder' quält mich jetzt unsagbar, in dieser heißen Stadt, wo ich die Tage zähle, bis mein Urlaub beginnt und ich die Kralja Milana verlassen kann, um nach Wien und dann zu Dir zu fahren. Leider ist es noch lange bis dahin. Und deshalb will ich mit dem, was ich Dir nochmals und nochmals zu sagen habe, nicht erst warten, bis wir uns wiedersehen: mache Schluß mit allem, sprich Dich mit Pista aus – mir ahnt, daß Du auf gar keinen Widerstand stoßen wirst! – fürchte Dich nicht vor Deinem Vater, mit dem werde ich schon in's reine kommen. Und wenn es so weit ist, dann gib mir ein Avis. Ich würde dann überhaupt gleich nach Gmunden zu meiner Frau fahren, bevor ich noch zu euch hinauskomme: ich bin mit ihr längst über alles einig, bei uns ist es ja einfacher, da wir praktisch und räumlich so lange schon getrennt sind. Handle heute noch. Besser als morgen. Und gib mir morgen Nachricht, eventuell telegraphisch. Besser als übermorgen. Raffe Dich auf..."

Ihr Oberkörper sank langsam vor, jetzt lag sie mit dem Gesicht auf der Tischplatte. Ihre Wange berührte das Briefblatt und aus dem trockenen, kühlen Spüren an der Haut kam eine Art von stofflicher Beruhigung, als wär' es eben nur Papier, als stünde nichts darauf, als redete nichts von diesem Blatte in ihr Leben herein, wie ein Wasser, das sich sammeln will, aber in ein Sieb fließt. Jetzt, da sie mit diesem Briefe und seiner Forderung unverzüglicher Antwort hier im Zimmer allein nicht zu bleiben vermochte, fuhr's ihr durch den Kopf, nach dem Buben sehen zu müssen, ob der seine Milch auch getrunken habe, und wo die Kinder – es waren noch Astas zwei Knaben auf dem Hofe – überhaupt seien? Sie schob den Brief, den sie noch nicht einmal ganz zu Ende gelesen hatte, in den Umschlag und diesen unter ihre Wäsche im Kasten, den sie versperrte.

Die Kinder fanden sich auf dem einstmaligen Tennisplatze und Asta bei ihnen und das Kindermädchen auch, man hatte längst Milch und Butterbrote hier heraufgebracht, die leeren Gläser standen bläulich auf einer jener Bänke oben an der Böschung, von wo aus vor vierzehn Jahren Grabmayrs und Semskis Entscheidungskampf gespannt verfolgt worden war.

Der kleine Mann kam angesprungen, als er seine Mutter erblickte.

Auch Asta hatte einen Brief von Robby Fraunholzer erhalten.

Er bat sie um Nachricht über Etelka.

Welche hier neben ihr am Rande des mehr als zur Hälfte schon begrünten Tennisplatzes saß, darauf die Buben spielten, und über Imre v. G. redete, im Sinne des aufsteigenden Astes einer Liebe – also nicht etwa so wie die Rokitzer über Eulenfeld – wobei aber doch schon kleine Einzelheiten mit daher kamen (zum Beispiel, daß er nicht nur ein stark verschuldetes Gut und eine ebenso gefährdete Zuckerfabrik verwalten mußte, sondern eigentlich ein Dichter sei, und also in einem umso tiefer gefühlten Konflikt wegen seiner Frau, die ihn liebe), Einzelheiten also, welche genügten, Asta die Ohren zurücklegen zu lassen à la Paula Pichler, wenn man da auch keinen Wolf hörte, sondern eher schon einen Gymnasiasten.

Es war im Grunde die Halskrause oder Schwimmplatte, welche Robby Fraunholzer auf Asta vertrauen ließ, ohne daß er jenen nach und nach zustandegebrachten Apparat ahnte. Im ganzen schätzte er sie wesentlich als Tochter ihres Vaters, dessen Gleise sie ihm direkt zu verlängern schien, während Etelka, von derselben Kraft geladen, sich querfeldein schlug. Fraunholzer sah bei Asta, die er ja erst um 1920 kennen gelernt hatte, den Effekt: und als etwas ebenso Fertiges, wie er einst zu Konstantinopel Grauermanns tüchtige Eigenart im Amte und außerhalb von diesem bald erkannt hatte. Er war mit Asta vertraut, die beiden mochten einander gern. „... Ich bitte Dich um einen Bericht" (so schrieb er geradezu), „denn das geht unmöglich so weiter. Halte auch ein Auge auf Pista, wenn er bei Euch draußen sein sollte, ich habe meine Gründe, Dich darum zu bitten. Gib mir, bitte, sofort Nachricht. Zu Etelka natürlich kein Wort von meinem Brief." Es ist bemerkenswert, daß er so fest darauf vertraute, die zwischen Frauen und gar Schwestern bestehende Verbrecher-Organisation (oder wird diese vom gemeinsamen Blute geschwächt?!) durchkreuzen zu können. Andernteils dürfte er wohl davon gewußt haben, daß Astas Raison ihn als den sozusagen einzigen natürlichen Punkt im Leben der Schwester immer erkannte und damit als ganz und gar unentbehrlich. Es war der Vater in Asta, welcher zu ihm hielt. Und so traf Fraunholzers vereinfachende Art zu sehen im Resultat das Richtige.

„Was schreibt Robby?" fragte Asta.

In Etelkas Zügen erschien keine Hilflosigkeit. Sie öffneten sich nicht. Asta hätte sie freilich alles gesagt, und so hielt sie es immer: nicht aus der geschwisterlichen Nähe nur, auch nicht wegen eines zu erwartenden Rates oder weil sie das Urteil der jüngeren Schwester zu werten wußte. Sondern ohne da weiter irgendwas zu denken, erachtete sie diese als selbstverständlich verpflichtet, ihr Aufmerksamkeit zu schenken. Jetzt und diesmal aber wollte sie selbst nichts hören, von Fraunholzer nämlich. Ihr Antlitz, bei genauerer Betrachtung doch wesentlich derb und aus kräftigen Rundungen gebaut, verschwand hinter der raschen Politur des Hochmuts: „Es ist immer das gleiche", sagte sie, „er will unbedingt, daß ich mich scheiden lasse. Wozu aber die Umstände? Ich bin nicht mehr naiv genug für solche Sachen. Ehe bleibt Ehe. Hausmeister. Kohlenrechnung. Besser, man läßt alles, wie es ist. Er wird sich schon wieder beruhigen." Die Wahrheit, dargeboten auf der Unterlage einer vollen Verkennung der Lage, verwirrte Asta nur durch einige Augenblicke; und auf Etelkas sozusagen theoretische oder philosophierende Haltungen fiel sie längst nicht mehr herein. Ihre Antwort richtete den treffenden Pfeil ganz wo anders hin, und, ohne ein Wissen im einzelnen, genau auf den schwächsten Punkt.

„Pista kommt mir merkwürdig vor", sagte sie.

„Du kennst ihn nicht. Er hat so seine Zeiten." Auch die Stimme Etelkas schien jetzt von der gleichen Schicht überzogen wie ihr Gesicht.

Asta kannte ihn besser, den Grauermann. Sie kannte jeden besser, weil sie schärfer sah und ihr Sehen durch ein vom Vater ererbtes Talent zum Zeichnen noch detaillierte. Einem solchen Auge entgeht nicht das Verhältnis zwischen Ober- und Unterschenkeln und die kurze Gradheit einer Nase, in welcher fast etwas wie die Leugnung der Vielfalt von Gerüchen liegt, die es in der Welt gibt und infolgedessen der Glaube, daß es möglich sei, die vorhandenen zu rubrizieren – anders: das Erstaunen über einen Duft wird nicht profund sein; sondern man wird seiner Sphäre auf kurzen Waden entschreiten. Das alles wurde von Asta gesehen. Aber noch mehr: es stand zur Zeit in irgendeiner fühlbaren Flut, daraus es zwar durchaus hervorschaute, aber es stand darin, wie ein Blumentopf in seinem mit Wasser gefüllten Untersatz, oder es wurde geradezu bespült . . .

Es fiel ihr naturgemäß schwer, jetzt irgendetwas von dem zu sagen, was sie widerspruchsvoll empfand, und das Wesentlichste davon hätte Etelka zur Zeit garnicht hingenommen. Asta aber kannte die Ihren und deren Verfassung, wenn sie auf der Jagd nach Sensationen sich befanden, während welcher die wirklichen und bleibenden Bedürfnisse und Interessen in den blinden Fleck einer dementsprechenden Optik fielen ... Das Sensationelle ist nichts anderes als das Pochen der künstlich abgeschnürten Lebensader; und vielleicht hat man sie abgeschnürt, weil für's ganze Geflecht das Blut nicht mehr recht langte. So ist man wenigstens irgendwo vollblütig statt überall blutarm. Aber solch ein abgeschnürter Teil verliert freilich den Zusammenhang mit dem übrigen Kreislauf, der trotzdem irgendwie wird weiterkommen müssen ... Asta war auch René gegenüber vorsichtig geworden, bei all seinen Versuchen sich von Grete Siebenschein loszureißen, gegen welch letztere ihre Antipathie ganz hinunter zu schlucken sie niemals vermochte: und anfangs hatte sie seine Anläufe zur Trennung begrüßt. Späterhin erkannte sie besser als René, wessen er bedurfte, auch wenn dies Bedürfnis bei ihm unter Betäubung lag, einer anderen Sensation wegen, sei's auch einer solchen des Studiums, der Wissenschaft, der Literatur. ...

Sie wußte auch, wie sehr Etelka der ‚Frau Konsul' bedurfte; sie schätzte das Gewicht der ‚Frau Konsul' richtig ein und hätte allenfalls noch eine ‚Frau Generalkonsul' für die Schwester und ihre Schwäche akzeptiert, nicht ohne zu erwägen, daß der Austausch ganzer Bauteile eines schon vorgeschrittenen Lebens immer riskiert bleibt, auch bei vortrefflichstem, ja verbesserndem Ersatze: hier aber rückte alles von zwei Säulen, die neuestens sich wie eine Alternative weit auseinander zu stellen schienen, mit verlegendem Gewichte auf einen geknickten Strohhalm als dritte Stütze. Den Karl von W. indessen billigte Asta der Etelka damals etwa so zu, wie man es bei einem Menschen entschuldbar finden mag, wenn er in Zeiten großer Nerven-Anspannung mit dem Zigarettenrauchen über die Schnur haut. Dieses Verhältnis wurde von

Asta toleriert, als ein noch hinzukommendes kleines Übel –
aber das war es freilich in ihren Augen – wovon nichts ab-
hing. Aus Gutmütigkeit und um die Sache zu erleichtern,
fing sie sogar an, in bedeutungsloser Weise mit Karls jünge-
rem Bruder zu plänkeln, und so gingen denn die Schwestern
gemeinsam auf geheimen Wegen, die eine gleichsam auf der
Flucht, die andere sie dabei behütend.

Grauermann wurde jetzt gesehen, der über die Serpentinenstraße zum Hause heraufkam. Zugleich erschien das Mädchen
welches die beiden Damen auf dem begrünten Tennisplatze mit den Buben allein gelassen hatte, und im Haus einer
Arbeit nachgegangen war – um die Kinder zu holen und für's
Mittagessen bereit zu machen. Bald danach ertönte der Gong.
Die Mahlzeiten bildeten unter den herrschenden, den laufenden und rennenden Umständen eine plötzlich kommandierte
Pause in allem und jedem, wie wenn im Orchester der Pauken-
meister den Wirbel durch Berühren des Fells mit der flachen
Hand abdeckt und abbricht. Der Vater Stangeler war ein
schwer leidender Mann geworden: früher ungewöhnlich,
jetzt bewunderungswürdig. Eine bei seinen Jahren nicht mehr
heilbare Gelenkserkrankung lastete wie ein unsichtbarer Berg
auf dieser mächtigen und auch vom Alter allein schon gebeug-
ten Leiblichkeit. Aber die Last mit ihren täglichen Schmerzen
vermochte es nicht, den Menschen hier allmählich in Brei zu
zerquetschen, der dann, wie's so häufig und auch bei gesunden
alten Leuten geht, den letzten Abhang des Lebens gestaltlos
hinunter rinnt. Sondern unter dem Druck prasselte das Feuer
des Geistes zornig hervor, und es blieb dieser alte Mann ein
beachtlicher Gesprächs-Partner und ein keineswegs ungefährlicher obendrein: erst recht für seine Kinder. Wenn er vorgebeugt im schweren Lehnstuhle saß – ein Adler mit geknickten Schwingen, der die untauglichen doch immer wieder
regt, sich besinnt und bemeistert und das Gefieder wieder
glättet – dann konnte man den Eindruck haben, als sähe er jeden

schwachen Punkt an seinem Gegenüber, diesen zu allererst, jegliche mürbe Stelle, und als denke er das Gesehene ohne Scheu in einer Art von – nach außen gewandter – klarblickender und fast schamloser Indiskretion. Von sich selbst wußt' er weit weniger. Das macht viel aus. Nicht den ganzen, wohl aber einen fundamentalen Teil des Unterschiedes gegen unseren – – Cornel Lasch, der die gleiche Fähigkeit, nur in umgekehrter Richtung, betätigte.

Man mußte den alten Mann aus dem Stuhle heben und in den Stuhl setzen, was erheblichen Kraftaufwand und viel Vorsicht erforderte, trotz deren er doch jedesmal Schmerzen litt. Dies alles war umständlich. Ein treues Landmädchen aus der Gegend half mit Geschick, sie war viele Jahre schon im Hause. Jedoch nicht nur das physische Gewicht der Persönlichkeit und ihrer Leiden lastete gleichsam als bremsende Masse über den raschen und zerfahrenen Bewegungen und Worten des täglichen Lebens: nicht daß einer litt, sondern wer da litt und wie, und gar nicht einmal, daß es der Vater war – dies brach allem, was sich behaupten wollte, doch letzten Endes die Spitzen ab, deren sich in dieser Familie genug gegen ihr stärkeres Oberhaupt zu kehren und zu krümmen pflegten. Aber heute noch siegte nicht der Kranke, nicht der Greis, nicht der Vater: sondern immer noch durchaus die Person, der alte Adler, dessen ohnmächtiges Schwingenlüpfen man gegen besseres Wissen und gegen jeden Augenschein wie unter Zwang für den Aufflug nahm.

Jedoch die wesentlichere Alters-Leistung dieses Mannes, sein unsichtbares Spätwerk nach so vielen sichtbaren Taten eines ganz nach außen gekehrten Lebens – heute rollen ja noch die Züge durch das Gitterwerk seiner Viadukte, deren schwindelndfeine Strichzeichnung den Abgrund quert – diese seine letzten Tätigkeiten, schon im eigenen Innern, das ihm so fremd geblieben sein mochte wie nur irgendeinem antikischen Mannsbild aus der Zeit des Gnäus Pompeius, zeigten sich in stillerer Zeichen an der sichtbaren Oberfläche. Die Hand, einst immer geballt, ruhte jetzt mit gestreckten Fingern, die sich abzubiegen nicht mehr fähig waren; aber sie schien gedankenvoller, ihrer selbst mehr bewußt und mit sich vertraut, so daß sie im Stande war, Verrichtungen harmonisch zu bewältigen, die für's erste jenseits der Möglichkeiten ihres Zustandes lagen: mit gestreckten Fingern wurde die Feder schlank geführt, aus der alten Dose die Zigarette gerollt. Und das durch die jahrelange Krankheit ermöglichte Betreten eines ganz neuen Zustandes mit seinen Entdeckungen legte den Menschen gleichsam entzwei, verstattete ihm allmählichen Zutritt zu sich selbst und rückte, da man ja wie doppelt geworden war, in einen Kranken und einen Gesunden zerfallen, manchen allzu einfachen Maßstab von ehedem in's Fragwürdige. So erschien am Ende eine erstaunliche Frucht, zwar nicht in Reife, wohl aber in Bildung befindlich: die Toleranz.

Gleichwohl, es hieß sich in acht nehmen, sonderlich wenn man von dem alten Manne abhängig geblieben war, und das traf bei seinen Kindern zu, am allermeisten wohl zu seinem eigenen Schmerze: er konnte so diese Erwachsenen als Erwachsene kaum taxieren. Nur Etelka befand sich einigermaßen außerhalb dieses Radius, Asta aber trotz ihrer Ehe innerhalb, und der Herr René erst recht. Aber der bestehende Sachverhalt hätte den Vater nicht gehindert auch an Etelka gerichtete Briefe nach allen Seiten zu drehen und unter Umständen zu öffnen. Die im Verlaufe der Post-Psychose eingeführten Vorkehrungen waren des Familien-Oberhauptes wegen erdacht.

Am folgenden Montage, nachmittags mit der zweiten Post, kam ein Brief aus Budapest.

Asta brachte ihn. Sie hatte dabei den ihren an Fraunholzer in den Kasten geworfen, von Etelka aber keinen mitbekommen, trotz ihrer Anfrage vor dem Gange ins Dorf und zu dem Postamt. Ihre eigene Lösung des Problems einer Antwort an Fraunholzer erinnert einigermaßen an jenen redensartlichen gordischen Knoten: „Lieber Robby, ich verstehe sehr gut, was Du schreibst und was Du andeutest. Nimm Deinen Urlaub sobald wie möglich, unbedingt früher als Du vorgehabt hast. Es wird das beste sein. Wozu soll ich Dir jetzt seitenlang schreiben? Du wärest dann so gescheit wie vorher. Über solche Sachen kann man nur reden. Schreibe aber nicht mehr an mich hierher. Es ist ein reiner Zufall, daß Etelka Deinen Brief nicht gesehen hat, weil sie gestern, am Sonntag, nicht auf der Post war. Sie würde natürlich, wenn ein Brief von Dir an mich kommt, wissen wollen, was drinnen steht. Das scheinst Du nicht bedacht zu haben. Wenn ich den Brief dann nicht herzeigen kann, ergibt sich eine schwierige Situation. Schreibe an meinen Mann in die Wiener Wohnung: ob Du früher und bald kommen kannst. Jedenfalls laß' mich wissen, wann." Nun hatte sie den Brief aus Ungarn in die Tasche ihrer Jacke gesteckt, jenen nach Belgrad in den Kasten geworfen. Für sie selbst war nichts unter der Post gewesen. Noch stand sie da in der Sonne, sah in den weißen Straßenstaub, langte durch einige Augenblicke tief in sich selbst hinein. Sie prüfte klar: Fraunholzer kommen zu lassen war gerechtfertigt. Auch die Affäre mit Karl v. W. durfte nicht zu sehr ins Kraut schießen. Grauermann würde wohl bald abreisen. Er war nur für wenige Tage da. Und wenn nicht, wenn er blieb: schien ein Zusammentreffen, ja, ein Zusammenstoß mit Fraunholzer nicht beinahe wünschenswert? Hier konnte sogleich alles, und Zug um Zug, in's Lot kommen. Auch mit dem Alten. Fraunholzer würde das gut durchführen. Jedoch durfte er nicht unerwartet erscheinen. Nun war da der Schluß ihres Briefes. War der nicht zu dringlich? Würde Fraunholzer auch wirklich nach Wien Nachricht geben? Oder etwa gar irgendeinen Verdacht schöpfen – und erst recht unangemeldet hier erscheinen? Sie langte noch einmal in sich hinein, kostete den Schluß ihres Schreibens durch, den sie auswendig wußte. Sie versenkte sich geradezu, als müßte das Innere Auskunft geben können über alles, was dort außen war oder sein würde, als könne sie das aus sich heraus holen, weil es drinnen so gut sein mußte, wie draußen. Aber sie erlangte in diesem

Punkte keine endgültige Antwort. Auf ihren Mann, den Baurat Haupt, konnte sich Asta freilich verlassen und Fraunholzer ebenso, der ihn gut kannte. Es gehörte Haupt zu jenen Personen, die nur in geringem Maße um sich selbst rotieren, also sehr langsam, wobei fast keine Zentrifugalkraft frei wird: das Geheimnis ihrer Verschwiegenheit. Sie müssen nichts geradezu an sich halten, wie die anderen, die besessen sich Drehenden, denen sonst alles davonfliegen würde, Kreisel, die eine hohe Umdrehungszahl brauchen, um überhaupt aufrecht zu sein. Aber bei den langsam rotierenden, kühleren, längst nicht mehr selbstleuchtenden Körpern überwiegt die Schwerkraft weit. Alles bleibt bei ihnen: verschwiegen wie ein Grab. Darin lag seit Jahren schon was Etelka und Fraunholzer betraf im voraus bestattet samt Detail.

An dem Punkte, wo Asta aus ihrem befragten Innern nichts herauszulangen mehr imstande war, fühlte sie sich gestört durch das Sonnenlicht auf dem weißen Straßenstaub und ebensosehr durch die Möglichkeit, daß ihr jetzt wer begegnen und sie in ein Gespräch ziehen könnte. Sie wich bei einem Seitenwege nach links von der Straße in's Grün. Hier ging es steil bergan zu dem die Täler trennenden Kamme, über welchen Etelka am Tage vorher gewandert war. Es führte dieser Anstieg freilich von hier aus schon auf einen erheblichen Umweg. Jedoch an Zeit gebrach es nicht.

In des Pfarrers Wald saß sie nieder, auf einer vermoosten Bank, deren da und dort welche an den Weglein und Treppchen standen, die man vor Zeiten hier angelegt hatte, offenbar aus dem Gefühle, daß es doch kein gewöhnlicher Bauernwald sei, sondern auch ein Ort der Erholung und vielleicht der Meditation für den Seelenhirten. Heute waren diese kleinen Anlagen längst wieder in den Boden gesunken, zermorscht, die Bänke meist nur in Resten vorhanden, die Stufen aus Knüppelholz zerbrochen. Hier zog Asta den ungarischen Brief aus der Jacke, wandte ihn um, betrachtete ihn von allen Seiten. Die Schrift auf dem Umschlag sagte ihr nichts: sie schien mehr von der Mode als von einer Besonderheit der

Hand gebildet. Das Couvert war lang und graublau. Es fühlte sich wohlgefüllt an. Rückwärts standen die Initialen I. G., und eine kleine fünfzackige Krone darüber. Sie schob den Brief wieder in die Jackentasche. „Was soll das?!" dachte sie, und gleich danach: „Kann man wählen? Kann man sich's denn aussuchen?" Früh erhob sich in Asta hier in des Pfarrers Wald, durch dessen Bäume die sich neigenden Sonnenstrahlen des späten Nachmittages fielen, eine Möglichkeit, die ihr Vater als letzte erreichte und nach dem Überschreiten erst der entzwei trennenden Grenze zwischen Gesundheit und Krankheit. Ihr hatte die mit dem Ende des Krieges und der Veränderung aller Glücks-Umstände bezeichnete Grenze zweier Zeiten jetzt schon als Nebenprodukt zugespielt, worum der alte Mann unter dem Drucke körperlichen Leidens und dem Nachdrucke seines ganzen Verstandes rang. Nun gut, meldet sich der Leser, warum aber immer alles in des Pfarrers Wald, Sachen, die eine protestantische Familie anlangen, noch dazu? Ja, einfach deshalb, weil alles überhaupt mehr oder weniger in des Pfarrers Wald passiert, aus dem man schwerlich herausfinden wird, auch auf dem Vehikel der größten Sensationen nicht, welche es mit sich bringen, daß man dann vieles dahinterläßt und es am Ende wieder holen muß: aus des Pfarrers Wald. Indessen, wir verlassen ihn jetzt. Asta hatte hier keinen Dienst zu versehen. Keine Amtshandlungen. Der Gang auf die Post war erledigt.

Sie folgte dem Kamme, von wo aus man linker Hand in das einsame, kaum bewohnte Seitental blicken konnte. Zwischen den Bäumen kamen ihr die schrägen Sonnenstrahlen entgegen. Der Weg zog und bog sich ein kleines Stück eben hin, bei jungen Birken, deren es hier einen Bestand gab. Links hinter den Birken brach die Halde kahl und steil ab, baumlos, eine Schafweide, bis in's Tal hinunter. Asta trat ein wenig vom Wege, jedoch nicht ganz bis an den Waldrand. Unten lief eine schmale Fahrstraße, und weil diese in ihrem ersten Teile ein von den Sommergästen des Dorfs beliebter Spaziergang war, hatte man da und dort Ruhebänke aufgestellt, auch am Hange gegenüber, wo er vom Wald noch frei war, und unter den ersten Bäumen.

Nun, Asta dachte nichts, zunächst gar nichts. Mit der optischen Schärfe eines Augs, das nicht nur zu kurze Waden als solche genau zeigte, sondern auch in der größten Ferne den Bock am Waldrand sogleich von der Geis unterschied, beobachtete sie ein Gespräch, das jenseits des Tales auf einer der Bänke geführt wurde: und als müßte sie die unhörbaren Worte den wenigen sichtbaren Gebärden und Bewegungen entnehmen können, wie früher auf der Dorfstraße unten das ganze Außen aus dem ganzen Innen.

Aber Cornelia Wett und Grauermann rührten sich nicht viel. Er saß vorgebeugt und blies den Rauch einer Zigarette gegen den Boden.

Jetzt schien sie zu sprechen, denn er richtete sich auf und sah sie an. Einmal machte sie mit dem rechten Arm eine kreisende, ausholende und umfassende Bewegung. Sie redete lang. Es war eine Unterredung, der Asta hier zusah, durch ihr scharfes Aug' wie durch einen Operngucker, kein Geplauder. Diese Erkenntnis kam ihr unmittelbar und rückte, was sie sah, aus dem Bereiche des Zufälligen und Nichts-Sagenden; aber in keine deutbare Richtung. Jetzt schien Grauermann etwas zu antworten, er bewegte die Hände. Gleich danach zerbrach gleichsam die räumliche Distanz, welche Asta von dieser stummen Pantomime trennte, sie stürzte ein: ganz deutlich war in der sonnigen Abendstille Cornelias helles Lachen über das Tal herüber hörbar. Asta wich tiefer zwischen die Bäume zurück, als müßte sie nun gesehen werden, was kaum möglich war.

Sie wandte sich ab und auf den Weg.

Der Gang auf die Post war doch nicht so ganz erledigt, wie sich zeigte. Bei Etelka hatte die Post-Spannung inzwischen durch Astas langes Ausbleiben das Maß des ihr noch Erträglichen überschritten. Sie biß wohl heftig erfreut auf den Brief, den Asta ihr oben im Zimmer entgegenhielt, aber der Überdruck mußte irgendwie entweichen. Etelka war durch Jahre daran gewöhnt worden, Mittelpunkt und Zentralsonne zu sein, um welche Grauermann, Fraunholzer und weiterhin auch die kleinen Planeten oder Asteroiden des Haushaltes kreisten, wie Ziska und ähnliche Organe, die in Ungarn obendrein die allerbeste Tradition hatten: hier aber, auf dem Hofe und in dem Haushalte ihrer Eltern, war die Frau Konsul Grauermann so etwas wie ein aus der Physik gestrichener Weltkörper, was weit weniger noch ist, als ein entthronter König von Polen, und sich jedenfalls nicht in eine so gute Form bringen läßt... Grund und Anlaß schnappten ineinander, noch dazu sah sie in Astas Schürze einige gesammelte Pilze. Ihre unbefriedigende Lage ließ sie jetzt den eigentlichen Anspruch, den sie in sich trug, lüften, und zwar diesfalls in beleidigender Absicht. Jener Anspruch aber war schlichthin: bedient zu werden. „Wo bleibst denn du so lang?!" und „warst du jetzt mit Egon?" (ach, sie wußte zu gut, daß Asta nur ihretwegen mit dem jüngeren Enkel des Ministers von W. plänkelte), und „dumme Schwammerln!" Asta ging aus dem Zimmer, das Gescheiteste, was sie tun konnte. Der stolze Funke im Auge Etelkas, der nie was anderes vermochte, als anderen das Dach ihres Friedens über dem Kopf anzuzünden, war ihr unerträglich, erregte geradezu ihren Haß und zog ihr Schwimmer und Halskrause, die zur Not noch ihre Funktion erfüllten, um die Kehle zusammen.

Etelka verspeiste den Brief noch vor dem Abendessen.

Inzwischen wurde Grauermann gesehen, der aus dem Dorfe kam und in ein großes Dachzimmer hinaufstieg, das eigentlich Renés war, jedoch stand hier ein zweites Bett. Man konnte auf der Villa die Ehepaare nicht immer gemeinsam unterbringen und wesentlich wurde darauf auch kein Wert gelegt. Als schon der Gong lärmte und man Grauermanns Schritte wieder die Treppen herunterkommen hörte, überwog bei

Etelka längst der Mitteilungsdrang die verpuffte Indignation. Sie lief in Astas Balkonzimmerchen, bat sie in rasch anspringender und erledigender Art um Verzeihung und sagte ihr eilig, daß sie diesen Brief Imres unbedingt lesen müsse, es sei der schönste von allen bisher. Wenn das Haus zur Ruhe gegangen sei, wollte sie ihn Asta an's Bett bringen.

Des Sommers, im Hochgebirge, da kann man's begreifen, was eine ,ambrosische Nacht' eigentlich ist. Das körperhafte Hereindringen des Aushauchs so zahlloser duftstarker Gewächse durch's dunkle Viereck einer Balkontüre, ein freies, von der Stille grundiertes Hervortreten allen pflanzlichen Atems, den die Sonne über Tag ausgekocht hat und der jetzt als dessen Epilog und Variation in die Nacht strömt: diese Fülle des schweigenden Guten, das Rauschen des Brunnens dazu – dies alles war durchaus geeignet, Astas Zustimmung aufzuschließen in bezug auf das, was sie las. Trifft umgekehrt ein unserem persönlichen Geschmacke nicht genehmer Geruch ein – es muß noch lange kein widriger sein – wenn wir einen Eindruck von etwas gewinnen wollen, wenn wir beim Prüfen und Urteilen sitzen, so macht das sicherlich kritischer. Man sieht da, von welchen Faktoren unsachlicher Art die Sachen meistens abhängen. Asta war also empfangsbereit und empfänglich, wie sie da in ihrem Bett bei der Nachttischlampe lag, ein braunes Mohrchen über dem weißen Nachthemd. Zudem: hier ging's ja um die Liebe, von der sie wahrhaft was wußte, nicht etwa um die Sprache, die ihr weniger wichtig erschien. Und Imre schrieb:

„. . . ich kann dieses Wunder noch gar nicht fassen, das Wunder der Einheit zweier Menschen, die so spät erst sich gefunden haben. Und ich will es vielleicht nicht so ganz erfassen, denn dann tritt die Tragik vor mein inneres Auge, die darin liegt, daß wir uns nicht früher schon gekannt haben, daß wir einander nicht früher begegnen durften. Oft, wenn es ganz still um mich ist, da spüre ich – Deine Kindheit. Sie ist mir sehr nahe. Sie ist mir wie ein kostbares Juwel, das ich irgendwo besitze, ohne mich im Augenblicke erinnern zu können, welche geheime Lade es versperrt bewahrt. Oder ich denke, wir hätten uns als Kinder gekannt. Oft, besonders jetzt, wo ich seit Wochen Dich entbehren muß und nur in dem Gedanken an unser Wiedersehen lebe, ist mir, als hätt' ich mit Dir Kindergeheimnisse gemeinsam gehabt, Verstecke und rätselhafte Worte. Des Abends ist mir manchmal, als könnt' ich sie aussprechen und wiederfinden. Oft, im Einschlafen, will mein Mund solch ein Kindheitswort formen . . ."

„Warum ‚oft'?" dachte Asta.

Wir würden es eine Erwärmung des Sprachgebrauchs von unten nennen. Asta las weiter:

„Alles das bringt mir ein neues Leben des Geistes, von dem ich nichts wußte in meinem bisherigen Dasein. Dieses neue Leben danke ich Dir, es trägt Deine Züge, es ist von ihnen geprägt und von den Strahlen, die aus Deiner einzigartigen Persönlichkeit kommen, durchleuchtet. Erst jetzt beginne ich zu verstehen, was Dante mit dem ‚Neuen Leben', der ‚Vita Nuova' eigentlich gemeint hat. Oft, wenn ich jetzt Verse lese, Verse irgendeines der großen geliebten Dichter, scheinen sie mir erst ihren Sinn zu enthüllen, wie in eine neue, mir tief verständliche Sprache übersetzt zu sein: durch Dich. Oft ist das so . . ."

Oft.

Asta neigte zum Respekte. Jetzt endlich wurde ihr Antlitz von der ersten Schichte der Ablehnung glaciert, fiel der Reif der Ernüchterung. Aber die nun schon nennbar hervorbrechende Antipathie eröffnete und zeigte zugleich die Lage Etelkas wie einen aufgebrochenen Hohlraum, aus dessen Grunde für Asta die Wasser eines tiefen Erschreckens quollen. Sie ließ den Brief sinken und sah zur Decke. Die Stille detaillierte sich in anwesende Geräusche. Ein Nachtschmetterling stieß immer wieder tapsend gegen den gespannten Papierschirm der elektrischen Lampe. Aus fernen Wäldern schrie des Ziegenmelkers piepender und doch starker Ton. Und jetzt, nahe, ein Waldkauz, immer wieder.

Die Zimmerdecke, zu der Asta grad über sich hinaufsah –

sie hatte den Kopf zurück gedrückt, fast in's Genick, wie um gespannt im Bogen einer sich senkenden Last Widerstand zu bieten, denn auch ihren Rücken zog sie noch ein wenig mit in diese Spannung hinein – die Zimmerdecke war schwach ockerfarben und reglos leer, nicht, wie dies hier am Abend oft gesehen werden konnte, beflogen, betapst und bewandert von einem jener langbeinigen beflügelten Wesen, deren gläserne Künstlichkeit bei naher Betrachtung schon dasjenige eigentlich aufhebt, worein sich alle Flachköpfe als befriedigende Erklärung flüchten mit dem Worte Natur, welches in ihrem Munde dann wie ein faules Gähnen klingt, reduziert auf die zwei Vokale, und diese umgestellt ... die leere Zimmerdecke bildete jetzt das Präsentierbrett für Astas Erschrecken: darüber, vornehmlich, daß sie selbst Etelkas wirklichen Zustand ganz offenbar bis jetzt überhaupt nicht wahrgenommen hatte. Wie mußte der sein, dachte Asta, wenn solch ein Brief nicht daraus erweckte! Sie hatte Bilder Imres gesehen. Der Text, den sie nun dazu las, erschien ihr gleichsam an deren Rand geschrieben. Er sah also nicht nur schön und schmachtend aus: er war auch edel und tief. Ihre uterale Raison zwängte sich jetzt rücksichtslos durch Schwimmer und Krause und trat in den Kopf. Und wozu hatte Etelka Bücher gelesen, und früher schon, mit Pista? Wozu ihren Schopenhauer, den Ibsen, dessen große Ausgabe immer im Klaviersalon des ‚Quartier Latin' gelegen hatte, und was sonst alles noch, wenn sie jetzt derartiges begeistert sich bieten ließ?!

Doch erkannte sie mit zusammengefaßter Kraft dieses eine: daß man Etelka unter solchen Umständen – nichts sagen konnte. Ja, die Naht riß weiter, dichter noch wurde die Einsamkeit, als quelle sie von dort draußen, wo sie bisher den Ruf des Ziegenmelkers dunkel und schalenhaft umgeben hatte, hier herein ins Zimmer: daß man – niemandem etwas sagen könne. Auch dem Alten nicht. Und René nicht, dem schon gar nicht. Niemandem jemals irgendetwas sagen, dachte sie plötzlich; und alles ward rundherum deutlicher, als wüchse das Licht; und sie selbst lag ruhig in der Mitte und doch wie beiseite gesetzt. Eine und dieselbe Fähigkeit: angeboren ist's lauter hörnerne Gemeinheit, angestrebt ein bemerkenswertes Ziel. Anders fielen hier Asta und Scheichsbeutel auf einen Punkt zusammen. Es scheint, daß man gewisse Tugenden nur als Überzeugung, nicht aber eigenschaftlich und mit Sicherheit besitzen darf.

Sie entspannte sich. Nun, sie war längst dreiunddreißig, da wird man halt langsam ein Mann. In dessen Kopf trat jetzt, nach dem allgemeinen, alsbald ein handhaft einzelnes, zunächst noch klein, aber punkthaft deutlich wie ein Stecknadelkopf, jedoch schon vergrößerte es sich und platzte auskunftgebend: „Cornelia schätzt Robby sehr, sie hat auch seine Briefe so gern." Das war neunzehnhundertzwanzig oder einundzwanzig. Etelka pflegte damals und später noch ihre Schätze bei der Wett aufzubewahren, Fraunholzer schrieb an deren Adresse, und die Antworten wurden meist in Cornelias Wohnung verfaßt. Asta blieb kühl und ruhig. Hierüber war Etelka bei günstiger Gelegenheit zu befragen, wenn schon sonst nichts ... Ein weiches Geräusch geschah an der Türe zum Nebenzimmer, die sich jetzt dunkel öffnete wie ein zahnloser Mund. Dann leuchtete Etelkas Nachthemd weiß auf, als sie in den Lichtkreis der Lampe trat. „Hast ihn gelesen ...?" fragte sie und setzte sich zu Asta auf den Bettrand. „Ich möcht' ihn noch einmal haben vor dem Einschlafen." Asta sagte nichts. Sie saß im Bette auf, umarmte Etelka und küßte sie. Was war hier zu reden! So tauschten sie Zärtlichkeiten. Dann verschwand Etelka mit dem Brief. Asta bemerkte jetzt, daß sie froh war, ihn nicht mehr auf der Bettdecke zu wissen. Sie schaltete das Licht aus und lag auf dem Rücken. Das Viereck der offenen Balkontüre streckte und vergrößerte sich, früher dunkel, jetzt verhältnismäßig hell.

Am nächsten Nachmittage, Dienstags den vierten August, als schon die Strahlen der Sonne sich zu neigen begannen, kam René langsam über die Serpentinenstraße herauf. Er trug einen leichten Rucksack und in der linken Hand eine Tasche mit Schriften. Vor dem Postamt, wo der Omnibus zu halten pflegte, war ihm Asta begegnet (die auch heute wieder den Postgang übernommen hatte, weil Etelka für diesmal ganz offenkundig wenig Interesse daran bezeigte). Die Geschwister hatten sich mit Zärtlichkeit und Freude begrüßt. Asta schien indessen hier herunten noch einiges besorgen zu wollen, und so ging René allein. Als er von der Dorfstraße abzweigte und am lebenden Zaun entlang die Serpentinen zu steigen begann, füllte ihm der Aushauch der Vegetation in der reinen Luft dermaßen Nase und Lungen, daß ihn die dahinten liegende Atmosphäre der Stadt wie ein Erstorbenes, wie tief im Tode, vollends verließ.

Ein weit geöffneter klarer Akkord vom Klaviere erfüllte den Luftraum über den Kronen der alten Äpfelbäume. Wie alle Menschen, die von der Musik affiziert oder infiziert sind (die Wortwahl überlassen wir hier aus guten Gründen ganz ausdrücklich dem Leser!), war für René damit auch schon irgendetwas Unwidersprechliches gesagt, das anders auszusprechen er sich gar nicht mehr im geringsten bemühte. Sein Verhalten scheint nicht ganz ohne Verwandtschaft mit jenem, das Melzer etwas später, am heißen Samstag-Nachmittage des zweiundzwanzigsten August, gezeigt hat, in der Wiener Porzellan-Gasse, in seinem Zimmer mit dem Bärenfell von der Treskavica. Daß es dort eine Drehorgel und ein Militärmarsch war, hier ein Klavier und der, von rückwärts gezählt, siebenundzwanzigste Takt des zweiten Satzes der Brahms'schen Symphonie in F-Dur, dies hat weit weniger zu sagen als es einem musikalischen Leser (und beinah auch dem Autor) für's erste scheinen möchte: während die Tatsache, daß Melzer sich bei der Weise des Werkelmannes doch an irgend was Bestimmtes erinnerte (wozu auch der Naphtalingeruch des Bärenfelles beitrug), für den Major jenes Erlebnis schon auf ein solideres Geleis schob. Stangeler indessen fühlte sich der Wahrheit in diesen Augenblicken am nächsten, ohne irgendwas zu denken, und darin besteht ja die ebenso paradoxe wie bequeme stille

Übereinkunft aller musikalischen Leute. So hörte er die siebenundzwanzig Takte jener ganz merkwürdigen Phrase, die am Ende des Satzes erst einen vollends neuen Gedanken daherbringt, stehenbleibend aus und bis zum Schlusse, dem Klavier die Orchesterpalette unterlegend und im siebenten Takte vor Schluß das leicht stringierte Piano der Posaunen. Dazu nickte er. So setzt man einen Punkt auf dem Papiere hinter einen nichtgeschriebenen Satz mitten in's Weiße, einen Punkt, der ein wirkliches Punktum bedeutet, was jedermann ohne weiteres für idiotisch hielte. Das Nicken Stangelers war's wohl nicht weniger.

Jetzt erst fiel ihm ein, daß dies Etelka sein mußte, am Klavier, die Wissende über seine Schmach von diesem Sommer.

Und damit war er angelangt, angekommen, eingetroffen und vom Ausgangspunkte dieser so kurzen zweistündigen Reise erst wirklich getrennt und abgerissen, weggeschnellt wie ein gespanntes lang ausgezogenes Gummiband, das man plötzlich durchschneidet (es fiel ihm nicht auf, daß er als solchen Ausgangspunkt jetzt den Westbahnhof zu Wien sich vorstellte, von dem er gar nicht abgefahren, sondern auf welchem er zurückgelassen worden war). Nicht nur die Atmosphäre der Stadt entwich jetzt als ein Erstorbenes und tief im Tode nach dahinten gedrängt und dann weit draußen unter den Rand des Horizonts gesunken: sondern alles und jedes, was er darin zuletzt – und mit ständiger geflissentlicher Zustimmung ängstlich bemüht – angehört, mitgesprochen, hingenommen hatte; als gäbe es gar keine andere Möglichkeit denn diese, nämlich in das Unsinnigste sich einzubohren, nur um nicht vor Qual wieder unsinnig werden zu müssen: stundenlanges Beisammensein Siebenschein'schen Familienkreises mit dem natürlichen Schwerpunkt Cornel, das Verschlucken jeder eigenen Meinung, gehorsam wie ein Kind die Medizin schluckt (in diesem Punkte verstand Grete nach der Kapitulation – es war seine, nicht die ihre! – keinerlei Spaß, dem Herrn René aber fehlte leider die Intelligenz, um das überaus Heilsame solcher Übungen zu erfassen); endlich auch kleine Intermezzi, wie etwa die durchaus wohlmeinende Äußerung, welche die

Mama Siebenschein dem nunmehr sozusagen designierten künftigen Schwiegersohne gegenüber im Vertrauen kürzlich getan hatte: wär' man doch, so meinte die überaus bewegliche kleine Dame, ein paar Jahre früher schon wissend darüber gewesen, daß zwischen ihm und Grete alles so endgültig in's klare kommen würde, wie es heute sei, dann hätte er von der Philosophie zur Juristerei noch umzusatteln Zeit gehabt und damit die Aussicht gewonnen, später einmal seines Schwiegervaters Advokaturs-Kanzlei zu übernehmen! Aber der gemütliche Doktor Ferry Siebenschein setzte alsbald hinzu: „Da kann man ihm hintennach nur gratulieren; denn alles möge der Mensch sein, nur kein Rechtsanwalt . . ."

Indessen gibt es auch Leute, die gegenteiliger Meinung sind. Der Frau Siebenschein aber wird man unbedingt zustimmen müssen, in Ansehung der Situation, welche da geschaffen worden war. Jene Unbedingtheit aber fehlte dem Herrn René, und vielleicht überhaupt, in jeder Hinsicht.

Das Klavier schwieg. René ging weiter.

Wenige Tage später begann auch ihn zweimal täglich die Post-Charybdis in Ein-Zügen und Aus-Stößen, die regelmäßig wechselten, wie die Gezeiten des Meeres, zu schlucken und wieder auszuspeien: als nämlich die ersten Briefe Grete Siebenscheins zu erwarten standen und dann auch eintrafen. Jedoch, er schwamm – als hätte er an spezifischem Gewichte abgenommen – verhältnismäßig leicht an der Oberfläche der postalischen Flut, wie ein Kork nur, möchte man sagen, mitbewegt, mit-tanzend, aber sie riß ihn nicht mehr in die tiefgehöhlten Wellentäler beklemmter Erwartung und darauf folgender Depression, aus welchen der von einem Post-Vakuum betroffene Mensch sich mit eigenen Kräften so schwer nur herausarbeiten kann. Jene Gewichts-Erleichterung trat bald nach dem Vormittage ein, an welchem Gretes erster Brief aus Paris gekommen war. Asta hatte ihn für René auf die Tischplatte in seinem Zimmer gelegt, das er allein innehatte, denn Grauermann war schon am Morgen vor Renés Ankunft nach Budapest abgereist.

Er beugte sich über den Brief, ohne ihn sogleich vom Tische aufzunehmen oder überhaupt zu berühren und empfand Erschrecken und dann Angst, die ihm erst nur rasch über den Rücken strich, indessen bald tiefer und in die Brust eindrang. Jetzt aber, wie eine Gegenbewegung, während er Gretes spitze und zugleich hinfliehende leichte Federzüge betrachtete, mit welchen sie den Namen ‚Stangeler‘ geschrieben hatte, ekelte ihm vor ihrer Schrift.

Danach erst erklärte oder kommentierte das Gefühl sich selbst: weil diese Schrift diejenige einer Frau – sein wollte: aber Unbeschreibliches, oder eigentlich Un-Schreibliches war damit fest niedergelegt und aus Neapel und Wien abgesandt worden, nachdem man es in einen Umschlag getan, adressiert (so wie jetzt), frankiert, rekommandiert, zur Post gebracht hatte. Und nun schrieb diese Schrift weiter, sozusagen mit dem unveränderten Anspruche, die Schrift einer Frau zu sein.

Er sah sich hilflos um. Er ließ den Brief liegen.

Es konnte nichts sehr Schlimmes sein. Dieser da war ein gewöhnlicher Brief, kein eingeschriebener. Ohne irgendetwas klar zu denken, empfand er doch das Grauenvolle solcher Gepflogenheiten und das noch Schlimmere: daß er darauf schon gleichsam eingespielt und eingeübt war und reagierte, wie ein Pferd auf den Schenkeldruck.

Eine furchtbare Finsternis, jetzt schon wie richtungslos und also umschließend, begann sein Antlitz zu zerstören, das sich alsbald um den Knoten der Nasenwurzel zusammenzog. Er fühlte, daß hier ein Unglück geschah, und hielt ihm nicht stand, er suchte den Ausweg, ja nicht einmal diesen, sondern nur eine Ablenkung, einen Fluchtweg, so wie jemand, der in Atemnot ist, zunächst nur Luft zu kriegen trachtet, bevor er sich noch fragt, was ihm denn die Kehle sperre ... An der Wand hingen Bogen und Köcher. Er nahm sie vom Haken und verließ das Zimmer. Als er unten durch die Halle wischte, trat Asta in die offene Türe von der Anfahrt herein und sogleich erschrocken dicht an

René heran, und ihre Frage „was schreibt sie dir?" war ganz unvermeidlich und auf der Hand liegend, denn wie Schotter fiel aus Renés Gesicht das Geschehene hervor, wie bei jenen Kies- oder Schotterfuhren, deren rückwärts hochgezogenes Brett den prasselnden Strom stürzen und zum Haufen wachsen läßt. „Ich hab' den Brief noch nicht gelesen", sagte Stangeler. Sie empfand das Unglaubhafte dieser Antwort doch als wahr. Schon hatte er die Halle verlassen, sie sah ihn den Weg zu einer Anhöhe zwischen den Obstbäumen rasch hinaufgehen. Als René außer Sicht gekommen war, wandte sie sich zur Treppe. Sie stieg in sein Zimmer hinauf. Sie nahm den Brief von der Tischplatte, wo er lag, wie sie ihn hingelegt hatte. Er war uneröffnet. Sie begriff, während sie das Schreiben wieder genau an die frühere Stelle schob, nichts weiter als das Vorhandensein irgendeiner schweren Störung. Wie überall rund um sie; oben und unten: im ganzen Hause.

Über diesem lag ein Hügel, eine Art Nase oder Hörnchen, mit jäher Flanke talzu, gegen den Berg sanft in die Felder und Wiesen fallend, über deren kaum zweihundert Schritte breitem, nach kurzer Mulde neuerlich steil ansteigendem Gürtel der Wald vor dem Himmel mit dunkler Wand den Blick schloß. Die Erhebung hier, nur von einzelnen Ebereschen und einem verwilderten Birnbaume bestanden, hatte die meiste und längste Sonne. Sie lag zudem frei und mit der weitesten Aussicht; so hoch, daß man dem Hause auf's Dach sah. Solcher Ausblick und Draufblick machte den Punkt geeignet, von den jeweils unter jenem Dach herrschenden Verhältnissen und Umständen Abstand zu nehmen und sie zu erörtern; besonders Asta und René zogen sich zu solchem Zwecke gern auf diese Warte der Objektivität zurück. Man lag hier stundenlang in der Sonne.

René indessen langte da heute nicht eben objektiv an.

Die bei wolkenlosem Himmel und aufplatzender Sonne des hohen Vormittages entrollte Weite mit den blassen Flecken vereinzelter Felsen in moosig-fernen Wäldern am unteren Talschluß vor der Tiefebene: dieser ganze Andrang lag für ihn hinter einem gleichmäßigen Rauchgrau, als hätte er Sonnenbrillen vor den Augen.

Jedoch schien René gewillt, solche Trübnis zu durchbrechen und in einen gleichsam eingemotteten Zustand des Innern keinesfalls mehr zurückzuweichen. Als säße das Übel in den Kleidern, so eilfertig war er bemüht, aus diesen herauszukommen: Hemd, Hose, Strümpfe, alles flog auf einen Busch, der diese Sachen geduldig fing; und am Ende behielt Stangeler nichts auf dem Leibe als Schwimmhöschen und die leichten Schuhe. Es mag eine Art von Aberglaube darin erblickt werden, wenn man Zustände sozusagen in die Kleider verlegt. In einer von seinen merkwürdigen Erzählungen zeigt Franz Nabl jemanden, der über den furchtbarsten Ekel nach einem gehabten Erlebnis augenblicks nicht anders hinwegzukommen weiß als dadurch, daß er sich nackt auszieht und, so vor dem Ofen hockend, alle bezüglichen Briefe oder Schriften verbrennt ... Zustände haben sich mindestens immer in den Kleidern gefangen. Nun, hier hingen sie jetzt über dem Busch. René schlüpfte in den Riemen des Köchers, so daß die Pfeile über die linke Schulter standen. Dann legte er das untere Horn des Bogens an den Schuh, beugte die Waffe und schob die Sehnenschlinge in den Kerb. Dieser Bogen war ein herrliches Stück aus zwei verschiedenen Holzarten. Eulenfeld hatte ihn einmal aus England gebracht.

Gegenüber am Hang in gleicher Höhe, und diesen nicht eben verzierend, stand mit grellen Farben eine Scheibe aus dickem und zähem Strohgeflecht in einer Entfernung von hundert Schritten etwa. Das Zentrum war schwarz. Der nächste Ring rot. René sah das nicht sehr scharf. Auch die Verschiedenheit seiner Augen, vom Vater ererbt, hinderte ihn daran, ein guter Schütze zu sein; beim Bogenschusse, wo der Wille sozusagen das Visier ersetzen muß, behält man besser beide Augen offen.

Aber hier und diesmal ging es kaum um das Bogenschießen und wenn, dann um einen einzigen Schuß. Die Glieder von der Sonne umgriffen, als hielte ihn diese wie mit einer warmen Hand, ordnete René den Pfeil auf der Sehne. Und mit Sorgfalt. Die zur Kerbe senkrechte Feder zeigte richtig nach oben. Als er anhob, während des Sehnenzugs, als der Thorax sich beim Einatmen aufwölbte und das Gewicht des Körpers auf die Fersen kam, noch bevor die Hand an's Kinn sich preßte und eben als die gespannte Sehne an der linken Brust schon leicht berühren wollte, gerade da, vom finstersten Zorn erfüllt, und einem Hasse aus dem tiefsten Brunnen der Ohnmacht: gerade da wußte er den Schuss als einen, der so gut wie schon getroffen hatte. Die Scheibe veränderte ihre Form, sie zog sich etwas in die Länge, wie vertieft inmitten durch den Andrang seines Zielens, fast geknickt oder gefaltet. Da sprang der rote Ring in dichtes Schwarz, das Zentrum aber leuchtete rosig auf, und jetzt, wie von einem Beilhieb erschüttert, bebte dort drüben das Gestell im dumpfen Klatsch des Einschlags. Jedoch der Schütze, als sei er selbst niedergeschossen worden, sank in sich zusammen und bis auf den Boden: jetzt noch auf den Knien, danach seitwärts liegend, um die Mitte des Leibes gekrümmt, gab er zuckend einen leisen Ton von sich, der durchaus dem Winseln eines Hundes glich, und das durch einige Zeit. Und dann lag er still.

Als Stangeler sich aufrichtete, war das Rauchgrau aus der Landschaft gewichen. Schrillend saß das Licht oben am Talschluß über den Felswänden und verhallte dunstiger gegen die Tiefebene zu. Er spannte den Bogen ab und ging mit Schritten, wie man sie am Meere auf einem eben erst von der Flut verlassenen Sandstreifen tut, ein wenig gegen die Scheibe. In deren Mitte saß der Pfeil, fast bis an die Federn hindurchgefahren. Dies augenfällig ungewohnte Resultat sonst recht schwacher Schießkünste, deren Geschosse an der Scheibe meistenteils vorbeiflogen, erschreckte ihn als die Anzeige von etwas Endgültigem, das er getan, und ganz entfernt wie ein unversehens begangener Mord. Er näherte sich der Scheibe nicht weiter, ließ den Pfeil stecken und wich auf den Hügel zurück. Und auch vor der Trauer, die ihn ergriff. Auch ihr wich er aus, suchte, wohin zu entrinnen vor der Härte, die alle Umgebung jetzt anzunehmen schien: da bot sich der Brief in seinem Zimmer auf der Tischplatte.

Nun freilich in Eile. Oben hing er Köcher und Bogen an die Wand.

Der Brief war harmlos, mehr als das, gut, ja, voll Liebe. Keine objektive und durch die Distanz überlegene Schilderung einer Umgebung, in der man jetzt vermeinte selber objektiv und überlegen zu sein; auch war das Schreiben nicht auf den Briefbogen des Pariser Hotels, sondern auf Gretes eigenem Papier verfaßt. Stangeler küßte einige Stellen. Es war Müdigkeit in den Worten und eine Neigung, sich früherer Zeiten zu erinnern, ja, der ersten Zeiten mit René überhaupt. Sie sprach von Cornels unbestimmten Plänen und seiner Sprunghaftigkeit, und daß sie gerne von den beiden sich bald trennen würde; jedenfalls gedenke sie früher zurückzukehren als Titi und ihr Mann. Fast, so sagte sie, möchte sie René bitten, schon vom zwanzigsten des Monates an in Wien zu sein und ihr Telegramm dort zu erwarten: denn auf der Villa würde das Telegramm freilich bemerkt werden und seine gleich danach erfolgende Abreise als damit im Zusammenhange: es tue ihr außerdem wirklich leid, seinen Aufenthalt dort auf dem Lande und seine Erholung zu verkürzen. Aber sie sehne sich sehr nach ihm. Das stand ganz am Schlusse. René hatte den Brief kaum ausgelesen, als der Gong zum Mittagessen lärmte.

Die Mahlzeiten, je mehr hier jeder zu verbergen hatte, wurden um so heiterer, als man sich ständig gedrängt fühlte, die Oberfläche durch immer neue Wellchen des Gelächters zu zerflirren, damit nicht der ruhige Spiegel verräterisch den Grund herauftreten lasse, der – ausnahmslos wurde in dieser Welthöhle am Maße des Vaters gemessen! – indiskutable Spalten und Schluchtigkeiten und darin sich Bewegendes enthielt. Alle schienen bemüht – mit Ausnahme der Hausfrau und

Grauermanns, der ja nun abgereist war – gegen den penetranten Andrang einer durch die Knochen schauen wollenden, nach außen gestürzten Indiskretion, sich abzuschließen, und hätte man die lustige Gesellschaft so symbolisieren sollen, wie's gewisse in Übung stehende Kunstrichtungen lieben: man hätte da jedem einen Rundschild von blankem Metalle in die Hand geben müssen und sie damit in der Reihe bei Tisch sitzen lassen, sämtlich bestrebt, Lichtreflexe in die Augen des Vaters zu spiegeln, um diese beim Sehen zu stören, und also alle Schilde in unaufhörlicher mäßiger Bewegung. Jedermann tat alles, um geordneter und unbeschwerter zu erscheinen als er war. Etelka bemühte sich dabei am wenigsten, René am meisten, und Asta hielt in einer oft längst schon echten Heiterkeit die Mitte. Im ganzen stimmte diese Stufenleiter mit dem Grade der bestehenden Abhängigkeit vom Familien-Oberhaupte überein. Allen dreien schäumte das immer neu hervorgebrachte Mittel über den stets gleichbleibenden Zweck und sein vorgegrabenes Bett und machte dessen Grund unsichtbar.

Unter den Geschwistern war bald alles besprochen worden, vom ersten Abende an, sonderlich zwischen Asta und René auf dessen Zimmer: hier wurde sie dann mit Nachdruck, und ganz gegen ihre eigenen Sympathien, ein Anwalt Gretes. Denn Renés Revolten gegen diese und den Zustand eines bindenden Verlöbnisses, welchen in sich unterzubringen, ja, überhaupt nur zu begreifen, er anscheinend unfähig war, drangen bei ihm schon bis zu offenen Reden durch: erst recht nach einem zweiten und kühleren Briefe aus dem kühleren Deauville. Und hier und der Familie gegenüber stand obendrein die jedes realen Fundaments entbehrende Verbindung außerhalb der bloßen Möglichkeit, auch nur diskutiert zu werden (aber gerade das und mindestens dies erwartete man mit einigem Recht im Hause Siebenschein). „Von deiner Seite muß sich vieles ändern, sehr vieles, ihr gegenüber. Alles Offizielle wäre unter deinen jetzigen Lebensumständen natürlich reiner Blödsinn. Das wollen auch nur ihre Leute, nicht sie eigentlich. Wie alt ist Grete? Dreißig? Ja, dreißig also. Na freilich. Sie hat's bestimmt nicht leicht." Die Raison einer Familie ist der eines schon öfter genannten Organs nicht unähnlich: beide haben gemeinsam, daß sie genau dort einsetzen, wo das Denkvermögen des Individuums infolge bestehender Zwangslage intermittiert. Am Tage nach seiner Ankunft bekam René auch schon Bilder und Briefe des Imre v. G. zu sehen, und der seltsame hier herrschende Kommunismus der Gefühle überhob ihn rasch einer gewissen Bedrücktheit Etelka gegenüber. Nun schien sie selbst mitten in der Flut zu stehen, welche ihn überrannt hatte. Was freilich die Briefe betraf, so lagen diese für Stangeler so sehr abseits des überhaupt noch Diskutablen, daß er sie als ein völlig Fremdes verhältnismäßig leicht tolerierte: und hiedurch wirkte er, ganz im Vorbeigehen, nahezu ein wenig verwirrend auf Asta, die hier eine entschiedenere Ablehnung erwartet haben mochte.

In des Pfarrers Wald war's noch hell und sonnig, man konnte jede Nadel auf dem Boden sehen. Etelka ging langsam und tief gebückt. Sie sah jede Nadel auf dem Boden, aber noch nicht ihre Busen-Nadel von Gold mit einem mittleren Brillanten, die offenbar hier am Tage vorher von ihr verloren worden war. Man kann eigentlich nicht einmal sagen: verloren. Nachdem Karl sich daran gestochen, hatte Etelka die Brosche abgenestelt, beiseitegelegt und sie dann vergessen.

Nun galt es, den Liegeplatz wieder zu finden und deshalb ging Etelka gebückt auf den eigenen Spuren und zwar lange. Diese besondere Haltung, der angestrengte Blick, welcher den Boden zu ihr emporzog, so daß ihr augenblicksweise zu Mute wurde, als sei sie ganz klein geworden und gehe kaum drei Spannen hoch über den braunen Nadeln hier im Walde herum, die Befangenheit in dem Zweck, an den sie jetzt gebunden war: das alles ließ Etelka tief in den Ort hier einsinken, dessen Abgeschiedenheit dazu angetan sein mochte, solchen Zustand noch dichter zu machen, auch durch die Stille, welche polstrig dick in den Ohren lag.

Indessen griff die Sonne lautlos höher an den Bäumen hinauf, zeichnete den oder jenen Stamm schon rötlich aus.

Da stand sie vor dem langen Abdrucke, der jetzt noch unruhig schien, wie ein durchbrochener Wasserspiegel, die Glätte des Waldbodens gestört und wie ertötet. Rechts an einem Stamme unten zeigte sich, ein kleiner, aufrechter Fremdling, die Nadel; sie war so hingelehnt worden, um dann doch übersehen zu werden. Etelka langte nicht sogleich danach. Sie ließ sich zunächst in die Knie. Ihr Blick blieb auf der Lagerstätte vor ihr liegen. Das sah aus wie ein zerwühltes Bett. Plötzlich erglühten ihre Augen von hinten, von tief innen her, dann platzte der heiße Ring in die Tränen, und jetzt schon weinte sie ganz ohne jede Hemmung, schwer schluchzend, zusammengekrümmt, die Hände vor's Gesicht geschlagen. Dabei heftig und angstvoll nach Asta verlangend. Sie weinte auch einmal, halbverschluckt zwischen zwei Schluchztönen, deren Namen hervor.

Der Schlafwagenzug zwischen Belgrad und Budapest wurde damals so geführt, daß man in beiden Städten zu einer praktikabeln Stunde morgens erst eintraf; die Fahrzeit, an sich kürzer, ward deshalb durch Aufenthalte etwas gestreckt und überschritten. Man mutete niemandem zu, um halb sechs Uhr früh in Budapest auf dem Südbahnhof zu stehen, seine Geschäftsfreunde noch schlafend, das Hotel geschlossen und keine Möglichkeit für ein Frühstück zu finden. Heute würde man das ohne weiteres tun, wenn überhaupt solche Züge verkehrten, und den letzteren Umstand für einen sehr großen Fortschritt halten. Die Notstände einer Zeit bleiben nicht rein negative Fakten. Es bleibt nicht dabei, daß es nur irgendwo oder überall an irgendwas fehlt. Sondern bei denjenigen, welche die Maßregeln dagegen zu treffen haben, schlägt dies vielfach in eine über's Ziel schießende Gesinnung um, welche dann diejenigen maßregelt, in deren Interesse die Maßnahmen ursprünglich ergriffen worden sind. Auf diesem Wege macht man's dann den Menschen nicht nur so unbequem, wie's leider nötig, sondern wie's nur irgendwie möglich ist; aber auch das letztere bleibt bedeckt von der vernünftigen Legitimation durch Notwendigkeit.

Fraunholzer hat nie zu den Schlaflosen gehört. Unbesorgt nahm er nach dem Abendessen seinen türkischen Kaffee, bevor er von der Kralja Milana auf die Bahn fuhr. Stets in einem Schlafcoupé erster Klasse und also allein, hat er selten die große Save- und schon gar nie die Donaubrücke bei Neusatz in noch ganz wachem Zustande überfahren, oft aber, gleich nach dem Einsteigen zu Bett gegangen, vor der Abfahrt des Zuges noch einen festen Schlaf gefunden. Und da lag er denn, der Pompejus, der cives romanus, und sah, wenn er schlief, nicht nur noch immer recht energisch, sondern auch ein wenig bärbeißig aus. Auch heute. Aber er schlief nicht fest. Am Rande der Einsenkung, die er inmitten einer sehr lärmenden Umwelt – die draußen trappelte, eilte, rief und pfiff – durch sein darin inselhaft erscheinendes Zubettgehen erzeugt hatte, am Rande einer heute nur flachen Einsenkung, spielten sämtliche allabendlichen Phasen dieser Zugs-Abfahrt ihr geräuschvolles Programm ab.

Und die Brücke war diesmal deutlich. Die hohl schleifenden Geräusche eines Hinauswachsens und Überwachsens, als geleiteten in der Dunkelheit riesige vorauslangende Arme den Zug.

Fraunholzer hatte Astas Brief freilich erhalten. Jedoch keineswegs einen von Etelka, weder gleichzeitig noch späterhin. Er lag am Rücken und kam, so sehr er sich darum mit ordnendem Denken bemühte, nicht aus der Empfindung heraus, eine Art Zielscheibe für anschwirrende Pfeile zu sein, die er auf sich zog. In Peterwardein fuhr er auf, als der Zug stand, schaltete das Licht ein und sah dann auf den Gang hinaus. Der Schlafwagen-Kondukteur, der ihn von vielen Fahrten her kannte, und vielleicht erstaunt war, diesen, niemals sich rührenden Schläfer einmal wach zu sehen, fragte, ob der Herr Generalkonsul vielleicht Kaffee wünsche, hier gäbe es welchen. Ja. Er wollte sich jetzt nicht wieder schlafen legen. Besser schien's ihm, ganz munter zu werden als unter solchen Halb- und Albträumen zu liegen. Er saß auf dem Bett nieder und rauchte. Wie alle gescheiten Menschen – gescheit in der Art von Karl von W.s Vater, oder der des alten Stangeler oder meinetwegen auch Laschens – dachte er in einer allen gemeinsamen Sprache des Verstandes, welche sich selbst spricht und nie eigentlich was man meint. Sie war nicht geeignet, sein Vorgefühl zu bannen, sie reichte weitaus nicht bis zu dessen Wurzeln.

Aber, trotz aller Gescheitheit, Pompejus befuhr seine Trópoi, und die waren davon unabhängig, wie beim alten Schmeller auch, oder bei dem Major Melzer, wo sie beinahe selbständig auftraten, weil da von Gescheitheit nicht wohl zu reden ist (mangels Zivil-Verstand), und wie bei allen miteinander überhaupt. An einer Weiche oder Kreuzung des Apparates rannte Pompejus plötzlich mit seiner Frau zusammen: das war in auffallender Weise gar nicht unangenehm. Er stieß sich hier an keinerlei Kanten (solche hat die Mädi Küffer, wie sie als Mädchen genannt worden war, auch wahrlich nie gezeigt). Nicht nur dies: er fühlte sich sogar weich aufgefangen. Zum ersten Mal vielleicht seit den Jugendjahren in Konstantinopel – genauer: seit Etelka Grauermann beim Aussteigen dort den rechten Fuß auf den Bahnsteig gesetzt hatte – sah er seine Ehe, und seine familiären Verhältnisse überhaupt, nicht nur bei pflichtgemäßem Seitenblick (sonst ganz mit dem beschäftigt, was er in seinem Leben für das Wesentliche hielt und wonach er seinen Kurs steuerte): sondern jetzt schwebte oder trieb er gleichsam in einem leergewordenen Himmel wie eine Wolke über der Topographie seines Daseins und schaute hoch hinein. Eine Spannung, die er bisher aufrecht getragen hatte mit voller Selbstverständlichkeit und ohne jemals nach ihrer Berechtigung oder Notwendigkeit sich zu fragen, ließ nach, und verlor mit ihrem höchsten Grade schon ihren eigentlichen Sinn.

Die Ehe zwischen Fraunholzer und dem Fräulein Küffer von Döbling war auf die denkbar einfachste Weise zustande gekommen: ein Musterfall aus Begehrlichkeit und Gelegenheit. Seine Stellung als angehender Vizekonsul in Konstantinopel, seine von Haus aus günstigen Vermögens-Verhältnisse – obwohl Robby aus einer Offiziers-Familie stammte – der Reichtum des Mädchens, der Wunsch ihrer Eltern nach dieser Verbindung mit Fraunholzer: auf einem derart blanken Präsentierbrette bot sich ihre Liebe, denn eine solche war's (und bis auf den heutigen Tag), seiner Verliebtheit dar, und einem wahren Possediert-Sein von ihrer weißen, etwas üppigen orientalischen Schönheit, die überall von dunklen, demütigen Schatten noch erhöht schien, welche bereits um die Augen begannen. Die Abwesenheit jedes Hindernisses, die Hindernisfreiheit eines offenen und empfangenden Raumes ist oft schon lockend genug, daß ihn einer betrete; und hier stieß noch das Begehren mit voller Wucht hinein. Es wäre in aller Welt kein Grund aufzufinden gewesen für das Unterlassen des Schrittes in die Ehe mit Mädi Küffer: und Fraunholzer suchte sie gar nicht, solche Gründe. Die Kinder kamen rasch, drei hintereinander in den ersten vier Jahren.

Dann aber kam jener Augenblick auf dem Bahnhofe, von dem an dies alles überflogen wurde, lang noch, bevor es aus sich heraus verflachte. Wie sich auf Kokoschkas berühmtem Gemälde ‚Monte Carlo‘ die Taube durch den Luftraum vor Meer und Landschaft schwingt, so voll des Schwunges warf sich Fraunholzer in diese neue und von ihm bisher nicht betretene Ebene des Lebens und unterwarf sich deren Gesetzen: durch drei Jahre einer unerklärten Liebe zu Konstantinopel, wie während einer Vorbereitungszeit oder einer Art von Noviziat. Wir wissen nicht, wann das schwere Leid für seine Frau begann, es wird aber wohl schon dort unten gewesen sein und nicht erst 1920 zu Gmunden. Aber, wenn es ein Ganzes und Überfliegendes war, was der Konsul Fraunholzer erlebte, so fand das Negativ davon, als harter Prägstempel tief in ein Herz sich pressend, dieses von keiner minderen Entschlossenheit und Größe; ja, wenn es an uns hier wäre zu werten, statt zu berichten, und also Preisverteilungen von Lorbeer vorzunehmen, wir reichten vielleicht gern dem Herzen jener schönen Dulderin den Zweig, für welche der Name ‚Mädi', den sie noch immer in der Familie führte, so gar nicht mehr passen wollte. Nein, sie war keine ‚Mädi' mehr. Sie lernte zu Konstantinopel profund wo die Krebse überwintern, und sie empfand den schneidenden Krebs der Eifersucht in den letzten und tiefsten Schlupfwinkeln des Herzens, wohin er zunächst heroisch verscheucht ward.

Auch späterhin. Auch als er nicht mehr im Innern nur seine immer noch unsichere Nahrung fein aber andauernd aus den Herzfasern zupfte, sondern von außenher übergenug und stets frisch davon erhielt. Sie litt wie ein adliger Indianer am Marterpfahl. Jene Kommunikation von allem und jedem mit den Familien-Angehörigen, wie Grete Siebenschein sie daheim pflegte, wo die Zeitung von Stangelers jeweils neuestem Schwerverbrechen allezeit eilig durch's Haus lief, oder gar ein Kommunismus der Gefühle, wie er bei René und seinen Geschwistern herrschte: solches war dieser weißhäutigen Frau mit den schweren, ebenholzschwarzen Haarflechten völlig fremd. Sie stand zu ihrem Gatten, mochte gleich der Boden unter ihr wanken. Man möchte geradezu sagen: hier wurde nichts und in keiner Weise überflogen – aber sie vergaß der Nächte nicht, welche sie gehabt hatten. Dabei war sie eigentlich ohne Hoffnung (wenigstens schien es so, zum Beispiel der Frau Mary K.) und Robby gegenüber von einer steinernen Zurückhaltung, die man auch Unnahbarkeit nennen könnte (gerade das erschien Frau K. so sehr falsch und grundverkehrt, und sie versuchte dagegen anzukämpfen, wenn sie die ‚Mädi' einmal gelegentlich in Döbling bei deren Eltern sah).

Mit der Frau Generalkonsul ganzer Haltung – die freilich auch ihre Zusammenbrüche kannte, was sie nur ehrwürdiger macht – war also ein nur sehr allmähliches und nie ganz deutliches Sichtbarwerden des Zustandes ihrer Ehe im Küffer'schen Familienkreise schon verbürgt, und nur Frau Mary K. ihrerseits wußte als ältere Freundin vielleicht etwas mehr und doch lange nicht ganz Genaues. Freilich: es kommt alles heraus. Man müßte das übrigens einmal sämtlichen Schwindlern – eine Zunft, die immer wieder und mit immer gleicher langweiliger Ernsthaftigkeit Materialien wie dünnen Pappendeckel, nasses Seidenpapier oder zerfranste Wollfäden so verwendet, als wären's Bretter, Leder und Seile – man müßte das endlich sämtlichen Schwindlern nachdrücklich zur Kenntnis bringen, was aber leider nur von den unnachahmlichen Situationen des Lebens selbst vermocht wird, wenn solche einmal Fenster und Einblick eröffnen in's Wachsfiguren-Kabinett oder etwa am würdigen Stuhle eines Redenden vorbei in den dahinter befindlichen wahren Spiegel der Situation ... Genug, im Falle von Fraunholzers Frau wurde nichts durch Schwindel vertuscht, und sie gab sich nicht geordneter und unbeschwerter als sie war. Äußere Umstände jedoch verlegten einem rascheren Sichtbarwerden der Sachverhalte hier auch den Weg. Das Leben nach dem Kriege zu Gmunden entrückte die Eheleute dem Küffer'schen Elternhause zwar nicht so sehr wie die Jahre in Konstantinopel. Immerhin war man nicht zu Wien. Und als Fraunholzer nach seinem offiziellen Ausscheiden aus dem Staatsdienste auf Grund früher gewonnener Beziehungen dort unten in Belgrad Posto zu fassen begann – bis er schließlich die Affären eines großen österreichischen Hauses in einem weiten Gebiet von da aus leitete – verging auch mehr als Jahr und Tag mit der Erwägung, ob die Familie zunächst ihm überhaupt sollte nachkommen. Alles blieb in Schwebe. Der ältere Bub bezog ein Institut, bald danach auch die Tochter, welcher der Vater seinen tüchtigen Verstand auf den Lebensweg mitgegeben zu haben schien. Daß sich Fraunholzer nach seiner erst 1919 durchgemachten Krankheit eine der staubigsten Städte überhaupt als Ort beruflicher Tätigkeit hatte erwählen müssen, erregte begreifliche Bedenken und verzögerte auch die Übersiedlung seiner Familie, da man vermeinte oder hoffte, es möchte sich im Dienste des gleichen großen Handelshauses vielleicht bald Gelegenheit bieten, auch anderswohin noch zu kommen. Es ist denkbar, daß Fraunholzer selbst derlei Vorstellungen bei Küffers genährt hat, wenngleich er wohl wissen mußte, daß seine Kenntnisse der Sprachen und seine persönlichen Beziehungen ihm gerade dort im Süden den Weg in ein immer weiteres Tätigkeitsfeld wiesen. Der jahrelange Aufenthalt in Belgrad hat ihm an der Gesundheit nicht geschadet, immer noch zuträglicher als die Wiener Luft. Jener Erkrankung nach dem ersten Weltkriege eignete zum Typus des Pompejus keinerlei Bezug, sie war bei ihm ein Fremdling und nur angeflogen und verschwand ohne Spur: ja, sie komplettierte diesen Typus erst recht durch das mit ihr verbundene Dickerwerden.

Erst sehr spät hat Mary K. erfahren, daß die Frau, um welche es sich bei ‚Mädis‘ Unglück handelte, die Schwester René Stangelers war. Man erfährt keineswegs alles, was nahe und am nächsten liegt. Es muß erst erwähnt werden. Auch im Gespräche gibt es unsichtbare und wie zufällige Mauern, und mitunter, wenn sie schon im Gespräche weichen, dann werden sie im Gehör aufgerichtet ... Immerhin, heuer im Sommer, während Renés jämmerlicher langohriger Campagne, über welche Mary freilich von Zeit zu Zeit Bulletins durch Grete erhielt, kam es dazu, daß diese viel von Etelka sprach, nach deren Aufenthalte zu Wien; und bei dieser Gelegenheit hatte das Fräulein Siebenschein nicht nur die Grauermanns kennengelernt, sondern auch Fraunholzer, wenn auch ganz obenhin (aber für eine gescheite Frau genügt das und nur die Männer, ‚welche bekanntlich dumm und umständlich sind‘, bedürfen detaillierterer Kontakte, aus denen sie dann bloß Unwesentliches entnehmen). Der Generalkonsul war für wenige Tage nur geschäftlich nach Wien heraufgekommen. Grete aber sagte gelegentlich zu Mary K., sie habe den Eindruck, daß Etelka diesen Mann, nämlich Fraunholzer, nicht mehr liebe. Für eine Grete Siebenschein hätte es ja der Indiskretionen Renés von früher so wenig bedurft wie der Vertraulichkeiten Etelkas von jetzt, um ihr anzuzeigen, welche Stellung Robby im Leben ihrer neuesten Freundin einnahm und zu verlieren schon im Begriffe stand.

Das alarmierte Mary, die ja sozusagen von ‚Mädis‘ Partei war; sie dachte damals schon daran, mit dieser zu sprechen, sie zum Aufgeben einer, in Marys Augen schädlichen und unbegreiflichen Intransigenz endlich zu bewegen, die jetzt, und gerade jetzt dahinfallen mußte, um dem Manne den Rückzug offen zu halten, ja überhaupt zu ermöglichen. Jeder, der an einer Ehe, sei sie, wie sie sei oder sei sie schon gar nicht mehr, herumkuppelt und leimt, hat nun einmal den warmen Ton gerechtesten Wohlwollens für sich und die entsprechenden Blähungen. Davon allein aber beheizten sich Marys legale Wiederherstellungs-Bemühungen keineswegs. Sondern viel eher von der traurigen Tatsache, daß sie selbst seit einem und einem halben Jahre als Witwe lebte – Oskar K. war im Februar 1924 an irgendeiner krebsartigen Erkrankung gestorben – und ferner davon, daß sie ‚Mädi‘ für eine sehr schöne Frau hielt, mit Recht, und sich selbst auch, mit noch mehr Recht. Und infolge einer von ihr angenommenen und vielleicht auch wirklich bestehenden Parallelität zwischen der Fraunholzerischen Ehe und der ihren – was nämlich die Fundamentalia anlangte – blieb Frau Mary der Meinung, daß dort gar nichts zu Ende gegangen sei, sondern ein durchaus tragfähiger Boden noch liege. So war sie denn auf solchen Umwegen mit ihren Restaurations-Tendenzen zu innerst den Nächten mit Oskar treu.

Das Nicht-Erwähnen einer Sache kann zur unbewußten Gepflogenheit werden; und Mary zog hinter dieser selbst für sie unsichtbaren Mauer noch diejenige der bewußten Verschwiegenheit (sie ist an sich allerdings weit weniger fest und hat, zum Unterschiede von jener, manchmal schwache Stellen) als sie den Zusammenhang erkannte, nämlich, daß die Gegenspielerin Frau Fraunholzers eine geborene Stangeler sei und jenes René Schwester. Erst recht aber bewahrte sie ein solches Verhalten seit dem Juni dieses Jahres 1925 und seit Etelka Grauermanns Anwesenheit in Wien und beginnender Freundschaft mit Grete. Einer der wesentlichsten Unterschiede zwischen den Mannsbildern und denen Weibern kann darin erblickt werden, daß jene, wenn sie schon gleich viel vom Leben wüßten wie diese, doch von ihren Kenntnissen einen nur widerwilligen Gebrauch machen, und zwischendurch sich mit der Naturgeschichte oder der Physik, oder wie man's sonst nennen mag (im Grunde sind das ja lauter Gemeinheiten) in empört-protestierende Auseinandersetzungen einlassen, wobei sie solchen aus lauter Gesetzlichkeit zusammengesetzten Erscheinungen ein so oder so Sein-Sollen (wie's ihnen gerade passen möcht') entgegenstoßen gleich einer geballten Kinderfaust, die sich dann dumm daran wehtut – während hingegen die Töchter der Physik mit der Frau Mama nicht diskutieren, sondern von ihr stets, ad notam nehmend, profitieren (Scheichsbeutel eine weibliche Natur?! Wohin kommen wir da?! Welch odiöser Name in diesem Zusammenhang!) Ja, wenn die wohlgeratenen Töchter der Physik sogar das Schlafgemach teilen mit einem ganz waschechten metaphysischen Haderlumpen, also einem wirklich gültigen Vertreter der anderen lästigen Zunft, so wird doch rückwärts am Küchen-Eingang oder im Vorhaus alltäglich mit der still gekommenen alten grauen Mutter raunenden Rats gepflogen, und so bringt man die unverständlichsten Fälle um die Ecke ... der Grete Siebenschein war das eigentlich nicht gegeben. Sie verstand nur den Griff an die langen Ohren, aber damit ist auf die Dauer nichts getan, einmal ist's ja doch Tierquälerei, und dann wird so ein Viech störrisch.

Mary war also fest genug in der Naturgeschichte, um zu wissen und sich danach zu verhalten, daß es zwischen Liebespaaren eine Verschwiegenheit, ja überhaupt ein Verschweigen nicht gibt – es sei denn in Sachen der schon mehrfach erwähnten Verbrecher-Organisation, also wenn betrogen wird, aber es kommt alles heraus! – sondern daß in der aus gedoppelter Nähe steigenden Erwärmung des Sprachgebrauchs die Kristalle jedes solchen Vorsatzes ihre klaren Kanten verlieren und schließlich ganz zerlaufen. Wer die Physik einer Person oder Sache kennt (ad notam nimmt), belastet sie niemals über ihre Tragfähigkeit. Es ist unmenschlich, die Kassette solang offen stehen zu lassen, bis man bestohlen worden ist. „Niemand hat ein Recht, den Anderen auf harte Proben zu stellen", so sagte der Doktor Ferry Siebenschein gerne. Was man bei Liebesleuten dem einen Teil erzählt, hat man auch schon den anderen wissen lassen. Und darum erwähnte Mary K. der Grete Siebenschein gegenüber niemals ihre Beziehungen zur Frau Generalkonsul Fraunholzer und die Tendenzen zur Wiederherstellung von deren Ehe.

Übrigens kam ‚Mädi' den ganzen Hochsommer hindurch nicht nach Wien und auch nicht auf das Landgut ihrer verwitweten Mutter zu Wolkersdorf, wo diese sich bis gegen die Mitte des September aufzuhalten pflegte.

Auch ‚Mädi' hatte sich in der äußeren Erscheinung verändert seit dem Kriege, nicht nur Gnaeus Pompejus: jedoch auch die Gattin zu ihrem Vorteile, soweit das noch möglich. Man möchte sagen: ihre Reize wurden unterstrichen, sie wurden sichtbarer, konturierter, wie mit der Tuschfeder nachgezogen und gehöht. Die Schatten wurden tiefer. Ihr Körper war noch etwas voller geworden, aber um sehr weniges nur, dafür das Antlitz seltsamer Weise magerer; vielleicht schien das auch nur so: ihre Züge waren vom Leide fein geschärft, und sie wurden genau das Gegenteil von dem, was man schwammig nennt. Es verschwand aus ihrem ganzen Wesen, seelischem wie leiblichem, sozusagen der letzte Rest formlos-quietschvergnügten Kinderfetts, wovon sie einst genug besessen. Ihrer Fülle hatte immer zugleich Schlankheit der Glieder, besonders der sehr schönen Beine geeignet (ganz wie bei Frau Mary), und das trat jetzt, da sie doch etwas stärker war, noch deutlicher in Erscheinung. Mit der Modellierung des Antlitzes und damit des ganzen Hauptes hatten gleichzeitig auch die Hände sich feiner durchgebildet; lang und schmal waren sie immer gewesen; jetzt erschienen sie fast als mager, aber sehr edel und belebt. (Man möchte sich da an den armen alten Herrn von Stangeler erinnern.) Der ‚Doktor Döblinger', der ‚Mädi' zu Gmunden gesehen und flüchtig kennen gelernt hat, war von ihr geradezu paroxistisch begeistert, sagte über sie lauter abseitiges, ungezogenes Zeug, wie's nun einmal seine Art war (auch in bezug auf Mary K. konnt' er's ja nicht lassen), aber eine Bemerkung von ihm war damals doch sehr zutreffend: er verglich nämlich die Generalkonsulin sofort mit der um so viele Jahre älteren Frau Pastré-Meriot, der Mutter Edithas.

Ja, auch die Fraunholzerin hatte etwas ganz in der Tiefe Fanatisiertes, sie besaß Lust und Liebe zu der Kunst des Leidens, welche sie übte, nicht um aus Selbst-Bespiegelungen Gewinn zu ziehen, sondern einfach ihrer Begabung folgend. Auch die Fraunholzerin sah aus wie eine jener schönen Märtyrerinnen auf seltenen alten Legenden-Bildern, wenn auch nicht ‚mit einem Fuß im Tod stehend‘, wie sich Geyrenhoff vierzehn Jahre früher ausgedrückt hat in bezug auf die geborene Meriot. In den tiefen Schattenbuchten, welche um die Augen schon beginnen, scheint da der Schatz der Demut konzentriert zu sein und wiederum aufs Feinste verteilt wie eine Aura über die wachsbleiche Haut ergossen.

Noch fährt unser Schlafwagenzug, jetzt in der Gegend zwischen Ujvidék und Szabadka. Noch sitzt Pompejus, Gnaeus Pompejus, stilwidrig im Pyjama auf dem Bett und raucht, noch viel stilwidriger, eine serbische Zigarette nach der anderen. Ja, jetzt dachte er an seine Gattin, die er nie ‚Mädi‘ genannt hatte, sondern immer mit ihrem richtigen Namen: Lea. Aus einem leergewordenen Himmel ließ er sich tiefer über die Topographie seines Daseins herab und schaute also nicht mehr hoch hinein; sondern viele jahrelang weit überflogene und versunkene Einzelheiten wuchsen ihm entgegen aus dem Bodenrauche, der ihn nun auch schon wolkig empfing, Gewölk einer ganz anderen Schichte als die, aus welcher er herabkam, selbst durch so lange Zeit eine Wolke, eine hoch und schnell segelnde Wolke weit über solcher Erdberührung wie eben jetzt. Nun mischte sich's. Nun trat der Rauch anschaulichen Gedenkens links und rechts der Schläfen vor, zog sich über Stirn und Augen zusammen, lag dichter an, schattete wie alte Kastanien in einer Allee, die man in des Raumes Tiefe laufen sieht, vertiefte die Schattenbuchten noch mehr und belebte sie mit dem duftenden Roste der Erinnerung. Und wie Lea jetzt ganz deutlich und handhaft hervortrat, und wie von allen Seiten zugleich und ihn umgebend, brachte sie auch eine Kenntnis über ihre Person mit, die allein er haben konnte (und die der Frau Mary K. gänzlich fehlte). Mit einem Schlage wäre sie ganz wieder sein, das wußt' er, wenn er nur selbst ein Gleiches ihr zu bringen vermöchte, entschlossen einen langen hochgespannten Bogen als abgeschlossen hinter sich lassend, dort wo dieser wieder Grund und Erde berührte. Lea war nicht die Duldende nur, sie war die Dauernde.

Und geschwinder als der Atem zwischen ein und aus wechselt, ja, vor dessen Ändrung noch und vor dem nächsten Herzschlage, hatte Fraunholzer schon, seine Trópoi befahrend, weitergedacht (soweit in einem solchen Falle von Denken die Rede sein kann), schnell, banal, gleich bis ins einzelne gehend, wie wir alle. Schon war er in Gmunden. Im Grunde sind das wirklich lauter Gemeinheiten.

Und nur der höhere Zihalismus kann ihnen entgehen, durch Restringierung des Unfugs bis auf ein äußerstes Minimum, diesfalls, hieramts, und überhaupt. Dieser höhere Zihalismus wird dort, wo sich auch bei genauester Perlustrierung keine Möglichkeit zeigt, den Atomkern einer Haupt- und Staatsaktion, mindestens aber einer diesfälligen Amtshandlung, zu implizieren, und also zu Dekor, zu Form zu gelangen, auf den Rest stolz verzichten und ihn durch geeignete Maßnahmen allenfalls inhibieren. Es ist genau das, was den Menschen heute fehlt: Würde. Der höhere Zihalismus austriacohispanicus ist die äußerste Fronde gegen die sogenannte Jetzt-Zeit und gehört in's Museum der Gegenbeispiele zu Herrn Kriegar-Ohs (dem v. Korff bei Christian Morgenstern für diese Anstalt ein Partitur-Exemplar von ‚Figaros Hochzeit' überreicht). Herr Amtsrat! Ihr kommt mir spanisch für. Habet acht, daß man Euch nicht nur Lerchenfelderisch mehr komme am Ende. Es wäre wirklich das Ende.

Auf der Erde angekommen, ohne sich's recht zu gestehen, im sausenden Zuge zwischen Ujvidék und Szabadka, fand Fraunholzer nun auch den Schlaf, kroch ins Bett und schaltete das Licht aus.

Morgens um halb acht fuhr er vom Südbahnhof in's ‚Vadászkürt'. Er bevorzugte dieses überaus solide und ein ganz klein wenig altmodische Hotel, wo Fraunholzer eigentlich gar nicht hinpaßte, denn hier stiegen die konservativen ungarischen Gutsherren ab. Beim Frühstück und nach diesem legte er telephonisch drei oder vier Zusammenkünfte fest, welche von den Geschäften noch vor seiner Urlaubsreise hier zu Budapest erfordert wurden, wie es dann auch bei seinem ebenso kurzen Aufenthalt in Wien sein sollte. Es fügte sich alles bequem, die Vereinbarungen reihten sich richtig auf (denn bei dieser oder jener mußt' er schon Kenntnisse von der vorigen mitbringen) und griffen in der gewünschten Weise ineinander. Auch sonst störte nichts, und er hatte, was er brauchte, in diesem moderierten, teppich-stillen Hause, das von einer seigneuralen Art zu leben durchsetzt schien: es war auch Fraunholzer's Art, aber gewissermaßen nicht als Eigenschaft, sondern als Hervorbringung und auf eigene Kosten. Der Stil einer österreichischen Offiziers-Familie war's keinesfalls, auch nicht der eines Generals, wie sein Vater gewesen. Dieses mitunter recht grobianische Original gehörte einem Ausnahmen-Typus an, den die alte k. u. k. Armee schon geradezu regelmäßig immer wieder da und dort aus sich hervorbrachte; es müssen also diese Galgótzy und Fraunholzer, so selten sie waren, doch in der tieferen Struktur des Ganzen einen Seinsgrund gehabt haben, auf dem sie beruhten, und nicht auf besonderen Zufällen. Die Taste wurde wohl nur selten angeschlagen, aber sie war vorhanden; so wie gewisse Instrumente im Orchester nur dann und wann einmal eingreifen, das Xylophon oder die Caelesta, oder das Kontra-Fagott (welch letzteres Instrument sich besser mit dem alten Fraunholzer

vergleichen ließe). Es gab eben Menschen, welche es fertig-
brachten, nach einer größeren Truppenübung ein Mitglied
des kaiserlichen Hauses zu begrobsen und die doch Gelegenheit hatten, aus der gleichen oder aus einer noch höheren
Stellung beim nächsten Male jenen selben Erzherzog ausnahmsweise einmal etwa gar zu beloben. Das am meisten Ausnahme-
hafte an dem Feldzeugmeister Fraunholzer aber war seine
geringe Raumverdrängung in der Familie gewesen, wo solche
Herren sonst gern ein geliebtes Schreckensregiment etablieren.
Dieser da besorgte zum Beispiel nicht im geringsten, daß er
seinen Buben verwöhne. Und der kleine fette Pompejus
nahm's huldvoll an, etwa daß der Vater ihm am Morgen das
Frühstück selbst zum Bette brachte, den Sohn sanft erwek-
kend, der diese herantretende Realität mit der schmerzlichen
Randbemerkung eines früh Geprüften und Erfahrenen verzierte: „Oh, que la vie est dure!" Denn französisch plapperte
er freilich schon geschwind und lernte überhaupt so leicht
wie ein Schwamm saugt. Nun, dem Pompejo, wird man
sagen, eignete also doch von früh an eine seigneurale Einbet-
tung. Nicht so sehr; denn es fehlte da der duftende und leuchtende Rost einer langen Tradition von der man nichts weiß.
Was Fraunholzer seinem Vater dankte aber war vor allem anderen die Ungebrochenheit des nie gescheuchten Selbst-
gefühls; und das übrige taten seine Tüchtigkeiten, die an
solchem Rückgrate sich gleichsam spalieren konnten. Jene
mochte der Vater bei dem Kleinen früh gespürt, dieses aus
tiefstem Instinkte geschont und konserviert haben, er selber
vielleicht zu innerst eine zarte, leicht verletzliche Natur. Die
pädagogische Strategie des Generals hat sich später als die
richtige erwiesen. Wenn Pompejus heute seigneurale Ansprüche stellte, so war er selbst im Stande, das zu ihrer Befriedigung Nötige gleich in einem daneben zu setzen, sogar leichthin. Man hat später, trotzdem man's ja eigentlich Jahr für Jahr
erfuhr, innerhalb der Firma, welcher er diente und deren einen
großen Teil er leitete, immer noch mit Erstaunen festgestellt,
daß seine schon recht amplifizierten Einkünfte samt Tantièmen

und Diäten, einen beinahe allzu geringen Bruchteil, fast nur ein Stäubchen dessen ausmachten, was er dem Geschäft durch die Art seiner Abschlüsse einbrachte.

Nun, es ging also alles glatt, gleich vom ,Jägerhorn' aus, und er hatte hier seine sieben Sachen, wie er's brauchte. Umsomehr mußte es Fraunholzern auffallen, daß jene Empfindung von gestern abends, die ihn wie ein ausgesetztes Ziel anschwirrender Pfeile sich selbst hatte fühlen lassen, jetzt wiederkehrte.

In seiner nächsten Nähe fühlt' er einen ungeheuren Schmerz, einbruchsbereit, wie hinter nur dünner Wand, die schon der Druck bauchte. Hier war Angst. Ja, so einfach verhielt sich das. Er wollte zu Lea flüchten. Sie umgab ihn nicht mehr, wie heut nacht noch, sie deckte ihn nicht mehr. Er lag offen, wie eine Stadt, deren Mauern gefallen sind, vor dem Feind.

Die Manifestierung seines Zustandes war zunächst negativ: er unterließ es, am Fasor anzuklingeln oder in Grauermanns Büro, obgleich er für gewiß nahm, daß dieser in Budapest sich befinde. Sonst pflegte er bei seinen Aufenthalten hier alsbald die Verbindung herzustellen und sich in der Vilma királynö út sozusagen zu melden.

Die Hitze des Tages war mäßig, für Budapester Verhältnisse im August, da man es hat erleben können, daß auf der Andrássy út der aufgeweichte Asphalt den Escarpin einer Dame am Stöckel festhielt und sozusagen vom Fuß saugte, so daß die Unglückliche knapp vor dem Heranrollen eines jener riesigen zweiteiligen Automobil-Omnibusse beinahe zu Falle kam und nur durch die hohe Geschicklichkeit des Fahrers gerettet worden ist, in welchem vielleicht noch, bei sehr verwandelter Form, die Tradition ungarischer Meisterkutscher vom Land weiterlebte, die fähig sind, einen vierspännigen Jagdwagen quer und schnell durch einen tiefen Hohlweg zu führen, hinab, hinüber, hinauf, immer mit den Pferden redend und ohne daß eines jemals stürzte... Fraunholzer entließ den Wagen und bummelte ein wenig zu Fuß. Die erste seiner Besprechungen war schon erledigt. Und mehr als das: er hatte dabei eine ausgemacht gute Gelegenheit gefunden und leichthin ergriffen, sich jemanden, dessen freundliche Geneigtheit für ihn wichtig, sehr zu verbinden, einfach durch Zusage einer Erledigung von Sachen in Wien (die ihm, kraft seiner Beziehungen, mittels eines kurzen telephonischen Gespräches mit Sicherheit und ohne weiteres möglich war, bequem, vom Hotelzimmer aus, im Bette liegend – das erwähnte er freilich nicht, erklärte sich aber liebenswürdig bereit, zu tun, was er könne). Nun, solchermaßen ersparte er einem Kontrahenten die Beschaffung eines Visums, den Zeitverlust, die Reise nach Wien mit unsicherem Ergebnis (Fraunholzer ging dann freilich, nachdem alles von seinem Zimmer aus im Hotel Ambassador zu Wien nach drei Minuten erledigt war, soweit, das günstige Ergebnis am selben Tage noch in einem freundlichen Billette nach Pest mitzuteilen). Nun gut. Es gefiel ihm jedesmal in Budapest, obwohl er eigentlich die Ungarn nicht sehr gern mochte ... aber ihre vollsaftige Talentiertheit in allen Sachen des Lebens und an allen Ecken und Enden konnte wirklich hinreißend wirken. Diese Stadt lebte, sieben Jahre nach dem verlorenen Kriege und bei verstümmelten Grenzen, wie auf einem Höhepunkt ihrer Geschichte. ...

Um die belebten und besonnten Inseln seiner Tätigkeit zog indessen eine kalte, finstere Flut. Sie stieg. Warum ging er die Treppen zur Untergrundbahn vom Oktogon hinab und nahm den nächsten herankommenden Waggon? Wollte er wirklich die freie Zeit zu einem Spaziergang im Stadtwäldchen nutzen? Aber Robby fuhr nur bis zur Bajzautca. Von da kommt man quer und kurz zum Fasor hinüber. Das tat er freilich nicht, wozu auch? Eine perfekte Sinnlosigkeit. Wie oft war er hier gegangen: und anders verfaßt. Er stieg gleich wieder ein und fuhr zurück, soweit es ging, bis zur Endstation, also bis zum Vörösmarty tér. Als er die Treppen hinaufgeschritten war und wieder an die Oberfläche und auf die Straße trat, sah er neben dem Denkmal Honnegger stehn mit einer Aktentasche unter dem Arm (das war es also, hier hatte er hergelangen müssen). Sie riefen einander beide genau gleichzeitig an.

Hier ist der Ort über Honneggers Musikalität und Geistes-Art, wie sie sich entwickelt hatten, ein Wort zu sagen. Damals schon zeigte sich bei ihm, daß er nicht zu jenen gehörte und gehören wollte, die, von der Musik unschöpferisch zur Musik-Monomanie vorschreitend, ja, in diese hineinkriechend wie in den sich verengenden Mund eines Trichters, innerhalb der mathematisch-musikalischen Formenwelt alles Vage und Unkontrollierte ihres Lebens deponieren, als bedürfte es nicht einer weiteren Bearbeitung und wäre gar schon Kristall und definitiv. Die Pforten der Musik stehen allzu weit offen. Honnegger war im ganzen den umgekehrten Weg gegangen. Für unmöglich erachtend, daß solcher Präzision auch all Sonstiges in ihm schon entsprechen könnte, wanderte er aus der Musik immer mehr heraus und zur Erfassung von Tat-beständen und Sachverhalten, des ungeheuren Maßes von Ge-nauigkeit, das hinter seinem Rücken blieb, auf diesem und kei-nem Wege überhaupt vergessend. Wodurch das Leben nicht eben leichter wog, versteht sich.

Solchermaßen aufgeschlossen aber wird man bald zur um-schwirrten Leimrute, an der vieles hängen bleibt, vieles zappelt, weil immer mehr uns da angeht, während man doch, paradox genug, persönlich immer weniger interessiert er scheint. Man könnte auch sagen, daß ein Mensch solcher Ver-fassung Pfeile auf sich lenkt, die ihm gar nicht durchbohrend vermeint sind, und sie verletzen ihn auch nicht, sondern bleiben an ihm nur hängen wie Stecknadeln an einem Magneten. Aber durch seine Anziehungskraft ist er zuletzt im Stande, auch aus einem schwachen Schützen einen treffenden Schuß gleichsam zu ziehen, ja am Ende sich jedes Dings zu be-mächtigen, das in der Luft liegt und fliegt. Ohne Angst. Denn nichts schwirrt da mehr gefährlich und schon von Wunden und Schmerzen singend, bevor es noch einschlägt.

Er wußte also, Honnegger, oft, was er gar nicht wissen wollte, immer aber was er sollte, und am Rande versteht sich's, daß seiner diplomatischen Laufbahn solches nützte; wie er denn auch allmählich – musikgeboren, also reiner Herkunft, in sein

Leben wandernd – gerade zu dessen beruflicher Seite immer mehr Beziehung gewann.

Sogleich bei dem Denkmal, als Fraunholzer und Honnegger einander entgegen kamen, geschah das wie zwischen zweien, die ein Bewußtes und Gewußtes abzumachen haben, das durch die Zufälligkeit des Zusammentreffens nur eben früher noch dran kommt. Ohne viel einleitend gewechselte Worte suchten sie Raum und Ruhe für ihren Zweck und etablierten diesen bei ‚Gerbeaud', recht weit rückwärts. Während man servierte, dachte Honnegger ruhig und flüssig, wie man saubere Zeilen schreibt: evident war, daß die Brandspuren, welche Etelka in diesem Sommer hier hinterlassen hatte, von Fraunholzer würden angetroffen werden und, sonderlich wo sie nicht klar am Tage lagen, betreten und verfolgt. Und viel hing davon ab, wer den unglücklichen Mann dann auf eine solche Spur leitete und auf welche klare oder quälend-unausgesprochene Weise er sie zu spüren bekam. Es galt der Wut der Weiber hier alles vorweg zu nehmen, die jetzt mit handhaften Steinen der Tatsachen werfen durften auf eine, die das gewagt hatte, was sie mit den Knien verpreßten. Freilich, des Odiums der ersten Information, des Dazwischentrittes in den Spannungs-Raum eines Paar's hinein, in den fruchtbaren Boden, wo die belebenden Gewürze der Unsicherheit gedeihen, aber auch die Künstlichkeiten des Mißtrauens auf Beeten gezogen werden, dieses Odiums blieb sich Honnegger bewußt, als eines Umstandes, der hingenommen werden mußte, der auch den Edelmann einmal treffen konnte, ein Mückenstich nur, wenn dessen Haltung sich in einer standesgemäßen Stabilität befand. Daß Fraunholzer den umlaufenden Fakten hier zu Pest entgehen könnte, blieb ausgeschlossen. Bei Russows in der Döbrentei utca, wohin er auf jeden Fall kommen würde, verkehrte Frau von G. als intime Freundin der Tochter, und gerade die Vortrefflichkeit und Distinktion jener Familie harnischte die Sachen erst mit ihrem vollen Gewicht. Es galt also zu reden, für Honnegger.

Er tat's.

Der erste Pfeil schlug in die Scheibe, das Gestell bebte, wie von einem Beilhieb getroffen.

Er sagte ihm auch alles über Imre v. G. und beantwortete jede nachdrängende Frage, so gut er's vermochte.

Es war hier, in diesen etwas zimperlichen Räumen, nicht ganz hell, eher kühl, gedämpft.

Honnegger sah, was sich vorzustellen er nie vermögend gewesen wäre (und das wurde ihm augenblicks deutlich): Pompejus weinte. Es war nur ein Andrang herauf, ein feuchtes Erglühen der Augen, eine gewaltsame, gewürgte Welle zurück, hinab: und vorbei.

„Denke", sagte Honnegger, „daß du nicht weißt, was dir vielleicht erspart wird."

„Ich denke, daß ich es weiß. Bin nie eine Sparkassa gewesen."

Und bei alledem war Honnegger Etelkas Anwalt: eine Rolle, in welcher er sich selbst einst schwer hätte denken können. „Unser Pista ist ein grauer Mann, mitsamt seinen kastanienbraunen Haaren, er war es immer, nun kommt's heraus, was er ist, schon während der ganzen letzten Jahre, oder eigentlich, was er nicht ist, und nie war. Diese Frau wurde zum äußersten Widerspruche gereizt und hat sich solchergestalt das bewahren wollen, was sie in dieser seiner Luft nie mehr werden konnte. Daher der Exzeß. Diesen mußt du sehen, nicht daß Mannsbilder dabei sind. Jeder exzediert auf dem Instrument, das ihm zu spielen gegeben ist, die Frau natürlich in Liebesgeschichten. Aber ich halte das bei Etelka in diesem Falle für sekundär, sozusagen, mag das auch sehr paradox klingen. Wer ist schon dieser Imre?! Ein Nichts. Es handelt sich da gar nicht um ihn, und auch nicht um andere, die vermeinten, jetzt zum Zuge zu kommen. Aber hier ist wirklich eine Frau von Bedeutung in wilder Reaktion gegen die Diktatur der Banalität, und freilich zugleich im Absturze zum tiefsten Unrecht, in das sie sich selbst setzt. Was ich da meine, zeigt wie in Reinkultur, gleichsam als Präparat, ein Vorkommnis, das den Scheitelpunkt dieser ganzen Exaltation markiert hat und natürlich unabsehbare Folgen nach sich zog, leider

auch für Pista, der's wahrlich nicht verdient ... Sie mußten
Gäste haben, am Fasor, aus irgendwelchen Gründen, aus geschäftlichen, wegen ihm; von auswärts war wer da; ich kannte
die Leute nicht. Sie wurden zusammen mit hiesigen Bekannten
geladen. Es war ein Souper mit zehn oder zwölf Personen.
Etelka hat ja solche Sachen sehr gut gemacht. Überhaupt
kann man sagen, daß sie und Pista in dieser Hinsicht ausgezeichnet – zusammen gearbeitet haben, in einer Art von
– – kalter Ruchlosigkeit; im Stillen hatt' ich das bei mir immer
so genannt. Und eigentlich bewunderte ich es. Sie bedienten
da die Apparaturen des Lebens mit richtigen Handgriffen,
wie man einen Bade-Ofen bedient. O ja, sie hat schon ihre Beziehungen zu solchen Sachen gehabt, sie konnte auch eine
graue Frau sein für einen grauen Mann. Durchaus. Aber eben
nicht ausschließlich. Und das muß man, scheint es, ausschließlich sein können. Ein paar Tage vorher hat sie mich angefleht,
doch zu kommen. Sie fürchte, es nicht auszuhalten. Ich müsse
bei Tisch neben ihr sitzen. Mir sind derlei Veranstaltungen
gräßlich und die wenigen, denen ich nicht entgehen kann,
weitaus zu viel. Ich sagte aber zu. Ich hatte vielleicht das
Gefühl, ein Unheil verhüten zu können, hierin täuschte ich
mich allerdings. Nun, kurz: das Essen war noch gar nicht weit
vorgeschritten, als sie plötzlich vom Tische aufsprang – ich
seh' noch ihr rundes kräftiges Gesicht vor mir, das ganz bleich
war und geradezu überflackert von Verzweiflung – und ihren
sämtlichen Gästen die Türe wies. Sie hätte sie alle auch buchstäblich hinauszuwerfen versucht, wenn jemand gezögert
hätte zu gehen: ich sah die Möglichkeit zum gewalttätigen
Handanlegen geradezu in der Muskulatur ihrer bloßen Arme
herumspielen. Aber es zögerte niemand. Ein geschlossener
schweigender Abgang ergoß sich in die Vorräume; mich erinnerte das geradezu an den Schluß von diplomatischen Konferenzen mit mangelhaftem oder gar keinem Ergebnis. Draußen reichte Pista jedem und jeder ernst die Hand: „Sie sehen",
sagte er ruhig, ja bedächtig, „daß meine arme Frau jetzt und
in diesen Augenblicken schwer erkrankt ist." Er hat sich vor-

züglich gehalten. Er kam mir vor wie einer, der im brennenden Hause gesammelt überlegt, was man, angesichts des nun einmal hinzunehmenden nicht mehr vermeidlichen Schadens doch da und dort noch fortzubringen vermöchte, in dem klaren Bewußtsein, daß beim bevorstehenden Kampieren in der Nähe der Brandstätte doch auch Kleinigkeiten zur Erleichterung der Lage und zur notdürftigsten – daher doppelt fühlbaren – Bequemlichkeit wichtig werden können... Ich war unter den letzten. Da wurde die Türe vom vordersten Salon in's Vestibül brüsk geöffnet. Für einen Augenblick erschien Etelka darin. „Teddy, .du bleibst bei Pista", sagte sie mit kräftiger Stimme und in einem Tone, der jeden Widerspruch ausschloß und verschwand nach rückwärts. Ich habe sie an diesem Abend nicht mehr gesehen. Bei alledem fiel mir zwischendurch die absolute Unsichtbarkeit der Dienstboten auf. Niemand eilte in's Vorzimmer um den abgehenden Gästen in die Kleider zu helfen. Man schien in der Küche voll begriffen zu haben, daß etwas Entsetzliches geschehen sei. Im gastfreundlichen Ungarn. Auch hatten ja die Mädchen drinnen gerade serviert. Als wir allein waren, forschte ich sogleich nach dem letzten Anlaß, nach der Auslösung der ganzen Szene, nach dem déclic: denn, obwohl neben Etelka sitzend, hatte ich überhaupt nichts dergleichen bemerkt, kein Vorzeichen, keine Provokation, keine suffisante Bemerkung, keine kleinste Kontroverse im Gespräch. Auch Pista wußte nichts. Er schaltete alsbald einen elektrischen Kontakt ein und bereitete für uns türkischen Kaffee. Er fragte mich auch, ob ich nicht noch essen wolle, ich mußte rein lachen. Er ging auf und ab, sah ernst, aber klug aus. „Etelka ist krank", sagte er einmal, und: „ich werde dann nach ihr sehen." Er redete sich also ein, womit er sich eben vorhin ausgeredet hatte. Und es geschah zu ihren Gunsten. Es war gut so. Am nächsten Tage bin ich wieder hingegangen. Es wurde über den Vorfall kein Wort gesprochen, auch später nicht. So also hat Etelka Stangeler ihre Gäste hinausgeworfen."

„Recht hat sie gehabt, ganz recht hat sie gehabt", sagte Fraunholzer. Er weinte jetzt fast ohne Widerstand. Seine Augen waren naß. Nun, hier saß man gedeckt und allein. Pompejus weinte. Auf dem Schlachtfeld.

Beim Abschied drückte er Honnegger lange die Hand. Und ging von da ab in Budapest durch zwei Tage nur wie ein Gespenst um. Er besuchte niemanden. Hielt sich im Hotel, vermied sogar sein gewohntes Café an der Donau, beim Petöfi tér, wo er sonst gern zu sitzen pflegte, mit dem Blick auf den Strom, der die geöffnete Stadt an seinen Rändern windig kühlt, auf die kleinen Lebhaftigkeiten am Wasser und die pathetisch langsam durchziehenden großen Schiffe, auf den Berg, in dessen Tunnelmund andauernd alles verschwindet, was die Kettenbrücke passiert und sie belebt ... für Fraunholzer war dieses Bild immer eine Zusammenfassung von Budapest gewesen, und vielleicht fühlte er hier, was man etwas deutlicher das romantische Wesen dieser Stadt nennen könnte. Einmal war er auf der Margareten-Insel, um zu baden, und saß auch schon in einem der inneren breiten, steinernen Ringe, welche um die heißen Quellen laufen und immer ein kühleres Rund von einem wärmeren trennen, vom äußersten, das erfrischend und kalt, bis zum innersten, das heiß ist: und so in wechselnder Weise unter einem blauen Himmel sich zu räkeln läßt ein Wohlsein eigener Art entstehen, als dringe es mit dem schweflichten Wasser durch die geöffneten Poren. Da saß er, Pompejus in thermis, und sah auch ganz so aus. Aber er war nicht in der Lage, den ungeheuren Lärm zu ertragen, der schrillend über dem ganzen Bade in der Sonne stand, ein stehender Ton, den Kinder und Erwachsene gleichermaßen erzeugten ... Als er sich wieder angekleidet hatte, ging er auf der Insel unter den alten Bäumen. Hier war's, und dann schon während der Reise nach Wien, gerade in Hegyeshalom, das wir Straß-Sommerein nennen – wo sommerein und sommeraus zu leben die Schlummerflöten der Melancholie wohl zur äußersten Gewalt brächte, am Tor des beginnenden Ostens und wie unter seinem riesigen Überhang

– unter den alten Praterbäumen der Margitsziget also und ebenso dann in Hegyeshalom im Coupé während der Zollrevision an der österreichischen Grenze war's, daß ihm der Sprung nach Gmunden nahezu wieder gelang. Sie kam, die Wolke, sie legte sich an. Einen Augenblick rang er sie weg, einen Augenblick wieder rang er nach ihr.

Zu Wien, wo der Boden ja sozusagen nicht brannte, war's besser. Aber auch hier blieb er allein, ja wie isoliert, und erwies sich zum Beispiel als ganz außer Stande, den Baurat Haupt anzurufen, was er sich vorgenommen hatte, schon weil der Brief Astas ohne Antwort geblieben war, und dann überhaupt der Orientierung wegen, um noch besser gefaßt zu sein. Hier ging übrigens all' Geschäftliches so sehr und beinahe auffallend glatt, daß er schließlich schon am Samstag, es war der 29. August, nachmittags in seinem Hotelzimmer vor einem leeren Schreibtische und einem Notizblocke saß, der nur Durchstrichenes wies, und noch übrig ließ, sein Blatt abzureißen, um ein neues und unbeschriebenes im reinsten Weiß sichtbar werden zu lassen. Auch die Zeitungen waren zum Teil gelesen und die üblichen törichten Zeitschriften eingekauft, und eine große Schachtel von Kugler für Etelka sowie die marrons glacés von Demel befanden sich bereits in der Handtasche. Von allen Seiten begann ein konzentrischer Angriff der Leere, kamen ihre geisterhaften Schlachtreihen in Bewegung, drückten gegen ihn herein. Ein Blick des blauen Himmels. Das Horn eines Automobils klang. Fraunholzer erreichte noch bequem den Abendschnellzug. Der hatte nun zwar draußen keinen Anschluß mehr an die Autobusse der Postverwaltung, aber das erübrigte sich; denn kaum jemals brachte Fraunholzer Geduld für's Gedränge auf; er pflegte am ländlichen Bahnhof einen Wagen zu nehmen.

Am Freitag, dem 21. August, halb acht Uhr morgens, erwachte René Stangeler in seinem Zimmer zu Wien und empfand einen intensiven Duft nach Lavendel. Der Waschtisch von Marmor, auf welchem ein mit Lavendelwasser gefülltes, dicht verschraubtes Flakon stand, befand sich etwa vier und einen halben Meter vom Bett entfernt. Auch dauerte die Empfindung weit kürzer, als wir sie hier angeben können. Der Geruch schien mit einiger Kraft gleichsam vom Kopfe her in seine Nase vorzudringen, ja er empfand sich damit als in seltsam unwidersprechlicher Weise identisch: es war er selbst.

„Könnt' ich brauchen", dachte er vergnügt, „müßt' es nicht mehr am Graben einkaufen."

Er blieb regunglos auf dem Rücken liegen, als erwarte er noch etwas.

Es kam auch.

Er dachte plötzlich an das kleine goldene Medaillon, das ihm die Pastré einst geschenkt.

Wo war es eigentlich? Er fühlte nach, tastete zurück, durch Schachtelgründe und eine kleine Kassette, wo er's vor gar nicht so langer Zeit zuletzt gesehen hatte. Ja!

Nun sprang er heraus, braun wie ein Faun. René pflegte ohne Hemd zu schlafen.

Das Medaillon war zur Stelle. Er öffnete es durch achtsames Einschieben der Klinge des Federmessers. Der Deckel sprang. Hier war ihr Bild. „Unverändert", stellte er fest. „Sie ist wie damals."

Damals. Wann war's? Im Jahr des Tropidonotus Lindwurms (so sah seine Chronologie aus). Also im Jahr Paulas.

Das Jahr der Strudlhofstiege.

Wie ein im Winde hochaufflatternder Vorhang, der in dahinter liegende Räume blicken läßt, flog der Klang des Worts, schwebte des Ortes Bild. Er blieb mit geschlossenen Augen stehen, mitten im Zimmer, das kleine goldne Ding am Kettchen in der Hand. Hier war Raum, um ihn, und in ihm selber tief nach rückwärts, er konnte sich wenden darin wie eine Windfahne, je nachdem, woher's eben blies. Und jetzt gar. Er wartete. Keine Sorgen. Sogar Geld genug: sieben Honorare für geleistete wissenschaftliche Hilfs-Arbeiten waren eingelaufen – seltsamerweise gerade während der schlimmsten Zeit die größten, als er mit dem Gelde am allerwenigsten was anzufangen wußte und kaum sein Zimmer verließ. (Nur den Abend nach seiner Ankunft aus Budapest hatte er mit dem Rittmeister verbracht, sein Herz erleichternd, wobei übrigens auch Thea Rokitzer zuhörte.) Zum ersten Mal seit jenen Tagen, da Gretes schauderhafte Schimpf-Tiraden aus Neapel in seinem Gartenzimmer bei Grauermanns am Fasor sozusagen als Bömbchen eingeschlagen hatten, fühlte er sich wieder frei. Ja, ihm schien's jetzt, als empfinde er Freiheit zum ersten Mal im Leben überhaupt.

Es war also vor vierzehn Jahren gewesen.

Im August. Um den zwanzigsten.

Vielleicht heute vor vierzehn Jahren, oder morgen. Er fühlte die Kühle auf der Haut wie den Schaum eines Bades; die Luft war noch morgendlich frisch, dieses Zimmer lag ja nach Norden. Er schaute auf und hinaus, an den gewaltig ausgedehnten vollen Laubkuppeln der Bäume vorbei, zu den Häusern hinüber. Dort blitzte in scharfer Weißglut ein bewegter Fensterflügel, den jemand schloß. Man hörte das Zuklappen in der Stille.

Bei solcher Freiheit und bei solcher Leere rund um ihn, die unaufhörlich stumm rief und geisterhafte Regimenter von Kräften in sich bereit zu haben schien, des Kommandos, des rechten, gewärtig – da traf ihn plötzlich wie ein Pfeil von der Zimmerdecke eine für ihn so überaus erstaunliche Vorstellung, daß er, wo und wie er war, unter ihrem reif fallenden Gewicht auf den nächsten Hocker langsam sich niederließ und da sitzen blieb wie ein anderer Rodin'scher Denker, nur etwas schwächer, in jeder Hinsicht.

Wie nun, man könnte sich aus solcher Freiheit doch auch – zu Grete entschließen, und man nähme auf sich, in Würde, alles was daraus folgt. Denn sie war ihm doch – gezeigt (er wußte im Augenblick kein anderes oder besseres Wort), das konnte nicht abgeleugnet werden und darüber mit Nein, Nein hinwegzugehen war ohne jeden festen Boden und ganz unmöglich.

Er hatte sich zu Grete noch nie entschlossen gehabt, nun wußt' er's allerdings.

Das Telephon schrillte durch die leere Wohnung.

Wie aus dem Tone der Klingel fühlte René, daß dies ihn angehe und nicht seinen Schwager, den Baurat, der jetzt im Ministerium saß, oder Asta, die vielleicht irgendwer schon in Wien glaubte . . .

Er lief hinaus, in's Vorzimmer, den langen Gang entlang, unbekleidet wie er war, das Medaillon mit dem Kettchen immer noch in der Hand. Während dieser Sekunden aber lief er eigentlich in sich hinein, wie man durch eine lange gerade Flucht von Räumen läuft, alle Türen hinter sich offen lassend, so daß der Blick am Ende ungehindert sich zurück bis zum Anfange wenden kann: es war die Zeit, bevor er Grete gekannt hatte, die Zeit, da er es durchaus noch vermocht hatte, ohne sie zu leben. Dorthin ganz zurück zu können, dorten sich zu befestigen und einzuschnappen wie in der Rast einer gespannten Armbrust, das erschien ihm jetzt als der einzige Weg einer wirklichen Rückkehr auch wieder zu ihr und gleichsam aus freien Stücken.

„Na also", tönte es freundlich aus dem Apparat, als er sich gemeldet hatte. „Redivivus. Laß dich mal vor allem auf das herzlichste begrüßen, Fähnrich." (Eulenfeld nannte ihn oft so und meinte damit in seiner Sprache etwa ‚ein Wesen von im ganzen doch noch eher kälberner Verfassung'. Es war etwas dem einstmaligen konsular-akademischen Wohlwollen de rigueur gegenüber jagdhundartigen Existenzen nicht ganz Unverwandtes, und zugleich lag doch darin auch eine Art Generalpardon für verständliche jugendliche Exzesse – verständlich mußten sie allerdings sein! – denen man selbst noch gerne unterlag und die man solchermaßen als eigene gleich mitpardonnierte.) „Geht's dir passabel gut? Ich versuchte immer wieder, dich zu erreichen, vergebens. Zuletzt gestern und vorgestern. Ist bei dir alles in Ordnung? Hattest ja einiges mitgemacht im Juli. Gretlein ist in Paris, wie ich vernommen habe. Na, gut denn. Du warst wohl bis jetzt draußen auf dem Lande? Gearbeitet? Na, sehr gut."

Er sagte ihm dann, daß sie – nämlich seine ganze Bande – am Samstag mittags nach Greifenstein an der Donau zu fahren gedächten. Was er denn für Samstag nachmittag sich vorgenommen habe? Ob er da frei wäre? Ja, sagte René, aber er würde nicht gerne über Samstag und Sonntag jetzt wegfahren, weil ein Telegramm Gretes aus Paris zu erwarten stehe; sie sei im Begriffe zurückzukehren. „Hat wohl schon genug von Cornel und Companie?!" meinte Eulenfeld. („Sie wird zwar wahrscheinlich erst in ein paar Tagen kommen . . ." ging es René inzwischen rasch durch den Kopf.) „Na, eben darum wollt' ich dich bitten: nicht mitzukommen, sondern in Wien zu bleiben. Das erklärt sich folgendermaßen: ich will hinaus, hab' eine schwere Woche gehabt und bedarf dringend einer Erholung. Außerdem bin ich für Samstag schon in Greifenstein verabredet – na, du verstehst, der Mensch will auch mal was für's Gemüt haben. Edithchen kommt diesmal wahrscheinlich erst am Sonntage nach, wenn überhaupt, hat irgend welche Katzen zu bürsten, außerdem dann und wann ein wenig Kopfschmerzen und so, kurz, sie will Samstag am Nachmittage daheim bleiben. Da wär' sie denn ganz alleine und verlassen. Würdest du ihr ein wenig beim Tee Gesellschaft leisten wollen? Sie schätzt dich sehr, was du vielleicht garnicht so recht weißt. Tätest mir einen Gefallen. Du bist ja frei. Auf den Melzerich ist kein rechter Verlaß, auch wird er vielleicht hinausfahren wollen. Na, gut denn. Sie wird dich bald anrufen und einladen."

Stangeler kehrte in sein Zimmer zurück.

Noch immer hielt er das Medaillon am Kettchen in der Hand.

Am folgenden Tage jedoch, Samstag dem 22. August, nachmittags (eben beginnt Melzer durch seine Trópoi zu sausen), trug er es um den Hals, und es lag auf der Haut unterm Hemde, tief am Brustbein, denn das Kettchen war lang. Alles an ihm war feucht, frisch und kalt vom Lavendelwasser, das Haar, das Taschentuch, die Wäsche. Er hatte verschwendet, nach dem Bade. So im Dufte gehend, in dieser geschlossenen kühlen Kugel rollend, verließ er die Währingerstraße und schritt die Waisenhausgasse, welche jetzt lange schon Bolzmangasse hieß, auf der rechten Seite, bei der Parkmauer des Palais Clam-Gallas, entlang, um den Umweg über die Strudlhofstiege zu nehmen: denn das letztere war für ihn unabweisbar, eine Notwendigkeit dieses Nachmittages.

Mochte all solches von ihm doch zuletzt in gewissem Maße auch veranstaltet worden sein – daß dies goldene Plättchen jetzt auf seiner Brust lag und daß er einen ganz anderen und längeren Weg zeitgerecht genommen hatte – hierhergeführt war er im Grunde doch worden in einer Art von Bewußtlosigkeit, welche jede andere Wahl abwies. Nun, da er sich gleichsam geschoben und gestoßen fühlte, zögerte sein Schritt vor der Ecke, hinter der grad und kurz und rückwärts in's Grün absinkend, die unbegreifliche Bühne des unverständlich Gewesenen stehen mußte: und nicht unverständlich erschienen ihm jetzt etwa die Vorgänge, die sich da abgespielt hatten und deren Zusammenhänge er ja späterhin durch Asta genau hatte kennen gelernt; sondern, daß sie gewesen waren; sondern, daß da nicht mehr der alte Schmeller erschien und hinter ihm Melzer von oben und er selbst mit Paula Schachl und Grauermann von unten.

Die Gasse war leer, die Sonne schien hinein, rückwärts stand das volle gekuppelte Grün durchleuchtet.

René ging langsam. Er sank hinab. Wie ein schaukelndes Blatt im Herbst. Er blieb allein. Niemand begegnete ihm auf den Rampen, der Zufall wollt' es so. Sein gespanntes Ohr hatte schon von oben des Brunnens Selbstgespräch erfaßt. Er setzte seine Schritte noch zögernder. Die Wärme trat heran, dicht, mit ihr die Stille. In der Pasteurgasse unten wandte er sich und betrachtete mit Staunen das Werk, welches hier wie meilentief begraben in der spätsommerlichen Stille der Stadt lag, die keinen Ton herübersandte, ihr Wort nicht sprach, jetzt, und gerade jetzt durch Augenblicke vollkommen schwieg.

Dann ging er, in der Richtung zum böhmischen Bahnhof. Die Haustore der Gassen dahinter standen wie angelehnte Gruftdeckel in der Wärme. Das Stiegenhaus aber war kühl, es enthielt die zivilisiert-gebändigten Gerüche eines anständigen Wohnens, die Maske, welche der genius loci in der Stadt trägt, der letzte Rest, wie ein Kurz-Zeichen nur, vom rauchigen Dufte der Penaten. Die Stufen und Absätze waren noch feucht von den samstägigen Amtshandlungen der Hausmeisterin mit Eimer und Bürste.

Die Klingel klang stark, als töne sie in einem leeren Hause. „Das ist lieb, René", sagte Editha. Sie öffnete die Tür nicht ganz, ließ ihn ein und wich hinter dem Türflügel weich zurück wie eine duftende Wolke; ein Parfum von runder, sehr süßer Art grenzte an den im Vergleiche dazu fast bitteren Duft vom Lavendel, zunächst ohne Mischung, wie feste Körper aneinander grenzen. Sie trug Buntes und, wie er sogleich zu empfinden meinte, Fremdes in den Farben, die irisierten, und im Schnitte, der ihre Person vermehrte und mit viel Verhüllung umgab. „Sie dürfen Tee trinken, soviel Sie nur wollen, Sie alter Si-biriake, uferlos, und Mate hab' ich auch gemacht, den können Sie probieren." Sie waren eingetreten. Der Raum mit den zwei hohen, ganz gleichen weißlackierten Flügeltüren links und rechts und dem Kahlenberge rückwärts im Fenster wurde von Stangeler in eigentümlicher Weise jetzt wie ein Fahrzeug empfunden, nicht als Ruhendes und Stehendes, sondern wie eine Ballongondel oder etwas dergleichen. „Mate", sagte er, „das ist südamerikanisch, wie?" „Ja", antwortete sie, „wollen Sie's probieren? Ich trinke es immer." Sie goß ein. Er beugte sich ungeniert über die breite flache Schale, jetzt verfärbt von dem eigentümlich grünen Schein des Getränks, und sog den Duft ein. Dabei hob er die Augen zu ihr auf, in seiner gebückten Stellung verbleibend. Sie lächelte. Ihr Gesicht näherte sich, bei leichter Vorbeugung, ein ganz klein wenig mehr von jenseits des Teetisches. Unter der

distinkten Empfindung, als wandere dieses ganze Zimmer samt
Insassin nunmehr durch alle Poren von allen Seiten in ihn
hinein und wie ein Sprechband aus dem Munde wieder heraus,
improvisierte er, gleichsam ablesend:

„Oh Rauchig-Fernes, offne Porte,
die Ankerkette rumpelnd rennt, jetzt liegt sie still.
Rauheit der Fremde, welche ich doch will,
schon ahndet zarter Reiz mir drin an neuem Orte.

Der Himmel leer. Ein Palmenwipfel starrt,
und wie von Glas vor fernem, dampfigem Rande.
Was mich als Qual nur feilt im eignen Herz und Lande,
hat hier geheimer Heimat gleich geharrt.

Lichte die Anker ganz. Und nicht mehr teil' die Salzflut!
In schrägem Aufwärts-Zuge zeigt die Gondel jetzt,
schon abgehoben, Strand und Land versunken,
all' Kleines. Alles Enge. Was hier dich und mich verletzt,

löset sich in dem Schein, der uns hereinbricht,
in Zimmer oder Gondel, abgebrochne Jahre,
vergessenes Gespräch. Und alles wird gesammelt:
das ist die leichte Last und Fracht, mit der ich fahre."

Er endete verdutzt. Sie sah ihn tieferstaunt an, und beide
bewahrten vollkommenes Schweigen, änderten nicht Blick
und Haltung.

„Was ist das? Von wem?" sagte sie endlich.

„Vom Mate", antwortete er schuldbewußt und erklärend,
auch vorsichtig: einen Blick lang dachte er an Etelka, den
Regierungsrat Guys und ein lateinisches Gedicht, das sein
Vater ihn hatte übersetzen lassen.

„Da sind sie alle hinausgefahren", sagte sie und deutete in
der Richtung gegen die Berge. „Lärm und Gedränge. Haben
wir's nicht schöner?" Während sie sprach, ergriff sie Renés
Unterarm. Dann stand sie auf und tat einige rasche, fast heftige
Schritte gegen das Fenster. „Es ist das Fernsein, welches ich
erwünsche", sprach sie, halblaut und wie singend, „das Wieder-
Fern-Sein. Ach René, man soll die Rückkehr meiden zu dem

Gewesenen. Es kehrt uns dann den Rücken, es zeigt uns einen leeren, von Geröll und Buschhalden bedeckten Hang, einen flachen Hügelrücken, wo wir eine bedeutende Erhebung erwarteten, einen flachen Rücken nur. Ja, 's ist deshalb, weil wir nicht ganz entschlossen den Rücken gekehrt haben. Jetzt bietet sich dafür dem Blicke fast nichts, nur der dampfige Rand, wie Sie eben sagten . . .'' Nun war er ja ganz und gar nicht dieser Meinung (und in diesem Punkt berührte er sich mit dem Major), aber sein Erstaunen über ihre seltsam buchmäßige oder altmodische Ausdrucksweise blieb weit stärker und im Vordergrund. Zu denken, daß man sich was anlesen könne, dies lag dem René Stangeler nicht eben nahe. Aber was ihm jetzt näher und am nächsten lag, war der ungeheure Reiz, daß jemand hier, gar nicht einmal weit noch dazu von der Strudlhofstiege, in einer weißlackierten Gondel schwebte und auf eine so befremdliche Art sprach. Denn was sie sagte, das beachtete er nicht, etwa daß sie wieder fern zu sein wünsche und ihre Worte von der Wiederkehr. Sie bewegte sich neuerlich lebhaft, das reiche und zarte Geweb flog regenbogenfarbig um ihre Glieder, die er jetzt ganz deutlich darunter sah und also auch, daß sie nichts weiter auf dem Körper trug. Die Wärme ließ das verständlich sein. Sie näherte sich wieder um einige Schritte, ihr Gesicht stand ihm vor dem fernen Hintergrunde der Landschaft entgegen wie das einer schwebenden Libelle oder sonst eines merkwürdigen Insektes, hinter unfaßlichen Augen Tunnels und Türme von Unbekanntem stauend. Weitaus nicht war es dieselbe Frau wie jene Editha Pastré unten am Felsen: aber er durfte doch als dieselbe sie ansprechen, bei allem ‚Sie‘, dessen sie sich bediente; und sie wollte vielleicht jetzt nicht mehr wie einen Schüler ihn duzen. Eben das nun enthemmte René zugleich und ließ die Lage um keine Sekunde zu alt werden und erstarren.

„Laß es fallen!" rief er, und zwar laut, an seinem eigenen Gewand deutend, was er meinte. Daß René dabei vom Sessel glitt und mit erhobenen Armen auf die Knie fiel, mochte wie die primitive Verehrung eines Wilden auf sie wirken.

Sie stand drei Schritt von ihm und gehorchte dem Ruf; blieb dann mit ausgebreiteten Armen stehen und schaute ihn an. Das dauerte mehrere Augenblicke lang. Jetzt sprang René herzu, und die Arme ihr hinter Kniekehlen und Rücken schiebend, hob er sie hoch empor, ja er warf Editha geradezu und rief dabei: „Wohin?!" Sie wies mit einer Kopfbewegung auf die eine Flügeltür, nicht wie er (warum eigentlich?) erwartet hatte, auf die Tapetentür der rückwärtigen Längswand. Den kleineren Raum erfüllte und beherrschte das hereinschauende Bild der Landschaft noch mehr. „Den Vorhang", sagte sie. Es rieselte rotbraun zusammen, die Farbe italischer Fischersegel; auch hier alles weißlackiert, der Toilettentisch, die Stühlchen, das breite französische Bett und eine kleine Étagère über dessen Kopfende; jedoch jetzt tiefe Mildrung, Dämpfung.

Die Gondel hob an, schwebte, zog: schräg aufwärts.

Sie nahm das Medaillon in die Hand (welches an seiner langen Kette das Paar ein wenig gestört hatte) und drehte es hin und her. „Kennst du's noch?" fragte René. Ihre Augen blickten seitwärts vorbei. „Am kleinen Schreibtisch nebenan", sagte sie, als er nach einem Messerchen verlangte. Nun betrachtete sie lange ihr Bild. „Am Felsen ..." sagte René, „erinnerst du dich noch?" „Ja", antwortete sie, nicht einfallend in gemeinsamen Besitz aus Vergangenheiten, wie man gerne tut, und schon gar in solcher Lage, sondern zögernd, fast vorsichtig, „aber ich erinnere mich nicht gern. Ich glaube, dies auf andere Art vorhin schon gesagt zu haben. Ich will den Ballast fallen sehen, ausgeworfen. Nicht, daß mich Trauriges überwältige. Alles Gewesene ist traurig." Sie streifte ihn wieder von seitwärts mit dem Blick und sah zur Decke, die Arme hinter'm Genick verschränkt. Süß und fremd klang für René ihre Sprache. Er begriff jetzt erst die Natur der weißlackierten Gondel (hier war eben ein leichter, kühler Duft von Naphtalin oder Kampfer zu spüren gewesen ...?). Sie wurde nicht geführt. Sie war losgerissen, sie schwebte frei. Sie trieb im Winde, stieg, etwa donauwärts, fächerte das Gescheck von Wiesen und Wäldern am Bisamberge auf, man sah's jetzt von oben. Von der Strudlhofstiege gesehen aber, die bei schwach rauschendem Brunnen versunken lag in ihr Laubgekuppel links und rechts und in die sommerliche Meilentiefe der Stadt, war diese Gondel nur ein winziges hochfliegendes Wölkchen. René sah – und wie von seitwärts nur (so wie Editha blickte), mit Staunen – daß er seit langer Zeit zum ersten Mal wieder gelebt hatte, heut und gestern, ohne an Absichten entlang zu spalieren oder zu stürzen, wie's denn gewesen war mit den letzten Studien auf der Hochschule, mit dem halb wahnsinnigen Schraubengange dann bis zur Versöhnung mit Grete, mit der gewaltsamen Vollendung einer Arbeit dort draußen auf dem Lande in kürzester Zeit. Nun aber, nun war er frei gewesen, hatte geleitet gelebt und ganz anderswo heraus, denn auch die Strudlhofstiege konnte seltsamer Weise eine Treppe, ein Fallreep in eine Luftgondel sein, darin von jenem in den Tiefen der Sommer versunkenen Werk die Rede nicht mehr war. Er sagte nicht: „Denke einmal, Editha: ich bin über die Strudlhofstiege zu dir gegangen, wo die Geschichte mit Ingrid Schmeller und Semski geendet hat, dein Werk sozusagen, wovon du wohl noch wissen dürftest ...“ An nichts wollte er sie mehr erinnern („Gemahne mich nicht des Gewesenen“, hätte sie vielleicht gesagt?). Er fragte sie nichts. Er hatte gefolgt, gehorcht, nicht gezögert, er hatte nicht sein Innres mit Absichten vollgestellt. Und war jetzt in einem neuen Licht gelandet, wo nichts zu landen war. Die Gondel schwankte. Er begann Editha mit Küssen zu bedecken, von den Schultern und dem Schlüsselbein nach abwärts. Als er ihre Lenden erreichte, sah er die allerzarteste Haut – fein gefächert, wie Wasser, über das der Wind streicht, hell, atlasglänzend – einer fast verschwundenen Operations-Narbe, wohl ein Blinddarm-Schnitt. Er küßte auch diese Stelle neben vielen anderen. Hoch schwebend in diesem weißen Lack-Kästchen, innig vermischt mit dem Fremdesten, das durch die Poren drang, so daß es ihn seiner selbst ledig sein ließ, wie er's nie empfunden: das war mehr noch, als dorthin zurück zu können, wo er Grete Siebenschein noch gar nicht gekannt hatte, und dann da irgendwo einzuschnappen. Sie sanken in den Schlaf, im einsamen Fahrzeug, Kopf an Schulter.

Am folgenden Sonntag-Morgen, dem 23. August, fuhr Melzer im Lokalzuge nach Greifenstein an der Donau hinaus. Auf dem Wege zum Bahnhof noch gedacht' er des Gespräches mit E. P. vom gestrigen Abend, des krummbucklicht hockenden, mit eilfertigen Pfötchen hantierenden Eichkaters, des verlassnen, begrabnen, vergessenen Cafés.

Gleich nach dem Einsteigen wurde er im Innern des Wagens von Editha angerufen. Sie war ganz leicht gekleidet, sie blühte, sie sprach lauter schlanke Rundungen aus, rund um sich in die noch verhältnismäßig kühle Luft. Das Gedränge war nicht groß, so früh am Tage. Sie fanden neben einander Platz. „Melzerich," sagte sie, „das ist reizend (dabei legte sie die Hand für einen Augenblick auf seinen Unterarm), wir drücken uns draußen wieder miteinander, was!?" Sie blickte ihn von unten an. Auch in diesem Blick war Rundung. Seit gestern abends fühlte er eine Art Recht – auf Entriegelung, könnte man wohl sagen (kam das aus des Eichkaters Worten? klangen die in solcher Weise nach? fühlte er nicht irgendwo in sich etwas liegen seitdem wie ein Guthaben, einen Anspruch?!). Editha wandte plötzlich den Kopf und sah beim Fenster hinaus. Auf dem Bahnsteige hatte jemand laut „Mimi!" gerufen. „Warten Sie auf jemand?" fragte Melzer. „Nein", sagte sie etwas zögernd, und dann mit ihrer buchmäßigen Aussprache: „Diese Stimme hat mir bekannt geklungen, es war jedoch ein Irrtum."

Bald glitt der Zug hinaus.

Wie so oft schon.

Wie wir alle.

Die Donau trat heran, hinter Nußdorf, hinter den Schleusen. Auch jene Buchtung des Schwemmlands glitt leicht und rasch vorüber, wo vor ein paar Wochen Thea Rokitzer und

Paula Pichler, geborene Schachl, gelegen hatten, mancherlei
Gespräche führend, und Melzers Briefchen vom Freitag, dem
10. Juli, an Editha Schlinger lesend. Die kleinen Bahnhöfe
folgten auf einander, der wilde Wein am belebten Perron, und
bei Höflein waren Bahnstrecke und Strom für ein kurzes
wieder von flachem Lande getrennt, das hier vor den Höhen
lag und fröhliche Spitzen zeigte im grausilbrigen Schaum von
Au-Gebüsch und Wald: die Wimpel-Maste von den luftigen
Holzhäusern der Regatta-Vereine und die schon in eine Unzahl
wachsenden bunten, vergnüglichen Block-Hütten der Donau-
Habitués, zum Teil kleinen Villen gleichend, oder wirklich
ganz wie solche ... Das alles sahen sie, es fiel in's Auge und
bis auf dessen Grund, weil sie schwiegen. Sie betrachtete ihn,
und er empfand das kaum, denn ihre Art zu blicken war zerstreut, ebenso wie ihr Zuhören, wenn jemand sprach; und doch
hörte und sah sie genau. Was sich jetzt, an diesem Sonntag-
Morgen, in Melzer eröffnete, das bringen ganz einfache Menschen (ja, war er denn keiner mehr?!) viel früher und mit
weniger Mühe fertig: sich fügen. Die unmögliche eigne
Entscheidung nicht zu überschätzen, aber ein offnes Ohr zu
haben für das Wort, welches die Umstände viel unwidersprechlicher an uns richten. Er gab ihnen jetzt und zuinnerst durchaus
nach, der Major, der Amtsrat; die Herumsauserei und Rum-
pelei über sämtliche Trópoi blieb dahinten, blieb abgetan.

„Sie waren wieder in Salzburg, um die Mitte des Monats?"
fragte er.

„Ja", sagte sie. „Dort in der Gegend überhaupt."

Aber jetzt langten sie in Greifenstein a. D. an. Und gingen
vom Bahnhofe hinab, nicht unter Vielen, nur mit zerstreuten
Einzelnen. Der eigentliche Schwall hatte auf früheren Stationen
den Zug verlassen. Es schien ihnen erwünscht, jetzt schon die
Kleider loszuwerden, um bereits auf dem Wege zum vereinbarten Lagerplatze waten und baden zu können, der weit
draußen in den Auen an bestimmter und gewohnter Stelle lag.
In der Bade-Anstalt fand sich für Editha eine Kabine und dann,
nach einigem Umhersuchen, auch für den Major eine, am an-

deren Ende der Baracke, die, der Hochwässer wegen, auf Betonsäulen ruhte wie ein Bungalow oder ein Pfahlbau. Als Melzer, mit seiner Proviant-Tasche unterm Arm, wieder hervorkam, stand Editha schon fertig da, ihren bunten Strohkorb am Henkel haltend. Alsbald machten sie sich auf den Weg, nicht bloßfüßig, sondern mit Badeschuhen, welche sogar kräftige Sohlen hatten, der Steine auf den Regulierungs-Dämmen wegen.

Er fühlte sich ihrer Leiblichkeit näher als sonst. Und ihr bei solcherlei Bade-Ausflügen von ihm jedesmal nahezu gefürchteter fast hüllenloser Auftritt berührte ihn diesmal nicht eigentlich unheimlich, was sonst schon der Fall gewesen war. Er verwunderte sich, mit welcher Ruhe er da neben ihr ging. Der Au-Wald nahm das Paar jetzt auf, des Stromgottes Haine schlossen sich um die beiden, die silberbleichen Wipfel uralter Bäume schwebten wie wolkenhoch über ihnen, als wären sie bereit zu verdunsten in die oberen Fernen des Sommertags, auf dessen untersten Grund gesunken man hier zwischen hohen Gräsern ging. Jetzt schlug sich der erste sanftgewendete Gang und dichtüberhangene Tunnel eines Wasserarmes durch die Waldestiefe. Es war eine besondere Freude, dies auch wirklich betreten, hineinsteigen und hindurchgehen zu dürfen: der weiche Grund, das Wasser erst nur bis an die Waden planschend, dann über die Knie, dann bis in die halben Schenkel steigend: sie trugen ihre Taschen und Bademäntel auf dem Kopfe. „Wie die eingebornen Träger-Kolonnen im afrikanischen Urwald", bemerkte Editha. Melzers Blick lag auf ihren bewegten Hüften. Als wäre alles schon gewesen. Als wäre alles schon vorbei. Als wär' es gestern, am 22. August, nachmittags, in seinem Zimmer, in der heißen Porzellangasse, endlich so weit gekommen. (Tief in der Tiefe des grünspiegelnden Fensters drinnen.) Jedoch als sie rasteten, ward's anders. Ihr Ohr stand ein wenig aus dem Haar, rosigen Rands, und das Näslein schien jetzt wieder leicht gebogen und über dem Badeschuh schoppte sich der Fuß. Sie hatten sich's recht bequem gemacht, lagen auf den bunten Mänteln. „Zwei Dinge wünschte ich mir nur mehr", sagte sie und sah in die

Baumkronen, während ihr Kopf auf den verschränkten Armen im Genick ruhte. „Das eine kann ich haben, das andere nicht." Sie griff seitwärts in ihren Korb und kramte ein scheibendünnes silbernes Etui hervor, das zwei oder drei Zigaretten enthielt, allerdings von der schwersten Sorte. „Und was wäre das zweite?" fragte Melzer. „Erinnern Sie mich nicht daran, Melzerich." „Nun, sagen Sie's doch." „Jetzt, hier im Walde, wo es so schön ist, keinerlei Gelsen, vollkommene Ruhe, Melzerich sitzt bei mir – was bliebe da noch zu wünschen übrig? Ein kühner Traum: jetzt und hier einen türkischen Kaffee zu trinken, zum Nachfrühstück sozusagen, und zu dieser ‚Nil'. Ich würde da sogar noch eine zweite rauchen. Mit allertiefster Inhalation. So, nun wissen Sie's. Hoffnungslos, wie alle unsere wirklichen Wünsche, solche, mein' ich, deren Inhalt des Wünschens wert ist." Sie sah ihn an, ganz geöffneten Blickes, der sich mehr und mehr mit dem Ungesagten füllte, das zugleich in's Schweigen strömte; und sie hielt ein höchstes Erstaunen in seinen Zügen für eine Wirkung jenes vorhergehenden Redens und dieses jetzigen Schweigens und für das Zeichen einer möglicherweise grenzenlosen Dummheit, die nun zum ersten Male begriff, was man ihr nahelegte und zuschob, zugleich aber doch wieder siegte und vollends überwältigte durch ein unvorstellbares Maß von Bescheidenheit dahinter....
Aber, mochte das alles immer zutreffen, Melzers abgründiges Staunen hatte diesmal einen anderen Grund, einen sichtbaren, ganz gegenständlichen, der alsbald aus seiner Proviant-Tasche zum Vorscheine kam, ohne daß er ein Wort sagte: er ließ die Dinge sprechen. Und nicht nur zu Editha. Auch zu sich selbst. Eine türkische Mühle kleinsten Formates, zwei Porzellanschälchen in Kupfer gefaßt, das blanke Kännchen, der Trocken-Spiritus, der Kaffee, der Zucker: sie redeten jetzt. Sogar ein leichtes kleines Tablettchen aus Bronze war dabei. Sie redeten für Melzer so ungefähr in der gleichen Sprache, wie gestern der Naphtalingeruch und der Werkelmann mit seinem Militärmarsch vom 18. August 1911, beziehungsweise vom 22. August 1925: eine, für Melzer zumindest,

ebenso unwidersprechliche Sprache, wie für einen Musikalischen die Musik. Und, wie denn anders hätte er hier interpretieren sollen? Wo doch dieses ganze kleine Kaffeezeug zum ersten Male von ihm mitgenommen worden war, sozusagen versuchsweise, nur um draußen den frischen Mocca nicht entbehren zu müssen, dessen er vielleicht an diesem Sonntage zu bedürfen glaubte, nach allem (nach allen Trópoi), der Anregung wegen ... Aber jetzt war eine neue chemische Verbindung blitzschnell zusammengekommen, eine chemische Schnellhochzeit aus Naphtalin, Bärenfell, Treskavica und Kaffeereiben. Er hielt im Drehen der Kurbel inne. Er dachte an den toten Major Laska. Er empfand Schmerz. Er sah vor sich hin, tief in das gefühllose Spinatgrün erhabener Waldesnatur. Es war mit diesem Toten so, als stürbe er nur langsam in Melzer, schub- und etappenweise, als wäre immer noch ein Stück nicht empfundenen Schmerzes, nicht getrauerter Trauer einzuholen. Am Lavarone-Plateau. Servus Melzer, Gott schütz' dich, geh' zu meiner Frau.

„So ein alter Bosniake!" hatte Editha gerufen, sich aufrecht setzend und die Hände zusammenschlagend, und: „Wie ein reisender türkischer Kaufmann!" Da bemerkte sie seine Veränderung, als er mit dem Kaffeemahlen einhielt. „Was ist, Melzerich?!" sagte sie, stützte sich nach vorn auf die Handflächen, ja sie kroch zu ihm her, sah von unten in sein Gesicht. „Was empfinden Sie, woran denken Sie, mein Guter? Sie sehen schmerzlich aus!?"

Er war in einer eigentlich ganz unfaßlichen Lage, und darum setzte er jetzt die Kurbel eifrig wieder in Gang (um so mehr, als auch das Zuckerwasser bald kochen wollte). Denn es erwies sich die plan gegebene, einfach auf sich selbst bestehende Unmöglichkeit einer Antwort. Er wollte antworten. Er wollte der Editha Schlinger sagen, wer der Major Laska gewesen, wenigstens kurz andeutend, um nur zu antworten: ein teurer Freund und Kamerad, im Kriege gefallen, auf dem Schlachtfeld in seinen Armen gestorben. Es war unmöglich. Eisernes Schweigen füllte den Mund. Es war außerhalb des

Möglichen zu ihr von Laska zu sprechen oder seinen Namen zu nennen.

Er servierte den Kaffee. Sie hatte seinen einfachen und geschickten Hantierungen mit Interesse zugesehen und nicht ohne Wohlgefallen, ja Rührung. „Noch immer ist er ein Soldat am Lagerfeuer, dieser Melzerich", sagte sie. „Und wie er alles in Ordnung hat und blank. Vorgeschriebene Ausrüstung zur Bereitung türkischen Moccas. Wie bin ich Ihnen dankbar!"

Er nahm ihre Hand, drückte rasch einen Kuß darauf, wie um für das Unverständliche seines Verhaltens von vorhin um Verzeihung zu bitten und bot ihr lächelnd das Tablett mit den gefüllten Schälchen. „Wieder vergnügt?" fragte sie und fügte leichthin dazu: „Ja, aus dem Gewesenen kommt uns immer nur Last." Sie sog den Kaffee und den Rauch der schweren Zigarette mit der Lust eines Giftsüchtigen ein. Melzer behielt den Kopf über dem Tablett gesenkt.

In ihrer letzten Bemerkung fühlt' er sich verstanden und verraten in einem. Unter der schweren Decke dieses Sommers an den Boden gedrückt, sah er sich jetzt ganz deutlich auf demselben Punkte wie gestern oder damals im Juli, als er in der Porzellangasse vor dem Briefkasten gestanden hatte, wo dann Thea Rokitzer erschienen war. Sie flog ihn an jetzt, wie ein plötzlich und tief erschreckend Nahes. So müßte einem Menschen zu Mute sein, dem der Mond in den Garten gefallen ist und dort wie eine große gelbe Quitte auf dem Rasen liegt. Es war doch völlig gleichgültig, was Thea mit dem ihr übergebenen Brief getan hatte. Und Melzer belobte sich jetzt zuinnerst rasch, weil er sie niemals danach gefragt. Vielleicht aber war es doch nicht so ganz und gar gleichgültig? Nein, Unsinn – welch ein Interesse konnte das junge Mädchen (diesen Ausdruck gebrauchte er jetzt betont in seinem Denken, Modell ,wie wir alle') an dem Briefe haben? Sie hat ihn abgegeben. Woher hat Editha sonst gewußt, daß er nicht kommen würde? Aber er fragte nicht, so nah's hier buchstäblich lag. Nun entfernte sie sich wieder, Thea Rokitzer, die er so lange nicht mehr gesehen, nun lag alles, was sie betraf, was in ihr und um sie geschah und geschehen mochte, wieder unter einem anderen Himmel, dessen Gewitter unvorstellbar fern blieben, dessen Tau sein Haar nicht beperlte.

Sie waren beim dritten Schälchen des konzentrierten Getränks angelangt: Editha schweigend, noch immer mit der stummen geradezu überzeugungs-tiefen Begeisterung des Süchtigen. Auch auf Melzer begann der Kaffee zu wirken: eine größere Bereitschaft zur Bewegung im Innern, ein handhafteres Auseinandertreten des Gegensätzlichen, ein raumtieferes Auffassen auch der äußeren Lage, dieses seltsamen und einmaligen ,Frühstücks im Grünen'.

„Kennen Sie eine Frau von Budau?" fragte Editha, das Porzellan-Becherlein abstellend.

Nun war ja unser Major einer von denen, die nah an der Strudlhofstiege leben. Freilich wußt' er sofort, wen sie da meinte. Erst recht hob sich ihre Frage – genauer: daß sie überhaupt getan wurde – als ein scharfer Zacken aus dem murmelnden Bachbett dieses Beisammenseins im Walde. Blitzschnell sprangen die Bilder – der Tennisplatz bei Stangelers draußen und die Garden-party bei Schmeller und gleich auch ein Zusammentreffen in der Nähe von St. Peter, am Graben, ihr graues Complet, die Ecke bei der Buchhandlung – und damit war der Major über den Rand geraten, wo das bloß gefühlsmäßig Unheimliche sich in einen bereits dem Verstande faßbaren Widersinn ausgemünzt hat. Mit einem Schlag auch glaubte er jetzt zu wissen, warum er heute morgen Editha im Zuge getroffen: eben dazu. Nur deshalb war er hierher gelangt, nur dazu hatte er das Kaffeezeug mitgenommen, nur zu diesem Zwecke wurde hier im Grünen gefrühstückt: nämlich um durch eine völlig unverständliche und überraschende Wendung den Ausweg zu eröffnen aus der Gleichförmigkeit einer Art von Gletschermühle, darin er gestern, am 22. August, in seinem Zimmer in der Porzellangasse ganz ebenso noch gedreht worden war wie vor dem Briefkasten im Juli und die ganze Zeit dazwischen. Nun ward diese schwere Decke des Sommers an einer ganz unvorhergesehenen Stelle gelüpft. Ein Neues trat ein. Damit zugleich aber bei Melzern eine ganz außerordentliche Vorsicht, der eines Kindes vergleichbar, das aus seinen Bausteinen was Kühnes zu errichten im Begriffe ist und sehr darauf achtet, ja nicht an den Tisch zu stoßen. (Die ersten Gebilde des Zivilverstands?) Er stand auf, langsam, ganz beiläufig, vorwand-bedeckt durch's Sammeln des Kaffee-Geschirrs auf dem bronzenen Tablettchen, des Abwaschens wegen, das er jetzt offenkundig zu besorgen sich anschickte, bei demselben kleinen klaren Überfall des Strom-Armes in eine Art Bach, wo auch das Wasser zum Kochen geholt worden war. Melzer erhob sich also, er lag nicht mehr flach auf dem tiefen Waldesgrunde unter den wolkenhoch in die oberen Weiten dunstenden Wipfeln. Er stellte sich auf zwei braune, schlanke und muskulöse Beine eines Infanteristen, die man ohne weiteres, wie sie waren, auch an einem antiken Standbild hätte denken können. Er stand auf diesen, und zugleich stabil wie auf einem Postament auf seinem eigenen Schweigen, das nur ein knapp bemessenes Wort entließ.

Er sagte: „Ja."

Mehr war ihm nicht abzugewinnen. Keineswegs etwa: „Das ist doch die geborene Schmeller!" Er fühlte ganz klar, soweit ein Gefühl klar sein kann, daß er mit einem einzigen weiteren Wörtchen bereits die Masse gehabter äußerer Bezüge seines Lebens – Kenntnisse (und diesmal nicht nur militärische), die ihm sozusagen gebührten, zustanden, die er beanspruchen durfte – in's Rutschen und in's Übergewicht bringen würde: um damit dann den zarten, zwischen so viel Geröll endlich hervorgegrünten Ansatz des (wie ihm nun dünkte) Wesentlichen zu verschütten, zu vermuren, den Ausweg zu überwerfen, den schimmernden Spalt zu verdunkeln.

„Eine merkwürdige Person", sagte Editha, am Rücken liegen bleibend. „Aufgeweichtes Sandwich." (Nun, man muß sagen, ein zur Zeit schon etwas amplifiziertes Sandwich, eher ein aufgeweichtes Schusterlaiberl.) „Der Rittmeister und ich sind da neulich in eine Gesellschaft hineingeraten, beim Tanzen in dem dummen Kursalon im Stadtpark, wohin er mich geschleppt hat, da waren diese Budaus mit Bekannten von ihm. Das Vorstellen in Gesellschaft vollzieht sich ja hier immer in sehr unordentlicher Form, kreuz und quer und durcheinander und alles zugleich, Bekannte werden einander vorgestellt, und bei Unbekannten unterbleibt es dafür. Ich wollte dieser Budau eben die Hand reichen, da bemerke ich, daß sie die ihre zurück zieht, mich in der unverschämtesten und arrogantesten Weise mustert, und dann dreht sie mir einfach den Rücken. Mir war's erst kaum faßlich . . .“

Sie brach plötzlich ab. In ihrem Gesicht erschien über der Nase ein bei ihr seltener Zug: nämlich der einer angestrengten Sammlung, in kleinen Fältchen. Dies sah possierlich aus, war aber ärgerlichen Ursprungs: sie zog in ganz der gleichen Art die Nase kraus, wenn ihr was heruntergefallen und zerbrochen war durch Unachtsamkeit.

Man kommt bei diesem Dialog im Walde bald in die Lage, statt dessen, was gesagt wurde, mitteilen zu müssen, was die beiden Partner jeweils verschluckten. Melzer also sagte nicht: „Wundert Sie das –?“ sondern „No ja – das sind solche Sachen.“ (Wie gestern beim Eichkater, da er denn auch jetzt irgendetwas antworten mußte.) Er stand mit dem Kaffeegeschirr in der Hand und sah auf sie hinab. Ihr Gesicht, eben noch angestrengt, sprach nun geradezu Ärger aus.

„Alte Sachen, alte Sachen!“ rief sie, „immer diese dummen alten Sachen, mit denen ich mich da herumschlagen muß, einmal das und dann wieder jenes!“ Sie setzte sich aufrecht, ihre Art zu sprechen wurde ganz heftig; zugleich fühlte er's, daß sie jetzt irgendwie den Weg gefunden hatte, den Durchbruch, die Möglichkeit, sich Luft zu machen. „Wohin soll ich denn mit alledem?! Kann man sich denn alles merken, was da einmal war?! Irgendwann einmal!“

Vor Melzer rieselte es zusammen wie ein Vorhang, der ihm nun entzog, was er eben noch geglaubt hatte Unglaubliches zu sehen und zunächst ohne jede Deutung. Der Tag ebnete sich gleichsam wieder ein. Ein Weg, der vor Sekunden noch ganz genau und nur hierher geführt zu haben schien, erweiterte sich und verflachte zur breiten Straße. Er wandte sich nun mit dem Geschirre zum Wasser und sagte noch: „Es ist ja auch reichlich lange her, wenn man's bedenkt, vierzehn Jahre!"

„Das sollt' ich meinen!" sagte sie, ließ sich zurücksinken und schwieg. Als Melzer fertig war, brachen sie auf und setzten ihren Weg zu dem vereinbarten Lagerplatze der anderen fort.

Aber freilich, ein rasch Versunkenes läßt hintennach Blasen steigen, und wenn auch dem Majoren jedweder Anhaltspunkt fehlte, um mit irgendeinem geordneten Denken oder dergleichen vorwärts zu kommen: seit dem ‚Frühstück im Grünen' empörte sich in ihm das Gefühl gegen dieses so ganz obenhin zugemutete Maß von Schlamperei, das ihm hier aufgedeckt sich dargeboten hatte, und geradezu erschreckend in seiner Wirklichkeit – mochte er's auch in des Rittmeisters Kreise an allen Ecken und seit Jahren schon verstreut gespürt haben. Daß man Haß trug gegen jemanden (und nur deshalb, weil man einst gegen ihn gemein gehandelt), daß man viele Jahre später noch Unflätigkeiten gegen ihn redete, im September 1923 etwa, auf dem ‚Graben', um zwei Jahre danach einmal zur Abwechslung alles vergessen zu haben und sich über eine verweigerte Hand zu verwundern: dieses bloße Belästigt- und nicht einmal Belastetsein vom Vergangenen her, und ohne jede Verpflichtung – dies ging Melzern zu sehr und zu tief gegen den Strich, nach welchem er sich zu kämmen bemüht war, ja gegen alles und jedes, wonach er bescheidentlich und auf melzerisch rang.

Soweit gelangt, dachte er an Asta Stangeler. Bei ihr wäre derartiges völlig ausgeschlossen.

Indessen, etwas blieb hier doch ungeklärt und drückte von unten; und wenn Melzer am gestrigen Sonntage alles Rätselhafte Edithas wenigstens auf einem, wenn auch vollends unverständlichen Punkt hatte versammelt gesehen – eine unmögliche Aufgabe für den gesunden Verstand, aber als solche doch für eben diesen faßbar – so schien es heute wieder wie verteilt und lag ihm mehr in den Gliedern als im Kopfe. Und damit war der bereits gefürchtete Zustand neuerlich hergestellt, drehte sich die Gletschermühle, zerrieb die Stunden, so wie sie Tage und Wochen zerrieben hatte, im Juli und im August.

Deshalb verließ Melzer am Montag, nach dem Amt und dem daheim genommenen Kaffee, zwar zu etwas früherer Stunde seine Wohnung als am Samstag, aber in sehr ähnlicher Verfassung. Und er wählte auch den gleichen Weg bei diesem Abendspaziergang.

Auf der Strudlhofstiege sah er am untersten Absatze, beim Fischmaul-Brunnen, einen stehen, der sich gegen das breite Steingeländer lehnte und in ein Notizbuch schrieb. Etwas später erst erkannte er Stangeler, an den zu denken ihm jetzt allerdings weit aus dem Sinn gelegen: nun, da er ihn vor sich sah, schien's ihm, als sei dieser der einzige Mensch, dem er heute zu begegnen gewünscht hatte. Und gerade hier. Er umfaßte René mit den Augen, wie man mit der Hand nach einem Halt greift. Erst als Stangeler das Notizbuch sinken ließ und aufsah, wich diese Empfindung zurück.

René schien erfreut und kam Melzern auf der Plattform entgegen. „Das ist ausgezeichnet," sagte dieser, „ich hab' noch dazu eine Bitte an Sie, Herr von Stangeler. Aber wie geht's sonst? Ich wußte gar nicht, daß Sie in Wien sind! Haben Sie Nachrichten aus Paris? Ich hörte, daß Fräulein Siebenschein in Frankreich ist, mit ihrer Schwester und dem Schwager?"

„Grete kommt am Freitag", sagte Stangeler kurz, aber es klang nicht kurz oder abgebrochen, sondern gleichsam nachhallend, wie ein Akkord am Klavier bei gehaltenem Pedal, so viel blieb ungesagt fühlbar hinter den Worten, alles nämlich, was er in diesen Augenblicken hinter ihnen her träumte. „Heute mittag hab' ich ein Telegramm bekommen", setzte er noch hinzu und tastete dabei an die linke Seitentasche seines Jacketts. Dort steckte es, das Telegramm. Der Text war ein denkbar wünschenswerter; er war angelegentlich. ‚Eintreffe allein Freitag 28. August abends 18 Uhr . . .' Sogar die Nummer des Schnellzuges war ungewöhnlicher Weise danach noch angegeben. Und dann: ,allerinnigst Grete.'

„Darf ich fragen, welchen Wunsch Sie haben?" sagte er zu Melzer.

„Ja," antwortete der Major lebhaft „das betrifft die Stiege, auf der wir hier stehen."

„Und auf der wir vor vierzehn Jahren, um dieselbe Zeit, ebenfalls gestanden sind", entgegnete Stangeler.

„Hier herunten, alle beisammen auf dem Absatz da", ergänzte Melzer.

„Nachdem alles vorbei war", sagte René.

„Ich liebe diese Stiege so sehr und die Örtlichkeit überhaupt", fuhr Melzer fort. „Und ich kann's gar nicht verstehen, daß die Menschen hier so achtlos und ohne Achtung vor dem Werk hinauf und hinunter rennen. Denn es ist doch ein Werk. Wie?"

„Wie ein Gedicht, genau so", sagte Stangeler. „Es ist das entdeckte und Form gewordene Geheimnis dieses Punktes hier. Der entschleierte genius loci. Dieser Sachverhalt liegt jedem bedeutenden Bauwerk zugrunde, und tiefer noch als dessen Fundamente: dem Palazzo Bevilaqua in Bologna oder der Kirche Maria am Gestade zu Wien. Der Platz war in beiden Fällen ausgespart. Auch für die Strudlhofstiege, auch wenn sie keinen Punkt in der Kunstgeschichte markiert, heute wenigstens und für uns. Die Zukunft kann auch das sehr anders wenden."

Melzer hatte bereits den Faden verloren.

„Ich wollte Sie nämlich bitten, Herr von Stangeler", wandte, er bescheiden ein, „mir zu sagen, wann diese Treppen-Anlage hier erbaut worden ist und von wem; ich weiß zwar nicht, ob Sie gerade damit jemals sich beschäftigt haben, aber ich meinte, durch Ihre Studien zur Geschichte Wiens wär's ja möglich, Sie sind doch Historiker."

„Warum – ,doch'?" dachte Stangeler und antwortete: „Ja, das kann ich Ihnen schon sagen. Die Strudlhofstiege ist neunzehnhundertzehn erbaut worden – also ein Jahr vor ihrer hübschen Einweihung für uns durch den Skandal mit dem alten Schmeller – nach den Entwürfen Johann Theodor Jaegers, welcher jetzt noch dem Stadtbau-Amt angehört. Jaeger ist gerade das, was man mit Recht einen feingebildeten Mann nennen würde; übrigens ein sehr guter Maler; auch Musiker. Alles das sieht man der Strudlhofstiege an."

„Kennen Sie den Architekten Jaeger?" fragte Melzer und, weil Stangeler den Kopf schüttelte, setzte er hinzu: „Woher wissen Sie das alles dann?"

„Von meinem Vater", entgegnete René. „Ich hab' ihn gefragt. Der weiß alle diese Sachen ganz genau, kennt auch Jaeger persönlich. Dieser ist übrigens nicht selten zu meinem Onkel gekommen, ein Professor an der Technischen Hochschule, wohnt im gleichen Haus wie meine Eltern."

„Ich weiß", bemerkte Melzer. Sie gingen ganz langsam, dann und wann wieder stehen bleibend, die untere Rampe hinauf. „Und was war vorher hier? Bevor die Stiegen gebaut worden sind?"

„Eine G'stetten, wie man zu sagen pflegt", antwortete Stangeler. „Hier hat es vorher keine andere und ältere Stiegenanlage gegeben. Es war einfach ein Teil des Abhangs von der sogenannten Schottenpoint zu der alten Vorstadt ‚Am Thury' hinunter. Eine kurze Leiten. Die Buben haben da wahrscheinlich Indianer gespielt. Was den Meister der Stiegen betrifft, den Architekten Jäger, wie Sie sagen, so weiß ich über diesen durch meinen Vater noch einige sehr bezeichnende Einzelheiten. Vor allem, er ist gar kein Architekt gewesen, sondern Ingenieur und war ursprünglich Assistent an der Technischen Hochschule und zwar bei der Lehrkanzel für Brückenbau. Dann ist er als Bau-Ingenieur in die Straßenbau-Abteilung des Stadtbau-Amtes gekommen. Nun, Jäger hat ursprünglich ein humanistisches Gymnasium besucht, später erst die Realschule. Auch das müßte man eigentlich aus dem Gegensatze zwischen diesem Werk und einem reinen Ingenieur-Beruf entnehmen können. Dies hier nährte sich bei seiner Entstehung also aus tieferen Schichten im Wesen des Urhebers, welche später überworfen wurden. Was weiß ein prädestinierter Ingenieur von einem genius loci?! Er wird ihn höchstens überall austreiben mit seinen Anstalten. Nicht aber ihn entdecken, wie Jaeger das hier vermocht hat, und eine Ode mit vier Strophen auf ihn dichten in Gestalt einer Treppenanlage. Das kann nur ein Humanist. Dieses Werk spricht von geheimstem Leben, nicht von irgendeiner offiziellen, bewußtseinsoffiziellen Biographie. Hier hat sich die Sehnsucht eines edlen und vornehmen Mannes im Stein ausgesprochen. Denn, nebenbei bemerkt, und das hat mein Vater sogar besonders unterstrichen: Jaeger muß sich da ganz genau ausgekannt haben, er mußte wirklich wissen, wie man's macht – denn er blieb ja mit seinem Entwurf durchaus an die Voraussetzungen des Steinmetz-Handwerks, an den Steinschnitt gebunden. Davon hatte er offenbar profunde Kenntnisse oder war's ihm überhaupt zweite Natur – so wie den antiken Dichtern die kompliziertesten Versmaße und die dabei erforderlichen Silben-Quantitäten, worin es beispielsweise in der gesamten römischen Literatur kaum einen Fehler gibt – und so konnte sich Jaeger schon ganz frei in dieser Materie bewegen, mit seiner Komposition. Das Resultat sagt alles. Hier sind die Stufen im Haine des genius loci: und erst nebenbei für Passanten."

„Und warum heißt es Strudlhofstiege?" warf Melzer etwas unvermittelt ein. Sie waren nun ganz stehen geblieben und lehnten am Geländer.

„Nach einem Maler", sagte René. „Peter Strudel oder Strudl. Früher war man in der Schreibung von Eigennamen nicht polizeilich-meldeamtsmäßig genau. Ich kenn' einen österreichischen Baron aus dem fünfzehnten Jahrhundert, Gamuret Fronauer hieß er, der unterschreibt seinen eigenen Namen fast jedesmal anders. Erst heute reitet man auf der Orthographie herum als Kennzeichen für einen sogenannten gebildeten Menschen. Dieser Schullehrer-Aberglaube scheint aber auch bald alles zu sein, was uns von der Sprache übrig geblieben ist. Strudl hat die Akademie der bildenden Künste in Wien begründet, nach französischem Muster, siebzehnhundertfünf, im Auftrage Kaiser Josephs des Ersten, auch schon Leopolds des Ersten, der die Eröffnung jedoch nicht mehr erlebt hat. Hier oben, wo heut' das Gebäude der ehemaligen Konsular-Akademie steht, auf der alten Schottenpoint, hat sich Peter Strudl – er ist später Baron geworden – ein großes Haus gebaut, Villa, Atelier, samt Landwirtschaft: den Strudlhof. Daher kommt der Name dieser Gasse und der Stiege, Kennen Sie die Kirche zu St. Rochus auf der Landstraße?"

"Ja, natürlich", sagte Melzer. Er war vielleicht etwas verdutzt durch diesen Platzregen von Einzelheiten, der über ihn niederging. Zugleich befremdete ihn der Ton, in welchem alles das vorgebracht wurde: etwas moros, nebenher, als glaubte der Sprecher selbst nicht daran, oder als hielte er alle diese data im Grunde für recht überflüssig.

"Das große Bild über dem Hochaltar ist von Peter Strudl: St. Sebastian und St. Rochus auf Wien herunterblickend. Übrigens kommt Strudl noch an weit offizielleren Punkten vor, an neuralgischen Punkten sozusagen. Wenn heute ein österreichischer Finanzminister in seinem Arbeitszimmer, hinter dem gelben Saal des Palais Eugen in der Himmelpfortgasse, über seinen Sorgen sitzt, dann schaut von der Decke auf ihn herab eine eher leichtfertige Szene, die der Baron Strudl gemalt hat: die Entführung der Orithya, Tochter des Königs Erechtheus von Attika, durch den Windgott Boreas."

"Obendrein sind wir hier sozusagen mitten drinnen in der neuesten und unerfreulichsten Geschichte Österreichs", bemerkte Stangeler nach einigem Schweigen, während dessen sie die Aussicht über den Fürstlich Liechtensteinischen Park und über die fernen Einzelheiten der Stadt dahinter betrachteten. Dem verwunderten Melzer ward nun der Aufschluß, daß nicht wenige von den Häusern hier an der Strudlhofstiege jenem österreichischen Außenminister gehörten, welcher den Ausbruch des Krieges von 1914 verschuldet hatte. "Wenn man hinaufkommt, linker Hand – da steht das Palais Berchtold", sagte Stangeler, "und das kleine, das ockergelbe gegenüber, Haus meiner Träume, gehört gleichfalls ihm "

„Möchten Sie auch da wohnen?" sagte Melzer lebhaft.

„Ja freilich", rief Stangeler. „Hier ist alles zugleich: die tiefste Tiefe der Stadt und das Frei-Sein von ihr, durch den grünen Abbruch des Terrains und den weiten Blick. Nicht das Land ist's, die Natur, oder wie sie da schon sagen, was mich lockt, und andererseits machen mich die ganz und gar verbauten Straßenzeilen im Frühjahr, Sommer und Herbst im Grunde ständig verrückt vor Angst. Aber was hat der Graf Berchtold schon davon? Er versteht nichts. Sonst würd' er hier wohnen und sitzen und nicht in Böhmen, wie er tut. Er hat ja auch von den Dingen, die ihm anvertraut waren, nichts verstanden."

„Glauben Sie das wirklich?" sagte Melzer.

„Ja", antwortete Stangeler in aller Ruhe. „Der alte österreichische Staat hat damals und seit undenklich langer Zeit schon England gegenüber eine total verkehrte Politik gemacht. Gerade die Situation nach der Ermordung des Thronfolgers Franz Ferdinand, diese kritische, schwankende Lage, wäre die letzte Gelegenheit gewesen, um hier in ein anderes Geleise zu kommen, auch ohne die Deutschen kraß zu verstimmen und zuletzt zu ihrem Heile, denn sie wären von uns dann nicht obendrein noch in einen Krieg hineingerissen worden."

René sagte noch einiges, was alles im offenen Widerspruch stand zu sämtlichen Gesprächen in der Offiziers-Messe von Trnovo an der Jelesnitza in Bosnien, wie sie nach der Ermordung des österreichischen Thronfolgers dort geführt worden waren und an welchen auch Melzer im gleichen kriegerisch-optimistischen Racheschwunge sich beteiligt hatte, während man im Begriffe stand, wie zu einer Rittergeschichte aufzubrechen oder um den Raub der Helena an den Trojanern zu rächen... „Der Krieg wär' auf jeden Fall gekommen", sagte Melzer, ohne daß ihm dabei so ganz wohl wurde, schon deshalb nicht, weil einiges durch seinen Kopf krabbelte, was seit dem Zusammenbruche der Monarchie immerhin bei ihm eingekrochen war. „Sagen Sie das nicht", antwortete René.

„Niemand kann behaupten, daß einer kritischen Lage jemals Dauer eignen könne, es würde das sogar ihrem Begriffe widersprechen. Hätte man jene nur für diesmal mit genauer Not noch ohne Krieg hinter sich gebracht; wer kennt die Lösungen, welche schon im nächsten Zimmer der Zukunft warten? Die Veränderungen, welche da von anderen Ebenen her in die empfänglich und bildsam gebliebene, noch nicht zur Katastrophe verhärtete Situation hätten hineinwirken können? Nein, es kommt in gewissem Sinne wirklich darauf an – zu überleben, diesem augenblicklichen Tode hier, der sich so überzeugend aufdrängen will, die Spitze zu bieten, um dann beim Betreten des nächsten sich eröffnenden Raumes ihn dahinten zu lassen, wo er also vergebens gewartet hat, und ihm die eiserne Tür des Gewesenen vor der eingesunkenen Nase zuzuschlagen. Es gab nie eine europäische Situation, die früher oder später zum Kriege führen mußte. Das sind feierliche Erfindungen von Interessierten, von Berufspolitikern, Generälen, G'schaftlhubern oder Historikern, oder Ausdünstungen jener Leute, denen die Sprache der Zeitungen durch's Hirn schwappt, wie das Spülwasser durch eine Clo-Muschel. Damit bringen sie dann freilich immer alles hinunter. Es gibt nur Sessel, auf denen man zu lange sitzen bleibt, auch Minister-Sessel, oder Zimmer, die man zu früh verläßt, vielleicht nur zehn Minuten zu früh, oder Depeschen, die man zu lang in der Hand behalten hat . . .“ Er wies mit einer kurzen zornigen Bewegung des Kinns über die Stiegen hinauf in die Richtung des gräflichen Palais.

Auch hier verlor Melzer den Faden. Aber nicht, weil er etwa René zu folgen unvermögend gewesen wäre, sondern weil von einem ganz bestimmten Augenblicke an etwas wesentlich anderes ihm unter das Thema dieses Gespräches sickerte und sich dort ansammelte, so, daß gleichsam alles in's Schwimmen und Schweben geriet, über einem gar nicht gemeinten Grunde treibend. Jener ganz bestimmte Augenblick war markiert durch Stangelers Bemerkung über die total verkehrte österreichische Politik England gegenüber. Bald danach stellte sich freilich die Erinnerung an jenes Gespräch ein, das vor genau vierzehn Jahren von Buschmann, Geyrenhoff, Marchetti und Lindner geführt worden war, in einem Zimmer des alten Gasthofs neben der rauschenden Mühle, in bunten Pyjamas, mit Weingläsern und Kaffeetassen, wobei der längst in serbischer Erde ruhende Grabmayr Benno recht tirolerisch–tuifelehaft ausgesehen hatte, in seinem weinroten Schlafanzug, die Pfeifenspitze zwischen den starken weißen Zähnen ... Aber diese gefundene und benennbare Erinnerung enttäuschte Melzer. Sie war nicht das eigentlich hier gemeinte; und die verkehrte Politik England gegenüber stand wie eine Blende oder ein Wandschirm vor einem ganz anderen Bilde. Einen Sekunden-Bruchteil lang stellte Melzer sich die intensiv himmelblauen Federchen an der Schwinge eines Nußhähers vor; aber das war nur wie die nahe Mücke, welche man für einen hochfliegenden Vogel gehalten hat. Während Stangeler sich polemisch in der Richtung gegen das gräflich Berchtold'sche Palais hinaufgewandt hatte, war Melzer gleichsam ein kleines Stück tiefer in die Strudlhofstiege eingesunken.

„Glauben Sie, Herr von Stangeler", sagte er, nachdem sie wieder, ohne zu sprechen, ein paar Schritte weiter die Rampe hinaufgestiegen waren und jetzt an die Kehre zur oberen gelangten, „glauben Sie, daß Editha Pastré damals, vor vierzehn Jahren, hintennach erfahren hat, was sozusagen auf ihre Veranlassung hin auf dieser Stiege hier vor sich gegangen war?"

„Selbstverständlich hat sie alles erfahren", antwortete René.

„Woher wissen Sie das? Haben Sie mit ihr darüber einmal gesprochen?"

„Ich werde mich hüten", sagte Stangeler. „Das hat die nicht gern, von alten Sachen mag sie nichts hören. ‚Herr Melzer, gemahnen Sie mich nicht des Gewesenen!‘ "– Er hatte sich dem Major zugewandt und Editha so vollkommen und überzeugend nachgeäfft, daß Melzer vom Lachreiz vollends überwältigt wurde und – während er zugleich sein Gelächter sich selbst bitter verübelte – eine schon beinah Erlösung zu nennende Erleichterung empfand.

„Und woher stammt dann, Herr von Stangeler, Ihre Kenntnis von Edithas Kenntnis?" sagte er, endlich mit einiger Anstrengung das Lachen zurückdrängend.

„Das lag doch auf der Hand", antwortete René. „Der alte Schmeller hat mit Editha ein Verhältnis gehabt – etwas später nämlich, denn zur Zeit des Skandals hier auf der Strudlhofstiege war's im eigentlichen Sinne noch nicht der Fall. Das weiß ich zufällig." Er lachte nach diesen Worten in einer für Melzer nicht verständlichen Weise. „Aber bald danach. Ich kann Ihnen verraten, daß ich die beiden im selben Herbst noch im Prater habe wandeln sehen, unter abendlichen Kastanienbäumen, aber auf schon ganz eindeutige Art. Es wäre doch absurd, anzunehmen, daß er ihr nie etwas erzählt hätte."

„Allerdings", sagte der Major. „Sagen Sie, Herr von Stangeler, erinnern Sie sich eines gewissen Abends heuer im Frühjahr, beim Rittmeister, als er noch in der Skoda-Gasse wohnte? Sie und ich, wir haben damals Frau Schlinger nach Hause gebracht."

„Ja, natürlich", sagte René. „Ich bin bis hierher mitgegangen."

„Ganz richtig. Wir sind dort oben (Melzer wies gegen die Plattform hinauf) gestanden, Frau Editha zwischen uns. Ich glaube, wir haben wohl beide das gleiche gedacht, ich meine, wir haben uns an das gleiche erinnert. Ich hab' Sie sogar noch gefragt, damals. Editha hat nur gesagt: ,Das ist also diese Strudlhofstiege.' Denn oben, bei dem Rittmeister, hat ihr erst der Oki Leucht erklären müssen, was das überhaupt ist, die ,Strudlhofstiege'."

„Richtig, das stimmt", bemerkte René und sah, stehen bleibend, aus zusammengekniffenen Augen seitwärts. „Sehen Sie, sehen Sie", sagte er, sich tief besinnend, ja so, als griffe er entschlossen zu einem rücksichtslosen Aus-Schöpfen in's eigene Innere, „das ist zum Beispiel einer jener Fälle, wo wir – zu genau sind. Ich fühl's, ja ich weiß es. Dem süßen Pallawatsch weiblichen Sensoriums und Bewußtseins geschieht da unrecht. Sie hat natürlich gewußt von der Strudlhofstiege und von alledem überhaupt. Sie hat nur grad damals nicht davon gewußt. Aber ist denn das noch ein Wissen, das einmal da ist und einmal nicht, und wenn's einem obendrein noch so ganz natürlich dünkt und gar keine Unruhe macht? Mit scheint manchmal, man müßte zwei verschiedene Wörterbücher anlegen, ein weibliches und ein männliches, und so würden mit der Zeit zwei verschiedene Sprachen entstehen, und wer verliebt ist, müßte dann die andere lernen, statt die eigene zu verdrehen. Oder es würde das Reden zwischen den Paaren überhaupt abkommen, nur so eine Art Tast-Sprache würde bleiben, wie die Insekten, die durch ihre Fühler miteinander reden, eine Insektensprache . . ." Sie waren indem weitergegangen und hatten die Mitte der oberen Rampe erreicht. Stangeler beachtete Melzern kaum mehr. Er sprach so, als lese er seinen Text von irgendwo fertig ab. „Ja, solches steht hinter dem Antlitz voll süßer Bedeutung, die nur wieder es selbst ist. Sie schreiben Briefe und wissen nicht, was sie geschrieben haben. Gemahne mich nicht des Gewesenen, denn ich hab' gar keines. Das sind die Gesichter der Frauen aus den großen Städten, viel besonderer, persönlicher und einzigartiger schon als eigentlich, ich möchte fast sagen, zulässig ist. Das Allzu-Individuelle. Es hat sich abgehoben oder aufgeworfen wie eine Blase, dahinter und darunter ist ein Hohlraum. Das Über-Individualisierte, entstanden aus den, bei zurückbleibender Lebens-Substanz, in ihrem Schwunge gleichwohl weitertreibenden natürlichen Kräften der immer neuen Bildung von Klassen, Variationen, Varietäten und Spezialfällen physiognomischer Art und ihrer immer neuen Raffinierung. Ja, alles will sich detaillieren. Es will ‚gliedisch werden‘, wie Paracelsus sagt." (René kümmerte sich bereits in einer an krasse Unhöflichkeit grenzenden Art nicht mehr um den Major.) „So entsteht Oscar Wildes ‚Sphinx ohne Rätsel‘. So kommen die Frauen in Buenos Aires, in Wien, in Paris zu Gesichtern, deren individuellen Aufwand sie nicht mehr rechtfertigen und persönlich bestreiten, deren geheimnisvolles Versprechen sie gar niemals mehr einlösen könnten. Ja, das ist jenes rätselhafte Gesicht, das uns so sehr ergriff" (Melzer sah mit Verwunderung, daß René die Arme weit ausgebreitet hatte und gleichsam die Stiegen hinauf sprach), „eingerahmt von den dunklen und wieder lichtbeschütteten Fenstern der Untergrundbahn, den Blick draußen in der tumultuösen, von zahllosen Leuchtgeschöpfen bekrochenen Stadtweite, wenn der Zug auf einen hohen Viadukt hinausglitt: ja, geheimnisvollen Geschaus, unbekannten Wegs und Zieles. Aber es war weder ein Blick, noch ein Weg, noch ein Ziel. Es war und ist nur die furchtbar quälende, die tief in sich hinein reißende und beglückende Einmaligkeit, die wie ein Pfahl im Gedächtnisse sitzt und durchschlägt bis ins tiefste Kernholz der Erinnerung. Das ist Editha. Aber dort ist nicht Gedächtnis, nicht Erinnerung. Dort ist die Gondel, die schwebt, und losgerissen taumelt über der meilentief in den Hochsommer versunkenen Stadt. Dort ist Editha."

Melzer, der den Faden hier längst und neunmal und meilentief verloren hatte, starrte René doch völlig gebannt an: und verstand obendrein jedes Wort. Nicht wie ein Wort eigentlich, sondern wie eine Farbe, die man anschaut, wie einen Ton, der in's Ohr geht. Aber erst bei den allerletzten Worten begriff er, daß René hier wirklich jemand Anwesenden ansprach, und mit einem Ruck hob er den Kopf und sah empor. Oben auf der Plattform, die behandschuhten Hände leicht auf die steinerne Brüstung stützend, stand Editha Schlinger und sah lächelnd auf ihn und René herab. Melzer hatte in diesen Augenblicken die geradezu sich aufdrängende Empfindung, als habe Stangeler ihm aus Editha gleichsam vorgelesen wie aus einem aufgeschlagenen Buch.

„Bravo Stangelberger!" rief sie (war sie etwa schon länger da, und hatte sie wirklich die letzten Worte verstanden?!). „Grüß Gott, Melzerich! Es gibt einen Roman des dänischen Märchendichters Andersen, ‚Der Improvisator', den sollte dieser Stangelberger-Stangelhuber lesen. Was ist denn das für eine seltsame Konferenz und Conférence hier? Geniert Ihr euch denn garnicht? Ihr tut, als ob Ihr hier allein wäret!"

Und damit kam sie herab. Mit der Anwesenheit anderer konnte Editha wieder nur sich selbst gemeint haben. Denn die Strudlhofstiege brachte es zu jener Zeit noch manchmal fertig, mitten im städtischen Verkehre völlig verlassen zwischen Sonnenkringeln und Blätterschatten zu liegen, jetzt schon zunehmend im Schatten während das Erglühen der Abendpforte vom Ende der Gasse oben sonor durchbrach.

Sie gingen die Stiegen mit Editha wieder hinab. In Melzer wollte sich's durchaus nicht beruhigen, es schoß und fädelte in ihm durcheinander, drängte von innen her gegen den Mund; er war gar nicht so weit davon entfernt, jetzt Editha geradewegs anzureden und sie ,des Gewesenen zu gemahnen'. Stangeler machte einen gänzlich unbeschwerten Eindruck, er schlenderte an Edithas linker Seite, Hände in den Hosentaschen, den Hut im Genick. Auf Melzer wirkte diese Haltung René's in irgendeiner Weise aufrührend, fast war ihm der Bursche ein Gegenstand des Neides. Eben als sie auf die untere Plattform beim Fischmaul-Brunnen kamen, sagte Editha: „Heute vormittag auf dem Graben habe ich einen Menschen gesehen, der mir einen starken Eindruck gemacht hat. Ein Langer, Schlanker, mit fast olivenfarbener Haut, sehr gelassen in den Bewegungen, gescheit ausschauend und etwas melancholisch, wirklich vornehm – er hätte einen orientalischen König abgeben können oder eine Figur von dieser Art. Übrigens fabelhaft angezogen . . .“

„In welcher Farbe?“ fragte Melzer unvermittelt dazwischen.

„Blaßlila, oder mauve, wie man das zu nennen pflegt. Anzug, Hemd und Hut.“ (Da konnte man sehen, wie genau ihr zerstreutes Sehen war.) Jetzt unterbrach Stangeler diese Unterbrechung: „Und was weiter, was war mit dem König von Polen am Graben?“

„Ich habe ihn vielleicht zu auffallend angeblickt – nun, kurz und gut, wie er an mir vorbeikommt, zieht er tief den Hut und verbeugt sich leicht dabei und sagt noch: ,Ich küß' die Hand, Gnädige.' Weg war er. Ich habe mich dann umgewandt, er aber nicht. Ich glaube nicht, daß er mich wirklich gekannt hat. Jedenfalls bilde ich mir ein, ihn vorher nie im Leben gesehen zu haben. Das Merkwürdige aber war, daß ich in dem Augenblicke, als er in meiner nächsten Nähe vorbeigegangen ist, lebhaft an Sie gedacht habe, René. Ich bin auch dahinter gekommen, warum: dieser König von Polen hatte anscheinend das gleiche Lavendelwasser benutzt wie Sie."

René legte es offenbar darauf an, Melzern gar nicht zu Wort kommen zu lassen (wenigstens schien's diesem so). „Geruch und Gedächtnis! Da gibt's tiefe Beziehungen. Aber sehr richtig ist's, wenn Sie sagen, Sie bilden sich nur ein, jenen Herrn nie vordem gesehen zu haben. Natürlich kennen Sie diesen Menschen, oder Sie kannten ihn einmal, irgendwann und irgendwo. Aber sind wir denn ein Evidenz-Büro? Das wäre ja schrecklich, wenn jeder ständig ein Wagerl voll von alten Sachen hinter sich dreinzöge. Natürlich haben Sie ihn gekannt, den polnischen König, aber grad' heut' vormittag auf dem Graben, da waren Sie von solchen Kenntnissen frei und verschont – und eben darum hat er Ihnen auch gefallen können. Sie haben ihn ganz neu gesehen. Das Leben hat den Bruch mit allem Gewesenen ständig zur Voraussetzung. Diese Bruchstelle läuft splitternd durch die Zeit, und nur dann gibt es Gegenwart. Jeder wirkliche Entschluß, jede Entscheidung vernichtet die Vergangenheit, nichts Großes wäre sonst jemals geschehen . . .“

In diesen Augenblicken erst erkannte Melzer wie sehr zugetan er Stangeler war: anders hätte ihn, was René da trieb, so tief nicht treffen können. Das verräterische Spiel mit Worten und Begriffen, deren keinem die Fälsche fehlte, schien zugleich von einer grausamen Kälte gegen Editha erfüllt, die hier ganz offenbar für einen so hoffnungslosen Fall gehalten wurde, daß anderes ihr zu bieten als diese geradezu unanständigen Bestärkungen ihres Wesens, von René anscheinend gar nicht einmal in Betracht gezogen wurde. Der Major schwieg. Was er hatte vielleicht sagen wollen, war ihm längst entschwunden. Sie schritten indessen, Frau Editha geleitend, schon die Liechtensteinstraße entlang. „Kommt zu mir", sagte sie, „oder habt Ihr was vor? Otto kommt auch. Der würde sich so freuen! Zu essen habe ich reichlich für uns alle. René, Sie bekommen so zwischen achtzehn und zwanzig Liter dunklen Tee." „In diesem Sinne will ich's wagen", sagte Stangeler. Auch Melzer nahm die Einladung an. Noch hatten sie das Haustor nicht erreicht, als der Rittmeister zu ihnen stieß. „Die zwei Burschen werden mit hinauf genommen, was, Edithchen?!" rief er, „wenn man dies Volk schon mal so beisammen hat, füglich. Munition ist vorhanden."

Es verlief dieser Abend für Melzer in einer ständigen Nähe zu jenen zehn Minuten im Frühjahr, während er mit Editha von der Strudlhofstiege, wo Stangeler sich von ihnen getrennt hatte, bis zu ihrem Haustor hier hinter dem Franz-Josefs-Bahnhof gegangen war: nichts, gar nichts. Die beleuchtete Uhr, der Mondschein, die fernen Lichter des Kahlenberg-Hotels, der silbrig-gehobene Hügelschwung dort draußen. Hier saßen sie in dem weißlackierten Zimmer mit den beiden hohen Flügeltüren, die noch höher schienen, durch ebenfalls weißlackierte Supraporten mit irgendwelchen Weintrauben und Engeln. Und während man mit dem improvisierten und abwechslungsreichen Abendessen beschäftigt war – Melzer hatte zuletzt auf der Straße schon einigen Hunger verspürt – ebnete sich alles sozusagen wieder ein, verlor sich der verengte Weg oder schmale Pfad zwischen den so lebhaft empfundenen Widersprüchen bald in's Hügelland gewohnter Reden und Handreichungen, Gespräch und Gelächter. Allein die Aussicht hier, mit der Abendsonne, mit Burg und Berg dort drüben, bot sich ständig weiter an als ein Hintergrund, vor den jedoch nichts mehr trat, und der bald in Dämmerung versank.

Der Rittmeister, erst so wohl gelaunt, trank stark im weiteren Verlaufe des Abends. Dabei fiel seine Stimmung in einer Art von Sturzkurve ab. Er wurde schweigsam, ein wenig steif, nahm das Monokel in's Auge. Beim Weggehen trennte er sich auf der Straße alsbald von Melzer und René, wenn auch mit herzhaftem Händedruck, aber sie hatten dadurch keine

Gelegenheit, ihn bis an's Haustor zu begleiten, was in jedem Sinne nahe gelegen wäre.

In dieser Woche bekam Melzer Editha Schlinger noch einmal zu sehen, wenige Tage später, am Freitag. Er hatte um ein Uhr eben das Amtsgebäude verlassen, um essen zu gehen, als sie auf dem Trottoir ihm rasch entgegen kam, und sichtlich erfreut über die Begegnung. „Ach Melzerich", sagte sie, „das ist erstens reizend, daß ich Sie treffe, und zweitens hab' ich Glück. Sagen Sie mir nur, ob Sie vielleicht heute nachmittags zufällig noch in die Stadt hineingehen? Und etwa gar in die Gegend am Graben kommen?" „Haben Sie etwas zu besorgen, Gnädige?" fragte er. „Ja", sagte sie, „Melzerich, Sie können mich geradezu erlösen. Seit Tagen gelingt es mir nicht, meine Füllfeder zum Reparieren zu geben, immer kommt was dazwischen, auch heute vormittags ist wieder nichts daraus geworden, und am Montag war ich zwar am Graben, aber ohne Feder, ich hatte sie daheim vergessen. Darf ich Ihnen das Ding geben? Ich brauche es schon so dringend, und das Reparieren dauert oft vierzehn Tage." „Aber gerne", sagte Melzer, „ich muß heute nach dem Büro auf jeden Fall in die Stadt, wegen kleiner Einkäufe." Sie entnahm ihrem Täschchen das ziegelrote längliche Lederetui mit der Feder. Melzer geleitete sie noch bis heim, ehe er in's Restaurant ging. „Heute nachmittags habe ich dringend zu tun und morgen auch", sagte sie, „und da wär' es wieder Montag geworden und die Füllfeder noch immer nicht besorgt. Ein Glück, daß es solche ordentliche Soldaten auf der Welt gibt, die einem etwas von dieser Art verläßlich erledigen, und daß man sie auch zur rechten Zeit trifft. Man begegnet Ihnen immer zur rechten Zeit, Melzerich, oder eigentlich, Sie begegnen einem zur rechten Zeit. Es gibt Menschen, die mit ihren Begegnungen, ich meine mit ihrem jeweiligen Erscheinen, stets das genaue Gegenteil treffen. Sie begegnen uns nicht nur, sondern sie treten uns entgegen. Wenn man dringend jemand anderen erwartet, oder wenn man sich daran gemacht hat, mit Salmiak oder Benzin Glacé-Handschuhe zu putzen, oder wenn man sich in den Finger geschnitten oder eine Tintenflasche umgeworfen hat: dann läutet es, und so jemand steht vor der Türe, arglos, freundlich und harmlos: aber ich glaube ernstlich, daß dahinter eine tiefverborgene, innewohnende Gemeinheit steckt. Denn es besteht kein Zweifel, daß diese Art des Erscheinens gewissen Charakteren eigentümlich ist. Wenn ich's bei jemand zwei- bis dreimal beobachte, ist der Betreffende für mich erledigt. Denn es gibt andere, die stets zur guten Stunde und rechten Zeit da sind und klingeln, und wie bringen denn die das fertig? Und manche, leider, klingeln nie und stehen nie da draußen vor der Türe."

Aber jetzt, in diesen Augenblicken, während neuerlich, wie hinter einer Ecke hervor und überraschend, eine bei aller Bescheidenheit nicht wegzuleugnende Aufforderung am Schluß ihrer Rede ihn ansprang, wölbte sich doch eine furchtbare Spannung in Melzer auf, bauchten wirklich die Wände, knackten die Riegel. Sie gingen das letzte Stück des Gehsteigs bis zum Haustor, und der leichte Wind, der an diesem verhältnismäßig kühlen Tage wehte, wurde von Melzer nahezu als kalt empfunden, und als sei er selbst wie ein heißer Gegenstand davon umspielt. Er überwand den Ansturm nicht ganz. Beim Abschiede hielt er länger ihre Hand und sein Kuß darauf hatte einen winzigen Nachdruck, der bei solchen Gelegenheiten weder üblich noch automatisch ist.

Des Nachmittages, um vier Uhr etwa, stieg der Sektionsrat Georg von Geyrenhoff das herrliche Stiegenhaus im Palais des Prinzen Eugen von Savoyen (wo heute noch das Finanz-Ministerium untergebracht ist) hinab, machte die paar Schritte bis zur Kärnterstraße und querte diese; nicht aber den Graben. Gegen seine sonstige Gewohnheit blieb er heute und diesmal auf der Seite vom ‚Stock im Eisen'. Vielleicht lag hierin die einzige Ursache davon, daß bei ihm der Eindruck entstehen mußte, es sei irgendwo in der Gegend hier ein Panoptikum der Vergangenheit geplatzt; und er wäre wohl auf der anderen Seite der Straße von diesem ungewöhnlichen Phänomen verschont geblieben. Zunächst erschien Marchetti. Sodann Konietzki. Kurz danach Langl. So gingen sie denn bereits zu viert, und schoben sich also mit dementsprechender lästiger Langsamkeit unter Geschwätz vorwärts. Beim Auftauchen des Herrn von Lindner dachte Geyrenhoff nur mehr ganz ergebenst: „Es kann nicht fehlen."

Er hatte seine leicht angegrantelten Erwägungen, Quengulationen und höheren Zihalismen, der Sektionsrat (more austriaco-hispanico). Einmal begann damals schon bei ihm das Herumwurmisieren in der großen dicken Chronik. Zum zweiten schob sich erstmalig die Möglichkeit des Freiwerdens seines englischen Vermögens über den Horizont. Drittens aber, und mit den beiden ersten Punkten im Zusammenhange: Amt und Dienst befriedigten ihn zur Zeit nicht, oder überhaupt nicht mehr. Jetzt erst und hintnach ging ihm schmerzlich auf, was er als junger Präsidialist freilich nicht in diesem Umfang und mit solcher Schärfe erkannt hatte: die große Mission des österreichischen Verwaltungsbeamten von ehemals, dessen vererbte Tugenden und Potenzen (virtutes et facultates) jetzt so praktiziert werden mußten, als wollte jemand in seinem Schreibzimmer ein Racket ausprobieren. Nun hat aber der höhere Zihalismus die bemerkenswerte Neigung und Fähigkeit über sich selbst hinauszusteigen, sich selbst anzugranteln, ja sich zu ironisieren. Geyrenhoff ärgerte sich also, weil er so genau alles wußte, was ihn besorgt machte oder traurig, und was ihn bedrückte: sogar nach Punkten. Wenn sich das bereits gliedern und überblicken ließ, dann konnte nicht viel dahinter sein. Leider galt das auch für die schon begonnene Chronik. Durch solche Erwägungen kritisch geworden, bemerkte der Sektionsrat bei einem Seitenblicke, daß Marchettis Bartbürstel und spitze Nase in ein auffallendes Mißverhältnis zur übrigen Person geraten waren und daraus hervorsahen wie Spitzchen eines ansonst im Fett untergegangenen Kontinents.

Zu dieser Unverschämtheit, um nicht zu sagen Schamlosigkeit der Erscheinungswelt paßte durchaus die Stimme Langls. „Ja, ich war in Salzburg. Wißt's ihr, wen ich da am Montag vormittag vor der Collegien-Kirche hab' herumspazieren gesehen? Die Editha Pastré. Jetzt heißt sie, glaub' ich, Schlinger." Konietzki wandte rasch den Kopf und sah Langl an. Eben wurde aber „Melzer! Melzer!" gerufen. Denn dieser kam eilig um die Ecke am Kohlmarkt, ohne die Gruppe zu bemerken, und wollte schon vorbei. „Es kann nicht fehlen", dachte der Sektionsrat. Der ganze Auftrieb endete im Café Pucher.

Melzer entschuldigte sich für eine Viertelstunde wegen noch zu erledigender Besorgungen und kam dann auch dorthin. Es war kühl hier und fast leer. Die Gesellschaft fand sich in einem lebhaften Gespräch über die Stabilisierung der österreichischen Währung, wozu damals allerdings einiger Anlaß vorlag: man interpellierte Konietzki. Er gab seine Aufschlüsse langsam. Einiges behauptete er nicht zu wissen. Melzer sah zu einem unbesetzten Tische hinüber, der leer, aufgeräumt und umgähnt von den gepolsterten Samtbänken stand. Nach einer Weile erst wußte er genau, daß es eben dieser Tisch war, an welchem er im Hochsommer des Jahres 1910 gesessen hatte, vor der Bärenjagd, mit annähernd denselben Menschen wie jetzt, wenn auch Geyrenhoff und Konietzki nicht dabei gewesen waren und dafür ganz kurz Benno von Grabmayr, der nicht mehr lebte. Am selben Abende war er dann abgereist und hatte im Coupé den Major Laska getroffen. Es wurde Melzern jetzt eindringlich und unumstößlich klar, daß er dieses Mal außerstande sei, das Ende der Woche in der Porzellangasse zu verbringen, aber auch nicht in Tulln oder Greifenstein: wozu auch das Wetter nicht einlud. Heute erst hatte ein unaufhörlicher Regen der letzten zwei oder drei Tage ausgesetzt. Die Donau führte schweres Hochwasser. Indessen schien sich das Wetter schon bessern zu wollen. Morgen also, Samstag, hinaus, Stangelers auf der Villa besuchen oder auf die Rax gehen oder beides! Er ließ sich vom Oberkellner einen

Fahrplan geben, und auf den ersten Griff ergab sich der bequeme Schnellzug am Nachmittage. Von daheim gleich telephonisch das Zimmer bestellen, ein schönes, ein großes, nicht im Bauernwirtshaus bei der Mühle, (das lockte ihn jetzt gar nicht) sondern im unteren Gasthof! So weit gelangt, empfahl er sich bald und ging.

Des Abends, vor halb sechs Uhr, machte sich René Stangeler auf den Weg zum Westbahnhof, um Grete Siebenschein abzuholen. Durch die Straßen strömte und fädelte ein dann und wann durchbrechendes Sonnenlicht, das allenthalben Zerfahrenheit verbreitete, Nebensächliches in heftigem Golde erglühen ließ und in einer nicht deutbaren Weise hervorhob – da ein Firmenschild, dort eine halbe Fenster-Reihe – und überall entgegenkam, den Weitblick mit seinem Glanze eröffnend und im Verschwinden wieder verschließend. In der kleinen und altmodischen Wartehalle der Ankunft-Seite war schon die Verspätung des Pariser Zuges angeschrieben; ein gleichfalls, aber nur wenig verspäteter Schnellzug von Salzburg her sollte jetzt einlaufen, man ging bereits durch die geöffneten Doppeltüren auf den Perron hinaus. „René!" rief da jemand halblaut, eben als Stangeler eine Bahnsteigkarte gelöst hatte. Er vernahm diese weiche und sehr warme Stimme mit einer Art Genuß, sah sich um, erblickte aber niemanden: indessen trat Paula Pichler von rechts heran. Sie war schon daran gewesen, hinaus zum Zug zu gehen. Hinter ihr wurde jetzt Lintschi sichtbar und von René sogleich in die Arme geschlossen, nachdem er Paula gebührend begrüßt hatte. Lina war durch Stangelers Benehmen sehr geniert, freute sich aber ganz augenscheinlich. Sie gingen hinaus, um jetzt also zu dritt die Thea Rokitzer zu erwarten.

Von deren Zusammenhange mit Paula Pichler erfuhr nun René während der Viertelstunde, welche der Salzburger Schnellzug noch auf sich warten ließ. Für Stangeler, der sich um Thea bisher nie im geringsten bekümmert hatte – sie war für ihn ein Anhängsel des Rittmeisters gewesen und sonst nichts – gewann die Rokitzer damit plötzlich Bedeutung, als werde sie an sein Leben nun gleichsam angefügt oder angeschmolzen, während gleichzeitig eine Scheidewand einbrach, die bisher das vollends Beziehungslose voneinander getrennt hatte. Ihm ahnte damals blitzartig wenn auch schwach das Allgemeine dieses Vorganges bei vorschreitendem und um sich greifendem Leben, dessen Ausgangs-Situationen da immerhin so aussehen mochten wie ein Zusammentreffen entlegener Welten, etwa das seiner Schwester Asta mit Paula Schachl auf der unteren Rampe der Strudlhofstiege vor vierzehn Jahren, wobei Grauermann den lächerlichen Brückenschlag versucht hatte durch wechselseitiges Vorstellen, ein rechter Pontifex im Konventionellen.

Paula wollte nun freilich bei dieser Gelegenheit vieles wissen – so auch über den Rittmeister – und sie sprachen rasch und angelegentlich, wie Geschwister, die einander lange nicht gesehen, und in einem Zutrauen, das weit außerhalb jeder Fraglichkeit gestellt war. Lintschi, der dieses Gespräch in unbekanntes Terrain entglitt, trat gleichsam beiseite noch bevor dies ganz offenkundig wurde, und vornehm, wie sie war, verwandelte sie ihr anfängliches Zuhören in ein Weghören und ließ den Blick ihrer ernsten graublauen Augen, darin die Einsamkeit und Verbindlichkeit menschlicher Natur in seltener Weise sprechend sich vereinten, über den Perron, die Wartenden und die Geleise in der Halle wandern.

Indessen drang Paula bis zu Melzern vor, das heißt, sie fragte geradewegs nach diesem, was denn das für einer sei?

„Ja, Melzer!" sagte René, und sah zur hohen Hallendecke empor, in die rauchgrauen eisernen Träger und Verspannungen und das dicke Glasdach, durch welches die Sonne kaum zu dringen vermochte. Es schien, als wolle er jetzt das rechte Wort von dort herabholen. Zugleich zeigte dann die Wahl seiner Worte, daß ihm daran lag, von Paula auch verstanden zu werden. „Melzer," sagte er, „das ist die Grund-Anständigkeit, aus der alles möglich ist. Auch der größte Schritt. Auch der zum Genie. Und die sich dabei immer selbst im Weg steht, weil sie vor allem zurückscheut, was nicht einfach ist. Und was ist schon einfach?" Er sah unwillig zu Boden, unwillig über sich selbst, denn die Wahl der Worte schien nun doch ganz mißglückt, und wie gerne wär' er jetzt von Paula verstanden worden! Wie um ihre Verzeihung zu erlangen für eine bewiesene Unfähigkeit – eine Unfähigkeit zur Übersetzung – nahm er ihre rechte Hand, küßte sie, und sah Paula durch einen Augenblick traurig an. Das latente Genie Lina neben ihnen, gänzlich weghörend, hatte nichts von dem Gesagten mehr vernommen. „Am End' ist alles wieder einfach," ließ sich Paula jetzt hören, „aber wenn man das von Anfang an glaubt, dann bleibt man ein Tepp." Die Erleichterung Renés war außerordentlich nach diesen ihren Worten, er vermeinte jetzt ernstlich, doch nicht ganz vorbeigeschossen zu haben. Paula fragte weiterhin nach Editha. „Die gibt es sozusagen in Wirklichkeit gar nicht," antwortete Stangeler unter anderem ernsthaft, „sie ist nur ein Gespenst, eine Art Traum, eine Einbildung. Ich glaube, daß Melzer sich vor ihr sehr fürchtet. Möglich, daß sie in ihn verliebt ist."

„Zurücktreten, Achtung!" riefen die Bahnbeamten.

Schon waren die toten, leeren Gleise, schon war der Boden belebt vom Donner des hereinfahrenden Zuges, der zunächst nur aus der Riesenhöhe der Maschine zu bestehen schien, und, wie das dem technischen Laien immer erscheint, mit einer noch beängstigenden Geschwindigkeit in die Halle glitt. Und wenige Meter erst vor den Prellböcken der Stirnwand wurden die ausgeübte Herrschaft über das Untier und dessen völliger Gehorsam sichtbar. Der Wurm stand. Und jetzt ganz bürgerlich, sozusagen im Zimmer.

Alsbald entquoll dem Zuge bei vielen geöffneten Waggontüren sein Inhalt, und Stangeler vereinte die suchende Aufmerksamkeit des Blickes, der sich in Dutzende fremder Gesichter rasch nacheinander drängt, um lieblos davon abzugleiten, weil sie das erwartete nicht abgeben wollen, mit der gleichen Bemühung der beiden Frauen. Sie hatten sich in einer nicht eben sehr geeigneten Weise postiert und im Gespräche befangen diesem Umstande kaum die nötige Aufmerksamkeit geschenkt (während bei einem Genie in Latenz bekanntlich Taktfragen allem anderen nicht selten vorangehen, und so war von unserem hier vermieden worden, die Unterredung zu stören durch den Hinweis, daß man sich zu weit vom Ausgange entfernt und damit der Möglichkeit genähert hatte, Thea unbemerkt durch diesen passieren zu lassen). Die Flut der abströmenden Reisenden wurde dichter, und schon verlor man die Übersicht. Aber eben in dem Augenblick, als Paula Pichlers sonore und gleichsam herbstlich angegoldete Stimme zu hören war, die „Thea, Thea!" rief und man die Angerufene und laut Antwortende jetzt auch selbst erblicken konnte, wie sie einem Waggon entkletterte: gerade da erkannte René jemand ganz anderen unter den Reisenden, welche den Zug verließen, jemand, den er als Eintreffenden und Ankommenden keineswegs erwartet hatte, nämlich Editha Schlinger. Sie wurde gleich danach von einer entgegeneilenden Dame umarmt. Und nun taten beide, nach kurzem Aufenthalt mit dem Gepäckträger sich herumwendend, die ersten Schritte, um in den Strom der übrigen Reisenden einzutauchen und sich von diesem gegen den Ausgang schieben zu lassen. Damit wurden sie für René weniger gut sichtbar, als sie's beim Waggon gewesen waren und während der paar Meter über ein leeres Geleise zum Bahnsteig, wo die Menge sich staute. Aber jene Distanz und eine durch Augenblicke, da gerade niemand dazwischenlief, ganz freie Sicht auf dieses Paar, warfen Stangeler gleich einem Stein in der Form eines unabweisbaren optischen Eindruckes die Tatsache an den Kopf, daß Editha Schlinger-Pastré dort schlichthin zweimal ging, doppelt, daß die Umarmte und die Umarmende ein und dieselbe Person waren, welche in zwei auseinanderzuhalten man erst kleine Verschiedenheiten einer im ganzen ähnlichen Kleidung hätte aufsuchen müssen, wozu hier keine Zeit blieb. Er kniff die Lider zusammen und öffnete sie rasch wieder, er schüttelte sogar den Kopf, wie um die Augen darin zurecht zu beuteln: jetzt entzogen sich die gedoppelten Damen seiner Sicht, wenngleich sie sich ihm dabei nähern mußten, gegen den Ausgang zu: und schon hatte er sie für Augenblicke in der Menge wieder entdeckt, zwei Gesichter zweier Köpfe, die er bisher nur als eines gekannt.

Indessen war Thea heran, hatte Paula umarmt und Lintschi begrüßt; und auch René, den die Rokitzer hier mit dabei zu finden vielleicht etwas erstaunt war, mußte sich ihr zuwenden. Sie erschien ihm sehr schön, er stellte das außenstehend fest, ohne sich angezogen zu fühlen: das Antlitz war blühend, das Auge wie frisches Wasser, in welches die Sonne scheint. Paula Pichler konnte sich nicht genug tun in Ausrufen der Freude über das gute Aussehen der Freundin. Erst als René, der immer mit halbem Aug' im Strom der Passanten die gedoppelten Damen suchte, Paula angelegentlich am Arm zupfte und ihr rasch und in so eindringlicher Weise, daß sie sogleich das Eintreten eines Außergewöhnlichen begriff, zuflüsterte, was sie jetzt sehen sollte, und wen: erst da ließ sie von Thea ab, suchte mit René in der Menge, tat plötzlich einen kurzen Ausruf des Staunens, dann aber, sich schnell herumwendend, sagte sie leise zu Stangeler: „Dreh' dich auch um, René, rasch, vielleicht ist es besser, wenn sie dich nicht bemerken und erkennen, man kann's nicht wissen." Und René tat sogleich wie sie sagte, im Herzensgrunde tief erstaunt über Paulas Geistesgegenwart und ihre Fähigkeit, in eine dunkle Sache, vor welcher er nur verblüfft und gaffend gestanden war, schon vorsorglich hinein und voraus zu denken.

Paula war's jetzt auch, die den Abgang vom Perron noch wie absichtlich verzögerte. Erst fragte sie, auf der gleichen Stelle und bei Theas geringem Gepäck stehenbleibend, diese noch über Einzelheiten des genossenen Landaufenthaltes aus, dann aber (was zu ihr eigentlich gar nicht paßte!) konnte sie die nun am Ausgang abzugebende Perronkarte durchaus nicht finden, kramte lange im Täschchen und brachte sie erst nach mehrmaligem Suchen aus der Jackentasche zum Vorschein. Und so hatte denn der Strom der Reisenden schon fast ganz abgeebbt und sich verlaufen, als die drei Frauen mit Stangeler – der auch wieder hinausging, denn der Pariser Zug hatte im ganzen weit über eine Stunde Verspätung bekommen – den Bahnsteig verließen. Jetzt auch erzählte Paula Pichler der Thea, wie man Stangeler hier ganz zufällig getroffen, der jemand anderen zu erwarten gekommen sei (das hatte er ihr freilich gesagt) und zwar beim verspäteten Pariser Zuge.

So blieb René bald allein zurück, nachdem Paula und Lintschi sich mit der Rokitzer aufgemacht hatten, um ihr das Geleit bis nach Hause zu geben. Man ging zur Stadtbahn. Noch rasch, beim Abschiede, vereinbarten Paula Pichler und Stangeler, in den nächsten Tagen schon, und zwar am Mittwoch-Nachmittage, einander zu treffen; denn freilich, hier war das Bedürfnis einen seltsamen Fall zu besprechen auf beiden Seiten. Thea hatte von dem ganzen Vorgange am Bahnsteig nichts bemerkt und das war zum Teil von Lintschi Nohel bewirkt worden, die während jener Augenblicke, als Paula Pichler und Stangeler flüsternd abgewandt standen, mit Thea besonders angelegentlich sich zu unterhalten wußte.

René sah nochmals auf der Verspätungstafel nach, stellte seine Uhr genau nach der Normalzeit des Bahnhofes und ging in ein nahes Café.

Hier war es, daß er sehr überraschend, ja geradezu schlagartig, der veränderten Verfassung inne wurde, in welcher er sich jetzt befand, verglichen mit seinem Zustande während des Wegs zum Bahnhof; und wieder wie ein Pfeil von der Decke des Raumes her traf ihn solche Einsicht, die zugleich ihn mit allen Einzelheiten und Kleinigkeiten augenblicklicher äußerer Umgebung auf das innigste verband, diese grünbespannte Polster-Ecke hier tiefer höhlte, den Blick über die Straße zum Gitter eines kleinen Parks räumlicher erstreckte. Er wußte nun bereits, daß er auf einen Punkt gebracht worden war sozusagen außerhalb Gretes, außerhalb ihrer Reichweite, außerhalb ihrer Giltigkeit und Autorität. Aber, mehr als das: dies schien er ihr jetzt geradezu schuldig zu sein, dies war nicht für ihn nur geschehen, sondern auch für sie, ja recht eigentlich für sie beide, als Paar, damit sie's überhaupt werden konnten. Denn jetzt erst (so dünkte ihm) war er vermögend, sich recht eigentlich zu ihr auf den Weg zu machen, zu ihr zu kommen: und dies war's ja, wessen Grete bedurfte. So weit zurück gezogen (wie eine Bogensehne) und ihrer Macht entrückt, ja, geradezu einrastend und einschnappend auf solchem Punkte, würde er zum ersten Mal unter jene Macht sich freudenvoll begeben, treffend, mit ihr zusammentreffend.

Soweit gelangt ließ ihn die Anspannung los, er fiel von ihr ab, wie eine reife Frucht vom Baume fällt: im Grase nachglänzend dem kurzen eigenen Fall.

Und sie enthielt als ganz unbedacht sich ergebende Konsequenz, als unscheinbares, kaum gewußtes Kerngehäuse, die vollkommenste Verschwiegenheit Grete gegenüber in bezug auf den heutigen Vorgang am Westbahnhofe.

Irgendwie auch schien ihm Paula dies Letzte gewissermaßen hinterlassen zu haben. René machte sich nach einer halben Stunde wieder zum Bahnhof auf. Er rechnete genau mit der Möglichkeit, daß der Pariser Zug immerhin die Hälfte seiner Verspätung etwa noch könnte einholen, dies als Maximum angenommen. Aus den Straßen hatte die Sonne sich bereits zurückgezogen. Ein maßvoll warmer Sommer-Abend ergraute. Die Verspätung des Zuges erwies sich als unvermindert. Nach zwanzig Minuten Auf- und Abgehens in der kleinen Wartehalle wurden die Tore des Perrons neuerlich geöffnet.

Das Paar ward begünstigt. Die unwägbaren Umstände fügten sich: und das vom ersten Augenblicke an, als sie auf dem Perron in seinen Armen gelegen war – für ihn wie eine Wolke, aus der es blitzte, eine barocke Wolke mit kugligen Wölbungen, welche seine hochgespannte Empfindung aus ihrer schmalen, an ihn geschmiegten Gestalt trieb und übertrieb, hinter jeder Stelle der Berührung eine Strahlenkrone hervorschießen lassend. „Daß ich dich nur wieder habe", sagte sie, die Arme um seinen Hals. Ein Automobil fand sich; nach kaum gewußter Fahrt – jeder den andern als immerwährende Explosion neben sich im Fond des Wagens, ein Geschehendes, keine seiende Person – nach solcher Fahrt mit einzelnen durcheinander geworfenen halben Worten stieg der Lift durch das Stiegenhaus mit den sinnlosen Quasten und Schnüren (und erstaunlicher Weise hatte man kein Gepäckstück vergessen, sie waren alle da), bis zur sommerlich leeren Siebenschein'schen Wohnung, denn auch die Alten hatten sich ein paar Wochen auf dem Lande gegönnt und weilten zu Goisern im Steirischen, von wo sie allerdings morgen, am Samstag-Nachmittage, zurück zu erwarten waren.

Die flachen Koffer standen in einer Ecke von Gretes Zimmer uneröffnet, die Kleider lagen auf dem Teppich, und zarte Wäsche war vom Stuhle herab auf Renés Schuhe geglitten.

Aber dies war keine losgerissen taumelnde Gondel, dies war ein Schiff mit einem Kurs, dessen zahlreiche Faktoren, aus denen er schließlich hervorging, ihn komplizierten. Solches wußte René ganz außer Zweifel. Die Dunkelheiten des Zimmers, das um die bunte, gedämpfte Lampe am breiten Bett längst traulich zusammengerückt war, sprachen es fast ebenso aus wie die Schattenbuchten am Körper der Geliebten, verstreute Teile von dem Kern- und Zentralschatten, der ein Tor war und Torweg: womit denn dies alles irgendwohin führte. Die Vergangenheit nicht nur drängte sich zusammen und verbarg sich unter der kleinsten Einzelheit, auch die Zukunft staute heran und spannte alles von inwärts, und so, doppelt geladen, erhielt und enthielt jeder Augenblick erhöhtes Gewicht und bedrängende ja beängstigende Fülle, die fast stumm, kaum flüsternd, nach Deutung rief.

Am folgenden Samstage, der ein besseres und windstilles spätsommerliches Wetter heraufbrachte (wenn man die Gasse hinab zum Donau-Kanal blickte und über diesen hin, flog einem eine Ahnung des herankommenden Herbstes noch ganz ohne dessen sichtbare Zeichen an die Brust, vielleicht aus der Luft allein, aus dem Hall fernen Straßenlärms, aus dem Himmel zwischen den Dachkanten der Häuser) – an diesem Samstag-Vormittage war Grete Siebenschein damit beschäftigt, die Wohnung im nötigsten für den Empfang der Eltern bereit zu machen, das Schlafzimmer durchzulüften – und hier sprang also zuerst das Tageslicht herein, die Geräusche von der Straße, rasteten die Fenster-Riegel schnappend ein, schwebten die Stäubchen im Sonnenlichte – die Betten zu überziehen, den feinen kühlen Staub zu stören, der sich da und dort niedergelassen hatte, den Sauger in Gang zu setzen und ihn über den entrollten Teppich zu führen. Stangeler half ihr bei alledem und stand lange am ehelichen Lager des Hauses, mit großen Flächen weißer Wäsche fuchtelnd, worüber Grete von einem Gelächter in's andere fiel. Sie trug ein seidenes Kopftuch und Schürze. Ihr Körper, ohnehin der einer falschen Mageren, schien während des Aufenthaltes in Frankreich dasjenige, was er so im einzelnen zu sagen hatte, noch etwas mehr unterstrichen zu haben, wenigstens kamen seine Edikte solchermaßen heraus unter dem dünnen Hauskleide; und vielleicht war sie über den Sommer, nach allen Aufregungen vorausgegangener Monate, wirklich wieder etwas voller geworden. Sie entschlossen sich, auch das Speisezimmer in Stand zu setzen und so der aufhellenden und aufspaltenden Tätigkeit der für nächste Woche zu erwartenden Haushaltsorgane noch um einen Raum weiter vorzugreifen. Von hier war's, daß man die Gasse zum Kanal entlang sehen konnte. Grete und René standen eine Weile Arm in Arm am Fenster. Sie hielt einen Staubwedel mit Federn am Rohrstock in der Linken. Man sah jetzt, da sich dort unten jener durch die Gasse in zwei Teile zerlegte Autotaxi-Standplatz befand (der im Zusammenhang mit Frau Mary K. schon einmal unsere Aufmerksamkeit auf sich zog), einen Wagen ohne Geräusch langsam quer über den Fahrdamm rollen. Die Wipfel der am Donau-Kanal stehenden Bäume waren noch tiefgrün und deckten über dem Wasser die unteren Fenster-Reihen der drüberen Häuser.

Am Nachmittage fuhr Stangeler heim. Grete hatte noch das Haus für den Sonntag verproviantiert und schickte sich an, ihre Eltern vom Bahnhof abzuholen. René wurde dazu nicht mitgenommen, wenngleich er beim Gepäck und dergleichen eine Hilfe hätte sein können; aber Frau Siebenschein befand sich erfahrungsgemäß auf Reisen und besonders nach Reisen und bei allen ähnlichen Anlässen überhaupt in einem Zustande gesteigerter Auflösung, wobei unweigerlich auch irgendeine ihrer zahlreichen Krankheiten herangezogen zu werden pflegte, auf welche sie dann glücklicherweise meistens wieder vergaß, sobald die Situation sich einigermaßen beruhigt hatte. Dieser schlanken, ja dünnen, sehr klugen und vigilanten Frau schien gewissermaßen das eigene Gewicht zu gering um einen gehörigen Druck und Nachdruck auf ihre Umgebung und besonders auf den für ihren Geschmack allezeit allzu vergnügten Gatten zu legen. Und so verstärkte sie es durch Anfälligkeiten von jederlei Art, wenn die Aufmerksamkeit der Umwelt für ihre Person etwa nachzulassen schien.

Stangeler sollte am morgigen Sonntag nachmittag erscheinen.

Montags wollte der Doktor die Tätigkeit in seiner Rechtsanwalts-Kanzlei wieder aufnehmen (deren Räume schlossen sich hier an die Wohnung an, was bei Advokaten zu Wien sonst nicht eben Gepflogenheit ist), und für Mittwoch, am Nachmittage, war bereits eine wichtige Konferenz angesetzt, bei welcher Grete ihrem Vater als Sekretärin, ja eigentlich als eine Art stets bereite Protokollführerin dienen sollte. Sie war ja auch sonst im Geschäfte tätig, aber sehr mit Maß und keineswegs in täglicher ertötender Arbeit; der Alte meinte, ihre Begabung läge mehr im ,Dichten und Trachten' (nach seiner eigenen Ausdrucksweise) als darin, immerfort irgendwas zu tun. Der Doktor Ferry respektierte jede Eigenart, auch bei seinen Kindern. Daß Grete nicht die Rechte studiert hatte, war bei dem Fehlen eines Sohnes oder wenigstens eines juristisch graduierten Schwiegersohnes (wie ihn auch Frau Siebenschein vermißt hatte!) sehr zu bedauern. Aber Grete war bereits im Gymnasium auf erhebliche Schwierigkeiten gestoßen, was die Lernerei betraf, und jeden wie immer gearteten Zwang lehnte dieser Vater ab. Indessen wußte seine ältere Tochter um alles, was in der Kanzlei von einiger Erheblichkeit war, ja der Alte ging so weit, sie nicht selten um Rat zu fragen, wobei sie allerdings durch das Fehlen juristischer Fachkenntnisse am Wesentlichen oft gänzlich vorbeischoß, zur größten Erheiterung des Doktors, mitunter aber in aller Unbefangenheit gar sehr und geradezu aufschließend das Richtige traf. Hier muß nun freilich bemerkt werden, daß die Kanzlei des Doktor Siebenschein zu jenen damals immer zahlreicher werdenden Rechtsanwalts-Bureaus gehörte, deren Tätigkeit ihrem Schwerpunkte nach zunehmend außergerichtlich wurde – mit Industrien und sonstigen Geschäften der allerverschiedensten Art verfilzt – also daß man einen solchen Advokaten kaum mehr als Mann des Forums bezeichnen konnte.

René wurde also entlassen, um am Sonntage wiederzukehren, fiel demnach an diesem Samstage unvorbereitet in einen leeren Nachmittag und Abend.

Jetzt erst gedachte er wieder der gedoppelten Damen, der Zwillinge (der Rittmeister pflegte für sich dieses ihm längst geläufige Phänomen noch ganz anders zu bezeichnen – aber er soll sich später selbst damit hören lassen). Es war René also sehr leicht gefallen, in diesem Punkte seiner Grete gegenüber verschwiegen zu sein. Wie er diesen Gegenstand nun hin und her wandte, hin und her rollte, wie eine Kugel, mit der man spielt, blitzte er bald in Wichtigkeit auf, bald wieder schien's wie eine lächerliche Lappalie, irgendein Trick, ein Nichts. Jedenfalls wollte er weiter Schweigen darüber bewahren; und seiner zentrifugal mitteilsamen Natur ahnte bei dieser Gelegenheit, daß Verschwiegenheit schon an und für sich eine Macht darstelle durch den Vorsprung, den jede wie immer geartete Kenntnis gewährt, die man nicht mit anderen teilt. Und daß die Summe vieler derartiger Kenntnisnahmen ganz erheblich und schließlich entscheidend werden könnte, aus zahlreichen winzigen gewonnenen Vorsprüngen am Ende das Übergewicht der Überlegenheit erzeugend.

Mit solchen neu geborenen Gedanken im Zwerchfelle – im ganzen stellten sie eine nicht sehr noble, ja geradezu scheichsbeutelige Ableitung jener Tugenden dar, die man unter dem Namen der Diskretion zusammenfaßt – stieß er daheim auf seinen Schwager, den Baurat Haupt. Dieser, schon kommod, im Pyjama und eine englische Pfeife im Mundwinkel, war eben im Begriffe, das Vorzimmer wieder zu verlassen, von wo er seine Aktentasche geholt hatte, als Stangeler die Türe der Wohnung aufschloß. Sie begrüßten einander, und René trat für ein kurzes bei Haupt ein, im Grunde verwundert, daß der Baurat, ohne bisher irgendeinen längeren Urlaub genommen zu haben, den ganzen Sommer in Wien verbrachte. Er befragte ihn später auch in dieser Richtung, erhielt aber nur eine ausweichende Antwort und einen beiläufigen Hinweis darauf, daß die volle Automatisierung des Wiener Telephon-Netzes (eine Sache, die zu jener Zeit sich in einigen Großstädten vollzog), jetzt nahe dem Abschlusse und er dadurch festgehalten sei. (Der Baurat war Spezialist für diesen Zweig geworden, kam aber ursprünglich von wo anders her, nämlich von der Metallurgie: 1914 war er hierin ein Experte gewesen und hatte dann im Auftrage des Kriegsministeriums mehrmals Deutschland besucht, einmal auch Hamburg, nicht lange nach jener bekannten Seeschlacht am Skagerrak). René tratschte und plauderte sogleich drauf los und erzählte, wer auf der Villa draußen sich befinde und was dort vorgehe; und so redete er denn bald vornehmlich von Etelka. Jedoch war ihm eigentlich nicht wohl dabei. Zu Bewußtsein kam ihm deutlich, wie sehr seine wirkliche Haltung jetzt durch einen Bruch, der sogleich und gewissermaßen automatisch eingetreten war, sich von seinen eben vorhin noch gepflogenen Erwägungen trennte. Was weniger deutlich geriet, war aber die Erfassung der anderen Person, deren Wirkung auf sich selbst er doch ununterbrochen und intensiv spürte, obwohl Haupt in dieser Richtung wahrlich nichts übriges tat, vor dem

Schreibtisch sitzend, der einige dicke aufgeschlagene Fachwerke präsentierte und einen Rechenschieber neben winzig mit Zahlen-Kolonnen beschriebenen Blättern, pfeifenrauchend und recht freundlich dreinsehend, während er seine Hornbrille von der Nase nahm und auf eines der aufgeschlagenen Bücher legte. Aber von dem einsamen Mann in dieser leeren Stadtwohnung, der hier saß und studierte und im ganzen aussah wie ein englischer Schiffskapitän, lang, knochig, sportgeübt und gelassen (Haupt war als junger Ingenieur übrigens durch eine Reihe von Jahren im angelsächsischen Auslande gewesen), ging etwas immerfort spürbar aus, was zugleich das Wesen dieses Mannes überhaupt zu sein schien und nicht nur eine augenblickliche Verfassung und davon herkommende Haltung – etwa weil ihm Renés Geschwätz lästig wurde, was wohl zutreffen mochte, oder weil er weiterstudieren wollte, oder weil er die Etelka anlangenden Einzelheiten gar nicht gerne zu hören bekam: es war das eine tief fundierte Ablehnung. Gegen die Neuigkeiten von der Villa, gegen Renés Art, diese Sachen darzustellen, gegen solche Sachen überhaupt, dagegen, daß es derartige Dinge doch gleichwohl gab, ja gegen alles und jedes schlichthin, wenn man's genau nahm. Tief in ihm mußten andere Maßstäbe und Vorstellungen von den menschlichen Angelegenheiten wohnen, die er aber nicht zum Vortrag brachte, teils aus Gutmütigkeit, vielleicht auch aus Trägheit, um sich auf nichts einzulassen, wesentlich aber doch wohl deshalb, weil sich das Widersprüchliche, das er etwa zu sagen gehabt hätte, nicht von ihm ablösen konnte, weil es durch die Schwerkraft festgehalten blieb, der keine Fliehkraft entgegen wirkte, so daß die Person aus ihrem Standpunkte hier zu einem Ausfall gegen die Umwelt zu gelangen nicht vermögend war. Hier entstand Auseinandersetzung in keiner Weise, die ja mit ihrem Feuerwerk oft nur gesucht wird, um der Einsamkeit zu entgehen, einer sonst funkenlosen Einsamkeit: bei dieser blieb's, im Falle Haupt. Aber sie saß als Maß gleichsam in seinem Hinterkopf, und eben das war's, was der redselige Stangeler spürte, dem solchermaßen das

Papierfeuer seiner Worte rasch zusammensank. Von Haupt ging, bei aller Gutmütigkeit, zugleich eine Strenge aus, die einen noch jungen Menschen wie René zur Opposition reizen und tief aufrühren konnte, weil sie sich nie exponierte, ohne jedes Risiko blieb, die Klinge nicht bot, oder die vorgestreckte alsbald wieder zurückzog. Kurz: Stangeler hätte, bei allem Respekte vor Haupts Person, diesem zu sagen gehabt, daß jeder Standpunkt, selbst einer vom geringsten Werte, zur Dialektik mit all' ihren Einzelheiten bereits verpflichte. Aber wo war René mit seinen langen Ohren, und wo war solch eine akademische Sentenz! Er glitt von Haupt einfach ab. Er erlahmte. Er fühlte sich plötzlich sehr müde, ja geradezu schläfrig. Und man könnte eine solche vom Baurat Haupt ausgeübte Wirkung am Ende auch als einen biologischen Effekt der Selbstverteidigung ansehen, wie die Trübung des Wassers durch den Tintenfisch. Jedenfalls war diese Mechanik den Kräften eines René Stangeler unfaßbar weit überlegen und kämpfte ihn nieder, ohne daß dabei ein einziger Schritt getan, ein Gegensatz zur Spannung gediehen, ein Gedanke verschwendet worden wäre.

Immerhin, René wurde nach Fraunholzer gefragt, ob der draußen schon erschienen sei, oder ob man wisse, wann er kommen würde? Auf beide Fragen konnte Stangeler nur mit einem einfachen ,Nein' antworten, was ihn gewissermaßen ernüchterte. So erzählte er denn, daß Asta dem Generalkonsul geschrieben habe; aber das war Haupt längst geläufig; übrigens schien es ganz unmöglich ihm anzusehen, ob er nun damit einverstanden sei oder nicht. Vielleicht lehnte er auch dies ab.

Jetzt erst, unter der Macht zunehmender Schlafsucht – die dem René in ganz paradoxer Weise nun schon wie ein betäubendes Gift von Haupt auszugehen schien – ließ ein Andrang bei ihm nach, der bisher von innen ständig sich im redenden Munde gestaut hatte; und gerade dem unbedingt zu widerstehen, bildete gleichsam einen letzten Halt und Rückhalt für Stangeler, dessen Zipfel er mit Anstrengung festhielt, bis die Müdigkeit auch diese Lage löste; und so empfahl er sich von seinem Schwager, ohne ihm von dem heutigen Erlebnis am Westbahnhofe irgendetwas erzählt zu haben (was sich hatte nahe legen, ja aufdrängen wollen unter dem Vorwand, bei diesem ruhigen und, wie es schien, durch und durch geordneten Manne sich etwa Rat zu holen, was jenem Phänomen gegenüber zu tun sei und wie man sich da am besten zu verhalten habe?!). Er behielt's also für sich, ja ihm war, als behielte er damit sich selbst in der Hand, sonderbar genug, mit jenen gedoppelten Damen, die ihn nichts angingen und deren unleugbare Tatsächlichkeit sich noch immer in wechselndem Lichte wandte, einmal zum Läppischen, einmal zum Wichtigen hin. Plötzlich auch schoß bei ihm eine Erinnerung ein, wie ein kleiner Meteorit des Geistes: er sah den Stauweiher draußen bei der Villa und sich selbst daneben sitzen auf dem Sandhaufen, während Geyrenhoff vor ihm stand in crème-farbenen Tennishosen. Ein Duft des Lavendels. Aber von der großen Schlange hatte er ihm eben doch nichts erzählt, so sehr schwach die eigene Position damals gewesen war (und dies dachte er wörtlich so), jene Stellung war gehalten und nicht preisgegeben worden, sie war besetzt geblieben, jene Reserve behielt er damals in der Hand (so tief und jahrelang nachwirkend waren, nebenbei bemerkt, militärische oder kriegerische Bilder und Vergleiche in's Vorstellungsleben der Menschen eingedrungen, wahrhaft in's Kernholz der Erinnerung gefahren mit manchem Hieb, auch bei notorischen Zivilisten – müssen wir's da nicht beachtlich finden, daß sich bei einem Majoren Melzerich dies alles schon bemerklich lockerte?!). Stangeler sah zugleich jetzt mit überraschender Klarheit, daß er sich damals durchaus richtig verhalten hatte; in diesem einen Punkte wenigstens hatte er nicht versagt. Denn Geyrenhoff wäre zweifellos die verkehrte Adresse für den Bericht von jenem Erlebnisse in der Schlucht gewesen. Dagegen der später nachgekommene Melzer war die richtige. Und hier, an dieser Stelle, an diesem nun schon scharf angeleuchteten Punkte haltend – René war inzwischen in sein

Hofzimmer hinüber gelangt, das auffallend erfüllt schien vom Dufte oder Dunste des wilden Weins und der anderen Gewächse draußen auf dem langen Balkon vor den Fenstern, ganz dicht war der Geruch, fast geil – hier nun, bevor er noch das Licht einschaltete, im Dunkeln in dem kühlen Raume stehend, fühlte er, wie eine riesige Hebung und Senkung in einem von Giganten geschriebenen Vers (wölbte nicht der Parkett-Boden sich geradezu auf unter ihm?!), den Schritt, den das Leben inzwischen weitergetan und mit welchem es inzwischen auch den damaligen Leutnant Melzer längst eingeholt und überholt hatte: und dieser wurde für René sogleich, in einleuchtendem Gegensatze zu damals, ein nächstes Beispiel, an welchem Verschwiegenheit zu üben war, mochte da welcher Vorwand immer dreinreden und ihm, Stangeler, einreden wollen, daß es erforderlich und geboten sei, dem Major oder Amtsrat von dem zu sagen, was sich da am Westbahnhof Absurdes gezeigt hatte, da es jenen vielleicht wirklich anging, ja aller Wahrscheinlichkeit nach? Aber die Flut des Schweigens und Verschweigens hatte den Major eingeholt und überspült, eine klare Flut, unter deren Oberfläche René jetzt Melzern treiben sah. Ganz mitleidslos sah er ihn da unten. Mit den weißen Porzellanhosen. Und viel deutlicher als sonst, leuchtend wie in Kristall, während die Flut weiterging bis an einen Horizont, hinter welchem man dann ,niemals mehr irgendjemand jemals etwas sagen würde'. Womit auch allen nur erdenklichen Bauräten Haupt zugleich die einzig richtige Antwort bereits erteilt wäre! Und der René Stangeler beschloß mit einer Art von hier im Dunkeln glühender Leidenschaft, während seine Augen wie kleine unaufhörlich aufblitzende Geschütze in dieses Dunkel feuerten, die weitergeschobene Aufgabe am neuen Ort und Exempel bewußter und also (wie er vermeinte) besser zu erfüllen wie damals, wo's nur so durchgerutscht war. Man mußte sich eben daran gewöhnen. Es mußte einen in schon gewohnter Weise bewohnen. Das Nicht-Erwähnen, das Nicht-Mitteilen einer Sache konnte ohne weiteres zur nun schon wieder unbewußten Gepflogenheit werden, eingefahren, eingealtet, nicht mehr anstrengend und wie am letzten Zipfel gehalten . . .

Er schlief bis in den hohen Tag und fand sich um etwa halb fünf Uhr am Nachmittage in guter Verfassung bei Siebenschein's ein. Außer den Eltern und Grete war noch eine Schwester der Hausfrau anwesend, die mit ihr nicht die leiseste Spur einer Ähnlichkeit aufwies, eine Frau Clarisse Markbreiter, mit viel weiblicher Anmut, kleinen weißen Patschhänden, überaus reichem und schönem ebenholzschwarzem Haar, darin sich vereinzelte Silberfäden zogen, die aussahen, als seien sie wirklich von diesem Metalle. Das Bemerkenswerte aber an Tante Clarisse war ihre Gestalt, sonderlich, wenn sie neben der strichartig schmalen und schlanken Frau Doktor stand: der Umriß rückte dann sogleich an die Grenze wandelnder Karikatur. Frau Clarisse, deren schlanke Beine sich neben denen einer Mary K. oder Lea Fraunholzer hätten sehen lassen können, behielt solche Schlankheit im ganzen auch noch in den mittleren Stockwerken des Gebäudes (wieviel zu solcher pointierter Architektur die Korsettmacherin beitrug, kann jetzt auf der Stelle nicht untersucht werden). Jedoch in der Bel-Étage oben kam ein monumentaler Stil dermaßen unvermittelt zum Durchbruche, daß man den Gesamt-Eindruck etwa als den einer umgekehrten Tropfenform bezeichnen könnte. Sie war munter, sogar sehr lustig und nicht dumm, gehörte indessen zu jenen Geistern, (soweit davon hier die Rede sein kann), die alle ihre guten Eigenschaften und ihre freundliche Harmlosigkeit sogleich verlieren, wenn ihnen etwas entgegentritt, was sie nicht verstehen. Dies wirkt auf solche Personen anscheinend in hohem Grade beleidigend. Wahrscheinlich wohnt ihnen die Forderung inne, daß die Welt unbedingt plan verständlich zu sein habe und daß sie zu verurteilen wäre, wo sie irgend davon abwiche. Nun, Frau Clarisse sah den René Stangeler selten. Aber daß er dabei – sofern er sich nur irgendwie äußerte – bei ihr nicht gut weg kam, wird man verständlich finden. Sie hatte heute ihre Tochter mitgebracht, die allgemein als besonders hübsch, elegant und klug sozusagen ausgeschrieen wurde, sowie deren Gatten, der sich mit dieser Charge seiner Frau abgefunden hatte und auch mit der eigenen Rolle eines musterhaften Ehemannes, welche ihm gleichsam en bloc von der Schwiegermutter ein für allemal übertragen worden war und der er nun nachzukommen sich bemühte: ein soignierter und bescheidener Mensch von noch nicht dreißig, mit jener Kultur der Zurückhaltung, die man in Wien bei Bürgersleuten mit alten und gut eingeführten Geschäften immer wieder findet.

Grete sprach über Paris und Frankreich überhaupt. Man saß im Speisezimmer, das eigentliche Sitz-Zimmer war noch verschlossen, dunkel, eingemottet. René, für den Personen wie Frau Clarisse Markbreiter etwas beruhigend Außenstehendes hatten, ein klarer Maßstab am äußersten Rande seines Horizonts, ein rein familiärer nämlich – mochte er selbst auch unter solchem Maße als Versorger und Versorgung Gretes in's Unmeßbare und Indiskutable versinken – René fühlte sich durch jene Erzählungen und den daran schließenden Gedankenaustausch (soweit davon die Rede sein kann) zwischen den jungen Leuten weit mehr in Unruhe versetzt als durch den permanenten und stummen Protest der Tante Clarisse gegen seine ganze Person. Dort aber war eine Nachbarschaft, mit der man die Gebräuche einer gebildeten und gehobeneren Umgangssprache allzu gemeinsam hatte; und es war zu fürchten, daß er auf solche Weise im Innern Gretes, die sich zwischen ihrer Cousine und deren Mann einerseits und René andererseits (soweit dieser an der Unterhaltung sich beteiligen konnte) glatt und auf gleicher Ebene hin und her bewegte, sozusagen mit Leuten in einen Topf geriete, mit welchen ein Ragout zu bilden Stangeler als hoffnungslosen Schwindel deutlich empfand: einen Schwindel seinerseits, einen bösen Betrug an harmlosen Menschen, die Standpunkte einnahmen und Meinungen äußerten, wie man eben sonst alles andere auch tut, Nägelputzen oder Photographieren, gewiß aber nicht als Ergebnisse eines Vorganges der Ermittlung und als jeweils letzte Ausprägung der eigenen Façon. Freilich, das junge Ehepaar war mehrmals in Paris gewesen, auf der Hochzeits-Reise nicht nur, sondern späterhin auch aus geschäftlichen Anlässen, und zuletzt in Südfrankreich. Dem René Stangeler aber fehlte ja die Materie, um bei einem solchen Diskurs – der, wie es denn Gepflogenheit ist, alle Augenblicke seinen Gegenstand weit und bis zur Sentenz überstieg – überhaupt mithalten zu können. Er geriet in die sehr bedenkliche Lage, Auslassungen über Dinge, die er gar nicht kannte, für Unsinn halten zu müssen. Hätte er das vermocht, was ein im eigentlichen Sinne erwachsener Mensch vermag, nämlich auf die bequeme und unübersteigliche Brüstung der Ironie und Toleranz gestützt, sich in eine solche Unterhaltung zu beugen, um gelegentlich einmal, mehr zum reinen Spaß als weil's zu bunt wird, das Licht aufzublenden, nur für die kurzen Sekunden eines lustigen und zutreffend formulierten Einwurfes: er hätte dann bei dieser Gelegenheit die Kenntnis der Sachen, von denen gesprochen wurde, weniger peinlich vermißt, weniger drückend die Enge empfunden, in welcher seine Jugend zu verbringen er sich immer wieder gezwungen sah und merkwürdigerweise mit dem tiefen Bewußtsein eigener Schuld an solchen Lebens-Umständen.

Aber einmal dauerten die Gespräche und dieser ganze Zustand gar nicht lange. Und zweitens war Stangeler von einem so spürbaren physischen Wohlbefinden am heutigen Tage durchdrungen, daß jede auftretende Dissonanz gemindert wurde und gleichsam darin erstickte. Ein gereinigtes und geräumtes Gefühl seiner selbst füllte ihn aus, ihm war in seiner Haut wohl, wie in einem gut passenden neuen Anzug; und gerade diese Art des Empfindens verband ihn neuerlich dankbar und innig mit Grete. Beim Fenster, an welchem er saß, hinausblickend, sah er zwei- oder dreimal eines von den Autotaxis am Ende der Gasse, wo sich der geteilte Standplatz befand, ohne Geräusch quer über die Fahrbahn rollen. Dies allerdings – es geschah in ungefähr gleichen Zeitabständen – wirkte befremdlich, mahnend, wie das Ticken einer Uhr, wie das Fallen von Wassertropfen, wie ein feststehendes Maß, von dem sich abhob, was hier im Vordergrunde geschah, und ein ernsteres und bedrohlicheres noch als jenes von Frau Clarisse Markbreiter im monumentalen Busen getragene. Jetzt wieder empfand er lebhafter und quälend die Verengung seines Lebens von vorhin: auch angesichts dieses mit seiner Weite am Ende jeder Gasse saugenden zuinnerst schon herbstlichen Tages, hier in der Siebenschein'schen Wohnung. Da erklang das Telephon anhaltend im Vorzimmer. Grete ging rasch und leicht hinaus, an René vorbei mit ihrem Gang, der die Hüften bei jedem Schritt auch nach seitwärts hervorschob. Nun hörte man sie am Apparate des längeren sprechen und mehrmals laut lachen; danach aber rief sie zur Türe herein: „René!“ Sie übergab ihm draußen den Hörer. „Es ist Eulenfeld“, flüsterte sie dabei, „für Mittwoch verabrede dich mit ihm, da bin ich den ganzen Nachmittag und Abend nicht frei. Er will dich sehen. Also für Mittwoch, ja?“ wiederholte sie, verschwand hinein und schloß die Türe hinter sich.

Eulenfeld, nachdem er einige Worte zu Stangeler gesprochen hatte, übergab den Hörer an Editha.

Wie mit einem einzigen Schlage brach die entbehrte Ferne hier in's Siebenschein'sche Vorzimmer ein, waren alle nicht getanen Reisen ersetzt, die zeitmessenden Taxis überwunden und bedeutungslos geworden, taumelte die Gondel hoch im Weitblick über die Stadt und den Strom. Einen Augenblick lang nur fühlte er sich von Grete in einer unerwünschten Weise getrennt, schob sich etwas dazwischen, was anscheinend kein einmaliger Punkt bleiben wollte, sondern schon als Linie lief. Aber plötzlich empfand er sich auch dieser Linie ledig. War man doppelt, dann war man auch nicht wirklich, so schien's ihm jetzt. Und auch Grete war nach Paris davongefahren. Sie mußten beide wiederkehren, zurückkommen von draußen, um zusammentreffen zu können. Nicht nur sie allein.

Er versprach, am Mittwoch-Nachmittage zum Tee zu erscheinen.

Das Zimmer war groß, kühl, komfortabel, vom Schein des dichten Grüns vor den Fenstern ganz durchflossen, fast in einer Art von Unterwasserlicht stehend, auch füllte das Bild der Baumkronen den hohen altmodischen Spiegel im Hintergrunde. Holzgeruch und frische Bettwäsche waren zu spüren und von draußen eine balsamische, pflanzlichen Atems voll gesättigte Luft. Das Rauschen des Baches, deutlich hörbar, ward jetzt unterbrochen von einem kurzen, mit erstaunlicher Gleichzeitigkeit einsetzenden und wieder abbrechenden Chorus der Gänse.

Als das Zimmermädchen gegangen war, stand Melzer regungslos und in einem solchen Zustande des Erstaunens, als wäre er hier nicht mit Vorsatz eingetroffen, sondern unvermutet eingeschossen und wie ein Meteor in die Sphäre eines fremden Planeten. Sein Blick blieb im Grün, das hier alles erfüllte. Er sah hinein wie in den Spiegel eines tiefen Weihers. Die Unbegreiflichkeit seiner an sich doch ganz alltäglichen Lage traf ihn jetzt fast mit einem Gefühle des Glückes bei der Vorstellung, hierher versetzt worden zu sein durch einen Antrieb aus seinem eigenen Innern, allein und ohne jede äußere Raison oder Zweckmäßigkeit. Er fühlte sich als Souverän der Situation und demgemäß auch leiblich mit Deutlichkeit als den Mittelpunkt einer gleichsam von ihm selbst geschaffenen Welt.

In diesem schwebte er nun durch Augenblicke, wobei es freilich nicht bleiben konnte. Melzer öffnete das Necessaire, wusch die Hände, tat ein paar Bürstenstriche und ging in den Wirtsgarten hinab, um Kaffee zu trinken. Als er das Zimmer verließ, sah er eine Zeitung, zu Wien am Südbahnhof gekauft, frisch gefaltet und ungelesen neben der kleinen Lederkassette am Diwan liegen. Er ließ sie da. Der Anblick befriedigte ihn. Einen Augenblick lang stellte er sich das Bahnhofs-Café vor, wo er vor Abgang des Zuges gesessen war; und der weite, halbleere Raum schien ihm jetzt tief nach rückwärts zu führen und wie ein Resonanzboden oder Geigenbauch zu schwingen, belebt und vertraut. Im Garten war es sauber und laubschattig, der Schritt eines alten Kellners befließ sich auf dem Kies, und draußen, um eine scharfe Kurve der Dorfstraße, die unsichtbar blieb, durch den hohen lebenden Zaun von Gebüschen, kam in Pausen, wie ein jedesmaliger stoßweiser Atem oder rauschender Guß, jetzt schon häufiger das Gebraus von Automobilen und Motorrädern vorbei, die von der Stadt herausgefahren waren und nun auf die Höhe des Passes eilten. Melzer geriet hier auf den Gedanken, eine Ansichtskarte an Thea Rokitzer zu schreiben. Aber weil er nicht wußte, ob sie schon in Wien sei und nicht einmal ihre Hausnummer in der Alserbachstraße kannte, unterblieb es.

Er ging langsam die Straße hinauf.

Bei der Post stand Asta in der Sonne.

Sie begrüßten einander herzhaft und als wären sie gestern beisammen gewesen, es geschah mit unverhohlener Freude. Sie erkannten einander insofern als gleichartig in diesen ersten Sekunden, als sie beide, allein schon dem Leibe nach, der zerstörenden und erniedrigenden Arbeit von vierzehn Jahren ganz und gar widerstanden und sich jeder für sein Teil beisammengehalten hatten, statt auseinander zu laufen, was ja bei so manchen auch vorkam (wenn man da etwa an Marchetti dachte!), die rasch den zeitlichen Abhang hinabkollern, dabei in einen jener formlosen Patzen verwandelt, welche dort unten dann liegen bleiben. Mühelos sah Melzer Astas Mädchengesicht aus den etwas deutlicher und deutbarer gewordenen Zügen heraus, ja es sprang ihn geradezu lustig an. Und was den Major anging, so hatte der auch seinen Amtsrat immer noch auf den Beinen eines Infanteristen gestanden. Unweigerlich glitt jetzt in Melzer der kurze Blitz eines Gedankens zu Editha, deren unverändertes Aussehen ihm jene Freude nie hatte bereiten können, sondern ein schwindelndes und leeres Gefühl jedesmal hervorrief, wenn er sie mit dem Mädchen hatte verbinden wollen, das einst im weißen Piqué-Kleide am Tennisplatze hinter der Villa dort oben entlang gegangen war.

Die Post, von Asta erwartet, war mit dem gleichen Omnibus gekommen, welcher den Major vom Bahnhof gebracht hatte; nun wurde sie bereits am Schalter ausgegeben, wobei Bekannte einander begrüßten und durcheinander gerieten; auch Melzer ward hier noch erkannt; es war Herr von W., welcher ihn gleich mit dem Namen anredete, der Sohn des Ministers, der Mann, dessen originelle Häßlichkeit nur wie eine Marotte seiner eigenen Intelligenz wirkte, weil es ihm vielleicht langweilig erschien, obendrein noch hübsch zu sein. Als Asta und Melzer aus diesem ländlich-gemütlichen kleinen Strudel sich gelöst hatten – Asta mit ein paar Briefen und dem Abend- blatte der Zeitung in der Hand – begannen sie die Straße hinauf- zuwandern. Daß sie ihr nicht lange folgten, sondern sich bald nach links wandten, die gleichen steilen Leiten und Wiesenhänge hinaufsteigend, wie Asta vor nun sechsundzwanzig Tagen, dieses Abweichen von dem einen allgemeinen Verkehrswege des Dorfs, wo man freilich nie sicher sein konnte vor störender Begegnung, ergab sich aus der Art des Gespräches zwischen den beiden, wie dieses sich bald wendete. Übrigens ganz gegen Melzers Erwartungen. Mit sicherem Instinkt hatte Asta gleich in den ersten Augenblicken des Wiedersehens allein durch ihre Hal- tung genau dort angeknüpft, wo vor vierzehn Jahren nicht sie, sondern er abgebrochen hatte, und das großmütige Übergehen dieser Tatsache verlieh ihr eine Art von Würde und Noblesse, welche Melzern ahnen ließ, daß jene keineswegs um seinetwillen von Asta beispielhaft gezeigt wurde, sondern nur um ihrer selbst willen, also eigentlich nicht nach Frauenart. Sie kam mit Worten gar nicht auf die Vergangenheit; sie hielt ganz offenbar zur Wiederherstellung der Verbindung zwischen Melzer und ihr ein fast schon mehr höfliches als sentimen- talisches Zurückgehen auf gemeinsame Reminiszenzen für durchaus entbehrlich; sondern sie setzte jene Verbindung einfach als bestehend und einer Wiederherstellung gar nicht bedürftig ohne weiteres voraus und sie orientierte den wie gestern gesehenen Freund über das, was jetzt und hier los, und zu wissen notwendig war, ja für ihn zu wissen sich recht eigentlich gebührte. So blieb in ihrem Reden vom Jetzt die volle Gültigkeit des Ehemals mit eingeschlossen.

Dieses Jetzt hieß diesmal nicht Semski oder Ingrid, sondern Etelka.

In des Pfarrers Wald saßen sie nieder, auf einer vermoosten und morschen Bank, die einige Vorsicht erforderte (Melzer aber ertappte sich nicht bei einer unsinnigen Vorstellung, die jetzt tief in seinem Innern sich so kurz nur regte wie ein kleiner Vogel die Schwingen lüpft: daß hier nichts passieren könne, mochte das Ding auch wackeln, da er selbst ja gegenwärtig ganz leicht sei). Wie einst in dem Sprechzimmer der Konsular-Akademie, als Asta den Teddy Honnegger unterrichtet hatte über die bestehende Situation, unnötigem Herumreden zuvorkommend, so schnitt sie auch jetzt wie mit einem einzigen Zirkelhiebe alles, was Etelka anlangte, aus dem Unbekannten und Unbestimmten heraus (war es der Vater, welcher in ihr selbst ihrem eigenen Reden oft ungeduldig zuhörte?). Über Fraunholzer, den Melzer ja nicht kannte: „gutes Herz, treu, jähzornig und gescheit, sieht aus wie ein alter Römer, wie der Gnaeus Pompejus – mein Vater, wenn auch gänzlich anders in vielen Stücken, war vielleicht in seiner Jugend ihm irgendwie ähnlich." Und weiter: „Pista Grauermann kennen Sie. Er hat sich nicht im geringsten verändert. Klug, korrekt, kalt wie ein Eiszapfen."

„Welch ein Gegensatz!" rief Melzer lebhaft, wenngleich er's nur tat, um irgendetwas zu sagen und damit angesichts des Leidvollen, Bedenklichen und Bedrohlichen, wovon er hier hörte, seine eigentliche und wirkliche Gemütsverfassung zu verdecken: es war die eines Glücklichen. Als sähe er die Fußstapfen, als könnt' er ihren frischen, scharfen Rand mit dem Finger berühren, so eindringlich lag hier der Schritt vor ihm, den das Leben in diesen vierzehn Jahren getan hatte: und zum Besseren, zur Befreiung, wie ihm schien. Eine Wärme des tiefsten Dankes und der Sympathie überkam ihn für Asta, die getreu durch all die Jahre einen Platz offen und frei gehalten hatte, für ihn, den er damals zu besetzen nicht fähig gewesen war, auf dem er aber heute glücklich und wirklich sich befand (und – der Zivil-Verstand gedieh ja in frischer

Vorwärts-Entwicklung! – vielleicht ahnte ihm sogar, daß ein solcher Platz, wenn eine Frau von der Art Astas ihn anweist, sich nahezu messen kann im Werte mit jenem, den sie ihm nicht hatte gewähren können). Hier war etwas vorwärts gegangen, hier war keine Drehung auf der Stelle erfolgt, sondern ein ausgreifender Schritt, hier schien das andere Ende einer sehr langgestreckten Ellipse erreicht, wo sich die Kurve harmonisch schließt. Er hätte Asta jetzt gerne um die Schultern genommen und sie herzhaft gebeutelt.

„Auf den Gegensatz kommt es sehr an", replizierte sie jetzt auf seine Äußerung. „Genau genommen bleibt ja das ganze Werkel immer nur durch solche Kontrapunkte im Gang. Manchmal find' ich's schon langweilig, stinkfad' geradezu. Mit diesem Imre ist's natürlich auf andere Art genau das gleiche."

So saß er denn hier, Melzerich, der Krebs Melzerich, ein wenig hervorgekrochen aus seiner Höhle unter dem Steine, mit geruhsamen Ad-notam-Nehm-Äuglein; auf dieser hochgelegenen Bank neben Asta, in Freiheit, dem Terraquarium dort drinnen in der Stadt entronnen, wo Unzulässiges durcheinanderkroch, Gletschermühlen sich drehten, Editha und Eulenfeld, Scheichsbeutel und Oki Leucht (puncto Scheichsbeutel täuschte Melzer sich vollkommen: der zum Beispiel war noch in Paris und stand jetzt, zu dieser Stunde, sich grenzenlos aber völlig unmerkbar langweilend, mit bis zum Absoluten perfektionierter hörnerner Gleichgültigkeit hinter Lasch im Salon eines bekannten Händlers von Halb-Edelsteinen, sowie neueren aber auch antiken Gemmen und Kameen, unter welchen sein Herr seit einer und einer halben Stunde wählte). Hier saß er, Melzerich, blickte in die schöne Natur und war über das Müssende beruhigt. Beruhigt zudem, weil er es hier doch auch wieder angetroffen hatte und sich keineswegs etwa, selbst voll Gekrabbels und Gequabbels, einer an absolute Leere grenzenden Reinheit und einer heillosen spinatgrünen Erhabenheit hilflos gegenüber fand. Sie starrte ihn nicht an in ihrem abweisenden Selbstbewußtsein und unter lautlosem innren Donner in den sonnigen Himmeln:

sie sank, sie hob sich, sie atmete, sie tat den großen Schritt mit ihm; sie flügelte aus und bot dar mit einer offenen Waldschneise, durch die hier der Blick gehen konnte, wenn man ein wenig ihn wenden wollte, sie zeigte nicht nur die Felsmauern des Bergs, der in den Himmel graute, sondern auch das aus vielen grünen Höhen zusammenfließende Tal und die Sonne auf dem Dach eines Gehöftes am anderen Hang.

Asta erzählte nicht viel Einzelheiten. Es blieb bei der gegebenen Strichzeichnung der Lage, ein orientierendes Croquis, fast von militärischer Kürze. Übrigens würde Melzer bald Etelka zu Gesicht bekommen: in dem unteren Hotel, wo er wohne, stehe für den heutigen Abend irgendeine Tanzerei und Unterhaltlichkeit bevor; auch Etelka und Asta beabsichtigten zu erscheinen, ebenso die jungen Herren von W. und andere Bekannte. Ansonst wäre das bei solchen, hier nicht gerade häufigen Anlässen übliche Gemisch von Sommergästen und Einheimischen zu erwarten, welches eines eigenen und harmlosen Reizes nicht entbehre. Für den morgigen Sonntag wurde Melzer von Asta auf die Villa eingeladen, um dort auch mittags zu bleiben.

Sie erhoben sich und folgten dem Kamme, in der schon schrägeren Abendsonne, schweigend und langsam dahingehend auf den ebenen Teilen des Wegs. Für Augenblicke war's Melzern so zu Mute, als schritte er wie auf einer Galerie über seinem sonstigen Leben, oder gleichsam auf dessen Dachfirst. Was ihn hier für's erste erwartet hatte, schien ihm jetzt ein durch eigenes Zögern während eines ganzen Sommers aufgestauter Gewinn: und am Ende war er also doch zur rechten Zeit herausgefahren? Dieses Gehen hier auf der Schneide zwischen zwei Tiefen und Tälern ließ in Melzer für Augenblicke Erinnerungen an die Treskavica, die Bärenjagd und damit freilich an den Major Laska aufsteigen: wie aus diesem Kamme hier und genau aus der eigenen Mitte, die jener gleichsam schnitt. Er begann Asta von dem toten Freunde zu erzählen, in wenigen Worten, er sprach einiges über Bosnien und endlich vom letzten Abschied am Lavarone-Plateau.

Sie hörte ihm sehr ernsthaft zu. „Wie traurig", sagte sie dann, „wie sehr, sehr traurig. Das muß ein lieber Mann gewesen sein." „Ja, das war er", antwortete Melzer. Sie hatten indessen die Höhe und die Kehre der Paß-Straße erreicht, traten an's Geländer und schauten in's schon dicht fädelnde Sonnengespinst talabwärts. Dann machte Asta sich auf den Heimweg. Melzer, der hier heroben noch zu verweilen gedachte, blickte ihr ein wenig nach, während sie die Straße bergab zu gehen begann. Jetzt weiß sie also von Laska, dachte er verwundert. Ihm war, als hätte er ein Depot an den richtigen Ort gelegt. Noch blieb das bunte Nationalkleid dort unten zu sehen, wie am unteren Rand einer ungeheuren Bilderwand hingefleckt, als welche sich ihm jetzt die Landschaft übereinander baute, für Augenblicke fast ohne Perspektive, senkrecht empor von den dunklen Grundtönen der Wälder bis zum schwindelnd in die Ferne fallenden Graublau höchster Felskanten.

Der Doktor Negria war Melzern unbekannt, und in Lederhosen sah er schließlich aus wie irgendein anderer leicht verschwitzter Feschak auch. Angelika Scheichsbeutel (Angely de Ly) aber mußte dem Major, wie's eben jedermann hier ging, auffallen. Ihre Erscheinung wirkte wie das hohe, feine Singen einer Gelse oder Schnake: geradezu maßlos aufdringlich: bei niedergeschlagenen Augen und kindlichem Wesen. Es erinnerten die zuletzt angeführten Ingredienzien sogleich an eine Ansteckung, welche damals unter den Schülerinnen der berühmten Tänzerin W. umging: jene ermangelten, bei höchster Kultur und seelisch-leiblicher Lockerung, doch nicht des unzerstörbar kindhaften Zuges im aufblühenden Weibe, den die rückwärts beutelförmige Haartour unterstrich. Auch Fräulein Scheichsbeutel hatte einen solchen Beutel.

Im Grunde sind das lauter Gemeinheiten. Hier wollen wir uns einmal Zihaln ohne jeden Vorbehalt anschließen und seine immer wiederkehrenden halbamtlichen Zwischenbemerkungen durchaus nicht als Störung sondern als Klärung empfinden. Der alte Sommerkellner indessen, welcher in der müden Verfassung eines schon recht abgetriebenen Gaules zuletzt noch, nämlich 1918, über die Barrière zwischen zwei allzu österreichischen Zeitaltern, also über einen Pallawatsch hatte springen müssen, er bewahrte in solcher Verfassung und in dem spärlichen Raume zwischen Haut und Knochen noch jene Instinkte, welche im Vorbeisehen einen richtigen Herrn, nach dem einstmaligen Maße, unfehlbar erkannten: und so er den Major Melzer, dem daher sogleich sein Wohlwollen und sein Diensteifer galten. Er hielt für passend, während des Servierens und über Melzer gebeugt, diesen auf die Zelebrität am Tische dort drüben, nämlich die Tänzerin Angely de Ly, aufmerksam zu machen, diskret raunend; und er fügte hinzu: „Der Herr, welcher mit ihr speist, ist gewissermaßen ihr Beschützer, zugleich ihr Arzt, ein Herr Doktor Negria aus Wien, ich glaube sogar ihr Oheim." Oheim ist unzweifelhaft etwas Höheres als ein gewöhnlicher Onkel, für den sich jeder ordinäre Kerl ausgeben kann. Auch Personen, die eigentlich keine Herrschaften sind, aber solchen doch in die Nähe zu kommen vermögen – wie's eben bei einer berühmten Künstlerin der Fall ist – kann unter Umständen das Recht zur Führung eines Oheims verliehen werden; und zudem, es zierte hier Haus und Lokal. „Ist gewissermaßen Protektors-Person bei ihr", hieß es noch flüsternd mit Bezug auf den Kinderarzt und alten Bootsmann, der hier abwechslungsweise einmal als fördernder Kunstfreund zum Durchbruche gelangt war.

Nun, Melzer hatte gerade vor acht Tagen einsehen gelernt, daß man auch Scheichsbeutel heißen könne.

Man vermochte aus dem Raume, wo Melzer beim Essen saß, in den benachbarten Gartensaal zu sehen, dessen Flügeltüren eben geöffnet worden waren und wo bald auch stärkeres Licht aufflammte. Über Astas Geheiß hatte der Major dort einen Tisch reservieren lassen. Hier herinnen erhob sich die oder jene Tafelrunde und übersiedelte hinaus. Als Angely de Ly mit dem Doktor Negria die Schwelle überschritt, setzte im

Saale – er war für ein ländliches Wirtshaus unverhältnismäßig groß und hoch – eine dort schon befindliche Musik-Kapelle mit kräftigem Tusch ein. Ob dies nun Zufall, Absicht des Wirts, oder ein Arrangement des Bootsmannes (Lotsen) war, blieb ungewiß. Auch Melzer ging hinaus. Der alte Kellner zeppelte ihm voran und wies den reservierten Tisch, daran etwa acht bis zehn Personen Platz finden konnten, und wenn's gerade sein mußte, noch mehr... Es war ein guter Platz, ein wenig abgesondert, zwischen aufgestellten Rollwänden, fast eine Art Loge, und in einer Ecke des Saales gelegen, der, nur am Rande mit Tischen besetzt, in der Mitte frei blieb für die Tänzer, frisch gewichst und spiegelnd. In der Melzern schräg gegenüber liegenden Ecke befand sich die geräumige und hohe Musik-Estrade, auf welcher aber diesmal keine ländliche Kapelle mit Blechinstrumenten etabliert war, sondern ein zwölfköpfiges Tanzorchester mit allem was dazu gehört. Man hatte es offenbar für diesen Abend kommen lassen. Schon wurde die weite Bodenfläche beschritten, beschliffen, bewiegt.

Melzer saß hier nicht ohne Verwunderung. Dies alles ging gegen seine Erwartungen, es entsprach keineswegs dem, was er sich unter diesem Ausfluge vorgestellt hatte (etwa eine Ersteigung der Rax-Alpe und danach ein kurzer Besuch auf der Villa Stangeler). Aber das Einverständnis, in welchem er sich mit Asta fühlte – und auch jetzt durchaus, während sie abwesend war – bewohnte ihn, wie ein neu ihm zugewachsenes Geschenk.

Melzer hatte Wein einkühlen lassen, trank aber jetzt schwarzen Kaffee und zwar zwei- oder dreimal hintereinander, was von seinem sonst immer maßvollen Genuß dieses Giftes ganz erheblich abwich. Aber in ihm drängte es nach erhöhtem Wachsein. Die Lage schien ihm das irgendwie zu erfordern; indessen, was war das nun eigentlich für eine Lage? Und konnte man diese wenig besagende Situation hier mit einem solchen Worte ansprechen? Wie in einem Gefäß, das man getragen und abgestellt hat, darin aber die Flüssigkeit noch nicht zur Ruhe gekommen ist, sondern hin- und herschwappt, so wogte in ihm noch das Grün von dem Gang im Freien auf dem erhabenen Kamme und mit den wahrhaft erhabenen Bildern, welche sich von dort dem ausfallenden Blicke geboten hatten; und während hier ein Zuviel an elektrischem Licht einen lächerlichen Aufwand beschien und sich auch schon einige Dörfler – garnicht ungeschickt – in englischen Rhythmen zu wiegen begannen (welche damals bereits auf ähnliche Weise in aller Welt den Tanz monopolisierten, wie es in der vorhergehenden Zeit die Drei-Viertel-Takt-Infektion von Wien aus vermocht hatte) – während dieser an sich harmlosen Veranstaltungen, denen doch ein Beigeschmack von Prätention nicht fehlte, lag in Melzer noch immer die schräge Abendsonne von dort oben, das Gold, in welches das Grün sich auflösen wollte wie verdampfend, und das erkühlende Blau einer tief sich auswölbenden Himmels-Schale. Zwischendurch beobachtete er ohne jedes Interesse, nur weil's gerade gegenüber von ihm geschah, wie mehrere Feschaks nacheinander, welche Angely de Ly zum Tanze aufforderten, einen Korb bekamen. Die Tänzerin tanzte hier nicht. (Nun, vor gar nicht langer Zeit hatten Koryphäen in der hiesigen Dorfkirche gesungen; aber, je weniger einer hat, desto höher muß er es halten.) Melzern amüsierte es zu sehen, wie sich da jeder zuerst mit einer Verbeugung an den Herrn Doktor wandte (als an die „Protektors-Person", um mit dem Haut- und Knochenkellner zu reden), solchermaßen die Erlaubnis zur Aufforderung einholend. Negria erwiderte immer mit einer kleinen schlampigen und hilflosen Gebärde auf seine Dame weisend, welche alsbald kindhaft-weiblich und sanft das Haupt schüttelte und den Blick niederschlug. Noch während der Major dem zusah und bei sich dachte, daß sie später wohl noch tanzen würde und nach solchem Hinausschieben erst mit dem gehörigen Effekt, wurde sein leerer Tisch geradezu wie mit einem Gusse überschwemmt, denn Etelka und Asta samt Begleitung waren eingetroffen. Diese bestand nicht nur aus den Enkeln des Ministers sondern aus noch weiteren vier oder fünf Personen, worunter ein Ehepaar mittleren Alters; man hatte zum Teil wohl erst hier, im Vorraum oder im Saale, einander getroffen. Etelka begrüßte Melzer, ohne eigentlich sogleich zu wissen, wer das nun sei. Dann geschah das kreuz und quere wechselseitige Vorstellen derjenigen, die einander noch nicht kannten, eine bis zum Symbol oder Kurz-Zeichen unverständlich gemurmelter Namen und ausgetauschter kleiner Verbeugungen abgeschliffene Zeremonie, welche den Major durch Augenblicke lebhaft an den verwichenen Sonntag und das ,Nach-Frühstück‘ in der Au denken ließ und an Edithas Kritik bezüglich solcher Gepflogenheiten. Der Tisch war nun fast ganz besetzt. Melzer neben Asta. Jenen ließ es nicht los, daß da irgendeine ,Lage‘ herrsche, daß man auf der Hut sein müsse und aufmerksam. Etelka tanzte mit Karl von W. Auch war da auf einmal der Doktor Negria am Tische und holte sich die Dame zum Tanz, welche mit ihrem Gatten gekommen war. Asta hatte freilich bald Angely de Lys ärgerliche Erscheinung entdeckt und machte sich bei Melzer Luft. Hier im Saale geriet alles immer mehr durcheinander, wie's denn zu gehen pflegt. Die Dörfler übten das Tanzen mit Zähigkeit und Ernst aus, auch Asta ward entführt. Dann tanzte sie mit Melzer. Etelka, an diesem Abend überaus lebhaft, vollführte mit Karl von W. und zwei anderen jungen Leuten einen recht erheblichen Lärm, soweit sie nicht mit Karl tanzte, was jetzt schon fast ununterbrochen geschah. Plötzlich sah man Karls jüngeren Bruder, der sich von Asta offenbar vernachlässigt fühlte, mit Angely de Ly dahinschweben. Weil sich dieser junge Herr nun wirklich auf das Tanzen verstand (offenbar hatte sie ihm das angesehen?) kam Angely jetzt zum gewünschten Effekt und zur entsprechenden Raumverdrängung. Denn man hörte da und dort immer mehr mit dem eigenen Gehopse auf und sah zu. Der Partner wurde übrigens, wie man bemerken konnte, durch kleine Zuflüsterungen von der Tanzmeisterin gesteuert und auf die jeweils nächste Figur eines amplifizierten und komplizierten südamerikanischen Tango vorbereitet. Der Schluß war einigermaßen phantastisch. Es wurde applaudiert. Eine etwas massive Bemerkung Etelkas ward inzwischen vielleicht nicht nur am eigenen Tische vernehmlich: „zum Kotzen!" hatte sie gesagt, sich zu Karl beugend. Asta erkannte, daß ihre Schwester einen Schwips hatte. Endlich war die Tanzproduktion vorbei. Der Kellner schien im Gedränge nicht an den Tisch zu kriegen, Asta wollte etwas zum Trinken, und weil sie sich des Weines aus sportlichen Gründen unbedingt enthielt, ersuchte sie Melzer, ihr ein Mineralwasser zu besorgen.

Dieser steuerte also durch den Tanzsaal und das Speisezimmer in die Schank, deren Türe zum Hausflur offen stand.

Der quadratische Raum war fast leer, nur in der einen rückwärtigen Ecke lümmelten schweigend drei Leute vor ihren Gläsern. Während der Schankbursche einige Kistchen rückte, um am Eisschrank das Seitenfach zu öffnen, worin jenes hier nicht eben laufend verlangte Getränk sein mochte, trat Melzer unter die Tür, in welcher ein schon gekühlter Hauch der Sommernacht zusammentraf mit der dumpferen Luft des Schankzimmers und ihrer Durchsetztheit vom kellrigen Geruch der Bierfässer. Man roch auch den Straßenstaub von draußen und zugleich pflanzlichen Atem im Luftzug.

Um die enge Kurve der Straße kam plötzlich Licht, Brausen, aber es wischte nicht vorbei, sondern es schloß mit dem Scharren der Reifen und dem Geräusch des niedergepreßten Kieses, während der weiterlaufende Automobilmotor gleichsam unaufhörlich mitteilte, daß hier jemand vorgefahren und ein später Gast vor dem Hotel angelangt sei. Wirklich wurde auch alsbald der Zimmerkellner sichtbar, der hier den Empfang und alles von dieser Art überhaupt besorgte, denn der Wirt und Eigentümer schien mehr zu seinen Bauern in der Schank gehörig. Auch ein Zimmermädchen erschien unten an der Treppe. Der neue Gast, dessen flacher Koffer eben hereingetragen wurde, kam an Melzer vorbei: aber er zog den Major gleichsam nach, es hob Melzern förmlich hinter jenem her: das war der erstaunliche, ja überwältigende Eindruck, welcher selten und immer dann aus dem Alltäglichen hervorspringt – wie aus plötzlich aufgestoßenem Türchen – wenn eine Vorstellung, die uns in irgendeiner Ecke bewohnt, plötzlich von außen bestätigt erscheint und als Wahrnehmung uns entgegentritt. Der römische Bürger Gnaeus Pompejus im Sport-Anzug unserer Tage war indessen unter Vorantritt des Zimmermädchens schon über die Treppen hinauf entschwunden. Melzer blieb sich des Überflüssigen seiner Frage an den Kellner, wer dieser Herr sei, so vollkommen bewußt, daß er im nächsten Augenblick schon beinahe bedauerte, sie überhaupt noch getan zu haben; und jener gab denn auch die erwartete unnötige Antwort: „Der Herr Generalkonsul Fraunholzer aus Belgrad."

Melzer hatte seinen ‚Mattoni' bekommen und ging langsam wieder hinein.

Da war sie also, die – ‚Lage'.

Und er dabei sozusagen verantwortlich. Für einen Augenblick nur, ohne daß er solches klar dachte, kehrte ein Daseinsgefühl aus dem Kriege wieder: wenn es gegolten hatte, sich zu entschließen, einen Befehl zu geben. Dumpf und dunkel streifte ihn das, von sehr nahe: es erinnerten sich sozusagen die Organe, nicht der Kopf. Jetzt schien ihm gut, daß er den Zimmerkellner doch nach dem Namen des Angekommenen gefragt hatte. Der gesunde Menschenverstand war da über die sich öffnende Kluft des Staunens ohne weiteres drübergesprungen, er hatte nicht intermittiert. Es wäre keinesfalls möglich gewesen, dachte Melzer, auf Asta die Sicherheit zu übertragen, mit welcher er sofort gewußt hatte, wer der Ankömmling sei – wenn auch gerade durch Astas knappe und treffende Charakteristik der Person (daß der Spitzname den René zum Urheber hatte, wußte der Major freilich nicht). Nun aber brachte er gleich auch den Beweis mit. Im leeren Speisesaale, der nur schwach beleuchtet war, blieb er für ein paar Augenblicke stehen mit seiner Gießhübler-Flasche in der Hand. Ihm war, als liefe er von allen Seiten um seine eigene Mitte zusammen: jetzt erinnerte er sich bewußt an den Krieg. Dies war das gleiche Gefühl wie damals, in gewissen – – Lagen; nur stärker, klarer. Ihm war, als fiele er durch die Zeit, rasch, mit Zug, mit scharfem Windzug. Er betrat den Saal. Hier hatte der

Lärm zugenommen, auch der Tisch Astas und Etelkas tat das Seine. Bei Negria und dem Fräulein Scheichsbeutel drüben saß jetzt der jüngere Enkel des Ministers.

Fraunholzer, so dachte der Major, war hier für jeden Augenblick zu erwarten, da er kaum schon zu Abend gegessen haben dürfte: und aus dem Speisesaal mußten ihn wohl Lärm und Musik hereinziehen, wenn auch nur um nachzusehen, ob hier vielleicht jemand von der Villa anwesend sei. Melzer bestrebte sich, durch den eben wieder beginnenden Tanz hindurchzusteuern: glücklicherweise war Asta noch am Tische verblieben. Als er wieder neben ihr saß und den Gießhübler einschenkte, machte er leise seine Meldung, knapp und eindringlich. Jedoch, noch während dieses Flüsterns und als eben Asta, um sich zu vergewissern, noch einmal fragte, erhoben sich Karl und Etelka und verließen miteinander den Saal. Asta sah ihnen verblüfft nach. Es verschwand dieser Abgang wohl im Wirbel des Tanzes: aber er blieb doch irgendwie ein starkes Stück und nicht unbemerkt auch von anderen. Der Doktor Negria zum Beispiel schien, den beiden nachblickend, in tiefes Sinnen zu versinken. Astas und Melzers aber bemächtigte sich augenblickliche Ratlosigkeit. Sie hätte wohl der Schwester nacheilen können. Indessen es war zu spät.

Denn Fraunholzer, der inzwischen in einer Ecke des Speisesaales Platz genommen hatte, zwischen ähnlichen Rollwänden wie drinnen, welche gleichfalls eine Art von Logen bildeten, erwartete hier sein Abendessen. Den Zustand, welchem Etelka und Karl augenblicklich unterlagen, hätte der Rittmeister Freiherr von Eulenfeld etwa als ,erheblich kälberne Anwandlung' bezeichnet. Auch waren beide betrunken (das hat Karl von W., damals im Stande der Unschuld und Unwissenheit, später tiefbedrückt im Vertrauen mitgeteilt). Sie blieben, nachdem sie die Türe des Tanzsaals hinter sich geschlossen hatten, gleich bei dieser in dem anscheinend leeren Speisesaale stehen und begannen einander abzuküssen. Dann durchschritten sie ein kurzes Stück des Raumes, nur um alsbald nach rückwärts in den Wirtsgarten zu verschwinden, der verlassen im zunehmenden Monde lag und in der nächtlichen Frische, welche im Hochgebirg gegen Ende des August mitunter schon recht fühlbar ist. Im ganzen hatte sich das Paar kaum eine halbe Minute in dem Speisezimmer aufgehalten. Gleich danach erschien der Haut- und Knochenkellner mit des Generalkonsuls Abendessen.

Dieser nahm eine Gabel in die Hand und ließ sie wieder sinken. Wie der Druck einer ungeheuren Presse, so kam jetzt das Gewicht seines Lebensalters, das sich den Fünfzig näherte, auf ihn herab, erdrückte leicht und nebenbei den aufprasselnden Zorn über diese erlittene Schmach, welche von der Höhe jener Jahre den unschuldigen Karl freilich als einen Lausbuben, und als nichts weiter, sehen und zuerst nur als ein Ziel für jenen Zorn hinstellen wollte: aber dieses fiel alsbald und schwand aus dem Blick. Eines ganzen Lebens Schlachtfeld, trümmerbesät, darauf die letzten Legionen untergingen, lag wie mondbeglänzt, wies die hoch emporragenden zerbrochenen Schäfte vergebens geschleuderter Geschosse, den bläulichen Schein auf Panzern, die vor gar nicht so langer Zeit noch in der Sonne gefunkelt hatten, den bleichen Glanz auf starr gewordenem, einst hurtig jugendkräftigem Knie eines Gefallenen, welches nun gegen das milde Gestirn reglos gehoben war. Hier war sie, die sich vollendende Niederlage, deren Kommen er schon bei der Abreise aus Belgrad gefühlt hatte. Schon war der Rückzug beschlossen in die letzte Festung, hinter den Limes, in's sichere Grenzkastell (zu Gmunden) gegen das Nichts, und der Entschluß wog leicht, weil er nichts mehr wählend ordnete, sondern nur einholte, was die Tatsachen schon geordnet hatten. Aber wenn ihm eines jetzt helfen konnte, dann war es dies: zu sehen. Bis zur Austrocknung der Augen, die dann nicht mehr überfließen konnten. Und bis zum Erbrechen, das ihm jetzt beim Anblick der angerichteten Speisen durch einen Augenblick nahekam, weshalb er die Schüsseln zurückschob. Er warf die Gabel, die er noch hielt, auf den Tisch und erhob sich. Ja, hier war der Heiltrank zu

nehmen, hier wurde er kredenzt. Zum ersten Mal in einem
tätigen Leben sprang die Türe auf zu dessen Hintergrund, erhob sich der Wunsch, nichts zu tun, sondern am ganzen Körper
gleichsam nur Augen zu haben und geheilt zu werden durch
das, was sie aufnahmen, was durch sie flutend hereinstürzte.
Er verließ den Speisesaal, ging über den Flur, geriet unter
dieselbe offene Türe, in der vorhin Melzer gestanden war, und
unversehens in die Schank zu den Bauern. Das war die gute
und sichere Führung vom Unbewußten her, welches jetzt für
Augenblicke durch den Einsturz des Oberbaus und der Auf-
bauten bloßgelegt war. Entschlossen, zu bleiben und zu sehen
und auszukosten, um sich gleichsam frei zu hauen für den
Rückzug, für einen vollständigen und endgültigen, fand er
hier die harmlose und gnädige Überbrückung der noch bestehenden Kluft zwischen einer tief ihn anwandelnden Schwäche und dem Entschlusse, sich um der Freiheit willen nichts
zu ersparen. Hier waren die ersten Tropfen des Heiltranks:
ein steirischer Sliwowitz. Er hielt den Magen nieder. Der Generalkonsul trank stehend vier Gläschen am Schanktisch und
der Bursche dahinter schenkte sie wohlmeinend ein, innerlich
befriedigt darüber, daß auch vornehme Herren dies heimische Getränk nicht verschmähten, darin der Schutzgott der
Zwetschgenbäume wohnte, der's zugleich auch war gegen
große und kleine Leiden des Leibes und der Seele. Zwischendurch fragte Fraunholzer, ob sie auch Champagner vorrätig
hätten. Dies schmerzvolle Fest der Freiheit mußte ja gefeiert
werden. Da sogar ein Franzose freundlich wartend in den
Fächern saß, ließ er gleich einkühlen, aber nicht etwa half a
bottle (war man denn beim Frühstück?!) sondern gleich fünf
Ganze.

Nun gut.

Pompejus, omnibus bene cognitis rebus, dedecus putasset,
si quidem clade imperfecta rem reliquisset: sed eo magis
nunc animum adversit. Anders: Pompejus verließ nicht –
wie jener Gnaeus bei Pharsalus – angesichts der sich vollenden-
den Niederlage das Schlachtfeld. Kein Zweifel: angesichts des

ganzen Gekrabbels und Gequabbels und der psychologischen Brenzlichkeiten aus solchen Häferln wäre, zur Regulierung und um das Besondere in seine Schranken zu weisen, römische Prosa am besten anwendbar. Jedoch, wo käme man da andererseits hin?! Aus der Naturalistik in den Klassizismus. Alias: zur ungebührlichen Vereinfachung. Wir können nicht mehr in römischer Quadrata schreiben. Gut schaun wir aus.

Hierdurch wurde, alles zusammengenommen, folgende Situation geschaffen: sechs Personen traten annähernd gleichzeitig an den Tisch, nämlich: der Doktor Negria und Angelika Scheichsbeutel, welche beiden der jüngere Enkel des Ministers von ihrem Tische herüber zur Gesellschaft brachte, ferner Fraunholzer, und unmittelbar nach ihm Etelka und Karl. Bald danach kam der Champagner. Die Wiederkehr Etelkas und Karls befand sich durchaus jenseits der Grenze des Möglichen, weil der nicht lange, aber sozusagen unglücklich bemessene Zeitraum ihres Ausbleibens geradezu provozierend wirkte (sie hatten ihn lediglich dazu benutzt, um den zunehmenden Mond anzukälbern). Etelka aber leistete es sich, Fraunholzer seine plötzliche Ankunft übel zu nehmen, sie fühlte sich gestört und gleich bei der Begrüßung glacierten sich ihre Züge in jener Weise, die wir drei Wochen vorher schon Gelegenheit hatten zu beobachten, nämlich anläßlich der Lagebesprechung mit Asta auf dem begrünten Tennisplatze: diese aber wurde jetzt denn doch von negerhaftem Staunen erfüllt, trotz all' ihrer Kenntnis von Etelkas Möglichkeiten. Asta und Fraunholzer begrüßten einander herzlich. Was diesen betraf, so schien er vollends unerschütterlich. Nachdem er den ganzen Tisch mit gefüllten Kelchen reihum besetzt hatte, ließ er auch die Musik mit Wein bewirten. Asta schaute in die Maske der Angelika, welche ausgerechnet ihr gegenüber saß, und vermeinte durch Augenblicke sich in einem Tollhaus oder in einem Traume zu befinden: während man jetzt schon Fraunholzern tanzen sah und zwar mit der weiter nichts besagenden Ehefrau am

Tische, die er zu solchem Zwecke hernahm. Alsbald tanzte Karl wieder mit Etelka, oder eigentlich umgekehrt. Der Lärm stieg an, nicht nur hier am Tische; es schien das Puffen der Champagnerkorke den ganzen Saal stimuliert zu haben. Asta und Melzer blieben sitzen. Sie verharrten dem sich entwickelnden Tohuwabohu gegenüber ratlos und im tiefsten Grunde überzeugt, daß dabei Gutes nicht herauskommen konnte. Schon sah man den Feschak Negria mit Etelka sich wiegen, und nicht zuletzt hieher gehörig war es, einen Foxtrott Fraunholzer-Scheichsbeutel zu bewundern: sie war seiner Aufforderung sogleich nachgekommen, offenbar weil sie erfahren hatte, daß dieser Herr ein Generalkonsul sei. Negria erfuhr von der beschwipsten Etelka, mit welcher er sich, immer tanzend, eifrigst unterhielt, vielleicht noch weitere Personalien. Die fünf Flaschen versanken wie in Sand, jedoch kamen neue. Am Tische erschienen jetzt auch Unbekannte, von denen Melzer nicht wußte, ob sie für irgend jemanden in der Runde Bekannte seien. Von den Einheimischen, die nunmehr bereits hier zwischen die Rollwände eindrangen, war's etwa noch anzunehmen, von einem jungen Ehepaare – die Frau in einem roten Sommerkleid, die Haare gelb wie ein Trompetenstoß – keinesfalls. Der Generalkonsul war übrigens verschwunden. Die Lage wurde stehend, der Wirbel konstant, Asta fürchterlich müde. Als man aufbrach – der Saal war zum Teile schon geleert – geleitete Melzer die beiden Damen über die Dorfstraße aufwärts, bei dünnem Monde und rechter Hand rauschendem Wasser, bis zum Beginn des Stangeler'schen Grundstückes. Im Weggehen hatte Etelka nicht nach Fraunholzer gefragt; und hier auf dem Wege sprach man fast nichts.

Der Major sollte Asta um zehn Uhr beim Postamte treffen, das nach wie vor ein Zentral-Knoten hiesigen Lebens geblieben war.

Melzer erwachte an diesem Morgen nach allem verhältnismäßig zeitlich und bestellte ein Bad.

Im heißen Wasser liegend fühlte er das Gestrige wie einen kleinen Hügel bunter, unentwirrbarer Schnitzel gleichsam auf sich gehäuft, auf den eigenen braunen Körper (braun von manchen Bade-Ausflügen nach Kritzendorf und zuletzt nach Greifenstein!), gerade dort, wo sich der Raum zwischen Magengrube und Lendenrillen als flacher Schild dieser leichten und doch erstaunlichen Last bot (ein Grieche hätte gesagt, er besänne sich tief in seinem Zwerchfell). Dieser Ausflug hierher, als Ausweg vermeint, zeigte sich jetzt als Eingehen in nur andere Komplikationen. Gleichzeitig fühlte er Neugier. Asta hatte Fraunholzer bald nach der Begrüßung gebeten, das Mittagessen doch morgen auf der Villa zu nehmen, ihr Vater würde sich darüber freuen. So stand denn ein längeres und ruhigeres Beisammensein mit dem Generalkonsul und Etelka bevor. Jetzt erst fiel es Melzern ein, daß jener ja im gleichen Haus hier wohne. Er würde wohl noch schlafen. Es war kaum acht Uhr morgens.

Melzer frühstückte im Garten. Die Luft frisch, die Sonne dünn, alle Geräusche, das Geklapper des Geschirrs und die Schritte auf dem Kies, klar und vereinzelt, wie von großen Vorräten der Stille noch umgeben, welche in den Wäldern rings um das Tal mächtig gesammelt schien. Dann und wann schlugen draußen, hinter dem lebenden Zaun, um die enge Kurve fahrende Automobile jeweils ein brausendes Loch hinein. In die wiederhergestellte Lautlosigkeit klang einmal, präzise und gleichzeitig einsetzend, der kurze Gänse-Chorus vom Bach.

Der Major trank den Kaffee aus und verließ mit einer Zigarette im Mund den Wirtsgarten. Die Ortschaft hier herunten war ihm so gut wie unbekannt. Neunzehnhundertelf hatte sich sein Aufenthalt ganz auf der Villa abgespielt, von wo aus man Spaziergänge nur nach aufwärts im Gebirge zu unternehmen pflegte, in die einsameren Gegenden und Wälder. In's Dorf zu gehen, unterhalb des Wirtshauses bei der Mühle, war zu jener Zeit wenig Anlaß gewesen. Hier, auf der verhältnismäßig schon breiteren Talsohle, hatte man sich selten bewegt, es sei denn, um einmal die Familie von W. zu besuchen, deren Anwesen dem unteren Gasthofe gerade gegenüber lag. Als er den Wirtsgarten verließ, bot sich Melzern um die Ecke ein breiter Weg im Grünen, und er folgte ihm, denn Zeit blieb noch genug zu einem kleinen Spaziergange. Ein Brücklein führte bald über den stark rauschenden Bach, und jenseits ward die Richtung gekreuzt von einer ebenen Promenade mit Bänken, alles meist im Schatten, unter überhängenden Ästen und Gesträuch, denn vom Wege an stieg die Berglehne wieder steil. Für Melzer war das eine Art Entdeckung, es paßte gewissermaßen nicht in die Gegend und in die Urtümlichkeit der Hochwälder und steilen Leiten, sondern war ein hierher verschlagener Bestandteil viel stadtnäherer Sommerfrischen samt ihrem wehmütigen Reiz, sonderlich in den ersten schon herbstlich oder mindest nachsommerlich angewehten Tagen; und wirklich, aus den Gärten links und rechts des Wegs war der Duft von vielen künstlich gezogenen Blumen gekommen, gekreuzt mit dem würzigen Geruche der Küchenkräuter, und dort drüben, richtig, zwischen schmalen gekiesten Pfaden, standen die bunten Glaskugeln auf Stäben im späten Rosenboskett: das Haus dahinter halb verborgen im ebenen tiefgrasigen Garten, verdeckt von den Kronen der Obstbäume, aber man konnte die altmodischen, braunen, ausgetrockneten Holzveranden sehen und in ihrer Verglasung lag die Sonne.

Melzer ließ sich auf eine Bank nieder, sah in den rauschenden Bach und in die Sonnenkringel und sank durch Sekunden hier gleichsam tief ein. Aber bald wurde es Zeit zu gehen. Er folgte dem Wege nach aufwärts und gelangte wieder auf die Dorfstraße, und mit angenehmer Überraschung gerade beim Postamte. Aus diesem kam denn auch unverzüglich Asta hervor, Briefe und Zeitungen in der Tasche ihrer Jacke. Zwischen ihnen beiden, das fühlt' er deutlich, mußt' es nun immer stimmen, ging alles mühelos.

„Wie machen wir's jetzt, Melzer?" sagte sie. „Ich will nämlich den Robby Fraunholzer sehen und allein sprechen, bevor wir zu dritt hinaufgehen. Nach allem, was gestern sich abgespielt hat, scheint mir das ratsam, ja erforderlich. Kann sein, daß sich sogar mehr abgespielt hat, als wir wissen. Sein Verschwundensein am Schlusse war mir jedenfalls höchst verdächtig."

Melzer deutete auf den Promenaden-Weg, über welchen er eben gekommen war. „Am besten ist es so", meinte er, „ich setze mich dort auf eine Bank, bei der kleinen Brücke, und Sie kommen dann mit dem Generalkonsul vom Hotel herüber. Es gibt da einen direkten Weg zwischen den Gärten, ich bin ihn heute morgens gegangen, den kennen Sie doch sicher." „Ja, natürlich", sagte sie. Dabei blieb's also, sie gaben einander die Hand. „Wird vielleicht etwas länger dauern, Melzer", bemerkte Asta noch. „Macht nichts, macht nichts", antwortete er und sah ihr, den Kopf vom Handkusse wieder erhebend, in die Augen.

Sie nickten einander herzlich zu.

Melzer kehrte auf seine Bank an der kleinen Promenade zurück.

Schon als er aus der Sonne trat und von der Straße weg wieder auf den schmäleren Weg im grünen Blätterschatten, in dies befremdliche Unterwasser-Licht neben dem rauschenden Wasser, erkannte er, daß seine Erinnerung hier eben vorhin viel weitere Räume zusammengefaßt hatte als ihm bewußt gewesen war: jetzt aber trat dies ein; und der wehmütige Reiz stadtnaher Villengärten im Nachsommer lag nun gesammelt mit warmer Sonne auf dem noch morgenfeuchten, ganz leicht dampfig überhauchten Kies und Rasen vor dem Hause seiner Mutter in Neulengbach bei Wien: und so faßte der schleifende Anker des Gedächtnisses plötzlich und unvermutet Grund, und viel weiter weg noch von dem Strande, den Melzer erstrebte, viel weiter weg noch als er gewünscht hatte. Er stand vor der Bank, sah zu Boden, war allein hier, wußt' es, besaß sein bewußtes Alleinsein und die Distanzen, welche jenes jetzt unverzüglich nach allen Seiten in alle Umwelt schlug, wie ein sichtbar werdendes Rippenwerk, ja, als das wahre Rippenwerk des Lebens. Zum erstenmal aber wurde das seine jetzt wie von einer festen Klammer zusammengehalten, die dort jenseits des eigentlich besetzten und besessenen Raumes schon faßte; denn zu Neulengbach wußt' er sich einen Untergymnasiasten in den Ferien und sonst war da fast nichts. Also war es das erste Mal, daß er wissentlich so weit und klar zurückgriff: dieser Herbst-Tag vom Ferien-Ende war völlig klar. Eine farbige Kugel im Rosenboskett leuchtet auf. Unter der Veranda aber, in tiefem Schatten und dumpfer Laub-Fäulnis, wo sein Fahrrad steht, neben den Gartenwerkzeugen und ein paar alten Sesseln, ist dasselbe grüne Licht wie hier oder etwa in Astas Zimmerchen. Oder auch auf der Strudlhofstiege. Zeitweis. Wenn nicht gerade die Abendsonne durchbrach. Er sehnte sich plötzlich mit Schmerz danach, den Anker des Gedächtnisses auch in festeren Grund zu senken, nicht nur in den der verlorenen Jahre der Kindheit, die den Umständen so preisgegeben ist, daß sie wie deren Spiegelung erscheint, tiefe Spiegelung, wie hier die Becken des Bachs Gebüsch und Bäume spiegelten, oder das Fenster in der Porzellangasse – alles, nämlich sein ganzes Leben. Darin aber mußte es, noch weiter zurück als nur bis hierher und zu Asta, noch hinter diesem grünen tiefgedämpften Licht in ihrem Zimmerchen, eine Stelle geben, wo die Klammer greifen konnte, zusammenfassend, zusammenhaltend bis auf den heutigen Tag alles was ihm, Melzer, gehörte. Er stand noch immer, hatte vielleicht auch ein paar Schritte getan: aber jetzt hörte er solche auf dem Brücklein und sah hin. Asta kam heran, allein, überraschend bald zurückgekehrt. Während sie sich näherte, in diesen wenigen Augenblicken, fühlte er ein ganz unkontrolliertes Staunen darüber, daß sie's so ungehindert vermochte, unbehindert von dem Rippenwerk der Distanzen, das jetzt von ihm, Melzer, nach allen Seiten ausging und auch zu ihr einen Abstand gleichsam unverrückbar einspannte.

Sie sah ernst aus. Über der Nasenwurzel stand, ganz leicht angedeutet, eine Vertiefung. Beide ließen sich jetzt nebeneinander auf die Bank nieder. „Der Robby ist abgereist", sagte sie. „Ich muß einen Brief lesen. Haben Sie ein Messer, Melzer?" Er reichte ihr das seine geöffnet. Es war flach, zwischen matten getriebenen silbernen Schalen, und scharf geschliffen. „Dieses Messer sieht Ihnen ähnlich", sagte sie, es kurz betrachtend; dann zog sie einen Brief hervor, den sie aber nicht zu der übrigen Post gesteckt hatte, sondern in die andere Jackentasche, und öffnete ihn. Während des Lesens wurde die Vertiefung über ihrer Nase deutlicher. Jetzt reichte sie Melzern wortlos Brief und Messer, beugte sich vor und sah mit auf die Knie gestützten Ellenbogen zu Boden. Melzer las: „Liebe gute Asta! Kaum angekommen, hab' ich mich gestern von meiner völligen Überflüssigkeit hier endgültig überzeugt und bin daher heute früh wieder abgereist, nach Gmunden, zu meiner Frau. So endet, was durch neun Jahre der Inhalt meines Lebens gewesen ist. Grüße Etelka von mir. Ich werde ihr einmal schreiben, aber viel später. Empfiehl mich Deinen Eltern, sag', ich hätte aus Belgrad eine Depesche erhalten und sofort zurückfahren müssen, und entschuldige mich damit, wegen mittags. Es umarmt Dich R."

„Was werden Sie tun?" sagte Melzer nach einer Weile.

„Garnichts", antwortete Asta. „Und selbstverständlich ..." sie zögerte.

„Selbstverständlich ...?"

„... werde ich Etelka diesen Brief ohneweiteres zu lesen geben."

„Es wird auch nichts anderes übrig bleiben", meinte der Major. Sie erhoben sich von der Bank, um hinaufzugehen.

Dieser Tag auf der Villa: auf Schritt und Tritt war's eine äußere Nähe zu Einzelheiten von ehemals, hier im hellen Sonnenlichte von heute, worin sie gleichsam zusammen-gedrückt und wie verkleinert standen, ohne jedoch miteinander verbunden zu sein und dem gemeinsamen Fluchtpunkte dort hinten in der Ferne der Zeit entgegenzustreben. Vielmehr blieb's eine Welt ohne Mittelpunkt mit zahlreichen Stücken nebeneinander, ein Museum. Nur auf dem begrünten Tennis-platze schien's Melzern wie von unten her an. Er wartete hier. (Asta war bei Etelka in deren Zimmer oben, um ihr Fraunholzers Brief zu geben.) Unter dieser nun verwachsenen ebenen Fläche fühlte er manches gleichsam schwimmen und treiben wie unter einem Wasserspiegel. Nicht zuletzt Astas Zimmerchen. Plötzlich besaß ihn der Gedanke, daß man der Natur jede Stelle, die man einst bewandelt, alsbald wieder überlassen sollte, daß sie's wieder an sich nähme mit Gras und Kraut und schließlich überwachsendem Gestrüpp und Baum: an sich nähme durch den ewigen Vormarsch des Waldes gegen die zeitliche Rodung, den für uns geheiligten Platz, wo wir unsere letzte Spur gelassen, mit dieser aus der Rodung in den Wald rettend, bevor andere Passanten sie kreuzen und verwischen und vertreten. Nähmen die Wälder solchermaßen erlösend und gnädig in sich hinüber, was hinter uns bleibt: wir begegneten nie mehr den starr gewordenen Einzeldingen am einstigen Weg im hellen Lichte des Tags, sondern sie blieben im Grün begraben und versunken wie tief unter Wasser und unsere Wege wären nicht besäumt von den Dornenhecken äußeren Erinnerns, die zugleich dicht und undurchdringlich vom Gewesenen trennen, und stechen und verletzen, wo man in sie einzudringen sucht: wozu es uns doch treibt. Und Melzer sah durch Sekunden die Strudlhofstiege nicht nur tief in's Unterwasserlicht ihres grünen Blätterschattens versunken, sondern allenthalben überwachsen von Gras, Kraut und Busch und das kleine gelbe Palais rechts oben gleichsam zusammengebröckelt bis auf zwei Fuß hohe Steinmäuerchen, wie in italienischen Weinbergen. Und links oben, wo das weiße Palais eines Außenministers unseligsten Andenkens einst stand, dort war Wald. Hohe Stämme schon. Tiefer Wald.

Asta kam zurück. Sie berichtete kurz und sachlich, Etelka habe nur die Achseln gezuckt und gesagt: „Er wird schon wiederkommen. Übrigens fahr' ich nach Pest. Und zwar spätestens in einer Woche."

Es war in diesen Augenblicken, daß Melzer wörtlich dachte: „Hier wird es noch mancherlei harte Abstiege geben."

Das Wiedersehen mit den alten Herrschaften war für Melzer geradezu entzückend gewesen.

Der alte Adler hatte aufgesehen, den rechten Fang bewegt und die Fittiche ein wenig gelüpft, als wollte er sich erheben; aber das konnte er ja gar nicht mehr.

„Na also! Das freut mich, mein Lieber, freut mich sehr, Herr Major – oder? Noch weiter avanciert? Und jetzt? Wie haben wir's denn?!"

„Jetzt bin ich ein Amtsrat", sagte Melzer, bescheiden lächelnd.

„Na, wir bleiben schon beim Major, Verehrtester! Setzen Sie sich doch ein bißl zu mir. Wie ist denn das jetzt im Zivil?"

„Ich glaub', das Militär ist für's Zivil eine ganz gute Vorschule."

„Hm, kannst recht haben. Kannst recht haben, mein Sohn. Also sollt' man doch die jungen Leut' alle wieder dienen lassen?"

„Gott behüte!" rief Melzer, beinah erschrocken über diese Folgerung. „Ich meine nur: wenn einer schon beim Militär hat sein müssen, so hat er davon wenigstens diesen einen Vorteil."

„Ah ja, verstehe; in Ordnung, stimmt." Er betrachtete Melzern mit Wohlwollen. Dessen bescheidene, aber feste Art schien ihm zu gefallen. Die Frau von Stangeler trat ein und brachte einen Sliwowitz, aus den Früchten hiesiger Zwetschgenbäume gebrannt; und derselbe Gott, welcher gestern den wankenden Pompejus in der Schlacht gestützt, erwärmte nun Melzern zuinnerst.

Aber die Nachricht, welche Asta jetzt auf die grüne Fläche des verwachsenen Tennisplatzes gebracht hatte, schien dem Major gleichsam das Versteinerte und Unverbesserliche der ganzen Lage anzuzeigen. Er sagte auch nichts; er sah vor sich nieder auf den Teppich der niederen Grashalme zwischen dem Kies. Einzelne bunte, weiße und gelbe Gewächse standen dazwischen. Da und dort war's zu sehen, wie die stumm wirkende Kraft des Wuchses der Pflanzenschäfte flache Steinchen gehoben, die gepreßte Decke zerteilt hatte. Wieder war's Melzern, als schwimme dies auf Wasser. Seerosen hätten ihn augenblicks nicht verwundert; in seiner innersten, nicht kontrollierten

Vorstellung war der einstmalige Tennisplatz jetzt mindestens einige Meter tief. Sie hatten indessen die Böschung umgangen und oben auf einer der Bänke Platz genommen, die es hier noch gab, wenn auch bemoost und schon wackelig.

Plötzlich sah er sie entlang gehen, Editha, im weißen Piqué-Kleid, auf der drüberen Längs-Seite des Platzes, der jetzt war wie früher, mit dem leuchtenden Weiß der Linien in der Sonne, geschnitten vom quergespannten Netz, umgeben auch von den hohen Fangnetzen, die zwischen Masten gespannt waren, denn jeder verschlagene Ball wäre hier weit den Berg hinab geflogen. Ja, sogar der leichte und reine Geruch vom Teer, mit welchem man diese Netze konservierte, war in der Sonne zu spüren.

„Denken Sie noch dann und wann einmal an die Strudlhofstiege?" fragte Melzer rasch, nur um sozusagen mit seiner Vision nicht allein zu bleiben: ihm war beinah zu Mute, als hätte er am hellichten Tag ein Gespenst erblickt.

„Eben jetzt hab' ich daran gedacht", sagte Asta, ohne den Kopf gegen ihn zu wenden. Sie schaute auf den Berghang gegenüber.

„Die Editha Pastré", sagte Melzer. Sonst nichts.

„Merkwürdige Freundinnen hat man gehabt", entgegnete Asta nach ein paar Augenblicken, den Blick immer noch auf der Lehne drüben, die, unten Feld, oben Wald, jetzt in blanker voller Sonne lag.

„Es war mehr der Ingrid zuliebe", fügte sie hinzu.

„Und zu Leide, schließlich", sagte Melzer.

„Kann man nicht sagen", entgegnete Asta, ruhig, ja etwas träge im Ton, als betrachte sie ganz beiläufig ein sehr Entferntes und Abliegendes. „Denn die Pastré hätte die Geschichte mit dem alten Schmeller damals genau so inszenieren können, auch wenn sie mit mir gar nicht befreundet oder im Umgang gewesen wäre."

„Ja", sagte Melzer lebhaft, „sie hätte es wohl können, aber sie wäre aller Wahrscheinlichkeit nach nicht auf diesen Gedanken gekommen, wenn sich nicht hier auf der Villa in den vorhergehenden vierzehn Tagen die Wut wegen Semski in ihr angesammelt hätte. Die zwei waren ja immerfort vor ihren Augen."

„Da können Sie recht haben", sagte Asta gleichmütig und abschließend. Sie fand Melzern jetzt seltsam oder befremdlich. Seine Nähe zu jenen heute gänzlich belanglosen Einzelheiten der Vergangenheit war durch einige Augenblicke von ihr als über das Maß des eigentlich dem Gegenstande Angemessenen hinausgehend empfunden worden. Nicht selten zwar hatte sie im Lauf der letzten Jahre bemerkt, daß manch einer von den jungen Leuten, die einst hier Haus und Garten bevölkerten, mit lebhaften Erinnerungen noch immer in diesem Grunde ankerte, was oft sehr bald zum Vorschein kam, wenn einem so einer von ehemals da oder dort begegnete. Melzer dahingegen, welcher sich alsbald kombinierend in die längst überlebten Details hatte einlassen wollen, schien ihr diese Sachen wie ein Spezialist zu behandeln, was Asta beinahe mit einem Gefühl der Sinnlosigkeit und Langweile anwehte. Ihr damaliger Verkehr mit der Pastré nun verwunderte sie allerdings jetzt und heute noch; er hatte sich wohl aus dem vertrauteren Verhältnis zu Ingrid ergeben, deren engste Freundin Editha war; zum Teil aber auch, und das empfand Asta jetzt lebhaft, war es eine jener Ablagerungen und Einschiebungen gewesen, denen ein erst spät zur Selbständigkeit und Abhebung von der Umwelt gelangtes Bewußtsein in der frühen Jugend nicht wehrt, so daß Fremdes und Befremdendes sich bis zu bedeutender Höhe übereinander schichten kann und mit seinem Gipfel schließlich herüberragt in ein längst helleres Dasein, dessen Licht nun das Ganze in's Erstaunliche rückt. Freilich wußte sie, daß ihr trotzdem die Pastré stets unangenehm gewesen war, schon in der Schule, im Lyzeum. In jene Luitlen'sche Anstalt war Asta Stangeler erst auf der Oberstufe und im letzten Jahre des Unterrichtes eingetreten, und hier hatte sie Editha in einem gewissen Ruhme stehend angetroffen, den es auch in der Schule gibt, sei es, daß ganze Klassen ihn erwerben – dadurch, daß sie besonders viele und talentierte Frechdächse enthalten – oder einzelne, als Vorkämpfer mit geglückten Streichen. Der

Pastré ging damals voran, daß sie einst mit ihrer inzwischen verstorbenen Zwillings-Schwester die Lehrerschaft in noch nicht dagewesener Weise wiederholt überlistet habe, und sonderlich die Baronessen Buschmann wußten solche Geschichten. Jetzt dachte Asta flüchtig daran. Dann wechselte sie den Gegenstand des Gespräches. Der Major aber, als sie von Etelka zu sprechen begann, äußerte hierzu fast nichts. Solche Kargheit in der Unterhaltung über diesen Gegenstand entsprang jedoch keineswegs mangelnder Teilnahme: sondern seiner Durchdrungenheit von einem fast unabweisbaren Wissen, daß diese Sache abgeschlossen sei, als wäre da ein Brett gefallen oder eine Glaswand wie bei einem Schalter. Das lag in ihm wie ein Stein, von dem nichts weg geschlagen, an welchen nichts angefügt werde konnte.

Mittags erst war's, daß er den Vater des Hauses eigentlich als gealtert erkannte: die umständliche Art, wie der alte Mann, gestützt von dem Mädchen, hereingebracht und in seinen Armsessel behutsam niedergelassen werden mußte, machte es für Melzer erst augenfällig; und jetzt sah er auch das wenige Grau im Haar und Barte. Jedoch mit dem ersten Aufblitzen des Aug's, dem ersten gesprochenen Wort, war der Eindruck wieder verschüttet. Während man Platz nahm, fehlte noch Etelka. Melzer sah ihrem Erscheinen mit Spannung, ja eigentlich mit Neugier entgegen. Aber diese Züge, während so vieler familiärer Mahlzeiten im Darbieten geordneter Oberfläche geübt, ließen sich das Gestrige und Heutige von einem suchenden Blicke nicht entreißen. Vielleicht, so fühlte Melzer, war die unheilvolle Vollkommenheit der Situation derart weit in ihr gediehen, daß sie zunächst gar nichts empfand.

Den Kaffee aber nahm man nicht jenseits des Baches auf dem runden, flachen Platze zwischen Bäumen, sondern vor dem Haus in der Sonne an jener Seite wo sich die Anfahrt befand. Hier kam der alte Herr mit Melzer auf Bosnien zu sprechen, ungetaner Werke eingedenk, deren Vorbereitungen der Krieg unterbrochen hatte. Die zivilisatorische Erschließung jenes Landes, zur Gänze eine Tat der alten Monarchie, fiel dann solchen als Erbe zu, die sich darum am wenigsten ein Verdienst erworben hatten: „Jedes gute Bett oder reine Handtuch im Hotel, ein pünktlicher Zugs-Anschluß, ein Zimmer ohne Wanzen oder ein sauberes W. C. – alles das war österreichischer Provenienz", sagte der Alte. Melzern aber berührte augenblicklich kein Duft aus jener Vorgeschichte seines Lebens, wie er die bosnische Zeit nun zu empfinden begann: ja, sie ragte herüber, ein befremdlich vom heutigen Licht angeschienener Gipfel sonst untergegangenen Gebirgs (fast so, wie der Asta Stangeler nun ihre Freundschaft mit der Pastré erschien!), und hoch drüber nur hielt sich ein einsamer Geier von der Treskavica.

Und also zerfächerte das übrige des Tags, als sei dieser an sich selbst ermüdet, nicht mehr fassungskräftig, überfüllt vom Gestern und Heute. Um fünf Uhr nahm Melzer Abschied. Als er Etelka die Hand küßte und aufsah, war ihr Antlitz unverhüllt anwesend, ohne jede darüber gezogene Schicht: ein großzügiges Gesicht, Intelligenz und Talentiertheit gleichsam aus dem weiten Abstande der Augen sprechend. Fühlte sie jetzt erst, daß Melzer, mit dem sie heute so wenig wie früher Berührungspunkte gefunden hatte (für sie war er immer ein Anhängsel Astas gewesen), ihr wohl wollte und einen verschwiegenen Anteil an ihr nahm? Sie schlug Asta vor, dem Major bis zum Postamt und zum Omnibus das Geleite zu geben; so gingen denn die Frauen mit ihm. Zum ersten Mal war er mit beiden, zum ersten Male mit ihnen zu dritt, ein neues Band schlang sich in diesen wenigen Minuten, während denen, was Melzer freilich nicht wissen konnte, er Etelka zum letzten Male in diesem Leben sah. „Auf Wiedersehen!" riefen sie noch beide, nebeneinander stehend in der bunten Nationaltracht. Und schon wischte der schwere Omnibus um die Kehre der Straße und glitt so rasch bergab durch das zusehends sich verbreiternde Tal, daß er zu fallen schien, während in Melzer dies zuletzt Erlebte, Freundliche, nachklang und fortbestand, aber wie auf steinernem Grunde: von diesem wußte er, und daß man in irgendeiner Weise bis zu ihm hinab noch sinken und dort streifen würde müssen. Er schloß für ein ganz kurzes die Augen, während das Tal gleichsam unter ihm weg sank durch die Schnelligkeit des Gefährts. Und jetzt schien ihm ein tiefes Rot herauf zu schlagen an den inneren Lidern, eine erschreckende Farbe, wie Wunden oder frisches Blut.

Mit dem Kriege aber hatte das nichts zu tun, das erkannte er jetzt bewußt und erstaunt, und auch nicht mit dem Blute des in seinen Armen sterbenden Obersten Laska, das ihn überströmt hatte, am Lavarone-Plateau.

An den kleinen Bahnhöfen, nahe schon bei Wien, rankte der wilde Wein den Perron entlang, sah man beim Durchfahren die von ihren sonntäglichen Ausflügen heimkehrenden Menschen dicht nebeneinander stehen.

Melzer fühlte es, wie rasch er der Stadt entgegen sank, dem fahrenden Zuge voraus; und daß hier nicht mehr galt, was dort draußen gewesen war. Fremde Verstrickung, an welcher er teilgenommen, entband ihn nur kurz, löste nicht dauernd aus der eigenen. Ihm war gleichwohl, als kehre er von längeren Ferien zurück und nicht von einem Aufenthalt über's Wochenende. Vom Konventionellen her, von der eigenen Außenhaut, kam jetzt die Verwunderung, wie schon mehrmals, aber nun zum ersten Male klarer, daß er in diesem Jahre den üblichen Urlaub noch gar nicht genommen hatte: ohne bewußte Absicht sich angleichend an Eulenfeld und die anderen, welche seit neuestem modische Orte des Wintersports aufsuchten, ohne jedoch diesen in nennenswerter Weise zu üben und zu beherrschen. So hatte denn Melzer heute, am 31. August, noch seinen ganzen Urlaub vor sich; aber keine eigentliche Absicht ihn anzutreten. Daß er jedoch den Ort, von wo er eben kam, als Aufenthalt nicht wählen würde, dies stand ihm ohne weiteres fest.

Längst war es dunkel geworden, als der Zug in die Halle des Südbahnhofes einfuhr. Rauchig die Luft, aber milder, wärmer als draußen. Er kam die breiten Treppen hinab und auf die Straße. Die Stadt schien ihm wie tief gehöhlt, hallend, weiträumig, wie unter der Höhe des Meeresspiegels gelegen, in einer sogenannten Depression: bekrochen von zahlreichen Lichtern; jetzt fuhr klingelnd und erleuchtet seine Tram heran. Als er über den Ring kam, an der Hofburg vorbei, war alles von da draußen ohne Rest versunken: nur die Form des Ganzen blieb, das Steingewordene, das Unabwendbare. Es lag in ihm wie eine Art überschaubares Modell. Des Stiegenhauses gewohnte saubere Atmosphäre, Stallgeruch für den Menschen, das Heim. Die Schlüssel klimperten. Er berührte den Schalter im Vorzimmer nicht, durch die Glastüre der Frau Rechnungsrat Rak fiel genug heller Schein. Als er die Tür zu seinem vorderen Raum öffnete, wo der Kamin mit dem Bärenfell war, klaffte der Spalt nicht dunkel. Hier war Licht. Neues Licht, bisher in diesem Raum nicht gesehenes. Scharf, klar und einsam saß es nah am Fußboden, als sei der Wand und Tapete an dieser unbeachteten Stelle insgeheim ein Auge gewachsen und dieses sähe nun ihn von unten her voll aufgeschlagen an: strahlend, die Schatten verkehrend, das Unterste, kaum je Gesehene, nach oben werfend, Stuhlbeine, als klappten sie über dem Sitz zusammen, und den boden-nahen Sockel des Kamins herausleuchtend, daß er in's Auge sprang.

Melzer lehnte sich nach rückwärts, an die Innenseite der Tür, als bedürfe er einer Stütze, und so blieb er, das flache Köfferchen in der linken Hand.

Nun klopfte es hinter ihm. Frau Rak war auf leisen Hausschuhen gekommen. Sie hatte ihn erwartet, um jetzt mit Eifer zu erklären, was er bereits verstand.

Ihr Antlitz, in den Einzelzügen nicht unhübsch, war in allen diesen überschärft, hatte etwas Kasperle-artiges an sich, und besonders wenn sie sprach, leuchteten ihre schwarzen schmalen Augen allzu intensiv, fast saftig oder fettig. Dabei war sie immer bleich. Ein interessierter Pierrot. Dieser Ausdruck stammte von Eulenfeld.

Herr und Frau E. P. hatten auch, nachdem der neue Beleuchtungskörper genau nach Melzers Wünschen montiert worden war, mit Frau Rak vereinbart, daß die elektrische Kerze Sonntag abends eingeschaltet werde, bevor der Herr Major vom Land herein käme, damit die Überraschung eine perfekte sei.

Das war sie wirklich. Als Frau Rak gegangen war, sah Melzer endgültig ein, daß ihm die Erklärung, welche er auch ohne die Hausfrau bereits wenige Sekunden nach seinem Eintritte gefunden hatte, durchaus nichts nützte. Das Aug' in der Wand war sofort in Verbindung geraten mit jenem überschaubaren sozusagen steingewordenen Modell in ihm selbst.

Etwas später fand Melzer auf der Platte seines Schreibtisches, genau in der Mitte, noch eine Visitekarte:

Herr und Frau E. P.

haben sich erlaubt, bei Ihnen, Herr Major,

Licht zu verbreiten.

VIERTER TEIL

Über der Stadt und ihren weit ausgestreuten Bezirken stand auf goldenen Glocken der Spätsommer, noch nicht Nachsommer, noch trat der Herbst nicht sichtbar ins Spiel.

Die Windstille war eine so vollkommene, daß eine leichte schwebende Luftgondel, die man sich im schwindelnden Blau etwa genau über der Strudlhofstiege hätte denken können, durch Stunden wäre am gleichen Punkte dort oben verblieben, ohne abgetrieben zu werden, etwa über den Strom und den langen Mugel des Bisambergs, dessen Gescheck von Wiesen, Feldern und Wald noch keine Veränderung der Farben zeigte.

In den Wohnungen ist es sehr still; und diejenigen, welche augenblicklich gerade leer und versperrt sind, stehen doch wie geöffnet. Jedes glänzende Ding, allein gelassen, strebt da in die Ferne; und besonders dort, wo sich eine bedeutendere Aussicht von den Fenstern bietet in die vielsagende Stadtlandschaft, scheint etwa der spiegelnde Glanz auf einem einsamen Notenständer oder einem verlassenen Klavier innig verschmolzen mit jenem, der fern und fliehend auf unbekannten Dächern liegt.

Auch in Frau Marys Wohnung war es sehr still.

Hier hatte sich seit dem Tode Oskar K.s (im Februar 1924, wie man sich vielleicht erinnert) nichts geändert.

Die lange Zimmerflucht lag, wie sie auch früher gelegen hatte.

Die Möbel standen, wie sie auch früher gestanden waren.

Wenn die treue und stets vergnügte Marie nicht in der Küche amtierte und also auch dort Stille herrschte – Glanz-Stille, denn die Küche lag an der Sonnen-Seite der Wohnung (die Zimmer dagegen nicht, ähnlich wie die Melzerischen), und Mörser oder Schneekessel blitzten als schweigende aber intensive Aussagen häuslicher Tugend – wenn also in der Küche die Stille kompakt wurde um alle stehenden und liegenden Dinge, dann hörte man hier durchaus nie die zeitmessenden fallenden Tropfen eines nicht ganz dichten Wasserhahnes. Er war dicht. Auch dieser Mund der Geräusche war fest geschlossen.

Aber die vergehende Zeit brach sehr sichtbarlich minutenweise in die unveränderten sonnenlosen Zimmer (à la Melzer) vorne hinein, geräuschloser als die Uhren, so lautlos fast wie es ein Sonnenbalken vermocht hätte, der zwischen einem tief in sein spiegelndes möbelhaftes Schweigen abgestürzten Klavier und dem polierten Notenständer wandert, aufleuchten machend, in reifem Erstrahlen verweilend, erblassen lassend. Fast so lautlos fädelten dort in der Gasse, die genau senkrecht auf den Donau-Kanal zu führte, von Zeit zu Zeit die Taxis über den Fahrdamm, wie fallende Schnurperlen. Es blieb unerschütterlich leer und still. Der breite Kanal hielt den Ausblick offen. Die Bäume drüben am anderen Ufer waren noch grün. Und nicht weit von hier dehnte sich der Augarten (mit Tennisplätzen), die blasse Front des Palais wie zurückweichend, Perlgrund einer Muschel.

Frau Mary K. spielte wieder Tennis.

Auch Herr von Semski erschien noch im Klub, zusammen mit der Deutschrussin Frau von Sandroch. Die beiden hatten für Frau Mary noch immer eine Art höherer Weihe, wenngleich sie dieses sich keineswegs eingestand. Manchmal schaute sie ihnen nach, wenn sie auf breiten Alleen zwischen beschnittenen Bäumen entschritten. Frau von Sandroch pflegte nach dem Spiel ein lilafarbenes Seidentuch mit langen Fransen um die Schultern zu nehmen.

Bub und Mädel wuchsen erfreulich heran.

Aus dem Knaben wurde, war er gleich noch nicht vierzehn, schon ein junger Mann, welcher ans Obergymnasium heranrückte, drei Sprachen lernte und seiner Mutter ähnlich sah. Aber zwischen diese und ihn hatte die Natur unversehens ein Meisterstück von Variation hineinpraktiziert und sozusagen aus einer Schönheit zwei ganz verschiedene gemacht. War es dort eine Rahel, so wurde es hier ein junger König David; bis auf den allzu schmächtigen Oberkörper. Den prinzlichen Hirten, den Schleuderer und Besieger des Riesen Goliath stellt man sich wohl gerne mit fast jünglingshaft gewölbtem Thorax vor. Die Künstler der italienischen Renaissance haben uns ein solches Bild vor die Seele gespannt, und wir können nicht durch den Rahmen und dahinter springen wie die Clowns durch den Reifen. Der junge K. war ein Schäfer. Bräunlich und schön. Aus einem Bildnis von ihm hätte die Hirtenflöte klingen müssen. Englisch Horn.

Seine um ein Jahr ältere Schwester hatte vom Vater vorteilhaft geerbt: nämlich das rötliche Haar und den darunter sitzenden Verstand. Sonst aber nichts. Zu ihrem Glücke. Ein Mädchen mit den Zügen des seligen Herrn Oskar K. wäre wirklich so etwas gewesen wie ein Zornesausbruch der Natur. Nun, sie sah auch der Mutter nicht ähnlich und nicht dem Bruder und überhaupt niemandem aus der Verwandtschaft. Zum rotblonden Haar paßte eine Haut wie Milchglas. Es war ein schlanker beweglicher Körper. Das Stumpfnäschen mit rein und ganz gerade gezogenem Rücken. Ein klares Antlitz, aber ohne Schärfe. Im Weiß und Rotblond dunkle Augen: ein Stich ins Außergewöhnliche ohne physiognomische Besonderheit. Sie sah mit ihren noch nicht fünfzehn Jahren aus wie mindestens achtzehn: eine perfekte junge Dame.

Den Stolz einer Mutter auf solche Kinder wird man verständlich finden. In der letzten Zeit war er wohl etwas dick aufgetragen. Die ganze dreigliedrige Familie starrte sozusagen von Qualitäten.

In Summa hatte sich also nichts geändert, weil alles musterhaft geblieben war. Der Schwerpunkt befindet sich in solchen Fällen oberhalb einer konsolidierten Halskrause: und so ist's denn ein zwar höchst honettes, aber, lebensmechanisch gesehen, doch labiles Gleichgewicht.

Eine Kleinigkeit hatte sich gleichwohl geändert.

Marys Tochter schlief nicht mehr in ihrem eigenen Zimmer. Sie lag nachts in dem nun leeren zweiten Ehebett neben ihrer Mutter. Das war von ihr selbst fast unmittelbar nach Oskars Begräbnis eingeführt worden, aus Liebe und trosthalber für die Mama, welche auf diese Weise vor dem gähnenden Rachen eines erstorbenen ehelichen Schlafgemaches geschützt wurde. So lagen denn die beiden Damen nebeneinander, wenn Marie morgens eintrat, was zeitlich zu geschehen pflegte (Mary liebte es auch dann und wann mit ihren Kindern zu frühstücken). Sie lagen nebeneinander, rotblond und schwarz (mit tizianrotem Schimmer), und hätte irgend so ein alter Haderlump wie der Herr von Eulenfeld oder Kajetan von S. da jemals einen Blick hineinwerfen und erschauen dürfen, was die Marie täglich sah: nun, er hätte, in die für einen solchen grauslichen Menschen unangemessene Rolle eines wählenden Paris versetzt, nicht gewußt, in welches Bett den goldenen Apfel zu werfen.

Jene Substitution ehelicher Fundamentalien nun durch deren Produkt war freilich nur möglich auf Grund eines ganz ins Freundschaftliche und Schwesterliche umgeklappten Verhältnisses zwischen Mutter und Tochter. Diese fand sich durch das neue Schlafzimmer-Arrangement in der Gestaltung ihres Lebens nicht gestört; und, hätte eine derartige Gefahr bestanden, dann wäre es von ihr kaum in die Wege geleitet worden. Wenn sie einmal abends ausging und dann heim kam, so spät oder so zeitig, wie sich's eben zwanglos fügte, dann nahm sie allerdings leise und achtsam Rücksicht auf ihre Mutter: aber allermeist erwachte diese gern und lustig bei solchen Anlässen, und oft wurden die psychologischen Einzelheiten eines mit jungen Leuten verbrachten Abends noch vor dem Einschlafen im Dunkeln besprochen: hier hatte der Unterricht in der sozusagen inneren Physik einmal die liebenswürdigste Gestalt angenommen. Keine graue, raunende und dämpfende Weisheit an der Hintertüre einer Jugend. Es waren zwei Frauen. Aber den Anbetern der jüngeren wäre vielleicht wenig wohl gewesen, hätten sie solchen Generalstabs-Besprechungen einmal unvermerkt zuhören können.

Ein Stockwerk tiefer, im Hause Siebenschein, gab es Konferenzen über den in Rede stehenden Gegenstand freilich auch, und die Fundamentalsprache war die gleiche: aber hier saßen oder standen sich die Parteien immer gegenüber, sie lagen nicht parallel, niemals, trotz des im Grunde gleichen Einverständnisses, welches dem Herrn von und zu René ganz langsam um die langen Ohren dämmerte, so daß diese sich argwöhnisch zurücklegten.

Die Witwe, auch als ein echtes und tiefes Trauerjahr herum war, veränderte ihre Stellung zur Welt nicht, oder sagen wir's gleich: zur Männerwelt, wie dieser oft überaus lästige, nicht selten auch lächerliche und unappetitliche Verein genannt zu werden pflegt. Aber freilich, Mary war von da her immer affiziert worden, auch während der Zeit ihrer Ehe, und von einem Doktor Negria im Grunde ebenso wie von einem Leutnant Melzer. Wenn aber der Pegelstand im Reservoir der Tugend einmal eine beträchtliche Höhe erreicht hat – etwa wie hier durch eine am Ende fast vierzehnjährige eheliche Treue – dann entschließt sich der Mensch schwer, das Ganze wieder bis zum Teilstrich Null abzulassen, mag der gleich tief zu innerst als eigentlich angemessen gewußt werden. Man braucht bereits diesen hohen Stand des Selbstwert-Barometers. Von Tugenden sich zu trennen, kann am Ende ebensoviel Selbstverleugnung erfordern wie das Abscheiden von eingealteten Lastern. Und wer den unter ihm allmählich emporgetürmten Schatz eigener Qualitäten und Verdienste von der Höhe der Halskrause zu mustern sich gewöhnt hat, der wird von dort oben ungern mehr herabsteigen, mag ihm auch das labile Gleichgewicht solchen Tresors mitunter einmal mahnend ins Bewußtsein kommen, wenn der ganze Bau fundamental erzittert. Auch denkt (soweit da von Denken die Rede sein kann) der normale Mensch von Natur aus kaufmännisch und hält am höchsten im Preise (aber eben dies bedeutet doch auch immer die Verkäuflichkeit!) was, einmal liquidiert, nicht mehr nachgeschafft und angesammelt werden kann: Keuschheit, Treue, Ehre, Jungfräulichkeit; lauter Sachen, an denen die

Nicht-Umkehrbarkeit der Zeit sich manifestiert. So blieb denn Frau Mary K. in dem friedlichen Erker, von wo aus sie schon als Ehefrau die verschiedentlichen Tumulte (Durchbrüche) innerhalb ihres bescheidenen Horizonts gern betrachtet hatte, sitzen, ja, es schien dieser Erker jetzt, neunzehn Monate nach dem Tode ihres Gatten, auch ihr Witwensitz werden und bleiben zu wollen. Ihr Interesse an etwa in der Umgebung sich zeigenden Affären und Turbulenzen aber wuchs indessen sogar, und sie hatte sich innerlich sozusagen einen ,Spion' angeschafft, wie man jene Spiegel nennt, vermittels welcher man vom Fenster aus mehr sehen kann als die gewöhnliche Optik gestattet.

Um diese Zeit – etwa zu Anfang des September 1925 – tauchte an zwei Punkten gleichzeitig jener Doktor Negria neuerlich auf, nämlich sowohl im Kreise des Rittmeisters von Eulenfeld, als auch – nach langer Unterbrechung – wieder im Tennisklub Augarten, ohne jedoch irgendwo zum Durchbruche zu gelangen oder turbulente Anstalten in einem solchen Sinne zu treffen: denn ein Durchbruch war ihm ja vor kurzer Zeit erst als förderndem Kunstfreund geglückt. Man kann in Wien sich nacheinander in den verschiedensten Kreisen bewegen: am Ende kommt man wieder beim ersten heraus, den man betreten; man läuft wie durch den Quintenzirkel in der Musik; es war nur eine enharmonische, keine unharmonische Verwechslung, in einer Stadt, deren Hauptstraße ja gleichfalls in sich selbst zurückläuft, ähnlich dem Dreivierteltakt, der eine verwandte Empfindung vermittelt. So also langte der Doktor Negria wieder bei Editha Schlinger und Frau Mary K. an, jedoch moderat, wie schon angedeutet. In den Klub brachte er übrigens dann und wann den Gegenstand seiner neuesten Kunstrichtung mit. Was ihn hier zum neuerlichen Eintritt eigentlich veranlaßt hatte, blieb zunächst unerkennbar. Das Kunstobjekt, welches vom Tennis so viel wußte wie ein Reiteroberst von der Mikrotomie, verhielt sich danach, sah beim Spiele nur zu – aus gelsenhaftem Gesicht und mit einer tiefen, ja sozusagen schon verinnerlichten

Unverschämtheit – und gelangte viel später einmal im Klubhaus als man abends etwas tanzte, nach einem uns schon bekannten Rezepte zum Durchbruch: jedoch auch hier nicht mit dem Doktor Negria. Denn bei diesem war zu jener Zeit obendrein eine neue Turbulenz ausgebrochen, welche ihn unverzüglich an Angely de Ly sowohl wie an Mary K. vorbeiriß und zwar direkt auf die mürbe Frau Sandroch zu, wobei Semski über den Haufen gerannt wurde. Nun, das sind schließlich schon perspektivische Verlängerungen, Fluchtlinien, die den weiteren Verlauf dieser Nebensachen andeuten, aber mit dem Leben des Majors Melzer so wenig zu tun haben, wie etwa die besonderen Umstände von Julius Zihals Verlobung im Jahre 1913.

Mary und Negria, als sie eins des anderen im Augarten ansichtig wurden, empfanden beide im Grunde ein schlechtes Gewissen, das sie zu überdecken und zu überbrücken strebten. Dies förderte den Kontakt. Nie unterhält man sich so lebhaft wie wenn es darauf ankommt, nicht auf das zu kommen, wovon eigentlich alles herkommt. Sie hatte ihn 1923 aufsitzen lassen (in Nußdorf), und er hatte ihr dafür nie gedankt. Jedoch Negria – von dem beispielsweise die Editha Schlinger, wenn auch irgendwie verändert, doch wieder in den Krallen Eulenfeld's angetroffen worden war – wunderte sich über gar nichts mehr. Zudem war es die müde Art der Bewegung, welche die Hüften der Sandroch beim Gehen machten, die ihn possedierte, und so kam's, daß er mit Mary K. zum ersten Mal ein vernünftiges Gespräch führte. Und er gefiel ihr dabei so übel nicht.

Freilich nahm sie Anstoß an der Gelse, wie übrigens fast jedermann hier.

Bis dann Negria Anstalten zur Berennung der Sandroch traf und die Gelse nicht mehr in den Klub mitbrachte.

In der Pause, welche zwischen dem Ende der ersten und dem Beginn der zweiten Aktion entstand, etwa gegen die Mitte des September, promenierte Mary sogar ein oder das andere Mal mit Negria auf den Wegen im Park. Man ging hier in der milden Sonne wie in Milch aufgelöst, und zugleich wurde jene in die Ferne saugende Wirkung immer fühlbarer, welche der Herbst gerade in der Stadt am allermeisten hat, weil man diese als einschließend rund um sich weiß. In jener Allee, wo Oskar und Mary sich an dem Tage geküßt hatten, vor zwei Jahren, als der Doktor Negria in Nußdorf vergeblich aber nicht umsonst im Café wartete (und sie hatte in den Armen Oskars der ersten Zeit ihrer jungen Ehe gedacht und des Kusses auf der Strudlhofstiege) – eben hier, abseits, zwischen den Baumreihen, die auf den blassen Palast im Hintergrunde zuliefen, erzählte ihr Negria auch von seinem Ausflug in's Gebirge in den letzten August-Tagen und einem merkwürdigen Tanzabend, den er dort draußen im Hotel mitgemacht habe; die Namen Fraunholzers und Etelka Grauermanns waren seinem Gedächtnisse nicht entfallen.

In Mary schlug eine Alarmklingel an.

Sie rief Frau Mary K. zugleich aus einer inneren Lage dem ansehnlichen Negria gegenüber heraus, welche von ihr unmöglich gutgeheißen werden konnte. Hier und jetzt aber eröffnete sich ein geschäftiger Ausweg. Die Ohren zurücklegend sorgte sie zunächst für ein nur wenig aufmerksames, ja fast abwesendes Gebaren während dieses Berichts, und spät erst warf sie eine oder die andere Frage ein: und wurde so der Umstände gewisser. Kein Zweifel, hier war einzugreifen, hier stand für Mädi Küffer die Entscheidung vor der Türe: und eine einmalige Gelegenheit zugleich, daß alles sich zum Besten wende. Aber auch zu einem endgültigen Gegenteil, wenn Frau Lea in ihrer fehlerhaften Haltung dem Generalkonsul gegenüber auch jetzt und – wahrhaft! – zur Unzeit verharrte, darin gleichsam erstarrt und eingefroren, wie sie war.

Am liebsten wäre Mary gleich hier in die Klubräume und zum Telephon geeilt. Wie eine physische Veränderung an ihr selbst oder einen Wechsel der Umgebung und Atmosphäre – so etwa, wie die Dekoration am Theater wechselt – empfand sie jetzt ihre befestigtere, ja gleichsam auf ein anderes Brett gehobene und verschobene Stellung Negria gegenüber, hier und jetzt auf der breiten Allee, auf dem Kiese, vor dem blassen Perlgrau des Palastes dahinten. Sie hatte nun eine Aufgabe und Negrias Rolle dabei war eine nur dienende gewesen. Als er den Wunsch äußerte, sie bis nach Hause begleiten zu dürfen, beutelte sie ihn unter irgend einem Vorwand ab. Und dies sogleich und ohne zu überlegen, rasch und glatt. Dahinter öffnete sich tief in ihr für einen Sekundenbruchteil eine Art von jetzt leerem Raum: mit Verwunderung.

Wie's manchmal geht, wenn man holterdiepolter über die Trópoi fährt und sich selbst dann gleichsam wieder einholt.

Dies war nun der zweite Alarm in bezug auf die Generalkonsulin. Jetzt empfand Mary beinah schlechtes Gewissen, wenn sie an die Zeit vor dem Hochsommer dachte und an Grete Siebenscheins gelegentliche Äußerungen, daß es mit der Liebe Etelka Grauermanns zu Fraunholzer im Grunde vorbei zu sein scheine. Damals schon, so meinte sie jetzt in ihrem Eifer, wäre Mädi-Lea zu unterrichten, aus ihrer Starrheit zu lösen, in Schwung zu bringen gewesen. Jetzt aber schien ihr ganz offenbar die letzte und eigentliche Gelegenheit da zu sein: und gerade unter solchem Lichte durfte, konnte und wollte ihr nunmehr das überraschende und fast seltsame Wieder-Zusammentreffen mit Negria erscheinen. Er war nur ein Botengänger des Lebens, ein Überbringer wichtiger Nachrichten zur richtigen Zeit! Und genauer Nachrichten, nicht einer bloßen beiläufigen Meinung, wie Grete. Auch daß Fraunholzer am Morgen nach seiner Ankunft sogleich wieder abgereist war hatte der Doktor vermerkt und erzählt. Und wohin war er damals gefahren? Nach Wien oder Belgrad? Oder: gar nach Gmunden?

Sogleich als sie heimgelangt war – um die enge Spindel der Stiege, darin der Lift stand, und um alle Quasten und Schnüre und Messingringe an den Wänden herrschte die kalkige Leere eines bleichen ausgestorbenen Schneckengehäuses – sogleich also eilte sie zum Telephon, das sich im Schlafzimmer neben den Betten befand. Ein Blitz fiel über ihren Weg. Marie hatte die Tür zur Küche geöffnet, darin die Abendsonne lag, und grüßte: von den jungen Herrschaften sei noch niemand zuhaus, sagte sie. Die weiße Flauschjacke glitt auf Marys Bett. Auch hier war die Sonne. Dieses Zimmer lag als einziges außerhalb der Flucht, in welcher sich die anderen reihten, es hatte ein breites Fenster nach rückwärts, gegen einige bescheidene Baumkronen vor zum Teil fensterlosen Mauern der Höfe. Frau Mary stellte die Verbindung zu dem Küffer'schen Familienhause in Döbling her. Dort aber war, wie alsbald klar wurde, nur ein Faktotum anwesend; die Mutter und die nächste Küffer'sche Generation – letztere in Gestalt der jüngeren Schwester Leas, mit deren Kindern eben Bub und Mädel Marys im Verkehre standen – weilten noch zu Wolkersdorf, was wegen des nah bevorstehenden Wiederbeginnes allen Unterrichts auch in den höheren Schulen erstaunlich und Mary fast etwas allzu gemütlich erschien. Die Haushälterin wußte freilich alles, worauf es jetzt ankam: daß ‚Frau Mädi‘ in Gmunden befindlich und der Herr Generalkonsul auch dort gewesen sei; ob er nicht inzwischen schon wieder nach Belgrad abgereist wäre, das sei ihr unbekannt. Aber die Frau Generalkonsul werde wohl in Wien erwartet, für einen kürzeren Aufenthalt wenigstens, etwa nach Mitte des September. Von dem Aufenthalte des Herrn Generalkonsuls in Gmunden allerdings habe zunächst ‚niemand eine Ahnung gehabt‘. Nun gut. Frau Mary ließ für jeden Fall aufschreiben, daß sie einen telephonischen Anruf der Generalkonsulin sogleich nach deren Eintreffen in Wien dringend erbitte. Dann entschloß sie sich freilich zu einem Brief; und ging unverzüglich an's Schreiben, vorne im Gesellschaftszimmer, wo ihr kleiner Sekretär stand, dessen Fächer, wie auch die Schreibplatte, alle mit kleinen oder größeren Roll·Lädchen zu verschließen waren, weshalb dieses Möbel immer ordentlich aufgeräumt und glatt aussah. Als nun das Mädchen mit dem Teebrett eintrat, dachte Frau Mary in aller Ruhe, daß sie wohl auch hätte mit Negria hier den Tee nehmen können. Danach: vielleicht wäre noch dieses oder jenes von ihm zu erfahren gewesen. Der Brief geriet nicht. Er konnte nicht geraten, und dies hätte sie gleich wissen sollen. Eindringlichkeit war hier nur in mündlicher

Unterredung zu erreichen, die ganze Erzählung auch zu umständlich. Sie schloß damit, wenige Zeilen zu schreiben, und die bei der Haushälterin schon deponierte Bitte an Lea auf das entschiedenste zu wiederholen. Und einiges zwischendurch: von den Wochen in Velden am See, von den Kindern. Ein Fenster war offen. Aus den leeren Gassen kam das Schreien ballspielender Buben fast wie ein ununterbrochener, stehender Ton.

Das Bild, welches die Paula Pichler, geborene Schachl, sich sehr bald und unbedenklich von dem Rittmeister Eulenfeld gemacht hatte, könnte man eine bloße Schwarz-Weiß-Zeichnung nennen: und mehr Schwarz als Weiß. Zu einer Nachprüfung ergab sich weder Gelegenheit, noch war danach ein Bedürfnis vorhanden. Ihr genügte es hier, Partei zu sein nämlich für Thea Rokitzer – und sie war's ganz. Daß sie den Rittmeister nie zu Gesicht bekam und ihn nicht persönlich kennen lernte, wirkte hier förderlich. Denn anders hätte zweifellos die Möglichkeit bestanden, daß seine, von Liechtenthal aus gesehen, exotische Erscheinung und Sprache, sein Charme und seine liebenswürdige und nachlässige Eleganz auf sie zur Wirkung gelangt wären, damit die Eindeutigkeit ihres Verhaltens mindernd; und sie wäre zweifellos fähig gewesen, nicht nur Eulenfelds Intelligenz, sondern auch die anderen Qualitäten des Mannes wahrzunehmen, nicht zum letzten seine Fähigkeit zur Freundschaft, und gerade zu einer solchen für Melzer, in bezug auf welchen bei Paula eine umgekehrte Voreingenommenheit, nämlich die allergünstigste, bestand. Sie fühlte sich zu diesem ebenfalls Unbekannten geradezu hingezogen. So indessen blieb für Paula Pichler der Rittmeister einfach ein verdächtiger alter Lump, der die Liebe eines Mädchens wie Thea nie verdient hatte und sie obendrein noch kränkte und quälte, ja für dunkle Zwecke auszunützen schien.

Denn eben damals, nachdem man am Freitag Thea vom Westbahnhof abgeholt hatte, kam sie am Montag nachmittag in mehr als gedrückter Verfassung im Gärtchen an. Und hier erfuhr nun Paula alles, was sich inzwischen bei Thea begeben hatte, nicht eben wenig, für deren Begriffe. Bei allem herzlichen Mitgefühl sah die Pichler sich zugleich nicht ohne Vergnügen in diese ganzen Zusammenhänge hineingestellt und (wie sie vermeinte) in deren Mitte sitzend wie die Spinne im Netz. Auf ihr Beisammensein mit René, das für den frühen Nachmittag des Mittwoch vereinbart war, freute sie sich mit besonderer Lebhaftigkeit und Neugier. Man wollte einander um drei Uhr in jenem ,Café Brioni' treffen – wo sich vor vierzehn Jahren der Konsular-Akademiker Pista Grauermann der Einsamkeit hingegeben hatte, dabei zu einer gewissen Selbständigkeit gelangend und zu Gedanken oder Vorstellungen, die ihm heute wahrscheinlich als extravagant erschienen wären. Paula Pichler war mit dem Orte, der ihrer Wohnung ja nahe lag, gleich einverstanden gewesen. Für René fügten sich diese Umstände auch weiterhin bequem. Denn um fünf Uhr sollte er ja Mittwochs in die Luftgondel steigen, heißt das: bei Editha Schlinger den Tee nehmen. Es war Gretes stark besetzter und beschäftigter Nachmittag. Und ein solcher wurde es bei Stangeler am Ende auch. Bezüglich Paulas darf nicht unerwähnt bleiben, daß ihr Mann, der Werkmeister, von allem und jedem wußte, auch von den gedoppelten Damen und der bevorstehenden Zusammenkunft seiner Frau mit dem Jugendfreunde René. Er tat neugierig und belustigt mit.

Zwei Steine waren es, die rasch nacheinander, als ein doppelter Schlag, jene geglättete Oberfläche bei Thea zerrissen hatten, die ihr durch den halb unfreiwilligen Landaufenthalt trotz allem eben geschenkt worden war und schließlich auch durch die viele und zeitweise aufreibende körperliche Arbeit; diese hatte man ihr dort mit der allergrößten Selbstverständlichkeit zugeschoben, von Seiten ihrer Tanten nämlich, des St. Valentiner Zihaloids sowohl wie der Frau Amtsrat: und die letztere war dabei noch lebhafter hinter ihr her gewesen als die Hausfrau selbst. Betätigungen dieser Art aber sind aufreibend oft mehr im wörtlichen als im übertragenen

Sinne: und wenn die verwitwete Gaskassierin etwa die Gelegenheit von Theas Anwesenheit dazu benutzte, um im Hause endlich wieder einmal alle Fußböden blank zu kriegen – wozu die Tante Rosa ihr riet, solchermaßen eine Kompensation für den eigenen Aufenthalt auf Kosten der Nichte bietend – so hat man damit das beste Beispiel. Und noch mehr wie beim Unkrautjäten im Garten oder beim Abnehmen, Putzen und Einsieden der Stachelbeeren, überlagerte die in den ersten Tagen des Bodenaufreibens sehr revoltierende Aussage eines gekrümmten Rückens alle aus Wien hierher importierten feineren und in jedem Sinne tiefer sitzenden Schmerzen. Die einzige Gegenbewegung, welche Thea Rokitzer de facto während dieser ganzen Zeit auszuführen vermochte, war die immer wieder erneut vorgenommene Pflege ihrer Hände, der sie abends vor dem Schlafengehen insgeheim in ihrer Kammer oblag. Diese allabendliche Gegenbewegung aber zeigte an, worauf Thea sich im Grunde ihres Herzens täglich zu bewegte: nämlich auf den 29. August, vormittags, und ihre für diesen Tag bevorstehende Vorstellung bei der Film-Agentur; was in Theas Vorstellung wirklich schon so etwas bedeutete wie eine Vorstellung, welche sie zu geben haben würde, den Einsatz ihrer ganzen Person zur Eroberung einer Vor-Stellung, von wo aus eine große Laufbahn erst beginnen sollte. Darauf lebte sie zu. Wie in den Mund eines Trichters hinein, der sich immer mehr und ganz um diesen vom übrigen Leben nun schon scharf abgesetzten Lichtpunkt verengte, so wie man den fernen Ausgang eines Tunnels oder Stollens sieht, den man nicht aus dem Auge läßt, weil's hier nur hindurch und hinaus zu gelangen gilt. Aber gerade vor diese Mündung fiel der erste Stein, verschloß sie und alles ward finster. Denn was am Samstag, dem 29. August, sich vormittags abspielte – unter Hinbringung und Darbringung eines ganzen und wohl vorbereiteten Seins von Seiten Theas – dauerte drei Minuten, während welcher man kaum zu einigen Bewegungen und garnicht zu den wohleinstudierten Worten aus klassischen Dramen gelangte, und zudem teilte man diese unausführliche Blitz-

Episoden-Rolle mit Dutzenden von anderen Mädchen, bei denen auch nicht mehr herauskam, als daß ihnen geschäftsmäßig gedankt und daß sie abgewiesen wurden und danach vor dem Hause auf dem Gehsteig noch durch ein oder zwei Minuten in einem Grüppchen beisammen standen, Fremde mit Fremden, einander im Grunde ohne Ausnahme unangenehm, zusammengehalten nur durch die Verschüttung des von jeder einzelnen erstrebten und jetzt verlegten Lebensrinnsals, davor sie sich nun in gemeinsamer Verlegenheit für ein Kurzes stauten, bis jedes Wässerlein seinen Faden ausweichend darum herumführen würde, weil's nun einmal so und anders nicht war.

Der zweite Stein fiel am selben Samstage fünf Uhr nachmittags. Es erschien Hedwig (Hedi) Loiskandl, Paula Pichlers achtzehnjährige Stiefschwester und einstiges Pflegekind, in der elterlichen Wohnung hinter der Papierhandlung Rokitzer, Alserbachstraße Nummer ... (wir wissen die Hausnummer so wenig wie Melzer) und verlangte Thea zu sprechen, welche in hoffnungslosem Zustande sich in jenem Zimmer aufhielt, darin das bekannte große Büffet stand. Die Eltern waren beschäftigt und wiesen Hedi hinein. Thea ahnte schon nichts Gutes, als sie das wenig hübsche Mädchen, welches man sonst selten zu sehen bekam, hier unvermutet bei sich erblickte. Da das Ungewöhnliche des Besuches, und obendrein gleich am Tage nach Theas Ankunft, nicht zu verdecken war, zog Hedi es vor, mit der Tür ins Haus zu fallen, begrüßte Thea innig und erklärte im selben Atem (lügend), durchaus ohne Wissen der Tante Oplatek und schon gar nicht etwa in deren Auftrag zu kommen: was von unserer zuinnerst ganz wo anders herumvagierenden Thea ja keineswegs behauptet worden war und zunächst überhaupt nicht begriffen wurde, denn seit Stunden sah sie sich (trotz ihres Mißerfolges) im Geiste nur als einen hell leuchtenden Kometen auf großer Laufbahn enteilen und ganz dahinten den Rittmeister, der ihr aus zu Knöpfen erloschenen Äuglein nachblickte (aus solchen, wie er sie hatte, wenn er besoffen war). Nun freilich ging ihr ein anderes Licht auf. Die Tante war in Unruhe wegen der Zigaretten. In der Zeitung sei neulich wieder was von großen Entwendungen und Schmuggeleien gestanden, die Polizei schien dahinter her, Fräulein Oplatek fühle sich eigentlich zu einer Meldung verpflichtet an zuständiger Stelle, darüber, daß man vor der ,Fassung' im Juli durch sie ein so auffallend hohes Quantum zu erhalten getrachtet habe, und auch wer das gewesen sei und so weiter. Nun befinde sich aber Thea ,mit diesem Herrn in einer Beziehung' und die Tante fürchte sehr, daß da noch große Unannehmlichkeiten in der Familie entstehen könnten, denn man wisse schließlich nicht, inwieweit Thea mit den Sachen zu tun habe und mit dem Herrn Eulenfeld überhaupt. Am gescheitesten wär's doch (meinte die Loiskandl), wenn Thea ihr ruhig sagen würde, wie es mit alledem sich wirklich verhielte (sie gebrauchte nicht geradezu die Redensart ,reinen Wein einschenken'), damit sie die Tante für jeden Fall beruhigen könne. Ja, ihr scheine sogar, daß diese, welche sich in übermäßiger Gewissenhaftigkeit quäle, noch eher und erst recht von der ganzen Geschichte mit der zu erstattenden Meldung und so weiter abkommen würde, wenn sie einmal wüßte, daß Thea damit nichts zu tun habe.

Das Letzte war so dumm nicht. Die Redeweise der Loiskandl war eine solche, die Unsauberes bei Thea mit Sicherheit voraussetzte, um es dann in unterstrichener Weise zu schonen. Aus diesem Grunde wurde auch die Redensart vom reinen Wein nicht gebraucht. Dieses Gesicht, das um nichts intelligenter war wie jenes Theas – und beide Larven, so wagen wir zu behaupten, saßen vor einem kaum vorstellbaren Vakuum – dieses Gesicht der Hedi Loiskandl, dem freilich das Leben von vornherein ein anderes Gesicht entgegen gehalten hatte als der Thea Rokitzer auf ihrem vom Reflex der eigenen Wirkung stets belichteten Wege, dieses junge, aber keineswegs sonderlich hübsche und schon gar nicht regelmäßige Antlitz hatte in seinen Vertiefungen einigen sumpfigen oder fettigen Schatten gestattet sich anzusammeln, derart, daß für Liebhaber solcher Sachen (und zu diesen gehörte offenbar Hedis strebsamer Bräutigam) schon ein gewisser, ja sogar sehr starker Reiz darin liegen konnte; etwa ein gerade gegenteiliger wie jener, den Grauermanns Ordentlichkeit und kurze grade Nase für die Kammersängerin Wett hatten. Im übrigen wird man nicht nur aus einem vernünftigen, einzusehenden Grund, sondern auch aus guten Gründen ein ‚Kieberer‘ (wie man zu Wien solche Polizei-Leute nennt). Von Hedi hinwiederum aber kann man nicht sagen, daß sie sich hier in dem sterilen Hinterzimmer mit dem Büffet eigentlich polizeilich benahm; denn was sie zu erhalten wünschte, so schien es, war keineswegs ein Schuldbekenntnis, sondern im Gegenteile eine Art Blanko, nämlich die ausdrückliche Erklärung, man habe mit der ganzen Sache nichts zu tun und man wisse auch nichts Näheres.

Und was blieb Thea jetzt schon anderes übrig, als diese Wahrheit zu sagen, überrannt von Hedi Loiskandl und damit diese auf die einzig mögliche Weise wieder überrennend, nicht zuletzt auch zur Beruhigung der Tante Oplatek? (Denn Hedis obige psychologische Theorie, die leuchtete ihr ein.)

Dem ganzen unvermuteten Auftritt aber lag ein Regie-Fehler Paula Pichlers zugrunde. Man darf sich in dieser tabakanrüchigen Sache so ausdrücken, wenn auch in einem veränderten Sinne. Etwa zehn Tage vor Theas Ankunft war die Loiskandl im Schachl-Häuschen oder eigentlich im Gärtchen bei Paula erschienen, in der gleichen Angelegenheit und – wie sie hervorhob – im Interesse Theas um Rat und Auskunft bittend. Sie hatte dabei insoferne Glück, als Paula Pichler eine Gegenfrage unterließ, die ihr wohl durch den Kopf ging, die sie aber nicht aussprach, deshalb vielleicht, weil sie ihr zu direkt erschien (ähnlich wie jetzt der Loiskandl die Redensart vom reinen Wein): wie und warum nämlich Hedi plötzlich zu der Frau oder eigentlich dem Fräulein Oplatek auf die Josefstadt gekommen sei, die sie doch des Näheren kaum gekannt habe? Dieser Punkt fiel Paula Pichler auf, nicht aber der Rokitzer in ihrem filmisch geminderten Zustande. Hedi hätte auch hier gelogen, aber wahrscheinlich doch nicht prompt und fließend genug.

Denn was dahinter steckte, wäre in Wahrheit den Schachls gegenüber peinlich gewesen: nämlich Frau Rosa Zihals clandestine Obstkörbe aus St. Valentin, von denen um die Mitte des August zwei nach Wien abgegangen waren (und in dieser Sache, wenn schon sonst in allem und jedem, hatte die Frau Amtsrat ihre Nichte Thea keineswegs bemüht, so daß diese davon überhaupt nichts bemerkte – auch sonst war niemand in Anspruch genommen worden; die zwei Körbe, aber eben nur zwei für den gesetzten Zweck geeignete, fand Frau Rosa in aller Stille auf des Hauses Dachboden). Von den clandestinen Obstkörben ging der eine an die Familie Loiskandl ab, zugleich mit der Bitte, der Schwester und Trafikantin ein bestimmtes Quantum davon zukommen zu lassen (und eben dies hatte dann Hedi überbringen müssen). Der zweite Korb aber, auch nicht klein, war in die Alserbachstraße geschickt worden, zu der ja weit weniger zahlreichen Familie Rokitzer (damals eigentlich nur aus den Eltern bestehend!), jedoch ohne Hinzufügung eines Ersuchens, den Schachls davon was abzugeben, so nah es gewesen wäre. Offenbar hielt sich Frau Zihal durch die vier Obstbäume im Gärtchen (zwischen denen Paulas Strecksessel stand) und die kurze Reihe von Stachelbeerbüschen entschuldigt. Und sie vermeinte dies vielleicht wirklich und nicht nur an der inneren Oberfläche. Nun, rein formell und von außen gesehen, hätten ihr eigentlich die Leute aus dem Schachl-Häuschen, wo ihr Gatte einst gewohnt, und wo sie in regelmäßigen Abständen mit ihm zu Gaste war, näher stehen müssen als Paulas Mutter, Stiefvater und Stiefgeschwister. Aber in einem sehr allgemeinen, sozusagen epochalen Sinne, gehörte sie mit diesen doch weit eher zusammen. Die Schwestern freilich konnten in keiner Weise übergangen werden, auch die Frau Rokitzer nicht, welche der Amtsrätin allmählich recht entfremdet worden war. Darüber hinaus aber, jenseits der inappellablen familiären Umstände, entschied in Rosa Zihal-Oplatek ebenso inappellabel die Zeit, der sie angehörte, und das war eine andere als jene, welche zu Liechtenthal auch noch durch die jungen Leute floß, den Werkmeister und seine Frau. Freilich nicht auf der Ebene, auf der die Uhren schlagen. Diese gingen bei Pichlers und Zihals gleich.

Der Regie-Fehler Paulas aber bestand darin, daß sie der Thea Rokitzer von den informativen Vortastungen der Loiskandl nichts erzählt hatte, so daß deren Auftreten überraschend erfolgen konnte. Allerdings nur für Thea, nicht für die Eltern. Bei diesen war Hedi schon gewesen; und sie billigten deren Absicht, zunächst einmal bei der Tochter ganz freundschaftlich und vertraulich – junge Mädchen unter sich, könnte man wohl auch sagen – ein Thema zu berühren, das bei Herrn und Frau Rokitzer, seit es von Hedi Loiskandl in Umlauf gesetzt wurde, nicht so sehr den Amts-Stempel der österreichischen Tabak-Regie, als vielmehr den Namen des Barons Eulenfeld trug. Dieser wurde jetzt zum Schlüssel, mit dem man alle unbegreiflichen Veränderungen an Thea während der letzten Zeit vor ihrer Abreise nach St. Valentin erklärend aufsperrte. Die Eltern aber blieben zunächst nach der Rückkehr der Tochter verschwiegen, wie es mit der Loiskandl vereinbart worden war. Und diese ließ wahrlich nicht lange auf sich warten. Den Tag von Theas Rückkehr hatte sie ebensowohl von deren Eltern wie von Paula Pichler erfahren können. Und in noch einem Punkte übten Herr und Frau Rokitzer Diskretion ihrem Kinde gegenüber: nämlich was den Obstkorb aus St. Valentin betraf. Es war ein darauf bezüglicher Wink der Frau Amtsrat ergangen, welcher die zwischen Paula Pichler und Thea bestehende Freundschaft freilich bekannt war. Übrigens hatten die Früchte des St. Valentiner Zihaloids inzwischen längst den Weg in die Einsiede-Gläser gefunden.

Paula muß man wohl wegen ihrer kleinen Unterlassung entschuldigen. Das Gezwitscher der Ankunft, die Gegenwart Lintschis und Renés, nicht zuletzt auch das am Bahnsteige aufgetauchte Phänomen der gedoppelten Damen, dies alles ließ, bei vielerlei gekreuztem Reden, Wesentlicheres ungesagt bleiben: und so hatte man sich getrennt und dabei noch für den Montag-Nachmittag verabredet; denn freilich, der Samstag-Nachmittag und der Sonntag mußten dem Rittmeister vorbehalten bleiben – obwohl Paula allzu gerne recht bald Genaueres über Theas Vorstellung erfahren wollte; Eulenfeld aber hatte es dann am Samstag keineswegs eilig gehabt, Thea Rokitzer zu sehen, und dies unter irgendeinem Vorwande auf den Abend verschoben; sie berichtete ihm bei zwei Telephongesprächen, am Freitag abend und am Samstag nur kurz, daß sie gut gereist, gut angelangt und programmgemäß von der Tante und der Cousine am Bahnhofe abgeholt worden sei, wobei man übrigens den Herrn von Stangeler getroffen habe. Der sei dort gewesen, um vom Pariser Zug wen abzuholen (seine Grete?), und wohl noch lange geblieben, wegen der großen Verspätung von über einer Stunde. So ließen sie denn ihr erstes Wiedersehen bei heute, Samstag abend; und Thea, die Ärmste, war es froh; sie ging auch nicht zu Paula; sie blieb in hoffnungslosem Zustande vor dem bekannten Büffet sitzen, um dort von der prompten Loiskandl attrappiert zu werden.

Es erscheint erwähnenswert, daß Paula Pichler sogleich nach dem Weggange der Loiskandl aus dem Gärtchen damals auf einen Vorsatz verfiel, der augenblicklich nicht durchführbar war – und den Thea beinah um dieselbe Zeit verwirklichte: nämlich über die Angelegenheit der Trafikantin Oplatek mit dem Amtsrate bei Gelegenheit zu reden. Diese aber ergab sich für Thea in St. Valentin. Und auch hier wurde wieder in Sachen der Regie ein Regiefehler gemacht, diesmal von Seiten Thea Rokitzers, die uns allerdings noch nie zu der Annahme berechtigt hat, sie vermöge auf der kleinen Bühne ihres Lebens Ordnung zu halten. Aber sie hätte der Paula Pichler wohl erwähnen können, daß sie Zihal in bezug auf diese Dinge befragt habe: dann hätte jene es später nicht noch einmal getan, was dem Amtsrate freilich auffallen mußte. Der Gegenstand, und was sonst noch dazu gehörte, kam ja zwischen den Freundinnen oft genug zur Erörterung. Vielleicht lag der Grund von Theas Vergeßlichkeit darin, daß es ihr gar nicht gelungen war, von dem Onkel und Pensionisten eine in's einzelne gehende Antwort zu erhalten. Es war gegen Abend gewesen, im Garten, wo sich Zihal um diese Tageszeit gern mit dem Gießen der Blumen beschäftigte, in Hemdsärmeln das Wasser vom Hydranten tragend. Diese Wasser-Prozessionen waren bei dem Amtsrate sehr bald zu einem rhythmischen und gewissermaßen obstinaten Ritual erstarrt, so daß er beim Hin- und Wider-Pendeln über die Gartenwege ganz unverrückbare Bahn-Elemente zeigte und einen sozusagen nach innen gekehrten Gesichtsausdruck. Das alles war Sprache. Sein Wasser-Tragen war ein Vortrag; und zwar über das Wesen der Durchführung von erforderlichen Verrichtungen überhaupt und die Bemessung der dabei als unumgänglich notwendig anzusehenden Bewegungen. Thea trat ihm in den Kurs am Kiesweg (sie mußte immer gleich sagen, was sie dachte, und ausführen, was ihr einfiel), und dies war dumm von ihr und hatte zur Folge, daß sie als Partei nach Anhörung kurz abgefertigt wurde: obwohl Zihal die Nichte seiner Frau sehr gerne mochte und im wörtlichsten Sinne gerne sah, was verständlich erscheint; ja mitunter betrachtete er sie unvermerkt und strich dabei den Schnurrbart und schien für Augenblicke von irgendwelchen Erinnerungen umfangen ... (Übrigens nahm er Thea nicht selten auch gegen die beiden Frauen in Schutz, wenn ihr allzuviel aufgebürdet werden sollte.) Jetzt aber, da sie ein Zeremoniell störte, trat sogleich ein anderes hervor, und, wenn auch hemdsärmelig, so doch auf irgendeine Art spanisch. Der Amtsrat stellte die Gießkanne auf den Weg. „Ein solcher Ankauf,“ sagte er, „kann weder als rechtswidrig noch als bedenklich angesehen werden, vorausgesetzt, daß der gesetzliche Preis, nicht mehr und nicht weniger als dieser, erlegt wird. Jedoch kann der an sich zulässige Kauf den Verdacht unzulässiger Manipulationen oder Spekulationen mit dem erstandenen Posten in gewissen Fällen zweifellos nahelegen.“ Er nahm die Gießkanne auf und stellte die gestörten Bahnelemente wieder her. Thea war mitunter wirklich eine Nocken. Der Amtsrat aber bewegte sich bereits nahe jener feinen Grenze, wo der niedere Zihalismus aufhört und der höhere beginnt, wenn er auch nie im Leben durch das schöne Stiegenhaus im Stadtpalais des Prinzen Eugen von Savoyen geschritten war und für ihn eigentlich eine Finanz-Landesdirektion allezeit schon fast das höchste Ätherblau ämtlichen Begriffs-Himmels und Fimmels dargestellt hatte.

Sogleich nach Erhalt des Blankos von Seiten Theas war Hedi Loiskandl, der freudige Hiobspostler (eine besonders empfehlenswerte Sorte!), aus Spannung und Interesse geraten, was der Thea Rokitzer hätte auffallen müssen, jedoch war dies infolge ihres filmisch geminderten Zustandes nicht der Fall. Die polizeilichen Erhebungen, auf's nachlässigste, ganz oberflächlich und sozusagen nur der Form halber durchgeführt, wurden weiter nicht fortgesetzt. Sie ging auch bald und ließ in Thea oder an Thea so etwas wie einen Schmutzstreifen zurück, nicht zuletzt durch die ganz am Ende noch faul vorgebrachte Frage, wer denn dieser Eulenfeld überhaupt sei? Eine derartige Frage nach dem Gegenstand seiner Liebe an einen Liebenden gerichtet, ist deshalb ungeheuerlich, weil in dem Befragten sich dabei die Ahnung rühren muß, daß er von allen Menschen am allerwenigsten imstande wäre, darauf eine Antwort zu geben. Thea tat's auch nicht. Nachdem die Hedi noch diesen letzten Patzen hatte fallen lassen, ging sie ab, und zwar durch die saubere Küche. Hier war Frau Rokitzer. Ihr sagte Hedi Loiskandl noch schnell und leise das Resultat der Unterredung und daß sie für ihr Teil nun dessen gewiß sei: Thea habe mit der Sache nichts zu tun. Aber der Herr Baron Eulenfeld? Der vielleicht. Kann aber sein, daß er wirklich nur einen Vorrat für sich persönlich haben wollte. Bezüglich Theas werde sie die Tante beruhigen. Und überhaupt, soweit das möglich sei.

Es war unmöglich: denn die Tante Oplatek hatte sich wegen dieser Dinge gar nie aufgeregt. Sie hatte nur beiläufig nach Thea gefragt und dann der Loiskandl von deren Besuch im Juli und dem für einen Baron Eulenfeld gewünschten großen Posten von Tabakwaren erzählt, sich dabei in aller Ruhe mit einer langen hölzernen Stricknadel am Hinterkopfe kratzend. Sie habe, so fügte sie hinzu, die Bestellung abgelehnt, weil eine

Trafik ein Detailgeschäft sei. Auch als Hedi sie auf die Entwendungen und Schmuggeleien, von denen in der Zeitung zu lesen wäre, hinwies, machte ihr das zunächst keinen besonderen Eindruck. „Um so besser," sagte sie, „wer weiß, wofür die Zigaretten bestimmt waren. Oder die Virginier. Die werden besonders gern geschmuggelt. Um so besser, daß ich's nicht übernommen habe. Wär' doch auffallend gewesen." Aus der Zeitung wußte sie von den Sachen nichts. Es gibt Menschen, welche den ganzen Tag die Zeitungen in der Hand haben, die man aber höchlich überrascht, wenn man ihnen etwas von dem sagt, was darin steht: sie haben davon nichts gesehen, nichts gelesen. Woraus hervorgeht, daß die Zeitungslektüre bei ihnen keineswegs die Funktion einer Kenntnisnahme hat, sondern eine Art physiologischen Vorgang darstellt: sie steht mit den Absenzen, Digestionen und Evaporisationen im Zusammenhange und alles in allem mit der Schläfrigkeit. Eine Tabak-Trafikantin, die nicht weiß, was in der Zeitung steht, erscheint nur auf den ersten Blick paradox, auf den zweiten jedoch natürlich. Zum Beispiel wußte auch die Thea Rokitzer nicht, „wer denn dieser Eulenfeld überhaupt sei", wenngleich sie doch in der Materie ebenso lebte wie eine Trafikantin mit den auf dem Ladentisch gestapelten Blättern. Nun, die Loiskandl ließ aber nicht so bald locker, in dem Zimmer hinter der Trafik, wo es übrigens recht gemütlich war und sogar kühl, denn die Fenster gingen auf einen schattigen Hof. An diesem Hof oder Hausgarten, der mehrere alte Bäume umschloß und dessen schöner Rasen von gekiesten Wegen durchzogen war, hatte ein Photograph seine Werkstatt oder sein Atelier, wie man das zu nennen pflegt, wodurch jene Tätigkeit einen Stich in die bildende Kunst hinüber bekommt. Und in der Tat, man kann sagen, daß allem, was in den breiteren Schichten unter der Kunst und dem Künstler vorgestellt wird, im Grunde allein ein Photograph voll und ganz zu entsprechen vermag; fundamental schon dadurch, daß sein Leben und seine Tätigkeit offen und zugestandenermaßen auf die Hervorbringung von Werken zweckhaft gerichtet sind, welche Zumutung und Festlegung jeden Künstler sogleich kopfscheu machen würde. Unser Meister hier nun, ein spitzbärtiger, langer und ironisch-hintergründiger Mann, der seltsamerweise den gleichen Familien-Namen trug wie einer der hervorragendsten englischen Seehelden, benutzte nicht selten den Garten für Freilicht-Aufnahmen, wozu erforderlichen Falles auch ein hübsches Gartenhäuschen (Salettl) als Hintergrund diente. Und so geschah denn mitunter dort rückwärts Interessantes, ja sogar für Fräulein Oplatek Aufregendes, weil es zum Beispiel Brautpaare gab, die sich an ihrem Ehrentage und in ihrem Hochzeits-Staate nicht nur im bleichen Oberlichte des Ateliers, sondern auch im Grünen festgehalten wissen wollten. Da der Zugang zum Photographen durch den Hausflur führte, der unmittelbar neben der Trafik lag, so wußte Fräulein Oplatek oft schon im voraus von solchen Veranstaltungen, wenn sie den festlichen Fiaker vorfahren sah. Ähnliches geriet nun der Loiskandl hier in ihre Interessensphäre – denn als solche hatte sie die Sachen freilich sogleich erkannt – und wirkte ablenkend, distraktiv, störend. Schon legte Fräulein Oplatek die Strickerei auf den Tisch und setzte ihre Brillen auf die Nase. „Muß da nicht trotzdem auf jeden Fall eine Anzeige oder Meldung gemacht werden, wegen dieser großen Bestellung, weil's doch auffallend ist, gerade jetzt . . ." „Na, die ist aber nicht sehr hübsch", meinte Fräulein Oplatek. Eben hatte sich die Doppeltür des Ateliers geöffnet und über drei flache Stufen wallte das Paar etwas zögernd in den Garten, während Nelson (nicht der Aar von Trafalgar, nur der Trafikantin Nachbar) mit einem Gehilfen voraus eilte, um den Apparat in Stellung zu bringen. Die schwarz-weißen Hochzeiter versuchten indessen ein gleiches vor dem Gartenhause mit den eigenen Figuren, alsbald vom Meister dabei mit leichter Korrektur beraten. Es wurde auch ein Sessel gebracht. Alles ging übrigens blitzschnell und dieses Bilderblatt für eine Lebenschronik ward so rasch ausgefüllt wie ein Formular auf der Post. Zum Glücke für die Loiskandl. Anders hätte eine Konversation der folgenden Art noch länger angedauert: „Ich meine nur, daß man später einmal einen Vorwurf erheben könnte, weil doch das heute möglicherweise einen Hinweis bilden würde, wo man die Täter ganz vergeblich sucht." „Sie spreizt sich zu sehr, deswegen wird sie auch nicht schöner." „Gibt es nicht diesbezüglich irgendwelche Vorschriften?" „Aber ein liebes Mädel ist sie. Sehr gute Figur. Wann kommst denn du daran?" „Im Frühjahr vielleicht," sagte die Loiskandl ergeben, „erst muß er Inspektor werden." Inzwischen wurde der Aufzug im Garten wieder in's Atelier eingeschluckt. Bei aller Vernünftigkeit war aber nun die Oplatek doch eine Art Zihaloid, und jene behörden-artigen Anwandlungen und polizeilichen Verdachts-Instinkte, welche seit des Herrn von Sedlnitzky Tagen hierzulande endemisch sind und alsbald herausgelockt und gelockert werden bei allen kleinen Leuten, denen man irgendein Pöstchen oder eine Funktion gibt, sie lebten auch in der Oplatek. Und darum hatte sie doch auf diesem Ohr gehört, während ihr Mund besprach, was das bewaffnete Auge sah. Nun nahm sie die Brillen ab. „Ich seh' nicht ein, was mich das Ganze angeht?" sagte sie, aber eben doch als Fragesatz. „Man müßte herauskriegen, was die Thea eigentlich mit der Geschichte zu tun hat", sagte die Loiskandl. „Das könntest du doch", meinte die Trafikantin. „Ich will's versuchen", sagte Hedi. „Aber bald", ergänzte die Oplatek, „denn wenn man's recht betrachtet, könnte man wegen dem Kind Sorgen haben. Kommst' dann zu mir und erzählst mir, was du erfahren hast?"

„Ja", versicherte die Hedi und ging bald; und bewegte sich ab da im Geleise ihrer vorsichtigen Übertreibungen, wenn man so sagen darf, als erfreuter Hiobspostler mit der ihr eigentümlichen Manier, sich sogleich an jedermann etwas zu nahe hinzustellen, wodurch sie dem anderen unvermerkt gleich einmal die volle Bewegungsfreiheit nahm und einen beengenden, besorgtmachenden Zwang ausübte: bei Theas Eltern ebenso wie dann bei dieser selbst. Frau Rokitzer wollte freilich nicht gleich zu ihrer Schwester laufen, welche sie sonst verhältnismäßig selten sah, um dort – für Thea zu bitten: ja, eine solche Vorstellung vom Stand der Dinge in der Josefstadt war der Mutter Rokitzer unvermerkt von Hedi Loiskandl einpraktiziert worden; aber wären auch die beiden Oplatek-Schwestern unverzüglich zusammengetroffen: es hätte das die Hedi nicht Lügen gestraft. Nur bei Paula Schachl-Pichler geriet diese in irgendeiner Weise an die Unrichtige. (Es ist bezeichnend genug, daß solches einem der Loiskandl gar nicht so unähnlichen Menschen, dem Handelsakademiker Wänzrich nämlich, einst gegenüber dem Amtsrate Zihal passierte, doch gehört dies in die Geschichte von Zihals Verlobung, wofür eine andere Abteilung, wollten sagen, ein anderes Buch zuständig ist.) Da ihr der Wink der Frau Zihal aus St. Valentin bekannt war, den Schachl-Pichlers gegenüber vom Obste zu schweigen, so fühlte sie sich allein schon dadurch der Stiefschwester Paula überlegen – denn sie wußte etwas, was diese nicht wußte – und dementsprechend war ihr Auftreten im Gärtchen. Jedoch zwischen den vier Obstbäumen, im Raume des Strecksessels (aus dem Paula sich zu erheben keinen Anlaß hatte), wurde sie, auf einem wackligen Gartenstuhle sitzend, gewissermaßen zur Strecke gebracht. Denn Neues konnte sie nicht erzählen – wegen des Rittmeisters hatte Paula längst die Ohren zurückgelegt und Theas Ahnungslosigkeit war ihr seit damals geläufig – und so wurde lediglich das Interesse der Loiskandl an diesen ganzen Sachen für Paula entblößt. Es schien ihr durchaus begreiflich. Zudem – solche Umstände sind nun einmal wichtig – der Strecksessel und die zurückgelehnte Körperlage verliehen Distanz, Hedi konnte ihr nicht zu nahe kommen und saß dafür auf ihrem Stühlchen präsentiert und exponiert genug. Dabei, in der Stille des Spätsommer-Abends – der trüb war und verhältnismäßig kühl – bemächtigte sich der Pichler eine recht eigentümliche Vorstellung. Die Loiskandl saß rechts vom Fuß-Ende des Strecksessels (und wir müssen es schon als Paulas wortlose Wirkung buchen, daß sie nicht näher gerückt war). Während die Stiefschwester redete und die eingebuchteten Schatten, welche in ihrem Gesichte heimisch geworden waren, sich noch etwas mehr vertieften, empfand Paula das

Wesen auf dem Gartensessel bei ihren Füßen fast wie einen peripheren Teil ihrer selbst, einen weg gestreckten Körperteil, so etwa, wie sie auf dem Fußgestell, das ihren Liegestuhl verlängerte, die eigenen Füße sehen konnte in den braunen Halbschuhen: und so wie ihr diese selbstverständlich waren, ganz so war es ihr jetzt auch die Hedi Loiskandl; und sie betrachtete das Mädchen wie man einen Schuh ansieht, mit dem man in den Staub oder in eine Lache getreten ist, wobei man den Fuß im Knöchel hin und her dreht. Beinah ein gleiches vermeinte die Pichler jetzt eigentlich mit der Loiskandl vermögen zu müssen, und hier, weil es nicht so war, stieß sie gewissermaßen an die Unvollkommenheit der Situation und schaute wieder sehr nachdenklich auf den eigenen rechten Schuh. Was aber die Verständlichkeit betraf, so umfaßte diese immer noch beide gleichermaßen, den Schuh sowohl wie die Loiskandl, welche wie ein Anhängsel von Paulas Körperlandschaft dort auf ihrem Stühlchen hockte, weg gestreckt, weg gehalten, und dadurch noch besser gesehen. Daß ein Blanko verlangt wurde für Handlungsfreiheit, war klar (und also auch, daß man doch noch eine Hemmung hatte), und ebenso klar war es der Pichler, daß sie solche Deckung nicht zu erteilen habe: jedoch auch nicht – was ohneweiteres möglich gewesen wäre – die Loiskandl durch die offen daliegende Mitte ihrer Zwecke gewissermaßen zu perforieren. Sie betrachtete ihren Schuh, drehte ihn hin und her, war eigentlich ganz wo anders hin nachdenklich und sagte beiläufig, daß sie leider von diesen Geschichten jetzt erst höre; dies alles sei recht dumm von der Thea und hoffentlich entstünden da nicht noch Unannehmlichkeiten. „Wann sollst du übrigens heiraten?" „Im Frühjahr", antwortete Hedi. Vom Avancement ihres Bräutigams sagte sie nichts. Aber, alles in allem, sie war abgeblitzt, sie hatte sich nicht nah genug hinstellen, keine Unruhe bringen, keine Beruhigungs-Mission übernehmen, keine Versicherung erhalten können, daß Thea gewiß mit alledem nicht das mindeste zu tun habe. Als die Loiskandl fortgegangen war, erschien alsbald Alois Pichler im Garten, der daheim gewesen und Hedi vom Fenster aus gesehen hatte: „Ist das Menscherl weg?" sagte er. „Die kommt mir so vor, als ob sie überall ein Hundswürstl liegen lassen tät." Natürlich sprachen die Eheleute über die Sache. Alois war es, der seiner Frau empfahl, nicht nur den Amtsrat Zihal zu fragen, wenn der einmal aus St. Valentin zurück sei und wieder zu Besuch käme, sondern auch den Doktor in der Marc Aurel Straße, bei dem Paula ehemals gearbeitet habe. Sie wollte beides tun.

Auf Hedi Loiskandls mangelhaften Erfolg in Liechtenthal ist es jedoch zweifellos zurückzuführen, daß man bei Rokitzers – später auch bei den Schwestern, und erst recht in der Familie Loiskandl – Paula Pichler als die Protektorin der Liebesgeschichte zwischen ‚dem Herrn Eulenfeld' und Thea anzusehen begann (man drückte sich in bezug auf Paula auch schlimmer aus). Solches in die Wege zu leiten hatte eine einzige Äußerung der Hedi Loiskandl den Eltern Rokitzer gegenüber genügt, die jene in einem Augenblicke getan hatte, dessen natürliche Schwingung geeignet war auch diese etwas weniger natürliche zu verstärken: nämlich in Frau Rokitzers Speisekammer, bei Vorzeigung des St. Valentiner clandestinen Obstes, das schon im eigenen Safte in den spiegelnden und etwas vergrößernden Einsiedegläsern saß. „Aus der Paula ist nichts herauszukriegen," sagte Hedi, „sie hat die Geschichte zwischen Thea und diesem Rittmeister gepachtet und glaubt vielleicht, sie kann aus ihr eine Frau Baronin machen. Ich muß mit Thea selbst reden. Feiner Baron . . ." Aber plötzlich brach sie ab. Frau Rokitzer sah ihr zu nachdenklich drein, mehr als es dem Glase mit Birnen, welches sie in der Hand hielt und betrachtete, eigentlich zukam; sie schien unvermutet in irgendeinen Schacht oder eine Fallgrube von Vorstellungen abgestürzt. Hedi beugte sich erschrocken über den Rand und rief hinab: „ein Hochstapler!", worauf die Mutter Rokitzer wieder herauftauchte, jedoch langsam.

So trennte sich alles entlang dem Obste, könnte man sagen, und es erscheint hier wirklich zulässig entlang denjenigen zu unterscheiden, die Obst abgesandt oder erhalten hatten und solchen, welche dabei leer ausgegangen waren. Nur der Amtsrat ragte frei von alledem in seinen ätherblauen Begriffs-Himmel und Fimmel. Denn Frau Rosa hatte es fertig gebracht, die Sendungen ohne jedes Wissen seinerseits zu expedieren (wie denn auch die edle Einfalt und stille Größe der Ämter, ach, so oft getäuscht wird!). Im Grunde sind das lauter Gemeinheiten. Das Haus Schachl-Pichler aber stand diesfalls ausserhalb.

Für Thea Rokitzer war dieser Samstag, der 29. August 1925, noch nicht zu Ende. Man soll über einen Tag nicht vor dem Abend klagen, denn es kommt vielleicht noch dicker. Hier kam es zu einer trübsäligen Rederei mit den Eltern, als sie ausgehen wollte; und das mußte sie, weil sie von Eulenfeld erwartet wurde.

Denn er ist der Rittmeister.

Der Papierhändler raunzte hinter seiner Frau drein, von der gänzlich vergessen wurde zu sagen, wie sie aussah, weil sie eben überhaupt nicht aus sich heraussah; sie war ein in seine eigene Sauberkeit eingepacktes, hinlänglich schäumendes, kaum duftendes Stück guter Haushalt-Seife. Alle Bestand-Teile zum Hübsch-Sein vorhanden: aber sie war nicht hübsch, wenngleich gänzlich unverbraucht (und wo hätte sich was in ihr reiben sollen?). Der Papierhändler kam weitaus nicht zum Durchbruche – hat sich schon was mit Durchbrechen bei diesem Rokitzer! – sondern entließ nur einen dünnen, gleichmäßig gesponnenen Faden von Besorgnissen und Befürchtungen. Seine Frau zeigte Unsicherheit. Sie mochte aus der Versenkung, in welche sie vor den Augen der Hedi Loiskandl eingefahren war, doch nicht mehr so ganz wieder emporgetaucht sein. Unser Lämmlein merkte im übrigen freilich jetzt Hedis Werke.

Gegen neun Uhr kam sie weg – nach allem nur mehr als ein Häferl, gestrichen voll von Malheur – und zehn Minuten später vor Eulenfelds Türe. Diese war olivengrün lackiert und hatte blanke Messingbeschläge. In solche ebenso neutrale wie abgründige Tiefe des Gegenständlichen starrte Thea, nachdem sie den Knopf der Klingel gedrückt hatte, und in dieses Vakuum des Vakuums traten unabweisbare Geräusche von drinnen, bald auch Stimmen durcheinander.

Eulenfeld war nicht allein.

Sehr im Gegenteile. Es waren nicht nur einige, sondern schlechthin alle Personen da.

Thea hatte also zu ihrem Schmerze keineswegs gelogen, als sie ihren Eltern wiederholt versicherte, sie gehe in eine größere Gesellschaft, die heute abend ‚bei dem Baron' stattfinde.

Dieser hatte bereits jetzt, neun Uhr fünf, Knopfaugen, und wohl auch seine besonderen Gründe dafür.

Denn abgesehen von den gedoppelten Damen – hier und jetzt aber waren sie wieder in nur einfacher Gestalt anwesend und unter dem Namen Editha Schlinger, wie immer – abgesehen von diesem leidigen Phänomen, war ihm etwas zugestoßen, was einem in Wien unter gar keinen wie immer gearteten Umständen passieren darf, wegen der unübersehbaren und unabsehbaren damit verknüpften Folgen, etwas, das ganz bedingungslos vermieden werden muß, und worüber der Rittmeister als ein Fremder, welcher er im Grunde doch geblieben war, sich offenbar nicht in genügender Klarheit befunden hatte, welche allerdings eine ganz außerordentliche hätte sein müssen, um die fehlenden eingewurzelten Instinkte zu ersetzen: denn allein diese bremsen gebieterisch und sozusagen um jeden Preis vor bestimmten Gefahrenzonen. Auch um den Preis des Rechthabens oder Rechtbehaltens.

Eulenfeld hatte sich mit der Hausmeisterin zerstritten.

„Du bist ein Viech mit Haxen", so lautete zum Beispiel das Gutachten der schönen Dolly Storch (sie war heute abend auch anwesend) über den Fall.

Leucht sah den Rittmeister, nachdem dieser sein ärgerliches Malheur räuspernd und mit den bei ihm in Übung stehenden Verzierungen berichtet hatte, nur mehr lachend und kopfschüttelnd an, als einen Kuriosen und Inkurablen.

„Du lachst," meinte Dolly, „aber an der armen Editha geht es auch aus."

Dies verstand zunächst niemand, jedoch allzubald wurde es als unabweisbar erkannt. „Ich seh' sie doch jeden Sonntag miteinander!" rief Dolly (sie meinte die beiden Hausmeister-Familien, nämlich die aus dem Hause, wo Editha Schlinger wohnte und jene hier im Hause). „Wieso, weiß ich eigentlich nicht; aber die gehören zu den Leuten, die mir in einem fort begegnen; entweder am Samstag nachmittag oder am Sonntag. Entweder die Frau Wöss – so heißt doch deine, Otto – mit der anderen, der deinigen, Editha, wie heißt die –?"

„Das weiß ich nicht", sagte die Schlinger betroffen.

„Was, du weißt nicht, wie deine Hausmeisterin heißt?!"

Editha schwieg und blickte so ernst auf Dolly wie eine Schülerin auf den Lehrer, dem sie die Antwort hat schuldig bleiben müssen. Vom Diwan, darauf vorne Editha und der Rittmeister saßen, während hinter ihnen ein junger Mann aus dem Freundeskreise der Storch halb ausgestreckt lag (es war jener Literat, der im Frühjahr bei der ,Teresa' zu Neapel der Grete Siebenschein das Cape um die Schultern gelegt hatte), kamen nur zwei Worte: „Nil admirari."

„Das könnte man bei euch lernen", meinte Dolly. „Also kurz und gut, eure Hausmeisterischen stehen miteinander in Verbindung. Den Herrn Wöss hab' ich neulich mit der Editha ihrem –"

„Hawélka", warf Eulenfeld ein und betonte den Namen auf der zweiten Silbe, was unverzüglich ein schallendes Gelächter auslöste. „Sagst Du auch: Swobóda oder Jerzábek?!" rief Leucht.

„Das erstere zumindest wäre richtig", entgegnete der Rittmeister mit unerschütterlicher Ruhe. „Denn im Slavischen wird dieses Wort, das so viel wie frei bedeutet, als Paroxytonon ausgesprochen."

Den letzten Ausdruck verstand hier niemand, außer dem Literaten am Diwan. Der Schulsack eines alten Husaren hing für hiesige Verhältnisse zu hoch. Dolly kam wieder zu Worte.

„Den Wöss also und den Hawelka hab' ich neulich am selben Kartentisch gesehen, in dem Caféhaus auf derselben Seite vom Bahnhof, wo ich wohne, nicht im ‚Café Brioni‘. Ich bin vorbeigegangen, und sie sind nahe beim Fenster gesessen."

„Jetzt wird mir allerdings einiges erklärlich", rief Editha plötzlich. „Die Hausbesorgerin hat es in den letzten Tagen wirklich auf mich abgesehen. Gestern schraubte sie mir gar die Birne von der Treppenbeleuchtung aus, weil gegenüber ein Büro ist, wo abends niemand kommt oder geht. ‚Die Birne wird gebraucht und die Hausfrau gibt keine her‘. Heute hab' ich ihr eine neue Birne überreicht und dabei sehr freundlich gebeten, sie anbringen zu wollen. Gesagt hat sie dabei gar nichts, weder ja noch nein."

„Da hat man's", sagte Leucht. „Aber das ist nur der Anfang. Es läßt einmal jemand abends das Haustor unversperrt, und gleich sind Sie es gewesen. Und so weiter. Fangen Sie den Anfang ab, gnädige Frau, mit einem saftigen Trinkgeld bei passender Gelegenheit, nur nicht zu auffallend. Im übrigen scheint mir, daß Sie sich in der Angelegenheit mit der Stiegenbeleuchtung hausmeistertechnisch sehr richtig verhalten haben."

Der Rittmeister knurrte, dann gab er ein lautes Grunzen von sich, das mißbilligend klang, und danach warf er das Monokel in's Auge. Der Fall mit der unversperrt gelassenen Haustüre war sein Fall geworden. Und mit einem Fall im Zusammenhang, einem wirklichen, auf der Stiege, dem ein sozusagen moralischer nur vorangegangen war. Aber der Rittmeister hatte es dabei – der Vorfall, bei dem Eulenfeld übrigens glücklicherweise nach vorne gefallen oder gestolpert war, hatte sich am verwichenen Montag ereignet, nachdem man mit Melzer und Stangeler abends bei Editha gewesen – der Rittmeister hatte es dabei nicht verabsäumt, auf der Treppe umzukehren, wenn auch fluchend, und das offengelassene Haustor sorgfältig zu versperren. Er war gleichsam wachgerüttelt worden. Die Hausmeisterin auch, durch den Lärm und Eulenfeld's unwirsche und laute Selbstgespräche. Als sie am nächsten Morgen um sechse das Tor offen gefunden hatte, wurde eine polemische Gedankenverbindung für Frau Wöss praktikabel, und sie fühlte sich dabei nur wenig gestört durch den Umstand, daß des Rittmeisters Rückzug zum Tore sehr wohl hörbar gewesen war. So erschien sie denn am gleichen Tage noch mit zihaloider Miene im Vorzimmer und ersuchte ‚Herrn Eulenfeld', das Haustor zu versperren, wenn er spät abends heimkäme. Soweit wär' alles in Ordnung gegangen. Aber auf des Rittmeisters Widerspruch hin erlaubte sie sich eine Andeutung über Zustände, in welchen man so genau nicht wissen könne, ob man nun zugesperrt habe oder nicht. Den ‚Herrn Eulenfeld' nahm der Rittmeister immer ohne Ärger hin, er hatte auf Titulaturen nie Wert gelegt, allerdings längst bemerkt, daß die Hawelka, Wöss e tutti quanti dies untereinander im höchsten Grade taten: der erstgenannte, welcher überdies Beamter der Wach- und Schließgesellschaft war (einer Art privater Präventiv-Polizei gegen Einbrüche), wurde sogar von seiner eigenen Frau, wenn sie Hausparteien gegenüber von ihm sprach, ‚der Herr Inspektor' genannt, und Frau Podiwinsky, der hiesigen Hausbesorgerin Mutter, redete von ihrem Schwiegersohn im gleichen Falle nie per Leopold oder Poldi, sondern sie nannte ihn dann den ‚Herrn Wöss'. Titel wurden nur nach oben, stiegenaufwärts, gestrichen. Hierin lag Tendenz. Eulenfeld hätte diese toleriert. Nie aber die andere, welche eine auf seine ‚Zustände' abzielende war. Nun freilich begann er Schriftdeutsch zu reden – dieses also war seine eigentliche Muttersprache, soweit dabei von Sprache noch gesprochen werden kann – und der Rest verlief als Sturzkurve und wäre es bald buchstäblich geworden: er warf die Wöss hinaus und beinahe die Treppen hinunter. Trinker sind empfindlich und vor allem vermeint keiner von ihnen einer zu sein.

„Daß du heute erst davon erzählst, von der ganzen Geschichte mit der Hausmeisterin?!" rief Editha, gleichsam ein Erstaunen nachholend, in das sie jetzt erst fiel.

„Nun gut, auf diese Weise sind wenigstens die hausmeistertechnischen Zusammenhänge zur Sprache gekommen", sagte Leucht völlig ernsthaft.

Für den Rittmeister bildete das nur einen schwachen Trost. Die ganze Sache war ihm mehr unfreiwillig oder versehentlich herausgerutscht. Er hatte eine kleinere Sorge anstatt einer größeren gelüftet; jene war von dem bedeutenderen Drucke dieser an die Peripherie gedrängt und durch den Mund gestoßen worden, wenngleich Eulenfeld sonst nicht eben zu den Redseligen gehörte. Aber die breite Erörterung der Angelegenheit, in welche dies ausgemündet war, machte ihn im Grunde unwillig. Denn er empfand sie für's erste in bemerkenswerter Weise als ein Zeichen der Herabgekommenheit. Es schien ihm ernstlich unwürdig, über Wöss oder Hawelka Worte zu machen, es beleidigte ihn. Zum zweiten aber glaubte er zu fühlen, daß man seine freilich moderierte Darstellung des Vorfalles auf der Treppe sogleich in realistischer Weise ergänzt hatte, ja vielleicht beinahe im Sinne der Frau Wöss...

So grunzte er noch einmal, aber etwas leiser wie früher (das war so ungefähr seine Antwort auf Edithas erstaunten Ausruf) und verharrte schweigend.

Während alledem hielt sich Thea Rokitzer auf ihrem Stühlchen sorgfältig im Gleichgewicht, etwa so, wie man ein randvolles Gefäß horizontal hält. Sie fühlte sich während des ganzen Geredes über die Hausmeisterei gleichsam im Urlaube, nicht anwesend, zu nichts verpflichtet: etwa dem Rittmeister von Hedi Loiskandls Besuch zu erzählen. Er hatte Thea übrigens im Vorzimmer vertraulich begrüßt und sie gebeten, morgen, am Sonntag-Nachmittag, zu ihm zu kommen, da würden sie ihre Ruhe haben; für heute wären die Gäste nicht zu vermeiden gewesen. „Ich muß abends daheim sein", hatte Thea ganz ohne vorhergehende Absicht darauf entgegnet. „Das kannst du gewiß", sagte Eulenfeld sehr freundlich und ergeben, „um sieben Uhr wirst du daheim sein, ich verspreche dir's." Dieses rasche Geflüster im Vorzimmer, gleich nach ihrem Eintritt, aber lag jetzt als ein eigentlich trauriger Nachklang in ihr. Sie sah sich selbst schon voraus, wie sie morgen hier sitzen würde und des Rittmeisters Wäsche ausbessern. Da war Melzer. Der Nachmittag im Juli. Hier, sie war auf dem

Diwan gesessen. Nun empfand sie diese Diwan-Ecke, die doch jetzt von einem halben Dutzend Menschen besetzt und belümmelt war, wie leer. Sie fragte nicht nach dem Major. Sie sah Eulenfeld an, der, auch abgesehen von einer jetzt schon recht sichtbaren knopf-äugigen Erloschenheit, einen bekümmerten Eindruck machte. Als ihr einfiel, daß es besser wäre, ihm auch morgen nichts zu erzählen, sondern zunächst einmal bis Montag zu warten und sich mit Paula zu unterreden, wurde ihr leichter und belebter zu Mute. Gerade dieser Gedanke war überaus tröstlich; und er stand in einer weiter nicht benannten Verbindung mit Melzer.

Die Zwillinge Pastré waren in Wien kaum wieder vereinigt – nachdem sie über den Sommer einander nur zu Salzburg und sonst an westlichen Orten und zu München gesehen hatten – als zwischen ihnen Streit ausbrach, trotz der zärtlichen Umarmungen und Begrüßungen auf dem Westbahnhofe, ja unter anderem geradezu wegen derselben. Editha – sie war die Eintreffende gewesen – hielt es für im höchsten Grade verfehlt, daß ihre Schwester, von der sie seit dem Frühjahr in Wien sich sozusagen hatte vertreten lassen, auf dem Bahnhofe erschienen war; denn sie gedachte den bisherigen Zustand, genauer, die Einmaligkeit ihrer Person, noch durch eine begrenzte Zeit aufrecht zu erhalten: weshalb ein gedoppeltes Auftreten, sei's nun wo immer, sich keineswegs empfahl, und schon gar nicht in der Menschenschleuse eines Bahnhofs. Jene aber hatte gehofft, gerade jetzt die lästige Komödie zu enden.

Vor allem ging's da auf den Rittmeister los, der das Abholen zu übernehmen gehabt hätte, jedoch wahrscheinlich, wie Editha vermutungsweise äußerte, noch vor dem eigentlichen Wochen-Ende betrunken gewesen sei und daher zu faul oder gar nicht mehr im Stande, zur Bahn zu fahren. Es läßt sich leicht denken, daß auf diese Unverschämtheiten Edithas hin ein schon recht kräftiges Grunzen ertönte.

Daß die Frau Inspektor Hawelka in opportuner Weise aus der Unterwelt in's Stiegenhaus auskroch, eben als der Wagen, in welchem man vom Bahnhofe gekommen war, vor's Haus rollte, dieser Umstand brachte Editha keineswegs auf: vor jener wäre die Einheit der Person ja doch kaum, oder nur unter den größten Schwierigkeiten und geradezu das Leben hemmenden Kautelen, aufrecht zu erhalten gewesen; weshalb man denn, nach Edithas Abreise im Frühjahr – sie wollte zu Bordeaux ihre dort von Bord gehende Schwester empfangen – die vierzehn Tage später allein in Wien eingetroffene Mimi Scarlez, geborene Pastré, sogleich mit ihrem richtigen Namen und auf Grund ihres argentinischen Reisepasses ohneweiteres durch die Hausmeisterin polizeilich hatte anmelden lassen. Freilich hätte man sich damals jede Meldung überhaupt ersparen und einfach die eine für die andere gehen oder eigentlich zurückkehren lassen können: Frau Hawelka etwa wär' als die allerletzte fähig gewesen, das Schwesternpaar zu unterscheiden. Aber Editha schaute voraus bis ans Ende des Sommers, wo sie selbst wieder nach Wien zu kommen gedachte: in Rechtsgeschäften und zwar solchen, die Mimi angingen. Da hieß es, festen Boden unter den Füßen wissen und alle Formalitäten in Ordnung, um überhaupt auftreten zu können, nicht aber monatelang in Wien unangemeldet gelebt zu haben. Nun wäre noch die Möglichkeit verblieben, die Meldung bei der Polizeibehörde selbst vorzunehmen, ganz ohne die Hawelka; und diese bei der Meinung zu lassen, Frau Schlinger sei nach kurzer Abwesenheit wieder zurückgekehrt; aber dies hätte ja nur geheißen, ein aus dem Rahmen des Alltäglichen fallendes Faktum der Hausmeisterin erst nach dem Sommer vor die Nase zu setzen in Gestalt urplötzlich gedoppelten Auftretens; so aber hatte sie doch, statt unvermittelter breitschlagender Anschaulichkeit, einige Monate Zeit sich an die Vorstellung zu gewöhnen, daß die überseeische Zwillingsschwester der Frau Schlinger jetzt dort oben in deren Zimmern wohne. Und, obendrein und zu allem noch: man vermied es auf diese Weise, die Frau Inspektor bei der polizeilichen Meldung zu übergehen, was bei deren naturgemäß zihaloider Beschaffenheit wenig empfehlenswert, ja bedenklich gewesen wäre.

Nun, damals, beim Eintreffen Mimis, war der Rittmeister freilich am Bahnhofe erschienen; mit viel Blumen; und tief-gerührt; und überaus charmant, und so, als ob es bei ihm nur eine, nämlich die allerbeste Seite gäbe. Ein Jahr seines Lebens und mehr, und nicht eines der schlechtesten, stieg aus dem langen Wagen des Schnellzuges, wie eine Aureole um Mimi Scarlez liegend. Und diese, mit bangen, ja drückenden Emp-findungen nach siebzehn Jahren wieder in Wien eintreffend, fand alsbald am Perron des Westbahnhofes ein Stück von Buenos Aires vor und so, als hätte sie den Rittmeister vor wenigen Tagen dort noch in der Florida gesehen und nicht, als stände er nach vierjähriger Trennung vor ihr.

Jene oben wiedergegebenen hausmeistertechnischen Er-wägungen aber waren von Editha Schlinger bereits eine halbe Stunde, nachdem sie Mimi auf dem Pier zu Bordeaux umarmt hatte, angestellt worden, ja, man war noch kaum ins Hotel gelangt (auf solche merkwürdige und verhutzelte Art trug Editha die Erde des Vaterlandes auch in der Fremde an den Sohlen). Jedoch, es war die aus der Ferne Gekommene, welche das Allzu-Nahe und Nächste sogleich provozierte. Und an diesem Punkte, einem neuen Ausgangs- und Anfangspunkte, trat ohne Verzug, wahrhaft unverzüglich, hervor, was den eigentlichen Unterschied zwischen den leiblich so täuschend ähnlich beschaffenen Schwestern ausmachte (und wovon sich der Herr Georg von Geyrenhoff nichts hat träumen lassen vor vier-zehn Jahren, mochte er gleich mitunter vermeinen, alles am besten oder überhaupt allein zu wissen). Sie waren also noch nicht einmal mit Mimis schönen Koffern in ihr Hotelzimmer nahe der großen Oper gelangt, als jene bereits für ihren Wiener Aufenthalt eine – eine einzige – Bedingung stellte: wenn sie schon Editha's Rolle zu spielen bereit sei für einige Zeit, etwa jenem Amtsrate oder Major von der Tabak-Regie ('Major von der Tabak-Regie' – so wörtlich) und auch anderen gegenüber, so verlange sie dabei doch unbedingt, daß es in formeller

Beziehung korrekt zugehe; ihr Paß sei in Ordnung und sie gedenke davon Gebrauch zu machen, übrigens sogar zu Wien beim argentinischen Generalkonsulat vorzusprechen, weil sie dort für ihren Mann was zu bestellen habe, und so weiter (sehr wohl möglich auch, daß Enrique Scarlez obendrein seiner Frau ein korrektes Verhalten in bezug auf die erwähnten Äußerlichkeiten eingeschärft hatte). Nun, das alles hat Editha damals zu jener raschen Musterung der hausmeistertechnisch-polizeilichen Situation veranlaßt, welche wir (als gelernte Österreicher) gleich einmal vorweg genommen haben. Aber die Gefühle der Editha Schlinger waren während solcher Erwägungen gemischt, und sie waren auch schmerzliche. Hier, in dieser ,Sucht nach Ordnung' (wie sie's jetzt rasch und insgeheim benannte) bei ihrer Schwester, lagen die wahren Wurzeln der Trennung vor nun siebzehn Jahren, sie ahnte es wohl, und hatte es vielleicht damals schon als halbes Kind ahnungsweise gewußt.

Und so stimmte sie denn ihrer Schwester zu.

Die Hawelka bekam zu Wien die ausgefüllten Meldezettel und sogar den Paß: bis dahin – die Papiere wurden ihr am Tage nach Mimis Ankunft übergeben – hatte die Hausmeisterin ihrerseits der Frau Schlinger durchaus gar nichts von der ausländischen Zwillings-Schwester überhaupt geglaubt, sondern war der naheliegenden Meinung gewesen, Editha kehre neu ausgestattet aus Paris zurück (denn wie hätte ihr der letzte Umstand entgehen können), und was der ganze Schwindel bedeute, dahinter würde man schon noch kommen. Nun jedoch – nichts kann dem zihaloiden Menschen einen so entscheiden-den Eindruck machen als dokumentarischer Erweis, Papier und Stempel! – nun jedoch vigilierte sie in anderer Weise, per-lustrierte, soweit sie's konnte, die Scarlez'sche Garderobe, konstatierte jedes neu auftauchende Stück oder identifizierte ein bereits einmal an Mimi gesehenes.

Das Verhalten der Scarlez gleich nach der Landung in Bordeaux legt freilich auch den Verdacht einer aus früher Jugend noch immer wirksamen Grund-Infektion mit Zihalismus endemicus nahe, welche nun, bei Annäherung an die Heimat, reaktiviert wurde und aus der Latenz heraustrat, um sich alsbald zu manifestieren. Jedoch ist dem entgegen zu erwägen, daß sowohl ihr Vater, als ihre Mutter landfremder Herkunft waren und ganz andere Keime dieses Elternhaus seinerzeit erfüllten; daß sie selbst in der vollen Bildsamkeit frühester Jugend die Heimat verlassen hatte; daß sie jetzt zu Bordeaux, im April des Jahres fünfundzwanzig, sich immerhin weit noch von jenem Boden befand. Nein, dieser Widerstand, dieses sofort einsetzende Bestreben, ein Dämmchen der Ordnung gegen Editha zu errichten, es hatte weit persönlichere Gründe.

Und so auch Edithas schmerzliches Gefühl dabei. Es kann von ihr mit Sicherheit ausgesagt werden, daß ein einziger Mensch ihre Liebe wirklich besessen hat: die Schwester. Und in einem Maße, welches weit hinausging über alle hausmeister-technischen oder noch trüberen Zwecke, strebte sie hier – das begann sogleich wieder beim Verlassen des Kais – nach einer fast vollkommenen Deckung, ja nach nichts Geringerem als nach der Einmaligkeit und Einheit der Person, an welche Möglichkeit sie heute noch wie in den Kindertagen im Grunde ihres Herzens glaubte und wovon sich jede, freilich unvermeidliche, Abweichung zehnfach verschärft abhob.

Leicht entsteht dort Streit, wo einer den anderen zur größten Nähe insgeheim für verpflichtet hält.

Jenes Abholen vom Bahnhof war dabei das geringste. Im Wesentlichen ging's um zwei ganz andere Punkte: um die Eltern Pastré und um den Major Melzer. Und hier sollte Editha weiterhin auf einen entschiedenen Gegner stoßen: nämlich Eulenfeld.

Es war die spätere Wieder-Vereinigung und Versöhnung der nun neuerlich gedoppelten Dame Mimi Pastré-Scarlez mit ihren alten Eltern ein Auftritt nicht ohne Schrecklichkeit. Aber er betraf den Major nicht, und er ist erfolgt, als in Melzerischen Sachen alles schon entschieden und auch sonst sämtliche Kühe, heißt das, alle Damen überhaupt, aus dem Stalle und zum Teil sogar aus dem Häuschen waren. Jedoch dieser Endeffekt und Schlußpunkt gedoppelter – Bübereien, möchte man fast sagen, wenn den Eltern Pastre nicht eben zwei liebliche Mädchen beschieden gewesen wären, dieser Paukenschlag hätte ja nach Edithas Willen viel früher und auf gänzlich andere Weise erfolgen sollen, als dann geschehen ist (und wie wir hintnach noch berichten werden, denn völlig schenken kann man sich diese Sache nicht). Nämlich keineswegs improvisiert und überhaps, sondern wohlvorbereitet. Einen Sommer lang wäre dafür Zeit gewesen und ebenso in der Angelegenheit Melzer. Jedoch, wie Editha noch um die Mitte des August in Salzburg wieder von Mimi hatte erfahren müssen: nichts war geschehen, was die Alten betraf, überhaupt rein gar nichts, und was Melzern anlangte, gab es da keinerlei greifbares Ergebnis. (Dafür holte Mimi sie am Ende vom Bahnhofe ab!) Zu Wildungen – es ist seltsamer Weise jenes selbe Bad im Waldeck'schen gewesen, wo die Eltern Pastré seinerzeit ihre calvinischen Gallenblasen oder Nierndln zu kurieren pflegten, nach Geyrenhoffs Erzählung, was sie indessen längst aufgegeben hatten – zu Wildungen, wo Editha sich seit 1923 immer wieder aus guten Gründen des längeren aufhielt, hier waren auch nach Mimis Ankunft in Wien die Briefe der Eltern keineswegs ausgeblieben; und Editha mußte antworten und berichten, welche Kur sie gebrauche und ob ihr diese gut anschlage, und welcher Arzt sie behandle und ob die und die Leute noch da seien oder Geschäfte von ehemals oder Conditoreien, in welchen man gerne deutschen Obstkuchen gegessen hatte, und so weiter und so fort. Auf alles das hieß es antworten, also seitenweise Lügen aus dem Federstiele lutschen, deren Hervorbringung zwar allezeit Edithas spezielles Fach gewesen ist, aber hier wurde es oft zu viel. Weder gebrauchte sie eine Kur, noch kümmerte sie sich um irgendwen, außer um einen mehr als wohlhabenden Wiesbadener Zigarrenhändler, der aber zu Wildungen eine ihm wichtige Filiale hielt, besonders wichtig auch, weil er durch eben diese nun genug geschäftlichen Anlaß gewann, um den Sommer in Wildungen und Umgebung mit Editha zu verbringen, weit vom heimatlichen Wiesbaden, wo man ihn allzugut kannte. Freilich mußt' er von Zeit zu Zeit wieder dahin, denn selbst für einen Nicht-Tabak-Fachmann, ja sogar für einen Nichtraucher, liegt es nahe zu denken, daß ein derartiges Geschäft in Wiesbaden immer noch mehr zu bedeuten hat als eines dort im Waldeck'schen, sei's gleich in jenem frequentierten Bade-Ort ... Genug: die Briefe der Eltern kamen weiter und weiter den ganzen Sommer hindurch, woraus unumstößlich hervorging, daß Mimi noch immer nicht bei ihnen gewesen war, um dort vorläufig einmal als Editha deren Stelle vertretungsweise und besuchsweise einzunehmen, was die beste Gelegenheit geboten hätte, sich wieder ein wenig an die Alten zu gewöhnen und das Terrain zu erkunden: in Ansehung der zu ordnenden Erbschaft, welche da schließlich in absehbarer Zeit würde auf's Tapet kommen, und also rein im Interesse Mimis wichtig genug. Denn hier mußte ja nichts Geringeres vorgenommen werden, als die Änderung eines Testamentes! Zu Salzburg und München, wenn die Zwillinge zusammentrafen, halfen auch alle Vorhaltungen und Eindringlichkeiten nichts. Da mußte ja bei Editha früher oder später die Pastré'sche Schärfe hervorkommen! Von Melzer ganz zu schweigen.

Denn niemand anderer als der Wiesbadener war's, der da die Zigaretten der Oplatek benötigt hätte, wofür er mit einem privaten und besonderen Kundenkreis in Verbindung stand; und der Zufall wollt's, daß darunter zwei oder drei Leute sich befanden, die dem Herrn Wedderkopp in jeder Hinsicht was bedeuten mußten und deren Wünsche und persönlichen Geschmack er zu befriedigen strebte. Hiezu aber reichten die kleinen Quanten von ein paar hundert Stück österreichischer Regie-Zigaretten und Virginia-Zigarren keineswegs aus, welche die seit neuestem gedoppelte Editha mit dementsprechend possierlichen Methoden (hierüber wird der Rittmeister noch andeutungsweise zu hören sein, und grunzend) über die Grenze brachte. Dieser Umstand machte für Mimi Scarlez die Reisen nach Salzburg und München zur Qual. Aber sie fügte sich. Das direkte Widerstreiten ist der Schwester gegenüber ihre Sache nie gewesen. Sie vermocht's nur durch Unterlassung, durch Hinausschieben; und das gab es denn jedesmal, wenn sie wieder zu Editha fahren sollte.

Es galt, nicht nur größere Quantitäten auf einmal zu beschaffen sondern auch den gesicherten Weg zu finden für deren Transport. Und Wedderkopp drängte.

Editha lag viel, ja zurzeit alles an ihm, und man würde irren, wollte man glauben, daß dies nur in einer einzigen Richtung, nämlich der kommerziellen (um es schonend auszudrücken) der Fall war. Wedderkopp bezauberte sie, er riß sie mit und hin, er gab ihr Lust zum Leben. Dabei sah der Mann so aus, wie er hieß, und das möge genügen. Aber diese specknackige Unentwegtheit, welche dem Leben, wo es nicht sofort auf Trab oder Tourenzahl kommen wollte, gleich Beine zu machen verstand, es sozusagen ganz ungeniert in den Hintern tretend, dieses Glück, das da aus dem eigenen Wulst dampfte, all dies war für die Schlinger-Pastré bald so unentbehrlich geworden wie ein warmer Ofen im Winter. Ihr ahnte vielleicht, daß sich wohlzufühlen – sei's auf welche Art immer, nur auf eine eigene und entschiedene – das Leben erst als Leben aufschließt; und gerade hierin war sie doch viel vor verschlossenen Türen gestanden.

Jener fröhliche Genickler aber (der so ganz das Gegenteil eines Hiobspostlers war!) ließ alle Quellen in ihr springen, so weit sie noch welche hatte (im Grunde sind das lauter Gemeinheiten), und es lag Editha im Frühjahre fünfundzwanzig – eben als Mimi Scarlez sich entschloß, die immer wieder hinausgeschobene Reise nach Europa endlich zu unternehmen – es lag ihr mehr als viel daran, Wedderkoppen gerade jetzt des öfteren nahe zu leben. Denn seine Ehescheidung, schon vor der Bekanntschaft mit Editha de facto vollzogen, kam jetzt auch formaliter in Gang und zwar ganz von ihm aus, ohne Einwirkung Edithas: Wedderkopp tätigte ihr gegenüber ein Heirats-Offert. Richtig war's gewesen, daß sie dies, ohne da jemals den geringsten Wink gegeben zu haben, an sich herankommen ließ: und nun war's da. Soweit gut. Falsch dagegen, daß sie nicht gerade jetzt eine sehr lange Trennung einlegte – übrigens fuhr Editha zwischendurch einmal für acht Wochen nach Genf und Lausanne zu Verwandten – denn Trennungen vereinen, hierüber besteht kein Zweifel; meist schon nach wenigen Wochen zeigt sich da in den Briefen eine bemerkliche Erwärmung des Sprachgebrauchs, und nur diejenigen, welche beisammen sind, kommen auseinander, was ja auch der Logik entspricht. Aber bei Wedderkopp war das alles keineswegs so genau zu nehmen; in dieser nicht nur von Zigarrenrauch dampfenden Masse durfte man, wenn sie schon einmal gut im Bruzeln war, auch ein paar Strich daneben hauen, und man traf noch immer ins heiße Leben. Er brannte. Er hätte jetzt, im Schwung und Schwange wie er war, der Welt nicht nur einen Tritt in podicem versetzt, sondern ihr gleich auch ein paar vor den Latz geknallt (diese Redensart liebte er), um seine Sachen nur rasch vorwärts zu bringen. Alles in allem: die Geschwister Pastré blieben zu Paris knappe zwei Wochen beisammen, und dann fuhr Mimi allein nach Wien, wie's ja im übrigen auch den Plänen der Editha Schlinger entsprach, die jetzt ihrerseits in die Schweiz reiste.

In Buenos Aires bei Mimi war sie 1923 gewesen.

Gar nicht lange nach Negrias Durchbruch zu Nußdorf, der Fahrt auf dem Strom, dem Schwips vom griechischen Wein, dem weiterhin bald erfolgenden endgültigen Durchbrechen des alten Bootsmannes in medias res, dem ersten Zwist, dem zweiten Krach, dem dritten und endgültigen Abschied bis auf weiteres. Genau also: die Reise hinüber fiel in den November des Jahres dreiundzwanzig, und Editha blieb bis März, also die heißeste Zeit hindurch. Aber Enrique Scarlez wohnte in der Gegend der Recoleta und nicht allzuweit vom Wasser. Wenn sie im Bette und im Dunkeln lag, fühlte sie fast mehr als daß sie's hörte, wie laut und bewegt diese Stadt des Nachts war.

Sie hat seltsamerweise dort drüben (nach eigener Aussage) oft an Schlinger gedacht, weil ihr von ihm träumte: sie trat an ihre damalige Wiener Wohnung auf dem Rudolf-von-Alt-Platz heran wie man an den Rand eines stillen Teiches tritt; aber der nach drei Seiten von Häusern abgeschlossene Platz war die Wohnung, sie befand sich nicht in einem Hause; der Platz war von Wasser erfüllt und hatte Grün am Rande, sehr frisches Grün und junge Bäume; zwischen zwei solchen stand sie; ihr gegenüber auf der anderen Seite ihr gewesener Mann. Sie sprachen nichts miteinander, sie riefen einander nichts zu, sie bewegten sich nicht; er trug einen dunklen Anzug, keinen Abend-Anzug, sondern einen solchen wie man ihn bei Thés dansants zu haben pflegte, mit gestreiften Hosen. In dem Traum war die Stille sehr stark. Sie war das Stärkste an diesem Traum. Er kehrte bei Editha Schlinger in den ersten Nächten zu Buenos Aires mehrmals wieder und stand in irgendeinem Zusammenhange mit den Fensterladen, den ‚Persianas'. Wenn hier, wie's nicht selten der Fall war, ein kräftiger ‚Pampero' wehte, dann ergab das ein von Zeit zu Zeit wiederkehrendes klapperndes Geräusch, welches sie an ihre eheliche Wohnung zu Wien erinnerte. Von Schlinger wußte sie übrigens seit vielen Jahren nichts mehr. Bald nach den erwähnten Träumen übersiedelte Editha der Hitze wegen in ein Zimmer, wo ein Ventilator lief. Das Traumbild kehrte nicht wieder.

Zu einer Einheit der Person mit Mimi kam es in Buenos Aires keineswegs, obgleich Editha mit solchen Vorstellungen zu der Schwester und dem vor fünfzehn Jahren in München noch weniger als flüchtig gekannten Schwager hinübergefahren war.

Man hatte übrigens nicht lange vor Edithas Ankunft Mimi am Blinddarm operiert.

Scarlez, der die gleiche Branche bearbeitete, nur in etwas größerem Stil, wie der Editha damals noch nicht so ganz geläufige Wedderkopp (immerhin, Melzern hatte sie seit dem September 1923 schon in diesem Zusammenhange in's Auge gefaßt und sie erzählte auch der Schwester von ihm) – Scarlez gefiel ihr also außerordentlich. Im ganzen: ein reiches Haus ohne Kinder. Durchaus also nach Editha Schlingers Geschmack. Der Zigarren-Großhändler war ein leiser, glatter

Mann von anmutigem Körperbau und sehr regelmäßigem Antlitz, über dessen Augen rasch die Wimpern schatteten, lang und dunkel. Saß er im Sessel, war sein Blick fast immer gesenkt: dann sah man die Wimpern. Dieser Teil seines Gesichtes hätte einer schönen Frau eignen können. Aber der Mund war übermäßig breit, immer fest geschlossen.

Man sieht im ganzen: die Pastré-Kinder hatten's nun einmal mit dem Tabak. Und sie vertrugen auch einen starken.

Die Reise nach Südamerika ward freilich ohne Wissen der alten Eltern getan. Es erhielt der Rittmeister die Briefe der Alten (über die Münchener Adresse eines seiner Verwandten, welche angegeben worden war) wieder nach Wien gesandt, beantwortete sie (sofern er's nicht vergaß) mittels einer kleinen Schreibmaschine auf von Editha im voraus gezeichneten Blättern – zum Nachmachen einer Unterschrift besaß er kein Geschick – und ließ das Schreiben denselben Weg über München und jenen anderen Luftikus in der Familie wieder zurückgehen. Für den Fall irgendwelcher Alarm-Nachrichten war Kabel oder Funkspruch vereinbart, aber ansonst wünschte Editha ihre Ruhe zu haben. Jedoch kam nichts Dringendes, und es gab keinen Zwischenfall. Und so hat denn ein alter Husar einen großen Teil des Winters von 1923 auf 1924 hindurch jenen einsamen Eltern wirklich liebe Briefe geschrieben und ihnen plausibel zu machen versucht, warum ihr Kind immer so lange von ihnen fern bleibe. Mit der Zeit gewöhnte er sich daran und brachte manchen behaglichen Winterabend damit zu, seinen Alten zu schreiben, ja, er verspätete sich zuletzt gar nie mehr mit den Antworten. In diese kam mit der Zeit sogar ein warmer Gefühlston hinein. Klug, wie ein alter Husar im Grunde ja immer ist (ähnlich wie die Bootsleute), blickte er in seinen Episteln oft mit tiefer Bewegung, ja mit ehrlichem Schmerze auf den unglücklichen Verlauf seiner Ehe mit dem Sektionsrat Doktor Schlinger zurück – gegen welchen er nie ein Wort der Anklage oder Geringschätzung richtete, weil ihm ja Herr Schlinger ebenso unbekannt wie gleichgültig war – und er verstand es, den Eltern in dieser Sache eine sehr ernste

Auffassung zu zeigen und sie ein tiefverwundetes Herz ahnen zu lassen, das vornehmlich deshalb von Wien wegverlangte, weil es noch immer den Ort schmerzvoller Erinnerungen floh. Und wenn in Herrn und Frau Pastré gerade um diese Zeit das Mitleid für ihr Kind und für sein Unglück und seine zerbrochene Liebe und Ehe die puritanische Empörung über den erbitternden Skandal einer Scheidung ihrer Tochter allmählich überwog, so ist das zum guten Teil auch den Briefen des Rittmeisters zu verdanken, abgesehen davon freilich, daß die Alten schon deshalb etwas milder dachten, weil ihnen ja nur dies eine Kind mehr verblieben war.

Gegen das Ende von Edithas Aufenthalt in Südamerika schrieb Eulenfeld eigentlich schon zu viel: gar nicht im Sinne der Auftrag-Geberin, welche diese Korrespondenz auf das Nötigste hatte beschränkt wissen wollen. Denn ihr ahnte, daß der Rittmeister seine Briefschreiberei wohl auch oder gar vornehmlich an den Samstag-Nachmittagen würde abtun, was er nicht selten während der Wintermonate so zu halten pflegte, nach einem guten Schläfchen und einem darnach getanen Satteltrunk sich auf den Sessel vor seinem Schreibtische schwingend. Und dieses epistolographische Roß, welches er da ritt, hatte zudem den Vorteil, daß es still genug hielt, um in jeder Gangart die Zuführung weiterer Herzstärkungen zu ermöglichen. Auch dies förderte die Entbundenheit der Gefühle für die an sich ja, ebenso wie der Herr Schlinger, völlig gleichgültigen und unbekannten Eltern Pastré, und die kräftige Erwärmung des Magens wirkte eine ebensolche des Sprachgebrauches. Jeder Tätigkeit, zu der man sich zuerst mit einigem Energie-Aufwande hat zwingen müssen, bekommt weiterhin eine gewisse Ein-Nebelung recht gut, dem Briefe-Schreiben wie dem Rasieren, und bei Eulenfeld war's nun einmal schon lange so, daß er mit derartigen kleinen Praktiken lebte. Nur ging's etwas weit. Er saß wirklich wie in Nebel und Wolken gehüllt an seinem Tische, und nicht nur in solche des Zigarettenrauches. Eben das hatte Editha befürchtet. Denn einmal, als er nach frischem Antraben in einen kurzen angenehmen Galopp übergegangen war, verstärkte er die Gangart unversehens zu sehr, und so passierte denn ein Lapsus. „Nein, nein", so schrieb er, „ich hab's lange schon eingesehen: man darf einen Gaul, der gern springt, nicht vor der irish banc noch treiben, das hat mir mein erster Schwadrons-Chef (?!) immer gesagt." Glücklicherweise hatte Editha seinerzeit Reitunterricht genossen, und ihr erster Lehrer war ein Ulanen-Rittmeister gewesen. Jedoch unter dem Gaul blieb hier nur der Doktor Schlinger zu verstehen, und was unter dem Springen, das erschien überhaupt als fragwürdig. Die ganze Metapher (mit der Editha etwa sagen sollte, daß sie selbst ihren Mann in seine eigenen Fehler gleichsam hineingeritten) war ein auf allen vier Beinen lahmendes Pferd. Aber der Brief befand sich nun schon auf der Post, als dem Rittmeister Eulenfeld am Sonntag-Morgen das Geschriebene aus einem Nebelflecke tauchte. Er dachte freilich sogleich daran, seinem Vetter Joachim ein Telegramm nach München zu jagen und so die Weiterbeförderung des Schreibens zu verhindern. Aber dann ließ er's. Im Grunde war's ihm völlig Wurst. Später einmal hat er leicht grunzend dem Kajetan von S. die Sache gestanden. Es ist freilich und leider unbekannt geblieben, welchen Eindruck die seltsame Wendung bei den Eltern Pastré gemacht hat.

Derweil lebte Editha zu Buenos Aires durchaus in wohl auseinander gehaltener Zweiheit der Person und in geordneten Verhältnissen, was bei ihr eine gewisse spitalartige Leere erzeugte, sanatoriumhaft und frei von allen sensationellen Keimen. Damals hat sie begonnen bei Enrique und Mimi die Europareise der letzteren zur Diskussion zu stellen und anzuregen, obwohl die Schwester auf diesem Ohre zunächst kaum hören wollte, ja, eine Scheu davor zeigte, welche über den Widerstand gegen eine Neubelebung versunkener Vergangenheiten noch hinauszugehen schien. Editha, hellhörig, fühlte fast etwas gegen sie selbst Gerichtetes darin. Auch dort drüben, sehr bald nach der Ankunft, war wieder in ihr der alte Antrieb mächtig geworden, gleichsam mit der Person ihrer Schwester zur Deckung zu gelangen oder zu verschmelzen.

Aber hier wies Mimi unverzüglich die Gepflogenheiten mehrweniger harmloser Jugendstreiche zurück, deren letzter, vor fünfzehn Jahren zu München, für sie nicht mehr harmlos, sondern entscheidend ausgefallen war, wenn auch glückhaft (es war bei einer solchen Gelegenheit, daß Editha im Badezimmer von Mimi auf die kürzlich gut überstandene Blinddarm-Operation und eine davon gebliebene sichtbare Narbe hingewiesen ward). Sie zeigte offene Abneigung gegen ihre Eltern und das größte Befremden bei der Vorstellung, jene wiederzusehen. Enrique schlug bei solchen Worten die langen Wimpern nieder. Es war an sich schon schwer begreiflich, daß Mimi durch fünfzehn Jahre noch nie dazu gelangt war, den Alten einmal einen Brief zu schreiben. Vielleicht hatte sie es früher wollen. Vielleicht hatte sie es immer mehr hinausgeschoben. Und eben darum, von irgendeinem Zeitpunkte an, wollte sie davon überhaupt nichts mehr hören. Ihr Mann für sein Teil erwog ernstlich, an ihrer Stelle mit dem unbekannten Schwiegervater die Verbindung herzustellen und die alten Leute mindestens wissen zu lassen, daß ihr zweites Kind lebe und daß es ihm wohl ergehe. Aber es war, als erriete Mimi des Enrique Gedanken, und eines Tages brach sie unvermutet gegen ihn vor und erklärte, sie würde ihn verlassen, wenn er es wagen sollte, die Bande der Familie hinter ihrem Rücken wieder zu knüpfen. „Neuerlich mich an diesen ganzen Verderb ketten?!" So wörtlich. Die Eheleute sprachen nur spanisch untereinander. Der Auftritt fand am Fenster von Mimis großem Salon statt (er wurde nur während der kühleren Jahreszeit benützt), einem Raume, dessen leichtgeschweifte Möbel und fast regenbogenfarbig bunte Stoffe die Empfindung weckten, als sei hier alles gelüpft wie eine Schwinge. Man sah gradaus auf's Wasser (der hier über vierzig Kilometer breite schmutzig-braune Rio de la Plata macht den Eindruck des Meeres und schließlich ist seine Mündung nichts anderes als ein Golf des Atlantik). Links, in der Weite, blieben Spitzchen von den Ausläufern des Palermo-Parkes sichtbar. Auf dem Wasser lagen hier nicht die großen Übersee-Dampfer wie beim

Hafen und dem Riachuelo-Canal. Aber für Mimi genügte vielleicht der Anblick des Wassers überhaupt. „Wenn du schreibst", sagte sie leiser, aber sehr eindringlich, „dann bin ich deine Frau – gewesen. Wenn du schreibst – werden sie verlangen, daß ich komme; und sie werden vielleicht sogar Editha herüberschicken. Alles beginnt wieder von vorne. Ich will es nicht!" Die letzten Worte rief sie mit starker Stimme. „Es wird nichts geschehen, mein angebeteter Liebling (mi adorada querida), wovon Du nicht willst, daß es geschehe", sagte Enrique mit voll aufgeschlagenen Augenlidern. Diese Unterhaltung wurde im Frühsommer des Jahres 1923 geführt. Und sieben Monate später war Editha eingetroffen: allerdings ohne Wissen der Eltern. Man muß sagen, daß Scarlez eine merkwürdige Vorstellung von der Familie Pastré mit der Zeit hätte gewinnen müssen, wäre nicht alles das durch eine Art von Denken, wie er sie besaß – ein tief-stilles Gegeneinander-Führen des Widersprechenden und Unbegreiflichen, vor dem zurücktretenden eigenen Lebenshintergrunde, solange bis von dort rückwärts her der erste Faden des Verständnisses in's fremde Gewebe schoß – wäre nicht alles das durch sein Denken geradezu berichtigt worden. Aber zum ersten Mal bei jenem Auftritte am Fenster und in der Morgensonne, die von rechts her, von der Seite der Marine-Akademie, in die stilistisch so ungleichartigen Villenstraßen, in die Vorgärten und zwischen die Baumwipfel fiel, hielt er untrüglich – denn Mimi hatte in tiefer Erregung gesprochen – den Erweis in Händen, daß in seiner Gattin eine Art von Ablehnung gegen ihre treue Zwillings-Schwester lebte, was in so deutlicher Weise gar niemals bis jetzt bemerkbar gewesen.

Es blieb bei diesem einen Male. Als Editha wirklich gekommen war, brach alsbald die echteste Zärtlichkeit aus Mimi Scarlez hervor.

Man hat mit Editha von den beiden Scarlez den Eindruck einer glücklichen Ehe; und sie war's. Die Krisis, welche Eulenfeld während des Jahres 1921, das er in Buenos Aires verlebte, hineingebracht hat, sie kam nie zu einem offenen

Ausbruch. Denn auch Enrique war damals eigene Wege gegangen, sehr zur rechten Zeit, kann man sagen: und wirklich lebten die beiden Gatten, jeder für sich in einer Art von leichter Betäubung, Monat nach Monat bei bestem Einvernehmen an einander vorbei. Wichtiger indessen war's, daß sie einander fast zur gleichen Zeit auch wieder entdeckten (kaum eine Woche übrigens nach des Rittmeisters Einschiffung). Denn mit jenem letzten Umstande hatte die Verbindung ihre Festigkeit und die Gunst der Sterne, unter welchen sie stand, erwiesen.

Editha hat nun freilich bald nach ihrer Ankunft die Hoffnung fallen gelassen, in der Schwester sozusagen auf direktem Wege die Sehnsucht nach der alten Heimat erwecken zu können. So sprach sie denn in ein anderes Ohr, nämlich in das des Enrique Scarlez, und in eines, auf dem er wohl hören mußte. Das Pastré'sche Vermögen, fast ganz in Schweizer Währung und Werten sich ausdrückend – auch was er in Wien erworben und zuletzt den großen Erlös aus dem Simmeringer Werk, das mangels eines Nachfolgers verkauft worden war, hatte der Vater Pastré wieder in seine alte Heimat, nämlich nach Genf verbracht – jenes Vermögen war nach dem Weltkriege und dem Untergange des österreichischen Kaiser-Staates kaum einer Wertverminderung unterlegen. Zusammengenommen mit dem, was wir schon durch den Sektionsrat (damals Präsidialisten) Geyrenhoff erfahren haben, war dies alles in allem keine Sache, die ein normaler Mensch außer acht lassen kann oder auf die er verzichten würde. Das Postament aber, von dem aus Editha hier für die Europa-Reise ihrer Schwester bei deren Gatten agierte und agitierte – neben die Pietät noch die Notwendigkeit einer Sicherung von Mimis Erbansprüchen stellend – jenes Postament erschien um so fester und höher, als es aus nichts anderem bestehen konnte als aus selbstloser und schwesterlicher Liebe.

Nun denn: alles das kam zur Sprache in dem hellen Zimmer mit den weißlackierten Flügeltüren und den Supra-Porten mit Trauben und Engeln, ebenfalls weißlackiert, und dem fernen, besonnten Kahlenberg im Fensterrahmen: während der Rittmeister teils leise, teils laut grunzend, teils ärgerlich, teils fast verzweifelt zwischen den gedoppelten Damen hin und her lief wie der Hase zwischen dem Igel und seiner Frau; und wirklich saß an diesem Samstag-Nachmittage, dem 29. August 1925, Mimi am einen Ende des Zimmers beim kleinen weißen Sekretär, Editha am anderen Ende vor der Flügeltüre in einem zum Teetische gehörenden Sessel (es war der gleiche, in welchem Thea Rokitzer unter Mimis Ohrfeigen am 11. Juli zusammengebrochen war). Und wirklich, man wird jetzt verstehen, daß der Rittmeister sich gezwungen sah, sein Zusammentreffen mit der zurückgekehrten Rokitzer telephonisch auf den Abend zu verschieben, wo er obendrein Gäste haben sollte.

„Wenn ich das schon einmal will und Mimi mir gleich nach der Ankunft zugesagt hat, daß sie mir in der Angelegenheit helfen wird . . .“

„Zujesagt, zujesagt!“ rief Eulenfeld (daß er mit einer dialekthaften Aussprache herumspielte, zeigt uns seine Verfassung und Laune als vorläufig noch passable an – Frau Wöss hatte ein korrekteres Deutsch zu hören bekommen). „Du hast sie einfach überrannt, wie's eben ihr gegenüber deine Manier ist. Kennimus. Penetrant wie ein Drillbohrer, da gibt's nichts. Was soll sie denn sagen als ja, ja! Und überhaupt ist hier alles geschehen, um deine ebenso blödsinnigen wie hahnebüchenen Wünsche zu erfüllen. Daß etwas nicht gleich klappt, das kann ja wohl einmal vorkommen.“ Er grunzte. Das konnte auch ein Zeichen dafür sein, daß er sich bald anschicken würde, das gemütliche Gebiet des Mundartlichen zu verlassen. „Scheichsbeutel besorgt dir jetzt alles“, fügte er hinzu.

„Der hat mir grad noch gefehlt, diese Sch . . . figur“, schrie Editha (so wörtlich). „Was hab' ich von den Sachen, wenn ich nicht weiß, was ich dann damit machen soll?!“

„Na ja“, sagte der Rittmeister ruhiger, ja gelassen-hämisch, „die Salzburger Mätzchen en deux dürften allerdings auf solche Quantitäten kaum anwendbar sein. Wenn man an der Zollbarrière

erscheint mit einem harmlosen Köfferchen, das man gleich
öffnet um seine drei Bürstchen und zwei Flakons zu zeigen –
für so was hat der Zöllner nicht Zeit: aber sieh da! Plötzlich
kommt das Schwesterchen angelaufen, ganz ebenso gekleidet!
Ein rührendes überraschendes Zusammentreffen, in der Tat.
Und ganz das gleiche Köfferchen. Freilich, da staunt alles über
die Zwillings-Schwestern, von denen die erste im Nu das
Köfferchen der zweiten erwischt hat, die nun scheinheilig
ihrerseits das schon einmal kontrollierte kleine Gepäckstück
darbieten will mit der artigen Bemerkung: „Ich hab' genau das
gleiche wie meine Schwester." Passiert! heißt's da. Mit Recht.
Die Zigaretten sind längst mit der Schwester voraus, ja schon
im Coupé, wo sie fürsorglich damit einen Platz belegt. Aber
erstens geht das vielleicht zweimal in Salzburg, einmal in
Passau, und einmal sonstwo noch; ferner dürften sechzig-
tausend Memphis-Zigaretten oder zehntausend Virginia-
Zigarren mit derlei miniaturen Mätzchen kaum transportabel
sein, haha!"

„Da brauch' ich dich dazu, du Armleuchter, um das zu wissen!
Aber man sollte doch glauben, wenn man zwei Katzensprünge
von hier einen Freund auf der Generaldirektion der Tabak-
Regie sitzen hat, als immerhin verhältnismäßig höheren Beamten, daß der einem den Weg zeigen oder öffnen könnte!
Nein, der ganze Sommer vergeht, nichts geschieht. Aber das
kann ich dir sagen: wenn es dir über den ganzen Sommer
nicht gelungen ist, diesen dummen Melzer herumzukriegen,
dann werd' ich's jetzt in kürzester Zeit besorgen."

Ein alter Hase hat das Hin- und Wider-Rennen zwischen
zweien Igeln (welche bereits sichtbarlich die Stacheln
sträubten) für den Augenblick eingestellt, aber die Löffel
aufgestellt, statt die Ohren zurückzulegen à la Paula Schachl.
Eulenfelds Antlitz, dieses unserem Zeitalter im Grunde
gänzlich fremde Gesicht einer bonvivanten und nicht un-
bedenklichen Hofcharge aus dem Beginne des achtzehnten
Säculums, überzog und glacierte sich mit einer unguten und
unangenehmen Strenge, gleichsam die nun angespanntere

eigene Aufmerksamkeit noch überwachend. Was er in der linken Westentasche suchte, war wohl nicht nur das Monokel, sondern gleichsam auch der Stechschlüssel eines alsbald zu eröffnenden rein schriftdeutschen Sprachschatzes.

Er sah Mimi scharf an, und wahrlich, in diesen Augenblikken war sie für ihn durchsichtiger noch als für die nach Einheit der Person vergeblich strebende Zwillings-Schwester. Es glich die Scarlez einem, der im Glashause sitzt, ohne mit Steinen geworfen zu haben, dem aber gleichwohl die ersten Brocken und Scherben von außenher vor die Füße klirren. Ihr Gesicht erschien hinter eingeschlagenen Scheiben. Noch immer glitzerten darin die Regenbogenfarben der geschliffenen, nun zerstörten Facetten, noch immer lehnte daran der Morgenschein aufgehender geheimer Freuden, das abendliche Licht süßen Nachblicks hinter dem, was unerfüllt geblieben. ...

Freilich wußte Eulenfeld das alles, wußte es tief in seiner Trägheit, hatte es, aber im Grundschlamm versunken (wie wir alle). Die Protektion Mimis für seine Beziehung zu Thea – und augenblicks, in einem handhaft ansprechenden, ja anrufenden Bilde, erschien diese Beziehung nur wie die kurze Kriechspur eines Wurms – hatte ihn längst erkennen lassen, wie es stand, wo er hier stand. Aber solches Wissen aus den Trópoi wurde weit überhöht und eigentlich erst lebend gemacht durch den kurzen, glitzernden und zerbrochenen Aufgang oder eigentlich Untergang in den Zügen der Scarlez.

Dumm war er ja nicht. Kein alter Husar ist dumm. Ebensowenig wie die Bootsleute. Auch Negria war viel weniger dumm, als Frau Mary einst geglaubt hatte (heute glaubte sie das nicht mehr und nicht einmal so ganz mehr von dem Leutnant Melzer). Im Gegenteil: beide, Husar wie Bootsmann, leiden sogar an einer unheilbaren Klugheit.

Editha aber drückte nach, in die geschlagene Bresche, in die Lücke, in die Scherben hinein.

Noch war das Monokel nicht heraus, auch der bewußte Stechschlüssel nicht; aber des Rittmeisters Gesichts-Ausdruck glich dem des Hundes am Fuchsloch; die Herren Vorfahren hatten sich in diesem Antlitze zu einem Teil versammelt; und wir müssen sagen, daß da schon ein paar ganz konfiszierte Lackeln drunter gewesen sein müssen. Er wartete. Daß man im übrigen ein Pferd, welches gern springt, nicht vor der irish banc noch treiben soll, hatte er ja von seinem ersten Schwadrons-Chef gelernt.

Editha sprang, nämlich unbedenklich mit vier Füßen auf Mimi. Seit jenem Abende zu Anfang des Dezember 1923 in Buenos Aires, als die Schwester ihr von der gut überstandenen Blinddarm-Operation erzählt und im Badezimmer die feine, damals noch rötliche Narbe des kunstgerecht geführten Schnittes gewiesen hatte – im Gebraus der Wechsel-Duschen, im tiefkühlenden Duft reichlich verwendeter Wässer – seit damals, wenn etwas in Editha gegen Mimi aufwallte, erschien jenes feine Lachsrot, die Farbe eines trennenden Schnittes, wie von Mimi zwischen ihnen gezogen. Das Zeichen der Trennung, ja des Verrates. An jenem erwähnten Abende der schon heißen Jahreszeit hatte man nach eingebrochenem Dunkel das Diner auf dem Dachgarten genommen: und durchaus, während der ganzen Stunden bei Tische und nach- her, war in Editha jene Vorstellung schwebend gegenwärtig wie ein sinkender und steigender Farbfleck im innern Augen- lid: die weiße, immer noch fast kindliche Wölbung des Ab- domens über der Lende, der dünne rote Strich. Enrique reichte ihr eine Schale mit Erdbeeren. Wie aus einem Raum heraus, der vor ihr versperrt worden war. Der rote Strich verband das Paar, Editha war die Dritte. Jetzt erhob er sich wieder, aus der Schale mit den Früchten, aus dem vom Venti- lator-Luftzug schwankenden Zacken-Schatten eines palmen- artigen Kübel-Gewächses über dem Tafel-Linnen, schwebte über diesem Weiß, drang durch ihr Kleid, nähte als Nadel vergeblich an einer Naht am Herzen, immer anwesend.

Auch jetzt.

„Ich wünsche endlich einmal genau zu wissen, was bisher in der Sache Melzer geschehen ist, was du erreicht oder nicht erreicht und vor allem auch, was du verpatzt hast. Möchtest du mir das nicht sagen?!"

Für Mimi kam's wohl jetzt erst zur vollen Anschauung (Evidenz), wie die Sachen eigentlich lagen, nämlich daß sie gar nicht betrieben worden waren. Ihr blieb nichts anderes, als ein spärliches Mücklein, das da flatterte, in's Auge zu fassen, als sei's ein großer, in unbestimmter Ferne fliegender Vogel, und ebenso davon zu reden:

„Ich habe den Major wegen dieser deiner Sachen befragt, schon im Juli, aber er hat mir nicht sogleich eine genaue Auskunft zu geben vermocht. Er hat versprochen, sich zu erkundigen, wie das zurzeit beim Einkauf größerer Mengen gehandhabt wird. Ich wünschte unter vier Augen mit ihm darüber zu sprechen, und so habe ich ihn denn hierher zum Tee gebeten. Aber er ist nicht gekommen."

„Schon – im Juli!" rief Editha. „Und er ist nicht gekommen! Du Arme! Er ist wohl nie gekommen?!"

„Nein", sagte Mimi einfach, da ihr denn schon Editha mit allen vier Füßen in der Seele stand. Sie konnte sich ja kaum mehr rühren.

„Und mit welcher Begründung ist er damals nicht zum Tee erschienen?"

„Er war krank, sehr stark verkühlt."

„Stimmt", bemerkte Eulenfeld auf's Geratewohl und im Tone vollkommener Sicherheit. „Ich war um die Mitte des Juli einmal bei ihm, da ist er gelegen."

„Das hast du mir aber nie erzählt", sagte Mimi; zugleich sah sie ihn an wie einen alten Freund, der jetzt bewiesen hat, daß man auf ihn sich verlassen könne. Ihr an sich unkluger Einwand kam so echt und in einem beinah zärtlich-besorgten und vorwurfsvollen Tone, daß für Editha nur eine einzige Deutung, jedoch kein Zweifel an der Wahrheit von Eulenfelds Mitteilung übrig blieb.

Nebenbei hatte auch Mimi gelogen. Denn einmal war Melzer doch gekommen, nämlich am Dienstag nach jenem Samstage, da sie ihn vergeblich erwartet und in der weiteren Folge die

Rokitzer geohrfeigt hatte. Allerdings war der Major zu keiner Teestunde gekommen, sondern zur sehr offiziellen elften Stunde, punkt elf sogar, am Vormittage, nicht ohne Blumen, und seines Bleibens waren vielleicht ganze zehn Minuten gewesen... Sie sah dies jetzt vor sich, die Mimi Scarlez:

„Meine liebe Gnädige, ich komm' mich nochmals entschuldigen..." (Sie verstand es eigentlich nicht ganz, dies ‚nochmals‘ nämlich.) „Ja, ja", hatte sie darauf gesagt. Und er: „Sie haben mich ja nicht mehr erwartet, am Samstag?" „Nein, nein". „Heut' bin ich wieder im Amt. Ich war recht schlimm daran. Jetzt hab' ich mich für eine Viertelstunde freigemacht, um auf einen Sprung herüber zu kommen."

Es war heiß gewesen: der Vormittag wie eine vorgehitzte leere saubere Schüssel.

Sie hatte die Blumen, sehr fleischige schwere Gladiolen, noch gehalten, wieder allein, und ein wenig an sich gedrückt. Nun, das war alles gewesen.

„Aber später", rief Editha, „wirst du ihn ja wiedergesehen haben, den Herrn Major Melzer?! Er ist ja an der Grippe, oder was es da war, im Juli, nicht gestorben?!"

Nun freilich war Mimi der spärliche Vorrat an zu berichtenden Aktionen endgültig ausgegangen. Kein Mücklein war mehr da, aus dem man einen Vogel hätte machen können (von einem Elefanten ganz zu schweigen). Nun war sie in die Enge getrieben, vor dem Bilde des Gegenteiles sitzend, dem sonnig durchwobenen Luftabgrund der Weite, dem Kahlenberg mit seinem durch die fernen Baumwipfel etwas aufgelösten, wie schaumigen Rande, fast gelüpft und verschwebend in den spätsommerlichen Himmel.

„Natürlich habe ich den Major Melzer wiedergesehen", sagte sie, „aber..."

„Aber?!" rief Editha.

In der Pause mochte Mimi endgültig erkannt haben, daß ihr nichts blieb, als gleichsam die leeren Handflächen vorzuzeigen.

„Wir haben nie mehr davon gesprochen. Ich hätte erwartet, daß er jene Angelegenheit einmal mir gegenüber wieder erwähnen würde, da ich ihn denn um eine Auskunft ersucht hatte. Aber er ist nicht mehr darauf zurückgekommen. Und ich, für mein Teil, wollte davon nicht beginnen."

„Sehr nett von dir. Und das ist alles?"

„Ja", sagte Mimi.

Plötzlich saß beim Rittmeister das Monokel.

Es war buchstäblich in's Auge geworfen worden, die Sache klappte, wie ein preußischer Gewehrgriff. Zugleich schien er unversehens von jenem Stechschlüssel Gebrauch gemacht zu haben, der den wenig erfreulichen Tresor einer Muttersprache aufschloß, die keine mehr war, weil Mütter ihrem Wesen nach nicht orthographisch sind; sonst wären sie alte Jungfern geworden, auf jeden Fall aber unfruchtbar geblieben.

„Möchtest du, Edithchen, mir einmal sagen, was du eigentlich von Melzer willst?"

„Blöde Frage!" rief sie. „Genau das Gegenteil von dem, was Mimi von ihm wollte. Bei ihr arten alle sachlichen Zusammenhänge in Liebesgeschichten aus, und im Grunde war's vor vier Jahren mit euren lächerlichen Kaffeegeschäften, die du in Buenos anfangen wolltest, auch nicht anders."

„Besser als umgekehrt", entgegnete der Rittmeister gelassen. „Erst Weddeklops, dann Virginier. Aber meine Frage hast du nicht beantwortet."

„Weil sie saudumm ist. Was ist denn hier überhaupt dabei? Du wirst mich doch nicht für blöd genug halten, um im Ernst zu glauben, eine österreichische Behörde oder gar die Generaldirektion der Tabak-Regie hätte sachlich was dagegen, wenn hiesige Zigaretten exportiert werden? Selbstverständlich schützt sich doch nur das Importland, genau so wie wir keine deutschen Zigarren hereinlassen! Aber nicht umgekehrt. Das wär' ja gegen den gesunden Menschenverstand. Die österreichische Regie hat in München ein eigenes Werk, jedoch das Zeug muß draußen natürlich viel teurer verkauft werden, außerdem bilden sich die Leut' ein, es sei eben doch nicht dasselbe, nicht Original, was weiß denn ich. Die Regie beschickt aber zum Beispiel Mustermessen in Deutschland, in Frankfurt, Leipzig, und ich glaube das geschieht auch von hier aus, denn in München werden nicht alle Sorten hergestellt. Auch die diplomatische Vertretung in Berlin kann Zigaretten haben, hat mir einer einmal gesagt, ob's wahr ist, weiß ich nicht. Diese Sachen müssen doch irgendwie hinausgehen, sollt' ich meinen, entweder durch die Post oder Bahn, mit einer entsprechenden amtlichen Deklaration oder sonst einem Begleitformular, oder es fährt eben irgendein Angestellter, denk' ich mir, der so einen Wisch hat, den deutschen Zollbehörden gegenüber; der kann dann kistenweise mitnehmen; soviel als eben ausgewiesen ist, soviel darf über die Grenze, ob auf die eine oder irgendeine andere Art, das ist mir nicht bekannt. Sicher aber kommt's dabei auf ein paar tausend Stück mehr oder weniger kaum an, die man da hineinschreibt, oder mitschickt oder mitgibt oder sonstwie, noch dazu, wenn sie ordnungsgemäß bezahlt werden. Diese Einzelheiten möcht' ich von deinem Melzer wissen. Der kann mir doch dabei an die Hand gehen. Könnte längst alles erledigt sein."

„An die Hand gehen...", wiederholte der Rittmeister. „Du stellst dich, liebe Editha, mit Hilfe deines gesunden Menschenverstandes dümmer als du bist und produzierst ein hahnebüchenes Gerede, das die Dinge als harmlos erscheinen lassen möchte. Indessen bist du, sollt' ich meinen – weil du denn diese Redewendung beliebst – doch in deinem Leben schon etliche Male über zwischenstaatliche Grenzen gekommen, und dabei wird dir wohl, insbesondere bei so gerichteter Aufmerksamkeit, nicht entgangen sein, daß die diesbezüglichen Behörden beider Seiten gewissermaßen auch reziprok arbeiten und einander in die Hände, wie gute Kollegen; was bei der Doppelseitigkeit der ganzen Angelegenheit und der darauf bezüglichen Abkommen und Bestimmungen verständlich erscheint. Außerdem exportiert die österreichische Tabak-Regie selbst; ihre Erzeugnisse liegen derzeit nicht unerheblich unter dem Weltmarktpreis; solltest sehen, wie der Mimi hier ihre Nil-Zigaretten bald knapp würden, wenn man da die ‚Rauch-Sorten', wie's bei euch genannt wird, ungehindert und unter der Hand aus dem Land schleppen könnte. Zudem müßte eure Münchener Manufaktur sehr bald ihre Pforten schließen. Endlich schätze ich, daß nicht unerhebliche Schwierigkeiten mit dem Heiligen Bayrischen Reich preußischer Nation entstünden, wenn die österreichischen Behörden so mir nichts dir nichts einen ungesetzlichen Export von Tabakwaren andauernd dulden oder begünstigen würden: man wüßte sich da schon zu helfen. Deinen gesunden Menschenverstand in Ehren, aber so einfach ist's denn doch nicht. Jedoch der eigentliche Haken sitzt anderswo. Als eifriger Zeitungsleserin ist dir im Café Tomaselli in Salzburg vielleicht nicht entgangen, daß sich hier im Juli schon ein Geschrei erhob über erhebliche Abgänge von Tabakwaren in den Depots der Regie, alias Unterschlagungen, oder wie man's immer nennen mag: diese Posten sollten in's Ausland verschoben werden, wie die hohe Polizei wissen will. Italien oder Deutschland, heißt es. Ersteres dürfte Blödsinn sein, was sich aus dem derzeitigen Stande der Lira ergibt. Letzteres wird möglicherweise versucht und vielleicht gerade jetzt, wo die Sache schon wieder etwas abgeklungen ist. Wenn die Polizei den Verschieber hat, darf sie hoffen, weiterhin auch den Dieber zu finden. Da werden denn eure Finanzorgane an der Grenze, Spinatwachter, wie Ihr sagt, auch dabei mitwirken müssen. Facit: die erhöhte Aufmerksamkeit nicht nur der Polizei, sondern auch insbesondere der österreichischen Zollbehörde fällt genau auf den gleichen Punkt wie jene der Zollwache des diesbezüglichen Heiligen Reiches. Compris?!"

Seine Ausdrucksweise war zuletzt doch wieder etwas behaglicher geworden, und er hatte dabei das Monokel fallen lassen. Jetzt indessen, während Editha und Mimi schweigend auf ihren Sesseln saßen, stieg es in der entstehenden Pause neuerlich hoch.

„Summa: Ich frage dich noch einmal, was du von Melzer eigentlich willst."

„Das weißt du ohnehin. Aus dieser Kleinigkeit eine staatsgefährliche Sache zu machen ist lächerlich."

„Staatsgefährlich nicht, aber melzer-gefährlich, also für den Melzer gefährlich. Hast Du Wedderkopp irgendwas zugesagt oder fest versprochen?"

„Du scheinst verrückte Schwammerln gefressen zu haben", sagte Editha. „Wedderkopp weiß von gar nichts und hat hintennach tausend Ängste für mich erlitten wegen ein paar Schachteln aus Salzburg mitgebrachter Virginier, obwohl doch da nicht im geringsten was passieren kann." (Beim Lügen fehlten ihr nie die Details.) „Aber ich weiß mit Sicherheit, daß ihm an den Sachen viel liegt, nicht wegen des Geschäfts, das ist ja für seine Verhältnisse unbedeutend, sondern aus dem Grunde irgendwelcher persönlicher Beziehungen, die er sich warm halten will. Ich weiß, daß er sehr angenehm überrascht wäre. Auch damals war's so, wie durch mich die vorteilhafte Verbindung mit Enrique eingeleitet worden ist."

„Das kann man in keiner Weise nebeneinander stellen", bemerkte Eulenfeld. Er blieb in gleichem Abstande von den beiden Frauen wie angewachsen am Boden und rührte sich nicht vom Fleck.

„Es besteht also für dich keinerlei Nötigung oder Pression", sezte er noch abschließend hinzu.

„Blödsinn", sagte Editha.

„Warum dann also?"

„Mußt du alles zwanzigmal hören?"

„Nein. Einmal genügt." (Was Eulenfeld jetzt noch sagte, brachte er gleichsam mit einem sauren Gesicht heraus, nicht eigentlich wie eine Aussage oder Mitteilung, sondern als nehme er etwas ein, eine Medizin, ein Mittel, das nicht zum besten schmeckte – er applizierte sich selbst die eigenen Worte, während gleichzeitig die Herren Vorfahren aus seinem diesbezüglichen Antlitze sich zurückzogen, wodurch dieses viel jünger zu werden schien, ja, es erschien etwas ungebührlich Junges darin, ein Gymnasiast nämlich, der hier zur Durchdringung mit einem recht faltigen aber im Grunde gutmütigen Bernhardiner gelangte). „Ich kenne das, heiliger Strohsack! Ja, ja. Warum denn gradaus, wenn's auch krumm geht.

Edith'chen, du bist mir plan verständlich. Sie will Kriminal-Roman spielen. Einen saudummen und dilettantischen obendrein. Scheichsbeutel sagt nie was. Aber diesmal hat er das edle Haupt gebeutelt. Der Scheich hat das Haupt gebeutelt. Hauptbeutel. Aber sie tut's nicht anders. Auch hätte die Mimi zuerst und allein als Editha zu den Eltern gehen sollen. Freilich, so ganz einfach auf die Wieden und in die Gußhausstraße pilgern, die eine geht voraus und bereitet die armen Alten vor und dann: hier ist euer verlorener Sohn, will sagen Tochter – nein, nein, kommt gar nicht in Frage. Lieber gestorben, als ohne Schwindel gelebt. Tabak-Regie. Auch eine Romantik! Entsetzlicher Blödsinn." Seine Reden begannen etwas verwunderlich zu werden... Nun, keine von den beiden Frauen sagte ein Wort. Vielleicht steckte ihnen dieser Monolog des Rittmeisters doch irgendein Licht auf. Er wirkte auf beide recht verschieden: Editha vereiste, Mimi taute und sah weitgeöffneten Auges auf Eulenfeld, was den Schluß zuläßt, daß sie auch ihr Gehör nicht verschlossen hielt. Jetzt aber tat der Rittmeister den entscheidenden, den glücklichen Griff; nämlich nach rückwärts in die Hüftentasche. Aus ihr stieg die flache Flasche, ganz in Silber, wie ein Zigaretten-Etui. Er nahm den Schluck mit Sorgfalt und versenkte den hübschen Gegenstand wieder an seinen Ort. Dann erst kam die wirkliche Zigarettendose zum Vorschein. Und nun, nach profundem Grunzen:

„Ein Jammer ist's zu nennen, daß man über derlei reden muß. Dazu warst du also in Paris oder Buenos Aires, daß du dir derart spießerische, kleinbürgerliche, läppische und abgeschmackte Abenteuer ausdenkst. Zigaretten nach Deutschland schwindeln. Eulen nach Athen. Das ganze Zeug ist doch lang nicht mehr wie einst. Kauft euch Manoli. Ja, ja, das sind diese furchtbaren, dummen Weibersachen. Zu zweit eine einzige Person spielen. In Salzburg rührselige Szenen an der Zollbarrière. Und hier in Wien auf andere Art im Grund das Gleiche. Für nichts und wieder nichts, kein Mensch kann einsehen wozu. So möchte sie sich an der Welt rächen für alles, was ihr vorbei gelungen ist (?!). Denkt sich einen ausgesucht dummen Zehn-Pfennig-Roman aus, aber nur einen halben. Heroine für Wedderkopp! Die andere Hälfte soll der Melzer fressen. Wird aber nicht. Ihr kennt einen alten Husaren schlecht."

Edithas Geduld schien soweit aufgezehrt, daß sie keinen eigentlichen Ausfall mehr tat, sondern nur kurz und schnell fragte:

„Wie meinst du das?"

Es kam diese Äußerung etwa wie das rasche Pfauchen eines Ventiles hervor.

„Klar, wie ich das meine", replizierte Eulenfeld. „An Melzer wird nicht herumgeklimpert. Ihr werdet seine Gutartigkeit und Ahnungslosigkeit nicht ausnützen. Der Mann ist Beamter. Vielleicht merkt er nicht gleich, was hier gespielt wird, will euch sogar gefällig sein und bringt sich unversehens in irgendeinen wie immer gearteten Zusammenhang mit euren Dummheiten. Nu, dann langt's ihm aber bereits, wenn die Sache auffliegt. Und sie wird auffliegen. Schon deshalb, Editha, weil aus dem, was du so zusammen brabbelst, deine Unwissenheit und Ungründlichkeit zur Genüge hervorgehen."

„Warum sagst du ‚ihr‘ " ließ Mimi sich jetzt vernehmen. „Ich will ja gar nicht."

Er hob den Blick, sah sie an. Als wären die Scheiben und Scherben des Glashauses, darin sie gesessen hatte, nur von Eis gewesen und als tauten deren scharfe Splitterbrüche jetzt rundlich weg, so aufgelöst und wie durchfeuchtet erschien ihr Gesicht. Jetzt, kein Zweifel: sie weinte. Als wehrte er ab, was er sah, wandte Eulenfeld sich zu Editha:

„Ich möchte keinen Zweifel lassen, daß ich Melzer darüber aufzuklären gedenke, was man den ganzen Sommer hindurch schon mit ihm spielt und was man für hahnebüchene Dummheiten vorhat. Der wird lachen! Und ich werde das tun, wenn ich ernstlich bemerke, daß du, Edithchen, ihm an die Pelle willst, was meiner diesbezüglichen Aufmerksamkeit kaum entgehen dürfte. Hört doch endlich auf mit dem ganzen

Blödsinn, tretet zu zweit hervor, wie eure p. t. Erzeuger euch nun mal, fast möchte ich sagen, leider, in die Welt gesetzt haben…"

„Du wirst Melzer nichts sagen!" schrie Mimi plötzlich auf.

Jetzt war's von ihm aus nicht mehr abzuwehren, nun mußt' er ihr sich zuwenden.

Die Dilettantin in Schlechtigkeiten aber, Editha, gewann hierdurch Zeit, eine von jenen, die sie sich ausgedacht hatte – zur Rache an diesem Leben, in welchem eine Jugend keine Jugend gewesen war – eine von diesen Schlechtigkeiten, die das verlorene Gleichgewicht wieder herstellen und den Vorsprung der Jahre mit einem Sprunge einholen sollten, hin und her zu wenden und zu betrachten, wie man das mit dem Ringe am Finger macht. Eulenfelds Strafkarte war ihr zu München bekannt geworden. Es gibt wohl eine formelle Tilgung von Strafen. Aber wer danach strebt, Genaues zu erfahren, der kommt auch hinter diesen Papierschirm, sofern er nur ein paar Verbindungen hat und sie benutzt. Editha besaß eine genaue Abschrift, und das seit Jahr und Tag schon. Jetzt, im Gefühle der Macht und Möglichkeit, den Rittmeister aus Bureau, Brot und Behagen mit einem Schwups auszuheben, wie man die Scheermaus mit der Schaufel hochwirft – denn seine Mutterfirma in England hätte hierin kaum Spaß verstanden – ließ Editha auch schon nach und war auf ihre Art bereits so gut wie gerächt an Eulenfeld für seine Drohung: die er da ahnungslos (oder vielleicht doch nicht so ganz ahnungslos?) gewagt hatte.

Mimi weinte. Wie ein Kind, das nicht mehr zu verbergen vermag, was es angestellt hat. Ihr Protest, ihr Aufschrei hatten nun alles noch einmal enthüllt. Eulenfeld ging ohne weiteres auf sie zu, setzte sich vor ihr auf den Teppich, und so, halb ihr zu Füßen liegend, rieb er seine rechte Wange an ihren Händen, ganz nach Bernhardiner Art.

Und sagte dabei nichts anderes als „nein, nein".

Editha sah wie gesättigt aus nach ihrem in der Phantasie genommenen Racheschmause.

Der Rittmeister erhob sich, operierte mit beiden Etuis, wobei rituell zuerst dasjenige mit Schraubverschluß gebraucht ward, und dann ließ er sich in einen Sessel nieder, diesmal näher gegen Editha zu, welche ihm doch noch einige Beachtung oder gar Beschattung zu erfordern schien. Ihr gefestigter Gesichtsausdruck fiel in's Auge.

„Na gut denn", sagte er, einlenksam, „über Melzer wißt ihr jetzt Bescheid, das heißt, wie ich darüber denke. Bei der herrschenden sträflichen Zerfahrenheit und Gedankenlosigkeit ist da gleich ein Ende ab. Und wegen solcher Kindereien!"

„Ich würde schon recht gerne einmal wissen, Otto, wie ich eigentlich dazukomme, mir von dir unausgesetzt Grobheiten sagen zu lassen", wandte Editha ein. Sie sprach jetzt in aller Ruhe. „Du tust rein, als ob ich deinem Melzer an den Kragen wollte oder ‚an die Pelle' oder wie du dich da schon ausdrückst: nur weil ich eine Auskunft aus Gefälligkeit von ihm wünsche. Kindereien kann übrigens jeder die Angelegenheiten eines anderen nennen, einfach deshalb, weil sie ihm selbst nicht wichtig sind. Und für sträfliche Gedankenlosigkeit meinerseits schuldest du mir noch den Beweis. Für dein Teil hast du ihn ja geliefert, indem du Mimi auf die Bahn hast fahren lassen."

„Uff!" rief er, „wer mochte denn da glauben, daß du die dumme Maskerade zu Wien wirklich würdest fortsetzen wollen!"

„Sie fängt erst an", sagte Editha. „Und warum? Weil ihr nichts gemacht habt. Weder bei den Alten, noch bei Melzer. Könnte längst alles erledigt sein. Ich hab' es schon einmal gesagt."

„Ja, aber zum Donnerwetter", polterte Eulenfeld los, „warum denn dem Major gegenüber unbedingt Versteckenspielen? Verzeih einmal, ich bin ja auch nicht vom Schaf gebissen, aber deine Beweggründe sind mir unerfindlich, und wo ich dieselben zu erforschen trachte in ihrem Zusammenhange, dort fehlt ein diesbezüglicher vernünftiger. Warum bist du nicht überhaupt hiergeblieben, wenn dir die Dinge so wichtig waren? Könnte längst alles erledigt sein! Ja dann nimmt man die Affären eben selbst in die Hand! Ganz abgesehen davon ist's auch merkwürdig und paradox, daß du gerade dann verreisest, wenn du nach zweijähriger Trennung einmal wieder mit deiner Schwester zusammen sein könntest!"

Sie sah ihn an, wie man einen Dummkopf ansieht, der eben in einem erschreckendem Maße bewiesen hat, wie sehr er's ist. In ihrem Blicke wechselten Befremden, Vergraustheit, Nachsicht, wie verschiedenfarbige Scheiben, die da inwärts vor das Aug' gezogen wurden, bis endlich etwas erschien, das man nicht anders bezeichnen kann als mit den Worten: denn er ist der Rittmeister.

„Wie ist denn das, Otto", sagte sie ruhigen Tones, „wenn du dich in eine verliebst, erscheint sie dir nicht einzigartig? Sogar die blöde Thea?"

„Was soll das Theoreticum?" grunzte Eulenfeld. „Nun denn, meinetwegen sei's so."

„Nun denn", äffte sie ihn nach, „und wenn's diese selbichte dann plötzlich zweimal gäbe: wird die Attraktion da zunehmen? Na also. Compris? Eben weil Mimi gerade kam, mußte ich wegfahren. Und aus dem gleichen Grunde wird jetzt noch durch eine Zeit sozusagen unical aufgetreten werden und keineswegs doppelt."

„Da rührt sich einem das Hirn", sagte Eulenfeld und griff an seinen Schädel. „Der Unsinn erreicht die Höhe des Chimborasso. Dreißigtausend Virginia-Zigarren, fünftausend ägyptische Zigaretten dritter Sorte. Und Weddeklops."

„Ja, und Wedderkopp, Gustav Wedderkopp", setzte Editha ruhig hinzu.

„Verdammte Duplizitäts-Gören!" brach der Rittmeister wieder los (und da war er also, der terminus technicus, den er sonst für das Zwillingspaar nur insgeheim gebrauchte, wenn er etwa seine Trópoi befuhr, rasch und äußerst trivial, wie wir alle). „Hat man eine Last mit dem Volk! Hauptbeutel! Gedankenlosigkeit! Kann wohl bewiesen werden, verdammt noch mal! Blödsinnige Korrespondenz! Was schiert's mich, kratzt mir die Augen aus, zerspringt, wenn ihr mögt, éclatez toutes les deux, aber mir war doch bei deiner Briefschreiberei aus Wildungen an Mimi nie recht wohl. So gegen die Mitte des Juli schon, da schien man hier stark unter Druck gesetzt, wegen vorgeschrittener Zeit und Melzer und dem ganzen Tabak-Stuß. Gewissensdruck. Na, da hab ich mir denn einmal einen von deinen Briefen, Edithchen, gelangt. Gleich ab Hauptpost, mit Mimis Paß. Ihr vermeintet euch ja hauptpostlagernd sicher. Will mal unumwunden zugestehen, daß dieses einen Übergriff darstellte. Aber er geschah durchaus nur in Melzers Interesse. Und da hatte man denn die Bescherung . . .“

„Du Armleuchter“, bemerkte Editha ganz beiläufig. „Du kannst dich doch nicht auf der Post als eine Frau Mimi Scarlez ausgegeben haben. Hast wohl die Thea geschickt?“

„Jawoll, hab’ ich“, sagte Eulenfeld. „Aber bleiben wir schön bei der Sache. Du setzest dich also zu Wildungen, Nieder-Wildungen, Bad Wildungen, im ‚Fürstenhof‘ auf deinen Diesbezüglichen und verfaßt eine nochmalige General-Instruktion für Mimi, zugleich Monitorium, worin nicht nur mein eigener Name schmählich eitel genannt wird – unter Hinzufügung des Epitheton ornans ‚Otto, der alte Tepp‘ (‚soll Dir helfen, statt Dir im Wege herumzustehen‘ heißt es weiterhin im Texte) – worin also nicht nur mein eigener Name eitel genannt wird, sondern auch der des Majors Melzer, jedoch nicht eitel im eigentlichen Sinne, sondern hineingestellt in einen für Melzer wahrhaft perniciös kompromittierenden Zusammenhang: nämlich in deine hahnebüchene und lächerliche Zigaretten-Geschichte. Hätte dich wahrhaftig nicht zu fragen gebraucht, was du von Melzer eigentlich willst, denn das steht alles haarklein in der Epistel zusammengefaßt, zudem verziert mit nicht eben übermäßig zartfühlenden Ermunterungen für Mimi. Recht ordinär, entre nous gesagt. Wollt’ es nur aus deinem Munde noch einmal hören, und ob du nicht doch eines diesbezüglich anderen Sinnes geworden seist. Quod non, ut videtur. Das ist also noch alberner, gedankenloser und zerfahrener als die ganze Wedderklopsiade selbst. Braucht nur ein solcher Brief irgendwo liegenbleiben, hängenbleiben, verloren gehen, geöffnet werden, gelesen werden, und du hast mehr und Schlimmeres angerichtet, als du in deinem diesbezüglichen Dösköppchen dir vorzustellen auch nur annähernd in der Lage sein kannst."

„Lächerlich. Es gibt keine Zensur. Wir sind nicht im Jahre 1825. Wir haben das Briefgeheimnis."

„Hat sich was. Im Lande des heute noch recenten weiland Herrn von Sedlnitzky. Da gibt's wohl auch diesfalls von amtswegen gemachte diesfällige Ausnahmen."

„Hör auf, das ist Stumpfsinn."

„Na schön, und wenn schon nicht von amtswegen. Dessen bedarf's gar nicht. Da, sieh etwa hinüber auf Mimis Sekretär, wo der ganze Unsegen sogar wohlgeordnet in Fächern offen und zugänglich steht. Und nach jenem Pröbchen läßt sich ermessen, wie's da in denen sämtlichen Episteln aussehen mag. Euch scheint ein Unstern in's diesbezügliche Hirn, soweit vorhanden, geschienen zu haben. Täglich kommt hier eure Bedienerin herein, und, soviel ich bereits Gelegenheit hatte zu bemerken, laßt ihr dieselbe durchaus solo herumwirtschaften. Aber davon gar nicht zu reden. Auf dem langen Wege, den ein Brief macht, ist allemal genug Gelegenheit, daß er durch irgendeinen teuflischen Zufall in unrechte Hände gelangt. Der Böse reitet schnell und schläft nie."

„Magst du meinetwegen grundsätzlich darin recht haben", äußerte Editha jetzt ruhig und sachlich, „daß dieser Brief, den du gestohlen hast, eine Unvorsichtigkeit bedeutet. Jedoch, sie ist ein Einzelfall geblieben, dessen kann ich dich versichern. In keinem der anderen Briefe, die Mimi erhalten hat, seit sie hier ist, wird die Angelegenheit auch nur erwähnt oder gar Melzers Name genannt. Bestimmt nicht. Stell' dich nicht dumm, du weißt es ganz genau. Denn wenn du einen Reisepaß stiehlst, um durch eines von deinen Menscherln einen nicht an dich gerichteten Brief beheben zu lassen, dann wirst du wohl auch keinen Anstand genommen haben, Mimis ganze Korrespondenz dort auf dem Sekretär nach und nach durchzulesen. Gelegenheit war ja genug, wenn ihr euren Nachmittags-Schlaf gehalten habt, Mimi drinnen und du hier auf dem Diwan, wie sie's mir einmal im Sommer geschrieben hat. Genau genommen machte jenes zweite ja das erste eigentlich unnötig, und wozu du dir den Umstand mit dem Paß und dem Mädel gemacht hast, wo die Briefe doch hier gut bei der Hand sind, weiß ich nicht. Es sei denn, daß du Mimi meinen Brief überhaupt vorenthalten wolltest. Das ist aber nicht gelungen."

Jetzt hatte sie ihn wirklich überrannt, überfahren. Das Monokel fiel. Ein außerordentliches Staunen überflutete das für einige Augenblicke wie nach innen geklappte Eulenfeld'sche Antlitz. Und zunächst einmal gar nicht wegen jener Bemerkung, mit der Editha geschlossen hatte. Sondern das Staunen war ein rückbezügliches, es galt der eigenen Person und ihrem diesbezüglichen Verhalten. In der Tat hatte der Rittmeister es sich nicht einfallen lassen, die Briefe vom Schreibtische zu nehmen, während Mimi nebenan schlief. Dies wäre ihm – an der inneren Oberfläche sozusagen – als ganz indiskutabel und unwürdig erschienen. Aber während sie nicht nebenan sondern neben ihm geschlafen hatte, da war er gleichsam unter die innere Oberfläche getaucht und hatte ihren Paß genommen, um auf diese umständliche Weise durch Thea zu einem Briefe zu kommen. Man könnte sagen: was ihm der nebenan schlafenden Dame, als einem Freunde, und in ihrer Wohnung allein gelassen, anzutun nicht eingefallen wäre, das überbot er noch, als sie mit ihm unter einer und derselben Decke steckte. Dort galten gewissermaßen noch die Gesetze der Kameradschaft, hier indessen ganz andere... Während er so dachte, zwischen zweien Stockwerken seiner, wie ihm jetzt schien, keineswegs plan zusammenhängenden Person auf und niedersteigend, nahm Mimi aus der rechten Lade des Sekretärs, welche sie mit einem Schlüsselchen geöffnet hatte, ein kleines grünes Notizbuch hervor. Eulenfeld hob den Kopf. Jetzt erst kam ihm die letzte und auffallende Bemerkung Edithas zum Bewußtsein.

„Wat meinste mit ‚is nich gelungen‘?" sagte er ganz nebenbei, und noch immer die bisherigen Vorstellungen bewegend.

Sie schienen beide wie aus einer tiefen Versenkung emporgetaucht, nicht nur Eulenfeld, sondern auch die Scarlez. Auf diese wies jetzt Editha: „Das soll dir Mimi sagen", sagte sie nur kurz.

Mimi war aber eben jetzt erst, das grünlederne Notizbüchlein ergreifend, ihrem Schacht von Vorstellungen wieder entstiegen, der sich wie eine Fallgrube unter ihr geöffnet hatte bei jenen Belehrungen durch Editha, denen vom Rittmeister ärgerlich der Name eines ‚Theoreticums‘ gegeben worden war, wegen ihrer in's Beispielhafte ausholenden Art (und eben das mußte auf einen alten Husaren als Naseweisheit wirken!). Sie stieg nur langsam wieder empor, ähnlich wie die Mutter Rokitzer bei den Einsiedegläsern, als sie vor den Augen der erschreckten Loiskandl versunken war, die ihr dann, über den Rand gebeugt, was nachgerufen hatte. Aber Mimi war tiefer hinab getaucht. Bis zum Jahre 1908. Ihr Gedächtnis war so schlecht nicht, wie der Major Melzer glauben mußte (und ihm, weder Husar noch Bootsmann – was hatte schon die alte Bosniakentruppe der k. u. k. Monarchie mit der Kavallerie oder Marine zu tun! – ihm waren solche Sachen sehr wichtig). Das Gedächtnis Mimis jedoch blieb ein durchaus anfallsweises und also doch wieder keines, nach der Meinung des Herrn von und zu René wenigstens … Es zerplatzten seine Inhalte allermeist in auseinanderfliehende regenbogenfarbige Strähne oder Streifen, wie mitunter am Abendhimmel, wenn alle Wolken von einem Punkt aus weggekämmt scheinen und ein so beschaffener Horizont als ein starkes Rufzeichen hinter einem stummen und also unverständlichen Satz steht … Jedoch diesmal hielt's bei ihr zusammen: München 1908. Sie war kaum sechzehn gewesen. Und das Fräulein, aus Neuchâtel in der Schweiz, welches die Zwillinge begleitete, höchstens fünfundzwanzig (dem alten Pastré war sie zu hübsch und deshalb verdächtig, aber seine Frau hielt viel auf das Mädchen). Sie saß am liebsten im Schreibzimmer des Hotel ‚Regina‘ am

Maximiliansplatz und schrieb Briefe, seitenlange, stunden-lange. Dieser Beschäftigung allerdings ward sie durch den Bewegungstrieb der Zwillinge vielfach entrissen und ent-führt, zum Beispiel in die Neue Pinakothek; jedoch schrieb sie auch dort Briefe, mit Mappe und Stift, auf einer der Samt-bänke in den Sälen sitzend. Vor dem Gemälde von Henry Scott Tuke ,Matrosen beim Kartenspiel' stand Scarlez und trat zurück, als die Zwillinge in dem leeren, stillen Saale davor stehen blieben. (Es ist ein sehr großes Bild, fast zwei Meter lang und über einen Meter hoch. Der Bayrische Staat hat es 1894 angekauft. Man sieht das Verdeck eines Seglers auf hoher See. Im Vordergrunde findet auf den Planken die Karten-partie statt. Dahinter sitzt ein ganz alter Kerl und näht. Seine Physiognomie ist vielleicht das Meisterhafteste an dem Werke. Rückwärts links, auf der Reling, sitzt ein verträumter junger Bursch, hält sich an den Wanten und blickt auf einen kleinen Affen, der im Tauwerk hockt und ihm die Pfote gibt. Dies alles hinter dem Gesichte des Alten, dieses gleichsam wieder in seine Vergangenheiten zerlegend, in seine Vielbefahren-heiten und Erfahrenheiten: der ferne Kimm des Meeres, das Äffchen, von irgend einer tropischen Insel mitgenommen, und ein junger Träumer, der jener bedächtig Nähende viel-leicht einmal selbst gewesen.) Scarlez senkte die Augenlider. Mit diesem Wimpernschlag war alles entschieden, das heißt, es begann mit einem Schlage ein Rutsch und Sturz rasch auf-einanderfolgender Vorgänge und Ereignisse, die sich so schnell abspielten und von Mimi in einem solchen Zustande der Be-täubung erlebt worden waren, daß sie späterhin sich über-haupt außer Stande fand, klar zu erkennen, wie dies alles vor sich gegangen und überhaupt ermöglicht worden sei? Das Deutlichste blieb noch jenes Bild von Henry Scott Tuke, der letzte klare Eindruck; denn von da ab begannen die Strudel und Wirbel. Deren äußerliche Leitmechanik läßt sich etwa folgendermaßen rekonstruieren: sie ließen in den folgenden zwei oder drei Tagen das Fräulein immer mehr ungestört im Schreibzimmer des ,Regina' (wo sie ihre eigentliche Reise machte, fortgesetzt beschreibend, was sie gar nicht gesehen hatte, also auf eine durchaus phantastische Art und im äußersten Gegensatze zu allen Leuten, welche an den Sehenswürdigkeiten nur so entlang stürzen, jedoch ohne jede Fähigkeit zu beschreiben, was sie ebensowenig gesehen haben). Die Schweizerin begann der Versuchung zu erliegen, welche sich da anbot, und im Grunde mußte es ihr ja gleichgültig erscheinen, ob sie nun in der Schack-Galerie saß und schrieb oder hier, wo's bequemer war. Die Zwillinge liefen also allein in die Gemälde-Sammlungen. Dann und wann allerdings blieben entweder Editha oder Mimi bei ihr (in Wirklichkeit war es immer Editha) unter dem Vorgeben, müde zu sein. Auch hieß es etwa, Mimi habe sich schon zu Bett gelegt, aber abends um neun ließ sie das Fräulein bitten, noch auf eine Minute zu ihr in das Zimmer zu kommen, und da lag sie nun wirklich im Bett, als die junge Schweizerin mit der Schwester eintrat. In der letzten Nacht allerdings nicht mehr. Die Regie wurde von Editha geführt, die sich mit solcher Hingerissenheit in diesen Groß-Schwindel hineinarbeitete (gegen den sämtliche Lyzeal-Tricks verblaßten), daß ihr dabei erstaunlicherweise gar nicht recht zu Bewußtsein kam, wie sehr alle derartigen Anstalten dazu geeignet waren, sie der geliebten Schwester zu berauben! Scarlez hatte zuerst einmal gleich nach Wildungen zum alten Pastré fahren wollen. Jedoch, er mußte sofort erkennen, daß dies schlechthin gleichbedeutend gewesen wäre mit dem Verluste jeder Hoffnung, Mimi zu gewinnen: so verbockt zeigten sich die Zwillinge ganz einhellig in diesem Punkte. Ursprünglich hatte Enrique das gar nicht einsehen können. Nach den Begriffen seiner Heimat war Mimi längst heiratsfähig und er, als ein wohlhabender Erbe und selbständiger Firmen-Inhaber, Manns genug, um dieses Mädchen von ihrem Vater als Frau zu begehren. Aber weil er, vom ersten Augenblicke an, vollends heillos brannte (für Mimi: es verdient Erwähnung, daß gerade er die Schwestern gar niemals verwechselt hat, wenngleich er fünfzehn Jahre später im Scherze sich oft so verhielt, als passiere es ihm), da er also in einer wahrhaft rasenden

Leidenschaft fast hilflos war, so fügte er sich und beschritt jetzt mit voller Energie den sozusagen romantischen Weg, weil ihm der bürgerliche verwehrt blieb. (Im übrigen möge man sich einmal den alten Pastré – aus einem Gemälde von Jean Baptiste Greuze herausgetreten – angesichts der Zumutung vorstellen, seine sechzehnjährige Tochter sofort und prestissimo von einem katholischen Argentinier über's große Wasser mitnehmen zu lassen.) Enrique, der über Frankreich gekommen war, hatte aus Buenos Aires eine blonde junge Französin nach Europa zurückgebracht, die bei seiner Mutter im Dienste gewesen; dieses Mädchen wollte heim, um zu heiraten. In Bordeaux mußte Scarlez sich aus geschäftlichen Gründen aufhalten; jene aber verlor dort die Geduld und ging ihm gleich durch, nach Süden, wo sie zuhause war, in der Gegend von Mont de Marsan. Sie ließ ihren Paß, dessen sie ja auch kaum mehr bedurfte, in seinem Hotelzimmer, wo er ihn aufbewahrt hatte. Mit diesem Paß reiste nun Mimi; das Bild mochte immerhin auch ihr Porträt abgeben, es blieb auf jeden Fall miserabel, aber daß es die Photographie einer jungen und hübschen Blondine von irgendwie französischem Typ war, konnte man freilich sehen. Am kritischen Abend erklärte Mimi (Editha) zeitlich schlafen gehen zu wollen. Und Editha (Editha) kam noch herunter, um mit dem Fräulein zu plaudern. Nächsten Tages waren Mimi und Scarlez längst in Paris. Um diese Zeit wurde es der briefeschreibenden Schweizerin überhaupt erst unzweifelhaft, daß eine von den beiden Zwillingsschwestern fehlte. Weiterhin ging's nach Lissabon, wo Enrique vom argentinischen Generalkonsul, welchen er zudem kannte, den Paß jenes Fräuleins Yvonne Dufour zur Wieder-Einreise visieren ließ.

Aber alle diese äußerliche Leitmechanik war, wenn überhaupt jemals von Mimi einigermaßen geordnet aufgefaßt längst ihrer Erinnerung entfallen, zwischen den fliegenden Strähnen und Streifen derselben durchgefallen, möchte man sagen. Was blieb, war jedoch nichts Geringeres als der heute noch staunende Rückblick auf einen Akt, bei welchem sie gewissermaßen von außen her, vor ihren eigenen Augen, als einzelnes Wesen erst zustande gekommen war: durch Enrique Scarlez; dessen ganz eindeutig gerichtete, blitzschnell überrennende Aktionen durchaus nur ihr galten und keineswegs der Schwester, mit welcher sie zu verwechseln er so wenig in Gefahr stand, daß Editha ihre diesbezüglichen scherzhaften Versuche – sie waren anfangs nicht ausgeblieben – einfach schweigend strich. Von ihr also wurde Mimi jetzt erst abgeboren und sah sich gesondert und als einen Punkt, auf den allein alle Kraft und Entschlossenheit dieses schönen Menschen zustürmten, der zugleich die langen Wimpern niederschlug, als wollte er die Glut seines Blickes verdecken, und der aus einem unbekannten, jedoch benachbarten Raume, ja wie aus der Wand plötzlich in Mimis Leben getreten war, sie mit voller Sicherheit benennend und nie verkennend: Mimi. Und sie selbst erfuhr nun erst, daß sie eben Mimi war. Im Innersten empfand sie Enrique als aus dem Bilde von Henry Scott Tuke hervorgekommen, vom Kimm des Meeres her, dann über die Schanzkleidung steigend, die Decksplanken beschreitend, wobei er die Kartenpartie zur Linken, den verträumten Burschen mit dem Äffchen zu rechten Hand ließ: und nun stand er schon neben ihr vor dem Bilde und sah auf's Meer hinaus wie sie selbst, die Seiten hatten sich verkehrt, der junge Matrose war links und rechts saßen die Spieler. Das Schiff glitt. Es ist hier der Ort, des Herrn Georg von Geyrenhoff zu gedenken, dessen Annahme gewisser romantischer Vorstellungs-Verkettungen bei Mimis Flucht – er hatte an das Modell eines großen Übersee-Dampfers im Schaufenster einer Agentur gedacht, wie man sich vielleicht erinnert – jetzt doch nicht als ganz unzutreffend erscheint. So also war sie aus zweien gleichsam eins geworden, durch übermächtige Abtrennung von außen her, durch das Diktat eines Mannes, der sie als die Seine erkannte. „Wenn du dich in eine verliebst", hatte Editha eben vorhin gesagt, „erscheint sie dir nicht einzigartig? Und wenn's diese selbe dann plötzlich zweimal gäbe, wird die Anziehung da zunehmen?" Für Enrique hatte es sie selbst, Mimi, nie zweimal gegeben: er hatte aus zweien sofort eine gemacht, aber nicht durch Verwechslung. Eine, die sich zugleich trennte: durch eine letzte Schwindelei von aller Schwindelei. Hier ist wieder der Ort, eines Herrn Edouard von Langl zu gedenken und seiner Behauptung, daß leiblichen Zwillingen ein Doppelgängerisches nicht eigne: und doch gingen in Editha verkörpert zweifelhafte Möglichkeiten auch einer Mimi einher, in welche diese zu Wien wieder unleugbar zurückgefallen war: das lottrige Leben mit dem Rittmeister, ein Abenteuer, wie das mit René, und ihre schon in Bordeaux der Schwester zugesicherte Mitwirkung bei der Täuschung Melzers. So ganz recht hat der Herr von Langl nicht gehabt: man kann einen Zwillingsbruder besitzen, dem obendrein noch vereinzelte Züge eines Doppelgängers eignen...

Gerade dieses letzte aber lag mehr an der Oberfläche und in einem verhältnismäßig helleren Lichte des Bewußtseins für Mimi, als jene untersten und eigentlichen Münchener Erinnerungen, welche fast solche an eine leibliche Persons-Werdung waren, eine zweite Abgeburt... die mit der Zeit einen moralischen Nenner erhalten hatte. Er lag jetzt zur Hand. An ihm hielt sie sich fest, um ihn herum gruppierte sie die Situation (soweit davon bei ihrer strähnigen und streifigen Wesenheit die Rede sein kann), hier war der Ansatzpunkt für ihre stets erneuten und aussichtslosen Versuche, zu ordnen, wovon sie selbst mitgenommen wurde, zu befestigen, was unter ihr rutschte und wanderte wie Geröll.

Damit endlich war Mimi wieder an der äußeren Oberfläche der Geschehnisse angelangt und wandte sich zu dem Rittmeister, der jetzt nicht ohne Spannung wartend zu ihr herüber sah, trotz der ersten schwachen, grauen Anzeichen knopfäugiger Erloschenheit im Blicke, denn inzwischen war von dem eleganten silbernen Gegenstand mit Schraubverschluß ein neuerlicher Gebrauch gemacht worden.

„Der Brief“, sagte sie und sah in ihr Notizbuch, „war vom 9. Juli. Außer alledem, was du schon erwähnt hast (sie zog den kleinen Stift und strich's in den Notizen) schreibt Editha noch darin wegen unserer Eltern das Folgende: Es sei ihr ganz besonders unangenehm, daß sie niemals wisse, ob ein Brief aus der Gußhaus-Straße von ihr überhaupt noch beantwortet werden dürfe und solle, weil ich mich ja inzwischen vielleicht plötzlich aufgerafft haben und sozusagen in ihrer Vertretung zu den Eltern gegangen sein könnte. Dieser Zustand falle ihr auf die Nerven, auch durch die Unregelmäßigkeit und das oft sehr lange Ausbleiben meiner Nachrichten. Dies also sei unhaltbar. Ich möge einen Tag oder Termin festlegen für den Besuch bei den Eltern; diese beabsichtigten heuer erst gegen Ende des August Wien zu verlassen und für drei Wochen nach Meran zu verreisen. Bis dahin müsse das also erledigt sein. ,Sogleich nach dem Besuch bei den Alten schickst Du mir ein Telegramm, daß Du wirklich schon dort gewesen bist' – sie las jetzt den wörtlich notierten Text – ,Du wirst wohl einsehen, daß es so, wie Du das machst, nicht geht, mir kommen hier schon die Nerven bei den Ohren heraus. Ich bitte Dich, nimm Dich zusammen und quäle mich nicht mit Deiner Ungenauigkeit und antworte doch auch in Deinen Briefen auf Fragen, die ich stelle! – Du mußt Dir schon die Mühe machen, wenn Du mir schreibst, wenigstens meinen letzten Brief vor Dich hinzulegen und die Hauptpunkte durchzusehen . . .' "

„Unsinn", knurrte Eulenfeld. „Hat noch keine Frau getan, seit die Welt steht. Unmögliche Forderung."

„Ja, und dann", setzte Mimi fort, nachdem sie Eulenfeld einen nur kurzen Blick zugeworfen hatte, „steht in dem Briefe noch einiges darüber, was ich für den Besuch in der Gußhausstraße hätte anziehen sollen. Ja nichts von den Pariser Sachen", (sie strich jetzt wieder nachdenklich und sorgfältig mit dem Stiftchen alles bisher Vorgebrachte) „sondern das dunkelblaue Kostüm Edithas aus dem Schrank hier . . ."

„Na, laß man gut sein!" fuhr der Rittmeister jetzt dazwischen, „genügt ma vollständ'ch! Jawoll, 's ist jener Brief. Deibel noch mal! Weiberwirtschaft! Armer alter Husar! Thea. So'n Biest. Rokitzerin. Na warte mal. Hauptbeutel. Da geht einem der Hut hoch. Duplizitäts-Gören. Scheich ül Islam. Da kann ma nur mehr 'n bemoostes Haupt beuteln. Sunt certi denique fines. So 'n Hauptbeutel, diese Thea! Gleich ab Hauptpost. War natürlich vorher hier. Irish banc. Na warte mal, dich laß' ich springen. Aber gemach, gemach. Später, peut-être. Für heutabend woll' ma's noch verknusen! Das ist der Fluch der bösen Tat, daß sie fortzeugend Übles muß gebären. Oller Jambenfritze. Ὦ πρὸς θεῶν. (Oh, bei den Göttern!) In die Zirkel geritten! So 'n Gaul. Springt auf der falschen Hand ein. Ihr könnt mich.“

„Danke“, sagte Editha.

Die Schwester wandte sich ihr zu:

„Ich habe den auf die Eltern bezüglichen Teil deines Briefes damals vollständig begriffen und dir sogleich geantwortet, daß ich mich zur Zeit einfach nicht fähig fühle, jenen Besuch zu machen; und daß ich dir demnächst genau und in genügendem Zeitabstande vorher mitteilen wolle, für wann ich's beabsichtige.“

„Leider ist es bei der Absicht geblieben.“

„Ja“, sagte Mimi ruhig. „Was nun aber deinen Brief betrifft, den Otto unterschlagen hat, so bin ich darüber ganz der gleichen Meinung wie er. Was hast du übrigens, Otto, mit dem Brief getan?“

„Frage!“ sagte der Rittmeister. „Sofort verbrannt, versteht sich.“

„Gut. Dann will ich mit den drei Blättern aus dem Notizbuch hier das gleiche tun. Es sind ohnehin nicht solche aus dem Büchlein, sondern solche von dem Abreiß-Block, der sich dabei befindet. Sie gehen also ohne Schaden heraus.“

Mimi entnahm die drei Blätter, ließ ein silbernes Feuerzeug springen und die Papierstücke über der großen steinernen Aschenschale am Schreibtische aufflammen und in derselben gänzlich verbrennen. Mit dem Briefmesser zerstörte sie die noch glimmenden Reste.

„Seid ihr aber besorgt um euern Major!“ sagte Editha beiläufig.

Sie staunte andauernd und zwar über etwas auf den ersten Blick anscheinend ganz Nebensächliches, das ihr jetzt plötzlich und heftig an der Schwester auffiel, was weder zu Buenos Aires vor zwei Jahren noch zu Paris im heurigen Frühjahr der Fall gewesen war, obwohl sie dort in der Rue Tronchet in dem kleinen Hotel ‚Opal‘ mit Mimi zusammen ein und dasselbe Zimmer bewohnt hatte. Es war eine gewisse Zimperlichkeit. Dies Notizbüchlein, dies Bleistiftchen, dies Ausstreichen, dies sofortige und sorgfältige Verbrennen der Blättchen. Eine Zimperlichkeit und Ängstlichkeit der Ordnung, welche hier nicht mehr energisch da oder dort einen trennenden und einteilenden Schnitt und Strich zog und dann ohneweiteres auf ihn deutete, sondern gleichsam nur kleine Stacheln aufstellte, ihre eigene Unfähigkeit zu dem und jenem sorgfältig registrierte (und damit auch die wieder entstehende Säumnis und Unordnung). Aber jene Stacheln empfand Editha als gegen sich gerichtet. Und zugleich erschien ihr Mimi rührend, wie sie mit ihren kleinen Mittelchen sich wehrte und wehrte, blond und regenbogenfarbig-zerfahren vor dem weiten Hintergrund mit Burg und Berg sitzend, den Editha jetzt plötzlich auffaßte, den Luftabgrund, aber nicht mehr ganz voll Sonne, denn der Nachmittag neigte sich. Sie liebte ihre Schwester in diesen Augenblicken wahrlich nicht viel weniger vordringlich und heftig, wie ein sehr vernarrter Mann eine Frau liebt. Diese exotische Blume vor hausbackenem Hintergrund. Und sie strebte in dies Spiegelbild hinein, das aber nicht auf sie zukam, wie es hätte sein sollen (ihrer Meinung nach, ja man müßte fast sagen, ihrem Glauben nach), um endlich aus der allerletzten trennenden kristallenen Fläche zu treten, sondern bei jeder Annäherung an diese vor ihr wich in den unzugänglichen Spiegel-Raum dahinter, den Editha nicht wissen wollte, den Editha bestritt.

Der Rittmeister, der nicht darin eine Niederlage erblickte, daß er, um Edithas Unvorsichtigkeit zu tadeln, zugleich seine Unterschlagung hatte einbekennen müssen, sondern in jener Blödigkeit innerer Oberfläche, welche zu der Unterschlagung ihn erst gebracht hatte, den kurzen Griff nach den offen und bereit liegenden Briefen hindernd – der Rittmeister also hielt nunmehr die Gelegenheit für schicklich, um einige Belehrungen erfließen zu lassen, bezüglich der praktischen Durchführung jener Einheit der Person, wenn wir's schon einmal so bezeichneten, oder eines ‚unicalen Auftretens', um mit Editha zu reden, welcher dieses offenbar den Ersatz für einen nicht zu erreichenden Ideal-Zustand bedeutete; und erst an der diesbezüglichen inneren Oberfläche eine zweckhafte Veranstaltung; welche letztere bei einer Editha Schlinger immer durchaus gleichbedeutend mit irgendeiner Art von Schwindelei sein mußte.

„Hört mal", sagte er (nachdem er sich neuerlich gestärkt hatte), „ich möchte euch empfehlen, wenn ihr schon durchaus jetzt willens seid, eine Dame ohne Unterleib, ach was, Stiefel, ich meinte also, Deibel noch mal, eine einzige Person zu spielen, weiter zu spielen, kein Mensch weiß warum, dem Melzer also solchermaßen was vorzutäuschen, wenn ihr das also in eurer diesbezüglichen Absicht und allerblödsinnigsten Planung habt, dann rate ich euch, dem, woll'n ma mal sagen, sprachlichen Moment, einiges Augenmerk zuzuwenden. Denn das geht absolut nich. Si ex duabus una facienda et loquendi mos congruere debet. Vastehste?"

„Nein", sagte Editha und fügte hinzu: „Tepp. Ich weiß aber, was du meinst, weil ich an deine allerblödsinnigste Ausdrucksweise seit nun bald fünf Jahren gewöhnt bin. Ansonst wär' mir dein Gebrodel völlig unverständlich."

Er sah lieb drein, wirklich charmant gekränkt, ein guter Bernhardiner. Editha gefiel das so sehr, daß sie rasch aufstand, ihm einen Kuß applizierte und sodann wieder in jenem weißen Rokitzerischen Ohrfeigengestühl Platz nahm.

„Vielen Dank", sagte der Rittmeister, nachdem er ihr seinerseits die Hand geküßt hatte. „Also, mal in die Zirkel geritten! ‚Große Tour!' haben s'es geheißen bei eurer Reiterei wahrhaft glorreichen Angedenkens. Ojemine, wo is das nu allens hin! Hauptbeutel. Es sei also nur soviel gesagt, daß deine diesbezügliche Redeweise von der Mimis in einem nicht zu überhörenden Maße, id est ganz erheblich, abweicht. ,Saudumm, Armleuchter, Tepp‘, und was de da sonst beliebst an kraftjeschwängerten Vokabeln. Jedoch, nicht nur in den obangezeigten mehr-weniger vulgären Invectiven liegt's. Sondern sie, will sagen, unser Mimichen, hält 'ne engere Tuchfühlung mit der deutschen Grammatik ganz im allgemeinen. Spricht korrekter. Sonst, im Tone, will ich mal sagen, seid ihr nicht gar verschieden. Weder Wedder – ach wat! – Weder hat der Wedderkopp eine merkliche linguistische Wirkung auf dich gehabt, noch auf jene das Spanische. Euch beiden würde man im gegebenen Falle der Diesbezüglichkeit, Deibel noch mal, wollte sagen in einem allenfalls eintretenden diesbezüglichen Falle, wenn ihr nämlich das Deutsche redet, doch eure hiesige Herkunft aus den diesbezüglich hier in Frage kommenden Schichten wohl ohnschwer anmerken. Nur das Vocabularium macht hier im Grunde die differentiam aus, zudem ein genaueres beziehungsweise weniger genaues Beobachten der Grammatik (dieses letzte Wort betonte Eulenfeld immer auf der letzten Silbe), wobei sich jene größere Präzision bei Mimichen wohl davon herleiten läßt, daß sie der deutschen Sprache sich durch die Länge der Jahre nur legendo nicht dicendo bediente, will sagen, in ihr wohl viel gelesen aber fast nie gesprochen hat. Stimmt's, Mimi?!"

Mimi nickte. Nachdem Editha gleichsam beiseite bemerkt hatte: „Wenn dieser alte Trottel einen Satz anfängt, kann man inzwischen auf die Post gehen und einen rekommandierten Brief aufgeben: kommt man zurück ist er noch immer nicht fertig" – nach dieser Randbemerkung wandte sie sich dem schwierigen Rittmeister zu und sagte:

„Gemach, gemach, Otto! Ich zweifle nicht an, daß du richtig beobachtet oder eigentlich gehört hast. Jedoch ist all das ein kleines. Auch ich bin einer anderen Sprache mächtig, die nicht an das Gewesene gemahnt. Ich vermag mich loszulösen, ja sogar aufzulösen, als ging' ich durch die Avenida de Mayo und als wär' sie mir gewohnter wie die Kärntnerstraße, und eine weiße Fassade mit zwölf Säulen weit selbstverständlicher als das ,Riesentor' von St. Stephan (oh, möchtest du doch jetzt ein weniger blödes G'schau machen, aber solches wär' dir wohl ohnmöglich). Es sind mir die Regenbogenfarben nicht fremd, und ich weiß es, wie zerstreut man in ihnen sein kann, auch mit dem Leopoldsberge im Hintergrund (oder wie oder was). Ich muß mich nicht verstellen, um wie Mimi zu reden, ich muß nur den Verzicht zurücknehmen, nicht Mimi ganz zu sein, und im Grunde hab' ich darauf nie verzichtet. Ich muß nur vergessen, daß eine feine rote Nadel in mir an einer vergeblichen Herznaht näht, und schon bin ich glücklich, und schon auch – wie leicht fällt's mir doch! – rede ich Mimis Sprache!"

Es war das (wenn man von den eingeschalteten Zwischenbemerkungen absieht) wirklich im höchsten Grade der Fall (,nu bleibt ma die Luft wech', sagte der Rittmeister und sonst aber nichts). Editha hatte sich erhoben, und jetzt schon war sie drüben und kniete vor Mimi am Boden und umschlang sie. Nun war es still. Während Edithas Rede hatte es geschienen, als sänge sie sich gleichsam in die Geliebte hinein, denn zu Anfang war ihr Ton so vollkommen noch nicht mit Mimis Sprechweise übereingekommen. Jedoch die letzten Sätze wirkten wie von der Schwester erfunden, ausgesprochen, in die Wärme ihrer Stimme und deren sanft klagenden Ton gehüllt, der entfernt an das süße Näseln einer Klarinette erinnern (gemahnen) konnte.

Eulenfeld war's, der hier das abschließende Wort sagte, als die Schwestern einander endlich aus den Armen gelassen hatten und Editha wieder an ihren Platz im Ohrfeigengestühl zurückgekehrt war: und dies wirkte auf den Rittmeister, während er schon redete, während schon sein Jargon und seine Manier des Sprechens ihn neuerlich dahinführten (nicht ohne Lust), als kehre Editha nicht nur räumlich, sondern auch zeitlich auf einen früheren Punkt zurück, der vor jenem Niedersinken zu Mimis kleinen Füßen und vor den darauf folgenden Umarmungen lag; als sie saß, schien sie jenen Verzicht auf Einheit mit der Schwester, von welchem sie selbst gesprochen, wieder auf sich genommen zu haben, wie eine Arbeit oder Last, von der sie nur kurz beurlaubt gewesen; jetzt aber spannte sich neuerlich, durch das wieder wirkende Gewicht, die Membrane zwischen den beiden Frauen. Der redende Rittmeister aber sah oder fühlte das gleichsam tief unter sich, wie man zwischen den Spalten einer Knüppelbrücke den Wiesengrund sieht und doch auf eineArt über ihn hinwegschreitet, die jenen Hölzern, nicht dem Grasboden entspricht; und nun geht man schon, höher und ausgesetzter, über dem tiefen, langsamen Wasser des Flusses. So auch fühlte er hier und jetzt seine Ausgesetztheit und das Unauflösbare der gespannten Hochempfindlichkeit zwischen den Zwillingen, von denen der eine Teil warb, der andere zurückwich, der eine Teil immer wieder zweifelhafte Lagen und vertauschte Rollen herbeizuführen suchte, die dem anderen unerträglich wurden und vor denen er floh. Es mochte sein, daß der immerhin schon reichlich genossene Gin (denn solcher füllte das flache aber sehr geräumige Glasgefäß und Gemäß in der silbernen Hülse) bei Eulenfeld eine Art Helloder Doppelsichtigkeit (hm, hm! – aber er sah immer noch 2 Pastré, nicht 4), erzeugte; die geheimnisvollen Kobolde sind bekannt, welche im Wacholder wohnen; und der Strauch selbst, der zähe, mattgrüne, waldeinsame, ist ein hexenhaft anrüchiger. Allerdings, der Rittmeister war ein alter und phlegmatischer Potator (durchaus kein Sanguiniker, was er gerne sans-giniker nannte, also einen Menschen ohne Gin, und dementsprechend ablehnte!), und nur dem sehr gemäßigten Gebrauch erschließt ein Gift sein Geheimnis, nie der Gewohnheit. Johannes Viktor Jensen nennt die Gewohnheitsraucher in diesem Zusammenhange ‚fleischliche Nullen‘. Seltenheit macht jede Sache plastisch. Wer (wie Wedderkopp) immerzu dampft, hat den Ring schalen Zigarrengeruchs um sich, in Kleidern und Haaren, an den Händen, in der Wäsche. Und er reist nicht auf den blauen Wölkchen nach Manila oder Cuba, und jene sind nicht mehr zarte Gäste tropischen Dufts, Rauchig-Fernes, fumée des îles. Gegenteilig aber hielt's Enrique, der Mann unserer Mimi (freilich wollt' er auch von

Berufs wegen seine Nase nicht abstumpfen, worum sich der fröhliche Genickler Gustav weniger sorgte). Wenn Scarlez in seine Art des Denkens geriet und versank, die ihm, man wird's auf den ersten Anhieb kaum glauben wollen, auch geschäftlich wiederholt sehr genützt hat (aber man überlege das einmal, gefälligst nähertretend, und man räume ein, wieviel auch ein Kaufmann dem verdankt, was man gestaltweises Erwägen nennen könnte, statt des poetisch-pinselhaften Wortes ,Phantasie' ...) – wenn Scarlez seine spezifische Art des Denkens übte – sein tiefstilles Gegeneinander-Führen des zunächst Widersprechenden, bei zurücktretendem eigenem Lebenshintergrunde, bis zum Einschießen ersten bekannten Fadens in fremdes Geweb – dann, bei solchen Übungen, war dem Enrique nichts zu stark: Puerto-Rico und Havannah, oder der schwerste Paraguay-Tabak; am liebsten aber eine kurze schwarze Dannemann (das ist eine drüben gangbare starke Brasil-Sorte). Jedoch der Genuß des Rauchens blieb ihm einzeln, distinkt, ein Akzent, ein Sporn. Daher also ähnliche sparsame Gepflogenheiten bei Mimi; auf dem Bärenfelle von der Treskavica aber hatte sie, dem Majoren fast zum Schrecken, sogleich mit Genuß inniglich am Tschibuk gesogen und als zöge sie den Rauch bis zum Gürtel hinab und ein.

„Genug!" sagte der Rittmeister. „Linguistisches Thema geschlossen. Bin diesbezüglich überzeugt und vollständig beruhigt. Duplizität erscheint aufgehoben. Ein einziger Hauptbeutel. Scheich. Seltsam Edithchen, wenn einer so besoffen wäre, daß er, zum Exempel, dich doppelt sähe, er sähe die Wahrheit. In Gino veritas. Duplizitäts-Gören. Sind noch andere Schwierigkeiten vorhanden. Hausmeister-Romantik, Tabak-Regie. Läßt sich gar nicht ganz überblicken, der diesbezügliche Unsinn." Er grunzte plötzlich so profund, ja ganz ungeheuerlich, daß Editha zusammenfuhr. „Hör' doch auf!" schrie sie, „hier ist doch kein Schweinestall." „Doch, doch", erwiderte der Rittmeister in modestem Tone, „doch, doch. Bin ein armes, altes Schwein." „Ja, du vielleicht", sagte sie, „das kann schon stimmen. Freilich sind andere Schwierigkeiten noch, vor allem durch deine Schuld. Es fragt sich, ob dieser René Stangeler uns am Westbahnhof gesehen hat oder nicht."

„Wahrscheinlich nicht", sagte Eulenfeld, „wenn man nämlich die diesbezügliche Beschaffenheit von deme Stangeler in Anschlag bringt."

„Deme ... was du für eine Sprache führst, Otto, das ist schon manchmal um aus der Haut zu fahren. Dieser barocke, geschwollene Blödsinn. Man möcht' glauben, einer deiner Vorfahren wär' so was wie ein Zeremonienmeister gewesen."

„Botenmeister, Botenmeister. Kurier-Chef. Bei der Mutter und bis 1688 Vormünderin des Landgrafen Ernst Ludwig von Hessen-Darmstadt, Elisabeth Dorothea von Sachsen-Gotha."

„Gut", sagte Editha, „du darfst dir einen Gulden elf aufschreiben. Was dich nicht daran verhindern soll, aus deiner Thea herauszukriegen, ob Stangeler oder auch sie uns gestern am Perron gesehen haben. Und wer die beiden anderen Frauenzimmer waren, die mit dabei gewesen sind, die junge, große, mit den rötlichen Haaren, und die kleine, ältliche ...."

Das Folgende artete nahezu in ein Verhör aus. Der Rittmeister hat es – bei währendem Gespräche – als „logizistischen Flohzirkus" bezeichnet und verschiedene Male mit „Yes, Mr. Sherlock Holmes" geantwortet, und später, als ihm gar strikte Befehle erteilt wurden, mit „Jawoll, Herr Oberst". Gäbe es unter den Charakteren unserer Schrift ein großes Grunz-Zeichen, man müßte es bei einer (bewahre!) wörtlichen Wiedergabe gerade dieses Teiles der Unterhaltung fast jedesmal hinter des Rittmeisters Reden setzen: die er stand – das heißt, er stand Red' und Antwort, und wurde dabei von Editha auch einmal als „Idiot" tituliert („kraftjeschwängerte Vokabel"). Das letzte erfolgte, als er fand, daß doch „nichts 'bei gewesen wäre", wenn Editha etwa zufällig die Thea im Zug getroffen hätte. Nun, man kann sich die Wut der Pastré denken, welche doch „offiziell" zur kritischen Zeit in Wien aufschien – in Mimis Gestalt – und am gestrigen Freitag mittag, also vor dem Abend ihrer paradoxen Ankunft, dem Major Melzer in der Porzellangasse ihre Füllfeder übergeben hatte (Mimis Rapporte scheinen ja recht brav gewesen zu sein!). Und natürlich habe Eulenfeld in seiner ‚Ginialität‘ – solche Anspielungen trafen ihn immer besonders schmerzlich, ob nun von seiten einer Wöss oder einer Editha Pastré – überhaupt auf alles und jedes vergessen gehabt, obwohl er doch, wie er selbst zugebe, recht gut gewußt habe, mit welchem Zuge die Thea einlangen werde . . . kurz: hier wäre ein Telegramm nach Salzburg zu jagen gewesen! Und nun erst Stangeler! Der hatte gerade noch gefehlt! Woher denn der Rittmeister überhaupt in Kenntnis davon gewesen sei, daß der auch auf der Bahn erschienen war, um seine Grete zu holen? Und die beiden Frauenzimmer, die Tanten, oder was sie schon waren? Von der Thea, telephonisch? Also: es gelte herauszubringen, ob irgend wer sie selbst und Editha zusammen gesehen habe. Erstens aus der Rokitzer. Den René beschloß Editha selbst vorzunehmen, beim Tee (Mimi lehnte ein solches Ansinnen glatt ab). Die Thea wurde Eulenfeld zur diesbezüglichen Behandlung zugeteilt: für Sonntag – heut’ um neun Uhr habe er ja Gäste („Mimi hat zu meinem Glücke ihr Erscheinen zugesagt“, bemerkte der Rittmeister). Also am morgigen Sonntag dann. Wenn Thea seine Sachen herrichten würde. „Wie ich dich kenne, wirst du ohnehin mit den Vergeltungsmaßnahmen wegen des an Mimi ausgelieferten Briefes warten, bis das letzte Paar Strümpf’ gestopft ist. Wie erreicht man den Stangeler? Daheim hat keinen Sinn. Er muß ja wahrscheinlich erst mit seiner Grete ausmachen, wann die ihn nicht brauchen kann. Also besser bei Siebenscheins morgen gegen fünf? Von der Dolly weißt du’s, daß er morgen dort hinkommen wird? Gut. Du wirst anrufen, nicht ich. Und mir dann den Hörer geben.“

„Bin aber mit Theachen um diese Zeit“, wandte der Rittmeister jetzt ein.

„Ist mir gleich, wirst für eine Viertelstunde herüberkommen und sie derweil Strümpfe stopfen lassen. Kannst gleich berichten, ob du den Eindruck hast, daß sie was gesehen hat am Bahnhof. Und mit der Blödheit des René, von dem du immer wieder behauptest, er fasse überhaupt nichts auf, kann auch so unbedingt nicht gerechnet werden . . ."

Eulenfeld wiederholte malitiös: „Sonntag, den 30. August, nachmittag 15 Uhr, Erkundung des Geländes, gleichzeitig Putz- und Flickstunde, 17 Uhr, Meldung hier zum Telephondienst."

„Mit der Blödheit dieses René darf nicht unbedingt gerechnet werden", sagte Editha obstinat „jedoch auch nicht unbedingt mit seiner Redseligkeit oder, wie du es sagst, ‚daß da immer gleich der ganze Laden auf einen zu kollert'. Verkehrt er eigentlich direkt mit Melzer?"

„Bisher war's nicht so", meinte Eulenfeld. „Aber es scheint sich da irgendein Connexus angebahnt zu haben. Treffe die zwei miteinander. Letzten Montag zum Beispiel wurden sie von Mimichen auf der Strudlhofstiege attrappiert. Und in lebhaftestem Gespräche."

„Und zwar im Gespräche über mich", sagte Mimi.

„Auf der Strudlhofstiege!" rief Editha mit offenem Erstaunen. „Und im Gespräche über – dich?! Was haben sie da geredet?"

„Ich habe nur den René reden gehört . . ."

„Versteht sich", sagte der Rittmeister.

„Und was hat er gesagt?" fragte Editha mit Spannung.

„Er hat dem Major auseinandergesetzt, daß die Frauen kein Gedächtnis haben und eigentlich auch kein Gesicht, wenn ich's richtig verstanden habe. Er hat meinen Namen genannt, den Namen Editha also. Und als er mich erblickte, hat er weitergeredet und zwar direkt zu mir, er hat mich geradezu angesprochen. Er stand unten, ich oben. Es war recht komisch."

„Und was hat er zu dir gesagt?"

„Irgendetwas Schwärmerisches. Ich konnt' mir's nicht merken."

„Schwärmerisches, ja, hm, meinetwegen", sprach Editha vor sich hin. „Nun, das mit dem Gedächtnis: hier wird wohl irgendein Grund und Anlaß vorgelegen haben, vorausgelegen haben, meine ich."

Sie brach wieder ab, und sprang jetzt zum Thema zurück.

„Dem Stangeler muß man von vornherein auf jeden Fall bei Melzer das Wasser abgraben, so daß der Major ihm nicht glaubt, wenn René ihm irgend so etwas Abenteuerliches erzählt, oder schon erzählt hat . . .“

„Melzer ist nicht in Wien“, sagte der Rittmeister.

„Ach ja, richtig. Aber er kommt morgen abends zurück. Wie also macht man den Stangeler bei dem Major unglaubwürdig, wenn ich so sagen soll?“

„Das besorgt René wahrscheinlich schon selbst“, bemerkte der Rittmeister. „Im übrigen kann's kaum schwer halten. Wenn René Stangeler hier bei dir zweiundzwanzig bis fünfunddreißig Tassen Tee trinkt – denn das tut er – so brauchst du ihm lediglich zwischendurch irgendwas eingeben, was er gerne hört und noch lieber weiter erzählt. Sag', du hättest voriges Jahr in Lausanne einen Herrn getroffen, der in Zürich in einer Zeitung einen Aufsatz von ihm über irgendwelche olle Kamellen gelesen habe – was das gewesen sein kann, will ich mir noch überlegen, sag' dir's noch genau, es sind nämlich Sachen von ihm in Zürich abgedruckt worden – na, und der Betreffende habe sich da sehr anerkennend geäußert, et cetera, et cetera. Das erzählt er dann dem Melzer. Er wird dabei aller Wahrscheinlichkeit nach auch erwähnen, bei welcher Gelegenheit du ihm die Sache berichtet habest, nämlich, daß er an dem und dem Tage hier bei dir heroben zum Tee war. Wir machen's dann so, daß Mimichen und ich derweil mit Melzer beisammen sind, bei ihm, oder bei mir, oder spazierengehend, wenn seine Amts-Stunden herum sind, um viere oder fünfe. Will mich eigens zu dem Zwecke freimachen. Na, denn steht er gut da mit seiner Erzählung bei Melzer. Und wie ich den kenne, den vorsichtigen Häuter, sagt der rein gar nischt. Sondern denkt sich sein Teil; wird bestimmt nicht widersprechen und einwenden: ‚Das kann nicht stimmen, an dem und dem Nachmittage war ich mit dem Rittmeister und Frau Schlinger spazieren.‘ Höchstens dich, beziehungsweise Mimi, je nach Gelegenheit, wird er einmal befragen: und da weeßt de denn von garnischt, nich von Zürich, nich von Lausanne, von keinem Herrn und keiner Zeitung und auch davon nischt, daß Stangeler bei dir Tee getrunken hat."

„Melzer ist so vorsichtig? So zurückhaltend?"

„Ist's. War vielleicht nicht immer so. Geworden. Scheint irgendwann dahinter gekommen zu sein, daß bei ihm im Oberstübchen das Licht nicht gerade sehr hell brennt. Wenn das einer weiß – 's ist 'n einschneidender Akt, schätze ich – so kommt 's eigentlich schon wieder der Intelligenz gleich, und so einer verhält sich praktisch wie ein sehr Intelligenter, dem er meines Erachtens auch gleichzuhalten ist. Großes Jeheimnis. So also verhält es sich mit deme Melzer. Ist vorsichtig. Aber nicht mißtrauisch. Das macht 'n großen Unterschied. Mißtraut gewissermaßen statt den anderen lieber sich selbst. Fürchtet vielleicht, in die eigene diesbezügliche Dummheit zurückzufallen durch 'ne unvorsichtige Bewegung."

Editha sah Eulenfeld erstaunt an.

Nun, dumm war er ja nicht.

Ein alter Husar.

Und mit Schulsack. Der recht hoch hing.

Ὦ πρὸς θεῶν (oh, bei den Göttern!). Humanistischer Husar. Hauptbeutel.

„Scheint mir doch etwas riskiert, die ganze Methode", sagte Editha.

„Gar nicht", erwiderte der Rittmeister. „Solche Dinge werden dann ja nur gestreift, nicht nebeneinander und auseinander gelegt und verglichen und genau festgestellt. Kommt gar nich in Frage. Melzer wird sich sogleich wie 'n Krebs zurückziehen. Und dem René nie mehr 'n Wort glauben. Der Mensch ganz im allgemeinen erspart sich gern die genaue Untersuchung jedes Sachverhalts durch Vorwegnahme des Resultates, in Form eines ebenso schnellen wie strengen Urteils. Hat einer nur die notwendigsten sieben Sachen dazu beisammen: schon wendet er sich nach innen, in domum, und vollzieht's, pro domo, versteht sich."

Sie schwiegen jetzt lange. Hätte dieses Gespräch einen unbeteiligten Zeugen gehabt: dem wär's jetzt so erschienen, als sei der Rittmeister zuletzt, nach mancherlei Spaß (und nach mancherlei Frechheiten Edithas), wieder in seine Rechte getreten, gleichsam in die Rechte eines Herren über diese beiden Frauen.

„Man muß bei solchen Sachen doch immer irgendwie an den äußersten Rand treten, wenn sie wirksam sein sollen", fügte er noch nach, und zwar im Tone einer wissenschaftlichen, methodologischen Feststellung. „Jeder Schwindel muß in optimaler Annäherung an den Rand des noch Möglichen vollzogen werden, immer in äußerster Randnähe. Ist 'n sojenannter Limes-Wert, wie die Ludolph'sche Zahl und ähnliche Kamellen. Über dem Abgrund des Unmöglichen, des offenkund'jen Widersinnes. Das Wort ‚Schwindel' selbst hat ja 'n Doppelsinn, der uns dessen am besten belehrt."

Und die 2 Pastré hörten wirklich aufmerksam zu. Sonderlich Editha, deren eigenwilliges Quecksilber in diesen Augenblicken gleichsam erstarrt war. Nun, es konnte allerdings jederzeit wieder flüssig werden, dazu brauchte nur die Temperatur des Temperaments um ein geringes zu steigen.

Mimi indessen, die zuletzt nur mehr als schweigender Dritter der Unterhaltung beigewohnt hatte, wie ein danebenstehendes leeres Becken, in welches spritzte und überfloß, was zuviel, was unbeabsichtigt war: Mimi unterlag indessen einer Wirkung, welcher die beiden diskutierenden Partner nicht im entferntesten gedachten: sie geriet schon wieder in einen Kreisel, Strudel, Miniatur-Zyklon von Vorstellungen und rutschte schweigend immer tiefer und diesmal fast in einen Trichter der Verzweiflung. Da hörte man denn plötzlich süß die Klarinette klagen. Kein Grunzen unterbrach sie. Ein alter Husar schien von Herzen bewegt ihrem einsamen Gange zu lauschen. Und zunächst auch feilte es Editha am Herzen und sie versuchte keine Abwehr dieser Stimme, die ‚des Gewes'nen sie gemahnte' . . . Mimi sagte:

„Otto hat zuletzt die Wahrheit gesprochen. Das ist es. Ein Leben am Rand. Hier muß geschwindelt werden, weil dort schon geschwindelt worden ist und an einem dritten Punkte heißt's auch, à tout prix ohne die Wahrheit auszukommen, weil sie am ersten schon verlassen wurde. Kein Schritt ist frei. Alles hängt mit allem zusammen. Der Boden, auf dem man steht, ist ganz zerfressen, und überall sind Löcher und Gänge wie im Tuffstein. Und feine Spinnweben davor, an die man nicht rühren darf. Denn von ihnen hängt alles ab, sie halten mit ihren ganz schwachen und doch gespannten Fäden den Kaninchenbau noch zusammen, der sonst, jetzt und jetzt, schon in Schutt abrutschen würde. Man geht nicht nur auf rohen Eiern, man schläft auch über Nacht auf einem Lager, das aus rohen Eiern aufgebaut ist, ein Katafalk in Balance, eine Aufbahrung über einem Abgrund. Das Leben hört einfach auf: weil man sich nicht mehr rühren kann und es um keinen Preis mehr tun will und darf und auch die Fliege, die auf der Nase herumspaziert, nicht wegscheuchen, denn diese Bewegung wäre zu viel. Für einen Leichnam, der über einem Abgrund aufgebahrt ist, jedenfalls zu viel. Diese Lügerei und der ganze Schwindel ist am Ende wie Starrkrampf, Tetanus. Ich habe mich als Kind schon entsetzlich davor gefürchtet" (allmählich aber wurde ihre Stimme doch ein wenig fester und das Pathos, wie es ihr jetzt aus dem Anschaun des eigenen Lebens kam, gab ihr fast so etwas wie einen Standpunkt). „Und ich wußte, daß mir mit Editha mein ganzes Leben lang eben das und immer wieder nur das und niemals etwas anderes bevorstehen würde. Das wußte ich schon in der Schule. Im Lyzeum. Immer am Rand gehen. Mit Spinnweben gefesselt. Balancieren. Aber keine Hand rühren. Ein böser Traum. Immer schwindlig. Schließlich sind wir in zwei Parallel-Klassen gesetzt worden, weil es die Lehrer mit uns zu schwer hatten. Wenn englische oder mathematische Schularbeit war und ich statt Editha dort gesessen bin, hab' ich mich so sehr nach meiner ehrlichen Bank im eigenen Klassenzimmer gesehnt und danach, unbekümmert dem Unterrichte folgen zu können und daheim dann mein Pensum zu wiederholen und am nächsten Tag auf dem laufenden zu sein. Aber es war nichts zu machen. Nie hab' ich von

Editha erfahren können, was in der Unterrichts-Stunde derweil durchgenommen worden ist. Was sollte ich denn tun, ich konnte auch niemand fragen, ich war ja zugegen gewesen. Ach, das waren hundert drückende Kleinigkeiten, bei Luitlen und daheim; und ich mühte mich durch die Jahre, wie in Schuhen voll Steinchen und Sand. Es besiegte mich. Die englische Arbeit für Editha mußte ja gemacht werden, weil sonst schlechte Noten gekommen wären und Skandal zu Hause. Und dem Papa mußte ja im einzelnen erzählt werden, wie die Neu-Inszenierung von ,Wilhelm Tell' am Burgtheater ausgefallen sei, die ich gar nicht gesehen hatte, weil Editha auf dem zweiten Sitz neben sich jemand anderen haben wollte, und ich mußte rechtzeitig während des letzten Aktes doch hineinkommen, bevor die Gouvernante oder eines von den Mädchen im Foyer unten sein würde, um uns abzuholen. Die Zeit vorher bin ich spazieren gegangen, rasch immer um die Ringstraße, in Angst, daß mich jemand sehen könne, denn in ein Café hab' ich mich nie getraut. Ich hab' meinen Vater nie gemocht, aber daß er nur und immerfort belogen wurde, das kränkte mich. Und zugleich war ich ihm gram und bin's heute noch" (gram, des Gewesenen gedenkend ... !), „weil er nichts und nichts gemerkt und mich in einem solchen friedelosen Leben gelassen und es mir mit der größten Selbstverständlichkeit auch für weiterhin zugemutet hat. Und deshalb bin ich mit Scarlez durchgegangen: fort aus dem Schwindel, aus dem trübsäligen Tappen von einer Lügerei in die andere. Einmal, im Burgtheater, bin ich während des letzten Aktes eingetreten, aber der junge Mann, den Editha neben sich haben wollte und der mich dann immer heraußen erwartete, um mir die Karte zu übergeben, war nicht da. Ein Logendiener gibt mir die Karte, und ich komme hinein und sitze neben einem ganz fremden und neuen Menschen, der mir im Halbdunkeln sogleich die Hand und den Arm drückt. Editha ist nach Schluß der Vorstellung im letzten Moment erschienen, als ich schon ganz verzweifelt allein die Treppen herabkam und unten bereits das Fräulein stehen sah: da erscheint Editha in einer der Klapptüren von der Straße her und winkt mir. Ich weiß bis heute nicht, Editha, wo du gewesen bist, aber dem Jüngling mußt du doch irgendetwas gesagt haben, denn er hat deine zeitweilige Abwesenheit für ganz selbstverständlich gefunden; oder hat er gewußt, daß es jetzt die Schwester ist und sich auf gut Glück so benommen, wie er tat? Es war unmöglich, immer alles das genau auseinanderzuhalten."

Sie schwieg. Auch die anderen sagten nichts. Anscheinend hielten es Editha sowohl wie Eulenfeld für rätlicher, in diesen aus dem Gleichgewichte geratenen Zustand nicht noch irgendetwas einzuwerfen und hineinzuwerfen, bevor der Wagebalken ausgeschwungen hatte, das Pendel aus den Extremen beruhigter wiedergekehrt war.

Schon setzte Mimi fort.

„Ich war erlöst, dort drüben, mit Enrique, obwohl es mir anfangs nicht gar so gut gefallen hat und mir auch einige Kleinigkeiten fremd oder unverständlich erschienen, obstinate dumme Kleinigkeiten, praktische oder unpraktische; so zum Beispiel, daß die Kinder in den Schulen eine Art weiße Atelier-Mäntelchen hatten, Guardapolos nennt man's, oder daß die Verkehrs-Polizisten trotz der herrschenden Wärme schwere dunkelblaue Stoff-Uniformen tragen mußten, und daß man bei besonderen Glückwünschen und Jubiläen feierlich verzierte Pergamente schenkt ... ich bin auch heute gar nicht so, daß ich bei uns drüben alles großartig und hier alles schäbig oder zu kleinlich finden würde. Das träfe auch durchaus nicht zu. Natürlich sind wir drüben reicher, seit dem Kriege erst recht. Das läßt sich gar nicht vergleichen, nun, du weißt es ja, Editha. Aber sonst wieder ist vieles in Wien eben einzigartig, und wäre drüben kaum nachzuahmen ..."

Sie schien den Faden verloren zu haben und ihn jetzt zu suchen. Dabei kehrte ihr eigentümlich klagender Ton wieder. Im Zimmer dämmerte es merklich. Mimi sang sozusagen wie eine eingesperrte Nachtigall, von denen es ja heißt, daß ihr Wohllaut besonders ergreifend sei.

„Aber der Boden war fest. Nicht jedes Mal am Abend

drückte schon wieder irgendein kleinerer oder größerer Nervenschrecken im voraus auf den nächsten Tag, bestand da irgend so ein zweifelhaftes Programm mit vertauschten Rollen, war dieses im Grunde immer gleiche Abhaspeln von ein paar Tricks zu erwarten, auf die freilich jeder hereinfallen mußte. War da schon ein Verdienst und Erfolg dabei? Nein, es war öde. Jetzt durfte ich Enrique immer genau sagen, wo ich hingehe. Und ich trachtete ihn auch außer Hause, wenn ich schon einmal allein in der Stadt ging, was sehr selten vorkam, doch bald irgendwo wieder zu treffen. Eines Morgens, im Bette liegend, da war ich schon zwei Jahre drüben, wurde es mir erst voll bewußt, daß ich nichts zu verheimlichen habe. Gar nichts. Vor niemand. Du vermagst es kaum dir vorzustellen, was dies für mich bedeutet hat. Ich war wie neugeboren. Ich fühlte mich wie geschliffen und durchsichtig, wie aus Bergkristall."

Sie wurde von ihren beiden Zuhörern begriffen, kein Zweifel. Wer schweigt, stimmt zu, pflegten die Römer zu sagen (und sicher wußte der Rittmeister dieses Sprüchel auch lateinisch). Aber es stimmt nicht. (Heutzutage schon gar nicht.) Man sagte vielleicht besser: wer schweigt, scheint verstanden zu haben. Wer rasch widerspricht, hat sich vor allem einmal gerade dagegen gewehrt. Editha wehrte sich nicht. Aber dem Bergkristall konnte sie nicht zustimmen. Er war gnadenlos. Er wäre eine undurchdringliche spiegelnde Wand gewesen und Mimi dahinter wie in Glas eingegossen. Im Glashause. Aber eben dieses war ja zerschlagen worden. Sie hatte sie herüber gebracht, die Geliebte, sie hatte sie herübergezogen über das Meer, sie war hier. Das war nicht zu leugnen, daran war nichts zu ändern. Mochte sie nun singen wie eine gefangene Nachtigall! Die Pastré'sche Erbschaft mußte geordnet werden! Das erwartete Enrique mit Sicherheit, ja unbedingt; und an diesem festen Haken, der hielt, war Edithas Plan, die Schwester herüberzubringen, von Anfang an sicher und einwandfrei aufgehängt worden. Auch moralisch überzeugend und einwandfrei. Und an jenem Haken hing alles heute noch, an ihm hing Mimi fest. Diese Sicherheit erhöhte die Reiz-Schwelle von Edithas Empfindlichkeit ganz bedeutend, oder sie minderte die Pastré'-sche Schärfe herab. So konnte man schon was vertragen, man hielt schon was aus, mochten da auch rote Nadeln im Herzen nähen. Süß feilender Gesang! Mochte sie singen! Man ließ sie singen.

„Deine Briefe, Editha, die du mir geschrieben hast", so setzte die Klarinette jetzt wieder ein, „viele Briefe, lieb und brav und gut, sie liefen wie ein Band neben mir, wie ein neben mir gelegter Boden, auf dem ich nicht mehr stehen mußte. Wie hat mich das glücklich gemacht! Denn ich sah ja, daß er ganz der gleiche geblieben war, auch ohne mich, auch ohne vertauschte Rollen, auch ohne Trick-Romantik. Ich sah, was dich beschäftigte. Es war von einer Art, die es in meinem Leben jetzt nicht mehr gab. Ich erblickte es neben mir, von Brief zu Brief, aber ich mußte darauf nicht mehr treten, nicht mehr darauf stehen. Du hast mir sehr geholfen, Editha, mein Glück zu ermessen. Daß Otto dreizehn Jahre später in irgendeiner Weise doch als dein Gesandter auftauchte – denn ich kannte ihn ja aus deinen Briefen – das vermochte zwar nichts zu verhindern, aber es war auch gleich der Keim für das Ende zwischen ihm und mir. Dies und nichts anderes. Und ich habe das merkwürdigerweise am Anfang schon gewußt. Ich werde Otto immer dankbar bleiben dafür, daß er die Untreue von Enrique mich gleichsam gar nicht hat erleben lassen. Es war wie eine Operation in Narkose, und wirklich ist dann alles gut geheilt . . ."

(„Narkose, hm", brummte der Rittmeister. Das Etui mit Schraubverschluß wurde wieder sichtbar.)

„Und nun sitze ich hier. Und mitten darinnen. Nach diesem Sommer. Nach einem solchen Sommer. Welch ein Rückschritt! Ich fühle mich eingesponnen wie eine Puppe, ein Kokon. Den ganzen Sommer: nur schlechtes Gewissen; und Einsamkeit und Schmerz. Und als ob ich alles, alles wieder verloren hätte. O ja, es ist schön in Wien. Es ist schöner als in Buenos Aires. Ich weiß es heute. Ich gestehe es mir ein. Aber ich bin ja krank.

Ich muß zurück in mein Sanatorium. Wo ich schon gesundet war. Es ist schön hier. Ich war so gern in Greifenstein. Wo der Strom jung um die Ecke kommt und entschlossen in größere Maße hinausgeht, ohne zu zögern, er fließt und fließt. Es wird die Tiefebene sein. Hier sind die letzten Berge." (Sie wies kurz hinter sich, aber da draußen sah man nicht mehr viel, alles versank in den aschgrau gewordenen Abend, der fernste und der nächste Punkt bildeten zusammen schon die aufwachsende und abschließende Wand tieferer Dämmerung.) „Ich war doch gern hier. Es war süß. Aber der Boden ist wieder ganz durchlöchert; und in den Löchern die Spinnweben. Otto, auch du warst sehr lieb. Aber du stiehlst einem den Paß bei Nacht, und es kommt ein Mädchen, das weint, und das ich schlage, ohrfeige, obwohl sie ganz unschuldig ist, nur aus Verzweiflung. Viel ist zu verheimlichen. Ob Stangeler die Verwandten Theas auf dem Perron getroffen hat oder schon in der Wartehalle, das ist die Frage. Und man muß es herauskriegen, während die arme Thea Strümpfe stopft. Und den ganzen Sommer soll ich zu den Eltern gehen und wieder den Papa foppen und betrügen und die Alte dazu. Ich schiebe es vor mir her, weil ich's nicht kann. Aus Mai wird Juli und es wird heiß. Und mit dem Major Melzer komme ich auch nicht weiter. Ich kann ja auch mit ihm kaum reden. Er kommt immer mit irgendwelchen alten Sachen, die ich nicht kenne. Auch dieser Stangeler belauert mich irgendwie. Im Kursalon, beim Tanzen oder eigentlich beim Tee, da benimmt sich eine Frau von Budau ganz unverschämt gegen mich, der Rittmeister war dabei, ich frage den Melzer, wer das eigentlich ist? Das war schon zu viel. Der ganze Berg von rohen Eiern kommt in's Rutschen. Wirklich, mir graust so furchtbar vor alledem. Ich hab' nicht nur vieles zu verheimlichen, sondern mich selbst als Ganzes soll ich verheimlichen, ich bin eine einzige Verheimlichung ... Ach!" (Ihre Stimme sank, und auch ihr Körper fiel in sich zusammen, sie saß nicht mehr angelehnt, nicht mehr aufrecht, wie bisher, sie neigte sich vornüber, sie welkte gleichsam.) „Es ist im Grunde nichts als das Fern-Sein, welches ich ersehne, das Wieder-Fernsein. Oh, Editha, man soll die Rückkehr meiden zu dem Gewesenen. Es ist, als sinke man lebend in's Grab. Ich will fort. Wegfahren. Reisen. Zurück. Ich bin gefesselt, zermartert, zerlöchert, zerquält. Ich muß aus diesem Traum erwachen. Ich muß zurück in meinen anderen Traum. In mein Spital. In mein Sanatorium. Das ich doch wirklich erreicht hatte, diesen Hafen. Aber vielleicht vergeht und zergeht er derweil hinter dem Horizont, und ich komme nie mehr hin in meine Traumstraße Leandro Alem, und ich muß erwachen, und dieser böse, süße Traum hier, der allein ist die Wirklichkeit."

„Machen wir Licht", sagte Editha. Ihre Stimme klang unsauber, unbeherrscht, wie eine Lampenglocke, an die man gestoßen hat, die aber irgendwo zersprungen ist und nicht mehr tönt, sondern scheppert.

Sie ließ sich dann nur mit ein paar Fragen auf den Fall Budau ein. Und als sie erfahren hatte, daß dies gerade an dem Tage passiert war, der jenem seltsamen Auftritte mit Stangeler und Melzer auf der Strudlhofstiege vorangegangen war, nickte sie kurz und sagte:

„Das wird's gewesen sein." Sie sprach die Worte beiseite, halb für sich und schwieg dann. Wieder war ihr Quecksilber wie in Erstaunen gefroren. Die unbeherrschbare Apparatur des Lebens, vielleicht nur durch Sekunden in ihr Bewußtsein starrend, schüchterte sie, wohl möglich, für diesen winzigen Zeitraum ein.

„Du hast natürlich nicht an alles denken können", fuhr Mimi fort, diese einlenksamen Worte aber in einem kälteren Tone sprechend; und jetzt, da das elektrische Licht den Raum vom Draußen endgültig trennte, schien ihr Gesang überhaupt geendet. „Ich hab' das auch durchaus wieder in Ordnung gebracht." (Sie beschrieb nun ungefähr wie.) „Aber ich frage mich: ist all dieser Aufwand der Mühe wert? Nein. Er scheint mir sogar völlig sinnlos. Sage ehrlich, Editha, was steckt bei dir dahinter? Nichts als materielle Interessen. Und dabei nicht einmal große. Du sagst, für deinen Freund dort in Deutschland sei die ganze Sache mit den Zigaretten geschäftlich nur eine Bagatelle, es handle sich ihm dabei viel mehr um Gefälligkeiten, die er dem oder jenem erweisen wolle. Ich glaube das nicht. Ich glaube, hier geht es um's Geschäft. Und warum bist du so dahinter her? Weiß dieser Herr Wedderkopp wirklich nicht, daß du dich in dieser Richtung hier bemühst? du sprichst so, als ob er das gar nicht würde wollen, gar nicht wissen dürfte oder sollte. Ich verstehe nicht, warum du so sehr mit solchen Angelegenheiten dich befaßt?! du bist doch reich. Die Alten haben dich, wie du sagst, finanziell ganz unabhängig gestellt – daß du's bei ihnen erreicht hast, ist übrigens eine großartige Leistung: ich meine damit die Art, wie du ihnen die Ersparnis an der Erbsteuer plausibel machen konntest. Ich erinnere mich heute noch, wie ich mich 1921 freute, als du es schriebst. Auch Otto hat dann davon erzählt. Du hast mir in Paris deine Konten gezeigt und erläutert. Wozu brauchst du noch Geld? Warum diese komplizierten Unternehmungen auf dem Rücken des armen Melzer sozusagen? Da steckt doch nur Geld dahinter und wieder Geld. Wenn er dir ein paar Kisten irgendwie deklarieren und mitschicken soll, oder wie du dir das schon vorstellst: das ist doch keine reine Bagatelle, das macht doch immerhin schon was aus?"

Hier aber, im Schein des elektrischen Lichtes – er war zwar nicht grell, er kam gedämpft vom Teetisch – wurde nunmehr die Editha Pastré'sche Reizschwelle verhältnismäßig rasch überschritten, die Pastré'sche Schärfe aus der Latenz gebracht und zur Erscheinung gerufen, nach aller Langmut und Geduld: nun drang sie durch an die Oberfläche, welche doch nur dünn und freundlich gewesen war wie ein Tortenguß. Und so wurde der Faden des Gesanges, den Mimi, ganz wie der Raum hier ins einzelne und nächste zerfallend, schon beinahe verloren hatte, seit das künstliche Licht eingeschaltet war, nunmehr von Editha gänzlich durchschnitten.

„Bist du vielleicht nicht reich?!" sagte sie. „Ich sollte meinen, du seist etwas reicher als ich! Und doch bist du aus gar keinem anderen Grunde hier in Wien als der materiellen Interessen wegen. Aber die deinen sind ausgiebiger als die meinen, und wären diese letzteren für mich gar so wichtig und allein entscheidend, wahrhaftig, du säßest nicht hier, Mimi, und ich hätte mich wahrlich nicht bemüht, dich hierher zu bekommen! Sehr im Gegenteil!"

Diese seltsam wilde Verdrehung aber, welche Mimi durch ihr letztes, irgendwie entgleistes, beiläufiges und auch nicht recht logisches Gerede gegen sich zum Losbrechen gebracht hatte, genügte jetzt, um bei ihr eine völlige Panik zu erzeugen.

„Ich will fort!" rief sie, sich gerade aufrichtend und die Hände an den Schläfen. „Ich will reisen. Ich will fahren. Morgen." Sie blieb starr in ihrer Haltung, als habe ein ungeheurer Schrecken sie gepackt. Editha sagte nichts und bewegte sich nicht. In ihren grauen Augen saß die Sammlung eines Schützen, der zielt.

„Ja", sagte sie endlich. „Du wirst reisen. Du sollst reisen. Zurück. Wieder hinter und unter den Horizont. In's Sanatorium. Es ist nicht vergangen und zergangen derweil. Es erwartet dich." (Jetzt war der Schmerz in Edithas Stimme zu spüren, er wölbte die glatten, kalten Fliesen ihrer ruhig fließenden Rede etwas auf.) „Es erwartet dich verläßlich. Enrique erwartet dich. Aber nicht unverrichteter Dinge. Das ist wohl klar."

„Ich bin deine Gefangene", sprach Mimi halblaut, die Hände noch immer an den Schläfen. „Wirklich, so ist es." Nun, sie hatte keinen Degen, um ihn abzuschnallen und zu übergeben. Es wäre noch eindrucksvoller gewesen.

„Süße Gefangene!" rief Editha, sprang auf und lief zu ihr hinüber. „Herzigste und geliebteste aller Gefangenen! Ja, ich habe dich. Es ist mir gelungen, du mußt dich drein ergeben." Sie kniete vor ihr auf dem Teppich. Der Rest war das Schweigen langer Umarmung; es schluckte den Raum tonlos in sich ein. Nach einer Weile erst hörte man den Rittmeister, wie er Verschlüsse schraubte, Deckel springen, ein Feuerzeug blitzen ließ, das Ritual der Reihe nach betätigend, secundum ordinem.

Am Montag, dem 31. August, nachmittags im Gärtchen, erfuhr, wie schon berichtet worden ist, Paula Pichler alles, was sich seit Freitag mit Thea begeben hatte. Diese befand sich ab Sonntag, sechs Uhr dreißig abends – um halb sechs war Eulenfeld, der für einen Sprung bei Frau Schlinger drüben gewesen, zurückgekehrt, um sechs Uhr war das letzte Paar Strümpfe gestopft – in unbefristeter Pönitenz. Vorhaltung, Verhör, Geständnis und Urteil hatten kaum eine halbe Stunde in Anspruch genommen, und Thea war diesmal wirklich mit voller Pünktlichkeit am elterlichen Abendtisch erschienen (ohne das eigentlich für Sonntag versprochen zu haben). Und zwar gänzlich unverweint. Sie trug nur eine Art Blei-Mantel, unsichtbar, versteht sich.

Ihre Fassung, ja beinahe Unverletzlichkeit, bestritt Thea Rokitzer bei alledem aus einem Reservoir, welches sich während des Rittmeisters halbstündiger Abwesenheit ihr tief überraschend und ergiebig geöffnet hatte: so wie diese nun wirklich leere Diwan-Ecke gleichsam offen gestanden war, und erfüllt und besetzt werden konnte mit dem, was in Thea eintrat, während der Stille einer Zeit, da sie ganz und gar sich selbst überlassen blieb. Sie ließ nicht (wie man hier wohl oder eigentlich übel schreiben könnte) „ihre Arbeit sinken und sah nachdenklich vor sich hin." Gar nicht. Sie stopfte eifrig drauflos, Strümpfe und Socken, allerdings ohne zu ahnen, daß sie damit der eigenen Exekution geradezu entgegenstrebte. Sie machte es ganz ebenso wie damals im Juli, als der Major hier gesessen hatte; auch da war nicht gefaulenzt worden. Und gerade das hatte jene Stunden so gemütlich, so heimlich gemacht. Melzer war hier nicht gesessen als ein Gast, während dessen Anwesenheit man seine Beschäftigung unterbricht, sondern als einer, mit dem man gewissermaßen weiterlebt, weil er so sehr dazugehört, daß erst sein Wieder-Fernsein auffallen kann. In Wahrheit, sie hatte mit Melzer gelebt während dieser Stunden, einen gewissermaßen höheren und reineren Boden zwar betretend, als jener war, auf dem ihre sonstige Existenz hinlief, und sonderlich damals: aber es war kein ausnahmenhafter Boden gewesen, es war schon ein solcher, der durchlief, auf dem sich leben ließ, und nicht nur ein kurzes feiertägliches Podium. Und darum hatte Thea nicht gefeiert, auch damals nicht, sondern rasch und genau gestichelt, wie eben jetzt, wo unser Major ihr nur im Geiste (soweit davon die Rede sein kann) hinzugegeben war.

Auch davon sprach sie zu Paula, weil eben das Sprechen der Rokitzer immer ein kürzester Weg von der letzten und lebhaftesten Empfindung zum schon redenden Munde war, wie ein an die Wand geworfener Ball in die Hand zurückspringt. Dieser Weg war gleichsam zu kurz, um Lügen entstehen zu lassen, und eine solchermaßen bedingte Offenheit ersparte der Wahrheitsliebe jede Versuchung: ja, ob jene überhaupt vorhanden, blieb dabei unerwiesen. Die Pichler lag im Strecksessel, und Thea saß bei ihr, aber nicht in Schuh-Distanz, wie letzthin die Loiskandl Hedi, sondern dicht beim Ohre der vertrauten älteren Freundin, in das sie förmlich hineinkroch, wispernd, murmelnd, manchmal ein klein bißchen schluckend und schluchzend. Es versteht sich fast von selbst, daß nach Theas Darstellung die Pichler den Eindruck haben mußte, es habe jene Frau Schlinger gerade am Sonntag-Nachmittage, während der Rittmeister kurz bei ihr gewesen, ihr Versprechen gebrochen und Thea verraten; aber wann genau das nun geschehen sei, blieb schließlich übrig und gleichgültig; Paula hatt' es für früher oder später erwartet und in bezug auf die Diskretion der Schlinger immer pessimistisch gedacht, wie man sich wohl noch erinnert. Ebenso im Grunde über Theas filmische Absichten. Dem Gebiete vollends ferne stehend, schien ihr doch bei der jüngeren Freundin eben das zu fehlen, was sich irgendwie hätte aussprechen müssen und können: eine innere Reizung und Würze, und sei's nur ein Salzkorn, als geheimer Kern der Person. Es fiel ihr leicht, in diesem Punkt, Thea zu trösten, die hier, nach dem Instinkte der Pichler, geradezu vor dem Betreten eines verkehrten Weges bewahrt worden war. Freilich sprach Paula dies nicht aus. Es gab noch andere Punkte. Die Eltern. Die Loiskandl. Hier allerdings war man befreit von der Erwägung, ob nun der Rittmeister zu unterrichten sei oder nicht. Thea war aus seiner Nähe verbannt, und Pönitenz ist Pönitenz, sollte, ja, wollte es jetzt sein: zum letzteren suchte Paula die Freundin allmählich zu leiten. Das Hauptstück über allem aber blieb für die Pichler der Major. Vom idyllischen Solo Theas in der Diwan-Ecke am gestrigen Sonntage hörte sie mit dem lebhaftesten Interesse.

Bei allem aber bewohnte sie ein neu anwesender Gedanke (und davon kann bei Paula Pichler sehr wohl die Rede sein, wie wir bemerkt haben). Dieser Sommer, diese letzten Monate, welche ihr eine bisher noch ungekannte Einsicht in die Verfassung eines Wesens wie Thea eröffnet hatten, sie waren ganz zugleich und zunehmend durchzogen gewesen von einer Mahnung, die jetzt vielleicht schon dem Höhepunkte ihrer Deutlichkeit sich näherte, nicht mehr bloß irgendwo und irgendwann durch einen offenen Spalt ins Bewußtsein hervorhuschend: sondern jene Mahnung erhob sich jetzt schon im Wortbereich: wie ein Gegenstand, den man bei Nacht in's Zimmer geschoben hat und der nun auch mit diesem in die Morgenhelle tritt und da steht als eine sichtbare und begreifbare Sache unter anderen Sachen auch. Paula dünkte es heute, als seien alle Leute, die mit einer Thea Rokitzer Umgang hatten, in einem besonderen und erhöhten Maße verantwortlich für diese, ja so weitgehend, daß für die gedachte Thea selbst eigentlich dabei nichts übrig blieb. Dies aber nicht wegen des Mangels an Intelligenz bei jener, wegen ihrer Gutartigkeit und Wehrlosigkeit; sondern aus einem anderen und aus diesem einzigen Grunde: wegen ihrer Leere. Es hing alles davon ab, wer in sie irgendwelche Sachen hineinstellte, und was das war. Sie erschien Paula wie eine Vitrine ganz und nur von durchsichtigem, reinem, farblosem Glase, unsichtbar fast wie die Luft. Aber sichtbar wurde, was da hineinkam, sogar überaus sichtbar und von allen Seiten. Geradezu hervorgehoben, auf gläsernem Präsentierbrette, und in ein Fach, ganz von Glas, eingeschlossen, nicht mehr zurückzunehmen. Wohl möglich auch eine schwere Anklage. Ein corpus delicti. Eine Sichtbarmachung, eine ganz schonungslose, des Gebers, nicht desjenigen, dem man gegeben hatte. Paula Pichler begann in diesem Sinne nicht nur weise Vorsicht zu üben, sondern viel tiefer drunter noch geradezu Scheu zu empfinden, wie vor etwas Unheimlichem, ja vor einer wohl möglich furchtbaren Rolle, welche dieses Mädchen spielte, ahnungslos und ausnahmslos jedermann gegenüber, auch ihr selbst gegenüber, der nächsten Freundin. Schon wog die Pichler ihre Worte. Und wenn der Freiherr von Eulenfeld gemeint hatte, daß genau erkannte eigene Geistesschwäche im Effekt auf's gleiche hinauslaufe wie hohe Intelligenz: so war hier der paradoxe Effekt unseres Lämmleins Thea darin gelegen, daß eine Paula Pichler sich ihr gegenüber so vorsichtig, ja pfiffig (sanft pfiffig möchte man sagen) verhielt, als hätte sie es mit einem Menschen zu tun, der durch die besondere Beweglichkeit seiner Intelligenz ein erhöhtes Wachsein vom anderen erfordert. ,,Nur kein falsches Depot machen'', das war die ständige Selbstmahnung der Pichler im Umgange mit Thea geworden; und gar nicht deshalb, weil diese von ihr für indiskret gehalten wurde. Paula hielt von der Diskretion anderer Menschen, und gar der Frauenzimmer, überhaupt wenig, fast nichts (wir haben's in dem Falle Schlinger bemerkt). Aber bei Thea hatte sie bald die Empfindung, als gebe sie, zu ihr sprechend, unwiderruflich was zu Protokoll. So strenge wirkte die ahnungslose Rokitzer nun schon auf ihre Freundin! Ja, dieser erschien sie wirklich wie ein Ausstellungsraum, ein Schaukasten, und mancher hatte da schon ein Objekt hineingesetzt, ausgestellt, etwa ein ganz kompromittierendes Porträt seiner selbst: der Rittmeister, die Loiskandl. Und aus solchen oder besseren Beiträgen schien die ganze Thea zu bestehen. Der Pichler, welche sich hier – zuletzt eben schon bewußt über diese Sachen nachdenkend – freilich nach Vergleichen umsah, erschien etwa Tante Lintschi Nohel daneben wie mit starkem Schild und Panzer ausgerüstet und auf's allerbeste geschützt.

Es kam geradezu von da her, aus diesen dumpfen Gefühlen, aufsteigenden Mahnungen und am Ende recht klaren Raisonnements, daß unsere Pichler ihrer Thea beispielsweise von den am Westbahnhofe erschauten (diesbezüglichen) Duplizitäten nichts erzählte.

Am Mittwoch traf sie René, um drei Uhr.

Es war – ihre Gegend, sozusagen. Ihr Klima. Nicht begegneten sie einander wie auf einem dritten, weder ihr, weder ihm (weder Wedder, Deibel nochmal!) zugehörigen Boden: sondern er trat wie bei ihr ein. Es war ihr Machtbereich, diese ganze Gegend, ihr Hain, der Hain dieser Dryade Paula Schachl. René fühlt' es auch heut wieder, seit er den Bezirk betreten. Hierin hatte sich im Grunde nichts geändert bei ihm in den vielen Jahren. Das gab ihr vom allerersten Auftakt der Begegnung an ein Übergewicht. Denn was ihn, der da von außen kam, jetzt gefangen nahm, das machte ja ihre Grund-Befangenheit aus, die ihr selbstverständlich war (das gewaltigste neben uns schlafende Ungeheuer, diese Selbstverständlichkeit!), ja, noch weniger als das, weil sie nicht einmal davon wußte. Sie stand in ihrer Welt, gar nicht anders wie ein Amazonas-Indianer in seinem Urwald, ein Steppen-Kirgise vor dem teller-runden kupferbraunen Horizont. Sie stand in ihrer Welt, und klug. Er wechselte zwischen den Welten – Tropidonotus-Schluchten und Siebenschein'schen Zimmern – und dumm; was ihm fehlte, bekam er nur langsam durch manches schmerzhafte Bewechseln der Grenzen zwischen anscheinend Unvergleichbarem; dessen sie entraten hatte können, weil sie's ab ovo besaß (um diesen lieben Ausdruck zu verwenden, für welchen der Sektionsrat Geyrenhoff irgendeine tick-artige Vorliebe gehabt haben muß, denn er kommt in dem schon einmal erwähnten dicken sauberen Chronik-Band so oft vor, daß es bei vorschreitendem Lesen auffällt). Es gehört, unseres Erachtens, zu den traurigsten Tatsachen in der diesbezüglichen Biographie des Herrn René von Stangeler, daß er jenes bekannte Gärtchen nie betreten, nie erreicht, nie gesehen hat, daß ihn scheinbar geringe Zufälle nur davon abhielten, wie man noch bemerken wird, in Wahrheit aber ein fundamentaler Sachverhalt: er war des Gärtchens nicht würdig.

Nun, dies alles zusammengenommen gab der Paula Pichler hier im ,Café Brioni' in den ersten Sekunden des Kontaktes die Überlegenheit (während ein überraschender Platzregen draußen durch Minuten die Scheiben wusch). Jedoch zwei Umstände waren es, welche jene Überlegenheit erschütterten.

Der erste sogleich. Sie fühlte jetzt und hier, was auf dem Bahnhofe so schlagartig überzeugend keineswegs sie ange-treten hatte: daß er sie noch liebe, ganz wie einst. Und, wie im Rückstoß: daß sie ihn noch liebte, ganz wie einst.

Es ging ihr das gewissermaßen über den Verstand (ihm nicht, soweit von einem solchen da die Rede sein kann, ihm war's selbstverständlich). Unfaßbar, was das für eine Liebe sein mochte, die von ihm her andrang, welche sie selbst empfand und die wie raumlos auftrat in diesem Leben, weil sie nichts beiseite schob, nichts minderte, mit nichts in Konflikt geriet, an nichts litt und also auch nichts ändern wollte.

Er hielt bei der Begrüßung ihre ganze Hand, mit festem Druck, und sah sie aus seinen etwas schräg stehenden Augen entzückt an, als betrachte er irgendeinen leuchtenden, be-sonders schönen Gegenstand, ein Ding der Kunst, daran der Blick sich entzündet.

Und bei ihr wär's fast ebenso oder verwandt ergangen, hätte nicht ihr besserer Anstand sie gebändigt, ihre Lustigkeit nicht alsbald dazwischen geblitzt, wie jene Reflexe, welche die Lausbuben in der Schule mit kleinen Taschenspiegeln auf der großen Tafel irren lassen.

Der zweite Umstand aber, welcher Paulas Oberwasser hier ableitete, war von ganz anderer Art. Weil René danach fragte, machte sie ihn dessen gewiß, daß Thea Rokitzer am Freitag auf dem Bahnhofe von der seltsamen Doppel-Erscheinung wirklich nichts wahrgenommen habe; auch die Tante Nohel nicht; denn die habe sich, wie sie eben einmal sei, gleich an-gelegentlich mit der Thea unterhalten, als sie bemerkte, daß er,

René, und sie selbst flüsterten. Auch hätte sie ja vorgestern, am Montag, als Thea bei ihr gewesen, und über alles und jedes überhaupt mit ihr geredet habe, irgend etwas bemerken müssen. Nein, diese sei ahnungslos. Und sie selbst habe ihr natürlich nichts gesagt.

„Warum – natürlich?" fragte Stangeler, dem dieses Wort in solchem Zusammenhange auffiel.

Paula, welcher es ganz fremd war, daß man ein einzelnes Wort aus dem Sprachgebrauch herausgreife – wie fast alle Menschen ihres Bildungsgrades sagte sie, was sie meinte, nicht durch Setzung abgegrenzter Wörter, sondern durch Mischung aller mit allen, wobei da und dort immer noch was hinzugetan ward, dem Naß-in-Naß-Malen des Aquarellisten vergleichbar – Paula also, für die solches Wörter-Arretieren unbegreiflich sein mußte, blieb zunächst etwas verdutzt und antwortete endlich:

„Weil es besser ist, wenn man ihr nichts sagt. Man tut ihr damit schon was an, mein' ich, es ist zuviel für sie."

„Also wegen – ihrer Natur", sagte Stangeler bedächtig (das waren so die Anlässe, bei denen er sogar bedächtig werden konnte). „Deshalb also sagtest du ‚natürlich'?"

„Natürlich!" rief Paula lebhaft. „Wegen ihrer Natur. Da hast' ganz recht. Das ist nix für sie. Aber dem Major Melzer muß man es sagen. Und zwar mußt du das tun, René."

„Nein", sagte er entschieden, ruhig und klar.

„Warum nicht?!" fragte die Pichler lebhaft. „Der ist doch kein solches Waserl wie die Thea?!"

„Nicht wegen – seiner Natur", antwortete Stangeler. Dann schwieg er. Und blieb weiterhin strikte bei seiner Ablehnung, Melzern irgendeine Mitteilung von dem Doppel-Phänomen (von der diesbezüglichen Duplizität) zu machen.

„Warum willst du, daß ich Melzer davon sage?" fragte er.

„Das ist klar. Die Thea weiß zwar nicht, was sie red't, aber soviel hab' ich schon heraußen, daß dieser Major wegen der Frau Schlinger irgendwie unglücklich ist. Der wird weniger unglücklich sein, wenn er weiß, daß es die zweimal gibt.

Außerdem muß die Thea von diesem Rittmeister loskommen. Der ist doch nichts für sie. In Wirklichkeit liebt sie den Major. Ich weiß es jetzt bestimmt. Seit Montag. Und er wahrscheinlich sie."

Ihm war wie einem Menschen etwa, dem was heruntergefallen ist und der, jenen Kragenknopf oder Bleistift nun am Boden suchend, von dem Zimmer, in welchem er wohnt, eine ganz neue Perspektive sieht: die Platte des Schreibtisches von unten her, wie einen Plafond, die Bettfüße von seitwärts, groß und nah; und gar erst, wenn er etwa noch ein Licht dabei hält: es verkehrt die Schatten, wirft das Unterste, kaum je Gesehene, nach oben, Stuhlbeine, als klappten sie über dem Sitz zusammen, und den boden-nahen Sockel des Kachelofens herausleuchtend, daß er in's Auge springt. Solchermaßen trat Paula jetzt mit Ansichten und Absichten, von außen her und aus einer neuen Richtung kommend, an den kleinen Kreis von Menschen heran, darin er lebte, als in seiner Grundbefangenheit, dieser Tropidonotus-Indianer und Siebenschein-Kirgise, der dementsprechend von dem nächsten rund um ihn her herzlich wenig wahrgenommen hatte.

„Und warum willst du, daß Melzer nichts von der Sache erfährt?" fragte Paula noch.

„O nein" – wehrte René dies Mißverständliche ab. „Ich habe garnichts dagegen, wenn er Kenntnis davon erhält, daß es diese Frau Schlinger sozusagen doppelt gibt. Aber von mir soll er diese Kenntnis nicht haben. Von mir nicht."

Das war der Punkt, wo Paula endlich ganz aus dem Oberwasser geriet. Denn hier spürte sie ein ihr nicht Verständliches, aber doch Vorhandenes; keine bloße Grille oder Laune: hier war etwas. Es ging ihr in ähnlicher Weise über den Verstand wie die Unzerstörbarkeit und Unstörbarkeit seiner Liebe zu ihr, ihrer Liebe zu ihm.

„Es kommt nichts dabei heraus, sonst", setzte er fort. „Es soll aber etwas herauskommen. Und ich will es sehen. Wenn ich mich hineinmische und was dazu tue: dann sehe ich gar nichts."

Sie schien das ohne weiteres zu respektieren (immerhin bemerkenswert). Nach einer Weile, während welcher sie in den am Tische liegenden Zeitungen herumgeblättert hatten, äußerte Paula den Wunsch, Melzern kennenzulernen. „Ich will euch einladen", sagte sie (und beschrieb kurz das Gärtchen in Liechtenthal). „Dich, die Thea und den Major. Wie machen wir das am besten? Willst du's ihm sagen? Und die Thea soll's ihm auch sagen. Mein Mann wird auch dabei sein, der Lois. Den kennst du noch nicht, aber er dich längst, weil ich ihm von dir erzählt habe."

„Ja", sagte Stangeler (und Paula erschien ihm jetzt beneidenswert klug und selbständig, überaus erwachsen). „Das ist wirklich gut. Ein ausgezeichneter Einfall. So – überraschend. Ja. So will es gehen. So muß es auch gehen . . ." Die letzten Worte sagte er vor sich hin, als redete er nur mit sich selbst. Er blickte auf den Platz hinaus, wo Straßenbahnzüge und Wagen sich durcheinander drehten. „Alles ist nah", sagte er, „auch das Haus ‚Zum blauen Einhorn', vor welchem wir uns kennen gelernt haben, Paula." „Ja", sagte sie, „und wir sind auch noch nah beieinander, Gott sei Dank." Sie legte ihre Hand mit leichtem Druck auf die seine, welche neben ihr auf dem roten Samte der Sitzbank ruhte.

Auch hierher, in jenes ‚Café Brioni' zu Paula, war Stangeler über die Strudlhofstiege gegangen und nach ähnlicher Vorbereitung wie anläßlich seines ersten Besuches bei Frau Editha Schlinger: tiefgekühlt, wenn man so sagen darf – allerdings hatte inzwischen die Hitze des Spät-Sommers nachgelassen – und in den runden Duft des Lavendel eingeschlossen. Auf den Stiegen tiefes Schweigen. Die Ästchen reglos hoch und fern vor dem Himmel. Auch in der Liechtensteinstraße war es still gewesen und bis dahin im Rücken des Brunnens Rauschen noch zu hören. Paula hatte den Lavendelduft sogleich angenehm vermerkt, mit hochgezogener Nase, die dabei an der Wurzel viele possierliche feine Fältchen bildete.

Nun, nachdem Paula Pichler und er sich wieder getrennt hatten, stieß er von diesem Borde ab wie zu einer weiten Fahrt in ferne Häfen. Sein Daseinsgefühl war in der Tat jetzt das eines Abreisenden, auf den schon der lange, schwingende Wagen des Schnellzuges wartet. Ja, wirklich so, als verließe er jetzt die Stadt und alles überhaupt, was mit ihm zusammenhing, um hoch und taumelnd und losgerissen darüber zu treiben. Daheim, vor dem Weggehen, hatte er indessen noch jenes Medaillon genommen, das Editha ihm einstmals geschenkt. In der Gondel war das Ding wohl eigentlich kaum mehr am Platze (weil des Gewesenen es gemahnte); jedoch, da er's beim letzten Male getragen, sollte sie es auch diesmal nicht missen. So, bei schon geschlossenem Hemd und zugezogener Krawatte, nahm er das goldene Kettchen über den Kopf, steckte den Anhänger durch den Kragen und ließ, so gut es gehen mochte, das dünne lange Kettlein nachgleiten.

Paula war nach links abgegangen. Sie winkte noch einmal, trat um die Ecke.

Er schaute über den vielbefahrenen Platz vor dem Bahnhof wie ein Schwimmer über das offene Wasser, bevor er abstößt.

Jetzt, in diese leeren Augenblicke, fiel ein, was fällig war.

Welche von den beiden gedoppelten Damen würde ihn nun erwarten?

Welche war – auf dem Bahnhof – die Frau Editha Schlinger gewesen?

Die Ankommende oder die Abholende?

Die Abholende wohl.

Warum? Hier war kein Unterschied. Welche war – welche?

Er lächelte plötzlich kurz und warf sich umsichtig in das Bassin eines (freilich nur für die Verhältnisse dieser Stadt hier) starken Verkehrs. Nun, drüben gleichsam wieder auftauchend, hatte er kaum drei Gassen mehr zu durchschreiten. Auch diese Stiegen und Treppen hier lagen still und leer, hauchten des Hauses geheimste Befangenheit.

Ihre Schritte kamen – „Da bist du!", rief sie, „ich freu' mich so sehr." Er fand's selbstverständlich, daß sie ihn nun gleich duzte (wirklich hätten wir jetzt beinah wieder à la Geyrenhoff ‚ab ovo' geschrieben. Im Grunde sind das lauter Gemeinheiten).

Es ist die Gleiche also, dacht' er. Nun, stichhaltig ist's aber nicht ...

Er fand keine Zeit, und das bißchen innerer Raum fehlte jetzt, um Überlegungen auszubreiten. René befand sich in der Lage eines, der was hinschreiben soll, dem aber die Schreibunterlage fehlt. Sie drängte ihn zum Teetisch. Sie schenkte ein. Sie wollte wissen, was er treibe, was er arbeite. Sie erzählte zwischendurch, daß sie schon neulich ihn habe fragen wollen, wann er jenen Aufsatz über mittelalterliche Memoiren geschrieben hätte, er wisse doch, was sie meine, ja? Sie habe gar nicht gewußt, daß es aus dem Mittelalter Memoiren gebe, dieses Wort schmecke so nach achtzehntem Jahrhundert; ja, also darauf sei sie in Genf gekommen, weil einer ihrer Freunde, ein Herr aus Zürich, in der dortigen Zeitung diese Arbeit gelesen und davon sehr lobend gesprochen habe, etwa: ‚eine ganz reife profunde Arbeit'. Ja ... plötzlich brach sie ab, sprach nun langsamer und beinah klagenden Tons: „Es ist wohl kaum zu ermessen, wieviel Studium und Kenntnis oft von Nöten ist, um ein Kleinstes nur solcher Art mit Glück zu vollbringen."

Ihm genügte das. Nun wußt' er alles. Aus der Sprache allein nahm er die ganze Kenntnis des Falles: bei aller seiner sonstigen Unfähigkeit zu rascher Kombination. Aber die Sprache Mimi's, welche Editha, sich besinnend, jetzt wieder aufgenommen hatte: sie eben setzte das Original rückwirkend durch Frühling und Sommer hinaus aus einem stehenden Zusammenhange, einer stehenden Erscheinung von früher, welche Editha Schlinger hieß, Editha Pastré geheißen hatte. Er, René, aber war zuletzt mit der – anderen gewesen. Mit dieser hier jedoch: unten am Fuße des Felsens, welchen Asta und Melzer erstiegen hatten, vor vierzehn Jahren.

Sie beugte sich plötzlich ganz nahe zu ihm und griff an seinen Hals.

„Was ist das für ein goldnes Kettchen, das dir über den Kragen hängt? Trägst du etwa gar ein Lorgnon?!"

„Nein", sagte René.

Er entschlang ohne weiters die Krawatte, öffnete das Hemd, hielt ihr den Anhänger hin. „Bitte öffne", sagte er.

Aber sie erkannte das Ding auch so, wie es war.

„Nein!" rief sie, „wie herzig! Das ist zu lieb, daß du dies noch hast, René!" Nun saß sie auf der Lehne des Fauteuils bei Stangeler, umschlang ihn und küßte dreimal seinen Hals. „Jetzt will ich aber sehen, ob mein Bild noch drinnen ist!" Sie sprang zum Sekretär und holte ein winziges Federmesser. „Na, so was!" rief sie und sah gerührt und begeistert in die geöffnete Kapsel. Und plötzlich: „Kannst du mich auch heute noch lieb haben?!" Sie nahm seinen Kopf zwischen die Hände.

Bei einem so jungen Menschen bricht die Kraft gleich vor, wie die Tiere aus einem Zwinger, wenn der Schuber geöffnet wird. Er trug sie diesmal nicht, sie gingen Arm in Arm.

Editha aber zog ihn jetzt nach rechts und öffnete die Tapetentür.

Es war ein kleineres Schlafzimmer, eine süße Schachtel, ein Maximum an Geborgenheit und Verborgenheit schlechthin. Neben dem Bette befand sich in Weiß, in Glas und Messing ein bequemes Gestell, das mehrere Flächen als Ablagen darbot, die mit Briefen und Büchern durcheinander verräumt waren.

René hockte auf dem Boden und begann Editha die Schuhe und Strümpfe auszuziehen.

„Warum hast du vorhin nach links weitergehen wollen?" fragte sie, sich herabbeugend.

„Ich meinte – zum Diwan", sagte René halblaut (eine Sekunde später holte er sich selbst erst ein und die aus der schwindenden Besinnung so plötzlich und leicht sich lösende Klugheit).

„Nein, nein – hier ist es doch viel schöner", rief sie, ihre Stimme klang fröhlich.

Schon fiel alles. Er preßte das Gesicht gegen ihren Körper. Über der Lende war von einer Narbe keine leiseste Spur zu sehen.

Es war fast dunkel, als René wieder auf die Straße kam.

Er stand hier wie untermauert. Fest gestützt. Dick unterfüttert.

Die Unabweisbarkeit der Fakten umschloß ihn gleichsam bis zu den Hüften herauf, sie gab Sicherheit, enthob das sonst nur Innerliche der Gefahr, in ein Dämonen- und Gespensterdasein zu geraten: sie bot sich jedem noch immer aus den Wirbeln des Staunens tauchenden Zweifel als ein Halt, und gebot jenem Halt. Der Punkt tief dort rückwärts im Vergangenen, in jener Zeit, bevor er Grete Siebenschein gekannt, der Punkt, bis auf welchen er neulich sich hatte zurückziehen wollen, um erst recht auf sie zielen zu können und dann auf sie zu treffen, dieser Punkt war jetzt konsolidiert: hier schnappte die Sehne ein, wie auf der Rast gespannter Armbrust.

Er blieb stehen, von dem gleichsam bodenwärts stürzenden Gewichte dieser Einsicht auf der Stelle festgehalten (nahe jener Ecke bei dem Café, hinter dessen hohen und oben von Bogen eingefaßten Scheiben Dolly Storch einst die Hausmeisterischen am Kartentische gesehen hatte). René wog den Pfeil, welchen er da auflegen sollte, in der Hand. Zweimal schien ihm die Sehne gespannt und zurück gezogen worden zu sein: beim ersten Mal wie in die Ferne des Raums und fremder Länder (aber da hätte er noch in's Blaue geschossen, aus der Gondel!), jetzt aber, noch weiter und tiefer zurück, in die Ferne eigener Jahre, vor denen nunmehr die Gegenwart wie eine Zukunft lag, die man freiwillig erwählen konnte. Dahinein galt es zu treffen. In's Schwarze. Schon erglühte das Zentrum rot, schon sprang der rote Ring zurück, in's schwarze Gewölk gelöst. Grete galt der Pfeil, in den er selbst sich jetzt wie verwandelt fühlte. Sie galt es zu treffen.

Nicht aber irgendwem irgendwas zu sagen.

Das kostbare Geschoß sinnlos zu versenden.

Er sah Melzern jetzt wieder wie unter Wasser treiben oder unter Glas schwimmen in seinen weißen, weiten Porzellanhosen von damals.

Noch einmal, da das Schußfeld nun frei lag und klar das Ziel, da nichts mehr gesucht werden mußte und erquält, kollerte aus diesen letzten Stunden eine unüberschaubare Buntheit im einzelnen. Hinter manchem davon stand es wie goldene Glocken tief hinab. Er sah den Abgang und Rückweg jetzt vom Fuße des Felsens, nachdem Asta und Melzer von dort oben zurückgekehrt waren; durch den teilweis noch steinigen Wald heraus auf eine einsame Lichtung (in deren Mitte wieder ein Block stand, ein kleinerer), und Edithas Gehen vor ihm: und Editha überhaupt in den folgenden zwei Tagen, da er sie doch gar nicht beachtet. Aber jetzt kehrte sie wieder, und so hatte er sie doch wohl gesehen. Und die Nacht auf seinem Zimmer: dies bot sich in vollkommener Selbständigkeit, wieder unabweisbar. Er vermeinte zu fühlen, daß hier gewissermaßen das Leben Wort gehalten habe. Und auch die Strudlhofstiege hatte niemals gelogen. Auch darauf kam man und streifte es kurz. Editha plätscherte in den fernen Zeiten wohlig herum wie ein Badender in der Wanne; und wie man einem Kinde in diese gern sein schwimmendes Tiervolk mitgibt, seine Seehunde und Fische und Krebse und Krokodile aus Zelluloid, mit denen es dann spielt, weißen glatten Körpers im warmen Wasser sitzend: so war Editha im Bette gesessen und hatte das Spielzeug gleichsam auf der blauen Seidendecke gehabt, hier den Geyrenhoff stupsend, den Konietzki mit dem Marchetti zusammen setzend, den Grabmayr tauchend, den Semski wegschiebend, die Ingrid Schmeller einfach auf den Rücken werfend. Sie hatte kaum genug bekommen können davon. Und Stangeler störte es dabei wenig, daß sie immer wieder Pausen machte und das und jenes mitten heraus fragte – wann Grete gekommen und wie es beim Abholen von der Bahn gewesen sei, ob das Wiedersehen erfreulich oder eine Entfremdung zu bemerken gewesen wäre, seit wann Thea wieder hier sei und ob er sie schon gesehen habe – René störte das alles wenig. Er wußte bald plan, was sie von ihm wollte, erfahren wollte, und was sie besorgte. Dies war so offen-klar, daß ihm die Harmlosigkeit leichtlich, ja wie aus dem Handgelenke geriet.

Nun wandte er sich und löste sich von der Stelle. Das Bild der dunkelnden Straße mit ihrer ständigen Bewegung rundum trat nach Sekunden fast völliger Absenz nun wieder in ihn ein. Einen einzigen Weg gab es, der Pfeil flog voran: quer über den Platz. Zu Grete. Und sei es nur auf fünf Minuten.

Er eilte so rasch durch das Stiegenhaus empor, daß die einzelnen Stockwerke wie langsam kreisende Karusselle unter ihm blieben, noch in drehender Bewegung, schon von ihm verlassen. Wie im Sattel, auf Skiern oder im Bett: der Leib des jungen Menschen, dieser fast vollkommene Knecht (vorzüglich jeder Dummheit), er meldet sich nie und muß doch das Ganze machen. Das Herz pumpt, der Thorax blasbalgt, der Schenkel preßt oder stemmt, die Kraft springt aus dem Zwinger. Ohne Atemkürze stand René am Gang vor der braunen Wohnungstür. Die Glocke schlug an. Aber schon die Schritte, die da kamen, schienen René nicht in's Konzept zu passen, gingen nicht ein und hinein in dieses Verdammt, das war halt die (diesbezügliche) objektive Außenwelt, die sich immer nur für kürzeste Augenblicke in die andere (diesbezügliche) innere ganz hineinreißen läßt. Frau Doktor Siebenschein, welche hier ausnahmsweis öffnete (das Mädchen war wohl weggeschickt), sah auf den Gang heraus wie eine Ratte, die über eine Mauerkante äugt; wenigstens erschien sie dem aufgeprellten Herrn René unter einem so wenig liebenswürdigen Bilde. Die bewegliche kleine Dame war offenbar erstaunt, ihn zu sehen. „Grete ist sehr beschäftigt“, sagte sie, ohne zunächst den Weg freizugeben. Stangeler produzierte einige Scherben von Lächeln an der Oberfläche des Gesichts, man kann sagen, er lächelte unter Scherben, statt unter Tränen. „Ich wollte sie nur einen Augenblick, sehen“, sagte er und konnte jetzt in das Vorzimmer treten, eben als von rückwärts der Doktor Ferry mit zwei Herren das gleiche tat, laut redend und lachend. Grete dahinter mit einer Mappe unter dem Arm. Sie trug einen weißen Arbeitsmantel, der sie übrigens vorzüglich kleidete. Nun waren also sechs Personen im Vorraume. Die zwei Herren verließen ihn allerdings schon. Der Doktor Siebenschein winkte René zu, verschwand wieder nach rückwärts und rief im Abgehen: „Gretl, komm' bald, wir müssen fertig werden." Jetzt endlich begrüßten Grete und René einander, während der Mutter vorwurfsvoller Blick auf ihnen ruhte und zugleich auf dem Eingang rückwärts zur Kanzlei. Im übrigen wich die kleine Dame nicht von der Stelle. „Was gibt's, René?" sagte Grete, „ich bin grad recht sehr beschäftigt . . ." „Ich wollte dich nur einen Augenblick sehen . . ." antwortete er halblaut, durch die Anwesenheit der Mutter hinter ihm gleichsam gewürgt. „Ja, ist irgend was los –!?" fragte sie, warm und teilnehmend, ihre Augen traten etwas vor. „Nein, gar nichts", sagte Stangeler. Er nahm ihre Hand, drückte sie stark unter dem Kusse und wandte sich alsbald zum Kratzfuße vor Gretes Mutter und zum Gehen. Als er die Tür öffnete, kam ihm Grete rasch nach. Schon hatte sie begriffen, daß er ohne jeden äußeren Anlaß hier heraufgekommen war, schon hatte sie die eigene Befangenheit verlassen und war im Begriffe, die seine einzuholen. Sie küßte ihn. Die Türe klappte. Als René langsam die Treppen hinunterging erstaunte er klar darüber, daß bei so plötzlicher Abbremsung, wie jetzt eben dort oben, keine Funken des Ärgers aus ihm gestoben waren: was sonst bei seiner Natur unweigerlich gewesen wäre. Jedoch das vorher auf der Straße Erlebte schien ihn wie außerhalb seiner selbst gesetzt zu haben. Noch aber hielt er den Pfeil in der Hand, den er gar nicht hatte abschießen können. Und trat aus dem Haustor, eben als der Major Melzer von rechts her am Gehsteige entlang kam – solchermaßen unserem René einen Strich durch die sich jetzt regende innere Wahrnehmung ziehend, daß ein glatter Entschluß am Ende alle Widerhaarigkeiten ebenso glatt niederpressen müsse, und wie eine Straßenwalze den Schotter . . . .

„Waren Sie bei Fräulein Grete, Herr von Stangeler?",
fragte der Major wohlwollenden Tones. „Ja", antwortete
Stangeler, während sie miteinander weitergingen. In den
ersten Sekunden war René das Gesicht Melzers in irgendeiner
Weise zerklüftet erschienen und auf eine Art, wie er ihn
eigentlich noch nie gesehen hatte. Jetzt gab sich das. Jetzt
schien es so, als habe das eben vorhin nur an der Beleuchtung
gelegen, durch das aus der Einfahrt des ‚Stein-Hauses' fallende
Licht einer großen, feierlich oben unter der gewölbten Decke
schwebenden schmiede-eisernen Riesenlaterne, die besser in
eine Aufbahrungshalle gepaßt hätte. „Ich hab' einen Spaziergang gemacht heute nachmittag," sagte der Major, nachdem
sie wenige Schritte nebeneinander getan hatten, „mit Frau
Editha Schlinger und dem Herrn von Eulenfeld an der Lände
entlang bis zur Nußdorfer Schleuse." Stangeler fühlte in diesen
Augenblicken etwas wie Dankbarkeit Melzer gegenüber. Die
krasse und knüppeldicke Art, in welcher sich hier äußere
Fakten darboten, schloß von vornherein gleichsam jede Möglichkeit aus, jetzt den nicht verwendeten Pfeil auf eine verkehrte Weise, in eine verkehrte Richtung zu entsenden...

Denn Grete etwa von den gedoppelten Damen zu erzählen:
dazu war jeder Antrieb, wenn er überhaupt vorhanden gewesen, in René außer Kraft gesetzt worden und gänzlich er-
storben in den Augenblicken auf der Straße (vor dem Haus-
meister-Tarock-Café) als jenes äußere Phänomen zum Vehikel
seiner eigensten und innersten Angelegenheiten geworden,
und der Grund – den er nun fest in sich zu fühlen glaubte –
den Anlaß verschlungen gehabt hatte. Jetzt, während sie hier
an die Ecke der Porzellangasse gelangten, kam Stangeler
dahin, sich blitzartig zu fragen, was denn eigentlich er Grete
hatte sagen wollen, was denn eigentlich er gesprochen hätte
zu ihr, wäre die Gelegenheit günstiger gewesen? Und nun
freilich mußt' er dahinter kommen: er hatt' es ihr ja gesagt;
und, mehr als das: sie hatte ihn auch verstanden.

Es gehörte, am Rande bemerkt, außerdem zu den ungewöhnlichen und, wenn man will, verdächtigen Eigenschaften dieses

Paares, daß beide Teile einander gegenüber der Verschwiegenheit fähig blieben. Sie scheint ihnen gar nicht sehr schwer gefallen zu sein.

„Steigen Sie in die Tram?" fragte Melzer.

„Ich weiß nicht . . ." antwortete René nach einem verdutzten Zögern. „Ich werde vielleicht weitergehen. Hier hinauf . . ." Er wies beiläufig in die Richtung, wo dahinten die Strudlhofstiege lag.

„Wenn Sie nichts vorhaben sollten heute abend, Herr von Stangeler", sagte der Major, „dann darf ich Sie vielleicht zu einem bescheidenen Abendessen bitten? Ich hab' alles daheim, was wir brauchen."

„Freilich, gerne", sagte René, „auf mich wartet niemand." Er lief erinnernd rasch durch das Profil dieses Nachmittages, der ihm jetzt gedrängt voll erschien: Paula. Dann Editha. Der Sprung zu Grete. Er empfand plötzlich die Treue (die man ihm doch wahrlich nicht wird nachsagen können) sehr heftig, wie ein neues Gefühl. Nun Melzer. Das war noch wie eine überraschende Schluß-Verzierung am Federzuge der Zeit, wie sie ihn seit mittags beschrieb.

René willigte gerne ein, nach dem Essen türkischen Kaffee statt Tee zu trinken.

So lagen sie denn auf dem Bärenfell.

Stangeler mußte die elektrische Kerze auffallen, welche kaum einen Fuß hoch über dem Boden angebracht war. „Zum Lesen", sagte Melzer. René war von so etwas natürlich (natur-gemäß) begeistert.

Dabei wäre nun (nicht für René) zu beobachten gewesen, daß Melzer diesem neuen Mitbewohner seines Heimes – nämlich der Kerze – gegenüber zwiespältig eingestellt war. An der Oberfläche, der inneren Oberfläche, konnt' er das Ding leicht und günstig placieren: eine Einrichtung, die er sich für seine besondere Bequemlichkeit lange gewünscht, ein schönes und praktisches Geschenk, das er von lieben Freunden erhalten hatte, eine nicht geringzuschätzende, feine Aufmerksamkeit, würdig dessen, von dem sie ihm erwiesen worden war. Und Melzer hatte auch unverzüglich, am Tage nach seiner Rückkehr bei Herrn und Frau E. P. erscheinend, wirklich von Herzen und in geziemender Weise sich bedankt.

Unterhalb der inneren Oberfläche aber herrschte, was den neuen Beleuchtungskörper betraf, ein Zustand, dem ganz andere äußere Handlungen entsprochen hätten, etwa: einen Stuhl so neben den Kamin an die Wand zu stellen, daß die Kerze weniger sichtbar würde – ein paradoxes Bild, fast an das bekannte Licht unterm Scheffel gemahnend. Oder aber, um's kurz zu machen: den Wandarm mit irgend etwas zu verhüllen, mit einem Seidentuch etwa. Aber Melzer besaß nichts dergleichen. Und es hätte auch nicht ordentlich ausgesehen. Am Dienstag, in der inneren Stadt, war seine Aufmerksamkeit festgehalten worden vom Schaufenster eines Spielwarengeschäftes, welches ein entzückend schönes Puppenzimmer aufgebaut zeigte: darin gab es auch einen dreiteiligen Wandschirm oder Paravent. Die Höhe wäre passend gewesen. Das Ding, dort unten am Boden gleich neben dem Kamine aufgestellt, hätte jedoch weit absonderlicher noch gewirkt als der Wandarm selbst.

Melzer hatte ein einziges Mal bisher an dem Kettchen gezogen: am Sonntag-Abend, vor dem Schlafengehen, um dieses Licht endlich zu löschen.

Nun betätigte Stangeler entzückt den Apparat.

Und Melzer sah ihm dabei traurig zu.

René aber spürte das, wandte sich herum und erkannte nunmehr als unzweifelhaft, daß er sich vor dem Stein-Haus nicht getäuscht hatte, als ihm das Antlitz des Majors befremdlich verändert erschienen war.

Er versuchte sich zu sammeln, sozusagen alles zu umfassen, was er wußte, es gegeneinander zu halten, zu vergleichen (freilich fiel ihm dabei auch die Paula Pichler ein und was sie über Melzer und Thea gesagt hatte). Er nahm einen tiefen Zug aus dem Tschibuk und ein Schlückchen vom Mokka, und schon wollte das Vorgefühl der Wahrheit aus der raschen, aromatischen Benebelung sich erheben, als Melzer dem René neuerlich einen Strich durch kaum Gedachtes machte, diesmal indem er ihn ansprach (vielleicht um René von dem Wandarm abzulenken, damit er nicht mehr dorthin zurückkehre, vielleicht auch, um gleichsam das eigene Gesicht wieder zu bedecken, dessen durch Augenblicke unbeherrschte Züge der Gast noch zu sehen bekommen hatte, bei seiner Wendung):

„Schon lange, Herr von Stangeler", sagte er, „wollt' ich Sie etwas fragen; aber betrachten Sie, bitte, meine Frage nicht als indiskret. Ist Fräulein Grete, wie man zu sagen pflegt, eigentlich Ihre erste Liebe, Ihr erstes derartiges Erlebnis?"

René empfand deutlich die Taktik der Ablenkung, die der Major da bewußt oder unbewußt betrieb; er selbst sollte der Blitzableiter sein für ein Gewitter, das sich über Melzer zusammengezogen hatte. Und, mehr als das: Stangeler bekam es jetzt zu spüren, daß solch ein kurzes Erlebnis von der Art, wie er's vor einer Stunde auf der Straße gehabt hatte, nachwirkend noch Distanz verleiht, manchen Dunst niederschlägt, die Atmosphäre reinigt. Bei solcher nun klareren Sicht entging ihm diesmal auch die Möglichkeit nicht, daß der Major, um sich zu verdecken, um sich zurückziehen zu können, ein Mittel anwandte, von dem er vermeinen konnte, daß es die Quellen der Redseligkeit bei seinem Gaste würde springen machen. Es ist übrigens bekannt, daß jemand, der auch nur ein einziges Mal in Gesellschaft etwas mehr als gewöhnlich und lebhaft oder gar witzig, interessant oder anregend gesprochen hat, ab da auf die Forderung aller anderen stößt, es nun wieder zu tun und sie also zu unterhalten. Tut er's dann nicht, wird man ihn geradezu befragen: „Nun, Herr X., Sie sind aber heute still?!" Dem René ahnte, daß er am Montag vor acht Tagen, bei jenem lebhaften Auftritte am oberen Absatz der Strudlhofstiege, einen ähnlichen Mechanismus in den Major unfreiwillig eingebaut, der Setzung eines Gewohnheitsrechtes bereits Vorschub geleistet hatte. (Aus diesem einzigen und keinem anderen Grunde bleibt es ja immer eine Dummheit,

in Gesellschaft etwas anderes als äußerste Langeweile dar-
zubieten.) Ein solcher Verdacht, ein solches Gewarntsein,
zunächst nur schwach sich regend, gleichsam am dampfigen
Horizonte innerer Wahrnehmung noch, ward jedoch schon
rasch in deren Mitte und in den Lichtkegel einer Überlegung
gezogen, welche mühelos und klar ablief, alles an seinen Platz
stellte, und auch das für René nicht eben Angenehme oder
Schmeichelhafte lustvoll erhellte, durch den Strahl der Wahrhaftigkeit allein, welcher jetzt darauf fiel. Das war's, was ihn
erfüllte und was er genoß. Und eben darum kollerte keineswegs der ganze Laden auf den Major zu (den Rittmeister
zitiert man immer gern), sondern René blieb bequem zurückgelehnt darin sitzen und sah genau alles einzelne, übrigens auch
einen aus Zürich erst heute nachmittag eingelangten Artikel, der,
weil neu und blitzblank, ein wenig vorblinkte. Aber seltsamerweise blieb dabei ganz evident, daß jemand, den es
doppelt gab, eine wirkliche Mitteilung gar nicht machen, eine
wirkliche Nachricht gar nicht bringen könne, und das mangels
eigener Wirklichkeit. Aus der neu eingelangten Zürcher Sen-
dung war so in kürzester Zeit ein zu nichts mehr brauchbarer
alter Ladenhüter geworden (sie waren eben doch ,olle Kamellen', wie der Rittmeister sie genannt hatte, diese Memoiren
aus dem Mittelalter!), den man nur beiseite schieben konnte,
immer mehr und bis er schließlich unter den Horizont fiel.

Er antwortete endlich, langsam, bequem, und sparsam mit
den Worten, welchen er sozusagen noch prüfend auf den
Rücken sah (wegen irgendwelcher Konterbande?) während sie
hinausgingen:

„Physisch natürlich keineswegs. Jedoch, daß der genannte
Apparat nicht selbsttätig ist, sondern von anderswoher Strom
braucht, war mir vordem nicht bekannt. Und ist mir auch
heute noch immer nicht genügend bekannt. Keineswegs alle
Zellen haben es noch erfahren. Bei niemandem."

Er schwieg. Melzer fühlte sich kraß abgewiesen. Statt die
Decke der Redseligkeit des anderen einhüllend über die Ohren
ziehen zu können, hatte dieser ihm gleichsam irgendeinen

kalten Gegenstand oben zwischen Hals und Kragen hineinpraktiziert, der jetzt langsam über die Brust herunter rutschte,
unbehaglich und fremd. Er dachte ziemlich klar, daß er nicht
von Grete Siebenschein hätte beginnen dürfen, um Stangeler
in Schwung zu bringen, sondern daß es besser gewesen wäre,
irgendetwas Literarisches daherzubringen. Aber so etwas
wußte er nicht.

Jedoch plötzlich schmolzen ihm Stangelers Worte gleichsam auf der Brust: das Kalte zerfloß warm, nun paßte es sich
seinen eigenen Formen an und – ganz auf seine Art freilich –
verstand er's. Die Verbindung zu ihm selbst war hergestellt,
und er antwortete, wieder fragend, schon als ein durchaus
Beteiligter:

„Sie sind doch mit Fräulein Grete schon sehr lange verbunden?"

„Vier Jahre", sagte René.

„Und – verzeihen Sie, wenn ich so frage, aber ich tu's
gewissermaßen in eigener Sache (da hat man ihn, den Melzer!
So was wäre wem anderen kaum eingefallen: den veränderten
Standort sogleich ordnungsgemäß zu melden!) – und während
der ganzen Zeit waren Sie immer durchaus einverstanden
mit dieser Verbindung? Ich meine: Sie haben diese immer als
das Richtige für Sie selbst angesehen? Soviel ich weiß – war
doch das bei Ihnen nicht immer der Fall?"

„Erst seit heute nachmittag", sagte René im Tone einer
Mitteilung alltäglichster Art.

„Waren Sie den ganzen Nachmittag bei Fräulein Grete
oben?" fragte Melzer, ganz als könne ihm eine bejahende
Auskunft Renés dessen unverständliche letzte Antwort
begreiflich machen.

„Nur fünf Minuten", sagte Stangeler.

An dieser Stelle riß das Gespräch ab, was man verständlich
finden wird. Neue Tschibuks. Neuer Kaffee. Sie lagen auf dem
Rücken.

Aber Melzer lag da auf seinem Bärenfell nicht nur in einer
bequemen Mulde, sondern eigentlich schon in einer Grube,

die er selbst gegraben hatte. Und jetzt wühlte er sich, dem Stangeler widersprechend, noch tiefer hinein:

„Verzeihen Sie", sagte er, „ich kann eigentlich nicht glauben, daß es in einem Liebesverhältnis, wenn ich mich so ausdrücken darf, irgendwelche Umstürze oder grundlegende Veränderungen geben könne . . . sozusagen vorsätzlich herbeigeführt. Es bleibt doch immer alles beim alten. Weil die Bedingungen gleich bleiben. Und nur die äußeren kann man ändern, wenn das überhaupt möglich ist. Meistens ist es ja unmöglich. Ich glaube, hier gibt es eine einzige Ausnahme."

„Welche?" fragte René, ohne sich zu rühren.

„Wenn man heiratet", sagte Melzer. „Denn da hört das Liebesverhältnis auf, nur ein solches zu sein. Da wird ein fester Punkt gesetzt, kommt mir vor."

„Halten Sie das für so entscheidend?"

„Ja", sagte der Major. Er wunderte sich (genau über das gleiche wie wir: denn zweifellos attrappieren wir ihn hier zum ersten Male dabei, daß er eigentlich etwas sagt, einer Meinung allgemeiner Art Ausdruck verleiht, sozusagen theoretisch redend – hatte hier der neue Zivilverstand bereits die Wortgrenze überschritten?). Er wunderte sich auch über die Festigkeit, mit welcher er jetzt eben gesprochen hatte, und er fühlte unter dieser einen tieferen Grund noch als Erfahrung und gesunder Verstand gewährten. Und zugleich wußte er – vielleicht zum ersten Male im Leben – von eigenen Worten, daß sie durchaus seine eigenen waren und nicht sozusagen Zitate, wie die Aussprüche des E. P., oder überhaupt nur nachgeahmte und berauschende Bewegungen, wie jene Meinungen beim Ausbruche des Krieges 1914 in der Offiziersmesse von Trnowo an der Jelesnitza: sozusagen sprachliche Schnäpse.

„Das kann ich mir nicht recht vorstellen . . .", sagte Stangeler unsicher, der hier an einem schwachen Punkte sich recht energisch getroffen fühlen mußte: ohne Absicht war's geschehen, denn der Major wollte ganz wo anders hinaus, und René hatte ihm durch die Riegel seiner knappen Antworten den Weg versperrt. Indessen, plötzlich war es dem René gelungen, den von

Melzer fixierten Punkt in sein Indianer-Territorium (es war dasjenige der Tropidonotus-Indianer) mit einzubeziehen. Er bemerkte kurz und bündig:

„Wir meinen beide dasselbe, Herr Major."

Hier durfte Melzer ohneweiteres um Aufklärung bitten, wenn man auch, wie ihm schien, damit von jener Richtung noch mehr abkam, welche er dem Gespräche ursprünglich hatte geben wollen. Aber Stangeler faßte sich verhältnismäßig kurz:

„Wenn Sie eine heiraten", sagte er, „dann nehmen Sie damit die Person der betreffenden Frau samt allen äußeren und inneren Umständen der Beziehung zu ihr auf sich, das Schädliche dabei ebenso wie das Förderliche, alles in allem. So wie es ist. Ihre Wünsche können dann nichts mehr arrangieren. Sie haben solche Verhältnisse ab da ganz ebenso wie einer etwa braune Haare hat und blaue Augen. Sie dürfen ruhig auch das Schädliche sehen, meinetwegen das Heillose. Ihr Kompaß hat Sie da hineingeführt, und Sie dürfen, ja Sie müssen glauben, daß er Sie hindurchführen werde. Wenn Sie das Verfehlte wirklich klar und wahrheitsgemäß sehen, aber nicht dagegen revoltieren, sondern damit leben wollen, dann ist es nicht mehr verfehlt, denn Sie haben es in den Kern getroffen. Außerdem können Sie unmöglich wissen, wozu es Ihnen dient. Der Rittmeister hat mir einmal gesagt, daß ein dummer Mensch, der von seiner Dummheit wisse, damit allein schon so gut wie sehr intelligent sei. Ein solcher könnte sich sogar die Frage vorlegen – und er wird es wahrscheinlich tun – was seine eigene Dummheit für ihn eigentlich bedeuten solle, warum sie ihm denn auferlegt sei? Damit befindet er sich außerhalb derselben. Loswerden kann er sie nicht, er kann sie nicht weghacken, amputieren. Aber jedes klare Erkennen wirkt stärkend: ich meine damit, man soll es nicht scheuen, weil es immer auch gleich die Kraft vermittelt, das Erkannte zu tragen, sei es wie es sei. Bis auf gewisse Grenzfälle vielleicht. Aber solche werden denjenigen nicht betreffen, der sich rechtzeitig bemüht hat. Das Leben wird ihn nicht gleich nach der Erkenntnis und durch dieselbe niederrennen, sondern es wird ihm den Spielraum gönnen, die Lust der Erkenntnis zu genießen. Diese Lust ist sehr groß. Bei allem muß Lust sein, man braucht sie zum Leben wie die Luft. Bei allem. Sei das jetzt ein gutgezielter Bogenschuss oder eine ergreifende Leichenrede oder der Aufmarsch einer Schwadron zum Attackieren. Nur wer Lust empfindet, beherrscht da die Lage, und umgekehrt. Noch empfindet er Lust, noch beherrscht er die Lage: das Leben hat ihm noch einmal den Spielraum gelassen. Jene Lust ist die Wollust, welche bei der Vermählung des Lebens mit der Erkenntnis entsteht. Fehlt sie, dann steht das Wissen in den leeren Raum wie abgebrannte Dachsparren. Aber zum Erkennen wird vorausgesetzt, daß man eine Sache so sein läßt, wie sie nach ihrem Wesen sein will, ohne daran herum zu zerren und zu zupfen, zu hacken, zu glätten oder zu schlichten, oder das Ding überhaupt loswerden zu wollen. Wenn in der Mathematik-Stunde der Lehrer einen Ansatz an die Tafel schreibt, dann muß der Schüler rechnen, wie's aufgegeben ist und kann nicht verlangen, daß dort aus $16\,b$ ein $4\,b^2$ gemacht werde oder aus $12\,xy$ ein $3\,yz$. Er muß rechnen, auch wenn sich am Schlusse herausstellt, daß es gar keine Gleichung, sondern eine Ungleichung war und also der Ansatz eine widersinnige Aussage: denn eben das wollte der Lehrer sehen, ob nämlich der Schüler seines eigenen Rechnens genügend sicher sei, um auch diese Feststellung zu wagen. Der Ansatz aber bleibt unberührt wie eine Jungfer, und von ihm ausgehend muß man hindurch. Jeder geistige Akt ist nur auf absolut konservativer Grundlage rein vollziehbar. Das weiß ich heute. In Ihrer Sprache würde das heißen: ich habe heute nachmittag das Fräulein Grete Siebenschein geheiratet."

„Noch nicht", sagte Melzer und schwieg. Er lag auf dem Rücken. Stangelers Reden, die ihm keineswegs mehr unverständlich erschienen, bewegten sich etwa zimmerhoch über ihm, wie helle und schäumende Wasserkringel und Kreise an der Oberfläche, während er selbst hier auf dem schwärzlichen Grunde lag und emporsah. Neben ihm lag Stangeler. Auch dieser auf dem dunklen Grunde, und über ihm, hoch, was er sagte.

„Sie haben hier viel gekämpft", fing Melzer wieder an, vorsichtig zurücklenkend aus der Tropidonotus-Reservation zu seinen eigenen Sorgen. „Und Sie haben endlich nachgegeben. Sich beschieden. Sie haben ihrer Neigung nachgegeben. Was vielleicht gleich von Anfang an das Natürliche gewesen wäre. Soll man stets seiner Neigung nachgeben? Diesem Wegweiser folgen? Vielleicht geschieht dabei am Ende doch immer noch weniger Unglück, als wenn man sich ihr widersetzt?"

Während Melzer, noch redend, jetzt dahinterkommen mußte, daß er versuchte, sein Gespräch mit dem Herrn E. P. vom Samstag vor acht Tagen hier einfach mit einem anderen (und dem eigentlichen!) Partner fortzusetzen, war bald aus Stangeler's Worten zu hören, daß er sich mißverstanden fühlte:

„Ich habe meiner Neigung nicht nachgegeben – denn ich stand am springenden Punkte gar nicht unter ihrem Druck – sondern ich habe sie endlich eingeholt. Und jetzt vertraue ich diesem Wegweiser, wenn anders Sie es schon so nennen wollen, Herr Major. Allerdings bin ich seit heute nachmittag der Meinung, daß man ihm folgen soll und muß, seine Richtung interpretierend. Alles andere ist Revolution, Veränderung des gegebenen Ansatzes durch des Schülers stümperhafte Hand, also ein heilloser Start. Aber, was Ihren Wegweiser anbelangt, so gibt es hier einen schweren Vorbehalt, wie ich neuestens ebenfalls weiß."

Nun endlich fiel die Unterhaltung in Melzern erwünschte Geleise, er merkte es genau: daß die eigentliche Fortsetzung seines Beisammenseins mit E. P. am Abend des 22. August jetzt und hier erfolgte und mit einem Schritt, den René über jenes damalige Gespräch hinaus tat und den der erste Partner vielleicht nicht vermögend gewesen war zu tun. Und wieder hielt Melzern eine aus der innersten Kammer kommende Vorsicht versammelt und beisammen, den alten Krebs Melzerich unter dem Steine. Er sagte etwa: „Und welcher Vorbehalt wäre das?" Kein Wort drüber. Mehr war ihm nicht abzugewinnen. Kein Wort drüber. Allen Ernstes. Als ginge es um's Leben, wie bei jenem Krebs, im Bach, den die Buben entdecken könnten. Da, jetzt: Stangeler sprang ein, schnappte ein, ließ sich ein. Wie schwer ist das Gegenteil! Vielleicht die achtungswerteste geistige und höchstpersönliche Leistung überhaupt. René erbrachte sie nicht. Ihm fehlte der Überblick. Er, der sich zur Not noch der Mitteilsamkeit im allergröbsten enthielt – hat er nicht heute nachmittag erst der Paula Pichler gesagt „wenn ich mich hineinmische und was dazu tue, dann sehe ich gar nichts"!? – er intervenierte (wie ein Negria!), er pfuschte, er übte Einfluß aus, ja fast Zwang, er hielt seine Zunge nicht im Zaun und ließ sie so etwas spielen wie ein Zünglein an der Waage:

„Der Vorbehalt ist", sagt' er, „daß der Wegweiser, der Kompaß, die Magnetnadel, daß dieser ganze Apparat selbst nicht gestört und nicht verstört sei, zuckend, statt zeigend, wirbelnd, statt weisend."

„Und wodurch wird er gestört und verstört?" fragte Melzer, schon zuversichtlicher; er sah ja, daß es jetzt vorwärts ging.

„Dadurch, daß wir ihm zu viel Beachtung schenken", antwortete René.

Mit ungeheurer Deutlichkeit fühlt' es jetzt Melzer, wie sie gleichsam unterhalb dieser Unterredung lagen, wie sie über ihnen im Hellen trieb. Er, Melzer, befand sich da über seinem militärischen oder zivilen Verstand oder er lag, wenn man will, unterhalb seines eigentlichen Verstandes auf dem Bärenfelle von der Treskavica. Da ihm eine solche Zuständlichkeit bisher im Leben nicht zu Teil geworden war, empfand er Scheu vor ihr, fast Ehrfurcht; und er hielt sie für glaszart und flüchtig. Er hätte es nicht gewagt, die Lage seines Leibes jetzt auch nur um ein geringstes zu verändern; und damit beweist uns dieser einfache Mann, daß jedem wirklichen Erwachen des Geistes gleich auch eine zutreffende Vorstellung von der grund-bedingenden Mechanik eben dieses Geistes mitgegeben wird. Melzer rührte sich nicht, er verhielt sich buchstäblich konservativ, um mit Stangeler zu reden; und er wendete so ein bereits – ohne Handumdrehen – neu erworbenes Wissen an: daß nämlich der Mensch nicht nur mittels des Kopfes und oberhalb des Kragenknopfes denkt (wie die Fachgelehrten), sondern mit dem ganzen Körper.

Er sagte zunächst nichts. Er sah, daß der Rauch von den Tschibuks in einem schrägen, graden Strich quer über dem Bärenfelle hing. Er spürte, als sei ihm die Nase plötzlich geschärft, den im Zimmer noch geisthaft schwebenden Duft des Mokkas, wie aus den dunklen Ecken getreten, wie ein Licht. Er hörte die herankommende Straßenbahn von fern, unten in der Porzellangasse. Jetzt erklang's aiolisch klagenden Tons in E. P.s Schreibzimmer, wo Stangeler einst nur so aus und ein gegangen war, um dann plötzlich, von irgendeinem Tage ab, dort so gut wie gestorben zu sein. Das Bild Renés hätte an der Wand hängen können wie das eines Abgeschiedenen. Vielleicht mit einem kleinen Zettel unten am Rand und Rahmen, darauf geschrieben: „Bild". Damit man es nicht mit einem Servierbrett oder der Schreibtischplatte verwechsle. Melzern schien's jetzt, als sei René Stangeler seit jenem Tage des Bruchs und der Trennung erst recht eingegangen in den E. P., als habe dieser jenen äußerlich keineswegs mehr nötig, ein entbehrliches Glied, das gleichsam zurückgezogen worden war. Dafür redete er manchmal aus ihm, der René aus dem E. P. Die Rauchfahne über dem Bärenfell wölkte. Sie zerfiel. Die Straßenbahn war über den Berg des eigenen Lärms längst wieder hinüber und davon. Schon weit. Nur Spuren noch hörbar.

„Ja", sagte Melzer endlich.

„Ja", wiederholte Stangeler und sprach weiter: „das ist die haarfeine Grenze, über welche hinaus man sich nicht einlassen darf, denn von hier an beginnt die Heillosigkeit." Auch bei ihm, der jetzt immerhin seine Schultern auf dem Bärenpelze bequem zurechtschob, war's, als redete er aus einem schwebenden, dämmernden Schlafe, einem richtigen Kêf; und nicht so sehr er sprach seine Worte aus als sie ihn: und auf die vollkommenste Art. „Das ist's: wenn man sich über diesen Apparat beugt, hat man die Nadel schon irritiert; die Windrose unserer Neigungen kann nicht befragt werden wie eine Taschenuhr. Jede von jenen beweist da nur, daß sie hervortreten und alle anderen zusammen unsichtbar machen kann, oder daß sie ebenso plötzlich zu verschwinden vermag, um einer anderen den Platz zu lassen. In Wirklichkeit sind wir zu nah an den Apparat geraten, und wir stüpsen und stoßen ihn, ohne zu wollen, aber er zeigt keinen entschiedenen Ausschlag, denn es fehlt ihm ja der Strom, welcher allein die Nadel in einer Richtung festlegen kann. So spielen wir unsere Neigungen gegeneinander aus und vergleichen ihre Stärke. Jedoch sie wechseln ständig, und alle sind gleich schwach. Wir aber sitzen tief zwischen ihnen schon drinnen, und da wollen wir was entscheiden, auf diesem Pfade der Unentschiedenheit, wo nichts als Materielles, nämlich Apparatur ist, und gleichsam nur von seitwärts gesehen, Apparatur und wieder Apparatur, die sich gegenseitig ablöst. Wir sind da zwischen die Apparate geraten, wir sind denkende Materie geworden. In den ‚Londoner Briefen‘ sagt Voltaire einmal: ‚Ich bin Körper und ich denke – mehr weiß ich nicht. Werde ich nun einer unbekannten Ursache zuschreiben, was ich so leicht der einzigen fruchtbaren Ursache, die ich kenne, zuschreiben kann? In der Tat, wer ist der Mensch, der ohne eine absurde Gottlosigkeit versichern dürfte, daß es dem Schöpfer unmöglich sei, der Materie Gedanken und Gefühle zu verleihen?‘ O ja, sie kann denken, die Materie. Aber was sie denkt, wird notwendig Wahnsinn sein. Das Licht des Bewußtseins hat sie irgendwohin zwischen das Gestänge und die Räder und das Getriebe gestellt und es von dort weggeholt, wo es diese gesamte Mechanik im Zusammenhange mäßig erleuchtete, um jetzt irgendwelche Einzelteile perspektivisch wild verschoben herauszustrahlen mit ihren Schlagschatten, während alles andere in Nacht versinkt. Wie ein Zimmer, das nur durch eine in der Ecke unter einem Sessel stehende Kerze erhellt wäre . . .“

Melzer folgte (wir müssen es wohl wissen).

Stangeler schwieg jetzt. Er lag ganz regungslos; und irgendetwas schien ihn zu bedrängen und das Wort von seinem Munde zu streifen, wie ein Zugwind die Flamme fast von der Kerze trennt.

„Für mich hat Charles Baudelaire ganz recht, wenn er den Voltaire einen ‚Prediger für Hausmeister‘, prédicateur des concierges, nennt“, fügte René nach ein paar Augenblicken rauh hinzu. „Die vorhin zitierte Stelle ist ödester Sophismus. Man stellt eine Absurdität auf und sagt dann, vor Gott, an welchen man jetzt und ad hoc zu glauben vorgibt, sei nichts unmöglich. Und wer den ganzen Stuß etwa doch nicht glauben sollte, dem wird gleich vorwegnehmend ‚absurde Gottlosigkeit‘ angelastet.“

Melzer folgte. Er hat es Jahre später durch einen Bericht über dieses Gespräch bewiesen, der übrigens mit dem René Stangelers voll übereinstimmte, wofür Kajetan von S. und der Sektionsrat Geyrenhoff als Zeugen angeführt werden können.

„In der netten und adretten Sprache der Psychologie“, so fuhr René jetzt fort, etwas leichteren Tones, „die immer ein weißes Ärztemanterl trägt und die Dämonen durch einen zarten, aber stets spürbaren Desinfektions-Geruch scheucht, in dieser beruhigenden Terminologie würde das bisher Gesagte heißen: Jeder Klasse von Funktionen und jedem einzelnen Mechanismus innerhalb derselben ist ein bestimmter Helligkeitsgrad des Bewußtseins zugeordnet. Wird dieser habituell überschritten, dann nähern wir uns den Grenzen der Normal-Psychologie und somit dem Kompetenzbereiche der Psychopathologie. Einfacher ausgedrückt, aber gleichwohl genauer, wenn auch etwas altmodischer, heißt der ganze Sachverhalt: die Unzucht. Sie ist eigentlich schon eine Krankheit und wird es an Symptomen bald nicht fehlen lassen. Alles Pathologische beruht letzten Endes darauf, daß der Mensch mit sich selbst zu intim geworden ist: also unzüchtig. Es ist die Fundamental-Krankheit unserer Zeit. Wir leben in einem durch und durch unzüchtigen Zeitalter.“

Melzer rutschte für wenige Augenblicke nur in's Konventionelle ab. „Ich hätte bei Ihnen so strenge Anschauungsweisen nicht vermutet, Herr von Stangeler", sagte er.

„Ich rede ja hier nicht moralisch", erwiderte René mit spürbarer Indignation. „Wenn ich einen Ausdruck wie ‚Unzucht' dem Seelenschlosser-Jargon vorziehe, so hat jenes Wort nun allerdings einen solchen Unterton, ja es ist eigentlich fast rein moralisch wertend. Zugegeben. Das ist ein Fehler, wenn auch nur für den Augenblick, wo's zunächst lediglich um die Feststellung eines Sachverhaltes geht. Dabei kann's freilich nicht bleiben. Und wenn ich jetzt gleich ‚inadäquate Bewußtseinshelligkeit' sagte, oder sonst so was nach Karbol Riechendes, so müßt' ich später, dort wo der Hund begraben liegt, am Grabe des Hundes – prope sepulcrum canis, würde der Rittmeister sagen! – doch wieder das Wort Unzucht gebrauchen."

Melzer wehrte sich nicht weiter. Er entwickelte keine Kritik, hier so wenig wie etwa einem überraschenden Auftreten von Gerüchen oder Tönen gegenüber. In der Tiefe blieb bei ihm ein festes Vermeinen verankert, daß Stangeler ihm hier und jetzt etwas zu sagen habe, was ihn selbst unmittelbar und in hohem Grade anging, so wie ihn der Duft vom Naphtalin angegangen hatte vor zehn Tagen oder die Weise des Werkelmanns, beide wie einbrechende Stellen eines doppelten Bodens, darauf er unbefriedigt und geängstet lief. Ob das, was Stangeler sagte, eigentlich zu halten sei, wissenschaftlich oder denkerisch oder sonstwie autoritativ, das kümmerte den Major nicht. Einen Augenblick lang blitzte ihm auf, daß gerade dies hier und jetzt völlig gleichgültig sei. Aber es schien ihm dieser René wie aus seiner, Melzers, eigener Lage zu sprechen und ihr das Wort zu verleihen, das er selbst ihr zu geben nicht vermochte.

„So also kommt unser Wegweiser, um mich Ihres Ausdrucks zu bedienen, in Verwirrung", setzte René schon fort, „durch Provozierung des Apparates, und es regt sich was, und die Nadel zuckt, wo sie ganz still liegen sollte, weil kein Strom gesendet worden ist. Aber es gibt ja auch in den Eisenkernen der Elektromotoren immer so etwas wie einen Rest-Magnetismus, der bleibt, wenn sie abgeschaltet sind. Selbst-Induktion. Wenn irgendwelche Apparaturen nun herausgeleuchtet, allein beleuchtet, selbständig erscheinend werden, dann geschieht immer Unglaubliches, Widersinniges, Unheimliches, das jetzt schon zäheste Kraft zeigt. Dann liebt man etwa mit unbesieglicher Leidenschaft eine Frau, die man tief ablehnt. Die Nadel ist toll geworden. Aus unserer korrupten Natur."

Er schwieg. Das beruhigte Melzern in einer seltsamen Weise: daß nämlich jenem die Sprache nicht durchging. Daß er absetzte. Langsam redete, immer noch knapp, immer noch die Worte wägend. Es gab Vertrauen, so etwa fühlt' es der Major; und nicht eigentlich in das Gesagte, wohl aber in die Gültigkeit dieser Situation.

„Nun, und wer hat schon eine inkorrupte Natur?" sagte Melzer jetzt. Er hatte eigentlich gar nicht sprechen wollen. Die Worte erschienen wie eine Reflex-Bewegung der Hand, eine kleine Abwehr.

„Seit Adam und Eva niemand. Aber hier kommt es auf das Graduelle an. Auf jeden kleinsten Schritt aus dem Wahnsinn der Zeit – denn das ist die Unzucht – zurück in der Richtung auf den festen Boden des wirklichen Seins, der Wirklichkeit zu, von wo aus die gespenstisch herausgeleuchteten Apparate wieder in ihren Zusammenhang kommen und zum Teil dem Aug' überhaupt entschwinden. Die falsche Evidenz aufgeben zu können, darauf kommt's an: sie verstellt den Raum des Bewußtseins, zieht in diesen herein, was nicht hineingehört und klimpert besorgt an einer Apparatur herum, die auf jeden Fall, mag sie noch so gut durchleuchtet sein und überblickt werden, vollständig sinnlos ist, wenn ihr der Strom fehlt. Es entstehen Probleme, die keine sind, bereits unter Zwang und Nötigung. Die falsche, besorgte Evidenz aber aufzugeben, ist unendlich schwer. Es ist ein Helden-Akt."

Melzer rührte sich nicht. Wohl lag er am Rücken auf dem breiten weichen Bärenfell, aber ihm war's, als läge er gestreckt auf einer schmalen Kante in Balance, zwischen zwei Möglichkeiten, ja an der Grenze zweier Reiche, in die es jetzt, nach der einen oder nach der anderen Seite, zu Tal gehen mußte: er hatte sich zu entscheiden, so schien's ihm, in welches. Und dann dort zu wohnen und zu bleiben.

„Denn schon", so fuhr Stangeler fort, aber immer langsamer sprechend, in der Bewegung erlahmend, wie ein Bootskiel der in's Schilf gerät oder zwischen aus der Tiefe heraufwachsende Wasserpflanzen, „denn schon", sagte er, „haben sich Notwendigkeiten ergeben, Fragen aufgeworfen, Probleme gestellt, die keine sind, hat sich vieles mit vielem verfilzt, und eines hängt am anderen. Der so lange Zeit hindurch ungemäß belichtete und in Evidenz gehaltene Apparat ist mit seinen Automatismen toll geworden, sie schleppen uns hinter sich her, nolentem fata trahunt. Aber es sind keine Fata, keine wirklichen Schicksale, es sind Gespenster von Schicksalen. Fata morgana. Schon denkt die bloße Materie, verdammt noch einmal, hier hat er recht, der prédicateur des concierges. Sie denkt Wahnsinn, Unsinn, aber ordentlich und in sich geschlossen, und die Logik und die Vernünftigkeit haben sich zusammen mit der Necessität, der jeweiligen – denn schon besteht sie jetzt! – in Erinnyen, in Furien verwandelt, die uns nun hetzen. Dicht schließt sich eine Wand von Apparaturen um uns, und ein bis in den Grund hinein unkeusches Zeitalter geht mit seinen sogenannten Wissenschaften wie mit Schraubenziehern und Flachzangen in diesen selbstgeschaffenen Urwald hinein, um zu lichten, was ja nur der zu vielen Belichtung sein Dasein verdankt. So entstehen die technischen Wissenschaften samt einer Medizin, die auf den gleichen Haufen gehört, die Nationalökonomie, die Soziologie, die Statistik, und noch andere Ausgeburten der Unzucht. Überall sucht man auf direkte Weise zu nehmen, mit direktem Griffe, was der Grundmechanik des Lebens gemäß nur auf indirekte Weise könnte erreicht werden; überall will man nehmen und sich sichern, was nur – hinzugegeben werden kann. Nichts wird gegeben, alles nur hinzugegeben. Die bloße Logik, solange sie noch keine heillose Dämonin geworden ist, kann uns lehren, daß, wo etwas hinzugegeben wird, schon etwas da sein müsse. Ich möchte sagen, ein Brett zum Abstellen, eine feste Unterlage. Aber der Mensch von heute steht schon mit vollen Händen und immer noch reicht man ihm neue Bildungsmittel, Radio-Apparate, Maschinen, die vierundzwanzigtausend Flaschen in einer Stunde erzeugen können, neue Heilmethoden, sozialen Fortschritt, modernste Verwaltungsverfahren. Es muß alles schließlich fallen und in Scherben gehen. So ist das Los aller auf unzüchtige Weise erreichten Güter, die genommen statt hinzu empfangen wurden, und die Sicherheit, nach der man strebte, führt in die nackte, bibbernde Angst.''

Es erscheint bemerkenswert, daß Melzer in seiner späteren Schilderung dieses Abends die Tiraden des René Stangeler genau wiedergegeben hat ohne sich im mindesten darauf einzulassen: ebensowenig wie jetzt. An sich wäre es nahe gelegen, wenigstens dem offenkundig Absurden zu opponieren. Er hätte René darauf hinweisen können, daß dieser seine eigene notgeborne Psychologie willkürlich zum Modell der Zeitgeschichte erhob und mit dem, worin er selbst eingeschlossen war, jene aufzuschließen versuchte. Jedoch, alles das kam dem Major gar nicht in den Sinn. Aber, und das behaupten wir jetzt, nicht mehr mangels Zivil-Verstand. In den letzten acht Tagen hatte sich bei ihm viel geändert (und René hat vor dem Stein-Haus schon richtig gesehen, als ihm dort das Antlitz Melzers gleichsam zerklüftet erschien). Daß er nicht widersprach – auch im nachhinein nicht im geringsten – beweist allerdings das Fehlen kritischer Fähigkeiten und dessen, was man so im allgemeinen die Dialektik nennt. Freilich dachte auch Melzer, soweit davon bei ihm die Rede sein kann, wie jeder Mensch in Gegensätzen. Sogar bei der Rutscherei durch die Trópoi ist das ja bei uns der Fall. Aber gerade diese Ebene hatte er inzwischen eigentlich verlassen. Die, auf welcher er sich jetzt befand, wird dadurch gekennzeichnet, daß man hernimmt, was man grad brauchen kann, Reizmittel, Nährstoffe und Gifte (und solche enthielt ja jener René gleichfalls), für das eigene Wachstum: nicht aber, daß man etwas bereinigen, ausmachen, feststellen will. Der Geist des Majors (denn auch ein Major hat einen solchen, da gibt's nichts zu fackeln) war gesund und ging oder stieg nach der natürlichen Ordnung durch die Stockwerke und Stadien, deren ein höher gelegenes eben Dialektik und eigentliches Denken bilden, wenn auch keineswegs das höchste. Krebs Melzerich aber war kein Hochstapler mit lottrigen und löchrigen Etagen der Seele, wo man überall durchschlüpfen kann, wo man hier Briefe aus Diskretion nicht liest, wenngleich man könnte, dort wieder sie senkrecht stiehlt. Bei einem k. u. k. Majoren aber wird der Dienstweg ordentlich eingehalten, und da gibt es keine Kurzschlüsse zwischen Bel-Étage und Dachboden. Nach durchsausten Trópois etablieren sich die Gegensätze, man wird zwischen solchen Sachen wie ein Trommelfell gespannt und daher empfindlicher: Werkelmann, Naphtalin, Stangeler. Denken später. Besprechung erst nach dem Manöver, nicht vorher. Ja, ja, so geht's zu bei diesen Genies in Latenz, Ferdinand Schachl, Nohel, Melzer, e tutti quanti rari rarissimi.

„Der Dämon der falschen Evidenz ist's", sagte jetzt Stangeler. „Der Ausdruck ist mir bedeutend lieber als ‚inadäquate Bewußtseinshelligkeit'. Unsere ganze Psychologie ist desinfizierte Dämonologie. Entwest, entkeimt, und steril. Aber wenn einen Studenten der Musik-Akademie der Teufel der Verkehrtheit – wie Edgar Allan Poe es nennt – reitet, so daß er beim prüfungsweisen Vorspiel plötzlich an den längst automatisierten Fingersatz denkt und daran, wie's jetzt wohl weitergehe? – und sein bisher vorzügliches Spiel plötzlich abbricht: dann hat jener Dämon ihn beschattet. Mich wundert's allmählich, daß unser ganzes Zeitalter nicht einfach stecken bleibt."

Er schwieg, und zwar vollkommen, das heißt durch längere Zeit. Aber das konnte nicht sein, es mochte nicht angehen: denn hier war Melzers Stunde gekommen. Der Major bereitete den zu betretenden Raum richtig vor, zunächst durch Kaffee-Kochen und das Herbeischaffen frisch gestopfter türkischer Pfeifen. Dem erwachenden (Zivil-)Geist gesellte sich nicht nur alsbald Einblick in dessen Mechanik sowie sanftmütiges Unterlassen unzweckmäßigen Widerspruches, sondern auch Klugheit ward da hinzugegeben, ja sogar Pfiffigkeit, welche, wie wir den Melzerich kennen, doch seine Sache sonst wahrlich nie gewesen ist. Aber hier verriet ihm sein eigenes Ganz-Anders-Sein die Anfälligkeit von Renés neurasthenischer Natur für Narkotika, die bei ihm, Melzer, nur eine zufällige Garnisons-Gepflogenheit aus der Jugend geblieben waren und nie so tief hätten gehen können wie bei Stangeler, mit dessen Art zu leben sie hier und jetzt sich augenblicklich vermählten. Und mit dem türkischen und tückischen Getränk und mit dem anderen Duft, dem blauen – zwischen dessen Schleiern jeden Augenblick die Konturen einer fernen Stadt aus Tausendundeiner-Nacht als seine eigentliche Wirklichkeit hervortreten wollten – mit alledem kam Melzers erster Vorstoß, wenn man seinem Tasten diesen entschlossenen und militärischen Namen zubilligen will:

„Wenn nun aber die Natur einmal korrupt ist, was soll man tun?"

„Erstens es wissen, als ein Verhängnis und ohne was Positives daraus machen zu wollen. Zweitens ihr trotzdem folgen. Ergreifen, wovon man ergriffen ist. Dem schon fliegenden Pfeil erst die richtige Spitze aufsetzen, dies ist das Kunststück, das entscheidende. Haben wir gezielt? Haben wir abgeschossen? Sehen wir das Ziel? Dieser Schuß ist ein ‚indirekter‘, wie die Artilleristen das nennen. Mehr noch: er geht gewissermaßen – um's Eck. Alles was wir tun können ist nicht stören."

„Und deswegen werden Sie, sobald es einmal möglich ist, heiraten?" sagte Melzer, etwa so, wie man ein Scheit in's Feuer nachwirft.

„Ja", antwortete René. In das Wörtchen packte er jetzt gleichsam zusammen, was da oder dort noch hervorstehen und widerstreben wollte, und nahm es auf wie einen Rucksack. Der Major fühlte, daß man, von dem schmalen Pfade dieses Gespräches nur handbreit beiseite geratend, schon in ein dicht wucherndes Buschwerk recht gesunder Einwände treten müßte. Aber es war ihm darum nicht zu tun. Als er wieder auf dem Felle lag, als Kaffee und Tabak neuerlich dufteten, suchte er grad über sich, gegen die Zimmerdecke zu, die Unzerstörtheit dieser seltsamen Unterredung wieder herzustellen: daß sie wie früher gleichsam als ein Drittes über ihnen schwebe, im Hellen, während man auf dem dunklen Grunde lag, daß sie dort oben quirle, perle und schäume, wozu man durch kleine und vorsichtige Bewegungen immer neu beitragen konnte.

Aber René sprang ab.

„Übrigens habe ich Ihnen für Mittwoch, den 9., das ist nach Mariä Geburt, eine Einladung zu überbringen, Herr Major, oder Sie eigentlich auf eine Einladung, die kommen wird, vorzubereiten", sagte er.

Melzer erschrak. Man wird das im großen und ganzen verstehen, wenn's gleich sinnlos war, denn heute am Nachmittage noch war er mit Editha und Eulenfeld an der Lände entlang spaziert – bis Nußdorf, bis zur Entlassung des Blickes in die größere Strombreite, nach der vielen Häuser- und FabriksBesäumtheit des Kanals – und Stangeler kam ja von Grete Siebenschein. Aber in diesem Augenblicke sah Melzer die Folgen der letzten vergangenen Stunde und dieser Unterredung hier, fühlte er eine geschlagene Bresche, groß wie ein Scheunentor, in dem Ringe, den er einen Sommer lang mühsam um sich zusammengehalten hatte, gleichsam einen Schatz, ein Kapital hütend, das – um mit Stangeler zu reden – gleichzeitig allzu evident gewesen war … Eine Erinnerung tauchte aus der Kriegszeit herauf, damals eine harmlose Belanglosigkeit, jetzt breit wie der Rücken eines Walfisches, träufend von Frische, glänzend und spiegelnd von neuer Bedeutsamkeit. Er war in einen Schnellzug, der von Berlin herkam, in Prag eingestiegen (seine 1918 verstorbene Mutter lebte damals eine Zeit lang dort statt in Innsbruck, und so hatte er einen Teil des Front-Urlaubes zu Prag verbracht) und in ein Coupé getreten, darin ein Artillerie-Oberleutnant saß und sonst niemand. Dieser Offizier reiste von Deutschland herein, ein

Metallurge des Kriegsministeriums, Reservist übrigens, der in dienstlicher Mission draußen gewesen war, zuletzt in Hamburg; das paßte irgendwie zu dem Manne, denn der sah wie ein Schiffskapitän aus und obendrein wie ein Engländer, trotz der österreichischen Uniform. Worin hier das Englische lag, wäre nicht leicht zu sagen gewesen, die lange, blonde, hagere Figur allein tat's nicht. Vielleicht die lockere Ausgestrecktheit der Gliedmaßen, der keineswegs knappe Schnitt des braunen Waffenrockes. Oder die Schuhe. Die Hände. Die Art, wie er rauchte. Dieser Oberleutnant und Ingenieur nun hatte zu Hamburg einige nach der Schlacht am Skagerrak hereingeschleppte schwer havarierte deutsche Panzerschiffe gesehen und beschrieb Melzern diesen Eindruck: riesige Tore gerissen in die grauen Massen von den Granaten der schweren englischen Schiffs-Artillerie, Einbrüche und Zusammenstürze, gewölbte, gedrehte, tief gebeulte Platten am Rande. Ein Wagen hätte hindurch fahren können, herein oder heraus. So starrten die geöffneten Breschen. In Melzer starrte jetzt etwas ähnliches, während er dies ungerufene Bild innerlich schaute. Ein Schatz an Bemeisterung, an geleisteter Zurückhaltung, zerrann und zerfiel und nahm sich kindisch aus und lächerlich, aber in ganz anderer Weise lächerlich, als dies etwa dem Leutnant Melzer von Trnowo erschienen wäre, der zu Wien im ‚Hotel Belvedere‘ abzusteigen pflegte, in gewissen Fällen aber zwischendurch auch im ‚City‘.

„Und von wem kommt die Einladung?" fragte er, nach solchem kurzen Durchsturz durch sehr verschiedenartige Doppelböden.

„Von einer jungen, hübschen Frau Paula Pichler, die ich sehr gut kenne, seit meiner Bubenzeit nämlich. Frau Pichler möchte Sie zusammen mit Thea Rokitzer einladen, mit welcher sie eng befreundet, ich glaub' gar verwandt ist, und mich noch dazu. Der Herr Pichler, ein Werkmeister aus der Staatsdruckerei, wird auch dabei sein. Sie haben ein kleines Haus und ein Garterl in Liechtenthal. Thea wird Ihnen diese Einladung noch persönlich überbringen."

„Das ist aber sehr herzig", sagte Melzer. Er hatte eine Empfindung, als schlüge es warm, fast heiß, an seiner inneren Körperwand empor. Zugleich war ein Rot da, das er schon lange zu kennen meinte, vielleicht geträumt. Aber dies stammte jetzt von dem früheren Bilde. Er hatte es zu den zerschossenen Panzerschiffen hinzugedacht, als Feuer etwa von Bränden, die aus den getroffenen Stellen flammten, vielleicht sogar als Blut, in Lachen oder Bächen? „Wie kommt jedoch", so fragte er jetzt, „Frau Pichler auf den Gedanken, mich einzuladen, trotzdem sie mich gar nicht kennt?"

„Die Thea wird ihr halt von Ihnen erzählt haben", sagte Stangeler. „Und von daher der Wunsch, Sie kennen zu lernen."

„Eigentlich versteh ich's nicht", sagte Melzer.

„Wir werden ja sehen", meinte Stangeler beiläufig. Für die Tendenzen der Pichler war er eigentlich halb blind und nichts weniger als deren Emissär. Aber eben darum vielleicht machte er die Sache hier ganz geschickt, weil vollends nebenbei.

„Thea wird Sie wahrscheinlich aufsuchen", sagte er noch. „Die können Sie ja dann Genaueres fragen."

Dieses letzte Widerhäkchen, von René gar nicht als solches gemeint, fing und hielt bei dem Major. Es blieb den Rest des Abends hindurch fühlbar, es spannte ein wenig und sogar noch am nächsten Morgen.

Und brachte jetzt schon einen ersten Riß in den zarten und gespannten Spiegel des bisherigen Gespräches und Beisammenseins. Sie wurden daraus entlassen, fielen heraus und blieben liegen, wo sie hingehörten, René Langohr und Krebs Melzerich (aber der hatte sich doch im ganzen gut gehalten). Dem Major schien wirklich das Zimmer mit seinen Einzelheiten näher zusammenzurücken, stehender und handhafter, als wäre es bisher in einer Art von Schweben befindlich gewesen. Noch sank ein letztes, geschlungenes Rauchband zum leeren Kaffeegeschirr, als Stangeler sich erhob, erstaunlicherweise ohne die Hände und Arme zu gebrauchen, sondern nur über die gekreuzten Beine, ein Kunststückchen, das dem Major gefiel.

Aber er sagte nichts. Als René sich anschickte zu gehen, fühlte Melzer wenig Lust jetzt hier allein zurückzubleiben, sondern erbot sich, jenen ein Stück zu begleiten.

„Ich geh' zu Fuß", sagte Stangeler. „Und über die Stiegen."

Melzern erschien dies fast selbstverständlich.

Es war erst zehn Uhr und zehn Minuten, wie sie nicht ohne Verwunderung feststellten. Sie gelangten an der Einfahrt zum Palaste vorbei in die Liechtensteinstraße, während ihnen die wenig gekühlte und bei leicht getrübtem Himmel vollkommen windstille Nachtluft mantelhaft um Gesicht und Glieder lag. Als sie dem Geräusch des Brunnens und dem unteren Ende der Stiegen näherkamen, sahen sie diese in dem hellen Schein der sechs Kandelaber sich emporbauen, zwei davon unten und oben, und an den Wendungen der Rampen je einer, von Grün umsponnen. Das Licht war immerhin so stark, daß es den Mond, der eben an diesem Tage voll geworden, kaum zu sichtbarer Wirkung kommen ließ; und sie bemerkten erst oben und zurückgewandt, daß die leuchtende Scheibe – sie schien kalt, fern und klein – rechter Hand über der Dachkante eines hohen Hauses der Pasteurgasse emporgestiegen war, von dünnen Zweigen und Laubwerk teilweise verdeckt und durch dieses glitzernd. Die Stiegen lagen leer. In das Gemisch aus dem Mondschein und dem elektrischen Lichte fühlte Melzer geradezu die zerbrochene Stelle jenes Walles und Ringes starren, hinter welchem er nun seit Monaten lebte. Und zugleich streifte ihn schwer und von seitwärts das keineswegs Unverbindliche seines Umgangs und seiner Gespräche mit René Stangeler (obwohl doch deren im ganzen erst zwei stattgefunden hatten, das erste hier auf den Stiegen). Sie standen eine Weile schweigend nebeneinander, und daß sie hier zusammen verweilten und im Schweigen verharrten, schien fast verbindender als jedes geredete Wort. Melzer gedachte des Frühlings und ihres Stehens hier an der gleichen Stelle mit Editha. Nichts mehr ließ sich wegschieben, abdrängen, ersparen. Was erspart war, mußte verschwendet werden, drückender Schatz, um Neuem Platz zu machen. Sie reichten jetzt einander die Hände und der Major sah etwas verstohlen dem Stangeler nach, wie dieser durch die leere Strudlhofgasse langsam davonging, einen Mondstreifen kreuzend, der sehr deutlich vom Parke des gräflichen Palais her über dem Gehsteig lag. Dann wandte sich Melzer zur Stiege und tauchte hinab, Rampe nach Rampe, und fühlte jetzt erst, allein, auf halber Höhe haltend, den Hauch des Grüns in der Nacht, als hätte dieser Duft vollkommener Stille und Einsamkeit bedurft, um hervorzutreten. Und wirklich, die Stiegen brachten es ja wieder einmal fertig, vollends verlassen zu sein, trotz der keineswegs sehr vorgerückten Stunde.

Plötzlich, am folgenden Morgen, vor dem vom Mädchen der Frau Rak hereingebrachten Teebrett stehend, erschien dem Majoren René Stangeler als im höchsten Grade unglaubwürdig, ja, als außerhalb jeder Glaubwürdigkeit sich herumtreibend. Melzer rutschte gleichsam aus – wär's bis ins Dingliche gegangen jetzt, er hätte den Tee verschüttet – und machte eine Art Ecke über den gewissen zarten Rand hinaus, an welchem entlang er sich geführt fühlte. Er dachte das Wort ‚Phantast‘. Ganz wohl war ihm nicht, als er dies selbstbereitete Mittel, das ihn von seinen Erwartungen befreien sollte, nunmehr hinabgeschluckt hatte. Er trank von dem dunklen starken Tee noch nach. Es wollte sich nicht ganz setzen, beruhigen, fügen.

Zudem, noch etwas wirkte in Melzer ärgerlich anhaltend nach. Irgendwann im Laufe des Abends – war's nicht schon am Ende und auf dem Wege zur Strudlhofstiege gewesen? – hatte René seiner Verwunderung darüber Ausdruck gegeben, daß der Major nicht am Kondukt des verstorbenen Feldmarschalls Conrad von Hötzendorf teilgenommen, der doch an diesem Nachmittag stattgefunden habe?! Übrigens sei die Zuschauermenge, so um drei Uhr herum, wohl kräftig begossen worden, durch den Platzregen. Melzer hatte darauf gar nichts gesagt, kein Wort. Er besaß die unschätzbare Eigen-

schaft, in Fällen plötzlicher innerer Verwirrung und Zwiespältigkeit zu schweigen (während andere sich gerade dann
durch den Drang zum Reden um jede Möglichkeit einer
Klärung bringen). Freilich war ihm solche wichtige eigene
Qualität nicht bewußt.

Im Amt, gegen zehn, wurde ihm eine Dame gemeldet, die
ihn zu sprechen wünsche.

Melzer befand sich in einem rückwärtigen Zimmer beim
Diktat, das augenblicklich zu unterbrechen nicht gut tunlich
war, auch hielt er sich jetzt gleichsam daran fest: und sagte
also dem Amtsdiener, er lasse bitten, ein wenig zu warten;
dieser, gutartiges Zihaloid, das doch die ungewöhnliche An-
meldung mit einiger Beflissenheit vorgebracht hatte, erwiderte
wie stets „Jawohl, Herr Major" (nie: ‚Herr Amtsrat'), und
verschwand.

Das Ende des Briefes ließ sich indessen nicht länger mehr
hinaus schieben, und während Melzer jetzt den René doch
gewissermaßen rehabilitiert sah, festigte sich zugleich seine
eigene Lage Thea gegenüber zu einer mehr väterlichen
und erschien, so verpuppt, durch einige Augenblicke als
vollends harmlos.

Er ging hinaus. Der Diener, in einem anliegenden Kabinette,
das Melzer durchschreiten mußte, deutete, zugleich öffnend,
auf die Flügeltür von einer Art Vorsaal, der eigentlich zur
Registratur gehörte, jedoch saß niemand darin, es war nur ein
Aufbewahrungsraum für minder wichtige Faszikel, für Druck-
sachen und Material. Editha, am anderen Ende vor den Re-
galen und mit dem Rücken gegen Melzer stehend, wandte sich
herum und kam ihm durch die Länge des Raumes entgegen,
an dessen einer Seite entlang den Gestellen gehend, denn
die Mitte war von aneinander geschobenen Tischen ganz
eingenommen, die eine geschlossene große Fläche bildeten, darauf man zahlreiche in weißes Papier geschlagene und
ganz gleiche Pakete zu irgendeinem Zweck in zwei senkrecht gekreuzten Reihen gelegt hatte. Die Sonne, hier nur am
frühen Vormittage verweilend, hatte die Fenster noch nicht

ganz verlassen und schlug die weißen Linien auf den Tischen kräftig aus dem Grau und Braun des Raums heraus. Melzer, das Unerwartete dieser Lage auf sich nehmend, wie ein rasch umgeworfenes Gewand, in dessen Ärmel er noch nicht den Einschlupf gefunden, bewegte sich eilig auf Editha zu, und da auch ihr Schritt kein langsamer war, sondern ein leichter und schneller, mußten sie auf halber Länge des neben den ausgedehnten Tischen freien Randstreifens zusammentreffen. In diesem Auf-einander-zu-Gehen lag für den Major seltsamerweise das Vorgefühl von etwas Entscheidendem, das die wahre Lage beim Begegnen würde sichtbar machen. Editha sah neu und fast fremd aus: sie trug Weiß, es hob ihr Blond noch mehr. Und er konnte sehen, und er sah es wohl und unabweislich, daß ihr Blick den seinen von weitem schon hielt. Er spürte etwas vom ‚Ernst der Lage‘, in ganz ähnlicher Weise wie gestern neben René Stangeler auf der Strudlhofstiege, und durch ein unsagbar kurzes Zeitteilchen war auch das Rot von gestern abend wieder da, aber heller, glänzend, wie Lackleder. Nun war sie heran.

Jedoch alles schwand jetzt bei erreichter Nähe und im Sprechen; was blieb, war des Majors Bedürfnis, ausnahmslos ‚ja‘ zu sagen auf die Dinge, welche sie jetzt schnell und lächelnd vorbrachte, jedenfalls zuzustimmen, nichts abzulehnen, nicht sich zurückzuziehen. Alles in ihm stand vor ihr offen, weit wie ein Scheunentor; nicht Schlagbaum, Ring und Wall waren da, sondern nur der Wunsch, sie noch ein wenig festzuhalten, daß sie nicht gleich wieder ginge und ihn hinter sich lasse.

Aber nach zwei Minuten war sie schon wieder fort. Melzer hatte aus irgend einem Grunde von Editha und dem Rittmeister heute morgen telephonisch nicht erreicht werden können: und sie wollten ihn wissen lassen, daß Eulenfeld für den Nachmittag und Abend des kommenden Samstags ein Automobil zur Verfügung haben werde – von einem Bekannten, oder durch's Geschäft von Seiten eines Kunden, oder durch einen der amerikanischen Ärzte, mit welchen er umging, wer mochte sich bei dem Rittmeister so genau schon auskennen?! – und daß sie sehr wünschten, er möge sie auf einen Ausflug in die Umgebungen von Wien begleiten und sich also für den Samstag nichts vornehmen und sich nicht anderweitig verabreden. Der Rittmeister wollt' es so, daß man dies gleich mit Melzern abmache.

„Und vorige Woche waren Sie plötzlich weg", hatte Editha gesagt.

Ihm dünkte, ihr weißer und blonder Schein stehe noch im Raume. Er sah über die hellen Linien der aufgereihten Pakete. Eben war die Tür hinter Editha zugeklappt. Natürlich hatte Melzer versprochen, Samstags mitzufahren.

Eine halbe Stunde später wurde Thea Rokitzer gemeldet. Sie schickte sogar ein Visitekärtchen herein, was Editha Schlinger nicht für nötig befunden hatte. Man muß sagen, die Pichler hatte es damals wirklich eilig gehabt, Thea auf die Beine zu bringen. In der Tat war sie gleich nach dem Beisammensein mit Stangeler zu ihr gegangen, schon auf dem Heimwege befindlich, diesen mit plötzlichem Entschlusse verlassend, um sich in die Alserbachstraße zu begeben: und Thea war da, saß im Zimmer rückwärts, gegenüber dem gewissen Büffet. Was folgte, war nicht ganz leicht: die Rokitzer sträubte sich. Aber bald hatte Paulas Autorität gesiegt und das Lämmlein den nicht ganz leichten Gang zu tun versprochen. Ja, am nächsten Morgen schon um zehn Uhr! Eine Einladung muß mit Schicklichkeit rechtzeitig überbracht werden. Und Paula wollte ihre Gäste am Tage nach Mariä Geburt bei sich haben: das war am kommenden Mittwoch, dem neunten September (mit dem Wetter hat sie dann knapp, aber doch Glück gehabt, das muß man sagen! Denn am Feiertag selbst war's kühl und unfreundlich; der kam aber wegen familiärer Beanspruchung nicht in Betracht; Mittwochs jedoch sollte der Werkmeister, ihr Mann, über Tag frei sein, da er die Nacht vom Dienstag in der Staatsdruckerei durchzuarbeiten hatte). Paula schien in diesen ganzen Sachen zu jener Entschlossenheit gelangt, welche keine vermittelnden Zwischenstufen und sanftsteigenden Rampen von Aufschüben mehr nötig hat, sondern die kurze Enterbrücke in's Handeln, die Fallbrücke zwischen Innen und Außen, sogleich schlägt.

Der zihaloide Amtsdiener bewies ein bemerkenswertes Gefühl für Abtönungen als er Melzern, der inzwischen in der Kanzlei wieder diktiert hatte, mit unterdrückter Beflissenheit mitteilte, er habe die junge Dame in des Herrn Majors eigentliches Arbeitszimmer inzwischen eintreten lassen (im Vorsaal der Registratur werde heute nach zehn Uhr Inventur aufgenommen – dies war die handhafte Begründung); zwei Damen bei dem Herrn Major an einem Vormittage – wo jener noch niemals irgendwelchen Besuch im Amte je empfangen hatte – dies ließ auf ungewöhnliche Vorgänge schließen (und, wie wir jetzt schon sagen dürfen, mit Recht!). Neu herantretenden unerhörten Erscheinungen gegenüber aber reagiert auch der niedere Zihalismus vor allem mit dem Bestreben, die Form zum Siege über den Inhalt zu führen (ein wesentlich kultureller Antrieb), was auch durch Übersteigerung des Inhaltes bis zur Haupt- und Staatsaktion möglich ist: so kommt das Phänomen ganz von selbst zu Dekor. Während das Zihaloid solchermaßen Geheimnis um Tür und Gang wob, trat Melzer bei Thea ein, oder eigentlich in seinen eigenen Amtsraum.

Da war sie. Und schlechthin breitschlagend: so reizend hübsch. Es kommt aus keiner gewissen Kenntnis, sondern nur aus einer Vermutung, wenn wir hier sagen, daß Paula Pichler noch am Morgen bei Thea gewesen sei, vor dem Ausgange, um sie gewissermaßen zu inspizieren. Aber es hat diese Vermutung viel Wahrscheinlichkeit für sich; und ebenso, daß der Gedanke, dem Major ein Visitekärtchen hineinzuschicken, von der Pichler ausgegangen sei. Sieht man näher zu, dann möchte man's wirklich fast glauben.

Das Lämmlein führte seine Aufgabe brav und ordentlich durch. Aber auch, wenn es dies nicht vermocht, wenn es steckengeblieben wäre und etwa nur ‚Bäh, bäh!‘ gemacht hätte, der Erfolg mußte unzweifelhaft sein. Melzer stand staunend vor dieser Durchsichtigkeit, vor den gläsernen Präsentierbrettern und den Fächern ganz aus Glas; und daß er von dem, was darin war, gerade dasjenige nicht sah, was ihn anging, ist nur auf die besondere Gehaltenheit seines Auges zurückzuführen, welches durchaus nicht sehen wollte, was ihm hier hinzugegeben wurde, und im tiefen Schatten ließ, was einer Paula Pichler sonnenklar war (in einer hier wirklich ‚adäquaten Bewußtseinshelligkeit' um mit dem Herrn von und zu René zu reden). Aber in diesen Augenblicken – während es durch Sekunden still zwischen ihnen geworden war und er sie nur freundlich ansah und noch ihre Hand hielt – hat er ansonst (seiner eigenen späteren Aussage nach) ähnlich wie jene Paula empfunden und, obwohl er doch manches wußte und sah, was man an Unordentlichkeiten in den Glaskasten gestellt hatte, sich später merkwürdigerweise dahin geäußert, daß ihm in jenen Minuten oder eigentlich Sekunden blitzartig klar geworden wäre (eben erreichte ein Straßenbahnzug unten in der Porzellangasse den Gipfel des Bergs vom eigenen Lärm und sank schon ab, E. P.s Schreibzimmer alsbald aiolisch erklingen lassend), daß ihm also klar geworden wäre: was eine Jungfrau eigentlich sei. Auf so etwas muß einer in einem Amtsraum der Generaldirektion der österreichischen Tabak-Regie kommen! Und dabei war sie de facto keine mehr. Wer dagegen hier recht behielt, war das Zihaloid, der Amtsdiener: es handelte sich also doch und wirklich um eine Haupt- und Staatsaktion für Melzer, wenn auch eine höchst interne. Und er gelangte im Nu zu Dekor; denn er stand in Ehrfurcht vor der hier erschienenen Partei. Das freilich ging über den Zihalismus hinaus. Melzer fühlt' es nicht. Er war kein Zihaloid. Sondern ein Infanterist, der jetzt nicht ganz sicher, viel mehr etwas gelüpft, oder über einem sich hochwölbenden Boden, auf seinen antikischen Beinen stand: und sich zuschwor, lieber zu sterben als etwas in diesen Glaskasten zu stellen, was sich darin nicht mit Ehren konnte sehen lassen.

Er versprach mit Freuden zu kommen.

Sie ging.

Sie war weg.

Sie war vorüber. Es klang aiolisch nach. Es brauste. Es schwang durch alle Kammern.

Melzer sank an seinem Schreibtisch zusammen. Er kam schwer über diesen Gipfel des Bergs der eigenen sich im Innern auftürmenden Bewegung. Er kämpfte ehrlich im Rückzugsgefechte, damit keine blinde Flucht und Auflösung eintrete, er stellte Sicherungsposten aus.

Und löste sich allmählich und schwierig vom Feinde ab.

Vom Feinde.

Bäh, bäh!

An diesem Tage kam René Stangeler nachmittags zu Grete Siebenschein hinauf und hörte, im Stiegenhause vor der Wohnungstüre stehend, daß es ihr Schritt war, der sich jetzt drinnen durch das Vorzimmer rasch näherte, und nicht der des Stubenmädchens, noch auch jener der Frau Doktor. „Wir sind ganz allein René", sagte Grete und nahm ihn um den Hals. Sie verweilten nun, einander umarmend, gleich hier hinter der wieder geschlossenen Tür.

Über den kommenden Sonntag, sagte Grete, könne sie nicht ganz verfügen, auch über den Feiertag am Dienstag nicht, weil da Titi eben aus Paris zurück sein werde; aber nach Mariä Geburt am Mittwoch, würde sie so gerne mit René in's Grüne gehen, den ganzen Tag über, wenn möglich: sie sehne sich so sehr danach. Hoffentlich sei das Wetter dann besser und wärmer. Der Vater habe ihr diesen Tag ganz frei gegeben, sozusagen als Entschädigung für die große Anstrengung vom gestrigen Mittwoch. Und weit gehen, durch viel Wald! Und etwas zu essen könnte man sich einfach mitnehmen, und Tee oder Kaffee. Ja? Sie freue sich schon jetzt darauf! Ja?! Durch den Lainzer Tierpark wandern. Bis zum Hirschg'stemm.

Sie waren indessen hineingegangen und in Gretes Zimmer gelangt. In dem Augenblicke als René diesen Raum betreten hatte, der ihm nicht nur gewohnt war, sondern eigentlich grad im Gegenteile immer neu – das schwarze dicht gefüllte hohe Büchergestell, über welchem eine farbige Reproduktion von Giorgiones ruhender Venus hing, ein breiter gestickter alter Klingelzug daneben, freilich nur als Dekorations-Stück – hier nun, beim Eintreten, beim Begrüßtwerden und Umgeben-werden von diesem gleichsam weiteren Kleid der Geliebten, dachte René einen Gedanken aus und zu Ende, durch welchen ihm gestern abend hier unten vor dem Haustor der unver-mutet erscheinende Major Melzer einen Strich gemacht hatte: daß nämlich ein glatter Entschluß am Ende alles im einzelnen ihm Widerstrebende ebenso glatt niederpressen müsse, ja, wie eine Straßenwalze den Schotter... „Ja“, sagte er, „da komm' ich schon am frühen Vormittage zu dir, Mittwoch, und hole dich ab und wir bleiben den ganzen Tag draußen bis es dunkel wird!“ Sie hielten einander wieder umfangen. Sie sagte wegen gestern kein Wort, aber es glänzte ihr dafür heute aus den Augen. Bei René war eben jetzt eigentlich alles ganz gleichzeitig geschehen: ein leichtes Erschrecken wegen des Mittwochs, den Grete wählte, das tiefe Durch-Ziehen des gestern nicht zu Ende Gedachten, das Hinwegsetzen über ein sich bietendes Hindernis (wie mit verhängtem Zügel – da mußte eben später mit Thea Rokitzer oder dem Major tele-phoniert, dann mußten eben der Paula ein paar Zeilen ge-schrieben werden, die ihr's begreiflich machten ...), das Zu-stimmen zu Gretes Vorschlag.

Es geschah noch etwas, und dies war sozusagen wuchtiger.

In der Nähe körperlicher Berührung, als Grete sich in einen Sessel niedergelassen hatte – und René saß vor ihr am Boden auf dem dicken Teppich, den Kopf an ihre Knie gelehnt – empfand er plötzlich und ganz erstmalig (zum ersten Mal in seinem Leben) das ungeheure, das nicht geheure Glück des Besitzes: das Hereinrücken gleichsam ihres Körpers mit seinen natürlichen Reizen, Waffen, Rüstungs-Stücken, Vor-werken und Bastionen – denen gegenüber es bisher ein im Grunde nur sehr auswärtiges Lagern und Lauern gegeben hatte, immer in verhältnismäßiger Helligkeit, und das Einzelne im Aug' – das Hereinrücken über eine innere Grenze, die bis auf den heutigen Tag unüberschritten geblieben war. Seine Hand lag auf ihrem Knie, und jetzt fühlte er's, als schmölze der Stoff des Kleids hinweg, als wüchse ihr Knie mit der Rundung in seine hohle Hand, ja, als würde es diese selbst. Es senkte sich ein gemeinsam sie beide Umhüllendes langsam und mächtig von oben herab (er stellte sich dieses wirklich so vor wie einen ungeheuer großen Teekannen-Wärmer, der nun Grete und ihn umschloß und deckte). Er saß klein auf dem Teppich vor ihr und enthielt und wußte in sich zugleich wie eine zündbereite Mine und Ladung die eigene Kraft, die aus dem Zwinger springen würde auf das erste kleinste Zeichen: aber er gab ihr's nicht. Er hieß sich nicht aufstehen, Grete zu überragen, sie zu überwölben mit diesem unverwüstlich blasbalgenden Thorax, der allein schon, mit der Viertelkraft nur des linken Arms vereint, genügen mußte, eine zarte, helleno-klassische, langhalsige Grete Siebenschein in die Ohnmacht zu drücken. Er saß klein auf dem Teppich und blieb klein und fühlte, was er zu besitzen das nicht geheure Glück besaß, in langen Wanderzügen über eine jetzt offene Grenze hereinwogen, ganze Volks-Stämme der Aphrodite: das Volk der Hände, zartgegliedert und saitenkundig, das Volk der Schultern, wie von weißem Milchglas, friedliche Völker, die Götter fürchtende Völker: das Volk der Brüste, so viele ihrer waren aus den vielen Liebesnächten mit Grete in den unterschiedlichen Jahren, zahllose, immer anders, in diesem Schatten, in jenem Lichte, in dieser Rundung, in jener springenden Kraft, wenn das Hemd fiel. Das vielfach gehende Volk der Füße durch die Jahre, der keck stöckelnden, der wacker und bieder stehenden, der bloßen und dummen, der guten, der laufenden Herzfüßlein. Die geheimnisvollen Völkerstämme der zahllosen Lenden und Hüften aus so viel unterschiedlichen Nächten, und nicht eins gleicht dem andern in diesem Volke, das ein zum großen Teil fast priesterliches war und tief verhüllt. Er blieb klein auf dem Teppiche sitzen, während der Göttin Schaaren wogten und wanderten, die Kraft lag tief geduckt im hintersten Winkel des Zwingers und sah mit runden Augen auf das, was da kam und kam, und vollends verschüchtert: denn es kam für sie, es wanderte auf sie zu.

Kein Bogen ward gespannt. Kein Pfeil schlug wie ein Beil in's Ziel.

Nimmt man die Distanz richtig und kein Blatt vor den Mund: dann muß man schon sagen, daß Melzer am Samstag, dem 5. September, in eine fürchterliche Gesellschaft hineingeriet; und zudem in ein kühles Wetter; es war kurz nach dem Beginn des Monats fast etwas wie ein Kälte-Einbruch erfolgt, der bis Mariä Geburt anhielt, um danach zwei wärmeren und heiteren Tagen Raum zu geben.

Donnerstag, nach dem Weggange Theas, hatte der zihaloide Amtsdiener Melzern übrigens noch durch eine gute Weile grausam und sanft gepeinigt, auf eine Art, die entfernt an gewisse ganz raffinierte chinesische Hinrichtungsmethoden erinnern konnte, wobei auf den rasierten Kopf des Verurteilten, und immer genau auf die gleiche Stelle, in gleichen Zeitabständen ein Wassertropfen fiel: in so unblutiger Weise Wahnsinn und Tod wirkend. Also das Zihaloid durch leises Raunzen, das dünn aus ihm rann (nicht unverwandt den Klagen und Befürchtungen des Vaters Rokitzer, als Thea im Begriffe war, sich zu der Abendgesellschaft bei dem Baron Eulenfeld zu begeben, am Samstag, dem 29. August – ‚hujus‘ [ergänze: anni] hätte der Rittmeister gesagt, oder ‚anni currentis‘, also 1925). Und was spann den grauen, zihalistischen Faden der Besorgnis im Amts-Organ? Etwa gar der stattgehabte Besuch jener zwei Damen?! Bei weitem nicht. Diese amtsfremden Erscheinungen hatten ganz im Gegenteile einen Licht-Akzent in dem diesbezüglichen Organ hinterlassen, welches sich da bei der Übung altfränkisch-ritterlicher (und doch auch irgendwie spanischer!) Courtoisie – im Lächeln, Verbeugen, Geleiten, Öffnen der Türen, Zurücktreten – nicht unerheblich erwärmt hatte. Und verjüngt! So tief ging die Erwärmung: zurück in die Ferne der Jahre. Bis zu Sonntag-Abenden auf dichtgedrängtem weinlaub-umsponnenen Perron, bei der Rückkehr von eben diesem Weine: und ihr warmer Arm in dem seinen. Und man war ihr doch was wert gewesen, ihre Augen schwammen ein wenig, sahen auf. Nun ja, ein junger Bursch! Es leuchtete fern, wie die grünen Spitzchen aus den Hausgärtlein geleuchtet hatten im Frühjahr über den runzligen Mauern der Vorstadt. Viele runzlige Mauern und Mäuerchen quergeschobener sogenannter Lebens-Abschnitte – wobei eben alles abgeschnitten wird, was man grad nicht lebt! – lagen dazwischen. Im Grunde sind das lauter Gemeinheiten.

Jetzt aber fehlte die von dem Herrn Major bereits unterfertigte Lohn-Anweisung für die Bedienerinnen, Putzfrauen. Das Organ hatte sie – nämlich nicht die Putzfrauen, sondern die Anweisung, den Achtel-Bogen für die Kassa – eben in der Hand gehabt, und in derselben behalten bei Geleitung Edithas, dann aber irgendwo hingelegt, vielleicht bevor er enteilt war, um die Dame zu melden. Vielleicht in der Registratur. Aber die dort jetzt inventarisierenden, senkrecht auf Stehleitern steigenden und sinkenden, waagrecht längs der Tische sich behend verschiebenden Organe wollten nichts dergleichen gesehen haben und unterbrachen ihr Ritual und ihre wechselseitigen Zurufe keineswegs. Aber die Sache mit der Anweisung ging doch irgendwie gegen die Ehre: mochte da der Herr Major immer sagen ‚hören’s schon auf, ich bitt’ Sie, Kroissenbrunner, schreiben’s halt den Wisch noch einmal und melden’s bei der Kassa, daß nur die Anweisung mit dem heutigen Datum gilt, halt doppelt für einfach, oder wie oder was‘. Aber der Herr Major hatte doch schon unterschrieben gehabt! Also konnte man nicht mehr von einem ‚Wisch‘ sprechen. Es war eine Urkunde. Sie trug die Unterschrift des Herrn Major: Melzer, Amtsrat. Beim Militär, das wußte Kroissenbrunner noch recht gut, sind solche Sachen natürlich immer watscheneinfach gemacht worden. Aber hier beraubte ein derartiges Versehen – seines, Kroissenbrunners Versehen, seine eigene Unzulänglichkeit! – gleichsam die Worte ‚Pünktlichkeit und

Pflichterfüllung' ihrer i-Punkte und machte sie inkomplett. Übrigens war ihm der Ausdruck ‚melden' seit seiner Dienstzeit längst befremdlich geworden. Dem Herrn Major allerdings billigte er diese Redeweise respektvoll zu. Es blieb nichts anderes übrig, als das Stück (den Zettel für die Putzfrauen) noch einmal auszufertigen. Er tat's. Als er es dem Herrn Major dann – ein zweites Mal! – zur Unterschrift vorlegen mußte (‚na also, jetzt beruhigen's Ihnen aber schon, Kroissenbrunner', sagte Melzer, und machte geschwind seine Kraxen), empfand er Schmerz. Es war einer von jenen armen Schmerzen, die im Himmel sofort ein kleines Engerl in ein dickes schneeweißes Buch in der Registratur einträgt und zwecks späterer Tröstung aller Kroissenbrunners (und sämtlicher Genies in Latenz überhaupt) mit unvorstellbar scharfer Genauigkeit in Evidenz hält, wobei es jedoch nicht auf einer Büro-Hose sitzt, sondern auf einem Rosenpopo.

Jetzt freilich waren für Kroissenbrunner eigentlich und im tiefsten Grunde jene in der Registratur auf und nieder tauchenden, hin und her gleitenden Gestalten das Ärgerlichste gewesen: ihre Ungerührtheit, ihr Kaum-Hören, ihr Nur-zwischendurch-was-Sagen – und auf jeden Fall, ohne erst nachzusehen, in offenkundiger Gleichgültigkeit: ‚nein, nein, da ist nichts gelegen, wir haben nichts gesehen.' Natürlich hatte er sich zwischen den Spinnenbeinen der Stehleitern durchgezwängt, natürlich war er zwischen den gleichmäßigen Kursen mit fixierten Bahn-Elementen der Waagrecht-Pendler mühsam (und dabei ungeduldig angerempelt) durchgeschlüpft, um selbst zu suchen. Er störte sie gar nicht ungern. Denn hier lag allzu offen am Tage, ja infam, auf welchen Grad von Wurstigkeit der Mensch, wenn's ihm um irgendetwas wirklich zu tun ist, bei allen anderen stößt, die einem Malheur höchstens deshalb Beachtung schenken, um ihr eigenes Unbeteiligt-Sein daran zu genießen. Unbeteiligt waren diese da freilich, diese – Ziegelschupfer, Paketzähler, Magazineure: denn mit der Registratur selbst hatte ja ihre rein manuelle Tätigkeit hier in dem Vor- und Vorratsraume nicht das allermindeste zu tun und mit keinerlei Urkunden überhaupt, sondern mit Schachteln voll neuen Bleistiften, Federstielen, Büroklammern, mit Paketen von weißem Konzeptpapier, mit Farbbändern für Schreibmaschinen, und mit unterschiedlichen neuen leeren Vordrucken und Formularen; angenommen schon, es würden davon ein paar fehlen: man striche sie als beschädigt aus dem Inventar, basta! Kein neues Konzept, keine zweite Ausfertigung (,oder wie oder was!' hatte der Herr Major gesagt, na ja, beim Militär freilich . . .), keine Notwendigkeit, die Unterschrift noch einmal einzuholen . . .

Kein Schmerz.

Jetzt hören's aber wirklich auf, Kroissenbrunner.

Die Gesellschaft war also schon irgendwie fürchterlich (jene, in welche Melzer am Samstag geriet). Die Gesellschaft, sagen wir: nicht ihre einzelnen Elemente. Diese höchstens teilweise. Und wenn auch jede Gesellschaft bekanntlich von den Mindersten der Anwesenden in ihrem Niveau am meisten bestimmt wird, so hat man mit jenen doch lange noch nicht dieses plan gegeben. Und überhaupt noch nicht mit der Qualität und Quantität der Elemente. Die organische Chemie, eine Wissenschaft, die im übrigen niemand als immer und durchaus wohlriechend wird bezeichnen können, bedient sich daher gerne der sogenannten Struktur-Formeln, welche die neu auftretenden und sonst unbegreiflichen Eigenschaften ganz gleich zusammengesetzter Verbindungen durch Aufzeigung des Verhältnisses anschaulich macht, in welches das einzelne da zum einzelnen getreten ist, und so erst die Eigentümlichkeit des Ganzen erklärt. Das wäre hier auch nicht anders möglich gewesen. Elemente wie der Sektionsrat Geyrenhoff etwa, oder Frau Camy (Camilla) von S., geborene Schedik, und meinetwegen sogar deren Mann, der Kajetan, und meinetwegen noch der Herr Dr. Negria dazu: diese alle sind an und für sich als recht adrett, brav und sauber zu bezeichnen und in olfaktorischer Hinsicht als lavendulös, millefleurig, colognös oder chyprig. Aber ein Sektionsrat und Chronist, der mit gestielten Ad-notam-nehm-Äugerln* den Zerfall einer Ehe im letzten Stadium observieret (evident hält, more zihalistico-austriaco-hispanico leviterque grantulans et raunzens); dieser Zerfall zwischen Camy und Kajetan, diese Putrefaktion selbst; das leichte Hinschwitzeln des allezeit fuchtelnden Feschaks Negria (eben damals noch fördernder Kunstfreund in den letzten Zügen) auf die Scheichsbeutel Angelika, wobei diese ganze Angelegenheit schon irgendwie im Stadium der Austrocknung sich befand und also wie heißer, dürrer, fast staubiger Sand roch, an die Bade-Anstalten in Kritzendorf und Greifenstein und also doch immer wieder auch an diesen verwichenen Hochsommer und die scheichsbeutligen Fuchtulaturen Negrias erinnernd, welche ja zu gedachter Jahreszeit ihren Höhepunkt erreicht hatten: in Ansehung von alledem wird man jetzt noch besser verstehen, warum die organische Chemie Strukturformeln verwenden muß und nicht immer gut riechen kann, ferner, daß bei der Psychologie oder Seelen-Kunstschlosserei oft ein analoger Fall eintritt, und endlich, daß die Gesellschaft, in welche Melzer am Samstag geriet, schon irgendwie fürchterlich war.

Und vor allem: weit zahlreicher, als der Major erwartet haben mochte. Wenn dieser vielleicht vermeint hatte, er würde am Samstag mit Editha und Eulenfeld so ganz simplement ein wenig ins Grüne fahren, nach Rodaun oder Kalksburg, um durch ein Tor in die Wälder des sogenannten Lainzer Tierparks hineinzuspazieren und abends etwa beim ‚Roten Stadl‘ zu essen: dann war's ein totaler Irrtum gewesen. Denn was hier vor des Rittmeisters Wohnhause anfuhr, mit Motoren heulte, auf den Treppen lärmte, gackerte, schrie, im letzten Augenblick vor der Abfahrt – drei Automobile – noch sämtliche Plätze tauschte (dies alles von Frau Wöss ad notam genommen), das mußte Melzern den Eindruck einer Kolonne, einer Ausrückung schlechthin machen.

* Fußnote: Dieser Ausdruck wird als direkte und mündliche Tradition dem unvergeßlichen Anton Kuh verdankt, grand enfant terrible de la littérature.

Er fuhr am Schluß. Das heißt, er fuhr nicht, er wurde gefahren, mitgenommen. Am Volant vorne saß der Rittmeister, neben ihm eine Neu-Erscheinung, mit Knall-Bonbon-Kopf: so heftig gelb. Aber das Wasserstoffsuperoxyd ist ja nicht explosiv. Der Rittmeister fuhr, mit großen, schweren, gelben Lederhandschuhen (nicht zugeknöpft), ohne Hut, flatternden Haarsträhnen (sie wurden merklich dünner), Monokel. Er warf den Wagen hinter den anderen drein um die Ecken. Melzer saß rückwärts neben Editha in dem schmalen, gutgeschnittenen Fahrzeug. Er blickte sie nicht von der Seite an, hielt auch sein Auge nicht gesenkt auf das rote Lackleder der Polsterung. Sie saßen halb einander zugewandt (und fielen ineinander, je nach des Rittmeisters Wendungen).

Den vordersten Wagen führte Höpfner, der Versificator, zur Zeit Propaganda-Chef eines bedeutenden Transport-Unternehmens.

Es ging irgendwohin hinaus, es brauste und entführte. Es entführte aus einer unhaltbaren Lage, den schmerzlich und fast drohend sich erhebenden Gefühlen für ein viel zu junges, viel zu schönes Mädchen. Nun erst, da er entwich, bekam das gegenwärtig offene und obendrein und neuestens breit aufgebrochene Tor für Melzer durchaus Sinn und Recht. (Der es ihm zum guten Teil geöffnet hatte, den hatte der Major jetzt freilich ganz vergessen, er berief sich nicht auf ihn, er nannte nicht innerlich seinen Namen, er zitierte den René nicht, wie wir den Anton Kuh in einer Fußnote. Würden alle Urheber-Rechts-Verletzungen im Leben ebenso verfolgt werden wie in der Literatur, der Welt gesamtes Gerichtswesen reichte nicht aus, um die Prozesse abzuwickeln, die ständigen reziproken Anleihe-Verhältnisse auf dem Markt unserer Vorstellungen zu klären.)

Aber, schon an der Lände des Donau-Kanals, Mittwochs, als er mit dem Rittmeister und Editha von Nußdorf dem Wasser entlang hereinspaziert war, dessen rasch fliehenden und schlierenden Spiegeln nachblickend; an diesem Nachmittage schon hatte Melzer mit Trauer empfunden, daß sein

Verhalten während des ganzen Sommers – unseliges Verhalten und in einem doppelten Sinne – begann, unausbleibliche Früchte zu tragen. Er mußte es hinnehmen und es war wirklich sein Werk. Sie schien ihm verändert und wie seelisch erkältet, in wortkargem Gehen, und nicht neben ihm, sondern auf der anderen Seite neben Eulenfeld. Das war er, Melzer, er selbst, sein Werk, sein Widerhall. Er mußte es hinnehmen. Jedoch, was für Melzern weit schlimmer: nicht nur etwas versäumt zu haben, bedrohte ihn, sondern der mögliche Verlust eines ganzen spannenden und erwärmenden Gefühls, eines Begehrens, eines Inhaltes auch auf seiner Seite. Und statt daß er hier kalt und frei wurde – dadurch, daß jener Reiz sich zurückzog, intermittierte, ausblieb, der gerade in ihrem Wünschen und Wollen lag, daß sie ihn wollte, gerade nur und durchaus ihn – dadurch, daß jener Reiz sich zurückzog, wurde er nicht kalt und frei, sondern erschrocken, angstvoll, weil etwas aus ihm herausgebrochen war und fehlte, eine leere Stelle sich wies . . .

Deren spannungsvoller Inhalt von einst ihm jetzt wie noch nie erwünscht gewesen wäre. Auf der Flucht. Lämmlein hinter ihm! Bäh, bäh!

Aber, es konnte ja vorübergehen. Diese qualvolle Leere konnte sich schließen, sich wieder füllen, ihn wieder tragen. Melzer übertrieb, indem er die Erscheinung als ein Vereinzeltes so im Gefühle heraushob (und jedes einzelweise Nennen ist bereits ein Übertreiben, ein Absondern der Sachen vom Flusse des Lebens, ja, wesentlich übertreiben wir schon, wenn wir nur irgendein Ding etwas schärfer in's Auge fassen). Jetzt indessen, während der Fahrt, wenngleich einander halb zugewandt, wenngleich nicht selten fast aufeinander geworfen (wenn der Rittmeister bei irgendeiner Kurve den Wagen hinter den anderen Fahrzeugen her warf) wollte jene Empfindung, die er am ziehenden Wasser des Kanals gehabt, in Melzer wiederkehren; ja, er fühlte fast etwas wie Spreizen zwischen Editha und sich selbst; und aus ihren Blicken, aus irgendeiner halben und belanglosen Entgegnung sogar eine

Spitze hervorstehen und gegen ihn sich kehren. Und das gerade war's, was ihn rasch und vollends abkühlte, wie mit einem Gusse; und seine Riposte auf einen so winzigen und doch fühlbaren Stoß bestand seltsamerweise dann nur darin (das ist aber nicht wenig!), daß er Editha Schlinger weit deutlicher sah, ja, an der Grenze der Zerreißung jener Aureole, die nötig ist, um etwas als Ganzes zu sehen, um dessen Zauber zu fühlen: welchen aber gerade an der Stelle des Risses zu zerstören ein herausgeleuchtetes Stückchen Gesichtshaut genügt, am Nasenflügel etwa, wo es eine Rötung zeigt, oder sonst ein Teilchen des vielfältigen Apparates, ein neben seinen porzellanenen Brüdern leicht verfärbter Schneidezahn, oder die eben doch schon um's Auge zusammenlaufenden Strichzeichnungen der Jahre, ausgeschliffene Geleise der fahrplanmäßigen Züge des Charakters.

Jedoch, als sie draußen im Grünen nebeneinander gingen, änderte sich wieder alles, und sie kam aus ihrer gleichgültigen, ja kühlen Haltung (deren Wirkung ihr selbst vielleicht auch nicht entgangen war) plötzlich und impulsiv hervor, sprach lebhaft und fragte Melzern vieles: so daß er die ganze Tastatur seines Gedächtnisses aufklappen mußte und alle Oktaven da offen und bereit lagen, die hohen und die tiefen – auf welchen er ja auch sonst ständig spielte, bewußt oder unbewußt, tagaus und tagein, wie's nun eben einmal geworden war bei unserem Majoren im Lauf der Jahre, ganz besonders aber seit diesem Sommer, und am allermeisten seit Samstag, dem 22. August. Eine unbegreiflich lange Zeit war seit damals bis zum heutigen 5. September vergangen, die sich in gar keiner Weise in den kalendermäßigen Raum von genau vierzehn Tagen mehr einfügen ließ. Es stieß ihn das jetzt an wie ein ganz und gar Unbegreifliches, wie ein Wunder. Sie fragte (eigentlich sagte sie gar nichts, sondern fragte immerfort) unter anderem nach Konietzki, dem ,entthronten polnischen König', ob er von dem was wisse und ob er sich an den Edouard von Langl noch erinnern könne, und wo der jetzt sei?

„Vor gar nicht langer Zeit hab' ich die beiden gesehen,"
sagte Melzer, „genauer: am Freitag, dem 28. August, nachmittags." Sie blickte ihn etwas verdutzt an bei solcher Genauigkeit; ja, und er selbst war nicht ohne Verwunderung
darüber. Plötzlich spürte er's, das quälende Licht im Innern,
daran er schon sich zu gewöhnen begann seit einigen Tagen;
aber nun erinnerte er sich, wie das gewesen war: ohne diesem
zu leben. So aber – als hätt' es ihm wer gebracht, es in sein
Inneres hineingetragen, es da gleichsam fest montiert! Die
Evidenz. Zugleich litt er doch gerne an ihr! Und eine ungeprüfte, aber ganz gewisse Gewißheit bestand hinsichtlich
des einen Punktes: daß es nicht die falsche war, jene, von der
Stangeler am Mittwoch gesprochen hatte. Aber noch war der
Registrier-Apparat in Tätigkeit, die jüngst verwichene Zeit
betreffend:

„Übrigens glaube ich, daß es bestimmt Konietzki war, der
Ihnen am Montag vor acht Tagen vormittags auf dem Graben
begegnet ist und Sie gegrüßt hat", sagte er. „Sie haben ihn
nur nicht erkannt, es ist Ihnen der Name nicht eingefallen –
und mir, glaube ich, dann auch nicht, als Sie's erzählten, nach
unserem seltsamen Zusammentreffen auf der Strudlhofstiege.
Am darauffolgenden Freitag war im Café Pucher dann eine
große Corona alter Bekannter; es war von allem möglichen
die Rede, und ich habe vergessen, Konietzki zu fragen."

„Mag sein", sagte sie. „Aber ich hab' ihn wohl überhaupt
nicht erkannt, es war vielleicht nicht nur so, daß mir der Name
fehlte. Ich habe ihn wohl gar nicht als bekannt empfunden . . ."
Sie hielt den Blick vor sich auf den Weg. Der war breit, grad
und führte durch Buchenwald, wellig auf und ab. „Sehen Sie",
fügte Editha beiläufig hinzu, „mit der Budau ist es mir ja fast
ähnlich ergangen, im Kursalon. Ich meine die Ingrid Schmeller. Ich hab' Ihnen das ja erzählt. Man erinnert sich keineswegs
immer, man kommt nicht immer auf das Richtige. Man will
vielleicht des Gewesenen keineswegs zu jeder Zeit gemahnt
sein." Die letzten Worte sagte sie langsam, beinah pathetisch,
aber nicht laut, sondern im Ton einer sanften Klage.

Der Wald stand lichtstämmig. Man sah in sehr gedehnte Räume dieses Waldes, der zu beiden Seiten des breiten Rückens, auf welchem sie dahingingen, sanft absank. Es war Melzern, als fühlte er Edithas Wesen in irgendeiner Weise erweitert, als träte er in neue Hallen bei ihr ein, ungewiß, was er dort finden würde. Ganz plötzlich dachte er klar, daß in seinem ganzen bisherigen Leben doch nichts darauf hingewiesen habe, daß er jemals in eine so unbegreiflich nach den verschiedensten Richtungen ihn auseinander ziehende Lage geraten würde, und zugleich fühlte er viele kleine Unstimmigkeiten dieser Lage (und übrigens auch fast aller Worte Edithas), ohne sie benennen und genau an ihren gehörigen Ort bringen zu können: sondern nur wie Sand im Schuh. Als Editha jedoch die Budau heraufzitierte, empfand er etwas wie Schwindelgefühl, dachte an die Geier hoch über der Treskavica, und dann streifte ihn einen Augenblick hindurch jenes ausweglose Grauen, das man im Traume empfinden kann, über einem Abgrunde hängend.

Aber es war nicht in geordneten Worten (wie wir's hier sagen müssen), wenn er jetzt an Stangeler dachte, und etwa: „Er hat recht. Sie haben kein Gedächtnis. Und so etwas stellt dieser Mensch in aller Ruhe fest."

Melzer und Editha waren hinter der anderen Gesellschaft erheblich weit zurückgeblieben, und der nicht geringe Lärm, welchen jene dort vorne gelegentlich in des Waldes hallenden Räumen vollführten, ward schwächer und schwächer.

Jetzt sprach sie, Editha, eigentlich zum ersten Mal etwas mehr. „Aber mitunter", sagte sie, „denk' ich an einzelnes schon sehr lebhaft zurück. Deshalb hab' ich nach Konietzki und Langl gefragt. Erinnern Sie sich an die vierzehn Tage auf der Villa Stangeler, Melzerich?" (Es tat ihm jetzt wohl, daß sie diese Namensform gebrauchte, ihm war, als würde er auf bekannteren Boden zurückgenommen, als hätte er ihn jetzt wieder unter den Füßen.) „Manchmal schon, da denk' ich zurück. Nicht gerne, meistens. Außer wenn es ganz von selbst kommt. Aber ich liebe es nicht, wenn man mich daran mahnt, an das Gewesene.

Wissen Sie, Melzerich, daß wir dort einmal allein miteinander spazieren gegangen und auf einer Bank gesessen sind, über der Villa, am Waldrand? Vor vierzehn Jahren, es ist grad so lange her. Es war im August 1911. Ein schöner Tag mit weiter Aussicht." Ihre Stimme dämpfte sich mehr und mehr. Sie hielt im Gehen inne. Es blieb jetzt vollends still hier, man hörte nicht mehr die Gesellschaft von vorne, welche eine ansteigende Stelle des Bergrückens überschritten hatte und außer Sicht gekommen war.

Melzern schwindelte. Wie jetzt und hier über diesen welligen Kamm, so ging es dahin durch das wechselnde Profil dieses Nachmittages, eine Berg- und Tal-Bahn. Es mußte irgendwann einen Tag in seinem Leben gegeben haben, dessen Zustände und Verfassungen auch so auf und ab gestiegen waren; er suchte ihn, schnell, eines Gedankens Länge hindurch, er fand ihn nicht. Hier bot sie es, das Gemeinsame, Gewesene, das er von ihr zu fordern schon lange aufgegeben hatte, den Boden, auf welchen sie beide treten konnten, aber nun zauderte er mit Schrecken und als sollt' er einen Schritt in die Luft tun. Er krampfte sich um diese Leere zusammen: einen Augenblick stand sie in ihm ...

„Setzen wir uns ein wenig, Melzerich", sagte sie, „und lassen wir die dort vorne rennen. Sie werden schon einen Tisch reservieren und auch was zu essen für uns. Machen wir uns selbständig. Dort links geht es steiler bergab, da hört der Wald auf, da muß eine herrliche Aussicht sein. Gehn wir hin?"

„Ja", sagte er, und zugleich schoß es von allen Seiten in die Leere und schloß sie. Ihre Worte, wenn auch irgendwie unecht und jetzt wie hintennach entlehnt, aus einer in diesem Sommer erst gewachsenen Vergangenheit und Gemeinsamkeit, vermochten das gleichwohl, und so erwies sich jene schon stärker als alles, was aus der Tiefe der Zeiten kam, was Melzer vergeblich hatte in Editha beleben wollen, was sie ihm jetzt ganz unvermutet zu bieten willens gewesen war: aber wesentlich nur mit dem Ergebnisse, daß ihn als eine fast grauenvolle

Launenhaftigkeit anwehte dieses sich nun plötzlich Erinnern-
können und-wollen ... Indessen aber, noch bevor sie, quer
durch den weglosen Wald schreitend, darin der Boden teilweis bedeckt war von den glatten, breit gewordenen Blättern
des wilden Knoblauchs, an den Abbruch und Rand gelangten,
war die Leere geschlossen, erglühte der Kern, stand die Aura
um Editha. War die Flucht gelungen, erschien's als keine
Flucht mehr, verklang das verfolgende und nun augenblicks
vergessene Bäh, Bäh! Ihre Stimme aber, Edithas Stimme,
ganz weich neben ihm: „schön, wie schön!" Und Melzer, der
wußte – mit voller Sicherheit – daß nun alles vollzogen und
schon vollendet war, sah mit einem erglühenden Blicke hinaus
in die bis an den Himmelsrand gewellte spinatgrüne Erhabenheit, welche diesen Blick unverzüglich abwies, zerspellte,
auf seinen zukömmlichen Gegenstand zurückschlug. Unmittelbar danach lagen sie einander in den Armen, und der Duft aus
ihrem Munde, der blonde, milchige Duft, schlug alles in ihm
nieder und kurz und klein und zusammen, was da hatte sich
in Gegensätzlichkeiten spreizen wollen, siegte sofort, wie
ein großer in die Schlacht eingreifender Held, während
Edithas dicht an ihn gedrängter Körper seine Macht noch
kaum in's Bewußtsein hob und doch an tausend Stellen schon
alle Außenwälle brach oder überstieg.

Sie blieben lange so stehen. Und fraßen sich – so fühlt'
es Melzer – immerfort küssend durch den aus einem ganzen
Sommer aufgehäuften süßen Brei bis zum Tor des Schlaraffen-
landes der Liebe.

Edithas Freude war offenkundig, springlebendig, fast laut:
„Du dummer Melzerich! Du dümmster aller Melzeriche!
Endlich! Aber das muß ein Fest werden zwischen uns! Nicht
so geschwind von heut auf morgen! Das muß vorbereitet
werden. Oh, wir lassen uns Zeit, ja? Und dann wirst du
kommen, dann wirst du zu mir kommen, ja . . . ?"

„Und ob ich kommen werde!" sagte er, und mit Festigkeit.

„Jetzt ist so eine dumme Zeit", fuhr sie fort. „Alles mögliche ist los. Wir werden uns einen Tag wählen, für unser

Fest, ja? Und dann darauf zu leben. Es gibt nichts schöneres. Ja? Bist du einverstanden?!"

„Ganz", sagte Melzer. „Du wirst den Tag bestimmen."

Im Restaurant, bei dem sie auch die Wagen stehen gelassen hatten, saß die Gesellschaft um einen behaglichen Tisch und wartete auf das Essen. Alle schienen Höpfnern ihr Gehör zu schenken, und auch Editha und Melzer, deren separiertes Kommen mit keinerlei Bemerkung hervorgehoben ward, gliederten sich da alsbald ein. Was an Höpfner sofort auffallen mußte, war, daß dieser riesenhaft gebaute Mann aus einem ganz kleinen Mund redete, welcher die flüchtige und bagatellisierende Sprechweise, wie sie der oberen Gesellschaftsschichte zu Wien eigentümlich ist, jedoch mit einem Unterton von Gründlichkeit entließ, nicht abgerissen und zerfahren, sondern immerhin in ganzen Sätzen: löchelnden und lächelnden Mundes. Der Oberkörper Höpfners hing beim Reden über den Tisch vor, er machte einen Buckel, sank ein wenig in sich zusammen: aber doch mußte ein hier Eintretender vor allem einmal Höpfnern wahrnehmen – so gewaltig waren Schultern und Brustkasten. Sie drängten alle Anwesenden gleichsam weit auseinander. Auch Editha und Melzer hatten bei ihrem Eintritte das Bild so empfangen. Höpfner redete klug, niemand konnte an seiner Intelligenz zweifeln; niemand aber auch daran, daß die Dinge, von denen er hier und augenblicklich sprach, ihn besaßen, daß er von diesen Inhalten besessen war, weit mehr, als daß er selbst sie besaß oder behandelte. Schon damals fiel der Name Helmut Biese. Dem Rittmeister natürlich bekannt, wie eben alles, was mit der ganzen Branche zusammenhing. Er sagte: „Kennimus noch aus Berlin." Aber Biese stand nicht im Mittelpunkte von Höpfners Gedanken und Erörterungen: sie zogen sich erst um diesen künftigen Mittelpunkt zusammen, was Höpfnern zur Zeit wohl noch gar nicht so recht bewußt sein mochte; und immerhin sollt' es ja auch Jahr und Tag dauern bis zum Hereinbruche praktischer Ernte aus theoretischen Spekulationen und Vorarbeiten über den Unglücklichen. Höpfner legte dar, daß es durchaus möglich sei, einem Menschen – es sei denn, der Betreffende verfüge über ganz außerordentliche Nervenkraft (hier fiel der Name Biese: er sagte, daß diesem eine solche Stärke der Nerven keineswegs eigne) – daß es also möglich sei, einem Menschen das Leben ganz und gar unmöglich zu machen, ja, ihn halb zu Grunde zu richten – ohne daß man sich dabei irgendwelcher gegen die Gesetze verstoßender Mittel bediene oder mit jenen in Konflikt geriete. Es ist hier nicht der Ort, Höpfners Methoden – er bezeichnete sie als kostspielig und in der Hauptsache nur als Gemeinschaftsarbeit durchführbar – zu zergliedern. Aber es hat sich im Verlaufe der weiteren Begebenheiten dann ein derartiger Fall ereignet, welcher als eine Art Höhepunkt (,Großkampftag', nannte es Höpfner), sein Licht zurückwarf auf alle dahin führenden Anstiege und Steigerungen der Nervenzerrüttung: etwa durch Eintreffen von immer fünf bis sechs Telegrammen mit Nacht-Zustellung aus den verschiedensten Städten, wobei der Text – ,Erbitten Nachricht über Ihr Befinden' – stets der gleiche blieb; bei Tage hingegen empfing das Büro Eilbriefe: sie waren leer. Vom Telephon zu schweigen. Der gleichzeitige Antransport mehrerer Bösendorfer-Konzertflügel (bei den Leihfirmen als für einen bevorstehenden Hausball bestellt und in nobelster Weise vorausbezahlt) koinzidierte jedoch am ,Großkampftage' genauestens mit den Weiterungen zweier kleiner Zeitungs-Annoncen, die tags vorher erschienen waren und deren eine darauf aufmerksam machte, daß (eben dort zur selben Stunde) die Vorstellung von Gouvernanten mit englischen Sprachkenntnissen erwünscht sei; während die zweite Anzeige unter den gleichen Zeitangaben den sofortigen Ankauf eines Dobermann-Rüden den Züchtern oder Hundebesitzern als Vorhaben bekanntgab, freilich nur nach Besichtigung des mitzubringenden Tieres. Es ist das alles vor der Wohnung und im Stiegenhause zusammengetroffen; und bei den Klavieren muß man es wohl wörtlich nehmen, denn die nicht

angenommenen trug man wuchtend herab und die neu hinzu-
gekommenen wollte man ja hinauftragen. Es wäre wohl
schlechthin überflüssig und billig, hier noch von dem Lärm
der Hunde viel zu reden (außerdem klingelte das Telephon
so ziemlich ununterbrochen) oder von Angst und Not der
eingekeilten und von Biese angebrüllten Gouvernanten. Die
Hausmeisterin schrie derartig, daß der nächste Rayons-
Posten der Polizei im Laufschritt kam und die Sukkurs-Pfeife
dabei ertönen ließ. Als Biese aus der Haustür taumelte, fuhr
eben ein Miet-Automobil mäßig schnell vorbei. Es saßen vier
Herren darin, welche Zylinder trugen und auch sonst schwarz
gekleidet waren, vielleicht kamen sie von einem Begräbnis.
Sie grüßten alle vier sehr höflich und gemessen. Der arme
Biese aber hat den Schrei nicht mehr herausgebracht, als er
Höpfnern erkannte. Er wollte dem Polizisten im Hausflur
noch was sagen, bracht' es aber nicht fertig, der Beamte mußte
ihn stützen. Daß hier, infolge der vielen Mittelsmänner, überhaupt jeder Nachweis unmöglich war, versteht sich am Rande.

Niemand lachte. Allerdings war das Gespräch bis zum
‚Großkampftag‘ noch nicht vorgedrungen, denn dieser lag
ja noch in ferner Zukunft. Jedoch ist zu bezweifeln, ob er
eigentlich Heiterkeit ausgelöst hätte. Das Ganze hatte einen
Unterton, der Melzern zu dem flüchtigen Gedanken veranlaßte, er würde nicht eben wünschen, diesen Direktor Höpfner
zum Feinde zu haben. In alledem steckte wohl etwas Manisches
und tief Befangenes und, mehr als das, es steckte die Gesellschaft an, welche sich alsbald hier in der Apparatur verfing und
im Gestrüpp der sozusagen technischen Einzelheiten und
Möglichkeiten, welche man durchaus ernsthaft erörterte. Vor allem ließ Kajetan sich dies angelegen sein. Er zeigte die Fähigkeit,
sich da hinein zu steigern und erging sich darin, er faßte sich
jetzt gleichsam selbst ganz in diese Form, als dächte er immer
so, als lebte er immer so. Das wäre nun mit Hinblick auf die
Gemüts-Art seiner Frau besser unterblieben. Der geborenen
Schedik fehlte es keineswegs an Intelligenz, ihr eignete eine
solche von der zarten Art (soweit bei einer sonst auch zarten

Frau gerade auf dieser Ebene Zartheit angetroffen werden
kann), jedoch es fehlte ihr ganz und gar an Schwung oder an
irgend was, das man hätte in Schwung setzen können. Alles
an ihr war gleichsam feines Gitterwerk. Sie war schwer
faszinierbar: und sie konnte daher auch niemanden nachmachen; die Bewegungen und Mienen eines anderen Menschen
wirkten auf Frau Camy wahrscheinlich nur indirekt, gebrochen
durch das Medium der Überlegung: daher sie denn keineswegs begriff, daß ihr Mann eine Art Rausch hatte, nicht einen
vom Wein, sondern einen aus einer fremden Seele bezogenen,
die ihm mindestens ebenso fremd war wie ihr: aber augenblicklich erfaßte er fasziniert deren innere Form; wäre die
Einwirkung länger und so etwas bei dem krassen Unterschiede der Physiognomien überhaupt möglich gewesen – er
hätte wohl angefangen, Höpfnern irgendwie ähnlich zu sehen,
für die Optik eines schärfsten Blickes allerdings nur. Ein
solcher eignete der Frau Camy von S. nicht, trotz ihrer manchmal etwas hervortretenden Augen. Da saß sie nun, sah immer
vornehm und getrocknet aus, das Hütchen sehr in die Stirn
gesetzt; ihr außerordentlich schönes blondes Haar kam stark
zur Geltung. Sie betrachtete ihren Mann mit einem kleinen
aber ansteigenden Entsetzen, wobei ihre zu groß geratene Nase
das ganze hübsche Gesichtchen hinter sich her riß. Nichts von
alledem aber bemerkte der Doktor Negria: dieser war voll
präsent, seine Räder drehten sich, das richtige Wasser lief
darauf: was er hier bei Höpfnern sah, das war die Gesinnung
des Eingriffs, der Aktivität, des Durchbruchs, gleichgültig
wohin, sei's in die Vernichtung, in die Zernichtung. „Aber
warum, warum denn das alles?!" rief Camy plötzlich, „wer
gibt einem das Recht, einen anderen Menschen derart zu
quälen? Was muß der einem angetan haben, daß man solche –
solche Apparate gegen ihn in Bewegung setzt? Sagen Sie mir
das doch!" „Das ist zunächst, meine Gnädige, vollkommen
nebensächlich", sagte Negria rasch, ihren Einwand als ganz
unwesentlich wegwischend, „man nimmt eben irgend einen
beliebigen Anlaß." „Wie?!" rief sie. „Ja", sagte Kajetan, „die

Qualität liegt doch hier in der Durchführung. Es handelt sich ja gar nicht um Rache oder Vergeltung. Diese bilden nur einen Vorwand." Nun war sie wirklich reizend, die Camy; denn sie sank ein wenig zusammen, zuckte mit den schmalen Schultern und sagte nichts mehr. Höpfner betrachtete sie mit zuwartender Liebenswürdigkeit. „Es handelt sich um die Tat!" rief Negria, „und um weiter nichts. Die richtig aufgebaute und bis zum Exzeß gesteigerte Tat hat Wert, nichts sonst." Weil das Gespräch an diesem Punkte vollends zerbröselte, trat ein plötzliches lautes Gelächter des Rittmeisters, dem nun wirklich jeder Vorwand dazu fehlte, mehr in Erscheinung als jenem lieb sein mochte. Aber er hatte sich nicht mehr zu helfen gewußt. Die Miene der Angelika Scheichsbeutel während Negrias Reden war zu einer solchen Ausdruckskraft gekommen, daß man's auf der Bühne als vorzügliche Leistung gewertet hätte. Sie schaute drein wie etwa ein tief im Sand watender Wüstenwanderer, der eine Düne hinaufblickt, hinter welcher ein neuer Wirbelsturm sich erhebt. Eulenfeld sah die Scheichsbeutel von der Seite. Und so wirkte denn hier der Haarbeutel mit, als ließe sie ihn hängen wie ein Hund die Ohren. Das ganze Bild mochte etwa genannt werden ‚Nach einem Sommer mit Doktor Negria'. Geyrenhoff, neben welchen Editha zu sitzen gekommen war, fragte diese zwischendurch, ob sie nicht am Montag, dem 24. August, in Salzburg gewesen sei? (Diese Chronisten sind alle schauderhaft genau, die schreibenden samt den nichtschreibenden.) Melzer unterhielt sich mit Camy von S., seiner Nachbarin, halblaut raunend, die Stimme klang so, als tröste er sie. „Nein", sagte Editha. „Der Edouard von Langl behauptet, er habe Sie dort gesehen", sagte Geyrenhoff (vielleicht schien ihm der Fall aufklärungsbedürftig, und er wollte vor der Buchung desselben seine Ordnung haben). „Dann war's mein Geist", sagte Editha. Am Heimweg fuhren die Wagen in der gleichen Reihenfolge wie früher, jetzt im Dunklen. Es ging eine Serpentinenstraße hinab, langsam. Bei einer Wendung glitzerten die Lichter der Stadt auf, und schon auch entrollte sich dieser irdische Sternhimmel in größter Ausdehnung. Editha und Melzer lehnten Arm in Arm in den Lederkissen, deren rote lackartig glänzende Farbe jetzt freilich erloschen war. Sie küßten einander rasch. Es wär' nicht nötig gewesen, sich dabei zu beeilen, niemand wandte sich um, weder Eulenfeld noch das Knall-Bonbon. Hoch über den Erdensternen erschienen plötzlich lange, leuchtende Streifen am Himmel, zwei, drei, und noch viel mehr. Editha drückte Melzers Hand. „Was wünschen wir uns?" flüsterte sie, nah an seinem Ohre. „Das gleiche", sagte er.

Am Mittwoch, der auf Mariä Geburt folgte, kam Melzer nach Liechtenthal, gegen vier Uhr.

Editha hatte ihn Sonntags telephonisch angerufen und Montags: kurze, aber zärtliche Gespräche. Ob er an sie denke? Ja? Es sei ‚allerlei los', sie würden einander wohl erst Donnerstags für ein Kurzes sehen können. Sie freue sich jetzt schon. „Freust du dich auch?" Am Donnerstag um fünf Uhr möge er ihren Anruf erwarten, wenn er vom Amt wieder zurück sei.

In ihm stand die Gewißheit, seit Samstag, in einer stehend gewordenen, fast pappigen Weise, wie ein erstarrter Guß.

Ja, die Nummer stimmte. Er kreuzte die schmale und ganz leere Gasse, ging auf das runzlige kleine Haus zu und trat in die Torfahrt. Erst schien es ihm hier vollkommen still zu sein. Der lehmfarbene gleichmäßige Bewurf in der niederen Wölbung wollte diesen Eindruck noch verstärken. Rechts oben lag etwas Sonne in den eingesetzten bunten Vierecken. Nun hörte Melzer von rückwärts her, wo der Garten sein mußte, schwachen Andrang von Stimmen durch die weitoffene zweiflügelige Glastür. Er blieb erst stehen, als durch diese etwas rasches Buntes hervorschoß und gleichsam kugelte, eine rollende Salve von Trappelschrittchen unter den hallenden Bogen werfend: nun geradewegs auf Melzer zu, an welchem es Halt fand und sich auffing. Er sah hinab und spürte dabei mit großer Deutlichkeit die Wärme der kleinen bloßen Arme und Hände, die sein linkes Bein umfingen, durch den leichten

Stoff des Anzugs. Er sah hinab, und sie sah hinauf. Ihm schien's durch einen Augenblick wie ein dicker Apfel, der vom Baum gehüpft und ausgerollt war und ihn jetzt mit Äuglein blinzelnd anschaute. Melzer bückte sich, hob die Kleine auf den Arm und ging weiter. Sie mochte diesen Sitz als natürlich und ihr durchaus zukommend empfinden, denn sie umfaßte seine Schulter und lehnte sich daran. So war der fast himmlische flaumige Duft einer Wange (besonnten Aprikosen nicht unverwandt) ihm nahe. Melzer widerstand nicht und riskierte einen Kuß. Er hatte Glück bei der kleinen Pichler Therese, denn sie erwiderte ihn unverzüglich. Und solchergestalt erschienen die beiden unter der Glastür und im Garten.

„Jetzt schaut's euch das Dirnderl an!" rief der Werkmeister, „die kennt ja gar nix!"

Er kam Melzern rasch entgegen und sagte: „Ich nehme an – Herr Major Melzer? Alois Pichler. Es freut mich ganz außerordentlich, Herr Major! Da ist schon meine Frau." Sie wollte ihm das Kind abnehmen. Aber die Kleine legte Melzern die Ärmchen um den Hals und versteckte kichernd ihr Gesicht an seiner Schulter. „Sie will bei mir bleiben", sagte Melzer. Er gab sie nicht her, sondern behielt sie auf dem Arm. Und später strampelte sie auf seinen Knien.

Im Hintergrunde, bei den Obstbäumen, stand Thea Rokitzer.

Indessen waren Theresia Schachl und der Amtsrat Zihal herangekommen. „Außerordentlich erfreut, Herr Major", sagte dieser, als er durch Paula mit Melzer bekannt gemacht worden war. „Leider kann ich Sie heute nicht meiner Frau vorstellen, Herr Major, die sich sehr gefreut hätte", setzte er gleich hinzu, „aber wir haben ein kleines häusliches Malheur gehabt. Meiner Frau ist beim Obst-Einkochen ein Glas zerbrochen und sie hat sich in den linken Unterarm geschnitten."

„Doch nicht gefährlich?"

„Ist nicht als gefährlich oder gar schlimm anzusehen", sagte der Amtsrat. „Aber sie hat mit dem frischen Verband nicht gleich ausgehen mögen. Wir waren beim Arzt."

Es gibt doch eine Gerechtigkeit. Sie straft nicht immer so immediat. Meist wird das Faszikel erst auf ein anderes Regal verhoben, ja manchmal scheint es überhaupt in längeren Verstoß geraten zu sein. Hier nicht. Wie man sieht, ward ein recht milder Klaps der Frau Roserl auf dem Fuße, nein eigentlich am prächtigen linken Unterarm alsbald verabreicht.

Im Hintergrunde, bei den Obstbäumen, stand Thea Rokitzer.

In Zihal aber zeigte sich auch hier wieder das gewissermaßen Durchgeformte, ein Sein, welches die Stationen und Situationen des Lebens ganz und sozusagen prall ausfüllt, so daß die Sachen zu ihrer eigentlichen Form kommen. Er gehörte nicht zu jenen Ehemännern, welche gleich, mir nichts, dir nichts, die Frau mindestens totschweigen, wenn sie grad einmal nicht anwesend ist. Im Gegenteile. Er hatte sie zu vertreten. Und wenn schon Rosa Zihals nicht unerhebliche Raumverdrängung hier in physischer Hinsicht fehlte, so war an der leeren Stelle ein ihrer Gedenken mit Dekor erwähnend zu errichten. Denn eigentlich (so mocht' es für den Amtsrat anzusehen sein) hatte er ja in allen Fällen zu zweit aufzutreten, in seinem jetzigen Stande; war er früher ganz Junggeselle gewesen, so mußte nunmehr das Übergetreten-Sein in jenen neuen Stand auch geziemend zum Ausdrucke gebracht werden. Dies schien ihm selbstverständlich. Ebenso selbstverständlich wie der Gebrauch des Titels ‚Herr Major‘ – und keineswegs ‚Herr Kollege‘ – Melzern gegenüber, von dessen Amtsrats-Charakter er ebenso gut wußte (durch Paula) wie von seiner Vergangenheit als k. u. k. Offizier von Beruf und von seiner nicht zihaloiden Beschaffenheit (durch den Augenschein). Auch hier war ein Stand zu wahren. Kein eigener, ein fremder. Und damit doch wieder der eigene.

Im Hintergrunde, bei den Obstbäumen, stand Thea Rokitzer. Nun, da die anderen, die Älteren, den Herrn Major Melzer begrüßt hatten, kam auch sie heran. Melzer hatte die kleine Resi Pichler noch auf dem Arm. Er ging Thea rasch entgegen. Aus dem Pappigen, dem kuchenartig Festgewordenen der Gewißheit in ihm sprang sie, Thea, jetzt auf wie eine kleine

Fontäne, glashell vor dem blassen Himmel, blumenhaft oben gekelcht, frei, eine empor sich werfende letzte Sehnsucht, vor dem sonoren Grunde eines Schmerzes, den er zu ertragen gewillt war: als ihm, seinem Alter, seinem Leben, wie es geworden, zukommend. Einem Leben, das den letzten Schritt in sich hinein nicht hatte tun können oder gar wollen, sondern sich immer wieder nur mitnehmen ließ, auf eine Bärenjagd oder eine Fahrt im Automobil mit lackrot glänzenden Lederpolstern: und also hatte auch endlich ein Ergebnis dieser Art einmal kommen müssen, alles festlegend und definitiv machend, es gleichsam verbleiend; im Fremden, nicht im Eigenen, wohin er ja nie gelangt war in all diesem Weitergegeben-Werden, vom Militär in sein Amt etwa ... Aber diese Fontäne, diese Blume, unter dem letzten Spätsommer-Himmel: es war seine Blume, durchaus seine eigene, die ihm doch nicht mehr zustand. Indessen, er konnte sie wenigstens noch sehen (wie der Patriarch das Gelobte Land noch gesehen, nicht mehr betreten hat), und das war schon viel. Was er da sah, das hätte er, Melzer – sein können, werden können ...

In diesen Sekunden einer melzerischen autobiographischen Selbst-Durchbohrung ereignete sich ein kleiner Vorfall, den kaum wer beachtete (außer der Pichler), ja, es gab hier ganz ungeheuerlich altmodische Menschen, wie etwa Theresia Schachl, die dabei garnichts Auffallendes gefunden hätten.

Thea knixte vor dem Major. Sie tat es sozusagen versehentlich. War es die Honettheit dieser Umgebung hier (der doch unmerklich schon etwas von dem Duft eines alten Albums zu eignen begann) welche solches auf das junge Mädchen wirkte, und das trotz der so ganz anderen Kreise, in denen sie nun schon seit so vielen Monaten trieb und sich rieb? Wir möchten's fast meinen. Hier war etwas ganz geblieben – unbekümmert ganz, oder zufällig nur verschont, oder aus Stärke sich erhaltend – genug: es wirkte seine Aura. Wir möchten nicht annehmen, daß sie knixte, weil ihr Melzer plötzlich (und das wäre erstmalig gewesen) als ein älterer Herr erschien.

Er allerdings mußte es annehmen.

Er nahm es an und hin.

Die Schärfe, mit welcher dieser winzige Vorgang von der Pichler beobachtet wurde – der versehentliche Knix Theas, den sie in den Knien nicht mehr aufzuhalten vermochte, das Entzücken Melzers über dies idyllische Bild zugleich mit dem tiefen, versehrenden Schmerz in seinen Zügen, welchen er, rasch sich verbeugend, verbarg – jene Schärfe der Wahrnehmung bei Paula also verdient besondere Erwähnung. Hier las sie wie von einem Instrumentenbrett, wie von weisenden Nadeln den ganzen Stand des amoureusen Gefechts, welches zu ihrer Sache zu machen sie nun mehr denn je entschlossen war. Und ihre Divination erwies sich als bedeutend: jetzt schon, wenige Minuten nachdem sie den Major hatte kennengelernt, wußte sie auch bereits, wo das wesentliche Hindernis ihrer Pläne saß, war sie sich auch schon im klaren darüber, daß eine Bescheidenheit von so abgründiger Art einen Wall darstellte, stärker als meterdicke Mauern, und daß es unmöglich war, einer Seele, die durch solche Fenster in die Welt blickte, diese kurzerhand – einzuschlagen ...

Zugleich jedoch war unserer Pichler das Außerordentliche des Reizes vollends klar, den Thea Rokitzer hier und heute wirken mußte. Es befand sich das Mädchen auf einem jener Höhepunkte, die der Mensch nur ganz unversehens erreicht, als ein unvermutet Hinzugegebenes – das Hinzu-Gegebenste, was überhaupt gedacht werden kann – wie eine plötzliche Belohnung für Verdienste, die dem Empfänger ‚im höchsten Grade unbekannt‘ sind. Wir haben die Rokitzer nicht als Genie in Latenz ‚anzusehen‘ (wie Lina Nohel, Ferdinand Schachl, Kroissenbrunner e tutti quanti rari rarissimi), dazu ist sie uns, um’s kurz zu machen, ganz einfach zu dumm (ebenso wie unsere liebe Pichler zu klug), und ein Glaskasten, der man ist, macht noch kein Genie, wenn auch eine sehr strenge Prüfungs-Station gerade für ein solches (für olle Bootsleute weniger, sie werden überhaupt milde behandelt und selten aufgerufen). Eine Erklärung für das heutige Angehaucht-Sein der Rokitzer könnte indessen auch darin gefunden werden, daß ihre Pönitential-Ferien nun schon seit Sonntag dem 30. August andauerten, also neun Tage (poenitentia nundinalis – hätte der Rittmeister gesagt, und vielleicht gedachte er diese im stillen immer mehr und mehr zu erstrecken). Bei Thea war also Gelegenheit gewesen, ihren eigentlichen Aprikosen-Grund dunstbefreit in Morgentau und Sonne wieder zu einer Behauchung, Beflaumung und zarten Bepelzung gelangen zu lassen, welcher der Major nur widerstehen konnte, weil die Thea Rokitzer (63.5 kg) nicht auf seinem Arme saß, wie die kleine Reserl Pichler, noch auch von demselben umschlungen wurde. Allerdings hielt sie sich an dem Majoren noch viel inniger fest als diese. Aber nicht mit Handerln. Und in solchen Sachen gelten nur die direkten, nicht die übertragenen Bedeutungen (im Grunde sind das lauter Gemeinheiten – und Sie, Herr Amtsrat, sind eine literarische Pest, damit's einmal gesagt ist). Auch der Zusammenbruch von Theas filmischen Plänen – und Pläne, die er wälzt, geben dem Menschen ihre Façon – mag jener Heilung der Aprikosen-Oberfläche förderlich gewesen sein; zudem war diese ja seit vielen Wochen nicht mehr mit künstlichen Bräunungs-Mitteln verschmiert und durch recht dilettantisch geübte Sonnenbäder gereizt worden. Für so was hätte man der Thea beim St. Valentiner Zihaloid keineswegs Zeit gelassen. Doch eine gesunde Gesichtsfarbe brachte sie wohl von dort mit.

Aber noch etwas war's, wovor sich die Pichler plötzlich als vor eine Unmöglichkeit gestellt sah, jetzt plötzlich (mochte es gleich bisher als die glatteste Sache ihr erschienen sein), während man sich schon am Kaffeetisch unter den Obstbäumen niedergelassen hatte und an der ersten Station einer solennen Wiener ‚Jause‘ hielt, die Tassen aus dem achtzehnten Jahrhundert in der Hand, und im ganzen (wenn nicht gerade Gugelhupf und Kaffee) die Sprache des neunzehnten Jahrhunderts noch im Munde, die Spätsommersonne aber, das linde Spielen der obstigen Luft eines Tages im ersten Drittel unseres zwanzigsten Jahrhunderts um Antlitz und Schläfen... noch etwas war's, wovor sich unsere liebe Pichler gestellt sah, wie einer unübersteiglichen Mauer gegenüber, die ganz zweifellos sich sofort im Gehöre des Majors Melzer würde aufrichten, wenn sie – es mußte nicht hier und heute sein, es konnte ja irgendwann sein! – wenn sie ihm ... von den gedoppelten Damen sagen würde. Denn das war ihre plane Absicht, seit Stangeler (von ihr respektiert) diese Mission glatt abgelehnt hatte. Aber wie?!

,Herr Major – verzeihen Sie mir eine nur scheinbare Zudringlichkeit. Aber Sie interessieren sich für eine Frau Editha Schlinger. Ich fühle mich verpflichtet, Ihnen zu sagen, daß es diese Dame zweimal gibt.'

Das war ja Unsinn! Wenngleich zutreffend.

,Herr Major – ich möchte Ihnen, da ich nun einmal die Gelegenheit habe, mit Ihnen zu sprechen, eine Tatsache mitteilen, von der ich mich mit eigenen Augen überzeugen konnte. Also: Es gibt die Frau Schlinger zweimal!'

Das war ja unmöglicher Blödsinn. Dennoch richtig.

,,Herr Major – ein gemeinsamer Bekannter von uns beiden, der René Stangeler und ich, sind am Freitag dem 28. August abends am Westbahnhof zufällig zusammengetroffen, weil wir beide jemand abzuholen hatten. Dabei ist uns Frau Editha Schlinger, welche Sie ja kennen, doppelt begegnet ... "

Das war ja Stuß. Wenn auch reine Wahrheit. Die Mauer im Gehör mußte da zu Meterdicke und ganz unübersteiglicher Höhe anwachsen.

Erwies es sich demnach also, daß sie, Paula, dem Major diese Mitteilung gar nicht machen – konnte? Dagegen bäumte sie sich jetzt doch auf, dabei anscheinend mit Aufmerksamkeit, ebenso wie Theresia Schachl, dem Gespräche Zihals, Melzers und Alois Pichlers folgend, deren Unterhaltung lebhaft und auch nicht ganz uninteressant sich gestaltete.

Zur gleichen Zeit lagen an einem Abhang beim Waldrand Grete Siebenschein und René Stangeler, etwas unterhalb einer baumfreien Kuppe im sogenannten Lainzer Tierpark, der ebenso wenig wie ein Autostandplatz ein Park ist, sondern ein weit gedehntes Naturschutz-Gebiet (also schon beinahe so etwas Ähnliches wie die Sierscha-Schlucht bei Dobropolje es vor dem ersten Weltkriege gewesen ist, als der Major Laska und der Leutnant Melzer dort auf Wildschweine gefeuert hatten). Ein Wald- und Wildgebiet unmittelbar neben der Großstadt. Wenn man aber sagt, Grete und René lagen am Waldrand, so erwächst alsbald die Vorstellung, daß sie von hier schweigend oder gar sinnend (oder unsinnend) in die Weite gesehen haben mögen, was nicht zutraf und hier gar nicht möglich gewesen wäre, denn sie hatten den Wald etwas hangabwärts grad vor der Nase, während das baumfreie Terrain über ihnen noch ein wenig und bis zur Kuppe anstieg. Sie aßen aus einer großen Aluminium-Schachtel, und Stangeler trank Kaffee (seit jenem Abend bei Melzer war er sozusagen erst dem Kaffee auf den Geschmack gekommen – überall bleibt was hängen oder reißt was ab, der E. P. behält die Hosenträger in der Hand, und der Geyrenhoff gibt einem jungen Manne den Geruch mit für's Leben). Das Paar war aufgeräumt und etwas müde. Der Weg über Tag war schön aber weit gewesen.

Seit dem verwichenen Mittwoch und Renés plötzlichem Erscheinen begann eine erhöhte Vorsicht die Grete Siebenschein zu bewohnen. In ihrer doch auch recht mittelbaren Art der Auffassung, die jeden Eindruck durch die Reflexion brach und ihn solchermaßen erst ihrem Innern assimilieren mußte, schien ihr dieser neue heftige Impuls Stangelers auf sie zu erstens verdächtig – als das Zeichen einer möglicherweise begangenen Untreue mit dramatischer Rückkehr zu den alten Göttern – zweitens aber als eine ernsthafte und nicht zu versäumende Gelegenheit, endlich wieder das Oberwasser zu gewinnen, aus dem sie ja seit den Triumphen dieses Hochsommers und dem darauf folgenden eigenen ‚Umfall‘ (noch immer nannte sie es so) einigermaßen herausgeraten war. Jenes Oberwasser schien ihr ganz unumgänglich notwendig, nicht aus Herrschsucht – eine solche eignete der Siebenschein gar nicht – sondern als Schutz für ihre Schwäche mußte es wieder erreicht werden, so dünkte ihr jetzt: während sie hier am Waldrand zwischen zwei Buttersemmeln blitzschnell durch ihre Trópoi glitt, rasch, trivial, wie wir alle. Im Grunde sind das lauter Gemeinheiten. Aber der Grete Siebenschein eignete nicht der Drang zum Dekor eines barocken Amtsorgans. Kein solcher Ton wollte feierlich in der Tuba schwellen. Was sie hingegen besaß, war ein nüchternes und gegen sich selbst schonungsloses Auffassen, aber – ihrer Meinung nach – nicht hinreichend unerbittliches Wahrnehmen und Wahren ihrer Ehre. Und diese war seltsamerweise nicht das, was man gemeiniglich die Frauenehre nennt, sondern es war die Ehre eines Mannes und eines Kämpfers; eines Kämpfers also gegen René Stangeler. Es war ihre Ehre als Gegner, um welche es ihr eigentlich ging. Die Buttersemmel in der linken, ein kleines abgebrochenes Stück davon in der rechten Hand haltend, verlängerte sich ihr Hals plötzlich mit Erfolg über die Situation hinaus, und sie beschloß (um's kurz zu machen), den René in jeder Hinsicht zunehmend kürzer zu halten. Jetzt oder nie. Schon bedauerte sie es und empfand es als verfehlt, daß sie René geradezu gebeten hatte, mit ihr diesen Ausflug zu unternehmen. Sie hätte keine Zeit für ihn haben dürfen, oder sie hätte ihn mindestens irgendwo und irgendwie recht lange warten lassen müssen. Aber gerade diese Sachen – von anderen Frauen doch überall und mit sicherer Meisterschaft praktiziert – sie gerieten ihr nicht, auf die Dauer niemals.

Ihre Dummheit war nicht profund genug dazu (dies freilich ist unsere Meinung, die Grete wußt' es nicht). Ihre Dummheit war nicht genug solide, nicht ‚festgemauert in der Erden'. Daher machte sie dann Sachen, die sie unter dem Maßstabe jener Dummheit – denn darunter stand sie ja doch! – für Dummheiten halten mußte.

Auch ein anderes Pärchen war den Mauern der Stadt entronnen (da es von Seiten der Bodencreditanstalt noch einige Tage Nach-Urlaub genoß), wenn auch nicht jenen unsichtbaren Mauern, die, fast möchte man sagen, zum Glücke, überall sind, und also auch hier durch Wald und Flur liefen. Auf der anderen Seite der Kuppe, ebenfalls weiter unten, wo die Bäume begannen, saßen E. P. und Frau im kurzen Grase. Die saßen da. Und weiter eigentlich nichts. Sie saßen längst fest. In Luftlinie – oder eigentlich Erd-Linie durch die Kuppe hindurch – etwa zweihundert Meter von Grete und René entfernt. Auch hier Buttersemmeln und Anchovis-Paste. Jedoch kürzerer Hals der Frau.

Auf der Kuppe selbst, ganz oben, stand eine bemerkenswerte Dame: sie war's nicht nur wegen des exponierten Punktes, den sie hier bezogen hatte (beim Anstieg an Grete und René unweit vorbeikommend – absteigend sollte sie dann das andere und legale Pärchen in geringer Distanz passieren, solchermaßen die unsichtbaren Mauern in Wald und Flur ganz ungehindert durchschreitend). Sie war bemerkenswert auch wegen ihrer Persönlichkeit. Diese, hoch, schlank und kräftig, bot sich dem Beschauer (hier auf der Kuppe ist allerdings im Augenblick keiner) als einfach, geschmackvoll und für diesen einsamen Waldspaziergang zweckentsprechend gekleidet. Demgegenüber mußten jedoch Hut und Sonnenschirm auffallen. Der erstere war ein sogenannter Florentiner Strohhut, reichlich mit rotem Mohn garniert. Der Schirm aber gehörte nicht zu einem erwachsenen Menschen, sondern zu einem Kind oder einer großen Puppe; der gebogene Griff von Rohr war so winzig, daß er höchstens über dem Arm eines sechsjährigen Kindes hätte zu hängen vermocht. Der Farben waren zahllose an diesem Schirm, ja eigentlich alle überhaupt. Die Dame trug ihn aufgespannt über der linken Schulter. Sein Durchmesser war nicht viel größer wie der des Hutes. Strohhut und Sonnenschirm indessen schienen sich als völlig unwirksam erwiesen zu haben – oder waren sie erst später zu dieser Erscheinung hinzugekommen? – denn die Dame selbst war an Antlitz, Hals und Armen tief gebräunt. Wie Leder. Ihr hübsches breites Gesicht enthielt zwei Tier-Augen, groß und dunkel; es führten zwei Tunnels gleichsam in dieses Antlitz hinein, zwei Tunnels, die innen glänzend ausgelegt erschienen. Aus solchen Augen sah die Dame von ihrem erhöhten Stand-

punkte weit hinaus, mugel-ab und mugel-auf in die spinat-
grüne Erhabenheit und eigentlich befremdet, weil es gar so
viel davon gab. Es war die Malerin Maria Rosanka. Ohne jedes
Handwerkszeug. Sie malte nie im Freien, sondern nur in ihrem
Atelier: große Bilder, wie das Porträt des Amtsrates Julius
Zihal („Kniestück'), aber auch ganz kleine und abscheuliche.
Sie schwang den Sonnenschirm. Sie schritt die Kuppe hinab,
gerade auf E. P. und seine Frau zu (und vielleicht war es ihr
Wunsch, diese Leute durch nahes Vorbeigehen zu stören). Sie
befand sich auf einem einsamen Erholungs-Spaziergang –
eben dies brachte sie vor sich selbst durch das Sonnen-Schirm-
chen zum Ausdrucke – und hatte einen großen Teil des Tier-
parkes durchquert. Sie fürchtete sich vor nichts und vor
niemand, und es ist ihr auch niemals etwas zugestoßen. Aus
diesem Spaziergang hier aber entstand bald danach ein Öl-
bildchen im Formate von 20 × 20. Man sah darauf die Kuppe,
jedoch zugespitzt. Es war ein Spitzkopf und zwar der eines
alten Mannes, oben ohne Haar, den Haarkranz aber bildeten
bei näherem Zusehen viele Pärchen, minutiös gemalt, alle in den
tollsten und widerlichsten Verrenkungen. Dieses Bildchen nun
hat ein Jahr später der Obermedizinalrat Doktor Schedik,
Kajetans Schwiegervater, gelegentlich eines Atelier-Besuches
bei der Rosanka gesehen und für einen beachtlichen Betrag
sogleich angekauft. Im ganzen kann man sagen, daß sich hier
am Tage nach Mariä Geburt 1925 im Lainzer Tierpark eine Art –
zumindest vom Gärtchen des Schachl-Hauses in Liechtenthal
her gesehen! – Filial-Kosmos etabliert hatte; allerdings
hätten die Herrschaften, welche diese Erscheinung bildeten,
sie keineswegs nur dafür gehalten.

„Die staatliche Verwaltung", sagte der Amtsrat Zihal, „ist
als eines der heikelsten und schwierigsten Gebiete des menschlichen Daseins überhaupt anzusehen. Wenn man heute sagt,
die Ämter breiten sich zu sehr aus und vergrößern sich überall,
dann hat man schon die Amts-Ehre in Zweifel gezogen. Denn

eben diese besteht darin, daß alles im bescheidenen Rahmen der reinen Zweckmäßigkeit bleibe: der allerhöchste Dienst fordert für sich immer nur den allerkleinsten Raum; für dessen Bemessung sind in der überwiegenden Mehrzahl der Fälle Richtlinien, wenn nicht geradezu Vorschriften, an die Hand gegeben. Dem gegenüber aber bleibt gleichwohl irrtümlich jedes Vermeinen, daß ein Amt nur ein Mittel zu einem praktischen Zwecke darzustellen, bzw. abzugeben habe."

„Das versteh ich jetzt nicht ganz, Herr Amtsrat", brachte Pichler bescheiden hervor.

„Wir werden uns sicherlich gleich verstehen, lieber Herr Werkmeister, wenn ich Sie daran zu erinnern mir erlaube, daß jeder wirklichen Ordnung, im Hause wie im Staat, eines eigentümlich ist: man merkt von ihr gewissermaßen nichts. Unsere beiden vorbildlichen Hausfrauen hier werden das bestätigen (kleines, aber zeremoniöses Kompliment durch leichte Vorbeugung). Ordnung machen ist nicht schwer, Ordnung halten aber sehr. Die gemachte Ordnung kommt von seitwärts an alle diesbetreffenden Gegenstände heran. Die gehaltene Ordnung jedoch hält sich im Hintergrunde. Von der Seiten kann man, wegen der verzerrten Perspektive, nicht Ordnungmachen. Diese muß erfließen aus einem höheren Prinzip, sozusagen, das sich selbst schon genug ist: nämlich aus der Liebe zur Ordnung als solcher, nicht zu ihren vorteilhaften Folgen nur. Also, Herr Werkmeister: nicht rein zweckmäßig – aber nur so kann auch den Zwecken gedient werden. Angemessen ist keineswegs, daß die Ämter einen Zweck vortäuschen indem sie überflüssige Agenden – zum Teil mit Kompetenz-Überschreitung – künstlich an sich ziehen. Sondern im Gegenteil: die reine und innerhalb der knappen Zweckmäßigkeit sich haltende Erfüllung des wirklich unumgänglich Notwendigen ist ihrerseits wieder eine ganz gegenteilige Vortäuschung, im höheren Sinne, denn nur unter solchem Pilgerkleide kann sich, mit Verlaub gesprochen, der blanke Schild der Amts-Ehre und des allerhöchsten Dienstes verborgen halten. Aber was spiegelt dieser Schild? Zwecke?! Das ist als irrtümlich anzusehen! Er spiegelt die Ordnung als solche und die Liebe zu ihr – damit aber auch zu den geltenden Vorschriften, und keineswegs nur ihrem Zwecke nach angesehen! – ja, er spiegelt die Ordnung nicht nur, sondern er leuchtet selbsttätig im eigenen Wirkungskreise von ihr. Zur Ordnung aber gehört es, daß sie verborgen sei. Sie ist als ein Amts-Geheimnis anzusehen. Das einzige wirkliche Amts-Geheimnis und streng reservat. Das Geheimnis der Amts-Ehre. Wer sie nicht unter einer peinlich-sparsamen reinen Zweckmäßigkeit verborgen hält, verrät sie. Und darum beansprucht der allerhöchste Dienst immer den allerkleinsten Raum. Weil man von der wirklichen Ordnung beinah überhaupt nichts merken darf."

„Ja", sagte Pichler, „das hab' ich jetzt verstanden. Bei uns in der Staatsdruckerei geht es eigentlich genau so zu. Aber Herr Amtsrat sprechen von einem ‚allerhöchsten Dienst' – so hat man in der k. k. Zeit g'sagt, damals wie ich gelernt hab', ich erinner' mich noch. Heut' aber ist das doch was anderes."

„Ich glaub', da irren Sie sich, lieber Herr Werkmeister", entgegnete Zihal freundlich. Er hob das kleine grüne Glas zum Munde, worin als ein blanker Funken Goldes der Wein lag, den man aufgetragen hatte. Die Sonne des sich neigenden Nachmittages schwoll jetzt im Gärtchen zu einer sonoren Pracht, die alles auseinander zu drängen schien und sich zugleich selbst schärfer interpunktierte durch die hervortretenden Schlagschatten der Obstbäume auf dem Grün-Gold des Rasens. Pichler sah gespannt auf Zihal und schien den Wein überhaupt vergessen zu haben. Die Zigarette in seiner ruhig auf dem Knie liegenden Hand baute eine lange freischwebende Aschenbrücke. „Weil ein Thronsessel in Schönbrunn oder in der Hofburg leer ist? Dafür kann der Himmel durch's Fenster besser in den Sessel fallen, möcht' ich fast sagen. Sie wissen, ich war k. k. Beamter mit Leib und Seele, ein winziges Raderl, ein ganz kleiner Schabsel Ihrer Majestät. Sie ist abberufen worden. Vielleicht sollen wir Ihrer derzeit gar nicht bedürfen. Wenn, wer immer, beiseite tritt, sieht man mehr. Der Herrscher ist gewissermaßen anonym geworden, wenn Sie mir diesen Ausdruck erlauben, sozusagen durchsichtig. Er entzieht die Quellen der Amts-Ehre keineswegs durch Seinen Weggang dem Auge, weil dieses Geheimnis des allerhöchsten Dienstes keineswegs als aus einer Person erfließend anzusehen ist, allfällig aber durch sie verdeutlicht werden kann. Wenn ich so sagen darf: die Republik ist vielleicht aus einem feineren, weniger sichtbaren Stoff gemacht als die Monarchie. In meinem Alter freilich bleibt man mit seiner Liebe und seinen Erinnerungen bei den früheren Zeiten. Aber warum soll ich nicht sehen, was mich heutigentags freut. Ich leb' recht gern."

Er schloß etwas unvermittelt. Die letzten Worte gaben Anlaß, die Gläser zu füllen und zu erheben, sie gaben auch Anlaß zu diesem oder jenem Trinkspruch, der bei erlöschender Spannung des Themas das Einst und das Jetzt und jeden beliebigen Gegensatz überhaupt freundlich und schlampig überein brachte und verband (Theresia Schachl besorgte das). Jetzt erst wurde Melzer eigentlich des Staunens inne, mit welchem er Zihaln zugehört hatte, nicht gefaßt auf eine derartige Bekanntschaft: und während sein Herz wie hinter vielen Wänden lärmte, dem klopfenden Kolben eines beschädigten Pumpwerks vergleichbar, empfand er schon diese Dämpfung als eine große Wohltat, wie jemand, bei dem ein Zahnschmerz oder eine sonstige Nervenqual nachläßt und wie unter einer deckenden, wenn auch dünnen Schichte verschwunden scheint ... Dermaßen wohltuend empfand der Major das Zusammensinken jener grausamen Stichflamme , die bei Thea Rokitzers unglückseligem Knix ihn durchzuckt hatte.

Und nun lag er gleichsam auf einer dünnen, ihn zur Not tragenden Schicht, die durchsichtig war wie Eis über der Tiefe des Schmerzes und der Möglichkeit eines neuerlichen Absturzes in diese. Er hatte nicht viel Möglichkeit, sich zu bewegen, der Major. Er mußte sich ganz still halten. Er wollte jenen Absturz – dessen eigentliche Bodenlosigkeit ein hinter vielen Wänden klopfendes Herz doch nur entfernt ahnte – unbedingt vermeiden. Es liebt der Mensch alles, was er fühlt; und wenn die Vorliebe für ein Gefühl lebhafter ist als dieses selbst, so darf man ihn sentimental nennen; er sieht den eigenen Apparat, den Mechanismus, das funktionierende ‚psychologische Beuschel‘ (derartige Ausdrücke stammen immer von Kajetan, auch so eine literarische Pest). Jedermann jedoch hört damit unverzüglich auf, wenn's ernst wird, wenn der atemraubende Preßgriff um's Herz kommt, wenn's da drinnen schon an's Leben geht: husch!, weg ist sie, die schöne Schwebe zwischen Hauptstimme und begleitender liebevoller Betrachtung (‚und da freut sich der Mönch ...‘), wenn's uns auf den Abgrund zuschwemmt, darin die unauslotbaren Wasser brausen, ganz grob und direkt auf ihn zu. Nun, man kann sagen, das eine sei noch nicht und das zweite nicht mehr eigentliches Leben ... Aber die Entscheidung solcher Fragen ist jedenfalls und jeweils demjenigen ganz gleichgültig, der schon vor dem zweiten bangt. Und so verhielt es sich mit dem Major. Unter der dünnen Eisdecke zeigte sich bereits ein paradoxer roter Schein (Melzern nicht unbekannt, o nein, sehr im Gegenteil!), und sie stand in Gefahr, durchgeschmolzen zu werden.

So saß er da neben dem lieben Werkmeister Pichler, Zihaln gerade gegenüber, und hatte ein ‚langsames Gesicht‘, grad wie vor zwei Jahren, vor dem roten Auto stehend am Rande des Gehsteiges in der Porzellangasse, nach der Fahrt mit – nein, neben Editha. (Das Wörtchen ‚mit‘ kann in diesem Zusammenhange nur in bezug auf Melzer verwendet werden: denn er war es, den man – mitgenommen hatte.)

„Da müßte man eigentlich den Herrn Major fragen‘‘, sagte jetzt der Amtsrat Zihal. Ein neues Gespräch wollte eben in Gang kommen. Es war mehr tratschiger als theoretischer Art und ging von dem Amtsrate deshalb aus, weil er zweimal mit dem Thema war infiziert worden: zuerst in St. Valentin durch Thea Rokitzer, welche seine Bahn-Elemente beim Wassertragen und Gießen im Garten gestört hatte, diese Angelegenheit zur ungeeigneten Zeit und in nicht angemessener Weise vortragend; sodann, zweitens, durch Paula Pichler, die ihre Sache besser gemacht hatte, nämlich bei der

Gelegenheit, als sie den Amtsrat und seine Frau einzuladen persönlich erschienen war, sogleich nach der Rückkehr des Ehepaares aus Oberösterreich vom St. Valentiner Zihaloid (mit Obstkörben, jedoch diesmal ganz offiziellen: und, seltsam genug – gerade bei deren Verarbeitung wurde die Frau Amtsrat am Unterarme gezüchtigt!). Frau Rosa übrigens war nicht daheim gewesen. So hatte denn die Pichler ein Fühlhorn vorgestreckt. Freilich, ohne von Theas St. Valentiner Aktion (Bäh, bäh!) zu wissen. Auch die ihre mißlang. Die Einladung wurde, gleich auch im Namen der Gattin, zeremoniös angenommen, die Auskunft ebenso erteilt, jedoch war diese von der gleichen chinesischen Undurchdringlichkeit wie die seinerzeitigen halboffiziellen St. Valentiner Auslassungen Zihals in bezug auf den gleichen Gegenstand, nämlich den Ankauf größerer Posten von Rauchsorten durch private Personen. Für uns natürlich liegt es nahe zu denken, der Amtsrat habe einfach nichts gewußt und sich mit ein paar Redensarten aus der Affäre gezogen. Für Thea sowohl wie für Paula lag solches zu glauben keineswegs nahe: ein Amtsrat ist ein Amtsrat, und wer denn soll da wissen, was verboten und was erlaubt sei, wenn nicht eine Amtsperson, lebe sie gleich schon in Pension! Freilich fehlte den Frauen – mochte auch der Zihalismus endemicus erblich in ihnen sitzen! – das volle Gewicht der Begriffe von Kompetenz und Inkompetenz. Es erscheint in dem ganzen Zusammenhange indessen als bezeichnend – für Zihal nämlich – daß er seiner Frau gegenüber in bezug auf diese nun schon zweimal bei ihm erfolgten, und somit doch auffälligen Erkundigungen vollends schwieg: und wenn Frau Rosa Zihal überhaupt Kenntnis erhalten hat von tabak-anrüchigen Sachen (wir wissen es nicht und können also inkompetenzhalber darüber nichts sagen), dann ist ihre Aufmerksamkeit in diese Richtung keineswegs durch ihren Gatten gelenkt worden. Sie mag von den Sachen schließlich erfahren haben; etwa durch ihre unverheiratete Schwester, die Trafikantin, was aber weniger wahrscheinlich ist, weil diese den Dingen kaum Bedeutung beimaß, eher schon durch Frau

Rokitzer und die Umtriebe („ambitus‘ – hätte der Rittmeister gesagt, den’s anging, der aber, zum Glück für seine gute Ruh, von der Existenz einer Hedi Loiskandl samt diesbezüglichem Bräutigam nichts wußte!) – eher schon durch die Umtriebe der Loiskandl also. Aber Frau Rosa ihrerseits wieder hat den Amtsrat Zihal, ihren Gatten, niemals befragt. Wahrscheinlich hielt sie ihn für inkompetent. Alle Frauen halten den Mann, der sie geheiratet hat, für mindestens inkompetent, wenn nicht für schlimmeres. Das wird seine Gründe haben. Jedenfalls steht fest, daß Zihal ihr nichts sagte und auch von ihr nicht gefragt wurde. Beleg: sein 1927 getaner und diesfalls kompetenter Bericht an Kajetan. Dem ‚Doktor Döblinger‘ gegenüber war er überhaupt sehr offenherzig und gar nicht chinesisch.

Nun aber, Paula war inzwischen auch bei ihrem einstmaligen Chef in der Marc-Aurel-Straße gewesen (wir sehen sie ja überhaupt tätig!). Aber mit einem noch geringeren Ergebnis als bei Zihal, eigentlich also mit gar keinem. Der Doktor Adler – man erinnert sich seiner vielleicht flüchtig aus dem Tennisclub Augarten – hatte eine so große Freude, als er Paula wiedersah, daß er in seinem Arbeitszimmer nur so um sie herumhüpfte und ehrlich glücklich war zu hören, sie habe einen lieben Mann und ein herziges Mäderl. Er wollte Bilder sehen, und Paula war so klug gewesen, welche mitzubringen. Adler betrachtete die Photographien mit Entzücken, lief dazwischen hinaus, wo seine Klienten schon warteten, jedoch grüßend an diesen vorbei und in die Kanzlei, wo seine Fräuleins saßen, deren eines er unter Vorstellungen der Dringlichkeit zum Blumenhändler und zum Konditor sprengte, von wo sie bald mit einem riesigen Strauße roter Rosen und einer Bonbonnière für eine kleine Fürstin zurück kam. Draußen wähnten die Fräuleins den Doktor akut verliebt, aber das war er gar nicht, höchstens zeitweise noch immer in seine Frau.

Über die gegenständlichen Fragen Paulas aber rutschte Adler rasch hinweg, ja, erst hörte er ihr kaum zu, und ihre Fragen gingen in seinen viel zahlreicheren unter. Dazu muß man nun freilich halten, daß die Sache, wegen welcher Paula da ihre Bedenken vortrug, als bürgerliches Rechtsgeschäft, als Kauf, ja eigentlich einen Haken nicht zeigte. Ein zihalistischer Gesichtspunkt jedoch lag dem Advokaten fern. Und in der Zeitung hatte er wichtigere Dinge zu lesen als die anscheinend längst geordneten und vergangenen Abgänge in irgendwelchen Depots oder Hauptverlagen der Tabak-Regie. Es war dem Doktor nicht recht klar zu machen, daß es sich hier auch um eine Sache von Wichtigkeit handeln könne; er hatte zwar keine Mauer im Gehör, wohl aber eine Art wehenden unruhigen Vorhanges davor, und am Ende erwies es sich hier tatsächlich als unmöglich durchzudringen, fast so unmöglich, wie es sich – allerdings nur in der Vorstellung – erwiesen hatte, dem Major Melzer von den gedoppelten Damen zu erzählen. Wichtig erschien dem Doktor Adler allein, daß seine Paula Schachl, jetzt Frau Paula Pichler, gekommen war, ihn zu besuchen, und daß es ihr in allen Stücken wohl erging.

Und so stieg sie denn endlich mit einer Bonbonnière (die der kleinen Therese noch durch längere Zeit Freuden spenden sollte) und einem Rosenbouquet im Arm die Treppen hinab und trat wieder auf die Marc-Aurel-Straße hinaus. Der alte Kaiser, Philosoph, Imperator und Triumphator, den wir nun in diesem Zusammenhange schon mehrmals haben beim Namen nennen müssen, hätte sich der Paula amoenissima zweifellos erfreut, welche da seine Stadt Wien verzierte.

Jetzt, während des neuen Gesprächs, aber flog unsere Pichler etwas an, was jedweden Zusammenhang mit den Sachen, welche sie im Auge hatte, und mit den Zwecken, die sie verfolgte, ganz und gar vermissen ließ. Sie sah sich selbst aus dem Haustor des Rechtsanwalts treten, und nun blickte sie die Marc-Aurel-Straße hinab in der Richtung gegen den Donaukanal zu. Dieses sich selbst Sehen aber und das Bild der grauen und besonnten, zum Teil alten Häuser, die entlang der abfallenden Gasse standen, überstieg mit seiner plötzlich in ihr aufglänzenden Intensität die sonst gewohnte Art des Kommens und Gehens solcher Vorstellungen und Erinnerungen: und das wirkte eine Art zarten Alarm bei Paula, nur wußte sie nicht, woher er eigentlich kam und wohin er sie rief ... aber nun war sie auch schon dort: bildhaft, nicht mit dem Verstande, nicht mit der Einsicht in einen Zusammenhang: sie sah den Schwager Renés vor sich, damals noch der Verlobte seiner Schwester; da war die Konditorei in der Alserbachstraße und das lustige Beisammensein zu dritt ...

Und die Strudlhofstiege. Der Auftritt. Der alte Mann (!) oben und das Paar in der Mitte. Wie der Vater die geknickte Tochter hinter sich hergeschleppt hatte! Und der Kleine mit dem großen Kopf war finster hinab und davon gegangen.

Freilich hatte ihr René gleich danach das Ganze erklärt (und etwas später, als er mehr wußte, noch einmal), obwohl es einer Erklärung eigentlich gar nicht bedürftig gewesen war, so wenig wie ein Theaterstück oder Film, bei welchem man nur sehen mußte, was gespielt wurde: und ganz so hatte sie zugesehen, gar nicht anders.

Jetzt ruhte Astas musternder, wenig wohlwollender Blick auf ihr.

Und neben Asta stand Melzer.

Fast gleichzeitig, auf einem anderen, fast noch sprunghafteren Wege, war Melzer dahin gelangt, Paula, die er ja ein einziges Mal im Leben vor vierzehn Jahren gesehen hatte – eben bei jenem Skandal auf der Strudlhofstiege – jetzt seinerseits wiederzuerkennen. Für ihn aber wies sich das Faktum als solches von weit geringerer Bedeutung als der Akt, welcher es sichtbar machte, der vierzehn Jahre tiefe Sprung, eine von den neuerlichen Besitzergreifungen seiner eigenen Vergangenheit, die in letzter Zeit sich häuften, dichter und dichter einschossen, ein Trommelfeuer des Gedächtnisses, aber doch nur, wie ihm ganz zutiefst ahnte, die Vorbereitung einer entscheidenden Durchbruchs-Schlacht (da wir nun schon einmal bei den einem Militärsmanne angemessenen Metaphern sind).

Er hatte sich als Ruhepunkt für sein Auge eine kleine Stelle an Thea's rechtem Unterarm gewählt (dieser war von St.

Valentin her leicht und natürlich gebräunt und zart weißlich
beflaumt), und das erwies sich als die noch beste Art, wie er
an ihr vorbeisehen konnte, von ihr absehen, ohne sie doch
ganz in seinem Gesichtskreise zu missen. Ihm schien auch
durch Augenblicke dann und wann, als nähere sich ihm diese
zarte Aprikosen-Rundung, wie sich die Wange des Kindes
unter derTorfahrt genähert hatte, ja, als schwebe sie dicht vor
seinem Munde. Wie groß wäre Tantalus gewesen, wenn er dem
Hades nicht hereingefallen, nie nach den Früchten gegriffen,
nie nach dem zurückweichenden Lebensquell sich gebückt
und so alle Künste der Hölle hätte vertan sein lassen! Dem
Major Melzer aber eignete hier und jetzt fast etwas von der
Größe, die dem Tantalus versagt geblieben ist oder noch
bleibt, denn wer weiß schon so genau, ob jenes Spiel mit
Früchten und Wasser nicht auch heutigentags dort noch
weitergeht? Die in Frage kommende Verordnung war jedenfalls als eine dauernde anzusehen. Melzer aber schaute an Thea
vorbei gegen die vier Obstbäume des Gärtchens. In strichweis
interpunktiertes Grüngold, in zunehmenden Blätterschatten.
Und war jedenfalls und bedingungslos bereit, das Verfügte
(ihm schien es ver-fügt, nur ihm und jetzt augenblicklich –
aber gleichwohl war er zuinnerst überzeugt davon, daß es
doch recht und gerecht gefügt sei, und das alles wußte unser
Major! Wer zweifelt noch an seinem seit dem 22. August
entstandenen Zivilverstand?) – das Verfügte also war er bedingungslos bereit, als endgültig hinzunehmen, als zur Kenntnisnahme und Danachachtung eröffnet (nichts zu machen –
man spürt immer diesen Sog vom Amtsrat Zihal her, schon
gar, wenn er in nächster Nähe sich befindet). Hinnehmen –
aber nicht wie ein geknickter Pflanzenschaft den gleichwohl
weiterwehenden Wind, also gewissermaßen nur baumelnd,
sondern aufrecht (damit haben's diese Soldaten immer), und
auch nicht so, daß man aus süßen Trauben jetzt saure machte
(wäre bei der Rokitzer schwer gewesen!) wie damals, als er
plötzlich geglaubt hatte, finden zu müssen, daß die Asta
Stangeler durch Sekunden dem alten Schmeller ähnlich sehe,

während sie die junge Person betrachtete, die mit René Stangeler und Pista Grauermann vom unteren Ende der Strudlhofstiege heraufgekommen war, wo sie dann etwa in der Mitte alle beisammen standen.

Und neben René stand Paula.

Aber soweit waren beide jetzt noch nicht gelangt, weder die Pichler noch der Major Melzer. Dieser, von dem Amtsrate Zihal als kompetent in tabak-anrüchigen Sachen eben vorhin geziemend angesprochen, zeigte – sowohl von seiner a-zihaloiden Natur aus, wie infolge seiner augenblicklich nur mühsam bewahrten Gleichgewichts-Lage – kein Bestreben, den Begriff detaillierter Kompetenzen zu demonstrieren: welche es keineswegs als plan gegeben hätten erscheinen lassen, daß ein Beamter der Tabak-Regie, ein beliebiger, über jeden Vorgang innerhalb dieses verzweigten hierarchischen Gebildes Aufschluß zu geben in der Lage sei – was der Amtsrat Zihal auch durchaus nur aus Höflichkeit mit seiner Frage so hinstellte. Allerdings war ihm ja nicht bekannt, in welcher Dienstverwendung der Major stand (auf welchem Dienstzweige sitzend er das Lied dessen sang, dessen Brot er diesfalls aß). Und es konnte schließlich auch sein, daß der Major wirklich mit den in Frage stehenden Sachen befaßt, oder befaßt gewesen war. Und überdies erschien dem Amtsrat eine solche an den Major gerichtete höfliche Anrufung von dessen Autorität als das beste Mittel, das von ihm selbst angeregte Thema alsbald jenem zuzuspielen, und auf diese Weise endlich einmal etwas Sicheres zu erfahren in bezug auf eine Sache, wegen der er nun schon zweimal interpelliert worden war.

Dem gegenüber aber blieb das Hauptbestreben Melzers vorläufig noch auf die Bewahrung jener Balance gerichtet, welche ihm durch das Festhalten eines Fleckchens Aprikosen-Oberfläche jetzt am besten ermöglicht schien: es vertrat dies gleichsam die kleine Theresia Pichler – die sich bald von den Erwachsenen weg begeben hatte und hinter den Obstbäumen mit einem sehenswerten Bierwagen spielte, ein Werk des Vaters für die Tochter, ein wirklich schönes Modell, meisterhaft geschnitzte Rößlein und vierundzwanzig kleine Fäßlein, die man abnehmen und anhängen konnte – es vertrat dies gleichsam die kleine Theresia Pichler und ihre Himmelswange. Und die übertragenen Bedeutungen sind in solchen Sachen immer ungefährlicher als die direkten. Sie brennen nicht so sehr auf den Nägeln oder diesfalls eigentlich hinter einem Popeline-Hemd auf dem Herzen, das sich außerdem noch hinter viele unsichtbare Wände geflüchtet hatte, um dort nicht ganz regelmäßig und gleichsam leicht beschädigt zu klopfen, Wände, welche jedoch unserer resoluten Pichler seit Thea's unglückseligem Knix der Hauptsache nach schon bekannt waren.

Der Amtsrat Zihal aber hatte sein Thema nicht eigentlich von jener Seite her angeschnitten, welche den Ankauf größerer Posten von ‚Rauchsorten‘ durch private Personen betraf – obwohl er's dann dorthin zu dirigieren wußte – sondern er war von jenen Abgängen, Entwendungen oder Unterschlagungen ausgegangen, die man schon im Frühsommer entdeckt und wovon auch die Zeitungen in der Folgezeit dann und wann Notiz genommen hatten. Hier bereits wurde also Melzer angesprochen. „Ich weiß von diesen Dingen fast nichts“, sagte er nun endlich, „ich muß mich damit entschuldigen, daß ich ja in einer Verwendung stehe, welche mit der Fabrikation, der Lagerung und dem ganzen technischen Teil nicht zusammenhängt, auch nicht mit den allfälligen Exporten und Transporten. Ich bearbeite eigentlich rein personelle Sachen. Aber in einem Fall, das weiß ich sicher, ist ein Einbruch verübt worden.“ „Wobei also weder einen Beamten noch einen Angestellten oder Diener ein Verschulden treffen kann.“ „Nein“, sagte Melzer, „es ist einfach Gewalt angewendet worden, so viel mir bekannt ist.“ „Aber in anderen Fällen sind also doch Malversationen erfolgt, Unterschlagungen, wie man zu sagen pflegt?“ „Ja“, sagte Melzer, „leider muß ich das wissen, in meinem Referat. Man hat übrigens daraus kein Geheimnis gemacht, ist ja überall zu lesen gewesen.“ „In dieser ganzen

Sache wird eine Untersuchung geführt", sagte Zihal, „wie mir neulich erzählt worden ist. Das ermöglicht einen gegebenenfalls erforderlichen raschen Eingriff oder Zugriff der Sicherheitsbehörden, weil der Untersuchungsrichter beispielsweise die Polizei berechtigen kann, eine Hausdurchsuchung durchzuführen und dergleichen mehr. Jedoch sollen, wie ich ebenfalls erfahren habe (nun freilich – sogar zweimal! Aber hier übertrieb er doch ein wenig, der Amtsrat!), in den letzten Monaten private Käufer für größere Posten von Rauchsorten aufgetreten, beziehungsweise an den Detailhandel in Trafiken herangetreten sein, in rechtlich einwandfreier Form, da der gesetzliche Preis erlegt werden sollte . . ."

Noch immer suchte Melzer sein Aprikosen-Fleckchen festzuhalten. Nun freilich mußte auch der Augenblick erscheinen, wo er sich selbst vor dem Briefkasten in der Porzellangasse stehen sah, während unvermutet Thea des Weges gekommen war. Am Freitag, dem 10. Juli. (Er verwunderte sich keineswegs über die genaue Evidenz dieses Datums – eine solche war ihm in allen Sachen der Vergangenheit, der ferneren wie der näheren, schon fast selbstverständlich geworden.) Er hatte sich in jenem Briefchen für den morgigen Samstag entschuldigt – aber aus dieser ihn damals drehenden Gletschermühle des immer wieder Zurückweichens fühlte Melzer sich nunmehr entronnen, das wußte er klar! – und er hatte in eben demselben Briefchen, das dann nicht durch die Post, sondern gleich durch Thea bestellt worden war (aller Wahrscheinlichkeit nach doch ganz verläßlich), Editha auch mitgeteilt, daß er ihr mündlich Auskunft zu geben vorziehe über etwas, was sie zu wissen wünschte: nämlich über den richtigen Weg bei der Beschaffung größerer Posten von Rauchsorten durch private Personen . . . Und später war davon nie mehr die Rede gewesen, obgleich Melzer eigentlich vorgehabt hatte, ihr für jetzt von jedem derartigen Einkauf abzuraten, eben wegen dieser ganzen Entwendungs- und Schmuggelgeschichten, und lieber damit noch eine Zeit zu warten (wozu sie das Zeug brauchte, war ihm unerfindlich, aber auch kein Gegenstand des Kopfzerbrechens

gewesen). Nun also, bei des Amtsrats Reden, fiel ihm natürlicherweise Editha ein und Thea und der schwarz-gelbe
Briefkasten und seine angebliche Verkühlung und sein
qualvolles Zögern.

Das war vorbei. Schon war die alte Qual durch eine neue
abgelöst.

Und er hielt sich fest. An dem süßen Aprikosen-Fleckchen.

‚Hintennach gut‘, dacht’ er, ‚daß Editha sich diese große
Zigaretten-Kauferei aus dem Kopf geschlagen hat.‘

Sie fehlte in diesem Augenblick, Editha, sie fehlte in ihm
da drinnen, ihre Stelle war leer, er mußte sie gewissermaßen
vertreten (wie Zihal die Frau Rosa!). Er tat es sofort.

Und hielt sich mit den Augen weiter fest am süßen Halt.

Dieser jedoch zeigte nun irgendeine Veränderung, wie eine
Unruhe der flaumigen Oberfläche.

Aber Melzer griff mit dem Blick fest zu, er saugte sich gleichsam an, und so gelang es ihm, knapp bevor noch Thea den
Arm wegnahm, ihre Körperstellung veränderte und sich mit
einem kleinen Seufzer aufrichtete – immer dem Gespräche
Melzers und Zihals gespannt folgend, und besonders den
Worten des letzteren – so gelang es Melzer also, den früher
erwähnten vierzehn Jahre tiefen Sprung zu tun und Paula wiederzuerkennen. Er wandte sich. Er blickte sie jetzt an.

Und beide lächelten.

Melzer nahm sein Weinglas. Auch sie.

Er beugte sich zu ihr.

„Strudlhofstiege 1911 ?“ sagt’ er halblaut.

„Ja“, sagte sie, mit einem weichen Wohllaut in der Stimme.

Er dachte jetzt an die Stiegen ganz in der Art, wie man an
einen Menschen denkt. Sie behielten recht. Sie enttäuschten nie.

Der gläserne Schrank, ganz durchsichtig und daher jeder
Verstellung unfähig (man muß aber ein Vakuum nicht eigentlich als Qualität werten, denn das wäre widersinnig), zeigte
jetzt eine Art wolkig-molkenbrockiger Trübung: es war ein

Schmerz in Theas Gesicht erschienen, während sie dem Amtsrat zuhörte, ein Schmerz wegen eines – sei's auch nur durch die dumme Zigaretten-Affäre – innerlich noch Verhaftet- und Gefesseltseins an Eulenfeld und seinen Kreis, den sie als Pönitentiärin nicht so ganz ohne Tränen verlassen, jetzt aber eigentlich schon weit hinter sich gelassen hatte: und gar in der Nähe Melzers. Nun auf einmal fühlte sie sich dieser Nähe nicht würdig.

„Immerhin steht zur Erwägung, ob ein an sich unbedenkliches Rechtsgeschäft mit irgendeiner strafbaren Handlung in Verbindung gebracht werden darf", sagte Zihal. „Jedoch kann nicht als erwiesen gelten, ob der gesetzliche Preis für die Ware überhaupt wäre erlegt worden, und ob es sich nicht hier, so wie in den anderen Fällen um Diebstahl, bzw. Einbruchsdiebstahl oder Unterschlagung, um eine versuchte Herauslockung und einen Betrug gehandelt hätte. Denn meines Wissens ist niemand auf die gemachten Angebote eingegangen, das heißt, diese Bestellungen wurden in keinem Falle effektuiert. Doch wohl offenbar aus Mißtrauen. Anlaß genug wäre der Sicherheitsbehörde jedenfalls gegeben, sich im Zuge einer nun einmal schon laufenden Untersuchung auch um solche Fälle zu kümmern."

Er übertrieb doch stark, unser Amtsrat: das kam ja so heraus, als hätt' er verschiedenerlei Informationen (denn immer gebrauchte er ja den Plural), das schwoll ja schon bis zu Würde, Dekor, Haupt- und Staatsaktion! und wie bescheiden waren eigentlich seine Quellen! Aber er sog und zog aus ihnen. Er folgerte. Er folgerte, daß der eine ihm zu Ohren gekommene Fall nicht würde vereinzelt geblieben sein. Und gebrauchte daher den Plural. Nicht ganz ohne Berechtigung. Durchaus nicht. Und ohne irgendetwas hinzu erfahren zu haben, wußte er somit bereits mehr als Thea und die Pichler zusammengenommen.

Durch den Glaskasten huschte eine flüchtige Einsicht (wir können sie deutlich sehen), daß der Rittmeister so ganz unrecht nicht gehabt habe mit seinem Ärger wegen der Art, wie sie, Thea, die Sachen bei der Tante Oplatek auf der Josefstadt vorgebracht hatte, und obendrein unter Deponierung seines Namens und seiner Adresse.

Die Pichler legte bei des Amtsrates letzten Reden in ihrer uns schon bekannten Art die Ohren zurück. Einen Augenblick hindurch schien's ihr beinah, als wisse der Amtsrat wirklich mehr als sie selbst. Jedoch blieb sie völlig ruhig und nüchtern. Und darum siegte in ihr alsbald der Schachl'sche Hausverstand sogar über den Zihalismus endemicus, und sie erkannte – so etwas aber bringt doch nur ein gänzlich amtsfremdes Individuum fertig! – Zihal's sich ausbreitende Spaliere als durchaus nur aus den von ihr (und von Thea – aber das freilich wußte sie nicht!) deponierten Samenkörnchen gezogen. Sogleich dann faßte sie drei saftige Resolutionen. Und zwar geschahen diese Gedankenarbeiten bei der Pichler viel müheloser wie etwa bei Asta von Stangeler in verwandten Fällen, denn der Paula drosselte keinerlei Halskrause den Zustrom der Kraft. Vielmehr griff diese voll an, mir nichts, dir nichts, wirkte ohne Hindernis, und alles war gleich fertig, ja, wie aus dem Handgelenk:

1. Der Amtsrat ist kein Schwein und kein Naderer der anzeigt. Das gibt's bei dem gar nicht.

2. Der Thea kann auf keinen Fall was passieren.

3. Was aus dem alten Lumpen von Rittmeister wird, ist mir egal.

Erledigt. Zugleich schien ihr jetzt doch eher möglich – seit Melzer und sie eine ganz unvorhergesehene neue alte Verbindung gewonnen hatten – ihm von den gedoppelten Damen zu erzählen. Jetzt schon? Heut noch? Überhaupt? Hatte nicht René doch recht?!

Inzwischen war auch das zuletzt besprochene Thema erloschen. Melzer meinte am Ende noch, daß die erhöhte Aufmerksamkeit der Finanz-Wachen an den Grenzen – nicht so sehr zur Verhinderung des Exports von Tabak-Waren, als vor allem zur Sistierung entwendeter Posten und damit vielleicht Ermittlung der Täter – zweifellos früher oder später

Aufklärung bringen, mindestens aber verbrecherischen Elementen die Lust zur Fortsetzung ihrer Tätigkeit auf diesem nun wenig aussichtsreichen Gebiete nehmen würde. Als der Amtsrat noch den Major befragte, ob nicht auch legale Formen des Exports, also amtswegige – da ja die Tabak-Regie doch in gewissen Fällen Erzeugnisse ausführe – mißbraucht werden könnten, gestand Melzer ohne weiteres ein, von dem dabei eingehaltenen Vorgang oder Verfahren nichts zu wissen als dies, daß es, wohl der Sicherheit wegen, einigermaßen kompliziert sein müsse, was er vor kurzem allein schon habe aus den neuen, für diesen Zweck eingelangten Drucksorten ersehen können, die zufällig in der Registratur, wo man in diesen Tagen eben das Inventar des vorhandenen Materiales vornahm, auf einem der Tische gelegen hätten. Er könne sich schwer vorstellen, sagte Melzer, daß jemand in dieser Sache, sei er auch gut eingeweiht, einen Schwindel wirklich durchzuführen imstande wäre.

Pichler, der Werkmeister, hörte bei alledem mit Interesse zu, trank jetzt auch ein Gläschen – mit seiner Frau und dem Major anstoßend – aber seine Anteilnahme schien so lebhaft nicht mehr wie früher, als Zihal jenen Vortrag über das (transzendentale) Wesen der Amts-Ehre gehalten hatte. Paula wandte sich an Melzer und fragte, ob sie ihm mit Thea zusammen einmal einen Besuch machen dürfe, wenn er daheim sei? (So warf sie die Verbindungsleine – sie hatte nun einmal den Schritt ins Handeln getan.) Im Amt wollten sie ihn keinesfalls mehr stören, sagte sie, die Pichler. „Ich bin von dort immer um längstens fünf Uhr schon zurück", antwortete der Major, welcher sich jetzt unversehens wie von einer hellen Woge emporgeworfen fand, auf deren schäumendem Kamm er mit einiger Mühe balancierte, „ich würde mich unendlich freuen." Zugleich empfand er die Schwächlichkeit dieser letzten, wenngleich doch recht superlativen Worte, gemessen an dem, was er fühlte, nicht sagen konnte, doch sagen wollte. „Da wird's aber gut sein", bemerkte der Werkmeister, „wenn ihr den Herrn Major um die private Telephon-Nummer bittet, damit ihr dem Herrn Major nicht vielleicht ungelegen kommt." Paula empfand rasch und deutlich, bei aller Vernünftigkeit dessen, was ihr Alois eben in Erinnerung brachte, doch den Zusammenhalt der Mannsbilder, ganz unzweifelhaft, und wie hier ein Verheirateter die Interessen eines Junggesellen wahrnahm, in diesem Ring-Verein. Jedoch es gefiel ihr jetzt eigentlich. Man stand schon, um sich zu verabschieden. Sie schob ihren Arm unter den ihres Mannes, mit leichtem Druck, den Pichler sanft erwiderte. Der Major hatte seinem Portefeuille ein Kärtchen entnommen und es Paula gereicht. „Bei wem wohnen Sie denn da, Herr Major?" fragte sie ganz ungeniert, während sie feststellte, daß auf der Visitekarte auch die Telephon-Nummer rechts unten gedruckt war. „Was du alles wissen willst!" sagte der Werkmeister lachend. „Bei einer Frau Rechnungsrat Rak", antwortete Melzer.

Es dämmerte. Er hatte mit Thea Rokitzer den Heimweg gemeinsam; der Amtsrat bog bald nach rechts ab, nicht ohne ein zeremoniöses Kompliment getan zu haben, das von Melzer ebenso erwidert worden war (und mit einem Gefühle wirklicher Hochachtung). Der kleine, aber umständliche Vorgang vollzog sich noch in einem der Gäßchen des alten Stadt-Teils, welchen der Amtsrat nun verließ.

Im Dahingehen neben Thea, die von Melzer nur um ein geringes an Körpergröße überragt wurde, im Dahingehen neben ihrem nicht trippelnden, aber von Wohlanständigkeit und Respekt gekürzten Schritt (und: hatte sie es denn eilig, in das Zimmer mit dem bekannten Büffet zu kommen?!), während dieses Weges durch den einbrechenden Spätsommer-Abend fand nun Melzer, wie in einem Rückblick und als bereits vollzogen, seine Lage vollends gewandelt in diesen wenigen Tagen. Was ihn jetzt ganz umschloß, ihn einschloß bis zur integralen Selbstverständlichkeit, das konnte er solchermaßen freilich nicht mehr erkennen:

Daß er keinen Ausweg suchte nämlich.

Ein Faustkämpfer etwa kann groß sein im Geben oder im Nehmen.

Der Major nahm.

Auch daß seine Liebe jetzt, während dieses kurzen Wegstückes bis in die Alserbachstraße, uferlos und hoffnungslos alles überschwemmte.

Sei's.

Er kam spät zu seinem eigenen Leben. Nun nahm es ihn mit. Aber in anderer Weise, als er bisher mitgenommen worden war.

Aber doch leuchtete etwas über dieser Schlacht, in welcher nicht gekämpft wurde, so wie über einem wirklichen Schlachtfelde der Himmel, die durchbrechende Sonne, die Hügelränder ihre Licht- und Schattenspiele machen, die rein gar nichts zu tun haben mit allem, was da in der Ebene mit Angriff und Abwehr, mit Umgehen und Umfassen sich vollzieht. Aber dennoch, wer in der Schlacht war, hat aus ihr unversehens vielleicht auch die Erinnerung an einen Wechsel der Beleuchtung mitgenommen (sofern er überlebte freilich), und in seinem Gedächtnisse ist beides übereingekommen und hat darin einen Zusammenhang von unvorstellbarer Festigkeit gewonnen, der ganz unleugbar ist, so wenig dort und damals auch die plötzliche Besonnung eines Waldstreifens und das smaragdene Aufleuchten der Laubkuppeln auf Furcht und Hoffnung, Kühnheit und Gelingen, Siegen oder Verzweifeln eine Wirkung oder irgend einen Bezug zu haben schienen.

Unter dem Haustor gab er ihr die Hand, freilich, er küßte die ihre nicht. Er verbeugte sich. Und im Wiederaufrichten: sie sah ihn an und hatte etwas Geöffnetes und Schwimmendes im Aug', wie eine Wasserfläche über die der leichte Wind geht und sie kräuselt. Und: spürte er nicht ihre Hand sehr warm?

Ja, mit leichtem Druck.

Aber das blieb oben. Es hatte nichts zu sagen, keinerlei Bezug, so wenig wie jene besonnten Hügelränder unter dem sich öffnenden Himmelsaug', oder der smaragdene Streifen des Waldes.

Noch war der Herbst nicht heran. Noch sprach von ihm kein äußeres Zeichen. Nur tief innen begann ein nach allen Seiten Hinausgezogen-Werden von saugender, zehrender Stärke, zu fernen Rändern ziehend, so wie hier der Kern und Stern der Stadt vom Zentrum in die vier Windrichtungen ausfiel mit den Straßen: in's noch immer Grüne, in's Offene, dem entfremdet man hier ging und stand. Die Sonne leuchtete durchsichtiger, geklärter auf den Häusern gegenüber Melzers Zimmer, auf dem weißen Bewurf wie frisches Wasser. Was er mit Erstaunen bald feststellen mußte – so weit man bei solchen Sachen eine Feststellung eigentlich machen kann – war: daß die Zeit rascher verging. Von Mittwoch nach Mariä Geburt an. Schon war der nächste Abend da, es wurde fünf, Edithas Anruf sollte kommen. Es duftete noch der eben genommene Kaffee. Ernst klingelte der Apparat. Es klang ernst: Melzer fühlte das so, dieses erwartete Signal. Die Stimme warm. Es war sehr reizend. Schon setzte er den Hut auf und nahm zu den Handschuhen heut' einen Stock, der lange – viel, viel länger als Melzern das jetzt gegenwärtig sein konnte – draußen im Schirmständer gelehnt hatte: ein kurzer Rohrstock mit goldenem Knauf. Wirklich trafen sie einander auf der Strudlhofstiege und nicht etwa auf halbem Wege zwischen ihren Wohnungen oder bei Editha an der Lände, was an sich viel naheliegender gewesen wäre. „Ich muß mich jetzt um meine Eltern kümmern", sagte sie, „das kostet viel Zeit. Sie sind überraschend aus Meran zurückgekehrt, weit früher als ihre ursprüngliche Absicht war. Der Papa ist gar nicht wohl. Ich verbring' meine Tage fast ganz in der Gußhausstraße. Hab' ein schlechtes Gewissen diesbezüglich. Die Alten sind von mir leider sehr vernachlässigt worden in den letzten Jahren. Das geht nicht mehr so weiter. Und wenn ich einmal drüben bei ihnen bin, lassen sie mich nicht weg." Melzer war erfreut, daß sie so vertraulich zu ihm sprach von ihren Angelegenheiten – wie zu einem Gatten. Beinahe berührte es ihn so. Er hatte durch Sekunden eine ihm fremde und darum auffallende Empfindung des Besitzes: des schon vollzogenen.

Es war vorbei. Vorbei auch der Gipfel vom Berg des Lärms, den die Spannung im eigenen Blut machte. Die dicke Schoppung und Stopfung des Sommers gelöst, alles gelichtet, Kontur trat durch, dünnerer Sonnenschein, auch hier auf der Stiege, welche im geneigten, vergoldenden Abend stand: aber mit noch vollen, dichten, reif-grünen Baumkuppeln. Über dem kleinen, ockergelben Palais, rechts oben, ästelte es filigran in den Himmel. Editha und Melzer standen auf der unteren Rampe, über der Brunnenplattform, über dem Geträtsche des Wassers, gerade in der Mitte. Es blieb bei einem kleinen Spaziergang. Aber zunächst verweilten sie noch hier. Und Editha ließ sich jetzt von Melzer einmal ganz genau schildern, wie jener Skandal hier auf den Stiegen vor vierzehn Jahren – von welchem sie, ihrer beiläufigen Erwähnung nach, nur aus Bemerkungen des Oberbaurates Schmeller damals erfahren hatte – eigentlich vor sich gegangen sei. Melzer tat's. Er berichtete. Jedoch der ganze Vorgang, wie sie nun hier standen und redeten über das, was einst gewesen war, hatte für den Major einen erkältenden Unterton, eine Empfindung flog ihn an, wie man sie beim Schwimmen haben kann, wenn man flach und rasch sich dahinbewegt hat in dem von der Sonne oberflächlich erwärmten Wasser und nun einhält, mit den Füßen hinabsinkt, steht: da wird die verhältnismäßige Kühle der unteren Schichten fühlbar, alles scheint von Kälte unterzogen. So ging's dem Major. Er war weit entfernt davon, sich jetzt zu erinnern, wie sehr er einst gewünscht hatte, mit Editha bezüglich der vergangenen Zeiten in gemeinsamen Erinnerungen übereinzukommen. Ja, ihm schien in seinem eigenen Bericht und in der Auseinanderlegung und Besprechung jener Vorgänge von damals fast etwas wie Schamlosigkeit sichtbar zu werden. Jedoch, stärker als dies alles – was rasch im unteren Schnürboden des Gemütes fädelte – blieb oben noch die Gewalt äußerer Welt, Edithas Erscheinung, wie sie vor ihm jetzt die Treppen hinaufging, mit einer merklichen seitwärtigen Heraus-Schiebung ihrer Hüften beim Gehen; und vielleicht erschienen diese gerade nur dadurch breiter als sie eigentlich waren. Mit dem Näslein bestand auch irgend so ein Geheimnis: jetzt etwa sah es ganz gerade aus. Sie gingen oben durch die Strudlhofgasse bis zur Bolzmanngasse heraus und dann genau den gleichen Weg, welchen Melzer einst mit Asta von Stangeler gemacht hatte. Es war hier fast leer und still. Sie sprach ganz vertraut mit Melzer, auch von dem bevorstehenden Feste zu zweit, ja das vor allem, und er nahm an dieser Vertraulichkeit sofort teil – als springe er ihr bei, als helfe er ihr, etwas zu stützen, zu tragen und in Balance zu halten – und sie beklagte sich über ihre jetzige Inanspruchnahme durch verschiedene Umstände und die Behinderung daran, diesen Tag fest-zusetzen, aus noch einem anderen Grunde, den Melzer leicht erraten konnte. Dies war gut, sie waren beisammen, es war wie ehelich.

Erst nach diesem Spaziergang am Donnerstag mit Editha begann für den Major der raschere Zeitfluß eigentlich recht fühlbar zu werden. Stangeler, der, so schien's, sich dauernd hier in dieser Gegend herumtrieb (was ja wegen seiner Grete wohl begreiflich), begegnete ihm am darauffolgenden Tage, Freitags, und doch kam es dem Major so vor, als ob dies unmittelbar nach seinem Beisammensein mit Editha und dem mehr oder weniger gezwungenen Bericht auf der Strudlhofstiege erfolgt sei. Es war in der Fürstengasse ge-wesen, daß er ihn getroffen hatte (und vielleicht ist René damals wieder über die Stiegen heruntergekommen). „Halloh, halloh, Herr von Stangeler!" (denn dieser wäre glatt an ihm vorbeigelaufen und hatte merkwürdigerweise im Gehen seine schiefen Augen bis auf einen Spalt zusammengekniffen, wie eine Katze am hellen Tag). „Sagen Sie mir doch, warum haben Sie eigentlich am Mittwoch vor acht Tagen bei mir nicht er-wähnt, daß ich diese – übrigens reizende! – Frau Paula Pichler kenne oder kannte, wenn auch nicht ihren Namen? Das haben Sie doch eigentlich alles wissen müssen." Dem Major war damals nie bewußt, daß er in letzter Zeit eine Genauigkeit zu entwickeln begann, welche über die doch meist nur mittlere Belichtung des umgebenden Lebens erheblich, ja fast gefährlich hinausging: und das vielleicht um so mehr, je weniger er für sich noch einen Ausweg suchte ... zudem, er war, ebenfalls ohne es selbst irgendwie auffallend zu finden, mit allen hier in Frage kommenden Sachen unausgesetzt beschäftigt. Er lebte sozusagen um die Strudlhofstiege herum, nicht nur örtlich, auch innerlich, ja in immer engeren Kreisen, schon fast Wirbeln. Stangeler, der augenblicklich vielleicht von wo ganz anders her kommen mochte, starrte ihn verblüfft und zunächst vollends ratlos an. Sie standen unweit des jetzt offenen Einganges zum Parke. Melzer war in seiner Sache keineswegs aufzuhalten. Rasch grub er durch irgendwelchen aktuellen Schotter, der den René jetzt vielleicht von ihm trennte. Aber noch flog der erste Staub in Gestalt von Jahreszahl und Hinweis, alter Schmeller und das Herumstehen nach allem auf der unteren Rampe – „Ja freilich!" rief da René und ergriff Melzer am Oberarm, „sehen Sie! sehen Sie! – das heißt: Sie sehen ja. Ich war ja blind. Da war eine unsichtbare Mauer, eine im Inneren: nun ist sie dort außen eingebrochen! Und ich habe durch die ganzen Jahre Melzer und Paula in kontaktloser Evidenz geführt! Oder: ich habe Melzer zerteilt: damaliger Melzer, Leutnant. Heutiger Melzer. Jetzt heilt beides zusammen. In mir. Tragen Sie nicht jetzt manchmal auch noch so weite, weiße Tennishosen?" Diese reichlich sonderbare Ausdrucksweise des Herrn Doktor (!!) Stangeler aber wird eigentlich nur von uns aus jetzt als eine solche empfunden: dem Major war sie – wir wagen es zu sagen! – ohne weiteres verständlich, ja schon beinahe selbstverständlich. „Würde doch alles so heilen!" sagte er. Man sieht, er antwortete im gleichen Ton; und erzählte dann René, wie es am Mittwoch gewesen, von dem Gärtchen, dem Ehepaar Pichler, von der würdigen und lustigen Theresia Schachl, von dem Amtsrate (aber den versuchte er ganz vergebens darzustellen und wiederzugeben, Stangeler verstand das nicht recht) und auch, ja eigentlich vor allem, von dem Apfel, Aprikosen-Apfel, welcher unter der Torfahrt ihm entgegengerollt war. Merkwürdigerweise biß Stangeler gerade auf diese

Frucht mit Begier (sonst zeigte bei Melzers Bericht sein Gesicht eher ein seitwärts Verbohrtsein an, wie in eine falsche Rinne geraten). „War es dick?!" rief er begeistert. „O ja, schon recht sehr!" sagte Melzer. „Und Sie haben die Armerln gespürt am Knie, warm?!" „Ja freilich, das war ja so reizend!" „Nein, so etwas!" rief René, als hätte man ihm die erstaunlichste Sache erzählt, „das sind mir Süßigkeiten!" Mit solcher Lebhaftigkeit also unterredeten sich die beiden dort in der Fürstengasse.

Samstags und Sonntags mit dem Rittmeister: und zwar kam der an beiden Tagen zu Melzer (das Wetter war getrübt), mit Flaschen, etwas vergrämt, gleichsam sich selbst überflüssig, wie an eine Luft gesetzt, in welcher er auch nichts anzufangen wußte, aber gescheit, charmant, wie immer. Lange Beine weggestreckt. Flasche in weißer Papierserviette. Melzer trank nur Mokka, etwas zu viel. „Oh, das verehrte Räkchen", hatte Eulenfeld im Vorzimmer gesagt, da die Frau Rechnungsrat grad heraußen stand. Er küßte ihre Hand. „Werde sie nur kein diesbezügliches Häkchen! Beati qui ambulant, et cetera, et cetera." Das Latein verstand sie freilich nicht. Aber er gefiel ihr schon sehr gut, der Baron. Drinnen: „Ist er brav, der Pierrot? Nicht zu interessiert?" – „Bei mir gibt's nichts Interessantes", hatte Melzer geantwortet. Er fragte nicht nach Editha, und der Rittmeister sprach nicht von ihr. Dagegen sagte er, nach längerem Starren auf den kleinen Wandarm rechts unten beim Kamin, über dem Bärenfelle: „Befremdlicher Auswuchs. Könntest füglich, genau drüber, knapp unter der Zimmerdecke, auch een' anbring'n lassen. Der Symmetrie halber." (Mittleres Grunz-Zeichen.) Melzer fiel es während dieser Worte – gleichlaufend und ohne Zusammenhang mit ihnen, also in kontaktloser Evidenz, um mit dem Herrn von Stangeler zu reden – außerordentlich lebhaft auf, daß er Eulenfeld eigentlich noch nie von dem Major und späteren Oberst Laska erzählt hatte, höchstens kurz erwähnend, nie ausführlich. Sein Staunen darüber platzte jetzt in ihm wie ein sprühendes Sternchen, leuchtete wie ein Stücklein hellglühender Kohle.

Dabei wäre vor Jahren, in der ersten Zeit seiner Bekanntschaft mit dem Rittmeister, genug Gelegenheit und Anlaß dazu gewesen. Jetzt aber sprach Melzer nie mehr von militärischen Dingen. Es war zu spät. Zugleich jedoch ertappte sich der Major bei einem Gerinnsel von Vorstellungen, in welches er schon recht weit hineingewatet war: nämlich zu Thea Rokitzer von Laska zu sprechen. Nun setzte er dem Unsinn unverzüglich ein Ende.

Zweimal Verabredungen mit Editha in der folgenden Woche: das zweite Mal in der inneren Stadt, Donnerstags. Sie verließen den ,Graben' und zogen sich bei Gerstner (eine damals renommierte Konditorei) zärtlich tuschelnd in ein Eckchen. Kurz vorher war dem Major, als er, noch allein, durch die Bognergasse ging, der Ernst von Marchetti begegnet, rund und glatt, aber diesmal wirklich ernst: eben habe er gehört, daß bei Grauermanns in Budapest irgendein Malheur passiert sei, aber eigentlich wisse er nicht recht was? Jemand vom Außenministerium habe wegen einer amtlichen Sache mit Teddy Honnegger telephoniert, und der hätte das einfließen lassen, auch, daß Etelka angeblich gewünscht habe, ihr Bruder, der René, möge sogleich aus Wien gerufen werden; den erwarte man also dort, das heißt, wahrscheinlich sei er schon unten. Mehr wäre nicht zu erfahren gewesen. „Das gibt es doch gar nicht!" sagte Melzer. „Den René hab' ich ja eben noch gesprochen." Als er von Marchetti sich getrennt hatte, erkannte Melzer erst seinen Irrtum. Bei Gerstner, in dem Eckchen, das sie gefunden hatten, sagte ihm Editha, daß sie den Samstag und Sonntag ganz ihren Eltern werde widmen müssen. Aber, wenn es ihrem Vater schon besser gehen sollte, dann würde sie Melzer noch am Sonntag-Nachmittag von der Gußhaus-Straße aus telephonisch anrufen – „der Apparat ist ziemlich abseits, in dem einen großen Vorzimmer, ich hoffe, ich werde ungeniert sprechen können", sagte sie – und ob er also ihr zuliebe am Sonntag-Nachmittage daheim bleiben wolle? „Das versteht sich doch von selbst", sagte Melzer und drückte rasch ihre Hand. „Und vielleicht sag' ich dir dann gleich, wann unser Fest sein soll", fügte sie leiser hinzu, den Händedruck erwidernd, „weil ich dann schon wissen werde, ob und wann ich die Alten allein lassen kann." Melzer empfand das alles als gut, fest, handhaft: nicht ein Schein nur oder leuchtender Streif, der irgendwo fliegt und huscht, um wieder zu verschwinden ohne Bezug auf die Wirklichkeit. Er fühlte sich wie getröstet. Sie saß bei ihm, ihr Körper war sehr nah, und so wenig sie es vermied, von der bevorstehenden Vereinigung zu sprechen, so wenig vermied sie hier die Berührung des Armes, der Hand, die warme und zarte Nähe des Knies. „Ich werde trachten, dir am Sonntag schon genau Tag und Stunde sagen zu können, wann ich dich bei mir erwarten kann", setzte sie hinzu, und nach ein paar Augenblicken: „denn es ist – eine Qual, so. Das nächste Mal sehen wir uns schon bei mir. Ja?!" – „Ja", sagte er und küßte ihre Hand mit Nachdruck. Die kalte Unterströmung war weg, die er auf der Strudlhofstiege empfunden hatte. Er fühlte ihr Wollen, die offenkundige Bereitschaft: Wände, auch solche, die vor kurzem noch mitten durch ihn gelaufen waren, brachen, immer mehr durchleuchtet vom roten Scheine, platzten endlich, Riegel knackten, es wölbte sich der Boden auf. „Und um eines bitte ich dich", sagte sie jetzt, „sei pünktlich dann, wenn du zu mir kommst, ganz pünktlich. Lasse mich nicht warten. Warten zerreibt mich, es macht mich zu allem unfähig. Ich bin dann nur ein halber Mensch. Wirst du pünktlich sein?" „Ganz", sagte Melzer. Sie hatte ihn jetzt getroffen, irgendwie sogar in's Mark der Vergangenheit und, ohne daß ihm solches bewußt ward, geradezu in die Soldaten-Ehre. Denn eben an der Pünktlichkeit hatte er's eigentlich in seinem Leben am wenigsten fehlen lassen. „Du hast doch damals, im Juli, meinen Brief noch rechtzeitig bekommen, wie ich krank war, Editha?" sagte er. „Ja, ja", erwiderte sie rasch, „ich sag's nur auf jeden Fall, weißt du, ich fürchte mich so vor dem Warten. Ich kann nicht warten." Er hatte natürlich gefragt, was ihrem Vater eigentlich fehle, aber keine genaue Antwort bekommen; vielleicht wußte sie es selbst nicht, vielleicht hatte man es noch gar nicht zweifelsfrei feststellen können; jedenfalls schien's mit den Nieren oder mit der Galle im Zusammenhange oder mit beidem. „Er fühlt sich aber jetzt besser", bemerkte sie. Zwischendurch erinnerte sie Melzer an eine Auskunft, die sie schon im Sommer von ihm einmal erbeten habe, wegen des Einkaufes größerer Mengen von Zigaretten und Virginia-Zigarren. „Um Himmelswillen", sagte Melzer, „du wirst doch nicht ..." „Ich rauche selten, wie du weißt, und meistens nur, wenn ich allein bin", entgegnete sie, „aber dann ist mir nichts stark genug." Er sagte ihr nun – nachdem er zunächst seine amtliche Inkompetenz offenherzig eingestanden hatte – daß die Zeit für einen solchen Einkauf jetzt eine sehr ungünstige sei (wie er ziemlich sicher zu wissen vermeine), und das aus Gründen, die schon den ganzen Sommer obgewaltet hätten. „Wieso denn?" fragte sie und Melzer antwortete, daß er ihr dies noch umständlich auseinandersetzen werde, aber nicht gerne hier; er wolle jedenfalls auch weitere Erkundigungen einziehen. Aus dem angegebenen Grunde aber sei er im Hochsommer gar nicht mehr darauf zurückgekommen (war dies nun eigentlich gelogen oder nicht, Melzerich?!). Sie sprang vom Thema und sprach dann wieder von ihren Eltern und von dem Anruf am Sonntag-Nachmittag und von dem ‚Fest', wie schon erzählt worden ist.

Gegen sechs kam Melzer heim. Als er ins Vorzimmer trat, läutete hell das Telephon. Er sprang hin, wußte, wer es war, noch bevor er den Hörer abgehoben hatte. Sein Herz überfiel ihn mit heftigem Klopfen wie aus einem Hinterhalt, wie hinter Wänden, die es gedämpft hatten, hervorbrechend. Im Hinspringen zum Apparat wollt' er es mit einem gedankenschnellen Raisonnement – daß doch gar kein Grund zur Aufregung vorhanden sei! – beschwichtigen, aber das half garnichts, es lärmte weiter, während Paula Pichler sprach, und ließ ihm knapp Atem, um ihr zu antworten (sie sagte dem Major freilich nicht, daß sie schon zum dritten Mal anklingle – zufälligerweise war sowohl am Freitag der vorigen Woche wie am verwichenen Montag niemand daheim gewesen, es hatten sich weder der Major noch seine Hausfrau gemeldet). Ob sie am Samstag-Nachmittag kommen dürften? Nun freilich, freilich! Er freue sich so sehr darüber, daß sie nicht auf ihn vergessen hätten (und also meinte er doch Thea mit). Nun war das Gespräch zu Ende. Nun war er allein. Nun ging das Herz wieder hinter die Wände, hinter eine nach der anderen, und klopfte entfernter. Bis Samstag.

Und schon war Samstag. Der Kaffee duftete. Samstag, der 19. September. Der Pierrot hatte das Tischchen gedeckt, sehr brav, freilich auch interessiert. Von der Gasse unten kam Klingeln und Jaulen eines rasch vorbeifahrenden Straßenbahnzuges, der jetzt über den Gipfel vom Berg des eigenen Lärms brauste. Die Sonne schnitt eine dreieckige Fläche aus dem höchsten Stockwerk des Hauses gegenüber und lag gleißend auf dem weißen Bewurf. Der Major meditierte nicht, lag nicht auf dem Bärenfelle, warf kein Kaffeegeschirr um – behüte! Es war auch noch gar nicht herinnen, Frau Rak wollte durch ihr Mädchen in schönen Kannen auftragen lassen. Die Sauserei durch die Trópoi war überhaupt erledigt. Alles hatte sich verklärt oder geklärt, wenn auch keineswegs äußerlich schon. Aber, was sich vor genau achtundzwanzig Tagen hier in diesem Raume abgespielt hatte, war doch heute wieder anwesend, wie in einem unteren Stockwerk, dessen Decke allerdings beruhigend fest geworden schien; nur eine gewisse Lebhaftigkeit, eine Belebung wirkte da herauf, alles schwang wie über einem Hohlraum, einem Resonanzboden. Der Wandarm nah dem Boden rechts unten beim Kamine war übrigens verdeckt worden, wohl um Fragen zu vermeiden, durch einen Sessel, über welchen Melzer einen kleinen bosnischen Gebets-Teppich gelegt hatte, den er besaß. Jetzt zirpte die Türklingel. Die Rechnungsrätin blieb unsichtbar (vielleicht konnte sie durch irgendeinen Spalt sehen?), aber der Schritt des Mädchens war draußen zu hören. Melzer trat hinaus. Thea füllte das ganze Vorzimmer aus (sanfteste, aber übermächtige Explosion von Milch und Blut), wenngleich sie bescheidentlich hinter der Pichler sich hielt, irgendetwas Längliches, in Papier Eingeschlagenes behutsam tragend... Ihre Gestalt schien dem Major sehr hoch und langbeinig; das Kleid war von einem dunklen, aber doch bunten Stoffe, ein tiefes Violett; dieser Stoff schien nicht leicht, sondern eher schwer, und fiel über der Rokitzer beträchtlichen Busen daher nicht ohne eine gewisse Spannung. Melzer begrüßte Paula mit Herzlichkeit, ja mit wirklicher Ergebenheit und behielt ihre Hand durch mehrere Augenblicke in der seinen. „Jetzt kannst du deine Roulad' dem Herrn Major überreichen", sagte die Pichler und zog ohne Umstände das lange Ding in Papier behutsam unter Theas Arm hervor. „Das hat sie für den Herrn Major gebacken, in meiner Küche", setzte sie erklärend hinzu und fragte, ob vielleicht eine Schüssel von dieser Länge und Form vorhanden sei? Freilich! – und weil das Mädchen eben mit dem Kaffee eingetreten war, wurde ihr das Paket übergeben, und sie bracht' es bald schön angerichtet zurück, eine rechte Pracht von Biskuit und Schokolade (und sicher hatte der Pierrot es mit sachkundigem Auge angesehen). Melzer, während er sich von Herzen bedankte – aus einem Herzen, dem sogar das Lärmen und Pochen vergangen war, es stand, hinter seinen zahlreichen Wänden hervorgekommen, gleichsam bleich und regungslos vor diesen – fühlte sich durch diese Roulade, die da jetzt auf dem Kaffeetisch prangte, gefährdet oder ernst an eine Gefahr gemahnt, in welcher er stand: es schien ihm dieses Werk von Theas zartgliedrigen und rundlichen Händen (sie waren für ihre Körpergröße fast etwas zu klein) durch Augenblicke eine schwer zu deutende aber doch innewohnende Verwandtschaft mit einem Kompliment, einem Knix zu haben, und schon auch schien ihm an diesem Kaffeetische hier so etwas wie ein Onkel mit seinen zwei Nichten zu sitzen (wobei er vergaß, daß der Altersunterschied zwischen ihm und der Pichler kein erheblicher, zwischen ihm und dem Lämmlein aber auch kein überwältigender war, denn dieses hatte immerhin schon den Anfang des diesbezüglichen lächerlichen vierundzwanzigsten Lebensjahres erreicht). Im

Unterstock lärmten die Trópoi ein wenig, er hörte ein paar Züge sausen, ein paar Lichtlein sah er blitzen, aber es waren Züge, in welchen er selbst nicht mehr saß; alles klein, wie eine Spielerei-Eisenbahn, mit Uhrwerk: er konnt' es nur mehr von außen sehen. War demnach selbst also draußen und suchte keinen Ausweg mehr. Indessen hob sich dieser Jausentisch hier gleichsam schwebend empor – nachdem er sich erst vom übrigen Raum abgesetzt hatte, mit dem Stück Parkettboden, darauf er stand, wie mit einem Fußbrettchen auch für die drei Personen – hob sich, stieg schräg schwebend empor, wie eine Gondel, aber ohne zu taumeln. Und wenn es auch kein Gärtchen war, so hatte diese Gondel doch eine Art Baldachin oder Laube, entfernt erinnernd an jene der buntbemalten Märchen-Hochzeits-Kutschen, die es einst auf den ,Ringelspielen' im Wiener ,Wurstelprater' gegeben hat, der heute noch in der Welt draußen eine Art Berühmtheit genießt, wenn auch mit einiger Patina. Die Gondel schwebte, stieg; über Tiefen der Stadt und der Zeit, über Trópoi, und über tief versunkener Strudlhofstiege am baumreichen Hang, mit grünen Kuppeln, über Sonnengetüpfel und Blätterschatten; über eine Bärenjagd; und winzig klein, nur wie ein mit rotem Samt ausgeschlagenes Etui, war von hier heroben gesehen das Café Pucher. Der silberne Schaum der Auen jedoch rollte sich auf am Strome über der Stadt, je mehr man stieg in dieser Laube und freieren Horizont gewann. Wozu hier noch einen Ausweg suchen, wo doch jene eine und eigentliche Sorge in gar keiner Weise mehr bestand: nicht eigentlich gelebt zu haben? Paula kam auf ihre – wie sie ja nun beide wußten – alte Bekanntschaft mit Melzer hier nicht mehr zurück. Wenn man neben einem Glasschrank sitzt, muß man die Ellenbogen ein wenig an sich nehmen, und alle Bewegungen überhaupt; man muß wissen, was man tut. Und Melzer ließ es durchaus dabei. Ein wenig von früher zu sprechen, von seiner Militärzeit (nicht vom Kriege), das beflügelte und lüpfte ihn jetzt gleichsam; aber es war nur ein leichtes Streifen dieser Gegenstände, deren Erglänzen in einer sehr weiten

Distanz – vielleicht war sie noch nie so weit gewesen – er zugleich dabei lebhaft empfand. Auch von der Bärenjagd erzählte Melzer ein wenig (Thea hörte ihm mit runden Augen zu), und damit im Zusammenhange erwähnte er freilich den Major Laska. Es war zu spüren, daß die Art, wie Melzer von diesem Kameraden sprach, auf Paula Pichler sehr erwärmend wirkte, daß sie gerade diese Seite melzerischen Wesens mit Sympathie begrüßte (und alles für Thea, immer auf Kundschaft für Thea, jedoch das merkte Melzer freilich nicht). Während er von der Bärenjagd erzählte – hier lag ja das Fell, sie betrachteten es, die Pichler kniete sogar einen Augenblick darauf nieder und griff in den Pelz ! – erhob sich in Melzer zwischen zwei Atemzügen jenes Lebensgefühl von damals, als er vormittags, nach dem mißglückten nächtlichen Ansitz, mit Laska durch den Buchenwald gezogen war, leicht, und jeden gehorsamen Muskel im Genusse der Bewegung spürend. „War der Bär auch gleich tot von dem Schuß?" fragte Thea. Sie schien Sympathie zu haben für diesen Bären, sie hatte auch das schöne Fell ein wenig gestreichelt. „Eigentlich ja", sagte Melzer, sich besinnend. „Es hat einen ungeheuren Ruck gegeben, er ist aufgesprungen, als wär's ein Stück vom Waldboden selbst, das da in die Luft geht, und dann zusammengefallen, und aus. Freilich verwendet man ja ein entsprechendes Gewehr. Dieser hat wohl gegen 200 Kilo gewogen, das ist für einen bosnischen Bären schon außerordentlich viel." Gut so, aber alle gondelhaften Erscheinungen schweben rasch vorüber, und sie waren hier kaum eingestiegen in die Märchen-Kutsche, als sich erwies, daß die schöne Fahrt schon zwei und eine halbe Stunde gedauert hatte. Paula mußte gehen und die Thea freilich auch.

Melzer begleitete die beiden. Man kam durch die Porzellangasse auf den Althan-Platz – in einem milchig ergossenen sanften Taubengrau und schon bei aufblitzenden ersten Lichtern – und dann nach links; beim Palais, bei jenem, das die berühmte Bildergalerie enthielt, kreuzten sie die Straße und standen noch ein wenig vor dem Haustor, eben dort, wo

Melzer vor zehn Tagen, nach Mariä Geburt, jenen befremdlichen Wechsel der Beleuchtung im Innern erlebt hatte, den hochfliegenden Lichtschein, schon ohne jeden Bezug zu dem, was da wirklich vorging. Als Thea verschwunden war, betraten Paula und Melzer den alten Stadt-Teil Liechtenthal. Mit dem Schritt hinab in eine tiefere Schicht des Gewesenen ganz im allgemeinen taten sie auch einen solchen in ihre persönliche Vergangenheit. Doch eben vorher vergewisserte sich die Pichler noch der allernächsten Zukunft: „Werden Sie sicher kommen, wenn die Thea und ich am Montag-Nachmittag ein wenig spazieren gehen unten an der Lände gleich bei der Brigitta-Brücke?" (So war's vereinbart worden; Paula gebrauchte für diese Brücke noch immer den alten Namen.) „Gleich rechts von der Stadtbahn-Station führen die Treppen zum Ufer hinunter. Dort werden wir sein. Zwischen vier und fünf. Aber ob Sie so zeitig vom Amt wegkönnen?" – „Ich glaub' schon", sagte Melzer. „Wir werden bis gegen viertel nach fünf bleiben." „Viel später als fünf komm' ich bestimmt nicht", sagte Melzer, „wahrscheinlich aber viel früher." Gleich darauf sagte Paula, daß René Stangeler ihr damals im Jahr 1911 erzählt habe, wie es zu jener Szene auf der Strudlhofstiege gekommen sei: die Geschichte mit dem Badezimmer, während eines Festes; und von der Freundin eines Fräulein Ingrid – so habe doch die Haustochter dort geheißen – durch welche sie verraten worden sei; auf den Namen der Freundin könne sie sich nicht mehr besinnen. Ob sie nicht Edith geheißen habe?" „Ja", sagte Melzer, „Editha Pastré." „Ja!" rief die Pichler, „was ist denn aus der später geworden?" „Sie hat einen Ministerialbeamten geheiratet, einen Herrn Schlinger", sagte Melzer, „ist aber längst wieder geschieden." Sie befanden sich jetz gar nicht weit vom Haus ,Zum blauen Einhorn' und waren stehen geblieben. „Sehen Sie diese Frau Schlinger noch?" fragte Paula. „O ja", erwiderte Melzer, „und gar nicht selten." „Da muß ich Ihnen etwas sagen, Herr Major: diese Dame gibt es zweimal." „Das ist sehr treffend", sagte Melzer, „das könnte vom René sein. Sie macht wirklich diesen Eindruck.

Zwei verschiedene Menschen unter derselben Haut, aber nicht ganz zusammengeheilt. So ein feiner Riß heilt wahrscheinlich nie, wenn in jemandem zwei verschiedene Grundstoffe benachbart sind, da kommt es zu keinem Heil- und Geschlossensein mehr." (Also: unser Melzer ist Zivilist geworden; derlei gibt's überhaupt nur im Zivil-Verstand; aber – er wunderte sich doch über seine eigenen Ausdrücke, die jetzt auch schon außerhalb des Melzerischen ,Denkschlafes' Macht gewannen; ja, es war, als zöge ihn die Sprache, die er fand, hinter sich her und in ein neues Leben hinüber: die Sprache stand vor seinem Munde, schwebte voran, und er folgte nach.) „Nein", sagte Paula. Sie nahm sich zusammen, es war wie ein Anlauf: „Es gibt sie wirklich zweimal, ich meine körperlich. Ich habe es selbst gesehen. Der René hat mich darauf aufmerksam gemacht, am Westbahnhof." „Der René", sagte der Major beiläufig, „ja, der sieht sozusagen oft, was eigentlich da sein sollte, möcht' ich fast sagen, das kann ich mir in diesem Fall schon sehr gut denken. Natürlich ist er auch ein bisserl Phantast. Aber gewissermaßen nicht mit einer verschwommenen oder verträumten, sondern mit einer genauen Phantasie – wenn man sich etwas von dieser Art vorstellen kann." „Aber Herr Major", sagte Paula – jedoch diesem letzten Anlauf fehlte bereits die Kraft – „eine Ähnlichkeit war das von einer Art, das läßt sich gar nicht beschreiben . . ." – „O ja, das gibt's", sagte Melzer. Sie waren weitergegangen. Was er jetzt erkannt hatte – immer mit der Sprache voran, sozusagen als mit seinem neuesten und fortschrittlichsten Organe – das leuchtete ihm wie ein Licht an der Stirn, wie die kleinen Lampen mit dem Spiegel, welche von den Ärzten gebraucht werden. Die Wahrheit in den Worten Paulas überblendete völlig jede Frage nach der Richtigkeit ihrer Beobachtungen oder Angaben, ja, das Ganze leuchtete Melzern ein wie eine schlüsselhafte Erklärung, die von Stangeler stammte, von Paula Pichler nur weitergegeben worden war. Dieser indessen erschienen jetzt schon nach wenigen Sekunden ihre eigenen Anläufe und Anstrengungen beinahe lächerlich und eigentlich als eine längst überflüssige und auf einen gewissermaßen veralteten Gegenstand gerichtete Bemühung ... Unter der Torfahrt drückte sie noch einmal kurz und kräftig Melzers Hand: „Also übermorgen." Er schied ab von diesem kleinen Hause, als von einem bekannten und vertrauten; die schmale Gasse schräg übersetzend, sah er jetzt im oberen Stockwerk Licht; dort wohnten sie, die Pichlers; und einst hatte der bemerkenswerte Amtsrat dort gewohnt, wie ihm erzählt worden war.

Nun heim. Es war vollständig dunkel geworden. Der Straßenlärm vollzog sich wie unter irgendeiner Dämpfung, einer Tuchent. Melzers Gehör war jetzt geschlossen, verpfropft. Morgen Edithas telephonischer Anruf, am Nachmittage. All die von ihr gegebene Gewißheit stand süß-pappig in Melzer, als stecke er bis zum Hals in Brei oder als sei er inwärts ganz voll davon. Nach dem üppigen Kaffee mit Schlagobers und Roulad' reizte es ihn wenig, jetzt daheim irgend eine Büchse Sardinen aufzumachen als Abendessen, mit Tee und Brot und Butter. Also ging er am Haustor vorbei und damit auch an seinem leeren Zimmer, wo der Sessel mit dem Gebets-Teppich noch stand, vor dem Wandarm unten rechts beim Kamine. Im ‚Beisel' saßen schon E. P. und Frau, sie winkten ihm, kaum daß er eingetreten war. Hier roch es würzig und tabaksrauchig. Melzer wollte Bier haben; und irgendetwas Scharfes. Das fand sich: serbisches Reisfleisch, Pilaw. „Wir sind heute wieder über die Strudlhofstiege herunter gegangen, aber diesmal sind Sie uns dort leider nicht begegnet, Herr Major", sagte der Kleine, „oder kommen Sie etwa gar von dort?" „Immer –", sagte Melzer; aber um jetzt diese etwas unvermittelte Wahrheit zu verhüllen, blieb nichts anderes übrig, als eine kleine Lüge hinterdrein zu schicken. „Immer – wenn ich spazieren gehe – wähl' ich diesen Heimweg. Aber jetzt komm' ich von zuhause. Ich hab' Gäste gehabt." Es war ja doch die Wahrheit. Aber mit dem Augenblicke, als er jenes seine Lage recht prägnant bezeichnende Wörtchen ‚immer' als Gegenrede ausgesprochen hatte, erkannte Melzer diese Lage zugleich erstmalig klar bewußt als eine außergewöhnliche, die irgendwohin treiben mußte, zu einem Punkt, den seine Sprache schon wußte, er noch nicht. Solchermaßen sich von dem Ehepaare absetzend, als säßen sie am Ufer, er in einem Boot, aß Melzer mit Appetit. Samstag, den 19. September. Achtundzwanzig Tage nach den Trópois. Aber in's Café ging er diesmal nicht, sondern, nach herzlichem Abschiede vor dem Miserowsky'schen Zwilling, schräg über die Straße und geradewegs heim mit erheblicher Schläfrigkeit. Der Sessel beim Kamine war entfernt, der Gebets-Teppich wieder am alten Platz, man sah den Wandarm. Der Kaffeetisch abgeräumt und zurecht geschoben. Auf dem Kaminsims stand die Roulade, die ja größtenteils noch vorhanden war, in Seidenpapier gehüllt und so gegen Staub geschützt. Hier hieß es rasch schlafen gehen. Die Zimmer forderten durchaus nur dazu auf und zu sonst gar nichts anderem. Im Dunklen, auf dem Rücken liegend, öffnete sich ihm der morgige Tag wie ein glänzender Hohlraum von überraschender Reinheit, ohne jedes Vorhaben: nur das Klingeln des Telephons war darin zu erwarten, am Nachmittage. Diese Vorstellung, die letzte, die er hatte, bei schwindendem Bewußtsein, wirkte tief in Melzer hinein, wie ein Prägstempel. Keine Wände bogen sich. Keine Riegel knackten. Man kann sagen, Editha war in ihm nur vertreten, sie war nur vertretungsweise anwesend (wie Frau Rosa Zihal im Gärtchen) mit ihrer ganzen Gewißheit.

Er schlief gut und durch. Wie man einschläft, so wacht man auf; und wie man aufwacht so ist der ganze Tag (wie soll sich da also jemals etwas ändern?!). Bei Melzer entsprach dieser Sonntag dem gestern im Einschlafen angeschlagenen Grund-Akkorde vollends. Nach der Messe kein Spaziergang. Er ging gleich heim, trotz des im ganzen eher heiteren Wetters, als hätt' er Klausur, als fühlt' er sich zu dieser schon am Vormittage verpflichtet. Obendrein sagte ihm Frau Rak, daß er mittags nicht ausgehen müsse, wenn er lieber zu Hause bliebe, sie habe was Gutes für ihn, Gansbraten. Vor Tische wurmisierte Melzer in seinem Zimmer, zog den Gebets-Teppich zurecht, der doch nicht ganz in der richtigen Weise aufgehängt worden war. Und hier, in der Ecke, linker Hand vom Kamin, standen seine wenigen Bücher, vielleicht zehn oder zwölf: ein Reisehandbuch, Bosnien betreffend, aus dem vorigen Jahrhundert, von Boroëvič; ein Generalstabsbericht, gedruckt zu Wien 1879: ‚Die Okkupation Bosniens und der Herzegowina im Jahre 1878‘. ‚Der Schut‘ von Karl May; eine deutsche Ausgabe der ‚Drei Musketiere‘ von Alexander Dumas, großes Format, mit den Illustrationen von Leloir; das ‚Exerzier-Reglement für die k. u. k. Fußtruppen‘. Ein gleiches, für die Kavallerie (einst Eigentum seines Vaters: Melzer, Rittmeister, war von dessen Hand hineingeschrieben); ein Roman von Marcel Prévost ‚L'automne d'une femme‘, in französischer Sprache – irgendwer hatte dieses Buch einmal irgendwann und irgendwo bei Melzer liegengelassen, seitdem bewohnte es mit ihm durch ein Jahrzehnt die verschiedensten Zimmer; als letztes fiel ihm jenes Buch in die Hand, das Mary Allern ihm einst gegeben hatte, zu Anfang seiner Bekanntschaft mit ihr; es öffnete sich, ganz vorne; er las: „. . . jede meiner Umgebungen enthielt Gefahren, und was diesen Punkt betrifft, ist auch heute, im zwanzigsten Jahrhundert, überall Wald . . .“ Melzer schloß den Band, öffnete den Roman von Prévost; er las: ‚Oh ténébreux et troubles, nos cœurs humains, même les plus sincères!‘ Dieser Satz war im Text als gesonderte Zeile gedruckt. Melzer fühlte das Fehlen jeder Beziehung dieser Worte zu seinem eigenen gegenwärtigen Zustand. In ihm war nichts finster und nichts verworren: er empfand sich als hell und aufgeräumt, wie dieses Zimmer, ja beinahe ausgeräumt. Das Wetter war anscheinend ganz klar geworden. Sonne lag gegenüber, rechts oben, auf dem höchsten Stockwerk. Die Bücher hatten sich in einem dazu geeigneten offenen Fach des Wandschränkchens hier in der Ecke befunden, in einer Art Nische mit kleinen Säulen; er stellte sie nun wieder hinein. Man wird zugeben, daß diese recht bescheidene Sammlung – freilich war sie kaum eigentlich gesammelt worden – nichts Muffiges, Schlechtes, Halbgeistiges oder Halbweltliches enthielt; es waren wohl vorwiegend sozusagen nach außen gerichtete aber im ganzen doch mehr oder weniger treffliche Bücher (Doyles ‚The Hound of the Baskervilles‘ in englischer Sprache sowie Stevensons ‚Schatzinsel‘ wären gerade in diesem Zusammenhange noch zu nennen). Vor Tische sagte ihm Frau Rak (er hatte bei ihr angeklopft, um sie diesbezüglich zu befragen), daß sie heute nicht sich niederlegen werde, nach dem Essen; er aber möge das nur ruhig tun, für den Fall eines telephonischen Anrufes, der ihn angehe, würde sie ihn sogleich holen. Melzer wollte ein klein wenig schlafen, nur kurz; keinen Kèf halten; sondern tiefer eintauchen, der Helligkeit entfliehen. Er legte sich auf den Diwan in seinem rückwärtigen Zimmer, ließ jedoch die Tür offen, um Frau Rak zu hören oder auch gleich das Telephon. Indessen wurde es doch ein Kèf: ohne Kaffee, ohne türkische Pfeife. Er schlief nicht ein. Er lag wohl regungslos auf dem Rücken, aber der ganze anwesende Tag blieb in ihn wie hineingestürzt, nicht nur die Tageshelle hier im Zimmer (die hatte er sogar durch Vorhänge gedämpft), sondern auch jene in der Gasse unten, auf dem Platze vor dem Bahnhof, an der Lände ... Es war auch kein ‚Denkschlaf‘. Melzer dachte nichts. Er überlegte nichts. Er spielte kein Alternativen-Domino oder Entschluß-Puzzle. Er ging. Geradewegs auf eine sichtbare Wand zu, von welcher er wußte, daß sie unsichtbar werden und ihn aber auch durchlassen müsse im Augenblicke des wirklichen Antretens, das sodann und sogleich in’s Eintreten sich verwandeln würde (bemerkenswerte Vorstellung! wie ein chinesischer Tao-Schüler!). Mögliche und etwa zur Wahl stehende Eingänge blieben unberücksichtigt von seiten Melzers. Sie waren auch in dieser Wand nicht größer als Schall-Löcher oder Bullaugen. In Sebenico ging er an Land und verließ den Dampfer ohne weiteres über den bereitliegenden Laufsteg. Als er aus dem endlichen Schlaf, den er noch immer nur für einen Halbschlaf gehalten, erwachte, war es bald fünf. Er saß auf dem Diwan, sprang herab, ging nach vorn, dachte an gar nichts. Das Telephon läutete ernst und ruhig, aber hell. Keine Atemknappheit. Alles vertretungsweise: diesmal vertrat aber nicht Melzer die Editha, sondern Melzer den Melzer. Sie schien doch irgendwie gehemmt beim Sprechen, die Stimme war unterdrückt. „Kannst du dich morgen nachmittag freimachen, morgen, Montag? Ja? Das ist wunderbar. Dann feiern wir morgen unser Fest. Um fünf Uhr bei mir. Sei pünktlich. Ich muß jetzt schließen." Während sie sprach, hatte er nur dieses eine Bedürfnis: ausnahmslos „Ja" zu sagen, jedenfalls zuzustimmen, nicht sich zurückzuziehen. Nun sah er hinter dem Gespräch drein, hinter Editha, plötzlich auch hinter Thea und Paula, die jetzt an der Lände entlangschritten. Er konnte vorher noch hingehen. Zwischen vier und fünf. Dieser Gedanke aber war sozusagen eine Formalität. Alles wob sich zur Wand, die bezeichneten Eingänge waren wohl sichtbar, aber nicht eigentlich glaubhaft. „Ich danke Ihnen für die Telephonwache, gnädige Frau", sagte er zu der Rechnungsrätin, die eben heraustrat, „ich hab' lang geschlafen. Übrigens: das Gansl war herrlich. Abends geh' ich in's Wirtshaus." Er bereitete schnell Kaffee, sehr stark. Die Räume waren jetzt randvoll erfüllt von süßer, pappiger Gewißheit: fast zu viel. Die Zeit verschwand darin wie ein Karstfluß: bald wurde es sieben. Melzer trug sich selbst in seinen Zimmern umher wie eine Waage, auf der man nichts wiegt, die nur schwach schwankt aus der Horizontale, als sollte das Wägende hier selbst gewogen und gezählt werden. Zwischendurch beschloß er etwas: morgen im Amt bis zwei Uhr durchzuarbeiten und dann Schluß zu machen; in der Frühe gleich zum Hofrat gehen und um die ausnahmsweise Erlaubnis bitten; wird ohne weiteres gewährt; eventuell Mittwoch oder Samstag-Nachmittag die versäumte Zeit nachholen.

Im ‚Beisl' war Melzer allein. Nach dem Essen ein paar Schritte im warmen Abend: die Fürstengasse; über die Liechtensteinstraße hinüber; dann das allerstillste Stück der Strudlhofgasse überhaupt, unten, wenn man grad auf die bemooste Vase zugeht und die Maske von Stein, welche einen dünnen Strahl Wassers entläßt. Das Rauschen des Brunnens am Absatz oben ist zu hören. Melzern erscheinen die leeren Stiegen, die von den Kandelabern beleuchteten

Bühnen und Rampen, heute riesenhaft groß und geräumig. Da steht er nun wieder, und wieder wie anfragend: wie der fromme Pilger vor der fugenlosen Umfassungsmauer des Tempelbezirks von Delphi. Plötzlich bedrückte ihn die gewissermaßen schamlose Art seiner Schilderung des Auftrittes hier im Jahre 1911, welche er Editha gegeben hatte. Durch einen Augenblick meinte er ernstlich – die Stiegen beleidigt zu haben. Und blieb unten lange stehen, ohne sie etwa zu betreten. Es gab ein wenig Nachtwind. Aber der genius loci, die Dryade, die Göttin, sie schwieg. Nicht nur, weil sie etwa schon schlief, das Köpfchen geneigt, tief im Holz eines Stammes oder sonstwo; sondern aus noch einem sehr einfachen Grunde: weil sie längst geantwortet hatte. Und Götter sagen nichts zweimal.

Die Kinder waren schon um halb acht gegangen, der Bub in's Gymnasium, das Mädel in einen Kurs; Mary aber in's Badezimmer. Während sie unter dem heißen Wasserspiegel in der Wanne lag und gleichgültig ihren Körper betrachtete (immer noch ohne Tadel, aber seine Wirkung blieb hier freilich aus, zwischen gekachelten Wänden und vernickelten Hähnen), bewegte sie sich mit Befriedigung entlang einem Gerinnsel von Vorstellungen, welches aus den letzten drei Tagen herausfloß, aus deren Ende und Abschluß und hinter ihnen her: sie war am Donnerstag nach Rekawinkel hinausgefahren und dort bis gestern, Sonntag, den 20. September abends, geblieben; um dann mit ihrer Tochter zurückzukehren. Diese hatte draußen bei zwei Freundinnen, Schwestern, in deren elterlicher Villa noch kleine Ferien von etwas über einer Woche genossen. Aber es war keine Ruhe geworden, bis man Mary für die letzten drei Tage glücklich draußen hatte: keine Ruhe nämlich am Telephon. Erst die jungen Mädchen; dann gleich auch deren Eltern – welche Mary kaum kannte: sie möge ihnen doch das große Vergnügen machen, noch zu kommen, sie würden sich so sehr freuen, und erst recht die Kinder, und ob sie nicht den Wagen hereinschicken dürften? Nun, am Donnerstag war er unten vor dem Tor gestanden. So oder ähnlich aber ging es der Frau Mary mit allen Freunden ihrer Kinder: sie wurde verlangt, urgiert, aufgesucht, man kam zu ihr, machte seinen Kratzfuß, saß bei ihr, länger als nötig und ganz offenkundig sehr gern. Auch die angehenden Ober-Gymnasiasten machten davon keineswegs eine Ausnahme, ja, die schon gar nicht. Und hinter den Kindern tauchten dann die Eltern auf und bewarben sich um die schöne und gescheite Mutter, welche die Freundin ihrer Töchter hatte – so war's, Mary machte sich hierin nichts vor, und man machte auch ihr nichts vor: man hatte sie gern. Sie bewegte sich in der Kategorie der Beliebtheit. Diese ist angeboren.

Freilich strebte sie dem auch zu entsprechen. Für vortrefflich gehalten zu werden, ist für jeden trefflichen Menschen leise im Innern belastend, zugleich laut aneifernd und nach allen Seiten verpflichtend. Es wirft den Menschen nicht auf sich selbst zurück. Es treibt ihn in's äußere Leben hinaus, seinen Ruf zu bewähren. Es stärkt und belebt da auf jeden Fall.

Auch Mary fühlte sich gestärkt und belebt. Aber Belebung und Bewährung waren während dieser drei Tage fast ununterbrochen erfolgt, in jeder Hinsicht, auch am Bridge-Tisch (wo sich zum Beispiel heraus stellte, daß sie weit besser spielte als der Hausherr, welcher hochbeglückt sogleich von ihr zu lernen begann). Den Tennisplatz aber hatte sie ganz den jungen Mädchen und deren Freunden überlassen. Im Gespräch aber – nach Tische etwa, auf einer hohen, breiten, altmodischen Holz-Veranda – fiel der Schwerpunkt wie von selbst immer zu ihr. Alle warteten, was sie sagen würde und ob sie etwas sagen würde. Nun war Mary kontrolliert genug, um dann das beste zu tun: nämlich nichts zu sagen oder beinahe nichts. Freilich ging das nicht immer (wie sie vermeinte – in Wahrheit ist's nur eine Frage der Nerven-Ruhe oder der Nerven-Stärke, denn man vermag fast immer, wenn man's wirklich so will, durchaus nichts zu sagen: allerdings bedeutet das schon eine geistige Leistung). Alles in allem: sie war doch vielfach hinaus an den eigenen Rand gedrängt worden. Und nun plötzlich war sie allein und stand doch noch an diesem Rande.

Sie hatte sich bisher in der Wanne noch kaum bewegt, in welche sie geradewegs aus dem Bett sozusagen umgestiegen war, sogar mit einer gewissen Vorsicht. Nun dachte sie an den Tennisplatz in Rekawinkel (die dahinter frei aufgewölbten Waldberge, die weißen fliegenden Bälle, das Rufen der jungen Menschen). Der Herbst war zu spüren gewesen, hallend und weit, einzelne Laub-Arten zogen da und dort schon einen erglühenden, entzündeten Strich in die Wälder, und wenn ein Zug auf der Westbahnstrecke dahinfuhr, empfand man den Pfiff der Lokomotive vor der Einfahrt in den Tunnel und die feine Spur vom Geruch des Rauches in der Luft als gleichsam die Ferne aufschließend, welche in den Wäldern schon gesammelt und bereit stand, um alles dünner und durchsichtiger zu eröffnen, bei fallendem Laube. Mary sah jetzt die Tennisplätze im blassen Augarten vor sich. Sie empfand keine Lust, dahin zu gehen, Tennis zu spielen: eine Erinnerung lag in ihr, nicht im Kopfe, mehr in den Armen, ein organisches Erinnern: wie sie mit der Sandroch und danach mit Oskar gegen Doktor Adler und dessen Frau gespielt hatte, mit Armen aus Glas, deren Gelenke aber hölzern sich fühlten. Nun, das war damals gewesen; sie konnte aber doch heute hinübergehen, um zu spielen! Auch vormittags fand sich immer ein Partner! Bei diesem Gedanken geschah die erste eigentliche Bewegung, die sie hier in der Wanne machte, die erste entschiedene Bewegung dieses Morgens überhaupt: und mit ihr hob sie unversehens den Seifenträger so weit auf mit seinen Bügeln, daß er vom Rande der Wanne samt Seife und Nagelbürste in's Wasser sprang. Das Bürstchen schwamm. Die Seife ging etwas langsamer unter als Porzellan und Nickel, das rasch fiel und vom Boden der Wanne einen dunklen Ton hören ließ. Sie fischte jetzt und fing. Dann begann sie sogleich die Toilette. Dabei sprang ihr das Oval der Seife aus der Hand, schnellte sich unten ab vom gerippten Vorleger und verschwand unter der Badewanne. Mary hätte dies hin nehmen können und ein anderes Stück Seife zur Hand, das auf dem breiten Rand vor der Kachelung der Wand bereit gelegen wäre. Sie hätte auch die blauseidene Schnur mit Quästchen ein wenig ziehen können, und ihre Marie wär' gekommen und hätte die entsprungene Seife wieder zur Stelle gebracht. Aber Mary war schon aus der Wanne; schon kniete sie, jetzt hatte sie das Ding gefaßt, mit gestrecktem Arm unter die Wanne langend; und schon auch saß sie wieder drinnen; aber doch etwas perplex, wie über einen Hohlraum sich beugend, der da in ihr selbst geöffnet war: eine Art Versagen, das Unsicherheit schuf; ein Ausgehöhlt-Sein, welches für alles Achtsamkeit und Vorsicht zu erfordern schien, was man sonst glatt und automatisch tut. Nun, sie war ungeschickt gewesen jetzt (sie war auch ungeschickt in die Wanne zurückgestiegen und dabei nahezu gefallen – aber das ließ sie gar nicht gelten, das ignorierte sie durchaus). Es klopfte. Mary rief ihrer Marie durch die Türe zu, daß sie nicht im Badezimmer frühstücken wolle, sondern drinnen am Tee-Tisch.

Die Marie hatte zwar das Fenster gegen die lange Gasse zum Kanal hinunter eben zugemacht, damit kein Staub hereinfliege und sich auf die Polituren der Möbel lege; von draußen jedoch lehnte ein erster, ein noch fast sommerlich warmer Herbstmorgen an den Scheiben, ein freundliches und gelindes Geöffnetsein allen Umkreises, wasserdunstig und milchig-neblig noch von der Frühe am Kanal her, ein Wetter mit viel Raum, offenem Hohlraum der Erwartung; und in der Mitte solchen Umkreises, der gedämpft die Geräusche städtischen Lebens ausbreitete, saß nun Frau Mary hinter ihrer Tee-Tasse. Jedoch zwischen jener Umwelt und ihrem Innern, der Welt innerhalb ihrer Körperwand also, gab es heut so etwas wie eine Stufe, die beides trennte, das Außen und das Innen, und so beidem viel von seiner Wirklichkeit nahm. Alles schien unserer Mary zu stehen und zu stocken, in ihr selbst wie außerhalb ihrer; jene Stufe, ein abhebender Rand, hinderte ein Fließen und Verfließen, welches sonst ihr Lebensgefühl unterwuchs und trug; heut aber lag alles einzeln und gesondert in ihr und forderte als einzelnes Sorgfalt und Vorsicht und wies gleichsam im voraus schon alle jene Folgen, die da eintreten mußten, wenn man's an jener fehlen ließe. Sie gehorchte zunächst: und ging etwa mit dem Teegeschirr betont achtsam und langsam um. Eine Erinnerung machte zarten Besuch, kurz streifend, sie hing mit dem Leutnant Melzer zusammen und damit, daß man sich – wie irgendwer gesagt hatte – in jeder Umgebung in Gefahr befinden könne, in der gepflegtesten und vertrautesten, auch heutzutage noch, als sei man im Urwald. Mary war langsam. Sie hatte heute zu innerst sozusagen ein langsames Gesicht und glitt nicht dahin, sondern stieg von Stein zu Stein. Aber schon schaute sie ungeduldig aus von diesem am heutigen Morgen so scharf abgesetzten Rand ihrer Person, an welchen sie immer neu sich gedrängt fühlte, in eine Umwelt, die in der gewohnten Weise zu betreten doch mit einem einzigen hinausgetanen vernunftgemäßen Schritte möglich sein mußte.

Damit hielt sie beim Raisonnieren. Der leere Vormittag, eigentlich ganz ohne Vorhaben, zog solche an sich und sog sie an, sie stürzten von allen Seiten herbei wie die Luft in ein Vakuum: sie waren nicht eigentlich belebend und bewegend, diese Vorhaben, keine Impulse, sondern sie präsentierten sich viel eher wie eine Liste, ein Verzeichnis. Mary, den Blick alsbald von der getanen kurzen inneren Schau abwendend, begann dieses Verzeichnis eben durchzumustern, als das Telephon ruhig, mit einzelnen perlenden Glöckchentönchen, klingelte.

Es war Lea Fraunholzer. Die Stimme klang weich und fern. In diesen Augenblicken erst erhielt Mary einen lebhaften und wirklichen Antrieb in bestimmter Richtung (den ersten am heutigen Morgen), und sie warf sich unverzüglich in diese Richtung, ohne den allergeringsten Widerstand oder Widerspruch, ja mit einem Eifer, der nicht nur gegenüber Lea, sondern vor ihr selbst, lebhafteste Teilnahme, heftigstes Interesse auszudrücken und vorzustellen bestrebt war. Hier hatte sie sich zu bewähren. Mehr als das. Denn neben sie, neben den Apparat, vor dem sie stand und sprach (dringlich, eindringlich), war sogleich, ja schlagartig, als Leas Stimme kenntlich geworden, ein schlechtes Gewissen getreten, das offenbar den ganzen Sommer über Zeit genug gehabt hatte, zu wachsen und sich zu sammeln. Daß sie vor einer Woche etwa bei Küffers angerufen hatte, erschien ihr jetzt fast nur als reine Formalität: sie hatte sozusagen gedeckt sein wollen. Sie vergaß jetzt wirklich des Doktor Negria, der sie, freilich ohne Wissen und Willen, dazu veranlaßt hatte, und sie dachte nur an die besonderen Umstände, welche ihr durch den Kinderarzt und Aktivisten zur Kenntnis gelangt waren: jene einem Zerwürfnis fast gleichkommenden Vorgänge oder Auftritte zwischen Etelka und dem Generalkonsul, draußen auf dem Lande, zu Ende des Monats August. Das schlechte Gewissen aber wurzelte in einem viel weiter zurückliegenden Zeitraum: es bestand seit dem ersten Alarm in bezug auf ‚Mädi‘ Küffer-Fraunholzer durch Grete Siebenschein noch vor dem Hochsommer – als Gretes damals vom Leiden besonders geschärfter Blick die Liebe der Etelka Grauermann schon auf dem absteigenden Aste gesehen hatte. Seitdem aber hatte sich Mary um Lea Fraunholzer nicht gekümmert, jedenfalls nicht faktisch und praktisch. Kein ausführlicher Brief war geschrieben worden. Und wenn schon in einem solchen Eindringlichkeit nicht wäre zu erreichen gewesen: welches Hindernis hatte sich aufgerichtet, einfach im Laufe des Hochsommers einmal nach Gmunden zu fahren, die Kinder etwa in Velden am See allein zu lassen? Diese so gut wie erwachsenen und vernünftigen Kinder. Welches Hindernis? Gar keines. (Über der Halskrause. Unter diese sah Mary nicht mehr. Heute schon garnicht. Jene schien mit ungemein vergrößertem Durchmesser dem Horizont gleichgeworden zu sein). Sie erkannte chokartig ein tief Befremdendes, ein Außerordentliches: unbenützten Raum, nicht gebrauchte Freiheit, vom richtigen Einfall nicht beleuchtetes Terrain. Es war vorhanden gewesen. Sie hatte es nicht betreten, die vielleicht einmalige Möglichkeit nicht entschlossen ergriffen. Vielleicht hätte sie sogleich nach dem Gespräche mit Negria vor acht Tagen sich aufmachen und nach Gmunden fahren sollen.

Dies alles sprang ihr nacheinander in Sekunden durch den Kopf, bis zu der letztgenannten Vorstellung, also bis hart an den Rand eigentlicher Übertreibung. Obendrauf aber, wie ein scharfer Punkt auf's i, setzte sich die Tatsache, daß René Stangeler am Mittwoch von Etelka dringend gerufen, in familiären Angelegenheiten plötzlich nach Budapest hatte abreisen müssen. Das war Mary knapp vor ihrer Fahrt nach Rekawinkel von Grete Siebenschein noch erzählt worden: beim Haustor, neben dem Wagen. In Budapest mußte also irgendetwas los sein. Vielleicht ging's bereits drunter und drüber. Unter alledem rief sie, zweimal die Worte wiederholend:

„Ich muß dich sprechen. Ich muß dich unbedingt sehen, Mädi."

Dies war nun das erste, was sie am Telephon zu der Generalkonsulin sagte.

„Auch ich will dich auf jeden Fall sehen, Mary", ließ sich diese mit Nachdruck hören, soweit ein solcher aus ihrer fernen und weichen Stimme gefühlt werden konnte. (Mary gab ärgerlich dem Apparat schuld oder irgendeinem Mangel in der Verbindung, aber es war jedes Wörtchen mühelos und klar zu verstehen.) „Es fragt sich nur, wann und wie. Ich bin gestern spät abends angekommen und werde heute am Abend weiterfahren."

„Wohin?" rief Mary.

„Nach Belgrad", sagte Lea.

„Direkt?!" rief Mary (das war wie eine Eingebung).

„Ja – wahrscheinlich. Das heißt – ich weiß es eigentlich so genau noch nicht. Vielleicht unterbreche ich in – Budapest." Sie verhielt ein winziges Zeit-Teilchen lang vor dem letzten Wort.

„Was willst du in Budapest machen?!" rief Mary. Sie vermochte nicht ihre Stimme zu dämpfen. Sie hatte geradezu die Macht über diese verloren. Die ihr wohlvertraute, immer sehr zurückhaltende Redeweise Leas erzeugte diesmal bei ihr ein Nachdrängen und Nachdrücken, als wollte sie die Freundin dazu zwingen, für diesmal und ausnahmsweise die eigene Art aufzugeben, welche Mary plötzlich so verfehlt angebracht erschien wie noch nie; sie ließ sich an, als wollte sie Lea aus deren Eigenart gleichsam heraustreiben. Die naturgemäße Aussichtslosigkeit und Unmöglichkeit solcher Bemühung trieb Mary selbst jedoch in einen kaum mehr zu bemeisternden Grad von Ungeduld hinein.

„Ich werde vielleicht mit Etelka Grauermann sprechen", klang es sanft und wie träumend (wie tiefe, weiche, in Buchten liegende Schatten).

„Das wirst du nicht tun, Lea!" (Plötzlich sagte sie ‚Lea‘ statt ‚Mädi‘). „Das wäre das Verkehrteste, was du überhaupt tun könntest. Außerdem bin ich darüber unterrichtet, daß dort unten bei Grauermanns gerade jetzt sozusagen irgendein Wespen-Nest ist. Etelka hat ihren Bruder aus Wien kommen lassen, er mußte sofort abreisen. Ich kenne zufällig seine Braut, von der hab' ich's am Donnerstag erfahren. Weiß Robert, daß du nach Belgrad zu ihm kommen wirst?"

„Ja. Er hat mich gerufen."

Mary setzte aus. Sie sagte nichts. Dann:

„Robert ist also bestimmt nicht in Budapest?"

„Nein. Der Robert erwartet mich ja in Belgrad. Sein Telegramm ist vom Freitag-Vormittag, am Samstag hab' ich's erst bekommen und gestern bin ich gefahren."

„Wärst du doch am Samstag schon gefahren! Da hätten wir mehr Zeit gehabt", rief Mary.

„Ich wollt' ja auch. Aber die Kitty (so hieß des Generalkonsuls Tochter) ist eben vom Institut über das Wochenende einmal da gewesen und hat sich so gefreut, bei mir zu sein. Ich hab's nicht fertig gebracht, ihr davonzufahren. Und die Sachen für Robert und das andere alles hätt' ich am Sonntag hier in Wien ja ohnehin nicht erledigen können."

„Wann ist Robert von Gmunden weg?"

„Am zehnten."

„Und wie lange war er bei dir?"

„Mehr als acht Tage. Genau eigentlich vom 31. August an."

„Und wie war das?"

„Das kann ich am Telephon nicht alles so sagen, wie ich gern möchte", antwortete Lea Fraunholzer, nachdem sie ihrerseits jetzt vor dem Sprechen eine kleine Pause gemacht hatte. „Ich könnte – noch glücklich werden. Allerdings unter gewissen Bedingungen."

„Bedingungen, meine liebe, gute Mädi ..." Marys Andrang fand nun plötzlich das Mittel der Zärtlichkeit, und es schien ihr das rechte, um sich endlich Eingang zu verschaffen in diese ferne, weiche, zurückweichende Welt, davor sie anhaltend und angehalten gesummt hatte wie eine Hummel, welche ihr rechtes Schlupfloch sucht. „Bedingungen! Die Bedingungen, die mußt du selbst schaffen, aber nicht stellen... und in Belgrad, nicht in Budapest, glaube mir das ... Aber darüber kann man nicht am Telephon reden, Mädilein. Ich muß dich sehen. Ganz unbedingt. Und wenn du noch so viel zu tun hast in Wien während dieses einen Tages. Das kann ich mir ja vorstellen. Also irgendwann. Wenn's nur eine halbe Stunde ist. Das genügt."

„Man hat mich vollständig zugedeckt mit lauter Aufträgen und Angelegenheiten", sagte Lea, jedoch ohne Beschwerde oder Auflehnung im Ton, nur in einer Art gutmütiger Klage. „Auch Robert. Sein Telegramm ist endlos. Noch dazu wichtige geschäftliche und zugleich persönliche Sachen, stell' dir das vor, auf deren Ausgang er in Belgrad wartet... Und noch dazu behauptet er, ich sei für eine gewisse Unterredung, die da zu führen ist, eigentlich die geeignetere Person wie er selbst. Wenn er sich nur nicht täuscht ...."

Einen Augenblick hindurch wurden Marys nicht unbedeutende Hoffnungen niedergeschlagen, welche ihr aus der Tatsache gesprossen waren, daß Fraunholzer seine Gattin (war sie's wieder?! Konnte sie's nicht doch wieder werden?!) nach Belgrad gerufen hatte. Was sie jetzt blitzschnell und wortlos dachte (à la Trópoi, wie wir alle), das ließe sich grammatikalisch korsettiert etwa so angeben:‚ Die Mannsbilder sind alles imstand. Er braucht sie halt grad.' Aber nur durch einen ganz kleinen Augenblick konnte bei Mary die Befürchtung eines Überwiegens oder gar einer Ausschließlichkeit nur mehr sachlicher Zusammenhänge zwischen diesem Ehepaare Raum gewinnen. Sie glaubte zu tief an die Nächte mit Oskar. Es war jenes Niedergeschlagenwerden ihrer Hoffnungen nur ein blitzschnell vorübergehendes, wie die fahrtbegleitenden Telegraphendrähte neben der Strecke bei jedem Träger einen Sprung wieder herab zu machen scheinen, der ihr stets erneutes Ansteigen unterbricht; oder wie das elektrische Licht einmal zuckt. Schon war's vorbei. Schon sah sie wieder wie vorher. Wohl glaubte sie an's Geschäft. Mehr aber noch an anderes (wer will da gegenteiliger Meinung sein?). Jedoch, während dieses ganzen Telephon-Gespräches mußte früher oder später für Mary ihr eigener schwächster Punkt sichtbar werden, welcher Klarheit und Wert ihres Urteils bezüglich der obwaltenden Lage ganz erheblich minderte: sie kannte ja den Generalkonsul nicht oder kaum, alles in allem so gut wie gar nicht: ein hübscher Mann, energisch. Vor Jahren. Das war alles. Hier fehlte es. Hier verlor sie Lea gegenüber an Kompetenz. Die Ausführungen einer Grete Siebenschein über Fraunholzer konnten solchen Mangel nicht ersetzen: er brachte jetzt wieder das schlechte Gewissen herauf, ja beinahe schon etwas wie die Gefühle eines unvorbereiteten Schülers, der unversehens aufgerufen wird. Längst wäre einmal Gelegenheit zu suchen gewesen, um den Generalkonsul sozusagen aus der Nähe zu sehen. Schon nach dem Frühsommer. Aber er war ja immer in Belgrad. Trotzdem. Vorher schon. Vor Jahren. Sie begriff sich selbst nicht. Und suchte trotzdem keine Ausrede. Ihr Verhalten verdient hervorgehoben zu werden.

„Dazu kommen noch Angelegenheiten von der Mutter und der Lily draußen in Wolkersdorf (Lea meinte ihre jüngere Schwester mit deren Kindern jene Marys befreundet waren), das hat auch schon alles in Wien auf mich gewartet. Du weißt doch, daß Lily zu manchem komplett unfähig ist, zum Beispiel den Brief einer Bank zu verstehen und daraufhin eine

Antwort oder einen Auftrag zu erteilen und lauter solche Dinge – ja, sie ist noch draußen (so sagte sie auf Marys Zwischenfrage hin), weil's noch so schön ist, nur die Kinder sind schon herinnen, wegen des Gymnasiums, und außerdem fühlt sie sich nicht ganz wohl, und die Mama auch nicht, und der Walter ist ebenfalls draußen (Lilys Mann war das – übrigens hatten die Schwestern Küffer in keiner Hinsicht auch nur die geringste Ähnlichkeit miteinander, Lily war strohblond und mager, ein ganz modischer Typ), der hat auch von nichts eine Ahnung: ‚ich bin kein Geschäftsmann', sagt er. Und alle miteinander sind sie zu faul wegen dem oder jenem, was endlich erledigt werden müßte, einmal den Katzensprung nach Wien zu machen. Alles bleibt bei der Haushälterin hier als dringender Auftrag deponiert ‚bis die Frau Generalkonsul aus Gmunden kommt'. Das haben sie ja gewußt. Freilich nicht, daß ich diesmal nur einen einzigen Tag in Wien bleiben würde. Es ist schon ein Pech gewesen, daß ich nicht früher einmal von Gmunden hab' weg können. Aber der Kleine war nicht ganz wohl (des Generalkonsuls jüngerer Sohn). Und jetzt plötzlich hat Robert telegraphiert wegen einer Zusammenkunft, die ich heute nachmittags für ihn hier haben soll, ausgerechnet im Hotel Sacher und mit einem uralten Franzosen."

„Und woher bekommst du in der Geschwindigkeit die Visa für Ungarn oder eigentlich Belgrad?"

„Das hat Robert bereits alles telephonisch von Belgrad aus geordnet. Ich brauch' nur hingehen mit meinem Paß, und in zehn Minuten hab' ich's."

Mary dachte jetzt blitzschnell und mit für eine Dame bemerkenswerter Genauigkeit: „Wenn sie durchaus will, dann kann sie auf dem Weg solcher Beziehungen auch ein richtiges ungarisches Visum sofort haben, um in Budapest sich aufzuhalten." Ob eine Durchreise-Erlaubnis allerdings für die Fahrt nach Belgrad überhaupt erfordert wurde, das freilich wußte Mary nicht und also auch nicht, ob ‚Mädi' auf jeden Fall würde auch das ungarische Generalkonsulat besuchen müssen. Schon sprang ihr eine Frage auf die Lippen. Aber es schien ihr dies doch zu weit vordringend, zu sehr in's einzelne gehend, zu nah dem neuralgischen Punkt. Sie sagte statt dessen:

„Da wirst du also vor allem im Sacher dein schönstes Französisch sprechen und die Dinge dort wunderbar machen. Ich kenn' dich doch, Mädi!" Marys Stimme war nun überaus zärtlich. „Aber jetzt sag' mir nur, Liebling, wann und wo kann ich dich sehen – und wenn's auf noch so kurze Zeit wär'." (Dabei faßte Mary blitzschnell den Vorsatz, bei dieser Zusammenkunft sich durchaus eines zärtlichen Vorgehens zu befleißen und auf solche Weise Lea einfach darum zu bitten, doch auf gar keinen Fall in Budapest auszusteigen oder in Belgrad ihren Mann vor eine Alternative zu stellen, und was dergleichen schwere Fehler mehr waren, zu welchen die Generalkonsulin neuestens wieder zu neigen schien.)

„Ich werde den ganzen Tag über nur eine knappe Stunde daheim sein", sagte Lea. „Von halb sechs bis allerlängstens halb sieben. Dann nehm' ich schon mein kleines Tascherl von zu Hause mit, fahr' aber noch nicht auf die Bahn, sondern muß vorher noch auf die Wieden zu einer Freundin von der Mama, wo ich auch zum Nachtmahl eingeladen bin. Das ist beim Belvedere und trifft sich gut, denn ich reise ja vom Staatsbahnhof ab, spät abends. (Sie gebrauchte noch nicht die damals eben erst üblich werdende Bezeichnung ‚Ostbahnhof'.) Meine Koffer hab' ich von der Westbahn schon hinüber geschickt. Aber diese eine knappe Stunde daheim muß ich haben, um mich ein bisserl zu verschnaufen, herzurichten, eine Tasse Tee zu trinken. Da kommst du zu mir. Aber bitte, komm nicht später als sechs. Ich möcht' ja auch so gerne mit dir reden."

Mary versprach's fest.

Sie trat vom Telephon weg.

Sie war wieder allein.

Das angestrengte eindringliche Sprechen hatte eine Trockenheit in ihrem Munde hinterlassen; sie setzte sich wieder an den Frühstückstisch und nahm noch Tee. Indem sie jetzt die Tasse niedersetzte, bot sich ihr in seltsamer Weise – wie aus großer Stille von allen Seiten fertig auf sie zutretend – eine innere Haltung. an, welche Mary durchaus begriff, die jedoch wie hinter Glas blieb, so daß sie von ihr doch nicht ergriffen werden konnte (und im hier offenen Doppelsinn: weder konnte Mary wirklich und wirksam ergreifen, was da wie von außen sich antrug, noch auch davon sich ergreifen lassen: es blieb hinter Kristall, hinter einer völlig durchsichtigen Wand, als wär' die Luft hart geworden, eine unsichtbare Mauer). Sie sollte, so fühlte sie's ganz deutlich, mit dem, was sie augenblicklich beschäftigte – den Platz tauschen: es an den Rand schieben, sich selbst in die Mitte setzen. Aber grad umgekehrt war's. Dennoch fühlte sie den Anruf, sich zu erheben, an's Fenster zu treten, die Gasse entlang zu sehen. Vielleicht überrollten ruhig und gleichmäßig jene Fahrzeuge deren Breite? Sie erhob sich. Nicht schnell, sondern langsam, achtsam, sie sah vorher an sich herab. Sie muß sehr schön gewesen sein in diesen Augenblicken. Das Licht, wenn auch ohne Sonnenschein, fiel durch's hohe breite Fenster direkt auf sie. Ein kluges, wahrhaft wohlgeratenes Weib, die jetzt fast ehrwürdig wirkenden Züge uralter Rasse, das kupfrig leuchtende schwere Haar um die Schläfen, deren Haut schimmerte, wie das Innere einer Perlmuschel: und dies alles, die nun verhüllten Glieder, das tunneltief beseelte Aug', die kleinen Hände, die schlanken, aber kräftigen Beine, auf denen sich recht gut stehen ließ, die winzigen Füße, welche treu und brav das ganze Werk trugen: dies alles auf dem Anstiege, wo jenes erst seine Vollendung erleben sollte, zur wahren fraulichen Pracht, welche doch die wenigsten schon um Vierzig, die meisten aber, wenn jemals, dann erst um's Fünfzigste erreichen. Tochter, Enkelin, Urenkelin! Die so himmelweit von mir sproßte und in der sich doch dieselbe, immer gleiche Mechanik des Geistes bewegte wie in dir, in mir, im Leser. Die den Anruf vom Fenster her empfing; den konzentrischen Angriff der Stille empfand; die Bereitschaft der glänzenden, geisterhaften Schlachtreihen der Leere fühlte, Regimenter von Kraft, des rechten und rettenden

Kommandos gewärtig, das die Örter blitzschnell getauscht, die richtigen Plätze sogleich hätte einnehmen lassen.

Aber Mary gab es nicht.

Sie begann alsbald zu kombinieren. Ihre Gedanken flohen nicht nur vor dem ergangenen Anbot: sie packten es nieder, stopften es ein, machten es klein, schnürten es zusammen.

Vor allem: nichts hatte sie jetzt darüber in Erfahrung gebracht, wie lange eigentlich Lea in Belgrad bei ihrem Gatten – der's doch noch werden sollte, werden mußte, trotz und trotz allem! – zu bleiben gedenke? Außerdem: wenn in Budapest irgendein Skandal plötzlich losgegangen war – blieb's nicht immer auch denkbar, daß Lea den Generalkonsul in Belgrad gar nicht antreffen, sondern dort zunächst von einer Haushälterin oder Wirtschafterin auftragsgemäß in Empfang genommen werden würde? Mary bedauerte es jetzt tief, Fraunholzer kaum zu kennen! Auch Etelka Stangeler und Grauermann hätte sie wenigstens einmal sehen müssen: das wäre doch vor dem Hochsommer hier in Wien durch Grete irgendwie zu arrangieren gewesen! Ihr wurde zu Mute, wie einem Landwirt zu Mute wäre, der plötzlich zwischen seinen Feldern große, nie gesehene, nie mit dem Pfluge umgebrochene, nie besäte, nie gemähte Flächen entdeckte: und so etwas wär' bei einem Bauern höchstens im Schlaf und Traum möglich und da aber ganz unaussprechlich schlimm! Hier dagegen: fast war's, als hätte sie in bezug auf diese ganzen Sachen – nicht eigentlich gelebt; oder hinter unsichtbaren Mauern.

Sie begann in dem großen Zimmer auf und ab zu gehen. Aber nicht behaglich wandelnd. Es trieb sie.

Nun: es war, wie es war. Und nachmittags würde man sehen. Den Entschluß bezüglich des zu gehenden zärtlichen Weges hielt Mary fest.

Sogleich auch fiel ihr ein, daß sie für den späteren Nachmittag eine andere Vereinbarung schon getroffen hatte. Der nächste ihrer raschen Schritte, die der Teppich dämpfte, war zum Telephon. Sie lauschte. Der Raum schwieg, die hellen Möbel glänzten. Der Apparat sang, summte, schnappte ab.

Nochmals ließ Mary die Scheibe kreisen: um ihren Zahnarzt zu erreichen. Die Nummer war besetzt. Überall im Zimmer drehten sich unsichtbare Wirbelchen auf der Stelle. Hinter dem Ende der Gasse draußen – mit den links und rechts hervorstehenden Autos – hinten, jenseits, über dem Kanal, leuchteten die Bäume noch grün in der Sonne, kaum verfärbt, gar nicht. Jetzt ein kurzer Bahnpfiff, mehr Aufschnaufen war's.

Endlich erreichte sie den Doktor und verschob ihr Erscheinen.

Tennis kam nicht mehr in Betracht für nachmittags. Aber andere Telephongespräche gab es jetzt noch zu führen. Alles mußte geändert werden! Mochte es! Dafür würde sich noch viel mehr ändern und endgültig: bei Lea.

Mary, ohne da weiter umständlich zu überlegen, strebte in bemerkenswerter Weise danach, für den Nachmittag überhaupt nichts anderes vor sich zu haben: da man mit niemandes Pünktlichkeit sicher rechnen konnte, zudem ein Warten-Müssen in manchen Fällen fast unvermeidlich erschien (beim Arzt etwa), so blieb am besten, sich auf gar nichts einzulassen, was ihr pünktliches Erscheinen in Döbling etwa hätte in Frage stellen können. Während die Vorhaben des Nachmittages solchermaßen zum Teil auch in den Vormittag hereingenommen wurden, wuchs dessen Programm Punkt für Punkt an, wobei Mary ohne Unterbrechung am Telephon hantierte, sprach, wartete, wenn wieder eine Nummer unzugänglich war; und gerade heute wiederholte sich das letztere mehrmals. Ihre Arme sanken dann herab, sie blieb etwas vorgebeugt über das Tischchen mit dem Telephon, und in ihrem Gesicht erschien ein fast trauriger Zug, wie heimatlos in der entstandenen Leere. Endlich, nach erheblicher Zeit, waren alle diese an eine gewisse Reihenfolge gebundenen und mit einander verknüpften Gespräche geglückt (so etwa hätte es keinen Sinn gehabt, zur Modistin zu gehen, ohne die Hutstumpen mitzubringen, von welchen Mary eine ganz bestimmte Art wollte, die ihr ein Geschäft in der Stadt für heute ab drei Uhr nachmittags zugesagt hatte: waren diese aber etwa jetzt schon dort eingetroffen, dann konnte das Erscheinen bei der Hutmacherin telephonisch auf den Vormittag verschoben werden statt für heute überhaupt zu unterbleiben; Mary liebte es nicht, unerwartet irgendwohin zu kommen, weil das meistens längeres Warten zur Folge hatte; alle ihre Besuche oder Vorsprachen waren stets genau vereinbart, und sie hielt sich pünktlich daran). Endlich konnte sie von dem Telephon-Tischchen wegtreten, da alles erledigt war, wenn auch nicht durchwegs nach Wunsch. Aber was geschehen konnte war geschehen. Im selben Augenblicke jedoch, am Tee-Tisch vorbeiblickend, sah sie überraschend in jenes Verzeichnis hinein, welches sich knapp vor Lea Fraunholzers telephonischem Anruf geschwind, unbelebt aber übersichtlich, gebildet hatte in dem Vakuum eines während jenen Minuten noch ganz frei erscheinenden Vormittages, der sich inzwischen von anderswo her bis zum Rande gefüllt hatte. Aber Mary wollte es haben und wissen, dieses Verzeichnis: sie verlangte danach, sogar mit einer gewissen Ängstlichkeit. Es gelang ihr die Wiederherstellung nach den am Telephon gehabten Sensationen nicht ohne Mühe. Punkt für Punkt jedoch zog sie hervor aus dem leeren Raume ohne Vorhaben, dessen Mittelpunkt sie selbst zuerst am Frühstückstisch gebildet hatte: alles was, einer Art Gravitation folgend, in jenes Vakuum eingeschossen war. Davon das Wichtigste blieb zweifellos die ‚Estudiantina‘ (eigentlich eine große Musik-Gesellschaft spanischer Studenten), deren Generalsekretär zur Zeit in Wien weilte und vormittags im Grandhotel während einer Art Sprechstunde sich antreffen ließ. Schon setzte Mary flink den Hut auf im Schlafzimmer, bald auch eilte Marie herbei, welcher der Aufbruch ihrer Herrin nie entging: es wär' ein Vanille-Stangerl nötig, wenn die Gnädige das vielleicht mitnehmen wollte aus der inneren Stadt? Was die ‚Estudiantina‘ anlangte, so war hier Mary, die Mutter, in Tätigkeit: die spanischen Studenten unterhielten eine Art Austausch-Aktion, auch für Gymnasial-Schüler. Neben dem Englischen und Französischen hatte der Bub aus besonderer Neigung auch das Spanische betrieben und es darin bemerkenswert weit gebracht (so neulich sein Lehrer). Mary stieg frisch und flink die Stiegen hinab. Aber sie stolperte einmal über einen Läufer, der aufgewölbt war. Es schien ihr zumindest so, oder sie sagte sich, daß sie über diesen Wulst gestolpert sei. Es mußte sich jedoch nicht unbedingt so verhalten haben, vielleicht hatte sie die Stelle mit dem Fuß gar nicht berührt, sondern diesen sonstwie ungeschickt aufgesetzt, wie man manchmal tut, nicht elastisch und abfedernd, sondern derart, daß fast eine Art Rückprellung und ein kleiner Stoß entstehen.

Wir wollen nicht mit Frau Mary ihre Gänge in der Stadt herunter-raspeln.

Es konnte auch nicht alles erledigt werden.

In's Grandhotel etwa kam sie zu spät.

Der Generalsekretär war schon ausgegangen.

Melzer hat an diesem Montag, dem 21. September 1925, etwas vor vier Uhr seine Wohnung verlassen, den Spazierstock mit goldenem Knauf in der Hand. Sogleich als er auf den Treppen-Absatz trat und die Türe von außen schloß – sorgfältig und jedes unnötige Geräusch dabei vermeidend, Ur- und Vorbild eines ‚ruhigen Mieters‘ – empfand er eine Veränderung der Atmosphäre im Stiegenhause, dessen sonst immer kalkig-sauberer, gelüfteter Geruch heute verdumpft war, wie modrig, kellrig oder gummig. Weiter unten auf den Treppen nahm dieser Hauch noch zu, was Melzer eigentlich erwartet hatte, ebenso wie das Offenstehen der kleinen Türe neben der Portierswohnung, so daß man im Vorbeigehen in jene Rumpelkammer oder Werkstatt sehen konnte, wo zwei Fahrräder standen und mehreres Gerümpel; außerdem bemerkte Melzer diesmal eine kleine Hobelbank. Der Zusammenhang, in welchen dieser offene Raum sowohl, wie dessen auf der Treppe bereits spürbarer Geruch gehörten, war für Melzern derart evident, daß er ihn auch nicht durch den kleinsten Bruchteil einer Sekunde erst zu suchen brauchte:

die grünschattige Verschlossenheit des Raumes unterhalb der großen verglasten Holzveranda vor der seinerzeitigen Villa seiner Mutter zu Neulengbach, die dumpfe Laub-Fäulnis, sein Fahrrad dort, ein paar alte Sessel und die in der Ecke lehnenden Gartenwerkzeuge – dies alles bot sich dem Aufruf und Anruf ebenso präsent und parat, wie Astas kleines Zimmerchen im Aquarien-Licht hinter den Jalousien, oder der Gang vor drei Wochen, draußen auf dem Lande, zwischen den Kräuter- und Rosengärten nach rückwärts zum Bache und über das Brücklein, wo er dann auf Asta gewartet hatte. Die bunten Glaskugeln leuchteten.

Aber, wenn auch kein eigentliches Staunen in ihm war und auch keine Bemühung, sich zu besinnen (diese wäre überflüssig gewesen), der Anhauch brachte Melzern doch irgendwie aus der Richtung oder in eine andere Richtung ... hatte er übrigens eine so ganz festgelegte und entschiedene gehabt, jetzt im Verlassen seines Heimes beim ‚interessierten Pierrot'? Da er nun innerlich über einen größeren Zeitraum mühelos gesprungen war, übertrug sich solche Weiträumigkeit gewissermaßen nach außen und rückte ihn ein wenig ab von den klammernden Umständen, den Alternativen, die sich aus ihnen zu ergeben pflegen, von der Taschen- oder Armbanduhr, der Absicht, der Einteilung des Tags. Er wandte sich vom Haustor nach rechts. Also eigentlich auf einen Umweg. Jedoch nur dort kann von einem solchen im strengen Sinne gesprochen werden, wo das Ziel festliegt.

Melzer trug die schwankende Waage dorthin, wo er in einer ganz abseits aller Vernünftigkeit liegenden Weise ihren Aufhängepunkt und ihr Zünglein vermutete.

Das Wetter schien ihm warm. Er blieb in dem stillsten Teil der Strudlhofgasse unten vor den Stiegen stehen und sah den vereinzelten Passanten zu, die da hinaufstiegen oder herabkamen, zu ausholendem Quergang durch die Rampen gezwungen, ja zum Wandeln und zum wandelnden Illustrieren dieses aufgebauten Bildes genötigt, verhindert aber an dem Geradezu des froschartigen Sprunges aus einer Absicht in einen

Zweck, an dem Sturz durch einen Weg gleich Null auf ein Ziel zu, bei dem in der überwältigenden Mehrzahl der Fälle eine genaue Perlustrierung ganz den gleichen Wert ergäbe. Solche Frosch-Sprünge, Kurzfälle, solche abscheulich-eilfertige Bewegungen auf der Hühnerleiter grad herab waren hier mit Erfolg inhibiert.

Der Major erkannte Stangeler erst, als dieser schon die Plattform vor dem Brunnen erreicht hatte.

Alsbald rief Melzer ihn an und tat ein paar Schritte auf die Treppen zu.

René war stehen geblieben, an die Brüstung getreten und schaute von da auf Melzer herab.

Seltsam, sie verblieben so. Als breche herein, was sich in keiner Weise mehr abstützen und aufhalten ließ, als fiele jene nervöse Befangenheit und schülerhafte Geniertheit dahin, welche zwei begegnende Menschen sonst unbedingt verhindert, einander schweigend zu messen: so standen sie hier, der Major unten, der graduierte und lächerliche Doktor oben. Vielleicht war es die Größe des über ihnen hängenden Augenblickes, welche ihnen jetzt ein Ähnliches verlieh, und sie vom Gezwecke und vom Verstecke hinter diesem befreien konnte. Nun kam René herab. Der Major ihm entgegen. In halber Höhe der Brunnen-Plattform trafen sie zusammen, Stangeler etwas höher, Melzer etwas tiefer, auf den Stufen nun wieder stehen bleibend.

„Ich hab' gehört, Sie waren in Budapest, Herr von Stangeler?"

„Ja. Ich bin heute vormittag in Wien angekommen."

„Und wie geht es Ihrer Frau Schwester?"

„Etelka ist tot."

Zufällig ging niemand vorbei. Die Stille stand wie ein Block von Metall in die leere Gasse gestürzt. Melzer, emporsehend, faßte jetzt eigentlich erst recht auf (wozu er doch vor Stangeler's Ankunft mehr Zeit und Gelegenheit gehabt hätte!), daß die Baumwipfel links und rechts der Rampen und über diesen schon stellen- und fleckenweis herbstlich verfärbt waren.

Er erriet. Nicht umsonst hatte er vor drei Wochen des Pompejus Legionen untergehen gesehen. Nur kurz: „sie selbst –?", ein Nicken Stangelers, und man war verständigt. Dann erst verlangte Melzer alles im einzelnen zu wissen. Als er René noch bekanntgeben wollte, was er am Ende des August mit eigenen Augen dort auf dem Lande draußen gesehen und als Anwesender erfahren hatte, zeigte Stangeler sich davon unterrichtet. Durch Asta. Sie war, kurz nach Renés Abreise, auf die alarmierenden, wenn auch noch ungenauen Nachrichten hin, welche ihr Mann, der gute Baurat Haupt, ihr hatte weitergeben müssen, in die Stadt hereingekommen. Nach der Rückkehr von Budapest sprach René freilich zu allererst mit Asta und Haupt. Im übrigen war mittags eine Art Familien-Konferenz einberufen worden, an welcher verschiedene Verwandte teilnahmen und wobei zur Debatte stand, wie man es den Alten draußen sagen sollte, vor allem aber eigentlich: was?! Hier traten nur Haupt und René bedingungslos für die Wahrheit ein, sei's auch auf Kosten der Schonung. Die Äußerung Renés (die er auch Melzern gegenüber jetzt wiederholte) „man kann doch nicht vor jemandem, der sein Kind durch Selbstmord verloren hat, diesen Umstand geheim halten – das hieße ja, dem Betreffenden ein Stück seines höchsteigenen Schicksals stehlen" – diese Äußerung wurde übergangen, nicht gehört, oder nicht aufgefaßt, wie es stets mit allen Äußerungen Renés im Familienkreise zu gehen pflegte: man hielt sie von vornherein für abseitig, verdreht und unerheblich (aber das wird auch seine Gründe gehabt haben). So einigte man sich denn auf die Vertuschung und erfand eine plötzliche katastrophale Kopfgrippe oder etwas dieser Art, wahrscheinlich war's ein medizinischer Blödsinn (und mit derlei vermeinte man den alten Stangeler abfertigen zu können; er hat übrigens dann gar nichts entgegnet, nur die Nasenflügel witternd ein wenig hochgezogen, alles gewußt und nie was gesagt, sondern mit Rücksicht auf seine Frau, die sich leicht und gerne täuschen ließ, in's gleiche Horn geblasen). Auch Asta ließ sich zur Vertuschung herumkriegen; in ihr siegte wohl die tiefe Zärtlichkeit für den alten Mann, welche allezeit in ihr lebendig war. Sie wollte ihm vor allem anderen nicht weh tun lassen. Und so wurde am Ende auch den im fernen Auslande lebenden älteren Schwestern eine Verständigung im gleichen Sinne zu Teil. Nach jener Familien-Konferenz, die bis halb vier etwa gedauert hatte, befand sich René nun auf dem Weg zu Grete: am Telephon, nach seiner Rückkunft aus Budapest, war ihr von ihm nur diese selbst gemeldet worden, und Stangeler erwies sich dabei als einfach außer Stande, das Gewicht der eigentlichen Nachricht, die er zu geben hatte, durch den fistelnden und summenden Draht in ganz unanschaulicher Weise an Gretes Ohr zu bringen. Ihre drängenden Fragen beantwortete er nur damit, daß er ihr alles nachmittags sagen werde; jetzt am Telephon aber sei ihm dies nicht möglich. Und weil René das familiäre Hin und Her und die Schwierigkeiten der zu fassenden Entschlüsse voraus sah, kündigte er sein Erscheinen bei Grete für frühestens fünf Uhr an (indessen kam man doch schon zeitiger zu einem Schluß und Beschlusse), ja, er fügte die Bitte hinzu, von Pünktlichkeit diesmal dispensiert zu sein: es könne wohl auch später werden.

So stand er denn, als der erste Schwall vorbei war, um halb vier auf der Straße.

Jedoch ohne sofort zu Grete zu eilen.

Er zögerte sogar sehr damit. Er zögerte tief da drinnen, tief inwärts möchte man sagen. Seine Verfassung war eine solche, daß er schon die Treppe im ‚Stein-Haus' allein, mit ihren sinnlosen Schnüren und Quasten, mit ihrem Lift in der Mitte, nicht hätte – zu konsumieren vermocht. Er empfand sogar seine gegenwärtige absolute Unfähigkeit dazu, und zwar in nicht unähnlicher Weise wie Melzer damals in den Auen bei Greifenstein sich ganz und gar außer Stande gefühlt hatte, der Editha Schlinger von seinem Obersten Laska zu erzählen.

So, mit im Innern schwankender Waage, zögernd, gelangte Stangeler am Ende dorthin, wo er, in einer ganz abseits aller Vernünftigkeit liegenden Weise, den Nabel der Geschehnisse vermutete. Und erblickte dort den zögernden Major in dem unteren, kurzen, dem stillsten Stück der Strudlhofgasse stehend, selbst von oben her eben beim Gewäsch und Geträtsche des Brunnens angelangt.

Aber, was Melzer vor allem zu erfahren wünschte: wie es zuletzt in Budapest gewesen; und von dem jüngsten und äußersten Wegstück Etelkas bis zu ihrem Untergange – das konnte hier nicht erzählt werden stehenden Fußes, während allemal doch auch wer vorüberging, hinauf oder hinab. Sie verließen die Stiegen. Melzer fühlte sich dabei in einer bemerkenswerten Weise sozusagen der eigenen Taschen-Uhr gegenüber entpflichtet, beurlaubt, wie unter ein ganz anderes Recht gestellt. Sie suchten einen Unterstand, um dieses Schicksalspost-Paket in Ruhe aufzuschnüren und zu eröffnen; und sie fanden ihn endlich auf einer Bank im Park des Liechtenstein'schen Palastes, welches geräumige Grün den Erholung Suchenden dieser Stadtgegend damals noch zugänglich war.

„Daß den Leuten in jedem einschlagenden Falle nichts anderes einfällt, als wieder einmal eine sozusagen technisch unumgänglich notwendige Ausnahme von den zehn Geboten zu statuieren!" sagte René im Rückblick auf das Ergebnis jener rasch zusammengetretenen Familien-Tagung, während Melzer und er sich eben niederließen. „Diese verflixte Schießbuden-Existenz! Auf einmal schnarrt so ein Werkel los, weil's einen Treffer gegeben hat: der Wurschtel zappelt, der Kuckuck ruft, der Hahn kräht. Es ist was los, es ist etwas geschehen. Maßnahmen werden getroffen. Natürlich ausnahmenhafte. In der ganzen Panik ist vor allem anderen einmal jedes Maß untergegangen. Man nimmt's daher, von wo man's halt grad kriegt, und hält sich für vernünftig, weil im Ernstfall überhaupt nichts mehr hält und von irgendeiner Haltung schon gar keine Rede sein kann. Das Leben zeigt die Zähne, der Mensch zieht den Schwanz ein. Dann ist der Wirbel für diesmal wieder vorbei. Und jetzt, wo eigentlich erst etwas, ja alles, geschehen müßte,

um für die Zukunft einen derart würdelosen Vorgang auszuschließen, geschieht gar nichts, wird die wiedergewonnene
Ruhe nicht als Aufforderung empfunden, sich für den nächsten
einschlagenden Krach gründlich vorzubereiten, wird der vorhandene Raum damit nicht ausgefüllt, die gebotene Gelegenheit der sich ausbreitenden Stille und Leere keineswegs benützt:
was sonst sehr wohl sogar dazu führen könnte, solche Wirbel
überhaupt zu inhibieren."

Das letzte Wort lag auf seiner Zunge wie ein von irgendwo,
vielleicht aus dem Park hier, angeflogener Keim: ein wohl-
schmeckender sogar. Er verwunderte sich und schwieg. Seit
seiner Abreise von Budapest hatte Stangeler sich darauf verlegt, den eigenen Schmerz gewissermaßen zornig zu behandeln:
er stieß ihn hin und her wie einen Punching-Ball. Wodurch
nichts besser wurde. Aber René hielt diese Rebellion seines
Egoismus' für einen geistigen Akt: und vermeinte sich so von
jeder Sentimentalität zu distanzieren. Zugleich (er wäre aber
sehr wahrscheinlich grob geworden, hätte man ihm das
gesagt) präparierte er sich mit alledem insgeheim für das
Wiedersehen mit Grete Siebenschein.

Nun endlich nahm er seinen Bericht auf:

„Am Mittwoch abend, ich war eben von Grete gekommen,
hat mich mein Schwager, der Baurat Haupt – Sie kennen ihn
nicht? Ich wohne vorläufig noch bei Asta und ihm, das ist im
zweiten Stockwerk meines Elternhauses – mein Schwager also
hat mich gleich im Vorzimmer empfangen mit der Nachricht,
daß ich heute nacht noch zu Etelka nach Budapest fahren
müsse. Grauermann habe von Budapest telephonisch angerufen, jedoch hier sei ja niemand zugegen gewesen, er selbst
im Amt. Daraufhin habe sich Pista mit einem früheren Kollegen
auf dem General-Konsulat in der Bank-Gasse verbinden lassen
und eben vor einer Viertelstunde sei von dort die Nachricht
gekommen: auch, daß ich in der Bank-Gasse jetzt sofort mein
Visum erhalten würde. Der Reisepaß selbst war glücklicherweise in Ordnung und noch gültig, alles vom Frühjahr und
Sommer her, unseligen Angedenkens. Was eigentlich dort

unten in Budapest geschehen sei oder was dort vorging und im Begriffe war zu geschehen, das konnten Haupt und ich weder entnehmen noch zusammenreimen. Mein Schwager äußerte sich zudem kaum. Er war irgendwie verfinstert und hatte wohl seine Vermutungen. Genug, Etelka verlangte dringend nach mir (so verstanden wir es), ich mußte reisen. In der Bank-Gasse, wo freilich längst keine Amts-Stunden mehr waren – ich hab' dem Portier einfach meine Visitekarte gegeben – wurde mir im Bureau sogleich das Visum in den Paß gestempelt, von einem älteren Kanzlei-Organ, das nur für ein paar Minuten verschwand, um eine Unterschrift zu holen. Den Kollegen mit welchem Pista von Budapest her gesprochen hatte, bekam ich nicht zu Gesicht, wußte auch nicht seinen Namen. Im Auftrag meines Schwagers überreichte man mir ein Briefcouvert gegen Quittung: es befand sich österreichisches und auch etwas ungarisches Geld darin, mehr als genug. Zudem wär' ich selbst versehen gewesen, ich hatt' eben zur Zeit einiges eingenommen. Daheim packte ich eine kleine Tasche und telephonierte an Grete: sie stellte viele Fragen, ich konnte freilich keine einzige beantworten. So erreichte ich denn ohne eigentliche Eile am Ostbahnhofe einen Nachtschnellzug ... Nun hören Sie, Herr Major: jetzt kommt eine Seltsamkeit dieser Reise nach Pest. Es war ja nicht meine erste. Jedoch sie war meiner ersten – heuer im Frühjahr, einige Zeit nach den Prüfungen auf der Universität – in gewisser Hinsicht sehr ähnlich, was das innere Lage-Gefühl betrifft; gar nicht aber meiner zweiten Fahrt nach Budapest im Juni, welche auf den neuerlichen Bruch mit Grete folgte. Damals war ich steinunglücklich gewesen. Jetzt aber, als der Zug hinausglitt, war mir der Grund bereits sichtbar geworden, auf welchem meine diesmal ganz andere, und trotz der besorgnis-erregenden Umstände so viel bessere Verfassung ruhte. Darauf, merkwürdiger Weise, daß ich im Stande gewesen war, sofort und glatt abzureisen ... daß ich in Wien nichts unerledigt zurückließ, keine Versäumnisse oder Angelegenheiten, die eben im Begriffe gewesen wären, zu ,Matthäi am Letzten', wie man zu sagen pflegt, noch erledigt zu werden, mit Müh und Not und Ach und Krach... Ich war sozusagen liquid und bereit gewesen. Das befriedigte mich in hohem Grade: daß jene geordnete Leere in mir herrschte, die unumgänglich erforderlich ist, wenn etwas eintreten, in uns wirklich und wirksam eindringen soll. Ich empfand's als einen erstmalig in meinem Leben erreichten Zustand, der freilich weit tiefer noch fundamentiert, ja zum eigentlich habituellen, zum Normal-Zustand werden müßte... Nichts kann hervortreten, plastisch werden, außen klar gesehen mit seiner ganzen Wucht, innen distinkt erkannt werden, wenn es nicht von Leere umgeben und damit gewissermaßen selten oder solitär geworden ist. Im Gedränge gibt's kein wirkliches Leben. Eine Schießbudenfigur zappelt da nach der anderen los, löst sie ab. Ich aber saß, während der Zug auf seine Strecke hinausglitt, schwer besorgt und ganz besonnen in den Kissen des Fauteuils. So fährt man dem Schicksal entgegen. Daß ich's früher nie gekonnt, beweist meine Zurückgebliebenheit, denn ich bin ja weit über dreißig; es beweist vielleicht auch, daß ich gar keine oder nur eine miserable Erziehung genossen habe, die mich jedenfalls mit den Grundlagen oder Grundhaltungen geistiger Disziplin niemals vertraut zu machen versucht hat. Heute ist übrigens Matthäi, des Evangelisten Tag." Nach dieser unvermittelten Hinzufügung machte René eine Pause.

Es müßte für's erste angenommen werden, daß Melzers Geduld – denn seinerseits wurde ja ein Bericht erwartet! – durch diese Exkurse – man möchte fast sagen Excesse – Stangeler's in's durchaus Subjektive nicht wenig belastet worden ist, um so mehr als dabei die für den Major beschränkte Zeit verging. Aber nichts dergleichen war bei Melzer der Fall, wie er später wiederholt versichert hat. Im Blicke durch den Garten tief beruhigt, erkannt' er nicht ohne Staunen, daß von ihm hier und jetzt – und sonderlich seit dem gestrigen Sonntag! – voll und ganz erfüllt wurde, was Stangeler als Forderung wortreich vorzubringen für nötig hielt. Der Major hat sich viel später (zu Kursk 1942) dahin geäußert, daß er im Liechtenstein-Park, neben Stangeler auf der Bank sitzend, keineswegs Ungeduld oder irgendeine Gedrängtheit empfunden, sondern ruhig in den Park und auf die alten Bäume geschaut habe und auf deren Geäst vor dem hohen erhellten Himmel, darin gehender Sommer (Sommer zu ‚Matthäi am Letzten‘) und kommender Herbst wie versöhnt, umarmt, durchdrungen, im Frieden lagen und die höchsten, feinsten, kompliziertesten Verästlungen der Baumkronen geduldig grundierten, all dies einzelne gleichsam erst ausführend und es doch zusammenhaltend mit sonorem Orgelpunkt. Wenn auch die Zeit verging, eine doppelte Verabredung gablig sich trennte, zur Entscheidung auffordern wollte: es blieb wie hinter dem Vorhang eines noch unsichtbaren aber umfassenderen Konzeptes, es blieb wie in den Falten dieses Vorhangs verrollt, verloren und verborgen. Indessen setzte Stangeler seine Erzählung fort:

„Der Zug, mit dem ich gefahren bin, ist zu einer ganz unmenschlichen Zeit in Budapest angekommen. Ich bin in Kelenföld erst aufgewacht; von da fährt man weiter um die halbe Stadt herum bis zum Ostbahnhof. Es war noch dunkel. Daß ich schon die Tramway benützen könne, schien unwahrscheinlich. Ich beschloß, am Keleti ein Autotaxi zu nehmen, um in die Vilma királynö út zu fahren. Jedoch an der Sperre, beim Verlassen des Perrons, wurde ich angerufen. Es war ein Herr Ladislaus von P. – ungarisch sagt man Lala – ein Verwandter meines Schwagers, Chefarzt an der größten Budapester Kuranstalt, dem Szt. Lukács fürdö. Ein sehr bemerkenswerter Mann übrigens: ungarischer Baron aus alter Familie, hat ursprünglich Theologie studiert und ist calvinistischer Priester geworden. Schon eine Pfarre innehabend hat er das alles aufgegeben, noch einmal studiert, das Doktorat und die praktischen Jahre gemacht, zum Teil in Wien und sonst im Ausland: gleich danach begannen seine Erfolge als Arzt. Es muß wohl seine eigentliche und wesentliche Begabung gewesen sein. Ich hab' Lala gut gekannt, von meinem Budapester Aufenthalt im Frühjahr her. Übrigens hab' ich ihn immer beneidet. Er schien sich sozusagen leicht zu tun im Leben, trotz einer durch das zweimalige Studium und den Berufswechsel etwas komplizierten Biographie: Lala hatte sich obendrein sehr früh, schon als junger Pfarrer, verheiratet. Er schien sich leicht zu tun – sage ich. Bei begabten Ungarn kann einem das schon so vorkommen. Sie sind überaus lebenstüchtig gebaut. Sie besitzen einen Leichtsinn, der genau dort ist, wo er hingehört, und wo wir ihn sozusagen nur als philosophisches Ziel sehen können. Dieser ihr Leichtsinn schließt die größten Anstrengungen keineswegs aus. Das heißt, der Schwerpunkt liegt bei ihnen richtig, von Natur aus ... Lala hat übrigens eine gewisse physiognomische Verwandtschaft mit dem berühmten Herrenreiter Teleki; der ist unser Reitlehrer gewesen in der Offiziers-Schule, wir haben ihn sehr geliebt und verehrt ... Lala also hat mich an der Sperre angerufen: er war mit seinem Motor-Rad gekommen, um mich abzuholen, vielleicht auch um mich vorzubereiten. Er sah ernst aus, fast finster (ein ungarisches Gesicht kann überaus finster aussehen). Ich kroch etwas steif und mit Mühe in den torpedoförmigen Beiwagen der Maschine. Es war warm hier in Budapest, trotz des frühen Morgens. Lala fuhr rasend schnell und vollkommen ruhig. Über die Donau. Wir bogen rechts ab und hielten vor dem St. Lukas-Bad.“

Eine Uhr schlug. Melzer sah nicht auf die seine. Zwei Schläge. Vielleicht vom Liechtenthaler Kirchturm. Es war halb fünf.

„Ich hab' mich bei ihm gewaschen und rasiert, und wir frühstückten zusammen in seinem Arbeitszimmer: er sah mit einem gewissen Nachdruck darauf, daß ich ordentlich zugriff. Speck und Eier. Diese Fürsorge war nicht nur rein gastfreundlich. Sie hatte einen ärztlichen Unterton. Ich empfand das, und als unheimlich. Wir sprachen im übrigen kaum ein Wort. Ich stellte keine Frage. Ich darf sagen, daß es nicht aus Feigheit unterblieb; sondern durchaus, um aus einem herankommenden Umriss des Geschehens kein Stückchen im voraus zu brechen. Es war, während wir hier saßen, erst ganz Tag geworden. Der kaum mittelgroße Raum bildete eine dichte und behagliche Hülse um uns; sie zeigte sich mit sehr verschiedenen Dingen vollgeräumt, die Durchdringung einer Bibliothek mit dem Herrenzimmer eines Jagdhauses: es gab leichte und schwere Gewehre, Geweihe, einen exotischen Büffelkopf, Angelgeräte und lederne Taschen. Es roch nach Leder herinnen. Durch's Fenster sah man ebenerdig in den Garten der Kuranstalt hinaus. Dahinter fuhr eben ein Zug der elektrischen Bahn vorüber. Die vor einigen Minuten aufgegangene Sonne legte einen warm glühenden Reflex über zwei Patronengürtel, welche hoch an einer Hirsch-Stange hingen.

Er bot mir eine Zigarette an und sagte mir in aller Ruhe alles.

Zunächst, daß ich Etelka nicht mehr bei Bewußtsein würde finden und daß sie es kaum mehr erlangen werde. Die von ihr genommene Dosis Gift – aus einer Unmenge der verschiedenartigsten schwersten Schlafmittel bestehend – müsse von Etelka durch Jahr und Tag schon zusammengespart worden sein, dies stehe ihm außer Zweifel, und auf ihre seit langem überall vorgebrachten immer wiederkehrenden Klagen über zeitweise fast vollkommene Schlaflosigkeit falle heute ein ganz neues Licht. Gerade die große Verschiedenheit der in ihrem Organismus seit nun dreißig Stunden wütenden Substanzen mache deren gleichzeitige Bekämpfung überaus schwierig, zum Teil unmöglich. Außerdem habe es Etelka verstanden, zwischen das Einnehmen der Gifte und die Entdeckung dieses Umstandes eine möglichst lange Zeitspanne zu bringen, offenbar vorsätzlich. Am verwichenen Dienstag, gegen Mitternacht, habe sie so etwas wie eine gesunde Schläfrigkeit posiert, ihrem Mann und auch dem Dienstmädchen gegenüber, und dabei in anscheinend guter Stimmung der Hoffnung Ausdruck gegeben, daß ihr diesmal nach langer Zeit wieder eine Nacht mit wirklichem Schlaf bevorstehe: man möge nur morgens recht leise sein im Hause und sie keinesfalls vor zehn Uhr stören. Damit verschwand sie in ihr Zimmer: und muß dort, schon im Bette liegend, ,den ganzen Teufel geschluckt haben', wie Lala sich ausgedrückt hat. Er sagt, es sei ein fast unglaublicher Quantum gewesen; um es einzunehmen, habe sie mindestens zehn Minuten bis eine viertel Stunde gebraucht. Die leeren Schachteln fand man auf der Platte des Nacht-Tisches. Sie muß alles direkt geschluckt haben, Wasser nachtrinkend, ohne die Pastillen im Glase aufzulösen, welches auch keinerlei Spuren zeigte. Dagegen war die große, ganz mit Wasser gefüllte Kristall-Flasche zu zwei Dritteln leer. Um elf Uhr am nächsten Tage, als sich nichts rührte, lugte das Mädchen vorsichtig durch die zum Spalt geöffnete Tür: sie konnte direkt an's Kopfende des Bettes und auf Etelka sehen. Diese hatte Schaum oder Geifer um Nase und Mund und atmete in flachen, kleinen Stößen. Daraufhin begann das Mädchen zu schreien und zu weinen. ‚Die Köchin behielt den Kopf oben‘, sagte Lala, ‚rief Pista telephonisch an und dann mich. Daß alles Erforderliche und überhaupt Erdenkliche mit Etelka sogleich vorgenommen wurde, versteht sich ja von selbst. Ich habe mehrere Spezialisten beigezogen, der eine war auf der Universität mein Lehrer in der Pharmakologie. Ich sage dir, René, wenn man das, was deine arme Schwester genommen hat, aus den Packungen zusammenschüttet, kommen bald zwei gehäufte Hände voll heraus.‘

‚Aber trotzdem‘, hat Lala zuletzt gesagt, ‚widersteht noch ihre wahrhaft gewaltige Natur. Jedoch vergebens. Es ist nichts mehr zu hoffen, sei dir darüber im klaren, René. Natürlich versucht man noch das und jenes. Auch heute ist ein solcher Versuch gemacht worden. Es kann mit ihr bis morgen und ganz unwahrscheinlicher Weise bis übermorgen dauern. Aber dann haben wir den exitus.‘

Er fügte noch hinzu: der Selbstmord Etelkas sei das gerade Gegenbild der typisch weiblichen Selbstmorde, die, wenn sie gelängen, allermeist nur eine über's Ziel hinausgeratene Demonstration darstellten. Aber Etelka habe ganz sicher gehen wollen. Dies sei das Große, aber zugleich das Schauderhafte ihres Falles. ‚Nicht zuletzt auch theologisch‘, sagte er.

Auf dem Nacht-Tisch sei ein Zettel für ihren Mann gelegen. Wenige Zeilen mit Bleistift, Abschied, eine Bitte um Verzeihung. Am Schlusse, mit Müh und Not noch zu lesen – vielleicht war dies schon bei beginnender Giftwirkung geschrieben? die Worte: ,Nimm Dir eine Frau wie Du selbst bist'."

René schwieg. Melzer sah in die Baumkronen. Sozusagen in's geräumigere Konzept. In ihm war eine ganz selbstverständliche und eben darum ungeprüfte, ja kaum bemerkte Gewißheit darüber vorhanden, daß dieses Zusammentreffen mit Stangeler und die Botschaft, die es brachte, nur eine Art Anfang sei. So etwa, wie niemand um die Frühjahrszeit im Gebirge den fern und feierlich durch die dünne Stille hallenden Schlag einer Lawine hört, ohne weitere ebensolche unbewußt zu erwarten, und niemand den ersten rollenden Böllerschuß am Ostermorgen, ohne die vielen Antworten von nahen und fernen Höfen innerlich schon vorwegzunehmen.

Auch hier herrschte dünne Stille, trotz des Straßenlärms, der, wenn auch distanziert, doch in den Park eindrang. Es herrschte dünne Stille seit gestern, Sonntag. In ihr, klar abgesetzt, von Raum und Leere umgeben, stand Etelkas Bild, wie Melzer sie zuletzt gesehen hatte: im bunten National-Kleid mit Asta vor dem Postamt, winkend, während der Autobus sich schon in Bewegung setzte um rasch durch das Tal hinunter abzusinken. Das Bild war tief und klar, war bunt und rot, ja wie auf tiefem rotem Grunde.

Auch Melzer fragte nicht, so wenig wie Stangeler den Baron P. mit Fragen überfallen hatte, nach der Ankunft in Budapest. Ihm schien es, daß er genug wisse. Kein ,Warum?' kam über seine Lippen, kein solches Zeichen nervöser Verlegenheit statt wirklicher Teilnahme. Melzer nahm sein Teil. Er meinte genug zu wissen. Genug Licht war verbreitet worden, rotes Licht. Nur Einzelheiten noch konnten kommen. Mochten sie kommen. Er verstand es zu warten.

„Wir fuhren zur Klinik. Wieder rasend schnell und ganz ruhig. Die Stadt war um diese Zeit schon dicht belebt.

Zunächst war's der gleiche Weg wie vom Bahnhof; auf der Margaretenbrücke kann das Aug' einen ungeheuren Ausfall tun, einen schwindelnden: schwindelnd vor solcher Pracht nämlich. Die durch den Strom aufgespaltene Stadt. Schon war die Morgensonne kräftig da. Budapest hat breite prachtvolle Straßen. Wir fuhren mitten hindurch. Ich sah die Stadt jetzt auf eine Art, als ob sie nicht bestünde und stehe, sondern erst entstünde und geschehe: so schwankte alles und drehte sich in mich hinein an den Kurven, ein Prospekt und Ausblick in den anderen geschoben, eine Kulisse vor die andere und hindurch geworfen, und wieder weggezogen und wieder verdeckt. Dann wurde es öder. Kahl. Vorstädtisch. Kasernen. Rangierbahnhof. Das sind die Ernstfall-Gegenden einer Stadt. Man sieht sie im Kriege, oder wenn jemandem was zustößt. Wir zogen glatt und schnell eine lange Straße mäßig bergan, dann schlug die Kurve nach links ein, wir hielten vor einem großen höher gelegenen Gebäude. Ich sah rechter Hand unten die Bahnstrecke, aber es war eigentlich keine Strecke, sondern nur ein langer tiefer Einschnitt mit vielen Geleisen nebeneinander und darauf abgestellten Waggons: lauter schöne Schlaf- und Speisewagen. Angehaltenes Leben weiterer Bahnen, flüssigerer Art: jetzt stockte es in zahlreichen Strähnen. Der Wagenpark schwang sich nach links herum, unterhalb der Straße, aber ihrer Beugung folgend. Man sah auf die grauen, langgestreckten, endlos hinfliehenden Dächer der Waggonreihen hinab. Genug. Ich erwähne das alles nur deshalb, weil ich's von dem, was weiter folgte, nicht abzutrennen vermag, nie abzutrennen vermögen werde. Das Spital war sozusagen hochmodern, luftig, räumig, breitgängig. Übrigens totenstill. Vor der Türe des Zimmers, darin Etelka lag, stand Grauermann. Wir umarmten einander.

Was nun kam, war weit weniger arg wie die Minuten nach dem Frühstück bei Lala, wo mit jedem von ihm gesprochenen Worte ein Block der Unwiderruflichkeit gleichsam von der Zimmerdecke herabgestürzt war. Weniger arg, sag' ich, aus einem ganz einfachen Grunde: es war außen. Es war außen: so wie der Krieg, ein brennendes Dorf, das Gebrüll im Nahkampf mit Kolben und Bajonett, eine Flecktyphus-Epidemie in Sibirien. Es war außen. Es war Schrecken: aber davon faßt die Enge des Bewußtseins immer nur ein kleines Quäntchen; und weil es außen ist, rein außen, bleibt doch stets noch Luft zwischen uns und dem Äußersten im Äußerlichen. Etelka sah genau so aus, wie Lala sie schon beschrieben hatte. Sie lag mitten in dem sehr hellen großen Zimmer auf dem Bett, flach am Rücken, bis zu Hals und Schultern mit einem Leintuch bedeckt. Ich hatte den Eindruck großer Flachheit und Eingesunkenheit ihres Körpers, brettartig. Der Atem ging in eigentlich regelmäßigen Abständen mit kurzen kleinen Zügen. Atmete sie aus, dann erschien um die Nasenlöcher und in den Mundwinkeln eine Art Schaum oder Geifer: die Krankenschwester entfernte ihn von Zeit zu Zeit. Zwei Ärzte hatten eben das Zimmer verlassen. Lala und Pista waren mit mir zusammen eingetreten. Ich bemerkte dann, daß der erstere, am Fußende des Bettes stehend, betete, wobei sein Oberkörper eine Art ringender Bewegung vollführte.

Genug, mehr als genug. Später ist Teddy Honnegger gekommen. Er redete überhaupt kein Wort. Von ihm hab' ich noch am selben Tage die sozusagen letzte Vorgeschichte erfahren, darauf komm' ich gleich, es ist nicht viel: aber zumindest aus einer unbedingt verläßlichen Quelle. Jetzt also standen vier Mannsbilder um Etelkas Bett. Ich fand das bezeichnend. Sie selbst sah beinah wie ein Mann aus, wie ein begabter, bedeutender sogar. Das Haar war ganz aus der Stirn, die übermäßig erschien. Sonst, wenn sie den Schopf zurückgestrichen hatte, wirkte der untere Teil ihres Gesichts zu schwach, zu rund, zu weich. Jetzt indessen starrte das Kinn etwas empor, machtvoll, wie eine kleine Bastion. ,Der Fünfte muß noch kommen', dacht' ich: und hielt für möglich, daß Grauermann den Generalkonsul Fraunholzer gar nicht verständigt hatte. Es verhielt sich so.

Ich erfuhr es zu spät. Ich verlebte diese Zeit in dem Krankenzimmer wie auf dem unbeweglichen Mittelpunkt, auf der

Achse oder dem Zapfen einer sich gleichmäßig drehenden Scheibe sitzend. Ich sah die Sonne vom Fenster vordringen und aus diesem zurückweichen. Ich stand, beiseite getreten, an der Wand oder draußen auf dem Gange, wenn die Ärzte mit Etelka beschäftigt waren. Die Krankenschwester hielt geduldig ein großes Glasgefäß empor, von welchem zwei dünne Röhrchen oder Schläuche herabliefen, deren metallene Mundstücke man Etelka oberhalb der Brust links und rechts unter die Haut gestoßen hatte, ziemlich tief, wenigstens kam es mir so vor. Ich verstand ja nichts davon. Die Brust schwoll, offenbar von der einlaufenden Flüssigkeit. Durch das Fenster konnte man von hier verhältnismäßig weit sehen, nicht in eine Landschaft, sondern auf andere ähnliche Gebäude, wie jenes, darin wir uns befanden. An bleichen Mauern lag ebenso die Sonne. Es war nicht die eigentliche ungarische Sonne, nicht die Sonne des weizenblonden Landes, das ich kannte, seine Kraft, der Quell seiner Lieblichkeit und auch seiner Wucht und Größe. Die Budapester äußerste Vorstadt ist aller Vorstädte äußerster Graus: ist denn nicht doch alles nur Pappe, kann man die Steppe darunter oder die Auwälder des wandernden Stroms nicht doch plötzlich wieder rein hervorziehen?! Etelka hatte in diesem großartigen Lande leben dürfen, das allezeit von allen Seiten herangedrungen war, voll Liebe möcht' ich sagen, und um sie zu seiner Tochter zu machen. Trug sie nicht von Anfang einen ungarischen Namen? Und nun endete sie in dieser Ernstfall-Gegend. Schaum in ihren Mundwinkeln. Bleiche Sonne auf den Wänden draußen. Totenstille auf den Gängen. Man ging hier mittags in ein kleines Beisl essen. Auch Honnegger war bei uns. Wieder schwangen sich die gesträhnten, gekurvten Waggon-Reihen, an die Beugung der Straße gelehnt. Ich bemerkte eine Art verwilderten Park, ohne Zaun oder Gitter, kleine Bäume, Gebüsch, viele Weglein dazwischen. Das Grün teilweise bestaubt. Vielleicht war's ein alter Friedhof. Hierher ging ich von Zeit zu Zeit, das Sterbezimmer und das Spital hinter mir lassend. Ich saß auf einer glattgewetzten kleinen Bank von Stein und rauchte. Es war mein allernötigstes Alleinsein, dieser Garten, meine Zelle, die ich gleichsam hier etabliert hatte. Am nächsten Tage, Freitag, es war der 18. September, vermocht' ich vormittags Grauermann endlich dazu, an Fraunholzer zu telegraphieren. Ich hatte es nicht ohne sein Wissen tun wollen. Nachmittags um drei ist Etelka gestorben.'

Er pausierte. Die Stadt, durch die Räumigkeit des Parks gedämpft, hupte, rollte, pfiff und jaulte das ,Tutti' nach dem ,Solo'.

„Am Samstag-Morgen war Fraunholzer da. Man hatte Etelka schon gewaschen und geglättet. Kein Schaum und Geifer mehr; kein Atem trieb ihn mehr heraus. Sie lag jetzt mit dem Kopf etwas erhöhter, wie mir schien. Die Stirn noch immer mächtig frei, aber das Haar gekämmt, geschlichtet. Nun waren wir Fünf! Ich sah Robert am Fußende des Bettes zusammenbrechen, zusammenrumpeln, als hätte man dort einen Sack mit Holzscheitern ausgeleert. Eine ungeordnete Masse, aus der es stöhnte, wirklich wie Hals über Kopf, Arm über Hand. Hinter seinem Weinen stand nachdrücklich und gestaut seine ganze, gesammelte große Lebenskraft: durch sie gerade, das fühlt' ich, wurde sein Schmerz so furchtbar. Er raffte sich auf und stürzte aus dem Zimmer. Ich dachte noch, daß es so gerade gut sei: daß er Etelka schon in Frieden und gesäubert sehe, daß er dieses Bild mitnehme und nicht jenes eines zähen, bewußtlosen, aussichtslosen Ringens, die kurzen Atemstöße, das verwirrte Haar. Die Tote sah würdig aus. Sie hatte, wenn auch nicht überwunden, doch alles hinter sich gebracht. Davon sprach ihr Antlitz jetzt. Hätten wir Donnerstag schon telegraphiert, dann wäre sie am Freitag-Morgen von Fraunholzer noch anders erblickt worden. Und bei Bewußtsein hätt' er sie ja so wenig mehr gesehen wie ich oder sonst jemand. Sie erteilte keine Auskünfte mehr. Sie war von Motivierungen dispensiert. Sie hatte die Tat gesetzt. Wir hatten uns abzufinden. Robert reiste am Abend zurück. Ich hab' ihn zum Bahnhof begleitet, er wollt' es so. Nun, hören Sie, Herr Melzer: mir war die Vorstellung seiner Fahrt so sehr schrecklich. Ich wär' am liebsten bei ihm geblieben diese Nacht, mitgefahren. Ich fürchtete für ihn, an seiner Statt, die Einsamkeit, welche in Belgrad ihn erwartete, wo er ja sozusagen als Junggeselle lebte, und nun sollt' er's mit dem Bewußtsein, daß es in Budapest keine Etelka mehr gebe – mochte auch zwischen ihr und ihm zuletzt nicht mehr alles gewesen sein wie einst – daß sie dahin sei, abgewandert in die ferner und ferner zurückweichenden Horizonte des bereits Vergangenen. Aber Fraunholzer hat mir auf dem Perron noch, knapp bevor zum Einsteigen gerufen wurde, gerade diesen Druck ganz vom Herzen genommen: und ich war glücklich darüber ohne irgendeinen Nebengedanken. Er sagte nur kurz: „Meine Frau kommt voraussichtlich Dienstag nach Belgrad. Zwei Stunden, bevor die Nachricht von dem Unglück eingetroffen ist, hatte ich ihr telegraphiert und sie gebeten, in Wien verschiedenes für mich zu erledigen und dann so schnell wie möglich zu kommen, das heißt, Montag-Abend schon von Wien abzureisen, wenn es irgend ginge. Ich werde sie bei mir haben. Es ist gut." Er redete wie mit sich selbst, nicht eigentlich mich ansprechend und um mich zu unterrichten. Aus seinen Augen wußte ich mit Bestimmtheit alles, durchaus alles: daß er einem Trost entgegenfuhr, vielleicht sogar – einem Glück. Ich wußte das, obwohl ich doch damals keine Kenntnis noch hatte von dem, was sich zuletzt abspielte, während Sie dort draußen waren, Herr Major; denn diese Sachen hat mir Asta erst heute vormittag erzählt." René schwieg durch einige Augenblicke. Dann:

„Auch Ihnen ja alles. Sie hat mir gesagt, daß Sie die Vorgeschichte so ziemlich kennen: sie habe Ihnen diese berichtet, auf dem Lande, Ende August."

„Ja", sagte Melzer. „Und zwar so kurz wie meisterhaft: wie mit einem einzigen Zirkelhiebe die ganze Lage umreißend." Er verwunderte sich zugleich über die eigenen Worte: die ihn gleichwohl nicht im eigentlichen Sinne befremdeten; weder ein Zitat noch von irgendwo anonym angeflogen: sondern von tief rückwärts her, aus ihm selbst trat da eine neue Substanz in den sprechenden Mund, selbständig gleichsam gegenüber dem Geflechte des Nervösen, dem Splint der Stunde: wie aus dem Kernholz vielmehr der eigenen Lage geschnitten: er fühlt' es wieder, wie er neben Asta dort auf der Bank in des Pfarrers Wald gesessen war, vor der keineswegs schweigend-verschlossenen oder abweisenden Landschaft; sondern sie hatte sich gehoben, gesenkt, geatmet, einen großen Schritt mit ihm getan.

„Asta hat das Herz und das Mundwerk am rechten Fleck", antwortete René, „und in der Beschränkung ist sie Meister. Wer sich dabei beruhigt, dem kann das immer neu zu bringende Opfer der Beschränkung gleichsam zur Beschränktheit gerinnen und erstarren, wobei gar nichts mehr geopfert wird. Nun, Honnegger hat mir erzählt, daß Etelka ihre, gelinde gesagt, schon recht bewegte Lebensweise vom Juli sofort nach dem Wieder-Eintreffen in Budapest – Anfang September – neuerlich aufgenommen hat, ja sozusagen in verdoppeltem Tempo. Um den Buben kümmerte sie sich kaum mehr. Sie hatte ihn mitgebracht, weil er wieder zur Schule mußte. Übrigens war Pista so umsichtig, den Kleinen am Tage des Unglücks sogleich zu den Alten nach Preßburg bringen zu lassen. Das hat Lalas Frau besorgt. Mit Etelka also ging es in Budapest zunächst einmal acht Tage lang so hin. Dann ist als erster Pista deutlich geworden. Als zweite die Frau jenes Imre, nämlich ihrem eigenen Mann gegenüber – Asta hat Ihnen ja von ihm erzählt? (Melzer nickte). Sie werden gleich einen Brief von ihr lesen, den sie Etelka geschrieben hat. Er ist eingetroffen, als diese bereits im Sterben lag, und ich hab' ihn mit Wissen meines Schwagers an mich genommen. Verderblich wurde ein Umstand, den ich hier nur kurz erwähnen will: es befand sich fast die gesamte Korrespondenz Fraunholzers und Etelkas – Briefe aus mehreren Jahren – in den Händen einer Grauermann eben zur kritischen Zeit sehr nahe stehenden Frau. Wie das möglich geworden und gekommen ist, kann ich jetzt nicht auseinandersetzen, es würde zu weit führen. Übrigens hab' ich den Eindruck, daß Etelkas Tod dieses Band zerrissen hat: das heißt, sie steht ihm heute keineswegs mehr nahe ... Nun, neben dem offenkundigen Skandal, den Etelka in Budapest nährte und mehrte, erhob sich auf solche Weise noch ein urkundliches Material, das für den Fall einer Scheidung ihre Position juristisch sozusagen vernichtet hätte, ja bis in die Nähe der Möglichkeit, daß ihr gegebenenfalls das Kind abgesprochen und genommen und dem Vater zur Erziehung übergeben worden wäre: obgleich man das nicht als ganz sicher ansehen darf. Wenn sie nur hätte kämpfen wollen! Aber sie wollte nicht mehr kämpfen. Dennoch hat sie sich wie wahnsinnig davor gefürchtet, den Buben zu verlieren, so hat Honnegger erzählt ..."

Stangeler schwieg. Melzer setzte eine geordnete Zwischenbemerkung:

„Und dafür lieber dem Kinde die Mutter ganz genommen."

„Sie haben vollkommen recht," erwiderte René und langte in die linke Brust-Tasche seines Jacketts. „Nun hören Sie, Herr Major: Ich habe heute vormittag, als ich, vom Bahnhofe kommend, mein Zimmer wieder betreten hatte – ich gesteh' es offen: wie Festland und Heimatboden nach stürmischer Fahrt! – dort auf meinem Arbeitstisch einen Brief Etelkas an mich vorgefunden. Es war ein wirklicher Chok, was ich fühlte. Die Tote sprach mich da noch einmal an. Dieser Brief ist von Etelka am Nachmittag jenes Tages abgesendet worden, an dessen spätem Abend sie den Selbstmord begangen hat. Beachten Sie das Datum, Herr Major", setzte Stangeler noch hinzu, „es ist nur aus dem Poststempel zu entnehmen, der Brief selbst trägt keines." Er hatte Melzern indessen das Schreiben gereicht; einen zweiten Brief, welchen René mit jenem Etelkas zugleich aus der Tasche gezogen, behielt er in der Hand.

Der Major nahm das Couvert. Dabei fiel sein Blick auf Renés Armbanduhr. Er konnte deutlich sehen, daß sie auf fünf Uhr und elf Minuten wies. Das Schlagen der ganzen Stunde war offenbar in zufällig gerade anschwellendem Straßenlärme untergegangen, auch hatte ja Stangelers Erzählung die Aufmerksamkeit an sich gezogen. Für Melzer blieb dieser

Umstand der sehr vorgeschrittenen Zeit ganz außen, am Rande, peripher. Im Gravitations-Feld von Ereignissen befindlich, deren Gewicht, wie ihm schien, weit überwog, fühlte er sich durch dieses zugleich voll entschuldigt und vermeinte ohne weiteres, daß solche Entschuldigung auch überall anderwärts müßte plan verständlich sein. Er zog den Brief aus dem Umschlag. Es waren zwei Blätter, mit kugeliger Schrift in weit auseinanderfallenden Zeilen bedeckt. Nun las er:

,Lieber René,
Deine lieben Worte taten mir sehr wohl! . . .‘

„Sie hatten ihr noch geschrieben?“ fragte Melzer.

„Ja,“ antwortete Stangeler. „Acht Tage vorher etwa.“

„Das ist gut,“ sagte der Major, „sehr gut. Und, sehen Sie, Etelka hat Ihrer noch am letzten Tage gedacht.“ Er las weiter:

,. . . Küsse das Gretlein von mir, all die Zeit habe ich mich so sehr gefreut, sie dort in Wien zu haben, jetzt weiß ich nicht, was sein wird. Grobe, plumpe Spießer griffen in ein heikles, kompliziertes Stück Leben – und zerstampften mich.‘

,Imre ist unglücklich und machtlos, ihm fehlt jede brutale Kraft. Er ist eine weiche Künstlerseele, man hat ihn moralisch erschlagen. Aber ich habe neununddreißig Jahre auf ihn gewartet . . .‘

„Wie alt war Ihre Schwester?“ fragte Melzer.

„Neununddreißig“, sagte René.

,. . . und ich war zum ersten Mal im Leben restlos glücklich. Ich hatte den Gefährten gefunden. Er war schon durch die Angst vor dem Abschied wie wahnsinnig, wie Lala sagt, in pathologischem Zustand – so entließ er mich eines Nachmittags, ging zu seiner engherzigen Gattin, sagte ihr alles. Großer Skandal die Folge, Mutter, Bruder, Schwager, alles wurde telephonisch mobilisiert, er war von je isoliert unter dieser soliden Bürgerwehr; die Kinder erwachten, weinten, die Frau wollte auf und davon, er gab nach, gab sein Ehrenwort. –‘

‚Jetzt schreibt er mir: „ich gehe hart am Rande einer Kluft mit wankenden Schritten" – ich auch, René! und daß Pista mich gnadenhalber bei sich behalten will, das ertrag' ich nicht. –‘

‚Ich sage wie Imre mir schreibt: „alles, was mich umgibt ist bitter fremd, kalt und abgrundtief." – Es ist nicht richtig, daß mein Leben zerbrochen ist – es ist nur so sehr schwer zu tragen.‘

‚Sei mit Gretlein innig umarmt. Tut Euch nicht unnötig weh, Kinder, das ist alles Wahnsinn, solange ihr Euch liebt, seid glücklich! Eure Etelka.‘

„Das Letzte ist ohne Zweifel die Wahrheit", bemerkte Melzer nach einigen Augenblicken. „Hier bedarf's keiner Epochen und Entschlüsse, René."

„Ich weiß es", sagte Stangeler.

„Übrigens glaube ich nicht, daß dieser Brief an jenem Tage geschrieben wurde, an welchem Ihre Schwester – die Tat begangen hat. Er ist nur Dienstag noch abgesendet worden. Sie kann ihn ebensogut früher verfaßt haben."

„Ja. Ich dacht' es selbst schon. Denn die Trennung von Imre ist bereits in der vorhergehenden Woche erfolgt. Dies weiß ich von Lala."

„Wären Sie, René, sofort nach Budapest gefahren, wenn Sie diesen Brief ein paar Tage früher erhalten hätten?"

„Nein", sagte Stangeler mit einiger Härte, „ich wäre nicht gefahren. Obwohl bei mir persönlich Ordnung herrschte. Eine Stelle des Schreibens allerdings hätte mir bedenklich erscheinen müssen. Nicht etwa ‚ich gehe hart am Rande einer Kluft . . .‘ (Er zitierte aus dem Gedächtnis, ohne Melzern den Brief aus der Hand zu nehmen) oder ‚alles . . . ist bitter fremd, kalt und abgrundtief.‘ Sondern dieser Satz: ‚es ist nicht richtig, daß mein Leben zerbrochen ist . . .‘ "

„Stimmt", sagte der Major, und gab ihm den Brief zurück.

Stangeler reichte ihm den zweiten. Es war fünf Uhr und fünfzehn Minuten geworden. Im Park zog die schrägere

Sonne gleichsam alles schief, fädelte es auf, kämmte Wipfel, Rasen und Wege mit immer mehr gleißenden Strähnen. Melzer betrachtete den länglichen violetten Briefumschlag, welchen rückwärts Monogramm und Krone zierten, die ungarische Schreibweise der Adresse – ‚Nagys. Grauermann Istvànné úrnönek‘ – die Marke zu acht Fillér mit der Stephanskrone, und ganz zuletzt eigentlich die Schrift (an ihr war durchaus nichts besonderes). Aus dem Poststempel ging klar hervor, daß der Brief am Mittwoch, den 16. September, abgesandt worden war, gegen 11 Uhr vormittags: also recht genau eigentlich um die Zeit, da Etelkas Zustand von ihrer Bedienten, welche durch den Türspalt in's Schlafzimmer gelugt hatte, war entdeckt worden. Nun zog der Major das Doppelblatt aus dem Umschlag. Er las. In einer ganz unvermittelt bei ihm gegenwärtigen Hochempfindlichkeit entging ihm keiner der grammatikalischen oder orthographischen Fehler, welche dieser ungarischen Dame, trotz ihrer bemerkenswerten und flüssigen Kenntnis des Deutschen, freilich leicht hatten unterlaufen können, angesichts des Zustandes von Schmerz und Aufregung, der sie beim Schreiben beherrscht haben mußte: dessen ein Zeugnis bildete der ganze Brief. Aber für Melzer waren diese kleinen Fehler mehr: nicht nur ein Versehen, sondern gleichsam Teilchen vom Geschehen, die dessen Tonart, in welcher es eben jetzt sich abspielte, genau so enthielten und mitbestimmten, wie die Zurückgezogenheit im Grünen hier, die schrägere Sonne, der gedämpfte Straßenlärm, und Renés vorrückende Armbanduhr. Jetzt noch und nachträglich, vor dem Umblättern, las Melzer am Kopfe des Bogens: Budapest, den 15. September 1925. Dieser Brief hatte also eine Nacht gelegen vor dem Absenden. Er war ‚überschlafen‘ worden, wie man zu sagen pflegt.

‚Gnädige Frau,

ich glaube der Teufel führt meine Hand und flüstert mir die Worte zu, ich weiß gar nicht ob ich gut oder schlecht handle – einerlei, diese Worte müssen geschrieben werden.

Ich hätte Sie aufgesucht, nur fürchtete ich mich, daß ich eine Dummheit mache, ich bin nämlich zu sehr temperamentvoll. Hören Sie mich ruhig und gefaßt an, denn mein Schreiben ist eine Anklage.'

‚Meine Existenz war strahlend, ich war eine von Allen verwöhnte Frau, energisch, die ihr Lebensweg genau vor sich sah. Alles hat eine schöne Liebe, eine gegenseitige Anbetung ausgefüllt, eine große Harmonie bestrahlt; mein Mann war mein Alles, von meinem 15ten Lebensjahre an. – Sie sind wie ein Dämon in mein Leben aufgetreten, ein „Desperado“, egoistisch und rücksichtslos. Sie haben meinen Mann hinuntergerissen in Ihre Lügenwelt, Sie haben ihm verleitet, daß er mich betrügt‘ (Melzer begann rascher zu lesen, weil er an die Schrift jetzt schon gewöhnt war, und zudem wußte, was da noch kommen konnte), – mich, die er elf Jahre lang nicht belogen hat. War das eine absolute Schlechtigkeit, die Sie bewegt hat, gerade ihn auszuwählen? Ihnen war ja egal wer, nur ein Mann mußte sein – dazu habe ich Grund es zu sagen – der Ihnen die leeren Nachmittage auszufüllen hilft. Ist Ihnen denn nie eingefallen, daß während Sie ihm bei sich haben, eine arme Frau in der schwersten Weise mit dem Leben kämpft und ihren Mann nach Hause sehnt? Und daß dieser Mensch in Ihren Armen geistig ferne sein muß? Sie müssen eine außerordentlich große Energie besitzen, gnädige Frau...‘

Es kam weit stärker noch. Dann hieß es unter anderem:

‚...Ihr Werk ist gelungen – ich leide unsagbar. Wenn Sie in Ihr Innerstes hineinschauen, müssen Sie eingestehen, daß ein perverser Gedanke dabei war, daß Sie einen zu guten Mustermenschen und Familienvater zu Ihrer Zerstreuung ausgewählt haben ...‘

Die Unterschrift war bloß in Anfangsbuchstaben gesetzt. Melzer, der den Brief immer schneller gelesen und zuletzt nur mehr durchflogen hatte, reichte ihn Stangeler jetzt zurück: René steckte das Schreiben, zusammen mit jenem

Etelkas, wieder in die linke Brusttasche und erhob sich. Der Major schwieg. „Ich nehme an", sagte Stangeler, vor dem Major stehend – und er konnte unbehindert sprechen, denn sie waren allein geblieben auf dieser Bank, nicht einmal in der Nachbarschaft saß wer auf den Sesseln oder Bänken – „ich nehme an", sagte er, „Sie denken hier das gleiche wie ich?"

„Und das wäre?"

„Daß diese Frau vollständig recht hat. Wie?"(Melzer nickte). „Die Auslassungen in bezug auf Dämonie oder absolute Schlechtigkeit, die Etelka bewegt hätten, gerade den armen Imre als Opfer ‚auszuwählen', und den ‚perversen Gedanken' im Innersten – das alles wollen wir ihr gerne zugute halten. Sie mußte den Gegenstand ihres Hasses wohl noch hassenswerter machen, um besser hassen zu können. In der gewöhnlichen Dialektik nennt man's eine polemische Konstruktion. Und so verleiht die Frau von G. der armen Etelka ein diabolisches Format, von dem die sich nie hat etwas träumen lassen. Aber sonst fällt dieser Brief wie ein Stein, und kein Einwand kann ihn aufhalten." Er reichte Melzern die Hand und ging, den Hut lüftend, etwas unvermittelt und beinahe brüsk durch den Garten ab.

Der Major sah ihm nach und dann – nicht auf seine Taschenuhr. Wäre René geblieben: Melzer hätte sich seinerseits erhoben und davongemacht: so elementar und alles und jedes beiseiteschiebend war in ihm ein einziges Bedürfnis: allein zu sein. Er nahm rasch sein Etui aus der Tasche und zog, vorgebeugt sitzend, den Rauch einer Zigarette mit Gier tief in die Lungen. Immerfort verharrten beide Briefe in ihm anwesend. Wodurch, womit? Durch ihren Inhalt? Bei weitem nicht. Sondern durch ihre Sprache. Es war die gleiche, ob nun in dem letzten Brief, den die Verstorbene noch geschrieben hatte, oder in jenem, der an sie, und zu spät, gerichtet worden war; es war die gleiche Tonart, mochte auch der zweite

Brief eine Ausländerin zum Urheber haben; nicht seine Fehler machten ihn falsch; der Etelka's war's ebenso; er war's gleichsam in letzter Stunde: und da hatte sie gewagt, eine solche Sprache zu führen! Aber ein Drittes drang jetzt heran, und schon war damit aus einer weiter nichts besagenden Flachheit und Fläche ein Raum erstellt mit drei Dimensionen: ein Drittes und noch weit Greulicheres kam hervor und herauf, genau, als wär' es auf einer Wachsplatte aufgenommen worden vor nun vier Wochen:

„... die Etelka, also Renés Schwester, war übrigens von der Grete Siebenschein sehr entzückt und hat sich mit ihr gut verstanden, aber erreicht haben sie bei ihr nichts, und sind also mit der Unglückspost für René wieder hinuntergefahren. Nebenbei bemerkt, soll es bei Grauermanns auch schon lange nicht mehr stimmen, da sind irgendwelche ganz schwere Geschichten. Sie liebt einen anderen, glaub' ich ..."

Da hörte er sich selber, Melzer, Major. Die fehlende dritte Dimension zu den beiden Frauen und ihren Briefen. Er starrte gleichsam seine eigenen Worte an, ja nicht einmal so sehr diese, als den erstaunlichen Gedächtnis-Akt, der sie jetzt grausam und unerbittlich aus dem Flugsand verronnener Tage hob. Sein jüngstes und fortschrittlichstes Organ stieß hier auf seine zurückgebliebenste Stelle. Er begriff sogleich und mit einem einzigen Schlage, daß diese Sprache, wie sie ihm mit Etelka Grauermann oder Frau von G. durchaus gemeinsam gewesen war, zugleich einen Raum erstellte, in welchem allein all solche Fragen und Konflikte, ja, einschließlich von Ehebrüchen und Selbstmorden, überhaupt möglich wurden. Auch er hatte diese Sprache gesprochen, diesen Raum bewohnt und belebt: wenn er auch schon ihn zu verlassen bereit gewesen war; jedoch in einer verkehrten Richtung: nämlich auf einen Toten zu.

Hart außen, am Rande dieses Raums um Melzer, schlug es jetzt mit zwei Schlägen halb sechs.

Noch immer begleitete ihn die Vorstellung, Editha oder Thea ja alles erklären zu können.

Jedoch im Grunde hielt er die Entscheidung des Tages (den niemand vor dem Abende unterschätzen soll!) schon für gekommen und gefallen; ja, er vermeinte das Ergebnis der letzten Wochen schlichthin in der Hand zu haben. Und deshalb eigentlich blieb der Major hier durch diese wenigen Minuten noch sitzen: bis fünf Uhr achtunddreißig, wie ihm jetzt ein Blick auf die endlich hervorgenommene Uhr zeigte: unwissend allerdings, daß, vom zuletzt angegebenen Zeitpunkte gerechnet, bei ihm in zwei und einer halben Minute – der Treffer einschlagen sollte. Gleichwohl, viel später, als alles längst vorbei war, und die Schießbuden-Figuren und sonstigen Apparaturen ausgezappelt und sich wieder beruhigt hatten, ist er doch (eigener Aussage nach) in recht bemerkenswerter Weise auf seine erste Meinung zurückgekommen, hinsichtlich des eigentlich Entscheidenden, nämlich für ihn, Melzer, an diesem 21. September des Jahres 1925.

Vom Park ging Stangeler geradewegs zum Bahnhofs-Platz. Dort aber an dem sogenannten ‚Stein-Haus‘, darin seine Grete wohnte, ohne Zögern vorbei.

Die Sonne im Rücken. Es war, als schwemmte sie ihn vorwärts. Das Stiegenhaus mit Quasten und Spiegeln und Lift: er empfand es keineswegs mehr als – ‚unkonsumierbar‘. Nein, sondern mit Melzern galt es jetzt fertig zu werden. Mit dessen widrigem Frosch-Plumps zurück in die Selbst-Rechtfertigung eines vorhandenen Gefühls, in die Verleugnung von allem, dem dieses Gefühl ja sein Feld erst abgeben mußte: ‚Epochen und Entschlüsse‘, wie der Major zitiert hatte, nicht ohne feine Bosheit, so schien es dem René (polemische Konstruktion!?). Und er bedauerte jetzt bitter, sich mit Melzer in ein Gespräch eingelassen zu haben, damals auf dem Bärenfelle, sich mit ihm überhaupt jemals abgegeben zu haben. So schied er sich von dem Major: in Wahrheit ·ein Melzerischer Mohr, der seine Schuldigkeit zum Teil getan hatte, zum Teil noch im Begriffe stand, sie zu tun. Aber hätte man diesem Herrn von und zu

René klarmachen wollen, jetzt und hier, daß ihm keineswegs ein Zentral-Charakter, sondern nur ein diesfälliger Instrumental-Charakter eignete: man wäre da schön angekommen, ebenso wie seinerzeit bei den Bewohnern eines gewissen Filial-Kosmos im Lainzer Tierpark, aus dessen Rotation schließlich ein so überaus grausliches Bild der Malerin Maria Rosanka als Resultat sich losgelöst, ergeben und schließlich seinerseits wieder selbständig gemacht hat (heute noch im Besitze der Familie Schedik).

Und er, René, hatte augenblicklich glatt kapituliert und gesagt: „Ich weiß es."

Er prüfte die Worte nach, er fühlte sie nach, er hörte sie noch einmal ab. Sie erschienen ihm jetzt doch nicht so dumm. Wenn man jedem auf alles ‚ich weiß es', oder sonst etwas Unverbindlich-Zustimmendes antwortete; wenn man niemals irgendjemand irgendetwas sagte (und diesem Melzer, diesem boshaften Verräter, war doch im springenden Punkt gedoppelter Damen durchaus nichts gesagt worden! – ein Quell von Trost, von balsamischer Genugtuung ergoß sich bei dieser Vorstellung in eine polemische Brust!); wenn man zudem, auf welchen Bärenfellen immer herumliegend, jedermann auf's äußerste anödete und sich mit größter Geduld gegebenen Falles anöden ließ: setzte man sich nicht in die am meisten geeignete Lage, das, was es wirklich abzumachen galt, bis in's Letzte zu erledigen, ohne von irgendeinem bei der Strudlhofstiege Dahergelaufenen unversehens eine unfruchtbar machende, eine die Spannung vernichtende Gift-Einspritzung versetzt zu bekommen?!

Bei so eröffneten Perspektiven und auf dieser Höhe des Denkens überschlug sich, schon nahe der Brücke, die polemische Konstruktion. Stangeler war neuerlich flott gekommen, und so hörte denn alsbald der Lärm auf. Die Maschinen gingen wieder gleichmäßig und ruhig, die Schrauben, nicht mehr bei sturmgehobenem Heck im Leeren surrend, griffen Wasser und Widerstand, die Fahrt glitt dahin, der Kurs war gewonnen. O gleichhinschwebendes Schiff!

Wirklich zog eben unter der Brücke mit waagrecht umgelegtem Rauchfang ein Dampfer durch und stromab. Stangeler blieb stehen. Rasch besäumten sich beide Brückengeländer, erst links, etwas später rechts, mit Menschen (die auf das unten durchgleitende Deck des Schiffes hinabblickten). Diese kleine und rasch sich wieder lösende Stauung war's, was René zunächst auffaßte, dann erst ihre Ursache. Wohl um das Schiff besser und näher noch sehen zu können, wandte er sich unwillkürlich nach rechts und begann eine Rampe hinabzugehen, welche hier zur grünen Lände von der Brücke sich senkte. Jetzt erst, als René die breite Straße verlassen hatte, wurde ihm recht bewußt, wie überaus lebhaft der Verkehr hier war, der Stunde entsprechend, welch ein Gewimmel von Menschen und Getute der Fahrzeuge da herrschte: dichte Haufen zogen oben dahin, auf die andere Seite des ‚Donau-Kanales' hinüber.

Der Dampfer war jetzt unter der Brücke hindurch, schnitt mit dem Vordersteven das grüne Wasser, kam breit hervor und zog an der Lände entlang, während René einige eiligere Schritte zu dieser hinunter tat. Thea Rokitzer hingegen kam eben über die Treppe neben dem Stationsgebäude drüben auf der anderen Seite der Brücke ganz langsam von der Lände herauf. Den René hätte das wahrlich nicht interessiert, und er hätte wohl auch den Ausdruck ihres Antlitzes kaum aufgefaßt oder gedeutet, soweit da von Ausdruck gesprochen werden kann: es war viel Schmerz und Trauer, ganz bloßliegend und hinausfallend, nichts mehr drum herum. Sie ging an der Station vorbei und wandte sich gleich noch einmal nach rechts, weg von der wimmelnden Straße.

René blieb im ganzen nicht viel über fünf Minuten dort unten stehen. Der Dampfer, von rückwärts klein und zusammengedrückt aussehend, näherte sich der Wendung des Fluß-Laufes. Gegenüber, jenseits des nun wieder leer ziehenden Wassers, standen Reihen von Fenstern in Weißglut des Widerscheins, da und dort schon gerötet.

Er rang noch einmal kurz und hart mit Melzer.

Und empfand plötzlich wieder Liebe zu ihm.

Hier, wie ausgesetzt, ganz abseits stehend, auf diesem leeren befremdlichen Rasen, nahe der Böschung und dem Wasser.

Natürlich gab es keine ‚Epochen und Entschlüsse.‘

Alles blieb gleich und unveränderlich.

Aber eben diesem galt es ganzen Gewissens zu genügen.

Schon wich der Schütze vor dem Ziel ein wenig zurück. Der Bogen spannte sich. Jetzt sprang der rote Ring in einen Abgrund von Schwarz, die Mitte aber glühte rosig auf.

Vielleicht wäre unser Stangeler länger als fünf Minuten noch hier geblieben. Aber ein sich ändernder Lufthauch brachte nun plötzlich einen kalten, kellrigen Dunst, der tatsächlich, und nicht nur figürlich, unter der Stadt selbst hervorkam. René sah plötzlich, wo er stand, faßte auf, wohin einige abwesende Schritte ihn geführt hatten: hier war die Ausmündung eines großen Sammelkanales, das gemauerte unterirdische Bett jenes Flüßchens, das seit weit über fünfhundert Jahren ‚die Als‘ genannt wird: jetzt leer und trocken. Die Wasser ergossen sich, zur Zeit umgeleitet, weiter oben in den Strom. Aber dieser sehr saubere und geräumige Zugang, ein riesiges, ladendes, beschreitbares Tor in den unbekannten Bauch der Stadt – man konnte ein gutes Stück hineinsehen, wie in einen Saal – entließ einen kalten, schwachen, jedoch so überaus niederschlagenden Geruch, daß die von Melzer, nach Stangeler's Meinung, boshaft verspritzten Gifte dagegen als reine Stärkungsmittel sich ausnahmen.

René sah auf diesen breiten Mund einer ihm unbekannten aber offenbar in sich geordneten Welt: und, seltsam genug, der peinlich ernüchternde Anhauch war ihm willkommen. Denn durch Sekunden fühlte er sich jetzt solchem Gegengewichte gewachsen, dessen kalter Brodem eine bloße Illusion wohl mühelos erdrückt hätte. Nun, genug! Er stand hier so lang vielleicht als man bis zehn zählt. Dann verließ er – wenn auch nicht, wie einst, mit ein paar Sprüngen – diese Schlucht und schritt rasch die Rampe empor. Zu der wimmelnden und tummelnden Straße. Ein Blick auf die Armbanduhr zeigte ihm, daß es sieben Minuten nach halb sechs geworden war. Hier nun schnell vorwärts zu kommen, erwies sich als nicht so ganz nach Belieben möglich: auf dem sehr belebten Gehsteige mußte René sich freilich den anderen Passanten ein wenig anpassen ... Als er sich dem ‚Stein-Haus‘ näherte, verließ das Portal eben in derselben Richtung, in welcher Stangeler ging, rasch entschreitend, eine Dame in dunkel-blauem Kostüm, deren Gang mit dem Gretes irgendeine Gemeinsamkeit hatte. Er schaute ihr durch eine Sekunde nach, wurde heftig von dem Gedanken an Grete ergriffen und be-trat im nächsten Augenblicke eilends das Haus.

Gegen ein viertel vor fünf Uhr hatte die Pichler ihren Plan in's Werk gesetzt, den Major, wenn er nach Amts-Schluß hierher an die Lände käme (woran sie gar nicht zweifelte), Thea allein vorfinden zu lassen.

Sie eröffnete also dem Lämmlein, daß sie nun nach Hause gehen müsse, weil ihre Kleine sonst allein wäre. Die Tante Therese, bei der das Kind jetzt sich befinde, müsse heute um fünf Uhr fortgehen und habe Paula gebeten, rechtzeitig da-heim zu sein, um den Schatz von ihr zu übernehmen. Das habe sie, Paula, am Samstag nicht bedacht oder eigentlich noch gar nicht gewußt.

Sogleich wollte Thea mitgehen.

Oder Paula möge hier bleiben, und sie würde bei ihr daheim auf das Kind aufpassen.

Aber die Pichler trieb ihr Lämmlein mit sanfter Macht auf die von jenem zu innerst ersehnte Herzensweide. Ja, kraft ihrer Autorität pflockte sie es dort einfach an, hörte wohl noch aus einiger Entfernung das gute Tierchen bäh-bäh schreien, ging aber, davon ungerührt, beruhigten Sinnes ihres Weges und davon.

O Lämmlein auf der Weide! Auf dem grünen Ufer-Rasen! Gegenüber, etwas weiter oben am Flusse, hatten ein Karussell und Schaukeln sich etabliert. Es war ein Karussell von jener

Art, dessen hohe, sich drehende Spindel von kleinen Sitzen umflogen wird, welche mittels langer Drahtseile oder Ketten an dem Kranze hängen, der die Spindel krönt: dreht sich diese rasch und rascher, dann hebt die Zentrifugalkraft alle fliegenden Fauteuils mit ihren festgeschnallten Insassen immer höher empor über den Köpfen der Zuschauer, bis nah an die Horizontale. Geht's am Schlusse langsamer und langsamer, so senkt sich die ganze Gesellschaft gleichmäßig herab, bis die Dinger wieder senkrecht hängen wie vorher und man auf die kreisförmige Laufplanke aussteigen kann, wenn die Spindel stillsteht. Schon drängen die neuen Fahrgäste heran.

Immer wieder drehte sich das dort drüben, die kleinen bunten Punkte flogen rundum, stiegen noch weiter hinaus, senkten sich allmählich, bis alles wieder stand. Stumm. Vereinzelt nur trug ein sich ändernder Lufthauch zerrissene Rufe von mechanischer Musik schwach herüber. Nun drehte sich's. Nun stand es wieder. Die Längen und Pausen waren fast genau gleich. Es herrschte drüben, jetzt um Feierabend, ein niemals unterbrochener Zustrom von Gästen, und ein laufendes Bedürfnis ward in immer neuem kreisförmigem Fluge befriedigt.

Die Tätigkeit der bootsförmigen Schaukeln aber sonderte das Auge erst bei genauerem Zusehen aus der nicht unbeträchtlichen Menschenmenge. Dann und wann sah man den Boden eines hoch emporfliegenden Kahns.

Alles das sah Thea.

Nun drehte sich's wieder.

Nun stand es.

An der Böschung zum Wasser, die hier von Hausteinen war, und in Abständen Treppen wies, saßen da oder dort vereinzelte Menschen.

Während sie auf das gleichförmig wechselnde Umwirbeln und Stillstehen dort drüben blickte, rann in Thea ganz ohne ihr Zutun eine recht genaue Überlegung zusammen, deren Ergebnis ihre ganze Lage hier gleichsam auf einen engeren Raum zusammendrängte und von diesem abhängig machte:

Melzer konnte nur über die Treppe neben dem Stationsgebäude herab auf die Lände kommen. Der ansteigende Bahnkörper bot hier auf eine lange Strecke weder Übergang
noch Durchlaß.

Sie wagte es nicht, den Blick jetzt ganz und gar auf diese
Treppe einzustellen (als fürchtete sie, ihn dann nicht mehr
abwenden zu können, als könnte dort gleichsam eine Falle
zuschnappen, die ihn fangen und festhalten würde).

Schon als sie mit Paula den Arbeitern auf der Gleis-Anlage
zugesehen hatte – diese Strecke wurde damals eben elektri-
fiziert und nicht viel später neu eröffnet – war ihr bewußt geworden, daß die Straße drüben von der Lände hier durch die
zum Viadukt emporführenden Geleise vollständig getrennt
blieb.

Melzer mußte über die Treppe kommen.

Thea aber wandte sich dieser nicht zu; sie blieb vielmehr
hier, in erheblicher Entfernung davon, stehen, zum Wasser
gewandt, den Blick auf dem gleichmäßigen Wechsel von Ruhe
und gleichbleibender Bewegung dort drüben. Dann tat sie ein
paar Schritte über steinerne Stufen hinab. Quirl und starkes
Rauschen waren unten zu sehen. Aus einem Stollen schoß
gepreßt ein mächtiger Bach in den Fluß. Es gab weißen Schaum.

Sie ging wieder hinauf und jetzt gegen das Stationsgebäude
und die Treppen. Die fünf Schläge, welche von irgendeiner
Kirchturm-Uhr schon vor einer Weile waren zu hören gewesen, hatten Thea nicht betroffen gemacht, sie hatte auch
nicht auf ihr eigenes Ührchen gesehen. Nun aber begann sich
allmählich die Zeit zu spannen zwischen jenem schon fixierten
Punkte und dem vorwandernden Jetzt.

Sie schaute auf die Treppen, welche selten jemand beschritt. Ein oder das andere Mal erschrak sie, wenn von der
Straße ein Passant sich ablöste und herabwandte. Meist jedoch blieben die Stufen leer.

Von ihnen erwartete sie eigentlich alles. Und da erschien
es ihr ganz plötzlich als sehr unwahrscheinlich, als grausam
unwahrscheinlich, daß dieser graue Stein sich gerade in der

von ihr ersehnten und erwünschten Weise würde beleben. Nein, dies konnte ja gar nicht sein. Was waren denn das für Wünsche!

Aber sie blieb wie festgefroren hier, oder als wär' sie ein Stück in den Boden eingesunken. Durch eine lange Zeit. Ihr Warten war längst nicht mehr fein und süß schneidend, flüssig und flüchtig zugleich, wie ein freudevolles Warten sein kann, das nicht zu lange und nicht in die drohende Vergeblichkeit hinein dauert. Sie stand wie angepflockt. Ihr Warten war dumpf und stumpf geworden. Sie rührte sich unter dieser schweren Decke, sie versuchte es: zunächst vergeblich. Das Gewicht ihres eigenen Körpers schien sich immer mehr nach unten zu sammeln, es ummauerte den Fuß.

Endlich, als sie die Menschen am Brückengeländer stehen und voraus auf den Strom schauen sah, wandte sie sich um. Langsam kam ein Dampfer gezogen, noch klein, noch breit, noch zusammengedrückt. Sie schaute ihm entgegen, sah dahinter über dem Fluß die dreimal sich wölbende geöffnete Wellung der Berge. Links ein vielstöckiges einzelstehendes Haus, das in den waldigen Schwung schnitt. Zwei Fabrik-Schornsteine. Der Dampfer kam heran, er schien sich jetzt auszustrecken. Nun ging Thea mit ihm. Einen Augenblick war ihr, als hätte sie die eigene Last auf das Schiff geladen, welches Dumpfheit und Schmerz davontrug und unter der Brücke hindurch: aber es wies sie ab, es ließ ihr das Ihre. Schon konnte sie das breite weiße Heck erblicken. Über die Treppen hinaufgelangt – und jetzt, in Bewegung geraten, hatte sie auch auf ihr Ührchen gesehen – wandte Thea sich erschöpft und betäubt ab von dem Gedränge und aller Schaulust der vielen Menschen, die unaufhörlich auf die Brücke hinaus strömten. Sie verließ auch die breite Straße, ging ein Stück längs des Bahnkörpers und dann links zwischen die Häuser hinein: eigentlich leer hinein in die eigene Leere und, als von einem letzten noch nicht gerissenen Faden, geleitet von der Erinnerung an ein einstmaliges, auch fast verzweifeltes Gehen hier in der gleichen Gegend.

Zur selben Zeit etwa, als Paula Pichler ihr Lämmlein an der grünen Lände festband, um dann davon zu gehen, stand Grete Siebenschein vor der Tür der leeren elterlichen Wohnung (der Doktor hatte seine Kanzlei heute schon geschlossen und auch sonst war jedermann ausgegangen). Sie betrachtete einen Zettel, den sie eben mit zwei Reißnägeln hier festgemacht hatte. Darauf stand: ‚L. R.! Wenn niemand öffnen sollte, warte, bitte, hier. Ich komme gleich.‘ Grete hatte die deutliche Empfindung, daß Anlaß und gegenwärtige Lage im Grunde wenig geeignet seien für die Durchführung gewisser Absichten, welche im Filial-Kosmos des ‚Lainzer Tiergartens‘ in ihr aufgekeimt waren. Ja, sie hat später einmal (Frau Mary gegenüber) zugestanden, daß ihr Verhalten – es blieb übrigens nur ein innerliches, ein bloßes Planen, Dichten und Trachten – vor dem Wiedersehen mit René nach seiner Rückkehr aus Budapest ihr selbst als recht mühsam, ja als sozusagen dilettantisch erschienen sei. Und obendrein als jetzt gerade nicht eben angebracht. Es war also ein unangebracht angebrachter Zettel. Jedoch, einmal mußte schließlich zur Realisierung gewonnener Einsicht geschritten werden, auch wenn immer neue Gründe oder nur Vorwände von Fall zu Fall die Gelegenheit als eigentlich nicht gegeben erscheinen ließen!

Sie betrachtete daher durch wenige Sekunden noch den an die Türe gehefteten Schriftsatz und stieg dann (in irgend einer Weise trotz allem befriedigt) biederen Gemüts ein Stockwerk höher, um an der K.'schen Wohnungstüre zu klingeln.

Frau Mary, die nach Tische diesmal geschlafen hatte – und zwar einem unabweisbaren Bedürfnis nach Ablösung von allem und jedem folgend, daher rasch wie ein Stein versinkend, wie in einer umschließenden engen Kammer, tief und fest – Frau Mary also hatte sich vor einer halben Stunde erst erhoben und war bald mit den Vorbereitungen ihrer Expedition nach Döbling-Nußdorf beschäftigt. (Genauer eigentlich: Unter-Döbling – dort lag die große Küffer'sche Villa; Mary hatte wohl die Trambahn nach Nußdorf zu nehmen, jedoch nicht bis dahin, sondern früher schon umzusteigen.) Jetzt eben, nach dem sozusagen zweiten Morgen, den jeder Nachmittags-Schlaf mitten in den Verlauf des Tages hineinsetzt, dessen Runzeln neuerlich glättend, schien der Frau Mary die Wahrscheinlichkeit doch nicht groß, daß Lea sich etwa wirklich würde einfallen lassen, in Budapest auszusteigen und ihre Reise nach Belgrad zu unterbrechen, um in Pest eine Art von Auseinandersetzung oder gar Abmachung der Sachen mit Etelka Grauermann zu suchen, eine endgültige Bereinigung zwischen dieser und ihr, und so den erklärten Beginn einer neuen Epoche in der Ehe mit Robert: die Naivität ,Mädis' überstieg wahrhaft alle Grenzen, und in dieser Hinsicht durfte man ihr viel, ja alles zutrauen: auch, daß sie gleichsam eine schwankende Waage lieber vom Tische warf, als sie genau zu beobachten und das richtige kleine Gewicht dorthin zu legen, wo es eben fehlte! Diese Biederen! Diese Ehrenmänner in Frauenröcken! Grete war auch so eine! Mit ihnen freilich machen die Haderlumpen, was sie wollen. Nun, Lea würde in Budapest nicht aussteigen. Einmal schon mußte dieser Nachtzug dort zu unmöglicher Stunde einlaufen, was allein ,Mädi' in ihrem Coupé zurückhalten konnte, zu ihrem größten Vorteil: Stockfinsternis, fremde Stadt (ob Lea überhaupt die Budapester Adresse der Grauermanns wußte? – nun, allerdings gab es ein Telephonbuch!). Dann aber, und vor allem: sie hatte Lea darüber informiert, daß zur Zeit bei Grauermanns irgendwelche abnormalen Verhältnisse bestünden, ein Skandal oder dergleichen in Gang gekommen sei, ein Zustand wie in einem Wespen-Nest herrsche. Sie hatte ,Mädi' gerade das am Telephon unter Nennung ihrer Quelle und mit besonderem Nachdrucke wissen lassen: und jetzt empfand sie die größte Befriedigung darüber, daß sie's getan. Es mußte unzweifelhaft wirken. Durch eine winzige Zeitspanne – während sie schon im Schlafzimmer zwischen geöffneten Schranktüren hin und wider schritt, das blaue Kostüm herausnahm, den entsprechenden Hut (eine ganz kleine Toque mit kurzem Reiher, sie stand ihr vortrefflich!) – in wenigen Augenblicken, während solcher Geschäftigkeiten, öffnete sich gleichsam eine Vertiefung unter ihr, durch welche jetzt alles, was sie eben betrieb, ihr fast entfallen wollte: die Fahrt nach Döbling, um dort eine halbe Stunde mit Lea zu sprechen, erschien ihr im Grunde (am Grunde der Vertiefung oder Einsenkung unten) als überflüssig. Besser könnte sie nichts mehr machen bei ‚Mädi‘, vielleicht jedoch schaden, durch Erregung des Widerspruches bei diesem großen Schulmädchen, welches da vermeinte, man vermöchte den zähen und zugleich gefährlich explosiven Brei des erwachsenen Lebens noch immer mit dem einfachen Papplöffel der Kindertage hinunterzubringen ... Mary war stehen geblieben. Bei dem Wäschekasten. Duft hauchte sie an, Heliotrop, alt, seit wieviel Jahren in diesem Schranke wohnend!

Nein! raisonnierte sie alsbald, die Gelegenheit mußte ausgenützt werden, mit Lea noch einmal zu reden. Es wär' ja unverzeihlich!

Jetzt schoß ein anderes ein, Meteorit, Einfall. (Der ihr die ganze Zeit gefehlt – nun wußte sie's! Daran also hatte sie eigentlich gedacht, eben das meinte sie ja die ganze Zeit hindurch!) Man müßte wissen, ob dieser Stangeler schon von Budapest zurück und was dort unten eigentlich los sei! Dies war in Erfahrung zu bringen, gerade dies! – und freilich noch vor dem Gespräch mit Lea.

Sogleich tat sie die drei Schritte zum Telefon, das beim Bette stand, schaltete den Apparat zum Sprechen ein (und damit den drüberen, im Frühstückszimmer, aus) und begann die Siebenschein'sche Nummer zu wählen.

Grete war um diese Zeit fast immer daheim.

Es klopfte.

Ein biederes Antlitz mit klassischen Zügen, von ebenholzschwarzem Haare umrahmt, sah durch den Türspalt.

Sie umarmten und küßten einander.

„Wie war's in Rekawinkel?"

„Na herrlich – man hat mich grenzenlos verwöhnt. Wie bist du hereingekommen jetzt, ich hab' nicht läuten gehört?"

„Die Marie hat grad' herausgeschaut."

„Nun, wie geht's dir, Greti? Ist dein René schon zurück?"

Das kam um keinen Strichbreit interessierter heraus als eine teilnehmende Frage, die sich freilich auf jenen Gegenstand richten muß, den man als des anderen Hauptsache kennt. Die eingealteten Fundamente absolut dichter Verschwiegenheit in bezug auf alles, was Mary indirekt mit Stangelers Schwester verband, hielten ohne zu zittern, in der Gewohnheit und ihren Automatismen längst verankert. Und jetzt war auch noch ein Schleier bewußter Achtsamkeit darüber gebreitet. Aber dieser verhielt sich wirklich nur wie ein solcher, wie ein Hauch zu jenem soliden Fundament.

„Ich erwarte ihn ab fünf Uhr."

„Und was ist los in Budapest?"

„Ich weiß es nicht. Er hat nur gesagt, am Telephon, daß er mir mündlich alles erzählen wird."

„Ja", antwortete Mary, „solche Sachen sind auch für's Telephonieren wirklich zu kompliziert, da hat er schon recht."

Mary überlegte jetzt – und der Gedankengang lief so klar, ja perlend ab, daß er ihr wie ein Fremdes erschien, nicht wie von ihr selbst, und gleichsam über ihr befindlich, wie die reine Essenz des Bestmöglichen – sie überlegte also, daß man René Stangeler hier heraufkommen lassen könne, um sich mit ihm und Grete vorne an den Teetisch zu setzen. Was sie dort erfahren würde, wäre ohneweiters und ungestört hier vom Schlafzimmer aus an Lea zu telephonieren, wenn es sich als erheblich erwies. Der Besuch in Döbling mochte dann immerhin unterbleiben: wichtiger war unter allen Umständen die Übermittlung jener Nachrichten, die René bringen würde: deren vorzeitige Kenntnis konnte für ‚Mädi' in Belgrad gleich nach der Ankunft von entscheidender Bedeutung werden. Freilich: sie kannte René Stangeler nicht eigentlich persönlich. Jetzt erwies es sich als Hindernis, daß sie Grete nie die Möglichkeit gegeben hatte, ihn einmal zu ihr mitzubringen: obwohl das immer deren Wunsch gewesen war, unschwer zu fühlen und zu erraten. Aber auf diesem Ohre hatte Frau Mary K.

nicht gehört, sondern sich in solchen Fällen durch distanzierende Ablenkung von dem ganzen Thema stets davor geschützt, eine Verbindung, die sie für unglücklich und verfehlt hielt, gleichsam im eigenen Hause zu sanktionieren.

Ein viertel vor fünf schon vorbei.

Nun galt's.

„Es geht bald gegen fünf", sagte sie zu Grete und tat ihre letzten Gänge kreuz und quer im Zimmer.

„Gehst du aus?" fragte die Siebenschein.

„Ja, etwas später", antwortete Mary und schlüpfte aus dem Schlafrock. „Ich mach' mich aber jetzt schon fertig. Bleib' nur ruhig bei mir, wir trinken noch Tee. Bei euch unten ist doch sicher wer daheim, der dem René aufmacht. Weiß man, daß du hier heroben bist?"

„Unten ist niemand zu Hause", sagte Grete. „Aber ich habe einen Zettel an die Tür gegeben, daß René auf mich warten soll."

„Vor der Türe?"

„Warum nicht?"

„Ist René eigentlich pünktlich?" fragte Mary.

„Ja", sagte Grete. „Nahezu immer. Diesmal allerdings hat er im voraus erklärt, nicht pünktlich sein zu können. Es ist irgendeine Besprechung mit Verwandten oder dergleichen, ich weiß nicht was da los ist, jedenfalls hängt er dabei, was die Zeit betrifft, von anderen ab."

Na also, dachte Mary. Dann laut:

„Geh, laß doch den Burschen nicht, wenn er dann kommt, vor der Türe unten stehen. Gib dort einen Zettel hin, er soll hier heroben anläuten. Ich werd' ihn dann zum Tee bitten, da kann er dir gleich alles erzählen. Oder glaubst du, daß er's nicht wird tun wollen, wenn ich dabei bin? Er weiß doch, daß ich deine Freundin bin, auch wenn er mich nicht eigentlich kennt, oder nur dem Namen nach. Am Ende bin ich selbst schon neugierig, was da in Budapest los war."

„Er wird alles erzählen, wenn ich ihm sage, daß er's ruhig tun kann."

„Dann geh doch gleich hinunter und gib einen anderen Zettel hin. Warte hier!"

Sie reichte ihr Block und Stift.

Grete schrieb: ‚L. R. bitte läute bei K. an, einen Stock höher.' Sie ging. Sie war wirklich erfreut. Und doch:

Sie stand unten vor ihrer eigenen Wohnungstür und las dort angeschlagen, was sie eben vor einer Viertelstunde erst geschrieben hatte.

Merkwürdig: es wurde einem unmöglich gemacht, einen vernünftigen Vorsatz auszuführen!

Indessen vollendete Frau K. oben ihre Toilette und wies nebenbei die Marie an, drüben für drei den Teetisch vorzubereiten. Daß von den beiden Kindern jetzt keines voraussichtlich nach Hause kommen würde, fügte sich passend: der Bub war in seinem spanischen Sprachkurs und das Mädel wurde heute gleich von der Handels-Schule abgeholt und war vor acht Uhr kaum zu erwarten. Die Anwesenheit Gretes im Schlafzimmer während der Vorbereitungen zum Ausgehen war von Frau Mary eigentlich störend empfunden worden: sie liebte es im Grunde gar nicht, wenn man dabei sie ansprach oder ihr im Wege war, während sie vom Wäscheschrank zum Kleiderkasten und von da zu den Hutschachteln eilte. Aber heute war diese ihre Empfindung des Gestörtseins überdeckt geblieben von der Bemühung, eine ihr wichtige Möglichkeit am Zipfel zu erwischen, am letzten eigentlich; und doch hatte das vorsichtig, wie mit einer Pinzette geschehen müssen.

Nun trat Grete wieder ein.

Mary war fertig.

Der Tee gleichfalls.

Sie gingen hinüber.

Es war fünf Uhr fünf Minuten geworden.

Jetzt freilich mußte sich's bald entscheiden, ob sie hier bleiben oder nach Döbling fahren sollte.

Sie lenkte alsbald das Gespräch von René und von Budapest ab. „Ich war heute vormittags in der Stadt", sagte sie, „ohne irgend etwas ausrichten zu können: überall war's zu spät oder zu früh. Hutstumpen hab' ich bekommen, früher als erwartet eigentlich, dafür war die Modistin plötzlich krank und das Geschäft geschlossen. Und den Herrn von der ‚Estudiantina' hab' ich nicht angetroffen. Der Bub war tief enttäuscht mittags."

„Es gibt solche Tage", sagte Grete. „Man hat am ganzen Körper lauter linke Hände. Was macht das Klavier, Mary? Ich hör' Dich sehr selten mehr spielen."

„Leider", antwortete sie.

Eine Pause entstand, sogar eine lange. Es war, als machte sich das viele Ungesagte bei Mary nun erst recht breit, in anonymer Weise: alles andere an die Wand drückend. Die Stille wuchs erheblich, stieg wie Wasser, bis zum Hals, bis zum Ohr, darin sie jetzt mit einem inneren Summen stand. Das Heliotrop aus dem tiefen, kühlen, sauberen Wäscheschrank kehrte nun wieder. Es wäre vielleicht gut, Lea sogleich und auf jeden Fall schon telephonisch anzurufen, ihr von der bestehenden Möglichkeit einer Verspätung zu sagen und auch von deren Grund, nämlich: worauf sie, Mary, hier augenblicklich warte. Es hatte jetzt auch keinen Sinn, auf die Uhr zu sehen. Die Stille des Heims, die spiegelnden Polituren der Möbel, der saubere Duft überall herrschender und jede Ecke beherrschender Gepflegtheit, das alles erzeugte in Mary eine Art Schmerz, der dem Abschieds-Schmerze bei einer Trennung nicht ganz unverwandt war. Aber sie konnte hier doch nicht bleiben. Sie fühlte sich in Wahrheit jetzt gar nicht fähig dazu.

„No ja", sagte sie, „aber wenn es äußerlich nicht recht zusammengehen will, so kann das ja nicht nur an meiner Ungeschicklichkeit liegen, sondern auch an den Umständen. Was haben meine linken Füß' damit zu tun, daß die Modistin plötzlich krank wird oder daß der Sekretär eines spanischen Studentenklubs an demselben Vormittag keine Sprechstunde hält, sondern sein Hotel früher verläßt als sonst? Da kann man halt nichts machen. Aber mit den zahlreichen eigenen linken Füßen – damit kann man schon fertig werden, wär' nicht schlecht! Zum großen Teil sind solche Sachen immer Einbildung. Da heißt's einfach, mit dem rechten Fuß fest auftreten."

„Der René sagt das Gegenteil", bemerkte Grete.

„Und ist das bei ihm nicht eine Ausrede?"

„Wofür?" sagte Grete, aber durchaus sanft. Ihre Stimme vermochte manchmal sehr tief zu klingen, wie Bratsche oder Violoncello.

Mary dämpfte sogleich ab:

„No ja – ich mein' nur ... wenn ich dieser Anschauung wirklich wär': dann bestünde, bei mir wenigstens, schon die Gefahr, daß ich mich gehen ließ', bei jeder Gelegenheit, und einfach meiner Faulheit nachgeben würde."

„Aber Mary!" sagte die Siebenschein lachend, „Du bist doch nichts weniger als faul!"

„Jeder Mensch ist faul", entgegnete Mary gemütlich: Ton und Gesichts-Ausdruck dabei waren unwiderstehlich einnehmend: klug und offen. Wahrhaft, auch sie war das äußerste Gegenteil einer dummen Gans, nicht nur unsere Siebenschein! In deren ebenmäßigem Antlitze hatten sich vor wenigen Augenblicken noch jene Gegensätze sanft gespannt (einfach und echt empfunden, aber keineswegs polemisch gesteigert, ohne Sucht nach Entscheidung), die ihre ganze Welt seit Jahren durchzogen, in jedem Stockwerk, im oberen wie im unteren; und gerade wenn René abwesend war, vertrat sie ihn oft auf den verschiedensten Ebenen: dabei mitunter zwischendurch und fast schmerzhaft erkennend, wie sehr sie schon die Seine geworden war. Es ging so weit, daß man aus ihrem Munde Äußerungen hören konnte, denen sie heftig widersprochen hätte, wären ganz die gleichen von dem anwesenden René Stangeler getan worden. Betraf sie sich aber selbst bei solcher Vertretung, dann konnte es geschehen, daß sie erschrak. So auch vorhin beinahe, obgleich sie Renés Meinung dieses Mal ja als solche angeführt hatte: aber nicht selten trat jene auch schon wie eine eigene auf ihre Lippen.

„Bitte, Greti, setz' Dich ein wenig zum Klavier", sagte Frau Mary nach einer Weile.

Die Siebenschein tat's mit Bescheidenheit. Ihr nicht geringes und jedenfalls berufsmäßiges Können wurde von ihr niemals in's Feld geführt. Sie griff auf dieses Depot, das sie aber immer wieder pflegte, innerlich nicht zurück: seit Norwegen auch äußerlich nicht mehr. Mary hörte, wie Grete im Nebenzimmer den Deckel des Instrumentes aufklappte. Sie erhob sich, einer Art von Zwang folgend, und trat gegen das Fenster zu. Am Klaviere blieb es noch still. Fern dort, am Ende der Gasse, rollte langsam und lautlos ein Wagen über die Fahrbahn; ein zweiter; ein dritter; in kleinen gleichen Pausen. Jenseits des Kanales drüben, über den Baumkronen, standen Reihen von Fenstern in Weißglut des Widerscheins, da und dort schon gerötet.

Das Klavier schlug klar und korrekt an.

Wieder spürte Mary den Duft des Heliotrop. Das kam aus ihrer Wäsche, es setzte sich durch, obgleich ein anderes Parfum nachher von ihr verwendet worden war.

Die Türklingel ertönte.

Mary sah auf die Uhr: es war acht Minuten vor halb sechs.

Nebenan brach das Klavierspiel ab.

Man hörte eine helle Stimme. Nicht die Maries ... Sogleich trat Marys Tochter ein, hinter ihr das Mädchen, das eine vierte Teetasse brachte. Aus dem Nebenzimmer kam Grete hervor.

Es beweist die Gerechtigkeit und Gutartigkeit Marys, zugleich freilich die Zärtlichkeit, welche sie für ihr Kind stets bereit hatte, daß sie auch jetzt sich bei dessen Anblick vor allem einmal freute: mochte auch durch das nicht erwartete Erscheinen der Tochter eine augenblicklich unübersichtliche, dabei von Minute zu Minute drängendere Lage geschaffen sein. Denn wenn Stangeler jetzt einträfe, könnte man ihn keinesfalls gleich beiseite nehmen und zum Reden bringen – ohne das eigene Interesse an dieser Sache deutlich werden zu lassen. Mit ihrer Tochter allerdings hätte Mary sich unschwer verständigt, durch einen Wink. Aber schon saß man zu dritt am Teetische, und wenn Stangeler jetzt etwa eintrat, dann war diese Situation schwerlich so bald und rasch auflösbar. Er mußte gleich zwei ihm unbekannten Damen vorgestellt werden und würde es vielleicht überhaupt vorziehen, die Neuigkeiten, die er wußte, seiner Grete etwas später und ein Stockwerk tiefer zu erzählen. Alle diese Überlegungen Marys wurden von der Oberfläche und Außenseite her gestört durch das Gespräch, welches man führte, zunächst den Anlaß für das unerwartet frühe Erscheinen der jungen Dame betreffend: ein ganzer Schwarm hatte die Absicht gehabt, einer Film-Premiere beizuwohnen; jedoch erwies sich dabei ein Mißverständnis: denn das, was jene alle miteinander sehen wollten, hatte ganz und gar nicht das Interesse von Marys Tochter (ein Stück, in welchem lauter vorsintflutliche Drachen vorkamen, es war nach einem Buche des englischen Schriftstellers Conan Doyle hergestellt). So war sie denn heimgegangen. Die Siebenschein betrachtete das junge Mädchen mit Wohlwollen, ja mit Bewunderung. Diese noch nicht fünfzehn Jahre, die wie mindestens achtzehn wirkten, schienen angeordnet um ein Maß als Mitte, das eine für solches Alter kaum vorstellbare Sicherheit spüren ließ, ja geradezu ausstrahlte. Man hätte selbst wünschen können, davon noch was abzubekommen.

Stangeler blieb aus.

Die Klingel schlug nicht das erwartete blitzende Sternchen in den leeren Raum.

Mary räumte ein Feld, das zu kompliziert geworden war. Nun allerdings schon in größter Eile.

„Ich muß jetzt gehen, es bleibt nichts anderes übrig, Greti", sagte sie im Aufstehen. „Bleibt doch ruhig hier beisammen sitzen und laßt euch gar nicht stören."

Aber auch Grete erhob sich.

„Sie müssen mich vielmals entschuldigen, aber ich erwarte unten jemanden", sagte sie herzlich zu dem jungen Mädchen, das gleichfalls aufgestanden war. In den dunklen Augen unter dem rötlichen Haar glänzte ein weit perfekteres Wissen um den anderen Menschen, als es mancher Erwachsene und Ausgewachsene auf der Höhe des Lebens erreicht. „Ja freilich", antwortete sie leise. Mary war in's Schlafzimmer verschwunden. Sie war entwichen, müßte man sagen. Während sie vor dem Spiegel den Hut aufsetzte (die kleine süße Toque! und wie wunderbar kleidete die mit ihren Jabots über dem blauen Stoff der Kostümjacke leicht hervorbauschende fleischfarbene Bluse unsere schöne Frau!) – während sie also den Hut aufsetzte, empfand sie die große Wohltat und Erleichterung, welche darin liegen kann, allein zu sein. Allein zu sein, wenn man sich ordnen, wenn man überlegen muß, wenn man sich in Eile befindet, wenn man zwischen offenen Schränken hin und her geht, oder mit dem Aufsetzen eines Hutes beschäftigt ist. Sie gewann verlorenes Terrain in diesen wenigen Minuten. Ja, fast schon wollte sie die Arme sinken lassen, ein wenig tiefer atmen, ein wenig hier verziehen noch – sich setzen? Hier stand ein Stuhl beim Bett. Die Abendsonne war schon im letzten Rückzug aus dem Raum. Sie hätte doch wohl eine oder zwei Minuten zugeben können. Aber Frau Mary gestattete sich solches nicht; oder höchst selten nur. Sie war vernünftig. Es kam in Jahren nur ein oder das andere Mal vor, daß sie sozusagen innerlich bockte, daß sie ausbrach. Dennoch, jetzt eben, im Zurechtsetzen des Hütchens, war spinnwebenfein etwas in ihren Händen und um dieselben, wie eine Schicht, eine Hülle, die irgendwie vom bequemen und richtigen Zugriff trennte. Eine Sekunde lang, wie ein Einbruch, ein Einsturz, öffnete sich in ihr die Möglichkeit zu einer Art von Panik, zum Verlust der Kontrolle: und sie sah diese Möglichkeit dabei schon weiter vorgeschritten und entwickelt, als sie geahnt hatte. Ihre Hände waren erfüllt von etwas Fremdartigem und Unbesieglichem, das entfernt auch mit verhängten Zügeln konnte verglichen werden. Nun war sie fertig, durchaus in Ordnung, und verließ das Schlafzimmer. Draußen wartete schon Grete. Das war gut so gewesen: jetzt aber schon wieder zu viel, die Anwesenheit anderer Menschen nämlich. Denn auch die Marie trat heran. „Um sieben Uhr bin ich wieder daheim", sagte Mary. Grete hatte die Tür in's Stiegenhaus schon geöffnet und war hinausgetreten. Mary folgte, verhielt dann einen Augenblick lang und sah, sich energisch sammelnd, auf ihr Ührchen am Handgelenke. Dieses ging immer genau: und rückte eben gegen zwanzig vor sechs. Sie dachte jetzt, während sie rasch auf die Stufen zuschritt, gefolgt von Grete, an den Wulst im Läufer, über welchen sie vormittags gestolpert war, und achtete bei dieser Stelle – zwischen ihrem eigenen und dem Siebenschein-Storch'schen Stockwerk – ein wenig darauf: aber der Portier hatte den Teppich inzwischen schon wieder glattgezogen, vielleicht auf irgendjemandes Beschwerde hin. Sie gab Grete, die jetzt zurückblieb, munter die Hand. Nun wurde ihre Eile freier, geläufiger: sie trappelte rasch, eilte durch das etwas prunkvoll-pastose Vorhaus. Schon auch blieb die kleine Glastür hinter ihr, welche sich in dem schmiedeeisernen Gitter des hohen Portales – ebenso schnörkelig wie jenes – öffnete. Mary zog rasch und schräg über den hier boulevard-artig breiten Gehsteig. Noch war ihr der Abendschein entgegen. Sie blinzelte und sah gegen die Mitte des Platzes, welche sie nun erreichen und kreuzen mußte: sei es, um zu ihrer Straßenbahnhaltestelle zu gelangen, oder drüben beim Bahnhof überhaupt gleich ein Autotaxi zu nehmen, wie sie eben erwog.

Der Straßenverkehr war nicht nur auf den Trottoirs zur größten Lebhaftigkeit gesteigert; und hier tat auch die Nähe des Bahnhofs das ihre. Mary stand am Ufer dieses Sees von Verkehr, darin die rot-weiße Straßenbahn noch das bescheidenste war, die Fülle der Kraftfahrzeuge aber am meisten Aufmerksamkeit erforderte. Sie fühlte freilich die Nötigung, hier gesammelt und planvoll vorzugehen, vor allem aber unter dem Schutze der allgemeinen Regelung. Jedoch, sie erfaßte das gewissermaßen nicht klar genug, sie umfaßte es nicht. Es drängte sie nur ein wenig noch auf den Gehsteig zurück, während gleich danach, als eine unvermutete Eigenmächtigkeit ihrer Glieder, als Welle von unten her durch den Körper laufend, schon der Start erfolgte: die Füße eilten weiter, wie eben vorhin auf der Treppe, ein Schritt gab den anderen. Nun war sie mitten darin, sozusagen bereits im Gefechte. Hier zurück, dort vor, jetzt Halt. Jemand rief ihr von einem Lastwagen was zu. Nun wieder vorwärts. Ein Straßenbahnzug fuhr gegen die Alserbachstraße hinauf, mit einem ganz altmodischen kleinen Anhänger der stark schaukelte. (‚Fahrbarer Untersatz‘ hätte das der Rittmeister von Eulenfeld genannt.) Aus der rückwärtigen Plattform und über dieselbe hinaushängend wuchs ein Fahrgast, dessen prangende Figur, noch dazu in hellem beige-farbenen Anzuge, keineswegs im richtigen Verhältnis stand zu dem sehr bescheidenen Gefährt, zu welchem überhaupt nur kleine und verhutzelte Insassen gepaßt hätten. Er sah mit einem kühnen und grundlosen Adlerblick, dem ganz augenscheinlich hier jedwede Veranlassung fehlte, über sich in die Luft, der Doktor Negria. „Wo er jetzt wohl wieder hinfährt?!“ dachte Mary und blickte dem Zuge nach, welcher ihr genau die Rückwand des Anhängers zukehrte, schon rasch entgleitend. Aber es wäre zu interessanten Vermutungen ebenso wenig Veranlassung vorhanden gewesen wie zu einem so entschlossen aktivistischen Geschau: denn der Doktor Negria fuhr durchaus honett und pflichtgetreu zum Kinderspital, wo er heute den Nachtdienst zu halten hatte. Vielleicht kam er vom Tennisklub Augarten.

Grete Siebenschein war auf dem Treppenabsatze stehen geblieben. Sie trat vor die Tür der Wohnung und betrachtete einen Augenblick lang den hier angebrachten (jetzt eigentlich nicht mehr recht angebrachten) Zettel (den zweiten). Noch war Marys rascher Schritt vom Vorhaus unten zu hören. Dann das Zuklappen der Tür auf die Straße. Während dieser Sekunden dachte Grete daran, den Anschlag von der Türe hier zu nehmen und den früheren, welchen sie in ein kleines auf ihr Kleid genähtes Täschchen gesteckt hatte, mit Hilfe der zwei Reißnägel wieder hinzuheften. Und zunächst einmal fortzugehen. Vielleicht hinauf in den dritten Stock, an den Teetisch, zu diesem klugen Mädchen? Indem erfaßte ihr aus der eigenen Leere lauschendes Ohr den Ton der kleinen Pforte unten, welche neuerlich geöffnet worden war und sich durch den automatischen Türschließer wieder schloß. Schon erkannte sie Renés Schritt, es hätte seines Laufes über die Treppen herauf dazu nicht bedurft, den ja außer ihm niemand im Haus so vollführte.

Grete riß den zweiten Zettel ab, ließ den ersten in der Tasche. Sie schloß die Wohnung auf, noch bevor Stangeler auf dem Treppenabsatze erschienen war und stand jetzt unter der offenen Tür.

Er kam über die letzten Stufen, lief auf sie zu, sie zog ihn hinein, die Türe klappte.

Man spürte es schon in diesem Vorzimmer irgendwie, daß die Wohnung augenblicklich leer sei.

Er umarmte sie. Grete löste sich in dieser Umarmung gleichsam rasch auf. Vieles löste sich, alles.

Dann sagte er ihr, was zu sagen war; ließ sie im übrigen auch Etelkas letzten Brief lesen.

Sie gingen in Gretes Zimmer. Sie drängten unter diesem Schlage sich zusammen, als wär' er ihnen vermeint gewesen.

Fräulein K. war am Teetische sitzen geblieben.

Hinter den Abgehenden war ein Vorhang der Stille gefallen. Glatt und schnell. Keine Falten, die da etwa ausschwangen. Eine Courtine. Ein eiserner Vorhang.

O Mädchen, nicht Lämmlein!

Tochter, Enkelin, Urenkelin, deren Biographie zu schreiben wäre, als die schönste aller anziehenden unbekannten Aufgaben – wo bist du heut? Wer ist dein Herr geworden? Wer vermeint da, daß du sein seiest?

Du bist die Mitte dieser Minuten hier, während deren für dich so unsagbar Schmerzliches dort in der Umwelt, der Außenwelt geschah. Davon du jetzt nichts ahnest, und diese

Ahnungslosigkeit ermöglicht deine Schönheit im gegenwärtigen Augenblick.

„Nu wird's bald Zeit, Edithchen", sagte der Rittmeister gegen ein Viertel vor fünf Uhr (und eben band Paula Pichler ihr Lämmlein an und befestigte die Grete Siebenschein ihren – ersten – Zettel an der elterlichen Wohnungstür).

„Was geht's dich an?!" erwiderte Editha.

„Freundschaftliche Anteilnahme", sagte Eulenfeld. „Auch Melzern gegenüber."

„Nett von dir", bemerkte sie; sonst nichts.

„Was hörste von Wedderkoppen?" fragte er.

Sie schob einen Brief, den sie noch einmal überlesen hatte, zurück in ihr Täschchen.

„No ja. Dem wird's zu dumm. Er randaliert halt. Ich soll hier alles liegen und stehen lassen ..."

„Was sollste liegen und stehen lassen?"

„Die Regie-Zigaretten."

„Aha. Tabak-Romantik. Nu hör' mal, du sagtest doch, Wedderkopp wisse gar nichts davon, du wolltest ihn eigentlich überraschen, und so?"

„Hab' ihn aber inzwischen wissen lassen", sagte sie beiläufig.

Großes Grunz-Zeichen. Sodann:

„Und was steht in denen Wedderkopp'schen Briefschaften ansonsten noch?"

„Daß er, wenn ich in vierzehn Tagen nicht draußen bei ihm bin, oder mindestens den Termin meines Eintreffens festgelegt habe, nach Wien kommt. Dann will er hier heiraten, vor dem deutschen Generalkonsul als Standesbeamten – gibt's denn so was überhaupt? – und mich mit hinausnehmen."

„Gar nicht dumm, der Gustav", sagte Eulenfeld. „Summa: Wedderkopp ante portas."

Sie stand auf, begann sich fertig zu machen, vor Eulenfelds Wandspiegel, die Hände zum Hütchen erhoben. Mimi rührte sich nicht auf dem Diwan. Sie lag mit angezogenen Knien und aufgestütztem Ellenbogen, vor sich hin gleichsam in irgendetwas hineinschauend. „Im Grunde ein ebenso undurchsichtiges Wesen, wie Enrique", dachte Eulenfeld, Mimi mit dem Blicke streifend, „passen zusammen." Dann laut:

„Nu wär's dir bald am liebsten, der Melzerich tät' ausbleiben, was, Edithchen?"

Sie antwortete nichts. Sie war müde. Bei erloschenem oder mindestens sehr gedämpftem Widerspruchsgeiste wurde ihr im Augenblicke allzu anschaulich, wie richtig Eulenfeld in die abrupte und sprunghafte Mechanik ihres Wesens einsah und in das gewissermaßen Dilettantische von allem und jedem, was sie trieb, mochte es auch noch so klug und gerissen sich anlassen und für's erste ansehen; sie stand's nicht durch. Ja, schon ihre Ziele, die sie wählte, waren in irgend einer Weise dilettantisch und nicht nur der Weg, welcher da im letzten Stücke stets abbrach. Sie war keineswegs dumm genug dazu, die Editha Schlinger (Editha Schlinger vom Pastré und Wedderkopp in spe), um auf dem Grunde einer Müdigkeit oder Depression nicht auch ein Stück Selbsterkenntnis vorzufinden. Die Vorstellung, jetzt von Wedderkopp einfach überrannt zu werden, tat ihr augenblicklich in tiefster Seele wohl, ja sie bildete eigentlich den wesentlichen Rückhalt der gegenwärtigen Minuten.

Plötzlich wandte sie sich, war auch schon bei Mimi, vor dem Diwan knieend, und umarmte sie unter Küssen:

„Also kommt nur gleich, wenn ich anrufe. Ich warte nicht länger als höchstens, allerhöchstens, zwanzig Minuten auf den Melzer. Bleibt er aus, dann ruf' ich gleich herüber, und ihr macht euch sofort auf. Ja, Mimilein? Mir zuliebe! Ja? Und wenn du dann hinüber kommst, wirst du dem Quälgeist, dem Gefangenenwärter, eine Freude machen wollen, ja? Weil die Gefangenschaft zu Ende ist? Das muß doch gefeiert werden! Ja?! Wirst dich gleich umziehen drüben? Damit wir beide das Gleiche anhaben?! Was Schönes, Mimilein!"

„Ja, ja", sagte die Scarlez. „Was ist denn das schon wieder?"

„Ein tea-gown. Zauberhaft. Gegoldetes Beige."

Es war wirklich schon so weit gegangen bei Editha in der letzten Zeit, daß sie manches von vornherein hatte doppelt machen lassen.

Mimi versprach alles. Jetzt sprang Editha auf und zupfte sich zurecht. Es war sechs Minuten vor fünf. Der Rittmeister griff nach einer Flasche auf dem Tisch und schenkte ein flaches bläuliches Glas halbvoll. Er hielt es Editha entgegen und knurrte:

„Satteltrunk?"

Sie schluckte' gehorsam.

„Scheinst nicht besorgt, deinen Adorateur durch eine kräftige Stichflamme zu versehren."

Editha sagte gar nichts und ging ab.

Alsbald breitete sich Stille aus in des Rittmeisters Gemach. In der Diwan-Ecke – wo einst Melzer und Thea in traulicher Emsigkeit gesessen waren – hatte Mimi Scarlez noch mehr sich zusammengerollt, unbegreiflichen Geschaus, wenn auch jetzt ohne den Hintergrund von Berg und Burg. In welchen Abendhimmeln der Erinnerung versank sie, welche Strähne und Streifen trieben regenbogenfarbig darin? Die ‚Lagos' mit den Bootsfahrten, Schwäne, ein Ausflug noch weiter hinaus, nach Tigre, oder die ihrer Wohnung nahen, frommen und rührenden oberirdischen Begräbnisstätten der Recoleta hinter Glas? Die Madeleine in Paris oder die zwölf Säulen vor dem Dom daheim, eines an das andere erinnernd? Die Calle Cerrito, die Anfahrt vor dem Teatro de Mayo. Gegenüber war ihr Zahnarzt, der Cassullo. Die zwei nächsten Häuser waren niedriger, und das vierte, schon jenseits einer Quergasse, hatte eine Kuppel. Alles ganz so scheußlich wie in Paris oder Wien. Aber sie liebte es. Sie roch es. Enrique konnte Hunderte von Versen der spanischen Klassiker auswendig, und er hatte ihr dies immer vorsprechen müssen, lange noch ehe sie die Sprache recht verstand und als sie mit ihm nur französisch oder englisch reden konnte. Aber sein Mund nahm, wenn er das reine hohe Spanisch aussprach, wechselnde Formen an, in welche Mimi sich immer neu mit Wildheit (soweit davon bei ihr die Rede sein kann) verliebte ... Nun, manchmal war sie schon wild. In der Verzweiflung. Dann konnte sie sogar irgendjemanden, der ihr gerade ungelegen kam, ohrfeigen, wie man sich vielleicht zu erinnern beliebt.

Auch der Rittmeister schwieg und war eigentlich recht ernst. Hinter dem Ende der albernen Komödie schien sich doch nicht nur für die Zwillinge, sondern auch für ihn selbst ein Abschluß und Abschnitt in irgendeiner Weise zu eröffnen. Es war bei dieser Gelegenheit übrigens, daß der Rittmeister beschloß, dem Scarlez – dessen Briefe auch bereits Ungeduld zeigten, wenn auch nicht in ultimativer Form wie jene des famosen Gustav – morgen ein Kabel zu senden: er möge zusehen, herüber zu kommen und die Dinge mit seinen Schwiegereltern selbst in Ordnung zu bringen. Da würden sie denn beide, die diesbezüglichen Schwiegersöhne, auf der diesbezüglichen Bildfläche erscheinen. Vorher waren noch die Töchter in gedoppelter Form denen Eltern kurzerhand zu präsentieren. Er gedachte hier wirklich, der Rittmeister, nach Schluß der Komödi' kurzen Prozeß zu machen. Während der Krankheit des alten Herrn Pastré, nach dessen Rückkehr aus Meran, war ihm schon einigermaßen angst und bang geworden für Mimi und ihre Sache, die Versöhnung mit den Eltern sowohl als auch die Erbschaft: denn wenn Editha inzwischen heiratete: konnte man's wissen, was der famose Gustav hier plötzlich einen würde anschauen lassen, bei nicht geändertem Testamente? Und so weiter. Um ihr Pflichtteil konnte er Mimi zwar niemals bringen, jedoch der Schaden für sie und Enrique war dann gerade groß genug! Glücklicherweise ging's deme ollen Pastréerich bedeutend besser. Aber was bestand da schon für 'ne Sicherheit, bei neunundsiebenzig Jahren! Aetatis suae septuagesimo nono. Derohalben: sobald wie möglich: ganze Familie – in die Zirkel geritten! Hier mußte eine Kontrollversammlung abgehalten, kurzer Prozeß gemacht, ein allgemeines Familienglück arrangiert und, wenn nötig, octroyiert werden! „Wär' was für den aktivistischen Idioten Negria!"

Das dachte der Rittmeister noch als Letztes, dann fuhr er aus seinen Überlegungen und riß zugleich Mimi aus sämtlichen, wie immer Namen habenden strähnigen, regenbogenfarbenen Träumen.

„Fünf Uhr schon. Nu mach'n ma uns fertich."

„Aber wozu denn?", sagte Mimi etwas weinerlich. „Wir wissen doch noch gar nicht . . .."

„Wiß'n ma. Melzer kommt bestimmt nich zu Edithchen."

„Wieso?"

„Paradox und einfach: weil er sonst längst gekommen wär'. Zu dir allbereits – vastehste, mein Engel? Also hab' die Güte, de te lever, will sagen uffzustehn, damit ma gleich rüberkönn'. Edithchen scheint heut in hohem Grade assistenzbedürftig."

Sie gehorchte ihm. Es war noch immer das bequemste. Tatsächlich bracht' es der Rittmeister so weit, daß sie beide um ein Viertel nach fünf fertig angekleidet zum Ausgehen im Vorzimmer beim Telephon-Apparate standen; Mimi ganz ergebenen Gesichts-Ausdruckes.

Fünf Uhr siebzehn klingelte der Apparat.

Mimi sah erweiterten Auges auf Eulenfeld.

Es war wirklich Editha. „Kommt, und bitte rasch. Ich will nicht allein sein. Gib den Hörer einen Augenblick noch der Mimi."

„Jawoll", sagte der Rittmeister. „Hör' mal, Edithchen, wir sind in zwei Minuten drüben. Sollte inzwischen der Melzerich noch immer nicht gekommen sein, dann lasse die Wohnungstür ein wenig offen, die Türe auf's Treppenhaus, will ich sagen, nur einen Spalt weit, angelehnt. Ist sie aber geschlossen, dann wissen wir, daß du nicht mehr alleine bist, klingeln gar nicht, sondern kehren gleich um. Hast' mich verstanden, Brüderchen, niedliches?"

„Ja, Otto", sagte sie, „die Tür wird bestimmt offen sein."

Jetzt sprachen die Schwestern durch wenige Augenblicke miteinander: ein zärtliches Gemunkel. Mimi wehrte irgendwie liebevoll ab, als kämen von da drüben die übermäßigsten Lobeserhebungen oder Liebeserklärungen.

Der Rittmeister sah indessen auf die Uhr (noch nicht zehn vor halb sechs) und sodann kurz nach dem Rechten im Heime: Gashähne, Lichtschalter, Aschenbecher. Mit Mimi auf den Gang getreten, zog er sorgfältig die Türe zu, nicht ohne sich vorher zu vergewissern, daß er seine Schlüssel in der Tasche trug. Die Art, in welcher Mimi diese sekundenlangen aber gesammelten Griffe und Kontrollen abwartete, entsprach durchaus dem Verhalten eines artigen Kindes, während ein Erwachsener das oder jenes Erforderliche tut. Sie sah auch wie ein Kind aus. Die präzise Vorhersage von Edithas telephonischem Anruf und dessen promptes Eintreffen hatten wieder einmal einen jener Augenblicke geschaffen, aus deren nicht geringer Zahl die Autorität Eulenfelds gegenüber den Zwillingen letzten Endes und gleichsam als aus Molekülen bestand.

Edithas Wohnungstür lud offen zum Eintritt, sogar weit, und der Empfang gestaltete sich so zärtlich wie stürmisch. Der Rittmeister stand mit Geduld dabei, er stand geduldig und bald auch allein herum in dem weißen Salon mit der weiten Aussicht (wo der Teetisch für zwei gedeckt war), denn Mimi war sogleich verschleppt worden: durch die eine der beiden Flügeltüren mit den Supraporten von Engeln und Weintrauben, durch die rechter Hand liegende, wenn man eintrat (gegenüber ging's in Mimis großes Schlafzimmer – ‚zur Gondelfahrt‘ – während Editha sich seit ihrer Rückkehr mit dem kleineren hinter der Tapetentür begnügte). Jener rechtsgelegene Raum, den die Zwillinge kaum benützten – er war ursprünglich als Speisezimmer gedacht und eingerichtet gewesen – enthielt jetzt auch mehrere schöne und große von Editha angeschaffte Garderobe-Schränke, und darin befanden sich die Schlingerischen – zum Teil gedoppelten – Schätze. Während nun die Zwillinge in gegoldetes Beige schlüpften, hob der Rittmeister das Gemäß aus der Hüftentasche (was blieb auch sonst übrig?) und wollte eben den blanken Silberkopf abschrauben, als die Klingel von der Wohnungstür ertönte: wahrhaftig, ein sprühendes Sternchen sprang vor's Aug.

Eine sah aus dem Garderobe-Zimmer heraus (und der Rittmeister, Deibel noch mal!, wußte einen Augenblick lang nun selbst und wirklich nicht, welche es sei, denn sie hatten schon die neuen Kleider halb an) und rief gedämpft:

„Schau nach, ob es Melzer ist, Otto, und sag's uns dann. Aber mach' noch nicht auf!"

Eulenfeld ging; langsam, ja bedächtig. Man hörte ihn im Vorzimmer durch die Türe hinausrufen: „Ein kleines Augenblickchen, bitte, ich öffne sogleich." Dann kam er zurück und sagte:

„Es ist Thea Rokitzer."

„Hui!" rief Editha leise. „Die wird gerollt. Die lassen wir jetzt was anschaun! Führ' sie in das kleine Schlafzimmer. Dort soll sie bleiben bis wir fertig sind; Mimi muß rasch noch andere Strümpfe nehmen. Sag' ihr, es gäbe eine große Überraschung für sie! Und sie soll nicht herauskommen bevor du sie rufst. Die Mimi geht hinüber: dann läßt du die Thea heraus, klatschst in die Hände, und wir treten von links und rechts auf durch die großen Türen und gehen direkt auf sie zu. Ja? Versteht ihr?"

„Ja", sagte Mimi und nickte, sogar mit einem gewissen Eifer. Editha schien das zu beglücken, denn sie umarmte plötzlich und rasch ihre Zwillingsschwester und küßte sie.

„Wohlan denn!" sagte der Rittmeister nicht ohne Dekor, „macht euch fertig und dann auf die Plätze! Denique comoedia finita erit." Und entschritt in's Vorzimmer.

Thea war abwesend, aber wovon, hätte man schwerlich sagen können: denn von einem perfekten Vakuum abwesend zu sein ist noch paradoxer als nicht zu kommen, weil man nicht gekommen ist.

Sie hatte auf ein Sesselchen sich niedergesetzt, das da zunächst stand, grad neben dem Bett vor dem bequemen Gestell in Weiß und Messing, mit seinen gläsernen Ablage-Flächen, die durcheinander verräumt waren mit Büchern, noch mehr mit Briefen und Papier.

Sie las den Namen ‚Melzer‘, und zwar so, wie sie selbst jetzt diesen Namen als einzigen Inhalt enthielt, als Gesamt-Bezeichnung gleichsam des eigenen Vakuums: ganz einfach mit Blei oder Tintenblei auf ein Papier geschrieben. An dessen unteren Rand. Es war ein Achtelbogen mit Maschinschrift. Thea öffnete ihre Ledertasche und nahm den Namen (freilich samt dem Papier) zu sich hinein.

Jedoch da stand er schon wieder. Diesmal mit Tinte, in der gleichen Schrift: am unteren Rande einer großen Papierfläche, die da und dort klein bedruckt war, sonst aber nur mit irgendwelchen Linien, Einteilungen, Rubriken.

Thea nahm auch diesen ‚Melzer‘ zu sich.

Jedoch da war er wieder. Und noch zweimal. Dann kamen mehrere Papiere der gleichen Art, aber ohne ‚Melzer‘. Thea nahm auch diese. Darunter war nur mehr die durchscheinende leere Glasfläche. Thea drückte den Verschluß ihrer Tasche zu. Draußen rief der Rittmeister.

Die Rokitzer hat auf das, was jetzt mit ihr veranstaltet wurde in einer nicht vorauszusehenden Art reagiert.

Denn als der Rittmeister in die Hände klatschte (eben als Thea durch die Tapetentüre hervortrat) und in dem weißen Salon links und rechts die beiden Damen in gegoldetem Beige erschienen und alsbald von beiden Seiten lächelnd auf Thea zueilten, stieß diese einen kurzen Schrei aus – keinen hellen, sondern einen tiefen, gleichsam aus der innersten Kammer, der an das Röhren des Wilds erinnern konnte – und ging, noch ehe sie erreicht worden war, in langen Fluchten mittendurch ab. Dem Rittmeister blieb keine Zeit mehr, ihr den Weg zu vertreten und sie aufzuhalten. Schon hatte Thea die Türe zum Stiegenhaus hinter sich zugeschlagen.

Sie trappelte. Sie sank schnell und schneller die Treppen hinab, ihre Tasche unter den Arm gepreßt. Vom Haustor gleich nach links. Auf dem Gehsteig kamen drei Männer, zwei in kurzen Überröcken und mit Ledergamaschen, die sich mit einem uniformierten Polizeibeamten unterhielten. Alle drei lachten Thea ein wenig an, vielleicht riefen sie ihr auch was zu, jedenfalls etwas Schmeichelhaftes. Aber sie vermochte zu sich selbst gleichsam keine Beziehung von außen mehr herzustellen. Die Leitung war durchschnitten. Sie bezog nichts mehr auf sich. Hinter der nächsten Ecke stand ein zweisitziges offenes sehr kleines Automobil. Es fuhr eben an. Thea erkannte den Oki Leucht, des Rittmeisters Freund. Neben ihm waren große Schachteln im Wagen, der jetzt schon um die Ecke bog, nach links, donauwärts. Thea eilte an der Ankunftsseite des Bahnhofes entlang; das Eilen hörte sich auf, als sie vor jenen gelangte und nun den Platz queren wollte. Dieses war nicht ohne weiteres möglich, bald kam's von rechts, bald kam's von links, auch blendete der Abendschein. Das Gesicht der Normal-Uhr am Türmchen schien ihr ungut und boshaft, die Zeiger zusammengezwickt, im spitzen Winkel. Es war zehn nach halb sechs. Sie neigte sich etwas vor und startete in den See von Verkehr hinein.

Melzer lachte. Der Anblick des Doktor Negria, welcher da riesenhaft und hell gekleidet aus einem lächerlich kleinen Anhängewagen der Straßenbahn hervor bauschte oder bauchte – das Dach der Plattform schien knapp über Negrias Kopf zu sein, und obendrein waren seine Arme erhoben, da er sich mit beiden Händen in die Leder-Ringe zum Anhalten gehängt hatte, wodurch, bei weggespreizten Ellenbogen, sein Oberkörper noch massiger wirken mußte – dieser Anblick war unwiderstehlich: nicht zuletzt auch durch den Blick, den Adlerblick, welchen unser Kinderarzt und Aktivist aufwärts in's Leere bohrte. So zog das Phänomen vorüber, als der Major, nach dem Verlassen des Parks, die etwa einhundertsechzig Schritte bis zum Bahnhofsplatze fast hinter sich gebracht hatte und eben an der Ecke bei der Weinhalle einzulangen im Begriffe war. Im Begriffe auch, nun zu Editha Schlinger hinaufzugehen, und ihr den Zwischenfall und seine eigene, durch diesen verursachte Verspätung, auf der Stelle zu erklären. Die Vereinbarung mit Paula Pichler und Thea allerdings war nun längst und endgültig versäumt: der Schmerz, welcher Melzern deshalb anfiel, wuchs gerade jetzt heftig in ihm: der Schmerz über dieses eine und einzelne Versäumnis – aber nicht als über eines mit endgültigen, abschließenden Folgen. Dies war's nicht. Das wußte der Major, und außer Zweifel.

Als er an der Ecke stehen blieb, sah er Mary. Sie hatte das Gesicht gegen die Alserbachstraße gewandt und hinter dem Straßenbahnzuge her, der eben da hinauf und davon fuhr. Sie stand. Jetzt begann sie wieder zu gehen, den Blick noch in der bisherigen Richtung. Die Straßenbahn zu Wien fuhr damals auf dem jeweils linken Gleis. Mary stand mitten auf jenem, welches Negrias Zug, dem sie nachblickte, eben an ihr und Melzer vorbei befahren hatte; es blieb ihr also das zweite noch zu überschreiten, wo in diesen Augenblicken, hinter dem davon gefahrenen Zuge für Melzer sichtbar werdend, ein in der Gegenrichtung aus der Alserbachstraße kommender eintraf, auf dessen Stirnwand Mary sich jetzt von seitwärts zubewegte. Sie rannte eigentlich in den Zug hinein. Noch bevor das schütternde äußerste Anziehen der Bremsen erfolgte und das Schreien von Passanten, welche den Vorgang erfaßten, warf sich Melzer halb links und gegen die Mitte des Platzes zu.

Ganz und gar so, wie man sich in die Schlacht wirft beim Sturm-Angriffe: sich selbst wirft, als wär' der eigene Wille eine riesenhafte haarige Faust, der man mit seinem ganzen übrigen Leben in solchen Augenblicken klein und bedeutungslos insitzt.

Schon bei ihr. Schon im Blute, dessen Rot ihm entgegenspringt, jetzt den Knieenden bespritzt. Jedoch, hier war ja ein Soldat von Beruf, ein Soldat vieler wechselnder Schlachten. Er riß den Riemen vom Leib, zerfetzten und blutigen Stoff empor und bei Seite. Er griff vor sich hin, erkannte klar und kalt in diesen Bruchteilen von Sekunden die fast völlige Abtrennung des Beins über dem Knie, auch, wo nun das totbleiche noch unverletzte Fleisch verläßlich begann: und schnürte ab. Er stieß seinen Spazierstock (samt dem goldenen Knauf) geschickt durch den Riemen, fast gleichzeitig mit dem harten Anziehen von diesem: und nun drehte er. Die stoßweise, taktweise Blutwelle versiegte, nicht mehr wuchs die Lache um seine Knie. Jemand half die ganze Zeit, raffte Störendes beiseite, beförderte das Durchgleiten des Stockes, hielt diesen jetzt fest in seiner Lage, so daß Melzer ihn loslassen und sich aufrichten konnte, um Atem zu schöpfen. Er wandte sich dem Helfer zu: und sah neben sich in der roten Lache die Thea Rokitzer knien, vollständig bespritzt und besudelt von Marys Blut wie er selbst.

Damit aber, daß sie nun nebeneinander im Blute knieten, war, nach dem Stoß der Katastrophe, schon eine verhältnismäßig stabile Lage eingetreten (und in mancher Hinsicht). Der Treffer saß. Lag still. Das Ereignis wurde zu einer Art von Einrichtung, mit der man sich einrichten mußte. Es waren jene Sekunden, in welchen eine Tatsache es vor unseren Augen erst eigentlich wird, nachdem sie bereits vollzogen: jedoch ihr meteorartiger Einschuß allein aus einem gleichsam außerweltlichen Raum (woher sie alle kommen und wo sie im Vorrat gelegen zu haben scheinen) läßt sie noch durchaus von uns getrennt. Vor allem muß eines hinzukommen, damit etwas überhaupt Tatsache sei: Dauer, mindestens eine gewisse Dauer. Unter Umständen wirken schon halbe und ganze Minuten Wunderwerke der Verwirklichung. So auch hier. Die zahllosen Tentakel des Lebens, alsbald ihre Arbeit aufnehmend, beweglich flimmernd, beginnen die neue Nahrung zu assimilieren, die jener unersättliche Schlund wieder einmal bekommen hat, ebnen bereits den durch Augenblicke in seiner Urform starrenden Wulst des Ereignisses ein.

Dieser ringförmige Wulst, beim Einschlag einer Granate etwa oder Fliegerbombe meist aus Erde, bestand hier aus Menschen.

Naturgemäß schlagartig entstanden, veränderte er schon seine Gestalt, ja, er bröckelte da und dort bereits ab.

Während jener Augenblicke, da Melzer sich in sein Hauptgefecht geworfen hatte, von der Ecke bei der Weinhalle mit einem wahren Tigersatze startend, war nur dieses geschehen, daß man die bewußtlose Mary unter dem Waggon und seiner Schutzvorrichtung hervor und beiseite gezerrt hatte: und schon traf der Major bei ihr ein. Mary hatte man ohne Schwierigkeit aus geringer Verklemmung befreien können; die Schutzvorrichtung war etwas gehoben gewesen: sei's durch die übermäßige Erschütterung beim Bremsen des Wagens, sei's durch Marys Körper selbst, oder durch beides zusammen. Aber damit eben war das linke Vorder-Rad zum Schneiden gelangt. Jetzt schufen mehrere Polizeibeamte Raum und Ruhe, befreiten die Geleise der Tramway von den Menschen, die sich da herzudrängten, und nachdem man Zeugen des Geschehnisses aufgenommen und insbesondere von dem Fahrer des Unglückszuges die nötigen Notizen erhalten hatte, begann eine erheblich lange Kette inzwischen rückwärts eingetroffener und aufgehaltener Straßenbahnzüge sich über den Althanplatz gegen die Donau wieder in Bewegung zu setzen. Aus den Waggons sahen die Fahrgäste, bereits wirkliche und ledigliche Passanten in des Wortes eigentlichster Bedeutung (denen ja auch nichts passiert war), auf den schwindenden Ringwulst.

In dessen Zentrum schritt inzwischen der Aufsaugungsprozeß des Ereignisses vor, die Einebnung, Abflachung und Angleichung an die Ebene der gegebenen Tatsachen, auf welcher man ja nun wirklich angelangt war. Verbandzeug wurde vom Bahnhofe gebracht. Melzer selbst legte Mary den ersten Notverband an, beließ aber klugerweise Riemen und Stock; letzterer war jetzt fixiert, und Thea konnte ihn endlich loslassen. Sie half Melzern beim Verbinden, ebenso ein junger gradgewachsener und hübscher Polizist, der dann in einer seltsam suggestiven Form an die noch immer gedrängten Zuschauer eine Aufforderung richtete, mehr Raum zu geben und ihres Weges zu gehen: „Meine Herrschaften, bei der armen Frau gibt's nichts mehr zu sehen", sagte er; und dieser sozusagen versteckte Appell an die Humanität –

während er die Schaugier fast beim Namen nannte – tat einige Wirkung. Der eigentliche Punkt des Überganges aber von der Katastrophe zu einer Welt neugeschaffener Tatsachen – zumindest für Melzer und Thea war's bald eine solche, denn Mary lag ja noch in tiefer Bewußtlosigkeit – wurde markiert, als jene beiden sich aus ihrer knienden Stellung und aus der Blutlache erhoben, welche schon nach verschiedenen Seiten Gerinnsel entsandte, die da und dort weitergesickert waren, bis vor die Füße der Zuschauer, an anderen Stellen aber untereinander sich bereits wieder verbanden und zusammenflossen. Man hob jetzt Mary auf, ein klein wenig nur und mit größter Vorsicht, und brachte sie ganz aus der Fahrbahn und an den Rand einer jener ‚Rettungs-Inseln‘, deren vergleichsweiser Name in diesem Falle also von der blutigen Wirklichkeit eingeholt und sozusagen dicht und prall ausgefüllt wurde. Melzer, der seine Kleidung zu schonen wahrlich keinen Anlaß mehr hatte, saß auf dem Prellstein nieder und ließ durch Thea und den jungen Polizisten Mary so betten, daß ihr Haupt auf seinen Oberschenkeln lag; dabei hielt er sich etwas nach links gewandt und mit der Linken auf den Boden gestützt. Thea, die – jetzt erst – Tränen in den Augen hatte, legte Marys Arme zurecht. Das noch anhangende abgetrennte Glied hatte Melzer mit Hilfe des Verbandstoffes gleichfalls festgemacht, so gut es gehen mochte; er und Thea waren bis weit über die Ellenbogen voll Blut. Der Polizeibeamte erbat von Melzer und Thea Namen und Adresse. Ob Melzer Arzt sei? Nein, Major, sagte dieser, immer Mary betrachtend; er hatte das halb weggerissene Hütchen sachte von ihrem Kopf gelöst, glättete das Haar und setzte die kleine Toque auf Marys Handtasche, die der Beamte im ersten Gedränge gesichert und jetzt auf den Randstein gelegt hatte. Ob Melzer Zeuge des Unfalles selbst gewesen sei? Ja, sagte der Major, und daß die Verunglückte geradezu in den Straßenbahnzug hineingerannt sei, dessen Motorführer ein Verschulden in gar keiner Weise treffen könne, dies sei außer Frage, und so werde er, Melzer, als Zeuge auch aussagen. Thea saß rechts von ihm gleichfalls am Randsteine, wie er selbst. Die

Zuschauer verliefen sich fast alle. Marys Identität übrigens war von der Polizei schon festgestellt worden, ihr Täschchen hatte unter anderem eine Mitgliedskarte des Tennisclubs im Augarten enthalten. Eben als einer der Beamten sich entfernte, um ihre Angehörigen sogleich zu verständigen, da die Wohnung ja in nächster Nähe lag, traf aber auch schon der Ambulanzwagen ein, fast gleichzeitig mit ihm ein Arzt aus der nächsten Umgebung, den irgendwer herbeigerufen hatte.

Aber während dieser ganzen Detaillierung der Dinge, die ja immerhin durch eine Anzahl von Minuten sich zog, hatte Melzer wesentlich nichts anderes im Auge, nahm er durch dieses nichts anderes in sich auf, als das Köpfchen Marys, das, nach rechts gesunken, im auseinander gelockerten Haar sein bleiches Profil bot: es war von furchtbarer Blässe, aber nicht von tödlicher; nicht von jener, in die das Antlitz seines sterbenden Obersten plötzlich gefallen war, während dieser zu ihm noch gesprochen hatte. Auch atmete Mary verhältnismäßig kräftig; noch blühte ihr Antlitz, süß und edel und für Melzern ehrwürdig, und es geschah nicht jener unheimliche Fortfall des Fleisches zwischen Backenknochen und Haut, als versänke jenes nach innen und ließe das Kopfskelett hervortreten, wie man's manchmal bei eben Verstorbenen sehen kann und keineswegs nur bei solchen mit hagerem Antlitz. Dies hier war nicht der Tod: Melzer kannte ihn. Was um dieses zarte Haupt stand war vielmehr eines kommenden Lebens ganze Schwere.

Und während er sie betrachtete, wußte er doch mit einer Sicherheit ohne jeden Zweifel, daß sie darüber würde siegen. Es war nicht irgendeine. Es war Mary.

Unaufhörlich läuteten die Kirchenglocken, dies war das Zweite, was er die ganze Zeit hindurch in sich aufnahm, wie all' jenes durch das Aug' so dieses durch das Ohr. Es mochte von Liechtenthal her sein, von der Kirche zu den Vierzehn Nothelfern.

Als Drittes aber und nicht durch ein einzelnes Sinnesorgan, sondern durch alle zugleich, innere und äußere, sichtbare und unsichtbare, alarmierte Zellen, offene Pforten Leibes und der Seele – denn welche knackenden Riegel waren da nicht gesprungen unter solchem Stoß und welche Wände konnten jetzt noch ganz bleiben: Thea saß hier neben ihm, zu dieser Stunde, jetzt und heute.

Die Ambulanz kam. Der Ton ihrer Doppelflöte hielt Fahrzeuge an, drehte die Köpfe auch jener auf der Straße, welche von dem Unfalle nichts bemerkt hatten. Der Arzt, nachdem er aus dem Wagen gesprungen war und den Sachverhalt rasch überprüft hatte, fragte Melzern, mit einem Blick auf dessen blutige Kleider, ob er es sei, der die erste Hilfe geleistet habe? „Es ist gut", sagte er, da Melzer nickte. Eine kleine Menschenansammlung hatte sich neuerlich gebildet. Die Bahre glitt in den Wagen. „Ihren schönen Stock", sagte der Arzt, der während des Einladens drei Worte mit dem eben eingetroffenen Kollegen hier aus der Gegend wechselte (vielleicht kannten sie einander), „Ihren schönen Stock", sagte er, sich zu Melzer wendend, „werden Sie im Unfallkrankenhaus abholen müssen, Lazarettgasse. Kennen Sie die Verunglückte?" „Ja", antwortete Melzer. „Ich bitte Sie mir zu sagen, Herr Doktor, ob Lebensgefahr besteht", setzte er rasch und eindringlich hinzu. Seltsamerweise aber empfand er selbst diese Frage als eine Art bloßer Formalität. „Das kann ich jetzt nicht wissen", sagte der Arzt, indem er einstieg, „dank Ihrer entschlossenen ersten Hilfe vielleicht nicht." Der junge Polizist reichte dem Sanitätsgehilfen noch rasch Marys Tasche und Hütchen hinein. Der Wagen fuhr ab, die Doppelflöte ertönte.

So stand man denn, bei fortgefallenem und unsichtbar gewordenem äußeren Anlaß mit blutigen Kleidern auf der Straße.

Denn eben verschwanden ansonst die letzten Spuren: ein anwesender älterer Polizei-Inspektor hatte sich alsbald an die Wagenwascher gewandt, welche bei den am Bahnhofe aufgestellten Autotaxis arbeiteten; sie schütteten nun ein paar hölzerne Butten Wasser über das Pflaster, wo dieses blutig gewesen. Das Rot verschwand. Ein Kehraus. In irgendeiner Weise ließ das an die Sperrstunde einer Wirtschaft denken. Aus dem Gespräch des Beamten mit den herbeigeholten Männern, das man im einzelnen nicht verstehen konnte, klang bereits ein eigentlich gemütlicher Ton.

Melzer, der sich mit Thea solchermaßen, gleichsam von allen Seiten mehr und mehr verlassen, dem eigenen äußeren und höchst auffallenden Zustande zunehmend überliefert sah, wandte sich mit der Bitte an den jungen Polizisten, welcher noch bei ihm stand, ein Autotaxi aufzuhalten oder herbeizurufen – „da wir uns ja in diesem Zustande nicht auf der Gasse bewegen können", sagte er. „Jawohl, Herr Major", erwiderte der junge Mann und nahm dabei für einen Augenblick Haltung an. Er schritt von der Insel auf den Platz hinaus und hob den Arm, da eben ein Gefährt anrollte. Der Wagenlenker begriff sogleich die Lage, als er Melzern und Thea ansah, obwohl das Haus, welches Melzer ihm nannte, ja kaum ein paar hundert Schritte von hier entfernt war. Der Chauffeur warf seinen leinenen Arbeitskittel als Schutz gegen Blutflecke über die Polsterung. Nun saßen sie im Wagen. Der Beamte salutierte. Während dieser kurzen Fahrt war schlichthin alles – Thea, nichts anderes mehr für Melzer vorhanden. Sie geschah unaufhörlich neben ihm, als ein Ausbruch, als ein Krater, als eine Stelle im Leben, wo dieses sein Innerstes hervorwarf, sein Äußerstes erreichte. Er hörte ihre Frage, die sie noch im Wagen tat – „Herr Major, Sie kennen die Dame, welche verunglückt ist?" – nur wie von ferne und undeutlich, gleichsam gedämpft und überdeckt vom Getöse, dessen Ursache Thea war. „Ja", sagte er, wie schlaftrunken redend, „ich hab' sie vor fünfzehn Jahren zum letzten Mal gesehen." Man langte vor dem Haustor an. „Sie kommen zu mir, zu meiner Hausfrau, Fräulein Thea; so dürfen Sie nicht zu Ihren Eltern, die würden furchtbar erschrecken." Die Rokitzer betrat den Flur, während Melzer das Tor offen hielt. „Dank' schön, gnä' Herr!" rief der Chauffeur über den Gehsteig. Melzer hatte ihm einen Geldschein gereicht, aber dann abgewunken, als jener die Scheidemünze hervorsuchte.

Es galt, die Rak nicht zu erschrecken (hoffentlich war sie daheim?!). Der Pierrot gehörte nicht zu den Resoluten. Wohl aber die Hausmeisterin, Frau Gruber. Melzer klingelte bei ihr. In diesem Augenblick wurde ihm bewußt, daß im Stiegenhause wieder der normale, kalkig saubere Geruch herrschte, nicht jener dumpfe von Gummi. Die Tür zu der kleinen Werkstatt oder Rumpelkammer war geschlossen. Die Gruber, eine junge, dralle Person, die mit nackten Beinen und in Pantoffeln heraustrat, begriff rasch, was Melzer ihr sagte (sie konnte dabei ja auch Thea betrachten). Zudem hatte sie von dem Unfall am Althanplatze bereits gehört (so schnell geht so etwas durch die benachbarten Gassen). Nun lief sie die Treppen hinauf, um die Rechnungsrätin vorzubereiten, und Melzer folgte langsam mit Thea Rokitzer nach.

Diese wurde oben alsbald dem Pierrot übergeben (dessen schwarze Augen wie Jettknöpfe leuchteten angesichts solcher Sensation). Melzer erbat nur, daß man bei ihm klopfe, wenn das Badezimmer wieder frei wäre und er in's Vorzimmer heraustreten dürfe. Damit verschwand er in seine Räume. Ihm schien's plötzlich allerhöchste Zeit, allein zu sein mit dem Tumult, der ihn überfüllte, und er warf sich, wie er war, tiefatmend auf das Bärenfell. Er blieb zunächst so. Ihm ekelte nicht vor Marys Blut an seinen Kleidern. Aber ein Schrecken packte ihn: fertig und nicht mehr rückgängig zu machen, rasch und groß vor ihm aufgewachsen, stand seine Gemeinsamkeit mit Thea: durchaus ein ‚Wir‘; und so hatte er mit ihr seine Wohnung betreten. Nun aber, da sie sich, von ihm getrennt, sozusagen in den Händen der Rak befand, wurde alles furchtbar fraglich, ja, bis nahe an den Einsturz dessen, was in den letzten Minuten ihm schon selbstverständlich gewesen war, nicht mehr und nicht weniger als das. Melzer hörte jetzt die Schritte und Stimmen draußen. Er sprang auf, in furchtbarer Angst, und griff an sein Herz, wie in der ersten Leere eines unvorstellbaren Verlustes. Es wurde still im Vorzimmer. Er lauschte, seine Knie bebten. Nun atmete er tief. Die Angst verlief sich, ihr zudeckender Guß war vorbei. Er drehte den

Schlüssel in der Türe und warf im Schlafzimmer rückwärts alles ab, was er auf dem Leibe trug. Auch dieser war blutbeschmiert, an den Knien sonderlich, wo der Stoff des Anzuges direkt auf der Haut gelegen hatte und in der Blutlache durchweicht worden war; jedoch auch sonst; die Arme bis zur Beuge. Die Schenkel bis an die Leisten. Die Wäsche braunrot, sie hatte angeklebt. Es war Marys Blut. Es hatte ihn festgehalten auf der Stelle, an dem Platze, zu dem auch Thea gekommen war. Er raffte das seidene Hemd, das er an diesem Tage getragen hatte, nochmals auf, vom Boden, preßte die blutigen Stellen vor's Gesicht und küßte sie. Dann sprang er zum Tischchen zwischen den Fenstern, wo neben anderen Dingen der Toilette auch eine gerade Schere lag. Aus dem blutigen unteren Teil des Hemdes schnitt Melzer einen schmalen handlangen Streifen. Etwas von dem Blute Marys, das sie an diesem Tage vergossen, sollte bei ihm bleiben für immer. Wohin nun damit, wo es aufbewahren? Er ging, wie er war, durch die beiden Zimmer. Die Bücher in der Nische mit den Säulchen! Er zog einen Band heraus. Melzer öffnete; er las: Oh ténébreux et troubles, nos coeurs humains, même les plus sincères! Hier legte er das seidene Streifchen ein, das braunrote vom trockenen Blut, wie ein Lesezeichen. Es klopfte an der Türe. Er begriff in diesem Augenblicke erst den gelesenen Satz: und allzugut, diesmal.

Als Melzer vom Badezimmer zurückkehrte, kam eben das Mädchen der Frau Rechnungsrat heraus mit allen Sachen über dem Arm, die der Major abgeworfen hatte. Sie trug auch seine braunen Schuhe, in der rechten Hand, die Spitzen standen Melzer entgegen, und er bemerkte, daß sie gleichfalls blutbeschmiert waren. Ob sie bald den Tee bringen dürfe? fragte das Stubenmädchen und setzte, wobei sie ein wenig, aber bescheiden, lächelte, hinzu: „Das Fräulein ist schon fertig." „Ja", sagte Melzer, „aber ich muß mich erst anziehen. Ich werde zweimal läuten, wenn ich fertig bin, ja?"

Er machte seine Toilette rasch und geläufig (es ging auch alles sehr glatt, kein Knopf spießte sich, kein Schuhriemen strebte an der Öse vorbei), aber mit großer Sorgfalt. Warum soll man's verschweigen! Es war nicht einmal dumm von ihm. Man muß nicht Gustav Wedderkopp heißen, um ,gar nicht dumm' zu sein. Es ist dieses kein ausschließliches Vorrecht der Wedderköppe. Sondern, kurz und gut: wie wir alle. Melzer sah auch in den Spiegel. Er trug jetzt ein violettes Hemd à la Konietzki. Vor dem Klingelknopf zögerte seine Hand. Es entstand ein Wirbel um den Knopf, ein kleiner Zyklon, ein saugender, als werde die Zeit zornig wegen seines Zauderns. Er drückte zweimal und sah sich dann im Zimmer um. Der Kaminsims mit je einem Aschenbecher links und rechts am Ende, sonst leer. Standuhr gab es dort keine (sie hätte bald auch wahrlich keine Stunde zu schlagen gehabt). Nah über Bärenfell und Boden, ohne Stuhl oder Gebets-Teppich, der kleine Wandarm, durchaus sichtbar: mochte er! Melzern gefiel das Ding jetzt sogar. Thea würde vielleicht fragen, und er konnte ihr dann sagen, wie das gemeint sei. Diese Vorstellung erwärmte ihn plötzlich sehr. Außerdem wäre ja Thea bald mit E. P. und seiner Frau bekannt zu machen. Ein Ruck, halt! Nun schon war er wieder draußen über dem Rande der Wirklichkeit, der Spalt zwischen ihm und jener wollte sich wieder öffnen zu einem Abgrunde der Angst. Aber es befand sich ja die Rokitzer nicht mehr sozusagen in den Händen der Rak, sondern sie stand hier vor der Tür und klopfte an.

D er Aufzug des Lämmleins war nahezu unbeschreiblich, von nicht geringer Komik (für uns), von allersüßester Holdseligkeit (für Melzern). Die Rak, von geringerer Statur als Thea, hatte lang mit funkelnden Äuglein gewählt und schließlich ein blau-weiß gemustertes Sommerkleid hervorgezogen, das vielleicht aus einer Zeit stammen mochte, wo sie selbst noch völliger gewesen und das seither nicht geändert worden war. Zum Glück folgte die Rechnungsrätin nicht in allem der Mode, vornehmlich in Ansehung der Röcke nicht, welche man damals schon recht kurz trug, wenngleich ihr Schwund erst gegen 1927 den Tiefpunkt oder eigentlich Höhepunkt erreichte; wäre die Rak in dieser Beziehung auf der Höhe ihres Zeitalters gestanden, dann hätte unsere Rokitzer, als sie jetzt bei dem Major eintrat, die Säume handbreit über den Knien gehabt, gelinde geschätzt. Aber dem war nicht so. Wahrscheinlich eigneten dem Pierrot Pilzbeinchen und dazu passende Knie, welche nicht gezeigt werden wollten, und so blieb denn jetzt die Adjustierung der Thea noch innerhalb des Möglichen. Sie war eingeknöpft oder eingehaftelt in dieses Sommerkleid als in eine Art prall sitzender Wursthaut. Unterm Arm trug sie ihre, für die Maße der Mode jener Zeit, allzugroße Ledertasche (welche den Autor dieser Erzählung, so oft er das Ding zu Gesicht bekam, immer wieder an die seinerzeitige Ankunft der Editha Schlinger in Buenos Aires erinnerte: sie kam auch mit so etwas unterm Ellenbogen von Bord, wenn auch nicht geradezu mit einer Tasche mit Traghenkeln, so immerhin mit einer solchen nach der damaligen Wiener Mode: ein sehr längliches Rechteck von starkem Krokodil-Leder mit einem schweren Metallbügel. Alsbald jedoch, als die Schlinger gewahr wurde, was die Damen hier trugen, ließ sie sich zu Harrods in der Florida fahren, und glich sich sofort den hiesigen Gepflogenheiten an, auch in einigen anderen Hinsichten noch). Mit jener auffallend großen Ledertasche der Rokitzer nun hatte es natürlich seine Bewandtnis: es war dies nämlich in gewissem Sinne ein Relikt aus ihrer film-aspirantischen Zeit, die ja so lange noch nicht vorbei war. Bis dahin trug sie immer die Photographien mehrerer Größen jener Welt, sowohl männlicher wie weiblicher, mit sich herum, sowie eine Reihe von Zeitungsausschnitten mit Bildern und Besprechungen, und dazu noch einige Kabinett-Photos ihres eigenen hübschen Gesichts, um solche gleich zur Hand zu haben, wenn sich irgendeine Gelegenheit ergäbe. Aber es ergab sich nie eine. Und heute barg die Tasche eine nicht geringe Überraschung für Melzer ... Solchermaßen also trat sie ein: im ganzen wirkten Gesicht und Gestalt in diesem Aufzuge etwa so wie ein kostbarer

Gegenstand, den einer gestohlen und rasch in etwas ganz Billiges eingewickelt hat ... so war's für Melzer: die Macht der natürlichen blühenden Schönheit ohne jede Hilfe der Toilette war's, was ihn antrat; ja, er empfand's durch einen winzigen Augenblick fast, als käme Thea hier nahezu unbekleidet herein. Hinter ihr das Mädchen mit dem Teebrett. Sie stellte dieses auf den Tisch diagonal gegenüber dem Kamine in der anderen Ecke des großen Raumes (es war der Tisch, welcher am vorgestrigen Samstage zur Festjause gedient hatte), ordnete alles und schob zwei Sessel zurecht. Offenbar sollte man diesmal hier in der Ecke den Tee trinken; es war für Zweie auch gerade bequem; auf das Bärenfell vor dem Kamine aber durfte ja das Mädchen nichts stellen, weder Tisch noch Sessel. Nun war sie auch schon verschwunden.

Beide, Melzer und die Rokitzer, hatten ein wenig Hunger, und auch der starke dunkle Tee war ihnen sehr willkommen, denn es machte sich in der Tiefe bei ihnen schon die beginnende Abspannung geltend: über welche hinaus und hinüber sie aber gespannt blieben wie die Brückenbogen. Alles ging nebenhin mit. Das Innere Melzers wäre jetzt einem offenen Zimmer zu vergleichen, in welchem man auch alle Türen der Schränke und die Kommoden geöffnet hat und die Fenster dazu. Keine Riegel knackten. Es waren gar keine mehr vorhanden. Kaum Wände. Melzer ergab sich, hatte sich bereits gänzlich ergeben. Der große Rutsch war da. Alles stand in den geöffneten Breschen seines Wesens, bereit, hindurch und hinaus zu fallen, zu strömen, zu schwemmen; und nur die hauchdünne gespannte Oberfläche der jetzt noch seienden Lage (daß sie einander noch nicht in den Armen lagen) stellte gleichsam vertretungsweise und anstandshalber eine letzte Stauung vor, nur damit dem Anspruche der Wirklichkeit genug getan werde durch eine, wenn auch noch so geringe, Dauer dieser letzten Phase: durch einige Minuten wenigstens. Während dieser sagte er ihr übrigens, wer Mary sei und gewesen sei. Er sagte es gleichsam mit der Zungenspitze, die Situation kaum ritzend mit dem Wort, so wie sie beide hier alles auf dem Tischchen gleichsam nur mehr mit den äußersten Fingerspitzen taten: denn schon von einer Hand zur andern war die Spannung ungeheuer. Hier war nichts zu halten. Bei ihr schon gar nicht. Ihre Verwirrung konnte kaum mehr verborgen bleiben, sie ließ die Hände in den Schoß sinken, sie lächelte, die Brust hob sich, ihr Aug' erfeuchtete. Er sah's, obwohl schon die Dämmerung mit der immer schneller vergehenden Zeit wie Rauch einfiel. Sie gerieten an die Kante. Die Hilflosigkeit der Rokitzer wurde ganz offenkundig, und in diesem Augenblicke erhob sich Melzer und warf sich vor ihr auf die Knie: ohne daß sie vorher im leisesten einander berührt gehabt hätten, nicht einmal mit den Fingerspitzen. Sie stürzten eins ins andere ab, einander in die Arme. Thea, laut schluchzend, war völlig fessellos. „Du, du, du..." gurrte sie. Sie preßte ihn an sich, er bekam's zu spüren, was das für ein starkes Mädchen war, es fehlte ihm wirklich der Atem. Höheren Orts aber erfloß jetzt die letzte diesfällige und endgültig besiegelnde Entscheidung. Denn wenige Augenblicke nachdem sie einander mit den Armen umschlossen hatten und während des ersten Kusses, erschien, grad auf der Mitte des Kaminsimses stehend, der Gott: zunächst hätte man ihn für eine größere Porzellanfigur halten können, die in der Dämmerung ein wenig leuchtete. Jedoch die Augen funkeln, glühen, jetzt strahlen sie. Er zieht den Pfeil, reckt die rosige, glänzende Hüfte. Der Bogen spannt sich. Das hornissenartige, gefährlich-ernste Singen des Pfeiles aber scheint den Liebenden jetzt wie ein Himmelston, von dem sie in ihrer Verdummung obendrein vermeinen, er käme aus ihnen selbst und höchst persönlich. Das Geschoss schlug Melzern von links schräg rückwärts durch den Thorax und drang unter der Rokitzer beträchtlicher linker Brust tief ein. Sie blieben dicht aneinander und waren gespießt wie die Schmetterlinge, dabei aber in ihren Wunden eine Süßigkeit empfindend, mit welcher verglichen der Ton der Syrinx oder der Geschmack des Honigs als reine Bitternis bezeichnet werden müssen. Über dem Kaminsimse war nichts mehr: nur durch wenige Augenblicke noch jenes weißliche Leuchten (fast wie der Schein eines mit dem Blasbalge noch einmal angefachten Glutrestes), welches die entschwindenden Himmlischen immer hinterlassen, ob sie nun auf dem Schlachtfelde erscheinen oder wie hier zu einer Amtshandlung in Liebes-Sachen. Aber jenes Leuchten scheint viel wirklicher und dichter als die Dinge rundum, die es dann zurückläßt.

Von Stund an, möchte man sagen, wär' es nicht eigentlich von der Minute an gewesen, da Melzer vor Thea niedergekniet war, trat bei dem Major etwas auf, das wir nicht Eile nennen können – es würde dies einen bloßen Zustand bedeuten – sondern geradezu eine neue Eigenschaft: Geläufigkeit (gradus ad parnassum?!). In Minute 3 nach dem ersten Kuß fragte er, ob sie seine Frau werden wolle. Oh, oh! Bäh, Bäh! Melzer fragte mit knappem Atem, denn die Arme der Rokitzer wurden immer kräftiger, und sie ließ ihn nicht mehr aus ihnen, nein, nein! (‚Diese großen Stücke schnüren immer, und zwar gewaltig.‘) In Minute 10 verlangte er bereits, sie möge heute noch mit ihren Eltern sprechen; überhaupt wolle er sie nach Hause begleiten und jenen Aufklärung darüber geben, was vorgefallen sei, warum sie hier bei ihm heroben gewesen und weshalb sie in einem anderen Kleid nach Hause käme als in jenem, darin sie ausgegangen. Thea faßte von alledem wenig auf, und so kam es zu keinem rechten Einspruch ihrerseits: und eine halbe Stunde später hatte der Major seinen Vorsatz bereits durchgeführt (der reinste Aktivist, fast ein Negrianer!) und saß mit den Eltern Thea's vor dem Büffet im Jugendstil, während jene in ihrem Zimmer aus der Rak'schen Wursthaut schlüpfte. Man sollte nun meinen, daß dem alten Rokitzer alsbald ein, wenn auch dünner, so doch nicht mehr abreißender Faden der Besorgnis entrann. Aber dem war nicht so. Man hatte seit der Rückkehr Theas von St. Valentin mit Befriedigung und Erleichterung einen Wandel ihres Wesens bemerkt. Von dem am Samstag, dem

29. August, erfolgten Zusammenbruche der filmischen Pläne und der seit Sonntag, dem 30., verhängten Eulenfeld'schen Pönitenz wußte man zwar so genaues nicht, immerhin fiel eine Veränderung ihrer Lebensweise auf, ihr pünktlicheres Erscheinen zum Abendessen und ihr Daheimbleiben nach diesem. Hinter alledem hervor trat nun urplötzlich Melzer. Kein Wunder, daß man's auf ihn bezog. Und so erschien er gleichsam als die Personifikation von Theas Wandlung. Zudem ging jetzt und hier von ihm eine Bestimmtheit aus, die umso sicherer wirkte, als er nichts davon wußte. Am Ende seines Berichtes über den Unfall, und bevor Thea noch erschienen war, ersuchte der Major den Vater Rokitzer um eine Unterredung am nächsten Tage – „in einer auch mich betreffenden Angelegenheit" – und wurde für die Zeit nach sechs Uhr abends gebeten. Offenkundig lag bereits, worum es hier ging. Melzer blieb nicht mehr lange. Er wartete nur das Wiederkommen Theas ab und empfahl sich sodann. Sie konnte ihn noch ins Vorzimmer und bis zur Türe begleiten. Dort sagte er ihr, daß er morgen abend zu ihrem Vater kommen würde: sie möge ab sechs Uhr daheim sein. Er küßte mit starkem Druck ihre Hand. Als Thea in das Speisezimmer zurückgekehrt war, fand sie dort eine Lage, welche dazu nötigte, den Eltern sogleich alles zu sagen. Auch wer Melzer sei, genau. Das hatte eine merkwürdig aktivierende Wirkung auch bei dem Vater Rokitzer, und zwar am nächsten Morgen. Er stellte seine Frau für eine Stunde in's Geschäft und begab sich zur Generaldirektion der Tabak-Regie, in die Porzellangasse, wohin es ja nicht weit war. Durch den Portier erfuhr er die Abteilung, in welcher Melzer sich befand, und auch den Namen des Vorstandes derselben. Bei diesem ließ sich Rokitzer melden. Sein Geschäft pflegte auch Aufträge für Visitekarten zu übernehmen: und so besaß er denn selbst gleichfalls welche. Alles fügte sich. Der Hofrat war ein Humanist in jedem Sinne (beim höheren Zihalismus eine Selbstverständlichkeit) und so erkannte er denn auf den ersten Blick Natur, Herkunft, ja fast auch die Profession des

anständig-besorgten Mannes, der hier neben dem Schreibtische Platz genommen hatte. „Lieber Herr Rokitzer", sagte er, nachdem die hier erschienene Partei vorgebracht hatte, was in keinem Akt noch niedergelegt war, wohl aber ihr gar sehr am Herzen lag, „lieber Herr Rokitzer", sagte der Hofrat, „wenn Ihr Töchterl sich mit dem Herrn Major verlobt hat, ja da kann ich Ihnen und ihr nur gratulieren. Wir haben in dem Herrn Major eine höchst achtenswerte Persönlichkeit vor uns, sei's als Offizier – er ist Inhaber des Leopolds-Ordens – als Beamter oder als Mensch schlechthin. Seinen Vater hab' ich gekannt, das heißt, ich bin bei ihm in der Einjährig-Freiwilligen-Schul' gewesen, das war in Wels, da war der Vater von unserem Herrn Major Rittmeister. Seine Mutter ist die Tochter eines k. u. k. Generalkonsuls. Ich sage Ihnen das alles nur, Herr Rokitzer, um die Angelegenheit für Sie sozusagen in's richtige Licht zu rücken. Und wie alt ist Ihr Kind, wenn ich fragen darf?" „Im vierundzwanzigsten", sagte der besorgte Papierhändler. Er griff in seine Brieftasche, und hier zeigt sich für uns, daß er stets ein Bild Theas bei sich zu tragen pflegte. Nun legte er's auf den Schreibtisch. „Aber, reizend!" rief der Hofrat, der sich darüber gebeugt hatte und bei sich im Stillen dachte: ‚jetzt schaut's den Melzer an, so ein Schlankl . . .' Das Übrige kann man überspringen, denn es versteht sich wohl von selbst, daß der Major abends gleich bei der Familie Rokitzer zum Essen geblieben ist. Vormittags war Thea im Unfall-Krankenhaus gewesen. Melzer hatte sie gebeten, gleich am nächsten Morgen Auskünfte einzuholen: ohne daß er in der Lage gewesen wäre, ihr den Namen sagen zu können, welchen Mary jetzt trug. Den Goldreif an ihrem Händchen hatten sie wohl beide erblickt, das war alles. Die Wirkung, welche Melzers Unkenntnis auf Thea hatte, kann – uns obliegt die Wahrheit – als nachteilig nicht bezeichnet werden. Was sie erfuhr, war, daß keine Lebensgefahr bestehe, ein Empfang von Besuchen aber zunächst ausgeschlossen sei. Von dem an unterhielten Melzer und Thea eine Art regelmäßigen Dienst in dieser Sache. Vormittags wurden durch Thea Auskünfte eingeholt, nachmittags, wenn Melzers Amtsstunden zu Ende waren, gingen beide in die Lazarettgasse, am liebsten über die Strudlhofstiege, wo sie einander zu treffen pflegten. Der in einem neuen Sinne aktivierte Major befliß sich übrigens achtsamer Korrektheit. Er teilte Frau Rak seine Verlobung mit (der Pierrot überschlug sich in der Luft) und hat Thea dann nicht mehr erlaubt, bei ihm in der Porzellangasse zu erscheinen, mit Ausnahme des einen Males, als sie der Rechnungsrätin ihre Sachen zurückbringen und ihr danken mußte: zur Stunde saß Melzer im Amt. Die Rak erhielt übrigens bei dieser Gelegenheit ein schönes Ehrengeschenk, sozusagen von der Firma Rokitzer, das ihr durch die Thea mit vielen Empfehlungen überbracht ward: eine große Kassette des luxuriösesten und besten Briefpapiers in Elfenbeinfarbe mit den Initialen unseres Pierrot. Was sie darauf (wenn überhaupt) wohl geschrieben haben mag? An die Colombine? Unsinn. Im Grunde sind das lauter Gemeinheiten.

Sie saßen jetzt meistens im Liechtensteinpark bei einander, den Melzer sozusagen neu entdeckt hatte, obwohl doch dieser große Garten unmittelbar hinter seinem Amtsgebäude lag; aber Melzers Lokalitäten hatten ihre Fenster gegen die Porzellangasse. Auf diesen Wegen hier, die jetzt der schon voll eingetretene Herbst umgab, auf diesen Bänken, wo sich von allen Seiten hellhörige Zartheit schenken wollte aus der Ferne, mitten in der Ummauerung durch die Stadt, hier war's, daß eine Erinnerung aus Melzer ganz hervorstieg und deutlich wurde wie ein Gegenstand der Außenwelt, eine Erinnerung, welche ihn seit 1910 immer nur verwischt und verstreut bewohnt hatte: an den Waldgang mit Laska nämlich, nach dem ersten vergeblichen Ansitz auf den Bären. Auch jetzt fühlte sich Melzer wie losgebunden vom Pfahle des eigenen Ich, und er regierte auch jede kleine Bewegung des Körpers wie sonst nie: dabei alles ringsum mit besonderer Klarheit und

Schärfe in sich aufnehmend, wie wenn das Bild eines Gartens durch die frisch gewaschene Fensterscheibe ins sonnige Zimmer fällt. Seit mit Marys Erscheinen und Katastrophe, ja mit ihrem Eingriffe in sein Leben, ein neuer, gewaltiger Pfeiler gesetzt war, nach rückwärts, ein Pylon in die eigene Vergangenheit, um deren Aneignung er rang, blickte er durch dieses Tor noch viel weiter zurück und sicher zum ersten Mal im Leben auch in ein neues Reich, das da tiefer noch in der Zeit stand, als etwa Astas kleines Zimmerchen im grünen Unterwasser-Licht oder die schattige und dunstige Verträumtheit unter der Veranda jener Villa in Neulengbach, die einzelnen Ranken von wildem Wein oder Eppich, sein Fahrrad, der schwache gummige Geruch. Ihm ahnte ein rückwärtigeres Feld, davon er herkam und davon er allerdings nur zu sprechen vermochte in einer Sprache, die dort und nicht hier gewachsen. Melzer sah in diesen Tagen mitunter durch Augenblicke in sein eigenes Leben ein wie in eine hohle Hand. Dies alles heftete sich an Thea, umlagerte sie, zielte sie an, schaute auf sie hin, die solchermaßen ein nicht abtrennbarer Teil davon, ja damit eins wurde.

Hier, im Park, fanden auch die ersten gegenseitigen Erklärungen in eingehenderer Weise statt, als dies bisher möglich gewesen, den fast noch zitternden gefiederten Schaft des Gottes in Brust und Rücken. In den ersten Tagen nach Matthäi fehlte ihnen, wenn sie beisammen waren, sozusagen der Atem zur Ausführlichkeit und jene Mindest-Distanz zum anderen, deren man bedarf, um zu sprechen, statt abzustürzen in dies nicht entgegen stehende, sondern uns durchdringende Antlitz, durchdringend wie ein Ton, ein Ton der Syrinx. Melzer hatte seine Verspätung erklärt und warum also er nicht auf der Donaulände erschienen war. Dabei ging's ihm seltsam, es ging ihm wie beim Gehen hier im Park, oder auch auf der Straße, oder auch in seinen Zimmern jetzt: in derselben Weise, wie er da jeden gehorsamen Muskel im Genuß der Bewegung spürte, so fügten sich nun die wesentlichen Einzelheiten zu den glatten Fliesen fließenden Berichts, der alle Voraussetzungen – da ja Thea von

Etelka Stangeler nichts wußte und von René kaum mehr – nicht mühsam stückelte, sondern in einem und in währender Erzählung einfließen ließ und mitgab. Er sprach knapp; und so, als ginge er. Sein fortschrittlichstes Organ bewegte sich mit den gleichen leichten fördernden Schritten wie der Körper, und man kann hier nicht entscheiden, ob ein frischer Infanterist nun endlich auch seine Sprache hervorbrachte oder diese überhaupt einen neuen Infanteristen. Thea begriff. Es erscheint bemerkenswert, wie sie jetzt manchmal sich aufrichtete, das Kreuz hohl machte, tief atmete, als ließe sie vieles voll ein in die Brust, was bisher nur dumpf an sie gegrenzt, sie ummauert und bedrückt hatte, ohne daß sie davon je wußte. Wenn sie jetzt neben Melzer saß und seine Hand hielt, mit der linken seine rechte, hier im Park auf der Bank (und so konnte es nicht unziemlich auffallen), dann gewann diese Thea Rokitzer schon etwas von Würde und zwar von jener, die ein einfacher Wilder zeigt, der in kompliziertere Lebensverhältnisse geraten ist und, durch den guten Kern und Stern in seiner Brust geleitet, doch darin besteht.

Freilich erklärte sie auch ihr Erscheinen auf dem Bahnhofsplatze zur entscheidenden Minute und erzählte, was vorhergegangen; auch von den Zwillingen. Hätte Melzer seinen Stock noch gehabt: jetzt hätte er nachdenklich damit im Sande gezeichnet. Keine Überraschung; kein solcher Ausruf; was hier in den Splint dieser Stunde im Parke als Neuigkeit einschlug, war längst und langsam im Kernholz seiner Einsicht gewachsen. Hier fiel nur eine letzte hauchdünne Trennungswand zwischen innen und außen; ja es war nicht einmal das Fallen einer Wand, nur das Platzen einer feinen Membrane, oder irgendeiner Scheidung und Trennung, wie man's bei sich lösenden Verkühlungen in den Gängen des Ohrs und der Nase spürt, womit dann die hörbare und riechbare Welt wieder zu jener Stufe der Deutlichkeit heraufgerückt ist, die ihr vorher eignete und welche wir ehedem gewohnt waren. Wenn der Major jetzt schwieg und vor und für sich still in den Sand sah (wobei ihn die Thea nicht störte), so war's nicht

Betroffenheit, sondern höchste Aufmerksamkeit: gerichtet auf einen Vorgang in ihm selbst, den seine Natur da als einen ganz unabhängigen abspielte, und von dem er nur mit größter Bestimmtheit wußte, daß dabei was zu lernen sei, daß hier die Wahrheit selbst sich zur Darstellung bringe (ähnlich überzeugend wie am 22. August durch den Naphtalin-Geruch und einen Militärmarsch). Es sonderte sich nämlich Editha Schlinger entzwei wie eine trübe Lösung, die man ausfällt und welche nun in zwei verschieden gefärbten Schichten übereinander steht, deutlich sich abhebend und abgrenzend. Er konnte auch sagen wann und wo. Bis zu seinem kurzen Aufenthalte bei Stangelers am Lande zu Ende des August war's eine andere gewesen, deren fremdartig süßer Ton ab da erstarb; nur einen einzigen Nachklang hatte es davon noch gegeben, das wußte Melzer nun deutlich, aber wann, aber wo? Er suchte nicht, er dachte nicht, er wartete, er sah auf den Sand des Weges: da ward's vor ihn hingespült, mit der nächsten Welle: da war wieder Sand und Grün, da war die Lände am ‚Donaukanal‘, die fern wimmelnde Brücke, die Wendung des Flusses unter der Brücke durch. Ein Ringelspiel gegenüber am anderen Ufer: von Zeit zu Zeit drehte es sich. Sie gingen zu dreien, der Rittmeister, Editha und er; am Abend war dann Stangeler bei ihm gewesen: und deshalb eigentlich hielt Melzer das Datum evident: Mittwoch, der 2. September. Hier, am Kanale, war sie noch gegenwärtig gewesen – wenn auch wie scheidend und zurückweichend schon, mit ihm kaum mehr sprechend, an Eulenfelds anderer Seite dahingehend – die süße Freundin des Sommers (so nannte er sie jetzt innerlich ohne Scheu und aus großer Entfernung, ja als wär' sie gestorben!), von welcher eine Verbindung herzustellen bis nach rückwärts zu jener Editha Pastré als unmöglich erschienen war, zu jener Editha, welche da an der Längsseite des Tennisplatzes, entlang der Fläche mit den weißen Streifen, ihm nun wieder wie leibhaft entgegenschritt, Aug' in Aug' mit ihm, ohne Lächeln, und grad beim Netze vorbeipassierend ... Von dort an jedoch, von dem Gange am Kanale an, war's eben gerade nur mehr diese gewesen; sie auch hatte ihn im Amte besucht, und zwischen ihr und jener Editha Pastré vor vierzehn Jahren auf der Villa Stangeler gab's keinen Widersatz, sondern die eine ließ sich in die andere schieben wie die Teile eines Perspektivs, und die eine holte die andere mühelos und nah heran: während jene erste, die Fremde, süß verblich, wie eine Aureole nur auch um Editha noch liegend durch eine Zeit, Farbenglanz ihr verleihend, viele Farben des Regenbogens, aber schon im Verblassen. Da sah er sie liegen im Boote unter dem hallenden Baumdach, das den verschilften Arm überwuchs, den jetzt ein Wasservogel breiten gelblichen Schnabels schreiend überflog. Das eine Ruder wird vom grünen Ufer behindert im flachen, klaren Wasser: das war sie, die Zerstreute und Verstreute, der Schein auch über der handhaften Editha noch, die Flüchtige und Zärtliche, welche nicht gewußt hatte, was denn das sei, die ,Strudlhofstiege', und der eine Frau von Budau plötzlich unbekannt geworden war: halb abwesende Zwillings-Schwester aus einer anderen und doch fühlbar anwesenden Welt: der Ton dieses Sommers. Gab es sie noch? Mußte sie nicht schwinden, verblassen und fast ersterben wie der Mond bei Tage, jetzt und hier Edithas sozusagen undurchsichtiger Körperlichkeit gegenübergestellt? Melzer zweifelte nicht daran, daß er nun würde die Schwestern auseinanderkennen. Aber beide wichen und verblichen, flohen davon an den Horizont, der Schein und die Beschienene, und sie schlüpften aus jeder Bindung und entpflichteten zugleich: doppelt und daher nicht eigentlich wirklich. Denn mit welcher hatte man gesprochen, mit welcher vereinbart (das freilich wußt' er nun: zuletzt mit Editha Schlinger-Pastré!), gleichwohl, es konnte auf beide sich beziehen, von jeder auf sich bezogen werden, und so schwand denn hier jedweder feste Punkt und auch fast jedes gegebene Versprechen! Nun dachte er an Paula Pichler, die ihm hatte kürzlich erst, am verwichenen Samstage, sagen wollen, was er im Grunde schon wußte, aber so sehr am äußeren Ohre vorbei, daß ihm Montags, dort drüben auf der jetzt leeren

Bank mit Stangeler sitzend, nicht im entferntesten beigefallen war, diesen ob jener Phantasterei zu befragen, deren Augenzeuge René ja schon gewesen sein sollte. Freilich war es keine Phantasterei: zur Stunde nicht mehr, damals jedoch schon. Was rein außen noch ist, besteht so wenig wirklich wie das rein Inwärtige.

Indem öffnete sich Theas große Tasche, und es kamen überraschend jene Papiere hervor – aber damit war diese Tasche noch immer nicht ganz ergründet! – welche die Rokitzer in Edithas Zimmer hinter der Tapetentüre an sich genommen hatte. Sie ergänzte jetzt ihre Erzählung dahin und reichte Melzern die Blätter. Sogleich und als erstes erkannte er den Achtelbogen, welchen sein Amtsdiener Kroissenbrunner so sehr und so schmerzlich (also, daß sich in einer cölesten Registratur sogar ein Büro-Engel eilends auf den Rosenpopo hatte setzen müssen) vermißt hatte. Der Zusammenhang mit Edithas Besuch lag fast allzu klar auf der Hand. Jedoch blieb dieses eine Äußerlichkeit, ja bloße Apparatur (nun freilich, das Denken und die Trópoi der gescheiten Menschen à la alter Stangeler, Robby Fraunholzer, Cornel Lasch, das endet schon bei solcher Apparatur, die sie allerdings vollkommen meistern!). Für Melzern gedieh vielmehr jetzt der Unterschied zwischen den Schwestern zur letzten Evidenz: was hier mit diesen entwendeten Papieren und der glänzend nachgeahmten Unterschrift – er hielt sie selbst beinah für die eigene, wie auf dem Achtelbogen – in seiner Hand lag, das war gleichsam der dunkle und undurchsichtige Kern jener Editha von 1911, von 1923 auf dem Graben, von 1925 in dem großen Vorraum der Registratur, wo sie ihm entlang der Fläche aneinander gestellter Tische entgegengekommen war, auf welchen sich die weißen Streifen gereihter Pakete erstreckt hatten. Das war die Beschienene, jedoch ohne den Schein, und ohne alle fliegenden Farben des Regenbogens, innerhalb deren solche Anstalten, derlei Bestimmtheiten und Kniffe, eine solche Praxis (war's gleich eine dilettantische Faxis nur, denn was hätte sie mit diesen ganz unvollständigen Papieren schon beginnen können, ohne Stempel, wenn auch noch so oft unterschrieben!), innerhalb deren also diese ganzen Editha Pastré'schen Bestrebungen einen wirklichen Ort nie hätten finden können, so wenig wie eine Faktura im Frühlingswind. Ihm fiel wohl ein, daß auch jene Andere und Frühere, deren Namen er also nicht einmal wußte, jener Sommertagstraum, ihn einmal irgendwas dahin Einschlägiges gelegentlich gefragt hatte: jedoch verwehend, vergessend, und ohne daß man darauf je wäre zurückgekommen. Und vielleicht oder wahrscheinlich nur im Auftrage der Schwester. Ja, so trennten sich hier entlang den Amtsformularen mit letztem scharfem Risse die Zwillinge Pastré, wie sich einst der Zihal'sche Menschenkreis zerlegt hatte entlang der Frau Rosa clandestinem Spalierobst.

Am Donnerstag nach Matthäi schon waren sie bei der Pichler gewesen, die freilich nicht im entferntesten erwartet hatte, daß ihre geschickten und gelungenen Anstalten vom Samstag und die mißlungenen und doch gelungenen vom Montag so rasch würden zum Erfolge führen. Man erzählte so ziemlich alles, und hier war es Melzer, der wie mit einem Zirkelhiebe den Kern der Vorfälle klar herausschnitt; und auch für Thea übernahm er den Bericht. Die Pichler aber, ihre Nase ein klein wenig kraus ziehend, hat dabei auf irgend eine nicht ohne weiteres verständliche Weise gleich gewittert, daß dort oben bei Editha Schlinger eigentlich der Major erwartet worden sei: kaum war's von ihr gedacht, so erwähnte es Melzer auch schon und, wie ihm jetzt auffiel, zum ersten Male. Daß er Editha allein in ihrer Wohnung hätte antreffen sollen, dies ließ er nun in vernünftiger Weise bei Seite. „Die hätten mit Ihnen, Herr Major, vielleicht das gleiche aufgeführt wie mit der Thea", sagte die Pichler. Der Werkmeister hörte bei allem ernsthaft und aufmerksam zu; von dem Vorfalle am Althanplatz hatte er längst Kenntnis gehabt, freilich nicht davon, wer die Verunglückte und wer die Beteiligten gewesen... „Ich werde wohl noch einmal hinaufgehen müssen zu den doppelten Damen und dem Rittmeister", sagte der Major,

„schon um mich wegen meines Ausbleibens zu entschuldigen, in einer Woche vielleicht; jetzt hab' ich wenig Lust dazu. Zweitens aber bin ich freilich selbst doch irgendwie neugierig. Und drittens gibt es dort noch einiges zu besprechen." Er sah Thea an. Von den Papieren hatten weder sie noch er ein Wort geredet. Er nahm kurz ihre rechte Hand und küßte sie. Den Werkmeister Pichler schien das irgendwie zu bewegen, sein Blick lag durch Augenblicke auf Melzer mit besonderer Wärme. Unvermutet erschien Theresia Schachl im Garten mit Kaffee für alle. Sie nahm die Verlobung auf eine Weise zur Kenntnis, welche die ihr gemachte Mitteilung als bloße Formalität erscheinen ließ: ihr schien die Geselligkeit, die nach Mariä Geburt stattgefunden, zur Erfassung des Sachverhaltes genügt zu haben. Als dieses Beisammensein, das nun schon wieder über vierzehn Tage zurücklag, gestreift ward, biß die Pichler auf ihr eigentliches Thema, einen Vorsatz nämlich, der sich inzwischen in ihr erhoben haben mochte: „Die Verlobung wird hier gefeiert, das sag' ich euch, hier im Garten!" rief sie. „Das ist ja eigentlich selbstverständlich", bemerkte der Werkmeister, der sich damit heute zum ersten Male vernehmen ließ, aber gleich in einer den Kern der Sache treffenden Weise. Nun wurde erörtert: wann; und wer einzuladen sei. Um die familiären Instanzen war nicht herumzukommen (bei Melzer gab es allerdings keine). Das hieß also: die Eltern Rokitzer, die Tanten Zihal und Oplatek (den Amtsrat freilich empfand da jedermann als eine Art Prachtstück des Festes, wie einen barocken Tafel-Aufsatz); ferner Paulas Mutter und deren Mann; aber ohne jüngere Loiskandl'sche Generation – gegen die Hedwig Loiskandl legten die Pichlers wie aus einem Munde Verwahrung ein. Den Termin ließ man noch offen. „Vielleicht, wenn der Herr Major seinen Besuch bei den doppelten Damen hinter sich hat," sagte die Pichler, „da gibt's dann gleich was zu hören für uns. Die anderen allerdings geht's ja nichts an. Aber mit diesem Besuch wird noch so manches klar werden." Melzer und Thea haben an diese Worte Paula's bald danach mit Lebhaftigkeit sich erinnert: und da erschienen sie den beiden fast prophetisch. Des René Stangeler gedachte niemand, auch Paula nicht. Man war bei dem Plan zum Verlobungsfeste sozusagen von dem Bilde ausgegangen, das sich am 9. September hier im Gärtchen geboten hatte; und auf diesem Bilde fehlte René. Daß er inzwischen schon die Absicht gefaßt hatte, nach der nunmehr über mancherlei Schwankung zwischen familiären und unfamiliären Extremen, doch irgendwie eingetretenen Konsolidierung des Verhältnisses zu Grete Siebenschein – und dieses war durch die Tote gleichsam sanktioniert worden – noch einmal auf's Land zu fahren, wo die Eltern bis in den Oktober Haus halten wollten, das wußte hier niemand. Und gegen Ende der Woche, die mit Marys Katastrophe begonnen hatte (von welcher er freilich durch Grete erfuhr) ist Stangeler abgereist, einem tiefen Einatmen und Ausatmen mit unbezwinglichem Verlangen entgegen und der Stille des fast leeren Hauses, darin jetzt nur die alten Leute saßen, während draußen den Bäumen der bunte Mantel mehr und mehr entglitt und alles sichtiger und räumiger wurde, alles nach allem, während die Luft chinesische Seide spann über den fernen, pelzigen Wäldern und das Ticken einer alten Uhr in der Vorhalle lauter ertönte. Selbst an den Schrofen und Wänden hatte das Licht sich milchig gemildert. Am Dienstag, dem 22. September, war Etelkas Leiche in Wien eingetroffen, um hier beigesetzt zu werden in dem Erb-Begräbnis. Ein Erscheinen der Eltern bei dieser Zeremonie stand nicht zur Erwägung, angesichts der körperlichen Unbeweglichkeit des alten Mannes, den seine Frau nicht verlassen konnte und wollte. Alles geschah in aller Stille, nur wenige folgten Etelkas Sarg; unter ihnen auch Grete Siebenschein (von Asta übrigens herzhaft und stumm begrüßt). Auch Melzer war da. Er hatte am Dienstag vormittag schon vom Amte aus Asta telephonisch angerufen. Es war bei diesem Leichenbegängnisse, daß er den René Stangeler zum letzten Male sah, für lange Zeit.

Und den Baurat Haupt, kaum daß er ihn kennen gelernt, in der Aufbahrungshalle, wo die wenigen Trauergäste sich versammelten, wieder erkannte. Nicht so Haupt, seinerseits. Erst auf dem Heimwege und dann bei Asta, die Melzern vom Friedhofe zu einer Tasse Tee mitnahm, brachte der Major diesen Punkt zur Sprache und den Baurat auf den Pfad der Erinnerung.

Hier indessen, als man, an diesem halb sonnigen, halb gedämpften Herbsttage, nach den geendigten Worten eines lutherischen Pastors – der einfach und herzlich für seinen rechtmäßigen Herrn warb, unter dessen Bilde er stand – über breitere und dann schmälere Wege hinter dem aufgehobenen Sarge dahinging, verhielt es sich mit Melzern so, daß ihm ein neu im Vergangenen sich erhebender Pfeiler fast den Gedanken an die Tote verdrängte, die er Sonntags, den 30. August, noch bei Leben gesehen, neben Asta stehend in der bunten Nationaltracht vor dem ländlichen Postamte, und beide winkend, während Melzer schnell (und ernst) durch das Tal schon der Stadt entgegen zu sinken begonnen hatte. Und nun ging vor ihm, lang und schwarz, Asta am Arme führend – deren eigentümlicher Reiz aus der Trauerkleidung hervorleuchtete wie ein Stein, dem man eine tiefere Fassung gegeben hat – ein englischer Schiffskapitän, welcher einst in der Uniform eines österreichischen Artillerie-Oberleutnants vor rund einem Jahrzehnt im Schnellzuge auf der Reise zwischen Prag und Wien von den deutschen Kriegs-Schiffen erzählt hatte, und ihrem Aussehen nach der Schlacht am Skagerrak. Konnte es da noch – so fühlte Melzer – angesichts solchen Wechselns von Bühne und Kostüm etwa erstaunlich scheinen, daß Mary im entscheidenden Augenblicke prompt aufgetreten war? Ihm zerriß der sänftigende Schleier, der uns im Halbschatten immer wieder vermeinen macht, daß ein Vergangenes wirklich nach rückwärts fallen, abgestrichen, ja unter Umständen verneint und verleugnet werden könne. Dem war nicht so. Durch Sekunden wenigstens fühlt' er's bis zur absoluten Evidenz und Präsenz: wie das Volk des Gewesenen in dichtem und buntem Gedränge sich staut hinter den Kulissen der jetzt eben gespielten Szene und in den Gängen zwischen jenen, bereit, hervorzubrechen und die

Bühne zu überschwemmen, alle Handlung an sich zu reißen. Sie alle waren nicht weniger und nicht mehr wirklich wie die anderen, die man gerade sah und im Guck-Kasten vor sich hatte. Sie galten. Sie waren wohl unsichtbar, jedoch nahe. Auch Mary war ihm immer nahe gewesen, vielleicht nur ein paar Schritte weit entfernt, bereit zum Auftritt.

Weniger erstaunlich als Haupt wirkte Grauermann, den Melzer vor ganzen vierzehn Jahren zum letzten Mal gesehen. Der Major empfand den Konsul als etwas schlichthin Vollkommenes und Fertiges, und als verhielte dieser sich in der dahinfließenden Zeit wie ein sauberer Kiesel im Bach: über ihm stand die Tiefe fast ganz durchsichtig, ja, sie verschwand, wenn man sich darüber beugte, sie wurde zu einer handhaften Nähe, fast ohne Brechung des Lichts: hier konnte das Auge seine wunderbaren Fähigkeiten nicht erweisen. Die untadelige Haltung Grauermanns aber wirkte auf Melzer fast wie der in sich ruhende, abgeschlossene, keiner Schwankung mehr unterworfene Wert eines Kunstgegenstandes. Grauermann verschwand sogleich nach dem Begräbnis mit Stangeler und Grete Siebenschein. Vielleicht wollten die drei jetzt noch beisammen bleiben.

Sie war übel daran, die Grete.

Hier auf dem Friedhofe hatte sie nach Kräften sich zu beherrschen gesucht (wobei ihre Nase ganz weiß wurde, als ob es kalt wäre), denn da niemand weinte, schien es ihr, als einer verhältnismäßig doch Fernerstehenden, nicht zukömmlich; ja sie besorgte ernstlich, sich durch den sichtbaren Schmerz an einen Platz nahe der Toten zu drängen, der ihr vielleicht sogar gebührt hätte, hier aber verwehrt wurde, durch ihre noch immer ungeklärte Stellung: es war ja eine wirklich nicht ganz leicht zu haltende. Man sieht schon, worunter unser Ehrenmann in Frauenröcken litt: im Grunde an der gleichen Krankheit wie eh' und je und schon im fernen Norwegen. Dazu kam, daß Schlag auf Schlag erfolgt war. Montags: die Todesnachricht aus Budapest und sodann Marys furchtbares Unglück, von welchem sie nicht viel später schon durch die Tochter erfahren hatte. Es war, als stürze plötzlich Schreckliches von allen Seiten heran. Dienstags am Morgen hatte Grauermann, eben aus Budapest eingetroffen, wo noch durch ihn die Überführung der Leiche Etelkas geregelt worden war, bei Grete telephonisch angerufen: um drei Uhr sei das Automobil mit dem Sarge beim Friedhofe in Simmering zu erwarten, wobei seine Anwesenheit erfordert wurde. Ob sie und René ihn nicht dahin begleiten wollten und ihm beistehen? Man war eine halbe Stunde vorher schon draußen, weit, man sah die Straße entlang. Noch war die Haide grün, aber von matter Farbe, bereit, ins Steppenbraun überzugehen: die eröffnete Fernsicht doch wieder vom Dunste verschlossen. Es war der Osten oder eigentlich Südosten, in den man hier schaute, eine Gegend am Stadtrand, die niemand, abgesehen von ihren Bewohnern, aufsuchte, der hier nicht eine Verrichtung hatte; etwa einen Toten zu bestatten. Keine Hügel und Weinberge. Eine Ernstfall-Gegend. Das Gefährt ('der Fourgon' sagte Grauermann) tauchte weit draußen auf, noch punktförmig, einen kleinen Staub-Ballen rechts von sich mitlaufen lassend, wie ihn der Wind trieb. (Man hatte die Empfindung als käme Etelka nicht aus einer verhältnismäßig nahe gelegenen Stadt, sondern weit aus dem Osten, aus Steppen, aus Mittel-Asien.) Sie irrten nicht, es war tatsächlich der kastenförmige Wagen mit dem Sarge, äußerlich nicht ohne funebres Dekor gestaltet, schwarz und mit vier Säulen und Guirlanden. Fast auf die Minute pünktlich. Als Grauermann mit den Leuten einige ungarische Worte wechselte, schauderte Grete vor dem Klang der fremden Sprache (die ihr doch als Wienerin in solchem Maße fremd nicht sein konnte), als wäre Etelka gerade daran verdorben und an der nach Osten gedehnten steppenartigen Weite, aus welcher diese Sprache nun unmittelbar gekommen schien.

Der erste kurze Besuch bei Mary wurde am Samstag gestattet. Melzer nahm Thea mit. Schon der Eintritt durch das hohe Tor in der Lazarettgasse verschüchterte. Die Welt der

Spitals-Gebäude und Pavillons, welche hier umgab, den Blick ganz ausfüllte, drehte eine einzige und voll ausgebildete Seite von den zahllosen des Lebens-Prismas in's Sehfeld, vor der doch das Bewußtsein unaufhörlich die Aussage machte, es sei dies eine Kehrseite, aber mindestens ebenso gültig wie jene anderen, welche man sonst und für gewöhnlich sah: wodurch diese letzteren fragwürdig wurden und zwar ganz von selbst, ohne daß man dies oder irgendetwas dieser Art erst hätte ausdrücklich denken müssen. Entfernt war der Eintritt in dieses Reich fast so etwas wie die Ausfahrt einer Flotte auf's hohe Meer, während dahinten deren Basis unsicher wird oder möglicherweise ganz verloren geht. Sie wurden, bevor sie das Zimmer, in welchem Mary lag, betreten durften, zu Schweigsamkeit und nur kurzem Bleiben ermahnt; im übrigen sei die Kranke unterrichtet von dem bevorstehenden Besuch und auch davon, wer da käme. Damit ward die Doppeltür von der Schwester geöffnet. Das Licht im Zimmer war gedämpft. Mary lag so, daß die Eintretenden sogleich ihren Kopf auf den Kissen sahen. Melzer und Thea blieben einen Augenblick an der Türe; sodann taten sie einige leise und verhaltene Schritte vor und knieten beide nebeneinander vor dem Bette nieder. Melzer küßte Marys am Rande liegende Hand. Auch das Lämmlein berührte diese zart mit dem milchigen Mäulchen. Mary legte die Hand auf Melzers Kopf. Sie blieben so ein wenig. Dann zogen sie sich zurück. Am Gang übergab die Schwester Melzern seinen Spazierstock und den Leibriemen. Beides war gereinigt.

Am folgenden Tage, Sonntags, zur schicklichen Zeit vormittags um elfe (man hatte sich telephonisch angesagt), besuchte Melzer mit Thea Herrn und Frau E. P., um das Ehepaar mit seiner Braut bekannt zu machen. Von dem an trieben die P.s mit Thea eine Art Kult, und man geht nicht ganz fehl, wenn man sagt, daß sie jene unter ihre schönsten Puppen einreihten. Auf diese Weise ist es späterhin zu einem bemerkenswerten Porträt der Frau Majorin Melzer gekommen. Denn der Herr E. P., welcher in Kunstsachen sich stets kundig nach allen Seiten umtat, war längst auf die Malerin Maria Rosanka verfallen, deren mitunter etwas merkwürdige Hervorbringungen freilich seiner skurrilen, eichkaterhaften Zusammengezogenheit was zu sagen hatten. Er war es also, der ein Jahr nach Melzers Hochzeit die beiden Damen – nämlich seine eigene Gattin und die Frau Major – dazu veranlaßt hat, sich von der Rosanka porträtieren zu lassen, welchem Umstande zwei in jeder Hinsicht gelungene Bilder verdankt wurden: beide sind später einmal sogar nach Stuttgart auf eine Kunst-Ausstellung gekommen, die eine größere Kollektion Rosanka'scher Werke zeigte; für diesen Zweck hatte Melzer das Porträt seiner Frau der Künstlerin über deren Ersuchen zur Verfügung gestellt. Denn das Bild war sein Eigentum, es ist nach der Vollendung von ihm angekauft, nicht aber zurückgewiesen worden, wie seinerzeit das Zihal'sche Porträt durch den Amtsrat. Obwohl, wenn man genau hinsah, auch in dem Porträt der Majorin Melzer eine Überschärfung in ganz gewisser Hinsicht nicht fehlte, welche als karikaturistisch aufzufassen ein unverständiger Mensch wohl wäre fähig gewesen. Es lag um die Augen. Sie fielen aus dem Bilde – wunderbar gemalt in ihrem schönen tiefen Blau! – gewissermaßen heraus und dem Beschauer entgegen. Es war um einen Hauch, um ein Haar – zu viel des Guten. Die Rosanka hat's halt nicht lassen können. Klassisch gebildete Personen (wie der Rittmeister von Eulenfeld) hätten sich vor diesem Gemälde wahrscheinlich an den Ausdruck erinnert, den Homer für die Augen der Göttin Hera gebraucht, von welcher er sagt, sie sei ‚kuh-äugig‘ gewesen (Βοῶπις πότνια θεά). Das Auffallendste an der ganzen Sache aber war der Titel, unter welchem das Werk in dem Kataloge der Stuttgarter Ausstellung aufschien: ‚Äußeres einer Himmelsfrucht‘ (und nicht etwa ‚Porträt der Frau Th. M.‘). Melzer, welchem das vor Augen kam – durch Herrn E. P., denn das Porträt von dessen Frau befand sich ja gleichfalls in Stuttgart, jedoch normal betitelt – hat damals den Kopf geschüttelt, ja beinahe sich geärgert. Das war 1927. Einundzwanzig Jahre später, als die Rosanka längst zu Paris lebte, ist in einer großen internationalen Wiener Kunst-Ausstellung ein Gemälde von ihr erschienen, welches sie ,Inneres einer Frucht' nannte. Es war ein aufgebrochener Kürbis. Die beiden Bilder wurden von der Rosanka als Pendants bezeichnet, was kein Mensch begreifen konnte (oder sollte hier gleichwohl irgendein Bezug vorliegen?). Damit verlor sich die Sache freilich in's Abseitige.

Erst elf Tage nach dem Unfalle am Althanplatz hat Melzer bei Frau Editha Schlinger telephonisch angerufen: zuletzt schon von Thea gemahnt, hinter welcher freilich die Pichler steckte mit ihrer Neugierde und einer seltsamen Witterung gleichsam, in den mit vielen Fältchen manchmal leicht hinaufgezogenen Nasenflügeln (was an den alten Herrn von Stangeler erinnern konnte). Sie schien sich da noch irgendetwas, ja, etwas Entscheidendes zu erwarten; und dann erst sollte die Verlobungsfeier im Gärtchen stattfinden. Darauf versteifte sie sich.

Eine ungewöhnliche Wärme zeichnete den Anfang dieses Monates Oktober im Jahre 1925 aus: ein richtiger Indianer-Sommer, Bruthitze und Sonnenglast. Man hat mitunter um 30 Grad gemessen.

Am Telephon war der Rittmeister. Der Major hatte vollends unbefangenen Tons nach Frau Editha gefragt: er müsse sich entschuldigen kommen, weil er solange nichts von sich habe hören lassen.

„Nix wie rauf, Melzerich!" rief Eulenfeld. „Und geschwinde! Was?! Halbe Stunde noch?! Was willste denn trinken? Ginum oder vinum cognaci? In gino veritas. Sollst mal sehen, hier wird was geboten: die reinste Omelette surprise. Einmalige Gelegenheit."

Oben angekommen – freilich gab sich Melzer gänzlich harmlos – erging es ihm zunächst wie Thea.

Der Rittmeister empfing ihn, geleitete ihn sogleich geheimnisvoll durch die Tapetentüre in das kleine rückwärtige

Schlafzimmer, und hier sollte er nun warten, bis Eulenfeld ihn herausrufen werde: nur ein paar Augenblicke Geduld!

Es dauerte in der Tat nicht länger. Aber in dieser kurzen Zeitspanne wurde es Melzern – er betrachtete das bequeme Gestell aus Glas und Nickel beim Bette, davon Thea jene Papiere genommen hatte, die er jetzt bei sich trug – es wurde Melzern also vollends eindringlich und ganz evident, was er ja seit Theas Erzählung schon erkannt hatte, nämlich, daß dies hier der wirklichen Editha Schlinger Zimmer war, welche bei ihm die Papiere im Vorratsraume der Registratur entwendet hatte: und nicht das Zimmer der anderen, des Scheins und Regenbogenstreifs von diesem Sommer. Ohne jede weitere Folgerung im einzelnen schien ihm der Raum das unmittelbar auszusprechen: dieser wurde nicht bewohnt von der seltsamen Gefährtin in den Donau-Auen, die wie ein bunter Vorhang im Winde vor dem Vergangenen geflattert hatte, davon sie wie losgerissen war. Hier saß überall ein Undurchsichtigeres, ein Festeres. Schon rief der Rittmeister. Und er klatschte, als Melzer hervorkam, laut in die Hände.

Sogleich erschienen die Zwillinge, links und rechts aus den Flügeltüren tretend und blieben vor denselben stehen; weiß vor den weißen Türen in dem hellen Raume, dessen breites Fenster den Berg faßte und die ferne Burg. Editha hatte sich diesmal auf kein gegoldetes Beige, sondern auf Weiß kapriziert, noch dazu auf einen Stoff, der nicht gerade zu den Kleidsamsten gehört und obendrein damals ganz und gar aus der Mode gekommen war: sie trugen Piqué-Kleider. Vielleicht eine Erinnerung an noch gemeinsame Jahre der Jugend. Es blieb zunächst vollkommen stille. Melzer, an Ort und Stelle verharrend, dicht vor der Tapetentür, verbeugte sich leicht nach links und nach rechts. Er empfand in diesen Augenblicken sehr lebhaft die Anwesenheit des weißgesträhnten Himmels, der da hereinfiel, und der Sonne, welche draußen über näheren Häusern, einem Stückchen des Flusses, das man sehen konnte, und auf den fernen Bergen lag. Der Rittmeister war beiseite getreten.

„Gnädige Frau", sagte Melzer nach links, zu Editha, „ich bin reichlich spät gekommen, um mich für mein Ausbleiben am Montag, dem 21. September, bei Ihnen zu entschuldigen, an welchem Tage Sie mich zum Tee erwartet haben. Jedoch wurde ich am Erscheinen durch zwei eingetretene Katastrophen verhindert: durch den Tod von René Stangelers Schwester, der Konsulin Grauermann, die ihrem Leben selbst ein Ende gemacht hat; und durch den schweren Unfall einer mir bekannten Dame hier auf dem Althan-Platz, der zur kritischen Zeit erfolgte, wovon Sie vielleicht sogar vernommen haben."

Seiner gesetzten Rede erwiderte zunächst niemand. Es war durchaus so, als zwinge Melzer die von den anderen arrangierte Situation in eine von ihm jetzt beliebte Form, oder das gestellte Bild in den von ihm verliehenen Rahmen, welcher es erst zurecht schob. Editha hatte einen Schritt von der Flügeltüre weg und auf Melzer zu getan. Dieser aber wandte sich jetzt nach rechts.

„Sie haben mir Ihre Füllfeder anvertraut, verehrte Gnädige", sagte der Major und zog ein ziegelrotes längliches Etui von Leder aus der Rocktasche, „schon am 28. August, mit dem Auftrage, die Feder reparieren zu lassen. Hier ist sie, und in Ordnung. Ich habe sie ausprobiert." Damit hielt er ihr das Etui entgegen.

Sie nahm es nicht, wenngleich sie zwei kleine Schritte auf ihn zu tat. „Da kenn' ich ihn wieder, meinen – Melzerich, meinen ordentlichen Soldaten", sagte sie, mit grad herabhängenden Armen vor ihm stehend. Wie ein riesiges Fahnentuch hinter ihrem rätselhaften Kopf wehte der von hochaufgesträhnten weißen Wolkenstreifen unruhige Himmel, der ferne Berg mit seiner Burg, die hinaus in den ebenen Osten schaut, sommer-ein und sommer-aus, und in die abgrundtiefe Wehmut, die uns jeden Augenblick verschlingen würde, wehrten wir ihr nicht. „Wissen Sie eigentlich, Melzer", setzte sie nach einem winzigen Zögern mit einer Freiheit hinzu, die fremd und vollkommen war, „daß ich Sie sehr geliebt habe?" Der Major, nunmehr im Besitze eines rasch gereiften Verstands und Verstehens befindlich, stand seinen Zivilisten auf den Beinen eines Infanteristen ohne Tadel. Und, zum Reden wahrlich nicht erzogen, ließ er doch die Lage keineswegs hinter sich ohne das treffende, eines bescheidentlichen Herrn und Edelmanns würdige Wort. „Wenn es so gewesen ist", sagte er, indem er ihre Hand nahm und diese mit einer Verbeugung küßte, welcher in aller Unbefangenheit der Atomkern einer Haupt- und Staatsaktion impliziert war, „wenn es so gewesen ist", sagte er, „dann verzeihen Sie mir. Ich habe Ihnen einmal Unrecht getan. Indem ich vermeinte, Sie hätten ganz ohneweiteres Dinge vergessen, die man nicht vergessen darf – von denen Sie aber nie gewußt haben. Ihre Schwester wird Ihnen das in bezug auf die Frau von Budau, geborene Schmeller, erklären. Und ich danke Ihnen. Für manche Stunde."

„Nu brat' mir eener 'nen Storch!" rief der Rittmeister und gelangte damit zum Durchbruch, so daß dies veränderte und umgestellte Bild fast ganz aus dem Rahmen und in Bewegung geriet. „Nu kennt der Melzerich die Duplizitäts-Gören auseinander! Unverzügliche Hebung!" Schon ergriff er Flasche und Gläser. „Bin ich entschuldigt?" sagte Melzer, der zu Editha getreten war und ihr jetzt erst in der zu Wien üblichen Weise die Hand küßte. „Sie sind's, Herr Major", entgegnete sie ein wenig kleinlaut und mit einem beinah weinerlichen Unterton. „Aber ich –?" Die letzte Bemerkung ging unter, durch die entstehende Bewegung. Der Rittmeister hatte die Gläser verteilt, Mimi indessen das Teebrett hereingebracht. Man trank den Gin bevor man sich setzte. Melzer allerdings nippte kaum. In ihm lagen sozusagen Form, Rahmen und Dekor bereit, um sich der etwas aufgelösten Lage bald von neuem zu bemächtigen.

Jetzt indessen streckte der Rittmeister die Beine von sich und sagte Melzern, was da zu sagen war: und somit freilich nicht alles, was man hätte sagen können. Er sprach in behaglicher aber zugleich knapper Erzählung; ein kritisches

Ohr hätte aus der durchaus beiläufigen und wie im Handumdrehen bewältigten Vorgeschichte der Zwillinge etwa sehr wohl den Resonanzboden des Instrumentes erkannt, auf welchem hier ein deutscher Husaren-Rittmeister spielte; diesmal nur mit maßvoller Anwendung barocker oder klassizistischer Scherzchen: aber so nebenhin beweisend, daß die Umständlichkeiten der deutschen Sprache, ja vielleicht jeder abendländischen überhaupt, nur derjenige meistert, dem der klare und ordnende Schein römischer Prosa schon aus der Tiefe von mindestens ein paar Generationen heraufdringt, darin sich dieses Licht hat brechen und die es hat durchsetzen können. „Die zween hier vor Augen sitzenden Gören", sagte er, „haben sich in zarter Jugend getrennt. Die eine floh das düstere Elternhaus und fand überm Wasser eine freundlichere Heimat, eine glückliche eheliche Gemeinschaft. Sie sitzt nun rechts von dir, Melzer, und ihr Name ist Mimi Scarlez". (Melzer verbeugte sich leicht gegen Mimi, bei dieser seltsamen Art von Vorstellung ex post.) „Nun, nach vielen vergangenen Jahren wiedergekehrt, wird sie hier zu Wien mit ihren Erzeugern sich endlich versöhnen. Das andere, links von dir Platz habende Geschöpfchen, ist dir hingegen aus schöneren Jugendtagen sattsam bekannt; es weilt indessen erst seit des Vormonates Ende in unserer diesbezüglichen Mitte." So ging's dahin.

Vorher freilich war der Major noch befragt worden: wegen Stangelers Schwester Etelka, die der Rittmeister nur dem Namen nach kannte (den René selbst hatte er seit über einem halben Monate nicht mehr zu Gesicht bekommen); und auch wegen der Verunglückten am Althan-Platze, von der Melzer ja erwähnt hatte, daß er sie kenne; dessen knapp zusammenfassende Antworten bildeten solchermaßen eine Art Auftakt zu des Rittmeisters nachfolgender Rede. Es schien hier die Situation aus der Form, in welche sie durch Melzer von allem Anfange an geschlagen worden war, nicht mehr ganz herausgeraten zu sollen. Es war, als hielte die im Zimmer anwesende herbstliche Klarheit alle Konturen bei Schärfe und den Vorgang hiedurch unerbittlich bei seinem Wesen der Endhaftigkeit und des Abschlusses.

Melzer, der Editha während Eulenfelds Erzählung unvermerkt aber genau beobachtete, konnte eine fühlbare Gedrücktheit der Schlinger dabei übergehen sehen in augenfällige Niedergeschlagenheit, ja Verdüsterung. Noch nicht, als Eulenfeld den Auftritt mit Thea kurz abtat – und hier mußte er wahrlich nicht ausführlich werden, denn Melzer hatte ja eben das gleiche erlebt, wenn auch wesentlich anders sich verhalten . . . Jedoch, nun berichtete der Rittmeister von dem Erscheinen der Polizei, welches eine Minute etwa nach der Rokitzer fluchtartigem Abgange erfolgt war: freilich ohne daß dieser die Ursache von jenem gewesen wäre, was nur Editha, wie sie hintennach gestand, durch einen Augenblick vermeint hatte; und das sähe ihr wieder ähnlich, setzte der Rittmeister hinzu. „Wärest stracks mit der Polente oder mit denen Kieberern, wie man zu Wien sagt, hier zusammengetroffen, unter erheblichem Erstaunen deinerseits, wenn dich das diesbezügliche Unglück vor dem Bahnhofe nicht aufgehalten hätte." Nun, so erzählte er weiter, die Beamten hätten sich in überaus höflicher Form („wie's denn bei euch hier allemal zu gehen pflegt') mit einem richterlichen Hausdurchsuchungs-Befehle und freilich auch mit ihren Legitimationen ausgewiesen. (Die Rechtssicherheit in Österreich war allerdings 1925 noch sehr hoch, ja, eine für heutige Begriffe fast absolute). Der eine war ‚ein sicherer Herr Zacher‘, wie Eulenfeld sich in seiner gern altertümelnden Sprache ausdrückte; den anderen Namen habe er sich nicht gemerkt. Sie hatten zwei ‚Haus-Suchungs-Befehle‘ (der Rittmeister sagte nicht, wie hierzulande üblich: ‚Hausdurchsuchung‘). Und zwar den einen auf die Eulenfeld'sche, den anderen auf die Schlingerische Wohnung ausgefertigt; in der ersteren waren sie bereits gewesen und kamen von dort, wie sich später herausstellte. Eulenfeld hatte auch in Erfahrung gebracht, daß die Beamten unmittelbar nach seinem Weggange mit Mimi bei ihm erschienen waren. Da er kurz vor dem Verlassen der Wohnung auf die Uhr gesehen, wußte er diesen Zeitpunkt genau: fünf Uhr und zwanzig Minuten. „Edithchen hat uns herübergerufen, da du ausbliebst, Melzer. Wir sollten ihr helfen die Zeit vertreiben. Die Polente hat sich natürlich an die Hausmeisterin gewandt, weil bei mir sich nichts rührte – gemach, gemach!" wehrte er ab, da Melzer endlich wissen wollte, um was es sich denn bei dieser ganzen Geschichte gehandelt habe und weshalb überhaupt die Polizei erschienen sei?! Aber nun kam Eulenfeld freilich bald auf die Trafikantin Oplatek zu sprechen und auf Theas unschuldige Ungeschicklichkeit (ihn hielt irgendein wohl kaum bewußtes Fingerspitzengefühl davon ab, in bezug auf die Rokitzer etwas geradezu Unfreundliches zu sagen). Die Untersuchung in Eulenfelds Wohnung hatte kaum zwanzig Minuten in Anspruch genommen, infolge der Übersichtlichkeit dieser ordentlichen Junggesellenbehausung: welche von Frau Wöss eilfertig aufgesperrt worden war. Denn was die Behörde wesentlich suchte, das waren ja recht umfängliche Kartons und Packungen, die ihrem Auge schwerlich hätten entgehen können ... Selbstverständlich sei die Polizei durch die Hausmeisterin auf die hiesige Wohnung aufmerksam gemacht worden als auf den vermutlichen Aufenthalt des abwesenden Mieters, meinte Eulenfeld; die Wöss habe ihn wohl auch mit Mimi das Haus verlassen gesehen; aber woher dann der bereits ausgefertigte Durchsuchungs-Befehl auch für hier? „Ungewöhnliche Zeit für derlei Amtshandlungen übrigens", sagte der Rittmeister. „Meistens starten sie dazu am frühen Morgen." (Es rutschte ihm gleichsam heraus.) Na, kurz und gut! – Jetzt erwähnte er noch beiläufig die Verbindung zwischen den hiesigen Hawelka's und den dortigen Wöss', sowie sein Zerwürfnis mit der Hausmeisterin im August („wär' bald ein bloßes Würfnis geworden, nämlich treppenabwärts, will ich mal sagen"). Kurz und gut also, die Polizei hatte ganz offenbar im voraus schon die Absicht gehabt, auch bei Editha zu amtieren. Die hausmeisterische Herkunft solcher polizeilicher Kenntnisse von seinem, Eulenfelds, Umgange liege freilich auf der Hand.

Offenbar sei Frau Wöss früher schon einmal von einem Kie-
bererer aufgesucht worden. (Es war jedoch nur die Hedi
Loiskandl gewesen, wie wir herausgebracht haben; sie hatte
sich an die Wöss-Hawelkas im ‚Café Franz-Josefs-Bahn‘
herangemacht, wo die Mannsbilder beider Familien gern
Karten spielten, wie schon von Dolly Storch beobachtet
worden ist. Aber am Ende genügte die Loiskandl hier auch.)
Nun also, hier bei Editha sei's dann ebenfalls ganz kurz abgegangen. Nur in den großen Garderobe-Schränken nebenan
hätte man genau nachgesehen. (Zwei Hausdurchsuchungen
mit rein negativem Ergebnis hintereinander änderten wahrscheinlich auch für die amtierenden Organe irgendwie das
Bild der Lage. Von dem Phänomen der Zwillinge sahen sie
nicht gar viel: der Rittmeister – bei dem ganzen Anlasse sehr
würdig und korrekt auftretend – räumte den Agenten dieses
merkwürdige Naturspiel tunlichst aus den Augen, indem er
Mimi erst in die Küche und dann in's Badezimmer schubste;
es wurden alle Räume ausnahmslos betreten. Allerdings ist
nicht daran zu zweifeln, daß die Wöss den Beamten von den
Zwillingen erzählt haben wird, welche ja besonders seit der
Rückkehr Edithas zu Ende des August ein Haupt- und Gene-
ral-Thema der befreundeten Frau Hawelka bildeten.)

Was den Rittmeister bei der ganzen Haupt- und Staats-Aktion
am meisten belustigte, das erwähnte er freilich nicht: nämlich
die sachlich-kühle Art in welcher Oki Leucht, sein Wägelchen
wendend, sich sogleich wieder vom Schauplatze hinweg-
begeben hatte, samt den durch Scheichsbeutel – zum gesetz-
lichen Preis ohne jegliches Risiko, unter Vermittlung zweier
großer Hoteliers – besorgten Materialien für Editha. Scheichsbeutel hatte nur das hörnerne Haupt geschüttelt. Indessen,
er pflegte solcherlei Gefälligkeiten ohne jede Gegenfrage zu
erledigen und auch ganz ohne Nutzen: dabei glatt, prompt
und pünktlich. Leucht indessen hatte es für selbstverständlich
gehalten, nicht gleich und ohne weiteres am Tor des Schlingerischen Wohnhauses vorzufahren, sondern in einer Neben-
gasse zu halten und zunächst das Terrain zu rekognoszieren.

Und so sah er denn die beiden Beamten in Zivil – an sich schon, als Typen, für einen Kundigen kaum zu verkennen – in Begleitung eines Uniformierten auf das Haustor zuschreiten (aus welchem die Rokitzer hervorgekommen war, aber das interessierte Herrn Leucht weit weniger). Jener Uniformierte aber war möglicherweise nur ganz zufällig ein Stück mit seinen zivilen Kollegen gegangen, in Edithas Wohnung jedenfalls nicht erschienen: und doch hatte seine Figur genügt, um den Oki Leucht noch aufmerksamer zu machen. Scheichsbeutel soll auch im nachhinein lediglich den Kopf geschüttelt und dann die Dinge dahin zurückgeleitet haben, woher sie gekommen waren. Geldverlust hat die dilettierende Schlinger keinen erlitten.

Nun kam der Rittmeister auf das Nachspiel.

Den Beamten hatte hier freilich ein Umstand nicht entgehen können: die auffallenden Mengen gestapelter Briefpost, und zwar in zwei sozusagen ganz verschiedenen Aggregat-Zuständen: auf Mimis Sekretär (die sich von dem dümmsten und kleinsten, einmal empfangenen Briefchen nicht mehr zu trennen vermochte) sorgfältig und wie bibliotheksmäßig geordnet, in Bünden und Reihen alle offenen Fächerchen füllend, ja sogar mit in Abständen hervorstehenden Papierzungen dazwischen, auf denen die Monate des Einganges vermerkt waren (das meiste stammte wohl von Scarlez und Editha); andererseits aber in dem kleinen Schlafzimmer, auf Edithas bequemem Gestell mit Glasplatten neben dem Bette, eine zwar weit weniger umfängliche Kollektion von Postsachen, mit Briefpapierschachteln und Büchern vermischt; die aber durch chaotische Auflockerung auch einen rechten Haufen auszumachen schien. Nachdem die Amtsorgane miteinander sich kurz und leise unterredet hatten, wurde der Frau Schlinger eröffnet, daß man leider pflichtgemäß genötigt sei, die viele Post vorübergehend zwecks Durchsicht mit Beschlag zu belegen. Alle vorhandenen Briefe wurden gezählt. Editha erhielt eine amtliche Quittung, welche sie in den Stand setzte, ihre Briefe wieder abzuholen, so weit und sobald deren Belanglosigkeit für die zu führende Untersuchung festgestellt sei. Damit verschwand der ganze Galimathias in zwei schwärzliche Aktentaschen, zu des Rittmeisters nicht geringem Vergnügen, wie er jetzt unumwunden eingestand.

Melzer wandte für ein Kurzes nur den Blick zu Mimis kleinem weißem Sekretär hinüber – dessen Fächer jetzt leer dunkelten, aber sie hatten auch gefüllt sehr ordentlich ausgesehen – und alsbald ruhte sein Auge wieder auf Editha, immer aufmerksamer während des letzten Teiles von Eulenfelds Erzählung, ja mit einer schon unverhüllten Aufmerksamkeit gleichsam über Editha aufgehend wie ein zunehmendes Licht, das sie anschien. Dessen Wirkung auf die Schlinger wurde bald übermächtig. Sie sah vor sich auf den Boden wie in gesammelter Anstrengung. Während der Rittmeister nun behaglich erzählte, daß ihm heute auf der Polizeidirektion, wo er vorgesprochen, angedeutet worden sei, Frau Schlinger könne ihre Briefe voraussichtlich bald beheben und die Sache habe wohl weiter nichts auf sich – zudem war am gleichen heutigen Tage eine Notiz durch die Zeitungen gegangen, von der Melzer gar nichts wußte, daß man nämlich die trübe Quelle nun gefaßt habe, aus der die geschmuggelten Zigaretten kämen, und eben dieser Umstand hatte Eulenfeld ermutigt zu seiner Vorsprache – während dieses beruhigenden Nachtrags von des Rittmeisters Bericht also griff Melzer in seine Rocktasche und legte die entwendeten Papiere und Drucksorten vor Editha auf den Teetisch.

Sogleich nahm deren Antlitz, während sie tief und herabhängenden Hauptes über diese Blätter sich beugte, eine Struktur an, wie man sie bei gewissen Arten von Glas sehen kann, die mitunter für kleinere Gegenstände, etwa für Salzfäßlein und dergleichen, verwendet werden: von zahllosen Sprüngen durchzogen: das Widersätzliche ihrer Lage, die plötzliche erlösende Erleichterung, welche sie empfand, zugleich aber auch, damit gekreuzt, die Pein angesichts dieser Aufdeckung einer ebenso schmählichen wie läppischen Handlungsweise, dies ließ ihr jetzt keinen anderen Ausweg als den der sofortigen

Kapitulation; auch ihre angeborene und prompte Frechheit vermochte ihr keinen anderen mehr zu zeigen und zu eröffnen. Sie richtete sich auf, sah vor sich hin und weinte. Dabei legte sie Melzern die Hand auf's Knie und sagte nur: „Melzer, Melzer." Ein grauer Knäul von Sorge verschwand aus ihrem Innern. Aber durch alle Kammern pfiff jetzt der Zugwind einer letzten Blamage, daß die Türen klappten und knallten. In diesem ventilierten Zustande bestanden für Editha zweifellos bedeutende Chancen einer Entwicklung und Erneuerung, deren Wahrnehmung unsere Sache hier nicht sein kann; vielmehr halten wir das für eine den Herrn Wedderkopp berührende Angelegenheit, welchem der Editha gegenüber zweifellos die Gabe eignete, dieses Wesen gewissermaßen auszuschalten und an die Wand zu drücken, noch dazu auf eine der Partnerin sehr angenehme, ja innigst erwünschte Art. Rin' in die Chose! Machen wir! Det Ding woll'n wir mal schaukeln. Wedderkopp ante portas. Jedoch war es für ihn sicher von Vorteil, daß er bei Einstieg und Auftakt die Editha Schlinger-Pastré übernahm, als sie zweifellos in einer reduzierten oder mindestens moderierten Personsverfassung sich befand. Und Gustav sollte ja bald hier in Wien zum Durchbruche gelangen. Der erste Anhieb ist immer wichtig. Hätte doch Gustav unsere Editha schon 1911 über den Haufen gerannt! Freilich, beim Felsklettern ihr so nachdrücklich zu helfen wie René, der traurige Filou, das hätte Wedderkopp vielleicht gar nicht vermocht, denn er stammte aus keiner alpinen Gegend (alles in allem: seine Ehe mit Editha ist eine vortreffliche, glückliche und kinderreiche geworden).

Jetzt indessen weinte sie. Melzer, der einen Blick auf Mimi hinüberwarf, erkannte, daß diese sich weit und sozusagen endgültig zurückgezogen hatte aus der ganzen Lage, welche für sie mit ihren letzten, vollkommen freien Worten an Melzer allerdings ohne Rest liquidiert war. Sie saß bequem in ihrem Sessel, den sie vom Teetische weit abgerückt hatte, und so, daß hinter ihrem Haupte das breite Fenster mit der Ferne stand. In diesen Augenblicken nahm Melzer eigentlich schwer

Abschied von ihr (Oh ténébreux et troubles, nos coeurs humains, même les plus sincères!). Es war, als fliehe dieses Antlitz in den Hintergrund hinein, als löse es sich darin auf, als ginge es dahin heim, woher es gekommen: und gewiß war, daß es niemals mehr würde erscheinen. Bin ich diesem, das doch einzigartig war, denn nur irgendwie gerecht geworden? dachte er (wenn auch verwischt). Und einen Atemzug lang wehte ihn dieselbe Empfindung an wie vor fünfzehn Jahren nach dem Abschiede von Mary, als er mit dem Major Laska im Zuge gesessen war: die Empfindung eines unersetzlichen Verlustes.

Jedoch, schon erstarb diese Stimme. Was ihn jetzt erstaunen machte, war ein sicheres Wissen davon, daß Mimi – welche er doch nie weinen gesehen – dies auf eine gänzlich andere Art getan haben würde: wie ein an lauen Frühlingstagen fließender Regen wahrscheinlich, offenen Auges, sanften Erflusses, ohne Gicksen und Glucksen und babyhafter Verfältelung des Gesichtes. Gewißlich, so hätte sie geweint. Aber nicht wie Editha, die stückchenweise weinte, so wie ein Huhn schlückchenweise trinkt. Ihr Weinen machte die gänzliche Leere und Bedeutungslosigkeit ihrer Person sozusagen fast zur offenen Schande. Nie könnte die profunde Verschiedenheit der beiden Schwestern zu einer handhafteren Evidenz gelangen als jetzt, in diesen endhaften Minuten, so fühlte Melzer: und darum eben war's zu Ende.

Plötzlich hatte der Rittmeister die vor der Schlinger liegenden Papiere an sich genommen; es war ihr nicht mehr gelungen, danach zu greifen und sie festzuhalten. Editha ließ sich in ihren Sessel zurückfallen. Bei Eulenfeld stieg das Monokel. Großes Grunz-Zeichen. Melzer beobachtete ihn genau. Was der Major so und nicht anders vorausgesetzt hatte, wurde ihm sogleich evident und anschaulich: daß nämlich Eulenfeld etwas für ihn gänzlich Neues zum ersten Male sah (und dabei hatte sie es auf dem Gestell mit den Glasplatten samt dem anderen Kram durch volle achtzehn Tage herumliegen lassen! – sollte man daraus schließen, daß der Umgang des Rittmeisters mit den Zwillingen weniger vertraut oder frequent geworden war?).

Editha sah nicht auf Eulenfeld. Sie blickte seitwärts neben ihren Sessel zu Boden.

Der Gesichtsausdruck des Rittmeisters war indessen ein solcher geworden, daß Melzer besorgte, jener würde nun ohne weiteres losbrüllen.

„Eulenfeld", sagte er darum mit Entschiedenheit, „ich habe dich um etwas zu bitten."

„Das wäre?" fragte Eulenfeld in einem ganz formellen Tone: dieser war sozusagen alles, was augenblicklich nach außenhin von dem Rittmeister übrigblieb; denn er bemeisterte sich jetzt mit einer gesammelten Anstrengung seiner ganzen Person; das war für Melzer offensichtlich.

„Ich bitte dich, mir zu versprechen, daß du Frau Editha aus dieser Sache mit den elenden Papierln hier (hätte Kroissenbrunner das gehört!) keinerlei Vorwurf mehr machen wirst. Auch nicht, wenn ich jetzt weggegangen sein werde."

„Es fällt mir schwer", sagte der Rittmeister laut und präzise. „An dem Punkt, wo wir nun halten, sieht man nicht weniger als die Geburt der Gemeinheit aus der Dummheit. Dieser erschreckende Anblick aber legt mir nahe, inskünftig anders als bisher auch auf mich selbst zu achten, nicht aber anderen meine Verachtung zum Ausdrucke zu bringen. Aus dieser Erwägung sei deine Bitte gewährt. Du hast mein ritterliches Ehrenwort, daß Editha in dieser Angelegenheit von mir keinen Vorwurf hören wird, so wenig später wie jetzt."

Er streckte dem Major die Rechte über den Tisch entgegen und jener schlug ein.

„Melzer, Melzer", gickste Editha.

Wie ein bloßer Hintergrund indessen blieb Mimi Scarlez. Sie fragte nichts, sie sagte nichts. Sie sah nicht auf die neben Eulenfelds Teetasse liegenden Blätter. Sie war gänzlich abwesend, ja abgereist, weit verreist. Vielleicht fuhr sie mit Scarlez in einem Boote und fütterte die weißen und schwarzen Schwäne, welche rundum schwammen. Rückwärts, zwischen den dichten gekuppelten Baumwipfeln, stand ein blaugrauer Pavillon mit einem Zwiebeldach auf langen, dünnen Säulen ...

In Melzer schlug eine hohe rote Welle inwendig hoch. Jetzt erst begann er zu begreifen, wie hier Rettung und Bewahrung gleichsam von allen Seiten auf ihn zugestürzt waren. In der roten Farbe vereinigten sich Thea und Mary durch Augenblicke wie zu einer einzigen ungeteilten Person.

„Sie scheinen, meine Gnädige", sagte er zu Editha – die sich jetzt aufrichtete, als er sie ansprach – „keine zulängliche Vorstellung davon zu haben, welche unerbittliche Strenge der Auffassung in gewissen amtlichen Sachen hierzulande herrscht. Wäre ich zum Beispiel am 21. September hier bei Ihnen zufällig mit der Polizei zusammengetroffen und also wohl auch genötigt gewesen, mich zu legitimieren: dann hätte mein Erscheinen auf solchem Schauplatze in Anbetracht der Stellung, die ich bekleide, ohne jeden Zweifel schon ernste Folgen nach sich gezogen; ganz zu schweigen von dem, was eingetreten wäre, wenn etwa die Polizei die hier auf dem Tische liegenden, aus meinem Amte stammenden und von Ihnen entwendeten Papiere hier vorgefunden hätte. Zweifellos wäre im weiteren Verlaufe mein Unbeteiligt-Sein an solchen Affären in volle Klarheit gerückt worden: aber gewiß nicht ohne vorherige Suspendierung vom Dienste und mindestens disziplinare Untersuchung (von der polizeilichen und gerichtlichen will ich hier gar nicht sprechen), was allein schon unter meinen derzeitigen besonderen Lebensumständen ein kaum zu ermessendes Unglück für mich bedeutet hätte."

„Dessen Verhütung allein Rokitzers Thea zu verdanken sein dürfte", sagte der Rittmeister, „indem selbe den ganzen Unsegen in Edithas kleinem diesbezüglichem Schlafzimmer nebenan am 21. vorigen Monats, nachmittags ca. ca. siebzehn Uhr und fünfunddreißig Minuten, klaute. Also stellt sich mir die Sache durch einfache Schlußfolgerung dar."

„Richtig", sagte Melzer.

„Dürftest also von der Duplizität hier sitzender Geschöpfchen", so fuhr der Rittmeister fort, „durch einen darauf bezüglichen Rokitzerischen Vorbericht bereits in Kenntnis, demnach heute garnicht überrascht gewesen sein."

„Auch das ist zutreffend gefolgert", bemerkte Melzer.

„Leider auch die daraus sich ergebende Lehre, daß derlei Duplizitäts-Volk ohne entsprechende ständige Aufsicht, Kontrolle und Beschnüffelung immer neuen und immer haarsträubenderen Unsinn in die Welt setzt. Gedenke übrigens solcher Pflichten bald ledig zu sein, in deren Erfüllung ich, zugegebenermaßen, erheblich nachließ. Auch hat man einen alten Husaren in den letzten Wochen davon mit Erfolg, wie sich zeigt, abgedrängelt, sogar wiederholentlich an die diesbezügliche Luft gesetzt." Großes Grunz-Zeichen. Er schwieg. Melzer wandte sich noch einmal an Editha.

„Sie aber, liebe Gnädige, bitte ich um Ihretwillen innig und herzlich von solchen Streichen für immer die Hand zu lassen. Hiezu gehört Verworfenheit: und wie fern ist diese von Ihnen! Eben darum aber wäre auch in unserem Falle hier – wo die corpora delicti wochenlang sozusagen auf den Toilettentischen herumlagen! – die Sache auch für Ihre Person keineswegs ganz harmlos abgelaufen."

„Ich verspreche es Ihnen, Herr Major", sagte Editha, sich vorbeugend; sie sah ihn an und ihre Hand näherte sich zögernd.

„Aus, aus!" rief Eulenfeld. „Keine Gefahr mehr! Wedderkopp ante portas! Weeste, Melzerich, sotanes Geschöpfchen kommt demnächst wieder unter die Haube. Justav heeßt er. Justav Wedderkopp aus Wiesbaden."

Melzer hatte Edithas Hand kurz und fest ergriffen. „Meine besten Wünsche begleiten Sie, gnädige Frau", sagte er, und sodann: „ja, durchaus und von Herzen" (ihre Frage ob er ihr verzeihe, war fast unhörbar geflüstert worden). Nun nahm er die Papiere vom Teetisch und erhob sich. „Dies wollen wir vernichten", sagte er und näherte sich dem Ofen. Alsbald reichte ihm Mimi ihr kleines silbernes Feuerzeug. Im letzten Augenblicke noch schied Melzer das einst von dem Amtsdiener Kroissenbrunner so schmerzlich vermißte Stück aus: dieses wollte er ihm zeigen mit dem Beifügen, er habe es damals versehentlich in sein Portefeuille gesteckt. Dort barg er es jetzt. Der Bausch Papier flammte indessen im leeren Ofen, das Feuer stürmte auf, durch Augenblicke noch weiß leuchtend wie all die Helligkeit hier, ja, als strebe es in die Ferne, welche draußen in einem ähnlichen scharf glastenden Scheine lag. Auch die andern hatten sich erhoben und umstanden den Ofen, dessen Maul nun wieder schwarz und leer wurde; Mimi stocherte mit dem Feuerhaken noch darin herum, zur letzten Zerstörung. Melzer trat zurück.

Auch die anderen veränderten ihre Plätze, nachdem des Ofens Maul sich geschlossen hatte, und so ward unversehens jene Ordnung wieder hergestellt, wie zu Anfang des Auftrittes, beim Hervorkommen des Majors aus der Tapetentüre: Editha links, Mimi rechts vor dem breiten Fenster, der Rittmeister abseits. Niemand sprach. Sie hatten, nach allem, genug Freiheit gewonnen, um das sich ausbreitende Schweigen hinnehmen zu können und diese Leere rein zu halten, als ein Präsentierbrett für irgendetwas hier noch Erfolgendes. Auch war die Stille nicht lastend und dick. Sie wurde vielmehr dünn und hellhörig. Sie stand in Verbindung mit jener Stille draußen an den Lehnen und Waldrändern, in welcher Busch und Baum die ersten Blätter langsam fallen und zu Boden schaukeln ließen. Es war Herbst. Herbst auch (an diesem Freitag, dem 2. Oktober) hier in dem Zimmer mit den weißen Flügeltüren und den Supraporten darüber mit Weintrauben und Engeln. Melzers Blick wanderte zwischen den beiden Frauen. Endlich nahm er das Wort und sagte:

„Ihr waret eins, nun seid Ihr zwei. Bei mir verhält es sich wesentlich umgekehrt. Auch das heilt also zusammen."

Er trat heran, verabschiedete sich, erst von Editha, dann von Mimi, deren Hand er durch Augenblicke nach dem Kusse noch festhielt. Dann wandte er sich zum Gehen. Zwischen den beiden so ähnlichen Frauen wie zwischen Torpfeilern hervortretend mußte sein Blick jetzt auf Eulenfeld fallen, der beim Ausgange stand. Melzer verhielt den Schritt, und auch ihn redete er noch einmal an.

„Lieber Eulenfeld, ich habe dir zu sagen, daß ich seit dem 21. September mit Fräulein Thea Rokitzer verlobt bin."

Rückwärts blieb es still. Eulenfeld trat bewegt auf den Major zu: „Die schönste Nachricht, die ich hören kann, Melzer. Mein lieber Melzer. Dir diese Krone. Dir dieser Kranz. Man sieht dich doch wieder?" Er schüttelte ihm die Hand. „Nicht so bald", sagte Melzer im Abgehen, nachdem er sich vor den beiden unheimlichen Damen noch einmal verbeugt hatte. Sie standen reglos wie Wachsfiguren mitten im Zimmer (in ihren weißen Piqué-Kleidern), das jetzt, von der Schwelle des Vorraumes gesehen, überhell erschien, wie ein Operations-Saal.

Dann klappte die Wohnungstüre und Melzer ging die leeren Treppen hinab.

Noch nicht bis zur Mitte hinuntergelangt, schien ihm das helle saubere Stiegenhaus durch einen Augenblick grau zu werden, und in ihm selbst da drinnen ward alles überschwemmt wie von schwarzer verschütteter Tinte. Eine unter der Bewegung der ganzen letzten Vorgänge entfernt und nur punkthaft wie ein Stecknadelkopf anwesende Einzelheit vergrößerte sich jetzt, platzte, und kam damit unversehens zu ihrem Namen: unter Mimis von der Polizei beschlagnahmten Briefen mußte oder konnte sich aller Wahrscheinlichkeit nach auch jener befinden, den er Thea am 10. Juli auf der Straße übergeben hatte und worin der damals für Editha Schlinger gehaltenen Frau Scarlez mündliche Auskünfte versprochen worden waren ‚die Beschaffung größerer Posten von Rauchsorten betreffend'. Mit einem Blitz über bald drei Monate hinweg sprang sein eigener Text vor ihn hin. Er wollte und wollte anhalten, zurückkehren, geradezu fragen. Er ging und ging die Treppen hinab, und war schon auf der Straße. Der sich neigende Tag fiel jetzt auf ihn wie eine schwere Last: er fiel, er lag still, er drückte nach.

Jedoch, schon murmelten am Rand und Außenring des Treffers die unterwaschenden, erodierenden, sich neuerlich ihren Weg grabenden Quellen, deren Wasser nur für Augenblicke ausgeblieben waren, wie der plätschernde Strahl des Brunnens für Sekunden vom Troge weicht, wenn es ein Erdbeben gibt.

Sie umspülten dieses durch plötzlichen Ein-Fall nun wirklich gewordene Objekt, versuchten es zu detaillieren, zu modellieren, in seine zunächst abweisend glatte Struktur Gerinnsel hineinzubringen; dies gelang rasch und rascher. Aber die Summe des nun geteilten Gewichts blieb die gleiche; eben das mußte Melzer erkennen, als er jetzt, immer weitergehend, an den Bahnhofsplatz gekommen war und innerlich, mit seinen die Einschlag-Stelle betastenden Vorstellungen so weit, daß ihm durch den Kopf ging: er könnte sich ja in dieser ganzen Angelegenheit seinem Hofrate eröffnen (aber – wie weit?!) und endlich: daß ihm ja Ernstliches dabei unmöglich widerfahren könne. Jedoch, nur durch einen halben Atemzug wirkte dies letzte erleichternd. Ein tieferes Mißtrauen beschlich unseren Major, wie den Schwimmer eine kältere Unterströmung des Wassers: war all die Rettung, Bewahrung, die da von so verschiedenen Seiten her wie aus überraschend geöffneten Türen, aus neuen Türen in bisher fugenloser Wand, sich auf ihn zu in Bewegung gesetzt hatte – war all dieses nur ein Hebelwerk gewesen (er dachte sogar jetzt des ansonst ganz vergessenen Stangeler, welcher, selbst zögernd, ihn im Parke hatte zögern machen!), ein Hebelwerk, um ihn, Melzer, an diesen Punkt hier zu führen, wo erst das eigentliche Gebiß der Entscheidung bleckte? Aber zugleich fühlt' er, daß, was jetzt in ihm steckte, wie ein Geschoss, wie ein Pfeilschaft aus ihm herausragend, die Bewegung behindernd: daß es doch wieder nichts aufhob von dem, was geschehen oder eigentlich – nicht geschehen, verhütet worden war durch den Schutz von im einzelnen erklärlichen Umständen, deren Eintreten im ganzen unbegreiflich blieb. Überraschend befiel ihn Ekel vor sich selbst, vor der eigenen Besorgtheit, fast Panik; dieser Ekel schüttelte seine Haltung zurecht und zerriß die Gespinste des Kleinmuts wegen irgendwelcher sieben Sachen.

Er hätte nun Thea, um mit ihr noch ein wenig im Parke zu sitzen, aus der elterlichen Wohnung holen sollen: indessen das gleichsam aus ihm noch hervorstehende Geschoss hielt ihn doch davon ab, dorthin jetzt zu gehen. Er fand sich, nach dem Überschreiten des Platzes, neben einer öffentlichen Telephonzelle stehen: die er nun unverzüglich betrat, um Thea zu bitten, sie möge gleich jetzt in den Liechtenstein'schen Garten kommen.

Noch bevor ihre gute Stimme in der Muschel laut ward, wußte Melzer, daß er ihr, auf der Bank im Parke, alles erzählen würde: nicht nur, was sich bei Frau Schlinger begeben – davon erwartete sie ja seinen Bericht schon mit Neugierde, mit der eigenen sowohl wie mit jener der Paula Pichler – sondern auch dies letzte: auch von diesem letzten kleinen und doch qualvollen Haken, an dem er nun hing, sollte sie wissen – da sie denn bestimmt war, mit ihm zu leben (dieses dachte er nicht ohne eine klare Härte). Unmittelbar bevor Thea mit schon ganz vertrautem Klang sein Ohr erfüllte, traten jedoch in Melzer zwei Empfindungen auf, wie gekreuzte Lichtbänder: zum ersten Mal fühlte er, daß er an ihr einen Halt habe, einen spürbaren, greifbaren. Das zweite aber war Hoffnung; an diese kam zunächst nichts Vernünftelndes heran.

Wozu auch keine Zeit blieb; denn bald saßen sie beisammen. Sofort wußte Thea aus Melzers Zügen, daß ein Neues eingetreten war. Ihre linke Hand hielt seine Rechte, in schicklicher Weise, aber fester als sonst. Wieder geriet ihm die Erzählung; knapp und klar floß eines in's andere. Und dieses leichte Gehen in der Sprache, welche gewichtlos machte, was sie mühelos hob, dieser Umstand vor allem beruhigte Melzern in der Tiefe seines Herzens und nicht, weil er sich aussprechen konnte, wie man zu sagen pflegt (und wobei man nichts anderes meint als jenes zweifelhafte Abstellen-Wollen zu schwer werdender Butten). Sondern: weil er die Sachen solchermaßen geordnet auszusprechen fähig war: und auch das noch, sein Briefchen vom 10. Juli an Frau Schlinger betreffend.

Da kehrte denn die große dumme Tasche ihren untersten Grund hervor und was in ihrem innersten Seitenfache steckte.

Schon als sie geöffnet wurde, fühlte Melzer sich in merkwürdiger Weise beruhigt.

Das Lämmlein ward rot wie die Blumen in den Bauerngärten und reichte ihm abgewandten Antlitzes den einst am Donau-Ufer von der Paula Pichler mittels ihrer kleinen Schere aufgeschlitzten Brief.

„Ich war so eifersüchtig", sagte sie, aber kaum hörbar.

Melzer zog das Blatt aus dem Umschlage und las diesen Text, dessen Bedenklichkeit angesichts des Zusammentreffens der Umstände nun in des Wortes eigentlichster Bedeutung klar auf der Hand lag: und schon gar, was dies Blättchen hätte bedeuten können zusammen mit jenen Papieren, welche Thea wahrlich in letzter Minute in Edithas kleinem Zimmerchen von der Glasplatte genommen hatte.

Er behielt den Brief in der Linken, ergriff ihre Hand und sagte nur ihren Namen. Endlich wandte sie das Gesicht zu ihm. An den Wimpern hingen Tautropfen. Sie sagte auch seinen Namen. Natürlich nicht „Melzer", sondern den Vornamen, den sie nun längst schon kannte.

Wie sagte sie also?

Wir wissen Melzers Vornamen nicht.

Nein, der Autor weiß den Vornamen seiner Figur nicht, er weiß ihn wirklich nicht (so wenig wie Melzer die Hausnummer der Rokitzer gewußt hat, als er dort am Lande, Samstags, den 29. August, der Thea im Wirtsgarten beim Kaffee eine Ansichtskarte schreiben wollte). Jener war einfach ‚der Melzer', immer. Was brauchte der einen Vornamen? Aber jetzt benötigt er ihn, damit die Thea Rokitzer den Namen aussprechen kann, so daß diese Membrane von zwei oder drei Silben sich baucht, ja fast zum Platzen spannt unter dem Andrang eines ganzen zweiten Lebens, das da hinein will. Sie wird diesen Namen aussprechen, wie ihn von da an nie mehr ein anderer Mensch aussprechen kann, denn sie wird in diesen Namen münden. So wird Melzer endlich seinen Namen zu Recht bekommen, denselben, der am Taufschein gestanden ist, dem Autor unbekannt. So wird Melzer gewissermaßen erst zur

Person, ja, zum Menschen. Das ist viel und der Weg ist weit, von einem Bosniakenleutnant zum Menschen. Was soll nun noch groß kommen, was auf's Spiel gesetzt, wer gerettet werden? Für uns hört der Mann auf, Figur zu sein. Demnach könnte er höchstens selbst noch ein Autor werden, Autor etwa einer Lebensbeschreibung. Aber die haben wir ihm schon besorgt. Fahr' hin in Bälde! Für mich bleibst du ‚der Melzer'. Servus Melzer, grüß' dich!

Sie blieben im Parke sitzen, und jetzt, vom Druck befreit, zerstäubte alles in vielerlei kleinen Unsinn und in Dalbereien, wie die Perlen in einer geöffneten Soda-Flasche steigen und an der Oberfläche hüpfen. Zunächst verbrannten sie Melzer's Brief an Frau Schlinger; Thea hielt ihn an einem Eckchen, der Major gebrauchte das Feuerzeug und ließ die helle Flamme schließlich auf den Kies vor der Bank fallen: da saß sie grell im letzten Abendscheine, hatte einen Augenblick lang die Gestalt eines Herzens (wenigstens bildete unser Major sich das ein) und sank in Asche zusammen. Melzer zerteilte und zerstörte die Reste vollends mit dem Schuh. Er gedachte Mimis, die ein gleiches heute Nachmittag mit dem Feuerhaken getan, während draußen die Sonne noch scharf glastend auf den Bergen gelegen war.

Unter anderen harmlosen Torheiten beschäftigten sie sich jetzt auch damit, die Tage bis zur Hochzeit zu zählen (welche man viel zu weit hinausgeschoben hatte, nach der Meinung des auf neue Art aktivierten Majors). Aus Theas Kalenderchen wurde bei dieser Gelegenheit ersichtlich, daß auf den heutigen 2. Oktober das Schutzengel-Fest fiel: Melzern wird man's kaum verübeln, wenn er den seinen gefunden zu haben glaubte. Er sagte ihr das auch. Unter solchen anmutigen, wenn auch nicht gerade scharfsinnigen Gesprächen verließen sie den Park, als der Abend zwischen den Büschen erlosch, das Grau hervorschwamm, die Straßen in Dämmerung und ersten Lichtern lauter zu lärmen schienen. Melzer brachte Thea an ihr Haustor.

Er ging in sein ‚Beisl' essen, blieb dort lange sitzen und trank etwas Wein. Er dachte nichts. Er brachte es fertig, nichts von dem zu denken, was man sich so im allgemeinen denkt; und damit setzte Melzer, freilich ohne es zu ahnen, die zweite erhebliche geistige Leistung seines Lebens, nach der ersten im Liechtensteinpark, als er das feile, und im tiefsten Grunde schon verbrecherische Wesen jener Sprache erkannt hatte, die ihm mit zwei Frauen gemeinsam gewesen war, einer Toten und einer Lebenden. Hier aber, nachdem das Gezappel aller Apparatur aufgehört hatte und sämtliche Schießbudenfiguren stille hielten, stand sein bisheriges Leben wie ein abgerundeter Körper, eirund und geschlossen, in die Leere, die kein Rot mehr erfüllte, sondern eher das Blauviolett der stillsten Frühe und der Morgenschatten; auf solchem Kissen ruhte, was von der Treskavica war bis in die Porzellangasse.

Gegen halb neun ging er. Zu den Stiegen freilich, als zum Nabel einer Welt, von welcher er nun zu scheiden im Begriffe stand: denn auch das wußte Melzer (zudem sollte die Wohnung des Ehepaares draußen in Döbling sein). Etwas zögernd, mit verhaltenem Schritte, ja wie in Ehrfurcht kreuzte er die Liechtensteinstraße.

Das Werk lag fast verlassen. Noch war der Mond, der an diesem Tage wieder voll geworden, nicht ganz herauf und hervor hinter den hohen Häusern der Pasteurgasse, wo der Himmel schon milchig sich erhellte. Jedoch oben und rückwärts, als Melzer nun langsam herantrat an die pirouettierenden Treppen und stieg und über sich schaute, blieben noch einzelne Sterne schwach schimmernd sichtbar. Diese Nacht war nicht kühl, ja, unter den Büschen schien die Wärme des Tages gesammelt zu liegen und hauchte hervor an den Kehren der Treppe, wo diese ausholte in den baumreichen Hang. Bald hielt Melzer auf der zweiten Rampe. Er blickte aufwärts, erst zu dem kleinen Palais rechter Hand, das nun freilich nicht ocker-gelb war, sondern als dunkler Kubus in die Nacht schnitt, von den Baumwipfeln überstiegen; jetzt in den Himmel: und zugleich wie in sich selbst hinein, aber nicht wie in die eigene

hohle Hand, sondern in eine größere Höhlung, einen geweite-
teren Raum. Die wenigen darin flimmernden Punkte seiner
wesentlichen Lebensgeschichte waren doch in ihm, so erkannt'
er endlich, stets in irgendeiner Weise auf einander bezogen
gewesen. Jetzt aber standen sie über seinem inneren wie
äußeren Horizonte sanft leuchtend aufgegangen, ein deutbares
Sternbild, das Figur annahm, von Stern zu Stern durch feine
silberne Spinnenfäden verbunden.

Der letzte Auftritt mit Melzer und den Zwillingen hatte dem
Rittmeister ein entscheidendes Übergewicht verschafft; sonderlich in bezug auf Editha, gegen welche er zuletzt mit Mimi
schon beinahe verbündet gewesen; die entsetzliche Blamage der
Schlinger aber brachte nun alles auf den letzten Rutsch und in
seine natürliche Fallrichtung. Zudem hatte Wedderkopp mit
neuer Dringlichkeit sich gemeldet. Sein Durchbruch stand
bevor (ein Negrianer war er ja ganz zweifellos), und nun wollte
er also in wenigen Tagen hier in Wien einlangen.

Aber die beste Karte, den eigentlichen Trumpf, spielte
Eulenfeld erst am Freitag aus – er hatte sie noch im Busen
bewahrt – wenige Minuten nach Melzers letztem Abgange:
ein Kabel des Enrique Scarlez, das bei ihm eingetroffen war
(denn Eulenfeld hatte die Nachricht ausdrücklich an seine
eigene Adresse erbeten). Sei es, daß dem Zigarren-Grossisten
dort drüben die Reise gerade in seine geschäftlichen Dis-
positionen paßte oder daß er eben Ruhe und freie Hand hatte:
auch dieser kündigte sein Erscheinen für bald an, ja mit
fixiertem Tag der Abreise, welcher ersehen ließ, daß man
Scarlez noch vor der Mitte des November würde hier in Wien
haben. Die kalte Jahreszeit schien er nicht zu fürchten; oder
mehr als diese noch die Gefährdung von Mimis Erbschaft.
Des Rittmeisters Telegramm (er hatte sich's eine Stange Geld
kosten lassen!) war freilich so ausführlich wie eindeutig gewesen.

So ließ denn der Rittmeister schon am Montag die diesbezügliche Familie Pastré zur Gänze in die Zirkel reiten.

Wie zwei Geißen trieb er die Zwillinge, nachdem Editha ihren Besuch bei den Eltern telephonisch hatte ankündigen müssen, vor sich her in die Gußhausstraße, und bezog zunächst in einem nahegelegenen Café Hauptquartier und Gefechtsstand. Editha wurde sogleich als Voraus-Abteilung abgefertigt, Mimi behielt er derweil einmal beim Stabe zurück. Die Schlinger hatte einen Zettel in's Täschchen eingelegt bekommen, darauf die Telephonnummer hiesigen Standorts vermerkt war. Nach Feindberührung und erstem Vorpostengefecht – so nannte der Rittmeister die schonende Vorbereitung der Alten auf das Erscheinen Mimis – war Meldung durchzugeben, ob das Gros nachrücken könne. Alles war recht ordentlich veranstaltet, auch der alte Ober hier avisiert, daß ein telephonischer Anruf für Baron Eulenfeld einlangen werde, innerhalb einer Stunde etwa. Die Voraus-Abteilung ritt ab. An ihrem Erfolge zweifelte Eulenfeld nicht. Editha war unter Druck gesetzt, Wedderkopp vor den Toren, von Scarlez ganz zu schweigen. Und, zudem, der Rittmeister kannte seine Alten; aus manchem Briefwechsel.

So blieb man denn zunächst hier in guter Ruh' und trat den Angelegenheiten in Form eines vierstöckigen Cognacs näher. Denn was der gute alte Oberkellner vorerst auf des Rittmeisters Wink herangebracht hatte, war von diesem mit Erstaunen betrachtet worden und zwar durch das aus dem Auge genommene und wie eine Lupe gebrauchte Einglas. In der Tat, das Gemäß bestand aus einem überaus dickwandigen Gläschen, in dessen innerster Mitte nur der goldgelbe Schein leuchtete, nicht mehr als in einen Fingerhut gehen mag (zu jener Zeit hielt man jeden Caféhausgast in Wien, der Cognac bestellte, für erkrankt). „Guter Freund", sagte der Rittmeister, „hier wird eine Multiplikation vonnöten sein, mindestens mit vier, woll'n ma' mal sagen." „Wie meinen der Herr?" fragte der Ober mit der zeremoniösen Höflichkeit alter Schule. „Nun", entgegnete Eulenfeld behaglich, und hob das verhältnismäßig schwere Gläslein ein wenig empor, „wir wollen das hier bestehende Verhältnis zwischen Glas und Flüssigkeit umkehren. Tun sie also, Verehrtester, deren ein vierfaches Quantum in ein diesbezügliches Gemäß; dann woll'n ma' weitersehen." „Jawohl, Herr Baron", sagte der Ober und übersetzte nun gleichsam Eulenfelds umständliche Ausdrucksweise in die kürzere Geschäftssprache: „Vier Cognac in einem Glas." Den Kopf schüttelte er jedoch erst, als er um die Ecke getreten war. Was dann erschien, war diskutabel: eines jener flachen Gläser, aus welchen man auch Cocktails genießt, bis zur Hälfte mit der Herzstärkung gefüllt. Der Rittmeister grunzte ganz leise. Mimi saß ergeben vor ihrer Limonade.

Was ihr bevorstand, was man mit ihr jetzt veranstaltete, wehte nur schwach und zerfahren von außen an sie heran, wenngleich sie die Notwendigkeit der hier zu startenden Aktion im großen und ganzen wohl einsah. Jedoch dies alles, diese ganze Leitmechanik, schien Nebensache. Ihr Inneres war von einer ständig zunehmenden Freude erfüllt über die in absehbarer Zeit bevorstehende Ankunft des Gatten: hinter welche sie dann die Rückkehr mit ihm setzte in die eigentliche Heimat, die's längst auch für sie geworden war; und dies blieb vielleicht als die wesentliche, die abgereifte Frucht dieses Sommers bestehen (in der Tat ist Mimi Scarlez in den folgenden Jahren dort drüben erst das ganz geworden, was man eine glückliche Frau nennt). An der Versöhnung mit den Eltern lag ihr jetzt und hier nichts. Sie war rein oktroyiert, durch Eulenfeld. Und doch lag alles daran. Indessen, sie vermochte das noch nicht zu erkennen. Es sei immerhin bei dieser Gelegenheit angemerkt, daß Mimi eine solche Einsicht späterhin nachgeholt hat.

Nach vierzig Minuten schon meldete sich Editha: Mimi möge kommen.

Der Stab schloß an das Gros an (kleines Grunz-Zeichen), ja, man könnte sagen, er eskortierte es. Eulenfeld ging nicht nur bis zum Haustor mit ihr, sondern auch treppauf. Hier, im breiten Stiegenhause, war sauberer Penatenduft auf eine Spitze getrieben, welche schon geradezu in die Nase stach: peinlich sauber. Keine Schnüre und Quasten, alles glatt. Messing blinkte in einfallender Sonne, als wär' es eben erfunden und neu hergestellt worden: man sah da erst, was so ein Beschlag oder Knauf am Treppengeländer eigentlich bedeutete, und wie er vom Erfinder des Messings gemeint sei. Dito Schild an der in hellem Rotbraun lackierten spiegelnden Tür: Pastré. Sonst nichts. Mimi war blaß geworden während des Emporsteigens zur Familien-Guillotine. Mit ihren Träumen hielt sie schon weit dahinter, im Jenseits, mit Enrique, jenseits des Wassers; jetzt aber stürzten heulend die Dämonen dieses Hauses rudelweis über die gepflegte Treppe ihr entgegen, hockten äffchenklein auf ihren Schultern, nahmen sie beim Genick und fistelten ihr in die Ohren, daß es einen regenbogenfarbigen Salon mit Blick auf's Wasser eigentlich gar nicht gäbe und keinen Park in ,Palermo', und auch keinerlei schwarze und weiße Schwäne, und gar keine spanischen Verse, die der Mund formte, während sie ihn formten. Sondern Messing, peinlich sauber; und mindestens weit wirklicher als jener ganze bunte, wallende Hintergrund, in den Mimi hinein zu verschwinden schon willens gewesen war. Jedoch erst hieß es Messing schlucken. Ihr wurde nahezu übel.

Wortlos drückte der Rittmeister auf den Klingelknopf und wandte sich sogleich treppab. Im langsamen Hinuntersteigen hörte er die herankommenden schnellen und gleichmäßigen, ja gewissermaßen gleichgültigen Schritte, wohl eines Stubenmädchens, das durch einen offenbar sehr ausgedehnten Vorraum ging, um zu öffnen. Die Tür klaffte als Eulenfeld eben um die Treppenwendung trat. Weiße Schürze und Häubchen: und etwas wie ein leiser Schrei oder Ausruf (die Zwillinge hatten sich bis in's Letzte gleich angezogen). Nun schloß sich der Türflügel wieder. Stille. Das Messingschild blinkte: Pastré. Sonst nichts.

Der Rittmeister stieg langsam die Treppen hinab.

Ihm gelangte das auch für sein Leben Entscheidende des Tages jetzt zur klarsten Evidenz. Hier war anzuhalten, hier war abzuschließen. Hier war auch aufzunehmen, was durch Jahre darnieder gelegen hatte, halb im Schlamm

versunken, darin sich manche wurmartige Kriechspur fand. Er
verließ dieses Haus in wesentlich anderer Haltung, als jene
gewesen war, in der er's betreten: mit etwas hohlerem Kreuz
und überhaupt steifer. Hier war zu unterstreichen, hier war
auch äußerliche Hilfe keineswegs zu verschmähen beim Betreten eines neuen Raums der Lebensweise. Er kannte einen
Herrn von Leiningen, der einst beim hiesigen dritten Dragoner-
Regimente Major gewesen. Dieser Mann hatte mitunter
Pferde zu vergeben, die der Bewegung bedurften, denn Leiningen war Sekretär eines großen Reiter-Vereines; und dort stand
keineswegs das Schlechteste in den Ställen. Als Eulenfeld auf
die Straße trat, verließ er dieses Haus, die Treppe, das Messingschild, den Herrschbereich steriler Penaten, vor allem aber die
Zwillinge Pastré selbst, viel rascher und entschiedener als
etwa Mimi in ihren Träumen dem allen schon entwichen und
in ihre eigentliche Heimat vorausgeeilt war. Die Straße sah ihn
als einen freien Menschen mit Verfügung über die eigenen
Energien, die eigene Zeit, die eigenen vorgeschrittenen Jahre.
Es mochte jetzt gegen fünf Uhr gehen (der Rittmeister hatte
sich zwecks Eskorte der Zwillinge nachmittags sogar vom
Bureau freigemacht!). Im Sekretariat der Campagne-Reiter-
Gesellschaft würde wohl niemand mehr zugegen sein. Immerhin, Eulenfeld bewegte sich gegen den Opernring zu. Und
fand Herrn von Leiningen anwesend.

Editha war der Schwester ins Vorzimmer entgegengeeilt,
noch bevor das Mädchen Mimi hatte anmelden können: nun
ergriff sie diese sogleich fest am Handgelenke (nicht an der
Hand) und zog sie mit sich.

Ein Kabinett mit wenigen echten Stücken im letzten Stile
vor der französischen Revolution verlassend – aber leichtfertige
Gravüren gab es hier keine! – traten sie in eine Flucht von
vier langen Räumen; und noch bemerkte Mimi nicht, daß an
deren Ende, und von der Flügeltüre wie umrahmt, ihr Vater
saß. Editha schien gewillt, alles eilenden Fußes abzumachen und

eine Betäubung nutzend, in der Mimi sich augenscheinlich befand. Schon war man heran, schon kam die Mutter entgegen. (Sie war schön: die ganze tiefe, schattige Schönheit der geborenen Meriot öffnete sich wie ein Ebenholz-Schrein, noch einmal aufleuchtend, als sie ihr wiedergeschenktes Kind empfing.) Da geschah es, daß in dem Augenblicke, als Mimi den Vater nun erblickte – seine verwirklichte Möglichkeit als Greis, die sie immer schon empfunden – diesem, während er die Arme vor der gedoppelten Erscheinung zitternd erhob, aber im Sessel sitzen blieb, der Mund sich weit und lautlos öffnete und nicht mehr schloß: ihm war die Kinnlade heruntergefallen; und er vermochte aus irgendeinem Grunde augenblicks die Muskeln seines Antlitzes nicht so weit zu innervieren, daß die klaffende Grimasse sich wieder hätte geebnet.

Mimi, noch eines Zimmers Länge entfernt, bäumte zurück: Editha erkannte die Ursache; nicht so die Mutter, welche mit ausgebreiteten Armen schon heran kam. Aus dem Kontakt mit Mimis Körper wußt' es die Schlinger, daß jene im nächsten Augenblicke sich wenden und nach rückwärts durch die Flucht der Räume in ihre eigene Flucht stürzen würde, und gleichsam alles hinter sich her reißend in eine neue Kette der Komplikationen hinein. Darum bewies Editha jetzt große und rasche Energie. Während sie Mimi eisern am Handgelenke festhielt, versetzte sie der Schwester, nun dicht hinter ihr, einen so kräftigen Stoß in den Rücken, daß die Bewegung nach vorwärts und auf den Vater zu kaum stockte und, an den freilich nun leer bleibenden Armen der Mutter vorbei, die Scarlez bis vor den Lehnstuhl trug, darin der Alte saß: dort brach Mimi zusammen, jämmerlich weinend: und aus gar keinem anderen Grunde als dem der Erschöpfung und weil man sie zuletzt noch mißhandelt hatte. Freilich deutete Herr Pastré dies Knien und Weinen der Tochter hier vor ihm ganz und gar anders (während seine Frau sanft die Hand unter sein Kinn schob und ihm half, den Mund zu schließen). Freilich segnete er dieses wiedergekehrte Kind und versuchte, es aufzuheben. Und in der Tat war er damit den gegenwärtigen Augenblicken und ihrem fast glücklichen Mißverständnisse vorausgelangt und zugleich in die eigentliche Wirklichkeit und deren Kernholz, das hier vom Splint der Stunde noch überlagert war und vom Geflechte des Nervösen: denn Mimi für ihr Teil hat diesen Fußfall vor dem Vater viel später einmal, und längst wieder in Buenos Aires, innerlich nachgeholt und so in ihre de facto vollzogene und gleichsam leer vorausgeworfene eigene Gebärde hintennach hineingefunden. Jetzt aber gelangte sie doch immerhin dazu, sich zu erheben und in die Arme des Vaters zu finden; und endlich auch in diejenigen der Mutter, welche siebzehn Jahre leer geblieben waren, so daß es auf eine Verzögerung von wenigen Minuten am Ende kaum mehr ankommen mochte.

Des Morgens um sechs, am folgenden Tage, führte man im Prater, unweit der sogenannten ‚Haupt-Allee‘, eine braune leichte ungarische Stute aus dem Stall. Es war ein Pferd nicht eben hoch im Blute, doch trockenen Kopfs, gut gestellt und mit kräftiger Hinterhand. Eine hübsche, soignierte Person. Auch ein alter Husar sah recht lieb und charmant aus im zivilen Reitkleide. Eulenfeld legte der Stute den Arm über den Widerrist und begann allerhand in ihr linkes Ohr zu tuscheln, was man nicht verstehen konnte, das Pferdchen indessen sehr wohl: denn danach warf Ilonka den Kopf hoch und wieherte hell in den sonnigen Oktobermorgen. „Na also“! sagte der Rittmeister. Ohne in den Bügel zu treten sprang er in den Stütz und saß gleich danach im Sattel, die Bügel erst beim Abreiten sich zurechtfangend.

„Melz’rich, wackrer Infanteriste,“ dacht’ er, „aber was ist’s, par comparaison, gegen die christliche Reiterei?“

Aus dem Boden stieg, morgendlich frisch, jener Dunst der Auen, der abends, übersättigt vom Aushauche der Vegetation, wehmütig machen kann. Jetzt aber lag alles wie in einem herben, unsichtbaren Rauche, ohne Nebel, glänzend von Sauberkeit und überschärfter Kontur, frischbeschlagen mit

Feuchte, deren feiner Dampf die Aureole jedes Dings verstärkte. Das Pferd schritt aus und es war ein guter Schritt, der Eulenfeld über Ilonka schon alles sagte, hatte er auch kaum noch die Schenkel angelegt. Nun erst, auf der langen graden Reitbahn, verständigte er sich mit der Stute, die jetzt, im kürzesten Trab, den er aus saß, die Hinterhand ganz herein nahm, abkaute und tänzelte. Der Rittmeister ließ sie fast ohne Verstärkung der Gangart durch's Zeichen in den Galopp fallen, als befinde er sich auf einer geschlossenen Reitschule, und Ilonka sprang richtig ein: der dies Pferd besaß, der besaß auch Reitkunst, das merkte man. Es war Herr von Leiningen selbst. Nun, als sie rascher dahinflogen, sank Eulenfeld gleichsam in die Stute ein bis zu jener köstlichen centaurischen Verschmelzung, als durchwüchse ihn selbst von unten her die Hinterhand. Auf der Promenade neben der Reitbahn erging sich zu dieser frühen Morgenstunde schon ein bolzgerader alter Herr mit weißen Haaren. Er setzte den silbernen Krückstock zu Boden, sah dem Reiter nach und nickte kurz.

Melz'rich, wackrer Infanteriste. Hätte ein alter Husar nicht einen Brief unterschlagen, wär' die Infanterie jetzt doch in der Klemme, bei allem Schwein, das sie gehabt (kleines Grunz-Zeichen). Nu woll'n ma mal ein anderes beginnen: nämlich deme Suetonio Tranquillo übersetzend nähertreten, denen zwölf ersten ollen Kaisern, duodecim caesaribus. Hatten ooch'n Fimmel, die Römer: mit der Kürze. Nennt den Sallustium einen allerfeinsten Meister der Kürze, „subtilissimum magistrum brevitatis", und schreibt uns eine Lebensgeschichte des Horaz facit summa zwo Seiten im Drucke. Hätt' ma nich' ungern mehr erfahren. Aber die Kaiser werden übersetzt, füglich. Heut, feierabends, woll'n ma beginnen. Hör' mal, Ilonka, bist ooch'n eitles Biest.

Ein deutscher Husaren-Rittmeister. Humanistischer Husar. Schulsack hing verdammt hoch. Hauptbeutel.

Die bis in den Rand des Gesichts laufende gerade Allee saugte. Der Rittmeister ging in Carrière über. Ilonka streckte sich unter ihm durch und grunzte leise. „Kann ooch grunzen", sagte er, tat's, und stürmte in seine Verlängerung davon.

Wie wir alle. Wie sie alle. Sogar mit einem Bein und nicht mit vieren, wie solche der Rittmeister für diesen Morgen sich zugelegt hat. Denn er ist der Rittmeister. Nur die Toten nicht (exceptis mortuis). Doktor Negria enteilte uns auf fahrbarem Untersatze die Alserbachstraße bergan. Seine Verlängerung wäre am Ende auch noch von ohngefähr bestimmbar. Semski hat sich damals einfach – kopfschüttelnd zurückgezogen, und Negria brach wirklich über die Sandroch herein. Damit aber war's mit ihr, die ja ohnehin aus einem brüchigen, staubtrockenen Materiale bestand, gänzlich zu Ende. Sie geriet zwischen die aktivistischen Mahlgänge und kam auf der anderen Seite als ganz feines Pulver (poudre impalpable) heraus. Es liegt hier einer der wenigen Fälle vor, wo ein Weib von einem Manne bis auf den letzten Rest konsumiert wurde; ähnlich wie jene Zigaretten nach russischer Art, bei denen nicht der kleinste Stummel übrig bleibt (kein mégot, wie man in Paris, oder Tschik, wie man in Wien, keine Kippe, wie man zu Berlin sagt), so daß für den Aufsammler solcher Kostbarkeiten nur Verbitterung bereit liegt auf dem Pflaster, wenn er sich nach dem weißen Mundstücke gebückt hat. So also verhielt es sich mit der Sandroch.

In einer Hinsicht hatte der mit dem 21. September 1925 aufgetretene Negrianismus unseres auf neue Art aktivierten Majors zum vollen Durchbruche nicht gelangen können, wie schon angedeutet worden ist: nämlich was den Termin des Hochzeitsfestes betraf. Wär's nach Melzer gegangen: man hätte sich an dem Morgen, der auf Marys Katastrophe folgte, und zwar am frühesten Morgen schon, eilenden Fußes aufgemacht und den Liechtenthaler Pfarrherrn herausgeklingelt, um das Aufgebot unverzüglich an die Tür der Kirche zu den Vierzehn Nothelfern schlagen zu lassen. (Wir aber sahen Rokitzern zu schicklicher Zeit an diesem Tage in die Generaldirektion der österreichischen Tabak-Regie sich begeben, Theas Bildnis am Busen, jene zugleich tief in einem väterlichen Herzen tragend, und Visitekarten in der Brieftasche.) Der Negrianismus also ward gebremst. Ob sich die Rokitzers sonst was Naheliegendes gedacht haben (im Grunde sind das lauter ... Herr Amtsrat, Sie haben ja eh' das letzte Wort in diesem Buch, machen's mir doch jetzt, ich bitt' Sie, keine Schwierigkeiten!) – kurz: wir wissen es nicht. Wenn, dann mußte der dünn rinnende Faden solchen Verdachts im Verlaufe der Zeit schließlich einmal ganz abreißen.

Die Hochzeit fand vor Einbruch des Winters statt, an einem noch sehr milden Tage übrigens. Für Liechtenthal war's ein großes Ereignis. Vierzehn Wagen standen vor der Kirche, welche die Braut, durch den herabwallenden Braus der Orgel wie durch einen schweren, sich teilenden Vorhang hindurchgehend, am Arme des Amtsrates Zihal betrat: wer dieses Bild sah, mußte, ob nun mehr oder weniger bewußt, erkennen, daß nahezu reine Kunstleistungen mitunter auch im Geschieb' und Getriebe des Lebens ganz unvermutet und wie von selbst zustande kommen: allerdings lösen sie ebenso rasch sich wieder auf. Hier jedenfalls erreichten Inhalt und Form ihre so vielfach zerworfene Einheit, das Dekor seine Höhe, das Geziemende seinen ganzen Glanz, da alles am natürlichen Platze sich befand und ihn voll einnahm, das junge Weib, unschuldig wie eine Rose im Garten, der würdige Brautführer, den gleichsam Jahrhunderte einer Kultur vor sich herschoben, die ihn bis zu diesem Punkte geformt hatten. Die Schleppe der Braut trug die kleine Theresia Pichler. Es soll der anwesende Sektionsrat Geyrenhoff, während man vor der Kirche zum Einzuge rasch zurecht trat, sich nicht haben enthalten können, die Schleppenträgerin ein wenig zu zwicken, was verzeihlich erscheint gegenüber einem der hohen Grade von Süßigkeit, wie sie das Dasein manchmal erreicht und die als durchaus unwiderstehlich gelten können. Die Trauung bildete freilich zugleich eine jener Kontroll-Versammlungen, bei denen sich im Kirchenschiffe nicht nur herausstellt, wer da neuestens zusammengefunden hat, sondern auch, sei's gleich indirekt und über das zu kopulierende Paar, wer in einem wechselseitigen Zusammenhange verblieben ist. Man bemerkte da, außer den Eltern und Angehörigen Theas, u. a. Herrn und Frau Gustav Wedderkopp (Wiesbaden), Herrn und Frau Enrique Scarlez (Buenos Aires), Herrn und Frau Alois Pichler (Wien), die Sektionsräte Langl und Geyrenhoff, welch letzterer ja schon erwähnt worden ist, Rittmeister a. D. Freiherrn von Eulenfeld, Herrn Ernst von Marchetti, S. M. den König von Polen a. D. (Wien), einen Hofrat der Generaldirektion der österreichischen Tabak-Regie, dessen Namen wir nicht wissen (Geyrenhoff kannte ihn), ferner Herrn Kroissenbrunner und nicht zuletzt Fräulein Theresia Schachl. Das Haus Stangeler fehlte; es befand sich in Trauer. Die Mehrzahl der hier genannten Persönlichkeiten nahm später auch an dem Déjeuner teil, welches am Mehlmarkte stattfand, in einem altrenommierten Hotel. Es ist bei dieser Gelegenheit, und zwar von jenem Hofrate aus der Porzellangasse, der für solche Sachen vielleicht besonders scharfe Augen hatte, ein Konventikel beobachtet worden, das sich nach festlicher Mahlzeit und gehaltenen Reden in einem der Rauchzimmer etabliert hat und dort plötzlich unter den wandernden Accent einer fast zukunftsweisenden Bedeutung geriet, wie er manchmal auf ganz triviale und ungewollt zustande kommende Situationen fällt oder zu fallen scheint, in den Augen solcher besonders, die derartiges zu sehen eben von vornherein geneigt sind. Jenes Konventikel bestand aus drei Personen, nämlich dem Sektionsrate Geyrenhoff, dem Amtsrate Zihal und dem Werkmeister Pichler (Geyrenhoff hat später übrigens in seiner Chronik fast das gleiche notiert, wie es jener Hofrat damals schon empfand und auch äußerte). Die drei Herren führten eine sehr lebhafte Unterhaltung, an welcher sie großes Vergnügen zu finden schienen; wobei Herr von Geyrenhoff freilich sich dem Amtsrate gegenüber nicht dieses Titels, sondern der kordialeren Ansprache ‚Herr Kollege‘ bediente. Später hat sich sogar das Brautpaar auch noch dazugesellt, sowie Frau Rosa Zihal und die Frau Paula Pichler.

Es fehlte eigentlich nur noch der ‚Strom-Meister'; und wenn man, außer der Vergangenheit, auch die Zukunft hier wirklich herein zöge – so plan verständlich wie heute im Rückblick wirkte dieser Menschenkreis damals freilich nicht – dann fehlten eigentlich auch noch Thea Melzers Kinder.

Zu dem Déjeuner war das Brautpaar übrigens um etwas verspätet erschienen, man hatte, schon versammelt, des längeren gewartet. Von der Kirche fuhren indessen Melzer und Thea in Frack und Brautkleid nicht etwa zum Photographen, wie das die Paare gerne tun (und wären sie sogar zu der Trafikantin Nachbar gefahren, ihr hätt' es nichts bedeutet, denn Fräulein Oplatek nahm ja an dem Déjeuner teil!), sondern direkt ins Krankenhaus zu Frau Mary. Hier war man inzwischen ja oft schon gewesen, auch zu etwas längeren Besuchen. Was bei diesen jeweils besprochen wurde, ist nicht bekannt. Auch bleibt es letzten Endes gleichgültig, ob dabei hintnach die gewissermaßen kontaktlose Evidenz, in welcher freilich bei Melzer einerseits der Untergang Etelka Stangelers und andererseits Marys Katastrophe auf dem Bahnhofsplatze ohne Verbindung nebeneinander standen, schließlich durch Schluß und Kurzschluß sich aufhob. Es ist mindestens kaum daran zu zweifeln, daß im späteren Umgange unseres Ehepaares mit Frau K. die Sachen nach und nach zur Sprache und zu detaillierterer beiderseitiger Kenntnis gelangt sind. Einige Bitternis wird dabei Frau Mary nicht erspart geblieben sein in bezug auf das gänzlich Überflüssige ihres eiligen und unseligen Wegganges von daheim am 21. September, knapp, ja, um einige Meter nur, sozusagen, vor dem Eintreffen Stangelers. (Daß er vorher an der Brücke gesäumt und geträumt hatte, ist allerdings nicht herausgekommen; so genau werden die sehr genau geschehenden Sachen überhaupt nie kontrolliert; hierin hatte der Rittmeister in seinem Gespräche mit den Zwillingen zweifelsohne recht.) Diesmal war nun der Besuch unseres Paares bei Frau Mary freilich nur ein kurzer; er glich zudem auch sonst gar sehr dem allerersten, welchen sie hier gemacht hatten. Denn gleich nach dem Eintritte gingen Thea und Melzer wieder leise und schnell auf das Krankenbett zu und knieten davor nieder. Frau Mary legte ihre Hände auf die beiden Köpfe, und Thea ließ ihren Strauß auf der Bettdecke. Alsbald zog man sich zurück. Mary schloß die Augen. Ihr Befinden an diesem Tage war kein gutes. Jedoch erinnerte sie später sich sehr genau an einige befremdliche Worte, die ihr durch den Kopf gingen, als Melzer und Thea das Zimmer wieder verlassen hatten. (Jahre danach hat sie das einmal dem Kajetan von S. erzählt.) Sie dachte, schon einschlafend: „Nun hat mich der Melzer doch noch im Single geschlagen." Dabei war er nie ihr Tennispartner gewesen. Auch in Ischl nicht.

Manche vermeinten durch Verehelichung ein Liebesverhältnis (zwischen Thea und Melzer hat es allerdings kein solches im gängigen Sinne des Worts gegeben) nicht nur konsolidieren zu können, sondern es damit auch von jeder oder wenigstens einer gewissen Art der Problematik zu befreien. Sie erwarteten jedenfalls, mit der Eheschließung etwas hinter sich zu bringen. Das mag sein. Aber sie haben damit viel mehr noch vor sich hingesetzt. Wesentlich bleibt doch, daß die Ehe nie eine Lösung bilden kann, sondern immer nur die Aufstellung eines Problems, unter dessen neues Zeichen das betreffende Paar jetzt tritt: das wäre u. a. dem René Stangeler und der Grete Siebenschein zu sagen gewesen. Anders: daß alles, was nur irgendwie mit jenem himmlischen Raubersbuam zusammenhängt, der da auf dem leeren Kaminsimse erschienen ist, niemals Probleme löst oder auch nur ordnet, sondern jedenfalls tiefer in diese hineinführt. So umgeht die Organik unseres materiellen Daseins die Tendenzen aller Definitiv-Ordner und Erfüllungs-Politiker, deren Bestrebungen sonst lange schon vor dem Beginne unseres Zeitalters die Welt zum Erstarren gebracht hätten. Es erscheint meines Erachtens unter den angegebenen Umständen (m. E. u. a. U.) mindestens erstaunlich, daß so viele bessere Romane, wenn sie gut ausgehen, mit dem Einander-Kriegen der betr. Parteien schließen. Man scheint das also für einen Schluß zu halten und nicht für einen Anfang (des Romans nämlich, was diesfällig in die Sprache der Paula Pichler übersetzt ‚des Ölends' heißen müßte). In Wahrheit ist es und bleibt es nichts anderes als eine ausgemacht gute, ja ganz großartige Gelegenheit zur Wiederherstellung der Leere, durch Erfüllung, Entspannung und meinetwegen dadurch, daß irgendeiner Gerechtigkeit genug getan worden ist: jedenfalls wurde der chancenreichste Zustand überhaupt herbeigeführt (die Stille in der Schießbude, wenn nach dem Treffer das Geklingel und das Gezappel von Figuren und das Ratschen der ausgelösten Musik-Automaten aufgehört hat), ein Zustand, der die Möglichkeit gibt, jene ruhige Grundierung hinter das Dasein zu spannen, welche die Voraussetzung bildet, um überhaupt irgendetwas deutlich ausnehmen zu können, und bei großer Profundität sogar die Möglichkeit, weiteren groben Unfug zu inhibieren, im Sinne eines höchsten Zihalismus, ja zu eliminieren; nicht, indem man, wie jene Erfüllungs-Politiker, die Sachen als so oder so sein und bleiben sollend festlegt, sondern auf diese nun erst wartet, nie suchend, was uns nur besuchen kann, nie nehmend, was nur hinzugegeben werden kann, nie am näheren Ende aufhebend, was sich am End' eh von selber aufhebt. Hier wird also ein legitimerer Grund sichtbar, warum die Romane am Punkte des ‚happy-end' schließen: um dem lieben Leser die kostbare Erbschaft der Leere, mag sie gleich nur einen idealen Augenblick lang dauern, gleichsam in jungfräulichem Zustande zu hinterlassen; und deshalb macht sich gerade hier der Autor davon und behauptet dem Verleger gegenüber, sein Manuskript sei abgeschlossen. Im Grunde sind das lauter Gemeinheiten.

Damit aber sind wir, wo wir hingehören: nämlich nicht bei Melzers Hochzeits-Déjeuner – solchen Veranstaltungen kann man ja doch nur ein verlegener Gast sein – sondern in dem Garten des Schachl-Häuschens am 7. Oktober. Es war das Rosenkranzfest. Unter diesem Datum fand die große Verlobungs-Jause statt; und wir sehen diese süße Gondel, diese Hochzeits-Kutsche von einem Karussel des Wiener Wurstl-Praters – in etwas von dieser Art scheint uns das Gärtchen verwandelt – heute noch heiter unter klingelndem Spiel in

der Tiefe der Jahre schweben, ja wie einen bunten Luftballon gegen den Oktoberhimmel steigen, in welchem ein
reifes Gold stand wie Weinglanz. Hier schon ward alles vollendet, hier kam der Kristall zu seinen letzten fehlenden Flächen,
und nicht etwa erst bei ,Meißl und Schadn' am Neuen Markt
oder Mehlmarkt, wo's längst darüber hinaus war und in die
Breite gegangen. Es erhob unser Amtsrat das Glas und hielt
eine Rede. Ihm stand zu Gebote der gewaltige Schub einer
nach Jahrhunderten schließlich in der Dienstpragmatik des
k. k. Finanzministeriums vollends ausgereiften fiskalischen
Sprache. Er beherrschte sie, und sie beherrschte ihn (wie in
einer guten Ehe). Es hat der Amtsrat Julius Zihal damals
eigentlich Großes unternommen, nämlich eine Definition des
Begriffes: das Glück. Er näherte sich seiner Kernfrage und
ihrem Antwort-Satz in einer Art umgekehrtem Schneeball-
Systeme, indem er ein launiges Drum-Herum – sehr angebrachte
Verse aus Raimunds ,Verschwender', sowie bärbeißige Rand-
bemerkungen in einer uns schon sattsam bekannten Tendenz –
allmählich beiseite ließ. Endlich rollte rein und rund, wie eine
Billardkugel auf's grüne Tuch, die Definition hervor; sie war
wohl noch mehr als eine solche, in gewissem Sinne: denn sie
zeigte recht deutlich den Weg, auf dem ein ganzer Volks-
Stamm in seiner Eigentümlichkeit allein zum Glücke gelangen,
allein sich darin befestigen kann. ,,Glücklich ist nicht" (so hat
der Amtsrat am Ende zusammengefaßt) ,,wer vergißt, was nicht
mehr zu ändern ist; so etwas kann überhaupt nur in einer
Operette vorkommen. Eine derartige Auffassung würde nicht
weniger wie ein Unterbleiben der Evidenz bedeuten, beziehungsweise als solches anzusehen sein. Glücklich ist vielmehr derjenige, dessen Bemessung seiner eigenen Ansprüche
hinter einem diesfalls herabgelangten höheren Entscheid so
weit zurückbleibt, daß dann naturgemäß ein erheblicher Über-
genuß eintritt." Was soll man hier noch sagen! Und paßte es
nicht wirklich auf den Majoren?

Heimito von Doderer

Eine Auswahl

Die sibirische Klarheit
Texte aus der Gefangenschaft. Herausgegeben von Wendelin
Schmidt-Dengler und Martin Loew-Cadonna.
2. Auflage. 1992. 160 Seiten mit 8 Abbildungen. Leinen

Die Dämonen
Nach der Chronik des Sektionsrates Geyrenhof. Roman
39. Tsd. 1995. 1348 Seiten. Leinen

Ein Mord den jeder begeht
Roman. 33. Tsd. 1995. 371 Seiten. Leinen

Die Merowinger oder Die totale Familie
Roman. 23. Tsd. 1995. 368 Seiten. Leinen

Die Wasserfälle von Slunj
Roman. 25. Tsd. 1995. 394 Seiten. Leinen

Die Erzählungen
Herausgegeben und mit einem Nachwort versehen von Wendelin
Schmidt-Dengler.
3., erweiterte Auflage. 1995. 512 Seiten. Leinen

Heimito von Doderer – Albert Paris Gütersloh
Briefwechsel 1928–1962
Herausgegeben von Reinhold Treml. 1986. 315 Seiten. Leinen

Commentarii 1951 bis 1956
Tagebücher aus dem Nachlaß. Herausgegeben von Wendelin
Schmidt-Dengler. 1976. 596 Seiten. Leinen

Commentarii 1957 bis 1966
Tagebücher aus dem Nachlaß. Herausgegeben von Wendelin
Schmidt-Dengler. 1986. 567 Seiten mit 2 Abbildungen. Leinen

Verlag C. H. Beck München